张献忠（上）

任乃强　著

巴蜀书社

图书在版编目（CIP）数据

张献忠/任乃强著. —成都：巴蜀书社，2017.1（2017.5 重印）
ISBN 978-7-5531-0697-7

Ⅰ.①张… Ⅱ.①任… Ⅲ.①长篇历史小说—中国—当代 Ⅳ.①I247.5

中国版本图书馆 CIP 数据核字（2016）第 084629 号

张献忠 任乃强 著

策　　划：刘　冰
责任编辑：刘　冰
出　　版：巴蜀书社
成都市槐树街 2 号　邮编 610031
总编室电话：(028)86259397
网　　址：www. bsbook. com
发　　行：巴蜀书社
发行科电话：(028)86259422　86259423
经　　销：新华书店
照　　排：四川胜翔数码印务设计有限公司
印　　刷：成都翔川印务有限公司
版　　次：2017 年 1 月第 1 版
印　　次：2017 年 5 月第 2 次印刷
成品尺寸：170mm×240mm
印　　张：48
字　　数：1200 千
书　　号：ISBN 978-7-5531-0697-7
定　　价：98.00 元（上下册）

目录

楔子

一九三〇年夏，我再游峨眉。为贪看云海、佛光、圣灯诸胜，留住金顶七日。闻山僧言："后山老林内，有一和尚，练习飞腾之术已三年矣。"心窃慕之。一日晴好，邀好事者二人，同往后山相访。经过千佛顶、万佛顶两寺，到了小舍身岩上的一座茅庵。这里已是人迹罕至之处，庵内却有一湖北和尚在修净土。我向他探问那位练习飞腾术的和尚。他道："老僧终日闭关，未闻外事，不知谁在练习飞腾。"随即瞑目闭口，不再言语了。我的两位同伴，望见左边是万仞悬崖，右边是一片松林，路断人绝，松涛飒飒，不免有些胆怯起来，说道："练习飞腾事，不过山僧谰言，欺骗香客。这位老僧住在这森林边际，尚不知道有此人物，金顶距此二十里，怎能比他更知道些？此刻已将过午，若再前进，只怕遇着虎狼，性命难保。况且这山顶之上，风雨无常，咱们还是早些回去了吧。"我想：已近森林，如真有其人，谅必不远了。中途折回，功亏一篑，岂不枉此一行？看草地上痕迹，似有小道穿林而入。于是，请求他二人在此休息片刻，让我一人再往前探几里路，如无消息，再一同返寺不迟。他俩却情不过，只好允了。巧在我向前走了五六里地，便已望见一座茅棚，透出炊烟，于是欢天喜地跑回，邀他二人同往看个究竟。不料他二人见太阳偏西，不由分说，先自转身便向来路走了，我气喘吁吁赶上，苦口劝拦，总是不依。不得已，只好随同他们返寺。

晚餐后，我再详细向山僧打探道路，据他所说，其人正是在望见炊烟的那茅棚居住。我邀山僧明日同往，都推说有事无暇；我又去邀同游二人，但二人已准备明日下山，不能再去的了。我想既已知道路，一个人也能去得。第二天，一早起来，带上温水瓶，拄上手杖，向知客僧买了一些干饼糖食，准备好一天的食粮。露水尚未干，便上路了。十五里走到万佛顶，入寺赶过斋茶。这时朝日东悬，露水近干。鼓足勇气，向森林走去。到了昨日望见的那一茅棚，但见闭门上锁，附近并无人影。遥见地上路痕，直通后岩。我便循路探进。转过后岩，突见一僧，张长绳于两株大树间，离地三尺有余。那僧人在这绳上走来走去，双手抄着，未拿一物，身体却也不倾斜。脚步的稳练，恰似走江湖卖艺的踩索女一般。我见他来回往复千百余遍，毫不休息，不知他何以乐此不疲？便走到绳前，想问问他。但那僧见我走到面前，并不停息，也不询问，自管走绳如故，仿佛没有看到我。我觉他确像有些道行，不敢造次，徐徐退到树下，看他练习。

不料一直候了三四个钟头，他仍在那巨绳上反复往来，毫无停意。我饥渴难忍，取出温水和干饼，背过树去，吃了个饱，再到树前候他。直到日已过午，才见他跳下绳来，向我打个手招，笑道："居士看了这一天还不转去，难道不怕虎狼么?"我急忙合掌，鞠躬道："大师独居深山，不怕虎狼，凡夫焉敢怕死。"他道："莫非你想练习此技么?"我说："不敢练习。但却想请大师指示飞升大道。"他似对我的话语不甚理会，径向茅棚走去，随口道："请到庵里来用斋茶吧。"我便跟了他去。他开锁进门，指一蒲团，命我坐下，便去生火烧灶去了。

此时我乘机打量这座茅棚，但见棚内除两个蒲团，一领草席，一床薄被和几件日用器皿外，别无他物。尤为奇怪的是，不曾见一片经书。我想此僧独居于此人迹不到之地，室内什物如此简陋，定是一位苦行修炼的高僧，不禁油然而生崇敬之意。便不敢多言，屏息静坐，看他个究竟。

不一会儿，他已将水烧好，倒了一瓢茶汁，放在我与他座处之间，说道："请喝茶。"又从袋内摸出两个玉米粑，递给我一个，道："请吃斋。"便自己大口吃起来。我忙将带来的点心献上，他也不推辞，随手拈吃，似十分忙碌，无暇客套。我观他有些粗野质朴之气，更让人莫测高深。

待到点心吃尽，瓢中茶水喝干，仍不见他言语。我实在忍耐不住，问道："弟子在金顶闻大师练习飞腾之术已有三年，昨今两日专诚造访，为的欲求至道。今见大师如此练功，不知便是飞腾之术否?"他摇手道："请别问吧。贫僧日有常课，不能陪你谈说。"说罢，大口将粑吃完，喝了瓢茶，便拿着锁钥出门。我不得已，只好跟着走出，让他锁门而去。这时我满腹狐疑，自念来此非易，岂能空回！无论是仙是狂，总得寻根究底，弄个明白。便再跟他到绳子下面，痴立不走。他从树枝扎成的木梯爬上绳去，一手抚着树，一足踏上绳，正要开步练功，见我呆立不走，问道："天色不早，你不回么?"我乘势答道："弟子虔诚来此，定要问明究竟方能回去。"他沉思了片刻，又凝视了我许久，方才道："你既如此好奇，能在敝庵围炉一夜，听我详细解释不?"我喜极，急忙合掌道："幸甚，幸甚。"他道："那你在旁等候。"说罢，将系在树上的绳子放松，向上升了一寸，再重新将绳张紧，然后上得绳去，放手练功。这下绳高了一寸，便不似上午那样往来自如了，但见他两手外张，两拳紧握，圆睁双眼，脚底挨擦着绳子，一步一步小心前进。往来几次后，头上大汗如蒸，似有支持不住的样子。我怕他跌下，赶紧跑到绳下，随他往来奔走。如此直到日落天昏，他才跳下绳来。向我略打一拱，表示道谢，便一手揩汗，一手拉着我，边走边说道："绳高一寸，功难一倍，我从平地摆一条绳子练习起，一年后才能身不倾斜，足不着地。然后，再将绳子拴在两树之间，手持木杆练习，至今已三年多了，高度由一分、二分升到现在的三尺多，也可以不要木杆，空手走绳了。真是谈何容易呵！"

听到他这样一说，把我先前对他的一番景仰，一下子减去许多。心想："原来也不过是个准备走江湖的和尚罢了。"回到茅棚内，不禁问道："大师练此功夫，果然是为了飞升么?"他道："说来话长，慢慢谈吧。"随即抱来木柴，生了一盆大火，将茶壶放上，笑向我道："请把你的点心拿来消夜，听我告诉你这场公案。"我急忙倾出袋中所有，偎拢火堆，听他侃侃道来。

"我师父明心和尚，弟子一百余人，我为最小。师父八十余岁，于宣统元年圆寂于天门石。临死之际，只有六个年高德劭的师兄在侧。师父传我进去，执着我手，向六个师兄道：'宗门以内，有一累代不能完成的憾事，非他不能完成。’随即向我们说道：本宗开山祖师，乃是朝廷一名钦犯。避祸来山，削发出家。因他年老无须，自号‘秃颐上人’。他文武全才，轻功极好，能在山后舍身岩上往来。发现岩上许多洞府，有一洞内石桌石床俱全，还有用井、用灶，足容得下四五人同住。此洞原名罗汉洞，祖师将它改名为传信洞，常在其中修炼。当时弟子有十多人，也有会武技的，但只有一人敢陪他进洞去，那便是二祖空性和尚。康熙年间，祖师年老，不再到山寺里来，一切生活用品，全由二祖与他送去。后来二祖年老，渐难上下此岩，责备众弟子道：‘祖师还健在，所需斋粮必须有人按时送上。今我年老，你们又不练习上下岩壁之技，可谓上负祖师恩德。昨日祖师对我说，念我年衰，只再送一个月粮来，以后每月叫徒孙辈来看一次就行了。明日我将遵命送粮前往。但不知今后哪个徒孙能够再去。其实上下悬岩并非太难，舍身岩上到处都有小小台阶，宽窄长短不等。如在靠近平地的地方，这些台阶，人人都能爬上爬下，但在舍身岩上，却无人敢爬。正如一根长绳，放在地上，人人都可走过，若将此绳张在离地几尺高的地方，便无人能走了，这明明是胆气不足，并不是岩不能爬。练习爬岩，即是练习胆气，并非武技。你们承继本门宗风，必须练习这项本领。假如每一世都能有一人随意上下罗汉洞间，方不负祖师的恩德。’二祖说后，众弟子果然都恪勤练习，一月已满，派了一位练功最好的前去罗汉洞探望，谁知才爬到半途，就失足堕岩而死。后来换了几人，都临岩胆怯，不敢前去。二祖闻知，伤痛初祖消息断绝，定要亲自前去探望。众弟子苦劝不住，只见他爬走而去，消失在岩间，料已入洞。但迄今未见回来。三祖乃是文修，更不能爬岩，每念两代遗骸未收，悲痛万分，随时责备弟子，练习功夫，准备再进洞去探查。四祖、五祖也是如此，但都没有人能再爬岩进洞去。我的师父乃是六祖。他也曾经练过爬岩，但只能走到一里，心便慌乱。后梦二祖指点：‘练胆必须从走绳做起，走绳又必须从幼龄做起。’我师父便特地嘱咐我练习此功。师父圆寂之时，重托我六位师兄照料我，那时我才十二岁，有师兄的照料，便未学别的功课，专门练习走绳。后来，师兄相继去世，庙宇破败，境况日下。寺中大众责我不修经念佛，坐吃山空，要我随同下山化缘。我既无人庇护，只得下山去单独化缘，逢人便诉说这段因缘，请求方便相助。但相信者少，笑非者多。后来多亏龙池黄善人相助，才在这后山建一茅庵，并每年供给我日常费用。因此，近三年来我才得在这里专心练习。”

山中高寒，虽是仲夏，夜来仍像冬天一般。庵中铺陈缺乏，我与和尚偎火而坐，听他所述之事十分奇异，不知不觉已到天明。第二天一早，他引我来到小舍身岩顶，教我抱着岩旁一株大树，俯身向岩下侧望去，指点着岩间一线小道说：“从这里攀拊藤蔓，缒下二丈左右，有一岩层稍突，可以站脚。站在那里就可以看得见在悬岩之间有一条曲折的小道，那就是到祖师洞的路。始可看到有狐兔往来。我曾经缒下岩去，走过一段。但因为胆怯，又折转回来了。看来还得再练胆。再练两三年，等绳升到离地一丈高时，我就可以去祖师洞了。”他说话时，站在悬岩口，手不停指画，犹如站在室内一般。我却紧抱树身，不敢俯视岩底。经他再三给我壮胆，才俯向岩底望去。但见峭壁万仞，下入烟云，深不可测。陡觉头晕难忍，恍如全身飘坠离地，不觉大叫：“我命休矣！”幸好他轻轻将我扶到平地，这才如梦初醒一般，身上早已被汗湿透。原来这舍身岩上齐山顶，下齐山脚，足足有六七里高，一经坠下，便成肉饼，实是凶险得紧。假如这根松树有知，恐怕也不敢生长在这个地方呵！

早饭后，和尚仍去练功走绳，我便告辞返回金顶。沿途想来，这和尚不无可取之处。可惜这套功夫并无大用。纵然练功十年，能走到岩洞去，祖师早已死了，又有何益呢？但人各有志，毋庸劝阻。次日我便下山去了。

一晃数年，又逢盛暑，我第三次来游峨眉。想起前事，便留宿在万佛顶。次日依着旧路前去访这和尚，到了第一座茅庵，已圮败颓朽，渺无人烟。心里不免着急起来，担心第二座茅庵也成了如此境况。待到第二座茅庵时，房舍依然，和尚仍在，而且还新收了一个小徒。我向前合十道：“大师还认识我吗？”那和尚呵呵大笑道：“识得，识得。你今此来也大有缘。正好我明日要下祖师洞去，闭关一月。你若迟一天来，就见不到了。现在该完结那年我们拥炉长夜所谈的故事了。”我听此话，分明他已练成功夫自由进洞去过了。便详询其探洞经过。他兴奋地说：“自你去后，我又练了六年，每年试向岩上走一次。绳子渐增渐高，岩上行走的距离也愈来愈远。每逢走岩这天，必请施主来看，一则让施主目睹其险，热心赞助；二则万一我失足坠下，也有人知，必有后来者继续探险。今年我在岩上试走，竟一直走到祖师洞口了。这洞高有四尺，深六七丈，宽有丈余。祖师遗体趺坐在石床上，并未朽败。但没有二祖的遗体。你道我初祖是何形状？原来极像一白发老妪。若不是前代有传说，我还不敢相信他就是初祖。摸他身体，硬如木石。身着皂色直裰，触手即碎烂如泥。我第二次下洞，专为祖师缝了一件新衣替他穿上。这洞内虽不很宽敞，但有一滴水泉，从洞顶钟乳滴了下来，每日可接上三五瓢。洞内有石灶可供烹煮；洞外岩上密布灌木，随手可折，大概祖师就是用它作燃料的。祖师遗物只有一瓢，一钵，一锅，一袋。外有笔墨石砚。案上有一木匣，装满文稿书册，都是写本。我不识字，不知是经还是忏文。只好将它取出带回，现在还无人帮我整理。你定然识字，请帮我看看究竟是什么书。”

说罢，乱糟糟抱出一堆书稿来，许多散乱篇页，记录的是药方与人名。还有些偈颂之类的佛教文字。但文都不佳，看来作者文化水准不太高。我匆匆浏览一遍，无暇细读。独有一皮纸写的文稿六册，装订整齐，封面标题《劫后传信》四字。翻开里页，第一篇有个总目，写着：

《大西通纪》二卷

《残明义烈传》二卷

《茅麓遗民自传》一卷

《秃颐说法》一卷

第二页上是一篇半文半俚的自序。照录如下：

“夫帝王之兴，必有其时；帝王之灭，必有其数。北都之覆，数也；东帝西主之兴，时也。忠臣义士，比肩死事而不足以挽此劫难者诚此。成败固不足以论英雄也！衲与西主，生同里，幼同学，长共患难。迨其既贵，乃因不慎于行，蒙受蚕室之祸。昔在史迁，刑非其罪，故有谤书。衲则当其罪矣。臣子之义，未敢有怨。尝平情而论，盖诚英勇明快之主也。为其出自草莽，备为士大夫所轻，遂亦轻士大夫之辈；又为其多冒险阻，屡濒于死，遂亦激切任性，有忿杀之瑕。以此两短，国土陆沉，死于丑虏。哀哉！西主既殁，衲从秦、晋、蜀王，与孤忠义士，扶明抗清，阅二十年，智尽能索而不能功成，盖明之数已尽也。永昌西狩，衲与陈近南将军入蜀，图复兴。郝承义败，再与近南奔茅麓，助李定国将军，困守穷山，与海隅郑王相应。茅麓之祸不解，衲独以绝技逃免。复来嘉定，谋再举。时则旧盟兄弟仅存二三人，土旷人稀，群情望活。夷夏之说不得售，忠义之气莫肯存。嗟夫！吾道其穷也耶？乃聚徒众，登峨眉，建寺天门，说法开慧，而待来者。既得传信洞，乐其清绝，不更思出山，翻诵贝叶，殊乏趣味，乃买楮录历劫以来大事，藏以待有缘者。凡丙戌以前事，为《大西通纪》，尊故君也。丁亥至甲辰，扶明抗虏，香尸碧血，撼山烁地之事，为《残明义烈传》，存浩气也。衲虽碌碌，窃慕历代豪杰之行，爱我者，诩为圣人；恨我者，欲得而甘心。我实不圣不凡，亦不为人所甘心，老死于人迹不到之地，为万世忠义之士正果。故为《茅麓遗民自传》一卷。附说法一卷，藏此名山。天如殄虏，他世当有来阅此书而知此人者。"

可惜这篇序文，缺了最后一行年月日与作者署名。但验其语气与笔迹，应是秃颐和尚自作，时间大约在康熙六七年间。所称"西主"，指张献忠。"东帝"，指李自成。"北虏"，指满族。北都，指崇祯。

我将《大西通纪》翻了一遍，并非文言的史传体裁，而是小说体裁，如"话说……"等语气，颇类似话本。然而其中所叙张献忠事迹翔实细致，多为《明史本传》、《绥寇纪略》、《蜀乱》、《荒书》等书所未详。且年月正确，条理清楚，大有发刊价值。惜原稿潦草，纸质不佳，多处浸透，难以辨认。文中脱句误字之处，更使人浏览不便。我同和尚商量，买过手来，负运下山，遍征有关张献忠之书，反复参校，更为誊正。增立回目，使成章回小说形式，名为《张献忠演义》，特加评注刊行，为使阅者明白此书实为信史，故以此作为楔子。

第一回

西安城羽士告变

柳树涧英雄降生

话说明朝万历年间，天下太平，人民丰乐，虽然陕西延安府三州十六县乃是全省最为贫瘠之地，此时也还是田禾蔽野，弦诵满室，人敦礼让，社会安静。州县官吏到任，悬出招告牌，一月两月，总是难有人入衙投状。有些衙役胥吏眼看油水不大，竟也请假归家去了。那时地方保甲，每逢迎神报赛，定要顶冠束带，身登高台，对民众演说一番，虽是小小保正，也自有一番威严。民众因承平日久，凡对官长自然敬畏。对他们的宣讲更是垂手敛神，恭而听之，不更置疑。大抵台上演说的不外四类：第一是：劝孝劝悌，勤耕勤读一类的格言案证。第二是：凿井开渠，义塾公仓一类的公益计划。第三是：赈灾恤贫，修桥补路一类的实政办法。第四是：除暴安良，排难解纷一类善行的鼓励。这些宣讲对于奉公守法、乐天安命的老百姓，恰如聆听圣谕一般，深信不疑。即使保正中有人所做之事违悖他们讲说的道理，百姓们也无人敢斥其言行不一。要知平民百姓只要勉强能过日子，是不敢犯上作乱的。

月盈则亏，日中必昃。这造化小儿最是尖刻不过。这粉饰起来的太平景象终于被他揭开了来。万历三十三年春天，西安城外打醮，太白山徐真人伏坛上表，一跪彻夜，天明尚未起来。众法官心知有异，不敢呼唤打扰。待到日将至午，那徐真人方才起来，面色惨白，急求监坛官引见巡抚，说有机密事相告。那徐真人与巡抚所谈之话无人听到。但事后西安城内谣传，说徐真人对巡抚道："天帝见得各省不知爱惜太平时光，暴殄天物，淫侈日甚。尤其宗室诸王，饱食暖衣，逸居无教，禽行兽处，戾气冲天，不胜震怒。迁怒到太祖朱元璋，说他刻薄残忍，下背人道，上违天和。子孙不知修补，反而变本加厉，于今合当报应在子孙身上。又说，他防侍宦专权，即以专权的寺宦败其内；他要旁征暴敛，便以贪官污吏败其外。他好专制，便以刚愎败其上；他杀功臣，便以庸臣败其下；他轻民命，便要以民变覆其宗。当饬九天上司，查明历世忠魂怨鬼之求报者，分别发放，让他们尽情报复。"徐真人要求转奏天子，速结罗天大醮，消灾免劫。巡抚听了付之一笑，对真人道："如今天下承平，你发此不祥之言，况讥诮先皇，诽谤国政，难道不怕砍头么?"真人无奈，只得退出。监坛官素仰徐真人，悄声问道："不知本省应现何种现象?"真人道："刀兵起于本省，结于川湖。圣人生于本省，死于川湖。"又问："圣人姓名可以告诉否?"真人道："这却不知，但听说群雄首领即胜国之李思齐、张思道等人物，水浒中人也将加入，总之皆忠臣义士，与怨鬼不同。"言下不胜叹息，随即结束坛场，自回山中去了。

这时延安府首县叫肤施县。肤施县北乡与安塞县接壤之处，有一小河名叫金明水。河水与县道交接处乃是往时北上靖边关，防备蒙古小王子等塞外诸部的要道，军书饷糈都经此出入。那时节军队胥吏风纪尚不太败坏。军吏往来，反因食宿交易，凑成地方上一点繁荣景象。那金明乡的乡约在驿东侧水旁的土砑头处修建了一座乡塾。此地山明水秀，坡头栽种一片榆树，夹道遍植杨柳，风景倒也不错。更难得是，延聘距此六十里柳树洞地方的一位饱学老儒来此教授。这位老儒姓林名文蔚，虽是屡考不第的一介寒生，却有三种特色：

第一是肚子很通。经史群书，古文时文，他都会得。

第二是绍承道统。口之所讲，身之所习，都是圣贤功夫。

第三是管教严厉。鞭打生徒，毫不容情，打得非常之痛。

因此，众学生给他取了一个绰号"通统痛"。这年八月二十一日，乃是太老师去世的忌辰。林老先生早膳之后，将学生们该念的书文，一一圈定。又为大的学生出了作文题，宣布放假两日，他要回家祭祀。几个年纪大点的学生商量送老师一程。他道：“走惯的路，不必送了。”便自个在金明驿上买了几个烧饼，大步流星走去。众学生因知他为人古板，乐得偷闲，各自散去。

时序正值仲秋之际，天清气爽。林老师正行走之间，忽然阴云四合，天色暗了下来，眼见将有暴雨，不免快步向前面一所破庙赶去。待他踉踉跄跄刚奔上破庙台阶，霹雳一声炸雷就在头顶响起，霎时那雨水便似盆破釜倾般灌了下来。庙檐破败，不能遮雨。他便向大殿跑去。衣服鞋袜都已沾湿。只见殿东角上尚有一处是干的，便在那儿坐下，等候雨停。不料直到天黑雨仍未歇。林老师焦灼万分，料定今夜是不能回家的了，只合在此过夜吧！想起家祭未到，人子礼亏，忙将烧饼陈列庙庭，瞑想着父亲灵魂，望空跪拜起来。拜毕，又静候了一刻，方将烧饼取来自吃。吃完已是夜色笼檐，西风飒飒，雨声沥沥，显出一派凄凉景象。更叹一生功名无就，孤身寄食，老天无眼，空负我满腹经纶。越思越想，潸然泪下。庙里无灯无火，且他年高体倦，不久便沉沉睡去。

话说这林老师睡着不久，忽觉有人拍肩，睁眼一看，原来是老友康素臣，只见他整冠束带，已非旧时寒酸模样。忙惊问道：“康兄何也在此？”康公道：“小弟久在此间服役，本日东岳帝君邀宴贵客，我等甚忙，你老兄在此，正好帮忙。”说罢拉起就走。

林老师举眼一看，已来至高大堂皇的宫府之中，到处张灯结彩，击鼓吹箫，胥吏仆仆，僮婢匆匆，大厅里已然摆起几桌筵席。回顾自身，已然是冠带整齐，与康公相似。不觉怔忡自疑，问道：“这不是雷雨昏夜中的破庙么？怎的变成宫府？”康公道：“你所说的乃是昨天的梦境，此刻所见才是真实的，为何反而疑怪起来了。”

方说到此处，外面喧呼：“贵宾到！”只见庭下众人纷纷排班站队，让出中间一条甬道。一朱衣玉带长官率领从吏，自甬道中向外走去，康公遂拉林老师一同跟随出去。只见天空青白二气如电光射出，一道向北而去，一道径向此庙而来。转瞬之间，白气变成白云，云上车一驾，上坐冠带一人，其人黄面赤须，竖眉阔额，目光如电，白袍黄铠，端坐昂然。后跟从人无数。白云冉冉坠地，朱袍人赶紧快步至辇前，拱手恭迎。那人提衣下车，大踏步进庙，并未与朱袍人答话。朱袍人与从吏紧跟入内，一时人声鼎沸，喧呼之声闹作一堂。但闻高呼上菜。少顷，人声忽静，想已食毕。此时但见一吏下堂来高呼："带人犯！"随即镣铐叮当，从廊后转出一班人来。林老师见这群人犯衣着紫黄，肥胖臃肿，白皙娇嫩，有男有女，个个披枷带锁，狼狈不堪。便悄问康公道："此等人看来俱是贵胄之辈，不知身犯何罪？"康公道："这些人正是朝廷宗室和封疆大吏。只因骄奢淫侈，鱼肉人民，帝君奉命将他们拘来，听候那位白袍大王发落。"言毕，众人犯已至堂下，但听白袍人怒喝道："尔等饱食百姓血肉，十恶难赦！今也将尔等碎为肉醢，散与百姓为食。"那班人犯哭哭啼啼，齐声哀告。白袍人略略一顾，一挥手，拥上一班随从，早将这些人犯提将下去。这时第二批人犯又已押到。林老师见这批人或黑瘦枯老，或大腹便便，獐头鼠目，满脸奸诈，虽然上了镣铐，两只贼眼仍自骨碌碌乱转。康公知他欲问，便道："这班人犯都是贪官污吏，衙门爪牙，豪绅恶霸。平素横行乡里，敲骨吸髓欺压良善，草菅人命。如今只怕也难逃肉醢的命运。"果然，那白袍人指着那班人犯切齿大骂："尔等但知盘剥，哪管人家破人亡，心若蛇蝎，贪似虎狼。今将尔等剖腹穿心，刮骨熬油，以报被尔等屈死之冤魂。"说罢，一群随从拥上，将这班人拖下施刑。但听惨号之声从廊外传来，令人心惊肉跳。那白袍人怒犹未息，拍案大喝道："快将那狐群狗党，伪善小人给我带上！"朱袍人连忙下座打恭道："请大王暂息雷霆之怒，世间恶人甚多。但惩恶也为劝善。尚望大王体上天好生之德，网开一面，给他们一条改恶向善之生路。"那白袍人道："既是帝君讲情，姑缓予惩处，倘若再怙恶不悛，定不宽恕！"言毕，起身向外走去。众人复追送到庙外，只见那人上车，向朱袍人一拱，云起车行，向西而去。白云灿灿，下照大地一片光明，正是林老师归家之路。

林老师目睹白袍人适才处置一班人犯，虽觉过于残酷，但又觉心中痛快。想那世上的高官贵胄，贪吏狗卒，所作坏事，令人切齿。林老师身家所受其害，早已心中愤愤不平。今见白袍人痛惩这班人，也觉吐了自己心中一口怨气。不禁对白袍人好生敬佩。暗道世间若有此人在，将铲尽天下多少不平事！便问康公道："这白袍大王不知是何神圣？"康公笑道："你自己的学生，你还不知么?!"说时用手在他肩上猛地一拍。林老师一惊，向前窜跌下去。忽觉眼前一亮，睁眼看处，哪里有什么宫府热闹，只有破庙如故。此时雷雨早收，旭日初出，鸦噪桧树。看那神像经此大雨，更加破烂不堪，全不似有什么灵气。自己身上衣尚未干，泥鞋尚湿，猛想起那康素臣早于数年前死去了。不觉打了一个寒噤，恐惧起来。也顾不得道路泥泞，拔脚就跑。拖泥带水走回家中，已是近午时分了。

林师母与丈夫换去衣鞋，埋怨道："往年忌日你照例回家。昨夜候你到五更，人影都无。怎么今天才这样狼狈回来？你这假道学又在哪里作怪去了？"林老师半晌不言，但问道："难道昨夜这里未下雨么？"师母笑道："哪里有什么雨！只不过半夜打过一阵炸雷。你真是活见鬼了。"林老师道："活见鬼？不错，真是活见鬼。不过真是像我见的一般，那么活见鬼也不可怕了。现在饿极了，还是先给我弄点吃食吧。"师母知他这人头脑有些偏执，也不问他见到什么，忙笑道："该你有口福，今早恰好左邻张家送来几个红蛋，是煮熟了的，你先吃了吧。"说着打开一个红纸封，将那染得鲜红的鸡蛋取出。林老师边剥着蛋壳边问道："哪个张家？可是张文兴张大哥家么？不知生了是男是女？"师母道："正是张文兴家。昨夜张大嫂临盆，起先稳婆接不下来。许下向全村送红蛋，烧普香还愿。那炸雷响时，竟顺利生下来一个胖小子。全家欢喜不尽，今早晨张大哥就向满村送红蛋，敬神烧香。对我家来得最早，送得最多，说是将来要请你教这孩子读书呢。你吃了这蛋就是这孩儿的老师了。"林老师听到此处，猛想起昨夜康公之言，大吃一惊，暗道："如此梦非幻，这孩子将来定有一番成就，倒要好好教导于他。"

◎评注

此回所述两事皆怪诞不经。然计六奇《明季北略》曾言羽士拜表事，李雨村《井蛙杂记》亦曾记张献忠降生事，与此大同小异。事虽无稽，但发人深省。

第二回 进学堂双雄比武 闹酒店四杰偷盐

话说延安府肤施县柳树涧的张家，乃是元末关中四大将张思道之后。算来是蒙古人与汉人的混血人种，世代身材魁梧，精神饱满，性格强毅。元顺帝北走以后，大明中山王徐达率军入关。张思道兵败，退保庆阳、宁夏，与其弟良臣皆做了故元的忠臣。殉节以后，亲族奔散，一支藏匿肤施县，不敢承认蒙古祖先，自称乃是周朝张仲之后。另造族谱，订下世派十六字，曰：

孝友家声　百忍名闻

岐陇世业　文献可征

从张思道至张献忠，为第十四代。父名张文兴，以务农兼赶骡马为业。母亲徐氏，亦是本县农家之女。结婚五年，生了三个女儿，一个男儿，都很顺利。唯有献忠临盆之夜，久生不下，呼号宛转，直到鸡将鸣之时，忽闻雷声一响，电光同时射入，孕妇吃了一惊，便将儿子生出来了。因为此时八月，取名八旺。不料八旺生下地来不久，大儿死了，大女二女，亦次第害病。张文兴出门赶生意，骡马死亡，生意亏折。家乡农田又遭蝗灾。一个兴旺的门户几年凋败下来，把个徐氏气得几番大哭。还是文兴劝解她道："家业兴败乃是运气所然，哭有何益。我常闻本村的林老师说，八旺儿将来定有一番成就。将来入仕中举，作官作绅，还怕我家不兴旺么？"一席话安慰了徐氏，振起精神，耕地绩麻，撙节用度，预备将来送八旺入学。到了儿子满十岁时，正月十六，乃是金明乡塾林老师开学之期。文兴夫妇早为八旺预备一套新帽新鞋，小米一斗，铜钱一贯，由文兴亲自送到乡塾来。这时八旺已经长得魁伟，因为大哥已死，他算居长，改名大旺。文兴夫妇爱怜儿子，用了两匹骡马，一驮行李，一驮大旺，文兴走路照料。到了乡塾，已是正午时候。大小学生集有三十多人，纷纷都在安桌椅，安床铺，安锅灶。至圣先师孔子位前，已经香火烧残，烛泪满台了。文兴请出老师，献上大钱，亲自跪下拜了四拜，才命大旺上来参师，拉了许久，带扶带按，才将此礼草草完成。老师问他名字，文兴说道："本该是献字派，还未取派名。原名八旺，现在呼作大旺。因为家里已有第二个孩子名叫小旺了。"老师笑道："大旺名殊不雅，取名献忠好么？"文兴谢过老师，便去与他安排食宿之处去了。好在全是乡邻戚党子弟，拜托照料，莫不满口应承。正在此时，忽听校外河边哭闹一团。原来献忠趁着文兴与老师谈话之时，早已跑到河边，与几个学生拔起沿河新插的柳条，唱戏打仗。别的小孩都是轻描淡写，随舞随走。唯有献忠十分认真，定要打胜众人。拦着要路，高呼来者投降，被一较大的学生将他掀开。他勃然大怒，拦腰与那人一棍打去。那人叫声"哎哟"，回身转来扭着便打。两个彼此不让，打作一团，滚在一处耕地上面，翻腾十多次，把菠菜地蹂躏成了平芜。其余儿童围着热闹，拊掌助威，惊动张文兴跑去看来，果然是他儿子与人打架。急忙上前拉开，先自打了献忠一巴掌，才向乡人赔礼，那人亦即以礼相还。不料正在彼此客气之时，献忠乘众人不备，又复拦腰一拳，那人往后跌去。气得文兴手颤身抖，抓着献忠着实打了一顿。献忠又哭又跳又骂，喊道："你不公平呀！你打我一掌，却不打他。难道不该让我打他一掌么？"说得众人哈哈大笑。文兴手亦软了。这时看他，新帽撕破，抛在一边，新鞋只有一只穿着。满身尘土，好似泥糊牯牛一般。父母之心好不暗自疼痛。口边骂着，却用手温存，牵扶着他回校去了。

老师因张献忠是发蒙学生，并不自己教授，指一大学生，命其代为课督。献忠对于先生还有点惧怕。对于这位代教的同学哪里肯服。喜欢读就读几句；不喜欢读便去玩耍。一人玩耍尚嫌不够，又将塾中发蒙不久的孩子裹挟出来，闹个天翻地覆。附近人家无不受其骚扰，都来报告老师。但林老师心中有成见，总不十分难为献忠。偶然责打，亦只蒲鞭示辱，敷衍他人而已。大学生们见得老师尚且如此，谁肯开罪献忠。自然事事迁就，凭他胡为。所以读了五年书，认的字不满五百个，惹的祸却不下五千回。许多新到学生畏他威名，怕他欺负，都承顺他的意旨，听从他的命令。所以张献忠虽然是个小小学生，却也成为金明驿上一位有名人物了。学堂以内，不服他的人，只有几个大学生，由开学与他打架那人领导起来和他对抗。那人姓刘名国能，住家去金明驿不远，乃是一位甲长之子，地方上有点势力，加以比献忠要大一两岁，天分亦比较高些，所以不服献忠，另自联合几人结成一帮，常与献忠争斗。五年以来，不少打架吵嘴，许多纠纷都由此引起。

天启元年，四川土贼奢崇明造反，破了重庆，围攻成都。朝廷命调三边戍军入蜀讨贼。何谓三边呢？明朝开国，每省设一总兵。其后定都北京，为防胡骑内犯，先设辽东、蓟州、宣化、大同四大镇总兵，拱卫京畿。以后为防蒙古人侵扰关陇，又增设延绥、宁夏、甘肃三镇总兵，便叫三边。又后于固原设总制府，总制三边。又移山西总兵于偏头关，以联络大同与延绥的形势，合称九边。九边戍卒称为边军。随时有朝廷内官巡行简料，唯恐军官不贤，吃额弛备，惹动胡骑侵入。此乃是一代要政。此处所谓三边，就是这延绥、宁夏、甘肃三镇。近来因为蒙古俺答汗父子信奉喇嘛教，念经戒杀，弭息战争，边防积年无事。所以才敢抽调边军前去征剿。军队开动，载运粮饷刍秣，罗锅帐房，需用骡马甚多。早有延绥总镇移檄各州县，征派应差。肤施县被征派骡夫，恰有张文兴在内。文兴见徐氏多病，家里无人，命献忠退学回家照料产业。自己即便随军入川。献忠最怕读书，欢天喜地回家来了。

献忠回家以后，徐氏命他春夏在家种田，秋冬出门赶骡马。献忠不愿种田，对于赶骡马却甚愿意，因为如此可以挣得现钱。有了现钱，便可沽酒买肉，呼朋引类，胡闹一场。几次出门，都是抄手回家，徐氏向他要钱，不说生意不好，便说钱包破漏。后来徐氏发现他的行为，刚拟责打，他便大哭大骂。他说的话却很有道理："你能活得几年？这份家财虽小，还愁活不过你这一世么？剩下的财产早迟也是我的。我成龙上天，成蛇钻草，富有天下，贫无立锥，干你甚事，却用如此管辖着我。"把个徐氏气得脸青面黑，呼着他的乳名说道："八旺呵！你爸爸望你兴家，取了这个名字。落地以后，家业中落，哥哥姐姐陆续死去，一个兄弟小旺又已死了。眼见你如此行为，家业必更加崩败。八旺八旺，你简直是个八败星啊！"献忠努嘴怒目说道："我是大旺，不是八旺。"徐氏切齿叫道："八旺大王，你饶了我这个老婆子吧！"献忠得意洋洋说道："柳树涧到金明驿一带的人都叫我作大王。妈妈你也知道，你有这样一个儿子，也算不错呀。"说罢，挺胸昂首，大摇大摆走出门去，径向柳树涧堡子当头酒家去了。献忠在这胡闹期间，却结识了许多英雄少年。第一个便是同村的李万庆，乃是一位边军的儿子，射得一手好弓箭，年龄比献忠小，未曾读过书。第二个是王志贤，乃是一弓箭工人的儿子，小献忠七岁，曾经同过学。天资聪明，行动敏捷，翻墙越壁巧如猿猴。学中与他取的绰号叫"小猴狲"。他素来便是献忠的信徒，现在虽未废读，却随时请假跑到柳树涧与献忠同玩几天。第三个名叫朱世虎，乃是十一二岁的农家小子。生得又粗又黑，力大无穷。但是行动迟缓，性情直率，人都叫他"小笨猪"。他四人每年都要聚会几次，每次总得闹出叫人惊叹的事来。

有一天，献忠赶骡到金明驿，小猴狲招待他在学堂住宿一夜。第二天早上，小猴狲托言家里有事，请过假，同献忠共骑一匹骡子，向李万庆家里走去。邀出万庆来，同到柳树涧喝酒。万庆带了弓箭，想要打猎佐酒。路过刘国能的家宅，正见两个鸽子飞出，在天盘桓。献忠想起刘国能与他不合，发出忿恨，便激励万庆道："你的箭法好，能射下鸽子来，拿去下酒么？"万庆认得刘甲长家，有些不敢。献忠说："倘若他家不依，你骑我的骡子先跑，我去抵挡。让小猴狲与你把鸽子捡来。"三人商定，万庆一箭射去，未曾中鸽。再发一箭，射中一个低飞的鸽子，直坠下来。小猴狲忙跑去捡，万庆便骑上骡子跑了。献忠却站在当道一土丘上，拍掌大呼："射得好！"不多一会，刘家的人跑来寻找射鸽子的人，望见献忠，问道："你曾见有人射鸽子吗？"献忠道："射得好！我亲见他站在那边坡上射的。鸽子带箭，窜飞向山嘴那边去了。"刘家的人果然依他所指的方向前去找寻鸽子与射箭之人，恰与万庆小猴狲背道而驰。献忠见得来人中计，徐步下丘，从容而去。背过人影便大跑起来。到了柳树涧酒家，命主人婆烹调下酒。主人婆不敢违拗，但说："这也不够你三人下酒呀！"献忠说："还要添人添菜呢。"说罢，拉小猴狲同路回家，暗指自己篱下的鸡，向小猴狲示意。小猴狲明白，顺手按了一个就走。徐氏听得鸡叫，出门来看。献忠忙抢上前去，呼道："妈，我回来了。"徐氏说："我在屋内听着鸡叫，怕有野猫偷鸡吧？"献忠说："是我投石惊骇了它。"徐氏果然不疑。又问他骡儿何在。献忠乘势说道："骡儿放草在河边，这却须得去牵回了。"说罢，掉头出门而去，径到酒家。万庆说："鸡鸽都有了，盐却不够。道旁正有盐车，你敢去取不？"献忠说："不难。你看我的。"向主人要了个桶，带了一柄小刀，拉着小猴狲，装着抬水之样，侧过车旁，径向河边走去。用桶在水中荡了几荡，荡得这桶满身是水，桶内却并无点滴。二人用手抬着，走几步放地一息。走到盐车侧边，又息下来。斜窥盐车夫一排六人坐在道旁吸烟，并未注意到他们。乘时迅速一刀向盐包划去，开了一口，用桶接着。那盐窣窣地漏出，流进桶来。献忠随捡一块木片插上便不流了。于是高抬着桶走进店去。主人婆见了大骇，献忠怒目摇手，不许声张。店婆子哪敢声张，只是心里骇怕，手足有些发抖。此时小朱亦被万庆邀来，他四人大吃大喝笑个不停。盐车夫并不觉得有异，吃过烟，赶车前行，轧轧的车声，向前行到几十步，盐漏出了，在路上留下一道白线。后面的看见，忙叫同伙停车，共同检视。但闻一人大呼："盐包被人划破了。"并说："停这一息，只曾过了三人。一是背草妇人，二是抬水小孩，尚还未走。"于是邀集同伴转去查问，同伴都在劝他罢了。四人初见要查，惊惧欲逃，俟见车夫自相劝阻，酒力壮胆，便不恐惧。不料刘甲长闻听有人提鸽带箭上酒家，跟着跑来查问。主人婆不敢隐瞒，说出鸽子鸡肉的来历，并交出偷盐桶来，声明她不敢窝赃。甲长一面命人追回盐客，一面着人去请四人家长，自己却来向四人盘问。小猴狲、万庆低头不言，献忠与小朱便要打架。正在此时徐氏来了，再三与众人认错、认赔，“杀千刀，短命鬼，八败奴才”，骂着将献忠拉了回去。三个小孩亦各自悄然溜了。盐车夫闻得四凶之名，也只好忍气，收回残盐，缝合破口，赶车而去。甲长叹了一口气，亦各自回了。

第二天，献忠率领小朱来到酒家，仍然和颜悦色，交钱买酒。开饮之后，献忠声言有事出店去了。小朱喝酒已完，倚酒发疯，将店中家具打得稀烂，店主婆拦阻，被他推倒地下，打得皮爆眼肿。惊动四邻，齐来将小朱捆绑。这时献忠走来了，喝开众人，与小朱解了束缚，见他亦是头破血流。反转不依众人，口内嚷道：“我请小朱吃酒，开钱在先。我因事出店，店主婆不合欺他人小，勾结你们，加以毒打，打我的客人，如同打我。我今不与店主婆算账，且与你们这批打帮捶的人算账!”说罢拖过凳来便要动武。小朱亦附和喊叫，吓得众人一哄而散。店主婆知道昨日情亏，今天的小朱又是穷小子，还未成丁，说赔偿亦无益处。为的惹不起张献忠，只好自认晦气，哭鼻撒涕，收拾残物，搬家走了。

◎评注

本回写张献忠幼年性格行为，正如其一生事迹缩影。

刘国能即闯塌天，李万庆即射塌天，并见《明史》。又皆延安人，与此相符。

第三回 张文兴演说秦良玉 陈洪范全活张献忠

话说张文兴随军运粮去到四川。那时川东南一带州县都已被奢崇明土兵占领，正在围攻成都。幸有左布政使朱燮元鼓励军民拥城死守。陕西边军来到绵州，地理不熟，不敢轻进。半个月内，各省援兵大集，陕军亦进抵汉州，奢军派兵前来接战。陕军不敢恋战，退守州城。奢军常在城下辱骂。又道是："连鸡不飞，联军莫进。"各省联军皆在观望，陕军如何敢去当冲。任他辱骂，只是闭门不理。一日忽见奢军人马崩溃，口中喊着："白杆兵来矣。"众人都到城上观看。只见东南地角来了一批军装不整，面目黝黑，手执木杆上套戈矛的步兵，约有四五千人，一个个精神饱满，健步如飞。冲到城下并未呼门，即向奢军追去。后面来了一麾骑队，簇拥一名女将，三十年龄，紫白脸色，甲胄佩剑，跨骑桃红鞍鞯桃红璎珞的一匹白马。后骑跟上十余岁一俊俏后生与许多曲眉丰颊、男装仗戟的女兵，如潮涌风行一般追了过去。州人登城看热闹的，都啧啧称羡道："这是石砫土官秦总兵母子了。"文兴十分惊异，找得一个成都来的联络兵问其详情。那兵士道："这女将军名秦良玉，是一汉人女子，嫁与石砫土司。他姊妹兄弟，夫妻婆媳，皆娴习韬略，善于作战。又有冲锋陷阵之勇，同甘共苦之贤。所练几千土兵乃是西南第一劲旅。万历年间平定播州杨应龙之乱，全是她夫妇的功劳。因为她夫马土官阻挠开矿，得罪朝廷邱太监。大功未酬，病死在云阳监里。秦夫人执掌土政，只有这个儿子。她并不抱怨朝廷，忠肝义胆，正与未居孀时一样。前年京师吃紧，征天下兵马援辽，各道援兵不是中途溃散，便是迂回不进。这秦夫人亲自率兵两千，偕同她两个兄弟自裹粮秣，不分昼夜赶程万里去援辽东。朝廷上下无不称慕。虽然一个兄弟战死，却得了一个英勇似她的媳妇，乃是山西张御史家的女儿，亦有万夫难挡之勇。这次奢贼亦是出兵援辽。才到重庆，便将城池据了，连陷泸州、内江等县。常言天生的重庆，铁打的泸州，这言其险固。又说金江津，银富顺，这言其富足。奢贼有了这等地方，遂敢称王僭号，要取成都为京城。朱大人虽然死守，但城大兵少，贼势太盛，外援难至。念西南军队，唯有石砫可用，派遣通判胡大人缒城突围，前往石砫乞援。一月无信，都猜想她不肯来。谁知她竟突然来了。贼必破矣。"

这天晚上，塘马报说秦夫人兵驻新都。贼军退过毗河，立即向南崩溃，成都之围已解。于是陕西与各路兵马纷纷开向成都，听候调遣。张文兴亦随同前去，瞻仰成都的繁华。沿途看到平畴沃野，四望无际，川渠交错，日暖风和，虽然已是隆冬，却与陕北暮春早秋相似，绿茵蔽野，红尘逐人，村烟相续，米车衔连，心中好生羡慕。走进成都，更是骇了一跳。城垣宏伟，大过西安数倍。崇楼栉比，人物骈阗，一般盛况，更非三边人物所能想象。虽在兵荒之后，都人士女依然锦裘貂帽，缓带从容，揖让进退，彬彬有礼。歌台舞榭，酒馆茶厅，喧嚣热闹，人物如流。正是地上的天堂，人间的乐园，把个张文兴弄得目迷心乱，怅然自失，恰似乡姑娘看西洋镜一般。心想我那八旺孩儿若能来此一游，也不枉他活人一番。

第二年五月，秦良玉军收复重庆，川中贼氛消平。陕军奉命回防。文兴同行归陕。一路看到汉中不如四川，西安不如汉中，三边不如西安。不免自恨生地不好。到家以后，徐氏母子接着问起入川情形。文兴将四川如何富乐，物产如何殷盛，人物如何文弱与奢侈，官吏如何的贪污，军队如何的孱弱，逐一叙来。献忠听来，十分感兴趣，问长问短，缠闹不休。文兴又将秦良玉是何等人物，依所闻见详细演说一番。并作一个结论道："川人虽然孱弱，却也有秦良玉这样的人。倘若她不嫁到石砫，亦未必不是成都夫人小姐一样，天天享乐，夜夜欢娱，哪有心去看兵书，习拳剑？听说石砫地方山雄水激，石硬土薄，乃是与咱们三边同样贫瘠之地。假如旺儿你是有志气的，未必堂堂男子还赶不上她一个女将吗？"献忠听到此处默然良久，慢慢答道："我不能学她，但亦未必就赶不上她。你老人家看吧。"徐氏听了，"啐"地一泡口沫吐出来，向丈夫抱怨道："自你去后，孩子不成器，狐群狗党，惹是生非，弄得一乡文王不安，武王不乐。我替人赔了许多小心才过去了。依得乡人提议，说除非活埋了他，方除未来一大害。纵然乡人容得过他，迟早亦必死在官府王法之下，你看他今天还在做梦，说甚么赶过前人，光大门户啊！"献忠道："平白又在咒我。"徐氏哭道："孩子啊！妈会咒你么？趁你爹爹回来赶紧想个职业混混，以免在乡胡为。须知你今已是十七岁了。"献忠道："职业现成，我跟爸爸赶骡子到四川去。"

文兴道："四川虽好，亦非你能去得。那里都是肩舆手车，不用骡马，与我三边完全不同。那里的人，尊的科名，讲的礼让，像我这样老成稳练，在川省内都还失格受辱不少。似你这样一个粗陋的野孩子如何去得？"献忠追问父亲受过谁的辱来。文兴道："譬如有一次，我牵着骡到街上饭店喝酒。将骡拴在店外，骡儿撒了一泡尿，全店人吆喝起来，说是臭气刺鼻。店家撤下酒饼不肯卖我，要我立即牵骡离开。我方争论，又来了一位秀才，说我妨害清洁，罚我担水来将骡尿冲洗，我刚提出抗议，众川人一齐呼打。我万般无奈，用他们准备的桶担水冲洗。我未习过担挑，苦不堪言。正在此时，不争气的瘟骡又拉屎了。秀才不依，定要我将骡屎扫进裙袂，兜出市去。我才说几句骡屎不臭，他们又呼打了。那秀才骂我道：'骡屎不臭你们老陕，未必我们诗书礼乐之家亦不臭么？'我无奈，竟遵从了。如此失格丢脸之事甚多。你看这样尖酸的地方，你去得么？"献忠听了，切齿握拳说道："那人姓甚名谁，居住何处？"文兴笑道："你问这个何用，难道你还报得了他吗？"献忠忿忿道："也说不定！"

话说陕兵援川，虽未接过大战，亦不免仍有伤亡逃跑。回防之后，张布文告招募新兵补缺。张献忠闻讯，去邀李万庆商议从军。商量定了，才与文兴说明。文兴觉独子从军有些碍难。徐氏尤觉难于割舍，一马挡定。献忠哪里肯依，悄悄偷了五百大钱暗藏身边，借口出门赶驴，跑到李万庆家，诳言父母已准，一同向延绥走去。李万庆父亲原在边塞当兵，万庆曾经去来，一路甚熟，两天到了延川。第四天到了绥德州，第五天到了米脂县，第七天方到榆林。榆林乃是万里长城中一座关隘，延绥总兵驻扎之所。长城以外一片黄沙碧草，荒凉异常。长城以内一个土城，内面七分皆是军营，三分才是民房，无非商店、妓馆，与打刀造弓的肆铺。亦有住宿客人车马的脚店。两翼长城，东抵山西河岸，西抵宁夏河岸，都是太祖成祖之时特烧大砖，因山绕谷修造成的。高有三丈，厚有丈余，上面可以行军驰马。三里有碉，十里有堡，碉有哨兵，堡有讯将。凡陕西段内共有三十六堡。总镇麾下，榆林关内，尚有副总兵一员，住营中军官一员。分防各地，则有参将六员，游击将军两员，入卫游击四员，守备十一员。额定佐杂兵员共五千名。自永乐下迄万历，边警频惊，饷糈颁赏甚为丰厚。官兵钱多命短，肆意行乐。因此娼妓赌徒，鲜衣美食，游戏享乐之事，都向边防跑来。把个荒凉贫瘠之地弄得十分繁荣。现因承平日久，军备渐弛。朝廷亦因此对兵饷往往一再拖延，连期积欠。总镇各官索饷不得，只好缺额弥补。此例一开，上上下下都以吃缺为当然之事。彼此虚造名册，掩耳盗铃。自万历至天启年间，延绥的欠饷已达一百余万两。因而官额兵额，都已缺到五分之三以上。援川之役，凑集千人都感到困难。回军以后更少得不像样了。总兵王威觉得太难为情，方才出示招募。因为三边土狭人稠，繁荣之后，突然凋落，所以失业人多。一闻招兵，纷纷都来投报。一个榆林市街顿复繁盛起来。各家客店无不人满。幸在李万庆的父亲乃是此间老兵，人事圆熟，先替他二人上下奔走说项，结果献忠万庆俱蒙补上。万庆因父子不便同营，拨到靖边堡参将部下去了。献忠一人在此，好生不惯。好在边军中多有与献忠性情相投者。他又卖了牲口，用这笔钱号召朋友，酒馆进去，妓馆出来，做得十分漂亮。遂有一般油嘴帮闲成性的人都来近他，重新结成一个团伙。老兵较多，新兵较少。新兵当中又献忠年龄最小。故不但头把交椅轮不到他，即第十把交椅亦无他的份。不过大家都还瞧得起他，混账胡行的事都能许他加入。

他们这个团伙叫作山王会。核心部分共是三十六人。曾在山王庙内拈香结盟，约定有福同享，有祸同当。为首一名神一元，乃是汉化已久的胡人，一字不识。可是沉毅英勇，诡计甚多，气概宏伟，甚受人爱戴，在军营中乃是一名头目。张献忠等人结伙以后拥他做了龙头。他本人素来却守军纪，自从做了龙头以后，会中人一切不法行动他都不便纠弹，有时亦随缘参加。一经官长诘责，他总是尽力掩护，掩护不了，他亦摆脱事外，不受牵连。他们会中，分作阴柔阳刚两队。阳刚队十八人，讲的是占吃霸赊，占嫖霸赌，杀人越货，放火行劫。阴柔队则坐地分肥，套赌骗奸，诈欺取财，包揽是非。虽然同是作奸犯科，却有软硬功夫不同。所以阴柔队犯规时少，阳刚队犯法时多。单讲这阳刚队，大半年内，经人告讦的，共有欠账案四十六起，占奸妓女案十四起，强奸良民案八起，劫夺财物案五起，杀人嫌疑案三起，劫杀塞外驼队案一起。军中误卯犯规案，市上酗酒滋事案，更属不可胜举。各人录过簿上批得纸无隙地。记功簿上半字皆无。也是恶贯满盈，合当有事。一次，阳刚队十八人联合，跑到二十里外的一个屯子里去，逼着屯长杀鸡宰羊烫酒招待。吃后入睡，逼要十八位少妇相陪，如不中意，便要自动选择。屯长不从，被捆绑在诸人榻前，要打要杀，妇女凑齐仍然不放，另自要银子每人一两，赔偿往来马钱。次晨银两凑不足，绢布折补，方才把屯长放了。临行还说："我们奉命清查奸细，应得如此享受。你如不服，许你指名控告。"在他们想：乡民何能认得他们？不料屯内有一人家女婿正在营内中军属下当一个小书记。这夜屯民为了报仇，特将他的妻子送去伴夜。事后，他的妻子跑来哭诉。屯长亦因一夜冻饿羞忿，第三天便死了。合屯打一公禀，请求惩凶。书记因无主名无法清查。但他早疑到这伙败军了，恰逢关放兵饷，请准中军，命全营员兵亲来领取，逐一发放。却藏屯民在后，将可疑之人指与他认。于是十八祸魁全被认出。经书记与屯民具结，由中军禀告上去。王威一见大怒，命将十八人一齐拘下，枭首示众。

事有凑巧，正要处决这天接到缘边送来文报，说朝廷命总兵陈洪范检阅边兵，不日即到。王威想，我的兵额本已不足，倘若今天杀了这十八人，点阅官反将认为是十八缺额。莫不留到点阅官到再行施刑，使他见得我军纪严肃，并可掩饰过去虚报杀戮之迹。想定，便将诸人收禁。迨陈洪范已到榆林，方行绑出枭首。行刑这天，全营官兵戎装排队，齐集校场。王威先登将台，申明军纪。勉励官兵之后，命将十八犯兵，依着年龄顺序绑到校场，跪成一排，宣布罪状，便在将台侧边依次砍头。方砍到第五名时，红旗飞报陈将军拜访。王威便改变队形表示迎候。宣布暂时停刑。自己走下将台，迎接洪范。上下恰从囚犯前边走过。诸犯还剩下十三人，平时虽然倔强刁横，到了今天亦已心碎胆裂，面无人色了。方其先头各犯，次第被牵砍头之时，眼见白光一闪，赤血喷出，圆头飞起，躯干伏地，鲜明肤色突然转白变黄，好不可怕。方当四顾茫茫，毫无生路之际，忽闻停刑迎客，觉得这亦是一线救星了。他们知道本营之中无人能救。一见陈洪范与王威并肩走来，一起举首乞怜，低呼："大人救命。"洪范举眼一看，全是精壮汉子。最后一人年龄尚小，竖眉阔额，眼光有神。肥白双臂，暴起几个栗子，颇似有些膂力光景。上台以后，寒暄既毕，王威请问先行阅兵，或改日校阅。洪范道："老兄治军严肃，纪律清明，单看今日情形，已足证口碑不谬。本日原为拜访而来，不图遇此盛集。以后不再检阅亦可。但今天不便说到检阅，倒要请兄台赦免这几名囚犯，为小弟来此留点恩惠。"王威说："他们都是淫掠大罪已达第三次，实难赦免。"洪范觉得面子难堪，改口道："末尾这个犯人年龄尚小，这要请你开恩特赦，送给小弟，弟有用他之处。"王威答应了他，让洪范领去。其人即张献忠也。

陈洪范带献忠回到行馆，问过姓名籍贯，文武才能，觉他并无一技之长，无心携带同去。对献忠说道："王将军道你等罪重，决难宽免。因我说你有用，方才许放你来。其实我并无用你之处。肤施不远，你又是独子，尚未完婚，不孝有三，无后为大，何不归家务农。不过若从此处回去，王将军岂不怪我。可随我去到前关，中途逃走好了。"献忠此时感激得五体投地。洪范为他补了一名亲兵，留守行馆。榆林公毕，行向前站，路上赠他路费，纵其逃跑。献忠怕榆林人民报复，绕着小路逃回家来。往时桀骜凶暴之气消失大半。

◎评注

奢崇明乱蜀及秦良玉事，预为献忠三度图蜀与不敢正视石砫作一伏线。《蜀碧》传献忠幼时随父入蜀，为驴粪事困辱于蜀人，以是憎恶蜀中士子。与此所述不同。

陈洪范救献忠事，诸史俱曾及之，而莫详其时地。独此书记述翔实。

第四回

安定城高迎祥下钩
登龙居罗汝才逞辞

话说张献忠逃回家来，性情改了大半。他父亲文兴、母亲徐氏二人商量："儿子大了，父母难管。莫如与他娶个漂亮媳妇，用把美人枷锁将他锁在家里，以免出外滋生事端。"商量已定，分头去访。访得安塞县北乡，有一高姓女子十分美貌温柔。他夫妇请托媒婆，用番巧舌说成这段姻缘，又用厚礼下聘。高家相隔甚远，未曾闻得献忠恶名，贪恋厚币，将亲许了。天启五年，岁在乙丑七月十七日，献忠完婚。果然贪恋新婚很少外出。次年正月，他夫妇穿上新衣，备上礼物，向各亲戚人家拜年。拜过本乡至亲，才到岳家。岳母柳氏的娘家远在安定县内。于是，他夫妇又骑骡到安定县去为他妻子的外婆拜年。柳外婆慈祥好客，兼以疼爱外孙女儿，留献忠夫妇住了几天。献忠每日去到县城喝酒。有一天，在酒馆里遇见一人，身材高大，气宇轩昂，坐在首席上面，屡以目视献忠。献忠暗想，安定偏邑小城，人物猥琐，何来这样人物？只怕他是榆林军营里会过面的么？我的案早已销了，何用怕他。便亦端坐在桌上眼看那人。那人却不禁看，便下座来，走到献忠席前，叫声："添酒!"便向献忠打拱，献忠还礼，二人相对坐下。献忠先问道："兄台似曾相识?"那人道："不曾，不曾。我看阁下气宇非凡，念四海之内皆兄弟也，故来攀谈。"二人客气一番，问起姓名。那人道："在下高迎祥，住家在本县与绥德州、米脂县三交界处。今日是为岳母拜岁来此。山城狭小，未免闷人。此家后楼清雅，你我同到那里换盏长谈好么?"说罢，取一小锭银压到店家，命另备好菜，出手颇为大方。

到了后楼，果然清雅，并无闲杂人来往。高迎祥露出本相说道："兄台以为我是何等人物？实不相瞒，我是关外一个响马，专以抢劫草地商旅为业。从不抢劫塞内良民，所以行劫十余年未曾被人告讦。每有余财布施邻里。附近三州县都称我是疏财仗义之人。我有十多个兄弟，个个擅长弓马，能玩弄十八般武器。我们从前皆在边关从军，只因上官吃空挖饷，生活不快，愤而相邀逃跑，出塞行劫。缘边军士大都是我等相熟之人，进进出出，毫无留难。塞外乃是胡人游牧之地。胡人不受汉官管辖，遭受抢劫，无处控告。他们唯一自卫的方法便要武装游牧。但如他武装牧队走近塞下，我们边兵贪功，便要指为边寇，出杀抢功。我们明白这些情形，所以随时假扮商队，走进胡人游牧地方，拿出针线茶布绢绸之属与他交易。见得那一帐幕银多宝富，乘其不备，突起袭击。先将他壮丁打死，再去威胁老弱妇女，予取予求，无不遂意。有时一月半月未遇富家，但逢贫寒牧户，亦将他牛马牲畜赶将回来。斫上几个首级携回，报称经商被劫，作战一场，打退胡匪，截回这些牛马。边将乐得冒功请赏，谁肯盘诘我等不成！我等在家耕田，常受饥寒威胁。吃粮之时，不胜长官剥削。正当经商，又难受军匪蹂躏。一经作了响马，一切问题都解决了。适才看到兄台膀阔腰圆，精明强悍，合当也是我辈中人，特来相邀入伙，结为分金弟兄何如?"

这席话说得献忠技痒血喷，心慌意乱。埋头深思，想到父母的慈爱，新妇的娇柔，家庭的享乐，边塞的荒凉，与同犯法砍头那般可怕的景象，便又畏怯起来了。抬起头来举眼向高迎祥一望，便又埋头下去，半晌不言。高迎祥一笑，再进说词道："看你这情形，有些不敢。但并非你不敢，只因现在还有饭吃，有点什么留恋，所以不敢同去。这可无妨。既认清了咱们弟兄应当是同道的人，迟早是会要同道来的。今天这席酒终不辜负你我。请你回家再想一想。如你有心，我介绍一人与你会面。他名叫罗汝才，住在此地北街萧曹祠侧，为人足智多谋，亦是魁梧有力一条好汉。曾同我出关做过一次买卖，现在享乐在家，乃是此间一地头蛇，江湖人称'活曹操'。我现住在他家。你如愿意出山，可随时向他请教。他自会与你作一妥当的安置。"

说罢起身，会过账，拱拱手，大踏步出店，跨上黑驴，再打一拱，扬鞭而去。献忠送出店来，看他豪华气象，好不羡慕。抄手缓步，埋头向柳外婆家走来。随走随想，觉得家庭虽好，确实埋没了伟大的前程。便决定明日去会罗汝才，再作商量。

第二日禀过外婆："尚须打搅一日，会个朋友。"早饭之后，整饰衣冠，向萧曹祠走来。问到罗府，说会高迎祥的。内面走出一人，年貌不过三十，问过姓名，便拱手道："高大哥今日早饭后便有事走了。在下便是罗汝才。高大哥未走之时亦曾关照过，说兄台乃是今世人杰，同道英雄。今幸相遇，也是三生前缘了。舍下褊窄，同到登龙居一谈何如？"说罢，拉了献忠便向一家酒店走来。进门之后，未曾开口，小二们上下奔走，如奉主子一般。少时酒菜上来，献忠便要取银压柜。小二面向罗汝才，不敢接受。只见罗汝才使个脸色。小二便下去了。献忠定要交银。汝才笑道："别啰嗦了。这是小弟开设，招待远近宾朋的一间小经营，赏脸上座吧。咱们弟兄叨扰之日正多着哩！"献忠听得如此有些局促，只好坐了上座。说道："本为专诚拜访，有所请教。反叨盛情，惭愧小弟了。"汝才道："客套不讲。请问有何赐教？"献忠道："高大哥邀我入伙，情谊甚厚。昨天谢绝了他，归家想来甚为失悔。今日特来请教兄台指示去就的。"汝才道："高大哥说他昨日遇着一位英雄，必是同道中人，但不肯露相。今日你既问到小弟，便要请你先行露相。"献忠道："我献忠说一是一，说二是二，从未虚语欺人。今日当着兄台，更该开心见肠，不敢撒谎。我曾做过榆林城中一名乱兵，因干犯法纪，受了砍头处分。刀已只离项脖三分之时，才遇救星逃出活命。如今回想起来，犯法的事实在做他不得。一劫人身万劫难，砍头后便什么也没有了。况且家有薄田，室有娇妻，父慈母爱，皆在盼我循规蹈矩，送他二老的天年。因此我对高大哥的话虽认为对，却又难于割舍家庭之情，所以昨天未作回答。”

汝才把手向桌上一拍，说道：“着呵！高大哥猜得不错。他料定你不会前去，所以饭后便走了。不想你今又来商量于我。但亦只是商量而已。我料你此时实不能去。”献忠受此一激，作色言道：“何以见得我便不去?”汝才道：“心，长在你的腹内。脚，长在你的腿上。嘴巴，又长在你的颐间。我如何敢拗你。但如你家还有三四十亩小米田，你便不会去了。”献忠此时口软了，赔笑说道：“本是专诚请教，岂敢说拗。小弟确实还有四十几亩良田，一家五口可以生活。但素性不愿耕读。大丈夫岂能老死田园？所以仍想前去。”这罗汝才乃是高迎祥出资派来此地经营登龙居，延揽党羽的一个舌辩之人，惯会观风设词，说服人心。今观献忠如此，早已拿定主意，安排他的前途了。

他说：“我已替你打算，暂且回家享乐。但我看你气色、骨法，居家不过三年，便要自动前来找我。那时我们再谈。”

献忠道：“何以说居家不出三年呢？还请高明指示。”

汝才道：“虽然你的骨法合当如此，却亦可以时局推断。咱们三边地方天寒地燥，土狭人稠。每年收季糜子、小麦，够了人吃便无马粮，够了军饷便无民食。在昔正德、嘉靖之时，边事吃紧，军饷充足，内地米粮，满车满驮络绎运输前来，马腾士饱。剩出余粮无数，流散民间，人人沾光。那时农家收获，二分入官，八分自用。四十亩小米地，五口之家，穿衣吃饭，冠婚丧祭之费都已足了。若有余钱，买得一两匹骡马，或一两架小车，农闲之时出门做点生意，挣来的钱全是家用，余额用来聘请文老师教习诗书，武老师教习拳棍。岁时伏腊，迎神报赛，无不欢天喜地。这是太平盛世的农家生活，岂可与今日这样世道混为一谈。自从天启皇上登极以来，朝廷出了魏九千岁，任用一批官吏尽都是生吞良民、活剥百姓之人。狐群狗党，一齐引上天堂；正人君子，尽数打入地狱。单讲本省都堂乔大人，便是九千岁的过继儿子，在任三年，刮去银子何止百千万驮。三边粮饷运输路费被他吃去大半。文武将官，为的他是九千岁义子，孝敬都怕孝敬不上，谁还议他半个不是。咱们三边地方因此粮价踊贵，百物随之腾涨，人民已不聊生。偏有我们延绥巡抚朱大人与乔都堂一个鼻孔出气，把军饷银子压抑不放。逼得各路总、副、参、游，将兵额缩了又缩，把军饷减了又减。如今五千兵额的延绥减成了三千，还是虚额。实有操兵，三十六堡共凑不足千人。内有两千都是有名无实，买虚占饷。你想原来那些兵丁都到哪里去了？”

献忠一路听来，一路屈指计算，觉得他所说完全都是事实。佩服他这精明识见，开发了自己过去粗枝大叶的头脑。连忙说道：“真的！假如这些被裁汰和占虚的军人都要归田，只怕田地不会够做了吧？”汝才继续说道：“这话是你兄台的稚气！他们既是刀马中生长出来的人，如何会再回去耕田呵？自然都是借军籍为护符，啸聚朋友，找些可以解决生活的方法做去。高大哥便是其中的一派。这一派，已经要算最正派的行为了。还有许多人便在深山老林内生活，劫掠官商行旅。去年葭州一位曾做宁海道的乡宦袁养和大老爷，他家被劫，到乔都堂处去具控游兵。被朱巡抚恼怒，要他指出游兵的姓名番号，袁大老爷实指不出，被以诬控反坐，倒赔银子一千两方才了息。保安乡宦张贺昌家被游兵劫掠，控到巡抚。巡抚发了一纸虚文捕贼。典吏巡捕终日与贼盘桓，哪敢逮捕。张乡宦气这巡捕不过，将他捆了，要送上峰究办。典吏不依，同到朱巡抚处审问，判了张乡宦仗势藐法、擅逮官吏之罪，罚二百金。用了五六百银子方才脱祸。现在便是这样世道。你看做官好呢？做贼好呢？抑或是做绅粮百姓好呢？”

献忠道：“他们既是做官之人，控告到皇帝那里，还怕不彻底查办？岂肯吃此大亏，遂尔默息？”汝才笑道：“老兄真是稚气！皇帝？倘若皇帝是清醒的，三边能够坏到如此地步么？正因为皇帝昏庸，才有九千岁专权。因为有九千岁专权，才有这批官吏，因为有这批官吏，才有这个世界。已经成了这世界了，谁吃了亏，便是活该吃亏的。一个京官回乡，惹不了一个巡捕。何况典吏，何况巡抚司道，更何况都堂大人。惹着巡捕，不过吃官司。惹着典吏，不过罚钱。惹着司道都堂，被九千岁处分下来，你怕不是倾家丢命么？须知良民百姓乃是清平世界的骄子。如今上无纲维，下无法纪。人不吃你，你便吃人。谁要想做良民百姓，亦是作不下去的了。”

献忠听到此处，虽然道了几声：“有理。”心里却很怀疑，暗自念道：“天理、国法、人情和父母、妻子、田产，究竟是抛不下，离不开，摆不脱的枷锁。世上好好的人物，静静的气象，天候如常，地产如昔，未必因为暂时的几个贪官，就会长此坏了下去。一个人只能死一次。我算已经死过半次的人了，非到山穷水尽，如何便肯再走绝地。他既是著名的‘活曹操’，下此一片说词，还赔上一席东道，并非全为我忠诚谋虑之计。有道是空头游说，信三留七。我今暂且应付过他吧。”念罢，便向汝才申谢，说道：“既叨盛馔，又蒙教诲，令人茅塞顿开，感激之至。现在决定遵从明教。不过还须护送内人回家，将家事做一区处，方能放手做事。且待家事料理清楚，再来踵府，求导引入山。”

汝才乃是眼快心豁的人，毫不经意地说道：“适才所说，亦不过慨叹世道之言。只望天运好转，世道清宁，你我长做太平百姓。咱们弟兄，既然千里有缘，肝胆相照，应该倾吐所见，作为他时相聚的退路。并非今天就要走上梁山。兄台回家，仍以安心务农为是。倘若不幸，我今天所说的话成了谶语，那时会面再筹出路好了。”

他两人谈话便此结束。献忠出门道谢，心里像有七八十个辘轳在旋转，怔忡忐忑，回到外婆家里。宿了一夜，同妻子道谢外婆，再回到岳母家里，已是灯节前后。见得城乡各处虽然贫多富少，普现艰窘之状，却亦世平道治，并无什么危机。回想“活曹操”的话，确是危言耸听，过甚其辞。便同新妇两骑，依依傍傍地回家去了。

◎评注

本回将当时三边社会必然崩溃的原因，借献忠之目、汝才之口全部揭露。指明祸乱之作非属偶然。是为筹国者、牧民者、治兵者与爱护乡土者说法。非徒信史而已。

乔应甲与朱童蒙祸陕启乱事，《明史》与诸野乘皆曾痛切言之。罗汝才为安定县人，高迎祥为塞下响马，则惟此书道及。与所论塞下响马生活一段，并足补正史之疏。

第五回　保逋租张献忠受累　铸小钱陕西省成灾

话说张献忠夫妇回到家。正月、二月，都在温柔乡中过去。三月柳梢发绿，地面冰解，各家农人牵牛负耜，齐赴南亩。文兴亦率同献忠前去犁田。这犁田之事，献忠不会，做来吃力，心中懊恼万分。现在他勉强听从父命，随同作苦。总是三天打鱼，两天晒网，不过熬日子，哪有勤力耕稼的决心。春种以后，稍得休息。一天拿起锄头，闲步到堡子当头酒家去想赊酒喝，不想在此遇着小猴狲王志贤。久别重逢，自然一番亲热。言谈之间，方知因为近年民穷财紧，无力读书，学堂关闭，已经回家，跟随他父亲学习制造弓箭了。李万庆父子亦被裁回家，偶然因为买弓箭到他家来，说到近年生活都很困难。他今天为绥德州军营送一批弓箭去，收钱转来。乘着钱多，又久未与献忠会面，想起当年射鸽偷盐情形，一场高兴，便要买鸡沽酒大吃一场。献忠因身上无钱，急忙阻挡道："寒舍去此不远，率性邀小李小朱同到寒舍痛饮通宵，你明日再回城去。此刻不用破钞了。”小猴狲不肯，一定就此喝酒，就此散场，以便回家销差。于是拿钱托店主人买个鸡来下酒。因为小朱家住得近，趁空邀来共饮。现在小朱也不小了，长得与献忠同样高大，比以前更黑，粗言暴气却是从前一样。三人回店吃了个醉饱。约定八月二十一，献忠的生日，邀约诸友齐集张家团聚痛饮。小猴狲会账后，赶回延安城去。

张献忠走回家来，觉得娇妻暖被虽然是件享乐事，腰中无钱亦是大煞风景的事。回想从军之时，三朋四友，抓拿吃骗，不愁钱用，亦是一段享乐。从此随时搬点农产品进城去卖，卖后，到王姓弓店邀出小猴狲吃喝一场。回家与父母报账，小小受点责备，亦就完了。这延安乃是著名产弓之地。小猴狲父亲王应龙乃是世代以制弓为业的弓箭大家。他只大得献忠十几岁，对于献忠的一表人才亦颇喜爱，所以每逢儿子与献忠往来并不禁止，有时也留献忠吃饭喝酒。李万庆来城必到弓店，有时亦与献忠会着，必定饮酒猜拳一回。只有小朱家寒不能加入。三人饮酒之间，得意忘形，露出昔年本相来，把个已经皈依守戒的张献忠弄得有些旧性复发。一日自城回家，路过柳树涧堡子，见一簇人在闹。走拢去瞧，乃是两个官差同甲长押着小朱，说他家拖欠官粮派款累年，户房不胜赔垫，要拉他进城见官。小朱努着嘴，半句话俱无，只是拖着不走。两个差人前拖两步，被他拖回三步，惹得众人哈哈大笑。献忠想起当年情义，走上前去解劝。差人正把小朱无法，乐得有人解劝。约定中秋节后再来收讨，由献忠担保释放。待已经放了，小朱方才大哭起来。献忠问欠缴多少，小朱弄不清楚，甲长代答道："来票上面写的九两三钱七分。"

献忠大吃一惊，说："他家贫穷，向来完粮很少，如何便有这大数额？"甲长道："他家本来只有一分粮，近年加上薪饷一分，均输一分半，间架粮又加一分半，便是五分了。粮额一分，随票加征手续火耗杂费银七钱。折合大钱六百二十文。一年未上，由户房抬垫，每月加息一百三十文。他已三年未上，利上加利，合成银子便是此数。待到中秋以后，便又不止此数了。"献忠道："这样重利，岂能见得官么？"甲长道："抬垫粮款，不与放借相同，规矩便是如此算法。各级官府全是通过了的。"献忠道："他纵倾家破产亦还不了，又便怎样？"甲长道："今你既已担保，今后便是你的事了！"

献忠闻听此言又吃了一惊。小朱说道："差狗子再若来时，两拳要他狗命!”献忠无言，走回家里，正见父亲坐在堂上愁眉苦脸。献忠先问新妇有何事情。新妇说：“粮差刚来过，今年粮额又加了。二老搜箱索柜不够完纳。向我索去压箱奁银都还不够。用了每月一分五的大息，才向堡上借来补足。因此不欢。”献忠问：“共花了多少?”新妇道：“共去了八千五百几十个大钱。”献忠暴跳起来，去问父亲道：“往年完粮，才四百多点，如何今年到了八千。这与小朱一分粮完到九两多，同是官衙舞弊无疑了。我们约结乡邻齐不缴纳，看他怎样。”徐氏即忙起身掩住他口道：“你造反了么?”文兴问：“你如何知道朱家之事?”献忠将方才之事说了一番。把文兴急得双泪长流，叫道：“儿啊！你竟不识厉害，与人担保完粮。这几年来，官府屡有文告，说是辽东、四川用兵，军需浩繁，国家要政，征粮为急。州县官吏都把催征列入重要考绩。所以办粮胥吏便是官府骄子。凭是舞弊浮征，加倍滚利，只要正额能够如期办足，便皆有奖录功。哪有清查人民疾苦的余暇？现在家家户户所有收成，都六分归官，四分自享了。我家规规矩矩，勤耕苦耘，亦才恰恰糊口。今年稍差一点，撙节衣食还可过去。为何你去与人保粮？那朱家无力完纳，自是定了。你须代完，亦便定了。中秋过后，你将如何躲开才好。”献忠当下怒不可遏。但无可出气，恰好新妇与他捧了一碗汤来，献忠接过喝了一口，将汤碗扑的向地摔去，打个粉碎。口内嚷道：“我准备不活人了！还要这碗做甚?”徐氏骇了一跳，向媳妇道：“他似带了酒，你扶他睡去。”

中秋已过，文兴卖了几斗糜子将账还了。却时时忧到朱家追粮差吏前来，屡命献忠到岳家去躲避。献忠不肯，与小朱商量，要与差役出事。不过几天，原差来了，与甲长直到献忠家来，要他同路去找朱世虎。张文兴一见差人，早已躲避。献忠却不曾躲，从田坝回来，便陪差人、甲长去到朱家。朱家二老亦藏躲了。小朱却未曾躲，两眼放出凶光，向差人望着。差人看这情形有些不对，向他说道：“你若无钱，乃是小事，既有张大哥担保，我们再缓几天，来请他设法便是。”小朱大吼道：“与他无干。老子欠钱老子给你!”说着便挽袖冲来，差人知道他的力大，急忙闪到甲长身后。甲长伸手拦朱，误中一拳，当时垂下手臂倒地呼痛。差人又躲到献忠身后，口喊：“张大伯救命!”献忠笑了一笑，才将小朱阻住。问二差道：“今天不要钱行不行?”差人忙说：“你老说了，无有不行的。”“不带人走行不?”“那有什么不行。”献忠又问:“不再来收欠粮,行不?”两差嗫嚅道:“这,我们不敢做主。请你老向户房典爷说去。我们不过是受人差遣的一条小狗。”献忠点点头,说道:“好了,你且回去。不过下月,我催他到户房前来交涉。如果讲得合理,他还不了,我替他还。”说罢,放差人走了。扶起甲长,替小朱道了个歉。甲长见差人已走,不敢作威,叽里咕噜抱着痛臂回去。小朱悻悻道:“这回来不曾打死,下回又会来的。”献忠不答话,回到家中。父母问他如何,他说:“已劝走了。”

到八月二十一这天,李万庆、王志贤二人各自备有礼物前来,先给文兴夫妇磕了头,再与献忠拜寿。要请出高氏同拜,高氏害羞。献忠进去,三番两次拉不出来。献忠说:“罢了罢了。她没咱们爽快,你们单拜我吧。”又说:“小朱是个穷光蛋,我们不能弃他,也去拉来喝酒。”文兴夫妇见得儿子交友还是这几个人,心中有些不快,老早便上炕去睡了。只剩高氏与献忠姐姐在厨下做饭。他姐姐早嫁了人,守寡在帷,今天是特别回家来帮忙的。见了万庆人品,便托高氏说合要嫁与他。高氏悄对献忠提说。献忠不悦道:“这事应对妈妈讲,却叫我如何提说?”高氏道:“妈妈睡了。”献忠怒道:“他今夜便要拜堂么?你替他如此心慌!”说得高氏含羞跑了。

少时小朱已来,四人合坐,猜拳行令,闹得天翻。惟小朱一样不会,只是吃肉喝酒。喝到半夜人静,献忠向李、王二人将小朱之事说了一番。二人都替献忠担忧,但亦无法化解,面面相觑。还是献忠胸有成竹,对三人道:“我有一条路走,不很高明。”便将高迎祥、罗汝才那番言语,低声详述一番。最后说道:“我与小朱只有同路去作响马了。”小朱听说,欢喜得直跳起来,便拉李、王二人道:“我们同去。”万庆道:“岂不连累两家老人?”献忠道:“我担保时不在家内,乃在堡上,想来不会牵连父母。小朱的父母没有油水,差吏拉他无益。我们前途若还有办法,弄回银子,完过这粮便无事了。”李、王二人道:“倘若大哥你有办法,我们亦可前来加入。因为此间百姓们都说生活不了啊!”四人商量妥当才去睡了。次日分散以后,献忠禀过双亲:“秋收已过,要送媳妇回娘家去与丈母做寿。多玩几天方能回来。朱家欠粮我已向甲长声明,不愿担保了,听凭衙门将他怎样施为。”文兴巴不得他去躲藏几天,自然允了。两匹骡子向岳家走去,约摸三五里路,一个黑汉从道旁跳将出来,举起一根木棍,喝道:“将包袱留下!”高氏骇得魂飞天外，几乎跌下骡背。只见献忠低声向那人说道；“远跟着走好了，不必挑上包袱，被人认作同行。”那黑汉便自去了。高氏莫名其妙，抢上前傍着丈夫骡子，问：“那是何人?”献忠道：“是个响马强盗。”“为何竟未行劫?”献忠道：“我是响马头目。”说罢大笑。高氏坐在闷葫芦里，不敢再问。

到了高家，收拾骡马草料已毕，献忠出到庄外，引进朱世虎来。高氏大骇，跑到母亲柳氏老娘身旁，低声说道：“路上碰着打杆子的便是此人。”柳氏见女婿与他同路进来心内憎恶，便要前去阻止。偏是献忠先开口道：“这是我的好友，相约明日同路去到安定访亲。今日权借岳母府上暂住一宵。”柳老娘无话可说，只好点头呼坐。却将女婿叫到一旁埋怨道：“如何与这打杆子的人同路?又将他引进我的家来。被人知道，岂不拖累你我?”献忠笑道：“连我都已是响马了，你还怕沾惹他打杆子的人么?”随将前后之事说了一番。骇得柳氏周身打战，说道：“好女婿，快不要如此。九两多银子，我愿借与你替他完了这粮，好好在家安坐。犯法的事，你先杀了我和你妻子再去做吧。”高氏在旁听说，亦来哭做一团，挽着献忠，定要他转去。甘愿与她母亲筹垫这笔银子。献忠此时反倒要挟起他岳母来了：“第一要在半个月内凑足银子十两。第二要款待小朱，不得轻视。”柳氏母女一一承认，商筹银子一夜。农家无银，只合卖米。那时小米，每斗值银一钱。柳氏疼爱女婿，卖了十石，仓已空了，才得九两多现银。郑重拿与献忠，送他三人回去。

这时天启皇帝死了，信王即位，杀了九千岁魏忠贤，羽檄驰报各州府县。过去骄横官吏心中作病，无不肃然。献忠想来今后一定天下太平了，响马实不可作，趁此回家安分守己，报答双亲和岳母的期望。遂同妻子与小朱回家。禀过父母，率领小朱去到户房完粮。户房此时已不似从前苛索，客客气气收了九两，余数都让了。献忠二人有了剩款，再去找小王痛饮一回，说明按下做贼念头，要与万庆等练习弓马，学些正当本领。诸亲百朋闻此消息，莫不额手相庆。

不料魏忠贤虽已诛死，朝廷清理逆党多如牛毛。内而六部九卿，外而督抚科道，一时撤换不尽。直到第三年的二月，方将逆案名单定决。陕西乃是边省，乔应甲、朱童蒙等党羽撤换甚迟。新换来的，如陕西巡抚胡廷晏、延安巡抚岳和升、三边总督武之望等，全是老迈昏庸之辈，任凭旧时官吏捉弄，毫无振作革新的精神。州县官员乐得浑水捉鱼，中饱私囊。转过崇祯元年的新正，社会上一切老病旧疾都发作起来。政治恶浊，反而变本加厉。加以天旱成灾，春耕失时，各省奉命自铸铜钱补助国库。陕西并非产铜之省，藩司接奉此令，亦即奏请铸钱。无非将大钱回炉，改作小钱。小到三个新钱不抵一个旧钱重了，还在缩减。却逼着州县要作大钱行使。这商民亦很奸狡，却将值百钱的货物提高作三百的价售卖，仍然随风上涨。于是闹得百物腾贵，民不聊生。小米市价，每斗涨到四钱多了，但农人卖粮回家，却仍不够官吏催科讨索。转入夏季，饥民四起，遍地都在抢人。柳树涧中，第一个抢人的便是朱世虎。起初只抢过路行客，暂维朝夕之计。本乡路熟，容易躲藏。受害之家去到衙门控告，衙门正当忙于搜刮，对这未能指名之案谁肯理你。不过在衙门墙上贴上一张批文道："具呈已悉，仰候侦缉归案，追赃法办可也。"如此两三次，附和的饥民渐多，小朱居然也成了小头领。行旅断绝，无可行劫，便对本乡人民亦兼偷带抢起来。张献忠家本勉强过得，到了今年，亦喊食日难度。从前屡靠岳家接济，今年岳家亦已缺收。又兼以去秋卖去小米麦粮，今春乏食，市上购买，价又涨了四倍，无钱买得。屡次寄信要求献忠还钱。献忠此时内外逼迫，走投无路，只得暗与小朱商量，大大做笔生意把这笔钱还了。小朱自然承认，但须多邀几人，希望献忠帮忙。献忠无法，只好横了心，做次强盗。

◎评注

献忠屡被诱迫为盗，屡敛其欲。然终不免于为盗。且不暇远走塞北，为盗于闾里之间，其为出于无已，亦甚明矣。政治不良，驱民于死，谓当时官吏陷入于盗亦可矣！

第六回　杀人放火何可富遭殃　救死扶伤张献忠得志

话说张献忠知道朱世虎近年做了无本钱的生意，去找他商量归还柳家所借的十两银子。小朱说道："十多次买卖，尽是干瘪货，只够糊嘴。要还银子，必须找何其亨家才有油水。我现在只有五个帮手，还不够用。想邀你同射塌天来，大伙做个解决。"看官，你道这何其亨他是何人？他乃延安一位举人，夤缘乔应甲做过河南登封知县。一任便赚了几万银子。息肩回家，享受娇妻美妾之乐，不愿再做官了。他兄弟何其泰做了肤施县户房典爷。在南街上开一钱号，名叫亨泰荣，专放大利。他弟兄都有五十以上年纪，在城内亨泰荣钱店侧近一座大公馆居住。乡下距柳树涧不远有座大田庄，乃是他的老家，管有三家佃户，百亩良田。由其泰一个儿子名叫可富的在此照料。可富妻子杜氏，乃一眼浅皮薄、无甚知识的女人。见得城内放钱利大，亦在乡下放点小款。一乡短绌的人都是向她借贷。乡人借钱多则一千，少则一百，随时周转出入的，其实不过十几吊钱。杜氏偏要夸张富有，向众宣称："谁能有抵有保，肯出大利，百来两我也可以借贷。"在一般乡人眼里，都说其是一乡的首富，呼为活财神。近年因为乡风不靖，在他庄外，筑了高厚围墙，养下猛犬，派有佃户巡更守夜。装点十分富足，因此惹起了饥民的觊觎。朱世虎伙中有一人名小鬼头，首先提议前去劫庄。因为防守严密，议论未决，恰恰献忠催索柳家借银前来，小朱便邀献忠一同去干。献忠说："户房逼取我们银子那人便是他的父亲。如今我们受苦，他正享乐。打破庄子，收回旧账，也是应该的。但庄子内面究有多少人，有几多钱？须有人去调查清楚，精细布置行事，方保无失。"于是商定派小鬼头前去探查，到了八月初一再议。

谁想未到八月，官府粮差四出，闹得各乡各甲鸡飞狗跳。献忠家的粮额比较去年更增加了些。文兴正苦无法应付，柳家又派人送上火急信来，说是日食皆难，催科又急，务要献忠还这银子。文兴诘问献忠，献忠答道："那是帮朱世虎借的，早催过他。他许定八月节前送还。"文兴埋怨他一场，忧愁成疾，医药费又恰无着。献忠翻来覆去想了一夜，便将计策定了。背过高氏，粗枝大叶写下一信道："我本日往绥德州，找一好友借回银子完粮，并还岳家借款。如未借得，我便从军，挣些饷来还账。请二老放心。媳妇过节之后可先到柳家说个信。七月二十五日。儿献忠禀。"将信放在枕下，悄悄逃出后门，跑到李万庆家，相邀万庆到绥德州去从军。并说："州内游击，因盗匪蜂起，要裁汰冗员，新招劲旅击贼。"如此骗过了他的母亲妻子。携带佩刀手弩一同出门，向东北而去。走到岔路，又骗万庆道："还须邀小朱同去。"便又连夜从小道中摸到小朱家。那时小朱父母俱亡，孑然一身守着一座破房。二人到来，将小朱惊起。献忠这才实告万庆，将八月初一行劫何家庄子，解救目前急难的话表述一番，万庆亦为催粮逼迫无路，赞同此举。但问："劫得银钱之后，便又怎么样？"献忠道："我们平分银子。拿回家完粮。官案不发便罢，倘案发，我在安定县有个退路，一同去到那里好了。"万庆又问："还有四天，怎么办呢？"献忠道："早四天离家乃是我的妙计，使案发之后不要牵连父母妻子。"万庆听了深为佩服。

于是二人潜藏小朱家里四日无人知道。到了初一薄暮，小鬼头先到，将庄内情形报告一番。陆续又来四人，彼此打过招呼，便公推献忠为首，发号施令。献忠居之不辞，吩咐道："小鬼头拿香一把，去到东山林内，绕几绕又背藏下去。另到一处绕几绕，又背藏下去。如此布设疑阵，引他庄丁齐集东墙头窥探。小朱率领二人各佩短刀，于东山火发时，自西墙外踏肩翻进，斩关开门，放进众人。"分派已定，二更已临，众人涂上煤烟一同前进。抵达庄外，庄内恰打三更。献忠等暂在远处伏了一息。但见东山火闪，便一同来到西墙外，送进三人，果然庄丁都聚集东墙观火，猜神说匪，议论纷纷。小朱等摸到庄门，见一老头子坐守，认不出他们是外来人。问他们道："你们看是什么火?"小朱并不答声，走拢一扼，老头绝气。斩关开门，放进众人。献忠道："射塌天你便在此把门，候小鬼头进来帮你，远来箭射，近者剑劈，勿让一人出庄。"这时墙上庄丁有十多人都是徒手。献忠六人向两侧围了上去。庄丁惊呼："有贼!"被小朱扑去几刀砍倒几个，余人不敢声张了，由他四人押下墙来，逼着指引道路，走到内院。这时内院闻声惊起，乱作一团。可富忙叫杜氏唤起儿女躲藏，自己跑来关了院门。再去呼喊婢仆，各持刀杖，跑来堵拒。那禁小朱力大，抱起一块横木，再撞三撞，门塌过去。可富与其僮仆飞奔上楼，大呼："有贼!"献忠将庄丁关在一间屋内，派二人守住。自率三人赶上楼去，破门入内。可富一家都藏在此。献忠巡查全楼，只有一道梯口，便命小朱与一人守着勒取银钱。自率一人明火执仗，四处搜查。怕的别有出路，逃跑出了人去，寻到后院，果然有个后门，大吃一惊，举火追了出去。原来是一道水门，门外一大池塘，并无舟梁。略放了心，用灯照去，池内水花缭乱，似曾有人越池逃走。正在惊惶之际，望前面远处跑一人来，随跑随在摇手。起近看时，却是小鬼头。小鬼头道："大哥放心，我放火已毕，知道此处有一后门，顺道走来。恰见一人上池，拖泥带水逃跑，被我赶上一刀过命。庄内已经得手未曾?"献忠道："已得手了，快从前门进去，帮助万庆。"说罢，派人搜查后院，监视后门，上楼去了。

这时楼上小朱向可富追赃。可富说："银子都在城内，这里只有大钱。"便命妻子去拿。小朱派人跟了前去，半天未曾拿出。正当着急，献忠上楼，便交献忠监视众人，他自押可富去拿。进屋时见杜氏尚在推三躲四，不肯交出。被小朱挽过发髻，一刀背打去。杜氏哎呀一声，口吐鲜血，仆倒地下。小朱再将她提起，向后一摔。只见她仰卧在地，双目圆睁，用手指着床下便死去了。可富忙说："钱在床下。"小朱拉开床褥，打断订底，用火向下照去。只有一大一小两锭银子，几副首饰，一箱衣服，一柜大钱。心嫌太少，要可富供出窖藏所在。可富指天誓日，说明钱在城内。被小朱打了几拳，扭断一只手臂。他不觉惨号起来，小朱便索性一刀将他劈了。再上楼来，请献忠去指点众人搬运，他却来拷这批家人。又拷出可富大媳妇房中一些金银首饰。拷到二媳妇，这二媳妇坚称无有，并恶骂不已，被小朱打死。其余的人个个恐惧，自动献上身藏之物，不过一些零碎金银，算来共凑不足十两。小朱怒气爆发，一刀一个，将全楼之人杀死。收拾碎银，来见献忠，并嚷道："这点银子，不够偿我家利息。我要在人命上取偿。"说罢便如疯狂一般，不分男女老少，逢人便杀。最后连关在室内的庄丁都全打死。

献忠搬运银钱出来，分为八袋，放在门口。回来寻小朱，见他满身血迹，还在放火，口内说道："不让他有人去报官。"献忠叹了口气，亦帮他四下放起火来。火势已成，便拉他逃走。走到庄门，命小朱多负一袋。让众人跑远，又在庄门放上一把火，方才追去，向小朱讨一袋来自负。小朱道："我恰够力，别麻烦了吧。"八人一同跑回朱家，天亦快要亮了。这才取出金银财物，由献忠均分。可叹杀了一庄大小五十余口，焚去庄院粮谷，所值在百万以上，他们每人所得，不过金银一二两，大钱几十千，还不够各家完粮之需。李万庆见杀人放火罪情重大，不敢再回家中，要求献忠同到安定县去躲避。朱世虎更盼前去，小鬼头亦愿相从。于是他们四人，用大钱将其余四人分的金银换来，藏在朱家休息一天。朱世虎换了衣服，拿着锄头，反锁着门，到田间去耕作，装成无事的样子。但闻路人沸沸扬扬，谈说何家惨报。保正甲长奔走碌碌，传说已经进城报案去了。亦有些人往来瞧望小朱家屋。又有人谈话之间，望见小朱，便息住了。幸在当天并无公事人前来盘查。到了下午，又听人说："何家已经有人来乡查看，大约明日县官下乡勘验。"小朱心中亦不免恐慌起来，不敢久留田间，跑回家来，拿刀在手，准备决斗。献忠说："你去补睡一刻吧。今夜便要赶路。"小朱才去睡下，幸他心宽虑短，才倒上炕，便鼾声大作。

这夜献忠等四人别了那四个人，摸黑逃走。回望何庄一方，彻夜的灯火往来，料到天明便要盘查到朱家，催着一行，拼命奔跑。走过安塞地界才敢缓了下来。过柳家庄，不敢去探岳母，只命小朱凑了十两银子与柳老娘送去，柳老娘认得小朱是打杆子的，虽见有些首饰金银凑成，不敢盘问。小朱交过银子便走。赶上三人，齐向安定城中走去。心急腿快，当天找到萧曹祠，会着罗汝才。汝才望见献忠，便哈哈大笑道："老兄一别快到三年了吧？近况到底如何？"问得献忠脸红筋涨，连忙称谢道："那年一时糊涂不醒，错过仙缘。后来遭遇，一切不出兄台所料。今天遵命投奔前来，羞惭万状。"随即介绍三人，并将昨日之事说了一番。

汝才忙命摆宴接风，收拾客房，并饭后人静同到客房。汝才低声向四人道："高大哥近年塞下生意不好，很少利市回来。为的边塞官兵，人人穷困，大家都在出塞抢劫，并且彼此抢夺。一行非百十个人不敢上路。你四位现在不能去了。我看目前塞内州县豪杰蜂起，打富济贫，杀官劫财之声甚为普遍。为何你们延安劫一大户，便是如此张惶？你们既然不敢回家，我介绍你们到一处去。从这里往东北，米脂县界有个党家山，附近有十八村山民，为防滥兵抢掠结成山寨。白日耕田，夜晚守卫，已经大半年了。因抗拒粮税，官府出兵打了几战，未将寨子攻下。新官上任又在招抚。他们受抚后，不抢人也不完粮，随时都在准备与官兵厮杀。你四人可以暂到那里安身，且待高大哥回来，再商量同路出塞。"献忠此时心服罗汝才，百说百依。第二天早晨，将劫来的贵重之物，捡几样赠送汝才，拿着汝才的信，向指示的路线走去。

原来米脂县境，除无定河一条长谷是肥沃低地以外，两侧皆是黄土高山，被些岔沟划割，成了锯齿状的两排土山。河西诸山以党家山最为雄峻，河东诸山以吴家山最为雄峻。各山之上皆有耕地，也有水泉，但出产很是贫乏。近年因为官吏贪污，民不堪命，十八个山头民户先自抗粮起来。米脂县官请来榆林镇一员参将驻此征讨。这些官兵，平时奸掳烧杀，很是当行，说是攻打这些山寨便不高兴了。这为何呢？说来理由亦很简单，因为山上全是穷民村妇，没有他们理想中的物事，如何肯冒死冲到高山上攻坚呢？所以打了几次，都是几炸干雷，虚张声势。却在县城征米征银，索犒索偿，闹得地惨天愁。前任县令主战失败撤职。新来县令见军不用命，改主招抚，参将不依，定要讨伐。县官无法，商量个剿抚兼施。看他要剿哪处便拿来剿；不剿之处他又去抚。参将指定吴家山要剿，因为传说此山比较富有金银，族中妇女漂亮，可以鼓励士气，于是定议。

却说献忠等四人来到党家山。这党家山的寨首党世雄便是罗汝才的亲戚，一切暗受汝才指挥。对于四人自然上宾招待。这天晚上，世雄对献忠道："本寨已是受招抚了的。但与吴家山等十八寨结过共患难的盟约。现在城中消息：官军明日要大剿吴家山。各寨闻风商量出兵相救，而官府亦在征丁助战。双方我都应当助力。你们新来的前后已有十多人，我请你统率，乘夜绕道去助吴家山，另派二十人去助官军。你们不能互相伤害，要约定会面暗号。饮过壮行酒便好动身。"献忠自然应承。两队饮酒订约以后分道去了。

世雄派人引导献忠等下山，偷渡过无定河，绕道向吴家山走去。沿途亦有庄寨盘问，但他们暗号互通，并无阻拦。到了吴家山附近，望见环山俱是号火，料定官军已将那山围了。却剩山后通连大山一个岭道并无号火。便从那里走进山去，会见寨首吴金良，乃是文弱书生。其时各寨救兵都已到齐。金良向众拜了四拜，说道："多承鼎力相助，合寨感谢。明晨拂晓大战爆发，请教各位，应当如何调度?"众人都说："听凭寨主。"献忠说道："我看后山背道独无号火，这是何故?"金良道："屡次来攻都是如此，无非想胁迫寨民向山后逃跑。我等身家性命，全托此寨，逃跑亦无生路。这乃是他们官军的妄想。"献忠道："军行诡道，那官军未必不乘我无备，遂从此路杀来。寨主仍宜注意。"金良道："老兄指教甚是。便请率领贵寨朋友把守此路。却有一令要烦记下：本寨人士只有死守，不许逃亡。如有官军向此道攻来，你们举起信号，我派人来协同杀退。如有本寨逃来的，你亦与我痛快地杀退。"献忠领命去了。

第二日黎明，山下官军鸣鼓进攻，喊声连天，冲上山来。吴金良率领寨丁，滚木礌石打了下去。官兵虽然伤了些人，却有大多数拥到寨栅下来，喊杀之声震耳。寨中的人有些惊乱。吴金良虽是文人，亦自挺起长矛，上寨刺杀。寨丁渐渐支持不住，已有逃跑向后山来的，尤以别寨帮助之兵为多。献忠舞起大刀，立在路栅门口，阻拦来人，说道："各位朋友，我昨天奉命守此斩杀逃丁，是各位共知的。我等乃是外乡之人尚不惧死，你们乃是同乡比寨，痛痒相连。此寨若破，挨次便是你们。你们能够逃到哪里？如今只有向前才是生路。我今便同你们杀向前去助战。我等当先，你们在后助威亦是好的。如想出栅，请先吃一箭。”说罢，命李万庆张弓搭矢，立在高处，将远处正逃跑来的一人射倒。连发三箭，射倒三人。各逃丁大惊，便齐声道：“愿随将军转去作战。”于是献忠、万庆当前，朱世虎押队在后，喝声：“走!”推得众人转身不迭。一行数十人直冲前寨而来。正见一官兵翻过寨栅，被万庆射倒，陆续又翻上来数兵都被射下。寨中人正当苦战绝望之际，见有援军，无不勇气百倍，喊杀如雷。这时已有先翻进寨之兵，抢夺寨门，放进官军。官军正在蜂拥入寨之际，恰逢献忠一众人赶到，冲杀过去。这场战争，是认真地打了。朱世虎手执大斧，抢到献忠身边，帮他一场乱砍。只见人头滚落，血肉横飞。一团红光，将官兵驱逐出寨。世虎不肯相舍，追到寨外又杀倒几十个。官兵滚岩逃走，万庆站在寨上，又射中滚岩之兵数人。未曾跑脱之兵全被寨丁捉下。献忠这才集合本寨帮丁，亦已死了二人，带伤数人。献忠手臂，世虎腿部，亦带微伤。反看寨中的人，救死扶伤，哭声盈耳。见得献忠一众走过，无不伏地拜谢。吴寨主身带重伤，由众人扶起身来，亦向献忠拜倒，说道：“全寨人看得清楚，若非三位抢来，全寨都无活命了。我现身带重伤，死在须臾。全寨大事，敬托张将军代理。”献忠方要推诿，众人全已跪拜下来。吴金良微微一笑，便气绝了。

献忠此时正如黄袍加身，不得不就。便上指挥台上，万庆居左，世虎居右，小鬼头站立后方。鸣锣聚众，男女相扶到了五百余人。献忠言道：“全寨正当危急之际，寨主嘱托于我，我便依从。诸位可服?”众人齐呼：“服!”献忠道：“官兵是杀不尽的。倘若再调兵来，本寨残破之余无力抵抗，莫如乘胜就抚。吴寨主已死，我想借他的头去作就抚表示，未知可否?”这吴寨主的夫人甚明大义，便挺身言道：“先夫曾经有言：只要能救全寨性命，粉身不辞。现在生人尚无归宿，何爱一具死尸？我先承认。”献忠问明是寨主夫人，先行拜了。选一耆老，送金良人头，下山请抚。官军这回参将带伤，军队折损大半。县官与参将正怕众山齐反，围杀前来。听说寨民请抚，真是喜出望外，既不要求赔偿，亦不要求惩凶，发了一大抱免死牌，命耆老带回山去。二官商量具报，无非说：“各寨皆已投诚，惟吴金良恃险不服，经痛剿后，金良授首，全县底定。”报销一批兵马钱粮，请得一批功赏。彼此心照，不再议剿抚催科了。耆老待吴首示众三日，仍请领回寨合身安葬。全寨人对于这位寨主举哀送葬，如丧考妣，献忠亦痛哭失声。从此十八寨人民无不称颂献忠英勇，仁智俱全，暗存拥护之心。献忠四人便长住吴家山，不再回党家山了。

◎评注

献忠以平民崛起，转战数省，屡经围剿而附从者不减，此亦必有其道。本回所叙，暗示其成功之点，在于英勇能断，善抚人心。

第七回

刘应遇追剿三千里
满天飞说反十五家

你道这世界是如何败坏的？一般迂儒说道是："礼坏乐崩，纲常失堕。"佞佛男女说道是："人心不善，天谴成殃。"见仁，见智，各有看法不同。若以在下看来，却为了三种原因：

第一，在朝君臣，不知他们高官厚禄，乃往古圣人特为护蓄民庶而设，误认为天赋大权，众生皆是为我而生。于是威惠出于喜怒，刑赏凭之爱憎。弄得上无道揆，下无法守。譬如纲维败坏，网罟不得不烂。

第二，地方官吏忘却他是民之父母，误认他是朝廷的猎夫，人民便是野兽，胥役便是鹰犬。巴不得增租加税，竭泽而渔，他们才好趁火打劫，朘削自肥，不顾天人忿怒，只怕上峰斥责。弄得上下扞格，百弊丛生。譬如梁柱歪斜，房屋难免不倒。

第三，乡里人民本皆良善百姓。栉风沐雨，勤耕苦耘，种粮不得吃，纺纱不得穿。父母妻子正在啼饥号寒，恶吏败差又已拍门催科。走投无路，弃田逃业。造成力耕人少，游食人多，自然盗匪充斥。虽欲耕者，亦不可得而耕田；虽有良民，亦不可得而守善。这叫鱼烂而亡，譬如血枯气尽，人亦不能不死。

大明天下，恰是凑合了这三种原因，陕西人最是清楚。便如柳树涧和吴家山这类事件，假如叫伯夷叔齐生在其世，只怕亦不能不反了。人人都道张献忠是天降煞星，好乱成性。哪知当时逼上梁山的人，如像张献忠的，早已千千万万，数之不清。今且将最著名的几个列举出来：

鄜州所辖宜君县人王二哥，一向经商在外，为人义气，人称义侠王二。这年秋月回家，恰逢官府催粮过急，将他家乡长老拘押了十多人进城，内有他父亲王太公。王二闻说，急忙跑去营救。县官听说王二经商有钱，反将王太公等十余人问成抗粮重案，一齐下监。乡人不服，纷纷咒骂官吏，齐说无力完粮，大家准备一死。王二见人心可用，倡议打监。恰有被裁边兵胡之槐、吴养臣等无钱完粮，乘势附和。忿怒民众纷纷持械聚集，由王二率领，一气跑进城去。沿途人民闻风附和，增到一万余人。县官吓得越墙逃走。暴民一部去打监劫狱，一部去找杀衙役。气出完了，想起罪名，一哄而散。县官回衙，不敢报成民变，只报王二劫狱杀人，请兵捉拿。王二不敢在家，率同亲友关联之人，逃到苜蓿沟韩世盘、韩世友弟兄家里躲避。他二人乃是占虚无饷的军人，讲的是义气，将县里差来捉拿之人打跑。便教苜蓿沟人伙同一气，结寨抗粮。百姓听说抗粮，人人乐从。官军来打几次皆未得手。韩世盘弟兄派人到蒲城、白水两县，散播结寨抗粮的风谣。蒲城王发、白水王高等蜂起响应。到了冬月，乱民把白水县破了，奉王二为主，据地自雄。

延安府属宜川县的仓耳嘴，乃是挨近黄河的一个山地。亦因年荒民贫，催征急迫，乡绅王之爵纠众抗粮，响应王二，彼此结为声援。各寨游勇饥民纷纷附和，有王子顺、苗羌、飞山虎、大红狼、小红狼、一丈青、龙得水、混江龙、掠地虎等头目。渐由抗粮变为打富济贫，闹得沿河一带官军不得安宁。

宜川县北的延长县，乃是出产石油之地。有一石油寺原是学堂，秀才孟长庚在此开馆。本年因岁饥民困，无人入学。这孟长庚因无家室可归，便一人留住寺内著书劝世，利用石油点灯昼夜工作。附近旧东家有时倾助粮食，以维持生活。孟秀才悲天悯人，写出许多“劝世歌”、“悯农诗”与箴砭官吏、劝善恤民之言，署名“点灯子”，很受附近人民欢迎。却被衙吏忌妒，诬他妖言惑众，指为王二党羽，要捆去拷问，人民不服，殴打衙差。县官两次派人来寺，要兴大狱。孟秀才逃匿民间，率性就劝饥民造反，并乘夜暗进寺内，夺了官兵枪马，插了反旗。其头目有赵胜、张述、姬三儿、孟良等人。这下认真造起反来，县官反不说他们造反了，只说是：“饥民吃大户，久当自定。”

葭州所辖神木、府谷、吴堡三县，乃是陕西极北之区，缘边傍河，山谷贫瘠。州县官吏考核常疏，贪污成性。这几年饥民遍野，征赋有加，况且游兵乏饷，初则抢掠人民，渐乃盘踞山寨，保护贫农，抗拒官府。孤山副将李钊，乃是这带边墙最高一员武官，初则吃缺克饷，纵兵殃民，继则养盗自重，坐地分赃。其后民贫盗饥，无赃可分，还是索赂无厌。寨首王嘉胤不给，他出兵讨伐，被王嘉胤打败杀死，全边饥民共奉王嘉胤为首领。

高迎祥此时已回本乡，与安塞县人王大梁拒捕起兵。南掠凤翔，转入汉南，攻陷县城。旬日之间，饥民游兵蜂起附和，众至数万。连陷两当、略阳两县，进逼汉中府。王大梁自称大梁王，次年四月败死。但其党羽散布陕南各州县，依山结寨，不可扑灭。官兵无力进剿，听之而已。

以上说的，全是崇祯元年七月以后，因催科激变的著名几股民变。至于被迫上山，未曾敢公然造反，如像米脂十八寨的，那便多如牛毛。全陕八府，二十一州，九十五县以内，无县不有，例不胜举了。那时陕西巡抚胡廷晏总说叛众全是边兵，乃武官克饷激变，与文官无涉。延安巡抚岳和声又说叛众全是饥民，乃文官征敛舞弊所致，与边抚无涉。三边总督武之望老迈昏庸，剿抚无定，弄得全陕糜烂。皇帝震怒，改派左都御史杨鹤总督三边，以左布政使刘广生为陕西巡抚，河南左布政使张梦鲸为延绥巡抚，吴自勉为延绥总兵，协力征讨。

崇祯二年春间，众官一齐到任。有道是：“新官上任三把火。”各处贪庸的官吏，疲弱的武弁，猖狂的乱党，见得朝廷如此部署，都不免心紧手软起来。于是商洛道刘应遇击斩王二于白水，击走王之爵于宜川，又击斩王大梁于伏羌。两月之内，追击斩杀，奔走三千余里。副将贺虎臣击斩周大旺于阶州。王之爵死，其党王左挂自宜川窜走宜君，又自宜君窜入庆阳府的真宁、三水两县，又转攻耀州，被督粮道参议洪承畴，合官兵乡勇十二营围攻。但终于突围西走，转掠淳化，又窜入延绥，与王嘉胤、孟长庚联络。虽然官兵奋勇剿杀，有这许多战功，无奈民不聊生，都把性命看得可有可无，认为造反是唯一出路，所以愈剿愈多。恰似一坪干草，有人放火，纵有水龙喷沫，亦是扑不灭的。到了冬天，传说满虏犯阙，京城戒严，征调各省精兵赴援。陕西兵马，走去大半，停止剿匪。官兵去后，催科停顿，匪亦各安寨堡不再闹了。老实说，既未称王僭号，都不过是饥寒救死之民，只要给他一条生路，他又何必为匪。倘若生路断绝，他不怕死，又何事做不出来。所以刑杀这句话，只威服得饱暖的百姓，在饥寒交迫的百姓面前，是必然失效的。

这年各路勤王兵入援，闹了不少笑话。甘肃巡抚梅之涣，与三边总督杨鹤的兵，都因克扣军饷，哗逃大半。延绥总兵吴自勉不但克蚀军饷，并且凡有不愿前往的，他都愿卖放。卖了现钱，又沿途拉丁补缺。老兵们都不愿出钱，走到山西地界，一齐逃归，把个延抚张梦鲸活活气死。山西巡抚耿如祀尽调精兵入援。已入京城，被兵部调来调去，不给定驻，又不准发粮。兵士们疲饿难忍，弃械逃散。都说："命我们来杀满虏，未见敌人，先自饿死。与其饿死，不如大干一场。"这些逃兵全都逃到陕西入伙，把沿河州县闹了个地覆天翻。陕西原有三边四镇，七个总兵，现因勤王，走得只有一个宁夏总兵贺虎臣了。朝廷料定溃兵入陕，必然联络饥民作乱，乃以洪承畴为延绥巡抚。起用老将杜文焕，督延绥、固原兵三千，用总兵虚衔剿贼。时崇祯三年正月也。

这时三边百姓不能耕种，粮食缺乏，斗米卖银六钱。老弱百姓饿死载道，强悍者无不揭竿而起。宜川的王子顺、苗美，勾结逃兵，与"点灯子"通为一气，北掠清涧县、绥德州与安定县，南掠韩城、郃阳一带。王左挂盘踞清涧、延绥诸山，南与王子顺、苗美相连，北与张献忠等十八寨通气。王嘉胤攻陷府谷、神木等县与清水、木瓜、黄甫川三堡，势力最大。沿河千五百里中全是三王天下。这时山西尚是丰年，他们时常渡河向山西劫掠粮食，士饱马腾，饥民争往投效。延安绥德以西人民乏食，军队乏粮，无可剽掠，官吏无可剥削，全是一片凄凉惨苦景象。这时罗汝才亦到十八寨来做一寨首了，与张献忠商议道："如今不怕官兵追剿，只怕粮食不济，必须向三王其中一人投降，靠他们接济粮食方好。"献忠道："目前王嘉胤势力最大。他与我旧在延绥吃粮相识，莫如前去投他。"于是十八寨联名，共推张献忠为首向王嘉胤投降。嘉胤心中大喜，派人运了谷粮百石，前来抚巡诸寨。王左挂心中不服，说道："我与他山寨相望，并且也有粮食。他不附我，反去远投府谷，未免欺我太甚。我若出兵打他，他寨说我自相火并，坏了义气。我今便向延绥求抚。就抚以后，请求打他，管教他吃我的苦头。"于是向杜文焕请降。

杜文焕乃是榆林西边长城墙下三十六堡中宁塞堡的人氏。世代为边将，颇通战术，现已老迈。因三边无将，派他赶来总摄榆林、固原两镇残兵，名曰三千，实际不到两千人。将老兵骄，粮饷两缺。他又是废将复起，如何能如意调遣。正在焦愁无法之际，王左挂请降到了。查点名册，有壮士七百人，皆可编用，粮食又不仰给于官，不禁大喜，厚赏来人。具报到总督杨鹤之处，总督回批，亦谓："圣上有诏，饥民皆是赤子，宜广为抚绥，以散贼党。"并奏杜文焕以镇西将军衔。文焕高兴，派人前往清涧受降颁赏。左挂又招降了王子顺、张述、姬三儿、小红狼、一丈青、龙得水、混江龙、孟良、掠地虎等小股。只有王嘉胤不肯投降，并命献忠十八寨协助兵力，大掠延安、庆阳两府州县，攻下城堡无数。又派兵渡过山西，攻陷河曲县。朝廷见得流民声势浩大，不能不讨。乃加杜文焕大将军衔，总督山西、陕西、宁夏、临洮四镇兵，与三边总督协同剿办。因延绥巡抚洪承畴、孤山副将曹文诏这批人之努力，又将王嘉胤的人马打回老巢。

张献忠、罗汝才等此时见得王嘉胤败退，官兵进剿，王左挂已降，料定与十八寨情势不利。又会商一致，决定亦向杜文焕请抚。此时王左挂正向杜文焕请求征讨十八寨，尚未批准，听得十八寨又已受抚了，心中不悦。便去谒见洪承畴，言道："米脂十八寨附贼已久，曾得贼米接济，今天大举讨贼，我愿征剿十八寨。杜将军乃受其欺，许以受降，殊使义士隳心。"承畴道："张献忠等十八寨良民居多，历年未曾出劫。饥饿从贼，不足深罪。你亦归正不久之人，只应约束部队，听候调遣。剿抚大权，自有我与杜将军主持，尔等不得妄议！"左挂一番热心，被承畴一席话泼得冰冷。辞出帐外，不胜羞忿。又复念道："不投降时，我是土皇帝。一经投降，便是这等拘束。现趁兵权未交，还是走旧路吧。"回寨之后，便与"点灯子"等重结香盟，不受调遣。洪、杜发觉之后，试调两次，皆推故不来，乃与巡按御史李应期商量，扬言弹劾洪、杜，不该纵容十八寨不剿，却由李应期去邀左挂议事。左挂果然来了，见洪巡抚亦在座上，正当吃惊，两旁闪出武士，将左挂拿下，并其从者八人一并斩首。将首级传入十八寨，一来是示威，二来是示恩。意思说："他与你等为仇。我已将他斩了。"

话说杜文焕收抚张献忠后，派他进剿王嘉胤。王嘉胤拒战失败，退守黄甫川，派了满天飞孙瑜来说张献忠道："我等各已叛据山寨多年，归降官军，未必他便相信。现因我在，所以你存，我若败亡，你亦不免。况这洪巡抚乃是著名杀戮降人的恶煞，王左挂前车你不怕么。还望念前岁输米赈急之情，出兵抄掠杜军后方。彼军一破，我等方得安枕也。"献忠此时再邀罗汝才商量道："来人所说亦甚有理。但洪巡抚现驻绥德，我若出兵，十八寨立被围剿。如何是好？"汝才道："听说榆林老兵神一元、神一魁弟兄素不喜欢杜文焕。此时文焕东征府谷，未曾调他同行。好粮好饷全运前方。留守之兵，饘粥俱断。若得一人前往游说，使他叛变，向宁塞一面窜去，府谷之围自解。"献忠道："神一元乃我旧时盟兄，也与王嘉胤相好。若得满天飞前往游说，必可成功。倘若事成，我等皆愿拥他为首。"立将此事说与满天飞，满天飞满口承应，便向榆林去了。

这满天飞甚能舌辩，言语动人。会着神一元，便说："献忠与嘉胤如何思慕，要想迎去做头领。现杜总兵率千余人东征府谷，双方势力相当，一二年内难定胜负。倘若得胜归来，必于贤昆季不利。贤昆季若能登高一呼，杀向宁塞，宁塞是杜之焕本家，必然回救。那时王军尾其后，张军冲其胁。三路夹攻，杜军必败。三十六堡，皆在我辈掌握。进可成王霸之业，退而就抚，亦当不下文焕地位。不只解府谷之围，全金兰之谊而已。"神一元正思叛变，闻之大喜。便与一魁暗商，号召党徒，于十二月倒牙之日起事。杀了留守参将陈三槐，舍弃本营，攻占新安、宁塞、柳涧三堡。将杜之焕一族杀完，以报旧怨。杜之焕闻知，命游击李显宗围守府谷，自率大军回救本家。那李游击哪是王嘉胤的对手？才等三日，便被围攻杀死。已收服的清水、木瓜二堡仍复丢失。

崇祯四年，神一元占领新安、宁塞、柳涧三堡以后，杜文焕大军赶回。一元军心不一，不敢拒战，呼啸来到保安县，与延绥诸塞联络。再派满天飞前往各处游说。一时说反合水李老柴，固原马回子，三水田近庵，同官郝临庵，宜君混天猴，洛川上天猴、独头虎，宜川阎玉虎、金翅鹏，安塞谭雄，安定拓光宁、不沾泥、双翅虎、紫金龙等十四路，合神一元为十五家。杜文焕因神一元杀害了他全族，紧追不舍，在保安城下打了几仗，一元阵亡。他的兄弟一魁率领其众，冲过庆阳府界，与李老柴攻占合水县城，又合兵围攻庆阳。文焕大军追来，在庆阳城下应战多日，这时有人弹劾文焕杀良冒功，撤职而去。三边总督杨鹤命人前来招抚，说："你们恨杜文焕，现已将他撤职了。"神一魁果然乘时投降。时则崇祯四年三月三日也。

这时朝廷命御史吴鹿友运库金十万两前来陕西放赈。吴御史屡次上书，陈说饥民被迫为盗，力主宽赦，招抚归耕。朝廷准了，全陕人民，无不流涕相庆。以前叛股，除王嘉胤、点灯子等入山西者外，无不输诚就抚。陕西兵祸才算暂时结束。说来也奇怪，自崇祯元年直到四年五月，连岁天旱，饿死杀死的不下百万。五月赈款发放时，天亦下雨了。

◎评注

此回略述诸路叛股起伏情况，以著陕乱之全貌。内容与《绥寇纪略》大体皆合，而条理较为明快。盖良史也。王嘉胤，《明史》诸书皆作嘉允，或佳允，当是清人避讳改耳。《绥寇纪略》谓王左挂即王之爵，此别为二人。

第八回
洪承畴杀降激变
张献忠拒捕全交

这盗贼与良民乃是在跷跷板上坐着的。良民起则盗贼落，良民落则盗贼起。从前全陕饥荒，催科严酷，良民无以为生，所以盗贼蜂起，势成燎原。现在朝廷派来大员，携带十万两赈银拯救饥溺。已绝望的农民们有了一线生机，已为盗的都纷纷逃归乡里，还为良民。各路头领见得众志涣散，亦俱先后投诚。足见一般造反的人只在救死，并非有意扰乱天下。例如虎头寨的张存孟，绰号不沾泥，与二寨主双翅虎、三寨主紫金龙商量投诚。二人执意不从，被不沾泥用酒灌醉，砍下人头，率众烧寨投降。其余头领自神一魁以下，如满天飞说反的十五位全都投降了。此乃崇祯四年二月间事。张献忠等十八寨，更不用说是十分守法的了，不料这位延绥巡抚洪承畴又玩出了一套诱杀投降人的把戏，重把已降各路吓得步步惊心，日夕忧惶。逼得许多已经就抚头领重复叛去。这洪承畴，乃是福建省泉州府南安县人氏，生来刻薄凶残，小有才情，说得一口土话，咯咯呜呜，陕人听他不懂，因此与陕西士绅情感隔阂。又因此憎恨陕人，极力主剿，他的意思，非将陕人杀尽不可。因他作战得力，由个粮道参议升为延绥巡抚。在任数年，东西杀伐，打了不少胜仗，无奈贼人越杀越多，把个延绥界内闹得无一片清静土地。绅士如田近山、田近庵、拓世宁等，衣冠望族亦皆落草为盗；直到吴御史来陕抚赈，又才投降转来。吴御史因承畴战功颇多，军纪亦还整饬，不便弹议到他，反保奏他许多好处，后来转升三边总督。结果是督师援辽，投降满族，与吴三桂杀转回来，将大明天下双手送与满族。这是后话不讲，单讲他这次杀降之事。

他部下有员守备名叫贺人龙，乃是米脂县人，从前亦曾随从高迎祥。高迎祥窜扰汉南，他与罗汝才皆未同行。罗汝才回到党家坪，另辟一寨，叫新鄜，做了寨主。他却投降洪承畴，做了守备。他与满天飞孙瑜有些旧怨，现在满天飞已有三百余人，做了米脂十八寨一个寨首，听从张献忠劝告，一体受抚。贺人龙禀报洪承畴："满天飞说反十五寨，罪恶滔天，如今势穷来降，列在十八寨内。此人不除，难保不再游说十八寨同反，米脂是末将家乡，不得不言。"这话投合了承畴杀降的癖性，便设一计，唤进请降的人，赏了一匹红缎，一锭大银，说道："十八寨全是良民，张献忠洁身守善，我尤信赖。孙瑜既是他的同气，自当厚抚。惟十八寨民丁，我都点验过的。孙瑜造来新增兵丁一册，共有三百二十人，必须亲到米脂城内受点，领取良民证。我派副将张应昌到米脂点验，即便受降颁赏。"其人回报，满天飞自然毫无疑惧，亲率三百二十人去到米脂。米脂县官送猪送米，招待得甚为殷勤。副将张应昌率五百人随即到了。扎下行馆，通知三月初四点放。到期，满天飞率领三百二十人整饰服装，放下武器，一个个欢欣鼓舞整队前去，准备受降礼成，便好领赏。到了营门，只见两排兵士，刀剑鲜明，气象严肃，并非山寨随便嬉笑可比，不觉自已亦严肃起来。张副将高坐上面，满天飞一人站立队前，有两员武弁陪立。其余三百二十人分为十六列，站在拿有刀剑的武士夹道之中。副将问道："孙瑜，满天飞便是你么?"他跪地应道："是。""三百二十人都到了么?""遵令到齐，恭请点验。"副将离席道："可知受降礼节?"孙瑜道："不知，敬候吩示。"副将道："上面是当今皇帝万岁牌位，朝着跪下，俯首候旨。"众人一齐跪下俯首。此时贺人龙出来了，大声喝道："巡抚有令，满天飞游说十五家寨首作乱，罪大恶极，虽已投降，亦应拿问。所有党羽三百二十人，是否甘心从贼，并应拷问定夺。”满天飞仰面见是贺人龙，已知中计。忙站起身来，早被两个弁兵挟持双手，摆脱不开。他不甘白死，大声喝道：“我等中计，好兄弟各逃生路罢!”喝至此处，早被贺人龙一剑刺来，鲜血喷出，惨叫而死。三百余人一齐大嚷，夺路逃跑。但见伏兵齐出，刀剑乱下，血肉横飞，呼号抱屈之声震动屋瓦。可怜三百多人，一齐枉死于血泊之中。只跑脱了一个，便是从前与张献忠偷盐的那位小猴狲王志贤。他为何到此来了？容我补叙一番：

却说王志贤废读以后，便在家中从他父亲学习制造弓箭，随时亦与张献忠等会面饮酒。一日全城鼎沸，都说：“柳树涧何乡宦家被劫，杀死五十余口。”志贤有些惊疑。自此以后，从未见献忠与李万庆等入城。下半月内，街民又纷纷传说：“此案是朱世虎所为，与献忠有关。”虽然献忠早于四五日前赴绥德州去了，经乡里证明属实。无奈何其亨弟兄咬定献忠与朱世虎素日狼狈为奸，一定要拘张文兴家口审问。先将文兴拘来，严刑拷问。文兴实不知情，自然无招。拘禁半月，准其取保回来。何其亨弟兄不依，花了银钱，雇人到乡下查访。访得朱世虎伙同行劫之人，拿捕到县，供出八人行劫一派详情。可怜文兴夫妇，与儿媳高氏、李万庆父母妻子，一同被牵入狱，财产被封。拷问献忠、万庆踪迹，各人都受刑讯，但都无法招供。柳老娘偏于此时来探女，被何其泰猜疑，率差去到柳家搜查，却查出了几件赃物来，于是柳老娘全家亦被牵连入狱。审明张献忠、李万庆等行劫杀人放火属实，家人亲戚实不知情。但正凶逸逃，应候捉拿归案，方能释放家属，于是成了流案。

张献忠早已闻知，随时派人扮着商贾到延安城内，暗托故人王志贤送衣送饭。志贤因其对头甚大，监视极严，哪敢自去照料，只得拜托张李两家沾亲带戚之人前去探监致送，谁知去一个便被何其泰攀诬一个。结果仍将小猴狲牵连入监。亏了他的父亲王应龙倾家破产，上下行贿，又托许多人向何氏疏解，方才保释出来。他家原是极负盛名的大弓店，近年因兵荒马乱，定货人多，赚钱不少，被一场官司弄得钱货两空，好不心痛。志贤气忿不过，便要去寻找献忠设法报仇。他父亲怕拖连保人，再三阻止。其时用兵已久，各营皆在招募补缺。志贤既然不敢他往，便在延安应募入伍，专心练习武技。营中有位武技教头善于训练壮胆、轻身、飞檐、走壁之法。志贤素来轻便伶俐，一学便通，跳过短墙、狭沟浅埂，毫不吃力。教头非常喜欢，劝他专心致力练成绝技。志贤亦孜孜业业，昼夜锻炼，一天胜过一天，渐能跃登矮檐不坠，上下城垣不惧了。

志贤入伍以后，献忠不敢再派人来找他。但念到父母妻子，随时痛哭。李万庆亦然，哭得朱世虎不耐烦，嚷道："咱们回去打监劫狱，救出他们便是！"献忠道："延安大城，扎了一镇兵马，我们如何干得了此事。我从前投附府谷王嘉胤，见他兵马强壮，有席卷三边之志，曾经请他出兵，他已答应。现在群雄皆已就抚，独他还在抢州据县，我欲派你二人，暗地前去请兵。他若发兵，我们便做他的向导，设法去延安劫狱。只恨我是个寨主，不能亲去。十八寨人又不肯远处惹事，你二人暗中挑选合心之人同去，替我做完此事罢了。"二人果然前去府谷，会着王嘉胤，将此情转达。又夸说西道情形熟悉，有人可用，有粮可掠，他二人愿出死力相助。嘉胤见二人各有长技，又正要想博得献忠欢心，以得十八寨助力，乘势攻掠延庆一带城池。便派其弟王嘉用亲统大军，以二人为向导，向米脂、安定二路杀来。到了安定分作两股，一从保安向庆阳，一从安塞向延安。所到遇城掠城，遇邑劫邑，裹挟民众，东奔西突，叫官兵防不胜防，堵无法堵。万庆等引导向延安一支人马专为劫狱，特别选的精兵良马，从安塞径向府城扑去。走到近城之处，忽又分为两股，东向延长，西向保安驰去。引得延安城中空城出追，他们却先扮作一批难民，挑负粮食包袱混进城去。两路马队引诱官军尾追一日，离城已远，忽又折向城来。城内守军初见流军来自北方，便只注意北、东、西门守备，不料马队忽到南门城下。守军正当惊惶调动之际，伏兵齐起，杀散守门军，大开城门，让马队一拥进城。沿街高呼："只杀贪官，不杀百姓！"百姓全不敢动。府县官闻之先行逃跑。守兵与武官们亦纷向北门逃去。万庆等打开男女监牢，放走群犯，却不见了自己父母，只寻得张文兴与献忠妻子高氏。问得众人，原来几家的人都已死狱中，只有他翁媳还在，亦已不成人形了。恼怒朱世虎，寻到亨泰荣去，将何其亨全家杀得不留一人。万庆又寻到弓店，假装寻仇模样，问讨王志贤。知道他已当兵，随征出城去了。假装说："便宜了他！"随即忙扶着文兴翁媳，混同劫掠已饱的流军出城而去。二人离开大队，连夜送文兴翁媳回吴家山。献忠见了，不免大哭一场，仍命二人去帮助王嘉胤西进之兵，攻陷庆阳境内许多城堡，饱掠而归。万庆亦自裹挟百余人，回山之后，恰逢薛家崖寨首缺出，献忠派他前去管理，从此自为寨主，另立门户。

再说王应龙，见来问志贤之人明明是李万庆，却作寻仇模样。又见劫掠只在衙署，烧杀只在何家，心里明白大半，却不敢说。待流兵已去，众官退回城来，尾随追击之军，亦已回城，安民已定之后，呼回志贤，告以此情。志贤点头会意，密向父亲说道："他们虽然做得干净，雪里埋牛，终有透露之时。我父子在此城内住不得了。好在何家人已死绝，挑眼的人不多，让儿慢慢设法与你老人家同逃。"如此镇静拖延，过了年节，尚还无人告发。志贤乘着年节放假，与父亲商量已定，却去找老师说："弟子近来快要成亲了。家父与我找定媳妇，离城不远，有些瓜葛亲谊，约定明天前来会亲。倘若被亲戚挽留，耽搁两天，望祈老师代向主官解释包涵。"如此嘱托后，父子二人并辔出城而去。离城已远，策马径向米脂吴家山逃奔。沿途闪避，迂回行进，二月中旬方才到了吴家山。会见献忠诸人，自是一番高兴。

这时正逢满天飞请降成功，赶造名册。献忠对志贤道："山中壮丁随时有官府派人稽查。老伯年高之人可以不报。你系新来壮丁，又系逃兵，单独具报怕的问出根源。莫如乘时造在满天飞册内，点验以后，再行拨回本寨。"并又笑道："你们这次每人有一份奖赏，也算你初到山中来，一分利市。"因此小猴狲也到米脂受点验来了。临难之际，志贤恰在人丛正中，一时未有刀剑砍来。但见左侧矮檐下，正有几个壮士凭着空手在与官兵搏斗，挽作一团。志贤乘势走近檐下，奋身一跃，上了檐瓦。便有官兵高呼："有人逃上屋了。"声还未息，已是飕的一箭射来，正从头上飞过，咄的一声，坠在对面瓦上。志贤不顾一切，只向房子密处跑去。他在瓦上跳纵如飞，转瞬之间，已经不见追兵了。约摸一刻时光，到达城垣，跳下城去，径向东山奔跑。已有守城军士望见，具报回去，便有马兵追寻而来。志贤直向吴家山奔逃，偏被马兵发觉，策马飞追。看看马蹄已近，幸好吴家山麓已到，乃是一段陡崖绝壁，志贤沿壁而上。马兵未带弓箭，无法可施，但骂道："只要你在此山，不愁张寨主不交出来。"退马回去，还遥遥望着志贤踪迹。一面派人上山，要献忠拿下逃人，交去拷问。

志贤奔上山寨，将杀降惨状与奔逃情形向献忠说了一番。献忠大惊，见有追兵伫候，忙叫志贤父子前去藏了。不到一刻，追兵上山前来要人。献忠说道："此人既上山来，必是哪家与他有亲故，掩藏着的。容我挨户搜查，查出押送。寨中人众惧怕官军上山，务恳退兵回城内，交我办理。"官兵勉强去了，却逗留山下不走。献忠不理，派人邀请十七寨首领前来，乘夜开会。献忠将志贤指与众人道："这乃是我患难弟兄，具备飞檐走壁一套本事。因为新到不久，加入满天飞队内点验。原想趁此报效国家，建功立业。不想堂堂洪大人出此诱杀手段，满天飞等三百二十条命，一旦枉死。这是我劝他降，才遭此奇祸。我实无颜面对米脂城内血迹。天助好人，志贤兄弟跳逃出来。官兵包围本山，定要交出人来拿去杀死。我今将他交与各位，要送到官军手去，凭在各位。要替他想条生路，也凭在各位。我不敢因我一个好友连累众人。"众人一致声称："不能交出。"献忠命志贤向众人拜谢后，又言道："各位虽不杀王志贤，官军要向我索人，我不交出，他们必杀我。或许也要像满天飞一样，几百人一日同死，还望各位设法救我。"

罗汝才是相当聪明的人，起身说道："满天飞有何罪过？同伙三百余人又有何罪过？今天杀他们，谁能保证明天不杀到我们头上来呢？张寨主保全十八寨，苦心孤诣，已近四年，官军民兵皆不敢来扰害。上对朝廷，下对民众，皆有大功。今日若还庇护不了一个无辜兄弟，我等还要这性命做甚？如今强梁豪杰据地自擅，官军不敢正眼相看。忠顺守分，如我等十八寨，便有几次征讨杀伐。投降效力之人，如王左挂、满天飞，则惨遭杀戮。看来良民不可作，盗贼不可不作。依小弟愚见，官军不来追问便罢，若来追问，我等也诱杀他们，与满天飞等报仇。内有十八寨首尾相应，外与王嘉胤连合，也不用怕他。倘若战胜，据有三边待抚，不失富贵。倘若战败，与王嘉胤退过山西，另据险要富足之地。山西连岁丰收，人民富足，比我们在十八寨忍饿待死强似百倍。未知各公以为如何？"一席话说得众人毛骨悚然，皆言："此言有理。我等甘愿如此进行。"散会之后，各寨便去分头准备。第二日，副将又派兵前来要人。献忠对他笑道："他在你们千军万马营中，刀枪剑戟之下，尚且跑脱。到我这小小山寨，能跑不脱么？人未寻获，请别再来了吧。"

张应昌闻报不悦，一面命贺人龙将山围了，一面具禀洪承畴。洪承畴下令，如不交人，即行进剿。进剿令下，战争触发。官军被献忠等杀了个抛盔卸甲而去。战斗正酣时，献忠高呼："捉杀叛贼贺人龙!"贺人龙心愧胆怯，不敢上前，乘败逃走。后来他亦被督师孙传庭诱杀，情形正与杀降相似，全陕的人无不说是现眼活报应。

◎评注

洪承畴杀降事，屡见于《绥寇纪略》，清修《明史》，尚不能曲为之讳。则此回所写为实事，亦为的评。

第九回 罗汝才保全十七寨 张献忠晋位八大王

话说洪承畴得到米脂败报，勃然大怒，申斥了张应昌、贺人龙一番。加派一员参将，增兵一千五百人，限期将十八寨剿平。这时临洮总兵镇西将军王承恩已率兵入陕，官军声势十分浩大。献忠再聚各寨首领，商议迎敌之计。这时满天飞已死，只剩下十七位寨首。罗汝才道："我等山寨，力弱民贫，且多有家小累赘。只可暂时支持，不能持久作战。那官军败了又来，后续不断。我等若困守孤寨，每战死伤一人便少一人，并无后援。此情势于我等甚为不利。从前王二就是因死守致败，王左挂却因流窜十余县，官军对之无可奈何。若非被洪承畴诱杀，今日他之势力已可与王嘉胤匹敌。陕西群雄中，只王嘉胤不败，其原因就在他依山阻水，跨有河东、河西两面，出则难制，退则易守，地势胜人，并非有何智勇超人。我等今日如困守此寨，难免王二之下场。莫如投奔王嘉胤，合力共抗官军，方能立于不败之地。"一番话说得众寨首频频点头。献忠道："本来早该投奔他的，怎奈十八寨百姓大家都有田园家口在此，一时舍不得离弃。现今寨既难保，量来大家也舍得了。只是老弱拖累，如何能与我等同行？"汝才道："我等可分为两部：愿留者，可假作背叛山寨，潜投官军，引他们来攻寨；愿走者，可参加抵抗。"然后低声言道："如此这般，定能两全。"众人听了大喜，分头依计而行。

次日，献忠下令，将各寨辎重、粮草、壮丁、马匹等，齐集中于吴家山、薛家寨、党家坪、新郿寨四处。准备滚木礌石作死守之计。其余老弱家口留守各寨。待官军来攻时，大寨派人接应。又派四寨头领依次到各小寨点催，装作凶狠之样，将各寨首百般威胁。各寨首勉强交出一部分辎重等物，留藏一部分于本寨。一时十八寨中喧喧嚷嚷，人慌马乱，闹了一天。当天夜间，就有许多寨首，悄悄潜往县城中纳款，声称张献忠等欲兼并我等小寨，大家不服，约定四寨被围之时，即竖白旗投降。恳请官军前来援救，官军自然允了。三四日后，官军攻势准备完成，下令先攻吴家山。被滚木礌石打退。献忠亲率精兵乘马追下山来，砍了些首级。待官军反攻，他们又退上山来。次日，官军又来进攻吴家山，山上死守。四座山头呐喊助威，延到下午，官军退回，献忠等又乘马追杀一度，三寨的人亦都下山助战。官军正鸣鼓反攻，一锤锣响，各寨人马又一齐退回了。这夜有人来官军营报密，说："我等被迫前往四寨作战，皆有家室人口留在本寨，不愿跟从贼首作战。盼望官军将下山贼人诱到较远之处。我们四山守寨之人，约定号角鸣时，一齐响应官军。下山作战，皆系悍贼，见山寨一破，军心慌乱，必可擒矣。"张应昌、贺人龙等大喜，约定暗号，厚赏遣去。次日，官军照常进攻，照常收队造饭。吃饭之间，山寨追杀下来，官军仓促应战，败向城内走去，铠仗遗弃甚多。只见献忠用手一招，山寨鼓起，陆续又有许多人马喊叫连天，冲下山来。官军退到近城之处，一声炮响，全体反身杀回，双方大杀一场。交锋不久，号角齐鸣，四山果然插了降旗。献忠等四寨人马且战且退。逃到一处，大骂守寨之人，向北奔逃而去。逃到山沟尽头，望见隔山炊烟缕缕，众人吃了一惊。献忠道："那是曹操接应之兵。我等到此，皆有活命矣。"走近一看，果然是罗汝才率领一百余人，保护各家眷属来此，造饭相候。大家饥疲之下，得此饱食，无不欢欣百倍。献忠先去看他父亲妻子，文兴埋怨道："好好家庭，被你一手摔破了，只剩三条活命来。山寨安居，亦还过得，又被你一手摔破。如今落荒在此，前途渺茫，不知葬身何处?”献忠道：“这些事情，你老人家哪里知道。现在总算安全离开虎口，还焦愁何来?”话言未了，望见沟内尘土大起，知有追兵前来，忙集众家头领商量进退。头领已齐，献忠先问：“适才清点，共有多少人马?”李万庆报道：“党寨主战死，寨兵由他儿子统领。四寨残兵，合罗寨主人马共有五百余人，马只三百余匹。”献忠吩咐：“头目骑良马断后，老弱家口与伤病之人，骑疲乏之马，由罗寨主领导前行。其余一律改为步兵，且战且退。退到葭州地界，自有救兵。”安排已定，官兵已进山来。献忠勒马当着要路，李万庆居左，朱世虎居右，王志贤提着流星锤率领健兵步行相随。献忠望见追兵已到山麓，大喝道：“贺人龙小子来了未曾？咱老子等候多时了。”恰巧追兵头领便是贺人龙，并不答话，勒马喝令众兵登山。众兵彼此观望，贺人龙不耐，策马领头冲上山来。众兵呼噪潮涌而上。王志贤指着李万庆：“当头乘马那人，便是贺人龙了。”万庆点头，张弓搭矢，待他骑到半山之时，飕的一箭射去，正从他左腿下射进马胸内。那马双蹄向上一竖，全身向后一仰，连同贺人龙滚了百来转，滚下山去。接连再发几箭，射倒当头几个兵士，追兵大呼退回。这时献忠等勒回马头，才向罗汝才一路追去。朱世虎、王志贤赶上李万庆，暴跳问道：“射塌天，你为何不射贺人龙，却将他马射死?”万庆道：“他盔甲甚厚，若还一箭不倒，被他抢近身来，足以堕士气。射马比较容易。如此山坡，人马滚下，不死也要重伤。”二人方才服了。

他们赶上罗汝才，一路欢笑，向葭州行去。刚走入葭州地界，回望后方，尘土又起，知道又有追兵赶来，众人都已疲乏，有些惊惧。罗汝才遥指前山一座松林道：“那里有一路生力军埋伏接应我等。我与张大哥同去催他出来截杀吧。”于是二人离队，策马向松林驰去。进林找寻，果见一群人马埋伏，迎头大将乃高迎祥也。三人久别重逢，相与大喜。罗汝才道：“大哥真是信人，我等有活命矣。追兵快到，请快出去救我们十八寨的残存吧。”高迎祥忙吩咐众人冲出林快走，正见逃众在山上与追兵混杀。高迎祥等二百余人大声呼噪，横抢过去，只杀得官军血流遍山，鼠窜而遁。检点十八寨人马又死了数十人，带伤者甚多。众人向高迎祥拜谢。就在林内休息一日，再向前行。

大家问起高迎祥因何在此？高迎祥答道：“我是崇祯元年回家，与王大梁一同起义。因为陕北饥荒，听王大梁相劝，向凤翔府一带掠粮，沿途裹挟，遂有一万余众。有个道员刘应遇率兵前来追剿。我等抢过栈道，攻下汉中许多州县。他称大梁王，我称闯王，要将汉南一带占领。刘应遇率领大兵杀过汉南，大梁败死。我乃逃入傥骆谷中暂避声势。官军赶过阶州，去讨叛兵周大旺，我等才出得山去，化整为零，抢劫度日，官兵遂未再来打搅。这汉南地方山深林密，官兵难到，是一最好落草之处。我在那里住到崇祯三年，听说陕北大饥，群雄蜂起，才暗地跑回家乡，想邀旧时好友同到汉中去举事。不想走到保安地方，恰逢王嘉用统率府谷人马掠地前来，我便加入，沿途裹挟，自成一营。原来群雄之中多是旧时塞上哥弟。王嘉用回府谷时，留下我与李老柴、王成功三营，在庆阳地界，为府谷三堡外援。我从合水县界杀回保安，知道罗汝才已在十八寨内，也曾通过消息。近因王嘉胤调集人马，准备打入山西，我亦嫌陕西饥荒太甚，想到山西去。恰在此时，献忠、汝才来信要我相助，所以约定在此等候。"众人听了无不大乐。

他们合成一队，从葭州去到府谷，与王嘉胤见面，王嘉胤以客礼相待，诸人执意不肯，定要奉嘉胤为主。不敢称哥道弟，但称王大王，自称末将。嘉胤心中暗喜，口里却谦逊道："我等起兵之初，亦不过迫于逃死。如今幸已据有府谷、神木两县，保德、葭州两州，黄甫、清水、木瓜三堡。仗各兄弟努力，与各路官军大小数百战都是胜利。延安、庆阳、宁夏各州县义军都与我有联络。今又承诸位前来合伙，要我称王。诸位都是昔日边塞拈香结盟之人，与后起的英雄豪杰，本领威名谁不与我相当。像我如此德薄能微，着实不敢僭妄。若承不弃，我等拈香结盟，追踵桃园故事，且待占据一省两省之后，访得真命天子，共同拥护好了。"众人齐道："大王谦让，某等不敢高攀。"嘉胤道："宋江为首亦是大哥。刘备称帝亦是大哥。你们既要我作帝王，也来结了盟吧。"于是吩咐安排乌牛白马，香烛歃盆，拉同众家首领去到盟坛，歃血为盟。相约称大王。计开：

大　王：老龙头王嘉胤，陕西府谷县人，四十四岁。

二大王：小龙头王嘉用，陕西府谷县人，四十三岁。

三大王：齐天王齐荣山，陕西神木县人，四十二岁。

四大王：白玉柱周逢春，陕西吴堡县人，四十岁。

五大王：紫金梁王自用，陕西保德州人，三十六岁。

六大王：闯王高迎祥，陕西保安县人，三十四岁。

七大王：曹操罗汝才，陕西保安县人，三十一岁。

八大王：黄虎张献忠，陕西肤施县人，二十五岁。

九大王：射塌天李万庆，陕西肤施县人，二十四岁。

十大王：党家党小雄，陕西米脂县人，十八岁。

歃血盟誓已毕，共推王嘉胤为主。升帐领赏，大犒三军，分别扎营。因米脂四寨伤亡过多，嘉胤又拨府谷营兵补充，使每营满足三百人以上。惟党小雄乃党世雄之子，年纪尚轻，只带百人，称为小营。嘉胤与嘉用所统一千余人，称为大营。白玉柱统五百人为右营，紫金梁统五百人为左营，齐荣山统五百人为前营，高迎祥统四百人为后营。米脂四寨统称新营。

嘉胤高兴，率领九位头领一路巡营，走到东门城上，指点河山，高谈阔论，言道："各位兄弟，你们看这府谷县城面临黄河，隔岸便是绥德州。两座城池互为犄角。上有河曲，下有葭州，外阻重山，内有复道。自我据此三年，从无官军敢来攻打。近日却有孤山副将曹文诏与我作对，从山西来攻数十次，结果将河曲县占去。目前杜文焕虽然罢职，王承恩率军入关，洪承畴近在延绥，必然与曹文诏前来合攻。我想：困守这几座城，怎能养活这许多兵马？我欲留小龙头在此守城，挑选精兵三千，渡河到山西境去，将山西全境攻破。一来引导官军追逐，可使府谷一带转为安全。二来许多军兵饥民可得丰厚新鲜的给养。各位愿同去么？"众人从城上望见山西半壁，果然山明水秀，田禾茂盛，与陕西景象不同，都愿跟同前去。这时正是崇祯四年四月。南风初至，麦苗如茵，天朗气清，风平浪静。嘉胤率九营兵马三千余人渡过黄河，从保德州直攻兴县、岚县。曹文诏闻讯追来，被九营设伏围攻，大败退去。

这时的山西，官贪吏污，民穷财困，兵骄将横，武备废弛，游民散漫，义军四起，亦正与崇祯元、二年的陕西相似。这时总兵尤世禄颇能打仗，但他骄暴淫虐，人民畏之如虎，军行所至，万里逃空。曹文诏乃陕西将官，拨到山西作战，军纪尚好，但他官卑职小，于事何济？自从他兴县战败，全晋绅民无不恐慌起来。那些平时恨官恨吏之人，与游民浪勇结成党羽；一闻府谷大军过河，曹军战败，旬日之内，纷纷造反起来，风靡府谷。山西巡抚宋统殷、巡按御史罗世锦，文书如雪片般向京城告急。朝廷以山西接近畿辅，派遣大军入晋防剿，所集军马不下一万余人。

却说嘉胤自兴县战胜以后，径向太原进攻。未到太原，先在吕梁山中扎营，率领轻骑来到晋祠后山。俯瞰太原城内，高楼琼阁，一片繁华。城外平原沃野，流泉灌注，禾黍油油。恨不得飞进城去据为京都。惜有远处官兵纷纷开来，料定取他不得。抬头望见东南太行霍山诸山崇高险峻，多有林树，倘如据有此山，则攻取太原机会较多。于是派遣心腹机警之人，一面去到山西各州县煽动叛乱，一面回到陕西劝诱陕中各路饥民，同来山西共图大事。果然陕中群雄来得不少，其中最著名的要算点灯子一股，号称千人，实有四百余人，由龙头赵胜率领，他便袭用了点灯子的名号。其实真的点灯子孟长庚现还坐镇延安老巢，害病未起。至于山西新起义军，以老回回马可应最有名气。他是潞安州的回教绅士，因与此带住民不同风俗，彼此嫉视。官吏袒护大教，欺负回教。几十家回民积忿在心，闻道陕西义军入晋，便于崇祯四年五月一齐反了。此时派人前来迎降王嘉胤。嘉胤正要想据中条太行诸山，今有老回回为他领道，心中大喜。便约各路，从孝义、灵石一带，抢过汾河，向屯留、长子、高平三县杀来，攻下县城，屯兵休息。

◎评注

《绥寇纪略》志兵科常自裕纠尤世禄疏曰：“世禄前奏女乐。在山西，以兵威胁一乡绅之室女，淫之帐中。晋人恨之入骨髓。”则此书批评世禄诸语为实然也。齐天王亦见《绥寇纪略》，不云本名齐荣山。吴梅村谓：“王嘉允齐三等以延抚标下副将李钊求货于贼，怒而袭破黄甫、清水、木瓜三堡。”勘对此书，则嘉允即嘉胤，齐三即齐荣山也。

高迎祥起兵初，先入汉中，诸史未及。

第十回 各路义军闹西省 三十六营会南山

话说王嘉胤率领三千人马进入山西地界，沿途裹挟饥民入伙，到达长子、高平两县时，已有一万余人了。这长子、高平两县，东逼潞安府，南接泽州，乃是晋豫两省间紧要之地。老回回马可应闻嘉胤到达，马上迎接入营。嘉胤问道："泽潞两城你看我们能否攻下？"老回回道："这两城驻有重兵，墙垣坚厚，城池深阻，一时恐难攻下。大王初到此地，人心未孚，地理不熟，只宜先将城外乡村占领。这带州县地瘠民贫，粮食不足，人民全靠开矿冶金经商为生。近年矿税苛刻，民不堪命，一般官吏、商贾与那经营矿冶之人，又多借政府盘剥人民。所以，这泽、潞、沁、辽四属一十九州县之地赤贫甚多，暴富者也不少。这些富者都系敲骨吸髓，盘剥穷人起家。且为富不仁，仗恃其势，横行乡里，无法无天。一般穷苦人家有冤无处可诉，怨气积压胸中。故贫民与富室之间，早积累若干怨毒。大王抚其贫民，专掠富室，则贫民争来投效，可以控制乡村全部。城中官吏军兵全靠四乡粮赋与城关厘税支持禄养钱粮，倚巨室富绅为爪牙。巨室富绅不能得志于乡民，则城中钱粮无所取给，不过半年，其城自破。此处山高谷狭，路险城坚。若能掌握人心，据地自守，虽有百万官军围攻，亦无用处。如此一年两年，以待天下之变，王霸之业可图矣。”嘉胤深以为然。传令各营，分向潞、泽、沁、辽四属州县劫掠，只抢富室，放出打富济贫口号。招聚贫民丁壮，扩充营伍。遇城可攻则攻，守坚则弃。若遇官军，料其可胜则战，料不可胜则避。惟屯留、长子、高平、阳城、沁水、沁源六县，必须取得城池作为老巢。便命齐天王与老回回两营以长子为老巢，分掠潞安府属各县。高迎祥、罗汝才、党家三营以屯留为老巢，分掠潞北辽州一带。张献忠、射塌天两营以高平为老巢，分掠潞南泽州一带。点灯子与新附各营取沁水为老巢，分掠潞西沁州一带。嘉胤自率白玉柱、紫金梁两营与大营之众，往取阳城、垣曲、济源诸县。并在析城王屋两山中积草屯粮，作为万世不拔之基。分派已定，各营分道散去。果然各县贫民纷纷响应，争先引导，向富室抢劫。十余日内，各营步兵由三百人增加到一千余人者甚多，远道闻风，争来投效。嘉胤次第收抚，扩展到四十余营，潞泽官兵虽然初时亦曾出城驱剿，但不是追不着贼，便是被贼覆没。有时义军屯据高山，张旗鼓乐，穿着掠来富室之衣，拥抱富室妻女，做与官军观看。口内却高喝道：“跟我来享乐吧！你们替他打战，他给你的报酬是甚么？但他们却用这个报答我们。”这些手段，引诱这批饥闲已久的兵丁，确甚有效，渐渐有溃逃过来投降入伙的了。

可怜许多富家子弟幽闺妇女，平时养尊处优，食必膏粱，衣必文绣，卧必裀褥，出必车乘，奴耕婢织，颐指气使，享尽人间幸福。哪曾料义兵猝至，须要出门逃荒，饥疲颠踬，寸步皆难。回顾昔日那些贫苦卑贱之人，亦有在伙中逃走的，但却跋涉自如，健步如飞，恰是天上神仙了。可怜的是跑来跑去，终被赶上。贫穷男子不过胁去当兵。若是富人便要勒索金银，受尽苦楚，金宝勒尽，用不着了，总是一刀杀掉。昔日的威风势焰，舌剑唇枪，诗文巧艺，谲变谋略，至此亦皆毫无用处。所以说这社会秩序乃是一件最可宝贵的东西。一没了它，便什么现实也没有了。富贵豪强，平时过于重现实，不曾虑到秩序破坏的危机。祸来身受，亦算是活该的。这崇祯四、五、六年中，山西一百零五州县的人民遭遇大都如此，不止潞、泽、沁、辽四属为然。却有一家是例外。这家是谁？听我道来：

却说点灯子赵胜小名赵四儿，乃是延长人。这次奉派攻掠沁水，县官闻风跑了。城乡各处，全是顺民。只有县东一所窦庄，三面临水，一面依山，墙垣坚固，庄丁健勇，既不降附，亦不逃避。点灯子围了四个昼夜未曾攻下。他营中一位军师，姓韩名廷宪，乃是陕西宜川县的举人，颇有智计。多方探得堡内情形，来对赵胜道："窦庄不可攻了。我已探听明白，堡内乃是忠臣张铨的家。忠义之家，不可攻掠，况亦不能攻下。"

赵胜道："张铨究是何等样人？小小村庄，何以说一定攻不下呢？"韩廷宪道："我已探听明确：张铨字宇衡，乃万历甲辰进士，官做到御史。他的父亲张五典，做到南京大理卿。虽然都是文官，却很讲究阴阳六韬，并以知兵著名。张铨在御史任内屡次上书，议论天下兵马钱粮、九边辽东将帅营伍之事，虽未被朝廷采纳，文章却已传诵天下。他的奏稿中有这样一段话。"说着提笔写了出来：

> 自辽东军兴以来，所司创议加赋，亩征银三厘。未几至七厘，又未几至九厘。以国家比诸人身，则辽东肩臂也。各省腹心也。肩臂有患，犹借腹心之血脉滋灌。若使腹心先溃，则保护肩臂为何谓耶？今竭天下以救辽，辽未必安而天下已危矣。似宜轻徭减赋，收拾人心以固根本。岂可朘削无已，驱之使乱。且陛下内廷积金如山，以有用之物，置无用之地，与瓦砾粪土何异。乃发帑之请，叫阍不应。加派之议，朝奏夕可。臣殊不得其解。

廷宪继续说道："这是张铨在万历四十八年上疏说的话，恰是预知今日天下大乱情形一般。假使当时朝廷能纳其言，我们陕西何至于饥民蜂起，又何至于闹到山西来？他虽不主张加派辽饷，却并非轻视辽东军务。他主张的选将练兵，以守为战。他弹劾杨镐，推荐熊廷弼。当时虽未采用，后来因他说的全都验了，朝廷上下，莫不推重于他。但他已于天启元年，在辽东按察任内死节。那时满兵东犯沈阳，大势甚锐。他是文官，可逃不逃，被执不屈，劝降不降，赋诗自缢而死，要算近时国内大大一位忠臣。当他未赴辽东之前，因丁母忧在家，随时叹息大乱将起。与他祖母及父亲商议，在此筑下坚固寨堡，为未来保家避乱之计。此寨从万历四十七年动工，修了十年方才完成。寨墙全用石砌，厚有丈余，外绕河水，内连营房，高碉厚垛，回环相顾。内有流水一处，深井数口，仓储武库，一切守御之具皆全。聘有同族教师张道法、张瓒二人，训练家童百人，皆是英勇善战之辈。他家男女亦皆熟读兵法，精习武技，张铨祖母便是名将之女，活了九十余岁，前年才死。张铨父亲五典，晚年在家奉母，完成此寨工程，去年才死。张铨长子道浚，次子道泽，一女凤仪，皆已改修武职，荫官在京。凤仪嫁与石砫土官马祥麟，现亦率兵征剿在外。全寨现由张铨妻子霍夫人主持。霍夫人严肃有威，沉勇多智。当我军入境之时，他们倾出所有金银，向逃难民家购粮，并许乡人入堡避难。现在堡内有六百余人，粮食武器，足支一年。每日用百人一班，昼夜各守一小时。一有警报，全寨俱起。滚木礌石，挠钩火箭，蒺藜沸汤，件件俱备。所以我等攻了四昼夜，死了数十人，无损他的毫毛。”

赵胜听了不悦，言道：“既然如此，我们暂回大营，请来众家寨主用炮石攻打。我们既已造反，哪管他是忠臣之家？顺我者昌，逆我者亡。”决计已定，折向王嘉胤大营走来。

回书再说王嘉胤，率领大营来攻阳城县。县官杨钲原不肯逃跑，率众固守。嘉胤扎营阳城南山，会集右丞白玉柱，左丞紫金梁，筹商取城之策。这时正是六月开初，草绿苗肥，山风凉爽，官军远绝，饥民纷来投降，王嘉胤志得意满，举动不免轻狂起来。各路头领抢来珍奇之物，美貌妇女，多有献与他的。他喜欢之下，都给以王侯名号，令其自成一营。内有一个富商女子甚为妖艳，嘉胤许了他的皇后，宠爱非常。激动了一个吃醋言酸之人，乃是男子，名丁四保，是神木边寨中一家龟奴的儿子。从小生得白嫩苗条，父母怕他难于长大，取个女子乳名，呼为丫头。长大之后，被白玉柱掳来做了娈童。王嘉胤出兵山西未带家室。白玉柱逢迎其意，将丫头转献于他，嘉胤十分宠爱，便命统领中营亲兵。自这富商女子入营以后，丫头颇见疏远。这丫头虽是柔弱男子，从军已久，见惯杀人放火之事，性情亦甚凶暴。随时去向右丞白玉柱诉说大龙头宠嬖女色之非。白玉柱总是温存劝慰一番，说道：“军营妇女譬如瓶中插花，一有迁动，弃了便是。你现带着中军亲兵，大王出战之时，妇女性命在你手。这时却吃醋作甚？”丁四保听了，心中明白，默然而去。只盼嘉胤出兵便好行事，不料嘉胤驻扎南山，朝夕欢娱，竟将攻城之事命白玉柱办理，自己守着老营不动。一天夜下，嘉胤吩咐撑帐在南山顶上，当风纳凉，觉得甚为舒适，便命左右回营去叫皇后来。来人报于丫头，丫头暗忿，便亲自护送前去，行入山道，一掌把她打下岩去。来报嘉胤，说皇后失脚坠岩而死。嘉胤此时早已带酒，心中大怒，命将护送人等一齐斩首。鞭打丁四保三百，吩咐押回营去，摘去兵权。几名亲兵知道四保来历，哪敢真打？敷衍已毕，押送回营。激起四保凶气，集合心腹数人杀到帐中，将嘉胤与亲兵一齐杀了，径向白玉柱营内逃去。白玉柱问明事由，大骇道："你我今皆在此活不下了，莫如乘夜撤营，逃往泽州，向官军投降罢。"于是半夜下令，向泽州而去。

话说左丞紫金梁王自用，与右丞白玉柱，攻打阳城未下，分地扎营。这日鸡鸣之际，忽有中营人马驰报："大王被刺。"自用忙命人去驰报右丞。回称："右丞全营已迁，不知何往。"自用忙命解围，速回南山老营。到山以后，见中营纷乱如麻，忙下令镇静，候调各路王侯会议善后。清查根由，知是丁四保与白玉柱所为。怕的他勾结官军来剿，恰逢点灯子兵到，便命他率队去追讨白玉柱。一面命人四出驰报各营头领，一面装殓王嘉胤。第二日，各路头领俱到。点灯子亦回来了，言道："逃军业已零乱散匿，只追杀了十余人。山深路歧，无法再追。"王自用言道："罢了。如今大王已死，府谷道远，我等或降或窜，应速作计较。"那时众家头领皆在。高迎祥起身说道："我们从前一盘散沙，杀了数年，毫无成就，幸得大龙头纠合各路成为一家。入晋以来，所向无敌。十营饥军现已扩展至四五十营，马腾士饱，大业可期。如今官兵四面合围，四州之民未附。大王被刺，军心摇动。若不速推头领，维护军心，一经溃散，我等皆无活命。依我之见，共推紫金梁为大王，依照府谷故事，重新结盟。以后仍依大龙头旧规做去。"接着便有多人应声。本来依着年龄资望应推齐荣山。但他近来酒色过度，身体虚弱，素又乏于才智，所以无人推他。他亦愿推紫金梁。遂如此定议，重新结盟。这次参加盟拜的共有三十六家。如下：

紫金梁王自用	齐天王齐荣山
闯　王高迎祥	八大王张献忠
曹　操罗汝才	射塌天李万庆

点灯子赵　胜	老回回马可应
党　家党小雄	不沾泥张存孟
满天星□　□	蝎子块拓养坤
破甲锥□　□	一阵风陈尔先
邢红狼邢满川	上天龙刘九思
九条龙马士秀	黑煞神□　□
扫地王曹　威	八金刚□　□
摧山虎阎正甫	左金王蔺养成
过天星惠登相	冲天柱□　□
混天王张应金	革里眼贺一龙
油里滑□□□	混十万马进忠
映山红□　□	七　郎姬关索
改老王许可变	顺天王梁时正
白酒儿白应真	张抄手□□□
闯塌天刘国能	闯　将李自成

当各家在陕西时，虽有绰号，一般都用本名传话。到山西后，一般概用绰号传话。彼此相见不知姓甚名谁，都以绰号相呼。所以这三十六营有多数的本名已是记不清了。这各营中，高迎祥势力略与紫金梁、点灯子相等，其次，则是张献忠、老回回、混天王、不沾泥等。各家出处难以一一说明，单将刘国能、李自成两股补叙于此。

刘国能曾与张献忠同学，打过架来。当张献忠行劫逃走时，刘国能衣食丰足，在家襄助其父办理公务。那时一个保甲头人若还存得天良，便会赔累败家，若还昧得天良便会立致巨富。他父亲乃是老公事人，自然是不受赔累的。国能年轻，将这些损人利己、借公扰民之事看在眼里，心中殊不同意。后来他的父亲被人暗杀，新公事人派出，亦是葫芦依样来刮削他家。一两年内，便渐感到穷困，无法生活，遂杀了新甲长，投在谭雄部下。谭雄败死以后，他已成了头领，有众百数十人杀官拒捕，声名不小。但岁饥乏食，亦难以聊生。闻说群雄窜过山西，都有很好收获，便自安塞向东窜去，恰于米脂晤得李自成，遂同来此。

李自成与张献忠同庚，乃高迎祥姐姐的儿子，并娶了迎祥的侄女。小时靠高迎祥送钱读书，后来因天资不高，废读，在本县驿站上补了一名驿卒。崇祯元年，御史刘懋奏请裁汰驿卒以省国帑，自成与被裁之卒突然失业，便伙同到高迎祥处。高迎祥将赴汉南时，给了自成银子，命他回家，装呆守分，奉养母亲，外托党世雄、罗汝才照料。故自成与十八寨常有往来。张献忠等叛走时，自成并未同走，亦未曾受牵连，但其心中随时害怕。后因王嘉胤派人回陕，煽动各股入晋，自成已知迎祥下落，便亦邀约饥民一批赴晋就食，正当准备，恰遇刘国能来了。此时的陕西遍地都是饥民，官吏也不能抚，遍处都是盗贼，官吏也不能剿。刘国能一行百余人，造了一面白旗，上书“就抚饥军，赴晋就食”八个大字，大摇大摆，穿城而过。县官明知是流军，哪里敢拒？反与他送去一些酒肉犒劳，请他驻扎到城外去。自成见得如此情形，便来拜谒国能，说明愿奉母随军入晋之意。国能闻道是迎祥外甥，又见其人魁梧，气概不凡，便以宾礼相待。第二日自成与他母亲、妻子，及一批饥民，加入国能军里，到山西来。迎祥颇通相法，常谓：“我这外甥，将来必有一番非常的显耀。”所以有意扶植于他，特拨一队兵丁令其统率，扎一小营，照料其母及迎祥家小。又拨一些兵与刘国能凑足一营。因此，这次南山大会，二人亦得以头领加入。自成兵少，坐在最末。紫金梁初次见他，问：“是何绰号？”自成此时尚无绰号，因他是迎祥外甥，一般都呼李公子。至此问及绰号，自成不好自称李公子，仓促起立答曰：“闯王将。”遂以“闯将”列入盟单。后来高迎祥败死，自成代统其众，称了闯王。那是后话了。

◎评注

本回亦见《明史》忠义本传。

三十六营名色，各史多曾及之。《绥寇纪略》最详，有“丫头子”窜乱其中，即此则谓“丫头”。为王嘉胤之娈童，手杀嘉胤，与白玉柱同降官军者。余人亦微有异字。盖《纪略》系集录传说以成，即其本书，亦多前后抵牾。

第十一回　群雄分路窥太原　官军一心搅抚局

话说紫金梁王自用，于崇祯四年六月，在泽州阳城县之南山，与三十六营结盟，并商讨今后行兵事宜。各头领纷纷陈说，意见不同。齐荣山认为此地最好，不想行动，仍主张攻下城池，与各头领分城据守，称号王侯，以资号召。高迎祥道："称号王侯，须有一富庶险阻兼备之地为根据，进攻退守，方得自如。我看汉中地方最好。若说山西，则只有太原攻下后方可做得。如像泽沁等州，虽有险阻，缺乏富庶，万一被人围攻，三两年便无吃的，乃败亡之道也。"张献忠道："我父亲去过四川，说来那里沃野千里，富庶非常。四围边界上，又是重关叠险，有一夫当关万夫莫开之说。此乃真正图王霸业之地。我等若能窜据彼处，便好称王图霸了。"点灯子赵胜道："你等说的，都是万里以外之地，望梅止渴之言。我看本省平阳府，与所属蒲、解、绛、吉等州，富有鱼盐稻麦之利，沃野平衍，西连关中，皆是四塞之地，比太原为好，比汉中、四川更近。我等应该放弃这泽潞荒瘠之区，合力拥护大王，前去抢据那带地方，建立国家，垂统万代。”老回回马可应道：“平阳府一带地方，乃是朝廷极其注意的财赋之区。我等新君初立，军心尚未凝为一体，若遽往占彼处，受了官军围攻之后，必然分崩溃散，是王霸之业未成，瓦解之局已定。莫如仍盘踞泽、潞、沁、辽四属山中。且待天下之变，东争顺德、真定，南争卫辉、彰德，西争平阳、蒲、绛，北争太原、忻、代，皆有高屋建瓴之势。此乃进战退守，万全之策也。”曹操罗汝才道：“我等今日，人众虽号二十万，乃是东西南北临时聚集之人，将帅虽勇，尚无指挥如意的组织。人自为战，则我等长于官军。进退有节，则官军又长于我等。依我看来，尚待加强组织，整顿内部以后，方足以进攻肥美富庶之区。目前实只宜暂依山险掠劫，整理军队，以为他日大举出攻准备。老回回计策为是。”高迎祥、张献忠、蝎子块、混世王、乱世王等都说：“这话对。”又有阎正甫、上天龙、邢红狼、一阵风、白酒儿等嚷道：“我等军士饥渴已久，现成的富足地方不去抢掠，困守这天枯地老、人穷土薄的山谷僻地做甚？我们赞同点灯子的话。”于是会议厅中大闹起来。众喊：“分伙！”紫金梁大呼道：“各位既已奉我为长，还能听我一言否？”众人微微息了下来。紫金梁道：“我等今日合则俱存，散则俱败。但二十万人全聚山中，亦感钱粮不敷。今且分出数营，试向平阳去攻城掠地。若还得手，大队齐上。若不得手，再派数营补充。谁愿先去，报上名来。”于是点灯子与摧山虎、邢红狼、上天龙、黑煞神等人先行报名。紫金梁便派点灯子为首，率领七营向平阳进发，其余各营仍照旧在潞、泽、辽、沁四府州劫掠。

此处单讲点灯子赵胜，率领七营北上沁水。想起窦庄之事，便要统率七营将他攻下。韩廷宪劝他道：“将军奉命攻取平阳一带，何可顿兵此处。若谓此庄妨碍后路，定要攻取，可由我向大营请兵办理，无需将军亲自攻打。”赵胜遂命廷宪回去向紫金梁请兵，自率各营，由沁水翻山抢渡汾河，由古城一路攻占宁乡县。再分两路，一向吉州，一向蒲县进攻。这时山西总兵尤世禄被劾罢职。新任总兵孙显祖将大兵驻扎平阳紧要州县，调来孤山副将曹文诏与平阳道郭竹征，率军跟追赵胜。赵胜所率黑煞神、一阵风、白酒儿四营皆不是官军敌手。接了数战，全是败阵，自宁乡溃过吉州。方才占得城池，官兵追到，黑煞神一营向北奔逃，去找邢红狼、上天龙、摧山虎三营合伙。点灯子沿着黄河，要想抢渡过陕，未得机会，遂同其余两营南向河津逃走。曹文诏因他是首领，紧追不舍。八月三十日，在稷山县将他追着，正拒战间，郭竹征又率军从北方杀来。绛州官兵从东方杀来，西有曹军，南阻汾水。一阵风、白酒儿两营皆请降了。惟点灯子冲破北来官军，向山西突围，被曹文诏紧追到康家山，擒着斩首。

溃军有逃回阳城来的，具报王自用。自用大怒，派人前往汾州地方，晓谕邢红狼、上天龙两营向汾州进逼，摧山虎、黑煞神两营向太原进逼。他这里自率老营大军十万人，从辽州北向平定寿阳，做四面包围太原之形势。留高迎祥盘踞泽潞，分兵由沁州北窥太原。又命各军招纳饥民，扶植土寇，使官军应接不暇。这叫做“万弩齐发之计”。果然各地群雄蜂起，尤以沿河一带，因为陕西饥军东渡之故，闹成一片叛乱世界。最著名的便有王之臣、翻山鹞、金龙、王虎、显道神等，所在攻据城堡，声称受紫金梁节制。曹文诏虽然勇猛善战，哪里杀得完许多。

巡抚宋统殷见得官军不敷分配，一面奏请征调邻省大军会剿，一面征募本省义勇军办剿。这时义勇军中出了两个奇人。一是安徽人吴开仙，原在寿阳一带保镖，此时应冀北道王肇生之募，做了前锋，应援窦庄，剿办高迎祥。其二便是窦庄的张道浚，他在京做锦衣卫佥事，因为犯了罪，遣戍雁门关。宋统殷知窦庄员丁可用，特调他回窦庄，勉以立功赎罪。他回窦庄，霍夫人亦责他玷辱历世家声，要他杀敌湔雪。道浚在此激励之下，忠勇奋发，恰逢崇祯五年二月，宁武营裨将孟忠被围于沁源境内，他督率窦庄家丁前去救援。走到平顶山下，正逢射塌天刘国能斩了孟忠，追杀官军。张家军接杀上去，打退刘国能等，救出残兵百余人，回到窦庄，加以训练，实力更是大了起来。王肇生闻窦庄胜利，率吴开仙进军沁水，与道浚联络，想推翻高迎祥老巢。此二人与刘国能、李自成等，从三月打到七月，从沁水打到阳城，锐不可当。

回书再说张献忠等跟随王自用北进之时，高迎祥留守老营，接应各地军需，因办理笔墨事烦，让献忠留下王志贤帮办军务。王志贤即小猴狲，从前读书较多，文字较好。又因他身体瘦小，缺乏气力，故少于临阵交锋，专从射塌天练习弓箭与各种腾跳功夫，又替献忠办理军书，参赞谋划。高迎祥赏识他的精细，因此留在老营办事。他连日接阅前方许多败报，知道吴开仙厉害；又有窦庄为援，非可力敌。一日见迎祥接报焦愁，乘时建议道："窦庄能守，开仙能战，二人相依，泽潞之祸不解，这不宜恃勇与他硬斗。似宜佯作败退，将开仙引过沁水，与窦庄隔绝之后，设计擒之。"迎祥大悟，便命国能、自成之军佯败，退入山地。开仙果然轻敌，穷追入山，望见迎祥立马山头指挥，左右不过数十骑，便恃勇赶上山来，望见迎祥已有勒马反奔之势。不提防王志贤一箭射去，马身中箭而倒，两山伏兵拥起，将官军杀死大半。开仙无马，苦斗半日，援兵不至，拔剑自刎而死。败兵溃逃回去，王肇生大惊，急忙逃入窦庄躲避。一部分溃兵向泽州城内逃跑。迎祥先命人将官军服装剥下，扮成逃军，一起混进城，大军随着赶至。假逃兵杀了守城军，开门迎接，遂将泽州占领，作了老营，飞马驰报各地，潞安、辽沁各州县官吏闻风逃走。除潞安一城，窦庄一堡外，全已被迎祥占领。

败报到了太原，全晋震动。这时朝廷撤了朱统殷，以许鼎臣为巡抚，征调河南、陕西、四川等处军马援晋。分派大同总督张宗衡进驻平阳府，左良玉、贺人龙、虎大威、白安、李卑诸将官兵八千人防备平阳泽潞四十一州县。许鼎臣进驻汾州，督张应昌、苟伏威、史记言、颇希牧、艾万年诸将，官兵士勇七千人，防备太原根本之地。曹文诏已升总兵，率三千人往来剿杀。

这时紫金梁王自用所统大军已经侵入定州、忻州、代州地方，分为七路。第一路混世王，第二路姬关索，第三路张献忠，第四路罗汝才，第五路李万庆，第六路马可应，合紫金梁大营一路，约定聚散不常，散布在山西东北各州县。有时侵入北直隶真定、大名等地，与河南怀庆、卫辉诸府。把个京畿三晋闹得鸡犬不宁。害得各路官军奔走援救，人未卸甲，马不停蹄，打杀一年，方才又将各路饥军打回泽潞老巢。中间大小数百战，互有胜败。到底饥军犯了人自为战之病，不免被官军各个击破。在崇祯六年内，混世王被曹文诏破斩于寿阳之方山，姬关索被文诏裨将猛如虎破斩于黑山，过天星被曹文诏围败于高泽，蝎子块为张应昌所败，张献忠为艾万年所败，扫地王为贺人龙所败，紫金梁率众退回潞泽老巢。

这时韩廷宪已在王自用军中参谋赞划。因诸路屡攻窦庄不下，自用亲往围之，亦无法攻下，各路官军渐向老巢逼来。廷宪向自用道："大王虽为群雄之长，实则各路头领各自为政，利则争趋，害则争避，并不受大王命令。我等初时原为救死，非有称王割地之意。若于今日请窦庄张道浚向巡抚请求受抚，则无论各头领相从与否，大王皆当不失为贵官。富贵安全，永保利禄，胜于称王山中，昼夜担惊也。"自用被其说动，派廷宪到堡下约降。道浚命人将廷宪缒上，问明真情，送他出堡，命邀自用到堡下相会。二人隔河商定降约，由道浚具文飞送到巡抚衙门。衙门批准，派守备薛天禄前来窦庄受降。这时官军方面各将领议论纷纷，说道瓮底之寇，巡抚不该受降。王自用暗召诸头领商议，亦是意见纷纷，多云不该请降。主降的人有老回回、刘国能等，反对投降的，以张献忠为最激烈。但王自用极力主降，众人无可奈何。献忠退回，与李万庆等商议破坏投降之法。命万庆与朱世虎、小鬼头等以打粮为名，分道四出，放火杀人，把个窦庄附近数十里烧成赤土，官军前来救火，他又将救火军射杀几人，潜回营内。第二日，受降官到了窦庄，邀自用到堡下问："既已约降，为何还要纵火?"自用与廷宪都说："这是少数不愿投降的人所为。正在清查。"于是约定日期，出堡到自用大营受降。自用回来，再三向各头领说道："我等皆是陕人，亲戚庐墓皆在陕西。这次围攻太原未成，足见天意。莫如乘时受抚，以遂回家之愿。况现在受抚，并不交出兵权，诸位如不愿降，将来仍率本营远走高飞，何必在此破坏抚局。"说得众头领个个无言。献忠父亲张文兴，李自成母亲高氏，亦分劝献忠、万庆、迎祥、自成等受抚。于是众营人马皆各自检点准备投降，不再骚害了。偏在此时，又有反对收降的官将们亦在商议道："我等剿贼数年未有大功，反被困守窦庄的一员犯官招降了数十万贼寇。前日贼人放火杀人，又射倒官兵，亦皆置之不议。我们非乘时报复贼人不可。"于是议定，候薛守备进入敌营受降礼成，叛兵无备之时突袭其营，痛行杀戮，逼其叛走。第二日，薛守备正登台上点验各营首领查对年貌之时，忽闻东北角上杀声震天。少时数骑飞来，向自用报道："官军杀来了。"自用大怒，忙命各头领回营接战，自己抢上台来一刀将薛守备劈死，从人亦都杀了。这次大营吃亏不小，自用传令，向西南退走。追各营杀退官军，跟到南山相会，点验死伤数千人。自用切齿道："韩廷宪误我。"命即捉来砍头，搜查未见踪迹，有人报说："廷宪同两个仆人跑向窦庄去。"自用忿怒难忍，吩咐各营协力围攻窦庄，务要攻破，杀个鸡犬无遗。合围以后，廷宪与道浚立在堡上向自用谢罪不已，言道："实由诸将贪功，蓄意破坏抚局，非我等之罪。我等今后亦只坚守窦庄，保全天年，不再帮官军作战，以明心迹。窦庄虽小，未可攻下。愿大王他去，遇高贵大员，力足以制将士者，接洽受抚，方可无害。"自用怒气不息，仍令攻庄。

◎评注

王志贤留高迎祥营中办事，故叙沁水阳城间事最详，叙赵胜西犯，及自用、献忠等北犯事皆甚略。

第十二回 五毒二强平泽潞 撒盐造冰渡黄河

话说王自用久攻窦庄不破。值曹文诏大军扫平晋北，从寿阳、辽州一路来救窦庄。自用闻听文诏威名甚为怯惧。邀高迎祥等商讨用兵之策。迎祥道："目前太行山中民贫谷尽，我军久饥，虽有山险，也难固守。莫如一面拒战，一面派遣各营轮流向河内畿南一带富饶之地就粮。一则贩运粮食金钱回山，安慰士心；二来使各营轮番到富庶之地快意，以均苦乐；三来牵引官军奔走追逐，不暇搜剿到山中来。"自用大喜，便命迎祥率军自潞安、黎城一路前赴辽州。绕出文诏后方，即于辽州扎营，派队分向北直真定、顺德、广平、大名等府与河南彰德、卫辉等府州县劫掠。他自率大营，在泽潞、怀庆之间与文诏周旋。待文诏追来，他便奔跑。追过若干州县，饥军随处抢粮，空宅住宿，行动极其轻便。官军是裹粮转粟，下营过夜，带从一切给养辎重，是以迟滞。如此数月，闹得晋豫北直三省，数千里地，风鹤惊惶，寝息皆废。井陉、大名、河内三道州县，纷纷向京省告急。幸有大名道卢象升与井陉道寇从化皆通军略，足以堵御。朝廷因该片乃畿辅之地，调来各省大兵堵剿。一时天下名将，如邓玘、梁甫、左良玉、汤九州、艾万年、李卑、曹文诏、曹变蛟、曹鸣鹗、王国玺、杨芳、李定、田时升、赵完璧、张庆昌等，皆来会剿。又派有知兵太监数名分路监军。双方打了许多艰苦战争，互有胜败，难以详述。今单讲邓玘。

邓玘乃遵义府邓坎地方猎户之子。从小练习一手好弓箭，刀戟锤锏无不娴熟，兼有扛鼎的膂力，包天的胆子。从播州杨应龙作乱之时投效官军，积功至守备。征讨蔺州奢崇明时，他算官军中第一员勇将，与秦良玉齐名，天启元年率川军六千援辽，做了遵化总兵。驻守遵化十二年，满虏不敢前来犯边。此时玘已五十余岁，边关无聊，部下思乡，屡次请调回川省。正逢这时，山东登莱游击孔有德、耿仲明造反，官军久剿不平。邓玘自愿跨海讨贼，想立最后一次功劳，借以邀请休假。崇祯六年二月，玘等攻破登州，有德、仲明狼狈逃入海去，降了满虏，朝廷早已许过邓玘，俟山东乱平，准其率军回川。偏遇这时，畿辅河内一带纷纷告急。遂又调他到河内征剿，美其名为“便道剿贼”。邓玘心中不免抱怨，他部下的老川兵更是抱怨非常。邓玘无法维持军心，只得放弛军纪，任随他们肆意寻乐。所以他军所过之处，鸡犬、财帛、妇女，无一样算得是人民私有的。河内人有个风谣说：“宁逢虎狼，不逢邓玘。”但他的军队打仗却是好的。山中群雄无不怕他。这时山中人马所怕的共有七人，逐一与他们送绰号，合称为二强五毒。

何谓二强？大名道卢象升，字建斗，江南宜兴县人氏，虽然进士出身，做的文官，却有万夫不当之勇，善于作战。这时他才三十几岁，随时不惜以道员身分出阵交锋，如入无人之境。张献忠等几次杀过他界，都是大溃奔回。从此山中无人再敢走入大名府地，与他赠一诨号叫“撑天柱”，是为南方之强。新任宣大总兵曹文诏乃大同人氏，与他弟文耀、侄儿变蛟，皆智勇才艺兼备，猛锐无当，从行伍积功至孤山副将。转战山陕两省，无坚不摧，所向必破。山中英雄畏之如虎，赠与他一诨号，叫“奔雷车”，是为北方之强。

何谓五毒？第一个左良玉，字昆山，山东临清人氏。英勇狡诈，又善于服循士卒，策应友军，敢战深入。山中赠他绰号是“常山蛇”。第二个是邓玘。因他过于狠毒，人人畏惧，故赠绰号为“毒蜈蚣”。第三个李卑，字侍平，陕西榆林人，亦是一员老将，他治军有方，临阵勇敢沉毅，从容不乱。山中人与之相遇，无不覆败。此人善于设伏，不喜进攻。因此赠其绰号为“花蜘蛛”。第四个艾万年，陕西米脂县人，使得一盘好叉，勇敢机智，善于乘隙捣虚，转败为胜，赠其绰号为“卷尾蝎”。第五个汤九州，南直石棣人。官大兵多，士卒用命，进退持重，犯之者必败。赠之绰号为“三脚蟾”。这五种东西皆是毒物，故曰五毒。

却说泽潞山中各路头领轮流出掠，飘忽难制。虽然被二强五毒围剿，到底山险路窄，粮足人多，官兵不易得手。大头领紫金梁王自用自扎老营于析城山中，命诸营随时从泽州出兵，向河南怀庆各州县掠粮。崇祯六年四月，再犯武安，三掠清化。又攻杀石硅女将张凤仪于侯家庄，声势甚大。河南境内只剩左良玉、邓玘两军。邓玘念张凤仪所率同是川军，不免兔死狐悲，激励全军要设法与她报仇。探听得自用老巢在析城山中，乃分派裨将杨遇春率领一支人马，打了邓玘旗号，自济阳北上，作径攻阳城模样，引诱紫金梁老营之兵出山截击。遇春乃佯作不支，且战且退入济源善阳山，紫金梁督军围山。遇春又狼狈退下山来，在谷内扎驻。紫金梁自踞山头，督军上前围攻，全部注意力放在邓营附近山林内有无埋伏，以便随时接应。不料邓玘预伏强弩十人在左侧山内，认定紫金梁，一齐射去，当时将其射死。流军大惊溃回，玘率伏军追杀，遂破阳城、沁水两城。

高迎祥与张献忠、罗汝才等盘踞太行山中，正当出掠磁州一带。忽闻紫金梁身死，唯恐邓玘乘胜攻占泽州，倾了老巢。忙命献忠与射塌天等营，猛攻汤阴、林县、辉县一带，使左良玉一军无法应战，借以牵制邓玘西进。自己率领大营而西，收拾泽沁两州，抵住邓玘，与玘在沁水、阳城一带打了数十仗，杀进杀出，互有胜负。朝廷因卫辉、彰德两府乃是重镇，怕被流军占据，一面调邓玘回军援救，一面加派倪宠、王朴两将，督率京军两营加入会剿。又派四员亲信太监押运京饷，前往监军。要乘紫金梁死后，一鼓肃清冀晋豫三省群雄。这时曹文诏等亦大势招抚山西汾平以西群雄通天柱、显道神、活地草、乡里人、翻山鹞、王之臣、王刚、王虎、金龙等股，斩的斩了，擒的擒了，抚的抚了，逃的逃了。文诏回军前来会剿中条太行两山。六七八九四个月中，官军声势浩大，处处奏捷。迎祥、汝才、献忠等退守山中，不敢出掠，部众溃散日多。看看官军渐渐逼进山中来了，迎祥邀集各路头领商议进退。各头领面面相觑，无可主张。

李自成出言道："末将营中有一秀才顾君恩，颇有智计，可否叫他前来筹划？"迎祥道："用人之际，可以叫他前来。"自成便去叫他。少时入帐，乃是一个瘦黑矮短之人，向众头领恭敬打拱说道："启禀各位大王，从前大龙头初到之时，官军力弱，咱们人多，则利在合力作战，以众胜寡。紫金梁在时，咱们盘踞十七八州县，兵多地险，粮食不足，故利在轮流出掠，固守老巢。现在官军云集，包围全山，进无可掠，退无可食。外围的山西、陕西各路头领又都自身难保，无法前来救援。若仍固守穷山，此乃自溃之道也。依小人之意，应该集合山中所有军力，突围而出。天幸突围出去，分股四散，散播蔓延，重新积聚力量，使官军已合之力，又当分散追剿。力分则势弱，尾追则易疲。官军疲弱，我则易胜。如此一年，可使天下骚乱，官军虽勇，无能为力矣！"

迎祥道："你说的虽好，无奈目前官军合围，二强五毒，加上京军两营，围得铁桶一样。我等各有家小辎重，战马又多老疲死亡，如何突围得去？"君恩道："如今东西北三面皆已合围，实难冲出。南有黄河阻绝，不能飞渡。但依小人看来，咱们这析城、王屋一带连山，距黄河甚近。山南垣曲县，便在黄河北岸。此带河水已渐平缓，现已入冬，应有结冰之处，咱们现在可从泽州、阳城一带，假作抢据怀庆府，要从孟津渡河之状。却又屡次佯败，退守山寨求抚，使官军相信我等无力突围，并无地可逃。但若来攻，我们又死守不让，他必派人招抚。咱们一面与他商议受抚，使他不备，却暗从山中偷移至垣曲县境。约于冬至之日会齐，乘夜踏冰，抢渡黄河。渡河之后，海阔天空，任我高飞远走。目前各城精兵齐集河北，迨他发觉追来，已莫能及。"众人闻言欢呼道："顾先生之言是矣！"

此计已定，迎祥吩咐在座人员，不许走漏半点消息。佯命众营分两路抢攻怀庆。恰有留守辽州头领张妙手派遣部将贺双全去攻武安，败了回来，请大营发兵救援。迎祥批道："山中粮乏马少，不能驰救。贵营可降则降，如不愿降，可以死守，待我攻下怀德，取得粮马以后，再派大军驰援。"张妙手接得此批，大骂道："他们要想从怀庆渡河逃逸，却骗我在此苦战，做他后卫么？要降便降！"便向官兵接洽投降事宜，并将迎祥批文缴验，权当告密。监军太监杨进朝得之大喜，奏请朝廷准其投降，再派人前往怀庆，招降老巢诸股。

这年冬月，孟津以下，河水已经结成冰桥，孟津以上，水流甚急，尚未结冰。围剿诸将知道山险路窄，仰攻甚难，彼此推诿，不肯率兵深入，都说："贼势已穷，终必受抚。目前但宜严守怀庆、孟、温、武陟等县，防其抢渡冰桥。孟津以上，船已集系南岸，贼无飞翅，何从逃逸。"于是各军皆在烧火围炉，坐候招抚成功。高迎祥亦代表各营，派人洽降，往返磋商，故意示以山中粮空械窳情形，行贿洽降官吏，要求方圆。最后约定冬至后第三日迎请受降官。一切皆已议定，连日无人下山抢劫，也不许行人通过，暗地早将家小送到垣曲毛家寨。到了冬至前夜，虚插满山旌旗，一齐向西跑了。次日山中人民走报官军，官军你推我诿，最后才派定军马，沿途审慎，追索前进。追到垣曲，已较迎祥等迟了一日。

却说高迎祥等十余万人连夜跑过王屋山。第二日薄暮，方才驰抵毛家寨。此处尚无官兵，但有一件最绝望之事，原来河水尚未结冰。众人跑到河边，只见有些破碎冰块自上游浮来，向下流去。水中冰块厚不过二寸，大小不一。到此渡口，水势平缓，冰块移动很慢，河水漫上冰块周围，立即凝结浅舷，使各冰块成为盆状，断断续续，悠然浮过。问起提来之人，知道此间昨夜亦曾沿岸结冰，胶着许多冰块。但河心数丈宽处，仍是黄水滔滔，不能跃过。再远望南岸，有几支渡船系着，点有灯火，吹有号角，似有百余人把守。迎祥回到寨中，召来土人问道："河中浮的冰块从何而来?"土人道："此处砥柱以上，陕州平陆之间，有个茅津渡，因水平衍，此时结有冰桥，其边沿部分，随有崩离，流到此间来。下游直到孟津冰桥，片片相接，使冰桥加宽。此渡水激，每年结冰不过十余日，今年天暖，未能成桥。"迎祥又问："茅津渡何人把守?"土人道："我等不知其详，但见驻扎官军甚多，营规甚好，旗上多是曹字。自茅津北到安邑，东北到绛州，皆是这样旗号。"迎祥听了大惧，遣去土人，召集各营首领密商道："我等已入绝地，虽转去投降，亦将难免一死。索性抢到茅津渡河，做个死里逃生吧。"李自成道："今夜天寒，或亦可冻成冰桥，纵然冰桥不成，河水亦必较窄。挑选会水之人泅过河去，抢来船只亦可。若抢茅津，此时人心涣散，一遇曹军，必然溃走，况尚需赶程二日方到，赶到亦无力作战了。”迎祥无法，吩咐挑选善泅之人，给以重赏，泅水前往南岸夺船。因北人都不习水，只挑了十多人同到河边，见河水沿岸果然渐在结冰了。但河心尚有数十丈宽，不敢下水，伫立河边，毫无办法。这时已是二更时分，又是冬月二十四日，夜黑如漆，寒风砭骨。但闻河水哗哗，碎冰嚓嚓之声。大家遥望南岸灯火，含泪不语。正当绝望之时，有一小卒，随一头领禀报上来道：“小人家住宁夏花马池，常与客商驮盐过河。见每逢冰桥尚未坚结之时，客商解盐一驮，在冰上撒下，不多一刻冰桥便成。盐化之处，结冰最厚。”迎祥正因人心惶乱无法维持，听得此言，便大呼道：“现在已有过河之法，快向四乡民家搜索碱盐来。”众军闻声，亦皆莫名其妙，动者甚少。迎祥忙促各头领道：“休得怀疑，这叫死马当作活马医。快快分路去搜来，乘夜寒一试。”众头领甚以为然，纷去率众搜盐。

约摸子时已过，各路火把次第回来，搜到的盐不多。迎祥命那宁夏人到河边一试，先行撒到冰的边沿，果然有效，只见薄薄的冰层瞬息便厚结起来，可以站人。如此继续撒去，像一条冰堤，一直向前，伸入河内数丈。可惜盐已撒完了。众军见冰桥已成，齐在火把之下欢腾跳跃，纷纷自动跑去搜盐。恰好搜到一家私盐商人，藏有数十驮之多。原来此地距解州盐池不远，风陵、茅津等渡，皆有重关征税，此间并非大道，只设盐查，因此常有豪民潜运私盐。这些人初见大军明火搜劫，不知何事，都纷纷收拾细软逃去山林岩穴去。嗣见只是搜盐，不取他物，便有保甲头人出来，指示藏盐之家。于是众军不再抢劫，纷纷搬运盐包来到河边，欢笑不已。迎祥怕不够抵达对岸，亲自监督，不许浪费。又派精细的小猴狲王志贤督率百人，分为十班，十人在冰堤前撒盐，九十人在后方传递。渐渐堤已加长，人已加多。看看将到河心，后面冰堤已在破裂了。志贤忙命在其左右撒盐。已破之堤，居然复合。正在得意，忽报堤之前端被急流卷去数尺，淹死十余人，志贤乃在沿堤左右撒盐，加宽堤的厚度。传问盐量，还剩大半，知道使用不完，便命人排立堤上，持盐向上游漂来的冰块上抛撒。不过一刻，那些浮冰皆附着冰堤凝固下来。在北岸上面，造成了三角形陆地，这下能站立许多人了。如此一面向边沿撒盐，一面抛向上游浮冰之上。恰当天明，便已使冰堤连接到对岸了。对岸守军百余人，初时望见北岸灯火大笑不已。睡到天明，被欢呼声惊醒，登岸一望，但见数千人站在冰上，如有妖法，使冰块延伸向前，快与此岸相接了。再看对岸，人马如蚁，不觉大惊奔逃。

高迎祥见得大功将成，心中快乐，指挥李自成先保家小渡河。其余依营伍番号，分队过渡，不准拥挤争进，怕的将冰压坏。正在此时，前山灯火滚滚，知道追兵来了。忙命张献忠、射塌天、闯踏天、老回回挑选军士，抵敌一阵。老弱先行过桥，余人准备杀退追兵再渡。不料追兵走近河岸，望见义军严阵以待，遂站立不敢再走。献忠知道他的人少胆怯，大呼："杀了追兵好渡河。"当先冲杀上去，追军望见，返身便跑。迎祥见老弱已渡，鸣金收军。候各营从容渡过河来，再命辎重渡河。此时已是巳分，望见另有大队追兵到了。迎祥命将冰胶着的几只船放起火来，想将冰桥烧断。不料船火已熄，冰桥不动。顾君恩道："凡冰合则难解，宜将柴火放于中游水疾之处烧之。彼处冰薄，水力亦大，加之以火，桥必断矣。"迎祥命抱河岸营房茅草堆积堤之中央放火。正在此时，数万追兵业已抢上冰桥，迎祥等正准备厮杀，只见来军前锋数人抢到火边，连人带马陷入河内。冰堤忽断，响震山谷，后又陆续陷下数十人。追兵便慌忙退上岸了。一座偌大冰桥不过一刻，裂碎为若干浮冰，漂流而去。

早有防河哨兵走报防河中军官袁大权，袁率部下五百余人抢来防堵。跑上河堤，望见北岸大军，尚以为流军未渡。兴高采烈，杀下河岸，恰与迎祥等大队撞着，正如羊投虎口一般，全军覆没。迎祥等一直攻进渑池县驻下，杀猪羊治酒食，庆贺渡河之功。迎祥聚会各头领言道："我等逃出山西，渡过黄河，论功行赏，应当酬谢三人，第一是划计定策的顾君恩。第二是教我撒盐造桥的这位兵士，还未问姓名。第三是督率造桥成功的王志贤。今日应该推他三人上座，共同敬酒。"各头领皆欢呼赞成。于是先将君恩、志贤二人拉来上座，但那宁夏人却遍寻不见。志贤道："他在堤头上撒盐，忽的那堤被水冲断，有十多人被卷入河水中去了，他亦被卷入水中，想是未能救起。"众人听了不胜叹息。君恩道："此乃天赐此人与各位王侯续垂绝之命。我二人何功之有？"志贤亦道："当我撒盐时，那冰桥距对岸尚有丈许远时，竟自然冻合。足见此实是天龙相助，非由人力。高闯王合当是天子福命。"迎祥闻言按捺不住喜悦，却谦虚道："我哪有此福！定是我等中另有真命人主在此。现在虽不知是何人，只要我等团结一致，将来少不得人人挣一份王侯富贵。”一席话把众人说得心头热乎乎的。顾君恩私语自成道：“这真命人主恐是阁下。”王志贤也悄向献忠耳语：“真命人主定是大王你。”二人皆含笑不语。

◎评注

本回论当时名将七人之优劣，皆可与《明史》本传相表里。

撒盐结冰与科学理通。有不解者，疑为天助，盖时人不识其科学道理也。

第十三回 张献忠折兵白兔驿 朱世虎战死乌林关

话说河南、湖广、四川等省，二十年来世道清平，正与天启以前的陕西一样。每省原有五六千兵，由一员总兵与几个巡抚管带。近几年为剿陕西、山西义军，大半已调走了。未提防高迎祥等十余营大兵忽由毛家寨渡过黄河，来至河南省河南府的渑池县。河南巡抚元默早将省军调到河内怀、卫一带去了，只留中军五百人防河，义军渡河时被杀得一个不留。义军进入渑池县城，痛饮三日，分道出击。从十二月初一起，至十二月二十五日封刀为止，占领河南府、南阳府、汝宁府、郧阳府、襄阳府的州县四十余处。这些被占地方官吏逃避，城门大开，人民照常出入城邑，买卖货物。各路头领多不知道安抚民众，仍是饿民流军故态，一进城邑，见着好吃的随意抓拿。物主不肯，便是一刀刺去。也有三五成群，闯入富家大室，搜刮金银，奸淫妇女的。人民这才惊慌起来，纷纷出城逃避。乱军又把守城门搜劫。各营更是新添了数倍的兵员，新刀新剑，长弓劲弩，火药钱粮，堆积如山。因为他们不知安抚人民，人民心里不免怨憎，或派人去远处请兵，或将金银藏匿，或紧闭门户，或在军营饮水中放毒，或暗杀了淫掠军丁。惹得各军恼怒，便以乱杀的手段来制止。杀亦制止不了，又用残酷可怕的方法来威吓。总而言之，在一月之中，把这数年疲瘠的可怜人们，养成了凶狂淫虐的性子。从前在陕西时，只是抢掠钱财粮食，并不杀人放火，到山西时，亦只抢掠富室，并不糟蹋平民。现在是以人命为儿戏，财物作泥土了。

各路之中，比较好的是高迎祥、张献忠、罗汝才、老回回四部，他们占据城池后，一切需要之物，皆派地方绅耆代办。部下奸掳烧杀的人，虽不重罚，却亦要责备几句。在各股中，总已算得仁义之师。说亦奇怪，他们的军士们并不抱怨约束太严。别营有许多人反说他们是对的，甘愿跑来跟他。尤其是新参加的人，皆愿编入四人营内。因此，他们四人力量强大起来，一时发展到各有六七营之众了。此时河南巡抚元默率领左良玉、邓玘、李卑、汤九州四军，从孟州以下的冰桥过河，分扎在洛阳、汝州、许州等处，保卫省城。见得满地皆兵，不知从何处剿起，只好暂时回守一线，防止蔓延，再行奏调各省援军会剿。因此各股流军得以平安过年。

高迎祥邀结了四十余营，在均州淅马川一带扎下老营过年。居然亦是狮灯彩龙，与民同乐。又将各路劫来余粮余钱散给两县平民，要想收拾人心，作为长久根据地。正月灯节已过，分派三路大军向内乡、邓州、新野一带屯扎，抵御左、邓、李、汤四将之军。另派三路大军分向谷城、南漳、光化、宜城、枣阳等县，逼胁襄阳、樊城。另派若干小股向竹山、房县、归州、夷陵、荆门、松滋一带收取城池。准备打退四将，便向汉中与四川进兵，造成割据之局。

湖北巡抚唐晖忙调来保靖、施南一带土司的兵守护承天府。因为承天府钟祥县有嘉靖皇帝的祖坟，叫做献陵，惠王王宫亦在此。明朝的法律，如其皇陵被发，藩王被杀，地方官皆是死罪。所以唐晖虽有五千士兵，不敢离开承天一步。幸得邓玘回川心切，率领本标兵自河南杀来，将光、宜等处流军杀退，救了襄阳。湖广诸将杨正芳、许成名等方敢出军。这是崇祯七年二月以前之事。

却说张献忠，因为憧憬着四川这个理想地域，与高迎祥商量道：“现在我等兵多粮足，所驻地方不多。应该趁着官兵无力进攻，后方城池空虚之时，将汉中、四川取来，做我等的永久根据地。现在邓玘一军，正向归巫一带攻入，他若回川，我等便难前去取了。我愿率领相好的六营，去到归州一路，截阻邓玘，倘若将他打退，我便取得四川、汉中，等候各路英雄前来聚会。”迎祥点头称是。献忠便率领射塌天、奎木狼、朱世虎、马元利、刘进忠、狄三品六营，与邓玘之兵相追逐，从谷城、保康一路向归州而来，在沿途山地打了四五仗，不分胜负。不想明朝用了陈奇瑜为山西、陕西、河南、湖广、四川五省总督，檄调五省官兵回剿均州老巢，邓玘亦在其内。邓玘看着走近川界，又被调回，着实不愿。无奈新总督上任，军令森严，川军又该受他节制，不敢不去。邓玘去后，献忠六营入川，前无阻击，后无追兵，轻轻易易，便已夺船浮江，穿过三峡，到了巫山城。改行陆道，分向大昌、夔府杀去。献忠自督夔府一路。夔府虽是川东重镇，但因承平日久，军备毫无，只有几十名收税之兵，骤然见大军压境，早同各官一路跑了。献忠扎营白帝城，命王志贤与刘进忠等入城收点仓库，安抚百姓。安抚回来，便有士绅耆老同来，陈述地方瘠苦，请求裁租减税。献忠笑道：“你们认错了，我们不是朱家的兵，乃是义军。”绅耆言道：“大王军队进城，秋毫无犯，比朝廷官兵好得多。我们愿大王长驻此地。”献忠心喜，给赏遣回。笑向王志贤道：“这都是你们做出来的把戏，他们百姓未必欢迎我。”志贤道：“大王要想占据四川，应先收拾人心。夔乃大府，地瘠民贫，官贪吏酷，百姓哪有愚忠于一姓的，虐我则仇，抚我则后。大王能自此地起，安抚百姓，王霸之基可定。”献忠道：“你说得是，就选几员好官在此，依照你的意思去做吧。”随又说道：“人人称道夔关天险，不知究竟如何？你选择两个更事的百姓，同我们到山顶上去看个形势。”于是同各路将领登到山顶，将瞿塘滟滪，赤甲白盐诸山水指点清楚以后，叹了一口气，说道：“无怪刘备兵败至此，陆逊便不敢再追。倘若邓玘先到，扼守此地，你我只怕走得来便回不去了。明朝虽有许多兵马，调度无人，头痛医头，脚痛医脚，量他跟咱们跑遍天下亦无益处。从前老回回说，泽潞各山便是易守难攻之地。近来高闯王又说，均州可营老巢。你们看，还是他那地方好呢？还是我这地方好？”众人听了都称颂献忠一番。

献忠问土人道：“人说四川富庶，为何你们又说贫困？”土人道：“四川富庶之地距此尚远，向西走去，还有十几天的路程。但过了夔府，便一站比一站好了。”献忠吩咐：“只留百人守城，明日一早全军西进。”第二日，由土人引导，向西走去。到了云阳、开县，皆无守军。到了梁山白兔驿，才遇着有人阻击。此带山路险窄，大队不能一气拥过。前列由奎木狼领队，分着四人一排，依次而进。突被山上推下许多大石、土包，将路截断。但闻喊杀连天，知道前队奎木狼等数十人，已无救了。即忙向后退却，山上又有大石与竹笼土包滚了下来，打翻下岩的人不少。退到一个横沟转折处，两岸弩箭毒矢纷纷射来。纵有万夫之勇，亦无所施展，只得冒死奔回宽平之处。这次损折了一百余人，有勇将奎木狼在内。问过土人，方知对方并非官军，乃此地一名乡宦，名叫涂原，练成家丁民团所为。诸将忿怒，定要攻下梁山，拿涂原报仇。献忠言道：“各位须知：官兵不可怕，民兵可怕。官军进退无碍，胜了自然抢功，败了亦即退走。民军为保家园，并非由于功赏激励，倘无制胜把握便不敢战。非到斩尽杀绝亦不肯退，故较官军难打。窦庄之事各位应还记得。咱们潞泽打仗两年的致命伤便在窦庄。此地又有此人，咱们绕道前进吧。”诸将道：“全蜀道路如此，一关退避，则各处皆有不得通行之虑。”王志贤道：“别处有此险路，未必便有此人。四川地面宽阔，道路尽多，何必非要取道梁山。我们要辅佐大王成王霸之业，不能再拥他上梁山了。”说得众人一笑，便改道新宁、达州、巴州，一路而去。

到了巴州，献忠心里不悦道：“原来四川全是如此险山恶水，不知汉中到底如何?”正想从南江转入汉中，后面飞骑报来，说：“石砫土司秦良玉，率军来救夔府，声威甚大。留守各城人马皆退出城外，集合在大昌、太平等地，请示进退。”献忠听到秦良玉三字，想起从前他父亲的话，有些畏惧。便吩咐道：“此地荒寒险阻，过于均州郧西一带。叫他们不必守了，分路转回郧阳地界。再从汉中直杀向四川腹心地去吧。”于是他亦率军向通江、太平一路，转向郧阳。

献忠一军方才走到竹山县，只见均州老营中高迎祥等各营人马纷乱溃来。献忠会着迎祥，问明情况，始知撑天柱卢象升已任郧阳巡抚，率军来战，锐不可当。陈奇瑜从陕西来攻均州，势如破竹，流军不能抵抗。还有湖广巡抚唐晖、河南巡抚元默、陕西巡抚练国事，分向襄阳、南阳、商州等路包围而来，所以弃了老巢，想向汉中窜去。献忠遂亦与之同行。沿途飞骑屡报陈奇瑜紧追在后，后军拒战不利，溃逃甚多。迎祥皱眉道："他们溃散去，亦不过被官军追杀。如今惟死斗退敌才有生路。八大王是生力军，能为我们抵御不?"献忠道："这是义不容辞之事。但拒敌要凭地势，方免被人包围。我看陕西、湖广交界的乌林山可以设伏拒敌。我们都退过山去。"于是迎祥传令，在乌林关决战。

这乌林关，乃是陕西平利县与湖广竹溪县的界山，连岭百里，只此一道关口，甚为雄峻。是汉中、兴州与襄阳来往的第一座紧要关口。张献忠让高迎祥到兴州去收集各方逃散部队，自己督率六营生力军守住关口。又于关前设下三重伏兵，准备将陈奇瑜大军杀退，以好在诸头领中争得与高迎祥并肩的地位。部署已定，陈奇瑜大军亦到，望见关上阵容不敢轻进，退到竹溪县，调来卢象升、邓玘、杨世恩、杨世芳诸将，商取攻关之计。六月十二日凌晨，从竹溪十里铺整队鸣鼓，冲上关来。世恩当先，世芳居左，邓玘居右，象升在后指挥督战。行到山麓，第一重伏兵呐喊杀出，被世芳、邓玘打退。官军毫未紊乱，照常鸣鼓，徐步上山。行至山腰，一锤锣响，第二重伏兵杀出，又被左右两军杀退。来到关前，关前早已排列有朱世虎、刘进忠、马元利三支人马，大呼冲入阵去。两旁伏兵亦抢出夹攻，只杀得天昏地暗，鬼哭狼嚎。自晨至午，官军仍然不退。献忠见得众军已疲，亲率李万庆、马元利两营冲出关来，约定暗号，替换三营回关就食。这时官军饥困，渐感不支。卢象升大呼，抢到关口与献忠决斗，调换邓玘一军退后休息。献忠与象升交手，不能取胜。朱世虎刚吃过饭，又来与献忠合斗象升。陈奇瑜望见官军不胜，亦命本部人马杀来助战。关上王志贤见献忠斗象升不过，拈弓搭矢，飕飕接连几箭向象升射去，皆被拨开，或中盔甲之上。最后一支，射中他的马了。那马向地一蹶，象升急忙跳下，与献忠步战。恼怒邓玘，冲到近处，向献忠一戟刺来，献忠带伤退下。官军将朱世虎、李万庆等分团围困。献忠裹好臂伤又复杀出。恰好山下官军赶到，刘进忠、马元利亦空关出战。直杀到天色将晚，双方伤亡皆在两千以上。多有未曾重伤兵士，只因饥疲力竭，倒地昏厥。这才各自鸣锣退回原地。关外倒卧尸身共有四千余具，地下被血染成殷红色。献忠臂股皆已带伤，不见朱世虎，出关清点，见他身中七十余伤，死在血泊之中。查点各营，损折一千八百余人，带伤者不可胜计。献忠吩咐拆卸房柱，满山烧成大火，连夜奔向平利。这时迎祥已到兴州，留李自成在平利接应。自成见得献忠如此勇敢，深为叹服，请他们回兴州休息，自来抵挡官军。

原来官军退回清点，亦已伤亡过半，无力再攻。奇瑜飞檄唐晖、元默，速派竿兵毛兵前来补充。竿兵乃是湖南保靖土司之兵，毛兵乃是施州土司之兵，皆甚悍勇。次日正休养待援之际，探马报说："关上流军潜逃了。"奇瑜不敢轻追。因卢象升已伤，命他回去办理地方善后。直待竿兵毛兵来到，方行追过关来。

◎评注

献忠与邓玘，无时不思入川。邓玘久戍思归，志在首丘，而朝廷不能许，强以讨流军，遂致军纪窳败，终丧良将。献忠震于富庶，志在割据，而明廷不能备，空蜀委之，致其兵来。巡抚刘汉儒，请擢涂原，以蜀人练蜀兵，备蜀地。廷议不能用，见《绥寇纪略》。嗟夫！邓玘不得归，涂原不能用，秦良玉之言不见听，此蜀地之不能守也。

乌林关之役，《陈奇瑜传》但云：斩千六首级，未云所遇即是献忠。他书自荥阳大会以前，亦鲜道献忠事，独赖此书，补出一年来献忠史料。

第十四回 顾君恩计脱车箱峡 李自成说服十三家

人说：帝王之兴，必有天命。故能临难不死，终定大业。虽草窃一隅，未克终位，如公孙述、张献忠者，亦无例外。如渑池渡，于绝地逢生，若有天助，其实皆人事也。假如真有天助，那老天又何必儿戏英雄，将他处之绝地，又才帮助脱逃呢？

河南、湖广各路义军，被陈奇瑜督饬各路，合力并剿。他们饱掠之后，酒色沉迷，哪里还有抵抗能力，纷纷向均州以西四散奔逃。大都散于商雒、房竹、兴归各地山中。经张献忠大战乌林关，杀退官军，各路散兵又才渐渐逃集兴州，合成大股。后计共有三万余人，皆是陕西、山西两省昔年起义的。又有家小妇女，亦数千人。至于在河南、湖广两省裹挟之众都早已逃回本乡，未在此内。这当补说本年春间，高迎祥与张献忠出军后，曾派扫地王、过天星、一斗粟等几个头领，从房竹、兴州一路，向汉中略地。后因三边总督洪承畴率军来剿，他们大股从宁羌州突入四川广元县，进攻保宁，想与献忠会师。后来知献忠已回郧阳，他们仍转向略阳、阶州、徽县、秦州一带窜去。洪承畴亦撇下各路小股，跟追大股到甘州去了。各小股此时亦来会合高迎祥。迎祥便以此辈做先导，全队向汉中前进，准备占据汉中做根据地。从兴州到汉中的路，要经汉阴、石泉等县。这汉阴一段大路，全是依傍河谷行走，这带河谷多有支流，发为岔路，支谷形势，彼此多有相似之处。在此兵荒之际，土人尽已避入深山，无人可访问。义军初来，认不清路，误进一个谷口，地名车箱峡，乃是一条岔沟。沟中有一段石峡，峡内宽阔之部，长四十里，原是农田连阡，鸡犬相闻之地。但这谷的尽头，全是悬岩，并无登山之路。高迎祥等误入其中，初见庐舍全空，认为是土人避难常态，未疑路错。走到远处，渐觉路窄，不似大道。探寻水源，发现前面乃是悬岩，疾走奔回，峡口已被人用巨木乱石塞断，出不得了。又忙着四面觅路爬山。不想这带土人强悍，将各小路一齐堵塞，再用木石滚坠下来，打伤甚众。虽闻峡中人高呼："愿以金银换路!"亦不肯理，反将陈奇瑜大军引来。官军投下硫磺火炬，将峡内屋舍焚毁大半。数万人马粮尽草绝，又逢山中多雨，弓矢皆坏，相持数日，毫无生路，大呼请降，官兵不理。迎祥与献忠、自成、老回回、闯塌天、蝎子块、李万庆等商量，要王志贤爬岩出去求救。志贤道："我虽能偷爬出山，但外面无救兵，出去亦无办法。"谋士顾君恩道："只要有人能出此峡，便有办法。"迎祥忙问："何法?"君恩道："我们请降，他未曾理。须得他军中有人主张受降方好。我们军中多有美女，各人多有珠宝，明日将美女赶到岩前，哭泣求救。他军得意之际，思得美女，必不甚逼。再命人怀藏珠宝，偷出峡去，先向奇瑜左右行贿，主张受降，必可救我等之死。"志贤道："我又如何能与他左右之人会面?"君恩道："奇瑜的中军与我同里，其戚苗君用与我同学，我能模拟君用笔迹和口气，写信由你送去，必可得见。"言罢，全体大喜，遂即如计施行。志贤当夜带了许多珠宝和一封信爬出山去，无人知觉。走到僻处，装成寄信之人，去求见中军，把信送进营去，片刻便传他进见。志贤依君恩所教，悄声跪禀道："令戚苗君用裹挟在贼内，已有两年，劫掠甚富，命我带出巨珠两枚，请设法营救。出险之后，定当厚报出力诸人。"中军道："你能负他爬出来不?"志贤道："悬岩绝壁，我已是冒死逃出，焉能有力负人。为今之计，唯有劝导总督受降，则诸人皆有活命，出峡后好设法也。”中军道：“此事一人言之无益。”志贤道：“我将逃时，各头领皆有嘱托：如能受降，凡帮同主张者，皆有金珠美女相赠。我亦带来数种，成色较差，未敢献上。”说罢，献出一袋来。中军看了说道：“既有此物，我可联合诸将同去请求。你且藏在帐内等待。”果然钱可通神！这日下午，消息便好了。中军处随时有客来，无非要志贤保证谢礼，或要珠宝，或要美女，或要金钱不一。第三天，停止攻击，准受降了。

奇瑜亲到岩口。迎祥等男女三万六千余，一齐跪倒在地，哭泣道：“愿回原籍归农，所掠金银财宝妇女，敬请恩帅查询原主，分别发还，以消过去劫掠罪孽。”最后这两句，说得奇瑜满心喜欢。缒下安抚官三百余人，清点造册，摘去军械。又缒下点验官四人，将金珠宝物追出，吊上山来。这才放开一条小道，放妇女出峡，押回营去。又命安抚官，每人监护一百人，撤开峡口，让各队依次出谷，用大军押赴汉中。却将一批带伤的选出，留在汉阴养伤。口头说是“且待伤好再行遣归”，实则认定带伤者皆是凶悍，正在请示办理，准备杀掉。张献忠因带伤也留在这里，派有官军看守。陈奇瑜造下露布，驰报各省，言说：“群盗肃清。”一面奏报朝廷，说：“赖国家威福，大盗三万六千人，一朝就擒，请准戮首恶以正法纪，赦胁从以保天和。臣已分别验编，派安抚官三百余人，将胁从诸犯押回山、陕本籍，交付地方官，分遣归农。其凶悍喜乱者，拘押汉南，候旨处决。天下已定。前征各省兵马钱粮，应请明令遣归，与民休息。剩有残余小丑，由各督率本标兵，协助州县官吏，次第擒斩足矣。”

此项消息传出，沿途士绅竞献红花彩缎，犒劳官军。陈奇瑜所过之地，爆竹之声不绝。受抚各头领沿途亦非常伏贴，犹如驯羊一般。奇瑜得意洋洋，行向汉中，命安抚官：“先将各盗驱出栈道，到凤翔府驻扎，再行分道遣送。”虽亦派有兵士押解，甚为单薄，且沿途见得甚为驯良，遂未严格防范。这一群义军走出大散关，到了平地，彼此握手相庆道：“出峡口了！快回家乡了！”这乃是他们约定暗号，官军全然不知。这夜息宿宝鸡城外，晚膳之时，一齐高呼：“回家乡了！”声震数里，各队相应。押解兵不知事，走来弹压，被众人夺过刀剑，一齐动手，将三百员安抚官与数千押护兵杀死，大掠宝鸡、汧阳两县，冲到麟游县占了城池。群推高迎祥为首，编定十八路头领七十二营，分向四方州县抢城。三五日内，占领七县三州，凡西安、庆阳、巩昌三府之间，尽为义军天下。全陕骚然，天下震动。把个陈奇瑜骇得魂飞天外，急忙驰到凤翔府，筹划诿过之计。恰好有宝鸡知县李嘉彦与乡绅孙鹏，将后队义军擒杀了六十余人，来向奇瑜请赏。奇瑜将名列请赏之五十多人，一齐收监，说是他们杀降激变。又有一股溃散义军逃到陕抚练国事处求抚，亦被练设伏擒杀，具报前来。奇瑜见首名杨国栋曾在车箱峡流军之中，遂亦将练国事参奏入京，说他："挠抚杀降，酿成事变。"练巡抚不服，与他互相参奏，后来他二人都撤职拿问去了。

再说高迎祥叛变之后，占领三府之地，惟陇州有贺人龙不降，便命李自成督军攻打。攻了一月不能攻下。三边总督洪承畴，其时方在甘州剿戮，忙派左光先一军回救陇州。迎祥见洪承畴、曹文诏等各路大军渐集，乃将其核心各营分为三路，分出潼关、蓝关、武关，向河南涌去。其余散营，分向子午、褒斜、傥骆、徽阶各道，向汉中、四川、湖北进发，以分官军之势。川、湖、陕、豫四省，未曾安静到半年，便又遍地烽烟。

王志贤自抚局已定之后，托言回复苗君用便自去了。他扮作一个布商，随军行进，探得献忠等留在汉阴者难保活命的消息，便想营救献忠。曾改扮卖药之人，去到献忠疗伤之处，递过暗号，要在闰八月十五以前，前来劫取。那时尚有若干零散义军聚集兴州旁山中，无处进退。志贤到各处约集，有了一二百人。闰八月初，料定高迎祥等已出谷口之时，他们扮作客商，混进汉阴，出官军不意，将献忠等带伤之人抢夺出城。除重伤已死者外，轻伤诸人全得逃脱，亦有二百余人。这二百余人，以随献忠在乌林关作战者为多，刘进忠、马元利、狄三品皆在。只李万庆因未带伤，被押到宝鸡去了。于是众人共推献忠为首，从汉阴取小路入商州地界，要想回转陕西。因左良玉屯驻龙驹寨，商州亦有重兵阻挡去路，遂又退向汉中。这时陕西分出之义军多有在汉中的。献忠结合他们，声势大振。入川余部，秦州残众，亦来聚会，连同沿途新入伙的，有十数万人，再将兴州等县占领。恰逢陕西混天王、九条龙股等由蓝关出，与献忠会合，号称二十万，围困郧阳。总兵杨世芳率竿兵来救，中伏阵亡，竿兵数千被杀，豫楚震动。郧阳虽未攻下，但义军所及远达邓州、内乡等县。此时老回回大军由雒南、卢氏等县，直冲河南开封府的禹州、襄城一带。高迎祥与李自成、过天星等营，自潼关向洛阳，连占沿河州县，直攻荥阳、成皋一带。苦了左良玉、汤九州等军，东堵西截，哪里堵得住。其余官军多已被调入陕，现则尾追在后。义军尽有快马，官军步行追逐，一日相差数十里，十日相差数百里，哪能追及。迎祥传谕各路曰："车箱峡之役，各营家属被编错乱，希于岁暮俱会荥阳，掉换眷属，并商讨合力迎敌追军之计。现值河水冻结，北行南下，亦可会商决定。"此檄出后，各路纷纷向荥阳会集，共有七十二营。凡荥阳、荥泽、汜水、河阴、巩县地面，扎营皆满。开封、卫辉等府道争向朝廷告急。兵部议：调三边总督洪承畴率大军自陕而东，兵部侍郎朱大典率山东兵自汴而西，京将督天津兵一万，渡河而南，与豫、楚、川、秦军兜剿。这个消息传到河南，高迎祥即召集七十二营头领在荥阳大营开会，商议应战。这七十二营，共隶于十三家头领，那十三家：

闯　王高迎祥统十二营，有李自成一营最强，以善攻著名。

八大王张献忠　　统八营，以敢战著名。

曹　操罗汝才　　统七营，以善战著名。

老回回马可应　　统七营，以持重著名。

革里眼贺一龙　　统六营，以善埋伏著名。

左金王蔺养成　　统五营，以军纪整肃著名。

混天王张应全　　统五营，其后死去，由济世王杜应金接统其营。

改世王许可变　　统五营，以飘忽驰突著名。

过天星惠登相　　统四营，以迅疾著名。

九条龙马士秀　　统四营，其后改称兴世王。

射塌天李万庆　　统四营，以善射著名。

混十万马进忠　　统四营，以残忍著名。

顺天王梁时正　　统一营，余部尚在郧西地界。

各人相见，彼此恭贺新年已毕，开始议事。高迎祥居了首座，先提议道："各位大王，我等皆是山、陕两省同乡，迫于饥寒，起兵抗官救死，打富济贫。前后七年，经历五省，如今兵马虽多，尚无住脚之地。此地前阻大河，后有嵩山，左连淮泗，右接关陇，居天下之中。土沃民富，号为中州。进可驰骋万里，席卷天下。退可固守虎牢、成皋、孟津、轘辕诸地。若得与诸位大王同心戮力，东取开封府，西取洛阳府，建立两都，拥立真龙，与大明划河为界，平分天下，我等不少世代公侯之位，可免奔走跋涉之苦。明军虽来，我有坚城深池，亦不惧矣！”罗汝才接口道：“高大王所虑极是，我等长期奔走，有何结局？莫如据下城池，转客为主，反攻为守，以之与官兵相抗。”马进忠道：“我的意见不同。咱们习惯流动，到处取大户的粮，取贪官的钱和马，借百姓的锅，烧百姓的柴。一不征粮，二不征税。打得赢官军便打，打不赢便跑。要这城池何用？我们便是天生的王侯，又要真龙天子何用？哪处兵少人多，地方富足，我们便去占领，何必定要这中州？”混天王、过天星、九条龙都说：“混十万这话也对。从前咱们占据泽潞诸山做老巢，结果被人打败，还莫如流动的好。”革里眼道：“我的看法不同。从前泽潞山中，并非被人打败，乃是自已粮尽人空，站不住脚。此地肥沃，我等若能保守，安定人民，便可长久住下了。”老回回道：“现在冰河已合，朱大典大军即到，我等不能阻他渡河。洪承畴官军皆百战之余，正从西方杀来。卢象升又纠合湖广、江南之兵截断我等南方的退路，此地恐不能守。倘若死守，官兵越集越多，我兵愈战愈少，甚为不利。”这话说出，各营头领多在喝彩。高迎祥忙问道：“依公之见，又将何往呢？”老回回道：“现时各省官兵都集中在陕西、河南、湖广、江西四省，山西空虚，我等趁黄河冰合，北兵未到，抢过黄河，从怀庆府再上泽潞，直扑太原、平阳两府，占据山西全省。此乃我辈老家，官军再来也难攻入。那时厚抚人民，创立帝业也可，受抚归降，长作王侯亦可。”迎祥点头称是。

张献忠久未发言，此时起身作色道：“老回回一路英雄，为何说出的全是鼠子主意。从前大龙头盘踞泽潞，结果险些跑不出来。这回又教咱们跑回鼠子洞去么？”老回回大怒道：“八大王号称黄虎，说话确带黄腔。我山西是鼠子洞，你们却都是从这鼠子洞里爬出来的。看来你也不过是只黄鼠！”座中亦有几个山西人，便一齐哄笑响应起来。献忠大怒，拔剑便向老回回道：“你看我是黄虎还是黄鼠！”老回回亦拔剑相迎。座中秩序大乱。高迎祥、罗汝才、李万庆、贺锦四人，忙离位劝阻，扶回座去。二人与其党羽，仍各自纷纷欲斗。迎祥忙道：“我等皆在南山结盟，义同兄弟。

不才轰长，现在僭列首座。两家兄弟不和，乃是我领导无方之罪。若看薄面，弃嫌归好，重作手足，请同干此杯。如有一家不从，我愿拔剑自刎于各位之前，以谢领导无方之罪。”说罢，一手端杯，一手拔剑，面向张、马二人。骇得众人连忙一饮而干。张、马二人尚不肯饮，迎祥便要自刎。迎祥部下李自成、刘宗敏、李过、顾君恩等，忙从下座抢上来将剑夺去。李万庆等拥到献忠之前，过天星等拥到守应之前，将酒递到二人口边，二人勉强吞下，这才息了纷争。

李自成原在下座，此时便不归座，向上座十三人行了一礼，言道：“俺李自成替俺舅父叩谢各位王侯赏脸。”众头领一齐起立道：“公子请起，有话坐下谈吧。”自成立着言道：“各位王侯议事，自成应当洗耳恭听，静候指挥，不当出位参言。不过适才与顾君恩先生窃议目前大势，顾先生说，他过卢氏县时，遇着一位术士宋献策，通晓天文星术，对他言道：乙亥岁首，将有两颗帝星聚会荥阳。乙亥岁首正是今日，恰有各路王侯会聚于此。看来我辈之中，正有真龙。但不知究是何人耳？”听到此处，各人皆在埋头推算自己的星命，估量着自己便是真龙之一。座中甚为肃静，都在听他继续说下去。自成又说道：“今日之会非同偶然。既已上应天象，则座中人物纵不皆为真龙，亦当为攀龙附凤之雄了。七十二营之众，将近十万。各路英雄散在远地，声气相通者，已不下二十万。明朝所调之兵，合七省之计，不过五万。若与我等单骑斗力，则虽如卢象升、曹文诏、邓玘、左良玉，尚未可胜我李自成，何况各位大王。然而官军常胜，为其有调度，能彼此策应故也。如我等亦能统一调度，彼此策应，则破官兵如摧枯拉朽，何虑帝王将相之业不成乎？”说得众人非常兴奋，齐道：“公子之言是也。我等应即同心协力辅助高大王。”

迎祥见自成说服众人，心中大喜，便问自成道：“众路王侯便依你说，你将如何调度？”自成向地一跪，起立言道：“末将献计：暂将七十二营分为五路。一路向陕州、卢氏，抵挡洪承畴陕西前来之兵。一路防守黄河，抵挡朱大典北京前来之兵。一路向南阳、汝宁一带州县，抵挡卢象升川湖前来之兵。一路向开封、陈州两府州县，抵挡江南淮泗之兵。一路居中，往来策应各方。一路失利，各路分兵来救。官军势盛，则坚守城池山险，以老其师。官军崩败，则乘势前进占领城池。如此在荥阳、汜水等县扎定老营，相机向四方进展，不久可使天下归入掌握。谁人立功最多，便奉立为帝。若果有真龙二人，待将开封、洛阳两城取得，二主分居，联合作战，他日平分天下。目前这五路人马亦不必由谁分派，即由十三路王侯拈阄定之。”众人都道：“好!”于是迎祥便命顾君恩与王志贤做出阄来。君恩、志贤商量数语，由王志贤出席言道：“五路共十三路王侯如何拈法?可否先推一人居中调度，撤去居中一路，以十二路共拈四路之阄。”罗汝才道：“便推闯王十二营居中策应，我等分拈四路如何?”献忠道：“天命未知，我等还应该仿照府谷、阳城两次故事，共推闯王为新龙头，一体歃血拈阄。”众人皆说：“好!”迎祥道：“各路兵马多少不一，犹恐拈定之后，兵力不与敌军相当。可加补助阄二枚于五路十阄之外，以备临时增补。顺天王人马多在外地，可以不拈。则六路十二人，十二阄，恰便分配。”众人赞同。于是做成白阄二枚，五路十枚，盛在盘内，燃香炳烛，杀牲结盟。将牲血洒过盟约与阄盘，其余倾入酒内。十三人各喝一碗，余酒付七十二营列席人员各饮一杯。顺天王外，依次各拈一阄。阄开宣读，则：

西路	混天王	混十万	（共九营）
北路	曹　操	过天星	（共十一营）
南路	革里眼	左金王	（共十一营）
东路	闯　王	八大王	（共二十营）
中路	老回回	九条龙	（共十一营）

迎祥道：“北南中路兵力分配恰好。西路正当洪承畴之军。混天王、混十万，似嫌少了，正合以白阄改世王、射塌天之九营全数补助。东路并无劲敌，我与八大王二十营人同放在一面，似嫌太多。哪路兵力单薄，我愿分一部分营前去相助。”迎祥此话，无非是想与老回回一同居中路。但那老回回因拈得中路，自认帝王有分，不愿迎祥前来分享，便忙道：“闯王之言甚是。西路兵力就请改世王等九营加强。其余各路，既已拈定，不必修改。将来果有哪路兵力不足时，再向高闯王求救好了。”

迎祥与献忠俱因未曾拈到中路大失所望。又见老回回拒绝分兵他路的建议时得意洋洋之态，不免一齐忿怒起来。顾君恩在旁见二人即将发作，忙请自成将二人悄悄请出帐外，拱手拜道：“君恩为二公贺也!”二人道：“我等兵强人众，反配置弱地，他有何德能，竟然居中指挥。”君恩道：“我见二公不悦，原来为此。岂知这正是我向二公道贺之因。”二人诧异，问道：“这有何可贺?”君恩低声道：“前遇术士宋献策先生，他推演先天易数，知大明尚有十年气运。看来砍杀之日方长。如今天意使二公置于后方平安之地，养锐以待群雄之疲惫。二公不知，今日这一拈阄结果，正是帝星二座属于二公之征兆。为何反以喜为忧呢!”一番话说得迎祥、献忠大悦，便高高兴兴回营整饬人马，向东而去。

◎评注

此回记荥阳会中群雄才艺短长，描绘入微。记官军十余路，群雄数十股，战地数千里，阅时六个月，条理清晰，委曲尽详。此《明史·流寇传》之所不能也。

第十五回

高迎祥倒吊张尚书
王志贤巧娶玉郡主

当崇祯元年流军初起之时，不过是饥民乌合，抗粮救死，并无组织，也无计划筹策、统一指挥之人。地方官吏乐得压搁文报，佯装不知，敷衍一任。后任官到，不愿为前任受过，自然揭禀上峰，要求讨伐，以显示自己是强悍有为之官。讨伐一起，自不免征粮派草，威勒诛求，剿匪为名，发财是实，闹得地方不能安定，善良百姓也无法安居，一体逼上梁山。待到警报层层具报到了北京，朝廷恃它兵多将广，下令痛剿，逼得这批无组织的饥民东窜西逃，成了流军。由崇祯元年闹到崇祯五年，杀得个大明河山血水横流，尸骨漫野。官军不知打了多少胜仗，缴了若干首级，照理早应将叛民斩尽杀绝了。不料一方面在斩杀乱民，一方面又在制造民变，所以叛民不但未减少，反而因之增多。并且无组织的饥民已有了组织；无计划的变乱成了有计划的攻城掠寨。王嘉胤、王自用、高迎祥、罗汝才、李自成与张献忠这批人物，应运而生。他们原来谁不想伴着娇妻爱子老死家园？到而今却谁也欲罢不能了。崇祯五年，王嘉胤等渡河到山西时，不过两千多饥民。扰乱山西三年，大小数百战，官军斩首级不下五万，二十倍于渡河之数。但当他们到河南时，却有八九万人，反比昔年增加了三十多倍。再从河南、四川、陕西奔回，到大会荥阳时，已有七十余营，二十余万之众，尚不包括其他零星小股。为何官军愈杀流军，而流军愈多；流军愈打败仗，却弥漫愈广呢？许多人议论此事，都只归之天数；还有许多人归罪于当时封疆大吏无能；也有人归罪于崇祯求治太切，用人不专。其根本原因，只因为老百姓活不下去了，不得不反，不怕犯法。所以流军未来之时还是百姓；流军来到之后，便乐于相从为伍了。明朝君臣不明这个道理，正忙着加粮筹饷，征调兵马。可怜倾天下之力，剿了七、八年，追逐十万里，却越剿越多。官军疲于奔命，老病伤亡，人数愈来愈少；军官因久战不休，愈剿愈骄，不受约束；人民则重重负担，叫苦连天，愈剿愈穷。愈穷则愈思作乱。如此因果循环，闹到如今，已经造成一种新局面了。

从前流军无组织，遇到官军便跑，绕避城邑，专攻村寨，绕避平原，专走山地。现今则抢州据县，攻城夺邑，敢与官军对垒。且其中一些人马，已有创业开基，建国垂统之志了。从前的官军粮充饷足，马腾士奋，唯恐不能遇到叛民。现今则全知难有剿绝叛民之时，只是为了吃这军粮，任个军职，不能不略为敷衍，因而唯恐遇到叛民，徒劳无功。即如这次荥阳大会，七十二营会在中州一处。东有开封府，西有洛阳府，都是藩王封地，重兵荟萃之区，但并无一处派兵前来攻打。都以保卫藩王为名，按兵不动。左良玉一世名将，其时率领大军，驻在许州，声言要屏障开封、归德两府，保守城池，并不出兵作战。跟从陈奇瑜入陕的官军，也并未紧跟各路流军追到河南来。直到流军来到中州，部署军事以后，他们才又慢腾腾地追了来。其实并非不知流军聚集中州开会，只是官军有意回避而已。

且说闯王高迎祥与张献忠两人，拈阄得了东路军事，经顾君恩说以天命，二人心中俱自暗喜。不约而同地都想攻下一座重要大城，据为首都，图谋霸业。这时李自成虽为迎祥部将，但声势威望都已与献忠齐名，二人情感亦好。每逢行军大事，总是他们三人齐商量。自成之意，在攻取南京，献忠赞同；迎祥之意，则在攻取开封。结果由迎祥决定道："今明廷可战之兵皆在陕西，自有混天王等四路人马将其阻挡。东路数千里间，只有左良玉扼守许州，算得上劲敌。我等今且绕过许州，驰至汝宁府。从汝宁东出，取河南江北各城池，将左军孤立在许州，使他外援隔绝，自行崩溃。”于是，三人吩咐各营，陆续向汝宁府移动。他们三人则率领本部精壮，星夜驰过汝宁，东攻颍州。

这颍州乃是直隶与河南间一个重镇，绾毂南北交通咽喉之地。明太祖时，派有劲军一队驻此，称为颍州卫。设有指挥同知一员，千户二员，百户三员，军户三千余家。皆是世袭其职，世食其饷。这个中原腹地之中的卫所，承平三百余年未有兵祸，所以一般军官士兵全都化为农民，按时领饷而已。知州尹梦鳌，通判赵士宽初闻流军已入河南时，便已整饬这些按时领饷的指挥、千户等官，将三千兵额调齐，施行训练。又请出卸任兵部尚书在乡家居的张鹤鸣为提调，号召乡勇民兵准备死守。总算这些官吏同心一意，故当流军攻来时，从正月初七到初十，坚守了四昼夜。

高迎祥原与献忠、自成约定：既要图王霸业，这次出兵便须收拾人心，不可妄肆杀掠。故这次来攻颍州，人有五万，自成又以善攻著名，并非不能指日将城攻下，因为要招降，故围而不攻。迎祥屡次命人到城下喊话，皆被城上射伤。到底高迎祥是响马出身，忍耐不住，便亲自率领众军到城下大喝道：“今日如再不开城迎降，破城之后，鸡犬不留！”城内人民大骇，纷纷围住知州等官，跪求保全一州人的性命，意在投降。急得尹梦鳌等无法弹压，只有目视张鹤鸣求救。鹤鸣对众说：“老夫今已八十五岁。舍弟鹤腾，也已八十二岁。小儿大同已六十岁。我们尚且不惜一死，与诸君守城，诸君何必胆怯？今日同心守城，城未必破；屈膝降贼，未必不死。况我等皆衣冠世族，岂可向彼辈草寇求生乎！”说得众人含泪而散。这些百姓中，也有山、陕两省人民，早听说流军都是家乡人，多有愿流军早入城的。今见张鹤鸣说退众人，不免暗恨。到了第二日，高迎祥下令攻城。千军万马潮涌般逼近城下，云梯钩竿，纷纷搭上城来。城内守军承平日久，哪曾见过这般阵势，一个个手忙脚乱，哭爹叫娘。陕西籍的守城人民乘机乱呼：“西城已破了，我们快逃命吧！”城上军民听到，纷纷丢弃刀杖，跑回家中，准备香花迎降去了。几个官吏如何阻拦得住，只好随众下城，飞报与州官知道。剩几个陕西人在城上，便用他们家乡的口音对城下喊道："老乡亲们，咱与你开门来了。进来吧！"开了城门，放进大军。

尹梦鳌听说北城不守，急忙督队来堵截。行到北大街，正遇流军蜂拥而来。梦鳌所带之兵如羊入虎口一般，霎时死了一半，跑了一半。他还想顽抗，但哪里抵敌得住，身上已中刀伤数处。他的马带伤狂奔，按勒不住，跳进一大池，人马俱被淹死。通判赵士宽乃一文弱书生，督守东门，城陷时守军溃逃，士宽左拉右拦，许以重赏，要他们回去守城。腰中无钱，将头上金簪拔下，交与千户田三震道；"请你拿去奖励守城之人。"三震哭道："大人，大势已去，守也无益了。我与你同去找个好死吧！"说罢，扶着他走到护城河边，跳水而死。

高迎祥在州官衙门内住下，传来山、陕同乡，大为嘉赏。问起此城为何不降，这些人都归咎于张鹤鸣与那班官吏。迎祥便命他们做向导，闭了城门，分头搜索。少时将张鹤鸣兄弟捉来。这二人都是骨瘦如柴的老翁，须白似雪，精神倒也还好。挺腰昂头，走到迎祥面前，先自厉声说道："我太祖太宗三百年来，深仁厚泽，施之于乃祖乃父。尔等不知图报，犯上作乱，流毒数省，能无愧于尔祖宗庐墓否！"迎祥等听不懂他这一番话，只觉得他气概不凡，未免动了一点敬意。便从容问道："你教此城官民死守，现在城破了，你这两条老命应该如何处置呢？你自己说吧。"鹤鸣见迎祥和颜悦色，更加得意，啐地一口白沫吐上去，说道："我乃大明堂堂宰辅，岂愿与你等鼠辈同天共日！死生早置之度外了。"迎祥明白他的意思，大怒道："你要想死，也不能让你死得便宜！"吩咐将他弟兄倒吊在衙前高树上，听凭军士与百姓投石射箭。这两个老儿仍然不惧。张献忠在一旁不免惊异，出位向他二人道："老头儿，你向大王说句好话，咱们求大王放了你们。"鹤鸣圆睁双眼，怒视他道："鼠辈视我为何人，尚敢妄言乃尔！"说罢又向献忠一口白沫吐去。献忠急忙闪开，大笑道："这种人该死，该死！"便命牵去吊起。转身向迎祥、自成道："这老头自认为他做过宰相，瞧不起咱们。不知那些平民百姓绅衿秀才们是否也一样瞧我们不起？不如把全城的绅衿召来试一试。如果都像这老头一样，则我等抢占城池又有何用。如其畏服我等，则我等便从此城起，安官管民，也照明朝天子的法子办事。"迎祥道："这倒不错。"便命各头领，每队照管一条街巷，将各街百姓依次传集前来，命其跪拜欢呼。不来者斩，来而不跪者斩，跪拜而不欢呼万岁者亦斩。各头领分道去后，不久一队百姓押来，面向迎祥等不知如何是好。献忠大喝："跪下！"众兵也齐声大喝："跪下！"赫得众百姓赶忙跪下，却见内中有几个衣冠整齐之人仍站立不跪。有些已跪下的人见这几人不跪，又复站了起来。迎祥甚为诧异，笑问道："你们可曾知道，见我不跪的要砍头？"话才一出口，那些原先站起来的又跪了下去。只听那站着的几人喝道："我等乃秀才绅衿，读圣贤书，理当成仁取义，岂能怕死跪拜草寇！"迎祥便命将说话之人拉出砍了。剩下几个先前还倔犟的人见人头滚地，早吓得腿膝酸软，跪了下去。迎祥见了呵呵大笑。如此依法炮制，一日之间倒吊射死张尚书兄弟外，杀了秀才绅衿等七八十人，一些官吏眷属怕被流军抓去，也多有自杀的。各军丁欢欣鼓舞，狂乐了一夜，无不说："这才偿了我们八年辛苦。"高迎祥与献忠等欢饮了一夜。并商议道："咱们出身寒微，不能学他们之乎者也，引经据典，与秀才们讲说斯文，这批腐儒便瞧不起咱们。今后破了城池，便都照着今日这般行事。尤其是秀才举人与做过官的，必须杀掉，要做到顺我者生，逆我者死，才足以成就大事。"自这番商议后，流军便常有杀绅士与秀才之事发生。

高迎祥等占领颍州后，商议分为两大股：迎祥自率十营，由颍州北攻归德各州县，进取开封；自成率军两营，协同献忠所率八营，东取凤阳，进窥南京。此处按下迎祥不讲，单讲献忠、自成二人，知道淮扬一带现正空虚，要以迅雷不及掩耳之势直抢南京。便先派马元利、刘宗敏为前锋，向寿州攻去。当夜占领正阳关，次日即将寿州占领。这正阳关、寿州等地，皆是沿淮紧要之地。既经占领，便打通了进攻凤阳之路。正月十三日，献忠、自成赶到寿州，亲督大队直奔凤阳。

这凤阳并非寻常城池，它乃是明太祖朱元璋生长之处。元朝时这里是临淮县地，有条小河名叫濠水，北流入淮。朱元璋之家就在这濠水之上，乃是一个贫穷人家。他生下不久，父母兄妹俱亡，邻人怜他孤贫，替他随便埋葬了父母。不料天下大乱之时，他乘时而起，统一了天下，竟做上了皇帝。一个学和尚的穷孩子一旦当了天子，人们不免要推究其原因。于是，有人说他父母之坟恰好葬中了真龙穴地。所以朱明勃兴，全靠这座坟的功劳。这朱元璋更信他祖坟是个龙穴。故有明一代保护这座皇坟，甚为周密细致，将临淮、定远、虹县之地割归凤阳县，即于此县设府，称凤阳府，管理淮水南北五州十三县之地。又设两淮巡抚一员，驻在淮上，统率两淮州县驻防标兵保卫此城，兼督漕运。另外，又设一护陵太监，监理这一带军民各政。并修建府城一座，甚为高大，徙各省富室豪族于此。在府城西南，包围皇陵，也建一城，墙上涂饰红黄等色，称为皇陵城。内有享殿和龙兴寺各一座。除此之外，城内还有高墙巨狱一座，专门收容皇室犯罪之人。内中多有自永乐以来世代囚禁之皇室成员，虽经数百年，子孙繁衍，仍未放出。常驻有高墙守军五百人，护陵新军五百人，守护其地。禁止普通百姓出入，故又称为紫禁城。此外尚有班军、操军、巡抚标兵等常备军约万人。城内又有中都留守司二品正留守一员，三品副留守一员，从三品指挥同知二员，管理凤阳卫、中卫、右卫、皇陵卫、留守左卫、留守中卫、长淮、怀远等八卫，及洪塘湖守御千户等世职军户，真正做到了四方拱卫。全城文武带印官百余员，注籍军士数万人。这明代共有“三京”：应天府为南京，顺天府为北京，凤阳府为兴京，又称“中都”。故凤阳一府其规制皆与其他府城不同。每岁朝廷派大员来此祭陵，检视林园草木，如有一点损伤，巡抚以下官吏皆是重罪。制度虽然如此周密，但承平日久，大家忘却武备，无论八卫一所世职之兵已化为窳惰之民，即所谓的标兵、班军、操军、新军，也已不堪一战了。这时的护陵太监名唤杨泽，却照旧克扣军饷，盘剥百姓，只顾自己发财。那巡抚杨一鹏平时料定流军皆鼠窃狗盗之辈，焉敢来犯凤阳，故并未注意设防。迨颍州已破，正阳关被焚，他才着急起来，急调马炉、骆举两枝标兵赴援。马炉尚未及起兵，骆举也才赶到临淮，献忠等大军已于正月十五赶到凤阳城下了。太监杨泽忙催留守朱国相、千户陈宏祖、陈其忠等率众卫军出城拒敌，以免流军逼近皇城。哪知这些窳腐不堪的军队怎是献忠的对手，恰如馒头打狗一样，扎营未定便全被擒杀了。杨泽与知府颜容宣督率班军、操军、高墙军等各军官登城巡守，望见城外旌旗蔽日，红尘漫天，流军人山刀海，好不凶猛，方才吃惊。转而对众官员道：“这些贼子竟敢如此凶横，待我明日拜表进京，奏明天子，哪怕他不千刀万剐。”众官听了，哭笑不得，知他是个不识时务，只知要钱、要奉承的行货。虽然口中唯唯，心中却在暗笑。正当商议分头布防之时，人报流军已杀入城来了，府县衙门都已被烧毁。吓得众官目瞪口呆，作声不得。还是杨太监镇静，从容道：“既然大城破了，我等可到皇城居住。那是禁城，流贼断断不敢来犯的。”众官筹计，也只有退守皇城以待援兵，便一同跑向皇城里去。好在这时流军正在城内焚掠，未曾追杀到城上来，倒让他们顺利进了皇城，清点尚有官四十余员，兵三千多人。这皇城小而坚实，尚可固守。不料那杨太监此时却定要众官商议会奏，参劾淮抚杨一鹏疏防之罪。众官道守城要紧，参劾事可以缓办。这杨太监大怒，定要众官齐集到龙兴寺来会议，只留下乱糟糟无人领导的军丁们在城上守望。这些军丁有的叫寒，有的嚷饿，有的埋怨欠饷太多，有的指责调度不当，哪有心思坚守。闹到三更天，众官会议已毕，转回城上来时，皇城已然被攻破了。

原来张献忠、李自成等本不知皇陵城的贵重。自抢攻入城后，便令众军分头找寻城内的山、陕同乡，要他们做向导，找到城中大官巨富、豪绅乡宦之家，照颍州一般行事。这凤阳城大而空，富室甚多，平时讲究吹弹歌舞，倡优百戏，烹调陈设，比起颍州来又大不相同。各营流军哪里见过如此富丽世界，早已纷纷闯入大户高门，搜寻金银珠宝美女去了。一时间城内十分混乱，献忠、自成二人也一时制止不了。只有王志贤这一营与献忠、自成两营亲兵还紧守营规，随侍左右。献忠见得文庙内宽敞清静，墙垣厚实，便在庙内驻下。少时几个陕西商人到来，将全城情况说了一遍。献忠听到禁城之庄严，便与志贤商量，将八营主力调齐，扎下云梯，乘夜攻取禁城。各营兵士闻得禁城神秘，料想必有重宝，都愿尽力攻去。又恰逢城内众官开会去了，守军防守疏虞，不多一刻，便将城破了。守军见城破，溃散而逃，被追杀大半，众官全被擒获。献忠高踞享殿之上，命将众官押来，拷问金银玉器。那杨泽早已吓得魂不附体，跪地哀求道：“咱家到此驻了十八年，积钱不多。你们如肯饶了我，我有十分俊秀的小太监一班，共十二人，能吹能弹，能歌善舞，全送给大王们享受。”献忠命人押了他去领来。又拷问知府颜容宣，容宣不屈，被献忠杀了。以次拷问，共杀了四十二官，拷问出金银财宝无数。

这时王志贤前来禀报：“此城内有一高墙大监，囚有男女两三百人，全是大明宗室。我去查看过来：那墙高三丈，竟似一座小城。狱门就像城门一般。墙内约摸有一里之地，东一排房，西一片屋，似城市却无街道；似乡村又无农田。那班人犯都称为高墙罪宗，并无枷锁镣铐。父子夫妻，团圆聚处；东邻西舍往来交际，饮酒赋诗，斗牌掷骰，欢天喜地，并无愁苦现象。内中也有读书写字之人。那般妇女约有一百多人，行动极显高贵气派。有老有少，问其姓名，不是某妃，便是公主、郡主。他们尚不知城池已破，当我杀了守军，砍掉大锁，开门入内时，他们认为我等是官军，态度甚为恭顺。我查看一遍，仍出来封锁了门，特请大王前往点验。”献忠道：“你可前去，将男女分别与我带来看看。”志贤去后，不多一刻先将男的们带来，共有一百一十五人。恰好太监杨泽已将歌舞小太监十二人带来。献忠便命杨泽司仪，叫他们跪拜后，每人赏大银一锭，全部释放回家。随即那批女犯人被带上，共一百七十二名。献忠看了一遍，命将太老、太小与粗笨丑恶的百多人各赏银一锭释放。留下四十多个，站成一排，献忠命人秉烛亲自点验问话。第一个三十多岁，长得甚为白皙，穿着华贵，态度雍容。那杨泽见献忠对她注视甚久，忙抢上前禀道：“大王陛下，她乃是神宗皇帝之女桂安公主，下嫁与高驸马。因她夫妻与魏忠贤狼狈为奸，被列入逆案。高驸马被诛，将她发来此处监禁。一般人叫她桂公主，在罪宗里要算最大一个亲贵。”王志贤听罢，上前道：“大王，朱家皇帝子孙自称龙种，把咱老百姓当作奴隶牛马看待。现在他的子孙落到我等手中，应该受我等尽情蹂躏报复，为几百年来被贱视的人出口气。请大王将自留者外，分赏有功将士，为奴为妾，听凭施为。”献忠道：“说得是。那便先让你选一个去吧！”志贤道：“末将尚未娶过亲，请赏个闺女。”便在排尾拉出一个少女来。献忠看此女十五六岁，十分秀美，问其名字，杨泽代答：“玉郡主。”献忠笑道：“眼力不错，便赏给你吧！只是此女年幼，并未做过坏事，只怪她投错了娘胎。兄弟可善待于她。倘若品性不错，你就娶了她吧。”志贤见玉郡主娇羞纯洁，心中早已暗喜，连忙称谢，欢天喜地率亲兵簇拥郡主而去。

献忠再依次查问下去，第二人名叫傅妃，二十多岁，人还漂亮。杨泽禀道：“她乃湘王之妻，也因与魏忠贤勾结，夫妇发放到此。刚才放走的那瘦弱不堪的小子便是湘王。”献忠便依次续问，以下全是郡主身份，问来尽是罪宗之女。后面那二十多人则皆称名字，因原是太祖远裔，在狱中七八代了，自己也不知该是何身份。这里因无外族，全是同姓结婚，故所生子女体形容貌大略相同：瘦、白、娇成了普遍性体型。献忠懒得再细问，便命将傅妃与李自成送去，其余分送各营头领，自己则将桂公主留下。

这桂公主骄矜已惯，问杨泽道：“杨公公，这大王是何人?”杨泽道：“此乃八大王张献忠陛下。这次打破城池的军队都归他统领。老奴都已归顺他了。”公主道：“他留下我做什么?”杨泽不言。献忠却笑道：“你猜是为什么?”说着便拉她来同坐。桂公主骂道；“草寇鼠子大胆！你也不自己掂量，配与我金枝玉叶并坐么!”献忠一把将她扔在座位上，冷笑道：“你姓朱的人家出了皇帝，就将我们百姓蹂躏剥削。如今我们做了皇帝，就该向你家收账了！你已是猫儿爪下的老鼠，还要装腔作势怎的!”那桂公主听了愈发装起疯来，抢过座前茶具，要向献忠扔去，滚倒地上，寻死寻活，大哭大闹。杨泽忙上前扶住，跪下半膝，说道：“公主且听老奴一言。咱们大明全靠这座皇坟气脉支撑，现在皇坟已被大王夺了，应是改朝换代之际。你看张大王年青英雄，人强马壮，来日富贵方长。公主不可错此良机。”这公主是趋附魏阉之辈，本非好人，如今假装正经不过爱好面子，不愿苟合。见杨泽如此说，正好下台，便假惺惺问道：“杨公公，你看我一个金枝玉叶之体，能够随便顺从他吗?”杨泽道：“将来自会有一番典礼。此时只好从权。”说着频看张献忠脸色。张献忠静看他二人表演至此，已觉不耐，便笑道：“你要想当皇后么？老实告诉你，似你这样残花败柳，咱还瞧不上眼哪！我只把你当作一个妓女。你若服服帖帖，侍候大王我舒服，将来丢下一些银钱，让你在此有碗饭吃。若是我不高兴，将你赏给众军，看你还敢装腔作态不!”这公主原想献忠能给她个妻妾之份，听如此说，大失所望，又复哭闹起来。恼了献忠，向前一步将她提起一掷，甩了六七步远。然后徐徐走近，将她如抓小鸡一般提起，道：“别再认你是龙种，须知咱老子才是真龙呢!”

◎评注

流军作乱二十年，地连七省，头绪纷庞，甚难记述，本书以献忠经历为纲，兼顾各路与官军情形。对流军演变之重大史实俱用重笔点出，如四年四月府谷渡河，六年十一月渑池渡河，八年正月荥阳大会等，皆为流军发展之重点。

第十六回

罪己诏于苍生何用
合围计竟四面覆军

话说张献忠将高墙罪宗挑出的女子分送与李自成及各营将领。又于正月十六日在府文庙的大成殿上大张筵席，庆贺上元灯节。命杨泽率领小太监歌舞演奏。这日大成殿上，安排环形高座两排。左首一排，献忠父亲文兴居首，献忠、自成与各头领依次而坐；右首一排，自成母亲高氏居首。自成妻高氏，即其母侄女，与献忠妻高氏早已认了姊妹，连肩坐下。依次为各营头领之眷属。下首一排，安排各家子女等座位。王志贤此时已认玉郡主为妻室，前来入座。其余未曾娶妻的头领也有将昨夜新欢带来入座的。开宴以后，杨泽引上歌童，唱了几折吉祥颂赞之曲，座上人多不懂得，全看厌了。大家对新出现的玉郡主窃窃私议，多认为美丽固然，风度尤贵。纷纷询问志贤，昨晚可还有选剩的没有。酒过三巡，高氏等女眷退回营去，殿上诸将愈发恃酒发疯，大嚷大闹。有几个头领便抓过杨泽来问道："老太监，这些唱曲的女儿呢？"那杨泽素来骄横惯了，只道献忠是首领，可以管得了众人，便发怒道：“今日大王赐宴，好好叫我率领这批小太监唱曲款待你等。你们竟敢扰乱宴席，如此无礼，就不怕王法了么!”那头领大怒，一拳向他面门打去，打得他倒退了十来步，方才跌倒在地。爬将起来已是面目青肿，鼻血长流。惹得众人呵呵大笑。杨泽尚不知趣，跑到献忠座前跪下涕哭，口喊：“大王亲见的，他将奴才这等作践，岂不是目无大王，望大王做主。”献忠大笑道：“你这狗才，献上几个歌童便算有功了么？再不滚开，我还要砍你头呢!”杨泽无趣，抽抽噎噎地走开了。但献忠亦怕众头领酒后滋事，忙将歌童遣回皇陵城，下令道：“我等在此痛快三天，然后进攻南京。这三天内准许各位自由，城内富绅豪族甚多，任随你们去搜寻。”众人遂高兴地散了。

再说李自成。他见献忠独破皇陵城，享用太监歌舞，全无献给高迎祥及与自己平分之意，心中不悦。心想：不如率队去攻南京。倘若破了南京，那里是真正的京师，自然一切远胜凤阳。恰好此时高迎祥已攻下归德及开封所属州县，直抵黄河岸的肖县、砀山。全河南省只给明朝剩下开封、洛阳、许州三座城了。自成派人往归德，请求加派四营前往攻取南京，迎祥自然照准。待到三日之后，这四营人马已到。自成对献忠道：“闯王有令，叫我们进取南京。”献忠见自成增兵，显有与自己并驾齐驱之意，遂不愿去取南京，托词对自成道：“取南京必须渡江。江上有水军游弋，若不将上游城池取得，阻断上游来援之军，则渡江难成。不如你率队自全椒、江浦去取南京。我向庐州、安庆杀去，占了上游城池，替你拦阻敌援。”自成觉得有理，遂分头率队离开凤阳。

单说张献忠率领八营大军，于正月二十日来到庐州城下。知府吴大朴据城死守。攻了两日未曾攻下。献忠对王志贤商议道：“我军在凤阳贪恋酒色，减了锐气，不宜久攻坚城。不如暂分作三路，向庐州、安庆两府间较小县城进攻，多打胜仗，以养锐气。”众人称是。于是，命马元利、刘进忠两营东向巢县；命狄三品一营西攻六安州。自率大军南取舒城、庐江、桐城一带。正月二十六日，献忠攻破庐江，再分兵东取无为州，与巢县一路相呼应。大军则南攻桐城。

按下桐城之事。且说此时北京城中，自听得凤阳失守，皇陵被陷，罪宗被放，崇祯皇帝震怒异常。命兵部侍郎朱大典前来接替巡抚，逮杨一鹏入京斩首，以谢他列祖列宗在天之灵。又命太监王裕民到凤阳镇守，修复陵园。又复追究陈奇瑜车箱峡纵寇之罪，逮治论戍。改用洪承畴为五省总督，进剿流军。诸端安排已毕，这崇祯皇帝犹恐宗庙难安，人心难定，居然下了一道引咎自责的罪己诏，自数未能剿平流寇，玷污皇陵之罪。但却闭口不谈横征暴敛，逼民为盗之罪，也不曾谈到流军愈剿愈多之故。只是指天誓日的饬兵部调集全国兵马大举围剿，定要在半年内肃清一切。有了皇帝这样的坚决态度，上下臣僚不能不有一番振奋，于是兵部上奏，征调出下列几路军马来：

一、五省总督洪承畴，领陕西兵二万五千，自陕西向河南进剿。

二、两淮巡抚朱大典，率北兵二万，自山东向两淮进剿。

三、南京兵部尚书吕维骐，督南兵二万，向沿江州县进剿。

四、总兵张处嘉、尤世威，领真定标兵五千，向山东沿河策应。

五、总兵徐来朝，领天津兵三千，自济宁赴归德进剿。

六、参将谭大孝，征调川、楚士兵三千，自川湖向河南会师。

以上大小六路，共军士七万余人。加上南直隶、河南、湖广、陕西诸省原已征调作战的左良玉、邓玘、汤九州等军，总数达十万人以上。

那吕维骐闻凤阳沦陷后，急督南军诸将渡江，在北岸各县布防，甚为严密。李自成军到全椒，知江防甚固，卜又不吉，便折回归德，与高迎祥、罗汝才、过天星等合伙，共抗北来之军。迨到正月十九日，洪承畴大军已到达洛阳。混天王、横十万、射塌天、乱世王等四股不能抵敌。分从小道败走南阳。承畴分遣诸将围剿高迎祥等大股，自率贺人龙、尤翟文等将于三月初一进驻汝宁。迎祥等见官兵势大，不敢固守各城，仍采取游动战术，向南阳、郧阳、商南一带窜去。

这时张献忠早于正月二十八日到了桐城，因城内游击潘大可率皖兵三百人死守，献忠久攻不下。其时别将已占领太湖、宿松、黄梅等县。应天巡抚张国维亲率吴松总兵许自强部三千兵向上游杀来。闻得献忠大军正围桐城，不敢去救，却向宿松攻去。二月十二日，在宿松五里铺接战一次，官军胜了。同时，献忠接到李自成退军消息，知道难以前进，便令诸营分向潜山、霍山、英山一带山地退去。在山中休息数日，探听到朱大典所督北军，除副将秦翼明一军三千人已到凤阳外，其余概未过河。吕维骐所督南军两万，不敢离开沿江一步。唯有新任五省总督洪承畴甚为勇健，他于三月初一到汝宁后，立即令贺人龙率军收复颍州、凤阳，逼高迎祥等军西窜，又令左良玉尾追高迎祥至南阳，调山西曹文诏之军来河南协剿，调湖广邓玘之军堵截麻城、黄陂等处，防止献忠等股西窜。此时献忠全军陷在英霍山中，承畴、人龙、张四维、邓玘等四面围堵。群情焦急，张献忠欲从黄梅、广济抢渡到江南岸，另辟地盘。王志贤劝道："我等全是北方人，于南方地理不熟，言语隔膜，行军甚为不利。听说洪承畴亲军派遣已尽，只留下尤翟文的四百人守在汝宁，必无兵力入楚防堵。邓玘人马不多，安能挡我去路。莫如趁曹文诏之军未至，抢过麻城、黄安，向枣阳、随州奔去。那里官兵人少地广，围剿之际，后方必然空虚。我军一到枣、随一带，官军便奈何我不得了。"献忠点头称是，忙命各营搜集骡马，载运辎重老小，偃旗息鼓，乘夜齐向麻城冲去。三月初三日，到了麻城郊外。城内驻有邓玘之兵不多，见献忠来势汹汹，不敢出战。献忠佯作围城之状，到了夜半，全部撤向黄安、枣阳而去。这时，老回回大营尚在信阳、桐柏、枣阳、新野、泚阳一带与官军作战，见得献忠大队前来，遂抛弃前嫌，合力共抗官军。恰好曹文诏这支山西之兵，也于三月初三赶到汝宁。洪承畴便命亲将刘成功分兵二千进攻泚阳；曹文诏率军三千，会同邓玘之军，追向枣、随。献忠等拒战不利，又闻高迎祥大营业已入关，便与老回回合军十余营，向淅川、商南一路奔到商州，在蓝关一带扎下大营。这时陕西本军客军全被洪承畴调到河南，渭河南北数十州县，如今兵不满三千，迎祥自成等直入无人之境一般。转瞬之间，已在凤翔、泾州、陇州一带，占据若干城池，休兵养马了。

再说洪承畴，从一个督粮参军升到三边总督，又由三边总督升到五省总督，一时征剿的将帅和山、陕、豫、楚、川五省的文武官吏，土兵土民，皆当受其节制，得意之下，屡出大言。前在汝宁时，朝廷下旨问何时可以灭贼，他答道："自本月起，以五月为限期，我即可为朝廷肃清群寇。"果然他驻汝宁才一月，河南便肃清了，因此更加得意。但所谓的群寇呢？首领并未擒斩一个，却闹得陕西全省百多州县雪片般告急文书飞来。湖广境内也有流军活动。洪承畴这才明白，那流军并非是兵力所能剿灭的。但既已许下限期，也只好勉力而为了。且喜各大股皆已入陕，便想出个扎围打猎之法，意欲堵塞各路关口，不让流军外逸。这才倾全力入陕剿杀。于是进驻汝州，召集各路将官，大会麾下，宣布五月灭贼限期，布置扎围兜剿之计。遂分派出几路军事来：

一、左良玉、汤九州领五千兵，扼守浙川、内乡，保卫河南。

二、尤世威、徐来朝领兵五千，扼守武关，堵绝自商州逃逸之路。

三、陈永福领一千八百兵，隶属河南巡抚元默，防堵函谷关，并游弋于河南之卢氏、永宁一带，搜索残余。

四、邓玘、尤翟文领五千五百兵，驻防襄阳，搜剿湖广余股。

五、张应昌、许成各领兵五千，驻防郧西、房竹一带，堵截乌林关，因便进剿兴安、汉中。

六、移檄山西巡抚吴甡与总兵尤宏勋，督率全省军民防堵黄河沿岸。

七、移檄四川巡抚王维章与总兵侯良柱，副将张令，参将谭大孝等，防堵川陕交界各隘口。

八、移檄淮抚朱大典，督率北军与标兵留驻淮上，随时备调。

九、檄令总兵秦翼明，率所部兵两千，进驻邓州、光化，备调。

十、檄令副将张处嘉，率所部两千五百人进驻南召、鲁山，备调。俟总督大军入关后，协助元默防堵函谷关。

十一、承畴自率贺人龙、刘成功等战将，统兵两万，自陕州、潼关入陕剿办。

十二、檄令曹文诏、张全昌率六千人，自商州、蓝关入陕会剿。

十三、檄令陕西各州县与留陕兵将，坚守城池，以待大军到后，配合夹击。

洪承畴如此布下天罗地网，要将流军一网打尽，动用之兵已在十万以上，把个陕西交界地方硬是筑起一道兵墙。真可算得空前大举。可是，用兵多则需饷多，军需粮草，转输千里，时有不给。多数士兵皆已苦战多年，未获休假。今见进剿无期，反要奔波千里，加之粮饷匮乏，怎不怨恨。洪承畴才到潼关，就接到汝南游击王允成兵变的报告。紧接着又得知邓玘之兵变于樊城，邓玘跳楼被焚而死。且喜这都是后方之事，不足以影响陕西军事，故仍督军继续前进。因为华州至西安一带，都是张献忠、老回回的部队，正在围攻西安。洪承畴为抢救西安事急，避免沿途作战，绕道渭水北岸，从高陵前进。五月初四，解了西安之围。这时全陕军事形势是：

一、张献忠自西安退过武功，与高迎祥、李自成、闯塌天等大股，盘踞渭水上游秦川、清水、静宁、秦安一带。

二、过天星、蝎子块、满天星等股，盘踞在泾水上流之平凉、镇原、宁州、泾州一带。

三、老回回大股，自西安退至渭水中游武功、扶风、凤翔、宝鸡一带。

四、九条龙、乱世王、射塌天等股，被隔在西安之东华州、商州一带。经曹文诏进击后，曾经东窜河南，被阻折回，散入群山中。

五、革里眼、左金王、顺天王等股，盘踞兴安、汉中一带。

这是崇祯八年五月初的分布情况。官军方面自解西安围后，洪承畴又在陕西境内再布下第二重罗网：

以艾万年率兵一千，坚守平凉，以待大军。

以左光先、赵光远、靳桂香率兵三千四百，驻防兴安、汉中，相机进剿。

以孙显祖、卜应第、吴宏器率兵三千五百，防守临洮、巩昌，防阻西窜，以待大军合剿。

以游击王永祥驻潼关，马献图驻蓝田，隔绝商州各股。

以都司高崇选、李世春驻周至，防阻回窜之敌，保护省城。

承畴自率曹文诏、贺人龙、刘成功、张全昌、张处嘉等自渭北进剿。五月二十七日进驻岐山。

这样布置恰似合围行猎，外布网罗，内纵鹰犬，料定可以一网打尽。却未料到如今的流军已与昔年饥民不同，当他们实在无路可逃时，奋臂求生，官军已不是对手。故自进剿以来，斩获甚少，落败却多。六月十一日乱马川之战，前锋中军官刘宏烈兵败被擒。十四日，刘成功与艾万年、游击王锡命、副将柳国镇等率兵三千进剿宁州，结果大败于襄乐，艾万年、柳国镇战死，刘成功、王锡命重伤，兵士死者大半。二十二日，张全昌、贺人龙率三千人又大败于清水，都司田应龙、张应春阵亡。那曹文诏乃是当时第一员名将，号称无敌将军，所率兵将，俱以善战著名，被称为天下精兵，所到之处，流军闻风而逃，莫敢抵抗。洪承畴爱惜这支劲旅，不叫他轻易出战。此次见各路兵败，要想挽回颓势，方才调他进剿。曹文诏率三千劲卒，自宁州杀往真宁，要为艾万年报仇。二十八日大战于湫头镇，结果全军覆没。游击都司等将官阵亡二十余员，文诏战死，其侄参将曹变蛟带伤逃脱，生还者不足百人。自此次大败后，官兵精锐尽失，洪承畴万万未想到一败涂地，忙调左光先、张应昌来援。但二将远在汉中，征调不及。承畴无奈，只好率残兵绕道由同州避走。好一个行围射猎的五月"灭贼"计划就此收场。这两个月内流军气焰万丈，数十万众再由潼关、蓝关、武关进入河南，势如决堤溃防一般，官兵哪里抵挡得住。

◎评注

吴梅村《绥寇纪略》，对洪承畴备极推崇，夸胜饰败，虚美苟誉之处甚多。此书所记事多与梅村相同，独于承畴始终讥议，迄无美词，自属各有偏见。然此役以十万之众，一触即溃，其才可见矣！

第十七回 李自成巧布长蛇阵 张献忠计赚祖家军

话说高迎祥赖李自成与张献忠之力杀了曹文诏，陕中官军已成瓦解之势。迎祥便欲攻下西安，占据陕西称王。这时李自成已与迎祥、献忠齐名，谋士勇将较各路为多。他既与献忠相好，又是迎祥外甥，稳然成了群雄首脑。他采纳顾君恩之谋，向迎祥建议道："洪承畴虽已溃败，还能调五省兵马钱粮。我等今只将他内围打破，外围的山西、河南、湖广、四川四省，尚有十余万名将精兵包围陕西。如果我等数十万人完全留在关内，终当坐困。今宜乘胜分路冲出关外，仍向河南、江北一带扰乱，打破官军包围之局。便将我等一百余营，从平凉、固原斜向东南，接到大江北岸，作一长蛇阵势。北依黄河，隔断北京所调东北兵马。南阻长江，隔断南京所调南方兵马。后以劲军奔走窜乱，将江河之间现有官军，拖得疲惫，次第剪除。那时不怕大明天下不为我等所得。"迎祥甚以为然，召集各路头领，大会咸阳，议决军事布置如下：

一、张献忠督所部十三营，东出潼关、函谷，冲破河南大军陈永福、张处嘉等防堵线，攻取洛阳。牵制山西、河南、陕西三省协剿之局。

二、老回回、混世王、蝎子块等十三营，东南出朱阳关，冲破卢氏、嵩县防堵线。攻取开封、归德，向徐州、凤阳进发，抵御北军。

三、整齐王、扫地王等十五营，自商州南出紫荆关，冲破淅川、邓州一带防堵线，攻向枣、随、信阳、汝宁一带，抵御南军。

四、罗汝才、过天星、闯塌天等十二营，自兴安、郧阳趋荆州，堵截川湖援救之军。

五、混十万、一斗粟、满天星等十二营，自汉中入四川，牵制蜀军。

六、高迎祥、李自成，督率留陕余部二十余营，攻取西安，消灭承畴残部。

会议结束，便自七月中旬分头出发。单说张献忠大军，追逐洪承畴残部过了耀州。承畴避到同州，献忠便未再追。只从朝邑渡河，到了华州，向潼关进发。潼关守军望风溃走。献忠行到灵宝县驻下，做出从茅津渡河窥取山西之势。吓得山西巡抚吴甡集全省兵力，在蒲解一带防守。这时献忠父亲病死了。献忠在此征集僧道大肆超度，休马一月。

老回回等十三营过了商州，来到朱阳。河南巡抚元默催促尤世威、徐来朝二人，率军入山防堵。二人部队饥疲加疾疫，病倒者甚多，皆不愿入山，只肯在卢氏县城防守。元默调内乡驻防的左良玉前来救援。左军来到，徐来朝之兵三千，已因索饷哗变，溃走降了流军。流军乘势占领卢氏。尤世威率军向洛阳败走。八月二十七日，败到卢氏、灵宝交界，地名索谷河，遇张献忠派来之兵，迎头截击，他的游击刘肇基、罗岱二员督兵拒战。被马元利、狄三品各率一营，围攻二将。二将所领皆系饥疫之兵，哪能抵挡得住。兵士死亡大半，二人亦带重伤，保护尤世威拼命向洛阳逃走，其余官兵大半投降。老回回等大营便向开封奔去。左良玉随后尾追，哪里追截得了。一个月内，开封、归德两府州县，大半已被流军占领。

第三路整齐王等十五营到商州后，闻听朱阳、卢氏已破，左良玉军尾追老回回等在鄢陵一带作战。淅川、内乡空虚，遂乘势抢过信阳、随州，向光黄、蕲州、宿松、安庆一带奔去。忙煞淮抚朱大典，应抚张国维，连连告急；调兵遣将，保卫中都、南京两处。河南数十州县，流军去后未满半年又复转来，闹得比前更凶。有许多流军都回到春季原地，互相高兴言道："我们看着百姓种了稻粱才去，回来时稻粱尚未收获。但我们却已奔走万余里，身经数十战了。"

再说崇祯皇帝，用尽一十三省兵马钱粮，要想消灭流军。无奈流军愈来愈多，漫衍愈来愈广。从前怪杨鹤无能，陈奇瑜粗疏。千选万择，才得了洪承畴一员，确是有胆有识、精明干练之人。用他做了五省总督，调集天下军马交付与他，限在半年消灭流军。未及半年，一败涂地。流军猖獗甚于往时。要想另派一人来替承畴，作一重整旗鼓之计。环顾在廷，实无一人能胜此任。所以对于承畴不敢责难。接到他的败报以后，还是温旨慰藉，勉以再举。因他标下亲将伤亡略尽，加派延绥总兵王承恩率军五千人往听号令。升曹变蛟为副总兵，统率曹文诏余部，仍受承畴节制。外调蜀兵九千，湖南士兵二千，甘肃、宁夏兵五千，补充伤亡。命其负责清剿陕西。别用卢象升总理河南、山东、湖广、四川、南直隶五省军务，剿办关东。加派京畿辽东许多军马前来会剿。官军声势又复大张起来。其实新调来南北兵丁皆属疲弱怯懦之流，不能作战。王承恩虽是名将，但自恃从前入援京师有功，威名与承畴相敌，今日岂肯受承畴指挥。承畴调他不动，只好自汉中调回张全昌，命其追击入豫。全昌之兵奔命无已，抱怨万端，到河南颍州，全部溃变，投降了蝎子块。同时张处嘉部下因索饷叛乱，将处嘉杀死，来降流军。赵光远见军心思乱，不敢再行追赶，溃回关中。左良玉率领四千余人，虽还勉强能战，但遍地是流军，根本无法去剿。这时洪承畴指挥之军，真是如秋天的桐叶，迎风便掉。卢象升虽然勇猛精明，亦如乱麻在手，无从理得。幸好从辽东调来一支祖家军甚为得力，象升便靠他剿办河南。

话说祖家军帅名叫祖宽，乃是辽东名将。父祖子侄、弟兄戚党都以善战著名。军中壮士尽东北人，从小习惯作战。真是战无不胜，攻无不克。满人虽然强横，亦很怕他。他这次带来的兵虽只三千，却当得洪承畴的官军三万之众。他是九月到的河南，卢象升亦是九月接任总理。卢象升原由大名道升郧阳巡抚，他是喜欢轻身勇战之人。邓玘死后，湖广方面靠他做了长城，流军莫敢深入。此时任六省总理，便檄令陈永福、李重镇、秦翼明、杨世恩四路大军围剿整齐王、扫地王等十五营于湖广豫皖之间。檄令淮抚朱大典保障两淮，以待大军，会剿开封、归德之众。命祖宽会合左良玉之军，先将张献忠之军剿灭，打通山、陕、河南三省行军之路。

这时张献忠已分兵占领河南府与汝州一带州县，远达郑城、禹州。东据荥阳、虎牢，正在攻取密县，与左良玉军相持。祖宽兵到，开封一带各股不能抵抗，纷纷退入南阳、商雒一带。献忠之兵，亦放弃洛东各县，退回灵宝。献忠不服祖家军英名，亲率众军与之相持，不肯退走。一面将这情形驰报陕西高迎祥与李自成道："从前我等只怕曹家军，经我三人合力，已将曹家军打碎了。官军名将只左良玉一人，我也足以当之。现忽来了祖家军三千人，与左合力，其势不过与曹文诏叔侄相当。各路头领闻风畏避，我一人恐难制胜。现在究竟该引他入关，还是就在洛西山中设法消灭他。请你们斟酌还报。"此时，李自成正因洪承畴军势复振，陕中难以立脚，遂一齐驰过朱阳关向灵宝来与献忠合军，共对祖宽、左良玉两支劲旅作战。

祖宽之军，闻陕中大军到了商州，来到卢氏县界的焦村扼守。他们北人不长于山地作战，见自成军来势凶猛，于冬月初一日退守阌乡城去，想倚关中洪承畴之军为后援抵抗流军。左良玉闻祖军被围，从洛阳驰来灵宝援救祖军，又被张献忠设伏围在一山上。于是献忠、自成两军，将左祖两人围作两团，相隔七十里，彼此不能相顾。围了一日一夜，外援不至，势甚危急。这两将不愧名将，约束军士，严阵不动；流军亦不敢前去逼他。献忠、自成二人会面商议道："左祖两军，一在城内，一在山上，非短时所能攻破。我等宜留军围困他，拿大部人马，乘他后方空虚去抢洛阳。攻下陕州洛阳，则二人外援断绝，不愁他不消灭。"商议已定，两人便率军东进，初四日攻破陕州，初五日到达洛阳城下。这洛阳乃河南府治，城小而坚。内有福王藩府。福王乃是崇祯尊亲，在诸藩王中最为宠贵，文武官吏唯恐城池失守遭受陷藩大罪，故能督率军民死守。虽献忠、自成合力，不能攻下。陕西洪承畴曾调张全昌一军，向东追击，恰好这时前来解了祖左两人之围，便一同去救洛阳。迎祥、自成见祖左两军已突围前来救城，怕被内外夹击，便沿洛河下行，向虎牢而去。左良玉率军追去了。献忠见闯军已去，亦撤兵向嵩县趋汝州。祖宽率军尾追前来。

这时整齐王大军也从光黄一带退到汝州与献忠会合。尤世威部将罗岱、刘肇基，紧追前来，与祖宽合军，大败整齐王于九皋山。献忠出兵救援，也大败于州西之圪料镇，伤亡三千余名，积尸二十余里。献忠闻报大怒，集合各路军将，登台大声道："我等横行天下，所向无敌。从前只有曹文诏敢与我等为难，害我等不能在好地方久驻。文诏死后，又来了这祖宽，与左良玉连合，专与我等为难。我等若不将他除掉，各路英雄将无安宁之日。但祖宽兵马能拼死狠斗，又善于量度地形，不中埋伏，我们斗智斗勇，俱难将他除掉。昨夜闯王派人前来，言道探得洛阳城内空虚，已经布下内应数十人，邀我等回军协力攻取。我想攻下洛阳，杀了福王朱常洵，明朝必以陷藩之罪加于祖宽、左良玉二人。让明朝自己杀掉此二人岂不甚好。此事必须迅速为之，倘若稍迟，机密泄漏，各方官军赶至，便无益了。今命刘进忠、马元利各率领精兵四营，立即起程，由龙门、伊阙，衔枚勒马，驰到洛阳城下，乘其不备，抢上城去，我督大队前来接应。留狄三品率领三营，与整齐王大队在此，与祖宽、罗岱、刘肇基之兵缠斗，牵制他不能前来追赶。"如此分派一番，各路人马乱匆匆整备鞍辔戈矛，不待造饭，便已陆续出发。献忠将台布令之时，汝州城内百姓多有围聚观看的。刘进忠、马元利等军奉令之后，便将围观之人拉了大半，命其出具车马，运输妇女辎重同到洛阳。不到半刻，来了长短不齐的民间车马一百余辆。两大队人马开城出发，马队赶先，向北奔驰而去。留下许多步兵押护辎重，缓缓而行，有几个精灵的乘机逃跑，去与祖宽报信。正在这时，城中也有士绅送出信来，将献忠宣布的话逐句说明。祖宽便命本部三千人马立即追杀到洛阳去。又命刘、罗二将整饬兵将起身跟来，为他断后。

这祖宽之兵全是马队。随时奉令随时可以出发，当他出动之时，不过比刘进忠等迟了一个多时辰，恰巧望见前面人马拥着一杆黄旗正在爬山，知道是献忠的大队。大喝一声追上前去。追到山上，将献忠后队追着，全是老弱无能之辈，才一接战，便四面奔跑。祖宽不去追杀，只一气向献忠追来。天色已晚，献忠之兵带着干粮，马不停蹄，连夜驰去。祖宽之兵亦携带干粮，马不停蹄，连夜追去。第二晨，追过洛阳地界白沙河，只见沿途多是死马蹶骡，僵尸碧血，蹄迹重重，知道过去人马不少。望着一团红尘，料是献忠本队。追到白沙镇，两侧有几千伏兵杀出，抵敌一阵。哪经得祖家军砍杀，不到一刻，四散奔跑。祖宽活捉数人，问明是献忠到镇以后方派他们出去埋伏的。祖宽谨慎，又召来镇上逃出之人，问明这支伏兵确是献忠到镇后新派出的。祖宽又问昨夜过去贼兵若干？土人道："昨日薄暮过去的八营，在此晚膳后便走了。他们都说今天要赶到洛阳；半夜又过些步兵与辎重，贼人催赶甚为急迫。他们对于人民并无伤害，只是小有抢掠。今晨来的这支流军有张献忠在内。上镇以后乱抢一气。他们正吃早饭之时，见大军追来，便又跑了。"祖宽查看镇上，家家锅灶都有热火残食，亦有饭熟未吃而去的。锅内煮的全是镇上所劫鸡豚之肉。命人查验，并未放毒。祖宽众军下马，吃了一些残汤。并向众说道："看这情形，献忠确是赶向洛阳，并未预设埋伏。纵然临时派出埋伏，亦不过放出老弱部队搪塞我军。我等不必顾及伏兵，应即风驰向前，将献忠截住。纵然遇伏，也要径直抢到洛阳城下，再回头与他作战。"说罢，当先一骑飞驰而进，众军随后跟来。前进十里，两山又有伏兵杀出，祖宽皆不理他，直追献忠而去。如此越过伏兵六重，到了龙门山口，已去洛阳不远。只见献忠大队勒马而回，扎住阵脚，献忠当头挺刀喝道；"姓祖的！你今只有来路，无有去路了。"说罢，一声炮响，山上伏军齐出，强弓硬弩，向祖家军射来。祖宽大惊，料定已中计了。却从容不迫，勒马拔矢，道："早知你设埋伏待我。我若畏惧，便不敢来。"用手向前一挥，纵马向献忠冲去。献忠笑道。"我且休息一刻，再来擒你。"说罢，退进峡内。两旁闯出刘进忠、马元利两支人马直逼祖宽。祖宽不理，直对献忠扑来。不料献忠退过峡内，却拥出许多大车堵塞峡口。祖宽前进不得，退转身来与刘、马二将杀做一团。刘、马两支人马不是祖军对手，死伤颇多，渐向来路退去。祖家军追上，却被王志贤埋伏山上之军射伤多人。祖宽命众军策马驰逐，跑过射程以外，紧追刘、马两军。此乃龙门山道，战场狭长，祖军三千人，蔓延数里。祖宽命前军紧追，自己断后，追过日中时分，突然斜旁路上，杀出一支军马，献忠当先，将祖军截为两段。四山兵马，蚁附而来，将祖军围在两处。从晨至暮，喊杀之声震山应谷。祖军虽然健勇，以一当百，无奈杀不出重围。祖宽乃向山上杀去，渐渐升到高处，倚傍山险，让军士汲泉饮水，轮班休息。那被隔开一团人，见祖宽已到山上，便也杀来会合。这时正是十一月二十日，天寒地冻，月色转瞬消逝，山高风劲，景象凄凉。献忠命军士暂停进攻，只在祖军周围遍烧号火，照得祖军无路逃逸。却命王志贤统率弓弩手百人，攀到山上高处，对准祖军放箭。可怜祖宽一军三千人死了数百，带伤千余。此时正如虎落阱中无法腾跳。洛阳城内完全不知此事，自然未能救援。罗岱、刘肇基二将，被整齐王等大军拖在汝州，无法摆脱。祖宽见张军停攻，只有岩上时时射下箭来，便命军士隐到黑暗之处休息养锐，准备黎明时冲下山去。他自己伏行各处，从火光中窥看围守各军情形。见献忠一股正当要路，守军甚众，黄旗一杆插着，却未见献忠身影，料定献忠夜宿不在此处。遂于夜半传语众军："乘号火衰暗之际，舍了马匹，匍匐向人多插黄旗一处行去。行近防守哨时，一齐发喊杀入，冲破敌营之后，齐向大路杀回汝州。"各军依计而行。果然献忠未在露营之内，潜回龙门寺内住宿去了。他只道祖宽一军已是瓮中之鳖。不料半夜冲下山来，营地太乱，被祖军杀了多人，冲上大路走了。献忠闻警出寺，夜半天黑，难于调遣，只得听凭各军混杀一场。天明之后，祖宽早已率众逃过白水镇去了。献忠再率众追赶，已是难及。这次祖宽折损一千余人，献忠之兵伤亡损失亦在五千左右。从此祖宽再不敢轻视流军。献忠虽然威名大振，精锐折丧过多，亦不敢再与官军对垒。回汝州后，与整齐王张显商议，自领本部人马，走向南阳府地界，抢渡襄河，去到房竹山中，从事休养。

◎评注

河南半年之内，两度被流军所陷，天下强兵勇将，皆用于此，皆老于此，皆溃败于此，卒亦无损于流军。而明廷不觉，远调及于镇竿、白杆、辽东之军。昔张铨谓："竭腹地之力以事辽东，辽东未安而天下已危。"今则征辽东之兵以援腹地，腹地不救而辽东之寇大入。故明之亡，直接亡于满人，间接亡于流军。使之然者，则谁人耶？

第十八回　卢象升绝食慰饥军　孙传庭侥幸擒闯王

话说新任六省总理卢象升，字建斗，确是一员文武双全、智勇兼备、有胆有识、有猷有守的一根擎天柱子，倘若流军发生之初，明朝便将剿抚大局交付与他，或许他能将这燎原大火扑灭得了。如今大明天下已是千疮百孔，不可救药了。他也无回天之力，虽做六省总理，又于事何济？但他在崇祯继位以来封疆大吏之中，的确是第一人，人民爱戴，即是各路流军也无不畏而敬之。张献忠曾在大名城外与郧西的乌林关与他大战两次，虽然败在他的手里，却很敬重他。曾对众将言道："江南官儿都是兔崽子模样，唯有卢建斗是个英雄。他若做了义军，我愿给他北面称臣。但他的祖坟葬错，做了大明的臣子，迟早都是牺牲性命罢了。"这卢象升受任总理之后，一切措施便与洪承畴不同。洪承畴外强中干，恃其权大，兵多饷足，劈头便是大言欺人，总说流军乌合之众，不值一击。对朝廷轻许了五月剿灭之期，对诸将也是以此作为勉励，说是王侯将相便在这五个月争取。对人民亦说五个月后同享太平年。一旦溃败下来，兵将、人民一齐失望。兵将则纷纷溃逃哗变，人民亦纷纷响应流军。卢象升在郧阳巡抚任内，曾说："今日之事，不难于杀贼，而难于抚民。民甘从贼，则贼不可胜诛。"后来他改任湖广巡抚，又说："目前情势，戢兵更难于抚兵，抚民更难于杀贼。"巡按御史余应桂质问他道："唯有增兵方可剿贼。剿贼乃能安民。你为何颠倒言之?"象升道："士卒亦是血肉之躯，亦知贪生避死。其不惜冒锋刃以杀贼者，忠义之所激，爵赏之所劝耳。忠义激励之效，只可行之一时，日久则气馁顽钝，厌闻驱策之语。师忌在老，即由此故。爵赏之效，在受者能获实际享乐。虽有王侯之爵，万金之赏，而行役终世，并无实际享乐之时，水月镜花谁愿受之。今官军剿贼八年，奔走数万里，少者已壮，壮者已老；而贼军毫无消灭之征，反转日渐增长。官军则多有数千之军，积年伤亡，只剩数十百人的。他们已认忠义爵赏为欺人之物，自然不会用命而轻于作乱了。邓玘的兵变便是明证。近来如张全昌、张处嘉，都是洪总督部下节制之师，敢战之将，亦皆无故溃败与邓玘相同。其他哗变之军，日有所闻。又如左良玉、秦翼明，都是善于治兵，又很勇锐善战之将，现在亦恇怯畏贼，多方避战。这都是士不用命，并非主将不勇。若国家不厚给饷糈，慎重使用，将来难免不都成为叛军，转而为匪。偏偏目前因剿匪之军增多，军饷不足，随时都有闹饷风潮。因为久戍不休，加以饷糈屡断，势必至于掳人财物，淫人妇女。长官不免，军士更甚；在人民看来，官军与贼何异？贼扰民尚可剿可拒。官军扰民则官不敢剿，民不敢拒。人民空仓节腹，输送军饷，以冀剿平盗贼，安定地方。历时八年，民已穷而贼转盛，又加以官军淫掳之祸，则人民之生趣失，乐于从贼。故曰戢兵难于安民，安民难于剿匪。"应桂听了，深为嗟叹。劝他上书朝廷，发挥这篇议论。象升道："朝廷狃于三百年承平盛世，一心要聚歼流寇。全未注意民间情形。洪总督许五月灭贼，则天子喜，虽败而不加罪。熊廷弼议守则天子怒，虽有功不免一死。你我外官言轻，内无同情之人，言之何益。"那时两人只得一面练兵，一面筹饷，以备非常。力图保境息民，以听天命。

这时卢象升做了六省总理，是上疏的机会了。便连上十二疏，痛论天下危局。中间名言，有下列各条：

贼横而后调兵，贼多而后增兵，是为后局。兵至而后议饷，兵集而后请饷，是为危形，况请未必敷，致卒从贼而将为寇。是八年来络绎而请之兵，反树贼党。积累而用之饷，适赍盗粮也。

今日之贼，昔年之饥民叛军也。饥民叛军日增而欲灭贼，何异抱薪救火，扬汤止沸。

台谏诸臣，不问事之难易，不顾人之死生，一味求全责备。在识力不坚者，必致因人以自馁，不肯向前，即清白自矢者，亦且避忌而灰心。从何布展？

各省直抚臣，皆有封疆重任。保境固属首要，救邻亦宜尽力。若一有警，便向理臣求援。不应，便成胡越；分应，何以支持？夫粉饰太平，尚可调停迁就，用兵剿贼，岂容委曲挪移。

臣与督臣承畴，有剿法，无堵法。有战法，无守法。州县官吏，直省抚臣，苟不安民拒贼，则此剿彼窜，终无已时。

中枢勿惜库帑，有司毋惮勤苦，省直毋吝饷金，士绅勿事横议，大家齐心协力，效顺除凶。待贼悔祸乞降，再议散遣安插。然后轻徭薄赋，恤死吊生，保固元气。此则剿荡之大局，安平之经权也。

这些奏议，曾被各省绅士翻镌传诵。流军识字之人都言道；“假若真如卢总理所言，我等立即弃戈归农可也。”但明廷君臣，并未以他之言为然。仍责他与承畴限期灭贼。怕他兵力不够，再从辽东调来祖大乐、祖顺、祖克勇等许多祖家军前来助剿。不料这些祖家军虽然勇猛，却不甚懂关内人的语言，举动又很粗暴，所过之处人民害怕甚于邓玘之兵，往往闻祖家军到，便先纷纷逃跑了。象升抱定戢兵以安民，安民以弭贼的主张，受任之后，先从整刷军队风纪做起，务在饷足粮饱，信赏必罚。发出严令数道，禁止军队骚扰人民，奸淫妇女。因祖宽龙门一战伤亡过重，将杨世恩、雷时声两军合并到祖宽营里。又将罗岱、赵柱两军合并到左良玉营里。命两人专办河南。将邓玘旧部合并到秦翼明营里，命其保障襄樊应天一带。屡发手书，劝勉祖家三人约束士兵，振作士气，同固王室。其余怯懦之将，残虐之军，一律予以纠弹惩处。真是军令一新，士容大变。无奈用兵既多，需用浩繁，民穷财困之际，粮饷随时断绝。别处发生此事时，象升只得严檄司道督运，外加私函认赔不是。本营发生此事时，便首先自己绝食，借以安慰饥军。有一次他在光州，候汝宁的粮。汝宁恰被流军围逼，自顾不暇。转向颍州催粮。粮车出发，又被流军劫去。又向秦翼明军中飞檄借粮。飞檄发出时，营中早已颗粒俱无了。诸将便要向城乡大户借粮。象升道："此例一开，各路官兵效尤，流弊不堪设想。"乃手书限期偿还条据，请光州知州召集富绅，商议筹借。绅民闻讯感激，纷纷自愿认借。但粮运到之时，军中已断炊一日了。这一日内，象升危坐堂上，不进粒水。光州知州送进一甑饭来。象升命摆去堂下，叫年老伤病之兵人吃一勺，他自己颗粒不用。全营军士无不感动。营外百姓闻之，纷纷将自己的饭送进大营来，同愿绝食以报卢总理。经过这番事情以后，六省军民无不爱戴于他。军声大振，令行禁止了。

再说高迎祥、李自成两大股，于崇祯八年十二月，闻得张献忠已将祖宽战败，乘着汝州官军创伤未复之际，料定官军已无敢战之师，便绕过左良玉，从鲁山、叶县一带越过汝宁。卢象升闻讯，于腊月十六从信阳赶到确山堵截，大败流军。迎祥等避开正路，由光州奔回六安，于正月十七围攻庐州。分军东下，连陷含山、和州、全椒各城，直逼南京，导致江南大震。象升留左良玉、祖大乐在豫，自督祖宽、罗岱、祖克勇、杨世恩等飞驰到全椒江浦，截阻流军渡江之路。在滁州朱龙桥与流军大战。双方死伤数万。迎祥、自成见得祖家军勇锐难当，抛下攻取南京念头，回军河南。由寿州、亳州一路，到了归德。又遭祖大乐之兵邀击，迎祥大败于谷熟集，二十万人马至此折损大半。便由开封城外西走，与老回回、混十万、整齐王之众会合，围攻汤九州于嵩县山里，杀了他个全军覆没。群雄声势复大振。卢象升督率各路官军随后追来。祖大乐军又败自成于裕州之七顶山。迎祥、自成率领过天星、满天星、混天王、闯塌天、蝎子块等营，向南阳、新野、光化一路奔去。卢象升檄令湖广巡抚王梦尹郧阳巡抚祖舜速防襄河。怎禁那流军风驰电掣，瞬息千里，两员抚臣哪里布防得及？闯王之军，遂于二月二十八日，乘着汉江水浅，浮马呼风，抢渡光化的老河口、羊皮滩等处。转过房竹山中，分作两道，一从兴安、紫阳入汉中窥四川，为闯王、闯塌天、蝎子块等各股。一从白河、上津、商州、蓝田入陕，为自成、过天星、满天星、混天王等股。把个洪承畴急得手足无措，一连数次奏请分拨祖家军入关归他指挥。原来洪承畴原辖的陕军早已溃逃死伤殆尽，新补充来的都不堪作战。闻听祖家军英勇，故屡疏请求拨归指挥。又屡次派人径向卢象升请求。象升言道："督理二臣，原属一体。国家之兵，我等岂可自私。只是祖家军皆来自山海关外，与中州人语言习俗全不相同，因其轻视中州官军，不易与人合力作战。又因与人民隔阂，行动非常暴虐。加之屡次破敌，积功骄恣，不易受人调遣。又因不乐中州水土，屡次请求还镇。有此四种心理，驾驭甚难。我能严法以制其心，厚恩以养其志，勉强还可调用。洪督刻削而废人情，恐难指挥此辈。万一驾驭失当，则徒为百姓增加苦痛，于剿贼固无益也。"但那洪承畴固请不已，象升只得分拨祖宽、李重镇二军入关。果然一入潼关，便放肆起来，奸掠烧杀，不受调遣。洪承畴将他无可如何。适逢满军侵犯京师，朝廷征调各省官军勤王，承畴乘势派二军入援京畿。人民如同送祟一般将他两军送走。

却说满族原是山海关外极远地方一小部落，后渐强大。这种游牧部落特长便是劲勇。在万历年间，出了一个努尔哈赤，征服四邻，建立国家，与明廷为难，成了明朝最头痛的外患。他的儿子皇太极曾于崇祯二年入犯京畿一次。明廷征调各省军马入援，已于第七回说过。崇祯九年四月，皇太极乘着中华多乱，索性称了皇帝，国号大清，建元崇德。设立五府六部，九卿百官，一切全是中国降人在与他筹划办理。这年七月他要耀武中华，亲率大队再寇京畿。明朝兵部尚书张凤翼乃是庸懦无能之人。平时为剿流军，将辽东防堵满虏之兵调走一半。这便是著名的祖家军。不料流军并未剿平，满族之兵压境而来，缘边空虚，满军如入无人之境，直入喜峰口，占去畿内州县甚多。崇祯皇帝一向是个忭急轻躁，头痛治头，脚痛治脚，并无深思远虑之人。从前关外安静，便集全国兵力剿流军。现在强寇深入，便又征天下之兵卫畿辅，将流军之事置于不顾。这时卢象升剿办甚为得力，按照他的步骤，已将军纪整饬，官场澄清。地方安定，流军大败多次，数目锐减，已有渐次消灭之势。除高迎祥、李自成两大股退入陕西外，张献忠退到郧阳山中，与中原诸股隔绝。老回回、罗汝才等七营在内淅山中，象升亲驻党子口围剿。皆已势穷力竭，准备投降。象升忽然奉召入援，数省官军一旦解体。自从象升去后，豫楚江北诸省，军风，官风，民风，一切还原到一塌糊涂的旧状。这真是天定浩劫，非人力可以挽回呵！卢象升入援以后，将满人驱逐出关，肃清畿辅。明廷倚他如万里长城，不敢再放他回南进剿，改任他为宣大总督，专力保卫京畿。

这国内大势，自卢象升入卫以后，已经陷入不可收拾之局。有道是太阳将落，却有回光返照。便在崇祯九年七月二十这天，陕西巡抚孙传庭，却将闯王高迎祥生擒了。孙传庭，字伯雅，山西代州振武卫人，九年三月接任陕西巡抚。他与曹文诏同乡，勇锐之性相似。做了巡抚，仍喜亲身出马作战，又与卢象升兴趣相似。到任之初，即发兵进剿。第一次率兵两千入山，折损大半。第二次又率兵三千入山，生还者才数百人。但他不曾气馁，募兵节饷，训励士卒，准备第三次大举。那时李自成在陕北一带，闹得天翻地覆，洪承畴跟追半年，其势愈盛。高迎祥闻李自成已经攻占延安，与旧日亲友会晤，快饮高歌，仿佛汉高祖回到丰沛一般，不觉亦动了乡思。遂从汉中取道子午谷，杀出渭水平原，与孙传庭作战，转到周至县的黑水谷。不想迎祥翻山受寒，发了疟疾，不能作战，被传庭生擒。还有大头领黄龙、刘哲二人亦同被擒获。余众拥迎祥之弟迎恩作为首领，杀过渭河，合并到李自成部下。自成前称闯将，自迎祥被擒后始称闯王。

话说高迎祥被擒以后疟疾亦好了。孙传庭将他与黄龙、刘哲，用槛车装了，派精兵三千，由潼关风陵渡，送出陕西地界。山西已无流军，不怕劫车，减为三百兵押送。仍檄沿途州县，加意防护。沿途州县，唯恐他三人中途死亡，有损献俘大典。一路传衣送食，照护得同父母一般，把三人养得一肥二胖三嫩白。到了北京，兵部奏请择期举行献俘大典。献俘这天，崇祯皇帝沐浴更衣，驾入太庙，行过十分隆重的礼拜，然后坐下。六部九卿大臣亦行过礼。兵科给事中常自裕出班，恭诵献俘文。有道；“贼魁九十人，闯王高迎祥最强。其部下多有三边劲卒，各省降兵。器甲精整，部伍严明，非其他鼠窃之寇可比。今赖国家威灵，擒献阙下，则其余之贼，不足平矣。”崇祯命将俘虏缚上来看。首先押上迎祥。迎祥依照押护官指导向上跪着，却无半点惧色。崇祯问他：“为何造反?”迎祥道：“我原是边关大兵，曾为皇家杀贼。只因关将不贤，克饷扣粮，逼去做了响马。又因天旱岁饥，官贪吏虐，逼得民众从我。倘若吴御史早来两年，饥民得救，我亦造不了反。倘若卢总理早当大政，地方安谧，我等亦流窜不动。倘若地方士绅都像窦庄的张家，我等亦焚掠不得。现在我已扰遍七省，攻陷城池数百座，杀害官吏数千员，杀伤官军不可胜计。何惜区区一命相偿！但你等在朝的人亦当明白，我已有众数十万，并未建号改元，称孤道寡。亦未割据地方，与辽东满人不同。我等不过逃生救死的乱民，他乃是争城夺国的丑虏。你们朝廷官吏将辽东防堵丑虏的官军撤来追剿我等逃死求生的流民。谨防夺大明天下的不是我等流民，乃是辽东丑虏！”一席话说得崇祯悚惧，汗流被体，半晌不能说话。只用手一挥，命人将他三人押赴菜市斩首。低头不语，乘辇回宫。

◎评注

高迎祥俘献大庙，其语非外人所得闻。此书何能详具？盖作者借高之口，阐明此书大旨，非真有所依据。虽然，其为言也，直且谅。使当时果曾有人如是言之，则虽班马执笔，不得而削之矣。

第十九回

茅麓寨收五家养子
天井山失二次龙头

话说自卢象升入卫京畿以后，河南秩序大乱，饥民蜂起，据险抗粮，杀官劫富，情形正与崇祯元年的陕西一样。最著名的几股是：

舞阳县的杨泗、张显名等；

泌阳的郭三海、苗头等；

裕州的张五、郭镕等；

遂平县的侯驭民、秦至刚等。

这些都是南阳、汝宁两府之间一带山地，历为流军往来之处。三四年中，流军与官兵此来彼去。流军来时，人民尚可自保，流军去之后，反要大开寨门，听凭官军劫掠蹂躏。兵去之后，官吏又来征粮集草，苛索多端。人民早已怨声载道，结寨抗命了。卢象升在任时，官风军纪还稍好，他们曾开寨归耕，重为良民；亦有相从官兵讨伐流军的。卢象升去后，吏风军纪骤坏，故此辈又叛乱起来。他们并不响应流军，亦不与流军联络。但反抗官军，反抗官吏，则与流军相同。因此牵制左良玉官军，不能离开河南一步，便宜了各路流军重新活跃起来。为头一股，便是久伏房竹山中的张献忠。

献忠自八年十二月龙门白沙之战后，见得官军势盛，避到房竹山中休养。九年二月，高迎祥、李自成大队从羊皮滩渡河以后，曾在房县与献忠会面，说明他们分道入陕，留献忠与老回回等各路在外经略东方。王志贤向献忠道："卢象升在河南剿，全从根本大计做起，我料群雄难免归于消灭。天下大势，惟川、陕、楚三省交界之地，万山重叠，中有平原，屯田耕种，则足以自给，扼险拒战，则足以自保；乘天下之变，进取天下，则东入楚、豫，北出汉中，西入四川，皆有高屋建瓴之势。当地人纯朴粗犷，可抚而用。宜乘时布德施惠，安定人心，保境休兵，培养元气。让官军与流军生死拼斗，待其疲而后乘之，则双方疲怨思休之士皆乐归我。此乃卞庄子手刺两虎之计。"献忠深以为然。便命各营首领将部队分屯于各大山中，不占县城，禁止烧杀劫掠。所需粮饷，除自己军士屯田收入者外，由人民保甲按照规定征派。军士概准娶妻，不准奸淫妇女。又传书到保康、房县、竹山、竹溪、平利、紫阳、太平、大昌、巫山、巴东、兴山、远安、南漳各县官，约定官管城内，他管乡村，彼此不得相犯。各县官吏唯恐流军攻城，乐得如此苟全。虽不敢明白答复，却暗中派人许定。于是半年之中，相安无事。献忠自己扎营茅麓山。有时率领亲兵往各处巡行射猎。将此纵横数百里山岳地方，道路委曲，地势险夷，探查得明白无遗。人民见八大王来，都匍匐道左，献酒献肉。献忠亦以掠来之物或猎得之物随意赏赐。有时献忠与各头领亦率队入城购物，与县官相见。县官款以酒食，待如宾客，听其入市交易。虽然小有骚扰，究竟比攻城破邑好得多。绝无一个绅民与一个官吏敢将此情具报请剿的。

一日，献忠率同亲兵四十名去到竹山街上购物。出城之时，见一少年在道旁守着一具死尸涕哭，旁边有几个人围观叹息。那少年约有十三四岁，生得甚为英俊，哭声很刚，似一个有作为的少年。衣服虽然垢敝，但非贫家小子模样。问其姓名，他说：姓孙，名旺儿。死的是他哥哥。他们原是陕西大家，父母为避乱，举家逃向汉中。那时他才四岁，便在汉中长大，曾经读过书。前年汉中荒乱，父母率他弟兄逃向湖广就食。路逢大队，将他父亲掠去。他哥哥二十余岁，携他躲藏山中，逃出活命，不敢上大路走，沿山行乞而行。一路饥寒，染了重病，这才上大路行乞，今日死在道旁。问他原籍何县，他说：汉中长大，忘去生在哪县了。献忠爱他，便将他带回山来。这时王志贤同住茅麓山中，他的玉郡主，业已养了个男孩，粉团玉琢，十分可爱。随时抱到献忠后营玩耍。献忠原配高氏已满三十，尚未生子。又从凤阳娶徐氏为妻，一年多了亦未生子。这两个妇人，对玉郡主的儿子，都想抚抱为子，献忠与志贤皆承认了。独玉郡主抵死不舍。献忠今日带回孩子，先到高氏帐中，嚷道："平时总怨我不为你养孩子。往日怪我戎马生涯，聚会时少。现在山中净玩了半年多，仍然无一征兆，这可不能怪我，今日我与你找回一个孩子，你看使得不?"高氏看那孩子，确实很喜欢。嘴里却说："别家的野孩子，与我何干?"献忠道："野猫还是有养家了的，野孩子怕养不家么?"旺儿甚为伶俐，便先跪下叩头，口叫父母。献忠、高氏大喜，即便吩咐左右："与少爷更换衣服。"改名张可望。命军中称为小帅。拣选几个能事的教他练习十八般武器，锻炼臂力和腰腿工夫。恰好是八月二十一日已近，各寨头领齐来与献忠做寿。同时馈送礼物，拜见小帅。献忠与高氏十分喜欢。便命可望分头答谢众家头领，都称伯父。随即犒赏三军。山中人等无不欢悦。唯有徐氏一人不欢。这徐氏乃凤阳一家乐户女子，生得妖冶明丽，为献忠所嬖爱。徐氏本亦嫉妒，因献忠对于女色视同儿戏，并不一味贪恋，又颇眷念糟糠情义，故对于高氏始终情感不变。因此徐氏与高氏相处甚好。此时献忠见徐氏不乐，笑道："你亦需我给你个儿子是么?她已老了，需个现成儿子。你还年轻，我给你个亲生儿吧!"随即携着徐氏，到他帐中而去。

各营头领见得献忠肯收义子，都向营内及民间探访可爱儿童与献忠送来。多数被献忠退回。只选中了两个，一个是河南掠来刘副将之子，名叫秀儿，乃是一个文弱书生，与可望同岁。一个是一名难童，不知姓名，被一员小头领抚为己子，取名李定国。现因李头领之妻已生子了，将定国打为厮养。又因其年龄太小，有意弃去，故与献忠送来。献忠选定二人，一并送与徐氏，笑问道："你从前嫌她有了现成儿子，有些醋意。今我与你送一对来，你欢喜么?这个大的，乃是将家根底，面目清秀，气宇非凡，将来成就不在可望之下。这个小的，从前受李头领抚养，李头领便生了儿子，今取来归你抚抱，你亦必可生个儿子。”徐氏果然喜欢。便将秀儿改名张可能，将定国改名张可成。后来高氏又嫌可望太大，不便亲近抚抱。要再抚一个小的，好随营同帐，安慰无聊。献忠又选一个姓艾儿童，刚才九岁，改名张可琦，交与高氏抚养。后来献忠见一员头目绰号三鹞子的英雄非常，心中喜爱，收为养子，取名张可兴。其人已有二十五岁，随同可望等向献忠与高氏呼爷叫娘。高氏反对，乃命还其本姓，为王兴国。可望等长大之后，亦皆命还其本姓，是为孙可望，刘文秀，李定国，艾能奇。仍以父子相待。那是后话。

崇祯九年冬月，献忠闻得卢象升已去，中州民变蜂起，各路官军之强大者，如祖宽、祖大乐、李重镇等皆已入援京畿。秦翼明困守在襄樊、枣阳，为老回回、闯塌天、罗汝才等围攻，不能动弹。又闻高迎祥在陕被擒，遂召王志贤、刘进忠等各路头领商议道：“往时十三家头领共推高迎祥为首，我居次座。今高迎祥失陷，论理该以我为首领。我若再不出山，群龙首领将会落到李自成或老回回头上。我等休养士马已将一年，屯田种粮已收，正宜农隙讲武。我想留王志贤保护老弱家小守住此带山寨。我与诸位挑选精锐骑兵，渡过汉江，与老回回、罗汝才、闯塌天等合军，沿江傍山，抢到江北，夺取南京。若还得了南京，便与大明平分天下。如其不然，再行杀回湖广保守老巢。”众人齐声道：“是。”遂各自挑选精壮，预备守军去了。献忠命王志贤写出檄文，派人从均州偷渡，送与各路头领，说明进取南京之意，相邀到麻城、黄冈一带会合。自己率领精骑七营，从罗汉渡、浮马渡过汉江。

这汉江自光化县以下，贯穿襄阳、应天、汉阳三府地界，水势平缓，可行大船。有些浅处，秦翼明皆已分军防守。罗汉渡乃是深水，未曾布防，只将上下船只一律靠系东岸。不料献忠大军援附马尾，浮水呼风而渡。渡江以后，便将应城、孝感、黄陂三县攻破，等候老回回、曹操、闯塌天、射塌天、过天星、摇天动、整齐王各股大兵，合二十万人，在黄、蕲、光、固一带过年。秦翼明在群雄围攻之下，大小六十余战不能取胜。今见大股渡江，唯恐应天府有失，急忙收兵前往保护。只因应天钟祥县乃是嘉靖皇帝父亲与献王坟墓所在。嘉靖由藩王登位以后，升钟祥县为府，称献王坟为献陵，派兵守护。自嘉靖至崇祯，历代皇帝全是献陵子孙，所以修饰保护也与凤阳皇陵一样。湖广巡抚、巡按、总兵三大长官一闻警报，自要尽全力保守此城，偶有疏虞便是死罪。因此城在汉水之东，故翼明一闻献忠渡河，便集全力来守此城，不敢出战。献忠与各头领会合，从容不迫，分道扬镳而去。

这时英霍山中，尚盘踞有革里眼、左金王等人马数万，乃是九年春间，高迎祥大队取南京时留下来的。迎祥、自成等西去后，他们结寨屯田，自耕自食，不甚出掠州县。官军忙于追剿大股，未曾入山攻剿。现在他们各头领亦派人与各营接头，商量合伙，遂由罗汝才倡议，各路头领齐集罗田天井山会议，推选龙头，统一指挥，如八年春间荥阳大会故事。崇祯十年正月初一，来此会集之头领，共十六家，全是荥阳会上十三家的旧人与其支党，因此商定，仍用十三家的老牌，以便号召。这次集会的十六家，如下：

八大王张献忠　他手下有刘进忠、马元利、狄三品等名将。

老回回马可应　他弟马光玉，甚有威名，部将有摇天动等小头领甚多。

混十万马进忠　原亦山西回民，随老回回起事，现在兵力甚强。

曹　操罗汝才　他手下有一丈青、白贵、黑云祥等名将。

闯塌天刘国能　现已成为大股，与张献忠有旧嫌未释。

过天星惠登相　他手下有王国能、常国安、杨友贤等名将。

射塌天李万庆　现已成为大股，与张献忠相好。

革里眼贺一龙　乃是英霍山中旧股，平时与混十万相好。

左金王蔺养成　英霍山中旧股。

顺天王梁时正　英霍山中旧股。

顺义王许□□　他部下有刘喜才，甚为骁勇。

整齐王张　显　昔年曾集十万大军，现已衰败，成为小股。

兴世王马世秀　乃是陕西小股，与老回回、混十万相好。

混世王杜应金　乃是小股，与马世秀相好。

改世王许可变　乃是小股，与顺义王同族相好。

安世王胡可受　乃是小股，与改世王相好。

除夕，各股先在罗汝才帐内小聚，商量推举龙头之事。献忠料定众人必然推他。首先发言道："曹操足智多谋，正是我等的好龙头了，何必再推。"罗汝才道："我等荥阳大会，共奉高闯王为龙头。第二把交椅便是八大王。后来拈阄，居中策应的，又是老回回。现在高闯王蒙难，依照荥阳资望，皆在八大王与老回回二人内推正。汝才愿供驱遣，何敢当头之说。"老回回道："老夫近来体弱多病，精神恍惚，实难胜龙头重任。高闯王既已去世，李自成又不在此，龙头自该八大王承继。可应夫妇与所统十万人马，愿供驱策。"献忠正在向他逊让，突然刘国能起身言道："我等原是临时集合，同舟共济，不分彼此。龙头由年高有德者居之，则众人无敢不服。若论资格，我等皆是首领。若论战功，我等皆经百战。说到谁强谁弱，便难评定了。唯有序列年齿，是容易断定的。"此话一出，多数与老回回相好的都一同赞和。龙头便决定了是老回回。献忠无言。众人走后，汝才单留献忠，安慰他道；"我等都是米脂十八寨患难之交，你又大战乌林关、龙门山两处，威风为各营之冠。龙头自该是你。但十六股中，倒有十股与老回回有些瓜葛。倘若他们尚未服你，你也指挥他不动。为今之计，同心合力，攻下南京要紧。今日的龙头，必受官军猛锐攻击。又道是出头椽子先遭烂。你看紫金梁与高闯王二人是何结果。似这样拥虚名而受实祸的龙头，你我何必要他！你的兵强将勇，此行必立大功。我看老回回精神涣散，去死不远。他死以后，这南京怕不是你的么？"一席话说得献忠乐了。到了第二日元旦结盟时，老回回还在向献忠推辞，献忠说得比刘国能更漂亮。他说："当今年高重望，兵多将广，智勇全备，信义昭著的，除高闯王外，更无一人能比老回回。今日做了我等龙头，天下豪杰有不服的，我愿先自与他拼个高下。"众人听得此话，都惊异献忠有谦让之德，暗中悦服，于是依着年龄拜盟。结盟之后，商议行兵。马可应事事请献忠先发言。献忠又推罗汝才划策。汝才建议：分作三大路，抢渡过江去攻南京。于是定议：老回回与混十万、闯塌天、混世王、改世王、安世王等，由光州、固始、六合，向庐州、巢县而进。张献忠与罗汝才、射塌天、过天星等，由蕲州沿江东下，有隙即便抢渡过江。革里眼、左金王、顺天王，由英霍山中杀出舒城、桐城一带，接应西北两路。大江北岸的黄州、蕲州、安庆、庐州、无为、和州、滁州一带州县，城无坚城，寨无固寨，哪里抵挡得住。只有桐城知县陈尔铭，江浦知县李维越，六合知县郑同元，恃有南军驻防，尚能死守。这江浦、六合两县，乃是南京过江两座卫城。南京乃太祖陵寝所在，设有六部重臣，水陆大军保护。此时南京枢臣范景文，应天巡抚张国维，皆是知兵能战之官，沿江布防，甚为严密。虽然南兵孱懦，攻战不足，自守则尚有余。张国维又将四十八卫户籍中强勇之士，挑选三千名，特别训练，称为新军。由副将程龙、守备蒋若来、陈于王三人分统，渡过江北，分守在江浦、六合、滁州三城。水军扎大营于龙江关。大江船只一概调集南岸。献忠等北来兵马，不谙水性，从蕲黄直驰至江浦、六合，仍无渡江机会。各路头领，除后方驻守城池者外，全都到了。下自扬州、仪征、天长、六合；上至江浦、和州、含山、全椒；北自滁州、来安、定远一带，扎下连营八十余座。浦口江岸全是流军烽火。老回回与献忠、汝才等勒马江边，望见南京龙蟠虎踞的形势十分羡慕，只恨无船渡江。便命众军将民房拆下，用大木扎筏抢渡。无奈江阔水汹，北人不知操舟，连下数十筏，皆被江浪卷破，人无生还。又命砍伐民间巨竹，扎成轻筏，派兵划了过去。未到半江，仍被江水卷去，直浮到瓜州地界方得靠岸。筏上之兵便协同岸上各营合力去攻扬州，想夺运河粮船。这扬州盐商富贾甚多，惧怕流军，各自捐出金钱，募兵守卫。因此久未攻克。闹到二月初间，各路官军到了。

这时两淮巡抚朱大典，统率新由山东北直调来之兵甚多，派骁将刘良佐、总兵马灯向定远庐州、桐城一路杀来，以为凤阳外卫。河南巡抚王家祯，升了六省总理。调来左良玉、罗岱、孔道兴、陈永福等军，直奔滁州、六安，与老回回、张献忠等中营大股苦战一昼夜，解了六安之围。献忠等见渡江不易，乃与各营向安庆、庐州、凤阳一带回撤。南京才得宣告解除戒严。老回回此时病重，要选一安静之处养病，遂率众到潜山天堂寨，扎下大营。张献忠仍从沿江回湖广。其余各股向河南而去。张国维见流军退走，便督程龙、蒋若来、陈于王三将，率其新军全队，向张献忠尾追来。献忠笑道："这些江南小子不识进退。保着南京未破，功劳已不小了。却当我等是溃军，居然追赶前来，须得给他个厉害。"便吩咐所率七营，在丰家店附近埋伏。待程龙等新军到来，一鼓聚歼。四月二十四日，程龙等追入伏内，混战一日，可怜四十几员将官，三千军士，无一人得脱。只蒋若来一人装成马夫，做了俘虏。因无人认得他，在献忠营下执役一月余，才逃跑了。

◎评注

此时流军皆已屯田自给，足见农村荒芜，民食缺乏之一般情形。流军于陕西饥则窜山西，山西尽则窜豫楚，豫楚荒则回窜于陕。陕再尽则复窜豫楚。豫楚亦饥民蜂起。流军之流转，为救饥也。官军之追剿，则适足以造成人民之饥困，嗟乎！使杨嗣昌亦知流军之盛由于民饥，讵何敢有“暂累吾民”之计乎！

第二十回

杨嗣昌布十面罗网
潘独鳌论两戒河山

崇祯十年三月，杨嗣昌做了兵部尚书。嗣昌，字文弱，湖广武陵县人。他父杨鹤，前任三边总督办理剿抚未善，使流军蔓延。崇祯皇帝恨他，将他逮京论死。那时嗣昌已中进士，七次上疏请代父受罪，京师称为孝子。杨鹤得以免死，遣戍袁州。崇祯因此留心到嗣昌，每逢嗣昌奏议，都亲眼看过一道。嗣昌因其父督剿无功以犯重罪，故平时颇留心时务。所上奏议多能切中时弊。崇祯召他问话，对答如流，因此甚为器重于他。这年杨鹤死了，嗣昌丁忧回籍。兵部尚书张凤翼受人弹劾，畏罪而死。崇祯特召嗣昌入京，用为兵部尚书。他于辽东的满人则主和，对于腹地的流军则主剿。崇祯召见，问他如何剿法。他说；“流寇与官军作战，十回九败，足见不难消灭。所难只在他攻城不居，奔驰不定，官军无从得战。若能围聚一处，使其不得奔驰，则如虎豹陷于陷阱中，可望彻底肃清，永除后患。”崇祯言道：“从前洪承畴亦用此法，已围群贼于陕西，未能奏功。今日再行此法能奏功吗?”嗣昌道：“洪承畴本非良将，威望又轻，骤升五省总督，志气骄满，各省巡抚总兵轻其为人，不听节制。兼他克扣军饷，而号令苛严，大失将士之心。故围剿之局不固，使群贼溃围而出。他所节制各军，随之次第崩溃。夫以将溃之军剿贼，纵有奇计，何能收功。今皇上颁布明诏，则各巡抚不敢不奋。更筹足饷银，重奖诸军，则军士不能不奋。防堵严而奋战，则贼无不可灭者。”崇祯道：“这兵又如何用法?”嗣昌道：“臣有四正六隅，十面罗网之策。今天下大贼，凡六十股，分为两团：高迎祥就擒以后，李自成、过天星、混天星、蝎子块、独行狼、一斗粟等十余股在陕西关内。老回回、张献忠、罗汝才、整齐王、混十万、闯塌天、革里眼、左金王、射塌天等七十余股在河南、江北一带。目前此辈进窥南京挫败，正向河南回窜。若与陕西之贼会合其害更大。宜命陕西巡抚孙传庭督率标兵，并纠各县义勇守定潼关、朱阳关、蓝关、武关、紫荆关等处，将河南、陕西之路截断，不准豫贼入陕，亦不容陕贼援豫。命湖广巡抚余应桂率本标兵与镇竿土兵防堵枣、随、麻、黄一带，逼楚贼入豫，坚守大胜、平靖、武胜、固关，不容一贼入楚。命安庐巡抚史可法率标兵逼英霍山中之贼入豫，派兵进守罗田、英霍、六安诸隘，北与淮接。命两淮巡抚朱大典率其标兵与新调东军刘良佐、马炌等扼守颍州、亳州一带，南连长淮，北接河上，以制贼之东窜。孙传庭新擒巨寇，威名甚著。余应桂保护献陵，其才足倚。史可法以安池道空拳捍贼，卓著绩效，甚得人心。朱大典老成宿将，威望素孚，四人皆可倚以办贼，是为四正。孙传庭一路最当贼冲，命山西巡抚率晋兵自茅津渡河驻陕州、灵宝、外塞函谷，内护潼关以翼其北。命郧阳巡抚率标兵分驻襄郧，严阻汉水，以翼其南。史可法兵力单薄，而英霍诸山历为群贼老巢，势难骤下。命应天巡抚张国维率江南兵驻太湖、潜山、舒桐、庐州一带以护其东。操江巡抚率长江水师，进驻黄梅、广济、蕲州、黄州一带，以护其西。朱大典所任防线尽属平原，无河山险阻可恃，命山东巡抚以东兵渡河填驻徐州、宿州一带，南迄凤阳、寿州，为其后劲。豫北长河万里，贼难飞渡。仍命保定巡抚率其标兵到沿河一带防堵，以备万一。是为六隅。合成十面罗网。使环豫九千里间成为兵戈铁壁。如有一处疏防，逸出一贼，自巡抚以下一律逮问。如此，则河南以外民得安居，军饷易出。河南以内，责由总理王家祯，与监军太监刘元斌、卢九德等督率左良玉、陈永福、牟允绶、龙在田、罗岱、孔大兴等军及禁旅黄得功等，驰逐追剿，此乃草薙而禽狝之计。其陕中诸贼，暂委洪承畴与之相持。待河南平定，再行围剿陕贼。不出两年，天下可以太平。此一劳永逸之计也。"

崇祯皇帝为人急褊严猛，最恨流军。前闻洪承畴草薙禽狝之说，便以剿办重任付之。承畴失败，此调不敢再弹。今闻嗣昌十面罗网之说，甚为喜慰。命即日入阁办事，主持此局，日夕与他商量，甚至忘了寝食。崇祯问嗣昌；"需要若干人马，若干军饷？"嗣昌道："河南贼军不过三十万。现有追剿官军约十万。增调围守之军需二十万。计调用南北直与楚、秦、晋、鲁之兵已足，毋庸增募。惟军饷必需增加二百八十万两。"崇祯道："连年各省兵燹饥荒相继，民力已穷，国库空虚，筹饷恐不容易。"嗣昌道："流寇为心腹之疾，不可不治。治寇必须筹饷。譬如家虽贫，痼疾在身，不可惜医药之费。"崇祯道："虽如此说，又将如何筹措？"嗣昌道："臣想筹饷之法有四：一曰因粮。命天下田亩，于旧额外，每亩加征六合，折收银八钱，每年可得粮银九十二万九千余两。二曰溢地。命粮民拥地过契额者，核实补征，每年可得四十万六千余两。三曰事例。许富民纳捐为监生。由州县努力劝募，每年以一百三十万两为足额。四曰驿递。裁减各省邮亭驿卒之费，岁拨二十万两济军。如此岁得二百八十万，称为剿饷。虽溢出正供，于民未为大损。"崇祯道："即如此说，何时可以合围，何时可以肃清？"嗣昌道："严饬省直赶办剿饷，饷足即可出师合围。约在本年十二月明年正月，便可决定师期。出师一年，即可肃清。"崇祯便命将此策下六部九卿会议。在廷诸臣，因这出于皇上，谁敢违拗。只将因粮二字，改为均输，其余概遵原议。崇祯命嗣昌草拟诏旨，布告天下说："暂累吾民一年，除此心腹大患。"便饬各省府州县立即开始清查，劝募征收。州县考绩以此分别优劣惩奖之权，全委于嗣昌。

嗣昌念大剿在即，唯恐各路军将疲顽，不能用命。便请崇祯追究过去失律之将，杀一儆百。张全昌扼守朱阳，溃师纵寇，山西总兵王忠奉命援豫，逗留数月，一军哗散，俱逮系斩首。左良玉不受调遣，念有六合解围之功，革职留任，戴罪立功。又劾总理王家祯，驻光州避贼，虚饰军报，降为原任河南巡抚。改任两广巡抚熊文灿总理南直、河南、山西、陕西、湖广、四川军务。嗣昌憎恶洪承畴接任他父杨鹤的三边总督，屡欲裁去其总督职衔。崇祯总说承畴忠心，不听嗣昌之语。这杨嗣昌崛起，怕为同辈所轻，故一切揣摩上意，以固内宠；袒庇熊文灿，以结外援；排除异己，以张威势。真算得明代最后的一个权臣，亦可说是一个明朝送终的孝子。

再说熊文灿，乃贵州永宁卫人氏，中进士后，移家湖广之蕲水。与邑人姚明恭联姻。明恭是京官，与杨嗣昌相好，推荐于他。文灿为人内怯懦而好为大言。官福建、广东巡抚日久，富有珠玑宝物，馈送中贵，中贵交口称誉。嗣昌亦受过他的馈送，所以荐他。他奉命后，招募广西、贵州苗瑶善猎者二千人为火炮营，用为亲兵。新制犀甲角号，旗帜鲜明，得意洋洋，由湖广北上。路过衡山，闻听蕲水空隐和尚在此卓锡。空隐乃是与姚明恭往时诗酒唱酬的故人，因憎恶制艺，喜谈经国济时之务，研究奇门遁甲、风角占候之术。他见吏治敝败，流军纵横，知道祸乱不可收拾；占得蕲水当有兵灾，故渡江，泛湖湘，来衡山出家。此时文灿屏去兵卫，只率亲兵数人，登祝融峰顶前来访他，请占此行顺利否？空隐不肯为他起课道："公今奉命剿贼，虽课象不吉，不可不去。如其甚吉，又何必卜。"文灿道："流寇为患十年，愈剿愈多。天子日夕忧劳，必图尽殄。杨鹤、陈奇瑜、洪承畴相继颠踬，大将如艾万年、曹文诏等，牺牲无数，终不可殄。我今受命总理，实甚忧惶。愿上师指示迷津，俾知趋避。"空隐道："若凭数象，明室必亡。推以事理，流寇难灭，今天子不修德息民，以弭天变，唯以杀伐为务，自速亡国。此一误也。武陵相国，亲见其尊人之祸，而不能悟弭乱之道。苟贪大权，逢迎君恶，欲倾天下而围歼之。纵使成功，亦当深坠地狱。况流寇安得而聚歼乎。覆宗之祸，必可立待。此二误也。公以远疆流臣，凭宦官揄扬，遂膺剿贼重任，欲倚火器二千平贼耶？则虽贼皆束手延颈，一年不能尽也。欲仗中州诸将耶？则以洪承畴之威严，卢象升之悬执，尚不能戢之，公何能哉！而曰限期一年，克收底定之功。此三误也。我恐流贼未灭，公身已先亡矣。"文灿听罢大骇。逡巡良久道："我欲抚贼何如？"空隐道："流贼本皆饥民，无大志，抚之收功，实长于剿，然今已过迟。贼以匹夫起者，今多已拥众数万，但未僭号耳。此时其志已骄，则难抚矣。贼兵多裹挟良民为之，从贼既久，不可再归田反耕。其人已惰，则难抚矣。贼之蔓延者七省，所残害士大夫家以万计，在朝之士，咸愿得而甘心之，天子尤所切齿。一经言抚，朝野之有力者无不非之。稍有決荡，祸即不测。是其怨毒已深，则难为抚矣。虽然，抚乃危道；剿，则死道耳。”文灿道：“我欲于受命不久，引疾求去如何?”空隐道：“此辱道也。今天子褊急悛刻，谗人众多，引疾者无不得罪。公今如鱼已吞饵，怎能求去?”文灿不觉流涕道：“往时怪上人治经济之学，不图为世用，而反避世隐遁。今始知我辈服官，为祭祀牺羊矣。此行苟获生归，定随吾师入山，削发终老。”文灿下山以后，空隐为他起了一课。随即叹道：“虽欲入山，亦不可得。”

熊文灿行到武昌，传闻老回回已死，其弟马光玉与张献忠等大股，乘官军入豫，再掠桐城、舒城、庐州、无为等州县。文灿闻说流军骑马飘忽，南人睁目望之，莫可如何。便奏请增添战马三千。杨嗣昌奏请崇祯皇帝，将左良玉全军拨与指挥。左良玉久居中原之地，亏饷缺粮，军装褴褛。一见文灿亲兵，盔甲鲜明，戈矛雪亮，心中甚为嫉妒。加以语言隔阂，左军与亲军不和。文灿不得已，将所募两广之兵遣回，一意专靠左军。左良玉乃百战名将，对于文官原甚轻视。及与文灿见面，询问方略，文灿一筹莫展，更加轻视于他。良玉自行率军行动，不听文灿调度。文灿无法，密函姚明恭，婉请嗣昌别调。嗣昌又奏请改调边将冯举、苗有才两营五千人为总理标兵。两人虽柔顺听命，但不能作战。幸得淮抚朱大典派出北将马炌、牟文绶，与禁旅黄得功等军协助史可法，将江北群股逼回英霍老巢去了。文灿自思，虽为总理，实不能指挥兵将。只有招抚一法可以见功。便刊出榜文，悬挂各州县城门，招抚群股。朝廷闻之大哗。崇祯亦下诏切责。杨嗣昌从旁解劝道：“今剿饷未集，师期未定，大围未合，尚非歼贼之时。文灿招抚以安贼心，免其窜逸。待十面围合，剿之未迟。”崇祯便也罢了。

再说那黄得功，表字虎山，乃辽东开原卫人，与祖家诸将同具北方强悍性格，骁勇善战。他的军纪却比祖家军好得多。自他到了江北，遇流军则战，无不披靡，号称无敌将军。献忠与马光玉等商议道：“江北有京营禁旅，势难得志。加以天气炎热，北人不耐，可暂住山中以待秋凉。京营见我等不动，必然入豫，我等秋时再行出山。”于是他们在山屯田，官军无人搜山，亦即暂与相持，以待师期。故从闰四月、五月、六月，皖界无事。到了七月，山中二十万众分为三股出山：老回回等军东向南京，转瞬之间，已到天长、六合、扬州一带。惜群雄皆无大志，未能攻取南都，饱掠之后仍回河南。罗汝才等军北向河南出击，遭逢左良玉之军，打过许多仗，仍跑到南阳界内去了。张献忠等军回湖广。仍由麻城、黄陂、孝感，掠过应城，想渡汉江回郧西老巢；因官军防阻汉水甚严，乃北向随州、信阳奔去，想与河南的十六家合伙。

献忠此行，收得一员谋士，乃应城县秀才，姓潘名独鳌，字伯海。他曾向蕲水空隐和尚学习经国济时之学与风角占候之术。为人机警多智，志气宏大，性行险刻，家颇富有，田园众多。但系刻薄成家，为邻所憎。他家居近曹湖。见得天下纷乱，便在曹湖岔港中结下水寨，招募家丁三十余人，亲自训练泅水、水战与保寨之术。具呈应城知县备案，请有协饷。前次张献忠等抢过罗汉渡，破应城时，县中士绅富室仓促逃难，多投到水寨。独鳌对来投之人待遇甚苛。他借口寨内褊狭，先行拒却。经人百般恳求后，乃约法三章，须能完全遵从者方肯放入。

一、壮丁须受他训练指挥。老弱每人每日纳银二两。妇女加倍，至解严之日为止。

二、携带金银饰物钱粮，一律由寨主登记保管，不得私藏。

三、遇有来攻时，全听寨主号令行动，违者斩首无怨。

一时收入富绅士女三百余人，寄存金银珍宝甚多。因北人不习水性，故流军有行近水寨的，即行自去。五日之后，流军业已出境，独鳌不肯解严。派人四出探听，直到十日，方才开寨放各人回家。但压留寄存财物，命每人付二十两或四十两时方还。对富者，并要额外捐金增修水寨。在独鳌想来，此举并未为苛。不料这批托庇绅民脱险之后念钱痛心，因而仇恨于他。不久剿饷令下，便有人向知县进议：“别人遭逢流寇都受折损，潘独鳌却发了笔横财。应劝他报效万两，捐一前程。”知县果然请他报捐一个教官，要银万两，独鳌只承认六百两捐个举人。知县大怒道：“你水寨兵丁向有官饷补助。寇乱之时，你向人民勒索万两以外。这难道不应追出？”独鳌道：“所取每人每日二两，只算寨中伙食居处之费，并未多取，且系各家情愿如此。”县官道：“寨丁既领协饷，便有保护人民之责。寄宿一日何得取费二两之多。妇女并非兼人而食，何为又取四两？是你借贼兵之势，乘危勒索，国家劝募反敢违抗，其为富不仁可知。今亦不令你捐前程，只令你将勒索之金全数缴充军饷。”独鳌见势不好，只得声称：“收集之款用去已多，实无力赔出，认捐五千金吧。”县官虽然允了，总是恨他。恰好又有沿湖人民控潘：建立水寨，占了他家地面和水，要潘家按照地面分给所收寨费。独鳌执契争辩，谓并未占他家地面。知县因为恨他，又兼对方先已行贿，便对独鳌道：“沿湖圩田屡变，旧契有何足凭？”硬判潘家作价购买。否则撤去寨栅，土还业主。独鳌不服，多方设法探得知县受贿证据，向德安府上控。知县便指使从前避居水寨之人，具控潘独鳌“勾结流寇”。并说：“民等久居寨中的，确见流寇来至寨下与潘对语而去。”又将水寨邻人组成公禀，证明潘宅建寨时确曾侵占他人地面。知府因民间公禀皆言独鳌不良，遂不准上控，将各案发回应城审办。知县将独鳌押在监牢，示意狱卒，使他受尽百般苦楚。亏了他一妻弟多方营救。由他妻子作主，卖去田产，行贿救他。又将水寨让与他人一半，这才拔脱罪名放出狱来。独鳌切齿痛恨，常思报仇。他是有心之人，破产之后仍据水寨，并练三十多名寨丁。虽屡言出售水寨，却故意在售价上争执，不能成交。临到冬天，八大王人马入境，他自请率领寨丁入城助守。知县因向巡抚请兵尚未调到，乐得有他入城仗胆。他进城之后，初亦貌为忠诚，尽心筹划；城内官绅都暗赞他不修旧怨。不料流军临城之时，他突将县官杀了，开门迎降。并引导搜劫城乡富室，凡与有仇之家无不遭害。

献忠入城以后，传见独鳌，询问何处可以渡过汉江。独鳌道：“自朝廷有十面罗网之说，汉江沿岸已被官军扎成一条长墙，偷渡不可能了，唯有抢渡。此间西去沙洋、石碑两处停船最多，但皆靠西岸。大王用马队将东岸官军杀退，强弓硬弩指射西岸。我有能泅水夺船之士三十人，泅过对岸，夺得船来，可以抢渡。”献忠道：“我辈非不得已不与官军作战。要渡汉江，何用如此麻烦。现在下游既有守备，可暂回河南，与各路头领联络，转从襄樊上游策马飞渡好了。你的水军三十名，可同行前往，自有用处。”独鳌为献忠进策道：“大王有强兵十万，猛将如云，何不割据一地建国称尊，为子孙万世之业。乃宛转避战，奔走十年，尚无一城一邑作根据地乎。河南四战之地，连年兵燹，民穷财竭，城无足粮，野无积草。大王舍湖广膏腴富庶之区，转就河南山穷水尽之地，岂非失算？”献忠道：“看你说话有些道理，你试替我划策，应该如何是好?”独鳌道：“今天下大势，可分两戒三州。黄河以北，北直东西二省，为大明畿辅之区，此不可争。黄河以外，大江以北，汉水之东，是为中原。汉水之西，是为陇蜀。中原东包淮泗，西连陇坻，历为民物殷富之区。经历十年兵燹，现已成为焦土，争之无益。况今尚有九十股头领，与数十万大军，缠搅混战，虽有伊吕之智，贲获之勇，也难展布其间。而明廷力作十面网罗，草薙禽狝之计，更是不可往争之地。巴蜀外阻重山，内有乐土，十年以来，尚未深创。大王若渡汉江，据有其地，乘中原几十大股与官军厮杀不解之际，外守诸隘，内抚其民，蓄精养锐以待天下之变。此诸葛亮隆中画策之说也。然今昔异势，与其据巴蜀，尚莫如据江南。江南数十府州，东南尽海，西则溪峒诸蛮，并无后顾之忧。北带大江，号为天堑。中间纵横万里，民殷物富，承平岁久，元气充足。近十年来，各种粮饷十之七八出于此区。现因重重加赋，民不堪命。本年新增均输，溢地，事例，驿递四种，此为未经兵祸之区，派敛特重。民怨固结，小盗渐起。已有吕瘦子等股窜扰湘赣之间数府州县，皆饥民之被迫为乱者。官军孱弱，不能剿平。大王若能派人前往连结，命其夺取沿江城邑，驾舟以待。一经渡江，便如无兵之境。南京以西，数百巨城，不难传檄而定。窃为大王计之，直取大江以南，上策也。渡汉江而西占有巴蜀，中策也。北上河南，乃为下策。”献忠听罢，离座执手大笑道：“你这秀才非同寻常秀才！畅论天下形势比我更熟。我今便要从你的下策走进中策，再转到上策去。”独鳌问：“这是何意?”献忠道：“我早在汉水以西的房竹中布下基础，又已派人渡江联结豪杰吕瘦子等，早已与我通消息了。我今从河南与众头领部署军事后，即回房竹山中，以待吕瘦子等从江陵一带备船渡我。今大明兵马尚强，我等必须分地窜扰以分官军之势。若只存我一股，纵然独据江南亦是难驻足的。这道理，你便不知道了。”独鳌道：“大王神算，实非下愚所及。”献忠道：“只是我等北人，要取江南有三不利：一是语言扞格。二是地理不熟。三是舟马异用。今日得你相助，此乃天赐我也!”献忠这场欢喜非同小可。潘独鳌亦自谓诸葛亮遇着刘先主，得意非常。但后来行迹并未能如今日所料。不能像诸葛亮的话，句句都实现了出来。

◎评注

杨嗣昌十面罗网，《明史》本传与各野史皆曾及之。有谓四正四隅二总者，有谓四正六隅者。究所谓正隅各何所指，均未能确。独此书言之详备，试以地图应之，致密不遗针芥。更以《明一统志》印之，皆无不合。例如所言之黄河，系自淮安入海，即明末实际情形。其他协于明代地书之处甚多，非小说家所能附会。

第二十一回

左良玉刀劈张献忠
八大王贿买熊文灿

话说崇祯十一年，杨嗣昌所布十面合围之局渐成，但因剿饷不足，尚不敢克定师期，只是催促各路官兵逼流军入豫。这时英霍一带巨股已被逼到光州、汝宁、随州、禹州一带。禁旅总兵黄得功屡捷于光、固之间。十六家头领各自奔逃，大多不能相顾。张献忠对部众言道："众家弟兄溃散，如今非我北上抵敌，不能挽回这场败局。"便在应城过罢元旦，率队北进。正月初三到了随州地界，正有闯塌天刘国能一支人马在此。献忠邀他同入河南，共击黄得功。刘国能道："我等原为穷困，铤而走险，并无称王割据之意。十年奔走，实在疲倦。现今朝廷合天下之力，结十面之网，我等俱入网中。而熊总理发檄招降，无疑是网开一面，放我等一条生路，岂能再执迷不悟。"献忠见他话不对头，回营之后派人打听，原来刘国能已接受招抚，正在与随州官吏接洽商议投降。第二日，献忠诡对国能言道："我亦正思投降，但洪承畴杀降之事，我迄今尚在恐惧。且让你等先行投降，我看官军相待如何，再作计较。”国能信以为真，便于次日先投降了。进城缴纳军册之后，又复回来，便有城内军士跟随。献忠探得这里有新到王副将一支湖广人马要开赴枣阳、南阳一带增防。乃派潘独鳌、马元利等，偃旗息鼓，潜赴山中埋伏。自己来对国能言道：“我的家小尚在郧西，拟开赴郧阳向巡抚请降。为怕沿途官军袭击，拟随王将军之兵西进。请你关照他一句，请他勿用猜疑。并请他替我向沿途关卡城池说明，减少路上麻烦。”次日国能进城，果与王副将说了，约定相距在五十里以外。献忠说：“谨遵。”拔营上路以后，果不抢劫骚扰，正与已经投降之刘国能部队一般，沿途军民相安。惟王副将终不放心，随时派出哨骑殿后，怕的献忠之军袭来。他一路顾虑后方，却不料前方进入伏里，一声锣响，八百人困在核心。献忠杀了王副将与多数官兵，又招降百余人，夺了旗帜号衣，将潘独鳌扮成王副将，语言气派都很相合。选七百狡黠之人，挟着降兵，献忠亦扮作军士混杂其内，风驰电掣，跑到南阳东门城下，拿军符与城守人看，说是王副将之军开到增防。守军不疑，正要开门放入，事不凑巧，恰逢此时左良玉率一小队从裕州开到。潘独鳌不识左良玉，不知发令回避，见面之时，又不知行礼。良玉骄贵已久，厉声问道：“谁家军队？”独鳌对答不上。献忠见得，从后急呼道：“左将军到了，我等回避。”勒马首先从旁走开，独鳌等仓皇退走。左良玉见有可疑，高呼：“站下！”独鳌等哪敢驻足，拼命策马而逃。罗岱与良玉同行，认得先走一人似张献忠。良玉与岱率军赶来，城内大军亦追出。献忠引军向来路回奔。奔到山地，献忠勒马回头，被罗岱一箭射中额上。刚才拔矢，第二箭又已射来，伤了手指。献忠大惊，又复驰马奔跑。官兵马劣，追赶不上。只左良玉与其百余人马好，追赶前来。献忠之兵，已只剩二百余人，不敢迎敌。看看追近，献忠大呼：“杀转去拼了！”狄三品等转斗良玉，被良玉抢近献忠，一刀挥来。且喜献忠的马恰恰向下一蹶，献忠向后一仰，刀从左颊掠过，划了寸来长一个口子。良玉因用力过猛，一时未能回过刀来，献忠勒马又跑。返斗之兵又折损了一半。左良玉见天色近晚，怕有埋伏，遂未穷追。献忠跑到天黑，与大队会着，裹好伤口，对诸将言道：“左良玉既善用兵，又能勇战，此人不除，我等难得安枕。但我今既已带伤，只好速从光化抢渡汉江，取一城池养伤，不必再向河南了。”他们连夜驰到光化，杀退守岸军，仍从洲渚浅处骑渡襄河，奔向距谷城十里之王家河住下。谷城本在汉水西岸，平时恃沿江兵哨林立，遂未设备。不料献忠大队突然掩至，遂无力拒守，知县逃跑。献忠派潘独鳌等率兵进城，以乡邦情谊，遍拜城中绅耆，转达献忠之意，说是来此间商议就抚，望人民各安生业，勿得惊惶。城中人民，素闻献忠前在房谷山中屯田半年，并未抢掠。潘独鳌又口若悬河，述说献忠与刘国能一席言语，粉饰多端。果然全城绅民人人相信，便有举人王秉贞，秀才徐以显出来谒见献忠，自请奔走接洽投诚之事，要求献忠约束军士，扎营城外。又介绍名医来与献忠治伤。献忠果命军队扎在四郊，只率亲军一营与潘独鳌同住城内。

此时献忠，只剩精兵三千余人，分作四营，由刘进忠、马元利、狄三品、薛行义四人统领，分住四郊。这薛行义乃陕西韩城县人。早年因迫于饥荒，加入献忠营内，转战河南江北湖广，多有战功。他曾经读书，能文章，长于计谋。在献忠营内，总劝献忠抚民戒杀，收拾人心，不与群雄同流。他因带伤损去一目，绰号独眼龙。他有一同族叔父，名薛国观，作官在京，本年做了首相。行义闻之，一意劝献忠投降猎取功名，献忠哪里肯听。今献忠负伤，行义又乘势劝降。献忠遂允于他，命他与城中绅民，商量办理。城绅王秉贞、徐以显等，愿具公禀，以百口保献忠投降不贰。但因县官跑了，降议虽已决定，尚无适当媒介之人。一日闻听人说：“左将军到南阳后，又来了一位陈洪范老将军，将要大剿内乡、淅川一带的十三家。”献忠想起十年前榆林之事，不觉大喜道：“找到最好的一人了！”便命人从茅麓山将王志贤叫来，选定珠宝厚礼，由潘独鳌代献忠作书，命志贤给洪范送去，对洪范道：“我与张大王同乡同里，亲见他从边关回来以后，在神龛上供奉将军长生禄位牌，朝夕礼拜。其后虽造反，亦常供奉此牌，每向部队言说：英雄要恩仇分明。此身乃陈将军所留，憾在无缘报答。近日虽思降，但亦曾对人说：数万之众，十年劫掠，岂可轻易入人掌握，枉送性命，成就他人功名。故虽与闯塌天同时约降，迄今尚未就抚。近闻将军到此，他便跳起来，道是一来报恩，二来是信托将军，方敢以数万生命相托。”洪范罢官已久，此次行贿中官方得补缺再任总兵。知道张献忠已是十六家龙头，兵精敢战，抚得此人，其功非小。万不料他竟自前来请抚，说得这等亲切，真是喜从天降。此时总理熊文灿亦驻节南阳。洪范忙前往禀说此事，并言道：“献忠若降，十六家贼无烦兵戈，皆可束手就范。”文灿亦喜出望外。便命监军道张大经，前往谷城王家河受降。受降礼毕，大经率领献忠，到南阳来谒文灿。献忠馈送文灿黄金百两，名珠一对，宝石十二颗。余如巡抚御史林铭球，分道王瑞旃、陈洪范及左良玉、张大经等大小官吏皆有馈送。一见文灿，便倒地跪拜，哭称：“被洪承畴逼迫造反，无见天之日，今得庆再生。”林铭球在侧诘问道：“攻破凤阳皇城，玷污罪宗，享用皇陵鼓吹，就是你否?”献忠大惧，便向铭球伏下大哭道：“饥乱之军，哪受节制，纷乱中，献忠安能辨别。所望今后追随诸帅，立功自赎。”文灿道：“你今愿受谁人指挥?”献忠道：“今幸已为大明部伍，当服大明各级将帅指挥，不敢自择。惟陈将军前有救命之恩，私心久在图报，若能受派相从，便是公私两全了。”文灿得意道：“官兵讲的军风军纪，此乃贼中所无。你既来此，可先瞻观各营，回城之后照样练习。待风纪已好，再行调用。”献忠叩头而出，便去叩谢洪范。林铭球、王瑞旃来到左良玉营，商议道：“献忠谲诈无信，穷途乞降，终必复叛。况诸贼之罪，他为最大，不如乘时掩杀之，以除后患。”商议已定，告于文灿。文灿再三言不可，道：“今才招抚到刘国能与张献忠二人，若即杀降，谁再受抚？昔洪承畴以杀降激变，天下受祸十年，今不可再蹈覆辙。”二人便不敢言了。

文灿再召陈洪范来道：“你抚得献忠，功劳甚大。但献忠罪大，怕在言官纠弹。他做贼魁十年，劫掠七省。富室被掠者万计，所藏珍物甚多。你可讽示于他，不宜爱惜，致遭后祸。”洪范知他索贿，便教献忠再多多馈送文灿一些金银珠宝。献忠此时不敢不遵。回得谷城，与潘独鳌等言道：“好险！倘若那时处置了我，我亦毫无办法。如今算活出人世了。”便命薛行义再送黄金五百两，珠宝一匣，配上苏缎蜀锦，雕鞍宝马，与文灿送去谢恩。文灿问得行义乃首辅薛国观的族侄，忙命更衣泡茶，改在花厅座谈。对行义道：“兄台衣冠世族都沦为贼，足见做贼的人确有不得已之苦衷。只可以抚，不可以剿。但今天子深恨流贼，务在剿办。我虽力持抚局，乃是外臣。尚望兄台得便，向首辅恳切说明，匡赞皇上，不动摇抚局方好。”行义跪了一膝道：“张将军曾对小人说过，在此谢恩已毕，即行派人进京，向各府部衙门送礼，那时必与家叔见面，定当将乡人造反实情与大人德意尽力陈诉，要他赞助大人此项盛业。”文灿大喜，又留饭长谈。问行义道：“献忠号称十六家贼魁，何以现兵才三千余人？莫是别有隐藏，居心再叛么？”行义道：“流军之众，靠在裹挟，张将军自皖返楚以后，便存心就抚，未曾劫掠裹挟。南阳遭逢左总兵，损折甚大，逃散尤多，所以只剩精兵三千人。但他向在茅麓山等处扎有老营屯田，为数不下十万。倘若谷城抚局败坏，他回茅麓老巢重整旗鼓，便是国家大害。今日安心受抚，实乃国家威灵，大人福德所致。”文灿道：“你传谕他，尚需再招几人来降方好。”行义称谢，回到谷城，将文灿之言说与献忠。献忠想，李万庆与罗汝才皆十八寨故人，可以招来同降，合驻一处，将来也好共同举事。便命王志贤先去招抚李万庆。又命薛行义搜刮各营珍宝金银，押解进京，向各当道衙门打点。这时高氏、徐氏皆已从茅麓接来。山中金宝，多已运到谷城。一共装了五担，尚恐不够分配，搜刮到了各营。各营头领不服，齐来向献忠抱怨道：“我等投降官军应该有些好处。为何一官未得，一钱未赏，反转将十年积蓄报效与他。若还起义便富，受抚便穷，我等何必受抚?”献忠道：“我等从前起义，为的救死，今日投降，并非救死，乃是为了一更大的企图。譬如经商，先要投下本钱。这金银珠玉，饥不可食，寒不可衣，众人爱他，无非为的入眼心乐。既已入手玩弄几年了，留他又有何用？何如投资到北京城去，买得将来许多便宜。”众头领仍然不服，定要献忠说出便宜在哪里。献忠将他们邀到内室密语道：“我等借受抚为名，安坐此处训练兵马，招集群雄，等官军疲惫，乘隙发难，抢他后方富饶之地，比之流离奔走与官军厮杀，不便宜了么？目前买活众口，使他不猜防，到了发难之时，抢他富饶之地，岂不是一本万利么？倘若天意相助，成王建业，你怕那些官吏收我们的礼不会加倍退还我们么?”众人方才依了。

再说薛行义押了八担金珠珍宝，由熊文灿发下令箭，沿途官吏派人护送，到了京都，首先去见首辅薛国观，请他将自选之余，分配与六部九卿，亲贵诸人。各处皆已欢喜收下，只杨嗣昌一处拒却未收。行义知嗣昌方当大权，以为嫌薄，再恳薛国观选定宝物数种亲与嗣昌送去。嗣昌对国观道：“我非疑献忠投降不诚，实因天子英明严刻，我又方掌兵政，有主持抚剿之责，万一收受之事为天子所闻，反疑招抚献忠由于受贿，于我与献忠皆不利也。假如我未主持军政，亦必收他礼物。”这才将国观说放了心，乐得收回宝物，自己享用。行义写下密函，将此情形专人还报献忠。并言：“今天子性情严刻，而用人甚专。举朝皆憎杨嗣昌，纷纷弹劾。天子独倚为腹心，言听计从。天子甚恨熊文灿抚贼，而嗣昌力护文灿，天子遂亦信任。嗣昌甚恨流军，意在剿绝。然其人在朝孤立，于外臣独任文灿。文灿主抚，则嗣昌亦主抚。文灿护将军，嗣昌亦必护将军。方今宜多贿文灿。买其欢心，贿达文灿，便如已达嗣昌。贿达嗣昌，便如已达天子。”献忠得书，每逢贺节、贺岁、贺寿、贺功，都要选派厚礼送与文灿，买得文灿把献忠认作了他的宝库一般。

却说王志贤，奉献忠嘱到枣阳界内，劝降射塌天李万庆。万庆道：“我们结义最早，虽同起义，各人志趣不同。大丈夫要反便反，要降便降，何能外作降顺，内存叛逆。据你说来，他是明降暗叛，我却不能如此作为。你的性情真挚，与我相合，不如与我一同去反吧。”志贤道：“二哥，你爽直些，我很愿跟你。但我有家小在他营中，况又待我不薄，我不能背叛于他。你既不降，咱们分手走吧。”于是辞了万庆，回报献忠。献忠见万庆不肯同降，便不再派人去游说罗汝才了。

此时罗汝才与过天星合兵九营，马光玉与马进忠等合兵十二营，分作两股，在河南境内与湖广边界往来乱窜。李万庆率领全营向信阳去与汝才合伙。到了六月，各路群雄一齐聚会南阳境内。因献忠与刘国能、马士秀、杜应全四人已降。顺义王为其部下刘喜才所杀，降了官军。故只剩了十一家，便不议龙头，共推罗汝才为盟主。仍用荥阳会旧号，称十三家。想从商州突入关内，与李自成、混天星、蝎子块等合伙。此时正因孙传庭设防于商州地界，难于通过。熊文灿便去裕州驻下进行招抚。那十三家不肯受抚，再向东窜，到了枣阳、光黄一带。文灿调刘国能、张献忠两路降军助剿。国能随调即至，作战甚为尽力。献忠则推粮饷无着，请缓师期。湖广巡抚余应桂为人直率，对于文灿招抚献忠心甚不平。今见献忠不肯受调，作书告文灿道：“献忠恶端已著，宜先发制人，召而擒之。”文灿暗命心腹，将余函说与献忠，劝其出师以明不叛。献忠怒道：“我已如此尽忠，巡抚尚疑我必反。则出兵亦死，不出兵亦死。”乃命潘独鳌作书向郧阳巡抚戴东旻催粮，说：“你等不肯运粮相济，使我不能出兵，又向总理说我不出兵便是谋反，我与你等无仇，为何苦苦定要杀我？”郧阳巡抚忙派人运粮前来，再三解释未有相图之意。献忠道："余巡抚致书总理，你们难道不知?"郧抚驰告应桂。应桂暗恨文灿，二人因而互相纠参。文灿借此次十三家回窜楚界，参劾应桂"疏防纵寇"。到底文灿官大，又有嗣昌袒护。应桂官小，流军窜楚又系事实。朝廷果然拿问应桂，改用尚宝卿孔方昭为湖广巡抚。文灿参去应桂，又再调献忠。献忠说道；"我等出了许多珠宝，不买舒服，却买他的调遣么?"回称须待应桂离楚以后方敢出兵，以免遭其暗害。这年九月，十三家进到襄阳、郧阳地界，与谷城隔江相望。文灿进驻襄阳，四檄献忠出兵。献忠造上十万人名册，送与文灿，请给十万人饷。文灿知他全是虚额，核准两万，命将其余遣散归农。献忠道："流军二十万，我以两万剿之，能有何益？无益之事，我不能干。"仍然不肯出兵。文灿无奈，只得请准给以十万人的六个月饷，再次命其出兵。献忠对众将道："你们看，我送那些礼物，岂不已在收回利钱了么?"众将问："如此便出兵了么?"献忠道："哪能那般容易，钱还未过手哪!"此时文灿为的襄阳紧急，怕的献忠叛应流军，将十万人的大饷，陆续送进谷城，再嘱总兵陈洪范发书劝其出兵。献忠为保全洪范情面，回书告了许多委屈。最后才说："倘若朝廷不疑，誓必报效国家。目前十三家迫近襄河，皆是从前聚义弟兄。倘若过河往击，伤了结盟旧谊，以后不便进行招抚。今只愿率健儿十万，防堵襄河，不容一流军飞渡，凭官军围剿。若须招抚，则献忠愿竭尽全力。"洪范转告文灿。文灿说；"这亦是他由衷之言。便命他紧守沿河，并派人前往招抚好了。"这是熊文灿因一念之贪，不能不迁就献忠。计自谷城受降迄今，前后征调六次，皆未调动。明知献忠必叛，但亦不敢不曲为优容。只希望十三家剿抚略定以后，再设法消灭他而已。

◎评注

此回叙献忠谷城就抚事，以贪与谲立柱。官吏贪贿赂，献忠运其狡谲，上下以驭之，如股掌上弄婴儿。计此回人物，其不贪者，只一举朝憎恶之杨嗣昌。其不谲者，只一拿京问罪之余应桂。朝廷如此，州县如此，军旅如此，明欲不亡，岂可得哉！

第二十二回 名士诙奇拳殴黄虎 枭雄诡谲珓卜青山

却说张献忠前在南阳，闻听新野丁举人之女甚美，正远嫁唐县。花轿在途，献忠亲去抢了前来，成就夫妇。现在进了谷城，又将茅麓山的高氏、徐氏与众家养子接来，需一较大府第安顿。探得本城进士方岳贡，现任淞江知府。全眷送往淞江，空下阔大府第一座，交与其兄岳宗保管，大门随时锁着。便派人向岳宗租用，岳宗不肯，献忠大怒道："百姓看他是淞江知府的哥，在我看来，只当是猪羊背上的毛。"便命人将岳宗捆来骂道："你知道我是贼魁不?"这方岳宗，虽然未有科名，却亦是读书能文，诙奇之士，毫不畏惧，亦不忿怒，带着微笑说道："这我知道。我亦明白全城财产皆是你的了。但这是我代管兄弟的房屋，我无权出租与你。你若讲理，当向淞江租去，若不讲理，打门扭锁，直去住下，我敢阻挡得了么?"献忠见他不屈，又道："我会杀人，你知道么?"岳宗说："这我早知道了。今天全城生命在你掌握。若要乱杀，何惜多我这名冤鬼。若不乱杀，我也不至死你刀下。”献忠见他这派气概，心中暗自佩服。对他言道：“你欺我现在受抚，不敢杀人，是也不是?”岳宗道：“不是。我知道总理抚你之初，正要百端迁就于你。你此时杀人，是无妨抚局的。但我不能将兄弟房子送人，来买活自己的性命。”献忠笑道：“我说你不过，吓你不退，却能拘系你索钱。我是饥军就抚，恩饷未到以前，暂借你几万银子发饷。”便吩咐押去缴款。岳宗亦笑道：“这一着，我可输了。”遂被押在营里。惊动了城内士绅王秉贞、徐以显等，忙来找潘独鳌言道：“这方家世代清廉，府第虽大，家赀毫无。淞江府方岳贡，乃是今世第一名清廉官吏，贤名震于天下。便是他从兄岳朝，前任兵部侍郎，亦是一名好官。岳宗居家，从未仗势压人，乃是贤良缙绅。张将军受抚之初，要收人心，你我情切乡谊，务须同往营救。”独鳌忙与二人来见献忠，说了许多不可。献忠道：“我看这人有些奇怪。如果他家真的无钱，便该尊敬他。若其富有，就当抓来搓磨。”便命将他放了。扭锁入第，自行做了主人。多方调查，果然他家无钱。献忠转怒为爱，亲自具酒，命独鳌将岳宗、秉贞、以显请来。对岳宗道：“我平生最恨官吏贪污，又恨官吏之家倚势欺人，所以前日误押了你。以后多方访问，令弟确是清廉之官，兄台亦从未仗势欺人。假使天下官吏缙绅都似贤弟兄，我张献忠亦不会造反了。今天特设此酒，与兄台压惊。”岳宗道；“张将军，你说错了。应该叫作谢过，不是压惊。因为我当日并未惊惧。”独鳌等怕的献忠发怒，齐以笑语相乱。献忠微微懂得，却并不发怒，言道；“我们从前拿着张鹤鸣本无杀他之意。这老儿见面便是一股可憎的气色，认为他是大官，我们是草寇，开口便骂，被高迎祥将他倒吊射死。前日拿着方先生，我原想杀他。他虽一样的瞧不起我，却叫我杀他不下。并非我杀他有何厉害，实在是他那从容高雅的态度令我杀他不得。人人都道我们好杀人，全未想杀人也是很麻烦费气力的事。只要心里过得去，谁愿打这麻烦。又说流军残忍，其实他们未曾检点自己是副什么面目。倘如都是方先生这样，我们杀都杀不下，还能说残忍惨杀吗?”独鳌等怕岳宗荒诞使气，冲突起来，忙拨过话头道：“方兄宠辱不惊，安危如一，足见平日修养功夫。孟子说浩然之气可养，方兄平时是如何用力?尚祈见教。”岳宗逊谢道：“哪里的话，小弟只是个好酒疏诞的狂人，何曾做过圣贤功夫。若说临事不惧，不过因为我穷。凡人拥富贵才会贪生，既清贫便不怕死。既不贪生怕死，何事不可从容。”献忠斟过一杯酒来，说：“方先生，你这话不错。我从前有饭吃的时候，唯恐犯罪，到了生路断绝时，便不惜造反了。打仗时候，有路可跑便想跑，无路可跑时才拼命狠斗。我说不出这道理来，今天你替我说出了，请干了这杯。”如此宾主谈笑，情好日增，竟成随时聚饮的酒友。岳宗酒量甚大，所以献忠每逢兴到，常邀他与独鳌等共饮。到底岳宗鄙视献忠粗野，一日对他说道：“张将军，你人很爽快，又甚英勇，也很狡谲。说到英雄，应当有你一席。但若要与我辈斯文人厮混，未免煞风景。”献忠道；“我也是读过书的人，你不要轻视我。你看我在这招安期间，发愤读一点书，做出诗文，要与你们比赛比赛呢!”岳宗道：“喝酒的事，并不择文人武人，便是野老田夫走卒，只要具备酒德，皆是斯文朋友。酒德在恭敬有礼，不怕狂妄，最忌粗鲁。如果心地庄敬，纵然发狂妄言，也是高雅的。一有粗鲁行动，便不雅了。”献忠说：“这我也能，你瞧我今后。”独鳌道：“古人性急，佩玮以自缓。今日我等同为张将军送一字号，呼作敬轩，好不?”献忠道：“好，好，好！我亦该有个号，便叫敬轩吧!”后来献忠果然也学习礼让，整饰仪表，居然也能彬彬有礼。对武将偶尔发出暴戾之性，对文人总是客气许多。这也是他在谷城闲居时间一宗成就。一日献忠高兴，举起大杯，定要岳宗喝干。岳宗说：“干，我能干。只怕醉后发狂，你容不得。”献忠道：“喝了这酒，让你发狂，量你文绉绉，也狂不到如何境界。”岳宗喝了，倚酒发风，在献忠背上重重打了几拳，献忠笑嘻嘻受着，说：“你再喝这杯不吐，我恕你殴我无罪，倘你吐了，我要打你。”岳宗接过一口喝干。说道：“我未吐，是好汉。再给我打三拳，再喝一盅。你挨得，我便喝得。你不痛，我便不吐。”献忠笑道：“让你再打。”还是潘独鳌等怕闹出事来，扶岳宗等去了。

话说高氏所抚之子张可望，已十六岁，练习得一身武艺，两臂颇有膂力，甚为献忠所爱。可奇已十一岁，长得瘦弱。徐氏的可能、可成二人，亦都已十四五岁了。不便再与其母同住，献忠遂命四人扎一小营，由可望率领。以潘独鳌为监护，教以兵书战策。并选军中材武之士，编入营内，分别教以刀剑弓弩之技。那徐以显与潘独鳌非常相好，朝夕讨论兵法武艺。同劝献忠道：“骁勇果敢，乃我军所长，但昔与官军作战，十回九败，此乃由于不通兵法所致。若以我军之勇锐，辅以军法部勒之，当可无敌于天下。”献忠问：“兵法是咋样讲的？”以显送上一部孙吴兵法。献忠便请以显每天讲说一段。以显又依书中之文，与独鳌及王志贤，研究制造三眼枪，盾牌勾连，连弩箭法，与团营方阵等战术战具。由志贤之父王应龙监督制造。制造成功，在校场演习。献忠看罢大喜，对志贤道：“我们从前作战只知狠斗，可惜朱世虎这员虎将因不懂战术，被斗死了。倘若活到今天，再遇卢象升，定可取胜。”遂命四个养子，熟读孙吴兵法等书。

此时那丁举人之女，为献忠生了一子，取名惠儿。献忠遂命四家养子，回复本姓，更名为孙可望、刘文秀、李定国、艾能奇。仍以父子相称。另为高氏、徐氏抚抱三四岁小儿各一人，以慰闺房寂寞。丁举人因女儿从贼，羞愧不肯出门。现在献忠受抚，得了总兵官衔，备办礼物，去到新野认亲。举人说他女儿婚道未正，不许见面。他的妻子，痛女心切，悄悄跑到行馆来看女儿。见得献忠面上虽有伤疤，却亦年青英武，举动颇有礼貌。外孙儿又长得很乖。又见得献忠仪从甚盛，新野知县在他行馆进进出出，馈送酒食，大喜过望。回得家来，定要请客会亲，与举人大闹厮打，举人闹她不过，避到乡间亲戚家去了。举人有个兄弟，诨名丁尿泡，乃是这次开办剿饷，报效事例项下捐来的监生，人称他为丁二员外。举人之妻前去央他出来办理会亲大典，二员外乐得允许。于是张灯结彩，大宴宾客，将献忠夫妇接来款待。总理熊文灿闻之，为要买献忠之心，亦派人送礼相贺。亲书四个大字“雀屏中目”。二员外遍夸亲邻。送亲回谷城时，便将这四字也抬送过去。二员外衣冠楚楚，做出斯文模样。献忠少不得请本城士绅方岳宗、王秉贞、徐以显与潘独鳌、王志贤等相陪。那二员外口口声声向众人道：“这四字是熊总理亲手写的。字内包括个典故，他把将军比作唐高祖，可惜寒舍难比窦家。”方岳宗看得不耐，举酒向丁尿泡道：“我罚二员外过谦，请干此杯。丁家与窦家原是配得起的。西京的外戚，首推丁、傅、窦、王四姓。总理正因为贵府姓丁，他才用窦家的故事。敬轩比唐高祖，亦恰比得。所不同者，李渊射孔雀，是在屋内射中。敬轩的孔雀，是在路上射中的。李渊射中的是左目，敬轩射的是第三个眼。窦家事前先有暗约，丁府是事后追认的罢了。”这话说得阖座喷饭，尿泡耳根通红。献忠不解，亦和着微笑。迨尿泡辞谢回新野时，献忠送了许多金帛。从此新野人有了个歇后语叫做“丁尿泡丢脸——饱载而归”。

献忠驻谷城后，文灿派遣监军道张大经前来监护。监护，乃是明朝招抚后必设之官，意在监督降兵不许劫掠，保护降人不受别军虐杀。这官乃是闲职，不过传达献忠与文灿之间消息而已。这张大经乃贵州省人，喜欢方技之士。幕内养一术士，姓王名又天，善于风角占候与推步子平之术。此次将他带到谷城，炫耀技术。每次宴会，又天皆以监军宾客列座。他是瞎子，须人牵挽而行。各营头领，有向他问休咎，推流年的，所谈多验。问及前程，多云公侯将相之分。献忠为敷衍监军，也请他推算八字。他细推之后，只说“甚贵”，并不多言。献忠心内狐疑，请他到方宅，为妻子们推算，并细问灾祥。又天推过之后，皆言“大贵”。献忠问道：“我能活到何时?”又天道：“贵造当密告，不可明言。”献忠便将家人屏去，牵又天到密室详诘。出门之时，献忠面呈喜色，送了又天百两银子。嘱道：“不可随便对人乱说。”不久，文灿调大经去监左良玉、陈洪范两军，会剿罗汝才等股。王又天便留在献忠营里，大受优遇。献忠每一行事，都先经他推算以后，才与众将商行，全军称之为王军师。后来献忠叛于谷城，一切叛谋皆王军师所教，虽潘独鳌、王志贤等，也不预闻那是后话。此处再将李自成事，补述一番：

李自成自高迎祥死后，被关中群雄推为闯王，与混天星、过天星、蝎子块、一斗粟、一座城、一连莺等新旧各股，活动于陕西南北。洪承畴强弩之末，剿他不了。崇祯十年十月，他从关中逾陇坂，转破宁羌入蜀。那时四川之兵大部调到陕、豫等省会剿，留守之人甚少。总兵侯良柱据守广元，一战败殁。十月初八日，李军抢渡嘉陵江，破了昭化。自此以西，更无一兵阻拦，连陷三十六县，围成都二十日。巡抚王维章困在保宁，不能西行。按臣陈廷谟，檄副将罗尚文，远调遵义、永宁、松潘、茂州等处汉夷边兵还救。总督洪承畴亦自秦州来援。自成乃率众由松潘越过甘肃的临洮、巩昌等处。承畴派曹变蛟尾追入西羌地界。自成等复自庆阳奔到宝鸡，拟再入蜀。曹变蛟等军自西羌追回，逼自成等自凤翔、西安地界东窜潼关。不料堵防陕、豫交界的孙传庭，闻承畴将逼流军出关，预在潼关南原设伏三重，以逸待劳。暗中通知曹变蛟等，将群雄逼入伏内。自成等所率战兵辎重，老小二十余万，原期突过潼关，与十三家合伙。原知孙传庭有兵在此截堵，他们想趁传庭布防未好冲杀过去。谁知才到山口便遇伏，损失一些老弱辎重，未以为意，继续突围前进。才五十里，正想造饭之际，山溪林莽内，伏军又起。后面曹变蛟等追兵亦至，围杀半日。自成与其精骑，突围东走，才五十里，正想下营休息之时，四山伏兵又起，人马较前伏更为勇锐。自成人困马乏，迎杀上去，正如败叶抵水一般，转瞬之间卧尸遍地。前有孙传庭，后有曹变蛟。北阪之下，乃是渭河。南坡之上，乃是高山。自成无法，只得策马向高山逃去。残兵败将跟着逃来，被孙军紧紧追杀。马蹄所至，成了一道尸堤。幸自成马好，跳腾绝阪，转过山口。后面能逃脱跟来的，只有刘宗敏、李岩、田见秀、谷可成、党守素、刘希尧、袁宗第、顾君恩等七骑。回望山下，尸横遍野，官兵正在围着残股，收缴器械，捆绑俘虏，自成等妻女皆陷在内，八人不觉同声痛哭。时已入夜，饥渴疲困，便解鞍放马，在山后林内宿一宵。次日循山傍林，西行探望，山下全是所弃辎重、行粮、刀仗、死尸，尚无官军收拾。自成等至一农家，吃饭喂马以后，再向西走。见得远处一簇败残人马奔上山道，约有百数十人。走去会着，乃是侄儿李过与妻舅高必正，保护自成妻子高氏与刘宗敏等将妻子，从第二伏突围逃至此处。诸人相见，一同避到道旁林内潜伏，休息造膳。自成邀刘宗敏等数人策马上山探望形势。但见峻岭重山，人户稀疏，道路险狭，森林茂密，不知走向何处才好。望见山上有一小庙，便到那里息马。庙名青山寺，业已破烂，塑像残败，并无香火僧人。自成对众人道："不料我等二十万众一败至此，诸公意见，该去何处?"顾君恩道："今诸将妻子皆在俘中，逃脱之人既少，又有妻儿之顾，恐难作战，莫如一同出降，徐待时机。"自成道："此时出降，恐难免一死。许多术士皆言我当作帝王。不料转战十年，未得寸地，今反狼狈至此，恐所谓帝王亦不过号称闯王而已。今既数运已尽，你等可将我头砍下，拿去投降，必可免祸，并能得一些封赏。"李过言道："若天数尽，我等便不当逃脱。既然逃脱，便非天数尽。今河南十三家尚盛，我等暂到河南再说。"自成道："这神龛上尚有卜珓一副，我们何妨试卜。若还三卦皆阳，我便当作真天子。若有一卦不是，你们杀我去降吧。"随即执珓投去，三卦皆阳。众人大惊喝彩，便要下山同走。自成道："虽有此卦，我终难自信。请刘将军再投三卦决定。"刘宗敏乃是自成营中第一员骁将，此时原颇狐疑，果即取过卜珓，连掷三次，亦皆是阳卦。宗敏拔剑言道："不用再卜了，我等生死相从，有异志者我先杀了他！”众人齐声答应，拥着自成驰下山来，与众军吃饭已毕，由高必正率疲兵数十人保护家小向汉南山中僻地藏匿。自成与刘宗敏等，选精兵二十骑，由商雒一路向河南冲去。遇着官兵堵截，诸人奋勇，无不以一当百，竟然杀过堵截之军，到了河南。后来有人传说：此项卜珓，乃顾君恩预为准备，内灌水银，每掷必仰。此日特导诸将至此，设局以固军心。或谓自成实欲自杀，赖卜珓而罢。其后称帝，曾将此庙改建宏丽云云。

且说自成逃到南阳地界，闻罗汝才、李万庆等十余万大军，新被左良玉、陈洪范、龙在田等败于双沟。李万庆逃入光固，罗汝才窜过均州，马进忠、马光玉等远在伊嵩一带。自成念此来投空，莫如冒险往谷城，劝说张献忠复叛方能振起颓势。遂率二十骑直向谷城而来。先被刘进忠驻屯城外之兵挡着，自成道；“我来与张将军议事。”进忠将他引进来，献忠一见大惊，忙命设酒，并悄问道：“我已就抚，你轻身来此何为?”自成将败状说了一番。并道：“我今势穷力竭，特愿将首级赠与故人，请你绑我送到官军去吧！”献忠道：“休如此说！需要我作何帮助，我当遵从。”自成道：“今日之事，我助你，则缚以献功，你助我，则相与同反，更有何说！”献忠踌躇道：“今罗汝才新败，十三家解体，反叛尚非其时。我想保你暂时就抚何如?”自成摇头道：“不能。”献忠道：“我资送你衣甲粮草，暂仍到兴安山中屈处，以待时机何如?”自成点头。献忠便命刘进忠仍将自成等送出郊去。自成得了献忠接济银两，从郧西上津，偷渡汉江，仍到兴安北山中藏匿去了。

◎评注

张献忠既降以后，坐享十万军饷，从容与诙奇未遇之士讨论孙吴兵法，制器械，习礼文，结纳诸方豪俊，蓄养精锐，以为再叛之备。文灿贪其馈送，五调不应而不知备。以成横决之祸，可胜叹哉！

方岳贡之清廉，岳宗之诙奇，徐以显、潘独鳌之逞才，丁举人之迂腐，其弟之下流。一方缙绅，皆用直笔写出，以见世道人心之一般。

自成与刘宗敏卜珓事，他书谓系崇祯十三年秋在鱼腹山中。此乃云在潼关败后。

第二十三回

议东师陷害卢建斗
叛谷城义释方岳宗

话说流军在河南的，自张献忠、刘国能降后，以罗汝才、马光玉两股为最大。过天星、射塌天、整齐王等与罗汝才结为一路；混十万、革里眼、左金玉、顺天王、改世王、安世王等与马光玉结为一路。他们被围在河南境内，左冲右突，不能出境。又闻李自成一败涂地，众心不免涣散。罗汝才一股，自双沟大败后，窜过均州，派人来谷城求献忠相助。献忠问他还剩多少人马，答称尚有九营。献忠道："若已不能成军，便宜逃向秦蜀山中藏匿。若尚还有九营，则宜据地请降。如果实力尚强，则官军只得迁就，不敢相图。照我这样做去，只领饷不受调，岂不甚好。"汝才得报，果与惠登相等商量，将九营人马屯驻在均州房县地界，派人向武当山奉祀太监李继政请抚。

这武当山又名太和山，在房县、均州、谷城三交界处。高二十余里，秀出云外。乃是真武祖师道场。为道家七十二福地之一，上有二十七峰，三十六岩，五井，三泉，二十四涧，三大洞天。最高天柱峰，后有紫霄岩，前有金顶铜殿，供奉真武帝君肉身。永乐年间，尊此山为太岳，列在祀典，称为太和宫。派一太监奉祀在此。此乃是一闲职，每年除剥削道士分得几个香钱外，别无好处。今忽有流军头领前来请降，自然是格外喜慰，便亲到襄阳去，尽力向熊文灿关说。文灿亦欢喜，只是怕汝才等尚无降的决心。便又派人到房县去，命知县郝景春设法劝诱。景春奉命，单骑去到汝才营内，劝汝才道："将军向太和山提督太监请抚，但犹豫不降，无非虑官军背信杀降耳。熊总理屡言：昔洪承畴轻于杀降，迫民为贼，酿成十年祸乱。今已有令，军民擅杀降者抵死。降人所过之处，地方官绅具牛酒迎劳。刘国能、张献忠降已一年，厚待过于官军。将军尚何疑乎？"汝才左右二将名叫白贵、黑云祥，闻言道："倘若罗大哥明日往襄阳，或有差误，你能以家口与房县人民生命来担保不？"景春道："能。"问："降后九营大军，便在均州、房县、竹山、保康四县，不受调遣，你能保么？"又答曰："能。"问："照张献忠例，预发十万人半年军饷，你能保么？"亦答曰："能。"于是景春与白、黑二人歃血盟誓。汝才便随景春去见文灿。文灿亦受了汝才厚贿，便许他与白、黑三营在房县屯田。同降的惠登相、王国宁、常国安、杨友贤、武自强、王光恩六营，则在均州地界屯田。此乃崇祯十一年十一月事。到十二月，已经归降的马士秀、杜应金两股，因迭受调迁征战，久未发饷，心内抱怨，探得许州城内有左良玉等各路官军寄顿私财之仓库，遂于二十四日开入城去，纵火为乱。抢劫诸库后，跑到光州界内去投附李万庆。万庆势力骤增，连与官军大战于麻城、信阳、应山、德安等处。十二年春季，又与马光玉、马进忠等联合，闹得楚地鸡飞狗跳，各路官军齐集会剿。到了四月，龙在田大破马光玉于固始，左良玉破马进忠于镇平关，刘国能连破李万庆于张家林等处，将各股冲散。熊文灿乘势发檄招抚。于是马进忠、李万庆、杜应金、马士秀等都投降了。顺义王为其将刘喜才所杀，来信阳归降。只马光玉、贺一龙、蔺养成、梁时正、胡可受、许可变等小股残兵窜匿山林，亦纷纷接洽投降中。七省流军，至此平息。熊文灿、杨嗣昌二人趾高气扬，傲视一切。崇祯皇帝认嗣昌为天下奇才，任为首辅，凡事专断。自薛国观以下，所有辅臣七人，等于虚设。嗣昌乃是阴险小人，得意之际专门排斥异己。首先最恨的便是卢象升、洪承畴、孙传庭这批功高望重的人，其次为黄道周、孙承宗这批正人君子。无论文武内外，只要意见与他相左，不是挤去，便是害死。所结交的熊文灿、陈新甲等，全是阿谀奉承，颠倒黑白，贪污庸妄之人。这亦是人君用臣过专，势必至此。七省流军一旦清除，恰恰在他任内，天子又安得不信任他？他本人又安得不肆妄起来？其实流军之衰，乃由地老民贫，无粮可掠，不得不暂时受抚，以为休养之计。何尝便是嗣昌、文灿二人之力。像这种假安定，包有更残酷之危机，不久便已暴露出来。

当李自成惨败不久，满洲之兵分三路进犯京畿。这时河南正布下十面之网围剿流军，天下强兵悍将、钱粮饷糈集于中州。京师禁旅亦调去大半。骤闻满军杀来，嗣昌等手足无措，主张议和。卢象升任宣大总督，此时方丁父忧，奉诏率山西兵入援。他反对和议，斥责嗣昌。嗣昌又羞又恨，便请崇祯促他出战，却又对他扣抑粮饷，百般为难。象升率饥军五千，与满军铁骑十万相拒于钜鹿，嗣昌不拨粮饷，不发后援。象升屡次请求，但不见一兵一粮来援，自知必死，遍拜众军道："我欲与诸君同死，不从者去。"说罢，当先冲入敌阵。大战一日夜，部下斗死过半。象升身中四矢，犹奔驰逐敌。家将挽之不退，卒战死阵中。败报入北京，举朝震惧。嗣昌尚诬象升临阵逃匿，说战死非真。后来觅得其尸，麻衣麻冠，面色未败，刀伤箭镞集满全身，天下闻者无不痛哭。洪承畴、孙传庭二人，这时也奉诏勤王。嗣昌为要成全熊文灿一人之功，改任二人为蓟辽与保定总督。不久又将传庭下狱陷害。仅在崇祯十二年三月之内，嗣昌诛杀封疆官吏至三十六人之多。完全换了亲私贴近之人。有道是：天道忌盈。正当得意之时，文灿与嗣昌的厄运亦已到了！

话说张献忠，前曾得了熊文灿十万人六个月的饷银，自此以后，未再发饷。献忠对于文灿的馈送也未再继续。文灿因各方大股尚多，未敢挑剔献忠。迨各路次第归顺，文灿曾对人说："献忠桀骜，不受调遣，老夫隐忍至今。且待群贼既定以后，他当自悔！"这话明是胁迫献忠继续行贿之意，自然会传到献忠耳里。献忠早怀叛志，听得此言，乐得用以激励军心。便在十二年元旦朝贺北阙之时，当着谷城知县阮之钿道："我张献忠投降以来，箱柜私藏，寸金粒玉，均已搜出，报效总理与朝廷众官。今穷得比百姓更穷，还有人向我索贿。要不行贿，军饷无着；要得行贿，箱柜已空。从前是当百姓便穷，造反便富，做官更富。今天做武官了，偏又是做武官便穷，做文官便富，做高官更富。回想做贼时，倒还有些自由。罗汝才不知我腹中的眼泪，反跟我跑来做官，岂不冤哉！”一席话骇得阮之钿遍体是汗，忙婉言道：“刘国能将军受调从征，屡叨功赏，军饷从未欠缺。足见朝廷对于降军并无歧视。不过用兵之际，战兵之饷为急。将军休兵期中，饷银亏短乃是常情。我当会衔申请补发。将军幸勿以此为忧。”献忠道：“他们疑我要反，不杀我便是宽待，岂能发饷？”之钿道：“下官愿以百口保将军不反，请将军安心练兵。请饷之事，交与下官。”献忠道：“好，你去办吧！若办不通，可不能阻我自己筹饷。”之钿无言而退。几天之后，果然奉到文灿回批：“休整之军，暂缓发饷。”献忠便在沔河流入汉江之处，设下关梁，征收上下船只货税。文灿下令禁止，献忠哪肯理他。此处关税，既系私设，征收并无标准。每月所收数千两，并不报解一文，亦不发到兵卒，只作制造军械甲仗之费。军士无饷，自然四乡骚扰，捉鸡牵牛，伐木拔蔬，搬箱运仓，一切恢复了故态。四乡绅民纷纷向知县报来。之钿来见献忠，请出示禁止。献忠道：“他们饿了，自然要饭吃。待你请下饷来，自然不抢。”之钿叩头言道：“请饷自当尽力，望将军禁止目前，为下官少留脸面。”献忠扶起他道：“好好。我传话申斥他们，不准再抢。”话虽说了，部下抢掠如故。

这时献忠抢来的新野丁氏死了，丢下乳子惠儿，交与高氏抚养。献忠对徐以显道：“命中乏子，三十四岁了，才得一个能生儿的婆娘，她又死了。你替我再找几个能生的。”以显出来，分托党羽，四下咨访。便有几家贪图富贵，自愿与张将军联姻的。也有几家因女子漂亮，被人暗献与献忠的。献忠选了五个，先后抬来，环肥燕瘦，各有几分姿色。最受宠的要推姓敖女子。敖姓从前亦是谷城世家，现在还有一堂叔为本城贡生。敖女生得艳慧窈窕，早已订婚于李姓之子，尚未迎娶。其兄敖协谦嗜赌无赖，羡慕丁尿泡饱载而归，特去贿嘱徐以显，将妹子贡于献忠，得了一份厚赏。敖氏受宠，协谦亦得出入其家，随时又得些小小好处。因此知道献忠家内之事，赌场酒肆，酣饮半醉时，往往漏泄出来。

你道他说些什么？他说：“王军师算我妹子的命该是西宫伴驾，一国之母。我的妹夫张敬轩将军，贵不可言。本来他们武官贵到极端，也不过是封疆大臣。但我妹子既是皇后的命，或许大明天子，会将大位让与敬轩。”又说：“敬轩家中，供有宝刀一柄，宝剑一口，金鞭一支。上面俱有天赐二字。乃是王军师闭关敛神，飞上天柱峰去，请求玄武大帝、斗口灵官、春秋关夫子三大神送来的。一夜敬轩睡梦之中，见王军师同三人从空而下，各把军器赠送与他。叫他杀尽贪官污吏与逆天行事之人，说罢忽然不见。敬轩醒来，忙到王军师住处去，见他正在坛前叩头，口称未能远送。看他坛上，正摆着这三般军器。敬轩问王军师见了什么。王军师说：‘天帝命得三人与你送军器来，我适才送他走了。’”如此神怪之话说了许多。城内人彼此传说，到了敖氏叔父敖贡生耳中，贡生大骇道：“我家祸不远矣！”忙来问王秉贞道：“你与张将军相好，听得这些话么?”秉贞战栗道：“我等早知道了，只望他发难迟点，我可借故逃脱。今你既已知道，有何办法教我。”敖贡生道：“今乃会试之年，我等可借口会试，拜别亲友。若得献忠不疑，逃到京师告变，乃是脱祸之计。”二人密议已定，辞别亲友，并来辞别献忠。献忠初未留心，每人送他一锭盘缠，准其出城。二人即日起身出城，渡过襄河，便该乘车北上。敖贡生却言新野有事，先自催马逃走。秉贞正当催车之际，献忠已经派人前来追回，道：“你是我同谋之人，起事在即，不可以走。”又问敖贡生何往。派人去追，未曾追着。于是缙绅之间人人皆知大难不远。知县阮之钿前来谒见献忠，言道：“将军受抚两年，与本地绅民相处甚洽。暂时乏饷，必不忍弃前功。况秦中群盗歼灭已尽。豫楚十三家招安过半。此时而有人言将军必叛者，小官固不敢信，即总理亦不至相信，愿将军勿为浮言所动。”献忠微笑道：“外面并未有人说我要反，说我要反的，只有你与熊文灿。熊文灿说我要反，为的要挟贿赂，你今却要什么?”之钿道：“小官生命尚在将军掌握之中，敢要钱么？但乞将军深思而已。”献忠唾骂道；“今天下无官不贪，即是你，亦受过我的礼来。做官不贪的，只咱老子们这些降官。现在老子亦要想贪污了。老子不贪百姓钱财，专收回你这批贪污者的本利!”说罢，便命将之钿看押。

到了五月端午。献忠命各营扎下龙舟与民同乐。全城百姓与四乡居民，有不识好歹的，到河边来看热闹。献忠命各营军士下了大围，一体围着，押进城去。壮丁迫令从军，交与老兵监管。妇女由军士选择。选剩的男女，均派去拆卸城垣。将谷城拆出数十条缺口，以便人马奔驰。拆城之时，献忠亲坐城头观看，严禁逃走一人。他的酒友方岳宗也被兵士押在拆城队里，受了许多鞭打。手指磨破，不胜其苦。举头望见献忠，大呼道："敬轩将军救我!"献忠循声看去，见是岳宗。走拢对他道："你是清廉之家，不该遭此大劫，可带家小速逃。"岳宗道："家人多已被贵部押去。奈何?"献忠派亲兵两名，命跟岳宗，找到押他家小的营去，清还放了。又给令箭一支，命特开西门，放了方家老小逃出。到初六日，献忠下令将全城仓库与富绅之家洗劫。狱囚释放，无用之人不愿叛者，此时放其出城，不必屠杀。民房不必焚毁。在县衙照壁上大书："逼反献忠者，熊文灿也。"下开列二年来文灿勒贿数目，与其他各官勒贿数目。年月时日皆备。独于襄阳道王端旃名下，批"不受献忠钱者，只此一人"十字。最后一行，是："若有诬枉，天诛地灭。延安张献忠白。"其后各官闻之莫不羞愧。

当献忠在督写此项账目之时，阮之钿在其住室壁上，亦正在写绝命词道："读尽圣贤书籍，成此浩然心性。勉哉杀身成仁，无负贤良方正。谷邑小臣阮之钿拜阙恭辞。"之钿，号实甫，桐城县举人。他见献忠必叛，自料必死，预将鸩毒带在身边。饮鸩之后，正逢马元利前来索印。他不肯给，被乱兵杀了。他的妻子将印交出。马元利吩咐兵士道："他也不算坏官，勿得伤害他的家小。"监军道张大经与陈洪范派遣来谷城联络献忠的马廷宝、徐起祚二将，皆被献忠胁迫同行。献忠对他们道："你三人是曾受过我好处的，现在得同我受苦去。"

叛变之后，献忠仍扎营谷城内，大会诸将言道："从前我受抚时，诸将心多不服。今日群雄凋谢，我又反叛，诸将必多怀疑。其实此皆天帝教我所为。我曾屡次梦上武当山，由玄武大帝陪同上天。天帝言道：造成浩劫之责，交付群雄。收拾浩劫之责，交付与你。群雄与官军狠斗之时，汝宜休息以养锐气，待群雄略尽，官军已疲之际，汝再出战。今年元旦，天帝赐我一刀一剑一鞭，教我于闹龙舟后举事。果然此时，群雄多已销声匿迹，官军亦大半调移回京。名将如洪承畴、孙传庭皆已离任，卢象升死了，史可法丁忧，余应桂、戴东曼得罪削职。与我为难者皆已除去。只剩一熊文灿，此乃庸懦贪鄙不能作战之人，毫不足畏。群雄之中罗汝才、惠登相等，皆我十三家旧人，分屯在谷城附近州县，闻我起事，自必起而相从。足与我争雄的，只李自成一人。但却早已一败涂地，潜伏汉南山中，今后必当前来投我，受我节制。我如此运用群雄，扫灭熊文灿官兵，如摧枯拉朽。如此情形，足见天帝教我端午节后起事，时间选得绝好。我既得天助，又有诸君出力，何患大事不成！现在应该派人往房县与均州等处，邀罗汝才、惠登相几家同反。仍以川、陕、楚三省之间一带山地为老巢，再行商量出兵争取江山。”部下诸将早闻献忠有天赐宝刀金鞭等异事，今见献忠郑重承认，又说出这番道理，无不踊跃欢呼，自认为攀龙附凤之士，勇气百倍。

◎评注

谷城之变，为流军死灰复燃之一大关纽。本书叙述甚为详致。熊文灿之贪，张献忠之谲，与朝野士大夫之昏庸无耻淋漓尽致。即于殉职之阮之钿，亦不无微辞。点睛之处，乃在杨嗣昌之必挤杀卢象升，而献忠能开城以放方岳宗家小，显示朝廷之险恶尤甚于流军。

用《绥寇纪略》、《明史》、《明纪》等所纪谷城叛变事，与此三回所述勘合，字字皆实。

第二十四回 破房县曹操合伙 战英山罗岱被擒

话说曹操罗汝才、过天星惠登相等九营受降以后，汝才三营屯田房县城外。惠登相等六营屯田均州、竹山、保康等县界内，皆惟汝才马首是瞻。献忠派王志贤来访汝才，相邀同反。汝才道："房县郝景春为人强悍。他子郝鸣鸾，有万夫不当之勇。城内驻有守备杨道选，官兵二百，民兵五百，监视我这屯田散漫之军。我若发难，先受其祸。八大王若能先将房县攻下，杀了郝景春父子，我便相从。"志贤回报，献忠对众将言道："罗汝才富有智谋，与我同地起义，共事最久。今又受抚在房竹要道之上。若不得他一同反叛，我等大事难成。我今便亲去攻取房县，哪位将军愿为前锋？"便有一人挺身言道："郝鸣鸾乳臭小儿，何劳大王亲征，末将愿往生擒前来。"献忠一看，乃是昔日泽潞南山结盟三十六路头领之一，名叫上天龙，本是一员勇将。因他有勇无谋，又不善管带士卒，所以部队日小，归附献忠做了一员战将。今见他如此奋勇，大喜道："便劳贤弟率领本部作为前锋，先取房县，我随后便到。"上天龙立即率众前往。

再说郝景春，表字和满，乃扬州江都县人氏。身体本甚纤弱，他从前游幕湘西之时，娶了一个溪峒苗族女子，生下一子名鸣鸾，身体异常坚实，精力过人。此时未满二十，力掣奔牛，深通各种武艺，曾与罗汝才部下白、黑二将较力较艺，二将皆为所败，因此甚为惧他。此时景春闻得谷城叛变，便命鸣鸾去见汝才，要约不叛。汝才虽然答应，眼睛有些左顾右盼，显出惶惑不定的颜色。鸣鸾知他心病，便对他道："张献忠是容易击破的，你请安坐，看我击破了他。"说罢回城，便与其父及守备杨道选商议道："献忠若来，必然取道青峰斗口攻我东门。我选精卒二百，乘夜出南门绕道至斗口镇山间埋伏，你率民兵守着东门，击鼓高呼，使他专力攻城，不遑他顾。我出其不意，杀向他的后方，必可破之。"如此定计去了。上天龙来到城下，见城上守军甚多，便命搭梯攻城。不提防后面有支人马飞奔杀来，将后队冲乱。上天龙闻来军不多，便命前队仍然攻城，自到后队抵挡。遇着鸣鸾，交锋不久，被鸣鸾刀劈马下。他的部队大乱惊呼，四散溃走。杨道选乘势杀出，斩首六百余级，得胜回城。将上天龙首级悬挂东门。因知献忠大队不久将到，派人飞报襄阳熊文灿，请求救援。文灿初得献忠叛变消息，忧惶不知所为。尚想再派陈洪范前往招抚，此时听到房县斩了上天龙，不以为喜，反以为忧，道："小小县城，只合死守以待大军，何得侥幸贪功，擅与贼战。杀了此人，于贼何损？却增加了招抚的困难。"因此虽连接十四道告急文书，仍按兵不救。景春见请援无效，只得集合全城绅民相约死守。鸣鸾守东门，杨守备守南门，宋典史守西门。郧阳卫指挥张三锡，原受熊文灿派遣来此监督降众屯垦，驻在城内，众人请他守护北门。罗汝才大营，便在北门外五里，他二人素日相好。故托他守北门，借以监视汝才。

五月二十五日这天，献忠大队来到城下，扎大营于东门外，绵亘数里，与汝才之营相接。献忠之军乃是白旗。汝才之军乃是红旗。以此显然可别。二人业已暗中会面，约定城破同反。献忠遂命昼夜攻城，连攻五昼夜未曾攻下。郝鸣鸾反夜率壮士，衔枚缒城，杀到献忠帐来。献忠不料城内之军尚有余力出击，仓促应敌，被鸣鸾砍伤左足，爱马亦被砍死。鸣鸾得了大胜，乘夜间混乱，仍然回得城去。献忠大怒，第二日，命全军取民间门板顶着，遮挡炮矢，奋力抢城。鸣鸾命城上多熬稀粥沸水，从垛隙倾泻下去。烫死之人甚多，仍未将城攻破。献忠再邀汝才合力攻城。汝才见围攻五日援兵不到，料定此城必破，遂亦决定同反。取了一支信箭，与张三锡射去，彼此打了心照。到了二十九日这天，三锡见得白旗与红旗两军，已互相混乱。少时白贵、黑云祥二人率军来到城下，呼三锡道："去叫郝景春将城门开了，让我等进城，放他父子逃走。"城上守军闻声逃窜。三锡开门，迎罗汝才入城，将景春捉住。献忠之兵亦即拥进，捉住鸣鸾与杨守备、宋典史等。这时张大经已降献忠同来取城，劝献忠留下景春父子，以为他日再行受抚地步。献忠实爱鸣鸾英勇，命汝才前往劝降。鸣鸾恨朝廷任用非人，有意投降，但景春见了献忠则痛骂不已。献忠命将杨守备、宋典史当着景春杀了，以威胁之。景春毫不畏惧，仍然恶骂，遂被杀。鸣鸾见父亲被杀，亦突跳大骂。献忠尚欲留他，早被白贵一刀劈死了。鸣鸾有一亲兵亦同死。献忠查其姓名，叫陈宜。命将他父子与陈宜，装殓葬了。对众军道："他们都是英雄，可惜不知天命。可惜，可惜！"

再说屯田均州的惠登相、王国宁、常国安、杨友贤、武自强、王光恩六营，闻献忠叛变，忐忑不安。六人会议于孙家湾。献忠派来之人亦到。有的主张立即同反，有的主张静观壁上，有的仍依罗汝才进退。从晨至午，不能定议。王光恩乃是小股，初不敢言。此时起身言道："我等与八大王起兵以来未相隶属，或降或反，应当自立。受抚既未同时，又何必相从同反？"惠登相道："献忠既反，我等虽有赤心，亦难自白。好在我等六营，人众数万，若能同心，则反与不反皆可自立。今日先行结盟，再议反与不反好了。"于是将献忠派来之人避开，准备歃血。王光恩又道："我等六人应当同心，但不能从张献忠同反。若与同反，便无疑是他部下了。若不同反，我先洒血。"说罢，便咬破指头，滴血酒内。王国宁亦起而刺血。惠登相无奈，亦起身加入。于是六人同盟不反。议定分守要地，不许献忠之兵入境。并请太监李维政保奏他们不反。但可惜他们虽然有意效忠，无如熊文灿等庸才不知安抚。不久，闻汝才已叛，惠登相等五营皆反，只王光恩一营未叛。

谷城房县叛变文报到了北京。崇祯切齿熊文灿。但西南无帅，还未便拿他问罪，只将官爵削去，责其戴罪立功。文灿檄左良玉、罗岱等河南官军前来剿办。奏请以湖广巡抚方孔昭驻防荆门、当阳。郧阳巡抚王鳌永驻防远安，断东南窜走之路。陕西巡抚丁启睿、四川巡抚邵捷春，各率标兵防堵秦、蜀边界。并请饬秦晋总督郑崇俭提师合击。崇俭继洪承畴任，但陕中名将左光先、曹变蛟、马科等，皆已被承畴提调入援京畿。贺人龙与柴时华又皆骄横难制，不受调遣。只调到李国奇一千五百人，合以自己亲兵，不过万人。六月十三日，自西安出师。七月内才由汉中绕到兴安。这时李自成已有一两千人，乘献忠军叛，出据商南地界。崇俭将他围着，因为兵力不足，不敢大剿。故意将武关一路放开，让自成率众窜去，自成遂从淅川过湖广来依献忠。此时献忠气焰甚高，除罗汝才稍可与之抗礼外，自惠登相、小秦王以下各头领皆视如部属一般。自成此来，人马不过一营，却大气盘桓，毫无相下之色。献忠甚为忌恨，将他八字取来，交与王军师推算。王瞎子密启道："此人命造，贵在大王之上，终不能做个臣僚。"献忠遂有杀害自成之意，谋于汝才。汝才道："此人共事日久，为群雄所重。若杀了他，群雄解体。莫如放他向别路骚扰，假官军手以杀之。纵其不死，亦足牵制官军，于我有利。"献忠不以为然，商议未决。汝才回营之后，邀自成来，送了一些盘缠，说道："两雄不并立。此地非你久居之处，速逃去吧。"自成知有不利，立即回营，连夜逃走。但这时陕、楚、川省之间，数千里内，不是围剿官军，即献忠部队所在，无地可逃，只得南窜巴巫万山之中而去。汝才回来欺骗献忠道："我劝自成归顺于你，他不肯服。你要杀他，便好下手，我也不再阻拦了。"献忠命人去请自成，其人回来禀说："自成已撤营去了。"献忠因左良玉官军业已追来，遂未去追杀他。

熊文灿调来大军二万余人，用罗岱为前锋，自襄阳、保康一路，杀向房县。献忠用徐以显计，于七月二十三日全军退出房县，向罗英山退走。这罗英山又名落英山，离房县八十里，山高路险，林深箐密，藤萝塞道，久已成为无人之地。近山不远有一破庙，献忠邀各头领去到那里。言道："左良玉乃是中州劲旅，前锋罗岱乃是一员骁将，此来为的拿我。我所走处，他必穷追。若于此山设伏，擒得他二人时，中州更无能战之将，天下可任我等纵横。过天星与争世王可各率本标人马向左右两翼山中，潜伏不动，但闻此山顶炮响，杀回山麓，截阻官军归路。倘若拿得左良玉，此功非小。刘进忠与马元利埋伏此山道旁，待罗岱追来之时，跳出接杀。若还战得过他，将他杀退。诱引大队官军跟来，即行奔入林内，向山顶逃走。我在山顶伏兵接应于你。罗大哥保护全队家小，去到山后大草坪中埋锅造膳，待我退过山来，你与白贵、黑云祥二人设伏严阵，助我反斗官军，务在必胜。”分派已定，各人去了。再说左良玉乃屡胜之将，气焰甚骄。命罗岱与副将刘元捷紧追献忠，自己徐徐追来，到了落英山下，正见献忠军分作三股溃逃。望见正中一路打的白旗，知道那是献忠，便舍了左右两路，直向白旗追去。追到山麓，有两支伏兵杀出，与罗、刘二将苦斗。刘军抵挡不住，先退下来，左良玉在后队望见，忙命后军赶上接应。左右劝阻道：“此山茂林丰草，极易设伏，恐我军未宜轻进。”良玉指道：“你看林中贼旗正在向山上奔跑。山下贼兵却如此狠斗，足知他们无暇设伏，不过借这两支伏兵拒退官军，以便逃脱耳。如其尚有第二三重伏兵，必佯败诱我，不至死斗于此。”众将皆称：“元帅所料是也。”便一齐大喝，杀上前来。刘进忠、马元利二人，急忙退进林去，向山顶奔跑。良玉便命罗、刘二将分兵向左右两侧搜山而进。他自率大军居中，攀藤附葛，漫山而上。行到半山，又有两支伏兵杀出，但尚未及交锋，即便回头奔跑，显出十分畏惧之状。良玉将到山顶，望见献忠立马高处，堵住退兵，一齐杀将回来。居高临下，杀伤了许多官兵。良玉急忙绕行山路，赶到阵前，大喝道：“张献忠，你还记得面上刀伤不?”献忠抬头望见，若甚畏惧，回马便走，良玉与左右两路齐到山顶捉了数人。远望后山森林以外冒有炊烟甚繁，将擒获之人押来讯问。皆言：“献忠有令，在山顶杀退追兵后，到那里用饭。那里乃是罗汝才与全军家小所在。”良玉大喜道：“献贼之技已穷，必与罗汝才等合股逃走。今日大队既已到此，不可松放了他。”便命直向炊烟处杀去。罗岱道：“我等仍宜分着三路，彼此接应，以防埋伏。”良玉道：“将军过虑，他若能战，山间便好埋伏，何必移至此处。不用多言，请领头队，从速追贼好了。”于是众军分着三队，同向炊烟处杀来。头队罗岱穿过森林，见草原上红旗众军严阵以待。知道罗汝才已有准备，便在林口驻足，等二队刘元捷到来，对他言道：“罗贼严阵以待，似有决战模样。我等必须防备左右森林伏兵，且待大队到来再战。”不一会，良玉到，二人上前禀明。良玉道：“我等穷搜山中正为擒贼，岂尚畏战么!

此乃贼人掩护家小退逃之计，可先将贼阵冲破，舍弃小贼，直上前去捉拿献忠、汝才等。”说罢，领头冲下草原而去。汝才先放出一排劲弩，射伤了许多兵士。待官军冲到，射手退入林中，林内黑云祥、白贵两军又杀出。自晨至午，官军饥疲交迫，渐有不支之势。献忠用过饭复从后阵杀出，刘进忠、马元利左右掩护。献忠大喝道：“左良玉，这下与你决斗!”挺刀便向良玉驰来，二人杀做一团，不分胜负。只听一声号角，山顶左右侧又是狄三品、张能奇两军向官军后方杀来。左良玉知已中计，手挥众军向原路退走。退到山顶之时，见追兵自山后林间潮涌而出。罗岱向良玉道：“将军速行，让我堵截在此。”良玉无暇答话，忙向山下逃走。这罗岱以善射著名，曾射中张献忠的右额。此时马上还剩两箙利矢，便用以抵拒来军。一连射死十余人，回顾只有四支箭了，便引满不射，要想制止追兵。被刘进忠用矛拨矢，勒马冲来。四矢射完，进忠与马亦被射伤倒在地。罗岱乘势勒马回逃。马被藤蔓挂足，岱抽刀断藤，藤断马翻。岱下马步战，被众军生擒。献忠要他投降，岱闭目坐地，不肯屈膝。终于被杀。

左良玉败走下山，见无伏兵，追骑亦缓，心中正喜。忽听山顶一声炮响，过天星等左右两山人马从原路杀回，将山脚险地占据，硬弓长矛，阻住去路，献忠等军又从山上杀回。官军大声叫苦，四散奔逃，良玉弃了盔甲与兵符印信，假扮小军混在人丛逃窜，且喜山林复沓，易于掩护，只身逃了出去，直奔到房县，已是倒地欲死了。山中遗弃军资十万，折了罗岱、刘元捷诸将，军士死者万余，无人收尸。初秋天气，臭达数十里，入冬乃绝。败报传到襄阳，熊文灿顿足道：“我初望侥幸一捷，折功抵罪。今乃惨败至此，我将难保活命了!”于是奏疏报败之外，写下一封私函，向杨嗣昌诉说军饷支绌，士不用命等困难情形。连称“恩相”，恳其向天子解释一二，保全活命。此时嗣昌丁忧，天子留他夺情供职。满朝文臣攻讦他贪恋权位，不肯奔丧守制，闹得崇祯亦不能制止。乃将其兵部尚书除去，专任内阁首辅。正当忧谗畏讥之际，哪里敢为他疏解，只得不加批评，径奏天子核夺。崇祯看过，半晌说不出话来，望着嗣昌言道：“此人言过其实，不足胜平贼之任。朕亦曾屡对卿言之，为卿信之甚笃，勉从任用。今已至此，卿将何以处之?”嗣昌叩头道：“臣所荐非人，深负陛下。愿亲出督师，殄灭群寇，以赎死罪。”崇祯正因卢象升已死，洪承畴在辽东，孙传庭在狱，无人足任总理之职，见嗣昌自请督师，不胜喜慰，便诏熊文灿料理候代，左良玉戴罪立功，各军暂守其地，待督师阁臣到后，再议进剿。

◎评注

熊文灿真庸才也。故虽有郝鸣鸾之忠勇，王光兴之精诚，终不足以制献忠。本书记录献忠事，详及郝、王二人，盖不胜其叹喟也。光兴兄弟当自成犯郧阳时入城拒守，甚著战绩。明亡后，复与自成余众据险抗清。至康熙初岁乃败。

左良玉素轻流军，未知今日之献忠已谙兵法。轻进落英山，以致惨败。详此役，所以明献忠谷城练兵之效。

第二十五回

杨嗣昌督师襄阳府　左良玉奏捷玛瑙山

崇祯十二年八月二十八日，杨嗣昌奉到上谕“督师讨贼”。第二日，崇祯又召嗣昌与阁臣薛国观、吏部尚书谢升、户部尚书李待问、兵部尚书傅宗龙，同到平台商议出兵方略。先问户部兵饷，次问兵部的兵额，又问：“阁臣此次系代朕亲征，官号应当如何决定？”忙了这批大臣议了许久，才议出“督师辅臣”四字。帝问嗣昌：“需要多少兵马钱粮？如何调度？何时可以平贼？”嗣昌奏道：“今中州剿贼之军已逾十万，或已足以办贼。调度之事，容臣到了襄阳，条上方略，只要粮饷不乏，将士用命，仰赖国家威灵，可望一年之内擒斩张献忠、罗汝才等。首恶既除，余党不足平矣。”乘势要了许多军饷，保荐许多官吏。崇祯道：“卿系代朕亲征，各省抚按以下，一切官吏，皆听卿黜免或升迁。赐卿尚方剑，代朕行诛，不用命者，可即径行斩首，不必奏报。”

到了九月初六，嗣昌拜辞天子。崇祯已在平台寝殿设宴饯行，亲自举杯对嗣昌道："朕以不德，未能平治天下，流寇肆虐，民生涂炭。今以救民水火，安定宗庙重任全付与卿。特设此宴，明朕付托之重。卿宜勉尽三爵，毋负朕意。"嗣昌离席跪谢。还席后，小黄门送与黄封一个，拆开看去，乃是御制七言诗一首：

盐梅暂借作干城，上将威严细柳营，
万里贼氛从此靖，还期教养遂民生。

嗣昌看罢，忙又叩头谢道："臣戴罪出征，蒙圣天子以周方叔、汉亚夫相比，愧何敢当，惟当鞠躬尽瘁，以一死上报陛下。"陪宴诸臣见他君臣如此相亲，无不羡叹。宴毕，崇祯挽嗣昌去到东阁，屏退侍臣，与嗣昌切切私语，面色甚为严肃。众官遥望，但见嗣昌面带恐怖，口内连道："必死!"崇祯回座，便命众官明日齐到卢沟桥饯行。并对嗣昌道："待卿凯旋之日，朕再陪卿痛饮。"嗣昌与陪宴诸臣跪地谢恩。崇祯又命将本日宴飨所用什器，全部送过嗣昌府去，永为纪念。外赐嗣昌黄金百两，斗牛衣一件，赏功银四万两，纻缎红绢各五百匹，督师辅臣玉印一颗，库拨剿饷五十万两。这才退回宫去。朝廷内外无不称羡这次命将专征典礼隆重，为历代所罕见。嗣昌左右随将此情形广为传播，以为夸扬。因此各省官吏、军民以及流军闻得嗣昌之名，无不悚然变色。北直、河南、湖广三省沿途官吏，办理行馆差徭，食宿迎送，犹如侍候天子巡行一般。

方当杨嗣昌春风得意之际，正是熊文灿秋风落魄之时。他奉到"料理候代"诏旨时，念到崇祯生性激急，屡诛疆臣，此次难免逮系问罪。且喜来接事者便是平时互为表里的杨嗣昌，只好待他来时，求其设法营救罢了。于是不惜将他数年封疆所受货贿拿出来花费，为嗣昌部署一座庄严宏丽的督师衙门，附带一座幽深美丽的公馆，买来俊童美女供给役使。一体家具全是精工雕刻，宝玉嵌饰。外用干仆十余人，骏马数十匹，先行派出，沿途迎候，随时将消息驰报回来。从襄阳直到开封，沿途候骑，穿梭来往。襄、樊两城文武官员准备迎候，每日皆到总理衙前探候消息。张献忠亦派精明之人扮着客商混在城内探听。真是千里望风，万人仰息，这杨嗣昌原是湖广武陵县人，今日恰是衣锦还乡，好不势耀。

候骑报说：嗣昌乃是九月十五踏进河南地界，十九日过河到了开封，二十九日到樊城。文灿接报，穿着白衣，戴了方巾，大摆队伍，与襄阳道王瑞旃，戴罪总兵左良玉等，到樊城北二十里铺伏地迎接。嗣昌当日便由樊城渡河，进入襄阳驻下。文灿等齐集辕门，听候传见。嗣昌盥洗之后，传话出来，命各官回衙休息，改日依次传见。文灿等这才退了。乘时去拜嗣昌最亲信的参军万元吉、袁继咸等人，各俱送上几色土产，配上珠玉装匣，黄金压角。这土产不过值银数两，装盒上的黄金珠玉却要值十万两上下。这乃是明朝犯官乞援照例的一套把戏，不必详细说他。且说嗣昌用饭以后，挂出尚方剑，命传进左良玉来，先传旨责其失律轻进，陷死罗岱之罪。良玉即忙跪下认罪。嗣昌这才扶起他道："本官奉命专征，便宜诛赏，知道足下乃今世名将，前途借重之处甚多。此行请得平贼将军金印，以赏有功，望将军努力。"左良玉谢恩而出。万元吉对嗣昌道："熊文灿候见已久，封疆旧尹，督师还须提前见他。"嗣昌命传进来，迎面便责文灿道："为了兄台主抚，嗣昌赞助，曾受皇上与在朝同僚多方责难倒也罢了。为何疏防失律，连酿成谷、房、落英三处事件。逼得嗣昌无奈，亲从戎行。今将何以见教？"文灿泣诉道："恩相添筹四种剿饷，一半被提入京，一半拨以剿贼。总督剿饷的张伯鲸驻在江南，距此甚远。十回催饷九回落空。两年剿饷积欠六十多万。张献忠迭次请饷，无可支拨，遂至于反。十三家贼已经招降略尽。刘国能、李万庆，皆甚忠勇。马士秀、杜应金，亦从征有功，皆已受朝命加官。马进忠、刘喜才等股皆未叛变。叛者原只张献忠一人，被胁同叛者又只有罗汝才一人。均州三十六营原无叛意，有李太监为证。王光兴至今守正。只其余五营因索饷哗变，此皆饷运不继所致。文灿以待罪之官，调兵剿贼，加之左良玉素甚骄蹇，致有落英之败，其咎皆不在文灿。此情惟恩相能谅，此命亦惟恩相能救。"嗣昌因为他供应周到，念及素日相交旧情，觉得此言亦颇有理，这才放开脸色，宽慰他道："今上恨你失律，意颇不测。今幸是我来此，尚可设法相救。"便命万元吉起稿，为文灿开脱。文灿连连叩头，如同奉了赦旨一般。叩谢出来，少不得又是一份厚礼送了元吉，才得拟上奏稿。恰在此时，禁旅总兵黄得功、孙应元、副将周遇吉等，大破马光玉于淅川。改世王许可变、安世王胡可受归降。文灿曾遣陈洪范参加此役，元吉遂亦将此功列在疏内。文灿喜得眉开眼笑，以为必可留襄听用，立功自赎。不料奏疏发出不久，缇骑已到襄阳。嗣昌庇他不得，只好劝他进京申辩。谁知到京即被下狱，不久便斩首西市。可怜他做大吏十数年，受贿巨万，富可敌国，一旦斩首，什么也带不去。

话说杨嗣昌与参军万元吉等，知道崇祯严苛，唯恐此次无功，随着文灿弃市，故日夜筹划，甚为勤苦。这万元吉乃江西南昌县人，颇有才略，受知于嗣昌，以白衣而起，参预戎机，为感知遇之恩，赞划极为尽力。对嗣昌道："今天下流贼只有三群：马光玉、贺一龙、蔺养成、梁时正等营，在汉水以东，应、随、麻、黄一带，已成穷寇。又有禁军、江南军与豫楚两抚标兵围剿，似不足忧。张献忠大股窜在川陕连界群山中。罗汝才、惠登相等十营，近在南漳、房县、远安、兴山界内，与张献忠互为声援。这两群若能剪除，则随、黄四营自来就抚。往时张伯鲸长驻江南，剿饷不继，熊文灿由之而败。今可扎营襄阳，多设建仓库，命诸粮道粮饷咸运于此。储备甲仗钱谷，筑高城深池，外做三壕，重兵守护。壕上造桥通出入，按时启闭。每门设副总兵一员，稽查出入，以防奸细。汉江水运直通江南，转运夔巫。上挽可至汉中，白河可达南阳，粮饷之集散皆便。如此重镇，可制西南贼死命。"嗣昌照计施行。用襄郧道张克俭为军府监，主持军实储备之事。罢张伯鲸，改用司官王扬基、李为衍二人督运江南粮饷。

崇祯十三年元旦，嗣昌大会各师于襄阳之射堂，诸将及军卒到者十万人。兴安路练军殷太白后到，嗣昌挂出尚方剑将他斩了。用竿子揭起人头，巡行于众军行列内。嗣昌登台誓师，声音洪亮，口若悬河，加以手握王爵，口衔天宪，说得众军毛骨悚然，士气一振。誓师已毕，便令诸将进兵。以左良玉为大将，西追张献忠。别遣标将猛如虎，南逐罗汝才。楚抚方孔昭，郧抚王鳌永，皆率兵会剿。檄调秦督郑崇俭率陕中诸将贺人龙、李国奇等，进军兴安、紫阳、西乡、南郑。川抚邵捷春率蜀中诸将张令等，进军巫山、太平等县，四面合剿。此时嗣昌号令直如天子诏旨一般。各路兵马无不争先效命。嗣昌驰奏入京，说"师期已定，限于正月，必有捷音"。不料出师未久，左良玉折兵于高头坝。嗣昌隐匿不报。不久，湖广官军又大败于麻黄。嗣昌无颜，自请戴罪立功。归咎巡抚方孔昭调度不善，请旨逮治，命宋一鹤代为巡抚。挨到二月二十四日，左良玉才追及献忠尾队，小胜于西乡之枸坪关。奏报入京，崇祯为敷衍督师脸面，特命钦天监将本年二月改为闰正月，好与嗣昌所奏克之期相合。这亦崇祯朝中一场笑话。

说话张献忠闻得嗣昌挂尚方剑督师，知道必有一番厉害，故率部西进，想从汉中入川。行达西乡之时，恰是贺人龙大军已抵汉中，进战不利。潘独鳌劝献忠道："今官军气势方盛，不宜与之斗力，宜回向川楚山中暂避锐气。待与罗汝才、惠登相等会合，或入荆南，或入巴蜀，仍采流窜奔扰旧法，使官军疲于奔命而后击之。这川楚间万山丛沓，官军所不能到。大王昔在此处屯田，道路甚熟，人民又多大王旧部，能为耳目，官军虽多，也不能奈何大王。"王军师与徐以显、王志贤诸人皆以为然。献忠遂自西乡逾大巴山，向四川太平县移进，驻营于大竹河。左良玉枸坪报捷之后，杨嗣昌命他回驻兴安、平利，以防献忠回窜房竹。命将西乡一路交付陕军。良玉笑谓诸将道："此必万元吉之谋也。剿贼如苍鹰捉兔，一见便须直取，怎能徐布罗网，而后搜之。况献忠已至此处，他不直窜富庶的四川，难道反回窜湖广荒残之地？书生腐儒不通兵势，不解贼情，调度错误如此。我等今日不用理他，直当擒得献忠，洗雪落英山之耻，到了那时，他自折服。"遂回书言道："良玉所统，乃出剿之兵，非扼守之兵。房竹一带扼守之兵，自有刘国能、李万庆在，若主兵不出战，而出战之兵又须代任守兵之责，则贼何时可平？如今只能尽锐疾攻，使贼无休息余地，以收殄灭之效，来檄所示，未敢苟同。"发书之后，便自弃营追去了。嗣昌得书，甚为恼怒。前已许他平贼将军，现见其不受节制，便欲另选他将。元吉深恨良玉轻己，亦力劝改任贺人龙为平贼将军。嗣昌便派人将此意许了人龙，人龙大喜，愿尽死力。不料正当为人龙报功请印之际，左良玉偏打了个空前胜战，那便是玛瑙山之捷。

却说张献忠屯兵大竹河，探闻左良玉追了前来，驻兵鱼渡坝，等待秦督郑崇俭之兵合追。崇俭已进驻通江县之鱼鹿溪，派贺人龙、李国奇两营来助良玉。川抚邵捷春亦派总兵张令、罗尚文等来会，俱受良玉指挥。献忠对众道："杨嗣昌所调精兵全在于此，必须将他击破，我等方得高卧。"遂令拔营前进，在篙坝之玛瑙山扎了老营，自率精兵往九滚坪决战。九滚坪又名滚龙坪，乃是大巴山正龙，秦蜀二省大分水岭。北距鱼渡坝只一日程，南沿溪口而出，为平溪、蒿坝，直达太平县。东通皮窝铺，出大竹河，乃是此带最紧要一座山口。但此时乃二月天气，山高天寒，尚有积雪，兵士不胜寒冷，颇有怨言。到此扎营第二日，望见官军大队川流不息开到山下，气势甚雄。献忠派人前去劫营，未能取胜。徐以显献计道："此山高寒，军士手足僵冻怎能作战。莫如虚插旗帜，退下平溪扎营，诱得官军逾山前来，我军阻险邀击，使彼军冻馁不振，便好破他。"献忠称是，便率众下驻平溪。这带溪水湍激，岩道高险，林箐丛密，乃是易守难攻之地，苦了左良玉等军，翌日翻山过来，遭了许多袭击，折了许多人马，方到平溪。但因官兵人多，分作五路，相互应援，搜山而进。献忠所设伏兵亦多被官军歼灭。二月初七，官兵抢过平溪，献忠败回玛瑙山大营。

这玛瑙山乃是溪旁一个山嘴，去太平县六十里。上有平岗，宽四五里。溪水抱绕三面，多是悬岩，上下盘道迂旋，有一夫当关万夫莫开之形势。后倚大山，又是峭壁撑天，无路上下。只有傍山缘溪，放出一线宽斜地带，可容四五人并行。献忠于此伐木作栅，设兵防守。下栅乃是往来蒿坝与太平县的要路，地名金银洞，甚为险要。上栅乃是通大竹河的小道，山上房舍不缺，水火俱全。献忠退到此处，准备以逸待劳，俟官军气怠而后击之。良玉攻了数日，山上偃旗息鼓，镇静不动。攀登上去的人全被杀了。良玉焦急万分，恰逢郑崇俭与川中诸军亦已到了。乃与崇俭及诸将官乘马登山，探查地势。见此山险阻天成，实无可攻之道。有人议筑长围，待其粮尽自溃。良玉道："我已有破他之法了。"便回营去，与崇俭密商。然后命各军停止进攻，分段筑下围墙木栅，营房相连，夹以仓库，作一持久长围之势。每日续从太平县运来粮米储入库中。军士分棚造饭，日夕酣卧饮酒，只设巡哨望风之人。良玉随时与崇俭退入太平县城，嬉游宴乐。知县与绅民杀牛送酒，供应无穷，怨声载道。诸将亦纵军行乐，未以进剿为意。山上献忠甚以此为疑，暗嘱王志贤道："左良玉必有诡谋，你试爬出岩去探听何如?"志贤道："我口音与此间不同，怕有败露。"献忠道："装一哑丐好了。"志贤遂改扮哑丐，乘夜爬上后山悬岩，走过丛山无人之地，行乞去到县城，沿街敲梆乞钱，窃听人语。到处百姓皆抱怨官军。志贤因而探知良玉现在城中娶了新妇，朝夕欢娱，尚未定回营之期。有人催他，他只说长围已成，山贼不攻自降了。志贤听了，心中暗喜，忙回山报讯。当他进出城门之时，虽有官吏稽查，因是哑子，遂即放过。志贤仍然乘夜爬回山寨，将此情形报告献忠，献忠大喜道："官军可击破了。"便命将士静息一日，一更造膳，二鼓用食，中夜悄悄地下山，先行纵火烧官军营房，再借火光砍杀，破了官军，即往攻取太平县，捉拿左良玉。

再说左良玉故作荒唐，要诱献忠下山，已二十余日，山中尚无动静。一日所派城门稽查人员来报："有一哑丐进城。"良玉问："何以知道他是哑丐？"回道："问他姓名时，他以手指口，不能言语。"良玉道："你去寻他，寻见时远呼哑丐，他若回头惊惶，前来报我。"那人去了，许久，回来报道："他果然回顾，却未惊惶。"良玉点头。命俟哑丐出城，再来回报。这日报道哑丐出城，良玉便率亲兵驰回大营，向崇俭道："凡哑人皆不能听，此哑丐是贼人伪装无疑。他既能出围，必能入山。料不过今明两夜，献忠必来劫营夺粮。"遂密令诸将准备破贼。当夜、次夜无事，到第三日夜半，果见山中人影幢幢，分道而下。良玉便将埋伏的兵闪在仓库两侧。

话说献忠率领人马悄下金银洞，渡过溪水，直奔营房放火。火光照下，但是各营并无一人。正惊愕间，四方火炬齐明，已有一支人马阻定归路。献忠见已中计，拍马舞刀，冲开一条血路杀回山寨；官军抵挡不住，让他冲去，却随后抢追前来。只杀得金银洞一路天昏地暗，血水奔流。官军流军，人马混淆，皆争着抢路上山。天已明了，又在山顶混战。献忠抬头一看，但看山上山下杀作两团。官军争奔上山，抵挡不住。遂勒马先从上栅口逃走。一班义子亲将跟着尾行前去，那里顾得家小。经过上栅围墙，又复大杀一阵方得脱走。左良玉望见，率军跟追前来，奔驰三十余里，不肯相舍。献忠见势不妙，离开大队落荒而走。良玉认得真切，哪肯放他，赓即斜行追来。众军虽然相从，跟赶不上。左良玉马快，看看赶上，献忠此时，只王志贤、孙可望两骑相从。见良玉单骑来追，便勒马回来与他狠斗。志贤与可望跑了一程，不见献忠，回头见献忠正与良玉交锋不相上下。志贤望见来路尘土大起，忙呼："追兵已近，大王快走！"献忠闻声惊惶，勒马欲奔，被良玉一刀砍来，中了那马，马蹶人翻，可望急忙赶去力斗良玉。这时可望已十九岁，正是初生之犊不畏虎，但哪是良玉对手。志贤力单，不敢上前，只远处放箭，射中良玉白马，那马带伤腾跳乱跑，这才救了献忠。志贤将马让出，自与可望重骑奔驰而去。后方官军追来时，他三人已远。良玉这才回去了。

此次献忠折损兵士两万余人，头目百余人。妻高氏，幼子惠儿及敖氏、徐氏诸妾和诸养子，珍宝器玩，天赐金鞭、金刀、兵符印信，一切辎重财物，损失无遗。张大经与王秉贞皆为乱军所杀。潘独鳌、徐以显等窜匿林间，后被搜出拘禁。全军皆推左良玉之功。嗣昌闻报大喜，奏捷进京，仍以平贼将军印给予良玉。万元吉道："督师许了贺人龙，今便如何是好?"嗣昌道："从前亦曾许过良玉。今他建此奇功，不可不给。你替我婉谢人龙，且待另行奏请好了。"后来人龙闻得金印给了良玉，心中不悦。良玉亦闻得曾许过人龙，大怒道："原来以区区一印，用以玩弄我辈!"从此按兵不受调遣。

◎评注

此回写杨嗣昌以首辅出而督师，一路声势，适以见明廷智穷力竭，外强中干之情。

《滟预囊》载嗣昌奏捷书云："为奏明大捷事。臣岩穴陋质，樗栎庸才，荷蒙圣眷，谬膺台鼎。倚之以盐梅，寄之以干城。似蚊之负山，类蚁之扛鼎。蚤夜孜孜，惟覆悚是惧。赖圣主威灵，皇天眷佑，杀伐用张，流寇奔北。本年四月，内接陕抚郑崇俭、总兵左良玉塘报称，太平县玛瑙山于二月内，大破张献忠，赶杀三十余里，仅以身免。所获献忠妻妾敖氏、高氏，及抚子惠儿等七人。生擒飞山虎、过天龙、扒山虎、走山飞、过天蟒、钻天鹞、上得天、下得海、展翅飞、霍宗等。招降一根葱、老管队、十反王、关索、景四等。斩首扫地王曹威、白马邓天王等。缴伪造镂金虎符；文篆天赐灵验金鞭一支；金刀一口，篆'天赐飞刀'；虎符篆'西营八大王，承天澄清川岳'印；卜卦金钱三枚；大令箭十二支；小令箭二十支；敕赐熊文灿《准招安献忠书》一道。所获骡马万余匹。甲、胄、弓、矢、朳称是。赖陛下威灵，将士用命，破贼之日，天朗气清，三军踊跃。逆贼釜底游鱼，待日而擒矣。谨修捷表以闻。"此书列举擒斩贼首名称，与献忠诸多妖妄物品，足补本书之阙。

第二十六回 神弩将再捷柯家坪 女总兵三援夔州府

话说张献忠自玛瑙山惨败，只剩三骑东走，这夜奔回大竹河老营，招集散亡。头领刘进忠、张能奇、马元利、狄三品等各以残兵来会，又得了三万余人。时总兵方国安守皮窝铺，左良玉命其与老将张令、楚将张应元、汪云凤，穷追献忠。自己却从紫阳兴安回襄阳请赏去了。郑崇俭率领陕兵驻太平县休息。献忠由水石坝、走岔溪、千江河，转入柯家坪，据地休息。这带万山重叠，道路奇险，官军皆畏深追。追了一二程，杀些无辜百姓，敷衍功令，各自散去。惟这老将张令，率军五千人，追赶十余日，来到柯家坪下。

这张令乃四川蔺州土司人氏，生来便有千钧之力，猿臂善射，昔为奢崇明部将。奢崇明叛乱，他受巡抚朱燮元招降，反攻叛军，积功至副将。现在已是七十三岁，尚能马上开五石之弓，射人必贯革洞胸而死，军中号为“神弩将”。玛瑙山之役，左良玉用他为前锋，勇冠三军。此次他与方国安同行。国安见敌众地险，不敢前去。他独率五千人仰攻上坪。献忠见他发矢射倒多人，想起前仇，命军士退下山去，让他上坪，将他团团围着。要令他饿渴而死。方国安在山下被献忠杀败，便自去了。回到太平报与郑崇俭。崇俭道："路远，山险，贼众。救兵纵到，恐已无及。"遂未派兵往援。其时恰有郧襄道张克俭，奉嗣昌命来此犒军。在途中闻人报说："张令被困柯家坪，业已九日。每日皆是喊杀连天，他既不能突围，贼亦不能攻上。"克俭对崇俭道："如此勇将，岂可陷而不救。"崇俭乃命方国安为一路，曹变蛟、左光先为一路，贺人龙、李国奇为一路，张应元、汪云凤为一路，四路共合大兵十万余人，六月十一日出发，共救柯家坪。张、汪二人，系由八台山正路，故先到。未到之时，先闻杀声震天。既到，只见张令引弓持满，向坪下连射。其军做出冲锋欲下之势。献忠亦正指挥部下仰攻。张、汪二军，发喊杀入。坪上之军见援兵已到，无不勇气百倍，齐向坪下杀来。献忠唯恐走了张令，不畏援军，便命诸将迎敌张、汪，自率军杀上坪来。正鏖战间，贺、李二军亦从满月槽杀到。将献忠等围困核心，献忠这才挥众退走。四将先将张令接下慰问。张令满脸微笑，不暇答话，但以手指口，又指众军士。但见众军纷纷离队，向山溪奔去。人龙等知他们渴极，忙将水壶献上。张令喝水，屈指计算道："困守十三日了，我料同僚必来相救。"说罢拜谢。众人问他山中情形。他道："孤军已陷绝地，唯有死中求生，倒也不怕军心不齐。饷粮携带不少，亦不甚饥饿。惟坪上水路被贼切断，抢了十三日未曾抢得。我们初砍野藤滴水润口。野藤已尽，幸逢天雨一次，维持了三、四日生命，今日便是最后一日抢水。今日再不得水，我等都不能活了!"查点人数，已只三千不足。山中遗尸亦有三千余具。皆道："蜀中勇将，前有邓玘，后有张令。"

话说献忠未能杀了张令，甚为懊丧，乃由柯家坪向东，想去与罗汝才合伙。经过寒溪寺、盐井、木瓜溪、黄墩，到了白羊山驻下。这带大山百姓，从未入城见官，亦从不知皇帝姓甚，哪里分得清官军流军。况且从前献忠屯田茅麓山时，名声早在他们耳里。此次窜来，百姓还是依旧看待。交易米盐，搬运辎重，述说官军来去道路，一切帮助不少。官军十万人搜山，无隙不到。每逢见献忠驻地，官军则驻马相守，以待别路会齐大剿。献忠既走，则又追入村中大杀平民，以为斩级。人民始终莫名其妙，亦无处控诉，唯有自叹晦运。不过再见官军则先四散藏匿。如此各路官军报了若干斩级，实皆未与献忠之军接战。渐渐杀得无人可杀，才不再搜山了，因此献忠才得屯驻山内，休养兵马以待汝才。

再说杨嗣昌，接连获玛瑙山、柯家坪两次捷音，与各路军将的许多斩级军报，缮具捷书报到北京，得到许多赏赐。遂与万元吉商议：要将余股全部逼到四川，仍用十面罗网之法围剿。先将罗汝才、惠登相等九营从兴山归州一路，逼进四川的大昌县界。将左良玉调驻郧襄，堵其回窜。恰好李自成此时亦在夔巫山中，因怕献忠杀他不敢出头，亦无官军前去剿他。献忠一股最为强盛，被川抚邵捷春调了数万大军，在巫山、大昌到太平、巴山一路，把定十三隘口，不容窜越。罗、惠二股于二月二十四日攻陷了大昌县。大昌参将刘贵退过巴巫河来，守在沿河，扎定强弓硬弩，把守岸口。这巴巫河自巴巫山流出，经过大宁、大昌，至巫山县入长江，水深而激，岸山险窄，无论是行船，浮马，皆难抢渡。汝才等抢渡两月未能渡过。乃派人将献忠迎来，商议由此抢渡，进窥夔州。献忠到时，汝才向他诉说抢渡此河之难。献忠道："这有何难，你交与我办吧。"四月初四日，献忠命缚大筏数百具，亲自提刀立在河岸，命其军一半持矛，一半摇橹，分为数十队，依次抢渡。如有瞻顾趑趄的，立即斩首。众军放筏下水，头队推进未远，已被射倒若干。橹力不足，又多被激流将筏卷去。二队便有些战栗，迟迟不下，被献忠赶来砍了数人。余众不敢逗留，争趋勇进。军筏如蚁涌过江来。江水为之壅塞成潮。刘贵之军大骇逃走。献忠等遂得从容渡江，在万顶山、苦桃湾、红茨岸、清平寨等处扎营，夔巫大震。

杨嗣昌闻得献忠、汝才等已突过巴巫河，自庆逼贼入蜀之功已成。对僚属道："山、陕、豫、楚之贼，大体已尽。余贼概已入蜀。蜀地外紧内松，如鸡笼虎柙，不久即可全部就擒。目下襄阳已非要地，当与请公移节彝陵州。"彝陵正当三峡之口，长江至此始入平地。嗣昌与万元吉等僚佐登城，睹见山光奇丽，水色清朗，蜀船楚舰，上下辐辏，商贾云集，人物骈阗。真是山国水乡之间，一大转介处所。得意地对元吉道："你看这千里长峡，封锁三巴，我今把持锁钥，以制群盗，如鱼在网，何患不擒！老夫一介寒儒，蒙今天子见知，出将入相，贵盛已极。今复荡平十年巨寇，肃清万里烟尘，舒天子宵旰之忧，解万民倒悬之苦，前途荣赏，应已可知。诸君知此因缘之所来不？"一班从官都言："愿闻。"嗣昌道："此堪舆之力也。先高祖坟墓曾经名家点穴，谓子孙科甲鼎盛，但沙煞疾旺，有美中不足。果然先严于三边总督任内无妄得咎，险被横死。那时我便留心堪舆，读尽地理书籍，参以易象，又广征名家指点，尽得其中秘蕴，预为先严营建生圹于故乡。先严弃养，我延海内十二名家往点穴营葬，他们都道我所指的位向最佳。依我看来，此穴落葬之日必当大发，位极人臣。亦竟有人说：可能与天子南面并坐的。想我离京之时，蒙天子赐飨，待在平台寝殿南面并坐。如今我仗尚方剑专征，已有天子之权，无一不与堪舆之术相符。我想张献忠辈并非有高名重望，宗功世泽，为乱十余年，蔓延数万里，倾天下之财，聚天下之士而不能灭者，此亦必由于他祖茔占了龙脉所致。我已密奏天子派人考查去了。此地当江汉之间，乃南龙群山结穴之处。献陵所发，便是嘉靖、万历、天启、崇祯四朝皇上，世泽尚不知延续达于何时。诸君可知我朝三座发坟：第一便是凤阳的皇陵，乃是中龙结穴之地，发了太祖。可惜太祖孝陵葬差了，太子早死，建文逊国。第二座便是昌平的长陵，是北龙结穴之地，发了仁、宣、英、景、宪、孝、武宗七代皇上。第三座便是献陵了。大凡一个龙穴，必有许多辅佐，所以太祖从龙之士多半生在淮右。太宗靖难诸臣多半生在燕云。嘉靖以来，湖广人才辈出，我辈今日何幸得躬游此间，自访名山胜水，真龙结穴，为未来子孙谋取富贵。奉劝勿得错过机会，多访地脉，我们大家研讨。”于是嗣昌日常与其僚佐策马登山，访寻龙脉，每有可疑之墓，都将其家子孙传来盘问，反复推究，要在堪舆经典内求其解说。民间皆称他是“伏虎阁部，降龙督师”。

有时天雨大风不能出门，则在行辕以内，与一般文士饮酒赋诗，填词消遣，或是翻阅佛经。众幕僚见他终日如此消遣，不免忧虑，万吉元亦随时讽劝。他悄对万元吉道：“我今专征在外，岂是流连山水，饮酒赋诗，勘经念佛之时？其所以如此作，为避祸耳。”元吉问是何故？嗣昌道：“我位极人臣，大权在握，又遭朝臣畏忌，今日之能无祸者，流贼未平，需我荡定耳。流贼既定，便鸟尽弓藏之时，那时弹章一上，大祸立至。又道功高震主，哲人不为。今我已到此地，若还逞才揽权，讲戎治兵不已，便是将来致命之害，研究堪舆则可以避灾。勘经念佛则可以避猜。流连诗酒则可以避劾也。”这时恰逢河南大旱，蝗虫为灾，饥民遍地，至于父子夫妇互卖而食，米粮每斗银十钱，人肉每斤值银一钱，牛肉二钱，草根树皮软土皆尽，良民扶携流入湖广者数十万。嗣昌发现“《华严经》第四卷”有驱蝗止旱之功，命镌刻多份，随令发布各州县，命人民传诵禳解。又写一首《西江月》调去诅咒献忠，命州县刊刻传播。其调曰：

不作安居饿殍，效尤奋臂螳螂。往来楚蜀肆猖狂，弄兵潢池无状。　云屯雨骤师集，蛇奔豕突奚藏。许尔军民绑来降，爵赏酬功上上。

又遍贴告示：“有能擒张献忠者，赏万金，爵封侯。”献忠闻之，笑道：“杨嗣昌倒也看得起我，我却看他不起！假如有人切他首级来献，我不过赏银十两罢了。”

不讲杨嗣昌许多怪状，且说各路官兵搜山的数十万众，分屯各山谷中。进则畏险惧伏，也无人可以斩首冒功；退则功令森严，不敢以身试法。五月天气，蜀山多瘴，炎蒸暑热，病死相属。山道险阻，饷运艰难，往往军中乏食，苦了州县官吏，勒逼民伕，千里转运。人民既要出粮，又要出力。送到一石，自耗五斗，送往交割不了，被勒迫为兵。有时集队回家，又被官军袭杀用以冒功。因为嗣昌令严，一两月不报出战便是申斥。这出战又谈何容易，一要士饱马腾，二要军气勇锐，三要人民协助，四要敌寇孱弱，五要地势形便，六要指挥得人，七要援军后勤，八要功令迫切。如今这八件，只有最后一件存在。除了杀些良民搪塞外，更有什么办法呢？万元吉等审核军书，知道各路报功全是杀良。婉言向嗣昌道：“张献忠叛变之贼不过三四万。一年以来，会剿各军，所报斩级已有十万左右，而献忠等众盛如故，不知穷山之内，他是向何处裹挟来的？闻河南大饥，土寇如九条龙、破甲锥等股，皆往山中投附张献忠，似乎献忠不但兵强，而且足食。如今左良玉、贺人龙二人又不用命，无兵可以深入搜剿。天下饥荒，人情思乱，诚恐乱贼复盛，大局动摇。宜一面招抚豫、楚群盗，作釜底抽薪之计；一面力逼献贼入蜀。使我数十万追剿之兵也得就食川中，不至坐困穷山方好。”嗣昌点头称是，便命出榜赦免。除张献忠一人外，凡归降者，愿从军一律授官，愿归农者，资送回籍。即玛瑙山所擒献忠妻儿党羽亦一律免死，以明优待降众诚意。一面檄令川抚邵捷春撤开边缘守备，放任西窜，一面令催诸路将领入山。

张献忠对罗汝才道："杨嗣昌要赶我辈入川，不知是何诡计？我欲在此等待他鏖战。你与过天星等九营出去窜掠，做我的外援。看他如何用兵，我再如何应付。"汝才等同意。便各率所部向夔州杀来。四川巡抚邵捷春奉檄撤去隘口，不知嗣昌用意，因他挂有尚方剑不敢不遵。乃将方国安等军撤退到渠河沿岸扼守，自己退驻重庆。调张令、秦良玉等军都退到重庆附近来协同守护，放开川东数十州县，让嗣昌处置。

这秦良玉乃是千古第一个奇女子。她名为石砫土司，实为全蜀的柱石，亦可说是大明的柱石。她将石砫壮丁训练成为劲旅，替明朝讨平播州，讨平兰州，讨平水西，两次出援辽东，两次勤王畿辅。崇祯召见平台，赐诗四章，封夫人，赐诰命，授都督佥事，充总兵官。她的兄长秦邦屏泰昌年间援辽，战死在抚顺。兄弟秦民屏崇祯四年战死贵州。民屏四子：翼明、拱明、佐明、祚明，皆从父姑征讨，屡有战功。翼明官至湖广总兵，与流军追逐近十年，大小数百战，保障襄郧、承天，生擒飞山虎、黑煞神等，为一方长城。拱明官至副总兵，战死云南。佐明、祚明皆以幼年从戎，负伤于贵州。良玉丈夫马千乘早于万历时冤死于云阳狱中。一子马祥麟承继石砫宣慰使。其媳窦庄张凤仪亦率军作战，战死河南，真是一门忠烈。这时的秦良玉已是六十岁了。却仍康强矍铄，忠勇不衰，能在马上舞刀，亲临战场。亦能下马草檄，倚鞍立就。她的兵士风纪严肃，行列整齐，刀矛锋利，不加装饰，号为白杆兵，乃是西南第一劲旅。前次献忠入蜀，占了夔州，良玉率军驰援，献忠之军闻风退走。这次当罗汝才抢渡巴巫河时，良玉对她儿子道："杨督师与邵巡抚俱以夔府委贼。夔府所管十二县，万县、梁山皆与忠州接境。忠州乃我家乡，我不能不救。要保忠州，先保夔府。群贼抢渡巴巫，必向夔府。我今虽未受征调，然不能坐视。"率白杆兵一万沿江杀下。正逢汝才在攻夔州，良玉兵到，解了夔州之围。又连败汝才等于马家寨、留马垭、谭家坪、仙寺岭等处。阵斩渠魁东山虎，夺得汝才大纛旗。汝才等大败，分为两支：一支为惠登相、王国宁、常国安、杨友贤等四营，窜过开县，西向重庆。一支由罗汝才率领，为混世王、满天星、一连莺等五营，窜过巴巫河，东向兴山。邵捷春初闻大股西窜，大为恐惧，急调秦良玉退军重庆，调张令退守黄泥洼，水陆两路拱卫城池。良玉奉檄，以为重庆有警，即刻率军上驰，到了长寿，乃奉命屯驻广阳坝。

捷春派绵州推官陆逊之前往犒军。良玉便在犒军席上对逊之叹道："邵公乃是好官，惜不知兵，将使我等与他同死。"逊之惊问："这是何说?"良玉道："杨阁部乃湖广人，不愿流军在楚，逼之入蜀，此人所尽知。巴蜀富饶，群贼岂不乐来。而冲突屡年，未能即来者，以蜀东诸山险隘，足以制贼故也。贼如越此诸隘，如大盗逾垣入室，而我等据于门内，尚有何益？杨阁部以防堵之责付邵公，而令撤十三隘，譬如令人守库而撤其垣墙。邵公乃竟听之，令张令守黄泥洼，我守广阳坝。流军若从开万新梁山中，以高屋建瓴之势扑张令军，其军必破。令破，祸必及我，我死则全蜀糜烂。邵公有护防之责，纵使重庆获全，能免缇骑逮问乎?"逊之大惧道："尊意便当如何?"良玉道："现今合全力东趋，争取险要，尚未为晚。"逊之即日驰回重庆，将此意转述一番。捷春叹道："不料此一土妇却有这般见识。但督师命我撤隘，我若争之，胜为抗命，败为失律，进退皆死奈何?"逊之道："左良玉以抗命立功，熊文灿以失律弃市。守隘得过，功犹胜于保川。纵贼入川，则天理国法人情皆失之了。"捷春道："石砫地狭人稀，秦良玉屡为国家出征，一门死义，士兵折损必多，今虽亲出，其众未必可恃。"逊之道："我看她纪律严明，士众精干，均在各军之上，确可恃以拒贼。"捷春这才决计，命张令由中路，方国安由北路，良玉由水路，逼惠登相四营还巢。捷春自督标兵驰赴大宁、大昌一带布防。惠登相等四营见蜀兵三路逼来，遂亦退回湖广地界，此乃崇祯十三年八月内事。

◎评注

嗣昌驱流军入蜀。而蜀中士马空虚。全蜀原只一巡抚，一总兵，标兵共只万人。邓玘援辽五千人，迄无还者。侯良柱战死广元，蜀将折耗已多。此次围剿张罗二股，蜀中旧兵新募，殆已用尽。邵捷春所督二万人，实只靠张令、方国安、秦良玉之兵，今皆已用于川东矣。士兵之可用者，惟石砫。石砫辖户不过三万，即现兵亦不能过三万。

平播、平蔺、援黔、援辽，剿流军，所折不只二万。今所存者可知。

《滟滪囊》载嗣昌奏柯家坪捷书云："为王师异常大捷事。本年六月内，据陕抚郑崇俭，率领总兵方国安、副参贺人龙、李国奇、张应元、汪云凤、曹变蛟、左光先、贾登联、黄宗文等，大破逆贼张献忠于柯家坪，救出副将张令及士卒三千人。四川总兵罗尚文等，生擒二千七百余人，斩首三千余级。再据襄郧道张克俭报称：韩溪寺招降四千余人。皆张应元、汪云凤、贺人龙、李国奇等冲锋破敌之功。三据罗尚文报称：我兵追至木瓜溪，擒斩三百五十八级。四据副将张令称：张、汪副将追奔二百余里，至板溪沟，掩杀俘斩，军器辎重，尽为我有。五据川抚邵捷春称：招降贼将一只虎；又总兵方国安追擒壮贼七十六人，妇女小口三十二人。六据襄郧道张克俭报称：副将李国奇追斩首级二千有余，零贼招抚无算。七据陕抚郑崇俭报称：献贼只身逃走，其亲子及心腹丁壮尽数招降，贼入瘦驴岭，现正搜捕，务要拿获等情。塘报沓来，臣愚应接不暇，谨摘其大略，飞驰捷表上闻。"其说微与本书歧异，然即此一疏，亦不过诸将救出张令，分路追击，有所斩获而已。乃竟书为异常大捷，则嗣昌之粉饰欺妄已甚。其不能免于一败也甚明。彝陵驻师，徜徉山水，自谓不世之功，成在旦夕，岂不妄哉。

第二十七回
邵巡抚冤沉青蝇叶　猛总镇惨败黄陵山

话说督师阁臣杨嗣昌，乘着河南饥荒，人民饿死遍地，流军无所就食之际出榜招抚。群雄皆知嗣昌粮多饷足，乐得受抚就食。崇祯十三年闰六月，革里眼、左金王、老回回、争世王、治世王五营都已受抚。王光兴又说降了河南饥军八营。汉水以东已是平定了。遂将京营、楚军、豫军，全部调过汉水以西，逼献忠等股入蜀。罗汝才等五营此时恰到兴山，被京营总兵孙应元等，于七月十四日围剿于丰邑坪。汝才五营大败。小秦王、混世王两营请降。满天星、一连莺奔散。只汝才一营逃脱，折损大半，仍来与献忠合伙。惠登相等四营刚入楚界，被王光兴遣人说降。嗣昌将这批降人安在房县、竹山一带，交左良玉约束。所剩只张献忠、罗汝才两股，皆在蜀界。嗣昌于八月二十六日督率楚兵入蜀。监军道万元吉，因贺人龙与左良玉二人皆不用命，乃专倚楚将张应元、汪云凤二人，派驻夔州土地岭。元吉自驻巫山，邵捷春驻大昌，互为犄角。

张献忠见得汝才败回，大怒道："我不出山，鼠辈便敢如此放肆。"立即拔营向土地岭攻来。张、汪二人虽是名将，无奈部下皆是新募之兵。献忠探得他们弱点，自领三千铁骑，以迅雷不及掩耳之势，从土地岭后山乘夜冲下，楚兵梦中惊起，全营哗乱。献忠后方大队乘之合围。杀到天明，张应元被箭射中，突围逃过巴巫。汪云凤另从一路杀出，翻山越岭，逃到巴巫河镇上，喝了一桶冷水，血凝胸腔而死。两营军士逃脱者十无一人。献忠直追到巴巫川，声威大震。邵捷春用游击邵仲光，在巴巫川沿岸扎下水陆连营，以拒献忠。献忠在园渡坪休兵数日，由竹菌坪向巴巫川之上马渡、观音岩、三黄岭、磨子岩等处冲来。官兵每处只三四百人，怎当得献忠如此勇锐。上马渡、观音岩两垒先被冲破。楚军已溃，无人应援，捷春守军皆溃散。元吉因土地岭之败正无诿过之处，又恨邵捷春严阻隘口，妨碍其计。遂谓邵仲光布防失当，请嗣昌将其斩首军前。捷春争道："土地岭两营大军不能制献忠驰突。仲光弱卒数千，坚壁月余，一旦失利，非为布防不密。"虽然力争，仲光仍被斩首，蜀军闻之无不忿怒。

捷春含泪驰到开县，去同张令防堵。张令未将献忠放在眼里，随即率军去到东关外朱家漕依山扎营。扎营甫定，献忠已率轻骑追到，被令张弓放矢，射倒甲骑甚多。献忠知遇张令，即忙退回，在相距一里处扎营。聚将议道："此老儿不除，我军难以入川。"王志贤道："从来善射人必死于射。现在射塌天已降官军，无人可以与他对艺。我倒有一计杀他，未卜能成功否？"众人忙问何计。志贤道："善射之人必轻远立之敌。明日选敢死之士数人，到阵前邀张令较射，自然难以胜他。只须引他注意对射一方，我却独自一人隐藏阵侧步兵之间，暗中射他，侥幸成功，大王之福，不成再作计较。"献忠道："好！便如此计施行。"遂用箭射书过营，约定次日较射。

次日，献忠与张令同到阵前。献忠道："我军也有新来神弩将，你敢与他较射否？"令问："如何较射？"献忠道："让你指定射程，你二人各立山头，互相放箭，看谁力大箭准。一箭之外，不得再射。"张令笑道："便让他多射一箭，想亦无妨。"说罢指定两个相对的山头。只见献忠营内人马分开，拥出一将，人高马大，衣甲辉煌，臂挟大弓，只拿一支箭，径向山头而去。到了山头，勒马问道："是同射，还是一人先射，须有一个号令。”张令道：“便让你先射吧!”那人便下得马来，徘徊审量，徐徐张弓搭矢，久不射出。张令执弓在手，准备拔箭，亦是聚精会神，未敢疏虞。双方兵士多来观看。张令见左侧山下一排敌军，皆只持有短刀短矛，后面又是悬岩，遂未理他。志贤趁两军注意较箭之时，从山侧挟着弓矢，来到这排军士后面。只听那人喊声：“看箭!”他便偷向张令喉间射去。事有凑巧，恰恰射中，登时倒地。官兵还误为是对山射中了的。一声发喊，哗奔而去。捷春闻张令已死，忙退至梁山，献忠占了开县。

秦良玉先闻巴巫军溃，献忠追捷春到了开县。忙从夔州撤兵向云阳、开县赶来，到了开县郊外，闻张令已死，忙从别道抢向梁山。献忠在开县城内探知秦良玉追来，知其必奔梁山，先设伏在开县西南道上，却开城从后方追杀。良玉且战且走，中途遇伏，折兵甚多，军资损失大半。且喜冲破伏军，赶进梁山城内。向捷春道：“贼军深入至此，川中又无可战之兵。我石砫兵丁尚可结合二万人，但憾无饷。我们土司调兵，只用器物为信。如发一箸，即裹粮从征。如发一帚，即扫境齐出。如许发半饷，我这发回一箸一帚，则二万壮丁可能立至，尚可拒守万、梁诸山，以待各省大兵。”捷春叹道：“夫人忠勇之忱固可钦佩，无如杨督师定要驱贼入川。若不先获请准，则任何措施皆成罪祸。邵仲光事便是前鉴。况仓无现粮，万人之饷，亦仓促难得。今惟扼守渠江、嘉陵江、长江三水道，防贼蔓延而已。”乃命良玉回石砫集兵守长江沿岸。命方国安从梁山向达州防守沿河。捷春暂守梁山，拟退向重庆扼守嘉陵江。

献忠见邵捷春、秦良玉皆向梁山奔去，想起当年白兔亭之败，不敢向那路追击，而率全营从开县、新宁、达州一路冲来。捷春闻献忠径趋达州，怕方国安扼守沿河不住，忙从后面赶来援救。途中与献忠大军相遇，被杀得大败折回。念渠河以内并无一兵一将可以拒敌，成都转瞬危急。遂忙驰到绵阳，纠合民兵防守涪江。

献忠杀退邵捷春，赶到渠河南岸，见方国安在达州城外扎营。罗汝才道：“渠河数百里，川兵只守达州一处，足见后方实已无兵。我等此时不用与他厮杀，便从下游取渡好了。”果然从下游渠县三汇渡河，并无一兵防守，亦无靠舟北岸之令。过河一直穿过营山、南部，渡过嘉陵江，攻下剑州，皆未见得一兵，听到捷春已阻涪江据守，汝才对献忠道：“十三家今只剩我二人，部下兵将皆是陕西人氏，已有数年未近乡土。今涪江既有阻拦，莫如乘时回陕一行，借避杨嗣昌锐气。”将士闻说，无不欢呼。献忠本意在蜀，见士心如此，只得转向广元杀来。到了广元，闻汉中总兵赵光远联合贺人龙扼守阳平、百丈诸处，乃复折回昭化，仍向成都。

再说杨嗣昌见献忠业已进入蜀地，自觉大功已成，指日便可凯旋。一路慢慢拉船，从彝陵、归州，向夔巫上驶。在船头高设逍遥椅一架，碧纱帐罩定，高卧其中，欣赏三峡风景，沿途赋诗，享尽卧游之乐。一过瞿塘峡口，便有应接不暇的名胜古迹，别是一重天地，胸境一豁，诗兴更浓。过一胜地，往往流连忘返。从八月走到十一月方才到了重庆。沿途发檄，只催各军跟踪追击，一切军事概委万元吉料理。元吉在途中向他建议道："蜀地辽阔，贼行飘忽。我军一味尾追，当防回窜，莫如分军为三路：一路追贼，一路为其后继，一路沿涪江，上梓潼、绵州，遏绝他回窜之路，方为万全。”嗣昌大笑道：“献忠釜底游鱼，逃死不遑。闻我在此，焉敢回窜！你与猛如虎督率川、楚、豫、陕各路官军，急速追杀，不必更作他计。”又说：“擒拿献忠之事专以委你。一切你可假我命令行之，不必驰报。我辛苦数年，现在应得休息几月。一旦回京，又要负荷重任，永无安闲之日了。”元吉见他骄满，不敢强争，便率猛如虎等，督率标兵、楚兵，从万县、梁山、大竹，分为三道追过渠河。元吉自率张应元从广安、顺庆一路，猛如虎自渠县、营山一路，方国安自达州、巴州一路。约定在保宁会齐。到了保宁，元吉嫌众军指挥不一，乃假嗣昌之命，拜猛如虎为正总统，张应元为副总统。时献忠正从广元回军。元吉便命应元分军，先赴梓潼扼守，自督大军扼定苍溪。布置未定，献忠已经抢渡嘉陵江，攻陷昭化，回到剑州，直趋梓潼。应元新到梓潼，立足未定，献忠之军已到。应元大败，溃入绵州，与邵捷春扼守涪江浮桥。献忠马不停蹄追到绵州。官军望见献忠旗帜，先自弃城逃跑。邵捷春左右阻拦，哪里阻拦得住。张应元守桥，闻得城内军溃，立即弃桥逃走。献忠大军从容渡桥，进得绵州休息。望见猛如虎等官军追来，便命将浮桥烧了。如虎赶到无法渡河，便在东岸征船扎筏，耽搁了三日方得抢渡。献忠见他船筏渐集，才对汝才等道：“此时追军气势尚锐，不必击他。可暂分三路向泸州会齐，再作计较。”于是命张能奇辅助孙可望，打着献忠旗帜，从潼川、射洪、遂宁前进。罗汝才率其本部，由罗江、汉州、成都一路前进。献忠自率大军，由中江、简州一路前进。

献忠在绵州时，搜杀官军之未逃者，自不免牵连平民，迨到万元吉等进城，已是家家叫苦，遍地陈尸。元吉心想此次溃败，必以失律治罪。莫如先将罪名推到邵捷春头上。遂将他大昌、开县、达州、绵州四次溃败串为一疏。将此次张应元梓潼之败，并入绵州溃城。却另为应元表功，说他梓潼一役，斩级五百，借以掩饰自己调度无方之罪。如此具报嗣昌，驰奏入京。崇祯大怒，便派缇骑驰赴成都，拿问捷春。沿驿驰传，速于风雨。二十余日，缇骑已入蜀界。这时的邵捷春正在督励军民守卫成都。罗汝才攻打不下。张献忠行到简州，时万元吉、猛如虎之兵误认孙可望一路为献忠主力，追了下去，并未前去援救成都。献忠一路，只有监军道廖大亨率楚兵追赶。献忠遂由金堂绕至成都，与罗汝才合力攻城。攻了二十日，万元吉皆未派兵来援。只将个孙可望、张能奇等，在遂宁、安岳、大足、永川一带，往还追逐。这乃万元吉一则怕流军攻入重庆害了嗣昌；二则乐得不救邵捷春，消了嗣昌的怨气；三则料定成都城坚，一时攻之不下，须等待缇骑到川，再去解成都之围。围解之后，便保廖大亨升任巡抚，以免蜀王与四川巡按布政挽留捷春。挨至二十日，北京缇骑到了，进不了城，住在廖大亨营里。元吉这才派遣猛如虎去解成都之围。献忠、汝才自然见救兵一到便即退走，分从仁寿、简州奔向泸州。

猛如虎送廖大亨等进城后，便仍去追献忠。成都全城绅民见已解围，香花爆竹迎接援军进城。捷春亦当日设宴犒劳援军。就在犒军席上，缇骑出来宣读圣旨，将捷春逮捕。廖大亨亦即出示嗣昌文告，向捷春索印。捷春交印。大亨便将文告过印，张贴满城，惊动了全城文武官员，各街百姓。都说："邵大人如此好官，又保城著有勋劳，为何反以罪论？"齐集蜀王府，请求具疏力争。蜀王言道："祖宗规制，藩王不许干预军民大政，我实不应该过问撤换官吏之事。但邵巡抚是个好官，此次保全成都，我家亦甚仗他保护，我当致书杨阁部，为他开脱罪名。你们若要挽留他，还去请布按两司代奏好了。"蜀王之书去后，缇骑便要押解捷春起身。成都人民大噪，不约而集者数万，将巡抚衙门围了，亦不持刀执棍，只是跪倒在地，挽着捷春与缇骑武士不肯放走。缇骑挥鞭打伤数十人，人民亦不放行。苦了成都、华阳两个知县，前来弹压，亲自前去保护缇骑，拨开民众的手。才走几步，他二人又被百姓牵扯着行不动了。二人无奈，只得亦随众人跪下，要求缇骑缓行一日。又有许多官吏将蜀王请来，留得缇骑暂住，等候杨阁部回信。缇骑方才回衙，仍将捷春寄监，百姓这才退了。三四日后，廖大亨出示，谓蜀王已接阁部回书："逮回巡抚，出于中旨，官民如敢抗违，一律论劓。"这下缇骑押解捷春启行，人民不敢挽留了。但沿街哭泣有数万人，直送捷春到天回镇，焚香祝告天意挽回，放邵抚重莅蜀土。后来捷春进京仍被斩首。这些消息传到献忠耳里，献忠对人说道："杨嗣昌可以攻破了。"便命军中每逢州县守城，且不用攻，只向城内喊道："我等只杀楚兵，与你川人无干。你们死守城池作甚。邵巡抚苦守蜀地三年，却还是被湖广人害死了。"此话一出，果然有效。民间互相传述，皆云："此乃楚人与流军作战，与我等百姓无干。"献忠所到，更无一处有人拒阻。

十二月初三日，献忠攻破泸州，只杀知州一人。百姓更皆相信献忠不杀川人，只杀楚人。于是州县官吏大都望风即逃。地方人民遇见官军，既不抵抗，亦不相助。万元吉追到永川，可望军驰入泸州，元吉向四乡询问流军去向，土人皆言不知。后来探得正聚泸州，找一向导引路，亦无人承应。元吉既已追到泸州，要设奇兵破敌，伏兵在玉禅寺。百姓却报与献忠知道。落了个空。这泸州三面皆是大江，只龙尾关一路才是陆路。献忠趁官军尚未能封锁此路之前，又拔营回窜成都。猛如虎未及进城，又向成都尾追前去。元吉催促余军十余万人分道跟追。献忠过成都不攻，由汉州、德阳回走绵阳。过了涪江，又将浮桥烧了，却到梓潼休息。待十余路官军追到之时，又向梓潼、盐亭，从南部过江，由仪陇奔向巴州。正逢岁除之日，到了巴州城下，城内官民正当爆竹送岁之际，献忠大兵杀人，将知州卢尔敦，同知张连耀，教谕钱相柯杀了。搜取腊肉烧酒，痛饮度岁。城中人纷纷出城逃窜，献忠亦不禁止。未逃走的，自不免遭受流军劫掠。王志贤劝献忠收拾人心，禁止淫掠。献忠道："兵荒马乱之际，如何禁得完。"志贤又劝他一同出街巡视，弹压过分的行为。献忠听了，与志贤出门，遇着头目皆吩咐不许淫杀。走过一家门前，闻得内有喧哗之声，进去看来，见许多流军围看一个吊死的少女。据一老妪言说，是周贡生的女儿。一家逃窜时，因她芳颜玉貌，怕的难以逃脱，投缳而死。献忠道："这是烈女之家，不许侵犯！"插令箭一支在他门首而去。又过一家，闻得里面喧闹号泣，乃是几个流军威逼一卧床老妇，问她藏银何处。她有一个秀才儿子跪地求饶，流军正在殴打。献忠喝道："这是孝子，不许侵犯他家！"又过一家，见着几个陕西商人正在议论报应。说是："州官平时贪财受贿，冤枉许多好人在监。昨日有个陕商花了百多两银子才准保出监过年。东乡一个富室，为点小事关在监里，已花六百两银子，还未准放出过年，定要一千。约定今天保出，城又破了，官已被杀，人还未曾放出，这都是户房许老典作怪。"献忠听得"户房老典"四字，如有宿恨在心。便命押这陕商去到许家，将他全家杀死。又将监狱打开，放走人犯，并命他们去到许家分抢财物。又将官仓官库打破，听凭军民携取。从此巴州出个风谣道："休要坏良心，谨防三十夜。"

正月十六日，一队一队官兵方始赶到城下。献忠整顿军容，配好骡马，冲出城去。官军方在备战，献忠又向达州、开江一路窜走。这官军多是步兵，哪里追赶得上。惟猛如虎本部精兵多是挑选的左良玉等宿将旧部，全是马队，约二万余人。那左良玉作战沉着，守如处子，奔如脱兔。苟非期在必胜不战，非情势迫切不动。恁是上峰征调，他能抗命不遵。故其兵闲逸时多，奔命时少。猛如虎乃蒙古人降明，以行伍起家，至各军总统，勇锐有余，谋略不足。又过于尊重功令，不知体恤士卒。此次追逐献忠，四十余日跑了二千六百余里。元旦之外，未曾休息一日，结果未曾得与流军交锋一次，战马跑死者甚多，配以民间劣马瘦驴，行程不能迅速，军士愈感疲劳，无不含忿窃怨，思回旧营。造作风谣道："想煞我左镇，跑煞我猛镇。"献忠军中亦闻此谣。献忠既到开县，对汝才等道："猛如虎衰气已见，可以擒斩了。"乃在开县城东黄陵城布置一切。

崇祯十四年正月二十三日，猛如虎军一万余，兵惫马疲、参将刘世杰、游击郭开等军亦约一万，合追献忠至开县黑潭镇。献忠拒战小却，退守黄陵城。各军追赶月余，始行得及，甚喜。这日天气阴霾，微雨路滑，各军亦疲甚，欲息待明日进攻。刘世杰道："追逐数千里，今始得贼。若不及时攻取，再令窜走，不知又将追到何时。"遂不待猛如虎发令，便先攻上前去。献忠山上望见，遂命军士故作畏怯，守而不战。猛如虎见世杰已进，遂亦仰攻。马步混进，坡间泥滑，行动甚苦。献忠命以弓弩长矛相拒。攻战已久，献忠望见官军大汗淋漓，出气如烟，足上拖泥带水，知道是时机已到。一声锣响，数千良马精兵驰逐下坡，纵横驰骋，官军大乱奔溃。献忠才命大队下山追杀。可怜两万官军杀死大半，生擒小半，逃脱者不过千人。刘、郭二将死于乱军之中。猛如虎两个儿子，一名先捷，一名中捷，均有过人之勇，见官军崩溃难制，让他父先逃，二人断后，难禁献忠兵潮水涌来，而被围困。二人背与背相靠，张弓放矢，射制围军。射死之人虽多，无奈围攻之人如蚁。箭袋矢尽，乃俱拔剑自刎。如虎只身逃脱，奔回开县，全城大骇，逃避一空。但献忠并不来攻开县，却有他更奇妙的诡计。

◎评注

杨嗣昌躄流军入蜀，而以大军追随之。过州县六十余，始及于开县。幸获一战，全军惨没。军计之愚，未有过于此者。其事正杂各史皆载，而不甚详。盖多取材于万元吉之奏书。元吉书生小有才耳，以辅书生而骄妄之嗣昌，又不能强谏。专用粗武无识，足供颐指之人。迨其已败，乃逞文墨之技，饰非掩过。自吴梅村以下悉受其愚。独赖此书传其真实。

邵捷春，福建侯官人，字肇复，《明史》有传。巴州周烈女之父名朴忠，见《滟滪囊》。

第二十八回

救妻孥献忠赚襄阳
陷藩君嗣昌死沙市

看官，你道张献忠已经击破杨嗣昌尾追之兵，不乘全蜀空虚，转去占领巴蜀，完成他十余年来憧憬中的割据帝王梦，却向哪里去了？原来自率精骑在前，直向大昌入楚，八天之内，跑了一千余里，径取襄阳去了。此计乃王志贤所献。有人曾发问道："襄阳乃杨嗣昌根本重镇，城大而坚，兵粮厚积，防务周严，外围又有左良玉等精兵驻防，今以数万奔走疲乏之兵，如此轻进，岂非自投绝地？"罗汝才、孙可望等，也皆不以为然。志贤却提出几项理由，使得众人折服。他说：

第一，我等腊月中旬尚在围攻成都。军书驿报此时方到襄阳。开县军报，水驿传递，至少须十余日后方到。我等轻骑熟路，由大昌山中直出襄阳，不过七八日。襄阳与其外围驻军，做梦也难料到我等来到。承平弛备，可以乘虚而取。

第二，黄陵城之战，取得杨嗣昌所制兵符令箭、军衣、军械、旗帜甚多，可以冒充官兵诈入襄阳。但须疾驰，超越他军报之前，迟则无用。

第三，朝廷倚仗杨嗣昌甚专。只开县一败，当不至于撤职逮问。此人精力强悍，若更调集大军与我为仇，则后患不堪设想。破了襄阳，杀了襄王，使他以陷藩被诛，则天下豪杰之已降者皆当复叛以应我军。

第四，玛瑙山之役，我军妻儿被擒者甚多。皆被杨嗣昌囚在襄阳城内，借为招降之具。大王妻子与潘、徐诸军师皆在其中。破取襄阳，取回妻儿，乃足坚定士气，成就大业。

这四种理由，说得众人喜慰欢呼。有道是“儿女情长”，想到妻儿，谁不奋勇。献忠当即传令，马上出发。其实志贤此计，无非为了营救妻儿。献忠此令，亦无非营救妻儿。众军欢呼，亦无非为了营救妻儿。今且将各人妻儿被擒后情形补述一番。

当玛瑙山溃走之时，各营家小完全弃于山上，被官军擒获。内有献忠之妻高氏、敖氏、徐氏，与未正名者四人。高氏携着丁氏之子惠儿。此外有各头领眷属一千余人，皆属妇孺不能行走之辈。其后郑崇俭派军搜山，又搜出献忠义子张可继，与潘独鳌、徐以显、王又天、马廷宝、徐起祚等，一体押入襄阳。杨嗣昌交襄阳知府王承曾拷问。马廷宝、徐起祚乃是陈洪范派往谷城监军之官，被胁入流军，乘乱逃逸，出山自首，准其减罪为民。王又天乃是瞎子，自供系张大经幕客，以算命为业，同大经被胁入流军，师徒以算命自全。当日纷乱情形一切不知。问牵扶他的徒弟，供亦相同。试拿八字与算，他算得王承曾大富大贵，福寿双全，又说他有祖功宗德，阴骘不小。承曾心喜，问他：“献忠之命如何?”瞎子说：“已曾算过几次，应该今年大厄，后年身死。”承曾遂放了他。徐以显与潘独鳌均称难生。以显乃是谷城缙绅，虽曾帮献忠练兵，乃是招安期中。谷城变后，被胁未久，既已逃去，并无人告他实迹，罪拟从轻，押解回县查问。谷绅无与他作对之人，不久便放了。潘独鳌入伙日久，又有应城旧案，不敢说真姓名，自称：“黄冈生员刘若愚，被胁入流军，假意顺从，办文字，请见杨督师告密，若能见用，可以生擒献忠。”承曾将他押去见嗣昌。嗣昌问他：“有何策擒献忠?”他道：“若能放我，必擒献忠。若能荐我入朝，亦必能擒献忠。”嗣昌先问：“放你入贼，何以能擒献忠?”独鳌道：“献忠爱我才情，要我助他，多方笼络，又将我家小安在中营。我是徐庶降曹，心不为他。现家小都已在此，我无顾虑，放我入贼，他必重用。我可劝他归降。他若不降，我与他左右勾结，乘隙杀他来降，定有把握。然此乃下策。论上策，应平治天下，使人民皆能安居乐业，饥寒不生，盗贼不起，乃为正本清源之计。”嗣昌见他大言不惭，却说得有些道理。命押回交襄阳府善为看待，考查他的来历。承曾调来许多俘虏，多方盘询，问出了是以诸葛亮自比的潘独鳌。嗣昌认为这是大贼，非其他胁从可比，曾经奏请押京献俘。崇祯命暂就近寄押，待擒着献忠，一同献俘。承曾因为他是一名要犯，不敢怠慢，与献忠妻孥关在一所靠近府衙、墙垣坚厚、兵卫森严的监里。

审问献忠妻儿，各人都是实供，不必重述。唯有张可继，郑崇俭报系献忠亲子。审问乃是敖氏抚抱之子，十三四岁，无甚知识。且谷城本家亲族皆在，遂未重视。只这惠儿乃系献忠亲生之子。阖衙上下十分重视于他，请了两个奶母人监帮助高氏抚养，炖鸡熬肉，侍奉于他母子，唯恐一旦死去，朝廷要人。问到敖氏，知系谷城所娶，其兄协谦尚在。遂派军去到谷城，将协谦提来。审讯乃是妄人，即命与潘独鳌同关一处。

这敖协谦虽是妄人，在王承曾眼里却有用处。原来王承曾是少年科甲，今才三十一岁，因与杨嗣昌有亲，做了襄阳知府。为人佻仫轻狂，癖好女色。见敖氏、徐氏长得美艳，未免垂涎。高氏虽已三十以外，风韵甚好，今皆做了瓮中之鳖，大起不良之意。常常借着拷问流军中事情，押到后堂细问。无奈耳目众多，未便苟且，须得先有一个亲人传话，说得同意。张可继太小，不堪任用，这位妄人恰恰使得。因他与敖氏乃亲兄妹，可让他们同监密谈。嗣昌驻襄阳日，承曾尚有顾忌，入川以后，已是漫无羁束了。将连日军报说与协谦。谓献忠不日就擒，即当与之同斩。协谦骇惧，总是口称冤枉，恳求全活。承曾道：“你尚未随贼叛走，有条生路。但同谋论死，亦说得去。拨生拨死，权在于我。”如此几次之后，协谦果然入彀了。哀求敖氏，居然成就暧昧。黄夜提案，半夜回监。这套把戏有些肮脏，不必详述了。未过许久，又逼敖氏去胁徐氏，徐氏出身贱业，何乐不为。未久，又放敖氏去劝高氏，高氏不愿相从，但亦不敢相拒。是否有甚行迹，此乃疑案。

这里可以补叙一人，便是王志贤的玉郡主。当她被获之时，全军称艳。到了襄阳发审，王承曾早已垂涎百尺了。但因她是高墙罪宗，不敢隐匿。嗣昌具报入京，宗人府查考册籍，果有此人。命解送入京审办。嗣昌为的她是宗室，不便显露入流军实迹，将她养的儿子调开暗中杀了，只以这女子入京。并警告她对人不可承认从过流军。此女子原自身体衰弱，痛子情深，一路哭啼而去。后来传说路上死了。其余家小，监禁他处，并未发生其他事情。

再说潘独鳌乃是一老奸巨猾之人，见得敖协谦常被夜间传讯，归来每有忧喜之色，多方套诱，得知其中事情。亦运三寸不烂之舌，说得协谦去托敖氏等，恳求承曾将他宽待。为的怕他献俘之时，举发出监中秘密。承曾果然将他与协谦一体宽待。有时亦许妻子入监会晤，有时亦准出监游行。渐渐至于可以出街，不过有人跟随。那位瞎子王又天，坚信献忠有天子福命，与其徒弟游行城中，并不惧怕。嗣昌入蜀以后，襄阳门限渐松，他亦常常出城下乡。献忠派来探听消息之人，与他暗中结了情报。城中情况随时报与献忠。到后来，亦获与潘独鳌传达消息。襄郧道张克俭闻潘独鳌居然出街，特来劝告承曾。承曾道："大人放心，量他不能飞上天去。"克俭又具报嗣昌，嗣昌私函斥责承曾，承曾仍然不服，说："内有重监，外有重衙，再外还有一座坚城，四门总兵，三层吊桥，还怕他跑么?"

回书再说张献忠，从黄陵城一日夜驰三百里，窜过夔州、巫山。沿途将四川湖广间的驿舍焚毁，驿马拉了，声言窜回大昌老巢，却从大昌越过郧西地界。这时夔巫一带虽然无兵，尚有百姓。郧西万山中屡经兵火，此时不但无兵，连人烟已断绝了。一直驰到保康地界苦水河，才见得有人耕田。一见兵到，亦即藏匿。献忠在此宿营一夜，命罗汝才等营休息两日后，北向郧阳与左良玉之兵相峙。自己挑选精兵一千余人，穿了官军的衣甲，伪称猛如虎部下溃兵。自己率领南向远安地界，绕出南漳县，奔向襄阳。另选二十八骑，包括王志贤与常时窃入襄阳探访的奸细在内，扮作嗣昌亲兵。早探得嗣昌帐下有一亲将名刘兴秀，身材魁梧，态度倨傲，说得一口中州话。便选了一人假扮兴秀，在缴获猛如虎军中的空白文书上，填写“兹派中军守备刘兴秀驰赴襄阳，督催粮饷，仰沿途州县驰传护送”字样。盖了如虎的印，交他携带，率领这二十八人，潜逾山岳，走出保康道上，向襄阳驰来。其余大队由孙可望率领，徐来接应。两起伪装军约定时间，装成溃兵的一队零乱无序，衣甲不整，断断续续而来，二月四日午间驰向城下，大呼城上放桥。守城兵向他们要令箭，他们呼噪道：“我等溃逃之兵，有甚令箭？”问从何处溃来，又大噪道：“猛总镇溃败，你们还不知么？我们被贼兵追过巫山，得从水道溃回。”守城军不敢放桥开城，报请襄郧道张克俭作主。克俭来到城上，见是嗣昌标兵衣装，问是何人所辖。城下有人答道：“我等是左镇旧部，拨归猛总镇。猛总镇待人不好，今已战死，我愿仍归左镇。”克俭道：“左将军现在郧阳．你们既要向左镇归标，为何不向郧阳。”城下又大噪道：“饥溃之军，向沿途城池乞食。襄阳都不收容，难道要我等向民间抢食么？”克俭怕的溃军难制，闹到天暮未敢开城。远望有二十余骑，驰到城下，迎头一将，喝开溃军道：“督师有令，溃军齐集夔府收编，你等何得逃窜来此？”只听溃军七嘴八舌，喧嚷道：“我等逃窜来此，你便怎样？”他们言语冲突渐烈。但听那将官道：“我是督师派来督饷长官，你们敢造反么？你们欺我人少，我便杀了你这些为首的。”言罢，便挥二十余骑杀去，溃兵一哄而散。那将官追了一程，提了几颗人头回来，天已昏黑。城上放下吊桥，让他们到城门外。吊进兵符令箭，果是督师中军标兵，开城放入。克俭见来将大气凛然，毫未疑及假伪。派人引导他们到承天寺驻下，约定明日相见，面递文檄，各自去了。

这日三更时分，承天寺起火。张克俭方在料理兵粮饷册，准备明日交付。忽闻承天寺起火，念阁部新到客军在此，必须前去抢救。立即带标兵驰马前来，赶到寺前，正见客军二十余人，携抱衣物器械，或牵马匹，冲火奔出，四散溃窜。克俭忙命各军救火，火未扑息，又报文选台、襄王府等处起火。这襄王府乃永乐年间为封皇孙瞻搓所建。现在襄王翊铭乃仁宗洪熙皇帝第七世孙，在群藩王中号为大藩。全城官民皆有保护王府之责。今藩府起火，惊动全城官民军士，俱来抢救。便在此时，王志贤等二十八骑，驰到南城，厉声问守城军道：“藩府有灾你等为何不去救火？”言下便杀了数人。余人见是督师亲兵责问，遂飞奔向火场而去。志贤等开了城门，砍下三道机桥。献忠等望见城中火起，早在壕外候着，机桥既下，一涌杀进城去，沿街放火，大呼："张献忠来矣!"直奔襄阳府，打开监狱，救出家小与潘独鳌等，放了囚犯。命王志贤保护家小到西城楼上安顿。又去襄阳县监取出各头领家小，亦送到西城楼上派人护守，这才杀进襄王府去。张克俭与推官邝曰广率众巷战，二人大败身死，其余官员尽皆逃避。这时天刚亮，襄王与宫眷四十余人尚未逃逸，全被拿下。献忠便将宫城据了。从西城楼接护各家小前来，分派兵士把守城池。每门派数十健军守护，便已使援军趑趄，不敢前来反攻。因为变起仓促，城中官兵皆已逃散，远方援兵亦骤难赶及。可惜嗣昌经营的一座坚牢城池，却被献忠千余人占领。

这日天明，献忠命人传锣城内，不许人民穿街过户、交头接耳。大开门户，任凭军士搜查。敢有藏匿官吏军兵者，全家斩首，邻居知情不告者连坐。号令已毕，全城风消雀静。献忠这才高坐殿堂，大犒军士。将襄王牵出，命在旁侧设席，与潘独鳌并坐。对面便是王志贤一席人等。堂下三军聚饮。献忠问襄王道："我破凤阳，搜得小太监伎乐一队，你这若有，叫来与我伴酒。"襄王道："我家世代清廉俭素，并无伎乐。"献忠道："你们皇族纵然清俭，亦已享受过分。但这是你祖宗规定如此，你实无罪。我不恨你，只恨杨嗣昌那厮。我欲杀他，他太远了。今特借你这颗人头，使嗣昌以陷藩之罪，依你祖宗制度斩首。这盅酒你可喝干，便算我对你致歉。"言罢，举酒向王，襄王已面无人色，举酒哀求，战栗不已，便有数人向前，将酒与他灌进口去，扶下殿来一刀结果。献忠命悬头西门上，旁帖一行字道："杨嗣昌替死之头。"

再将襄王宫眷押出，选了几个少女，命她们行酒。宫眷等见襄王已死，有的哭泣，有的大骂，有的战栗倒地，有的奉命行酒。献忠见得大乐，命将骂的杀了，其余赏与将士。退席之后，各人纷纷去找自己家眷，王志贤寻不着玉郡主母子。从潘独鳌口中问得消息，悲痛非常，献忠命他在宫眷中补选一人。他坚决不肯再娶。这日下半天，乃是千多军丁自由之日，各自寻觅金钱美人去了。惟献忠来到后宫，开宴与几家妻妾团聚。抚摩惠儿，长得胖肥可爱。高氏、徐氏、敖氏见了献忠，有些手足无措，言语失常。敖协谦以内亲关系在座，更是仓皇局促，献忠有些猜疑，细盘别后情形。第二早晨，传进潘独鳌去，午间出来，吩咐全城搜查王承曾及其眷属。下午，搜得几名使女奴才，传进宫去，更未出来。又搜来王承曾一个小妇，下午交出，付与军士轮奸毙命。这日献忠甚怒，杀人甚多，大都是各衙官吏胥役之类。有人传说王承曾同襄王之子福清王逃过樊城。献忠便率军去攻取樊城，大肆搜索。大队到后，又遣往宜城、荆门、当阳、远安一带攻城杀官。徐氏、敖氏与敖协谦当日自杀，只留高氏一人，抚养惠儿。

说到此处，看官不可忘了一人，便是那潜伏夔巫山中的李自成。他既不敢与张献忠合伙，又不甘受杨嗣昌招降。徘徊鱼腹赤甲诸山林中，饥困日甚。于嗣昌进驻彝陵时，乘邵捷春撤隘回渝之际，北窜竹房均州。夜行昼伏，偷过左良玉防线到了河南。恰逢河南大饥，游民流离，就食入南阳者数万。自成倡出“打富济贫”口号，饥民争相依附。遂北攻宜阳、永宁、偃师诸县，将城占领，开仓招聚，人众大集。这时杞县举人李岩，因劝富绅捐赈，为县官诬陷，被人救出，前来投他。李岩劝他广行仁义，收拾民心。又创“迎闯王不纳粮”的口号。河南人民久苦苛政，一旦闻得闯王施行仁义，救民水火，如百川入海一般，奔腾前来投附。又有卢氏县举人牛金星，亦因痛恨政治不良，官吏贪暴，前来投他，替他订立许多典章制度，文告施行。有道是：“饥者易为食，渴者易为饮。”从此河南百姓把自成看作救星一样，唯恐其不来，唯恐其他走。术士宋献策亦出山来助他，谓：“夜观天象，帝星晦暗，破君星当承大位，应在闯王。”自成本来不好酒色，礼贤下士，有帝王气度。因是流窜日久，习于攻掠淫虐，养成了嗜杀的癖性。今得李岩、牛、宋诸人为辅，匡正旧习，正如璞玉加工成了瑰宝。旬日之间，声名震于中州，便去攻取洛阳。

洛阳城内驻有福王常洵，乃是神宗万历皇帝最宠爱的儿子。光宗的大位险些为其所夺。虽因朝臣力争，送到此处开藩；一切待遇皆与其他藩王不同。崇祯即位，他是尊亲，礼遇亦特隆厚。藩府金银堆积如山，宝货无数。当此不靖之时，他不知散财奖士，鼓励军心，每日只以娼优妓乐自娱。但陷藩乃封疆官吏重罪，故流军几次围攻，都有官军替他死守。流军退后，赏犒俱无，军心不免怨忿。此次被围，官军奉檄往援的都恨他吝啬，不肯速进，守军亦不尽力。崇祯十四年正月二十，自成才攻一天，便将城攻下了。常洵缒城逃出，藏匿迎恩寺内被搜出，与自成献去。这时恰有野人猎得鹿子一只，与自成献来。自成对众将道："朱家虽做皇帝，不合贪取百姓钱粮养他一姓。你们看这福王宫殿是何等崇丽，府库是何等充实，声色狗马是何等奢侈，养得他是何等肠肥脑满。我等辛苦半生，今当取偿于他。我闻鹿血大补而燥火，人血大补而清火。鹿血人血相调，必然甘温滋补。我今杀福王、鹿子，取血入酒，名为福禄酒，奉飨诸君，为被剥削人民出气，借祝诸君前途福禄同归。"可怜一世天骄与野鹿共命。这一事亏了自成的奇想。

回书再说驻节重庆的督师杨嗣昌闻得开县败报，顿足叹道："悔不用万元吉之言。"忙命撤军浮江东下云阳，前去阻止献忠入楚。再到云阳，献忠早已驰过三日了。急忙又放舟出夔门，赶赴彝陵。这次他无暇赏玩山水了，每日只在船头船尾疾走不休，亦吐不出半句诗词来。却听得两岸儿童在唱流军教下的歌道："前有邵巡抚，兵败死得苦。后有万参军，不战随我行。幸得猛总镇，送来两万兵。好个杨阁部，离我三天路。"嗣昌听了，如同未曾听见一般。到了彝陵，驿传断绝，军情全未得知。他对从官道："今当速还襄阳，重整兵马，擒杀献忠。圣上待我甚厚，必不因开县一败遂至加罪。"左右皆言："洪承畴亦曾数败，圣上倚之不衰。今天下兵马尚多，再诛献忠不难。惟目前陆路荒凉，我军无马奈何?"嗣昌绕由荆州、沙市，以就驿马。行至荆州，接到襄阳沦陷之报，忧愤不知所为。勉强行到沙市驿，又接到河南府陷藩的噩耗。乃于是夜置酒独饮，命从人购买砒霜备用。从人劝道："圣上待相爷甚厚，况今尚无他人可以办贼，宜候圣旨发落。"嗣昌点头，饮到半夜，忽见卢象升、熊文灿、邵捷春与许多熟人，朝衣朝冠步入座来。相同一揖道："我等皆未及饮得此酒而死，今来相陪。"嗣昌惭惶，大惊而起，泼酒满案。定睛看时，并无一人。自知命不可留，取出赤金一盒，吞之而死。

◎评注

此回结束杨嗣昌督师一件公案，颇杂因果之说，不乏情趣。

嗣昌擒献潘独鳌奏书云：“疏为生擒逆党献俘事。四月十四日，副将郑嘉栋、陈希榜，搜太平溪林中，获贼六名，押解到，臣讯之。内有一人自称难生刘若愚，系黄冈生员，被献忠寇湖广时掠入营中。其人昂视阔步，疏诞自若。口称计足缚献，舌能抚曹，有平治天下之略，欲献朝廷，臣未敢深信。旋于随行中审出献贼书办尹日凤供：伊实献贼腹心潘独鳌，非刘若愚也。囊中搜出白土岗阻雨一律云：‘秋风白雨声，战略听偏惊。漠漠山云合，漫漫涧水平。前筹频共画，借箸待专征。为问彼苍者，明朝可是晴。’过清禅寺一绝云：‘三过禅林未开禅，纷纷羽檄促征鞭。劳臣岁月皆王路，历尽霜华又改年。’合观二诗，是其向贼称臣，争先借箸，罪恶不在献忠下也。目今献贼虽窜匿山林，未遽拿获，然去其爪牙，擒其心腹，孤豚豮齿，海田无虾，老死何之。臣特行提报，附捷表以闻。”（见《滟滪囊》）窃常谓自成献忠皆流军，其成就能不同者，在能得人。自成所得为李岩、牛金星辈，能行仁义，立制度，则成就较大。献忠所得为潘独鳌、徐以显辈，皆小有才而妄无器识者，故其成就较小，此回恰能比较其优劣。

第二十九回

掘祖墓崇祯魇寇
保开封周王散财

话说杨嗣昌既迷信堪舆之说，更恨献忠、自成害他一死。因此嗣昌临死之时写了一道谢罪表，其中说道："臣不意献忠釜底游鱼，自成瓮中鼊鳖，乃能突破天网，嚣张至是。臣虽万死，亦无以谢陛下。然窃思之：二贼之获邀天幸，屡败不死者，或其祖宗茔墓足以庇之。愿下诏该管州县查毁，以助天讨。"这道表经万元吉转奏入京。崇祯看了，虽未便明诏施行，却命一太监去到陕西，密嘱巡抚汪乔年照办。乔年密饬肤施、米脂两县令查明，将献忠、自成二人祖墓发掘。因他二人皆是寒微身家，历代祖茔无碑碣坊表。造反之后，至亲族戚，或已刑死，或已逃亡，无人能指出两家坟墓所在。纵然访得几座，发掘之后，乃是骨朽土燥的一些枯穴，无甚意义。后来肤施知县杨倬云得了柳树涧一老农报信："昔年曾见献忠至一坟挂孝祭扫，不知是何人之坟。"知县率军跟去查看，寻到金明水侧一山尾上，见荒丘杂树中有一土堆，已被樵牧践踏夷为平地，只微微突起。发掘下去，其土异常松软沾润，色彩鲜明，温暖如絮。棺木尚未完全腐败，尸骨平铺板上亦未零乱，乃是一副女尸。尸下棺板四周有暖气放出，揭开棺板，其下土呈五色，彩现云霞。有豆大一穴，放出氤氲蒸气，热如突烟。跟穴挖去，愈深愈暖，斜曲转入山下，不能再挖了。知县带来堪舆数人，俱说此穴龙虎水沙，本非发坟，惟后山气脉尚厚，葬处恰当脉穴开发之处，势不可挡。宜用消克污秽之物塞入穴去，以为魇胜。知县先命一人用热尿淋去。那人撒尿未毕，晕倒在地。扶起灌醒问来，说是穴内出气冲鼻，令人气窒。知县再用粪水、狗血灌进穴去，又用女人经布塞进去，用针锥等铁条塞进穴去，再加木塞锤打，塞住了出气，将尸骨架火烧了。说也奇怪，献忠此时恰得了个喜怒无常之病。当其喜时，智谋百出，事有条理，对人礼貌，说话动听。当其怒时，一切反了常态，虽至亲骨肉不免挨骂被杀。当他清醒之际，王志贤等劝谏于他，他亦暗中悔恨，但表面上不肯认错。暗将王又天找来，推究他精神失常的原因。又天给了他几张灵符，一佩身上，一贴床上，一贴马鞍之上。据说是祷请天帝所赐，名为镇心符。又献宝剑一口，上面镏金篆文，乃是“天赐降魔，永不发怒”八字，请献忠随时挂在腰间。但虽如此禳解，并无大效。王军师、潘独鳌等亦曾受过骂来。但他清醒以后又私向二人道歉，仍求设法禳篇。王又天多方占卜，算出了“犯在祖茔”。献忠命个近亲化装乞丐，潜回家乡，访得祖坟被发各事。知道金明水侧山尾，乃是献忠祖母之坟。曾乘夜间无人知觉，掏开塞穴，尚有暖气，重新胡乱垒了起来，逃回报与献忠。献忠闻说，感觉病已好些，心内恼恨杨嗣昌不过。后来杀回湖广南半省，将嗣昌祖茔发掘罄尽，锉骨扬灰，以报此仇。

传说李自成的祖坟被发其事更奇。挖开之后，有千万白蚁附棺。圹内一盏铁灯，火尚未熄。开棺验尸，骨骼青色，长满黑毛。脑骨的后穴内，盘有小蛇一条，头上有角，身上有鳞。骤见日光，腾跳出来，飞达一丈有余高，向日光吞吐咋舌后，又复回到脑穴中来。监督挖坟的米脂知县边大绶，曾将这蛇与头骨腌干，送进北京。后来李自成攻开封时，被守将陈永福射瞎一只左眼，便传说是祖坟被掘之故。但边大绶被自成捉住，自成却并未杀他。有人说，李自成待人原比献忠宽厚。有的说自成的墓并无如此神奇，乃边大绶造作谣言，欺骗朝廷。其实所掘之墓，乃李思齐墓，不过自成远祖，已非自成所知，故无憎恨。总之，堂堂大明皇帝，不能用兵平乱，采用挖坟掘墓之术，魇禳敌人，无论有效无效，俱属无聊之举。今且将献忠、自成二人被掘墓后事迹补叙。

且说张献忠在襄樊两城遍搜王承曾未得，且喜将王又天寻着。又命人到谷城去接徐以显来，与王志贤齐集，商议如何用兵。潘独鳌道："如今李自成已破河南府，进攻开封，其志在据有中州甚为明显。大王今破襄阳，得了城内数十万军饷，军械无算，借此以招天下豪杰，控有三楚，外连闯王以抗明军。则明军之来，有闯王先受其敌。我以湖广之资倾助闯王。闯王不破，我不遭兵。我不遭兵，则可大治水师，直取江南。他日中原疲敝，我独安富，不愁天下不归大王。"王又天道："我从识纬风角，多方占验，北京气尽，运在南京。外如陕西、四川、云贵、两广、闽浙皆有兴气。独襄阳气运正否，不宜久恋。为今之计，宜趁李自成进攻开封，明军无暇南顾之时直攻南京，依江阻海，坐待天下之敝，不宜困守襄樊。"徐以显道："我军虽已攻据名城，得到杨嗣昌历年储积军资武器，但以兵员尚少，不足以管理地面。革左五营，久伏潜霍山中，尚无所主，莫如与之连合，以襄樊为根据地，先行征服淮南江北各州县，看李自成能否攻下开封，再作计较。"献忠道："今明朝天下，已如蠹坏梁柱的屋子，迟早不免一垮，官军毫无可怕，可怕的是李自成那厮长得太快，几个月中，他比我多了十倍人马。我今已抚定了罗汝才等四营，若再能抚得革左五营，亦足与他势力相当。但要抚得革左五营，非我亲去光固一带，打破若干城池，折服了他们的心不可。襄樊两城可交与罗汝才保守，我便率军东征去吧。"遂命徐以显留在襄阳，调回罗汝才同守。自率本部，由枣阳、信阳，直向光州驰去。三月二十一日到了光州，第二日将城攻下，分兵四出，占据了河南湖广间许多州县，这才派王志贤去招革左五营。

何谓革左五营呢？就是张献忠、罗汝才等投降以后，剩下来的十三家余部：老回回马光玉、革里眼贺一龙、左金王蔺养成三大股与新兴头领争世王贺锦、治世王刘希尧等五人。老回回屡经败北，势力已衰。惟贺一龙、蔺养成二人势力最大，故称革左五营。他们潜伏霍山、英山、潜山、罗田、商城一带山中，屯田自保。曾受熊文灿、杨嗣昌两次招抚，皆降而复叛。因他未攻城池，官军亦未理他。但用许多军队分驻此带周围，防其奔窜劫掠。此时献忠攻下光固各州县，与他们连营相接，派人游说，合伙同取南京。贺一龙、贺锦皆米脂县人，与贺人龙、李自成均有族戚瓜葛。现李自成势力甚大，待人宽厚，正在派人招他。贺人龙亦率官军来到河南援剿，与刘国能、李万庆等，派人入山游说这五营受抚。他们正在彷徨无所适从之际，志贤前来。贺一龙邀五营头领商议，决定设辞推诿，坐待时势，暂不投降何人。遂对志贤道："八大王是我旧日龙头，固愿相从，但今山寨四围皆是官军。山中屯田已种未收，粮食缺乏，尚难出山作战。况此带山寨与襄阳之间，尚有卢元德统率禁旅，驻扎蕲、黄。湖广巡抚丁启睿之兵，驻在随州应山一带，阻断交通，不能联络。我等愿在此处牵制江北各军，使他不能西顾。请张大王先取德安，将湖广应随之军击破，我等便好同出击破蕲黄禁军，协取汉阳、承天各府，共拥大王做江汉王了。"志贤说他不动，只得将这席话与献忠带回。献忠言道："这虽是他托辞，却也有理。我要使他心服，不妨便依他做去。"遂分兵为二，一向麻城，一向随州，两路皆用献忠旗帜。献忠本人却向应山出兵。这时代理杨嗣昌任督师的，乃是丁启睿，性情畏葸，诸将不受节制，自己亦无方略计谋。既闻献忠两路齐出，不知如何应战。只有紧守城池，凭献忠之军蔓延抢掠。流军抢掠既富，作战之气遂衰，连攻应山、安陵、应城未下。赖献忠亲自督攻，才于四月二十五日将随州城攻下了。可怜知州徐世淳，三次向丁启睿告急乞援，皆无响应。结果是城破身死，全家遭害。他有一个儿子徐肇梁，亦巷战而死。

这时左良玉由郧阳移驻南阳，分兵驻防泌阳、信阳一带。献忠破了随州，连夜出兵疾趋，袭破信阳州，生擒许多左良玉兵士。用了他的衣甲旗帜，令箭信符，伪装左兵败回泌阳。泌阳守军不识，开门纳之，遂取了泌阳。随后便邀罗汝才率军来攻南阳。南阳府城内有唐王藩邸，左良玉因恐陷藩得罪，故率军前来驻守，妻孥财宝还在郧阳。献忠与汝才合攻南阳不下，便要由邓州去攻郧阳，想取得良玉妻孥，招降良玉。罗汝才劝阻道："郧阳城险而坚，一时难于攻下。若良玉之兵回救，腹背受敌，莫如乘李自成与官军相持之际，回向德安、承天两府，将楚军击破，收抚革左五营，立定足跟，再来取此弹丸之地。"王志贤等皆深以为然。

不料献忠"怒火病"此时忽然爆发了。用手在桌上一击，责备汝才道："襄阳、光州、随州、信阳，偌大城池，我攻破他易如反掌，今你敢量我攻取不得郧阳么？"汝才与献忠共事年久，年龄较长，素以兄弟相称，今忽受此谩骂，不觉大骇。但汝才夙号曹操，最能含忍，不肯与人当面冲突，今见献忠如此，只好默然。献忠半晌言道："你既不愿同往，便留在此处牵制左良玉追兵好了。"汝才无言退出。便率本部分驻内乡、镇平、新野一带而去，心中甚为恼怒。

献忠率军去攻郧阳，郧阳是降将王光恩率众坚守，久攻不下。果然不出汝才所料，左良玉率兵来援，乘虚占断襄樊后路，夹攻献忠。献忠大败，退回内乡。此时心中甚为清醒，对汝才连声致歉。汝才颇知顾全大体，并不计较前嫌。此时恰有禁旅黄得功部下一支人马，因久无粮饷哗变，溃到此地，投了献忠，献忠声势复振。左良玉怕南阳有失，率军还守。献忠欲取南阳，汝才道："此时官军不料我等反攻郧阳，防守必疏，我今可先取郧西以攻郧阳，取得郧阳再图南阳。"献忠同意，遂一同杀向郧西，果然军到城破。此时河南饥民与商南、兴州一带土寇零星啸聚甚多，正嫌群龙无首，见献忠已破郧西，纷纷投附，献忠增加了新军一万余人。这时明廷派傅宗龙大举征剿李自成，大战于河南境内。罗汝才劝献忠杀回陕西，献忠一定要东联革左五营去取南京。汝才心中甚为不愿，勉强同行，一路杀到信阳，打了不少胜战。进信阳后，又曾发过"怒火病"一次。正在这时，左良玉率领马进忠、杜应金等一批降将追击前来。汝才等主张东走英霍山中，待左军已疲再行决战，献忠定要在信阳城外击溃追军。八月初十接战，献忠大败，死伤两万人，失去战马万匹。献忠左腿被箭射穿，不能再战，率残兵数千人奔回郧西，沿途被左军追杀。因献忠带伤，又保有妻子家口，不能疾驰，几次险被官军擒获。幸赖孙可望、张能奇、李定国等死力苦斗得免。一次遇左良玉亲身追来，追过一条小溪，献忠勒马作回斗之势。良玉一马先到，隔溪不能作战，亦勒马以待追骑。献忠乘时对良玉道："左将军苦苦追我，无非拿我献功。但朝廷诸君臣却正待捉到我后即行杀你。请看孙传庭，拿得高迎祥后便丢官入狱。我死以后，朝廷还留你们这批武官何用?"一句话打中良玉心病，用手一挥。献忠会意，策马便走。左良玉亦退去了。罗汝才见献忠喜怒无常，遂乘败乱之际率众离队，到邓州去投了李自成。

按下献忠逃窜，再说李自成祖坟被掘以后情形。他自破了河南府，得了福王库藏数十万，粮食军资如山。用此招集流亡壮士，骤得强兵五十余万，要想一气攻下开封，占据河南全省。这开封乃宋朝的汴京，砖城坚厚，为中原第一重镇。城内人口一百万户，经常驻有布政按察等文官，巡抚、总兵等武官，督标官军万人以上，军资饷储足支数年，又有周王藩府在此。这周王乃太祖第五子朱棣的封国。现王名叫恭枵，乃橚第十代玄孙。虽因祖制不许养兵，不许问政，但当此危难之际，他发出王府金银五万两犒劳官军。又布告城中，无论军民，有能砍得贼头一颗者，由王府奖银五十两。因此城中人人奋勇，与洛阳情形迥然不同。自成连攻七昼夜，未曾攻下。扎成云梯爬城的人，到了垛口，城上人毫不惊惧，反争着来抢他的首级。挖地钻进去的人，被城内用沸汤灌穴，或投柴火，全被杀死。自成折兵数万，闻明廷派总督保定、山东、河北军务大臣杨文岳，率总兵虎大威等军两万人来救开封，乃解围而去，退保嵩山以西各山地。文岳追赶自成，打了两次胜战。自成兵败，走向南阳，恰好罗汝才率领四营前来投附。献忠前在郧西所招饥民数万，此时因献忠惨败，亦皆改附自成。又有蒙阴首领袁时中结众数十万扰乱淮泗，被朱大典、卢九德等击败，亦来投附自成，自成新增部众三十余万，声威复振。杨文岳军与之相持于汝宁、南阳之间。这时中州官军虽有左良玉、贺人龙、李国奇、虎大威、陈永福等各数万人，都彼此观望，不肯拼命打仗。督师丁启睿调度不灵，不能与文岳相呼应。朱大典、卢九德等只能保卫淮南江北，不能出击。崇祯皇帝环顾朝廷内外，并无知兵敢战忠勇可恃之人，日常对着大臣哭泣，怪他们不能分忧。兵部尚书陈新甲奏道："十余年来，知兵大臣之敢战者，卢象升、杨嗣昌已死。洪承畴现在辽东抵御满人。孙传庭、傅宗龙下在狱中，陛下用法过严，功臣有罪不能赦宥。军兴以来，按抚总镇之因失律挫败赐死者已数十人，内外官员皆不谈兵事。诸将之中，如左良玉、贺人龙等骄恣已久，又非有重望朝臣前往督饬，不肯勇战。以臣观之，非起用孙传庭或傅宗龙不可。"崇祯为人喜谀恶直，又忌人道及民穷财困与休养生息等语。孙、傅两人即因此触怒下狱，几次要想杀掉。因为拿不到过失，留下老命。现在万不得已，对新甲道："孙传庭自夸才大，目中无朕，不能用他！傅宗龙犯罪甚轻，卿可问他，若能为朕效力，可以任用。"

这傅宗龙，字仲纶，云南昆明人，是万历朝的进士，最喜谈兵，人亦非常强勇，善于训练军士，积军功做到四川巡抚，升为兵部尚书。因他面对之时，痛陈各省民穷财困的实情，大为崇祯所恨。后来对于杨嗣昌一切措施亦多所指责，益发触怒崇祯，说他"抗旨"，下在死囚狱里。在狱二年，须发全白了。今闻新甲转示帝意，宗龙叹口气道："古云：老骥伏枥，志在千里。窃叹今上好谀，小人奔进，误国殃民，至有今日。今贼势已成，老夫家兵旧将各已飘零，狱囚强起，宁有何济？不过一腔赤血洒向沙场，较之冤死狱中快耳！"遂答应率军进剿。崇祯召见，厚着脸勉慰一番，命他驰赴陕西接任陕西三边总督，集关中军粮，与杨文岳、丁启睿合剿自成。

◎评注

本回以发掘闯、献二人祖墓领题，借见明室技穷，竟采如此下策。后续写傅宗龙、汪乔年、杨文岳、孙传庭四忠臣死事情形，将崇祯褊急任性，倾天下以图一逞之情揭出，使阅者知明室至此不能不亡。

边大绶《虎口余生记》，记有发掘李自成祖墓事甚详。足见宏光、永历中已甚流传。吴梅村曾采入《绥寇纪略》。《明史·流寇传》亦曾采之。此书颇疑其妄，殊有卓识。李自成潼关之败在发墓以前。发墓后，三攻开封，四擒总督，其势扶摇直上。仅有围汴时伤一目为挫。如此，则发墓之效亦太微矣。

第三十回

逞孤注双忠一辙
决长堤两败俱伤

话说傅宗龙受命总督陕西三边总军务，于崇祯十四年六月，由山西驰入西安，与陕西巡抚汪乔年商量剿灭李自成方略。宗龙言道："今上密旨，谓李自成祖坟多有灵异，今既已发掘，则扑灭不难。今闻自成有战骑五十万，现在河南围剿之官军约有三十万。我欲尽起陕西全省壮丁三十万人出关，一鼓将李自成扑灭。则扫荡余寇易如反掌耳。"这汪乔年，字岁星，浙江遂安县人，亦是进士出身，为人忠悫慈祥，爱惜百姓。对宗龙道："陕西自本朝元年饥乱，迄今已十四年，无年不有兵祸。壮丁被流寇裹挟，官军抽调，早已扫境无余。现在幼丁尚未成长，斑白皆已衰残。况是连年旱蝗，民贫可怜。黄台之瓜，岂可三摘！还祈念民艰，暂用现兵作战，免予征发新兵新饷。"宗龙听他言之有理，自然允了，只募亲兵六千人。调现在河南之陕军贺人龙、李国奇两部共约一万余人，与留陕之川军数千人合成二万，立即出关。九月初四赶到新蔡，与保定总督杨文岳商议进剿之事。

杨文岳，字斗望，四川南充县人，亦是万历进士，与宗龙德望勋业相当，性情年龄亦相若。此时更属同舟共济，一切甚为和谐。只是贺人龙、李国奇等军骄横已久，不受宗龙节制。第一次与自成接战于孟家庄，贺人龙之军先溃，李国奇亦跟着跑了。宗龙督率亲军坚持不退，杨文岳部下总兵虎大威见贺、李奔走，来请文岳退军。文岳道："傅督如此高年，尚率亲军死战，贺、李一世名将，乃竟畏贼如此。事平之后，朝廷岂无赏罚，我今愿与傅督同死！"遂亦督率亲军，与宗龙就地各扎一营垒，与自成相持。虎大威见文岳固执，便先去了。文岳扎定营垒，要与宗龙死守以待援军。他的部下纷纷议论道："这流军不能剿平是人人皆知之理。今傅、杨两督乃因一念愚忠，与敌拼命，我等何苦被他拖带同死。莫如劫他一同溃围，共图活命。"遂由张副将率众一拥进帐，将杨文岳挟在马上，乘夜突围向项城驰去。傅宗龙正嫌自己兵力过单，乘夜率众杀到文岳营垒来，要想合力坚守。见得其营已空，遂就此营坚守，以待援军。他的部下一来激于他的忠勇，二来见得贺人龙、李国奇、虎大威、杨文岳等部先后溃去，明知总督陷在此地，必会来援，遂与宗龙同心死守。李自成围攻了十一日，未曾将垒破得，料定垒中粮食不多，便在垒外挖了两重大壕围着，却分兵向附近州县与项城进攻，以断援军。宗龙粮尽，杀马骡而食。马骡又尽，乃出垒抢夺死尸而食。拖到九月十六日，自成重壕已成，死尸亦不可得了。援军毫无声息，宗龙仰天痛哭，乃与六千亲军步行突围，向项城杀来。杀了三天，未得点水粒米。十九日未刻，方才杀到可望见项城之处。自成正以大军围攻项城，宗龙如何杀得进去。可怜这六十老翁，虽然精神矍铄，但已忍饥受渴，步战三日，部下死亡约尽了。自成将他生擒之后亦生敬意，下座与他解缚，亲递茶水，向他言道："举朝上下皆是贪官污吏和谗谄面谀之臣，老元戎虽有一腔义气，于国何补？我等有约，攻城三日不下，破城全剿。两日不下，杀十之七。一日不下，杀十之三。军到即降，不损秋毫。守项城的杨总督亦是忠臣，我实不忍加害，烦老元戎前往告谕，以免生灵涂炭。"宗龙只是静坐，半言不答。便有军丁将他拥到城下，向城上叫道："你们傅督军向杨督军说话。"文岳闻之，上城观看，果是宗龙，已是遍体血迹，气息欲断了。只见宗龙张目言道："我不幸至此，只求速死。你们快向我开炮，那李自成在我附近。"自成闻说，急忙躲过一旁。便有部将一刀向宗龙肋间刺来。宗龙倒地，连呼“开炮”不已，城上这才开炮。他家将卢三乘时将他抢到背上，跑向城来。城中吊下吊桥，吊了上去。刚到文岳面前气便绝了。全城见者闻者无不痛哭。自成见宗龙如此忠勇，遂不忍再攻文岳，撤兵而去。文岳亦自项城退至杞县，将这情形具奏入京。自请处分之外，并纠举贺、李、虎三将溃逃避贼，屡檄不救之罪。崇祯将文岳免官，贺人龙等切责，仍令戴罪图功。一面再命陕抚汪乔年继任陕督，进剿自成。

自成那时老营扎于临颍。左良玉既破张献忠于信阳，还军郾城，乘自成与宗龙相持之际攻破临颍，将自成所存的金宝爱好之物全部掠入郾城。这时一班降将刘国能、李万庆、马进忠、杜应全、王光恩、惠登相等，皆受左良玉指挥。而南阳、汝宁两府，皆良玉防御之地。自成甚恨良玉，自项城回兵转来，先攻叶县，擒杀刘国能。再进攻南阳，十一月初四将城攻破，守将猛如虎巷战而死。自成杀唐王键聿于麒麟阁。这唐王乃明太祖之子定王柽的第九代孙。自成以为杀了他，可以坐左良玉陷藩罪。但这时陷藩之事已多，明朝已不能一一究问。又唯恐良玉不肯出力，更不敢加罪于他了。自成率军又破邓州、镇平、内乡、新野、唐县、舞阳、许州、长葛、鄢陵、通许、陈留、禹州。河南州县，全是自成所放之官，只开封、杞县、郾城等少数城池未下。明将如陈永福、杨文岳、左良玉等，皆只能守城，不敢出击。自成遂集全力再围开封，从十二月二十四攻至正月十三日，用尽方法未曾攻陷。但有二十几处城墙皆已被自成用地雷轰破了。幸赖总兵陈永福多方堵御，虽未被攻入，却已危急万分。崇祯皇帝万般无奈，乃从死囚狱里请出孙传庭来。

这孙传庭的确是明朝最后一根擎天柱。他在陕西巡抚任内，除擒献高迎祥与黄龙、刘哲外，又曾击斩蝎子块、圣世王、瓦背王、一翅飞，降伏镇天王、大天王、过天星，击败混十万、闯塌天、老回回，又曾大破李自成于潼关原。陕境流军，赖以敛息。杨嗣昌倡议设立十面罗网，指定孙传庭为正面。传庭写信给嗣昌，指说那是劳民伤财而无实益的事。因此开罪嗣昌，屡将他的功赏遏制，将他的奏议压搁。又屡在崇祯之前说孙传庭不受节制，要想激怒崇祯将他拿问。但传庭偏是屡奏大捷，无理由拿问于他。当李自成败在潼关原后，刘国能、李万庆、张献忠等俱已就抚。罗汝才与老回回、革里眼、左金王等十三家合股西向潼关。传庭引兵迎击，将此十三股围困灵宝山中，准备一网打尽。群雄无奈，诡向总理熊文灿求抚。文灿派人持檄阻止传庭进剿。传庭力争道："群贼果然受抚，便该接受点验，移驻城市，停止劫掠。今日擅留山中，一切如故，何可以就抚自欺，养痈遗患。"正要进攻，嗣昌又发书来，痛责传庭忌妒文灿大功，破坏抚局。传庭无奈，只得撤兵入关。崇祯十一年十月，满兵犯京，征洪承畴与传庭入援，陕西之兵完全调去。满兵退后，改任传庭为保定、山东、河北总督，命承畴率陕军远戍辽东。传庭向嗣昌力争道："陕军在陕豫剿贼，关系桑梓安全，还肯出力。远戍辽东，风土不安，久必怨叛。今多征辽东兵马剿贼，反以陕豫之兵远戍辽东，难免双方俱败。"嗣昌不听。因怕他陛见时奏出许多奸状，不准传庭入京。传庭眼见天下大事必败于嗣昌之手，忧心成疾，两耳俱聋，上疏请假养病。嗣昌遂向崇祯言道："孙传庭谓陛下有功不赏，不愿再从事戎马之职，装聋规避。此人恃才倨傲，若不剪除，难免不为叛乱。现流寇已将消灭，满人亦通和好，可治孙传庭欺枉之罪，将他论死，以除后患。"崇祯深以为然，遂将传庭拿来下狱。传庭历任外官，在朝并无相好之人，加以众臣皆畏嗣昌气焰，明知冤枉，谁敢营救。正待判他死罪，张献忠谷城叛变消息到了。嗣昌畏惧人言，未敢加紧罗织罪名，拟待亲出督师，平贼之后再行将他斩首。不料军事失败，一切皆如传庭所言。嗣昌既死，廷臣始渐有请起用传庭的。崇祯自觉素来偏听嗣昌，对他有愧，怕他掌握兵权与己不利。所以用了傅宗龙，仍不赦他。现在宗龙又已败死，南阳失陷，开封围急，实属无人可用，这才将他放出。十五年正月初六，召见于文华殿，假以兵部侍郎官衔，命他率军去援开封，问他需要多少人马。传庭从四十七岁入狱，关闭三年，现已五十岁，猜想流军还是三年以前的情况。对崇祯道："陛下宥臣一死，臣当鞠躬尽瘁，以死报国。但得精兵五千，足矣。"崇祯命拨禁旅五千与他，立即赴援。传庭行到黄河北岸，望见围攻开封的流军密如蚁聚，烟尘腾跃，极目力不能尽其涯际，且皆部伍整肃，与昔日乌合之众不同。不觉骇愕道："不料国家大事，遂被杨嗣昌辈弄坏到如此地步！"乃上疏详述军情，谓："非有众二万，不能平贼。"崇祯怒道；"他见陛时只要五千，未过十天，又要二万了，现在哪有如许现兵！"命他待解开封围后，到陕西去自行征募。

再说李自成见开封坚固难攻，各路援军又至，乃弃了开封，专攻左良玉于郾城。此时汪乔年奉命，继傅宗龙任陕督，接令后立即率兵援豫。关中已经无兵，乃将三边马步兵三万人扫境调出，率总兵贺人龙、郑嘉栋、牛成虎三员，向河南开来。乔年对亲信道："傅、杨两督，与左、猛诸镇，尚未能剿平流寇。今乃以我御之，正如以肉御虎，何望生还。但如我不出军，则河南人心无所依恃，势将相率从贼。这亦是明知死路不得不走呵！"到了河南，闻自成攻郾城甚急，要想去救，兵力不足。探得自成家小多在襄城，与郾城相距二百余里。乃攻取襄城以为郾城声援。自成所委襄城知县张永骐便是本县的秀才，见官军来攻，便投了乔年，迎之入城。自成闻报果然解了郾围，来攻乔年。乔年命贺、郑、牛三总兵扎营城外，自督标兵背城以待。自成军到，三总兵之军皆不战溃走了。乔年叹道："军心如此，贼情如彼，我辈但当觅死所耳！"乃率标兵入城死守，标兵亦溃逃大半，还剩一千余人不忍离去。自成用地雷飞炮四面围攻。乔年危坐城头，纛旗狮座皆被飞炮击坏。亲将张国钦等哭泣请其暂退，乔年不动。二月二十七日城破，乔年犹督亲军巷战，年老力弱，只杀了几人，已不能挥刀，急忙自刎，又力弱不能断气，被自成兵捉去将他拔舌而死。亲军与全城官吏巷战而死者甚多。李万庆时为副总兵，亦与乔年一同死。自成寻张永骐不得，将他全族屠杀。

自成既破汪乔年，又率大军去围攻开封。这时孙传庭已奉命入关，代乔年为总督。但全陕三边现兵已尽。贺人龙等溃军回来，亦所余无几。传庭与巡抚张尔忠密议道："傅、汪两督，皆由贺人龙等先溃致败。河南官军数十万，所在避贼，望风先逃。若不整肃军纪，养兵何用？但各省官军皆已如此，诛不胜诛。惟贺人龙过犯最重，又与自成同乡，当斩之以肃军纪。"乃于五月初一日，召人龙议事，伏兵缚之。传庭高坐堂上，数其历次不战先溃之罪，推出斩了。人龙临死尚辩说道："我等陕西一省，数千万人，被逼而为贼者十之三；连年因剿贼而被征为兵者十之三；所遗十之四五，全属妇孺老弱，伤病残废之民，万里荒凉，督台应有所见。军士亦是血肉之躯，剿贼十四年，不得退役回里，念及田园坟墓，父母妻子，能不寒心？如此军士，欲其长期振奋，虽孙、吴复生，亦不能也！况贼愈剿而愈众愈强，当是方略失宜，调度未合。以疲怨之军士，受未合之调度，攻不可灭之贼寇，人龙等虽抱忠忱，奋义勇，亦不能制部下之不溃乱也！”传庭觉他所说亦有道理，因此只杀了他一人，未再追究郑嘉栋、牛成虎等。军纪已肃，这才召集流散，训励将卒，重新建立新军，徐图进剿。这时开封围急，崇祯连旨催促传庭出兵。传庭说新军尚未练成，尚不能用。且粮饷亦尚无着，未可出征。明廷哪里肯听，催旨接踵而来，传庭不得已，率之出关。刚到潼关，已闻报开封陷没了。

回书再说开封陷没情形。原来李自成在开封四周筑下长围，将外面援兵隔断，使城中无食。草根树皮，雀鼠皮革皆尽，家人父子相食，人肉公然出售于市。各路援军，皆远在数十里外，筑垒与自成军相持，或退至黄河北岸休息，指望孙传庭率陕军来救。自成遂得分兵，将所有河南州县全数占领。崇祯皇帝每日接到河南军报，皆是折兵陷城消息，恨不得将自成一口吞下。无奈各路军士都如贺人龙所说，实在无作战兴致。虽将贺人龙首级传示各军，但并无人因而惧罪，从此奋勇起来。苦了杨文岳四路劝勉，又请发库帑十五万两，犒赏左良玉军士，才买得左军开拔来。文岳与丁启睿，纠合虎大威、杨德政、方国安、左良玉四大镇兵，会集于朱仙镇，商议击破自成以解开封之围。良玉道：“今贼势如此，非侥幸一战所能解围。宜暂沿河堤杀开一线，转粮入汴城中，救其眉急，再图破贼之道。”丁启容道：“皇上责令我等死战破贼，今如缓攻，则贼未必能破，身先已随贺人龙陷于法网。莫如孤注一掷，以求万一之胜。”良玉道：“天子不识贼情，急于扑灭。我等非不识贼情者，何可附和盲动！我等苦战十余年，杀贼无数，难道不足以自明忠悃？岂能效汪、傅两督同归于尽。”二人议论不合，良玉遂引兵向襄阳而去。自成闻之，乘势攻来，四路官军皆溃。崇祯此时诛赏之计已穷，只得传密旨，命文岳将罪迹较多的杨德政杀了，不敢责问其余三路。后来虎大威奔到汝宁，亦被流军所杀。

开封城内，巡抚高名衡闻得朱仙镇援军溃走，乃议开挖黄河金堤，淹死自成围军。这开封附近的黄河，因为水流平缓，积年沉淀泥沙，水面比两岸平原为高。自宋营汴都筑有金堤一道，抵御河水。自此以后，每年培高堤障，河底亦每年垫高起来。天启年间，御史徐光启请来西洋人测量，堤身比城墙高了丈许，河水水面比周王府大殿宝顶还高出二寸。平时堤防工作至为严密，现因无法击退自成之军，只好采用此下策。以为城垣坚厚，水难灌入，单使围城之敌蒙害。不料刚在朱家寨口挖掘之时，自成已发觉了，并不退军，只将各营移于高处。并将河淮抢来的大船牵到附近，以备乘船抢城，另还发动兵勇民夫，将马家口长堤挖断，让那水冲进城去。九月十五三更，只听得巨响一声，黄堤溃决，接着河水以万马奔腾之势，分作三股，卷扫而进。天亦凑巧，降落倾盆大雨，以助其势。水流所过，艨艟巨舰被冲翻，万仞坚城亦被冲坏。可怜开封城内一百万军民，城外数十万流军，附近数百里居民，无贵无贱，同为鱼鳖，逃脱的总是少数。挖堤之人，更无一人不是于决口一瞬息间漂到百里之外，衣服皆被冲刷光了。城内周王府后本有土山一座，周王与其宫眷，赖此救命。河北援军闻讯开船过来救他，军民赖以得活者，共总不到二万人。城外自成之军亦不料水势猖狂至此，幸他们多有良马，援尾附鬣，随波翻腾，大部漂浮而出，小部淹灭以死。前后一年零九个月，三度大举围攻的开封，至此不攻自破，重围亦不解自解。从来两败俱伤的惨剧，莫此为甚。

◎评注

此回专述李自成事，似已逸出书题之外，其实不然。使无此回所写诸情事，则北都不致倾覆，自成不得称帝，献忠安得而据蜀乎！此时献忠只余残骑数千，而终能暴起淮南，卒与自成并肩者，亦系有此一番战争也。

第三十一回　张献忠获救白水青　罗汝才曲全金兰谊

按下李自成情势不说。回说张献忠说退左良玉，逃回郧西地界，残兵不过三千，左胫被箭射穿，溃烂流脓，不能步行。闻郧西城已被官军取了，不敢往攻，退到上津县的连三坂地方驻下养伤。派人召集各路头领，方知罗汝才已率四营投降李自成。其余郧西山中各头领见得献忠凋败，李自成攻下南阳，声势盛大，俱向自成输款，不理献忠。献忠不胜忿恨，见于辞色。王志贤等唯恐他肝火病发，将人心丧尽，无法重振，俱惴惴不安，准备逃散。偏是献忠那怒火病，要在得意之时才发，此时虽不遂意事接踵联翩，却能从容不迫处理一切事务，半点不乱。有人前去探病，他接待得甚有礼貌。王志贤、潘独鳌、徐以显等，这才安下心来。一日，献忠召集文武头领议事，对众言道："我从前未能听从曹操劝告，屡遭失败，以至今日。他今降了李自成，乃是我负曹操，并非曹操负我。李自成以前亦曾一蹶不振，前来投我，现在他已占领河南全省，拥众百万，屡破官军，有南而称尊之势。他之长处，就在能收拾人心，延揽贤才，不念旧恶，这样好处，我们必须得学。我与他同庚出世，许多相命高手，都说我与他福命相同，只要我等能照他那样去做，哪怕不能重整旗鼓，与他并驾?”这一席话，登时将众人雄心激起，同心共商重振之计。王志贤道：“大王声名，原在李自成上。现在兵败至此，而自成又新破官军，攻下南阳，与大王逼近，无怪郧西商南各寨头领要去附他。我等今日缺在兵少。现值各省凋残，户口稀疏，壮丁缺乏，已无可招收。我想革左五营盘踞潜霍山中，与南阳相距甚远，尚未投降自成。我等乘时悄悄到光州、固始去，与他合伙。以大王声望才略，谋臣武将，与他周旋日久，必可使这五营兵马受我指挥，这才足以重整旗鼓，与自成抗衡。”献忠大喜，从卧榻上跳起来道：“这是我等今天唯一的去路了。我不怕脚痛，便同各位一齐上马前去。”咬着牙齿，扶杖下榻，走了两步，实在支持不了，又复退回，忍痛坐下，左腿抽缩不已。众人见他痛苦，齐安慰道：“大王今日仍以养伤要紧。从前李自成穷蹙在夔巫山中两年，一旦出山，便有今日局面，待得大王伤愈，我等不愁无富贵之日，何必急在一时，目前探寻医生要紧。”于是派人四处寻找名医，这一来却找出一个活神仙来了。

此人姓陈名正乾，河南郑州人氏，生来性情乖僻，不喜读书，贪玩杂艺。当他十多岁时，父母命他入学，路过吕祖庙，正逢庙后培修后殿，装塑三清神像，两廊彩画为二十四幅吕祖故事，他看来甚为有趣，遂藏在庙内，随同塑匠与画师调泥涂色，做一帮手。因他天资颇高，手技灵巧，绘塑匠人都乐得教他手艺。遂由道士怂恿，拜了塑匠为师。但因他父亲指望他读书成名，不准学习技艺。故他不敢禀告父母，只将学金学米从父母手中骗来，做了塑匠的赞敬。三个月后，庙工完成，塑匠散去，他亦回家。父母盘问诗书，知他未曾入学，着实打了一顿，再行亲自送他到学堂去，面托先生严加管教。正乾每日做完功课之后，便去簸些黏土，在房檐下捏塑神像人物，博得同学喝彩。被老师知道，又复着实打了一顿，加重日夜功课，使他不得一刻贪玩。正乾朝夕如坐针毡，遂逃跑出来，前去找他的塑匠师傅。恰好他师傅在浙江关帝庙塑绘，见他前来，亦甚喜欢，便向首事报了加添工匠一名，留他工作。一月之后，工程完毕，工匠星散，他已不敢回家，便将所得工钱买了一些颜料铅粉，寄宿庙中，塑造社神财神，零售度日。每日听得道士谈说吕祖求仙，真武得道，与太上老君一气化三清的一类故事，乐而忘家。如此混过一年，神像渐无人买了，便去到关帝殿前，虔诚焚香占卜，求问走去何方利市。道士新制签筒，传甚灵验，正乾正心诚意摇出一签，签书注道："他日王侯却并肩，眼前蹭踏亦堪怜。仙缘有路何从觅，只在终南太白巅。"

正乾看了想道："这明是教我到太白终南山找神仙去。"回想素日听得吕祖学仙，受过许多痛苦终成大道，遂决心向终南山去。一路出售泥塑神像，撙节用费，积成盘费。不一日到了西安省城，打听得终南山去路，办了许多干粮负在肩上，独自向山上行去。第二天，到了终南观，见许多道士皆在礼斗拜罡，修习经谶，并无一个像神仙的。又在山上绕行数日，盘费用尽，并未得遇仙人。遂又退回西安城内，做卖塑像。渐渐积蓄盘费，探问太白山的去路。问明须从郿县上山，遂同骡车商队西向郿县走去。才过周至，便已望见太白山巅，积雪晶莹，烟云缭绕，仿佛是天仙住地，心中不胜喜慰。到郿县后，随即办了许多干粮背负上山。这山道路险绝，不似终南那样平易，加以松林丛密，风吼如雷，似有野兽盘踞。一路行来，好不令人惊惧。想到吕祖求仙，遇着真仙变化猛虎前来试他，因他信念坚定，不怕一死，后遂得了大道的故事，于是胆壮起来。有时真的遇着野兽亦不害怕，直向前去，野兽反都惊慌避让，竟未伤害于他。他求仙的信念更是坚强起来。这日走到半山，已甚寒冷，寻不得宿所，便在林内捡些干柴煨火过夜。第二天早晨继续登山，途间遇着一座茅棚，门却关着。悄从门隙窥去，内面有三人盘膝静坐，皆是苍颜白发，紧闭双目，不言不动，恰如塑像一般。正乾以为这是神仙了，便在棚外静候，要待他醒时求道。候至日中，却见棚后炊烟大起。不多一会，有一中年道士捧出饭来，那三个老道士便下座吃饭，商议化缘，有说有笑。看来并非神仙，便舍之而去。走到天暮，又见一座茅棚，结在山岩高处，像个仙境，即忙绕道向这崖顶寻去。却于其侧发现一座寺庙，匾上大书"德玄洞天"四字。进得庙去，便有知客道士前来接着，引进客堂，送来便茶，茶盘之上放着一册缘簿。口中说道："本山乃天下第十一洞天，太上真仙降坛之所，非有大福德人不能前来。这里斋居道士数十人，全靠募缘维持丹火。"随说随提笔，便问："善士姓名？"骇得陈正乾即忙立起身来道："弟子河南郑州人氏，千里前来访寻真仙，所有盘川，早于鄜县城中买了干粮，未曾带来现金，无可报捐，惭愧得很。”那知客突然将脸放下，将茶收回，说道：“原来是访寻真仙的，真仙这山上有，但却要吃得苦，请出去吧！”不由分说，便将他驱逐出来，将大门关上。正乾无奈，便在这庙檐下宿了一夜，寒风凛冽，一夜未曾合眼。心想如此道士，安能与神仙有缘，因而对庙侧几间茅棚的修士也就不生信心。次晨吃了干粮，到溪边喝一点水，不再进庙，便向山崖险处胡乱走去。攀崖拊石，走了一天，未曾遇着一人。因为山高风大，寒气益重，已无大树丛林，只有许多矮树，杂出乱石之间。知道不会再有虎狼了，寻一石穴卧了一夜。次晨起来，衣上石上皆是霜粉，手足全僵了。搓揉许久，又发火烧柴，吃了干粮，这才向前走去。这日望见远处岩上，有一白髯道士，站立石台上，飘飘然有几分仙气。遂辗转攀援，到了那座崖上，细看这道人：童颜鹤发，双目炯炯，看人一眼，像有两道寒光射来，使人生畏。正乾即忙跪下礼拜。叩头已毕，但见那道士毫未理他，对着太阳，屈伸呼吸，做他的吐纳工夫，腰腿矫捷，正如壮年人一般。做了许久，收了功，看得正乾一眼，便向石台后一洞穴走去。正乾又急忙赶上去，跪阻在洞门外，言道：“弟子河南郑州人氏，不辞辛苦跋涉，来此访求真丹大道，还望仙师见怜，收容指点。”那道人再看一眼，脸色不悦，言道：“世上哪有神仙！说神仙的都是妄人。”便用脚将正乾一蹴。正乾早已被推到数尺以外。只见他勾着腰，钻进石洞，随即推过一石将洞门塞了。正乾赶去，哪里推得动那石。心想这是真仙无疑，便长跪洞外，要用至诚将他感动。跪了数日，干粮也已吃尽，洞中毫无声响。这时山中大风大雪，台下虎啸狼嗥，正乾一念坚定，毫不畏惧，只是渴饥难耐，不觉昏晕倒地。醒来时，天朗气清，有一童子站立洞口，给与白糕一方，道：“你这乞丐，为何行乞到了此地，吃了这糕，快自去吧。”言罢入洞，门又关了。这糕大小不过三寸，吃来无香无味；吃下之后，饥渴皆消。从此长跪洞外，达四十九日之久。这才洞门大开，那道人出来，问道：“你这痴人，要我给你什么？”正乾哀求金丹大道。那道人道：“我寻金丹大道八十余年尚未寻得。你今轻易便向我求道，哪有如此容易的神仙！”正乾道：“但求仙师收容在山，终不得道，死亦甘心。”道人道：“我这一派，出于华佗五禽导引之法，入门弟子，皆须选择骨相。你骨法凝重，即非我道中人，何可收容？好在你骨法虽然重浊，心相却还灵巧，我念你虔诚，赠你方书一册。你如能导方行医，不受酬金，未来自有一番福报。再能清心寡欲，则五福并臻，无异地仙，不必入山受苦了。”言罢，掷书入洞而去。

正乾起来，拾书观看，第一卷第一页写着一行大字道：“遇病检书，不许预习。”遂谨遵其言，不便开视，即忙下山，走回河南。路上盘川，仍靠塑卖泥像开销。每到一处，都以包医怪病自炫。便有许多伤风感寒之人，前来求他，他即开书检方，翻到第二页，乃是“外科”二字。翻遍全书，并无“内科”。红着脸回答病人道：“我只会治外科。”惹得病人咒骂一场，观者无不大笑。因此他不敢再向人炫耀医术。由潼关走入河南地界，沿途见有巡抚元默招聘方医榜文。榜文说：“家有一女，因戏秋千坠地，折断一足，骨出皮外，有能医好者，赠白金二百，大骡一骑。”其时流军已从山西渡河，元巡抚驻节洛阳。正乾念洛阳此去不远，这是外科，或能医治，便在室内翻阅仙方，果有一折肢露骨一条。下开方道：“取女阴十二具炼油，白水熬膏，阳木为杵，尽力搅炼。至成膏时，以冷水浇之，光焰能达到三丈以上者，可续筋接骨。”心想：“这方有效与否，毫无把握，却要伤害十二个妇女性命，如何行得！”遂不敢去应聘。恰在这夜，宿住在一家客店，闻得隔室有人彻夜呻吟。问起为了何事？店小二道：“女主人长有对嘴叮疮，无人敢医，已两日未进口水。”正乾忙去翻阅仙方，正有叮疮对口一条。注方道：“捕花网蜘蛛一只，捏其腰部，令嘴对疮头，吮之啮之，毒尽蛛死。再以吸烟杆内黑油涂肿处，自愈。”他要试验仙方功效，便向主人请求医治，如法做去，果然疮平痛止。店主人感谢不已，向他酬谢，他不肯收。惊动一邑之人，求医者甚多，个个医好，亦难尽述。单讲有个来求他去医害了三年的臁疮的。他翻书检看，正有此条，便应承去医。先引病家同向药铺，买得皮制膏药几张，麝香两丸，硼砂一包。将病人抬来，用硼砂调水洗涤其疮，将浓血刮去，烘开膏药，满撒麝香，才向臁疮贴上。用了三张，才将疮面贴完。并言道：“膏药脱时，如法换了再贴，至臭脓不生，再来换方。”果然第二次揭开时，无臭脓了。再来求他，他已炼有丹药，教他仍用膏药贴治，自可生肌。又叹息道：“可惜我白水膏未得炼成，倘有此膏，七天可以还为好腿。”众人见他医治各症皆是奇方，无不效验。便问："白水膏何以未炼？"他说："这须要十二条人命，所以未炼，炼成之后，续筋补骨，易如反掌。"便有人将这消息，传进巡抚衙门。巡抚立即派人前来请他。他到衙门，看这女子，脚已经折断，只有一块胫皮连接断脚，胫骨破折如刃，穿出皮外。流血已多，面目皆呈白色，昏迷微吟，临死不远。正乾对巡抚道："非白水膏不能治，若制此膏，非有新鲜女尸十二具，交我秘密熬炼不可。"巡抚爱女心切，念前次剿流军获胜，得到许多妇女，原拟查明本家遣送回籍，现既需用女尸，不如提十二人杀了交他去办。遂提壮盛者十二人，宣布"从贼"罪状，一律绞死。恩赏每人薄棺一具，就在衙前装殓，敞棺示众。便在这夜，命人协助正乾将女阴割下，付与他去秘密熬炼。第二天早晨，膏已熬成。将骨胫缝合，以膏涂之，上了夹板。外面十二具女尸，亦钉在棺内抬去埋了。正乾不敢自信有效，到第二日，悬心吊胆，揭开夹板一看：折足筋内已有血色，女子神气亦好了许多。遂再涂膏上夹，等候七日再开，居然断足已复续了。再涂膏上夹，七日以后，女子便能起身行走。巡抚大喜，便要保他军功。他因离家日久，思念父母，不愿做官。巡抚践言，赠他白金二百两，大骡一骑，鞍辔俱全。外加一套新衣，给了一张谕帖，放其回乡。正乾思家心切，一路并未耽延，直骑回家。母亲见了，喜得流出泪来。他父亲乃是读书古板之人，平时对于儿子逃学已甚痛恨。今见出门数年暴富回家，疑他是抢掠而来，便到衙前自首。州官将他捉去，听他供出的话颇多可疑。因他持有巡抚的谕帖不能不信。乃将他族兄陈举人请来，命其保领回去，劝导他的父亲，撤销首案。举人问到详情，知他医好巡抚女儿是实，便领回去劝他父母。他父听得白水膏炼法，大怒道："哪有这样神仙？竟叫人杀十二命以救一命。"问他要书来看，翻到第三篇上，果有此方，勃然大怒，将书向火盆扔去。正乾急忙去抢，被他父一杖打来，逼他仍丢入火。幸陈举人疾从火中抓出，他父不便打他，忙去争抢。举人执书伸臂，向正乾递来，正乾乘势夺书逃跑，不敢再回家中，便流落外方，以绘塑为业。自念："仙人说过，不受酬金。我因受了巡抚酬金，所以遭此事变。如今全部书烧得只剩十三四篇了，此乃仙人有意收回之故。"从此珍藏此书，不肯示人，亦再不向人炫耀医术。未久，流军从陕西回到河南，陈正乾被献忠属下头领王尚礼掠得遂加入流军。那流军对新投者，问明有技术特长的，皆特为编组，不轻用以作战。如木工石工，则用于营造；金工冶工，则铸刀剑；缝工，则制军衣；医士，则为医疗队；能书画雕塑之人，则任文告宣传与娱乐装饰之役。陈正乾初不敢炫医，只称是绘塑工匠，王尚礼考他绘画手艺甚妙，便令随营作些图画，以资娱乐。因在头领左右，年复一年，与全营军士皆熟习。在谷城闲驻时，他曾炼丹医疮，渐渐有人知他能医。破房县后，城内外杀人甚多，遍地尸身无人收殓。其时外无官军来剿，献忠下令自由三天。别人都去寻欢取乐去了，正乾暗中剜下许多女阴，到一空屋内炼成了白水膏，装在瓶中，随身佩带，无人知觉。其后屡次作战，同辈带伤，他不敢拿出试医，为怕的一旦被人知，全营陆续来求，便难再回家乡了。玛瑙山这战，他也带伤，方才取出前膏治疗，数日即愈。因此渐渐有人知道他的膏药有奇效。此次献忠东征，王尚礼一营留守郧西，闻得献忠兵败，官军来攻，弃城退入山间。尚礼此次来见献忠，见他足伤如此严重，便在会上言道："末将营里有一塑匠，善医金疮。他有秘方，又不受酬，亦不肯轻易医人。可否召他前来一试?"献忠道："姑且叫来一试。"尚礼便去把他叫来。

正乾见了献忠，解开足来，见得胫伤穿透，皮肉已见腐败，臭气扑鼻，言道："此疮恐非白水膏所能治疗，容我先行涂上，可以减少痛苦。待我回去调治方药前来，方能痊愈。"说罢，洗涤涂膏，却将穿眼之部留出。急忙回营，暗地翻书查看，知道在膏内加上麝香龙脑，便可疗治穿穴化脓。即忙命人飞骑入市购来，再与献忠涂在疮孔，缠了净布，果然痛苦大减。七日之后，便可乘骑驰骋。献忠于是率领全队，偃旗息鼓，绕行僻道，越过南阳地界，向光州固始山中驰来，欲想与革左五营合伙。不料正当交涉合伙时，便有监军道孔训贞率副将王允成等军前来截剿，大战于望云集。献忠人马既少，又新从数百里外驰来，立脚未定，粮食未集，一战大败，部众溃散大半，献忠只率了亲近之军三百余人溃围而走。后方陆续跟赶来的，不过二百余骑，献忠妻子高氏、惠儿与王又天军师，皆死乱军之中。陈正乾亦被冲散，别路逃跑了。

这时李自成正二次围攻开封，汝宁、项城、通许一路，皆是自成兵马。献忠无奈，乃率残兵北奔通许，与罗汝才商量借兵。好个罗汝才，不念旧嫌，引他去会自成，商议借兵之事。自成闻得献忠前来，先将汝才邀去问道："他能投降我吗？"汝才道："他来借兵报仇。此人平时高傲自负，今既能屈身前来借兵，如施以恩义，可望渐渐劝他投降。"自成道："只要他能投降，我将视如部将，待以手足。如其不能，我又何必借兵与他。"汝才道："且与他见面后，看是如何。"遂引献忠入见。自成伪作军计匆忙，俯首核阅文件。待献忠进前，方才离座，执手叙旧，便让献忠上坐。献忠并不谦让，即便上坐。自成暗自不悦，问道："八大王此来，必有助我处。"献忠道："来向老弟台借兵。"自成闻得弟台之称，心中甚怒，假言道："这个自当相助，请先回贵营，待我与曹操商量拨兵相助好了。"遂送献忠出营，留下汝才道："你看他如此气派，留着终是后患。"汝才道："方今天下未定，留此人扰乱汉东之地，牵制官军，于我有益。且待中州已定，他若再不受约束，杀之不难。"自成听了，默想良久才道："你可借与他少数军粮，要他奉我为首领，若他不肯，即便杀了！"汝才回来，将自成之意，讽示献忠，说出一番话来。

◎评注

献忠暴怒之疾，不发于困逆之际，而发于得意之时。乃判定献忠前途之扼要语。夫人可共患难，难处安乐者多矣！讵止献忠然哉。陈正乾即方咸亨所记之"老神仙"，其事甚奇。咸亨闻其事于滇人刘文季。文季亲见其人于永历朝，所言与此大体合。独未传其名为陈正乾者，咸亨之父名拱乾，故讳之。非文季未知其名也。

第三十二回 据庐州张献忠练水军 攻桐城汪兆麟施毒计

话说罗汝才赠张献忠五百精骑，一千饷银，对他言道：“目前河南全省，除北岸的怀卫三府外，所有州县全是闯王所派的官吏军队驻守。明朝官军，只杨文岳、左良玉、丁启睿三路，不过三四万人。与闯王百万之众相持于开封围外，不久将被闯王消灭。淮抚朱大典今升了凤阳总督，与京营卢九德之军只能保守凤阳，寸步不敢离开。潜、霍山中的革左五营，颍州的小袁营袁时中，皆号称二十万众，尚且共推闯王为主。你今残兵不到一千，乃不甘居闯王之下。倘若闯王传令杀你，你从何处逃生？我为你想，莫如推他为主，再行率兵东走陈州。陈州道上有一斗谷、瓦罐子、王四虎等，保据山寨，各有兵马数千人，已受闯王招抚，尚未归编。你既与他们共奉闯王，便是一家，可以合伙济军。有此兵力，便可与小袁营及革左五营合军，同取安、庐、蕲、黄之地。若能胜利，自可与闯王并肩。若还失利，退受闯王官爵，也余地宽裕。”献忠长叹道：“我等与他舅父高迎祥府谷结盟，荥阳并坐。那时他不过随从小将，供我等驱遣。如何一朝得意，便以部曲还待我等。我等又岂可遂以部曲自居。大丈夫宁死，不能屈身事人!”汝才道：“我罗汝才未有大志，从前屈身事你，今日屈身事闯王。你是不肯寄人篱下之人，故我难以为你谋划，但我为全金兰旧谊，仍进这最后一言。须知大丈夫能屈能伸，方能适应穷通变化，良言尽此，我不再讲了。”献忠本想说动汝才同走，今见他沉下脸来，急忙扭转话头道：“我实不甘屈身自成，但我应听你的良言。因为我每常念到从前对你情亏，欲图补报，尚无补报机会。你又如此赤心良言，我若不听，便是负你更深，成何人了？我决遵照你指示的话做去。他时有便，再当图报。”便命潘独鳌写表，托汝才递送自成，表示愿奉自成为盟主，自去联合汝东诸营，扰乱江北汉东等处，牵制官军。自成见表，明知他终不心服，但亦量他不能成为强敌，遂亦将献忠文表传示汝东各路，令其协助献忠出扰。

献忠离了通许，向陈州道上走来。沿途合并一斗谷、瓦罐子、王四虎、闯世王等股，增加军众一万余人，声势骤大。这王四虎少年英勇，力敌千人，献忠十分喜爱，对他说道：“我从前有一兄弟朱世虎十分英勇，与你相似，坏在乌林关上。你今与他同名，英勇相当，我欲与你结为弟兄，可惜你太年轻了，比我义子三鹞子更小。你与他结为小金兰如何?”遂命王兴国、孙可望、刘文秀、李定国、艾能奇五人与世虎结拜。世虎亦遂认献忠为义父，更名张可胜。献忠将他编制部下，为中营亲军。因他不懂兵法，命可望等朝夕教练。献忠亦常前去看操练，颁赐赏银。未到几天，全营成了献忠心腹。

崇祯十五年二月，李自成大破汪乔年时，革左五营与献忠合伙出攻江北州县。这时江北州县常受革左五营出掠，加以官军横暴，官吏不敢到任。县城山寨都靠缙绅纠合民兵防守。因为无有官吏，官军所至无人供应差徭粮草，自动征发，略无限制，手段与匪无异。人民强者集寨抗拒，弱者任凭鱼肉，闹成了兵匪混杂的世界。舒城县内有个翰林胡守恒，组合民兵守城，并无县官。此时有个参将孔庭训率兵前来协防。他的部队习惯了奸淫抢掠，进得城来，还是旧态不改，被胡翰林率领军民，将他围攻。孔参将损失许多人马，逃出城来，气这民军不过，便去投降献忠，引来攻城。攻到四月初三，将城攻破，活捉胡翰林，献忠交与孔庭训处置。庭训命人将他绑在柱上，露出肚腹，命军士站立十步之外，用他那肥硕的肚脐为准练习投矛，每人一掷。可怜这位翰林，腹上中了三十余矛，惨叫半日而死。同时六安州亦因催办驻军的粮草不足，副将覃世勋拳殴知州朱谋赤，州城民军起而驱逐驻军。世勋忿怒道："我等追剿流寇十余年，转战数万里，今反食不果腹，被官绅当作贼匪看待，不如索性做贼，还得温饱。"遂派人前来迎降献忠，引导攻城。献忠那时正在攻围莲花山民军，闻得覃世勋率官军来降，大喜。便命张四虎等分军前去攻城。未过两日，攻下六安州，将朱谋赤人头取来，用竿子揭示与莲花山寨内百姓看了，寨民遂降。献忠抽点壮丁千五百人编为一营，交刘进忠带领。委出舒城、六安两处官吏，命其催办粮草。驻军城内，徐图攻取庐州府。

这庐州乃是大城。安庐道蔡如衡为人残酷，动辄以征兵派饷为名，勒掯人民，吊打威逼，搜刮赃银数百万。得来之钱又不用以犒劳军兵，安庆、庐州两府军民对其恨之入骨。此时他并未派兵去援救舒城六安，只终日向城内富绅筹粮派饷。又命知府郑履祥，勒令合肥知县汤登贵，向四乡保甲征派，以分城绅负担，闹得城乡两处怨气冲天。献忠派遣舒六两城的降勇扮作客商，先行混进城去，侦得城乡民怨，城内官兵忙于派饷而疏于守备等情形。便命舒六两路军队徐徐向庐州合肥境界逼去，看人民是否欢迎流军。结果两路军报回来，道是："合肥人民都说流军只要不杀人，只杀官，他们都愿做顺民。倘若流军能攻下庐州，派出官来，他们也愿照旧完粮纳税。"献忠听了，知道李自成所以能够成功的原因，是只杀官不杀百姓这套秘诀，投合了百姓心理。遂亦改变作风，广行仁义。便从舒六两州县做起，做得比明朝官吏自是要好一些。风声传播，合肥百姓都延颈望他去攻城。这时南直学使徐之垣恰到庐州举行乡试。蔡如衡为要点缀太平，分令各县催促举贡生监前来赴考。如有生员借故规避，未来应考，即须革去衣衿。献忠闻之，便清查舒六两属生监名册，命他们前去赴考。每人派兵一名跟随，或扮力夫，或称家属，或装奴仆，诳称亲随，同混进城去探听消息。这批秀才有妻子在家，受了献忠监视，又有人随身片刻不离，谁敢不来，又谁敢走漏半点风声？如此混进城去了数百人，散住在贡院附近各旅店，城内毫无知觉。献忠这才挑选精骑，分从舒六边界扎营处，衔枚勒马，薄暮出发，约定开试之日天将明时驰抵庐州城下。

到了开试之日，这批被监视着的舒六两属秀才，都道明晨入场以后便得自由了，半夜便起来准备前去听候点名。献忠之兵将他们送到贡院门口，便各自去了。正当升炮点名之时，贡院附近纷纷起火，惊动全城官兵分头救火。未提防献忠两路军马皆已潜到西南两门之外，夜色朦胧中，城上守军还未认清，已被城内预伏之兵杀散，将城门开了，放进两路军来，分向各路衙门杀去，将道府县衙内官吏杀尽，囚犯放出。人民与各路士子满街乱窜。城内官兵不知献忠之军多少，又无作战准备，纷自先向城外逃走。徐学使、蔡道员、郑知府、汤知县与通判赵兴基，经历程元绶，皆在救火当中闻变，分路逃跑。郑知府与赵通判、程经历等，尚想回衙，被献忠之军在街上擒着杀死。蔡如衡舍不得他搜刮来的藏金，恃有骁将廖应登与赵之璞保护，抢回衙去，遂被献忠围攻。赵之璞战死，廖应登巷战了半个时辰，被献忠擒获。如衡从后垣缺处只身逃走。

献忠得了庐州，搜得金银库藏与军仗器甲无数。便命徐以显做了庐州知府。派军分赴庐江、含山、巢县、无为州等处，收了城池，安设官吏，收编民兵；在巢湖内造船练习水军，用潘独鳌为水军提督主持训练，准备渡江攻取南京。此时献忠共有兵马六十六营。陆军合革左五股计，共有三十二营。张四虎、一斗谷、刘进忠等共为十二营，称为老哨。新募水军二十四营，称为新哨，每营现兵一千、八百不等，合夫役杂军计之，亦有人马十万以上。又有庐州府辖的两州六县的钱粮柴草，军需亦是丰足的了。从三月自通许南走，至此不过四个月光景，已便发展到如此地步。叫那困守潜霍山中数年的革左五营不能不佩服他的才略，亦不敢不受他的指挥。

这时朱大典落职，换了高光斗为凤阳总督。新官接事，联合京营统领卢九德，派兵来争六安州。绅民杀了献忠所委之官，迎接京军入城。献忠派兵前来围攻，卢九德亦派黄德功、刘良佐两营来救，杀退献忠之军。献忠自率亲军前来接战，大战于夹山关，京军大败溃走。献忠重入六安州，查究背叛之民。拿到为首之数十人，献忠对众言道："我曾宣言不杀百姓，怎奈百姓背叛了我，不可不惩。今特赦免死罪，只将左臂砍断，留下右臂活人。倘若再敢叛乱，即定处死。"于是将这班人左臂全行砍下，放出城去。骇得城乡人民心胆俱碎，一半逃走，一半成了真正的顺民。江南之人闻得京营败走，献忠又是如此残酷，争相传告，谣言四起，那些原先盼望献忠的，如今唯恐献忠兵到。地方士绅，纷已具控入京，指责高光斗与安庐巡抚郑二阳，说他们“军纪废弛，致贼势猖獗”。明廷将二人逮捕问罪，起用犯官马士英为凤阳总督，专剿献忠。

这年八月二十一日，乃是献忠生辰，便在庐州城内设宴，接受各路头领庆贺。罗汝才、袁时中与革左五营，皆曾派人前来祝贺。那时自成正攻开封不下，亦派侄儿李过前来贺寿，同时催张献忠攻取南京，平分天下。献忠甚为得意。第二日，设军巢湖营内，款待李过，即便操演水军。席上对李过言道：“我与闯王起义以来，几次争夺南京，皆因长江阻隔，未能如愿。两次蒙闯王不杀，亏有今日。我练成如此水军，以补北人之短。且看他攻开封，我攻南京，水陆两路，谁人成功在先。若我先攻下南京，一定调用水师，从运河转淮入汴，漕运粮食，来助他成功，以报前日借兵之惠。”说得李过心里有些气忿，但只得唯唯称是。少时宴罢，开演水军，只见八百里的巢湖中，战舰数百只，在旗帜指挥之下，开阖进退，出没自如，正如北人骑队一般灵活。船上亦能架炮，遥轰远处，炮石落水，溅起水花数丈。水浪将静，炮声方才响达司令台来。炮声息时，各舰分向湖湾驶去，瞬息不见。李过心中亦自暗奇，对献忠道：“大明民心虽叛，兵力尚足，又道是百脚之虫，死而不僵。我军倾全力三围开封，久未攻克。我等今日尚需同心一德，对付明军，不宜有了门户之见。伯父英名重望，群雄尊仰，今又有水军足制江南，不愁南京不入掌握。若论陆军，恐尚仍有需用我军相助之处。这辅车相依，唇齿相顾之义，我军皆当明白，愿以此湖水为证，彼此不可相负。”说罢，李过退了下来，又去拜会贺一龙、马光玉、贺锦等，窃语道：“张献忠确甚能干，但闻罗汝才言，他近来偶然发病，翻脸无情，实有难与共事之处，不知你等观察如何?”贺一龙道：“半年来甚为相安，未有过不去处。但我等从他，乃是闯王有命协助。倘若将来他有狂妄之处，我等便率军分伙，来投闯王帐下便了。”李过预下钓钩以毕，辞别献忠，回营而去。

这里献忠商议进攻南京之策。潘独鳌道：“若得大王与革左五营由陆路去取天长、六合、江浦、仪征，牵引南京官军向下游沿江防堵。我以巢湖水军出濡须口，渡陆军攻破东西梁山，抢到南岸，进击南京之背，使南京首尾受敌。再以水军沿流东下，破其沿江水师，以济北岸之军，则南京不攻自破。”贺一龙道：“我等五营已在潜霍山中结寨数年，家小田庐，不可抛弃，分兵进攻，则根本必将动摇。莫如先把安庆、黄州两府州县攻下，使老营安全，粮饷不缺，后顾无忧。再北取两淮，西取汉东，使南北两京隔为两处，方可再攻南京。”献忠道：“我等必须在李闯王攻破开封之前攻下南京，方足压倒闯王，独成大业。但革里眼所说亦有道理。今便先取桐城、太湖、安庆等州县，将潜山老巢外围官军消灭，然后便分三路取南京。”如此决定，便命潘独鳌挑选水军，从陆路行到枞阳镇，夺取商船，组编水师，由白兔湖进军桐城。自率陆军由舒城而进，水陆会攻，只待攻下桐城，便取安庆。

这桐城，城虽不大，却甚坚固。外有环壕，引水绕城，壕深水活，不易掘穴到城下来。崇祯八年献忠便曾来攻一次，未曾攻下。其后李自成与献忠及革左等营屡下江南，皆未攻破此城。此次献忠水陆并进，期在必克。献忠自率陆军先到，攻打不下。乃将庐州城擒得的降将廖应登叫来，与他换上全身辉煌衣甲，金鞍玉辔，配以名马和壮勇之士百名，命他驰到城下招降。应登到了城下，言道：“张大王施行仁义，我已降了，承他相待甚厚。如今他水陆来攻，你等若不及早投降，后悔无及。”话未说完，城上乱箭射下。献忠大怒，宣言破城之日一人不留。但攻了十余日仍未攻下。这时潘独鳌已抢了枞阳商船百余艘，财货无数，泛进白兔湖。再改用小船将财货运到献忠营中，劝献忠将此财物施于四乡人民，招募豪杰智谋之士，熟悉城内地理之人，设计攻取。献忠依从，出榜招募，谓：“有人能献破城之策者，无效仍给银百两，著效奖励万两。愿否从军，不相勉强。”三五日中，来献策者二十余人，皆未收效。最后来了一献策之人，姓汪名兆麟，乃是桐城秀才。因他与北郭王姓大族有仇，缠讼数年，屡次吃亏。功名亦被王姓行贿教谕，以讼棍为题将他革掉。心想报复王姓，苦无其力，乞助于亲戚邻里，亲邻皆不肯相助，忿怒之下，卧病数月。此时思得报仇之策，来见献忠道：“桐城坚固，非可以兵力攻下。城中之人屡年守御，相结甚固，防备周密，难以计取。但人情皆甚顾念亲戚，城中官民必有与城外相好者，大王访得其人，将其全家全族捆到城下，毒施惨刑，逼他向城中乞怜，城中人心不忍，可能约降。”献忠久攻桐城不下，怒火病已渐发作起来，兆麟此话恰能投合心理。便派亲军跟随兆麟前往查访，兆麟言道：“北郭王姓乃是大族。族中有一贡生，两个秀才，皆与县官和教官相好。小人科名便是因这种关系被他弄革了的。但此系小人仇家，不便前去。况在病中，行动吃力，请大王另派一人。”献忠便命兆麟留营养病，另派三鹞子率军将北郭王姓，不分男女大小全体捉来。又派闯世王马武去搜寻其余民众。

三鹞子去后，捉来男女老少百余人。两个秀才与许多壮丁都早已入城助守去了，只有老贡生年已六十五六，兼以卧病，留在乡间，万不想献忠突然将他全族捉来。献忠问贡生道：“你族中两个秀才哪里去了？”贡生道：“他二人素常住在城内。”献忠道：“你族中在城内还有几人？”答道：“敝姓乃是大族，城内却有不少的人，但未能知道究有多少。”又问：“你与县官教官相好，能劝他们来降不？”答道：“平时见面，说不上相好，生员卧病以后，未再见面。况城内民军强盛，亦非全由官吏主张，恐难说他来降。”献忠勃然大怒道：“民军，你是大族。官吏，你是好友。说不来降，我将你全族一个一个砍在城下。”便命押了去。三鹞子押这批人来到城下，要他们向城上哀求，但全已骇昏，哪里喊得出来。被三鹞子一顿鞭打，却亦只有一片惨呼。还是老贡生倡首，哀求城上议降，鞭才停了。不多一会，县官与王姓族人聚到城头，见到老贡生与全族百余人跪地哀恳，不觉亦皆流泪。县令与众人议论一会，才对老贡生道：“城中人与贼势不两立，贼人如此残暴，城中更不敢降。唯有静待大军来援，再与公等报仇了。”老贡生听了，遂即倒卧地上，不肯再说。三鹞子命人将他扶起，牵个族人在他面前砍死。贡生不动，不料又牵来一个小儿，恰是他的孙子。贡生看到孙儿，又向城上哀求。守城的人忙呼：“不要杀他，我等情愿议降。”三鹞子果然停杀相待。这时城内王姓民众亦皆跪求知县议降。知县再到城上，见这情形，仍不肯降，反向城下大骂。三鹞子见他不降，一刀砍去。老贡生见状软倒地上，再也扶不起来。正当此时，闯世王又从他处押来了数起，哀号之声，震天撼野。城上百姓哀痛亲友，俱怨知县不降。知县怕激起众怒，向城下道：“你们勿得残杀无辜，我情愿开门让你等进城。我自率城内百姓他去如何？”城下停止杀人，前去禀报献忠。献忠大喜，亲到城下来。城上求他网开一面，以便率众远走。正当商议之际，城上望见救援之兵到了，一声欢呼。引得献忠回马望去，正见北山之上人马大至。两杆旗帜，写着黄、刘两字，知道是黄得功、刘良佐两起京军。便命三鹞子与闯世王两人前去接战。自己仍来围城。城中军民，开北门冲杀出来，由忿恨鼓起了勇气，人人皆同狂虎一般。献忠北门之军腹背受敌，崩溃四散。城中王姓民众，认得三鹞子与闯世王二人旗帜最为真切，将他二人紧紧围困，拼死不放。献忠自率张四虎等杀来接应，被黄得功部下勇将乙邦才、王宪二人奋勇击退。四虎带伤，献忠忙命退于古城长岭，命水军退向天井湖、黄泥港一带依山结营，与革左五营犄角，以拒京军。三鹞子与闯世王二人虽然勇猛，无奈民军死心将他跟绕，杀了十多里不能出围，卒被民军杀死。这面潘独鳌率领水军且战且走，被刘良佐与城中之军紧追不舍，水军多是庐州属县所募之民，被桐城民军沿途招呼，溃逃大半。独鳌奔到黄泥港，被官军追着杀了。良佐为贪斩级，拿着水军一律斩首，横尸六十余里，惟受民军招降的未被杀害，全活数万人，保存了一点元气。

◎评注

崇祯末岁，惟河南受灾惨重，民不聊生，土寇蜂起。故自成献忠，皆以垂绝之命，暴兴于此，而其所以能暴兴者，皆由能行仁义。朝臣官吏，乃务为刻虐，与民为仇，此明之所以必亡也。此回记献忠勃兴与桐城之败，寓意于得民失民二字，正是全书主旨。

第三十三回 万里山河作鱼烂 两省官军被芟夷

话说张献忠桐城战败，与革左五营退到潜山的古城长岭，被黄得功大军追杀前来，接连打了几个败仗，狼狈奔逃，退入天堂古寨。且幸此时袁时中出兵进窥凤阳，马士英与卢九德忙调黄得功与刘泽清两军回救。黄得功等本不愿进入深山追剿，接到回救凤阳之令，遂由庐州大路而回，乘势收复庐州所属城池。袁时中闻得献忠已败，亦撤军回颍。徐以显见官军势大，庐州难守，便召集留守之军，辇运庐州金银和献忠等人家小，从小道逃到天堂古寨来。献忠屈指计算，这一仗损失水军全部，陆军数万，丧失了庐州八属地盘与潘独鳌等谋士、三鹞子等大将，气得怒火病迸发，暴跳如雷，定要重新出山攻取桐城报仇。革左五营见他行动失常，亦悄悄撤营投向李自成去了。献忠怒道："他们眼浅！以为我便一败涂地了。我今就要打几个胜仗给他看看！"便分兵先取潜山、太湖两县，然后再攻桐城。但两路兵马虽将太湖、潜山两县取得，却仍然攻取桐城不下。献忠留居天堂老寨，朝夕发怒，无人敢去相劝。等得几日，王志贤见他怒气稍减，便联合孙可望等几位养子上前，婉言劝道："大王今年春天领千多人从河南来，施行仁义，未到两月，便占了庐州八属地方，拥有百万大军。只因攻桐城，枉杀了无辜百姓，遂一旦失败至此。足见天心仁爱，民情贪生，顺天者昌，失民者败。这都是汪兆麟献计误了大王。如能杀汪兆麟以谢一方民众，重施仁义，大事尚有可为。"献忠怒道："汪兆麟献计破城，已经收效，如何还要杀他?"可望道："孩儿已打听明白，那汪兆麟此计，为的是借刀杀人，报他的私怨，哪里是为的父王！因此激起桐城民怨，害得三鹞子等丧命，岂不该杀?"志贤又从旁将细情向献忠详说，说得献忠之气渐渐平息下来，便命人将汪兆麟押来。

那汪兆麟自从害死王姓全族，病已痊愈，正自庆幸，不料献忠兵败，全军集怒于他，每日忐忑不安。今见献忠派人来押他前去，心知不妙，一路之上绞尽脑汁，要想救命之策。也是他福至心灵，毫不慌乱，见了献忠满脸怒火之状，他倒反而从容镇静下来，正对献忠跪下。献忠对他道："我素行仁义之师，被你这唇舌奸猾之徒借公报私，枉杀无辜百姓，以致大败，今日该取你的头为这批枉死的人报仇。"说罢，命两旁军士将他拉了出去。汪兆麟转身故意大声叹道："大王要取桐城，我便献破桐城之计，想不到计已奏效，却反而要杀我，使我取天下之策也不敢献了!"献忠闻言，忙叫拉他转来，问道："你且说说，如说得有理，我便不杀你。"汪兆麟见已有转机，便从容朗声说道："兵法曰，攻心为上，攻城为下；心战为上，兵战为下。故攻城之道，莫如攻心。取天下之道，莫如得民。原先大王已经得民，可取天下。但因攻桐城不破，屯兵甚久。我观桐城不可力取，乃献攻心之策。虽然手段过于残忍，但要破此城，确非如此不可。并非我要使大王失去民心，实是因地制宜，变通而行。若夺取天下，则不可如此了，必须收拾民心。只是这收拾民心，先必须知道人心，才好施政。政顺民心，则民从心附，如水归海。若还不知民心痛痒所在，则虽高官厚禄，亦未足以驱遣天下之人。若能抓住人心，则举手投足，亦可使天下人乐为所用。以我观之，目前天下人心，有以下几种憎恨之心，可以利用：

第一，官军怨恨藩王。各地藩王与其宫眷养尊处优，锦衣玉食，他们要各道官军为他们拼命护卫，宫府金银山积，却不拿出来奖赏犒劳。官兵粮饷不足，无不对其怨恨。只要大王宣言：只杀藩王，散库财以招官军，则官军可以相率来降。

第二，武官怨恨文官。明朝制度，重文轻武。举凡总督、巡抚，必由进士出身。若由行伍出身，纵然战功如山，最多不过做到总兵，仍须听候文官调遣。功大如左良玉、贺人龙，也不能做到督抚等官。故武官恨文官不懂军事，却要胡乱指挥，往往不听节制，自行其是。文官以武官骄横，往往弹劾于他，使他受谴。只要大王宣言：只杀文官，散仓储以济饥军，武官将掷戈受抚，不肯为文官卖命。

第三，百姓怨恨官吏。十余年来，明廷饷外加饷，赋上加赋，一切苛派，州县官吏俱摊派于民。胥吏从中舞弊，催科急迫。民穷财而无人恤，饿殍遍地视若无睹，民不聊生，盼望解救。只要大王宣言：只杀官吏，不扰百姓，轻租赋以恤人民。百姓当杀官迎降，箪食壶浆以迎王师，不肯再为州县官吏出力了。

第四，乡民怨恨城绅。因一切苛派多由城绅主持，重重分到乡村中去。遇有攻战，城绅都只顾固守城池，不管乡村，而且常勾结官府，拿问乡人，问以通敌之罪。故乡民多结寨自保，无论流军、官军都不肯放入。大王只要宣言：只攻城，不劫寨。则各寨乡民必不肯助官军，我等可专力攻破城池。

第五，奴隶怨恨主家。各县富族豪绅多有卖身奴隶，待同牛马，担任力役。并且世代为奴，永无自由之日。近年又将这等奴隶编为奴军，为家主保守山寨。作战效死，有功仍是奴隶，败退则受严惩。大王只要宣言：废除此种蓄奴制度，还奴隶以自由。凡来投我者，入营一律以兄弟相待，同甘共苦。则各寨奴隶皆将杀其主家来投，我军声威必将大振。此即所谓政顺民心，取天下之道也。”

献忠听汪兆麟说出这番道理，顿如拔出茅塞，豁然开悟。忙亲自扶起他，对面坐下，道：“我久闻先生有奇才，怕你见我败了不肯献出，故如此喝吓于你，请别见怪。今潘独鳌虽死，却有了你做我军师，真天助我也！”王志贤、孙可望等亦上前抱拳施礼道：“我等初以为先生只是残暴之人，听了先生一席话，方知先生实是卓识高明得很。失敬，失敬！”献忠大喜，忙传令今后以汪军师相称。汪兆麟亦喜出望外，从此与献忠甚为亲近。

这时明朝在江淮之间剿流军的共有四个总督，一个将军。他们是：保定总督杨文岳驻扎汝宁；陕西总督孙传庭，驻在潼关；凤阳总督马士英，驻扎凤阳；京营总督卢九德和平逆将军左良玉，因担任游击追剿，无固定驻处。卢九德部以黄得功为劲旅，击败张献忠后，便调他回寿州，抵御袁时中去了。左良玉自朱仙镇溃走后，驻扎襄阳，不敢出战。此外还有督师丁启睿，亦于开封失陷后逃向汝宁，因被追击，骡马俱亡，督师的敕书印剑全部丢失，被逮京问罪去了。从此未再设督师。这时天下之兵皆已用完，大将死伤略尽。陕西、河南、江北，以及汉水东西一带，人口消亡，田畴荒芜，炊烟断绝，路少行人。真是无粮可征，无民可用，官军流军同受饥困。明廷所委州县官吏大半不敢到任，都由人民自行集合，保寨守城。官军所到之处，虽临时委派官吏，但当地人民并不纳赋上粮，军用粮草皆需由远处转运供给。因此，官军不能远征，只择人户较多之处屯扎，苟延岁月，以待天命而已。人民保据山寨者，多由豪绅为首，间或也有平民中的强雄者成为山寨首领。当时有名的山寨首领有洛阳李际遇，南阳刘洪起，汝宁沈万鳌，归德刘超，裕州李好等，都各拥有民众数万，既不附流军，亦不受官军征调。其他如袁时中、一斗谷、瓦罐子等山寨首领早已归附李自成，未计在内。至于数百、数千人之小寨，更随处皆是，互相兼并，彼此仇杀，时而分立，时而受官军番号，时而又依附流军，变换不定，难以一一尽述。只可笑那崇祯皇帝尚不知明朝天下早已四分五裂，尚自不断催促各路官军进剿。这受催最急的便是那陕西总督孙传庭。

却说孙传庭于崇祯十五年二月驰抵陕西，招募新兵，施行训练。新军尚未练成，八月便受命进援开封，及到潼关时，开封已被水淹坏了。正在进退无计之时，崇祯又连诏促战，说是："李自成兵遭水淹，人马粮食俱乏，正好一鼓聚歼，不得迁延不进，贻误戎机！"孙传庭无奈，乃由洛而南，收复南阳府。自成闻讯，亲率大军来救南阳。孙传庭督军迎战自成于汝阳界内，先预设三重埋伏，以总兵牛成虎率前军，左勷率左军，郑嘉栋率右军，高杰率中军，董学礼率后军。那高杰原是李自成部下一员勇将，前番在陕西时，自成命他回大营运粮。管粮的乃是自成爱妾邢氏，本为一寓家女子，甚有才色，但性情轻佻。自成不爱女色，邢氏平日不免心中不畅，及见高杰青年英俊，便与他勾搭成奸。营中渐有风传二人之事，邢氏怕自成问罪，遂与高杰一同投降官军。自成闻知，切齿痛恨高杰，誓必杀他方甘心。孙传庭知此，故特别重用高杰，此次三重埋伏，便以高杰居中。

再说李自成率军来到汝阳界内，先与牛成虎之前军相遇。自成笑道："那猛如虎尚且被我杀了，虎大威望风而逃。你这条牛纵然成了虎，又何足道！"麾军掩杀过去。牛成虎抵挡不住，退入二伏圈内。自成追进二伏内，正遇高杰，仇人见面，分外眼红，遂不顾一切，命众将紧攻上去，务要擒杀高杰。高杰佯败，引自成入三伏圈内。这三伏内埋伏的董学礼一支人马却是一支劲旅。董学礼本是甘凉宿将，善于用兵，见自成人马进入伏内，便叫鸣炮，炮声响处，他与高杰合兵杀回，自成拍马舞刀带领众将冲上，一场混战，董高二人看到支持不住。不料一声号炮，郑嘉栋与左勷两支人马突从左右杀出，将自成包抄于内。自成之军仓促未备，大败奔逃，一口气退了六十余里。那高、董二将率军紧追不舍。自成退到郏县冢头镇，无路可退，乃背水为阵，转与高、董二军苦斗。正危急间，罗汝才闻讯率军来援，将高、董二军包围。正斗间，牛成虎、郑嘉栋率军赶到，又将罗汝才部队包围。如此重重包围，里不见外，外不见里，各自找着敌手混杀。这一仗，直杀了一天一夜。加上天雨泥泞，两方奔驰数十里，人困马乏，皆拚着最后一点力气殊死搏斗，惨烈异常。自成之军看看不支，却不料意外的反败为胜。原来此事全出在左勷身上。那左勷乃是左光先之子，其父虽系名将，他却是一纨袴子弟，不通军事。虽为总兵，实赖副总兵肖慎鼎统领全军。他二人是最后赶来，仅在外围追杀。杀了许久，仍不见高、董二军踪迹。二人怀疑道："连日大雨，粮草断绝，我等杀了一昼夜尚且疲累不堪。高、董二军陷在重围之中，何以为食？想必不是战死也是饿死了。"每与牛、郑二军相遇，便高声询问："高杰是否已死？"那罗汝才不愧号称曹操，见左军如此惊惶，便乘机率精锐直冲其军，大呼道："高杰已死！你等还不投降！"左、肖之军闻得，先自乱了，见罗汝才精骑冲来，哪敢抵敌。左勷勒逼不住众军，拍马落荒而逃，众军见主将逃走，纷纷溃散。这军心一溃，犹如堤防决水，谁也制止不住。牛、郑二将见围已破，左军溃逃，知大势已去，慌忙夺路逃走。副将孙枝秀，参将黑尚仁，裨将张映奎、李栖凤、汪光裕、戴友仁等七十余员将官，制止溃兵不住，俱被乱军杀死，军士死者万余人。从前所夺自成之军的械仗军马全被夺回，反失去官马二千余匹。那高杰、董学礼两军在重围之中，正与自成酣斗，忽见围外之罗汝才率部飞奔而去，还以为是他溃走，正要返身去捉李自成，不料飞骑来报，其余三支官兵全已溃败了。二人大骇，忙将二军集合一处，慢慢向汝州退走。自成眼看不支，不料官军却撤围退走，真是喜出望外，忙命众军清点伤亡，重整队伍，防备官军再犯。正忙乱间，罗汝才喜冲冲前来报捷，自成大为嘉奖，对众将道："今日若非曹操相助，我等死无葬身之地也！曹操真我等之救星！"从此对罗汝才更为敬重。那罗汝才也洋洋自得，对自成甚为随便。

再说官军败退后，与孙传庭会合于巩县，清点各军，惟高、董二军损失最小。传庭大怒，将肖慎鼎斩首示众，念在左光先死去的情面，免了左勷死罪，只罚他缴军马二千匹补用。这才问高杰、董学礼道："你二军与李自成残军追赶，苦斗一昼夜，从何处得到饮食呢?"学礼道："战地附近遍是柿林，今乃十月天气，柿已将熟，我等人马皆靠青柿充饥，虽然略涩，却也能解饥渴。"传庭叹息不止。将此情奏报进京，称此战为"柿园之役"。崇祯知是粮运不济之故，亦不敢深责，只命扼守潼关，重整兵马出剿。

自成见官军龟缩潼关，便乘胜收复河南州县。先命罗汝才往取南阳，将迎降官军的豪绅杀了。又派人招降裕州民军李好，军声重振。从舞阳至息县，连营五百余里。这时河南全省只有杨文岳一支官军，困守汝宁府城。自成于闰十一月，率全军号称百万，向汝宁压来。革左五营亦受罗汝才之招，前来夹攻。那杨文岳孤军困守，驿报断绝，不知自成之军到底有多少，也不知外间援军在何方。只因汝宁乃是河南大府，内有崇王藩邸不敢不守。闻知自成大军压境，命都司康世德率轻骑出城探敌，康世德出得城来，但见远处红尘蔽日，千军万马，黑压压一片，如洪水般涌来，早已吓得心胆俱碎，便知汝宁不能守了。回城之后，不敢报与杨文岳知晓，自率五百亲兵，乘夜纵火而逃。文岳追赶不及，唯有痛骂不已。待到十二月，自成大军至城五里屯扎。杨文岳与监军道孔贞会，分率保定兵与四川兵出城扎寨拒敌。自成见南关守军较弱，率军急攻。杨文岳据守南关，亲自督战，守军俱作困兽之斗，血战一昼夜，南湖之水尽显血红。到底自成人众，守军死伤殆尽，南关终被攻破。知府傅汝为放下吊桥，缒杨文岳及残军入城死守。孔贞会在东关外抵敌不住，溃围而逃。第二日，自成督军攻城，不到半日，已将城西北攻破，大军从缺口冲入。傅汝为跳水而死，通判朱国宝、副将贾悌等被擒。杨文岳逃走不及，亦被擒来见自成。他见到自成，不肯下跪，破口大骂。自成笑对他道："公乃清名重望之官，我不愿杀你，你又何必如此骂我！明室败坏如此，虽有忠臣，又有何济？望你三思。"命左右将他扶出帐外，并无意杀他。不料那杨文岳见自成不杀他，反而骂得更为起劲，恼了刘宗敏等将，还是将他杀了。自成命用棺木将他殓葬，刻木为碑，上写"明忠臣保定总督杨文岳之墓"。朱国宝等亦被杀。自成命搜索崇王府，将崇王由枢与他的许多子女押走，送往尚未投降的州县去招降。后在泌阳城下将他杀却，从此河南四家藩王全被灭了。

自成既定河南全境，乃命贺一龙率军攻德安府，自率军来攻襄阳的左良玉。此时的左良玉，因招降各地饥民土寇，也有二十万之众，并在樊城设下船厂，大造舟船。因明廷久未发饷，良玉自筹军需，骚扰人民，怨声载道。那造船之军尤为横肆，百姓家祖茔树木概被伐尽。百姓怨忿，乘夜放火，把他所造之船统统烧光。左良玉尚不甘心，又将沿河商船抢夺过来，改装成战船。因此，无论绅商农工之民无不恨他。现闻得自成军来，争着牵羊担酒前去迎犒，引来攻左军。左良玉乃分军堵御于汉水沿岸。李自成于十二月初四，督军浮马从白马渡抢过汉水，左良玉抵挡不住，拔营南走，意欲据武昌城坚守。谁知武昌民众早闻知他军纪败坏，不肯容他。无奈只得收集楚中游兵，乘船东下而去。这时贺一龙亦于十二月十三攻破德安。龙阳、德安两府所属州县，或破或降，全被自成占领。自成便命马光玉往取彝陵州，自率大军来取荆州府。这荆州乃是惠王藩邸所在，此时并无兵守护。偏沅巡抚陈容谟闻讯，率兵赶来，将惠王常闰全家护送入湖南地界安置。自成兵不血刃取了荆州。然后回攻承天府。承天府是献陵所在，文武官吏知道守城是死，不守城失陷献陵亦是死罪。算来守城而死，还能落个守节的美名，纵然死了，子孙尚可得些封赏。倘以失陷献陵被处死，还得牵连家属，因此决意死守。腊月二十八日，自成先攻献陵，守陵官军凭栅拒守，久攻不下。自成命众军放火烧栅，遂将守军与陵庙一齐烧毁。守陵巡按李振声被活捉。三十日，自成大军齐攻承天府城。这府城乃是县城改修，并不坚厚。官军虽死守，怎挡得自成军势之猛，崇祯十六年正月初二将城攻破。总兵钱中选战死，湖广巡抚宋一鹤，留守都司沈寿崇，钟祥县知县肖汉等皆被自成擒杀。承天府既被自成占领，大江以北湖广所管各州县无不迎降。

于是北至黄河，南至长江，中间的河南、湖广两省十府七十余州县，皆成为自成设官管理之地。在此地界内，更无官军踪迹，也没有一路官军敢来征讨他。远近流军各股都尊奉于他。自成乃应牛金星等之请，自称奉天倡义大元帅、新顺王。以罗汝才为代天抚民德威大将军。又将众军分为五营二百余队。元帅之下分设权将军、制将军、果毅将军、威武将军，以刘宗敏、田见秀、贺一龙三人为权将军；李岩、贺锦二人为中营制将军，共领一百队，白旗黑纛。刘芳亮为左营制将军，领三十队，白旗帜。刘希尧为右营制将军，领三十队，红旗帜。袁宗第为前营制将军，领三十队，黑旗帜。李过为后营制将军，领三十队，黄旗帜。以上全为调动之兵。另外建十三卫，戍守不动。以妻舅高一功、冯雄，各领三千人镇守襄阳，称为襄阳左右卫，作为根本重地。改荆州为通达府，设通达卫，分防彝陵州、荆门州、澧州三处地方。改承天府为扬武州，设扬武卫，分防安陵、汉阳两处。改禹州为均平府，设卫，分防邓州。又于汝宁府置卫，分防信阳。所有各卫皆以重兵戍守，把个十府地面建得固若金汤，官兵望而却步。

自成称王后，改建襄阳王府为新顺王府，以牛金星为左辅，来仪为右弼，下设吏、户、礼、兵、刑、工六政府，各以侍郎领之。侍郎以下设有郎中、从事等官员。外官则要地有防御使，府设府尹，州设州牧，县设县令。时有明朝钦天监博士杨永裕，山东招远县人氏，以术数为自成所信任，被委为礼政府侍郎。他见承天府、献陵俱在手中，便说自成道：“明朝发掘陛下祖墓，使大王一目受损。现今献陵在我掌握之中。这献陵乃是当今大明皇帝的祖坟，不如派人将它挖掘开来，一来可报前仇，二来亦可使明朝天下覆亡。”自成便命李岩率军前往发掘。早有牛金星上前劝阻道：“汪乔年发掘陛下祖墓之后，大王一帆风顺，终成今日事业。虽损一目，又于帝王大业何害？今天下未定，倘发掘献陵，徒使明朝臣民怨愤，有害无益，何必为之。”自成思忖金星之言甚为有理，便将李岩追回，未再发掘献陵。此虽小事，但传扬开去，明朝官宦听得李自成如此大度，暗暗敬佩，许多原先惧怕自成之人，后来相率来投。此是后话，暂且不提。

单说张献忠接到李自成称王之布告，暗自着急，召集众头领商议道："李自成称王于我大败之时，我既不能向他称臣，又无力反对，如何是好?"汪兆麟道："李自成左右皆是北方人，此次不取武昌，而营根本之地于襄阳，可见其志仍只在河南、陕西一带。大王不如乘左良玉东下，蕲黄一带空虚之际，迅出大军攻取蕲州、黄州所属地面，然后渡江攻取武昌，作为根本之地。那时与李自成划江而守，分庭对抗。李自成有明朝官兵与之为敌，必不敢与我争衡。"献忠闻言大喜，即刻整饬人马，向蕲州进发。一面仍派能言善语之人携带宝物，到襄阳向自成庆贺。诡说自愿取得武昌、蕲州，为自成阻挡左良玉之军西犯。自成虽知他有野心，但料他力量甚小，难以为害，让他前去攻取武昌，无论成功与否，总可牵制官军。故遂允他出兵，坐观胜败。

◎评注

此回所记为崇祯十五年九月至十六年正月间事。对明朝社会崩溃之种种矛盾，借汪兆麟口作具体分析。借以证明献忠之重振与自成之称王实时势使然。诚如自成所谓："时势如此，纵有忠臣又何济于事!"明朝不得不亡也。此书于柿园、汝宁、献陵之役，皆详列死事人名，亦以见忠臣无所济也。

第三十四回 收蕲黄奴军叛主 陷楚府贪夫殉财

话说张献忠听了汪兆麟所说收拾人心之法，心中大喜，犹如顿开茅塞一般。从此，也用两副手腕对人：对部下及新投顺者，不论何人，只要作战勇敢，或有一技之长，都厚待于他。即使如舞文弄墨的文人，他也与其诗酒周旋，虚心求教。但对于营内妇女、老弱无用之人，则轻侮苛严，不予宽待。对部队以外的人，他也是两样对待：农工苦作之人，他甚为优待，恤贫济困，竟是圣贤君王一般。但若是迂酸庸腐的秀才，养尊处优的富绅，他却最为痛恶，用尽残酷的方法去打击，杀戮如同鸡羊。他的理论是："这般无用的人，徒消耗了粮食布匹，不如杀了，倒替这世界省下许多费用。"徐以显、王志贤等皆不以为然，但汪兆麟及一些将官却非常赞同。

再说崇祯十五年十一月，张献忠攻取太湖、潜山、桐城之时，闻得左良玉大军东下，以为他是来救援桐城的，急忙收军回到天堂寨。这时他招编三县军民，又已有了新军三万余人。不久，探知那左良玉乃是躲避李自成大军而来，到了安庆即按兵不动，并无搜剿之意。又探知满洲人马三次大举入关，侵占了畿辅、山东等地许多城池。凤阳总督马士英与京营统领卢九德等，集中所有兵力去防守黄河，已无暇顾及流军了。献忠遂与一般谋士商议，欲乘时出山。汪兆麟道："今左良玉在安庆，马士英在凤阳，卢九德在庐州，虽无进攻之力，自守则尚有余裕。惟湖广境内，李自成已占大江北岸，尚未取大江之南。因而南岸官吏常与北岸绅民勾结，逐杀自成所放之官。黄州府辖一州八县，距襄阳远，离武昌最近，其绅民不服李自成，纷纷据保山寨，抗拒差粮。我军距他们甚近，不如报请自成，将黄州九属交由大王安抚，并愿出兵从这九属地面渡江，夺取武昌，为他断后顾之忧，他必然乐从。我知这九属的山寨全是富绅臣族，集合奴隶，组编成军，依靠这些奴军据寨自守。大王只须先行派人前往暗结奴军，许大军到时为他们脱去奴籍，则他们必反戈相向，此九属之地传檄可定也！然后资奴军之力以渡江，取了武昌，则取湖广、江西易如拾芥一般。大王即使要东下攻取南京，也将甚易。"献忠大喜，便立即派人向李自成请求，一面命心腹人暗赴各县联络奴军。

话说黄州府所管黄冈、黄陂、黄安、麻城、罗田、蕲水六县，与蕲州一州。蕲州又管黄梅、广济两县，共是九属。这九属地面乃是富庶之地，文物之乡，多有世家大族，缙绅文士。近年因地近潜霍诸山，时受革左等营骚扰，官府又不能保护，故绅士们相率结寨自保，数年以来，倒也安靖。但各寨寨主都是缙绅文士，讲的诗书礼乐，不能拿刀作战，凡作战与耕种，全靠那批卖身的僮奴。这些僮奴平时乃是最卑贱之人，牛马一般生活，生死尽操于绅士之手。如今提刀弄枪，成了维系全寨人生命的安全之武士，自然要求改变待遇。各缙绅为的用人之际，不得不一次次答允他们的要求，给他们缝制鲜美衣甲，配给雪亮的刀枪，高大的战马，号称"僮奴军"。又将其中干练勇敢的奴隶提拔为领队，收买其心，以防叛乱。这些待遇虽可暂时安抚群奴，但奴隶毕竟还是奴隶，并不因其有功便将卖身文书发还。明朝的法律规定，奴隶须绝对遵从主家，奴隶子女任凭主家婚配，父母不得作主；奴隶挣得的一切全归主人享用，挣得者不能自享半分。纵然有时主人高兴赐赏给奴隶些田产器物，也可由主家随时收回，奴隶不得抗拒。主家杀了奴隶，奴家无权控诉；倘若奴隶伤害了主人，那便是不赦之罪；主人逼淫奴家妻女，本夫在侧也不准反抗；倘奴隶侮辱了主家子女，也是不赦之罪。至于鞭打力役，那更不用说了。因此之故，众奴隶谁不愿脱籍解放？现经张献忠派人游说，许给他们除去奴籍，那批奴军如何不欢喜迎附！纷纷与献忠暗通消息，盼献忠大军早到，他们也好杀了主家，破寨来降。

崇祯十六年正月，献忠率军出山，来攻黄梅、广济两县。山寨奴军纷起杀了家主，投降献忠，两县城池亦不攻自破。献忠命这批奴军仍各自保守山寨，抵御左良玉来犯。群奴既已杀了家主，自然不敢再受明朝官吏的管辖，死心塌地跟着献忠了。献忠遂自蕲州北上，攻取蕲水、麻城等县。一路在攻下的城池安设官吏，管理地方。九州县之奴军俱已成献忠党羽，闻得献忠军前来，都纷纷组织里仁会，推出头领，搜杀缙绅，追出金银，与献忠献来，表示忠诚归附。这时也有一二绅民，眼见大势如此，反与奴军交好，加入里仁会，一起投降献忠的。如黄冈秀才李时荣，与里仁会首张以泽交好；麻城秀才周文江，与里仁会首汤志结为友好，一起先后迎降。这两秀才皆是县内大族，平时颇以才干自负，眼见大明江山崩溃，意欲投效献忠，将来也好拜相封侯。那汤志乃是奴军中最有声名的头领，能号召奴军数万，迎降献忠之际，杀了缙绅六十余员，抄得金银珠宝数十万，推周文江为首，连同军册一起献上。献忠深为赏识，升麻城为州，便以文江为知州。李时荣自觉未有大功，乃献进取武昌之策，他向献忠道："我有族人数十家，现居武昌城内，故深知城内空虚。楚王所招保城之兵全无斗志。他们所恃，只因渡船尽被扣在南岸，我军无法过渡。但这长江虽然水深浪大，却也有若干宽浅之处。如黄冈上游的团风、煤炭、鸭蛋三洲附近，江面宽达数百丈，以良马踩水可渡。尚有星辰湖、张度湖中的渔船为我用，可载运步兵数千人。大王可一面用大军进攻汉口、汉阳，作缚筏渡江之势，使官军聚守于武昌一处；一面以良马、渔船，从浅洲渡江，抄袭武昌，则可一举攻克。"献忠连连点头称是，便命李时荣与张以泽、汤志等，搜集各湖渔船，在团风训练水军，自督大军去攻汉阳。正当进攻汉阳快得手之时，献忠接知蕲州被对岸官军偷占之信，便分军一部杀回。三月十七日，重新攻克蕲州。查系城中缙绅痛恨奴军反叛，勾结对岸官军来报仇，才发生这场事变。献忠大怒，问张以泽道："这城中何人该杀？"

以泽道："凡曾买用僮奴的缙绅都不愿僮奴出头。大王要解救奴军，只有将这般人杀尽，一方才得太平。"献忠便命搜索城乡士绅富室，凡曾买人为奴者一律诛杀，妻女配给奴军，财物全部没收。献忠又抽调各县奴军编制为营，称为新营。以张以泽、汤志为统领，防守沿江一带。奴军感戴献忠，人人踊跃攻敌。

正当此时，又报黄州被对岸官军占了。献忠便命张以泽等镇守蕲州，自己亲率大军来攻黄州。那黄州府城之内官绅等闻得献忠大军到来，早已吓得魂飞魄散，唯恐落入奴军之手，急忙乘船逃跑。但渡船要撤退官军，只让各家男子附渡，留下许多妇女欲待二次来渡。谁知献忠大军已然赶到，这些官绅家的妇女便被捉住。献忠于三月二十四日入城，对众军道："此城与武昌县隔江相望，最易遭受明军渡江来取，必须将城拆掉，方能避免重遭占领。"便命将所擒官绅女眷，除留粗壮有力者服军役外，其余姣丽荏弱者一律押去拆城。这黄州府城乃是洪武年间烧砖修筑的，砖块特大，又用石灰胶固，甚为坚固。这些妇女平日深居绣阁，养尊处优，娇柔无力，何曾有过此等劳作！今被派来拆城，又无锄锹等器具，只凭手持木棍撬砖，更是十分吃力。未得半个时辰，早已汗湿重衫，娇喘不已。献忠立在城头，督率军士催促，不让她们休息，鞭打之声连绵不绝。不多一时，许多妇女手指皮破血流，坐在地下不起。献忠看见，过来问道："为啥坐地不干？"有的便举起手来乞怜。献忠执着其手，说道："你看咱老子的手，茧疤几重，粗得栗皮一般。你们为何如此娇嫩？想是平日呼奴唤婢，只动口不动手之故。既空长了这双手不用，莫如砍了痛快！"便即令将手太嫩的人手指砍了。刚砍得两人，那些坐地的妇女全都起来作工，再也不敢叫苦了。献忠心中暗笑，对汪兆麟道："你看我如此处置可好？"汪兆麟忙道："大王此事处理得最妙。既省了军士拆城之力，又足以杀缙绅们之气焰，化无用为有用。"王志贤却有些不忍，劝道："妇女本来娇弱，大王尚需略示体恤，以免兵士们看着不忍。"献忠正色道："我们招练兵丁，便是为的打仗，这打仗便是残酷的事，菩萨心肠的兵怎能作战？倘有不忍的兵，你都与我调出来！"骇得志贤不敢再说。

话说武昌城内的楚王，乃是太祖朱元璋第六子朱桢的封国。朱桢生时，恰逢太祖平定陈友谅，攻克武昌的军报到来，当时许了马皇后："此子长大之后，封到武昌为王。”后来统一天下，大封诸子，真的将桢封于此，是为楚王。这武昌乃长江商船云集之地，湖广十五府、两直州、一百二十五州县、七土司的行政枢府所在。藩王虽不直接管理军民政务，却有无形的权力，足为威风。凡属来到省城的大小官吏，谁不敬送厚礼前去觐见。过往商贾，谁又不愿馈送财货结识王府，以为奥援。因此，王府金银山积，富冠全国。但这楚王府到了嘉靖之时，同宗连戚觊觎王位的人甚多，竟酿出许多怪事来。先有愍王显榕被人诬告谋反，继有显榕世子英耀与显榕庶妃私通，因惧罪，竟买人将显榕刺死，诈称中风死亡。后被查出，将英耀逮京凌迟。改以次子英熍嗣位。英熍虚弱，不能生子。正妃王氏与娘家哥哥王如言商议，伪装有孕，将如言所生婴儿暗抱进宫，诳称生了世子，取名华奎。嘉靖年间，英熍死了，华奎方才两岁，便继承王位。偏偏王如言有一女，嫁与华奎的堂兄华越，将此偷龙换凤之事对华越说了。那华越为想得到王位，不管郎舅之谊，上疏举发，并以其妻作证。礼部郭正域以为异姓乱宗，主张严办，首相沈一贯则认为：“华越妄图废立，以遂其意，不足以劝忠。其妻以女证父母之罪，不足以劝孝。”双方争议不下，交抚按查复。华越之妻坚称亲见其母将婴儿交与父亲送进王府。楚府各宗人认为王嗣不真，大哄巡按衙门。巡按不能制止，奏进京去，朝中郭正域与沈一贯也互相举发对方受贿。闹得满朝上下纷纷议论，谣言四起。全楚宗人也起了几次风潮。后来到底首相权大，将风潮压抑下去，郭正域罢职，华越谪为庶人，禁锢高墙。其余附和诸宗人一律贬级，分别治罪。那华奎要保得王位，几次派人携金银珠宝进京打点。此时被宗人探知，拦路截获，作为行贿证据。华奎向巡抚赵可怀报了劫案。巡抚派兵逮捕截银之宗人，激起诸宗人忿怒，说巡抚受贿不公，哄进衙去，将赵可怀活活打死。巡按吴楷闻讯，奏报楚府宗人造反。沈一贯发兵镇压，杀了罪宗六人，发禁高墙四十余人，这才无人敢再闹王嗣真伪之事了。楚府为此案耗金在百万以上，但于楚府之富无损。

前日左良玉从襄阳溃过武昌之时，因为军饷缺乏，商请华奎借饷，愿率军保卫武昌。华奎推说无钱，良玉悻悻而去。王府长史徐学颜劝华奎道：“武昌城防空虚，倘若贼兵渡江，谁能为千岁守城？”华奎道：“我自己养兵，不比留他人之兵可靠么！”学颜道：“祖制藩王不得养兵，如今可请致仕大学士贺阁老出来，招练民兵，由千岁负担军费。民兵皆有家室在此城，必有固志，可既不受督抚征调，又不妨碍祖制，事平之后，即可遣散，此两全之道也。”华奎这才允了，拨饷银十万两，将贺逢圣请出主持军事。这贺逢圣，字克由，乃是万历朝的探花，崇祯朝的宰相。为人倒也公允清正，人称他为“贺佛爷”。崇祯十四年致仕回家，从不过问政事。现受楚王请托，不得不出来训练乡军。他本毫不知兵的人，不过因威望关系出面号召，实则一切事情全由楚王委派张其在办理。十万军饷转瞬用尽，华奎便不再拨给了，要他们自行向民间去募集。张其在向其力争，反被他笞责四十大板。张其在怨诉于贺逢圣。逢圣便入府去见华奎道：“贼军正在攻打汉阳，武昌情势甚为危急。愿千岁厚抚新军，得其死力，方能保固城池，如何可以责打他们!”华奎翻着白眼道：“新军保守武昌全城，并非单保我王府，百姓们为何便不该出钱?”逢圣道：“保城、保民、保王，都是为保大明天下，新军又是千岁所募，千岁尚不肯出帑金作军饷，百姓又如何肯出呢?”华奎说不过他，进去命人抬了一把包金的椅子出来，对逢圣道：“楚府遭过冤枉官司，弄得很穷，实在无钱助饷，这把椅子是太祖高皇帝赐予先王的，请拿去打碎了作军饷吧!”逢圣见楚王如此吝啬，又抬出太祖高皇帝来压他，不敢再争，大哭而出。另向一些商民募了一点军饷，维持新军未散。

五月初五，献忠率舟骑两队，从团风洲浮水渡江，破了武昌县。此县距武昌府还有一百多里，献忠料想城中必然派兵沿途拒阻。谁知探马回报，沿途并无一兵防守。便命大军前进到华容镇驻下，等待后续部队。二十五日，又从鸭蛋洲渡过一部军队。恰好这时张其在忿恨楚王贪吝，前来投降，向献忠道：“城内新军皆盼大王到来，以便开门迎降。请大王速速进兵。”献忠遂命其在为向导，催督大军前进，二十九日到了武胜门外。

这武昌共有十门：东面宾阳、忠孝、通湘三门，正对洪山；北面武胜门，正对汉口，皆是献忠进军方向的正面。贺逢圣亲自与崔文荣合守武胜门。王扬基与游击朱世鼎守忠孝、宾阳、通湘三门，与洪山驻军胡副将相犄角。西面平湖、汉阳两门，面临大江，料定献忠无船，不能来攻，故防守最弱，由推官傅上瑞率民兵守堞。南面文昌、保安、望山、楚望四门，因距献忠来路甚远，也未加意防守，仅由楚府徐长史率新军守卫。献忠之军来到武胜门外，见守御甚严，便转向东面，先将洪山守军击溃。然后，绕向城南，三面环攻。张其在来到保安门外，望见城上新军旗号，便放出信号。城内新军忙开了城门，让献忠之军杀入。王扬基闻新军迎降敌军，忙弃城跑到汉阳门来，与傅上瑞一同开门逃过江去。崔文荣与朱士鼎巷战而死。贺逢圣闻听城陷，忙回家将妻妾子女装载一船，撑到滋阳湖，船沉落水，被人救起，送到献忠处来。献忠道："听说人称你贺佛爷，是个好官。我不杀你，送你出城逃命去吧！"命数名亲兵，将他扶出望山门外。亲兵返城后，他竟跳下王曾桥下淹死了，算是替那崇祯尽了忠。其余官吏或死、或降、或逃，难以细说，单讲那楚王华奎。

华奎原是奸人之子，贪吝已极。今已有七十余岁，满嘴大胡须，精神尚好。孔子说："及其老矣……戒之在得。"他虽拥有满库金银，却仍贪得无厌。那贺逢圣劝他出钱养兵，他舍不得钱财，命向民间摊派。贺逢圣与官绅商议，向民间征派军饷。其时江岸泊有几十号盐船，皆是淮扬巨商。十多年来陆地虽不安全，水路却尚畅通。因荆襄一带流军、官军都仰淮盐为食，故放纵盐商私运，盐价亦好，各商皆获厚利。这时议征军饷，便公派了各盐船较多银子。盐商不服，又无力反抗，遂拿钱去贿赂楚王。华奎受贿后，居然写出文告，贴到各盐船上，称："此乃本王府采办用船，仰所过州县军民人等一体保护。"此条贴出，谁还敢向他们催收。因此华奎得了六七千两银子，但军饷却少得了五六万两，全城军民无不怨恨。当城破之际，华奎舍不得金山银库，想招兵勇退守宫墙，并无一人前去，遂被献忠活捉。献忠据了府库，将他押到黄鹤楼上。少时点库人员来报，搜出黄金三万余两，白银一百八十万两，珠宝珍玩不计其数。献忠便下令不准扰及民间，只将十门紧守，禁人出入，搜查官吏、宗室、缙绅之有罪者。各军分头去了后，献忠问华奎道："你已这大年纪，要这许多金银何用？"华奎跪地叩头道："我也不知作何用。只觉得这些东西愈多愈可爱。有了百万，又想有二百万。大王围城之时，他们劝我拿出来犒军，我几次想开库，总舍不得。如今想来，是我应当为大王保守这些钱财。"说得献忠与汪兆麟、王志贤等一班亲随人员哄堂大笑。献忠对众人道："你们看，这等庸奴，竟作了武昌府城内第一尊贵之人。明朝怎的不亡！"兆麟道："全城人恨他入骨，请大王将他绑在蛇山高处，听凭人民报怨处置，以快人心。”献忠道：“念他守库有功，赏他一副全尸。”命人拿一大布袋来，将他装入，沉到长江里去。临进布袋之时，献忠戏谑他道：“我因为民怨之故，不能不杀你。你若要想带什么东西，我准你带去。”华奎忙叩头道：“大王赏我全尸，自然感激。但只怕体轻，淹死后又浮了起来，被人看见耻笑，望大王赏我两个大元宝，装在袋内镇压着。”说得众人又大笑起来。献忠果真命人给他拿来一个大元宝，又配上一个同样重的大石头，一起装入袋内。对他道：“你要认清了，这元宝也是石头，石头也就是元宝。对你来说，岂不都是一样么！”那华奎尚不明白。献忠早喝令军士将他连袋丢入长江。

◎评注

流军初起，不过饥民救死而已。明廷不抚反剿，遂因筹饷加赋，祸连未饥之民。至崇祯八年以后，江河两界间，赤地万里，平民略尽，祸及于缙绅之家。故缙绅中亦有不满明廷，参加流军者，如周文江、汪兆麟之类。然缙绅与奴军终不相容，故后有文江叛变之事。

此回写缙绅与藩王之末运，以见明末社会冲突之尖锐。亦足为无德而居高位者立戒。吴梅村谓：“献忠破武昌，见楚府库中多金。叹曰：有如此而不设守，朱胡子真庸儿也。”此回叙献忠黄鹤楼戏谑华奎语，尤令人解颐，发人深省。

第三十五回 张献忠吟诗黄鹤楼 罗汝才断头销金帐

话说张献忠取了武昌，搜得楚王府与各衙门中许多库藏，一时军需富足。一般军将哪曾见过如此大城，兼以献忠有令，不准抢劫烧杀，便纷纷找降军引导，吃喝玩乐去了。只有献忠亲军各营，把守十道城门，不准人出入。到了次日，献忠派出许多官吏军丁，由楚府降兵引导，分段调集街正甲长，将各街段中隐匿之官绅举出，有敢隐匿不报者，定为死罪。两日之间，清查出了数万人。计分为以下几种人物：

一、明朝官吏、地方科名人物，尚未出降者。

二、明朝官军与军籍人员，曾抵抗大军，至今未降者。

三、曾购买奴隶之家主，剥削平民之官绅。

四、充当坐探，勾结城外官军者。

五、朱明宗室尚未自首者。

献忠令汪兆麟指挥诸将，逐一审讯，清出恶迹昭著者一千余人，押到汉阳门内大校场砍了。余下人众，身强者俱编入各营服役，老弱者准献出金银自赎。献忠又令开仓赈贫，放饷劳军，招徕四方乡民入城。四乡贫民果然襁负而至，北岸州县来人更多。或志愿从军，或劝导入伍，旬日之间，献忠之军突然膨大许多，共达五十余万之众。因城中钱多饷足，赡给有余，又有各县解饷来助，故兵虽多而不扰民，人民称颂功德者甚多。惟军士钱多事闲，往往有奸淫妇女之事发生。献忠屡禁不止，乃令各街清查娇嫩无力之妇女与宗室罪人之妻女，及女尼、卖淫女等，一律解送到楚府外院，编为婆子营，设官管理，专供军士淫乐。每一军士纳银一钱，即准在婆子营留宿一夜，不许再向民间调戏妇女。后来因各营军士本有许多人挟有妇女在营内，又常去婆子营宿息，惹起营中妇女吵闹，被献忠知道后，命将各营军士所挟妇女一律收编到婆子营里。并规定今后兵士不准挟妇女入营，头目准带一妻，将官准带一妻一妾，高级将官则不拘妻妾多少，俱可随营。头目以上未有妻妾者，方准入婆子营住宿。有敢违犯不遵者，处以宫刑。此令下后，街上即再无调戏妇女之事发生，市面甚为安靖，歌功颂德之人逐日益多。武昌、汉阳两府所辖一州十一县俱来投顺。亦有许多举人、秀才，联名上表，请献忠早正大位，以系人心。汪兆麟将这些劝进表转呈献忠看了，对献忠道：“李自成占了承天、褒阳、荆州三府，便称新顺王。大王今已占了武昌、汉阳、黄州三府，人情归附，亦宜正号称王，与他取一并立之势。”献忠道：“明日你与众头领商议商议再说。”

第二日，汪兆麟率领各州县迎降的文士周文江、李时荣、谢凤洲、肖彦、陈驭六、周综文、沈会霖、黄元凯、周洪卿等数十人为一队，徐以显率一班新降武将一斗谷、瓦罐子、张四虎、张其在、张以泽、汤志、邓云程、周从极等数十人为一队，王志贤率旧将刘进忠、马元利、张能第、狄三品、张化龙、孙可望、刘文秀、李定国、艾能奇等为一队，共将献忠请出，一齐俯伏在地，恳请献忠早正大位。献忠对众人道：“你们先起来听我说。从前王军师在世，曾几次用梦游的方法，引导我上天，见得天帝，说我是他的儿子。命真武大帝、关夫子、王灵官赐我金剑、金刀、金鞭，诛杀不顺天命的人。后来王军师死了，无人引我上天。今日你们劝我称王，但我未奉有天帝之命，怎能随便答应你们。”汪兆麟道：“大王是天帝之子，即为天子，天子便应该有国号。有道是：'天视自我民视，天听自我民听。'今天下人民皆称颂功德，盼大王称帝，则天帝之意已可知矣！请大王不必拘执。违了民心，便是违了天意。”献忠正色道：“你说的虽是至理，但我不能不等候天帝明诏。且让我今夜焚香祷告，看看有何灵验，再议不迟。”众人不敢再说，各自散去。献忠单叫汪兆麟入内，与他密谈。谈些什么，宫府深邃，外人不得而知。

候了一日，众人又分队来候消息。献忠升座，笑对众人道：“我昨夜沐浴更衣，焚香祷告，然后安寝。梦见太白金星与我送颗印来，说是奉我父玉皇张大帝之令赐予我的。并说大明太祖朱元璋，乃是他的第二个儿子，封在南方，以火德主世。我是他第三个儿子，应封在西方，以金德主世。醒来之时，果然案上有颗金印，但那上面的文字弯弯曲曲，我却不识，你等看看是何印?”说罢，便命人捧出斗大一颗纯金铸就的印来摆在殿前。兆麟、以显、志贤上前认来，却是“西王之宝”四个篆字。兆麟首先向前跪下道：“此乃西王之宝。目前朱明运终，金德当旺，正该大王承运建国，以奉天命。”其余诸人亦皆跪地附和。献忠道：“既然天帝命我只称西王，我便称西王好了。我不能违背天意。”众人方才起身。兆麟又献议道：“本年岁在癸未，六月二十三日甲子立秋，正是金旺之初。请即定于此日举行西王登位大典，受远近军民朝贺。”众人俱称是，献忠便允了，命人分头准备。

到了六月二十三日，献忠改楚王府为西王府，升殿受贺毕，大行封赏，启用西王之宝布告安民。改武昌府为天授府，江夏县为上江县。用汪兆麟为右丞相，兼吏部尚书，徐以显为左丞相，兼刑部尚书，王志贤为户部尚书，潘绰为礼部尚书，周文江为兵部尚书，王应龙为工部尚书，张其在为前军都督，狄三品为水军都督，张四虎为中军都督，李时荣为湖广巡抚，谢凤洲为武昌兵备道，肖彦为分巡道，陈驭六为提学道，周综文为天授府知府，沈会霖为汉阳知府，黄元凯为黄州知府。汤志为游击将军，驻守麻城，防备马士英凤阳之军。张以泽为总督，驻守蕲、黄，防备左良玉之军。又以周洪卿为水军提调，搜集沿江船只，训练水军，与狄三品驻于汉阳，防备李自成来犯。其余头领皆封为总兵、副将等官。开局铸印，次第颁发。又因文官尚不敷用，开科取士，令天授、黄州、汉阳三府二十一州县士子赴试，违令不来者拿问。不久共到士子一千余人，由汪兆麟主考，取中合格者七十二人，立即补授予府经历、同知、通判、推官、判官与知州、知县、县丞、主簿等职，一切仿依明朝官制。大西王朝初具规模。献忠又派人往湖湘各处招抚，来投者日众。不久李时荣暴病身死，改以谢凤洲为巡抚，周洪卿为武昌道。

一日，献忠与各文臣大宴在黄鹤楼上，看浩荡长江，一泻千里。龟蛇对峙，烟波浩渺，一时心旷神怡，诗兴大发，对众人道："前在谷城，方岳宗说我不能作诗。我也是读过书的人，这作诗又有何难！不过我嫌厌那些咬文嚼字，酸溜溜的迂腐劲，不愿作它罢了。这楼上眼界开豁，倒是个作诗的好地方。今日我便作首诗来，让你们来和。"说罢微一沉吟，便命王志贤提笔听他念出，写好后交与群臣传观。只见上面写道：

滚滚江流去不还，隔断龟蛇不相攀。
龟山就譬比李闯，咱老子站在蛇山。

众人齐道："好诗！好诗！又切景，又切时，气魄更是雄伟，陛下真天赋奇才也。"

献忠笑道："你们甭光说我诗好，还得每人和诗一首来。"汪兆麟道："自当敬和。我先献丑吧。"便提笔写出一首道：

黄鹤冲霄更不还，此楼留得共跻攀。
琼浆普贶天颜霁，指看东西两面山。

徐以显道："我亦步韵，占得一绝，仅以奉和。"便写道：

仙人乘鹤此楼还，碧海青天几度攀？
伫看九州归一统，丹书直下改河山。

依次轮到王志贤，他坚称不会作诗。献忠定要他作。志贤无奈，只得说："请让为臣先想一刻，请谢巡抚先作。"谢凤洲也不推辞，便写道：

倒海翻江凯歌还，登楼更喜把龙攀。

王师到处无荆棘，万国梯航拜斗山。

这时周文江不甘示弱，忙道："王尚书诗工不在速。小臣先想得一首呈献。"便写道：

大风唱绝故乡还，他是群英几许攀。

洗尽浮云光日月，流辉朗照万重山。

王志贤见众人已作，不好再推迟，说道："实在不会作诗，勉强凑得四句，不合平仄。"边说边写道：

逝水年华去不还，龙鳞凤翼未易攀。

澄清志怀师范滂，激切忠言慕贾山。

献忠虽不太懂诗中之意，但已觉志贤之诗有规劝之意，也未理他。转而向潘绰道："你也作上一首来。"这潘绰乃是潘独鳌之子，群臣中年龄数他最小。献忠念他父亲功劳，派了他个礼部尚书之职。他虽生在书香之家，却是个浑小子。此时被令作诗，不免局促，道："诗，我想了四句，只怕与规矩未合。"献忠道："不讲规矩最好，像他们那样酸溜溜，文绉绉的，叫人听不懂，这诗写来又有何用!"潘绰道："第一句我想的是'黄鹤楼望晴川阁'。"汪兆麟打断他道："这个不行，必须依西王原韵才行。且收尾亦必须在山字上面。"潘绰想了一想，道："这个我也能作。"即口占道：

富贵故乡衣锦还，礼部尚书我姓潘。

要想回得家乡转，汉阳门渡过龟山。

献忠大怒，骂道："你这小子，竟想投降李自成么?"骇得潘绰俯伏地下，不住叩头道："诗作错了，小臣该死，小臣该死!"徐以显念得潘独鳌旧谊，恐潘绰性命不保，连忙出位解释道："汉阳亦是我王辖地。他的诗不过念到应城老家，想过汉阳，并非想投李自成，望陛下详察。"献忠道："我把龟山比李自成，他便想过龟山去，岂非是想投李自成吗?"潘绰哭道："因为需和大王之诗，必须山字押韵，我便一时糊涂用错了。"正在此时，孙可望跑上楼来报道："襄阳罗汝才部将王可怀、郝有法二人，前来投降。并报说李自成杀了罗汝才、贺一龙、马光玉，将要派兵来攻我汉阳。"献忠道："罗汝才、贺一龙从前背叛了我，去投自成，冤枉送了性命，也是活该。但李闯既来攻我，我也正好借题与汝才等报仇，向他攻去，一来显得我等义气；二来可乘势招降罗汝才五营与革左五营的残部，削减李自成的势力。"便命王志贤率张四虎等军进驻汉口，声言进攻德安府。徐以显率军进驻汉阳，声言进攻承天府，与罗汝才报仇。又命潘绰率独鳌旧部，由水道向汉川、应城一带，招抚水陆各寨乡民。并对他道："你小子想回家乡，我今便让你回去，只是你要小心了！倘若降了李自成，我要杀你全家；倘若无功回来，我要革掉你这尚书!"潘绰忙叩头谢恩而去。分派已定，献忠罢宴下楼，令各人分头准备去了。

献忠回宫，召来王可怀、郝有法二人，细问罗汝才等被杀情形。二人哭泣言道："曹操从前错了念头，归附那李闯。平日称李闯为兄，李闯待他初时亦还尊敬。曹操善谋，李闯善战，二人合力，才得将河南官军肃清，使李闯成就大业。但他二人性情不同，曹操好酒好色，养有女乐两部，妻妾数十人，烹调鲜美，帐帷华丽，专爱享受，并无大志。那李闯却不好酒色，布衣蔬食，与营伍共甘苦，是个坚忍刻苦，胸有大志之人。因此，李闯常看不惯曹操的作为，不常与他聚处。就有小人看见他二人隔阂，乘机从中挑拨。后来，贺一龙率马光玉及贺锦、蔺养成、刘希尧五营来投，自成待他与同众部将一般，并不重用。一龙不服，常到曹操营中来诉怨，欲请曹操一起另辟地盘，脱离李闯。曹操不肯，劝他们忍耐。但李闯见得贺一龙、马光玉等与曹操过从甚密，料定必有阴谋，常请曹操议事，探听口气。曹操对他不疑。便劝他厚抚来降的贺一龙等，以免怨愤。李闯心下明白，遂厚待贺锦、刘希尧，买为死党，以离间五营。外表上对曹操与贺一龙等更为尊敬。攻下承天府后，又封曹操为大将军、并肩王，使他心中不备。贺一龙攻德安府，回军之后，先到曹操营里，然后才同曹操一起进见李闯。李闯甚为不悦。曹操自认与高闯王同辈，每常当着众将呼李闯小名叫‘老齐’，自称‘曹操’，随意笑谑。李闯也与他敷衍，不用君臣之礼。曹操营中谋士吉珪知道李闯狠毒，见曹操这样，心知必有后祸，劝曹操早作准备。曹操不听。回襄阳后，马光玉在彝陵州不受节制，李闯进兵杀了他。怕曹操、贺一龙反叛，便连夜邀请二人入宫，宴商进取陕西之事。曹操未去，贺一龙去了。饮酒到半夜，留一龙在宫中住宿，便于睡梦中将一龙缚来杀了。天明以后，李闯自率精兵二十骑，驰到曹操营中，口中说道：‘老前辈又拿臭架子了，敦请不到，今天我自己上门来向你要计，难道还不见我吗?’边说边往内室走去。守军不敢拦他，只得高呼：‘新顺王驾到!’曹操此时尚在红罗帐内挟着美人睡觉。猛听得李闯到来，忙从床上爬起，打水梳头。不防李闯抢入室内，一刀将他头砍下，提出来对卫军道：‘罗汝才谋反，被我杀了!’卫军四散奔逃，报给营内诸将。白贵、黑云祥、杨承恩、李汝桂、王龙、朱养民、罗戴恩、杨山、吉珪与我等整军出战，哪知李闯早调有大军将我们围住。白贵、黑云祥死于乱军之中。杨承恩、王龙逃向陕西，投孙传庭去了。李汝桂率军到安庆去投左良玉。我等与吉珪、杨山、罗戴恩、朱养民等被擒，李闯不杀，我等亦假意投降，被他将部队分编。后来吉珪也被杀了，我二人乘间逃到此，请西王派兵报仇。”献忠听了切齿道：“李自成如此不能容人，安能成就大事!我平日以义气为重，曹操是我结义大哥，怎能坐视不管!我闻讯后早已分军三路，进攻李自成去了。你二人可即赴汉阳徐以显处，听受派遣。务须设法将杨山、朱养民、罗戴恩等救出。那罗戴恩是曹操的叔父，我从前唤他作老伯，定要将他与汝才大哥的家小一并救出才好。”二人见献忠如此义气，且军强马壮，大有发展之势，心中甚为悦服。便到汉阳助徐以显出兵去了。

再说李自成在襄阳称王，有张献忠与他抵御左良玉军，又杀了罗汝才、贺一龙、马光玉，兼并其众，政令统一，纪律严明，自谓取天下易如反掌。得知献忠攻下武昌后，便派人来宣谕献忠，命将汉阳、黄州两府及所属州县交出，另取江南州县。差官行到汉川县，已闻献忠称王，便不敢前去，折返襄阳来报与李自成。自成大怒，便令整顿兵马来攻献忠，已定期七月十五日起兵，忽报孙传庭率大军来犯，已出潼关。自成惊道：“今明朝兵马已无可畏，只孙传庭这老儿的兵却与众不同，必须以全力应付才是。我今且放下那张献忠，待灭了孙传庭，再来讨他不迟。”顾君恩道：“只是张献忠现驻军江北，声言与罗汝才等报仇。我军北拒孙传庭，他必来夺我德安、扬武、荆州等地，进窥襄京，动摇我之根本。但得一人前去说左良玉出兵攻他武昌，才可免我后顾之忧。”自成点头道：“正合我意。但不知你欲差何人前去？”君恩向前附耳说了如此如此。自成大喜，便命侄儿李过率汉江水军，进驻潜江，攻取汉阳。又命制将军刘希尧进军德安，攻取黄州府各州县。这才传入罗汝才部下旧将杨山，责他道：“你等相从曹操日久，今虽降我，终究心迹难明。我今派你率军一千去取麻城，受刘希尧提调。倘若有功，我方能信用于你。”那杨山原是汝才中军大将，与李汝桂最为相好，被迫降了自成，心中本来不服，岂肯去受刘希尧指挥。但正苦于脱身无计，听得命他去攻麻城，当即遵令。但率军到麻城后，便立即向安庆奔去，投了左良玉。李汝桂将他引见左良玉，报告了自成、献忠两路军情，请求良玉去攻李自成。左良玉沉思道：“现今李自成、张献忠一同僭号，均当声罪致讨。但张献忠地方与我临近，李自成地方距我尚远，他二人现又在对峙中，我若去攻李自成，岂非助张献忠成功？为今之计，只能先讨张献忠，待灭了他，再讨李自成不迟。”二人道；“将军高见。我二人愿从麻黄北面进攻，倘若到了李自成地界，也可设法将旧部招来。”良玉道：“此计虽好，但张献忠兵力尚强。你们如急攻麻、黄，李自成将误以为我专攻北岸，欲图于他，必撤退其军，让张献忠集中力量对付我，便难以击溃张献忠了。不如暂缓攻麻黄，急攻南岸，则李自成之军必乘机进取汉阳与蕲黄之地，无异助我剿灭张献忠。等攻克武昌后，我再放你们去招降罗汝才旧部，岂不更妙！”二人闻言，连声赞叹，暗忖左良玉不愧为当世名将，到底深谙兵法。于是依计而行，分为水陆两路来攻武昌。

◎评注

流军至此只存自成、献忠两大股；官军此时能战者，亦只剩孙传庭、左良玉两路，适足以分敌自成与献忠。

献忠黄鹤楼题诗与诸臣所和之作，虽多可笑，然亦显露各人之抱负。

第三十六回 左良玉收复武昌府 张献忠大闹洞庭湖

话说左良玉见得明廷征剿失败，早知明室必亡，想据有武昌，凭江固守，以观天下之变。此时闻得献忠与自成在汉阳、德安两府之间对峙不下，遂率水陆大军二十万来取武昌。前部以总兵方国安为先锋，率军五万，先攻黄梅、广济、蕲州三城。这时蕲黄诸县人心分为两派：一派是新解放后的奴隶与市井贫民，他们亲附献忠。一派是缙绅世族，富商大贾，他们痛恨献忠所为，但又无力反抗。今见左军大举而来，正是他们出头之机，便纷纷暗自勾结，迎降左军，引导前来攻城夺寨。方国安要依靠这批人，遂一反献忠所为，拿着叛奴，不问降与不降，一律凌迟处死。各寨绅衿大为快意，无不盼望左军早到，来左良玉与方国安处请兵的朝夕不断。各县奴军到底装备不足，全集合到蕲黄来依傍张以泽守城。张以泽虽然勇敢，但不谙军事，骤任总督，无法指挥未经训练之奴军，虽然人多，不敢应战，只好退过大江，在黄石港屯扎。左良玉遂得率军从蕲州渡江。方国安亦渡江与张以泽大战于黄石港，以泽大败。大冶县秀才程天一乘机召集乡民两万响应左军，夜袭县城，杀了献忠所委知县黄元凯。其余沿江各州县的缙绅也纷起杀戮献忠派来之官吏，配合左军进攻奴军。一时之间，成了缙绅们抬头的局面。其实左良玉之军大都是从前十三家流军降部，纪律甚坏，奸掳烧杀远甚于献忠之军，从前左军过境时这些缙绅都是拒阻的，如今却反转欢迎，这是为何来着？无非是为了奴军反叛，献忠支持奴隶镇压他们，已濒生死存亡之地，故也顾不得左军的抢掠，要借左军之力来制服叛奴，保持主子的地位。即或有些缙绅较为开明，但也被献忠两次杀戮吓坏，不得不投靠左军。这也要归罪于汪兆麟所献的残忍政策，给献忠多树了不少仇敌。

且说张献忠闻得左良玉已渡江，忙集会诸将，商议战守之策。谢凤洲等主张坚守武昌、汉阳二城，以水军横断长江，并以水军联络二城。徐以显道："守城须有外援，若无外援，困守孤城便是死路。湖南官军聚于岳州，若与左良玉合力来攻，我军便进退无路了。今宜分城内之军于城外，分守各山谷湖汊。左军来攻，只要各处山谷不破，他即不敢来攻城。"献忠道："对！就依此计而行。"便命兵部尚书周文江率游击将军汤志与总兵方子雄进驻鲶鱼套，联络各县民军，以防左军北岸之师，兼顾黄安、麻城、罗田诸县，相机进取黄州。又令养子张四虎率水军进驻金沙洲，为鲶鱼套后援，并阻挡左军水师西进。左丞相徐以显与知府沈会霖驻守汉阳，防御李自成之军，兼顾汉口、黄陂，为张四虎后援。总兵邓云程率军在上游金口江上扎定浮桥，作为江南江北两面军队粮饷转运的通道。然后以谢凤洲与都督张其在率军驻守武昌，献忠自统大军，分三路屯扎白罗山、白石矶、蒿洲等处山谷，以待左良玉来攻武昌城时齐出包围，内外夹攻。分派已定，献忠出城，驻扎于咸宁，指挥各路。

谁知那左良玉不愧为百战名将，虽已占有蕲州、黄州二城，又渡江占领了大冶、武昌两县，却并不直接来攻武昌府城。而令毛显文等将领，率骑兵自黄州沿北岸西进，沿途招抚北岸各州县。又令方国安率骑兵沿南岸西进，沿途招抚华容、白浒一带民军。常国安、郎启贵等将，则率舟师溯江而上，与南北两岸骑兵联络照应，搜索前进。左良玉又邀凤阳马士英出兵英、霍、罗田一带，以为侧应。这时满洲之兵早已退出山海关外，故马士英得以抽调防河之军西进，驻军寿州，派六安举人黄鼎潜入麻城诸寨，游说缙绅反正。麻城内有一巨绅名叫刘侨，曾做过太仆寺卿，致仕在家。从前献忠来麻城之时，刘侨见势不妙，厚贿周文江，列名在迎降的缙绅之内，又献与献忠美女两个，因此，献忠未曾杀他。现在黄鼎前来与他商议反正之计，刘侨便引出他的两个学生周从极、田生兰来。这二人颇有胆量，竟以同学之谊前去找到周文江游说道："大人与刘老师，前因为保家口，不得已而屈身事贼。今左将军与马总督大军压境，蕲黄四城四十八寨皆已反正，武昌指日可下。各寨叛奴诛杀无遗，正是我衣冠世族报国之日。大人身当军政，若能诱擒叛奴首领汤志等举军反正，其功非小。如不早为，只恐大军到时，玉石俱焚，名实两败，望大人深思。"周文江依附献忠本属投机，指望献忠早登大位，作个攀龙附凤之人。今闻左军夹岸三路来攻，献忠部队连败，自知守武昌甚难。遂听从二人之言，诱请汤志与方子雄议事，伏军擒他，方子雄挺身格斗，被伏兵所杀，汤志被活捉。周文江将汤志交二人押回麻城，交与豪绅们凌迟处死，传首寿州。鲶鱼套守军因无主将，四散溃走。左军乘势进攻金沙洲，张四虎拒战，大败退回汉阳。汉阳知府沈会霖闻败先遁。汉川绅民纠合成军，杀了潘绰，迎接左军。左良玉大军北岸进攻汉阳，南岸进攻武昌。谢凤洲开汉阳门，以战船直下，冲击常国安水师，但未能取胜，又退回。徐以显与张四虎弃了汉阳，向金口浮桥奔去。张其在火焚黄鹤楼与宗人府第，开保望、安山二门，拆断王会桥而去。只剩谢凤洲尚图固守。左军围城既急，献忠援兵又久不至。城内缙绅乘乱夺门出降，凤洲与献忠所委官吏眼见大势已去，全部自杀。于是武昌、汉阳、黄州三府之地全落入左良玉之手。只咸宁、蒲圻一隅尚为献忠之军所据。

毛显文之军取了汉阳后，沿北岸紧追徐以显、张四虎不舍，沿途绅民之武装亦乘势袭击，四虎等狼狈退过金口浮桥。人马尚未过完，左军已追至岸边。好个邓云程，忙叫四虎催军急过浮桥，自已率军上前阻挡左军。但怎敌得左军破竹之势，被毛显文劈斩马下。幸得这一阻挡，北岸之军全部渡过浮桥，四虎忙命砍断浮桥，退到咸宁，与献忠会合。此时张其在亦已先到。献忠见各路军皆败，乃命张其在由通山侵入江西，扰乱左良玉后方。自率大军二十万，进取湖南，以避良玉锐气。

明朝的湖广省共有十五府，二直隶州，一百二十五州县，四十七土司，乃是天下第一大省。在大江北岸的有襄阳、承天、荆州、德安、汉阳、黄州、郧阳七府。此时的襄、承、荆、德四府，三十七州县，已在李自成辖下。郧阳府七县，现已只剩七千余户，由巡按高斗枢招降流军小秦王王光恩据守，自成屡攻不下。其余黄州府属九州县，汉阳府属两县，与江南岸的武昌府十州县，昔由张献忠设官管辖，现已全被左良玉占去。再说那大江以南，有武昌、岳州、长沙、常德、衡州、永州、宝庆、辰州七府，郴、靖两直隶州。共辖六十五州县，四十七土司。州县虽多，户口却不如北岸稠密。自武昌、岳州、长沙、常德、衡州五府外，皆山多田少，汉夷杂处之地。汉民大多柔弱，经营农商，不喜战斗。只有四十七土司所管百姓，皆是溪峒苗民，最为强悍。自明初投顺后，世代受朝廷征发调遣，到各地作战，成为明朝一支劲旅。自施州卫征来的称为“毛兵”，自永顺、保靖征来的称为“竿兵”。前后征调战死者、未回者，约在五十万人以上。故现在土司所辖壮丁已经调尽，无可再征之兵。只是北岸州县迭经战祸，现时人烟稀疏，这南岸的七府二州之地，因未遭兵祸，户口尚较北岸稠密一些了。李自成占领荆襄四府后，明朝的湖广抚按大臣怕他渡江南侵。因这岳州以上水干江浅，而南岸的石首、公安、宜都、长扬、巴东五县，又原是荆州府属邑。为防自成由这几县进窥湖湘，湖南巡抚王聚奎，巡按御史刘熙祚，偏沅巡抚李乾德等，皆到长沙、岳州、常德一带驻守。不想李自成因攻郧阳不下，不敢进取江南。倒是张献忠突将武汉三府占据，陷了楚藩。若是数年以前，像这样失陷省城的大罪，抚按等官都该拿京问罪。现在整个明朝的天下已溃烂了，许多府县官吏皆已委派不去，陷藩陷城之事多如牛毛，崇祯皇帝虽想追究诛杀，却也追究不了，诛杀不完。并且遍地是起义流军，那八面威风的缇骑，只能吓一吓明室的官员，对流军则毫无威风可言，谁也不敢通过流军地界。故湖广官吏这次并未受责难。王聚奎、刘熙祚与李乾德遂能调集七府现兵约有万人，聚在岳州、长沙两地防备献忠。后听到左良玉进攻武汉，他们也想出兵夹攻，无奈兵力太弱，又怕李自成渡江，只好暂守岳、长两地，以观时变。

再说北岸的李自成，因闻孙传庭大军进讨，要免除后顾之忧，故意装作进攻献忠之势，以诱左军西进。及至看到左军已与献忠交战，便将沿江兵马撤退，北去抵抗孙传庭之军。那王聚奎等三人探得自成撤军之后，正商议进攻献忠，突接献忠大军逼向湖湘之军报，赶紧会集诸将商议。那李乾德乃是四川西充县人，万历朝进士，为人胸襟褊狭，眼光不大，却颇知军事。他自称曾受异人传授奇门遁甲之术，能预知三日以内吉凶祸福。崇祯时四川巴县王应熊，井研陈演，先后入阁为宰辅。李乾德以同乡之谊巴结二人，得以出任抚按等官。因讨流军有功，被任为偏沅巡抚，管理绥靖、常德以西，施南、永顺、保靖、镇远、偏关一带地方。楚抚王聚奎原是一畏懦无能之人，巡按刘熙祚则忠心有余，才干不足。故如今湖湘军事全靠李乾德主持。此时刘熙祚欲请王聚奎督兵北上，迎剿张献忠。王聚奎道："长沙有吉、惠两王在此，我有护藩之责，怎能离去。还是请李巡抚出马为好。"李乾德道："若说收复武昌，正是湖广巡抚职责，乾德怎敢代庖。但若是防守岳州，保卫湖南，这是我的职责，义不容辞。下官愿率五万大军进驻岳州，阻止张献忠南下。"聚奎等巴不得他承头，便立即准备饷需，送他前去。

李乾德到了岳州，与总兵孔希贵监军道许璟，同到城陵矶扼守，自知兵少，难以力敌，便将精兵埋伏于城陵矶一带，自率少数老弱残兵退回岳州。命人假装乡绅父老，前去献忠营内迎降，引献忠之军入伏。献忠因侦知李乾德已率兵退去，遂不防备，命张四虎率前锋入城陵矶。谁知李乾德却从城外围来，与城内伏军夹击，张四虎全军陷没。李乾德将俘虏杀了一部分，其余押回长沙审问。却留下四人，割去双耳，放回献忠处来。献忠大怒，自率大军来攻。这城陵矶乃是依山靠水，屏障岳州的第一险要城池。李乾德料定献忠必分沿山和沿岸两路来攻，对许璟道："烦你率军预伏在山林内，砍栎檞坚材，对破挖空，用铁箍箍合，内装火药铅子，外安引线，将其口对着来路，上用树枝败叶覆盖。并在树林深处虚张旗帜，伪作伏兵模样。布置好后，再到林外山道间埋伏。待张献忠兵到，齐起接战。倘若不敌，即退入林中。那张献忠必纵火烧林，以驱我伏兵。但等火起炮发，轰退敌兵，你等再行杀出，必获大胜。"又命孔希贵道："你率领水军战船，由洞庭湖口向大江而进，开到贼军炮矢可到之处，便停舟鸣鼓，伪作进攻之状。敌军必以连弩向船急射。你等用盾牌抵挡，待他矢石将尽，便推船靠岸，杀上前去。得胜之后，速将船退回矶城下来。"二人佩服他，都领令而去。他又派人到长沙，催王聚奎进兵，联合左良玉之兵，抄袭献忠后方。并说："献贼已临绝地，三路合力，可以成擒。"王聚奎知他大言欺世，未曾理他。

这面献忠受他一激，气忿之下，果然两路出兵。沿山一路前锋遇着伏兵，奋勇砍杀。伏兵退入林中，前锋不敢轻进，报与献忠，献忠命放火烧林。众军正在林外围观放火，不防林中树炮引线被火点燃，山崩地裂般，火炮一齐爆发，伤了数十人。众军惊骇溃退，伏兵乘势冲出。献忠追赶不及，平白折了许多人马。正当发怒之际，沿江之军亦被孔希贵的水军所败。献忠斩了退却的头目数人，亲自督率大军杀回江岸，见敌军已退回船上，摇到炮矢难到之处。无奈，只得亲自督军，漫山遍野向城陵矶扑来。这军中每逢献忠亲自督战，无论是何坚城劲敌，即使前军尽死，后列也不敢瞻顾退却。如有敢回头瞻顾者，立被斩首。李乾德坚守半日，见献忠之军尸积城下，后队仍踏尸而进，毫不退却。知道坚守不住，便乘夜逃回岳州，飞檄向长沙求援。献忠破了城陵矶，继续向岳州进攻。这岳州西面临洞庭湖，东南城外皆是高山。献忠占据山头，发炮俯击城内。李乾德支持不住，又久待外援不至，便对孔希贵、许璟道："城陵矶已破，我失去屏障。贼军踞城外高山，既可由陆路直攻长沙，又可俯攻岳州。我等守此无益，不如开了岳阳门，从水道退向长沙据守。"二人称是。李乾德遂集岳州民船，载运人马退入洞庭湖内，转入湘江。留孔希贵扼守湘阴，自己与许璟回长沙。献忠大军进入岳州城内。

这城陵矶与岳州，乃湖湘七府商船出入总口，随时泊有大船数千只。李乾德退走时，将民船抢去大半，尚余载货未卸的船一千余只。献忠将各船货物运存官库，将船用来改练水军，准备由水道去攻长沙。因军中缺乏熟悉洞庭湖内水道之人，便在岳州张榜招募。但因多数水手已被官军征用，余下者多不谙水性，且初见流军未免害怕，故募了数日，未得一人。献忠大怒，命将所有壮丁招来审问，愿当水手者，令上船服役。借故推诿者严惩。杀了数人，那些船上商民俱称熟谙水性，情愿做水手了。献忠遂命全军除骑兵外，一律上船改习水军，命狄三品为总领。八月十五日，献忠与众谋士武将置酒岳阳楼上，观看水军操练。因水手多不熟练，进退之间甚不灵活，比起潘独鳌原先所练水军大为逊色。献忠甚为不满，召狄三品责问。三品道："武汉水军前多被左良玉截去。这次征岳州的多是骑步之兵，骤然改习水军，故不习惯。前日强编的岳州水手实多是商贾之人，只因怕死，冒充熟谙水性。故训练十分艰难。现我军只可用水师装运老弱辎重，作战仍须以骑兵为主方可，待攻下湘阴，取得孔希贵之水军后，便可水陆并进，攻取长沙了。"献忠怒道："如此说来，这眼前的水军就无用了！"狄三品忙道："仍有大用，现可作骑兵之呼应。到了汨罗江口的沉沙港，可用这些船只阻塞湘江水口，使孔希贵之船无处逃逸。"献忠这才高兴，命拨水手较强之船十只，载运随宴的官员们去游君山。三品便先去准备停当。献忠等酒罢，下楼上船，十只船乘风破浪，薄暮时分已来至君山脚下。

时正中秋，皓月当空，加上数百支火把灯球，把个洞庭照耀如同白昼一般。众人由崇圣寺鱼贯上山，到了湘妃庙前，借着月光火把远望全湖，一碧万顷，渺然无际。西风徐来，吹起波涛叠叠，上映皓月，荡漾出万点晶光，宛如金蛇乱舞。回望岳州，灯火点点，犹如繁星。献忠等多是北方人，从未见过如此美妙湖景，不觉大喜若狂，又要吟诗了。还是汪兆麟言道："诗酒相连，刚才吃酒尚未吟诗，如今未带酒来，有诗也不会佳妙。不如明日一早携酒来此，君臣们痛饮后再尽兴做诗不迟。臣闻这湘妃庙之神甚灵验，我等不如去到神前占卜一番，看看何日可到长沙。"献忠短了兴，心里有些不悦，但仍勉强来到庙内神龛前，命兆麟占卜。汪兆麟取过竹珓，说道："大王是八月二十一的寿辰，我等如能在长沙给大王祝寿，请赐给一个圣卦。"掷了下去，却是一个阳卦。连忙道："阳卦最是难得，若能连掷三个阳卦，便是三阳开泰，大吉大利。愿湘君再给两个阳卦。"说罢又掷了下去，却是个阴卦。汪兆麟满脸通红，怕献忠怪罪，又辩解道："阴阳配合，诸事如意。倘若再来一个圣卦，凑成三才和合，便是西王当得天下之兆了。"说着将那竹珓两片斜错开来，轻轻掷去，务要凑成一个圣卦。不料上仰的一片被地面一弹，仍然俯伏过来，乃是一个阴卦。献忠大怒道："这是他娘的什么鸟神？专与咱老子闹别扭！"徐以显上前赔笑道："相传她们是帝尧之女，帝舜之妃，名叫娥皇女英二人。因帝舜巡狩天下，二妃同来，曾游此山。后来帝舜崩于苍梧之野，二妃哀痛，再过此山时，投湖而死。有人说曾见她们踏水凌波飞升而去，故后人立祠于此。”献忠道：“咱一生最恨那些娘儿女子，怎的向她去问卜！”命从人将两座神像打了方才解怒。一行下到崇圣寺去，饮过柳毅井水，又来观看洞庭君之塑像。献忠见案上放有卜珓，便拿在手中道：“我要从洞庭湖泛舟去取长沙。就在这洞庭君处问个吉凶吧！倘若吉利，就掷个阳卦。”说罢掷出。献忠力大，那竹珓在地上连弹数次方稳，看时却是个阴卦。献忠拾起珓来便向神像打去，骂道：“你这鸟神岂能阻挡于我！我偏要由这洞庭湖去取长沙。”便命放火，烧了神殿，怒气冲冲，转回岳州城中。

献忠回城后，怒火病大发，命全军一律上船，驶向洞庭湖去。次日，经王志贤、徐以显等再三婉劝，怒气稍息。准将战船载剩之人编为骑队，由陆路前进。自率船千余只，满载军丁向湖中航去。船过君山，望见昨日烧过之处，尚有一些树干枯立着，便命人前去将那些烧焦枯树都全部砍尽，不准留下一株。

船行过君山，渐入湖心，狂风大起，波浪汹涌。那船上载人过多，水手又不熟练，乍见风浪起处，船颠欲覆，人人惊慌，便有退却之意。被献忠看到，在船头大声喝道：“谁敢不努力摇船前进，咱老子就杀了他！”骇得众军拼命摇橹前进。未及数里，因船上用力不齐，船身晃动，风浪早将数艘船只掀翻。众军纷纷落入湖中，呼救之声嚷成一片。王志贤、徐以显见势不对，上前劝谏道：“乘船之事与乘马不同，破浪乘潮又与作战迎敌不同，我军不识洞庭水性，这样前进，难免舟毁人亡。望陛下暂且回师，待风平浪静再进，或从陆路前进也不为迟。”献忠此时正在气头上，红着眼问道：“你等莫非怕死？”志贤道：“他人或有怕死者，我跟随大王十数年，是否怕死，大王明白！”献忠道：“既不怕死，我三人就一同坐在这船头上，迎浪前进。有啥鸟神敢翻我到水里去，我跟他到天帝那里去理论！”志贤劝道：“风浪是无知之物，大王何必以千金之体与它斗气。若是以为我等怕死不敢前进，我等就此摇船向前，请大王留此静观。”说罢便与徐以显催舟向前。以显面色惨白，泣向志贤道：“不料我等竟死于此！大王疯病真可畏矣！”话犹未了，一浪打来，其船倾覆，全都落入湖中。以显如石沉大海，再也未见起来。王志贤仗着身手敏捷，纵身跳到别的大船上才未淹死。献忠怒不可遏，跳下座来，踊身扑向湖中，叫道：“我便去会会这鸟龙王，看他把我怎的！”早被左右死命拉住。献忠暴跳不已，口内乱嚷。汪兆麟见状，悄悄下令回军岳州。献忠第二日醒来，哀痛徐以显等身亡，经一班亲信劝说，才同意改由陆路进兵。但因恨洞庭湖不过，下令将所有船只满载粪尿狗血等污秽之物，舱内灌以油脂，放入湖心，纵火焚烧，听其随风漫散，全湖皆满，火光与臭气散达数十里外。献忠望见，这才觉得出了一口怨气。

◎评注

李乾德能预卜休咎事见《蜀碧》，其在岳阳三破献忠事见于《绥寇纪略》。

记献忠洞庭湖事，极写其性格之顽强刚毅，于是知其成功在此，失败亦由此。

第三十七回

陷湖湘骄藩成叶落
破陕洛名将作栋摧

明朝在河南、湖广两省共建立了十七座藩府，彰德有赵王，卫辉有潞王，皆在黄河北岸，未被流军杀害。黄河以南的有开封的周王，在决堤以后被救到黄河北岸。洛阳的福王，南阳的唐王，汝宁的崇王，皆被自成杀了。湖广省内，襄阳的襄王，武昌的楚王，也皆被献忠所杀。蕲州的荆王慈炤，在献忠攻蕲州的前一月死去，但库藏妓乐全被献忠得了。承天府的兴宪王，入承大统。德安的藩府，封过太祖的儿子为郢王，因绝后而废。又封过仁宗之子为梁王，宪宗的儿子为寿王，都因绝后而废。故这两处藩邸空着。荆州的惠王常润，乃神宗万历皇帝第六个儿子。衡州的桂王常瀛，是神宗第七个儿子。长沙的吉王慈煃，乃英宗儿子见浚之后。常德的荣王慈炤，是宪宗儿子由枢之后。武冈的岷王企钅平，乃是太祖儿子朱楩之后。现在黄河以南的十四个藩府空了两个，抄了八个，还剩吉、桂、荣、岷四府，与惠、吉、桂、荣、岷五王。惠王借前偏沅巡抚陈睿谟之力，由水路搬家入洞庭湖，走到城陵矶时，遭逢风浪，船破漂没，财物妻孥俱尽。幸他被救，到长沙来依吉王。这长沙也是湖湘重镇，水陆辐辏之地。故吉王府虽不及楚王府那样富厚，却亦相差不远。当献忠攻破武昌杀了楚王消息传来之时，吉王亦甚恐惧，思欲发帑练兵，以图自保。但总因舍不了钱，迁延自诿。现在闻献忠已到岳州，长沙推官蔡道宪来见吉王，请拨库金修筑城外各路寨栅，以便调集军民分守要害，共卫城池。吉王言道："本王并无保卫城乡之责，修城筑栅，自应派募地方人民，如何派到王府来了？"道宪道："保卫城池便是保卫藩府，城池若破，藩府必先遭殃。"吉王道："好了，不必多言。我当出钱保卫我的藩府。你们自去设法保卫你们城池吧！"道宪叹息而出。恰逢李乾德回来，便同去见王聚奎与刘熙祚，将吉王吝啬情形说了一番，相与默然无言。聚奎道："吉王纵然不出钱，地方积存钱粮尚多，我等速议守城要紧。"遂调长沙总兵尹先民，副将何一德，率军万人，出守涝塘河，沿岸布防，堵护北面。副将孔道贵屯三稍矶，与孔希贵水军联络，防湘江沿岸。道宪出官库之钱，在东山杨林等地建栅，督军民防守，全城纷纷部署，情形甚为紧张，却无人瞅睬到吉王府来。吉王乃出金招工，大兴土木，将藩府墙垣加厚加高，招募卫兵巡更守夜。各官闻之无不叹息。

八月二十三日，东山寨栅尚未修成，献忠大军已压至涝塘河岸。先民、一德二人，见其兵精马壮，连营无际，又恨王府专横吝啬，便举军投了献忠，引导其来攻城。王聚奎闻前军降敌，便率部开城，从东山栅口逃回武昌去了。孔道贵退回城中，与李乾德、刘熙祚前来吉府，对吉、惠二王言道："贼兵势盛，尹先民业已降敌，王巡抚率军逃走。我等要退向衡州保护桂王。两位殿下若愿同走，我等自当保护。若不同走，我等便要出城去了。"惠王首先要求同走。急得吉王变色问道："城中不留守军了么？"熙祚道："此城军民人心全已崩溃，人人准备投降。我等若不率领这点残兵南走，亦必为敌所得。军情急迫，我等不能久待了。"吉王忙道："且待明日出发，让我将家眷钱帛收拾搬运同走如何？"乾德道："城中库藏如山，我等尚不暇取，冒死来此等候殿下。殿下今日要命或要钱，只能占得一种，不能兼顾了！"吉王不允，定要回宫收拾一番。乾德、道贵便吩咐兵士上马，熙祚要吉王同走，吉王大声嚎哭道："可惜先王累世积蓄，一旦资贼。我只知守财，不知备贼，后悔已不及了!”宫眷人等见得如此情形，纷纷跟逃而来，手中抓得不过一些零碎物件。匆忙逃命之际，并未感觉伤心。及逃过株洲渌口，与吉王据地休息时，想起财富，这才相与大哭起来。落得妒恨他的许多军士百姓莞尔一笑。

当众官逃走之时，曾派人去邀推官蔡道宪。道宪道：“知府未到，我有守城之责，愿与此城同死，不愿同走。”遂仍率军登城守卫。献忠自收降了尹先民后，心气甚为平和。率军来到长沙城下，见有官员在城上拒守，问起蔡道宪，乃是一员好官。便命围而不攻，亲到城下劝他投降。道宪不听，反放箭射来。献忠才命攻城。长沙城垣坚固，环绕深池阔水，攻了三日才将城攻破。献忠吩咐，不许杀人放火，掳掠奸淫。以吉王府作为大西王宫，开狱放囚，开仓赈贫。仍照武昌旧规建立秩序。拿着蔡道宪，仍然劝他投降，道宪骂不绝口。献忠笑道：“劝你投降你不乐，要我杀你便杀你好了，何必骂人?”便命牵去杀了。道宪有五个亲兵相从不去，献忠问他们道：“你等愿降不?”五人道：“我等愿将蔡大人葬了才死，不愿降你。”献忠道：“许你们将他埋葬。若降了我，仍补亲兵，若不降我，听随你们自杀。”这五人解衣裹葬了道宪，果在墓前自刎而死。献忠命在蔡道宪墓旁为他们亦造一墓，以彰忠义。长沙绅民见得献忠有度量，能行仁义，无不投降。献忠封尹先民为浏阳伯，何一德为平江伯，皆令各统本部，分巡州县。用前蒲圻令李起凤为岳州知府，前通州太守任维弼为长岳道，长沙乡绅史可镜为长辰道，他们皆是新降之人。这时孙可望已有二十一岁，甚为英武能干，献忠命他与王志贤留守长沙，自率大军进攻衡州。九月初一，献忠军抵衡州。李乾德与刘熙祚商议道：“湖南民气孱弱，各城又无险可守。我等虽合军一处，力仍不足拒贼。莫如分为二道：你保吉、惠、桂三王走广西，集合兵力反攻；我回常德保荣王，调毛竿土兵攻其后方，如此方能有济。”熙祚赞同，便分兵出城而去。献忠兵不血刃入得衡州，抄掠了桂王藩府。便命尹先民驻军衡阳，招抚附近州县。命何一德与刘进忠合兵，追李乾德到宝庆，自率大军追刘熙祚，经过祁阳，到了永州府。熙祚叹道：“我能往，寇亦能往，长此奔跑，终无安定之日，我与贼死战在此罢了!”便命部下保护三王杂混于逃难人中，由桂林到了梧州安住，自已坚守永州。后来桂王之子由榔做了大明最后一个皇帝。刘熙祚却陷城被执，不屈被杀了。献忠取了永州，仍回长沙。

刘进忠、何一德追李乾德到了保庆府新化县，渐入山地，地理不熟，退回到武冈州，杀了岷王朱企钟，抄没岷府。转过永州，收抚柳州、靖州一带州县。两广震动，桂林、南雄、韶州三府所属州县官吏尽逃。二人具报献忠，请乘势进兵收取两广。献忠道："今左良玉尚在武昌，李乾德尚在常德，房间里尚未打扫干净，便去抢那些边远地方做甚？且待张其在等占了江西，合力攻杀了左良玉，还怕两广不是我的么？"便命二人回军，去到江西，同张其在攻取袁州、吉安、赣州、临江、建昌、抚州等府，进取南昌、九江二城。

李乾德回到常德，整顿兵马，相约武昌左良玉出军，水陆并进，攻取岳州。李起凤不能拒守，逃回长沙，报与献忠。献忠自率大军，击退李、左大军，将岳州取回。命狄三品率水师驻防岳州，王尚礼率骑兵分驻城陵矶，自己渡过洞庭湖来取常德。这次渡湖心平气和，却亦风平浪静。这常德府的首县武陵县，乃是杨嗣昌的本家所在。嗣昌当政之日，以保卫荣王府为名，修筑新城一座，极其坚固，他家便在新城之中。奴婢甚众，此时经组织训练皆成劲旅，由他儿子统率，固守新城。荣王府在旧城之中，只李乾德率兵固守。献忠兵到，闻得杨嗣昌家在新城，触动旧恨，专攻新城。不久将新城攻破，杀了嗣昌全族。又访得嗣昌历代祖坟一律抄毁。嗣昌父子之墓乃是嗣昌亲自经营，修造最精，号为一方名墓。被献忠开棺戮尸，烧骨扬灰。李乾德见新城已破，保护荣王与其宫眷从辰溪土司地界，逃往贵州去了。此时湖南七府二州已无官兵。献忠正欲回到长沙度岁，探马报道："李自成在河南抵抗孙传庭之军，连打了几个败仗，荆州、襄阳一带之兵都调空了。"献忠闻说，便从常德还军岳州，准备去夺取自成的荆州。

回书再说孙传庭，自崇祯十五年十月柿园兵败，退回陕西重练兵马。这时大明兵尽粮空，已无拨兵济饷之力。各省军事全由各省督抚，自行筹办。陕西自崇祯元年荒乱，十六年来，无年不遭兵祸。此时万里空荒，人烟稀少，壮丁略尽，粮食奇缺。传庭向三边僻地招募边勇数千人，到渭河两岸屯田种麦，以济军食。轻徭减税，招徕流亡，已空之户渐复有人归耕。这才教导人民，建设碉楼，烽火相望，以防流军。他本人每日与诸将训练军士，研究战具。发明了一种战具，称为"火车"，乃仿古奔雷车形所制，修作楼橹，装上车轮，用健马四匹牵挽着。马的前面、上方及左右，装成木箱，以护马身，驾车的人亦藏箱内，车中装载军粮衣甲。兵士四人，伏于楼橹之内，施放弓矢火炮。进则用以制突驰之骑兵，止则环为营栅以自卫。这也是他想以疲弱之兵制胜李自成之精骑，而苦心想出的一种方法。又创设公养壮丁之法，令每三家出一壮丁看守碉楼。由省库补助每丁银五十两，每月调训三日。如此做了数月，陕军渐强。崇祯皇帝闻之，又连旨催他出军平贼，传庭奏称："陕军新集，训练未成，须持久娴习，方可讨贼。"崇祯命兵部加上私书，说："今天下已无堪以讨贼之人，亦无敢于讨贼之军。主上忧勤，必图灭贼。陕军一日不出，主上一日不安。况足下为筹讨贼之计，募兵集饷，法令威严，缙绅之家，多致怨叹。倘不出击，则缙绅谤于野，秦人劾于朝，一动天怒，奇祸立至矣!"传庭看了，明知出战则必败，不战亦难免祸。乃上书请战，用总兵牛成虎为先锋，率三千二百人，出潼关由陕向洛阳挺进。白广恩率火车营，高杰率中军，自督大军继之。命陕西巡抚冯师孔率甘肃、四川之兵驻防商州，以防流军乘虚由内乡、浙川犯陕。七月二十三日，前军败敌于渑池。八月十九日，孙传庭进至新安，又破敌于伊阙，进驻龙门。河南府属州县之流军或逃或降。时洛阳城已被毁，有人劝传庭修复洛阳城垣驻军，招集河北难民归耕，屯田缓进，以为万全之计。传庭叹道："主上之意在灭贼，安能容我缓进!"乃自汝州向南阳进攻。至宝丰城，有自成之重兵驻守，遂下令攻城。李自成闻知亲率大军来援。九月十一、十二日大战两日，自成败北。遂克宝丰，擒自成所委知州陈可新，州判姜渭等诛之。十四日又与自成大战于郏县，又大破之，阵斩其果毅将军谢君友，几乎擒了自成。罗汝才旧部纷来投降。又别遣一军破唐县自成老巢，斩获甚众，官军声势又大振。不料，突逢秋雨连旬，无法进军。这河南道路全是泥沟，军饷转运，全靠大车。大车雨中驰走，道路软塌，成为泥淖，陷没车轴，粮车行动不得。这时河南人少田荒，民无蓄藏，十万大军全靠从山西转饷前来。此时，车运阻滞，军食断绝，又有人劝传庭还军。传庭道："现今纵然还军洛阳亦无粮食，不如前进攻城，资贼之粮或可救饥。"乃努力攻破郏县。谁知流军亦无储粮，只搜得骡马数百头，不够全军一餐。于是各军鼓噪，流言四起。传庭不得已，分三路退师，白广恩由大路，传庭与高杰分走左右小路，陈永福殿后。自成闻知孙传庭退走，率军尾追前来。二十一日，传庭督军返战。自成对众将道："我与孙传庭谁存谁亡，决于此战！"乃将家小老营驻于圆阵中心，其外绕以精骑。精骑之外绕以马兵，再外又绕以步兵，新附饥民扎最外层。下令："就地死战，不许移动。"待官军扑来杀过第一重饥民，冲入二重三重时，已渐疲软了。自成乃突出精骑反冲，官兵败回火车营，欲靠火车阻挡自成之军。无奈火车兵皆系新练，见前军败回，遂纷乱奔走，秩序大乱，车阻途塞，马仰人翻。被自成之军刀劈马踏，死者四万余人。自成恐传庭重整旗鼓，自率轻骑疾追，一日夜追了四百余里。传庭于泥泞中从小道奔渑池，渡垣曲，回转潼关，集合散兵数千人。随后高杰、白广恩等将亦至。高杰请弃潼关专守西安。孙传庭不许，命白广恩等留关死守。十月初七，自成大军追至，奋力攻破潼关。白广恩逃奔固原，高杰逃奔延安，陈勇奔向秦州，高汝利奔向汉中。孙传庭收集散卒，图保渭南，自成紧追而至。孙传庭猝不及防，率亲兵数人跃马冲入阵中战死。他这一死，恰好似将崇祯的国运也带走了一般。从此更无一兵一将敢于声讨李自成。崇祯皇帝亦再无可资催促出战的人，只能坐在北京等候李自成杀来。

◎评注

崇祯以全盛之局，讨乌合饥民十六年，卒为饥民所败。其理若不可解。本书以事实解析其理，甚为明彻。夫民为邦本，本固邦宁。未有本枯民敝而能以忿气驱策忠臣义士，快意于所不快者也。若傅宗龙、汪乔年、杨文岳、孙传庭者，可谓鞠躬尽瘁，死而后已者也。宁有益哉？宁有益哉！

第三十八回

崇祯帝身证铁冠图
张敬轩神感阳台梦

崇祯十六年十月十一日，李自成率军到了西安城下，守将王根子开门迎降。自成执秦王存枢，杀巡抚冯师孔、按察高炯等官。乃下令：“不得妄杀一人，犯者主将偿命。”以秦王府为新顺王宫，将抚按司道各衙门，设六部政府。封秦王为权将军。分兵追捕白广恩等诸将。除高杰不敢降渡河逃去外，其余在陕、豫诸将如左光先、白广恩、陈勇、高汝利、马科等皆降，自成一体厚待。陈永福以射目之仇自惧，不敢降。自成对人道：“那时他自当射我，此何足计较！”取支箭来折了，言道：“我若记念前仇，与此矢同折。”因此陈永福亦降了。十一月，自成大会群臣，戎马万匹，回米脂县展墓，培修旧坟。改延安为天保府，米脂为天保县。

崇祯十七年甲申正月，自成称帝于西安，国号大顺，改元永昌，设六部尚书，以牛金星为天保大学士。封诸将为侯、伯、子、男，每人赐珠一二升不等。颁甲申历，铸当十、当五与值银一两的大钱。开科取士。二月，自成率军渡河入山西。这时除代州周遇吉外，更无一队强兵、一座坚城能为明室抵御了。旬日之内，遂攻下山西全省州县，由大同宣府一路直趋北京。三月十三日至昌平。十九日攻破北京。崇祯皇帝吊死煤山。朝臣大部降了自成，称颂功德，这都不在话下。且说崇祯未死前一件奇事。

传说崇祯皇帝有一次亲自检查内库，多是永乐以来从未开过的库。守库太监只能按据册籍具报库存，莫知库中全系何物。崇祯逐一开看，藏银尽满，数与册籍相符。到最末一库封锁甚严，检查册籍，但注“永不开验”四字。崇祯猜想里面必系赤金贵重之物，留备非常者。这时正当军费困难之际，如果此处多金，便可将其余各库开来用了。不料开锁一看，乃是个空库，只有一个铁柜在内，柜外加漆封，上有符篆与“洪武三十一年正月十三日铁冠子拜封”一行字迹。崇祯问：“铁冠子是何人物?”有一老太监奏道：“铁冠子，姓张名中，字景华，江西临川人氏，曾受异人传道，能知过去未来。太祖高皇帝征陈友谅时，舟到孤山，无风不能前进。张中用洞玄妙法祭起东风，扬帆西上，大破陈友谅于鄱阳湖，军中显著灵迹甚多。又预知皇太孙逊国出家之事，乃是本朝开国之初一位神仙。”崇祯道：“你知此柜内装何物?”老太监道：“此柜原藏南京内库，历世禁人开看。武宗正德皇帝亲征宸濠王时，命人搬来北京，曾拟开视。但打锁之时，柜内吼声如雷，大惧而止。不久武宗驾崩豹房。世宗嘉靖皇帝即位，用铅灌锁，移藏此处，贴了‘永不开验’四字。”崇祯是一倔强任性之人，便命砍开铁锁，定要看看里面是些什么。看守之人胆怯，又招来一队禁军，明火执仗，以备非常。殊知开柜之时并无异状。柜内乃是一巨轴画幅，绫带捆定，外套绢囊，上题“二百四十年后开视”八字。崇祯道：“从洪武三十一年至今，正有二百四十年了，可见我当看得。”遂命人将画轴打开，原来却是绢画数幅，共装一轴。第一幅，乃是一个太监高踞中座，绕跪许多衣冠人物，后面站立一群恶鬼。有人窃议：“太监面貌很像魏忠贤。”揭开第二幅，乃是帝王中坐，太监与许多人囚衣跪伏。这帝王周身放出光芒万丈，照满全幅，面目难辨。揭开第三幅，仍是帝王高坐，光芒照射，只是右上幅显出几个饥民，左下角站立一群军士。揭开第四幅，仍是帝王上坐，光芒比前缩短了。座下饥民与军士执械混战，践踏着满地的禾苗。揭开第五幅，仍是饥民与军士作战，但饥民已较肥胖，军士已较枯瘦，地面铺满白骨，帝王的光芒大为减短。揭开第六幅，仍是帝王上坐，饥民与士兵交战，饥民数增，军士减少，且多返身逃走。帝王形体缩小，光芒全无。揭开第七幅，右侧饥民中，已有帝王高坐。左侧帝王变成一团黑影，座侧拥立之人甚少。崇祯看到此处，心中甚为不快，不愿再看。偏有一不知事的太监，揭开了第八幅，并言道："这是最后一幅了。"崇祯看去，只见一人，黑素绸袍，披着发，跣一只脚，吊死在一亭角上，人形甚大，面目可识，定睛看去，正是自己容颜，不觉大骇，呆立如醉。左右太监，亦皆认得那人与崇祯面目一样，无不惊愕，忙将前幅掩了下来。崇祯呆立良久，觉醒过来，命将此画轴烧了，更无一语，默然回宫。因此之故，他日常畏惧饥民，朝夕与大臣筹划，无论如何民穷财尽，亦须尽朝野之力，将流军剿绝。及李自成兵到北京，全城尚有数十万兵士，百余万臣民，库中尚有金银数百万两，漕粮堆叠如山。况这北京城修得非常高大坚牢，从前景泰年间，蒙古也先挟着英宗皇帝，率百万铁骑前来攻打。兵部尚书于谦守城拒敌，月余未曾打破。即在近世，满兵三次内犯，亦未将此城攻破。料不到李自成兵方到城下，城内便慌了起来。首先是太监们纷纷思降。满城大官无一人拿得出主意来。崇祯平时强毅刚烈，遇事都有主张，到了此时，便是或战、或守、或逃却也定不下来了。望见天安门火起时，知大城已破，亲自去擂鼓聚众，并无一人前来理他。退回宫去，将皇后逼死，将长公主砍了个半死，托人将太子弄去藏了，自己迷迷惘惘不知道向何处藏匿。信步走到一个幽秘之处，定睛看时，正是当年藏铁冠图的空库，猛地吃了一惊，想起一生事迹，正如七幅画所示。料定自己的归宿，不能逃脱第八幅画的光景，便想在此解带自缢。忽然倔强性发，大骂道："我便不如此，偏要挣扎!"遂披发垢面，向后宰门随同宫人逃走。路遇太监王承恩认得是他，跟了前来。崇祯见得景山园林幽僻，逃了进去，见王承恩跟来，对承恩道："朕欲微服出城，召集义兵讨贼，你能引路否?"承恩跪泣道："此时全城俱是贼兵，九门皆为贼守，无路可逃。国君死社稷方不辱身，奴才陪送陛下归天吧。"说罢，便在亭上结了帛絛，又在其侧矮处另结了一条，跪请崇祯自缢。崇祯回顾自己，已有一只靴儿跑掉，衣服容颜与四周景色正如当日图中所现，遂长叹一声，投缳而死。王承恩替他写下几句遗言方才吊死。遗言写在他衣襟上，道是："朕负百姓，死当其辜。任贼分裂朕尸，勿伤百姓一人。"又写道："朕非亡国之君，诸臣乃亡国之臣也。"后来投降李自成的大臣们见得这最后的两句话，暗中不服，彼此訾议道："他虽忧勤俭素，但凡事专断，一切任性。大臣言行有与他意见不合的，不是下诏狱，便是受廷杖，弄得举朝噤口，诸事束手。民穷财竭，万里空虚，尚无一人敢于进言。这天下便是他一人弄坏了的，反说他非亡国之君，推罪在大臣身上，难道大臣不是他任用的么?"亦有人说："这都是天数注定，于人事臧否无关，所以铁冠子的图画能于二百四十年前便已制成。"这一家兴亡的事，本也不值得精细推论。只是官军流军内战十六年，惹起满人进犯，结果是中国空虚，胡人坐大，占了北京，据了中国。崇祯皇帝实当负咎。可惜铁冠图中少了胡虏伺隙这个画面。可话也说回来，满人有何力量足取中国？不过明廷不争气，给了他这个机会。这样结局，当然是二百四十年前的铁冠子所不能预知的啊！

回书再说李自成称帝西安之时刊布黄诰，特送一道诰封到长沙来，封张献忠为鄂公，赐金印，即命率军讨伐左良玉。献忠在岳州接得，大怒道："这娃娃把老子看成罗汝才了！"命将来官斩首，木函装定，又将从人八名割去双耳。各在背上黥刻一行字道："西王张谕：咱老子与你舅父高迎祥并肩起义，你娃何得拿官封我。是好的亲来与老子见面！"这才放了八人，命他们捧送人头回去。八人到西安，自成已向北京去了，所以并未派兵前来厮杀。但献忠自己却早有准备，径去取他的荆州。因为自成乃是劲敌，而且还须分防左良玉，故将湖湘水陆大军全数调来。除留守岳州、临湘者外，分作水陆两路进取荆州。自成原未提防献忠进兵，故荆州留兵不多。献忠兵到，守军便弃城跑了。献忠入城，就崇王府第驻下，久未见得自成派军来战，遂分军将附近州县占领，暂时休息，准备进取襄阳。正月十六这天，此间风俗，男女倾城出游。献忠亦偕一般姬妾出外赏春。距崇王府不远，有一高台，名"高唐之台"，乃荆州一邑名胜。献忠姬妾与各官眷属，都先到台上坐下，凭栏望赏，禁止普通人众上台。献忠与王志贤等骑马游了一会，觉得此间风物都很平庸，红男绿女，花间陌上，强颜欢笑之间，都含有一种忧惶之色，无甚趣味。便上高唐之台，来与众女眷饮酒。王志贤等因是女眷所在，各自避到台下廊房饮酒去了。献忠到了台上，向四方窗外望了一会儿野景，觉得此处较高，随意说道："他娘的！高台便叫高台，为什么要叫高唐之台？"便有一女子抢来说道："大王有所不知，这是有典故的。"献忠看她，原来便是近年最宠爱的一个女子，名叫老脚。这老脚乃是麻城乡官刘侨从扬州买来的一匹瘦马。何谓瘦马？原来扬州乃是盐船会集之地，天下征税最多之处。多是富商、大贾、达官、豪绅居住，亦是天下最富乐奢淫之处。便有许多投机坏人收买贫家女子到家，选择骨法较好、眼神伶俐的，饲以膏粱，衣以文锦，教以诗书，练习琴棋绘画、歌舞弹唱、处世接物之技。聪慧点的，更教她经史诗赋，能谈今说古，即席成韵。如此训练成功以后，卖与达官贵人，富商豪族为妾，其利百倍。北京城中积有资财的官吏，都愿到此来购买。刘侨作太仆时，挣得不少孽钱，派人来买了两名，一名桂蕊，一名桃英。桃英乃是天脚，桂蕊乃是纤脚。桂蕊幽娴贞静，不善谈吐，诗才酒德俱好，刘侨呼她为女学士，甚为宠幸。桃英风骚浪漫，诙谐善谈，诗词虽短，却博闻强识，谙练世情，刘侨常呼她做老脚，便是天脚之意。献忠到麻城时，刘侨缘附周文江请降，愿输家财佐军。汤志知献忠桐城之役失了妻子，便对献忠道："刘太仆有两个活宝，非金钱所能买得。金钱到处都有，何必要他这个。"献忠便命周文江要他献活宝。刘侨救死心切，迫得献了二人。这献忠却与刘侨性格不同，喜欢天脚，厌憎纤脚。喜欢桃英活泼风骚，诙谐多趣；不喜欢桂蕊吟诗作赋，幽静寡言。因此老脚得意起来，专房擅宠，桂蕊郁郁而死。

此时献忠见是老脚说有典故，便命她："有何典故？讲来下酒。"老脚即忙斟过一盅酒来奉上，卖弄出仪态万方，绘声绘色地说道："从前楚怀王有两个臣子，一名屈原，一名宋玉，都是天上降下的才子，故有天上仙女与他们要好。屈原所爱的叫洛妃，宋玉所爱的是巫山神女。楚怀王向他二人要求与神女见面，屈原不肯，因而被楚怀王谪贬长沙，自投汨罗江而死。宋玉害怕，便恳求巫山神女与怀王欢会。怀王在高唐之台，与神女朝暮娱乐，问神女住居何处，如何往来？神女说：她住在巫山之阳，阳台之下，朝为行云，暮为行雨。怀王次晨早起偷看她，果然变成彩云而去。薄暮候她，果然又化作微雨而来。怀王乃血肉凡胎，见得神女如此神异，怕是妖怪，便离开此处，远朝秦国，避开神女纠缠。后来饿死在秦国里。宋玉便与神女，同赴阳台作仙而去。此处便是楚怀王与神女幽会之处。神女的家远在四川巫山县，那里有十二座山峰，乃是神女十二姊妹所化。名为望霞、翠屏、朝云、松峦、集仙、聚鹤、净坛、上升、起云、飞凤、登龙、圣泉。阳台便在这山下神女庙内，也就是宋玉成仙之处。”献忠道：“巫山我也曾到过，却未听得如此故事。”老脚道：“人说巫山神女祠的神像塑得极美，见了令人销魂，难道大王你未看见么？”献忠道：“许多活美人咱都看不上眼，谁理他这泥塑的！”老脚道：“人说大王是天帝的儿子，与楚怀王血肉凡胎不同，若今夜宿在这台上，或许那神女亦能来会你。”献忠道：“诓老子！无非你想冒充神女。”虽如此说，却果的留宿在此台上。

这夜，献忠真的得了一梦：梦见徐以显、王又天二人前来见他，自称屈原、宋玉。献忠骂他道：“诓老子！如何连自己名字都不要了。”又天道：“我等游戏人间，来去变化原不一定。”献忠道：“你的神女呢？”又天道：“她正在阳台等你。因为你是天帝的儿子，特命我来迎接。”献忠不觉弃了徐以显随同王又天，跨云乘风，飘到神女宫殿，见神女端庄坐着，正是泥塑一般。骂又天道：“你这瞎子，诓我前来看这雕像。”又天道：“神女具有三种变相，这庄严的上配天德，你若不喜，我请她现第二相好了。”言下将袖一扬，再看神像，已立起迎客，恭敬有礼，态度虽然圆融，脸色却甚冷酷。献忠不悦，悄责又天道：“你引我来作客的么？”又天道：“此像中配人德，和而不流。你若要她风流，须看第三相。”便再将袖一扬，这下神女果然百般妖媚，冶荡非常，对献忠不即不离，甚有情致。献忠忍不住上前搂抱。只觉一股幽香沁心透魄，头昏脑胀，忙呼王又天。又天在旁应声道：“此相下配地德，此处已是地狱了。你求仁得仁，为何恐惧？”献忠道：“我不恐惧，只嫌得太黑暗了。”又天道：“亦可开光一穴，只恐你见了惧怕。”献忠坚称不怕，定要见光。果然一时荧光迸发，照见四周全是恶鬼夜叉。又回顾所抱的女神，正是一副骷髅，大骇推开，跑到王又天面前，抓着又天道：“你如何弄我到此地来了？”又天不答，用手捋一捋须髯，喉里笑了一笑。献忠睁眼看他，哪里是王又天，乃是督师阁部杨嗣昌，急忙撒手倒退几步，熟视嗣昌道：“原来是你捉弄老子！”便挥拳向嗣昌打去，如同打中木石，嗣昌未动，自己拳头却疼痛起来。旁边闪出朱世虎、三鹞子、王四虎、顺天王四人，嚷道："哪来的野驴，到此撒野!"献忠呼道："我是八大王，你们都不识么?"四人正欲上前相见，杨嗣昌在旁骂道："我识得你这奸徒！你将我推入地狱，你却享乐在天堂里!"便赶来殴打献忠，献忠敌不过，望见神女还是那般美丽，旁立微笑，忙抢到近前，将她抱住，大呼道："你引得我来，须带得我去!"神女将他一推道："你梦魇了么?"献忠跌倒在地，仍拉神女不放，定眼看时，银烛高烧，清风拂帐，他正拥抱着老脚卧在锦被里。

◎评注

世传铁冠图事，但言只有投缳一幅。此多七幅。当时所传固如此耶？抑作者故为此说以明全书之旨耶？献忠一梦，亦颇有意致。老脚讲高唐故事，殊可笑。然此辈人语，只当如此。

第三十九回

艾能奇再破左家军
张献忠三入四川省

话说张献忠前在谷城，收来妖人王又天，为他造谣渲染，道他是天帝之子，有武当山玄武大帝为他上下天庭传达使命，赐他金刀、金鞭、金剑、金符，命为西方之王。玛瑙山之败，鞭刀符剑全部遗失。汝东之败，王又天亦被杀死。可见这些妖言无足听信。但献忠之意，本为出身微贱，难服士绅，转战频年，杀伤过多，士气颓丧，人情隙离，非得假托神怪，以鼓励人心。所以王又天虽死，他仍运用诡谲自欺欺人，总说他是天帝之子。武昌称王之时，同汪兆麟商量伪造金印，亦说天帝所赐。从此装模作样，夸耀他是天种，一切与众人不同，习惯自然，竟自忘其为肉体所生了。崇祯十七年正月十六，游玩高阳台，听得爱妾老脚说起巫山神女故事，偶涉遐想，梦到堕入地狱，吃苦不小，惊呼醒来，心中甚为不快。问老脚道："适才你见着甚么没有？"老脚吃吃笑道："我见着窗外明月，送进半帘树影。回看你两支铁臂斜伸被外，两拳张弛不定，忽然搂抱着我，口呼救命。”献忠掴她一掌道：“咱老子从不喊救命!”老脚笑道：“梦呓语我未听明白，看情形恰似要我救命。到底你是为了什么?”献忠将适才所梦说了一番。老脚便贺喜道：“恭贺大王，从此一帆风顺，万事如意了。凡梦境所现，皆是命运的反面景色。故梦鲜衣骏马者，必至囚首垢面。梦享乐荣昌者，必至穷愁潦倒。梦困踬者后必亨通，梦夭折者后必康寿。梦书所载如此，众人的经验亦如此。大王梦向下坠到了地狱，当然是扶摇直上的征兆。所以当贺。”这席话说得献忠乐了，更加宠爱老脚，便在这夜许了老脚掌管内营事权。

第二日，献忠起床甚迟。梳洗之时，传王志贤进来，命发檄到各营去，召集汪兆麟、刘进忠、马元利、狄三品、孙可望、刘文秀、李定国、艾能奇、张能第等一班头领到崇王府议事。飞骑四出，远近头领奉檄，立即驰走崇府候驾。到了未刻，志贤随献忠、老脚等连辔驰回。奉召诸人，大都已齐。献忠直上大殿坐下，老脚等退入后营。余人依次入殿，先向献忠叩贺上元。礼毕，献忠言道：“昨夜天帝示兆，说我从此一帆风顺，青云直上，但未指示从哪条路杀去方能胜利。现在李自成称帝西安，左良玉占了武昌，我军所占之地与他二人接壤，我想进攻襄阳，怕的是左良玉夺我长沙。要是进攻武昌，又怕李自成人马来抢荆州。要想两路进攻兵力又不够。要想联合一个去打倒一个，又嫌两个都是我的对头，联合不拢。你们看怎样才好?”众人突然受此一问，一时都沉吟思索，答不出来。想不到最年轻的艾能奇却先发言了。

这艾能奇是茅麓寨献忠所抚的一家养子，现才十七。原先体弱多病，随同孙可望等学习韬略弓马，一向无甚奇技特长，未被献忠重视。他因此努力自奋，朝夕操练，总想建立功名，博得献忠心喜，以维持他与孙可望等相当的地位。自从献忠占据武昌以来，一般养子宿将大都贪歌恋舞，征逐酒色，惟能奇与一班降将张其在、谢凤洲等互以前程相勉，终日讲究兵戎政务。后来谢凤洲身死，张其在到了江西。他率百余人小队跟随献忠，纪律严明，每战必胜，却讷讷寡言，并不向任何人夸耀功绩。献忠暗自奇他，渐渐增加了他的部队，攻常德时增到三千余人。因他训练有方，三千人却有万人的力量。献忠进取荆州之时，左良玉屡派马进忠率兵来窥岳州。献忠欲派一人率军由水路东下，驻扎临湘、嘉鱼一带，为岳州外援。

王志贤推荐艾能奇，献忠问能奇道："马进忠即混十万，从前作流军，名声与我相当。后来降了左良玉，屡作军锋，所向无敌。你乃年幼孺子，敢去敌他么?"能奇道："若是父王，儿不敢敌。若是混十万，儿仗父王声威，可以敌他。"献忠心喜，便命他率所部三千人东下，外赐令箭兵符，准他调用沿江军队。能奇立即上船，进驻临湘，正逢马进忠由蒲圻进攻岳州。能奇传檄守岳州的狄三品，说道："敌人从陆路来攻，水路必虚。你取守势，以老其军；我水陆沿江并下，直取嘉鱼。由嘉鱼回军攻其后方，必可破敌。"于是他便率军东下，果然沿江空虚，直取嘉鱼。马进忠亦是老将，知其将取夹攻之势，乃放弃岳州，转攻嘉鱼。在三十六湾大战，被能奇杀得大败，退回蒲圻。能奇率兵追来，狄三品亦出军夹击，杀得马进忠惨败逃走，逃回武昌，向左良玉请求增兵报仇。但良玉因张其在正攻袁州，南昌、九江告急，重兵调向江西，无兵可拨。只命他整理残兵坚守咸宁。从此能奇威名大震。因他在献忠诸养子中排行第四，左军称他"艾四"。这次贺岁来到荆州，见得献忠发问，众人莫能回答，他便起身言道："父王！那左良玉之军虽众，全是招降各路残败流军而成，其老兵宿将除方国安等少数人外，全已战死。左良玉现已年老，精神颓败，各路降兵降将不甚受他约束。从前我军败在他手，乃因汤志、张以泽等俱不谙军事，奴军草成，未经训练，四虎哥有勇无谋，举动轻率所致。现在我已掩有大湖南北，张其在又取了江西许多州县，武昌尚为官军所据，不可不取。请暂缓攻襄阳，先取武昌。既得武昌，则九江、南昌不攻自下。那时下取南京，划江而守。进可与李自成争衡中原，退不失为势均力敌之国。若先攻襄阳，李自成必以大军来争。闻李自成前破许州，捉得左良玉家小百余人甚为优待。左良玉一女，李自成待同己女一样，嫁与大将王四，嫁妆甚丰。近遣王四夫妇归宁左良玉，现尚住在武昌，看来他们勾结甚深。若攻襄阳，左良玉必然出兵抄袭岳州、长沙，以恢复之名，作援闯之实。但如我攻取武昌，李自成必乘机进取北京，不至妨碍于我。"

献忠听了，虽然暗以为奇，表面却现不悦之色，道："小娃娃得了两次胜仗，便放纵如此。你懂得些甚么？且让各长辈说!"王志贤道："艾四公子说得不错，我亦听说李自成遣王四回武昌，意在招降左良玉。良玉虽无降意，但亦未将王四捆送朝廷。况他部下将官，如惠登相、马进忠、常国安、马士秀、杜应金、白贵、杨山、李汝桂等，皆是昔日流军，今见李自成称帝，难免不倾心自成。左良玉虽欲不助李自成，恐也势难自主。比较起来，先行击败左良玉为是。”献忠摇头道：“还须再作商量。”

这时满座臣僚皆以攻取襄阳为非，攻取武昌为是。偏是献忠因历次挫败在良玉之手，心中总觉得命运上有生克制化，认定他的命运不宜与左良玉争斗，故频频摇头，不肯接受志贤之言，却又不便说明，亦不能找出驳倒此议的话，只好摇头不语。毕竟汪兆麟善于察言观色，窥知献忠隐情，出位说道：“艾公子与王将军所说都是人事，未曾考虑到天命。从前天赐大王金印，上篆西王之宝四字。足见天意是要大王向西，不是向东去斗左军，亦不是向北去争襄樊，乃是向西去取西蜀。西蜀号称天府，地险而民富，汉高祖因之而成帝业，唐高祖因之而统一天下。刘备、李雄、王建、孟知祥、明玉珍皆依之建国传统。近十数年来，天下荒乱，唯此一隅尚称完好。我若不取，必为李自成所得。那时我纵胜了左良玉，跨有大江南北，但他自巴蜀浮船而下，有高屋建瓴之势，我亦难以抵制。今乘李自成兵力未到，捷足据之，北取汉中，东下荆襄，犹如顺风张帆，费力小而成功速。天时、地利、人和，一举三得，何必违背天心，舍弃利地，苦与这些穷寇争斗呢？”

这番话说得献忠眉开眼笑，拊掌言道：“这才算得良谋妙划，无上的上策！我从渑池渡河，便立下盘踞西蜀的主意。两次入蜀皆未成功。因为那时明朝兵力尚强，还不容许我驻扎下去。现在明朝已是快要塌台了。李自成亦才初到西安，量他一时尚难穿过栈道到达巴蜀。我今从此西进，一两月内，便可占领全川。那时进可以争取天下，退可以闭关休息，的确比在这湖湘区域打仗合算。我父玉皇张大帝既然封我为西王，明明是要我先从西方建国，再图统一天下。我计已决定了！”说罢吩咐众将，分路征集水手船只，准备逆江入蜀。孙可望问道：“倘若我军去后左良玉前来攻城，如何应敌？”献忠道：“我自有道理。”便向汪兆麟道：“你草拟一道檄文，告诉左良玉，说我入蜀后，他不来犯我的地盘，那便永远和好，两不相犯。倘若犯我地盘，我得了四川，便来取他武昌，杀他个永不安宁。”兆麟奉承道：“我不犯他，他当然不会犯我。”说罢便去草檄去了。

可望又问：“湖广、江西偌大地面，亦须留军驻守，父王委派何人？”

献忠道："如今争取西川第一，保守湖广第二。我想留尹先民守长沙，狄三品镇守岳州，张其在镇守袁州，王尚礼镇守荆州。你兄弟四人与一班旧将谋臣都同我到四川去。你们看如何？"王志贤道："如此取得巴蜀，只怕失掉湖湘。"献忠道："只要取得巴蜀，失掉湖湘亦是无妨之事。"众人于是分头准备去了。

献忠自率水陆大军三十余万，军粮一百万斛，分装木船万只，扬帆西上。正月二十日到了彝陵州，征派民伕水手挽舟而进。穿过三峡，这一带除归州、巴东外，多是无人之地。二月三日到了巫山峡口，城中官吏守军早已逃避，剩下百姓知道献忠军到，多是往年见惯了的，亦不躲避，亦不迎降，大都站立道旁城角，张望他们下船入城的情况。献忠采纳王志贤之言，早已吩咐众将，转谕兵丁："此次入川，必须严守军纪，收拾人心，不准杀戮淫掠，骚扰百姓。"此乃初次入城，自然十分严肃，秋毫无犯。献忠入城之后，又命孙可望、刘文秀、李定国、艾能奇四家养子各率亲兵，巡视各街，见有犯法失纪之兵立即拿问。这四个青年将官皆曾受过徐以显的兵法训练，颇有远大志趣，又与王志贤甚为相得。对于收拾人心四字深能领会。献忠现尚无子，他四人与献忠父子相称，又皆各有本领、才气，众军素来顺服他们。今奉献忠之命巡城，谁人还敢犯法。这斗大的巫山城，骤添了三十余万大军，万多只木船，城内城外，摩肩接踵的人马，却因有他四人的巡护，管理得秩序井然，军民相安，真是王者之师了。献忠在此驻兵两日，山中百姓见得军纪大好，纷纷负担山中土产来城售卖，山蔬野果，米盐薪炭之类，无不齐备。献忠峡行已久，油盐告罄，粮食也渐缺乏，得此接济，不无小补。足见整肃军纪，不惟利人，也算利己的事。

献忠见得人情亲附，甚为喜慰。对老脚言道："你圆梦的话不错，但也要感谢王志贤替我布置了这一番。"因是益知收拾人心的重要，发出许多银两收买盐米，全是公买公卖，远近大悦。到了二月初五，献忠分兵为水陆两路，上取夔州去了。

按下献忠入川不表。却说武昌城内四十八座衙门，前回被张其在放火烧完，城内男女壮丁也已散走大半。左良玉进得城去，见着满目荒凉，不似旧时景象，不免叹息。且喜新任巡按御史黄澍，湖广巡抚王扬基，江西巡抚郭都贤，都能同心协力招抚，逃民渐次归来。这才修补城池，疏通江道，把个武昌城渐渐繁荣起来。明廷要他出力剿灭献忠，发了五十万两饷银令他出兵。他刚才收复得岳州，张其在又从江西威逼到南昌与九江来了。待回救得江西，岳州又被献忠取回。马进忠大军反被艾能奇两次击破，不能再战。只好暂取守势，徐图招集流亡，恢复农村秩序，充实户口，以裕兵源，再图大举进击。不想现在收到献忠传檄，知其统率所有精兵入川而去。又恰逢朝廷催促出兵甚急，乘机命方国安自九江取袁州，牵制张其在之军。马进忠增兵由通城前往截断醴陵后路，进攻长沙等州县。马士秀沿江进兵，攻取荆州、岳州一带。卢光祖渡江而北，由麻城、安陆进攻枣阳，肃清汉水以东州县。惠登相溯汉水而上攻荆门，收取房、竹诸地。刘洪起兵向南阳一路，防备李自成之兵来攻。如此六路大举，所有献忠与自成留守之兵如何能敌。便在这十二月与正月之间，将湖南、湖北州县一起取去。长沙尹先民被擒，岳州狄三品与荆州王尚礼见大势不支，也皆弃了城池，跟随献忠入蜀而去了。其余献忠所委之官，或降、或死、或逃，正如风卷桐叶一般。只张其在在江西，撑持得较为长久。李自成因为志在攻取北京，亦未曾派兵来救襄樊。左良玉未费多大力气，奏捷入京，具报恢复湖广全省。明廷封他为宁南伯以奖其功。这都是在崇祯未死，献忠入川之初的事。

◎评注

所谓《大西通纪》者，原分八章：降生起义第一，流扰五省第二，谷城降叛第三，杨嗣昌督师第四，桐庐楚湘战事第五，西蜀开国第六，完劫升遐第七，四王抗清第八。第五章以上，皆崇祯朝剿流军事，终于甲申之交，以铁冠图结束全文。第六、七、八章，记献忠入蜀事，以高阳恶梦起。现因分割为章回小说故，将铁冠图与高阳梦合为一回。其意盖欲以第四十回前写崇祯朝政腐败，社会崩溃，明政权不能不被流军所推翻之情形。此后六十回则专写残明、满清、献忠、自成四面三方间斗争时之各种情形，犹以四川农业破坏所造成之悲惨景象，强调农业根本与国计民生之攸关。

第四十回

喻鱼池张三丰遗书
扰巴山摇黄群入蜀

我闻锦城好，驾言锦城道。锦城万堞含秋云，锦城四野迷荒草。峨眉山在色苍苍，灌口江来波浩浩。益州自古帝王都，西陲陆海真名区。文翁政教成遗俗，武侯将相开雄图。豪华几见晋唐代，词赋偏工扬马徒。七桥九陌横烟雾，风光佳丽忘朝暮。仙人紫府骑青羊，秦相赤楼高白菟。江渎神从帝女留，支机石自天河度。二月四月冶游天，轻车细辇争骈阗。文窗绣户家家启，珠箔琼钩处处悬。垂帘市上高人隐，贳酒垆头少妇妍。王孙侠客驰飞鞚，同心暗结鸳鸯梦。花卿歌板入流云，艳娘舞袖随风动。藕履轻拖荔枝裙，钗头小集桐花凤。狭斜那得比宫闱，粉黛横陈未足奇。王衍太妃称国色，李珣小妹冠昭仪。漫夸天子十眉画，更羡夫人百首词。别有风流开水殿，青娥皓齿娱清宴。城号芙蓉万树垂，波名珠翠新妆炫。彩舸避暑摩诃池，绡衣待月宣华苑。近来蜀国更堪夸，奕奕贤良帝子家。自是宗藩盟带砺，敢将程卓拟骄奢。葡萄织就锦千轴，云母描成扇九华。画栋飞甍连戚里，丝管烟花让朱邸。三百年来恩宠多，一朝事变荆榛起。安得壮士雄五丁？可怜野火焚连理。行人莫向浣花溪，草堂桤树晚萋迷。金雁桥边曾有雁，碧鸡坊下已无鸡。遥遥芳树通秦栈，滚滚长江拥石犀。只今驿路惟烽堠，天寒何处倚翠袖？红墙夜穴鱼灯微，青松日砍龙鳞覆。尚忆华阳集古今，谁从益部传耆旧。物换星移几度秋，棘闱深锁故宫幽。阑珊此日三千士，窈窕当年十二楼。漏声颇似铜壶阁，月影难销万古愁。已矣哉！归去来。久无金马祀，莫问石经台。井络文星犹灿缦，天彭玉垒徒崔嵬。独有春深听杜宇，年年啼血为谁哀？

这首长歌乃是康熙二十三年，成都举行乡试，中试举人营山李以宁，见得省城荒芜景象，感念昔日蜀中文物之盛而作。四川号称“天府”，乃是西南一块广大的肥饶地区，民殷物阜，人才荟萃，为何到了清代初年却是这样凋敝呢？有人说是张献忠将四川人杀尽，故而造成这般景象的。其实不尽然。张献忠自幼听父亲张文兴谈到四川的富乐情形，便已生羡慕之心。其后随群雄自山西渡河，便屡思占据四川。两次入蜀皆未如愿。直到崇祯十七年，才自下川东进取成都，将四川占据，建立大西国。倘若张献忠真是杀人的恶魔，四川民众又怎能迎请他入蜀？他既建国施政，岂不望垂统万世，国富民安，又怎会将自己的子民杀戮殆尽？何况张献忠在蜀仅三年，即令天天杀人，亦难将四川一十三府，六州，一百四十四县和土司之地的人杀尽。

那么四川人口为什么在明末清初之际消亡殆尽呢？张献忠何以能在四川建国立业，又何以失败？且听在下慢慢道来。

话说大明太祖洪武年间，封他儿子朱椿为蜀王，开藩成都。这朱椿乃是郭妃所生，在太祖二十六子中排行十一。他自知无绍承大统之望，便安心读书，以博太祖、高后的欢心，希望藩封时能有一个较好位置。果然太祖爱他好学，封到蜀土，建为大藩。蜀王到蜀，请得两个有名人物来川，一个是学行卓绝的方孝孺；一个是通微真人张三丰。请方孝孺建立正学斋，打开四川读书治学的风气。邀张三丰则是讲求黄白丹铅之术，长生不老之方。三丰见蜀王性情虽好，夙业累重，不是仙道中人，便欲辞去。无奈蜀王再三挽留，坚不放他。为的怕他逃走，吩咐禁卫兵士谨守宫墙，不让他外出。三丰见其如此亦不责问，只是称病不食，日渐枯瘦，卧床不起。一日，蜀王亲去探视，见他面色灰白，神光涣散，料他临死不远，忙问道："先生今世仙人，忽染痼疾，究该服何药饵，必能自知。请明白告我，差人去办。"三丰道："若早得三天放我，我尚能活。现已魂离半舍，无药可医了！今夜亥初二刻必死。我王有何问话趁此说来，还可答复。"蜀王忙道："铅汞烧炼之方，吐纳导引之术，前都已学过了。现在只盼先生推算，我能传国到若干世？"三丰睁眼，将蜀王望了一望，又微微一笑，随即闭目不语。这夜三丰果然死去。蜀王命人买棺装殓，请青羊宫道士建坛，诵经三日，抬去葬了。临葬之日，棺材抬来甚轻，恰似空棺一样，阖宫之人皆以为怪。第二年这日，蜀王念到是三丰忌日，再请道士建坛超荐。拜表之后，坛上忽然出现一个黄纸函封，上面一行草书，龙蛇飞舞，字体难识。道士不敢隐瞒，报与蜀王。蜀王取视，认得是张三丰的龙蛇草书，辨其文为"蜀王殿下启"，打开一看，亦是龙蛇草字，蜀王邀得方孝孺来反复研商，才将全幅字认清。上首两句标题是"可怜夜半虚前席，不问苍生问鬼神"十六个字。下首是无格局的一首小词："漫夸富庶天府，不过一湫肥鱼。优游蕃衍乐无虞。会到那鱼满滑滑，召来破獭狡獭，更有数罟贪渔。可怜殃及神守，同为醢菹。问何时水清泥静？三百犹虚。"

蜀王惊道："看来通微真人真尸解去矣！此函标题，明明是责孤临别一问偏在子孙，忘了百姓。所责甚是，令孤汗颜。可惜下面几句难以解得。"方孝孺道："臣也不能详解。不过看它大意，乃是将四川盆地比作鱼池。池中鱼少，则可安静繁衍；池鱼过多，则水必浑乱，足以招害。最后两句，似言殿下子孙将于三百年内与川人同尽。"蜀王道："何以见得呢？"孝孺道："陶朱公养鱼经云：鲤性善飞，鲤池纳一神守，则不飞逸。神守者龟也。成都夙号龟城，殿下开藩于此，三丰故有此喻。"蜀王叹道："从来宗室开藩，每受朝廷猜忌，鲜得善终。孤幸得居乐土，果能传国三百年，于愿亦足矣！"遂命将原函刻石，竖立宫内，存为后世证验。因此蜀人有"四川是鱼池鸡罩"之说。

此时上距洪武之初已有二百五十余年。其间，四川承平时多，离乱日少，各府州县，何处不是摩肩接踵的人物。虽然布政司著籍，全省上纳口赋人数不过三百余万。其实隐匿避税之口远超过此数。人多地狭，渐感难以供养。好在蜀人特别勤俭，能将田边地角，山坡水湄处尽力的开垦，把土壤耕得极细，翻得极勤，使其有限之田地能生产出较多的食粮来。一面节衣缩食，减少消耗，满足社会所需，倒也家给已足，未感匮乏。当此崇祯末年，天下扰扰之际，在这四面环山的四川盆地之中，却还保有天府之国的繁荣景象。但当战乱到来之时，这暂时的安静也就保持不住了。首先遭受战乱蹂躏的便是那川东北的人家。提起此事，还得先从摇黄十三家说起。

当崇祯元年，陕西饥民初起之时，高迎祥与王大梁一股流窜到汉中地界。后来王大梁败死，高迎祥逃回陕北，剩下几个小头目分率残部，匿入汉中南北山中，过着打家劫舍的绿林生活。他们兵器不足，多拿棒棍，故人们呼为“棒贼”。至今四川人仍称拦路抢劫者为“棒客”。当时官军势大，他们只敢三五成群，劫掠过山旅客与散落人家。后来渐渐夺得一些刀矛，裹挟一部分民众，势力增大起来，各自成了数十人的大股，据老林内破败庙宇和空房为巢，进攻村落邑聚。如此愈抢劫愈富，裹挟之人愈多，骚扰的面亦愈宽。有些出色的头领名声渐大，部众渐多，亦自创立名号，以资招聚。其最著名的有：中斗星黄龙，摇天动姚□□，整齐王张显，夺世王王友进，争天王袁韬，争世王杨秉允，行十万呼九思，逼反王刘维明，震天王白蛟龙，黑虎王高，顺天王梁时正，黄鹞子景可勤，小秦王王光兴，活阎王马朝，薛仁贵陈林。这十五人中，以摇天动、黄龙二人势力最大，余十三股都听他俩指挥，故被称为“摇黄”。

自崇祯五年起，摇黄利用官军追剿流军，疲于奔命之机，渐次出山骚扰汉中及四川的大巴山各地，但尚未攻掠城池。这一带的城池，距川、陕省城甚远，管理地面又宽，粮赋收入又少。做州县官的，皆是四五等才情，十二分贪心，大多敷衍任内无事，钻营优迁，哪能顾到兴利除弊，保境安民。虽然山林之中盗贼公行，人民受抢前来告状，他亦不过命黑笔师爷写出一纸谕单，道是：“查县境向称风俗淳美，道不拾遗。近来邻境多事，每有盗贼。本官早饬该保甲等，整练民丁，妥为防范。如何办事不力，致令盗匪窜入？竟有某月某日抢劫某地某家之事。除密派捕快人役严拿主犯究办外，仰该保甲人等，督率乡丁协缉，务获归案。切切此谕。”如此便将捕盗之责轻轻加在保甲身上。你若催案，他便办你。弄得保甲人员再也不敢具报本地劫案。那被害之家奔走呼号，请求保甲报案，保甲总是苦劝道：“年来遍地匪案，报进城去，何曾捕得一人？枉自花了许多盘缠，几份门包。即使请得差役下乡，烟茶酒食，一行一动，无不要你花钱，结果是花钱受气，毫无好处。这叫失财不足，勘经补数，劝你还是忍气的好！”受害之人申告无门，安全不保，多有率性投入摇黄，也干起那无本经营来了。因此，那摇黄的势焰便在大巴山中壮大起来。到了崇祯六年冬间，高迎祥等大股流军自山西渡河，袭扰河南、湖广各地。摇黄诸家闻知高迎祥为群龙之首，遂亦派人前往均州纳款，尊奉迎祥为主。迎祥问起作头领的乃是昔日部下黄龙等人，自然心喜。其时正逢张献忠自请以六营兵力追逐邓玘入川，迎祥便命革里眼贺一龙、过天星惠登相、扫地王曹威三人率军，由汉中前往，助摇黄诸家攻入四川，以响应献忠之军。那时献忠从归州、巫山水道入夔府，行进颇慢。贺一龙等与摇黄合力，由西乡入通江走得最快。一时攻破了通江、东乡、太平、新宁、开县。惠登相一股由宁羌入广元，久攻不下，便由剑州绕回陕界。未几，献忠亦攻破了巫山、大昌、夔州、云阳，越过巴州。因闻秦良玉出兵收复川东，乃与贺人龙等折回陕西。

由于这次是流军大举入川，州县官吏不能再隐瞒了，雪片文书具报到成都来。四川巡抚刘汉儒与川北总兵张尔奇等商量堵剿，因川北兵力不足，调来叙州总兵侯良柱协剿。筹粮筹饷，扰攘多时，官兵方才到得川北，流军却早已入陕去了。这次虽是流军自行退走，官军却落得开报功劳。将病亡的都司陈谟报为阵亡，难民被官军斩首报为功劳，请得许多军功赏牌，官弁皆得加官晋爵。侯良柱查看收复各州县，皆是山深林密，城池卑浅之地，且丁壮无存，墟落尽荒。他怕流军再来，令在大昌、太平等县要道，建造十三座隘口。升广元游击张令为副将，驻扎竹溪关，掌管十三隘口防御事宜。张尔奇任满离去后，侯良柱转任川北总兵，驻守广元。如此布置一番，仿佛川东北从此无事了。不提防窜过陕界的摇黄大部分仍藏匿在大巴山内，过着绿林生活。往时他们是不敢靠近州县城池的，这次跟贺一龙、张献忠等抢州夺县，如入无人之境，始知城池空虚，官军怯弱。又见得许多大镇名邑甚为富庶，流军所到，便有许多士绅出头，送猪送米，当作官吏一般招待，并无敌视之意。因此，摇黄也逐渐大胆起来了。

崇祯七年七月，各路群雄被困在车箱峡中时，黄龙、摇天动亦在其内。后被押到宝鸡谷口一同叛逃。他二人遂联合过天星、扫地王、一斗粟等窜回广元，攻城七日，未曾攻下。乃由大巴山越过南江、通江地界，与汉中、兴州、郧阳、鄂西一带。这年冬末，高迎祥等十三家会于荥阳，摇黄亦往参加，附属在高迎祥部下。后来高迎祥、张献忠等进入陕西，摇黄二人仍率旧部各头领返回大巴山老巢，自称“十三家支党”，以夸耀他们是参加过荥阳大会的正牌流军。因此，被称为“摇黄十三家”。

这时，摇黄看到许多士绅、豪霸见天下大乱，纷纷前来参加，便做起山大王的美梦。许多市井无赖流氓，亡命之徒，也都乘机混入，教唆奸淫烧杀之技。故而摇黄成分极为复杂，恰似社会肌体上腐烂之处流出的脓血，只是使这肌体更污秽罢了。正因为如此，像李自成、张献忠等胸有大志的流军都对他们存有戒心，只不过利用他们的破坏力量骚扰敌方而已。

摇黄势力虽大，却并无一定政治目标，只知劫掠金银妇女，不知安抚人心，保据城池以建大业。因此，所掠之地，丁壮被掳，妇女被淫，田园荒芜，村落成墟。崇祯九年，把个南江、通江等县弄得赤地千里，只剩几座空城。官军来剿，他们便退入深山老林；官军去后，他们又照常出来抢劫。加以此时中原大乱，全国上下只注意到中州的流军，少有顾及四川之摇黄。故川省官兵只靠北守广元，东守巴巫与十三隘口，搪塞功令，阻其进入川西坝子。这川北地方本来地瘠田少，摇黄不事生产，专一破坏，致使本来尚可维持生计的广大民众也都难以生存了。迨到崇祯末年，张献忠建国成都之际，这川东北地方早已残破不堪，贫困已甚，人民死于饥饿和战祸者不计其数。此皆摇黄和战争所致，实与献忠无关。不过正因为摇黄的摧残，四川人才欢迎张献忠入蜀。

◎评注

张三丰遗书事，荒诞不可信，但作小说观可也。

第四十一回

李自成失机再出川
王之禄破财得兴家

崇祯九年四月，满天星、过天星、蝎子块、一斗粟等股，从陕西兴州入蜀，攻取太平县，掠大昌盐厂。摇黄诸家乘时出山与之联合，攻陷通江、甫江、东乡诸城。这带州县士绅之家从前见得地方不靖，官府不理，只好彼此联络，结寨自保。后因木寨频被攻破，乡绅残余之家，通统搬入城去，遂使州县城内的房价猛地提高十倍。官吏们见富户增加，假借防御修缮等名目，派捐募款，剥削多端。这时摇黄之众，合计不下六七万人，官军分防在广元、巴州与十三隘口的不到一万。幸得老将张令、太平营游击谭宏，及侯良柱派来的援军游击张凤翔，协力苦战于水羊坪、东林坝等处，将大昌、太平诸股逼到东乡，与摇黄合伙，同奔达州。侯良柱率军与张令一前一后追逐，由达州赶过营山、蓬州、西充，一直追到潼川州界的桃红河，方得合围大战。究竟流军是乌合之众，卒被官军击败，从梓潼、剑州一路退入陕境，与正在兴州（今陕西安康县）的高迎祥合伙。

这年七月，摇天动、黄龙与刘维明、王光兴等，随同高迎祥大军，自蓝田杀回关中。黄龙、刘维明与高迎祥同在周至县界的黑水谷被孙传庭擒获，解进北京去杀了。摇天动后随老回回流入中州，死在皖南。王光兴随惠登相在郧阳受抚。只剩袁韬、呼九思、王友进、白蛟龙等股，尚踞大巴山里，随时出劫，仍称摇黄十三家。

高迎祥死后，关中群雄共推李自成为闯王，于崇祯十年十月，自凤翔、汉中一路攻入四川。十月初三日破了宁羌州，驻兵黄坝驿。派人前去大巴山中，联络摇黄诸家分道进攻。这时四川巡抚刘汉儒去职，王维章继任巡抚，驻节保宁府，严防摇黄出山。张献忠、罗汝才等在谷城、房县，名为就抚，其情叵测，张令驻防十三隘口之兵不敢调移。只好命总兵侯良柱坚守广元。别调川南副将罗尚文，率遵义、久宁等处驻防之兵来川北堵御。侯良柱与游击王朝阳商议道：“李自成之军号称十万，驻军黄坝驿，其志在从七盘关入蜀。此关乃全蜀咽喉，号称天险。我等兵少，只宜坚守此关，以待援军。”遂命朝阳前往守关，良柱留在广元接应粮秣。那边李自成与满天星、过天星等亦商议道：“七盘关有一夫当关，万夫莫开之势，我等苦攻无益。川陕连界，地方千里，未必只此一路?”惠登相道：“我几次同摇黄诸家入川，知道川陕之间小路纷庞，密如蛛网。这七盘关大路不过是驿传官道，食宿较为便利而已。今官军既已坚守此地，我等可分为三道，绕过此关。”自成忙问：“哪三道?”惠登相道：“一由梨树口绕攻广元，广元若下，七盘自破。广元若不下，也可径从昭化渡江，是为南道。一由平阳关渡白水江，自碧口由水路夹攻广元。若广元攻不下，再由青川小路直取江油，是为北道。两路绕出七盘关后，他必撤关回救广元。那时大王率中路之军从容入关，侯良柱孤城困守，不难生擒。”自成大喜，便命惠登相与过天星分出南北两道，会攻广元，直奔剑州。这剑州有剑门关，栈道四十里，车不方轨，人不并行，可惜此时并无一兵把守，让自成从容渡过。剑州知州徐尚卿，平时只道有侯总兵威镇广元，屏蔽剑阁，未提防流军突至，城门还未闭得及，已被自成大军冲入，死于乱军之下。侯良柱闻自成直趋剑阁，知道后方无兵，急忙弃了广元，抢来截阻，反被自成在百顷坝设伏，将其围困。良柱苦战一夜，全军覆没。后方州县闻知，纷纷逃难，无人守城。自成自十月十二日陷梓潼起，势如破竹，连陷绵州、绵竹、什邡、彭县、新繁、温江、双流，驻军成都西郊青羊宫。南路过天星自昭化南向苍溪、保宁，知王维章在此带防守，弃城不攻，绕由西充、射洪、观音桥、焦山驿，攻陷金堂、新都。北路混天星自青川出江油，连陷彰明、罗江、德阳、汉州，与南路会合，驻扎成都北郊昭觉寺一带，与自成连营二十余座，一齐攻打成都。成都城内，巡按陈廷谟纠合军民死守。自成围攻二十日未能攻下。外面王维章增调松潘、茂州等处土兵与罗尚文之众，分路来援。陕督洪承畴亦已追剿入蜀。自成原想攻下成都割据蜀地。今见坚城难下，援兵大集，乃率众向陕西退回。行至梓潼地界，与洪承畴前锋曹变蛟相遇，大败折回。罗尚文新升总兵，率众尾追前来，遭逢自成折回，大战一场，罗尚文陷阵败死。李自成等乃分由青川、龙安两路，奔向巩昌、临洮。洪承畴之军随即追去。

此次李自成入川出川历时三月，所陷州县三十六地。方其来时，颇知收拾民心，号令严明。及临去时，虽有淫掳烧杀之事，但到底为时甚短，所及不过大道一线之地。虽然不免掳去壮丁，劫去财物，但其直接损害究属有限得很。可是，李自成这次入川，却将四川社会的骚乱牵发出来了。现仅只从一个小小的人家说起：

成都府所管彭县界内，有个濛阳镇，乃是元朝的濛阳县治。明朝因其辖户太少，合并彭县。濛阳镇内有一士绅名叫王之翰，乃是谙练世情，熟悉时务的一位老贡生。因秋闱屡败，绝意仕进，专在这濛阳镇上替人开条设计，包办词讼。因他见多识广，手段高明，凡有地方纠纷，经他详断，无不遵从。民间冤屈，经他指引控告，多能胜诉。彭县公署上下人员，提到他的姓名，都有几分畏惧。一方贫弱小民，更奉事得他像天神一般。他又被聘为濛阳书院院长，兼濛阳常平仓仓监，养济院院董，乃是这乡鄙巨镇中的首席绅耆。他壮年时尚有做官之想。如今老了，自觉在此一方，已是贵无可贵。科名不高，难出境做官，倒是挣些家财，传之子孙，以保晚年的享乐。因此只要有钱可得，有利可图之事，不问是非黑白，他都可以想出许多办法出来弄钱。附近州县的人，赠其绰号“小诸葛”。他有一个哥哥名叫王之屏，读书不多，却天生一副狡猾心眼。凭借兄弟势力豪霸乡曲，在濛阳西南五里的竹瓦铺置了一所庄园，向附近农家贷放印子钱。这竹瓦铺一带乃是都江堰水灌溉之地，农人每当三四月间，堰水到来，插下秧苗，便可坐待秋收。除草耕耘之事交与妇女办理，男人向大富人家借贷印子钱，前往天彭阙外羌民之地经营小商，秋日再返乡收稻，付还本息。那羌民居住山地，缺乏盐糖、布帛、针线、刀剪之属，多有牛羊、皮革、毛褐、药材等物出售。这些小贩借得十两纹银，买些零货，自行入山，与羌民交易土产，运回灌县、成都等地卖去，除去用费，还了本息，尚能剩得七八两至十多两银子接济家用。若还运气不佳，途中生病，或遇夷匪，连本失去，便只好出卖田产偿还。王之屏初时亦是贷本入山经营小商。中年以后赚了钱，置了产业，便雇人大规模经营。如今老了，只以放贷为业，每年所挣钱财比他兄弟更多，连田阡陌，富冠一乡。许多失业流民前来依他，他俱慨予收容。选可靠的替他贷放印子钱，或入山经商。其余之人，便命其耕种田园，负运谷货。所以收养愈多，其家愈富，其名愈高，便自取一绰号“小孟尝”。他兄弟二人，在濛阳界内，就算得天上的日月，人间的素王。一言一行，皆是乡绅的模楷，许多联姻比族的人，都以他们为榜样。

王之屏有一族叔名叫王普，正与之屏同庚，从前亦是同路入山做过小经营。因他身体较弱，感寒染病，将本亏折，遂埋头耕田，未肯再走此路，家境贫穷。但他有三个儿子，名叫之禄、之臣、之政，皆生得聪明伶俐，狡黠过人。王普心想：生财致富之道多端，亦不一定便要以之屏为法。遂将三个儿子叫来，共商谋业之路。大儿子王之禄道：“如今土狭人稠，自己田地不够耕种，去向富家租佃，总是许多人争租，将租价抬得很高方能租得。结果是田土所产，除去租谷，便无抵偿劳力口粮的了。我看蜀王府多有皇庄田亩，纳租较轻，并可世代承耕，不易换佃。莫如去到濛阳，恳求之翰二老爷设法，替我们租得一所皇庄，一家生活就可有望了。”王普道：“你只知承耕皇庄田地之家利大，你哪里知他们暗中所受痛苦！那蜀王府设有仓大使一员，副使一员，下养承差若干人，管理皇庄田产，收租运仓。这些人员，都是重重行贿，钻寻宗室名人向蜀王保举，取得此职的人，平时又未支领薪俸，养家活口全恃向各庄户索取。他估量哪家庄客挣钱较多，便有许多法门加到那家上去。或声称蜀王命其酌加租谷，或指责庄园某处做坏或挑剔租谷未干未饱，或栽诬他们不法事状。重则叫你家破人亡，轻亦迫你搬迁失业。他乃皇王家臣，州县官奉命惟谨，谁敢惹他！迫得你倾筐倒箧向他行贿，满足他的欲求，方可买得安居。每年逢生逢节，当庆当吊之事，必须送上厚礼。若逢兴工修造，庄户壮丁便当前往供役，奉承得如同祖先一般。故承做皇庄虽然利厚，却变成了仓大使的家奴。与其去说人情求做皇庄佃户，莫如去说人情求当仓大使的承差。"于是父子议定：将收藏的稻谷一石，自养的肥猪一条，由他父子四人搬到濛阳去，献与小诸葛王之翰，将此情说明，求他帮忙。

之翰道："你我同宗近族，自当帮助于你，现在仓大使赵芝与我有些交情。他们在新繁、濛阳几处的皇庄，每有事件，历年亦是我在维持。我知道他们承差员额原无一定，但照例须用银子买得。银子多，买得多做几年；银子少，买得少做几年。十分少了，便买不到手。我看你们还是将这些黄谷与肥猪卖作银子，前去向他直接商量买承差吧。"王普知道话中有话，忙说道："二老爷，你这指示我是早知道的。我自然另备银两去送赵芝。但像我们这样乡下人，如何能与仓大使见面，一切还须借重你的面子。这点东西，是我父子孝敬你的，务请赏收。"之翰忙道："大伯，你说错了。我是侄儿，应该孝敬你老人家才是。这点忙，我有甚么不愿帮的，何用得如此客气。既然你们要我替你去说，我便写信派我儿子前去好了，这点东西，我替你卖作银子拿去打点，但只怕不够。倘若不够，又怎样办？"王普忙道："我便回家再办一百两银子送来，务请替我方便。你看他三弟兄都已成人了，薄田六七亩如何够耕？虽然有些聪明才干，无人扶植亦难出头。今打算只留一个在家耕田，两个出门去混饭。若得二老爷培植，找得事做，将来有碗饭吃，子孙都不忘你！"之翰笑道："若说王府承差乃是优缺。是别人，半个亦难推荐。我念你同宗之谊，包推一个儿子，若想两个同去，只怕还须另找机会。"王普道："非是我要两个都进王府，不过盼望替我这二儿子随时留心罢了。"之翰点头。王普父子辞归，便以田产作抵，向王之屏借了一百两银子，由长子之禄给小诸葛送去。小诸葛果然写了一封信，命他儿子王瑚领着之禄，到成都去见赵芝。赵芝说："既是尊大人保荐，收用不成问题。例价不必收足，请你留下四十两带回，作我酬谢尊大人连年帮忙辛苦之费。"王瑚收了银子，留下之禄而去。

王之禄果然伶俐乖巧，博得王府上上下下都喜欢他，当年便派出去查田收租。他每到一处，庄客见是新人，无不格外承奉，下马上马，礼仪备至。之禄囊中骤丰，随时买得巧奇可爱之物送与仓大使、副使及其夫人，又以酒食招待同辈。一年以后，全府人员交口称誉，居然成了红人。前向之屏所借之银，早已本息偿清，全家皆已丰衣足食了。便有许多眼浅皮薄之人闻得之禄三十未娶，托人来向王普联姻。内中有个姓宋的纠缠最凶，说他姑娘刚满十六，知书识礼，才貌双全。王普想大儿子年已三十了，既能自立，不患无妻。二儿子已二十八，三儿子二十六，俱尚未婚，商量宋家与二儿或三儿做媳。宋家却不肯许，急得之臣、之政满面羞惶，便要出门找寻自立的事业。王普无奈，再备一份礼物来请王之翰设法推荐。之翰道："藩王府内实难再去说了。唯有城内户房，尚可补名差役。还有绵竹刘阁老，新在此地购置一份墓园田产，正要雇一庄丁。户房管理丁口户籍，乃是优差。阁老当朝首辅，权势极大。你二人既有才干，到此两处，不患将来无有发展。"二人心喜，便请之翰作书推荐，分道而去。总算他家应该发迹，两处皆收容了。从此王之臣作了刘阁老一名家丁，王之政作了彭县一名差役。加上藩府有他哥哥，地方上有他族兄小诸葛与小孟尝，彼此声气相通，纵横数百里内，谁不道王家的祖坟葬中了"牛眠吉地"。

刘阁老名宇亮，字烈第，乃是万历己未进士，由京官屡升至吏部侍郎。崇祯十年八月，转升礼部尚书，与薛国观等一同入阁办事。这时四川人做京官的，前有巴县王应熊，亦于崇祯六年入阁。后有井研陈演，于崇祯十三年入阁。川人称他们为新朝三阁老。省中上下官吏对三家人，谁不尊敬！李自成入川之际，王应熊早已罢相，正是宇亮当运之时。在绵州、绵竹及成都城内买置许多宅第。又在成、绵所属各县买置许多良田，名为准备葬亲的墓地，实亦不过利其租税而已。他侄儿刘琛在彭县新置园田，与濛阳相近。因此小诸葛王之翰做中，推荐王之臣去作庄丁，即被收用。刘琛见得之臣精明强干，甚为重用，常命他到绵竹、绵州、成都宅第送礼问安，刘府亲人都以心腹看待。此次李自成军入界，绵州、绵竹皆被攻破，刘阁老府第被焚，家口被杀。所有刘族绅民，平日仗势欺凌百姓的不少，此时百姓乘乱报复，控诉于李自成，引来兵丁，将刘家杀戮殆尽。两县合计共杀刘姓五百余口。惟濛阳一处自成军未到，故幸免于难。刘琛将这情形详述成书，派人星夜驰报到北京城去。宇亮闻报大哭，将此情形上章奏闻。归咎巡抚王维章不能先事防堵，纵贼入蜀。崇祯皇帝此时正任用兵部杨嗣昌，布置十面罗网，围歼流军。今闻自成大股入蜀，连陷三十六州县，几破成都，自然大怒，立派缇骑将王维章提拿进京斩首。任命傅宗龙为四川巡抚。严饬布按抚臣，妥筹善后，严密布防。如再容流军入蜀，即一体照维章施行。布政衙门奉诏，吓得手忙脚乱，闹了一场。但因为流军已去，眼前无事，不久亦就松懈了。

这年六月，首辅孔贞运自请罢免，刘宇亮进为首辅。红报回乡，家乡已无亲属受贺，刘琛是亲侄，代为管理财产，接待宾客。逐日皆有巡按司道、各府州县官吏，派人前来绵竹送礼称贺，一并吊唁太夫人与府中各丧。把个绵竹城闹得爆竹连天，筵席彻夜，俨然成了临时省会一般。刘琛在绵竹受贺之后，又到绵州闹了几天，才前往成都受贺。便道回濛阳乡来休息数日。哪里容得了他休息，各州府县沾亲带戚之人乘势赶到庄园，奉贺致唁，闹个不清。刘琛初在绵州甚感愉快，精神焕发，此时却觉厌烦起来了。由王之臣献计，教他装起病来，不见一人。把许多亲友，抱着热情而来的，都领得冰块而去。王之臣已成了刘琛的干仆，这回热闹得了不少好处。一时议亲绅家把王普的门槛都踏穿了。王普召回之臣，命他自己决定。之臣趁刘琛谢客请假回家，路本不远，当天即到。宋家的媒人尚留在此地，等候于他。此时他又瞧不起宋家了，坚持不肯收亲，留将有待。他这一回家，议亲未成，却惹起了全川普遍的祸难。

◎评注

本回以自成入蜀引出王家叔侄之事，以见表面平静之四川社会崩溃情形，为下文献忠入川铺垫。

第四十二回　刘公子开吊玉堂街　龚翰林督饷川北道

话说王之臣回家，他的大哥王之禄恰亦从成都回来，对他言道："成都城内，闻得刘阁老升任首辅，所有大小衙门，各街绅衿，殷实商户，皆在准备结纳。无奈刘府眷口族人全被闯贼杀了，知道只剩一个侄儿刘琛，能与北京书信相通，都在叹息平时未曾识面，无有门路可通。我知道刘琛便是你的主人，故在仓大使赵芝前卖弄关系。大使甚喜，备了贺礼，命我先行替他致送，待刘公子到成都之时再图相见。如今他不会客，你看如何送得礼去，才能使他知道大使?"之臣道："这个甚易，明日我同你直到内室见他罢了。他之装病，原是我教他的，难道我引你去送礼，他能不见么?"之禄心喜，便命摆酒庆贺。席间谈到他家过去的寒微，现在的势耀，不胜得意笑傲，高谈震屋。早惊动了小孟尝王之屏，当夜跑到濛阳镇去对他兄弟之翰言道："王普两个儿子，经你推荐，现在都已大走红运了。许多官绅皆在向他们钻营门路，以便与刘公子接洽关节。

现他正在家里，你我亦当前去贺他，联络联络才是。”之翰笑道：“刘公子我也识得，何必要从他这条路钻去？他若未忘推荐之恩，自当前来谢我。”之屏道：“现在他已成为全川第二个红人了，何能前来拜你？刘公子现在推病谢客，只有去会王之臣，托他代问公子安好才是情理。”之翰摇头道：“不必我去会他，他自会前来找我。不但王之臣，就是刘公子若要真富贵，亦非前来找我不可！你与我又不同，前去送礼道贺是应该的。他若问到关于我之事，你只须说：我问他们，到了成都，见了布按大员之时，准备说些什么？”之屏连夜回家治备酒席一台，次日亲送过去道贺。恰好之政与几个内戚亦赶来了，一同饮酒。席间问到之翰。之屏将所教之话说了，之臣果然大惊。席后连忙与他哥哥之禄同上镇去，拜会之翰。谢过推荐之恩，便请教到成都后应当如何处世立言。之翰懒懒地说道：“你乃家丁门客，只合帮闲应差，奔走伺候。会客谈话都是刘公子的事，与你何干！问他作甚？”之臣兄弟再三问诘，之翰总是不说。二人辞出，同到刘家庄园，直入内室，引之禄送上赵大使礼物后，之臣便将之翰的话说了一番。

刘琛虽是宇亮之侄，向来只经理庄田，接待俗客，并未与官员往来。前在绵竹、绵州，只接见州县官吏，尚勉强应付过了。今要入省受贺，早料到将与许多大官相见，先自怕进退失仪，甚为胆怯。今听到之翰点出这一句，不觉大吃一惊，突然从床上跳了起来道：“我这几天所正愁虑的，被他一语道中！此人乃奇才也！我必须亲去请教于他。”于是立即备车到濛阳来，拜会之翰，定要挽他同到成都襄赞一切，并许在叔父之前保他作官。之翰从容言道：“论交情，我当帮忙。若说做官，我已老了，还能做得几年？只要有碗饭吃，便是你老兄看照我了！”刘琛指天誓日，说是决不负他。便问：“此次到省后，应当如何行事，如何说话，方为得体？”之翰道：“老相爷既有府第在成都，太夫人又新在绵州被害。你到省后，自然发讣开奠，接受吊唁。阁老家变之后，升任首辅，乃是夺情。你若受贺，便失礼了。绵竹、绵州，乃是乡邦小邑，贺吊不分，尚无不可。成都乃是讲究礼仪之地，一有疏虞，便受众人訾议。这是你当留心的第一点。”刘琛至此如梦初醒，再三称谢。又追问第二点。

之翰道：“既然开吊，你便是个孝子，照例不得出门拜客，不得言笑饮酒。只能坐守帏内，随着赞礼呼声出帏跪拜。如此，则应付各官的手段便简单了。”刘琛道：“这……晚生之意，原想借此机会与各官见面，料理一个前程，以便撑持舍间门面，并非怕与各官交接，乃是要与各官款洽的。”之翰大笑道：“你这意思妇孺皆知，难道我还未明白么？所谓开吊守礼，这不过是表面的官样文章。亦可借此为题，掩护你交际仪注不熟之短。其实各官来吊唁的，谁不是想与你结纳，望你在家书之中向首辅大人提到他关切府上的私情，以为援引支持的后台。行吊之后，例当留茶，你亦例当陪坐。纵然你是木人，他亦必挑你说话，你还愁不得款曲么？”刘琛这才大喜。忙问第三点当是怎样？

之翰道：“成都官员数百，各人心眼不同。但我料他们来会你的只有一个心情，一套例话。一个心情：是望你家首辅大人原谅他们防贼不密，保护不周，致陷太夫人与尊府五百口性命。顺便探问首辅大人对于今后防贼再窜入川的意见。一套例话：是见面先问老太夫人与尊府各位丧事是否办好了？有否需要他们帮助之处？随即问首辅大人近来身体可好？政务繁碎，望能节哀保重，请你便中致意。随即颂扬尊府声华与老兄才德一场。这三套例话过后，便是官场内幕的真话开场了。”刘琛急的离席作揖道：“老兄台不愧小诸葛。在绵竹的大吏们便是如此，但皆未曾谈到官场内幕的话里去，这便如何应付？”

之翰道：“目前因首辅阁老大人参揭，王巡抚拿京斩首。天子降诏，严饬各官办理防剿。谁不知道这是首辅的主意？但是四川偌大地面，人情泄泄沓沓，怠玩已久，一旦说到防剿，从何做起？流官任职，最多不过三四年，少则一年半年便有升调。若说派粮筹饷，吹糠见米，公私两利之计，便人人愿做。若说到整军经武，安定一方，任劳任怨的百年大计，谁个愿做？但若不做，便有处分在后。要做，又怕不能及身观成，劳而无功，反易得咎。究竟如何才好，他们正在窥探首辅之意。窥探首辅之意，便须走你这线索。他们早已盼与你见面了。但他如看出你是个能事的，方能向你探问。倘若看出你是个纨袴公子，不能了得此事，亦只得不问而去了。”刘琛忙道：“是，是，是。究竟我要怎处方好？”

之翰道：“此时你若要展显才华，他们纵不问你，你亦可以用言挑他。只说：家门不幸，遭逢奇变。家大人之意，死者已矣，还望各位大人早作亡羊补牢之计。只这样说，何愁得当道各官不屈身请教于你。你的前程便在这一着了。”刘琛忙将椅子拉近，偎傍之翰坐下道：“你是我的老师，是我的恩师！最后的办法定要指教。”

之翰这才指点秘诀道：“今世作官，悉有两难：上面的朝廷，只要剿灭流寇，不顾百姓艰难。你看去年朝廷颁发的加筹剿饷诏，田赋要加，溢地要丈，事例要捐，驿递要裁，口口声声都在要钱，诏书说得好：‘暂累吾民一年，除此心腹大患。’其时首辅大人尚未入阁，主持军政的乃是武陵杨嗣昌。于今是一年又半了，首辅换过三人，兵部还是姓杨的，可曾将心腹大患除去？又可是只累百姓一年？眼前流寇愈剿愈猖獗，百姓的负担愈拖愈沉重，朝廷哪能顾得，总是催促各省府州县加兵筹饷。这是应付上面的朝廷之难。下面的百姓早已是困惫不堪了。少数富绅皆有地方上的特殊势力，官吏派丁筹款，必须得他们点头。凡属病民之政，亦皆与他们痛痒相关，每每公禀反对。又动辄联络在京官员讦发地方官吏罪行。地方官吏各为前程，遇事敷衍，哪敢认真推行功令。这是下对百姓之难。如此上下不能兼全的矛盾情况，乃是今日官吏最为头痛之事。现在首辅出在尊府，无论是体恤民情，搪塞功令；抑或要厉行新政，不恤人言。只要首辅示意出来，他们都好办了。但朝廷明诏，只说到防堵流贼再入川，并未说到筹饷抽丁。这叫他们如何办理？我说布按司道都会前来探询于你，便是这个缘故。”刘琛道：“家叔是无成见的。先生意见如何方好？”

之翰道：“依我之见，你可条陈筹军饷，练民兵，修城寨，缮器械，诘奸宄。这些科目，倒是无需顾及一切人言物议，总以办到流寇不能再窜入川为目的。如此与他们仗胆去做，便有种种好处：第一，州县官吏人员，可以放胆行事，宦囊充实，人人感激于你，各方货贿不招自集，尊府权势不争自大。第二，布按司道具报朝廷，天子必喜，功赏所加，如出首辅私意。在天子看来，四川能如此干办，必出首辅倡导之力，更可固宠。第三，推办如此事务，必须新用一批人员，且可不限资格。布按诸司自必借重于你，你又可推荐许多人员。保你名利双收，富贵两全。”刘琛喜道：“如果此计成功，我定请先生出山主持。”之翰道：“我已老了，不愿出山。如果事体如意，你未忘我，我却与你推荐一批人。”刘琛便问何人。之翰道：“敝戚龚完敬，前曾做过无为州知州，被人诬作魏忠贤党羽，废黜家居。此人甚有才情，实堪大用。望你便中抬举。此外还有几个门生，另自开单交你好了。”

刘琛听过这场谈说，正如新获窖藏一般，欢天喜地而去。回家之后，命人与王之翰送去茶敬纹银四百两。来到省城，大延僧道，为刘家死难诸人超荐。发出哀启，订于六月二十四日，在玉堂街本宅受吊。蜀王与按察、布政、巡抚及各司道衙门，成都府、成都县、华阳县，以及附近州县文武官吏，皆先送上挽联祭吊。王之臣邀得其兄之禄与许多帮闲之人，分头筹备。刘府戚族绅衿自亦先期前来伺候奔走。人多手多，部署早已妥当。到了二十四日，各衙官长先后前来致祭，鸣锣喝道，闹得整天不休。多数佐杂小官，怕的让道麻烦，都只素衣小帽，携一随人，步行而来。唯有正印官不能不具仪从。只苦了成、华两县，离玉堂街不远，遇得品级较高之官，便要驻道让过，从早晨直让到下午，方得走入刘宅。

那左右两布政使与巡按、巡抚四位大官，先曾约定时间，陆续到齐。行礼已毕，刘琛让到客厅献茶。各官所问，果然不出王之翰所料：三段套话外，便谈到剿贼来了。刘琛卖弄聪明，提出五项要政。各官相视会意。便约于治丧事毕，从详商讨。丧礼完成后，刘琛换了吉服向各方答谢。先到四座衙门，相约七月初三在巡抚傅宗龙公馆内详商。到期刘琛前去，各官皆已先在。首先讨论筹饷。巡按陈廷谟道：“朝廷近颁筹饷四项办法：均输主增，溢地主核，驿递主裁，事例主劝。四川应力筹十余万两。办理一年，已曾筹足扫解。但地方士绅不免时有怨言，总说民力不胜；或则指斥办理未善。今又新议筹饷，虽为办理本省防务必须事件，只怕地方士绅不能体念时务之急，指斥赋外加赋，飞短流长，动摇中枢。好在刘公子在此，乃是地方绅耆，深悉民间情实，究应如何筹款？专请赐教。”刘琛道：“川省财赋藏于农村，除开农村，便无可以筹款之处。是否可在朝廷所指四种筹饷办法项下，各加征几成，作为本省办理防堵流贼的专款，还请各位大人酌夺。”傅宗龙道：“那么，究应增加几成，方能使民力能胜，省库足用呢?”刘琛道：“省库须款若干，便加若干。大概民力都会胜任的。”宗龙道：“我来川省不久，不知民间富力有多大。但自沿途情形来看，深觉人民穷苦，亦与敝省云南相似。云南近年为的加筹剿饷，已是闹得民怨沸腾了。四川是否尚能再加粮赋？这要地方人士方能得知。”说罢，大家齐望着刘琛。这刘琛平时哪里观察过民间疾苦！此时功名熏心，便率性答道："四种筹饷法，事例乃是劝富户，捐功名；驿递乃是裁冗员，节开支；溢地乃是查漏粮，清富室，只均输是普遍加粮。本省农民为保身家，节衣缩食来完纳，亦是应该的。"于是定议：各县比照前岁剿饷，各加一倍。由三司会衔奏报入京备案。同时即托刘琛用家书具报首辅刘宇亮代为解说。刘琛乘机说道："筹办粮饷，所怕用人不当，推行滋弊，宜于地方正绅中，挑选热心公益、办事稳练者，为筹饷督察官，分赴各道府州，察酌民力，妥为分配，务期平允无弊。"云云，便把推荐龚完敬的一着棋下定了。

此时正是秋谷登场，开始征赋之际。于是由布政司立即印制文告，分发州县："即时加征。如已完清扫解州县，亦当追加补征，以重防务。所有前年办理未能公允之处，仰遵督察官处理，以期平允。"只最后这句话，便将督察官职权提得极高。州县官如果开罪了他，他便可以挑剔为难。地方如有泼皮地猾反抗加派，闹成僵局的，他亦可以从而转圜，将其当派之款转移到其他弱小人民家去。这时谁也不愿重派他人，轻派自己，所以谁能操纵轻重权衡的，便有作威作福的实权。去年只由官吏办理，故官吏胥役因此而发横财的很是不少。刘琛受了王之翰的指示，建议设立此官，目的亦即在此。他推荐了彭县龚完敬为川北道督察官，南充江鼎镇为川东道督察官。布按自然照委。

单说龚完敬奉委之后，到省向三司谢委，请示办法，各官皆道："为怕的州县官办理不善，故才借重你们地方绅耆出任督察，以期平允。现在业已开征，相烦自简属员，分赴各州县督察。足下乃是刘公子所推，我等对于此事，一切信托刘公子，亦自是一切信托足下的。"完敬得意回来，说与刘琛。又复向他请示，刘琛道："此乃令戚王老先生所教的，你一切与他商量办好了。"完敬回家，说与王之翰，相与大喜，遂由之翰指派门生好友十余员，各受密嘱，先行分赴川北各州县督察，再由完敬开报加委。其他各道督察官赴职情形亦都如此。

这时川北道所辖，计有保宁府两州八县，顺庆府两州八县，潼川州七县，共二十七州县。龚完敬派了二十七人赴各州县。自己则往来各府州县间巡行。先由省城沿驿道向广元，查看驿道员丁当裁当省的。顺路处理梓潼、剑州、昭化、广元等处悬案。再由广元乘船南下，经过苍溪、保宁、南部、蓬州，到了顺庆。沿途官民为的他有宰制财赋，考核官吏的实权，逢迎得与巡抚司道一般。每到一处，都是地方官吏远出迎接，供应行馆，致送酒食。随即便有绅衿耆老纷纷前来投谒，无非诉说家贫赋重，或指责前屈办理不公。完敬分别斟酌贿赂多少，关系浅深，以及其人势力大小，予以调整修正。无非要好豪强，欺压弱小，总期办得平稳无哗为度。分赴各州县的属僚，自亦秉承如此旨趣办理。果然所到无事，款亦多有超额。其实所谓平静无哗，不过将爱闹事人的负担转移到不闹事人的头上。依附官府的豪绅，纵有溢地万亩，亦不过报丈二三亩；纵有家赀巨万，亦不过报捐一名监生。乡间士绅少进城的，纵无溢地，他亦派员丈了再丈，总说："接有密报，说你漏粮。"丈弓又无定制，往往三次四次，便多丈出一亩一分，罚你隐瞒，便是十亩十分的赋额。纵然你已承认捐过监生，他说你才高家富，要你捐个贡生举人。如此把这些溢额用以填补徇情卖放的亏短，居然有多无少。量这批乡民造不起反，说不出话，这便做到平静无事了。可是地方愈平静，民怨愈深沉。这深沉的民怨，积在陕西便造就成了流军。此时的川人，虽未曾起为流军，却有另一种泄怨之道。便在这时期中，由川北的渠县发了出来。这事件有一个新鲜的口号，叫作"打衙蠹"。

◎评注

王之翰教刘琛语，俨然"隆中对策"气概。刘琛对抚按诸司语，又是"朕即国家"口吻，当时乡俗宦情，种种丑恶，悉备于此。其招乱也，不亦宜乎！

第四十三回

筹饷布防乡绅抱屈
枉法激变衙蠹遭殃

话说龚完敬派到渠县督饷之人，乃是王之翰的得意门生，姓茅名三顾，表字一龙。乃是新入泮的一位秀才。平时亲近之翰，学会了捧红踏黑，欺善怕恶的一派滥绅气习。此次受派来到渠县，知道县官魏薰乃是一昏庸老朽，不解世故的迂儒。衙中一切多是户房大吏胡庸之与其吏员汪奇才捉弄。便与胡汪二人深相结纳，务要乘机发一笔横财。他首先调查县中大户，私自拟定一张名单，注明田亩财产概数，细批应丈溢地若干亩，应捐功名若干级。却故意泄露，让汪奇才逐条抄去，分别密报各家。各家士绅闻悉，各自吃了一惊，忙来投谒三顾，具诉苦寒。三顾总是答道："兄台所讲，想来皆是实情。但防务吃紧，需款孔急。贵县派额有定，倘若大家皆如此说，都要核减，如何能凑足规额？兄弟为国效劳，只要能凑足规额，谁多谁少，皆非所计。容再与县府中人从详商讨，务期摊派平允可也。"于是逼得各家再去找寻胡汪二人从中方圆。胡汪二人便卖弄狡才，指点行贿。无非说："往年分摊溢地事例，乃是我等所拟标准。今年我等缴上原单，被他指斥未公未允，将原单全盘打破，重新规划。依他说来，本是接人密报如此。依我看来，无非借此胁贿。前日他曾对我们说：'此行千里效劳，薪水菲薄，职权虽大，赔垫实多，乃是一场苦差云云。便可猜出他的肺腑了。'"如此上下扣手，造成行贿的胁迫，何愁各富绅不向他馈送苞苴。茅得五成，胡得三成，汪得二成。旬日之间，银钱财宝便已累累满橐了。

渠县乃是与川东达州连界的一个山岭地区，从来民性刚强，质朴雄健，痛恶狡猾不平之事。但他们大都直率爽快，没有心机，甚易受人欺骗。胡汪二人说出这场话来，城区与附郭的富室绅衿都忍忿低头，送上贿赂，买得仍照去年原案摊派。远乡士绅便难钻营这些门路，为省麻烦，率性照案缴纳。不走门路亦不遵案照缴的，只有一家士绅，便是举人李储乙。他家住城内，乃是本县第一个有学问的人。县里中科名人大都出其门下。他的兄弟李含乙中了崇祯七年进士，现任高邮州知州，算本县最有钱有势的一人。他为人却甚古板，平时厌恶胡庸之、汪奇才等辈。此次三顾到县，亦曾先行登门拜访储乙，客气请求指示。储乙道："兄台既知朝廷之意在求平允，弟只等候分派，更有何说！"三顾失意出来，有些恨他固执。迨与汪胡二人结识，谈到储乙，二人亦是异口同声，憎恶于他。因此便在他的名下大大注出许多溢地，要实行清丈。又说他才堪大用，要他报捐道员。储乙门生雷五鸣探得此项消息，前来劝他回拜茅三顾，便中向其理论。储乙勉强前去，说道；"生员有无溢地，这是可以凭契清丈的。若说报捐，那更是笑话了。崇祯三年，生员初中举时，谬蒙朝廷赏识，委受推官，我尚未就。现在舍弟出仕在外，老母在堂，须人侍奉，哪里还能再有出山之想？既不出仕，又还要这捐官作甚？"三顾道："事例一项，在朝廷之意，一则为防剿流寇筹饷；一则也为的替怀才不遇之人新开出路。所以说事例主劝，只要是家资殷实，宜输财者，要劝。纵然家资非富，而才堪济世，宜当报国者，亦要劝。似老前辈这样人物尚不报捐，将何以合朝廷开设事例之意？至于溢地当丈，这是自然要做的。"储乙见他如此回答，便愤然含怒说道："朝廷，你我都未进去过！朝廷之意，你我都未必明白！倒是一个劝字，我讲得来。既然是劝，不是派，便由在本人愿不愿了！"

说罢拂袖而起，忿然辞去。三顾送了几步，见他昂头不理，遂亦悄然回来。心中着实恼怒，命人邀请胡庸之、汪奇才二人前来，商量对付之策。胡汪二人，平时最恨储乙不过，无奈历任县官都很尊敬储乙，无法将他扳倒。今见三顾有怀恨之情，自然多方挑拨，劝三顾具禀到省，指斥储乙阻挠。三顾知道刘宇亮与前阁臣巴县王应熊素相倾轧，遂具禀到龚完敬处，道："举人李储乙，仗恃其弟含乙为前阁臣王应熊党羽，服官在外，溢地数千亩，抗不清丈；家资冠一邑，抗不报捐；唆使其门生戚党，一体抗阻。复据该县户吏胡庸之、汪奇才等面禀其横霸一邑与历年阻挠官粮军饷之状，证其确是劣绅。可否揭禀入省，饬县拘捕法办，以利防务，伏候核夺。"这时完敬恰在顺庆，公文来回只须六日。八月二十九日，回批到渠。上批："仰会同该县尹揭禀拘办可也。"三顾持批来会魏薰，要他会衔具禀制府，并将储乙先行拘押。魏尹踟蹰道："李储乙乃今世名儒，一方景仰，县中绅衿大都出其门下，平时洁身自好，未有过失。若因劝捐拘捕，只怕人情不服?"三顾狞笑道："今朝廷与制府，派学生到各县督察，责任便是筹足饷款，充实防务。这出钱的事，谁个愿意？一个不办，众人效尤。学生职在督察，筹饷不足，尚有诿过之处。老大人身当其任，责有攸归，岂可顾忌多端，蔑视功令！"魏薰闻言大骇，乃嗫嚅言道："这……揭禀之事，自当遵办。拘押之事，可否暂缓。待派人先行开导于他，他如果再敢不遵，即行拘捕问罪。"三顾勉强允了。

这里魏薰将胡庸之叫来，问他："李举人究竟有无阻挠情事?"庸之自然说得斩钉截铁，举出许多证据，说道："他的门人雷五鸣，前次丈出溢地一亩，应纳溢地税银五分，清丈费银六两。李举人不依，将清丈费抗缴，至今还是粮房赔垫。又如他的姻戚王树极，家资巨万，又是一个武童生，应该报捐武举；经他抗挠，说报捐当由本人自愿，只报了例捐监生。这次派款，是省中派人主持，听说一般绅衿当捐未捐，土地当丈未丈，粮赋当加未加的甚多，全是李举人主使。"魏薰乃是庸人，听了此言，信以为实。果然将会衔揭禀缮好，盖了印章，与茅三顾送去。又才传进雷五鸣言道："令师阻挠筹饷，已被茅委员请准拘押，该我执行。我亦曾问明房班书吏，都说他连年阻挠筹饷属实。我想李老先生名望品学，冠冕一方，如何可以拘押。无奈茅委员系省中派来的督察之官，有指导州县官的大权。他要拘押，我亦不能抗拒。如今唯有请李老先生体念下官处境艰难，将这笔捐款认了。我再派心腹人去丈量溢地，多少加认一点粮赋，便将此事了消。烦为转致。”五鸣出来，便去谒见储乙，说明此意。储乙大怒道：“你等读圣贤书，所学何事？内省不疚，岂能即为威武所屈。纵使身入缧绁，苟非其罪，圣人不耻。我能枉道以图苟免乎！”五鸣知道老师理学气重，劝不动的。乃退而谋之同窗学友，众人皆愿暗中出赀，替老师报捐，并垫付清丈费。共托五鸣转达县尊，要求勿让老师知道。魏尹是一未谙世故之人，虽然允许五鸣请求不让储乙知道，却来说与三顾闻知，以表他办事认真。不料三顾志在报怨，并非筹足银子所能了息的。待魏尹去后，又将胡汪二人找来商量进一步的办法，定要挫辱储乙。

胡庸之对三顾道：“如今阻挠的禀帖已发出，省方不知，必然批准拘押追究。省令到时，他们若已缴足清丈，我等反有虚诬之罪。莫如倡议修城筑寨，缮造战守器具，层层加派于他。他若有一不遵，将来仍可拘押。”三顾点头，便又去对魏尹说道：“现在筹饷一项大体已算办妥，惟筹备防务尚未着手。我看县城卑小，附近不乏石材，四乡山地，亦多可以建设寨堡。可即派在城富绅分担县城各段修筑经费。在乡各绅，分担各乡寨堡修建费。李储乙力能号召众绅，便派他为城工督办，由他召集士绅，遵照我等规定，限期完成。”魏尹见这些铺排皆与省令相符，哪敢不遵。便邀三顾同到储乙府中，商请他出来担任防务督办。储乙见三顾未念前嫌，反如此客气聘请，遂慨然允了。二人回衙，仍商量下聘书与储乙送去。同时发出请柬，由魏尹出钱，茅三顾联名，宴邀全城士绅富室。席间宣布储乙已允就聘为城工督办。同时交出工房所拟增修城垣丈尺，估计共需经费五十万零七千三百余两，征用民工五十八万个。除犒赏费可由解饷余额与积谷生利项下支出外，全须由本城绅民筹募。储乙大吃一惊道：“修缮城垣乃地方自卫大计，出钱出力，绅等义不容辞。若说如此巨款，全向民间劝募，当此连年厚敛之后，民穷财尽，何能集此数额？如能半支官库，半募民财，生员尚当尽力。若要全由人民负荷，生员只好退还原聘，敬谢不敏。”三顾笑吟吟地将聘书挡还，言道：“蒙老先生慨允倡募，我等都非常感激。今后自当从长商讨，竭力赞助。今天且饮酒，经费的话是容易商量的。”如此用话岔开，拖到席散，便成定局了。储乙屡催魏尹邀三顾来会商筹款，三顾总是不到。后来率性下乡督察修寨去了。魏尹命户房筹措公款，回报总是库空无款。如此一再拖延，拖到九月十九，省令到县："李储乙抗挠筹防要政，着该县拘押讯究，以儆效尤。"魏尹看是前次会禀的回批，亦便搁下未理。胡汪二吏屡次催促，魏尹皆说："此乃已过之事，现在他已认捐清丈，例当不咎。且待茅委员回县，会衔禀销罢了。"

渠县与达州连界之处的渠江两岸山崖壁立，长达十里，称为渠峡。峡口有一巨镇名曰三汇。乃是巴山、达州两河与渠河船只停泊要地，商业发达，繁盛过于县城。镇上人皆经商为业，读书者少，科名不盛。只有武举雷开发与其兄布衣雷开登，算是全镇第一绅士。他们原住城内，因城内文士多，轻视武生，故迁居三汇，经营商业。只留一侄在城读书，便是李储乙的得意门生雷五鸣。因此雷李二家亦结世谊，庆吊往还甚密。茅三顾到渠县以后，一切事情，雷氏兄弟亦颇知道，心中甚为不平。此次三顾下乡督促修寨，县衙派有户吏汪奇才、工吏张洪魁同行。所至仍用在县城的故技，挟诈磕索，闹得四乡鸡飞狗跳，老幼号啕，人人但怒而不敢言。他们到了三汇，见得街市如此繁华，认定必有甜头，便在泰来栈住下。并放话出去，要在峡口建寨，三汇修城，调查富室，准备派款。骇得各家商人先去打通关节。唯有雷氏兄弟，初闻城中各事已怀忿怒，今见三顾来此，一切行径正与城中相似，心中极其忿懑。弟兄商议，决定不去求他，看他如何办法，再为应付。三顾敲锣打鼓，目的原在磕索雷家。候了数日未见动静，便发出谕单，召集全镇绅衿耆老议事。说明修城之事后，即提出名单，派雷家独捐修城工资，阖座为之咋舌。

雷开发是个武举，说话全无客套。攘袖揎拳，从首座站起言道："此间乃商务码头，未曾驻官。修城目的为的保护市民，并非保我一家。若国家爱民如子，要修城垣保护，自有库币开支，何劳派及子民？若国家无钱修城，官府倡修，那便交与本镇人民自行商议筹款好了，用不着代为筹备！我本人亦认为城垣该修，但如何筹款，如何兴工，乃本镇人民自己的事，该我们自己议决。如果本镇的人都说该我个人出赀，倾家破产我亦不辞。若要我拿钱填塞狗洞以堵漏水，那便不能！"这话恼怒了三顾、奇才、洪魁三人，却又发作不得。三顾强笑道："我这名单正是全镇人的意思。我是远来之人，若非本镇人的公意如此，又何能将你列为首富？"开发道：

“既是本镇公意如此，我便请就座中指出谁人对你说过，我要向他问过理由。”三顾受此一逼，无话可说，望着汪、张二人。二人相视久之，随意画个大圈道：“他们谁不是如此说！”便有几人起立说道：“我等未如此说过。”随即全座纷纷嚷着：“我等亦未曾说过。”弄得三人脸红耳赤。还是三顾沉着，勉作微笑道：“我初到贵县，便闻雷家势可倾官，今日一见，果不虚传。我奉朝廷圣旨，制府命令，督察贵县防务，官虽然小，权还不太轻。说到筹防，制府的意见便是我的意见。认定此处该修城便该修城。谁人该出款便该出款。你们瞧不起我，抗拒不遵，自有王法在后！”说着便要出去。便有几家绅士拦住，恳请缓商。亦有几人在劝雷武举。三顾正当半推半就之际，但听雷武举骂道：“让那龟儿子滚！我们地已丈了，粮已加了，捐已报了。家家弄得囊罄仓空，他还来瘦狗身上刮油。修城老子自已修，谁要他来分汤拨菜！”三顾便说：“你们听他是如何骂的，这还了得！这还了得！”遂自去了。为要做得狠凶，与汪张二人商量，故作狼狈回城之状，直奔县衙，道说：“雷武举抗阻防务，聚众殴官，似有通匪嫌疑。”要县尹出签拘拿。魏尹不察，便命兵房点兵前去拿捕。这兵房原是徒有其名，并无现兵可点的。临时传集差吏，整顿戈矛，征调民丁，闹得满城风雨，两天尚未出发。早惊动雷五鸣，一面命人驰报两位叔父劝令暂避；一面走报老师李储乙，请他进县衙排解。储乙闻说雷武举被加上通匪罪名，心亦不平，走进县衙向魏薰争论。责他为民父母，当慎重处理，查明事实，不可擅加拿捕。魏知县道：“此乃督察官员所报，他要派兵，我如何敢阻挡？便是你不修城，他亦主张拿问于你，还是我一马挡定。雷武举的事，你还不体谅我么？”储乙怒问道：“难道我亦通匪了么？”知县道：“他们因你抗不修城，昨日催我两遍，要照省令拿办于你。”说罢便将省令取出，照与储乙看。气得储乙须发直指，忿忿言道：“罢了！罢了！便请老父台将我逮捕。情愿一死，实难遵命修城！”说罢便不肯走。知县带推带劝将他送了出去。并说：“待雷举人到案，一定妥慎处理，断不冤枉于他。”

储乙回家，便有雷五鸣等许多秀才绅衿前来探听消息。储乙含泪将经过说了一番。秀才们彼此訾议，知道全是知县无能，房班差吏人等勾结茅三顾如此办理。有人探得三顾从一家绸缎字号兑回成都之银，已有五万余两。户吏胡庸之、汪奇才，工吏张洪魁等，皆已新置田园甚多。谈到此处，一个个咬牙切齿，含血喷天。储乙道："且待雷武举到时，我定要据理力争，平反这场冤狱。纵然拿京问罪，我亦要对朝廷各官，直争到死方了！我不信这世道如此败坏，便无一个主持清议的大员。"说罢众人散了。从此以后，城中谣言纷起：有说雷武举已经当场给毙了的，有说雷武举已经投降摇黄去了，有说雷武举聚众占据三汇，正与官军作战的，亦有说李举人家里连夜开会，商量与雷举人一同造反的。这都是衙门里传出的消息。又有说雷武举束手就捕，押到半途，被推下渠江淹死了的，亦有说胡庸之与茅三顾催促魏知县捉拿李举人与其门徒一同问罪的，亦有说李举人痛责知县，知县明白衙吏舞弊，准备一体拿问，并纠举茅委员贪污激变之罪的。茶房酒肆，各成消息，闹得人心惶惶，日夜不安。其实雷举人并未造反，亦未逃走。只散布家财，募集民兵，将三汇四周要路防守，不准官兵前进。却派人专送文禀到县，言道："方今流寇披猖，摇黄迩近。三汇乃商贾汇集之地，难保不有歹徒窥视，伪充官兵，入境行劫。已遵省令纠合民兵，筑栅严防。近突有行伍不振之徒，声言持票入镇办案。窃念镇内皆属顺民，如果办案，一纸公文可了，何必有如许多兵丁？如有要案必须用兵，老父台必当同来，何至只遣兵役？为此怀疑，不敢启关。特驰禀到府，静候回示。"魏知县得禀，召集三班六房与茅三顾商议。三顾与房班诸人皆称："雷武举叛迹已著，必须请兵围剿。李举人与雷五鸣等，夜夜开会，同谋是实。宜趁尚未发难，将他二人捕拿拘禁，以杜后患。"魏知县扭不过众人，乃命人先将雷五鸣逮捕。又命人去请李储乙来商量公事。储乙早间心惊目跳，自知不祥。兹见县衙人来请，便对家人说道："县官庸懦，衙吏专横，连连造成冤狱，暗无天日。他们勾结筹防委员与我作对，久欲拿问于我。今又有雷武举拒捕之事，必然攀诬于我，此去生死难料。但我必据理直争，死而无悔！你们与我预备后事好了。"说罢径随来人而去。家人大骇，连忙奔告各家门生。各门生亦多关心此事，派人来衙中探问，果然储乙入衙与雷五鸣同被拘押，不许家人探望，连关在何处亦不可知。各士绅相约齐集，来到县衙探访，被胡庸之等唆使差吏阻拦。士绅不服，冲进衙去，直到花厅，高呼要会老父台。魏薰无法，出来相见。众绅质问于他。他一一老实将茅三顾等人威逼他的情形说出。并允许众人推李大用为代表，由他陪同去见储乙。令余人散去。据魏薰说：原是交与刑房看管，并未收卡。只待三汇事平，便可放出。及大用与他走入刑房，则早已收入大监去了。魏薰责问刑吏。刑吏回道："茅委员说，如被歹徒劫走，要我刑房抵罪。命我收入大监，我不敢不遵。"魏李二人又进大监去看，正逢狱中赏饭，各囚皆有一碗，储乙独无。李大用责问禁卒。禁卒言道："监里官粮，只够每天发一次。这次乃是各犯交来火耗，我等替他们煮的。李大老爷未交火耗，我等亦无钱赔垫。"魏知县虽然发怒申斥，禁卒仍然未理。李大用忙在腰间掏出一小锭银子交与禁卒，托办伙食。储乙隔栅劝阻道："可惜你这银子，枉送了他！他哪肯为我作食！纵然作来，亦必放毒，总之置我于死。我已抱定绝食而死之心了，你等不必多事！"大用道："老父台在此，老师冤抑便可申诉。"储乙摇头道："这样庸人，言之何益！我决心死，不再说话了！"遂闭目不言。大用百般劝解，储乙皆不睁眼答话。大用大哭而出。魏薰亦连连叹息，自入衙去了。

大用出来，许多绅衿与关切李举人的百姓尚在衙外茶馆等候。闻得大用说出如此情形，不约而同一齐发作起来。内有一人名叫王树极，乃是一名武童生，跳上茶桌，大声言道："世上哪有如此无法无天之事！这是衙蠹挟持县尊所为。县尊已有明白申述，难道我们便听任衙蠹横行不成？"一言甫出，茶馆内外各色人等一齐高举拳头应道："打衙蠹！"这声音远达街坊，街坊人众亦同声响应道："打衙蠹！"茶馆中人便各取一条凳腿桌脚冲出街来，涌进衙去。头一队全是贡生秀才，一邑人望。众街民见得他们尚且如此，遂将平时备受衙役胥吏欺害的怨气冲腾出来，各执棍棒蜂拥相随。瞬息之间，已集了一千余众，拥到大堂两侧，将三班六房捣毁。胥吏人役骤不及防，逃走无路，全被众人打死。李大用引导众绅，由刑房打进大监，放了囚犯，扶出李储乙与雷五鸣。只见各街男妇，纷持棍械涌入衙来，将衙门内外拥得水泄不通。便有多人要进去捉官，衙役辈抵闭二门，不得进去。储乙忙爬上大堂公桌，向众人跪下言道："一切皆是衙蠹所为，与县尊无关。各位如要打杀县尊，请先打死我！"这才有几个声高嗓宏之人言道："对呀！我们并非造反，只打衙蠹，快到各处搜衙蠹去。"于是众人一批一批呼啸而去。储乙等方要回家，忽见大门砰然一声大大打开，内面涌出一批差役人等。储乙与各绅衿不觉大骇。储乙挺身上前道："你们现在要捉人了么？只拿我去。”众绅忙回身保护储乙，不让差役捉人。

◎评注

此回写出知县庸懦，衙吏刁横，民情粗犷各态。将明末边远州县之社会情形细致描绘，道明“打衙蠹”风浪所由起。借明物腐虫生，履霜冰至之义。亦有见地。

李储乙与弟含乙及雷开发弟兄后皆起兵，从王应熊。

第四十四回

掩民变龚完敬回车
催鞭银王之政肇祸

话说李储乙等正要回家，忽见官衙门开，涌出一批差吏，拉着储乙不放。纷纷跪倒在地，口称："李大老爷，你去不得，你若去了，乱民回来，我等皆无活命了。"各秀才认为他们在留难储乙，便要殴打。拉储乙的一个书吏已经挨了几棍，尚不肯放，只是捣蒜般地磕头，连称："老祖宗救命!"正在此时，魏薰亦出来了，可怜骇得面如死灰，汗流不止。一定要储乙留驻衙内一日，替他谕止乱民。总说："衙吏们着实不该，打死全是应该的。我平时奈何不得他们，现在众人替我出了气，我只有感激的。万望你派人劝止他们，如能各安生业，我一切不究。"又说："望他们顾念我的考成，一切阴休，不要敞出风声更好。"储乙见他可怜，允许留宿衙中，便派各门生分头劝阻。少时各路纷来回报："义民虽已劝散，衙吏与其家属已被打死三十余人，重伤二十余人，轻伤一百余人。"魏薰道："活该！他们平时作恶多端，应受此报。"一会儿李大用来报："义民冲进高升店，将茅三顾与其从人殴打，从人已被打死。三顾重伤，幸我赶到，劝开众人，将他扶上床去，已经不能言语了。"魏薰闻说大惧，嗫嚅道："这……他是制府委派之员，这便如何是好？只怕这要办人才是。"储乙道："义民一时迸发，并无主使，该办谁人？"魏尹道："这怕要清查一下。"储乙道："要清查谁？他们都是为了我，便请仍然把我收监好了。"魏尹忙道："这不能怪你，这不能怪你。"这时有人喘气不息跑进来报道："三汇镇闻得城内之事，民兵一齐杀出，将派去之人杀死大半。并追赶逃跑之人，快要赶到城下了。"把个魏知县骇得魂飞窍外，忙问："是不是真的反了？"储乙忙道："看这情形，若还处理不善，亦会真的逼到造反。望老父台速作主张。"魏尹道："我有什么主张？只是仰仗老兄台，替我劝阻吧！"储乙忙命李大用去邀雷五鸣先行出城劝阻，不许追到城下来。再邀魏尹一同出城抚谕。大用、五鸣等亦怕事态扩大，立即驰出城去劝阻。在五里铺将雷开发弟兄挡阻，回报储乙，储乙与魏薰亲去抚谕，遣回众人，然后与开发入城商量善后。开发乃是武夫，气量褊狭，容茅三顾不得，去到高升店看望三顾，回来报说三顾已落气了。全城上下谁不知茅委员是雷武举扼死的，但都是痛快在心，莫肯说出。魏知县听说三顾已死，又喜又惧：惧的是上峰查知，喜的无人挑眼。仗他一个黑笔师爷能干，指点他道："这下反好办了。可以据报茅委员贪污有据，被绅民讦责，怀惭自杀，仆人逃飏。好在本县应筹剿饷早已足额，制府目的已达，何至追究他的生死。至于龚进士方面，可将茅委员在此贪婪恶索情形用私函详告于他。并将两月以来，他从各商号兑款数额详开，钞附商号字据寄去。量他爱惜名声，又怕各县闻风效尤，自必乐得掩盖。只要龚进士不追究，茅家亦必不敢前来清查追究了。这样可使一场民变大案销声匿迹，不致妨害你的考成。"魏尹大喜，便如此做去。

龚完敬在顺庆，接到魏尹私函，心中有些怀疑，便由岳池、广安一路查访前来。沿途得闻渠县民变事情，知道茅三顾因贪婪激变遇害是实。觉得魏知县如此处置亦算于他有利。遂不敢再到渠县，只密派人到渠县，将三顾灵柩搬回，并严饬他家勿得多事取辱。自己声言："渠县饷防早已办妥，不必亲往督察。"径由广安、营山、仪陇到潼川去了。还有渠县那批遭殃的衙吏家小，事平之后结合去到县衙喊冤。魏尹传进衙来，一顿臭骂道："你家贪污案件，我正派人清理。你等安分，受害之家不追，还可马虎了事。若不安分，他们追案，我必要你等赔偿！这还罢了，倘若他们再有暴动，将你们全行处死，我也救护不得！"如此便将这场事件消化无迹了。

其实这消化只不过是官府的公文不谈，民间众口相传，却传遍了各州府县。因此各州县人民有痛恨派饷过重的，都在酝酿民变。不过或因州县官有力，足以镇服；或因人情孱弱，无人领导；或因衙吏不太恶毒，未有酿成事端的机缘，大都随闹随息，不似渠县那样严重。各州县官都怕具报彰扬，反受激成民变的批语，大都自己弥隐下去。

在渠县民变半个月后，达州、东乡、新宁、梁山亦皆发生"打衙蠹"的风潮，经过略与渠县相同，不再一一详说。这都是江鼎镇督察的川东地区。幸喜已是入冬时分，各县应筹之饷大体皆已筹足。鼎镇与完敬同心，见风转舵，具报结束。回到成都，向抚按三司缴销关防文凭时，都说："州县绅民，闻系防堵流寇所需，无不踊跃支持，称颂国家爱民，未雨绸缪功德。"不久川南、川西各道督察人员亦回，各人所报不同。正逢十一月朔日，通城官吏集在会府遥祝皇上万岁。刘琛亦衣冠前往。行礼已毕，各官在茶座上闲谈筹防事宜。刘琛得意洋洋，自夸功绩，提议明年宜早日派出人员从容督导。巡抚傅宗龙道："此次筹饷，多亏刘公子指示一切，幸告完成。据龚翰林所言，人民踊跃输将，歌功颂德。但我前日赴广元阅兵时，沿途所见，全是民生凋敝，怨声载道。许多士绅都说百姓活不了，只怕都要变成流贼。我看御贼所以安民，若因御贼而民反不安，将与驱民于贼何异？今年这事已过去了。今后武臣固当尽力防贼，以酬人民踊跃输将之情。文臣亦宜兴利除弊，培护民本，以养国家元气。"说得刘琛与众官默然无语。巡按陈廷谟道："这亦是毒蛇螫手，壮士断腕，为防流贼，不能更顾民力。"宗龙沉吟道："壮士能有几只手腕？这亦是可一不可再的事！"因此明年筹饷之议搁置未谈。

恰在这月，朝廷因满虏内犯，征调各省之兵勤王。傅宗龙率兵而去，以功升任兵部尚书，另派邵捷春来作四川巡抚。第二年二月，刘宇亮因督师畏怯，致卢象升阵亡，被削籍为民。消息入蜀，刘琛知趣，悄回濛阳园田居住。这时他与王之翰、龚完敬等皆已富拥万金，朝夕过从宴乐，倒也甚为舒适。平静过了一年，便是崇祯十三年。正值杨嗣昌驱流军入蜀，张献忠便从民怨较深的川北地方进入川西、川南。再从川北、川东出蜀。所过州县，打出为百姓报仇雪忿的口号，只杀官吏，不害百姓。各县人民将他视同救星一样，任他来去，不肯堵御。献忠围成都二十天，赖巡抚邵捷春纠合吏民死守，未被攻破。解围之后，杨嗣昌命廖大亨作四川巡抚，逮邵捷春入京斩首，几乎反酿民变。

说来也奇怪，这皇帝平时深居高拱，人民看不见他，但见许多养尊处优的人为他命令奔走，受他官爵以为荣，受他刑戮而无怨，便认为他是天生的贵人，似有长得与众不同之处。偶然看见了他，不觉肃然起敬，甚为恐惧战栗，连话也说不出来。官吏便凭这点心理，慑着人民作威作福，令行禁止。假如有一天，此中秘密被人窥破，便会一般的被人看轻，号令的效力就会锐减。自从献忠二次入蜀，邵捷春被逮以后，四川省官吏威望大减。人们相互传说："官吏亦不过是钱买来的，替皇帝做个收钱的掌柜。吃饭，拉屎，黑心，弄钱，正与生意人一样，并非有甚神奇！他们的神奇，只在养批差吏来拥护他。差吏，又为的假借威势可以弄钱。遇着人民受吃的，便多弄几个；强硬的不受他吃，他亦只得躲让。衙门所办的事，便是官吏差役想方设计夺取弱小人民钱财的事。"如此相互传说，对于官吏行政大大发生了障碍。偏是巡抚廖大亨不识时务，饬令各府州县办理善后，更筹防剿。一切经费由地方官绅便宜筹划征发，叫他们"但期集事，勿拘常科"。此令一出，便宜了各州县官与衙役书吏，榨取人民，花样百出。哪管人民呼天抢地，卖妻鬻子，总以装饱宦囊贪橐为度。

话说彭县王之政，因他大哥王之禄在蜀王府中承差，二哥王之臣在刘阁老家下当差，皆是红人。因而他的身份被县衙中人抬高了十分。现在已升为书吏员，三班六房皆仰他鼻息行事。献忠退军之后，新委来彭县知县姓郑，乃是一个迂儒，只知诗赋文章，人事一概不懂。地方政务一切委付王之政主持。民间与他送个绰号，叫"正胡涂"，又编一首歌谣道："知县正胡涂，万事委房书。哀哉王之政，敲髓又剥肤。"平时人民说到县衙里的王书吏都是咬牙切齿，显出忿恨之色。譬如大疮脓熟，只待机会一到，便会破皮流溃的了。偏是王之政未曾明白，还在倒行逆施，直到激成民变，家破身死乃止。

彭县原有一个陋规：知县出衙，旗伞鼓吹之外，有八个房班执着鞭子，排为两行，前行清道。王之政向郑知县建议道："这批执事人员须有给养之费，向例由知县所到之家馈送。争多论少，甚不雅观。莫如摊派在城各街住户，按月纳缴一定之款，称为鞭银，以后便不再向所到之家索取。"城中绅耆赞成此项办法，决议城内各户分摊，每户全年二分一两不等。全城分为十二保，每保担任一月，由保正收整汇缴入衙。这时是崇祯十三年冬月，正值张献忠大军进到川西之时。彭县士绅大半搬进北山避难去了，留城的只剩几家贫民，无法收集鞭银。腊月初间，献忠东去，山中绅民渐渐搬回城中度岁，王之政分派差役向两区保正催缴鞭银。

应缴十一月份鞭银的，是北街太和酒号主人王纲，现任北街保正。应缴十二月份鞭银的，恰是他兄弟王纪，是县衙外肇和布店主人，县前街保正。他二人皆曾随本县扪参楼主人马晋卿读过书来，因屡考不第，改营商业。平时讲究信义，爱好结交，甚负人望。腊月初十，二人方从北山搬家回城，正当家人清除尘垢之际，差吏前来催收。先到王纲家中，王纲承认跟即催讨。次到王纪家中，王纪道："你看许多人户尚未搬回，搬回的正准备过年，忙碌不了。可否待到新年过后再行催缴？"差役回报王之政，之政怒骂道："放他娘的屁！他们要过年，老子衙门中人便不过年了么？老子垫支这笔钱，被吃利已不小了。再去告诉他，再若抗挠不缴，我出拘签了。"差役还报二人，脸色甚是不善。二人商议道："王书吏威势甚大，我们要图清吉过年，不可扭他。还是去催缴的好。"但清查两保人户，回城者不到半数。摊款最多的，便是老师马晋卿，独任二十四两。这是为何呢？原来马翰林中试以后做过两任知县，因为不合时宜，弃官家居，授徒讲学，是本城首席绅士，历任县官与他过从甚密。因此每年开支夫马舆从之费甚多，所以他这次独自慨认二十四两。最近他搬到北山别墅，染病不起，遂留全家山居，未曾回城过年。府第空着，何从催缴鞭银？再合其他尚未迁回之户，便是五十余两无着。即已搬回之家，亦皆言道："过年需款，无力缴纳鞭银。"二人无奈，亲去拜会王之政，说明此情，要求且待来春加利缴还。王之政一听，便拍案怒骂一场，并吩咐"押缴"。王纲见势头不合，陪了小心，愿退去严催，限期封印以前缴足，方得放了出来。王纪愤怒，埋怨他哥道："除非自己垫缴，何能在封印前催收得齐？"王纲道："这亦是无可奈何！只怪我们不该担任保正。现在要过清吉年，便只有吃亏垫缴。"王纪摇头道："那不能！我们仍只有向街坊去催。"结果商定召集两保民户商议。此乃大乱之后，民穷财困，又临年关，许多负债之家正当焦灼万分之际，哪能有力完纳鞭银。便有人说："鞭银乃新增陋规。自流军入境，县官微服逃跑，许久未曾出街打道，鞭银原可不纳。"又有人说："要纳鞭银，只有举债，横竖本城放债的是王书吏。这次收鞭银的亦是王书吏，我们便请他转记作债好了。"如此闹了几天，毫无结果。王纲拜托别保绅士去商请王之政，认息转债。之政言道："要借钱的我都愿放，但借钱是借钱，缴款是缴款，哪有转作借账之理。"

看看腊月二十，封印期近，差役们脚跟脚地随着两个保正。二人无法，再集民众在十字街口大茶馆公开商议，将差人指与众人看。一时全场俱感不平，围观者甚多，七嘴八舌的在骂衙蠹。几个差人手提铁链，跟随保正不离，尤为激起全场公愤。便有一个大汉起立言道："各位可知本县濛阳镇有个茅秀才，前年在渠县勾结房书舞弊，激成民变，活活将他与衙中坏人打死。他们的口号是打衙蠹。如今衙蠹遍天下，人民已无一个生活得了。渠县人打死衙蠹不偿命，我们便打不得吗?"这话一出，便如大炮着火一般，全场一致呼打。众人一起涌进，将四个差人顿时打死。王纲初尚阻拦，继见事已酿成，亦便爬上桌去呼道："衙蠹在衙门里，打死这几个走狗何用？找王之政去！"众人闻声便一涌入衙。由王纪领头，找着王之政，未及言语，便打个半息不留。衙中素与之政亲近之人，街民知道得清楚，一概搜出打死，并未冤枉一人。这才搜到王之政家下，将他一妻一妾三个女儿一齐处死。尚有人提倡赶濛阳镇竹瓦铺去杀他全族，无人赞同，一哄而散。

◎评注

打衙蠹始于渠县。虽曾蔓延邻邑，旋即消弭。盖民变非民之常情，苟可偷生，绝无愿作乱者。乱政息，则民变弭也。邵捷春去，廖大亨来，兵燹之后，继以虐政，假手胥吏，民不堪命而彭难发。彭难发而全蜀糜烂矣！纵使献忠不入蜀，蜀人亦将拥立头领也。

第四十五回　巧营谋彭县戮二王　活报应西川除五蠹

大凡全民的愤怒未挑起便风平浪静，毫无异状。一旦爆发，便会掀起滔天巨浪，燎原大火，任何人亦是阻止不了的。并且瞬息便会发展到疯狂的程度。即如彭县民变，当十字街口会商之初，谁亦未曾料到酿出事来。始其一人发言，万众呼打，于是便不能不打，不能不打死，王之政倒还死得痛快。他的妻妾，乃被乱民剥得一丝不挂拉出游街，然后乱刀戳死的。他的女儿，更是一个被塞进正在煮饭的灶孔里烧死，一个被抛下锅去煮死，另一个是被倒提双脚，塞进水缸里去淹死了的。这些残酷手段，都是痛恨至极点的人所施的报复行为。虽然王纲、王纪不许如此，在人多手乱之下，哪里阻挡得住！如此一场残酷表演之后，大家清醒过来一哄而散。为首之人与王纲、王纪都逃出城去，向山里过年去了。郑糊涂初闻民变，骇得从后园翻墙藏匿民家；闻得乱民已散，方才回衙。召集房班差吏，只剩一半。尚不敢到各处验尸，更何敢捉拿一人。

乱了一日，归罪在王纲、王纪二人，具禀到省，请求通缉归案。衙门规例，每年腊月二十日封印，正月十六开印。封印期间停止办事，衙役全体放假回家过年，只留少数小吏看守衙门。州县亲民之官封印较迟，开印较早。但因上峰封印，故亦不能办理上行公事。彭县事件，恰恰发生在腊月二十三日。县官虽已具报到省，无人拆封。但民间消息，早已传遍成都府属六州二十五县了。

这时，国家需用浩繁，征粮派款乃是第一要政。官府所有一切苛派人民的事，无不假手衙役催办。衙役亦无不乘机磕索敲诈，鱼肉善良。人民狡黠的，见得衙役上门，笑脸承迎，酒肉款待，送上厚重的下马银两，赔上许多邀恳关照的话，然后再谈公事，则虽当出百两，亦可十两完案。如其恃在高门清望，轻视差胥，有失礼待，或有其他旧嫌新怨，惹得衙吏与你为难，那便是你含冤抱屈，花钱受气的日子临头了！当出一两，也要你出十两；当出十两，少不得硬派百两。若还拒违，便指你阻挠公事，锒铛入狱，再加几倍费用方得出来。你纵扭官抗告，官吏为要筹款解库，安得不袒护他们？你纵上控入省，亦无非发县勘问。恼怒州县官吏，更易造成倾家荡产的冤狱。俗谚说："气死莫告状。"所以纵有冤屈，亦只好忍气罢了。因为人同此心，却为衙役们壮大了鱼肉人民的胆量。初时只将他的恶辣手段施于弱小人民。渐渐的口胃吃大，便施于名门大族。最近，则豪绅巨室亦难免受他们的闷气了。如此情形，乃是全川十三府，六直隶州，一百二十六县的一般状况，并非单成都府属州县如此。但成都有了彭县事件，正譬如一块大大的恶疮在此破了头。邻近地方自然闻风而起，未到一月，全川州县皆在打衙蠹了。

刘琛家人王之臣闻得彭县民变，将其兄弟全家打死，房屋毁坏。他忙到濛阳镇来请小诸葛王之翰，指示如何报仇。之翰道："此乃封印期间，省中衙门都不理事，纵然知县禀省请缉，亦无用处。若要立即捕人，非得蜀王出头不可，你可入省让你哥哥设法。"之臣果然来省，将详情报与王之禄。弟兄二人跪到仓大使赵芝之前，号泣陈情。赵芝念得之禄办事得力，使他这几年来收入大增。又因之臣结交了刘公子，在王府中声望亦提高了许多，此时不能不替他弟兄大卖气力一次。便乘辞岁之便，向蜀王言道："近日彭县打死衙吏数十人，行为甚为惨毒。显然是流寇遗留在境，煽动人民所为。知县禀报到省，各司因封印期间未予处理，只怕日久祸乱更要扩大。这事恐非王爷向各官催办不能使各衙破例的。”蜀王道：“祖宗立法，禁止藩王干涉民事。此乃民政，我如何可过问得？”赵芝讨了没趣出来。对王氏弟兄道：“外州县的事，蜀王未曾亲见，不觉得对他有何关系，所以不管。其实民变与贼祸是相连的。如已闹到成都之时，怕他不能不理。”王氏退出商量道：“看赵大使的话，是盼望省城内出点事件，以便促成蜀王过问。”王之禄近来结识一批党羽，都是成都城乡的二三等绅士。平时因为受了成华两县房书差役的闷气，所以特来巴结之禄，想假借王府声势压倒衙门中人，可以少吃差吏们一些亏。说来奇怪，各衙吏虽然地位卑微，对于上级衙门，与本署长官，都是表面恭顺，暗自倔强的。这无非为的彼此之间都有秘密，亦都互相知道，所以彼此都有顾忌。若说藩王府，虽无实权管事，却具有特殊的势力，各衙门中人无不怕它挑眼生事。所以与王之禄结识的一班人，果然再无衙吏敢来欺负于他。如此奇效，各街民看在眼里，相互营结，愈结愈宽，暗中成就了很大的势力。现在王之禄放出话来，要他们与衙役滋事。一来是不敢不遵，二来是对于衙吏素日痛恨，三来是彭县事件传到成都，人人称快，证明人心可用。果然暗相煽动，便在新年正月初一这天，乘着官兵差吏人人都在饮酒赌钱，毫无戒备之时，呼啸打进衙去，将成华两县三班六房捣毁，留守差役殴伤。起初几人原只想做点事件，促使官吏注意“打衙蠹”的事而止。不料全城人心无不痛恨衙蠹，一闻此事，纷纷开门响应，满街满巷皆在高呼：“打衙蠹!”寻仇报复的人，各自打向所恨衙役之家，打死了许多，闹得满城鼎沸。各官吏仓皇失措，纷乱着召集兵丁，直到傍晚，方有几队兵士冲出街来弹压，但见人群满布，纷传某处打死几人。却都是辗转传说，不能确指谁人所为，只好驱令回家关门，暂告平静。

这下仓大使赵芝再乘与蜀王贺岁之便，说出打衙蠹风潮的严重。硬说：“定有流贼余党支使，各官醉生梦死，不予防制，甚非社稷之利。”蜀王这时动容，写了一函，命赵芝与廖大亨送去，并顺便报答贺岁之礼。

第二日，赵芝去到廖府投谒。大亨因其系代蜀王报贺，迎了进去，优礼款接。正在此时，旗牌陆续传报进来，都是邻近州县打衙蠹的消息。大亨着急，调齐省内外兵马严密防范，赵芝乘势言道：“蜀王之意，因为彭县暴民未惩，成都才敢效尤。省城都已效尤，各州府县哪有不效尤的！若要消弭此项风潮，还望老大人先从彭县办起。”便将彭县民变说了一番，廖大亨这才知有彭县事件。忙托赵芝回复蜀王，即便派兵往彭县剿办乱民，并即查拿本城祸首。赵芝辞出，哪须去回复蜀王，只先将廖巡抚的消息说与王之禄弟兄，以鸣得意。王之禄得报，便命之臣随军去到彭县，守催办案。郑糊涂见得大军前来剿办，又有苦主王之臣等守催，不敢不认真办理。便派民兵引线，导领军队去到北山，将王纲、王纪弟兄与其亲近之人捉回许多。

这时附近州县全都在打衙蠹，并且后起的事件比先前更做得残酷，全家杀完，并烧房子。杀人的方法无奇不有。这亦是衙门中人积怨过深，所以一旦爆发，报复得亦更惨。普遍的种因，自然是普遍的结果。廖巡抚虽有现兵几千，亦难将这次大火扑灭。

却说到彭县办案的官军拿到许多为首之人，交与知县审办。下监之后，便又赶向附近州县弹压去了。王之臣守催郑糊涂，定要将拿到之人全部问死，抄家赔偿受害人户。言语之间，随时夸耀蜀王府与刘阁老的关系，郑尹不敢不遵。迨将各犯提讯时，除王纲、王纪直认不讳外，余人皆呼冤枉。堂下观审的人山人海，亦无不愤怒喧嚣，咒骂王姓。如此一审再审，便有各县打衙蠹消息如潮一般地传来。人民气势渐盛，街谈巷议，谣言纷起。便有人议论到濛阳的王家。这时有人说道：“王纲这批人死亦活该！他们如能做得更彻底些，将濛阳祸根全部铲除了，何至于有今日！”这话一出，彭县便有一个新口号出来，叫作“打五蠹”。

第一个：州县胥吏，依傍官府，作威作福，鱼肉人民，败坏政治，如王之政一类，是为衙蠹。

第二个：投身藩府，依傍蜀王，狐假虎威，吓诈官吏，济其私恶，如王之禄一类，是为府蠹。

第三个：投身巨室，作豪奴养子，恃势凌人，挟持官吏，坏乱法纪，如王之臣一类，是为宦蠹。

第四个：地方绅衿，结纳权贵，武断乡曲，包揽词讼，计害善民，如王之翰一类，是为学蠹。

第五个：乡曲土豪，招纳亡命，横行不法，欺善怕恶，为奸人羽翼，如王之屏一类，是为豪蠹。

这样新鲜名词，原是彭县怨恨濛阳王家之人，东凑一个，西凑一个，凑合来的。起初亦无非借此发抒怨气，并未料到有何影响。不料彼此传说，瞬息便传遍了各州县府。同时到处发生谣言，道是："成都已经打府蠹了！""某州已经打宦蠹了！"等等。彭县人捕风捉影，亦已听得一些，人心甚不安静。恰好巡抚衙门公文已到，命先将王纲、王纪斩首示众，余犯详审再报核办。行刑这天，万众围观，皆有冤忿之色。王纲、王纪二人，却甚慷慨，毫无惧色，只圆睁着眼，将王之臣盯着，直到头落之时为止。偏是之臣不知趣，行刑以后，他诟骂上前，将两颗人头踢了几脚。这可惹动了众人公愤。一人呼打，万人应和，蜂拥般围殴拢来，将这王之臣立时打死。行刑官军亦被打死不少，余皆逃遁。

俗话说："人心似水，法为堤防，堤防溃决，大地淹没。"这时四川省的人心，正如煎沸了一池滚水。被那五种蠹虫将堤防蠹坏，滚水便从水库里流了出来。原来闹打衙蠹，只算得小小一个孔隙，被王之臣弟兄将孔造得大了一些，便在此时，就成溃堤决防的大祸了。这次刑场暴动的民众并不散去，有数人跳到演武厅台上高呼道："各位亲友，王纲、王纪弟兄，打了衙蠹王之政，未曾到濛阳抄杀全家才有今天。我们今天又打死王之臣了，还有他哥王之禄、王之翰等不除，终是后患。我们一不做，二不休，率性打到濛阳，肃清五蠹去吧！"众人吆喝一声，各持棍棒，向濛阳而去。沿途闻风参加的人愈走愈多。走到下午将近濛阳时，已有两三万人。为首究是谁人，彼此亦不知道。但闻"到濛阳打五蠹"的呼声，乡民便踊跃参加。可见王之翰弟兄的名声之恶。这批人去到竹瓦铺，将王普全家打死，拆了几座草房，制成火把，打过小孟尝王之屏的庄园。之屏早已得信，督率庄丁家奴与平时豢养之人，凭着墙垣篱寨，布置刀枪火炮死守；同时派人向镇上报信，请他兄弟小诸葛王之翰设法搬兵来剿。

王之翰得信，大惊道："此地并无官军，又无墙垣，去邻县又远，如何是好？"眉头一皱，计上心来。忙命人传话与他的门生辈道："速集街民守卫，防止暴民入镇。我将亲往刘阁老庄园，请刘琛公子调兵来剿。"其实他溜出镇去，暗派儿子王琏到竹瓦铺去叫王之屏来，同到亲家龚完敬庄子上藏躲去了。

王琏跑到之屏家时，早见乱民拥着灯球火把，向王庄呼啸而来。上下零乱的火点多于繁星，数不清楚。庄客皆战栗恐惧，之屏亦面无人色。恰好王琏驰到，放进栅时，便对之屏言道："爸爸传语，邀大伯同往刘公子处请兵来剿。庄园交与他们守着，量他乌合之众不敢来攻。"说罢拉之屏就走。可怜之屏儿孙们追来说话都追不上。少时乱民拥到庄园，见庄内有戈矛把守，便将火把掷去。一时寨栅着火，庄丁大骇逃跑。乱民数万，有的在外追杀，有的入内寻人。不到一刻，将之屏全家丁口食客打死大半，开仓取来米肉，造饭吃饱，放火将房烧了。再扎火把，奔向濛阳镇来。

再说镇上王之翰许多门生，多是秀才文童，颇有势力。遵从之翰传话，召集民丁，分派防守。人民不知为了何事，初亦遵从，荷戈持矛，守到四方隘口。少时已有竹瓦铺百姓零落前来，报说王家受害情形。民丁平时亦有受过王家闷气的，此时七嘴八舌的议论，都说："恶贯满盈，天理昭彰。"正议论间，又见灯火数万滚腾着向镇上而来，便亦各自逃散了。乱民来到镇上，哪有民丁抵抗，却有许多凑热闹的人，亦持棍棒火把，加入打五蠹的队里，做了引导。先引向王之翰家，乱糟糟的众人哪容分说，立将之翰全家打死，财物抢光，遍查之翰父子无着。有人倡说："恐是藏匿他门生家里。"于是又向平时与之翰作爪牙的人家搜寻。殃及镇上二十余家，打死秀才三员，学童数十人。拷打出之翰父子往刘家庄园搬兵去了。又有人说，得见他父子向龚家走去。这时人多胆壮，听说搬兵亦不害怕。三三两两成堆，在濛阳镇上宿了一夜。天还未明便有人呼啸起来，分作两股。一股打向刘家庄园，一股打向龚完敬家。刘琛与龚完敬、王之翰等，早已闻风逃跑，被众人烧毁了住宅，打死了家人，又复分道追赶打杀。于是愈闹愈宽，各县乡民亦都闻风而起，大打五蠹。遍地皆是打杀之声，官军哪里镇压得了！

话说龚完敬，自前年做了川北道防饷督导官，挣了大大一份家财，养了许多豪奴死党，鲜衣怒马，横行乡曲。他与新繁城内豪绅汤鼎联姻，汤鼎又复与衙吏苟伸、李曲等勾结为奸，平时横豪武断，县人畏之如虎。现在完敬受彭县人的攻击，与姻家王之屏、王之翰，女婿王琏，儿子龚一士等乘马逃跑，便向新繁驰来。无奈乱民苦苦追赶不舍，虽然步行赶不上跑马，却有各地乡民闻风响应，四处阻拦。之屏、之翰皆已年老，又未习惯骑马，途间坠下马来，被乱民追得打死。完敬父子与王琏逃脱进了新繁城内。乱民追过新繁地界，有些怕事的渐渐分散。却有新繁人民起而响应，又有增加，仍有一万余人。明火执械，赶到新繁城下要打五蠹。汤鼎知事不妙，进衙去请知县发兵守城，发文请剿。知县早知各县民变情形，非同反叛可比，乃亲上城，向乱民训诫，劝他们各自回家耕田。这些人民平时痛恨衙蠹劣绅，无可发泄，今得聚成万余人来出气，如何便肯解散！汤鼎见他们不走，便用大言吓道："你们这样明是在造反了。老父台便不能请兵剿办么?"人民有认得他的，便大喝道："这便是豪蠹汤鼎了。打！打！"便有许多人拾起石块，向城上掷来，汤鼎忙躲下身去。知县高呼道："打着本官了！你们真要造反么?"众人这才息了。便有人回答道："我等并非造反，只打衙蠹。"知县道："既不造反，便须退下，谁是衙蠹，我擒来交与你们去办。"众民闻说，便一齐跪地叩头道："青天大人，苟伸、李曲等便是衙蠹，汤鼎便是豪蠹。彭县逃来的便是学蠹、宦蠹，杀了他们我等便解散。"

知县无可奈何，请出城内一员正绅出面调解。其人姓费名经虞，字仲若，本县举人，曾做过昆明县知县。因亲老，弃官归养，人称费孝子。他诗文才学品德皆为一乡宗仰，学人都称他为孝贞先生，平时亦是痛恶衙蠹之人。此时经知县邀请，来到城上劝谕民众。民众认得他是费孝子，听他相劝，只将平时作恶最显著的苟李二人与爪牙三四人交出城来，立被众人打死。汤鼎收监，准许受害之家控告，如果审有不法实情，再行依法治罪。彭县来人押送回彭县办理，本县人民不得加以打杀，一场风潮这才罢了。后来审得汤鼎不法之事甚多，明正典刑。县人感激费孝子不已。

这风潮旬日之间，已将川西坝子闹遍。除新都知县黄翼圣，金堂知县程大兴乃是好官，能够约束衙吏，未结民怨，未酿惨祸外，其余州县乱民蜂起，打死的人总在万数以上，一切琐细难以细述，总之皆为王氏弟兄而起。濛阳王氏几乎杀得一息不留。平时与他勾结，受到好处的人，此时所受惨祸亦足相抵。唯有王之禄一人，因在蜀王府办事，独免于难，偏有正月初一被打的衙蠹之家，便要葫芦依样报复于他。派人与各县好事之人暗通消息，道说；"省城各官闻得州县民变，打死王家坏蛋，都很同情民众，决定闭目不理。现省城民众都想打死府蠹王之禄，根绝后患，望城外州县倡首，照新繁的事做去，必可成功。”这话一出，各县曾打五蠹之人都团结起来，约期打到成都，要清府蠹。两三天内，四门集有十余万人，皆自备口粮，不扰民间。亦皆空手，未带寸铁。也有抢进了城内的，亦有被关在城外的，都是见官跪拜，口呼：“伸冤!”无非诉说他们受耕皇庄所受仓使承差的痛苦。亦有成华两县百姓混在内面，口呼打五蠹的。巡按御史陈廷谟与巡抚寥大亨上城抚谕，民众不散。城内人民见得抚按未动剿杀，胆儿壮了，由各怨家倡首打入王府，搜出王之禄打死。仓大使赵芝与其余承差亦带伤甚重。王之禄家亦被毁灭。另有许多挟嫌报怨之人，乱指仇家为五蠹，聚众抄毁，全城大乱。抚按二官闻说，忙派军四处驱剿。又怕酿成大乱，暗嘱带兵各官：“只宜驱逐，不可杀人，真是为首的，捉来便是。”各军用刀背乱砍，伤了许多民众，又捉去一百余人。廖大亨将重伤将死的杀了三十余人，悬头各处，这才将一天风云吹散了。

◎评注

打五蠹事见费密《荒书》，与此微有出入。盖《荒书》为亲见，此书出传闻故也。只兆当时蜀中社会民心之必乱。虽无献忠入蜀，浩劫亦难免矣！

第四十六回

闹花灯逼走江鼎镇
拒摇黄迎来张献忠

话说龚完敬父子翁婿被新繁押解转送彭县。郑知县将他们收监，悬牌招告。龚完敬自知罪孽，厚赂禁卒，越狱逃走。此时亲故相好之人皆已被打杀，无可投止，乃逃到南充江鼎镇家。江鼎镇乃南充东郊江村坝人，与完敬是同年好友，又同受刘琛援引，同作防饷督察官，同发横财，气味甚为相投。自然容留完敬，待为上宾。这时南充尚无打五蠹的风潮，社会甚为安静。江鼎镇乃是本县首席乡宦，东街之上开一家绸缎铺，修建一所宏大公馆，与府县官吏诗酒应酬。城内富商大贾，衙班书吏，趋炎附势之人，无不争先结纳，真的门庭如市。但这南充士风素来讲的清高孤傲，读书人士洁身自好，不肯与衙中贱役人物往来。因此士绅科名人物都瞧不起江鼎镇，以至于不通庆吊。江鼎镇引以为羞，所以遇事阔绰，极力夸耀，无非要吸引一般小民羡慕，反衬出那批自命为正人君子的穷酸来。

崇祯十四年上元佳节，江鼎镇联合城中富室大办灯彩。南充乃是顺庆府治，水陆交会，商业发达，富商甚多，历来讲究上元闹灯。宋朝知县邵伯温，便有这样一首诗道：

从昔遨游盛两川，充城人物自骈阗。
万家灯火春风陌，十里绮罗明月天。

本年经江鼎镇提倡，办得更为热闹。各家灯棚皆用绫罗装饰，骨董填充，五光十色，令人应接不暇。江鼎镇自在公馆门外，扎下灯棚两座。鳌山上面六个鳌灯，皆是金钱编鳞，宝石饰齿，十六只活动吊睛，内装金灯，彻夜有人添油，火光不断。外用十八学士登瀛洲的故事，扎成彩灯九只，每只二人。加上八仙庆寿彩灯，每仙配一天魔鬼怪，与南极寿星、白鹤童子，合共为九只，亦是每只二人，共成九对。皆用各色绫锦扎成，须眉毕肖，栩栩欲活，排列在两座灯棚上面。引得城厢男女老幼昼夜拥挤围看。衙门捧场书吏派来差役八人，手执长鞭看守鳌灯，不许行人走近。府县衙门，亦出有会衔告示，挂在这灯棚两端，道是："江府鳌灯，价值巨万。与民同乐，任人赏玩。只准远观，不准近看。如敢故违，两腿打烂。告尔军民，切切勿犯!"

也是淫侈过度，造物所忌，乐极生悲，天谴骤发。恰有附郭一带秀才生员们，结了个上元文会。正月十六日这天，在文昌宫饮酒已毕，天色渐晚，相邀出街看灯，三五成队，分头走去。有一队来到东街，见得这座灯棚热闹，挤去一看，果然扎得巧妙。一个秀才见了斗大告示，心中不悦，高声指与同行道："你们看这告示，须防两腿打烂呵!"众秀才看来，无不恼怒。便有几个倚醉撒风的大吼道："江鼎镇士林败类，勾结五蠹，鱼肉乡民，找得几个臭钱，便敢如此放肆。我们今便去捣毁灯棚，看谁便敢打烂我的两腿!"这时来看灯的乡下人居多，挤到灯棚下的早已挨过一些鞭子，心中正当忿忿。见得这些秀才亦如此说，便存了幸灾乐祸之心，七嘴八舌发出愤怒话来。秀才们胆子更壮，便挤到鳌山脚下，故意将灯挤破。差役们见是秀才，不敢鞭打，飞的向江鼎镇报了进去。鼎镇听到秀才捣乱，心中大怒，便对差役道："府县出有告示，你等敢不遵么？打出祸来，上有府县，下还有我呀!”差吏出来，拿鞭将挤近的百姓打了几鞭，却不敢去打秀才。秀才们不依，上前将鞭夺过，骂道：“你这批目无王法的狗东西！吃了官家的钱粮，却来替私人作走狗。”说着提鞭便向差役打去。那些差役与江家豪奴便齐拥上前来，大骂道：“你这些穷酸饿殍，自己扎不起灯，白看我家的，还敢藐视府县文告，殴打差人么？要打大家打!”便向秀才们拳殴脚踢。有几个仗义的乡人去护秀才，被豪奴抓着狠打，乡民动了公愤，与豪奴打作一团。街民大惧，纷纷关门。便有挨打秀才跑向各街，邀来书友亲戚，要抓豪奴恶差见官。只见打作一团，不能拢身。恰有打更之人持锣走来。一个秀才叫樊明善，夺过锣来，跳上一家灯棚台上去，乱敲一阵，才大吼道：“不要打了！听我说话。”众人不知何事，果然停手伫听。樊生言道：“灯棚告示，文字不通。已经问明，并非府尊县尊所出，乃是江鼎镇串通衙蠹盗印张布。守棚差吏亦是衙蠹私自派来。江鼎镇平素钻衙舞弊，鱼肉人民，乃是豪蠹学蠹又兼宦蠹。如今各县在打五蠹，今天五蠹反在打秀才，打良民了。我们不要用拳殴，大家各拿棍棒打五蠹，打死这些蠹虫!”这话未完，群情激愤，纷纷撤去沿街灯棚，取出棍棒直向江宅扑去。豪奴差役们见事不佳，回身便跑。众人追了进来，无法关门，遂听任这批怒民，打得阖宅稀烂。眷属豪奴亦打死不少，江鼎镇逃进府衙，众人又蜂拥去县府打衙蠹去了。

知府问明情形，知道江鼎镇理亏，不敢留他住衙，劝他微服逃避到乡下去。好在这是上元夜，金乌不禁，月色明朗。江鼎镇等从小巷月色之下逃出东门，买船渡江，回到庄里，与龚完敬抱头痛哭一场。第二日，派进城内探事之人回说：“全县绅衿连名一百余人，将受伤秀才抬进县衙，道说江家勾结衙吏，贿买文告，擅派官差服役私宅，殴辱缙绅，要知县拿问。知县请来一府三厅教谕训导各官，开导半日，允将指名诸人拿办，方才散了。”未到一刻，又有人回报：“县衙派人将绸缎号管事拿去，拷问主人藏匿何处?”又不一刻，一人喘吁来报：“县衙派差来此拿人，说是老爷招纳亡命，图谋不轨。并有许多秀才与民众跟同前来。”江鼎镇闻说，急拉龚完敬跑向宅后山地，命家人慢慢送来盘川衣物，以便逃走。追差役与人民赶到，扑了个空，将其家人与几个奴仆逮回城去，沿途盘问拷打。家人隐瞒不过，也将龚完敬越狱逃来之事招出。但声称他们昨夜便同逃了，因此众人未曾回追。

江鼎镇、龚完敬在山后一心腹佃户家里藏了一日，迨到夜间，家里暗自送来盘缠鞍马。二人与两个健仆乘夜逃走，冒充银耳商人。由长乐镇、蓬城镇一路，经过营山，向南江县驰去，意图投靠摇黄，引兵回来复仇。到了南江地界，见得人烟稀少，满目荒凉。一日投宿大牟镇上，正逢摇黄打粮人马前来抄袭此镇。守望的人发觉，吹起警号，镇上人全都奔入硐寨去了。他四人新来，不知此间情俗，兼以鞍马劳顿，高卧未醒。被摇黄兵破门入室，先将包囊马匹劫去，次将四人捆绑，与其余所掳人物押回山去。二人见得各兵额上有字，知是摇黄，心中暗喜道："正要前去投他。"因此毫无畏惧，随着走去。约二十余里方到山寨，被关闭在一间暗室里，冻饿一夜。第二日巳刻，有一头目前来清点，将所捆诸人押去见大王。这大王乃是遵天王袁韬，三十左右年纪，魁梧身躯，气概颇为雄伟，高坐狼皮座上，发音洪亮。头一句便问："你们谁是富家？能献银千两的，派人送回。五百两的释放活命。不能完足此数的，捆到黑屋饥饿拷打，追取银两！"江鼎镇忙将远来投降的因缘说明，要求收留效力。并说："入伙银一千两，昨夜已被劫去。"袁韬笑道："原来是两位显宦！但此地显宦无用。此地缺的是现粮现银，筋强力壮方准入伙。似你二人，山中用不着。入伙银已到我手便是我的。若能再各拿现银千两前来，可以准你二人入伙吃饭。"言毕，便命头目押了下去，拷打追银。可怜二人饥寒一夜，又受拷打，如何支持得下，只好声声承应。请得头目允许，派一仆人，回家括搜窖藏金饰与字号内存银，密送此间救命。到底他家都孝子忠仆，于破家之后多方凑合，终将银子送来。二人方才得了自由。

虽然得了自由，仍须伐薪做饭，时受老兵呵叱责打，苦不堪言。二人深悔来此自投地狱。请兵复仇的话更是无从说起。只得说些水浒故事、神怪传奇，博得众军们心喜，渐渐宽待于他。挨到秋季，山中多雨，众军无聊，邀他讲说故事，听者甚众。袁韬闻之，亦派二人轮流值班，讲故事与他的姬妾小孩们听。那袁韬共有女人十多个，多是民间抢掠来的。为首一个李氏便是他的婶母，因为私通事发，逼得逃来入伙，倒也算得患难夫妻。李氏现已快四十了，亦能带兵打仗，袁韬平时有些怕她。现在她因为喜欢听二人说书，乃劝袁韬收他二人为军师办理文墨。从此二人得了优待，乃渐渐以王霸之道劝导袁韬。袁韬初无大志，听来恹恹欲睡。后来渐渐采纳二人之言，发号施令，振军经武，居然有些条理，因而从者渐多，势力渐大。二人成了袁韬心腹，号称头目，亦已有了家小。

如此混过一年，到崇祯十六年秋天。传说李自成大破孙传庭杀回关中。四川军马被调入陕者甚多。江、龚二人思家心切，乃游说袁韬乘时纠合摇黄各家出巢，抢据川北州县，图王霸业。李氏从旁为他二人帮腔。袁韬听信了，亲往巴山老林游说各家出兵。恰在此时，巴山食粮缺乏，群雄皆想出山大掠一次。遂共推袁韬为盟主，约定中秋以前一同出兵。这次摇黄出山非比寻常：第一，他们人众已将近十万，郁居山中既久，一旦出劫，所见之物，无不爱好，搜刮财物，非同平时。第二，川东北州县正当打五蠹之后，城绅与乡民为仇，小民与豪族为仇。摇黄所到，每有人愿作引线，导攻仇家，给予种种帮助。故所至如快刀破竹，迎刃而解。第三，官军习于弛沓，防御空虚，军饷积欠，兵有饿色，不愿死力作战堵截，任其蔓延。故摇黄骚扰极宽。川东北州县，城池十破八九，农村殆遍，元气大耗。人民生计，昔受苛政剥削，已然枯窘。这下再遭摇黄劫掠，更难生存，只有加入摇黄，以图苟活。故出山时的摇黄，不过十万，三四月后，便有百万以上了。其人皆恃抢劫为活，骚扰所至，农民废耕，商贾罢市，生产锐减，食口突增。结果是加入抢劫的愈多了，而可供抢劫的愈少。一地既尽，又须转掠他处。如此愈闹愈宽，不可遏止。其实川东北多数百姓，乃是因此破坏了生产，被断绝了生计的。

这次摇黄出山，共分四路。遵天王袁韬与闯世王、顺虎、杨三等为一路，破南江，围巴州，向营山、仪陇、南部、蓬州、顺庆等处。整齐王、震天王、夺食王、小红狼、黄鹞子等为一路，破通江，向达州、渠县、新宁、开县一带。行十万、马超等为一路，破东乡、太平，向大昌、巫山一带。黑虎、一条龙等为一路，自南江向苍溪、保宁一带。他们并未约定何处会齐，各自凭着自己幸运去抢。这时总兵甘良臣驻守广元，派人前去招降黑虎、一条龙二人，二人降了。因此保宁一带受祸较轻。参将王祥镇守巴州，袁韬屡攻不下。闯世王反被王祥发炮打死。小红狼窜过开县梁州坝，亦被千总何士用斩首阵前。除此以外，摇黄并无损伤。

单讲江鼎镇与龚完敬二人受袁韬之命，率军两千，由仪陇一路杀向顺庆。仪陇乃是小城，又无城壕，预料甚易攻下，不料知县毕九成知道县城难守，将全城人物搬迁到城后金城寨去作为临时县城。这川北地方的山，全是一层一层重叠成的，每层高二三丈不等。全县悬岩绝壁，只有小道斜上。各层之上，又全是平土可耕。岩上多是树木，山顶每有山泉。因山岩地势修建寨栅，比城垣更易坚守。金城寨便是著名的一个。江鼎镇攻它不下，不敢更向前进。甘良臣闻仪陇能守，率兵前来救援。江鼎镇不敢拒战，退据蓬山。良臣遂往巴州接应王祥。袁韬等被内外夹攻，撤了巴州之围。命其部下分为若干小股，随机窜扰，牵制官军。自己扎大营于仪陇开天观，攻打金城寨。良臣追剿别股，向南部而去。遣副将张奏凯去救仪陇，奏凯见敌势颇盛，不做正面攻击，却出奇兵直扑开天观座营。摇黄子女辎重，皆藏座营之中，因此袁韬忙命解了金城之围，来救座营。寨内毕知县亦率民军杀出，两面夹击。袁韬败走，退据罗池。

此时，廖大亨丁忧去职，督学副使陈士奇升任四川巡抚，加派总兵刘佳允前来追剿。袁韬与江鼎镇等设伏竹瓦寺，诱官军入伏，杀了个尸横遍野。幸巴州王祥奉命前来协剿，救出一部官兵而去。袁韬乘势连陷巴州、营山、蓬州等州县，嘉陵江东岸地面全是摇黄纵横。并有数股窜过西岸，扰及西充、南部诸县。江鼎镇亦曾率领一股窜回江村坝去，前去攻城报仇，只是未能抢渡过河。总兵甘良臣见摇黄势大而散漫难制，心服毕九成守寨之法，乃提倡建筑山寨，坚壁清野。又奖励各县缙绅募集壮民，训练乡勇，且耕且战。于是南部李俊英，营山李泌、李晟，南充樊明善等，皆纠合乡勇与摇黄作战。人民亦相结修寨，每寨悬锣，派人轮班守望，无事下山耕种。一见有敌，锣声大鸣，皆奔上山寨，持刀把守。如此各寨建立，摇黄感觉步步皆是荆棘，不敢再驻川北，相率窜向川东。因为川东皆是连山，不能建寨，且平谷之地甚为富庶。这时，官兵尽聚川北，川东空虚。故袁韬传檄各路，齐向忠、酆、涪、长一带抢去，会于江北，窥取重庆。一时川东遍地皆是摇黄势力，并无官军堵御。此时奉节、云阳、万县沿江一带居民，见摇黄大至，官军绝影，正当惊慌无措之际，闻得张献忠大军占据巫山，发政施仁，全是帝王规模，人心倾慕，便结团派人前去欢迎于他，引导其军前来抵御摇黄。因此献忠遂得从容部署，沿途抚循，安官设防，向夔府、云阳一路而来。

江鼎镇起初不愿摇黄窜入川东，屡劝袁韬由顺庆攻入川西去。说是："川东连山险恶，若遇大军围剿，易遭覆灭。顺庆以西多是平旷之地，并无可以建筑山寨之处，非同川北可比，那里号称天府，极为殷富。我军只要抢过嘉陵江，到了蓬溪地界，便海阔天空，任我纵横了。"无奈那袁韬总是不听，仍命他一同窜过渠县，向大竹、梁山、垫江一路行去。刚到渠县，便遇南充逃来同乡，报说官军将他全族捕杀，房屋烧光情形。悲痛之下，他迁怒于袁韬胸无大志，遂有意另投别处。行到梁山之时，恰逢张献忠驻兵夔府。他便与龚完敬密商，借口逃出营来，一直跑到夔府，投了张献忠。献忠那时人多粮少，行进缓慢，水路已遭官军堵截，旱路又为摇黄所据，后路亦被左良玉占取。夔巫地方地狭民稀，粮食缺乏，不能持久。正当此进退维谷之时，见得二人来降，问来皆是蜀中缙绅，又熟知官军与摇黄虚实，不禁大喜，对部下道："这二人皆蜀中人望，远来降我，可见川人之心皆是倾向我的。只要我等努力攻破前方官军，余下州县皆是顺民，可不攻而下了！"于是设宴大庆，欢迎二人，当场决定进兵。

◎评注

此回由献忠引出摇黄，由摇黄引出五蠹，又由五蠹引出摇黄，由摇黄移至献忠。峰回路转，因果重叠，说明献忠入蜀前川中社会行将崩溃之情况。

摇黄之乱，详《荒书》、《山城纪事》与《蜀乱》诸书。其间互有出入。此书所述又与诸书不尽雷同。可资互参。

第四十七回 张献忠四月阻湖滩 陈士奇三天陷重庆

话说张献忠，于崇祯十七年二月，受川东沿江人民迎请，率领水陆大军三十余万，从巫山向夔州府进发。后面留守荆州、岳州的王尚礼、狄三品等失却防地，亦跟踪追入四川来，所以献忠军队已足有四十余万人。陆续开拔，经过一个多月，才完全离开巫山，到了夔府。城中官吏早已逃跑。川东兵备道刘麟长闻讯，忙调参将曾英前往万县地界的湖滩，扎下水陆联营，阻住水道，同时飞报成都。巡抚陈士奇闻报，檄调参将赵荣贵赶往梁山白兔亭堵着陆路，自率标兵前往重庆督剿。

这时，恰逢李自成派降将马科为权将军，黎玉田为节度使，率军万人进取汉中。汉中开藩的瑞王常浩乃是神宗皇帝之子，见得自成势大，要求总兵赵光远、关南道陈勋护送他到四川避难，正来在保宁度岁。士奇与新任巡按刘之勃绕道保宁，前去参谒慰问。瑞王言道："孤同母弟兄，福王、桂王，皆已为流寇所害，存此一息，仰仗诸台保护。来此避兵，可有长久安全住落之地?”士奇言道：“西蜀号称天险，兵多粮足，臣可保殿下万全。若为殿下请求改封起见，可同臣到重庆驻扎。重庆三面绕江，江水浩阔。一面连陆，又有浮图关为之屏蔽。水道四通，商货山积，人物骈阗，乃是蜀楚咽喉之地。朝廷尚未建有藩封在此，殿下在此请求改封最好。”于是瑞王命赵光远仍回汉中，刘之勃仍回成都，自与士奇陈勋浮船而下，驻在重庆。刘麟长闻士奇与瑞王南来，亦到重庆叩谒，具报献忠兵力浩大各情形。士奇升曾英为总兵，发饷银三万，命麟长携往犒劳。犒军之后，便率川东兵马驻扎酆都观音滩，与梁山赵荣贵犄角，共作湖滩后援。麟长遵命去了。

话说曾英乃是谋勇兼备、气量过人的一员名将。他手下有李占春、余大海、胡凤鸣三员游击，皆甚英勇。李占春威名尤著，他乃营山县一名武生，矫捷多力，能使用十八般武器。昔年摇黄围困营山城时，他以民勇杀敌，常出入敌营，如入无人之境。由此从军，所向无敌，军中称为李鹞子。此次扎营湖滩，便是首当其冲。献忠前锋艾能奇占了云阳，向沿江大路前进。行至湖滩，见有支军马扎营，勒马当头冲来。遭逢李占春大战一场，艾能奇几被擒获，幸得马好，弃军狼狈逃回，诉与孙可望、刘文秀、李定国三人。三人大怒，与能奇合队杀回。占春见来敌甚多，退兵到湖滩寨口，将寨门大开，军士排着，自己勒马舞刀在门外狭道上站立，高呼道：“有能事的，来较个高下。”这寨口外面是里多长一条狭道，左有高山悬岩，右是滚滚大江，车不得方轨，人不得并骑。可望等来在狭道口外，见他一马阻拦在此，便命军中道：“谁是勇将，上前斩此悍贼。”一人应声而出，乃是刘文秀部下一员爱将，名叫万夫雄。挺枪跃马，直向李占春扑来。李占春见来将用枪，向寨内招手示意，一个小卒急速送上枪来。刚换过枪，万夫雄马到，迎心便是一枪刺来，李占春闪过，还枪刺去。战到三五回合不分上下。李占春见万夫雄马大性烈，心生一计，专勒马与他马头相对。那马每当马头相对，常将双膝高举，照扑李马，李占春乘势向那马当胸一枪。那马痛极仰坐，连同万夫雄滚入江中。便又有两员步将各舞环刀，合力向李占春奔来，一名爬山虎，一名抓地虎，乃是李定国部下两员勇将。李占春见他步行，忙跃下马来，后退几步，从小卒手中取过大刀，站立在高处等候来将。二人扑拢，已是吁吁喘气。李占春见他二人刀短，便将大刀回在身后，俟他行近便好劈去。爬山虎不惧，滚刀上前。李占春从上劈下，一刀削中他的右臂。抓地虎乘势一跃，到了李占春身旁，一刀刺去。李占春敏捷，刀柄挑开，顺势一刀回挑转去，抓地虎让过。二人迈开步法，回旋大战。爬山虎事伤退回，正好裹伤回战，李占春已将抓地虎头斫下，提到狭路来了。李定国一见大怒，督率部下兵丁，涌向狭路而来。李占春不慌不忙，枪挑剑劈，将当头之人次第杀死。无奈敌军人多，前仆后继，涌到不绝，李占春杀得汗流不止，刀口钝缺，只得退回寨内，关门放箭。射死追兵无数，死尸积叠在距寨门半箭之地，将路塞断，无人走到寨下。孙可望等无奈，收军回营，报与献忠。

献忠闻得四家养子皆已折兵，便命狄三品、马元利二人，率领水军船只去攻水寨。不料曾英扎此水寨甚为坚牢。用大船百只，尾系竹缆，拴固岸上，前垂铁锚，钉固江里。各船如花瓣浮在江面保着湖滩。外用小船二百只在江中游弋，每船十人荡桨，十人作战，远者箭射，近者矛扎，聚散不常，皆听水寨橹楼上号炮旗帜指挥。狄三品等在湖广操练水军有年，自谓水军名将。此次率了百只大船，每船五十人，射手刀手火弓弹手皆备。二十人摇桨，一人掌舵，缓缓向水寨推来。准备先用火弹烧了水寨，再行抢登厮杀。内有一员头领，名叫浪里龙，乃是潘独鳌巢湖水师旧将，率领十只大船当头，加人摇橹，直扑上游。曾英知来者意在放火，必须击破。亲到橹楼发令，命百只小船，分排下游近岸，用火箭向来船射去。浪里龙命各船勿得理他，径向江水中心前进。这带江面不宽，终有几支火箭射到，有两船着火，所载火弹助势，焚在江心。浪里龙将两船之人救过来，增加摇推之力，向两侧小舟扫荡。只听橹楼一声炮响，百只小船奋勇争先，向八只大船围攻前来。不到一刻，便有三只大船被挠钩搭着，官军不跃上大船砍杀，却将木桨劈断，舵身劈坏。三只船不能自主，倒流转去，次第触礁，人船俱坏。浪里龙见势不好，忙命拨转船头回大队。橹楼连放三炮，百只小船紧追前去。又有五只大船被小船赶上，砍桡纵火。岸上陆军也大呼出寨，沿江放箭助威。浪里龙不习川江水性，仓皇放舟。未到大队，被撞在礁上，人皆落水。且喜大队水军船到，救了浪里龙出水，两面方才收军。狄三品领浪里龙来见献忠，备述水寨难取之状。献忠不服，第二日亲督水陆两路进攻。自己扎只大船，高坐橹楼观阵。但见官军小船出没江面，恰似水凫一般。岸上陆寨又是那样险要，暗自佩服曾英。但献忠生性倔强，一定要破了此寨。下令大船蔽江齐上，不容川军小船划近。果然逼得小船渐次后退。退近滩口之时，上行渐难。献忠便命大船奋勇追击，务要消灭小船。看看小船已临危险之际，只听曾英水寨三声锣响，各小船齐靠北岸，抛出缆绳，便有岸上军士齐出牵引，将各小船挽上滩去。献忠大船追赶不上。只好慢慢地一只一只由南岸挽纤，拉上滩口。方才上得数十只，只听曾英水寨内突然锣鼓齐鸣，喊杀连天，强弓硬弩，射出火箭火弹，将拉上之船焚烧甚多。二百号小船，一齐自水寨内杀了出来，驶向献忠之船，斫桡劈舵。顷刻间，将挽纤之人追杀。同时望见陆上之军拥挤在寨口狭道上，积尸如山，不能进攻。有许多爬崖越山，去到寨后的，亦皆被寨内的射死。献忠尚自不服，命所余大船，向狭道推去，要在寨外连船，加宽进攻之路，用水军登陆合力攻打。不料这段江水正向狭路冲来，甚为迅急。岸上无纤，竟难靠拢。努力半日，靠近几只。献忠便命用铁桩重缆，紧系在岸。这才一只一只，向上游靠拢。刚刚靠近寨外，铺下木板，方当全队进攻之际，曾英水寨之军挟着火器前来应援，站在寨上，放出火器。少时献忠之船着火，烈焰蔓延。献忠无法，只得斫断系缆，鸣锣退军。在江中次第扑灭船上余火，清点各船，损失极大。献忠回营，心中仍不肯服。又曾几次进攻，无不败回。如此被阻达四月之久。

看看粮食将尽。献忠与众将议道："我一生与水道不利，致被曾英所阻。但今湖广不可再回，唯有拼命入蜀才是生路。我已探听明白，从云阳小江，有路可到开县。由此可以绕道前去。但开县以外，全是摇黄十三家盘踞，他们自称闯王部下，与我为难。若要借路于他，恐亦多有阻碍。你们看，还是进攻湖滩好？还是借道摇黄好？"诸将议论纷纷，莫衷一是。正当此时，江鼎镇、龚完敬二人前来投降，献忠因他们来自官军后方，向他问计。江鼎镇答道："摇黄如一湫恶水，散漫千里之内，攻破一点易，扫荡全局难。曾英如一盆火，虽然猛烈，后方空虚，只要攻破此关，便如入无人之境矣。"献忠闻言大悟。立即下令："派兵向夔巫一带赶运军粮盐茶牛酒，休兵半月，自有攻破湖滩之计。"

献忠思索半月，便于五月二十日命王志贤道："你挑选矫捷健壮之兵千人，身披草衣，裹粮挟刀，从北岸大山竹箐中匍匐潜进，绕出李占春旱寨。若遇望哨官兵，便潜伏不动，务要瞒过他们。在山中多割干草，待见我军进攻之时，将干草燃火，掷进寨去，大呼杀出接应。”又命马元利、狄三品道：“乘夜渡兵一万，向南山中绕行至湖滩上游，在山间多藏旗帜，但见官军寨中火起，一齐大呼杀出，接应南岸挽船之军。”两路去后，献忠命浪里龙整顿船只，择期于五月二十四日，半自南岸牵挽而上，半向中流摇橹荡桨而上。孙可望弟兄四人率马队由南北岸分上。出军之时便将老营烧去，誓不再返。献忠自坐大船督战，命水军各执木板一片，抵御矢石火器。只许前进，后退立斩。于是水陆大军鼓噪而上，只杀得山鸣谷应，江水尽红。杀了三日，未能将湖滩水陆两寨攻下。五月二十六日，正当鏖战之时，李占春陆寨忽然起火。南北山中伏军齐出，曾英忙命分军迎击。虽然南岸之军未能渡江，但官军望见满山旗帜，不免惊惶。献忠乘势将船抢近水寨，放起火来，一阵乱杀。曾英立高处督战，未提防王志贤一军从后面杀来，一箭射中他的肩胛。余大海见主将带伤，忙鸣金退军。献忠便于此时将湖滩占领，清点人马船只，折损甚多。浪里龙等精悍水军将官多于此役废命。

曾英大船多被焚毁，余大海亦已带伤。幸小船突围者尚多，由李占春率领仍分水陆两路，退保望州关。献忠在湖滩重整军马，进据万县。命刘进忠与王志贤率三万人直趋梁山，攻打赵荣贵。自已仍分三队，左步右骑，夹水而上，向望州关攻来。此间险要虽不及湖滩，无奈李占春等死力支拒，阻着进路。

那面赵荣贵率军扼守白兔亭，便是从前涂原击败献忠之处。刘进忠知道地理厉害，先与王志贤分军为奇正两队。刘进忠督攻正路，用献忠成命，只许向前，不准反顾。赵荣贵虽然杀敌甚多，怎奈杀他不退。山上矢石已尽，正逢王志贤奇兵翻山杀来。赵荣贵大败。因后方皆系摇黄之地，便冲开血路向保宁奔回，刘进忠等占领梁山，直下垫江、长寿。摇黄诸股见得献忠大军前来，亦即分路退过达州、渠县以北，凭渠江守御，将川东碉寨放弃了。

长江一路，曾英、余大海因须养伤，退守神溪口、猫儿石两处。李占春与胡鸣凤二人堵御望州关，忽闻献忠之军已破梁、垫，军心慌乱，被献忠所破。李占春自南岸取小路退走武隆，胡鸣凤则由合江奔走铜仁。他们与赵荣贵之军皆已残破，不堪再战，只好远遁避敌了。兵备道刘麟长见势不妙，自酆都奔回重庆，向陈士奇告急。陈士奇加派现兵万人，命刘麟长率领扼守铜锣峡。这峡在重庆下游四十里，南北连山接天，长亘千里，中通长江一线。麟长在峡口上下结寨，守而不战。献忠军到，刘进忠等亦从长寿来会。合兵虽众，不能通过峡口。献忠心生一计，自督众军佯攻峡口，却令王志贤、温玉洁各率健卒万人退向下游，乘马登山，绕道急驰百五十里，攻破江津县城。抢掠沿江民船，载兵顺水而下，绕出重庆之后，乘官军不意，将浮图关占领。陈士奇未曾防到这着，四万大兵聚在重庆，只派五百人在浮图关防守。这些兵忽见献忠之军大至，皆弃关而逃。重庆失了此关，正如武士失了甲胄一般，全城人心惶惶，惊恐万状。瑞王闻知，亲来责问陈士奇道："言巴蜀地天险，贼军难入。如今贼人却逼到城下来了。虽说重庆城坚，贼不能破。究竟扼守天险，仍须人力。君能保得此城平安不?"士奇宽慰道："此城全用巨石砌成，下连磐石，外是悬崖，绕以大江；城内军储山积，足支十年。现兵四万，有副将丁显爵、张奏凯在此。今臣已命人将铜锣峡守军调回，合兵五万，与全城数十万百姓守此坚城，贼人纵有百万大军亦难攻破。川中各路兵马不下十万，闻得殿下及臣困守在此，必来赴援。一将青木关、铜贯驿两处占领，贼兵便无逃路，可聚而歼之。请殿下静居长安寺，观臣破贼。"原来瑞王好佛，不茹荤酒，亦无妃嫔，常居长安寺中。听得士奇此说，半信半疑，驾回长安寺去了。此乃六月十七日之事。

十八日，麟长奉命，撤去铜锣峡守军，奔回重庆。重庆知府王行俭，巴县知县王锡，及与瑞王同来之关南道陈勋，皆戎装登城，协助士奇等分门拒守。十九日，张献忠高坐大船之上，水军巨舟百余号拥之而进。橹楼上高悬一面黄纛，大书"奉天行道，澄清川岳"八个大字。船上黄幔遮护，外张鼓乐，内陈歌舞。北岸骑队，南岸步兵，保护纤夫，夹道而来。在江北嘴扎下大营，环城扎下座营三十余处，与浮图关号火相连。二十日，张献忠派人去到城内劝降。经城内各官会讯，因言语不合，被各官杀了，将人头用长竿撑在朝天门上。献忠大怒，下令明日攻城。各营预备工具，忙了一夜。二十一日，各营攻城之兵被城上矢石击伤甚多，纷纷报说城险难攻。献忠仍亲自乘船，从江北嘴巡视城内的三面之后，将大营迁到浮图关去，召集各将领商议。诸将多有主张弃了此城，直趋成都的。江鼎镇献议道：“此城不破，则全川各州县皆恃有重庆为援，凭城拒守，要取成都非易。纵然取得成都，亦难固守。譬如击常山蛇，此为蛇首。破得此城，则全蜀人心瓦解，再取成都甚易。其余百余州县，更可传檄而定。”献忠道：“此城确是应当攻下，无奈石墙石底难造地雷洞穴，全用人攻，死伤必多。万一久攻不下，各路官军大至，反多危险。”鼎镇道：“大凡建造城墙，必用一段压在土上，方能通达地气，感应城隍祭享。此城的通远门附近，便有一丈之地乃是土根。自此掘穴，可以打开缺口。”献忠闻言大喜，便命各营加紧攻城，使城内官军几面应敌。自己却督悍卒，来到通远门外观察。但见距城十里以内全是乱冢。便命军士发冢，将尸体抛弃，每人取一棺材负着，抵御矢石，去到城下，找寻有土之处。下午回报，已经见得一段土基。二十二日，献忠命人仍负棺材到土基处挖掘。城上人笑道：“你们要自掘坟道么？须知天生的重庆，全是石基连石墙，你们休得妄想埋雷！”果然众军挖尽土壤，仅仅在城基得一空穴。数尺之后，墙石仍与石盘相连，并无缝隙通到城内。回报献忠，献忠道：“有这洞洞便已够了。”遂命将空棺满载火药，一个一个抬进洞去，次第填满。便用洞外积土，回填筑紧，留竹筒引线出来。这一天，城内守军知道敌人在埋地雷，曾由副将张奏凯督兵，放箭发炮，投热粥沸水，火箭火弹，百方阻御。从当日闹到彻夜。但献忠之军终将地穴火药塞满，筑土密封。天明以后，众军后退，一声爆响，数里内人皆耳聋目眩。但见烟雾冲天，木石飞舞。哗啦啦一段石城，向外坍了下来，造成丈多宽一个缺口。献忠之兵早有准备，仗盾挟矛蜂拥而进。城内张奏凯正在营中早膳，闻声惊起，上马持刀率队前来探视，但见兵民纷纷逃跑，喝止不住。前面烟雾之中，敌兵如水潮般涌来。奏凯督兵截杀，各兵那肯用命，各自奔跑不已。奏凯无法，率领亲军杀上前去，巷战而死。献忠亦从峡口入城，反命人将缺口把守，次第搜索。

◎评注

湖滩，一云福滩，在万县上游六十里，峡江中一较宽阔处。其西百二十里武陵镇，又西四十里观音滩，当石堡寨下。石堡寨旧云石城山，秦良玉曾驻兵此处，为涂井、淯井二盐场及忠州之屏障，故刘麟长驻此。观音滩上六十里为望州关。江水绕独猪嘴为三十里之一大套环，过沿溪口，出皇华城，复至望州关下，乃东流去。关去忠州三十里，岭上可以望见，故曰望州关也。扼望州关，沿溪口与皇华城，可使献忠水陆俱阻。地险逾于湖滩。惜曾英伤后，军心已溃，竟不能守。

第四十八回

轰退五雷瑞王毙命
报捐百万豪族被屠

话说张献忠率军进得重庆城内，将张奏凯斩首，命部队将江鼎镇等预制的“杀官救民”旗帜，每队一面，打在队首。沿街高呼：“只杀贪官，不犯顺民。”各街人民，尽将铺面关着，门外贴上“顺民”二字的纸条。街上只有许多散吏往来乱跑。九道城门守军闻风溃散，让献忠之军夺门而入。未及午刻，已将全城占据。兵勇等弃了衣甲，各寻人户逃避，人户尽已关着，哪有逃避之处，一个个全被拿获。副将丁显爵见大势已坏，率军奔向长安寺，想保瑞王同走。在小梁子与陈士奇相遇，正欲合军去夺南纪门，被献忠大军追围前来，显爵战死，瑞王与士奇被擒。

献忠就巡抚行台做了西王府。休息片刻，各军押来兵备道刘麟长、关南道陈勋、知府王行俭、知县王锡，与其他大小官员三十余人。具报擒获官兵四万六千余人，胥吏员役一千五百余人。献忠命分队羁押，先使汪兆鳞、王志贤、江鼎镇、龚完敬四人分别审问。造列降册、顺册、逆册、存疑四簿，听候裁决。后出示安民。当日便有各街保甲长奉献牛酒劳军。献忠心喜，传令军士不准劫掠淫杀。只准在营饮酒一日，非奉命出营，不准携带刀枪。百姓见之，无不喜悦，都说："流军比官军讲礼。"开了铺门，照常营业。不料这天下午，就有散兵三五成群出市，虽未带刀，却见妇女便拉，见好物便拿。口头说买，却未曾付一钱，店伙追去，只合挨顿饱打。妇女被奸淫的、失踪的亦不少。人们又都说道："天下老鸦一般黑，勿听他人甜言的好。"于是大家又把大门关闭起来，只要听得外省口音，便是把门打坏亦不敢放进一人。后来还是孙可望请准派兵上街巡逻，市面方才渐渐恢复了繁盛。

再说六月二十日，献忠在大校场演武厅上设一高座，黄缎装饰，武士环绕。大炮鸣时，献忠黄袍冕旒，乘马而来，高坐在上。台下排列木桩数十根。押来瑞王与陈士奇等官，依次呼名审讯。首先便是瑞王，不肯下跪，兀立无言。献忠道："你这朱家的王不值一条驴毬。见我不跪，是要死么?"瑞王道："孤失宠于先帝，远封汉中。早知命运乖恶，长斋念佛，以修来世。你如杀我，我亦只好再图转生，如不杀我，我愿剃发出家，再图修积。凭你处置，我不骂你，亦不告饶。"献忠见他这样倔强，颇为心折，便言道："我叫你先做个和尚，讨口过活。"便命人将他头发剃了，换了衲衣，给一岩瓢，赶出城去。不料瑞王前行，虽然是个光头和尚，走出校场，许多百姓见了依然跪地罗拜。献忠望见，传令押回来，对瑞王道："和尚，我想放你化缘，还莫如直接送你升天的好。"便命缚在桩上，立刻绞死。事有奏巧，恰在这时狂风骤起，南岸涂山树动，电光一闪，打了一炸雷。便有王志贤上前言道："古云迅雷风疾必变。朱常浩本无大过，不必杀他，亦不必放走，留在军中，用以招降前方州县亦是好的。"献忠道："你认为天帝在救他么？我是天帝之子，岂不知天帝之心，最恨朱家皇族不过，这雷是偶然的。"话未说完，又是一大炸雷，风亦猛了，天亦变了。台上台下忽然发出烦热，人思挥扇。献忠道："噫，雷神敢与我执拗么？是好的再打几炸!"话恰说完，一道金光射过座台，台上下人皆吃惊。惊魂未定，震耳大雷如炮炸一般爆响，倾盆大雨接踵而来。士兵衣服尽湿，纷欲散去。献忠忙大呼道："我奉天帝之命杀他，雷神焉敢来阻。你们看我打下雷公，一同审讯。”便命两座炮台交互向天轰打。不过瞬刻，云开雨止，雷收电匿，清风徐来，凉爽无比，军民无不骇异。献忠得意言道：“你们看，到底是雷比我凶呢？还是我比雷厉害？”军民一齐跪地，高呼万岁。

献忠命将瑞王绞死。押过陈士奇、王行俭等官来言道：“适才你们亲见，我要杀人，雷亦不敢阻挡。你们愿降的跪，愿死者立。”陈士奇等衣服淋湿，心中早已感着忿恨，还被他这样威胁，便由士奇先骂道：“你这小盗，偶然得意，便敢猖狂放肆至此。我等皇明大臣，岂能屈膝鼠辈。”王行俭与王锡亦皆齐声痛骂。各官原有已跪的又复站了起来，抖擞不已。献忠对士奇道：“你要死，却亦无甚便宜！”便先将他三人绑在桩上，撕去衣服，皮鞭乱打。打得人人失色，三人愈是骂个不已。正在鞭打之际，献忠大喝道：“将这些不跪的绑过去。”众官闻声，只刘麟长、陈勋与三五个未跪，余皆跪下。献忠命道：“将这几个不跪的绑到第二排桩上去，若还开口，便照前排三人施行。”刘陈二人面而相顾不作一语。士奇等三人仍自大呼乱骂。献忠高叫：“不要打了。将铁烧红，烙他，看他还能闹否？”这校场旁边便有铁炉，少时红铁钳来，着在三人体上，烟火灼发，窣窣之声可闻。三人惨叫呼天，声音渐哑。献忠看时，士奇已经气绝。行俭与王锡尚还半明不白的唧噜骂着。献忠命将二王口舌划破，破腹剜心，听人烹食。这才命跪地各官起立，站为两排看他三人尸体。各官中有五人登时晕倒在地。献忠道：“无用之人，拉去斩了。”这五人魂已离窍，死得毫无知觉。献忠又命将第二排绑的亦三绞结命。便有一个指挥名叫顾景的跳出班来，大呼道：“魔王张献忠，你这样行为，天要杀你呀！”献忠嗤嗤笑道：“我便是天，你不知道么！”命将顾景与倒地之官一齐杀了。其余官吏交与汪兆鳞审讯。有才干的暂以原官任用，一俟立功再行升迁。

二十五日，张献忠再审衙中吏役与城内绅衿。吏役大半是人民指认平时横行的，绅衿多是江鼎镇拿来的。因为江鼎镇昔年作川东防饷督察官，有一批与前阁臣王应熊族党相好的士绅，骂江鼎镇为刘宇亮的家奴走狗，结党与他为难。宇亮罢相后，王应熊传有起用之说，这批绅衿乘势控告江鼎镇贪污不法情事。更有唆使乡民入城打衙蠹，殴委员的。地方官吏知王刘两家势力相当，不敢作左右袒。又谓贪污有据，民怒难犯，不敢派兵剿办。逼得江鼎镇草草结束而去，因此衔恨在心。此时得志，派许多军士，查拿王党，诬以“散财纠众，抗拒王师”。士绅初审之时，幸逢是派与王志贤勘问，勘出实情。但因江鼎镇是新附有功之臣，未便弹劾，只得以“事出有因，查无实据”，一律列入存疑册内。至于衙吏，一律批以“可杀”二字，列入逆民册内，亲送献忠。江鼎镇见册力争，谓：“衙吏奔走之人，宜多留供驱使。士绅私附明室，终必背叛。”献忠怒目望了他一望道：“我既恨衙吏，又恨秀才。杀便一齐杀，放便一齐放。你说缙绅必叛，你亦算得一个缙绅，要想叛我么？”骇得江鼎镇伏地道：“微臣愚忠，天地鉴察。”献忠未曾理他，换了衣服，来到校场演武厅坐下，望见台下早已跪满一大坪。献忠道：“你们全是污吏劣绅，应该痛快杀了，为民除害。咱老子体天帝好生之德，要想饶恕你们，只罚你们助饷。愿助饷的站起来，不能助饷的仍跪着。”便有一大部的人口呼“万岁”站了起来。献忠命押过一边。问跪地的人道：“你们为何不愿助饷？”众人一齐呼：“穷。”献忠道：“若果真穷，亦可饶你。倘若说诳，便饶你不得！”命王志贤派兵分押各人，立往各家查看回报。王志贤指挥军士，每二人押解一人，分头察访而去。献忠再把愿报捐的传来，问道：“谁能报效百万两的跪上前来。”只有一人跪上。问来乃是阁臣王应熊之弟，名叫应熙。从前应熊当权之日，他横肆在乡，无恶不作。乡人受害者赴京击登闻鼓鸣冤，御史何楷参纠他淫暴贪虐之案四百八十余件，共计赃银一百七十余万两。诏下抚按勘究。恰逢重议召应熊入阁，又传中旨缓议。因此，在乡便更为骄横。此次偏遇江鼎镇将他抓了前来。他自知对头大了，故愿多捐些钱买献忠欢喜。此时幸无江鼎镇在侧与他作对。献忠果然心喜，命他站立台前右边。又问：“谁能报效八十万的站出来！”无人应声。又问：“七十万？”依次减到五十万，方有一人应声。问来是从前一名差吏，姓石名庆，差役起家，经商致富。但既富之后仍未缴销衙吏旧职，因而被擒。献忠不悦道：“你富有百万还要在衙当差。看来衙门甜头很大呢！有无亏心事情，还须考查。”命暂在左边押着，悬牌招告。石庆早已面无人色。献忠又问：“谁能报效四十万的。”无人应声。再问：“三十万？”便有五人上前。问：“二十万？”有十人上前。问：“十万？”有三十余人上前。剩下十余人。献忠道；“你们全是吝啬鬼，便连十万都不给么？”一个秀才跪禀道：“生员家贫，总共不值十万。家有老母，所以不敢全部献捐。”献忠大怒道：“献捐什么？杀了！”王志贤忙劝阻道：“大王初到重庆，未颁诔诏。此人无知，并非故犯。望念其是个孝子，从宽发落。”献忠点头道：“既是孝子，放了就是，罚他什么。”便命放了此人。又一人上前跪道：“生员比较可以生活，但无余钱，比照王应熙，只能报捐一万。”接着便有几人跪上前来，同一样说。献忠看了应熙一眼，说道：“看这情形，果然他家独太富豪，这亦可疑！”龚完敬从旁插言道：“他乃阁臣王应熊之弟，因此独富。”献忠笑道：“原来如此，这亦须得招告。”

未到一刻，叫冤控告应熙和石庆的跪了一坪。献忠大怒，命将二人抄家，家族全数问斩。其余认捐之人，分别依认额追齐释放。恰在这时，王志贤查报回来，除十一人确系寒微，无力报捐外，余皆为富不仁，悭啬之徒。献忠命将假称贫穷的一齐杀了。围观民众无不称快。

二十六日，献忠再到演武厅，审讯所擒官兵。高声问道：“曾英与李占春皆在何处？谁个知道，报来有赏。”一个兵士应道：“我知道。”献忠呼近台前问之。那兵道：“曾英带伤，退守神溪口，李占春兵败退走武隆后，曾英与余大海皆避到武隆、彭水去了。”献忠道：“你能知道得这等详细，可是湖滩与我打过战来？”那兵大骇，嗫嚅不能出口，跪地不语。献忠大笑道：“咱老子横行天下，未遇劲敌。你们在湖滩阻挡我四个月之久，该死！该死！”随即问道：“还有参加过湖滩战役的人否？”军中无人答应。只有一个头目应道：“有我在内。今日被擒，要剐要杀，听凭处置。”献忠命押近台来，说道：“这才是个好家伙。那时各为其主，理直气壮，有甚怕认承得！你二人若降，我当重用。”便命拨到王志贤部下去了。这时俘虏中跟着自认湖滩溃回之人，便有数十个。献忠命押去拷问，若无假冒，打为烧饭喂马之人。若有假冒，一例斩头。又问其余军官，有愿降者否？便有一大坪跪地请降，只十多人直立不动。献忠怒问道：“你等不怕死么？”有一人道：“怕死便降你了！”献忠命将这几人一齐斩首，其余军官押开。再问军士道：“愿降的跪下，愿死的站着。”内中只有二十余人直立不跪，献忠道：“兵士中有了这些硬汉，合该升官。我喜欢这些军士，押过艾能奇营去，好好看待，劝他投降。”这才大骂这批跪地求降的兵道：“你等全是无用货，我用不着你们，亦不杀你，只与你们打上一个记号！”

便命各队分别押回，宰去左臂，放他活命。

二十七日，献忠留龚完敬作重庆知府，派张应奇留兵一营镇守。又派刘进忠与江鼎镇率军万人，由合川进取顺庆保宁；派马元利与王志贤率军万人，由永川进取富顺简州；派温玉洁与刘兴秀率军一万，由江津陆行，进攻泸州。献忠自率大队，乘船溯江，从容西上去取成都。

◎评注

陈士奇，字平人，福建漳浦人，天启五年进士，崇祯十五年任四川巡抚。王行俭，字质行，江苏宜兴人。崇祯十年进士。王锡，江西新建人，崇祯十三年进士，从士奇歼彭长庚之党，又斩摇黄首领马超。并见《明史》。《蜀碧》谓；“酆都林明儁有《三忠传》，而巴县人刘道开有列传。”今皆失传。

《明史》等书皆谓：“献忠杀瑞王，天无云而雷。献忠以炮轰之而雷止。”以为奇。

第四十九回

造物忌盈艳舞招来鬼弹
才人虑祸苦口说破悭囊

话说成都这座城池，乃是秦惠王时张仪所建。因建筑开始，曾有神龟划基之异，故号“龟城”。其后李冰为蜀郡太守，从灌口引来两条河水，绕城而过，向彭山口流去，以通舟船，增加了成都的繁盛。自汉迄唐，皆以富乐著称。附郭平原，沃野千里，号称“天府”。稻麦蚕桑，衣食之利，冠冕天下。绕城之水，濯锦鲜洁，使城内织锦工艺，格外生色，故江名“锦江”，城号“锦城”。唐末孟氏据蜀，绕城遍植芙蓉，秋日登城，红霞漫地，艳过河阳，故又号“蓉城”。自唐迄今，城址屡经开拓，繁盛亦代有增加。明太祖洪武四年平蜀，重建此城，以为四川省会。特烧巨砖包砌，内筑黄土。高有三丈，厚逾二丈，城上可以跑马习射。全长三十余里，只开四门。门外因江为池，环绕四面，架桥相通，上设栏楯，前建木栅，后有弩楼。故虽平地作城，其坚固亦与重庆、泸州相当。天启以来，经过奢崇明、张献忠、李自成三次围攻，多者累月，少亦兼旬，皆未攻破。城内有三十六大街，七十二小街，百零八巷道，五十余衙门，九十余寺观，园林千余座，商肆十万家，人口四十余万。穿城有小河两道，又有三十六池塘，七十二吊井，供给饮水。沿河木材山积，煤盐菽粟，盈仓溢库，多至不可数计。四城门内，各有兵营两列，校场一所，武库一座，粮仓数十椽。常驻战守马步兵丁二万余名，文武官吏千员。衙吏、胥役、皂隶、浮食之民，亦有数万。真算得人世的金城，物海的总汇。除却南北两京外，更无一座城池比得上它。太祖分封诸子，屏藩帝室，特选最有贤名的第十一个儿子朱椿到此建藩，是为蜀王。

洪武十一年，初封蜀王，特派太监康忠，到此建修王府。康太监乃蜀王生母郭妃心腹之人，恃着蜀王母子甚蒙圣眷，便放手挪用库银，修建得十分华贵坚固。王府之外，包以砖城一座。正南承天门，于一派紫垣上，匀开城门三洞，构成一个“四”字。外临金河，修造三座石桥，像个“川”字。狮栏螭柱，全仿京师宫殿装饰。门与桥间，纵横半里之地，拆卸民房，筑成空坝，以为朔望文武官吏朝觐时停住轿马隶从之处。跨正中石道上，建造石坊一座，横镌“金汤永固”四字。石坊前面，两对石狮，系自京师调来名匠雕造。连座高长各一丈二尺，宽八尺，重万钧，神态生动，工巧为天下第一。雕造五年乃成。连同桥坊石材，俱从彭山江口，挽舟而上，挽至南门城下，再用梭板转车，万人牵挽，搬到此来。安置停妥，已达五年之久，耗银千万余两。为的盖覆王宫，特在京中调来制瓦工人，在外东五里选地建窑，烧制黄绿琉璃宫瓦，所费亦数十万两。前后修造十二年，至洪武二十三年始成。川省库银，被其刮空如洗。经巡抚奏劾，太祖派员查勘，亦劾其侵渔。康太监不敢回京，藏匿蜀王府内，遥托郭妃为其疏解。太祖死后，太孙建文皇帝嗣位，始命将康太监拘拿斩首。蜀王私心感激于他，暗嘱士民于成都为立祠堂，便是“康公庙”了。其后燕王棣起兵篡位，是为成祖永乐皇帝。怕的是各处藩王效尤，又来夺他子孙的大位，对于手足诸王，甚为忌刻。蜀王曾遭几次诬攀，几丧性命。后来查明他确无歹意，方才活了出来。因此世世代代，都能恪遵祖制，自守规矩，不敢稍有放纵行为。所以历朝皇帝都夸蜀王贤德。将其家法传示各方，引为宗范。所谓祖制，便是太祖规定的藩王不得养兵，不得干政。只许纠察官吏，培植风俗，襄赞农田水利，旌表节孝贤良等事。总之，避开图谋不轨的嫌疑便是了。只要无图谋不轨之嫌，则朝廷对于藩王，亦有极坚牢的优厚待遇。

那明朝的规矩，凡是皇帝之子，称为亲王，每岁食禄一万石。开藩在外的，称为藩王，封域以内，所有官田皇庄，划为藩王私产，多者数百万顷，少者几十万顷，供作王府设官之俸禄，与龙子龙孙赡养之需。王府卫卒，多者一万九千人，少者三千人，概在兵部造册，具领粮饷。藩王的侍卫仪从，只减天子一等。公侯大臣朔望朝觐，概须跪拜尽礼。如有礼仪疏傲，一经奏劾，重则砍头，轻亦参革。故藩王虽不管兵权政权，各省文武官吏，莫不奉为神圣，无敢慢忽。藩王生子，年及十岁，即有册拜典礼；长子金册金印，称为世子，冠服比于一品大员。藩王死后，由其承受王位。次子以下，银册银印，分封各县，称为郡王。郡王长子称为郡王世子，世袭封国，冠服比于二品大员。郡王余子，册封镇国将军。孙子，封辅国将军。曾孙，封奉国将军。元孙，为镇国中尉。五世孙，辅国中尉。六世以下，皆为奉国中尉。其余亲眷，是为宗人，虽无封国，亦有常禄。冠婚丧葬，皆有宗人府拨款办理。其有文学技艺，中试立功，服官食禄者，宗禄照常支给。亲王之女曰公主，郡王之女曰郡主。婚嫁外姓，皆行公主下嫁之礼。宗人犯罪，不许民刑官吏拿问，一切须由宗人府或王府究治。故普通官民，凡与宗人交际，无不逊让再三，凡百隐忍。慢说宗人，即在王府服役人员，亦是骄气凌人，莫敢拂逆。地方奸民，无不夤缘入府，鱼肉善良。商贾平民，争愿馈献宗室，结为外援，以避官役蹂躏。因此，王府金银财富不可计量。这乃一般藩府情形。若说蜀府，所有皇庄，皆是天府膏腴之地。所有百姓，又皆富乐良善之民。自洪武二十三年开藩，迄今已是二百五十四年，传统十世，经历一十三王。积财之多，自当出人意想之外。宗人藩衍，已达数万，无不锦衣玉食，珠光宝气，照耀市人。嘉靖二十年建立太庙，蜀王进献赤金六十斤，白银六百斤。由四川藩府配鞘解运。余财之多如此，库存若干，可以推知。蜀人相传，蜀献王迎张三丰来，学习黄白之术，能炼朱砂为黄金，世代秘传此法，故蜀府黄金盖天下。其实哪有此事？不过蜀府金银甚多，的确富可敌国。本来当时征剿流军，兵饷奇绌之时，只要在蜀王府能输财助饷，便可充实军力。但他虽然明知用不尽，亦不忍花用出去。最后一任蜀王，为人谨慎有礼，就明代法典言之，可谓“贤王”。惟独不能看透此点。结果与武昌的楚王一样，率其全宗，殉财而死。这亦是明太祖刻薄寡恩，残杀过分，他的子孙活该受此报应。

却说明太祖分封诸子，原期传国万世。怕的是年代历久，子孙伦辈紊乱，特为诸王各拟世次二十字。命各王子孙依次命名，下配木、火、土、金、水旁一字。轮流回复，以便清理伦辈。蜀府世次，乃是：“悦友申宾让，承宣奉至平，懋进深滋远，端居务穆清。”如此二十字，原期回环轮转，演为万代。不料刚刚传到至字，便遇张献忠破成都了。此时蜀王至澍，已有五十一岁。他生于太平盛世，长在安乐窝中，哪知天高地厚，世运艰难。当此万方多难之际，仍是醉生梦死，纵情声色。他的元妃已老，宠爱贵妃周氏。周妃为了固宠，妙选蜀中绝色女子入宫，助其蛊惑。中有严珍兰、许若琼、齐飞鸾、李丽华四名，皆只破瓜年华，妙解音律，兼擅词翰。日夕与至澍、周妃，狂欢燕乐，享尽人间幸福。虽然流军遍起，国如沸鼎，宫中却别有天地，不闻不问。也是造化忌盈，日中常昃，衰气所感，却于极乐之际，发生一件奇事。

便在崇祯十六年除夕之夜，周妃大集宫女，与至澍欢宴。宴罢以歌舞压岁，四更不止。至澍半醉，反命兽炉添炭，强迫宫女裸舞，唱所制淫亵宫词。自亦脱帽袒裼，参入舞队歌跳。周妃等嬉笑附和，无复尊卑。正当狂欢忘形之际，突闻砰然有声，一颗铁丸自檐际飞来，将宫殿正中所悬大琉璃灯击破，铿然坠地。殿上突感晦暗，宫人无不大吃一惊。喧哗的殿庭立即静了下来。便在此最静的一刻间，共闻檐际长叹一声，非常凄厉。阖殿男女，各自打一个寒噤。惶骇之下，又复大哗起来，宫女纷纷挤到殿角。蜀王酒醒大半，叫道一声有刺客，亦即躲到那堆裸女里去藏匿。幸有几个太监跑出去，唤进许多禁军来，拔剑张弩，上下搜查一遍，毫无人踪物影。这时宫女各已散去。周妃扶至澍入室睡下，恰恰听得鸡鸣漏响，已是五更时了。禁军随同太监们环守室外，未敢离去。还是至澍清醒，吩咐众人散去，对周妃道：“宫府深邃，禁军环卫，哪会有刺客飞来？此乃祖宗见我荒淫失体，特来示警而已。流寇猖狂，诸藩覆宗灭祀者不少。我们今后当立图修省，培植厚德，以慰列祖列宗在天之灵。不可再如此胡闹了。”

那周妃哪里听得进这类的话，偎倚至澍，半嗔半哭，说道：“正当新岁开头，怎说出这样倒霉不吉的话？祖制不许藩王典军干政，天下安危，与你什么相干！难道谋臣勇将都该避诸高阁，让你这位无权无勇的藩王闭门修省，便可天回地转，消灭流寇不成？这颗弹子，明明是哪家失宠拈酸的宫婢聘人前来刺你。你却反把他认作祖宗去了，岂不可笑！五十几岁的人了，还快活得几年？不忙着及时行乐，却有这杞人忧天的闲情逸致！”至澍毕竟是一糊涂醉梦中人，听得她这番话，果然心安理得地昏昏睡去了。

这崇祯十七年，正是全国天翻地覆、十日并出的一年。但成都的正月，却仍在笙歌箫鼓、花灯彩景中过去。刚过灯节不久，汉中告急，瑞王避地入川。同时摇黄猖獗，川北离乱，献忠入峡，川东吃紧的消息接踵而来。那时巡抚陈士奇尚在成都，因兵饷两缺，难为防剿。邀集成都众官在会府议饷。各官皆言民穷财困之际，不可加赋，只宜劝捐。便有成都令吴继善、华阳令沈云祚二人倡议，首先劝募蜀王。巡按刘之勃道：“蜀王府虽拥多金，但蜀王为人吝啬，向他募饷，未必肯出。倘若诬奏我等乘危胁迫，大家都有不便。今先推你二人前去游说，如他已有允意，再由我等同往劝募不迟。”吴沈二人挺身自任，散会之后，即打轿前往王府拜谒。但蜀王拒而不见。

这吴继善，字志衍，沈云祚，字子凌，都是江南太仓州人氏。又都是崇祯朝的新进士，现又同城做官，甚为相得。二人皆有经世之志，才情亦高。只因资历尚浅，屈在县任。正想乘时有所作为，故皆敢于言事。他们认定挽救川局，不宜再增加川民负担，唯有借用蜀府库藏，才是善道。散会下来，曾去蜀府投谒数次，皆被拒未见。二人无法，闻得内江王颇有才德，前去投谒，蒙内江王接见。二人便将时局危急，人心崩离，官吏束手无策，唯有蜀王散财募士，增饷练兵，仿开封周王成法，方足以保卫成都。惟蜀王输财济饷，振发前方士气，方足以保卫蜀土等情，陈述尽致。内江王甚为动容，允为转达蜀王。二人辞出。内江王立即去到蜀府。因他乃是至澍叔父，故可畅所欲言，将吴沈二人之说尽情发挥。至澍摇头道：

“祖制不许干预戎政，我何敢散财练兵！若说前方将士军饷，自有布按等司筹措。我若发饷市惠，这又与养兵何异？叔父之命，实有碍难遵从之处。”内江王退了出来，回复吴沈二人。吴继善愤起言道：“今天下诸王，覆国大半。蜀王沉迷声色，不知危殆。若同城官吏，皆不强谏，他日亦惟同归于尽而已！”于是援笔为疏道：“外臣成都县令吴继善，谨上书于蜀王殿下：高皇帝众建藩辅，棋置绣错。数年以来，蹈命失国，覆其家口者，已十余王。非有失道败德，见绝于天也。直以拥富贵之资，狃便安之计，苟私其利而不思其全，若襄王、福王、楚王、秦王者，非殿下前车之鉴乎？楚氛日恶，秦关失守，摇黄闯献，跳梁左右，殿下付之悠悠而不恤，臣窃有不可解者三焉：夫全蜀之险，在边不在腹。若设重兵，戍夔关剑阁，城足自固。否则黄牛白帝，亦属康衢。黑水阳平，互多歧径，乃欲座守宫墙，谓之设险，不可解者一也。往者奢酋扑灭，闯献遁逃，成都人士遂谓蓉城无破陷之理。然而荆襄撤去藩篱，秦陇寒我齿颊，使贼情并无顾忌。今之视昔，已自不同。而欲援引前事，冀幸将来，此不可解者二也。矧夫锦江之固，孰若秦关？白水之险，孰逾湘汉？此可恃以无虞，彼何因而失守?！且城如孤注，救援先穷。时值冬寒，长驱尤易。累卵不足喻其危，厝火未足明其厄，而犹泄泄以幸苟安，此不可解者三也。为殿下计，宜召境内各官，咨诹谋议。发帑金以赡戍卒，散仓粟以救饥民。出明禁，绝厮养苍头，蠲积逋，免流离沟瘠。募民兵以守隘，结夷目以资援。政教内修，声势外震，则可易危为安，转祸为福。今闯献摇黄，同逼蜀徼。会城现兵不满五千，现粮不支三月。连年征发，州县空虚，虽民气可用，而饷糈不给。文武束手，壮士仰屋。神京睽隔，吁请须时。群情所属，惟在殿下。如殿下犹守承平之成规，欲观火于隔岸，则蜀事莫知所终矣！情势急迫，昧死上陈。伏维昭察。”

此书仍托内江王转达。蜀王初尚不听。经内江王涕泣苦谏，才许发库帑银三万两，托巡按刘之勃解送陈士奇犒军。前方得此犒赏，士气一振，故曾英、李占春、于大海等能拒阻湖滩至四月之久。

同时陈士奇在重庆，亦请瑞王倡捐军饷。瑞王道：“孤流离至此，哪有财物助军！但此乃国家救急大事，孤当躬赴殷实绅家，劝其助饷。”遂饬驺从，亲赴首富王应熙家劝募。被应熙推得一干二净三无事，瑞王叹息而归，遂未再出。待到张献忠入蜀，坐在演武厅上拷问勒捐，应熙自捐百万，反被献忠族诛，作了殉财之鬼。

◎评注

吴继善上蜀王书，见吴梅村《绥寇记略》及李馥荣《滟滪囊》。沈云祚说内江王辞，见范文光《沈华阳传》。此书汇为一事，文词亦不尽同。沈荀若《蜀难叙略》，谓沈与吴继善同乡、世谊，家属相依处。则二人同谏蜀王为必然矣。此亦足见本书所记，较各家详确。与信笔抒情小说不同。

第五十回 跃荷池巡按拒监国 劫宫眷禁旅扰南巡

崇祯十七年四月十六日，有个四川籍武举米彝之，从保定奔回成都来，气喘吁吁，向大宪衙门告变。据他说：“出京之时，李闯军已破居庸关。到良乡时，已闻昌平失陷。到保定时，已闻北京失守。保定官吏军民，驰走惶惶，秩序大乱。已有知府文告，谓车驾出幸通州，即调近畿各镇兵马前往讨贼。足见京师沦陷属实。乃化装商贾，由间道星夜奔驰而归。”巡按刘之勃闻变，召集全城官吏，会商保境安民之计。众官尚未会齐，又有他从前派到京师办事的承差张世龙，这时疾奔回衙，报称：“三月十九日，闯贼入京称帝，国号大顺，改元永昌。先帝自缢，陈尸天安门外，尚未收殓。我混于负贩平民之间，逃出京师。又混迹避乱民众之中，竭力西窜。由陕西混入川界，昼夜乘传，回省告变。”之勃见得情报确实，乃与众官齐换素服，到会府举哀。并命人率同米张二人，到蜀府告变。蜀王至澍闻讯，大惊失色，忙即派遣审理刘道贞、仓大使赵芝二人，素衣去到会府，致谢举哀各官。自亦下令宫中府中男女人役，一体素衣，到奉先殿哭祭。这时献忠之兵距成都尚远。各官虽于司礼呼到“举哀”之时，同声一号，但皆干哭无泪。只有成华吴、沈二尹，与王府审理刘道贞，是真正号哭，久之不止。直至礼毕，入座议事之时，尚在抽噎。赵芝看不惯，低声问道贞道：“墨仙兄，如丧考妣，不过是古人欺世之谈。你与先帝尚未蒙面受知，为何竟哭得如此真切？我们王爷恐也未有这如此悲伤!”道贞大声道：“我非哭先帝惨死，是哭太祖太宗三百年基业，坏于庸臣贪吏之手！社稷摧崩，民生涂炭。蜀中大祸，迫在眉睫，而犹文恬武嬉，不知自救之计。天下大难，不知伊于胡底耳!”言下复放声大哭。吴沈二令，亦号哭应之，阖座为之变色。刘之勃问道：“国家事败坏至此，在廷诸臣与封疆大吏实皆不能辞责。适闻刘审理言，令人惭惶起敬。现陈巡抚犹在重庆，之勃谬为方面大臣，自当率同众官，察承蜀王殿下，集思广益，安定蜀土，以待澄清。未知刘审理有何高见，挽救当前时局?”

这刘道贞，字墨仙，乃是邛州举人，为人精干，优于文辞，不喜帖括制艺，专喜谈论经世济时之道。他有族兄刘养贞，亦是一个举人，制艺甚佳。随时劝他究习八股经义，猎取功名。他回说：“我最恨本朝用人，过于拘守资格。正印官吏，必用进士出身的人。而从八股用功练到进士的人，十之八九都迂腐无用了。反喜矜持门户，意气用事，嫉才冒功，阿私树党。大好河山，必被这批进士闹坏。”后养贞中了崇祯四年进士，做到礼部主事。觉得在朝人物，果如道贞所言，迂腐私愚，鲜有经济大志。因此将道贞推荐与蜀王至澍。至澍素重养贞，便用道贞作了王府副审理。渐以才干见称，升为正审理，主持推按刑狱，禁诰横暴之事。乃是蜀府僚属中一个要员。他见天下纷乱，暗蓄大志，屡次条陈澄清吏治，收拾人心之计。又劝蜀王散财养士，振军经武，以待天下之变。蜀王不敢相从，反转疏远了他。蜀王世子平栎，则深以道贞之言为然，命其物色官绅之贤而才者，深相结纳。一面常向蜀王浸润启导，渐已说动蜀王。偏被周贵妃闻知，便以大言恫吓道：“此乃覆宗灭族之计！王若采用，我愿先行自杀，以免身入高墙受罪。”蜀王因此便又罢了。

长史杨锵之弟杨鉴，任王府典簿之职，与道贞相善，王府库大使齐琼芳，乃宫人齐飞鸾之父。他们皆与世子平栎同心，希望蜀王乘乱割据，做得攀龙附凤之人。对于道贞主张，甚为拥护。因此道贞成了蜀府一个重心人物。近见吴继善、沈云祚二人颇有才干，主张又甚相合，遂得暗相结纳，要想大有作为。此日哭祭崇祯皇帝，三人想起平日计谋未售，天下事渐不可为，因此痛哭起来。

刘之勃，字安侯，陕西宝鸡县人，崇祯七年进士。乃是一方严守正之人，只是缺乏才气。对此艰危时局，一筹莫展，只抱定一个死字。此时见得刘道贞忠义激切，不免肃然起敬。当场向他请教救时大计。道贞侃侃言道："流贼本星星之火，不难扑灭。朝臣无能，坐令滋蔓。今已酿成滔天巨祸，前事尚何足言！今日之计，重在讨贼。蜀地民殷物阜，号称天府，流寇素所垂涎。我不讨贼，亦难苟安。当兹鼎湖新逝，人切同仇，正好举全蜀之力，纠集义旅，北出汉中，捣贼巢穴。分军沿兴郧东下，窥取荆襄。连合左良玉之军，断贼右臂，则闯逆不敢正视巴蜀，而献贼摇黄诸小丑，亦不难消灭于川界。全蜀安定，则国家不难凭以复兴。省外义民，闻风而起者必众。在我等尽臣子之大义，在国家著养士之微效。事成有中兴之功。即败，亦可对列祖于地下。浅见如此，还请列公大人详察。"之勃道："臣子之义，固当如此。只军兴十余年来，蜀如竭泽，军饷支绌，尚且无力供给现兵，防剿摇黄献逆各股。哪有粮饷招集义民？讨贼大事，谈何容易！"道贞道："王府金银山积，仓粟无算，百万劲旅，可以仰之而足。如果老大人定讨贼之志，末职愿泣恳蜀王散财救国。"之勃道："蜀王为人拘谨，无意疏财。先生之志，未必能偿。但如果能劝得蜀王，亦是生灵大幸。便烦先生请得蜀王同意再议，何如？"道贞力劝蜀王同意，便散会了。

道贞回来，先邀集杨鉴、齐琼芳，到世子宫里，秘密商议一度。又同到内江王府，邀吴沈二令，商议一度。众官皆道："蜀王吝啬，恐难说动。"道贞言道："若叫他平白输财，自难说动。若还奉上监国尊号，要他化家为国，则断无不动之理。"沈云祚道："巡按只说劝他输财，并未说要王监国。这监国便是称帝的先声，如何便可轻许？"道贞语塞。吴继善道："且先由墨仙兄请王输财，看是反应如何，再作道理。"道贞道："我便邀齐大使随内江王同往劝请如何？"内江王不肯去，经众人劝了一番，亦便去了。

见了蜀王，先由道贞说明来意，要他发放仓库，招集义兵。他仍以祖制为辞，坚决不肯。内江王怒道："从前北京未破，国家未亡，我等自宜遵守祖制，不问军旅。今先帝龙驭，宗庙覆灭，报国图存，在此一举，还向谁谈祖制？"蜀王这才许输银千两为募兵之费。道贞力争道："府中金银粟帛充斥，历世不用，便与尘土何异？今先帝驾崩，太子被掳，天下义士，思得贤王而事之。大王不乘时散财练兵，规图中兴大业，尚欲守此仓库，坐以待毙乎？"蜀王听到此处，未免心动，便说道："蜀府究竟有多少钱帛，孤尚未知。容与仓库二使商酌回复。"说罢，便邀齐琼芳去到后殿。琼芳回顾道贞，道贞使了一个眼色。琼芳会意，跟到后殿。蜀王先自低声问道："城中文武，是否都愿拥我为君？若只得了钱财，弃我而去，岂不可惜！"琼芳道："我们商量很久了，由全城文武共上监国位号。且待兵足饷足，打得几个胜战，便可即位称尊。"蜀王又道："陈士奇与刘之勃他们都愿么？"琼芳道："刘墨仙说：只要王肯大大方方先拿出钱来，全蜀官员与兵民哪有不愿拥戴的！"蜀王道："全蜀这样多的官吏军民，我哪有许多钱去散放？"琼芳道："只须拿钱养兵，有了兵力，官民自然服了。"蜀王道："你看我的库银能养多少兵？又能支持得几年？"琼芳道："现在库银仓粟，足够十万人五年粮饷。但只要有了兵，便可称尊号，便可勒索百姓钱财养兵，用不着皇库去开支的。只最初募兵必须拿出大批钱来。"蜀王道："你们拿得稳吗？"琼芳道："墨仙与臣等在世子处，商量过若干次，确有把握。"蜀王这才大喜，拍琼芳肩道："你是孤的内戚，全盘信托你和墨仙。事成之后，我必立飞鸾为后。"如此一番如意算盘，建立起蜀王的迷梦，欣然出殿，对内江王道："伯父教训，孤所不敢不遵。查核内库，亦只足练军十万。但须陈巡抚与刘巡按二公保证用来练兵，保护宗人安全，方敢交出。"刘道贞知已说通，便拉内江王辞出道："这事易办。"遂复与诸官齐集内江王府，商议监国事宜。

众官齐集时，刘道贞言道："蜀王已允散财，惟其意在监国，否则宁守宝库而死。今日之事，军饷第一。况监国并非称帝。如果太子还在人间，经人拥立，则蜀王还是蜀王，并无不可。如太子已死，国内不可无君。蜀王乃太祖爱子之裔，于诸藩中年齿最长，既能散财建军，力图光复，不失为贤，称尊继统，未为不可。如此则蜀中士气可振，人心同奋，转危为安，从此可操左券矣！”沈云祚道：“只怕刘巡按不肯。”吴继善道：“此乃情势所趋，不得不然。如果全城官民皆愿如此，刘公恐亦不能不从。”于是众官私议监国后部署事宜。仍由吴继善提出名单：陈士奇、刘之勃进位大学士，分管军民两政。杨锵为相。刘道贞、杨鉴、齐琼芳、赵芝皆进尚书。刘道贞亦推吴沈二尹以侍郎入阁办事。商定后，由世子平栎驰报蜀王。蜀王允了。众官即分头向全城司道文武商谈，无不乐从，相邀同到按署请刘之勃领衔劝进。

这时已是午后散衙，之勃正在后厅假寐，便邀众官到后厅随便谈话。不料听众官说出如此情由后，他竟勃然大怒道：“先帝初崩，太子存亡未知。北都虽陷，南都尚有五府六部。建君大事，自应取得南都消息，如何你等便有如此不祥之言！蜀王如能散财募士，为国讨贼，只可称为勤王，何得便称监国？公等不见唐代永王璘旧事乎？”吴继善道：“永王璘时，长安虽陷，天子出奔在蜀，太子监军在灵武。他之称帝，乃由其从臣贪禄僭侈，固当败亡。今先帝已崩，太子被掳，皆有确报。南京虚设六部，并无储君。南直三江，皆无藩封。楚豫诸王，已被流贼戕害。瑞王虽神宗之子，弃国出奔。江河上游形势，非蜀王监国，不足以资号召。拒贼军饷，尤非蜀府资给不可。蜀王既已首肯，老大人何必拘守常节，惜此名号乎！”话刚说完，众官高呼附和，声震堂壁。武官们更是汹汹作势，大嚷不已。之勃见众官势同胁迫，乃大呼道：“今天下强兵在淮南者有马士英、刘泽清、黄得功等。在湖广者有左良玉、何腾蛟等。在蓟辽者有吴三桂、唐通等。天下诸王，岂遂无逃依其军的？倘若皆称监国，则讨贼未成，内乱先起。蜀民孱弱，强寇压境，我辈不图弭祸消灾之道，乃欲以不义陷蜀王，而图暂时之富贵耶？公等不解此理，又欲威胁我，便请杀我以谢蜀王。监国之说，断不从命！”众官闻言方才静了。又有几人出来，苦口相劝。之勃毅然道：“公等以为是者，之勃以为断断不可。倘公等必要如此，我请先行自杀，以报列祖于地下。”说着起身，抢到荷池边，跃身一跳，投入池内。众官大骇，急忙扶救起来，幸池浅未能淹毙。各官伏地谢过，打消监国之说，纷纷散去。

刘道贞等一片热肠，被这一瓢水浇得冰冷。心中恼恨之勃固执，回报蜀王，不免加长凑短，说了之勃些坏话。蜀王不悦，不肯散财募兵。监国勤王两事，一齐搁下。派人谣诼相煽，说道："巡按是陕人，与贼同乡，蓄意降贼，故不肯筹饷练兵，只待贼来。"之勃闻之，乃请蜀王从川北调巡抚龙文光率兵来成都设防，让陈士奇专办川东。蜀王虽恨之勃，到底盼望军队驻防成都，只得从权允了。这乃四月间事。那时献忠尚在湖滩受阻。

龙文光，乃广西马平县人，天启时中进士。本年由贵州学道转任川北兵备道。那时北京未陷，蜀人陈演为首辅，不满陈士奇所为，将文光升了巡抚，去替换陈士奇。朝命三月才到川北。文光由保宁赴重庆接事。刚到顺庆，广元游击飞骑驰报：李自成西安之兵进攻汉中，声言必取巴蜀。其权将军马科与总兵马炌，已自汉中犯蜀，将朝天关攻陷，进逼广元了。文光因此不敢南下，致函陈士奇云："国方多难，吾辈宜协力同心，共勤王事，幸勿以进退随心，勉为国家支持川东一面。待驱闯献出川，共同乞退。"士奇得书，正逢湖滩吃紧，觉得支持川东责无旁贷，遂照常办事，与城同亡。

龙文光命总兵刘佳胤，率师三千，北援广元，自己仍驻保宁。马科攻广元不下，退守朝天关。李自成又派辽宁降将黎玉田为节度使，加兵取蜀。正当两军相持，未有胜负之际，刘之勃转来蜀王手书，调文光入援。文光亦恐闯军从别道窜袭成都，动摇根本。又苦兵少，无可分调，只得弃了川北州县，与佳胤同赴成都。抵成都时，已是五月中旬了。正与之勃商调缘边士兵之际，已闻保宁于五月十六日失陷，知县张昌降敌。知府项国瓒殉节。闯军进攻顺庆、剑阁两处。文光与之勃商议道："近边士兵多已调尽，惟建南遥远，土兵尚多，非有干员前往催征不可。"之勃荐成都府推官刘士斗精干忠义，可用。遂同请蜀王，从权委派为建昌兵备道，前往调兵。蜀王尚拘祖制不肯。刘道贞请下蜀王，暗语道："方今两路贼军，深入腹心。成都兵单，四路虚弱。刘之勃又有通贼之谣。建昌险远，道通滇缅，非贼军之所能至。吾王何不乘时与士斗结纳，即命宗室近臣随之同往，预将府库宝物运往雅黎安置。若贼退，次第运还不难。若贼势日逼，吾王统率禁军，由雅黎奔入建昌，尚可保全富贵。臣生于黎州，长于邛雅，深知此带地理民情，土夷风俗，可保此策万全不败。"蜀王大喜。便破例给了王敕，派士斗权往摄任。随即召见士斗，便以道贞之意，郑重相托。士斗唯唯而退，转告之勃。之勃叹道：“宗室诸王，不以守土为念，专意守其私财，志在奔窜。欲求人情固守，安可得乎！”士斗道：“看此情形，我若赴任，蜀王必将搬运财货同行，动摇人心。现在唯有推延不肯赴任方好。”之勃点头。士斗遂向蜀王推称，道路不靖，须待招募卫队同行。滞留不赴。

到了六月十三，湖滩军溃，剑阁失守消息，一齐传来。成都军民惶惶，全城鼎沸。已有富绅巨室，纷向城外迁移。之勃与文光，忙出示安民，禁止搬迁。刘道贞料知成都必破，要将眷口送回黎州。行迟一步，已被禁令阻止。道贞往催士斗赴任，要与同行。士斗婉谢不从。迨闻重庆失守，成都惊惶愈甚。道贞无法，乃往游说蜀王道：“成都非安全之地，尽人皆知。刘巡按不容吾王监国，又阻刘士斗赴任以防吾王搬迁，则其用心可知。愿王从速决计，奔向云南，留世子居守，乃为万全之策。”此时蜀王心已慌乱，退与周贵妃商议，周妃亦赞成其入滇。遂传命王府诸臣，愿留者辅世子居守，愿入滇者受道贞提调遣发。移敕抚布按三司，征发夫马。抚布按三司俱来谏阻，不肯征发民夫。迨宫中宝物扛担，收拾妥贴，不见马夫到来，召问道贞。道贞言道：“三司皆拒发夫马，这是以王为奇货，留与献贼。吾王不少资财，何不出榜自雇民夫？难道吾王自雇夫马出城，他们敢阻挡么？”蜀王情急，果即出榜，以重金募集民夫。因这一来，全城人情更为惶惧，便有许多想搬出城被阻的富绅，纷纷前来应募。皆愿自出私财募役，报效王府。但恳将自己扛担带上，贴上王府印封，随队出城。蜀王贪利，自然乐得照准。于是一夜之间，便有民夫数万前来报到。蜀府印封上路之件，亦增加了一千余担。

蜀王传谕，翌晨一早出发。刘道贞率队前导。庆符王宣墼，库使齐琼芳，分率禁军居中押运。蜀王自率一部禁军，保护宫眷押后。向南门出发，谢绝各官饯送。前队出发不久，巡按、布政、司道官员，纷纷驰来王府。由龙文光、刘之勃为首，涕泣劝阻。蜀王哪里肯听，传令宫眷随行李前进。他亦向周妃车攀去，便要前行。各官无法，乃环跪车下，请其暂留一刻，待派官军保护，并驰檄前路州县供张。蜀王这才允了。便在承天门下设座，与众官话别，以待护送之军。不料谈话之间，宫眷舆抬，纷乱折回。报说：“沿街百姓，争要随同出城，攀辕不放。官兵出面弹压，遂有暴民突起，乱抢行李宫眷。王府禁军，亦大哗溃散，混同抢劫，无人可以制止。”蜀王与各官大惊，忙命司道官员前往弹压。蜀王与宫眷退入宫中，暂罢幸滇之议。约莫午时过后，刘道贞等陆续押运行李回来。清点一过，禁军逃散者一千余人。宫眷与随行宗女失踪者五十余人。行李损失一百余驮，内有赤金一驮，白银五驮，绫锦十余驮。绅民附行之被打死伤者亦数十人。且喜宠幸宫人及珍奇宝物皆在后队，尚无损失。蜀王初时大怒，继而渐觉惭畏起来，不敢说到查究。只将道贞呼来，痛斥其筹划未善，聊以泄气。道贞忍气受了。却退与内江王及庆符王相谋，认定成都难保，非逃出去不可。劝二王疏请归藩，蜀王痛财，一气之下，随便准了。道贞遂得暗率家眷，随同二王之众出城。故城破之后，宗人全体被杀，独内江、庆符二王得脱。王府官吏，亦只逃了道贞一人。

◎评注

吴继善即吴梅村之兄，后降献忠，官尚书。记献忠之书者，以梅村故，多讳其降，《蜀碧》且饰为“死节”云云。

第五十一回

以貌取人屈煞温玉洁 指挥若定攻克泸州城

却说张献忠此次攻取重庆，得力在先破江津，占了上游形势。因得由江津袭据浮图关，扼着重庆咽喉。这场功劳，乃是温玉洁、王志贤二人挣得来的。

温鉴，字玉洁，原是固原镇军幕出身。后来降附李闯，屡从征战，参与谋划。累积军功，做到彝陵州同知。此人生得棱眉吊眼，皮肤黝黑，一脸大麻子，络腮胡须，短胖身材，外表甚为丑陋。但他却有一笔好字，二等才情，三斤酒量，四季衣服。居家窗明几净，娇妻美婢，莳花种竹，品棋吟诗。又复烹调精美，好客善谈。更能留心天下形势，钱粮户籍之数，关塞险厄所在，略能上口。谈风既健，举动不俗。流军中谬诩风雅与贪图享乐之人，无不喜到他家闲谈。可惜李自成乃是一刻苦俭朴之人，不喜这等行藏，因此未蒙重用。独罗汝才与他气味相投，过从甚密，保荐他做了彝陵同知。到任不久，汝才被杀，温玉洁随时担心株连。幸亏自成尚未念到他，便因抵抗孙传庭，由河南杀过陕西去了。到底玉洁心中难安，朝夕忧惧。闻得张献忠北取荆州，他便派人迎降。献忠入蜀，路过彝陵，玉洁厚赂汪兆麟，恳求引见。兆麟夸他是天下奇才，有荡平宇内之略，劝献忠重用于他。献忠召见之后，对兆麟言道："你看他生得这样丑陋，恰似活钟馗，却偏要取个甜美的名字，叫温玉洁。便可知他是个言过其实的浑小子。我给他改名温麻胡，以后休得容他再来见我。"兆麟无法，只得退下来，安慰玉洁，许其另找机会。

当献忠被阻铜锣峡，兆麟私问玉洁："有何方法可以突过此关，取得重庆?"玉洁献了潜出江津，袭取浮图关的绝计。献忠行之有效，方才任用玉洁为都督。但仍不许见面，只命他具札谢恩，由汪兆麟转达。玉洁常引镜自照，叹息道："可惜一身本领，被你这张面皮遮掩净尽!"气上来，率性将镜摔破。但献忠属下一班文臣武将，多喜与玉洁周旋。吃喝之外，偶谈天下大事。见他口若悬河，说得来头头是道，都称他是奇才，愿向献忠保荐于他。迨献忠已将重庆事务处理，大会诸将，商议进兵路向，诸将皆言："温玉洁洞晓戎机，熟悉形势，前破重庆，是他之策。今取成都，亦可命他献策。"这时玉洁虽然列会，排座在最远最僻之处，知道献忠恶他，虽闻众将如此言说，亦尚未敢起立致词。会中默了许久，献忠方才言道："姑且叫他上来说说。"这下玉洁方敢离席上前，向献忠敬礼后，侧转过身来，更扭过脸，再俯下首言道："大王，四川形势，成都为首，重庆为臀。从来取蜀川者，不出两途。一从汉中，逾七盘岭入广元，经剑阁向成都，是为直取首级的陆道；一是由湖广穿三峡取重庆，是为切取尾闾的水道。陆路因有南北栈道之险，马不得连辔并骑，人不得换肩挑担，乃是天下第一险阻。但一过剑州，便是坦途。取得成都，便可传檄而收重庆。算得是先难而后易。水路挽船而上，士马不劳，粮运不匮。一入夔门，便如进了堂奥，沿江大城，不难以逸道攻取。但纵然取了重庆，亦不能服得西川州县。节节进攻，尚有泸、合两州为第二重锁钥，更有若干名城拱卫成都，取之不易。这算是先易而后难。昔光武平蜀，先主取蜀，桓温灭蜀，皆从水路，无不成功。最近闯王入川，采用陆路，却失败而去。大王今从水路，已得重庆，收取全川便有把握。只前途尚多困难之处。"

献忠听得不耐，喝止道："这浑蛋！老子正因前途困难，才问你，要你说这许多十月怀胎何用?”玉洁忙大声道:“小将正说到进军的方略了。”献忠忍了性子,再听下去。口里却咕噜道:“人既肮脏,说话亦是啰嗦。”

玉洁忍着羞,继续言道:“由重庆取成都,从来都是三道并进:一由合州、遂宁,攻向涪关,是为内水。一由泸州、内江,攻向简州,是为中水。一自泸州、叙州、嘉定州,攻向彭山,是为外水。成都四望平野,无险可守。专恃守此三水沿岸城池,以拒西上之师。但蜀中兵力有限,分守各城,则力弱易破。合守一处,则歧道难扼。大王分军三路,各用骑军夹岸,保护舟师,牵挽而进。遇城降则厚抚,抗则剿绝。如此水陆两护,三道并进。如遇坚城不下,便调他路之军折回协攻,务在必克。目前北京沦陷消息业已传遍,川人定有必破之忧,降有全活之乐,自必相率投降。如此攻下一城,即便得一州县。州县皆归于我,成都孤绝,虽有坚垣利械,亦不能守。况亡国之臣,外援断绝,安得而抗我哉!”

献忠听到此处,较为喜悦。仍问玉洁道:“依此说来,何时可到成都?”玉洁道:“陈士奇虽死,龙文光已做四川巡抚,必然调兵遣将,抵抗我师。小将料他不出三途:第一途,是将精兵锐将,扼守到泸合二州,抗拒我师不得前进。却命曾英、李占春等收聚川东残部,攻我后方。若其如此,便看我军攻城勇锐如何?若能一气攻下泸州,则前方便成破竹之势,不出十日,可得成都。但如我军未能攻下此关,师老城下,必为曾英等军所乘,便是败道,难望到成都了。第二途,现李闯派军来取四川,明是与大王争地。龙文光放弃川北,退守成都至泸州一带,让闯军与我军在川东北争斗,使我等西进兵力薄弱。倘闯军真的与我相斗,则泸州未易攻下,难望先得成都。第三途,他若虑兵力单薄,专守成都一城,保卫蜀王,以观时变。我军前行无阻,则不出一月,可到成都城下。只攻破此城,稍费时日。”

献忠听了大喜道:“温麻胡所料甚是。闯王既已来抢四川,我们必须先行占领成都才好。现在不可留恋重庆的繁华,必须先把泸、合两州抢到手。江鼎镇熟悉川北情形,便命你与刘进忠率大队去争合州。得了合州,才能防得闯军来夺我们的重庆。倘若闯军不争重庆,直取成都,你便牵制他的后方,叫他前进不得。温麻胡既认得清这形势,我便命你率大队去取泸州。倘若取得泸州,此功非小。王志贤与马元利,另率一队,由璧山、永川，向内江杀去，兼照应其他两路。若两路都很顺利，便径从中水一路，去取成都。我率大军随后策应。”分派已毕，立刻便命三路出发。

按下北中两路，单讲温玉洁与刘兴秀，率领一万人马，分为舟骑两队，从江津溯江而上。第二日，到了神臂崖。此地距泸州只八十里，断崖四削，北临大江，号称天险。南宋淳祐年间，曾将泸州徙治于此。玉洁便在此处扎营。打听得泸州知州苏瑶昆与参将罗于莘，早已部署城守。成都方面，却并未派兵前来帮助。玉洁大喜道：“龙文光未图固守此城，成都不难得矣！”乃先遣人持书前往招降。苏知州得书，来向罗于莘言道：“今北京沦陷，天下无主。献忠已破重庆来攻泸州，势在必得。龙巡抚新接军符，调度多艰，未知能派兵来救援否？我乃文官，有守城之责，迟早准备一死。全城生命，系于将军。将军若降，我便回衙自缢。将军若战，我当劝励绅民，全力协助。”于莘道：“大人要作忠臣，难道我等武夫便不当忠臣么？我决心保守城池，以待成都援兵。此城天险，与重庆相似，乃是川蜀紧要门户，我料龙巡抚必然派兵来援。献贼亲来我尚不惧，怕他这姓温的么？惟守城须得绅民同心，我们还是先行召集绅民，激发他们忠义之气要紧。”于是立即派人四出，邀请全城绅士，在学署明伦堂会议，各将当前情形与必宜死守的理论说了一番。便有卸任泽州知州韩洪鼎，卸任楚雄推官韩大宾，永宁卫指挥使王万春，生员方旭、方伯元、曾荐祥等，大呼：“我等诗礼人家，岂能屈身流贼，愿纠义兵与贼死战。”其他绅民，无不同声应和。于莘见民心可用，大喜。当下将温玉洁所派之人绑来，插了耳箭，放他回去。绅民大嚷道：“来贼不杀，放他去引贼来么？”于莘道：“我等城守完备，正待他来攻打，杀得张献忠、温玉洁辈，才算值得。似这小毛贼，杀来何用！”这席话，故意让被放之人明白听得。迨将来人放走以后，于莘方才对众官言道：“我想诱敌前来攻城，先挫他的锐气，方能守得城池。各位但坚守城垣，看我明日破贼。”众人半疑半信地散了。于莘回帐，调兵遣将，如此如此，准备迎敌。

第二日，温玉洁自率舟师西上。命刘兴秀率骑队由北岸前进，会军于江北小市。小市有街房百余户，人人头顶香盘，手执纸旗，跪迎在大街两旁，口称顺民。玉洁叫为首几人前来，盘问城内情形，说得与逃回的人所见无异。再命人押去查看他们的家口坐落，一切都很真实。知道确是顺民，便赏了银钱，命他们顺营候差。随即选定地势较高的东岳庙，扎下座营。水路两军，分扎为水陆两寨，埋锅造膳，准备云梯钩竿攻城之具。下令全军，除留千人轮班巡夜之外，余皆安寝。限定天明造食，渡江攻城。这日趁日未落时，将东岳庙后玉皇楼拆去，用木条扎成橹楼一座，以便明日登楼指挥。布置已毕，方与刘兴秀传得顺民头领进来，盘问道："泸州乃水运总汇，前次我们大王入川，曾到此地，大小两河，满是船只，此次为何一船不见？"一个头领答道："知州苏大人，闻得重庆失守，便命两河船户，退避到上游叙州、简州以上，说是以免资敌。"玉洁点头。又问："城内守军若干？龙透关守军若干？哪一门防守军较多？"头领道："从前城内常驻官兵五百人，分守龙透关。前月陈巡抚增派官兵前来，约有一千余人。近日封河，船只调开，此间与城内消息断绝，不知各门防守人的多少。"又问："封河之时，为何不将你等迁入城去？"一头领道："州城人口甚多，粮食缺乏，所以封河之前，只将小市粮食柴草搬运进城，未准人民迁入。"玉洁心喜，言道："州官弃了你们，你们便该替我军尽力，我军舟运畅通，粮盐不乏，只缺柴草。你等无粮，我便赏你们每人一斗。但要你们与我入山樵采柴薪马草，并招降乡民协助，破城之后，更有重赏。"如此分派之后，方遣散安息。刘兴秀见他如此精细安排，极其赞佩。

第二日，水陆两军造食后，一齐渡过沱江，向城垣低处猛力进攻。城上矢石拒抗，激战竟日。温玉洁在小市橹楼上摇旗指挥，擂鼓助战。留下巡夜的一千兵，造膳熬茶，陆续送过江去。小市顺民三百人，入山砍柴割草，搬运回来，前后陆续不断。接收之兵，随时发见面生之人，询问来历，便有同行顺民言道："是乡间亲戚，闻得大军仁义，自甘前来相助。盼于日暮收工之际，分得一些奖赏。"守军亦遂不疑。将届申牌时分，樵采人一齐回小市来，交割请赏，约莫一千余众，混有王万春等官军在内。但各皆挑负大量柴草，故守军未曾疑有他变。正当收过头批，准备赏钱之际，送柴人一声呼啸，从草捆中抽出刀矛，杀了接收之人，齐奔橹楼下来。橹楼下不过百余护军，变起仓促，哪能抵敌，被王万春率众杀得干净。抢上橹楼，活捉了温玉洁，杀却鼓吏。一面就草堆放火。一面在橹楼上敲起锣来，逃散开的守军，纷纷跑到河边，向对岸攻城之军招手，高呼有变。攻城之际，炮矢飞鸣，人声嘈杂，加以江阔水吼，如何听得明白？

但见小市起火，守军招手，又闻橹楼锣声，刘兴秀只得下令回军。正当拥挤上船之际，忽听一声炮响，城门大开，罗于莘率领官军，冲杀出来。众军无心抵敌，争抢上船，被刀砍箭射，落水者甚众。将抵小市，小市伏兵齐出，射得船只不得近岸。刘兴秀见温玉洁被绑在岸，始知中计。忙命将船放向下游，直回神臂崖老营。方过两江会口，望见大江流头，战船百余号，追杀下来。强弓硬弩，锐矢火箭，雨点般射出。兴秀心乱，只传呼："速退。"自己的船，便抢向当头跑了。落后船只，或烧或沉，或被官军俘获。罗于莘得了全胜，始将小市烧去，将沿岸居民，一律迁入城中防守。王万春等将温玉洁胸前背上，写下"俘获伪都督温玉洁一名"十字，游街示众。万人空巷，争来观看。示众已毕，便在州衙门外枭首。其余被擒兵丁，亦押到江边，一体斩决。绅民虽然意快一时，但想到献忠之军前来报复，亦各自胆寒心悸。

刘兴秀败回神臂寨，只剩五千余人。将这败报派快船报与献忠。那时献忠正与大队人马，自重庆乘坐大船，鼓吹作乐，缓缓上行。刚才过得白沙驿，接获败报。便命孙可望保护家小辎重，用他旗号，仍旧鼓乐徐徐上行。自率艾能奇、狄三品等水陆战将，军士三万，仍分步骑两队，从南北两岸，夹江疾驰而上。抵达神臂寨，传进刘兴秀来，问明当日失败情形。献忠大笑，对众将言道："人人说温麻胡有盖世奇才，我一见面，知他是言过其实的假精灵，不堪重用。后见他谈论全川形势，具有几分道理，确有胜过诸将之处，乃试用他去攻取泸州，原已不敢放心，故自率大队跟了前来，今果然不出我之所料。"刘兴秀道："末将看他处理一切事务，皆甚精细，部署军事，亦井井有条。万不料竟遭如此奇变。"献忠又大笑道："小处精灵，大处疏忽，小有条理，大事糊涂，这能算得甚么奇才！岂有远道攻人城池，轻信新附之人，只顾前进，不顾后方，而不失败的。"汪兆麟闻得温玉洁失败，原有些羞惶。及闻献忠如此言说，尤感局促不安。勉强打起精神，出位言道："从前刘先主说马谡言过其实，孔明尚且不信，足见知人之难。今聆大王圣谕，回想起来，温玉洁确只算得二等才情，我等都把他看高了。惟我主独能一眼认定，真是天生圣人。"众将亦随声附和。献忠大乐，不但不责刘兴秀等覆军之罪，反命牛酒大犒，准备一气破城，与温玉洁等报仇。

次日献忠仍分水陆二路，缓缓而进。午后，北岸之军与献忠舟师已抵小市，只见一片焦土。献忠上岸乘马查看一回，对众将道："温麻胡布置未错，只可恨未能分兵到山上驻扎，吃了大亏。"便命仍在原处扎下水陆连营，分派哨兵到后山一带。酉牌时分，南岸之军已到。献忠传令道："南岸骑兵，加草料后，连夜往抢纳溪，肃清大河水上官军。步兵就兰田坝宿营一夜，沿江上行，接应纳溪骑兵。"南岸之军当即遵命而去。刘兴秀来对献忠说道："泸州三面环水，官军无船，逃走不了，惟龙透关一面，可以进退。今要攻下泸州，与温玉洁报仇，非先将此关占领不可。请分兵一万，前往取关，作三面夹攻之势。"献忠笑道："这还待你说么！我早已调遣王志贤从上游去攻取了。此地我当年来过，知道最熟。温玉洁劝我先取浮图关，后攻重庆，却不知先取龙透关再攻此州。这也是旁观则清，当局便迷。所以只算得二等人才。你于失败之后，有此认识，也可算得事后方知。"正当此时，王志贤派人来报，已将龙透关占领。

献忠闻报，便命艾能奇率敢战之士一万，前往龙透关，协同王志贤之军，由陆路攻城。能奇率军挽船，去到小河上游，渡过关去。正逢罗于莘率军前来抢关，一场大战，于莘官军被杀退。能奇追至城下，即便攻城。于莘督励军民，昼夜死守。能奇攻打不下，派人来见献忠，请示方略。献忠命刘兴秀加兵前往相助，却暗嘱道："城中人见龙透关破，饷道断绝，自知无路可逃，必然拼死拒守。你等只宜虚作攻势，使他精锐守军，集在西北。我待纳溪、富顺之军得手，便从东南面破他城池了。"

果然城中见艾能奇加兵攻城，便只注意防御西北。七月十三日，突见大河内献忠之军浮船蔽江而下，尽在龙透关下登陆，协助攻城。十四日，又见小河中浮船蔽江而下，亦从龙透关下登陆，协助攻城。于莘便将全城精锐调到西南和北门拒守，只留王万春率领绅民防守东面。约定如见献忠小市之兵进攻，他再派人前来协助。但见献忠驻扎小市，连日不动。却不料突于十五日轻舟疾进，数万人飞渡沱江。舟上悉载攻具，上岸便将云梯竖起。献忠亲自督队，不准一人畏怯回顾，只准前进攀城。前仆后继，践尸而登。城上民众，见得如此攻势，早已心乱手抖，无力举刀了。王万春连放信炮，向于莘告急。于莘亲率精兵来援，方到东街，献忠之军已蜂拥入城。于莘等巷战而死，王万春被执，苏瑶昆阖门自杀。四城守军大溃。

献忠入驻州衙，传令众将，将各城门把守，不许一人逃出。

◎评注

温玉洁以貌丑被黜，而卒能以才华自拔，令人责献忠“失之子羽”。迨阅至献忠批评一节，始觉其人只是幕才。于此，足知流军数百辈，独容闯献二人成名者，实非偶然。

第二十七回，谓刘兴秀是杨嗣昌部将，献忠伪饰其人以赚襄阳。未言真刘兴秀如何转入献忠部下，此是漏笔。

第五十二回

龙透关飞骑来生佛
锦边驿热泪吊香尸

话说张献忠破了泸州，命士兵紧守城门，不容一人逃出，势将屠城，为温玉洁报仇。眼见数十万人已无生路，却有一线救星从龙透关飞来，那便是小猴狲王志贤。

王志贤与马元利，奉命率军三万，由璧山永川前进，一路安官抚民，要想收拾川中各州县，奠定永据巴蜀的基础。约束军士，公买公卖，严禁奸掳烧杀。所到州县，先行传檄招抚："官吏迎降者原任留用。绅衿迎降者拔擢为官。人民迎降者减赋轻徭。"最初官民不信，逃避山中。城市乡村，空了大半。志贤亦不派兵追究，只选了几个营中的文人，去做官安民，召集残民，说道："李闯攻破北京，明室倾覆，天下无主，西王与李闯不和，特来抚定四川，讨伐李闯，并非当年流军可比。"渐有山中百姓回家乡来，见得献忠之官兵，果然爱民如子，秋毫无犯。辗转招引，回家之人愈多。山中官吏，见人民散去，便亦各自逃走了。璧山、永川如此，荣昌、隆昌亦如此，大足、铜梁各县，遂皆传檄而定。六县人民彼此讴歌道："昔传流军似虎狼，今见流军好过官。早知流军比官好，失悔当初随官跑。"风声所播，远处州县百姓，便无惧逃之意。志贤行抵隆昌之时，闻得温玉洁败死泸州，料定献忠必有调度，便留驻等候，果然献忠有令传来，命他二人，一人往取龙透关，一人往取富顺，肃清沿河水军，会攻泸州。志贤担心献忠破城施行报复，要想赶去谏阻，故自愿去取龙透关。轻军疾驰，突然到了关下。守军未及提防，即被攻破。罗于莘反攻前来，又被艾能奇之军赶跑。志贤不是战将，留守在龙透关，策应后路。闻得州城已破，即便策马入城，来见献忠。正逢献忠将城门封闭，准备屠城。志贤问献忠道："大王要屠城么?"献忠道："这城折了我一员都督和许多兵马，全军忿恨，自应杀绝全城，不然何以威服后路州县?"王志贤道："末将疾驰前来，正怕大王如此。若果如此做去，则四川州县必为闯王所得，我等却无栖身之所矣!"献忠怒道："你便说得这等难听！我并非愚蠢之人。你亦不能仗恃结义兄弟随便说话!"

志贤跽了半膝，才起立说道："我相从大王十余年，君臣之分已定，精忠之情益炽，何敢恃在香盟妄发议论。惟盼大王建国垂统，做一个开国贤君。我等亦得分受爵赏，不至身败名裂，为闯王诸将所笑而已。今日情势，与当年流军时代不同。做流军时，省直州县，全视我等为贼。官军追剿，不容驻足。故我等破城，劫库掳民而去，无志长期占领。凡遇城池拒守，即以屠杀为威。无非要前方城池不敢抵抗，后方官军无所资给。今日大明已亡，李闯未能制服人心。各地官民，彷徨无所依属。我抚则顺，我虐则仇。大王正好乘时收拾人心，建立万世不拔之业。岂可再肆屠杀，迫令州县城池，拼死守御，以待闯王之军前来拾取。再则闯王正与我争取四川。我行仁义，则川人必从我而拒闯。我施残杀，则川人必迎闯而拒我。今湖广已为左良玉所据，与南京诸臣拥立福王。陕西、山西，大河南北，已为李闯所据，开国建元。我军若不乘时抚定全川，岂可得容身之地?"献忠道："你虽说得有理，怎奈我这恶气难消。"志贤道："从来开国之君，必有容人之量，方足以延揽英雄，安定反侧。李自成昔日势力，远非大王所比。只为他能容人，故明室诸将，多去降附于他。黎玉田、马科，便是明室巡抚总兵官阶，亦都降了，为他出力。白广恩、陈永福，便是自成当年仇人，降他以后，他亦从优礼待。只为他有这点度量，便成了群雄魁首。大王才气远胜于他，难道独做不到这点么？”

一席话说得献忠点首，但总觉容忍不下。想了半晌，对志贤道：“你说得是。但这批人既已与我为仇，纵不杀他，久后亦为祸患，况全营将士亦不服。”汪兆麟从旁言道：“若不将反抗王师之人屠杀，只怕各城效尤，我等何时方能杀到成都！”志贤道：“这却不然。我与马元利一路安抚，未杀一人，未打一仗，便已收抚六县。若非泸州军事牵制，我等应早已过简州了。”言下，便将收抚各县情形叙述一番。献忠听了颇喜。便问道：“据你看来，应该如何处置泸州？”

志贤将在旁将士望了一遍，觉得脸上都流露着杀气。料知要赦免全城，乃是难能之事。乃乘势言道：“今大王已传令闭关，自宜将倡首抗拒之家清查处死。既顺将士同仇之心，亦为前方抗义者戒。其余胁从民众，请援重庆之例，降者免死，不降者诛。便将此令，刊文为告，驰传前方各州县，使川人知道大王不妄杀人，亦不容有人反抗。可使川人悦服，前途畅通。”这一说，献忠与各将士方才喜了。便命志贤撰拟檄文。志贤援笔写道：

“奉天行道，澄清川岳，大西王张谕：明祚虽衰，天命有待。逆闯李自成，因乘时会，窃据帝京，僭号称尊，鱼肉民庶。得陇望蜀，逆军入川，意图吞并三巴，囊括剑外。凡属故明遗忠，薄海义士，无不发指，倡言讨伐。孤受天帝启示，川民恳求，率众入峡，驱除丑虏，乃有抚臣陈士奇，不明顺逆，放纵闯军，转抗我师。天威震怒，逆臣授首。巴渝义士，相率来从。孤乃分督三军，救民水火。誓当直抵成都，拥立蜀王，重扶明社，扫荡闯逆。都督王志贤、马元利，孤之股肱，西上璧永，恪遵指示，安官抚民，秋毫无犯。州县闻风，襁负迎降，壶浆载道。都督江鼎镇，大明遗老，蜀中望族，由渝合北进，声讨闯军。闯军不敢交绥，退屯川北。具见天心民意，无不契同。乃有陈士奇逆党罗于莘、苏瑶昆等，暗附闯军，胁迫士民，据州顽抗，杀害我都督温玉洁。孤乃不能不讨。大兵一出，州城立破。所有倡首逆臣，附逆缙绅，自当搜拿讯办，以儆效尤。其余胁从附乱之人，果能自新，一律免死。至如市居民，不甘附逆，困陷城中，无力自拔者，如有伤损，亦当从优抚恤。仰尔军民人等，各安生业，勿得惊惶自扰。凡我军士，如有借故滋扰，株连良民，及其他淫掠不法情事者，并准受害之家明密指控。各都督营将，务须从严查办，赔偿损害。如有处理不公之处，孤必执法以绳，决无姑息。须知王者之师，有征无战。吊民伐罪，不嗜杀人。右仰军民人等，一体知照。特谕。”

檄文写成交与献忠。献忠命汪兆麟斟酌一番，未加修改，先分散缮数十通，贴出街去。全城延颈待死之人这才落下一颗心来。便有许多铺户，开门焚香，补贴顺民揭帖，凑集牛酒，馈献泣恳赦宥。许多倡首绅衿，与苏罗各家老小自知不免，早已先行自杀在家。其观望未肯自杀的，经巡军分别搜查，转相攀引，查出四五千人，各营系皆塞满。志贤怕株连太宽，又请与孙可望、刘文秀、李定国、艾能奇四人，分头审讯，宽释颇多。志贤凡遇肆口妄攀之人便先杀了，因此全活尤众。孙、刘、李三人亦皆能体会此意。只艾能奇杀人最多。事后清查，共杀逆党与其家属三千二百余人，合巷战而死及自杀之数，亦近万人。七月天气，泸州甚热，积尸无人掩埋，臭气大作。献忠遂移军出城，分为二道，向内江、荣县前进。新委知州与城中之民埋尸掩骼，开仓赈民，人民方才安定。城内又瘟疫大发，又死去若干人，因瘟疫逃散之人尤多。

好在前方各州县，得献忠文檄的，遂皆未曾抵抗。纵有倡议抵抗之人，亦因无人附和，各自藏匿。不过檄文非人人所能亲见，民间消息，彼此讹传。有的说献忠乃是天神下界，扶明灭闯。有的又说献忠军淫掳烧杀，无人能免，重庆泸州皆被杀绝。因此城乡人民，仍多逃亡与自杀者。这时蜀中文化甚高，男女皆以名节操守为重。献忠虽有文檄，亦难使绅民信任。况乱军之中，淫掠之事实难尽免。所以自泸州直到成都，虽未再有打战之事，官绅之家自杀者仍然不少。兹且叙说一件香艳凄惨的事，以见一斑。

话说富顺城内有一贡生，名刘春元，娶妻王氏，乃黎州训导王举人之女，美貌贤淑，擅长诗词。春元本小康之家，父母俱已下世，单剩他夫妻与子女各一。幼子已经五岁，幼女三岁，雇有乳母抚养。夫妻二人，每日饮酒联句，研讨诗书。闺房之乐，阖邑艳羡。春元四十年龄，王氏三十余岁，嬖爱过度，不免种下消渴病根。王氏颇识大体，乘着大比之岁，力劝夫进京赴试争取功名。春元本是有志之士，见得妻子言论正大，加以功名心切，亦知暗疾上身，有离家之必要，遂决意割爱进京。因不忍王氏孤寂，买一名俊俏使女，十三四岁，让王氏教她读书，借资消遣。崇祯十六年二月，春元离家，随着驿路进京。一路思妻不已，写信题诗，托驿使盐商辈寄回。不料科名未利，正拟回家，又闻闯军入陕，驿路断绝，乃复回京暂住。当春元出京之初，夜宿卢沟桥，曾寄王氏一诗，内有“驿梅惊别意，堤柳黯离愁”两句。王氏已曾收得，爱这两句辞意，随时念着。不料从此便再无音信了。王氏盼夫不归，只好抚子教婢，吟咏自遣。捱到这时，忽闻献忠之军入川。念富顺乃盐运要地，战所必攻。遂将街房封锁，移家到东乡庄房里去。佃户见主子前来，知她爱好雅洁，雇工将园亭刷新，花木整理，安待主人。又招宴乡绅世妇，慰其寂寞。因此刘庄的清雅，与刘夫人的美名，传遍远近。前次王志贤、马元利之师匆匆过此，便开赴泸州去了。王氏闻得献忠之军尚有纪律，料得不至骚扰到乡间来，遂未再作藏匿之计。不料泸州军事了结以后，仍是王志贤与马元利之军回富顺来，在富顺住了十日，整理盐务。兵士闲暇，自然偷偷摸摸，做出奸邪事来。城内不敢，乡下是可格外胡行的。访得三十里外的刘庄住有才女美婢，便有几个好事的说到马元利耳中，硬诬她丈夫是倡议抵抗，失败逃走了的。马元利本是好色之人，今闻此讯，未免心动，便命他们悄悄前去捉来。士兵去到刘庄，先将婢女掳去，王氏见兵入庄，又闻得婢女惨呼，便闭门结缳，意图自尽。无奈一双儿女绕膝哀啼，难以割舍，乳娘亦竭力阻拦。正当难解难分之际，敲门撞壁之声暴起，王氏忙嘱乳娘引儿子藏匿。自携女儿来问：“你等撞门意欲如何?”外面应道：“奉命捉拿逆党刘春元。”王氏乃开门，挺身当户言道：“刘春元入京已久，何得指为逆党。我乃他妻王氏，你们若要拿我，我请保甲派人押解入城见将军评理。”各兵见王氏果然美貌温雅，知送与督都必然心喜。哪由分说，将王氏拉着就走。王氏只得拉过自己女儿随行。佃户见得主妇吃官司，心有不忍，牵匹驴来，服侍王氏进城。众兵押她直入马元利住宅。街上围观之人甚多，沸沸扬扬，传入王志贤耳里。志贤心里明白，忙乘马来到元利住所，查问此事。元利有些脸红，对志贤道：“军士报说，有抗义逆党潜入乡间，意图鼓煽乡民，因此派人往查。殊不料正犯早已逃跑，只这妇人与小女儿在家。我看这妇人温雅，不是歹人。但据她说，丈夫早已入京去了，我想如此兵荒马乱之年，谁肯远行入京。这明是多事缙绅，意图反抗我师未成，畏罪逃飏。看这妇人嫌疑重大，须得留此审讯，追究党羽。”志贤命押出来，审问一番。见那妇人，虽然乱发披拂，满脸涕痕，衣履狼藉，举动傲岸。但谈吐却甚温雅蕴藉，眉目身材亦甚美好，不似豪绅恶妇模样。手牵一个女儿，俊秀可爱，心中着实怜惜。明知元利居心叵测，未便直指。只得随便问了几句，仍命押下。对元利道：“罪人不孥。她夫既已远走，似可准其取保释放。”元利笑道：“我想她丈夫若非犯罪逃飏，便是死在他乡，不能再回来了。如此青年寡妇，终将落在同辈手中。将军断弦之后，尚未复续，既然怜惜此妇，便由小将撮合，娶了她去如何?”志贤正色道：“我等辅佐西王，施仁行义，当要以身作则，安抚百姓，岂可乘人之危，拆散有夫之妻。”元利受此责备，面有愧色，唯唯听受。但仍称：“待细问之后再行放还。”志贤去后，元利派人多方劝诱王氏，要她做妾。王氏号泣不从。元利不敢强迫，留在营中，命人慢慢劝导。十日期过，元利应当进军。王氏随军前进。那夜行到锦边驿，小女儿已病死。王氏知难逃出樊笼，诡许待梳洗沐浴后与都督成婚。就在房内上吊死了。元利叹悔不已，命将尸首抬到河边软埋。次日前进，王志贤恰来宿此驿，颇闻王氏之事。志贤暗中叹息而已。为的凭吊美人遗芬，步入她自缢的屋去，发现壁上题诗十首，字体娟秀，墨迹犹新。知是王氏遗笔，其诗以前三句之首字合为第四句首字，十首皆然。诗云：

马革何人誓裹尸，四维不整笑男儿。幸存硕果留幽阁，驿使无由寄雅黎。（驿）

木偶同朝只素餐，人情说到死真难。母牵幼女微含笑，梅骨棱棱傲雪寒。（梅）

苟合何如决意休？文姬胡拍总堪羞。马嘶芳草真魂断，惊醒人间妾妇流。（惊）

口中节义是谁无，力挽江河实浪虚。刀锯不移巾帼志，别无芥蒂是吾徒。（别）

立也悲兮坐亦伤，日沉谁与起斜阳。心怜夫嗣男还父，意惨君仇女伴娘。（意）

土兵才过又官兵，日望征夫不欲生。疋练有缘红粉尽，堤边一撮最佳城。（堤）

木稼原前冠盖凋，夕阳古道冷萧萧。耳边似听真魂语，柳絮因风一为招。（柳）

日前送别唱阳关，立石望夫还未还。音信凭谁陇外寄？暗悲汝妇已投缳。（暗）

凶莫凶兮国丧亡，内庭无救各奔忙。佳人命薄成何事，离却尘氛骨应香。（离）

禾黍离离最可怜，火急谁与救眉燃？心中一念唯夫子，愁向山头问杜鹃。（愁）

春得外子贻书，有“驿梅惊别意，堤柳暗离愁”句。兹当永别，用离合体析为十首志恨。

志贤看罢，不觉暗自流涕。摇首自言道：“王者之师，委实非易啊！”

◎评注

李岩之于自成，志贤之于献忠，苦口赤心，劝以行义，可谓忠且仁矣。闯献能用其言卒以成功。然终以胜骄而厌其言，是岩不免于诛死，志贤不免于腐刑。后人读史，可慨叹也！

刘春元妻绝命诗，亦见李馥荣《滟滪囊》与张云谷《锦里新编》。新编题为《裨将妻》。谓：“刘氏夫萧某戍黎雅。献贼入蜀，知不免，乃遣子远适夫所，与其女俱自缢。”盖就诗中词语敷衍成文，非所有据也。

离合体创始汉孔融《渔父屈节篇》，后鲜继者。

张献忠（下）

任乃强 著

巴蜀书社

第五十三回

劣绅衣锦还乡被拒
忠臣尽瘁守御徒劳

话说张献忠攻下泸州以后，正分水陆两路沿着沱江前进，沿途出榜安民，州县百姓无不迎降。行到内江地界，县官早已闻风逃跑。恰有内江王与许多宗室新到此处就藩，邀同乡宦范文光劝导百姓拒守。百姓环跪在内江王前，哀恳道：“重庆、泸州都已破了，像内江这样卑小城池，外无援兵，如何能守？倘若献兵杀人，人民畏死拼命，尚可用以固守。今他倡言仁义，人无敌忾。我等虽欲助王死守，亦不过同归于尽而已。祈王逃向有兵之处，另图兴复，替老百姓留线生路吧！”正当此时，谍骑飞报，献军前队已过椑木镇了。内江王与范文光等，只得急急化装出城，四散逃避。少时马元利军到，出示安民，果然秋毫无犯，人情大悦。次日献忠入城，全城焚香迎接，一片雍和气象，居然承平世界一般。

正当下令向资、简进发之际，北路江鼎镇遣人飞报道：“我军攻下合州、定远，行抵顺庆地界，顺庆已为闯将马科之兵所据。我军乃西取遂宁，与马军相持。顺庆乃川北重镇，可否进兵攻取，敬候核夺。”献忠以问众将。马元利道：“马科小丑，江鼎镇一军足以当之。今趁人心归顺，攻下成都，再行驱除闯军不迟。”献忠点头，命王志贤批答回去。前队已向资州出发，江鼎镇又复驰骑报来，道：“臣探得李自成被满洲兵打败，业已逃回西安，加派军队入川，屯集保宁、顺庆、绵州一带，有争取全川之势。”献忠大惊道：“闯王若据北京不动，则陕西之军不足畏。若还退回陕西，亲来争夺四川，便亦非我亲自抵挡不可！”于是传令：“前队马元利、狄三品等，仍沿沱江一路招安前进。其余各军，皆随大营前进。”遂由安岳斜入遂宁。到遂宁后，派遣二千岁张献诗率军往取顺庆。

二千岁乃张献忠同族兄弟，原留家乡。被孙传庭征兵入伍，到河南与李自成交锋。兵败逃散，不敢回乡，逃到湖广来依献忠。献忠因父母骨肉，全无一人，将他待同手足一般，未曾要他带兵打仗。今日他自告奋勇，去取顺庆。献忠命刘进忠、江鼎镇辅他前往。他们到顺庆西山扎营。百姓见他们军风较好，又有江鼎镇为招抚线索，前来投降者甚多。偏有城内绅衿樊明善、罗为恺等，闻有江鼎镇在军中，便认定他是贼军。四街宣传，道：“江鼎镇引贼前来报仇，假仁假义，无非为的骗开城门。”城中人民因此协助闯军死守，并派人驰赴绵州，向马科乞援。马科亦知献忠窥取顺庆，只留马炌驻守绵州，自率本标兵，于八月初一日驰抵顺庆，与二千岁之军在西山一带连日大战，互有胜负。

献忠见顺庆久未取下，便要亲自前去。王志贤劝道：“全蜀重心在成都，不在顺庆。大王劲敌是自成，不是马科。大王此来，原为担心自成入蜀。既然闹了许久，还只是个马科，则又何必大王亲征！闻李自成大败窜回，有吴三桂之军尾追在后。量他防备满洲军不暇，何敢与我争蜀。不过马科已占据之地，一时不忍放弃而已。大王今遣一军往取绵州，使马科首尾不能相顾，势必次第放弃诸城，退回陕西。大王便可以鼓行而西，直取成都，建立大业。”献忠甚以为然。便命人去重庆调龚完敬前来，以驻守重庆都督刘廷举兼摄重庆知府。不日完敬调到，献忠命他仍与张广才率兵去取绵州。

王志贤问献忠道：“绵州闯军不多，张广才自可攻下，大王何必远调龚完敬前来相助?”献忠道:“他乃彭县进士,绵州人知道者多。人见我能重用地方绅士,自必易降于我。这亦与用江鼎镇取顺庆一理。”志贤道:“大王差矣!近来自从大王施仁行义,我军所至,官民无不迎降。独顺庆绅民,反为闯贼死守。看来江鼎镇不但无益于招降,似反有促成绅民抗拒之势。”献忠道:“重庆、泸州皆曾死守。大凡大城,恃他人多墙固,总要抵抗的,这与江鼎镇何干?”志贤道:“不然。重庆、泸州,是明朝的官绅,为明朝守城,他拼死是值得的。今全川皆呼李闯是弑君之贼,大王以讨贼号召,川人景从。独顺庆反为闯贼死守,此为不近人情之事。我闻江鼎镇因与城绅结仇,故投摇黄。因为摇黄不能替他报仇,又才来投大王。他既挟报仇之心回顺庆,顺庆人岂得不畏其报仇而拒之?江、龚二人皆明朝进士,应为乡里所敬仰,乃竟不为乡里所容,流入摇黄,则其与乡里之深仇大怨可知。我料江鼎镇既不能攻取顺庆,龚完敬也决难取得绵州。”献忠闻言,仰天望了许久,方点头道:“你亦说得有理。但人已派去了,不能又无故撤回来,且待取了成都再说。”

再说龚完敬离家四年,今日方得衣锦荣归,写下一面传牌,大书“大西都督前明进士龚谕”。派人驰赴潼川、绵州一带招降。绵、潼两州的人,谁不知他是五蠹旧案中受过严重惩罚的。今日随张献忠军回故里,安有不报旧怨之理。因此道路传言,皆道龚完敬请兵报仇。人民胆小的,多逃到荒山老林去躲藏。胆大的,都在商议起兵对抗。绵州城内,马炌留兵甚少,原有退守剑阁之意。因有龚完敬这面传牌,反促成绅民挽留,甘愿竭力助其守城。恁是完敬等爱民如子,秋毫无犯,亦无人相信于他而自甘前来投诚的。果不出王志贤所料,绵州不能攻取了!

独是献忠一行,非常顺利。八月初七到了成都。其时马元利、狄三品两路,早于八月初五到达,屯于成都东南门外,专待献忠前来。献忠大军到后,扎在北门外凤凰山一带,马元利等前往投见。献忠问:“曾向城内招降否?”元利道:“末将初到,即见城上防守甚严,似无降意,故亦未曾招降。”又问:“接过战否?”元利道:“城外州县全已洽降,城内亦未出兵,故未接战。”又问:“查看城池形势否?”元利道:“已曾查看一周。东南北三面阻江,江外又有土城保护城外居民,派有官军协同人民防守。这外城虽不难攻破,但破了外城,仍难越江去攻大城。惟西门一带,并无江水围绕，城壕亦浅，又无外城掩护，只有若干土丘，派有松、茂、董卜诸路蛮兵把守。若能先破蛮兵，再用地雷轰城，则此城亦不难破。”献忠道：“你估量城中究有多少兵马？”元利道：“城上守者甚密。如此大城，怕有二十万兵。”献忠笑道：“依我看来，三万兵亦不够！不过百姓帮着站城助威而已。只要城开一隙，我军有进去的路，城内断无抵抗之力。倘若他有二十万人，则必分防附近州县，何得专守一城？假如他有四五万兵，亦必于你新到时出来砍杀，何至听凭扎营三日，静待攻城？”元利甚为叹服。献忠又道：“到底此城坚厚难攻，必须自西门安雷，你之所见甚是。现在且派人去驱走蛮兵再议。”便命艾能奇率三千人去驱蛮兵。命王志贤搜寻青杠巨木，照李乾德岳州青杠炮办法，锯破挖空，满装火药，准备掘穴埋雷。

再说成都城内，巡抚龙文光见得敌军日近，城内可用之兵，除新调来的刘佳胤三千人外，不过旧存老军一万人。急忙飞檄征调沿边土兵，但一时尚难赶到。屡次派人请蜀王出饷募兵，王皆不听。临到马元利两路已到，蜀王恐惧，方才开库招募。募了三日，并无一人报命。文光无奈，下令城中挨户抽丁。好在库存军装衣甲甚多，装扮起来立在城上，居然仍是森然战士。但这银样镴枪头，如何可以战斗？且喜川边土兵，便在这数日内陆续到了一千余人。这些土兵，喜欢野处，不乐在城中居住。佳胤知道他们长于野战，便命其驻扎西门城外各土丘附近，以为外卫。仓促之间能有如此部署，使马元利等不能察看虚实，亦算是能手了。偏是献忠狡黠，一眼看出破绽。

却说艾能奇率三千人，先来攻打西门外的土兵。这些土兵，最是勇敢善战。虽弓矢简陋，射来却甚准确。要攻抢一座土丘，好容易才抢得到。抢到之后，被他突然冲锋下来，刀劈马腹，矛攒人体，招招都是致命之创。艾能奇虽然勇猛，亦只算杀了个死伤相当。城上刘佳胤望见土兵敢战，对参将杨展、曹勋道：“你看来贼骁勇，必是贼中名将，你二人勇力与他相当。倘若擒得他来，可使贼军夺气，土兵亦将格外奋勇矣！”二人立即提刀上马，各率五百人冲杀出城。各土兵见助战人到，呼啸奋戈，齐向献军围攻，杀得能奇大败而去。城上鸣金收兵。龙文光亲见两军作战情形，忙命送出牛羊各十只，美酒十罐，去犒劳城外土兵。自己亲执酒杯，迎候城门，为曹、杨二人接风。

这杨展，字玉梁，嘉定州人。曹勋，字伯功，雅州人。皆有万夫之勇，由行伍积功至参将，被刘佳胤倚为两大柱石。此时得胜回城，首受龙巡抚劳酒，随即有府县官民为其簪花挂红。爆竹连天，送回营地。蜀王亦颁来犒军银四十两，为数虽微，亦足使其感激兴奋。他们将各官送酒封存不饮，对众卒道："贼小败而去，明日必然又来。我辈宜早寝养神，准备厮杀。且待退贼之后，与诸君痛饮。"

且说艾能奇败回营去，向献忠请罪。献忠将战情问了一下，抚慰道："原是命你尝试，早料到你必败。正要败了方好。早早休息，明日再战，还得要你出力方能成功。"便集诸将议事。如此如此，分派已定，命各回营准备。

第二日天明，马元利、狄三品两军，先从东门外攻取外城。用青杠炮埋雷，轰破锦江楼城角，抢了外城，并不杀戮百姓。外城官兵，纷纷乘船渡过大河。吊桥拉上，船被凿沉。元利等并不过河抢攻，却用大部人马，由南门向西移进，在西南角作抢渡埋雷之势。城内杨展、曹勋，忙率军出城截杀。此时冯双礼、张化龙等率军万余，绕至青羊宫后，作援助马元利攻城之势。曹杨二将分军抵敌，拼死酣战，城上擂鼓呐喊助威，喊杀之声震天。西城外土兵，皆来助战。约当午时，献忠自督孙可望、艾能奇等，移营白马寺，便在西北城角挖穴。城上刘佳胤望见，亲率三千人出城抢阻，被艾能奇、孙可望二军截战于西门之外，无法抢到挖穴之处。直到天暮，料到力战不能取胜，忙收军回城，另用灰罐、火枪向城下掷去。但其时献忠已在穴口上树立木栅，枪罐投于栅上，不能阻止挖穴工作。文光等已知敌将埋雷，与众官商量堵御方法。文光道："我已命人去都江决堰，水若到时，穴必被淹，只盼水能早来便好。"佳胤道："堰水须七八日方能到此，此穴今明日必成，还是赶在城内加竖木栅一列，以备万一为妙。"刘之勃说道一声"正是"！忙去督率军民运木树栅。但树栅为城，乃是军人长技，城内工匠人民哪里懂得。此时兵士要巡城守垛，以防爬城，哪有暇来料理此事。只刘佳胤有时前来望望，见巨木成排，入土不过尺许，未待风摇人撼，已有倾倒之势，连呼不可。嘱之勃督率拆卸，另挖丈深长沟填木，再用土石填筑，剥生牛皮为条编连。各木中间锯短一部，以为炮眼。布置一段，又复巡城而去。工匠人等不愿改填，反有啧啧怨言。经刘之勃与府县官员委婉开导，方才勉强做去。第二晨早，佳胤来看，木栅工程未到一半，又忙命兵士前来帮做，换民兵上城助守。兵士昼夜劳作，亦是抱怨不已。

这时已是八月初九，佳胤彻夜未眠，仍到城上巡看。但见西北城外，新土如山。白马寺内敌军，陆续抬出青杠木筒，送入穴去。尚以为他是拿去撑支深洞的，怕的敌人由深洞杀人。忙又退下城来，请之勃吩咐民丁，在栅内一丈外挖一长沟，引金河之水入沟以备非常。人民闻说，又是怨恨不已。不料长沟尚未挖出，木栅亦未树齐，已闻巨声从城基发出，恰似天崩地塌，烟云土石，冲天飞腾。树栅挖渠官民，多半震倒在地，耳聋目迷，神志全昏。刘佳胤等立得较远，尚能站立，情知不妙，急忙大呼："军民休退，快堵缺口！"这时虽有未仆之人，不是痴呆，亦已逃跑了，谁还有人听他号令。他忙奔到北城守将鲁印昌的军营，骑上一匹马，换上刀枪，对印昌道："快率军随我杀来。"印昌即带军士随他杀到缺口。但见献忠之军已如洪流般从缺口处涌来。印昌督军上前堵御，哪里抵挡得住！印昌力战而死，佳胤负伤。正在危急之际，望见龙文光率军疾奔而来，佳胤大呼："快从缺口杀敌！"便有镇将阮世奇、徐明蛟、罗大爵等杀上前去。虽然杀倒几人，但官兵似芦柴遇火一般，瞬时便被消灭了。文光见已无救，遂与佳胤杀向百花潭投水而死。

◎评注

自重庆、泸州外，能拒献忠者，惟顺庆、绵州、成都三城。然顺、绵拒献而为闯守，此非为明也，系恶江、龚二人耳。然则人心向背，岂即全可以忠义激励哉！深受忠义激励之士，聚于成都一城，部署城守，诸无疏失，乃不免三日而陷。则徒恃少数忠臣义士之无益，又可知矣。守国守城其道不甚明耶？

第五十四回

蜀殿高踞黄虎志遂
银瓶奋击碧血空溅

话说张献忠用地雷轰开成都城墙一段，孙可望、刘文秀、李定国、艾能奇四家养子，早已准备停当，选就精悍骠勇之士，当先抢进缺口，杀退堵御之军，开了城门，放各营大军杀入。献忠坐在白马寺，等到西城已开，便有龙韬、豹略、鹰扬、虎威四营，扎下一排甬道，旗帜鲜美，剑戟森严，卫护献忠，由西门入城。入城以后，先上西门城楼休息。汪兆麟、王志贤相从。此楼甚高，望见全城，街闳交织，楼台掩映。多有高插白旗，朱墨标写“顺民”二字的。只听得汹汹鼎沸之声，如万雷交响，分不出是人喊马嘶。回顾王志贤道：“咱们到底进了成都！”志贤道：“这是大王三十年来想到之地，亦是诸葛孔明隆中对策时所选定的目的地。大王与他，都算得有志竟成。王业之兴，奠基于此了。”汪兆麟接口道：“巴蜀富甲天下，险冠环宇。大王今后便可为所欲为矣！”此时已有西城百姓，用数丈长帛为旗，大书“顺民”二字，牵着前来楼下，跪地高呼："西王万岁！"献忠命传为首的上城，问了一些城中情形。其人战栗对答，不能成词。献忠笑命赏大宝一锭，那人谢恩起来。献忠指着远处一派碧瓦黄墙、高挺出众的房屋问道："那是何处？"其人答道："那就是蜀王府。"即忙又改口道："蜀贼王府。"惹得献忠亦笑了。便命那人引路，前往蜀府驻扎。龙韬营总兵商充将那人引下，向前行走。那人不敢取得刚才赏的大宝，便要起身。志贤呼转来道："将你赏银取去。"那人望了志贤一眼，又偷望献忠一眼，扭惊受恐，将大宝抱了起来。再道了个谢，方下楼去。

献忠下楼上马，仍是进城时排场，向蜀王府行来。沿街百姓，各插顺民小旗，大开门户，焚香跪在门内。四营兵士，沿路检查，恐防伏有官兵，或携有暗器。稍有不遵，便即拿下，押在后队。不久来到承天门下，只见一片广场，两排营房，并无一个人影。便命卫军驻扎到那营房之内。只选精细士兵百人，随王志贤进宫城去，先行搜查一遍，号为"洗宫"。带出宫监内官一批，跪迎献忠。献忠骑马入承天门，到承天殿上坐下，问："蜀王一家何在？"王志贤道："已曾查问过，大军破城之时，蜀王至澍夫妇，同跃入八角琉璃井内淹死。他有一弟，叫太平王至渌，亦同死井内。还有一弟叫富顺王至深，与蜀王世子平栎，及其他许多宫眷内臣，皆已拿下，听候发落。"献忠命先将至深、平栎二人押来问道："你二人为何不去跳井？"平栎答道："传说你是拥护明室，替我家讨贼的。我要看你是否真实如此。"献忠道："那么，你们为何又乘城拒我？"平栎道："此乃龙巡抚、刘巡按等之事，我父子不能做主。"献忠道："那么，你父为何跳井？"平栎道："他们闻听你军杀人，怕的受辱，便寻死了。"献忠道："杀人，我们自然要杀，但亦要心里不舒服才杀人。你看我今天进城，此刀并无一点血迹。并连我这四营卫军，亦都是未杀人的。你父便是如此心虚，也算活该！我今天不杀你，命你仍回故居，做个太平百姓，你可满意？"平栎无言。至深言道："你檄文说的扶明讨贼，如何不拥他监国？"献忠大笑道："笨猪！天下哪有这样便宜的事？我不杀你，还给你饭吃，已是旷世恩典！"便命推了出去。时已天暮，四家养子，各路军总，次第前来禀见。道说拿获抗拒王师官绅多员，听候发落。献忠命拘押在各家营里，且待明日审问。又令严守四门，不容一人逃出。

这时便有宫监，点上灯烛，阖宫通明。献忠问王志贤道："今夜如何驻宿，铺排停当否?"志贤道："业已安排妥当。大王即在保和殿侧的蜀王寝宫安宿。已命人到北外大营迎接宫眷去了。待他们到时，便可安寝。臣与汪尚书及心腹卫士，便在这大殿侧的排房内住宿。这后宫有两大院落，中隔一墙，左边原是蜀王与其宫妃所居；右院乃是一般宫人乐女所居。大王与宫眷即住左院，派有迎降老太监老宫女两名侍候，一切可以呼他询问。右院暂用以拘禁其余内官宫女，各闭屋内，派军士巡逻看守，以待大王发落。"正在此时，大营宫眷已到。由老脚领衔，向献忠叩头称谢后，入内而去。献忠对志贤与兆麟道："今日上下皆已疲劳，可以早睡。怕的士兵放纵酒色，致为奸人所乘。你二人可草一令，驰告各营：今夜仍须严更谨夜，不准士兵离队。待明天清查全城奸细以后，方准放假。传罢这令，你二人亦可睡了，不必再来扰我。"二人遵命而退。

献忠此时，已有从湖广带来的宫监侍候。传进迎降的老太监来，问："你叫何名?"那太监忙跪禀道："奴才王宣，乃是老王爷小时伴读的太监。入宫五十多年了。"又问："你们老王爷真的死了不曾?"答："他初闻西北城破，要想逃跑。因为禁卫军人皆已逃散，他又从端礼门外跑回。有个宫人名叫素馨，劝他同去跳井。太平王恰亦跑来，哭作一团。周妃拿着一抱钥匙，要奴才去开库散银，招募保镖壮士。奴才扭不过她，同到端礼门上擂鼓。只见宫人纷纷逃出，并无一人前来应声。全城人声鼎沸，宫中亦是鬼哭神嚎的。周妃哭着转来。太平王拉着老王爷便走，奴才与素馨及周妃亦追跟前去。行到琉璃井边，素馨先跳下去。周妃继之。蜀王有些昏昏沉沉模样，亦跳下去了。惟太平王比较清醒，先向奉先殿拜了几拜，才跳了下去的。这是宫中一口最深最大的井。康太监昔年修造皇宫所开，足供宫眷万人汲饮。挑出的土便堆成了煤山。"问："你又因何不死呢?"答："奴才做太监的，卖身吃饭。朱家养我，便为朱家。大王养我，便为大王。不做昧心叛主的事，便是好人。何必跟他去死!"又问："宫中仓库已动未动?"王宣恭恭敬敬奉上钥匙道："仓库丝毫未动。奴才敬谨保持钥匙，恭候查验。"献忠道："这钥匙你暂保管，明日派人查验不虚，当有重赏。今且不问你要仓库的东西，却要问你，这蜀王宫内的娘儿们，谁是最漂亮的，选几个叫来，今夜有用。"王宣更是恭敬恪谨的挨身进前，胁肩谄笑言道："蜀府公主郡主中，原有几个好的，闻得天兵进城，跳的跳水，悬的悬梁。她们是金枝玉叶，我们做奴才的不敢前去挡她。若说妃嫔当中，奴才却挡了几个，特命人看守着，留待大王开心。"献忠喜道："你倒是个能干事的家伙！可先去叫几个值得玩的来看看。"王宣飞奔去了。

献忠挑灯步入后宫，见蜀王室内，果然布置得十分华丽。四围套阁，都锦缎绵帘障护，彩色毡毹铺地。引导献忠进套阁来，穿阁一丈来深，有宫女二人打帘。再进一门，才是保和宫寝室。上悬五色琉璃灯，照得满室通明。室中约莫四丈见方，三面皆是厚壁，两面有门。一门即方才所经过，系通保和殿的路，正对南方；一门穿过套阁，有甬道通到端和宫，乃是王后内室。此时正是老脚住了。老脚见献忠来，迎上万福，便命摆酒。献忠道："今天大家都乏了，早些睡吧！"说着仍复踱了回来。宫人知趣，便将甬道闭断。献忠再来欣赏室内陈设：北壁正中，摆设大床一座，雕龙刻凤，镂空涂金，饰以珠宝，黄罗帐幔，锦绣裀褥，极尽软美华贵之致。床前脚踏，宽有三尺，两端各有坐椅茶几一对，朱漆如霞，鎏金绘画，椅前各摆软绒睡鞋一对。床两侧各有立橱二只，分贮衣物、糖果、珍玩、书画。室中大圆宫桌二只，一只中供赤珊瑚一株，高约三尺。珊瑚台下，环置玛瑙、水晶、碧玉所琢禽兽人物等十二具，皆极生动；另一桌上供巨大花瓶一枚，中插绢花一束，恰似真花真树一般。巨瓶四周亦陈列鲜花小景十二盆。正南靠壁有椅一排。西壁下有几张醉翁椅，与方凳十几只。此外别无木器。壁上饰物，古画法帖甚多，献忠未去理他。正当内急，忙问："何处屙屎？"太监揭开东壁锦幛，开门出外。但见一座荷池，正在帘下。原来此侧并无套阁，只有荷池。但壁一排全是活动窗户，此时锦幛遮掩，故室内不觉。窗前走廊外，一排雕栏可凭。栏下荷池中有假山，夜间看不清楚。池外宫墙围绕，并无通路。只有沿壁廊向南十步，通入东厕，却已在墙外了。献忠蹲下拉屎，屎落水中，随流荡去，故厕内毫无臭气。献忠道："这玩意不错，只屁股有些凉飕飕的。"太监道："此是十月。又是大王新入宫廷，故未进御马桶，明夜便将马桶移进。"献忠道："便是这样最好。"

献忠入室，王宣已引来三个女子，皆是十七八九年龄，宫中装束，衣饰不一，娇丽相当。献忠坐到醉翁椅上。王宣命三个女子一排与献忠跪拜。献忠觉得为首一人举动有些勉强，呼进前来，秉烛细看。此女矮短身材，肥白肌肉，眉目虽有清朗之气，却带几分娇嗔颜色。问："叫甚名字?"女子不答。王宣忙代替答道："她叫严珍兰，乃是本城秀才严春茂之女，书画最佳，还能诗赋。蜀王呼为女学士。西壁那幅颂寿诗便是她亲作亲写的。"献忠闻之不悦，命其站立一旁去。

再看第二个：中等身材，苗条玉立，不施朱粉，艳丽天成。献忠甚为喜悦，问她名字，她亦不答。还是王宣代答道："她叫李丽华，父母皆是江南人，游幕来此，死得甚早。她跟舅父许宽义长大。小时她舅父命她学习属对，出了'吴江月'三字，她便对出'汉殿秋'三字。蜀王闻她慧美，十六岁聘进宫来为妃，特修丽春轩与她居住。她在轩前莳花种竹，布置幽雅。蜀王常戏呼她为'汉殿仙'。"献忠拉过她的手来紧握着道："好孩子，今夜便留你吧。"正回过头来命宫监摆酒，不料丽华将手拉了回去，骂王宣道："狗才！你请我们来做甚的?老王爷骨肉未寒，你便献了我们吗?"王宣不敢作声。献忠却怒道："小妮子，你能做个什么！"便又去拉她。那女子坐地不起，满口哭骂求死。献忠道："不干也成，死却没有那样便宜!"说罢，一手提她起来，向宫监们一推，那女子已跌到几个宫监手里。献忠道："牵回去关起，明天叫她看我的。"此时，阖宫的人都注视李丽华。严珍兰乘人不备，突然抢开西壁便门，跳入荷池。宫监们听得门开水响方才觉得，便要下去打捞。献忠闻之，喝止道："那样人容易找，让她淹死吧。待我明日看她死后是个什么样儿。"这荷池本来水浅，因为献忠不准人打捞，珍兰遂得横身隐水而死。

献忠盛怒之下，问第三个女子道："叫甚名字?"这女子却甚温柔，娇声答道："贱妾许若琼。"献忠盛怒消了许多。细看生得甚好，便问她道："你瞧得起咱老子么?"若琼低首瞟了献忠一眼，嫣然一笑。献忠盛怒全消，拉她同坐，道："你同意了?"若琼道："大王是太空苍鹰，贱妾是樊棘间的鹦雀，虽欲不干，亦不可得。"献忠拥过她道："咱老子立你做皇后!"此时酒席已具，献忠便拉若琼入席同饮。王宣心里这才落下一块石来，先自避出套阁。宫监们也跟了出去，只留一人提壶侍立。献忠量大，若琼夺壶过手，自劝献忠。那一太监亦遂出去了。献忠问道："你会唱歌吗?"若琼道："不会唱。"献忠饧眼道："娘儿们会唱歌的我辨得：喉结小，肌肉紧，眼神清秀，所以我知道你会唱歌。我饮这一大盅，你快唱!"

若琼果然唱道："暗抛红豆泪盈把，委佩当年悲艳冶。一抔黄土玉钩斜，切莫烧作鸳鸯瓦。"

献忠皱眉道："这歌却不好，太凄冷了些。"若琼道："这是唱的蜀王所作宫词。另有叫人欢乐的歌，待我想一想哪一个好。"说罢，一面沉思，一面用手抚弄桌上的花瓶。忽然执酒壶斟满一盅道："想得一曲艳歌，要大王再尽一盅才唱。"献忠道："这个不算。"接过便饮。酒方入唇，不提防若琼握着一景泰蓝花瓶瓶颈，乘献忠酒杯遮眼之际，劈头打来。顿时额破，鲜血被面。献忠大呼跳起，拔出佩刀砍去，若琼右臂立断。左手正靠近桌，又将酒壶与献忠掷来。献忠闪开，挥刀再向她左臂砍去。因流血障眼，砍到桌上，却砍下了半只手掌。那时王宣与一般宫监，皆已闻声拥入，将若琼按倒。献忠扯过一幅锦幛揩拭面血。宫监们忙奉上金创药与他涂上，将血止了。若琼卧倒地上，尚大骂不已。献忠命拉出阁外砍了。

张献忠整日得意，正当心花怒放之际，遭了这场苦恼，激起了怒火万丈，暴跳如雷，无可发泄，竟将全堂陈设摔碎。忽然看见王宣，便一把抓来跪在榻前。那王宣已骇得面无人色，两扇牙齿互击不止，断续言道："不料那……女子……反了。"献忠道："是你送来的刺客!"举起佩刀，用刀背向他头上一击，王宣后脑已经陷了一槽，鲜血喷出，只叫了一声"哎呀!"仰着面苦眼望着献忠。献忠再用刀口劈去，可怜他头首飞过方才饮酒的圆桌面去，头血随着身躯一直洒向御榻。献忠跳下榻来，怒犹未息。幸好老脚等随营妃嫔闻乱赶来。老脚随军日久，知道献忠性格。上前哈哈大笑道："庶民人家禳祓，杀鸡杀羊，洒血驱厉。大王天帝之子，应该杀人禳祓。这是蜀王亡国之宫，像这样禳祓，才是恭贺新天子大吉。"献忠这才罢了。老脚偎近说道："这边让他们收拾收拾，我服侍你到那边去睡。你今天亦乏了。"献忠笑了笑，从甬道同老脚回端和宫去了。太监们还跪在地下，不敢起来。王志贤在外闻变，忙披衣仗火，来到保和宫内室。问明献忠已去，乃命众监起来，重新收拾。尚未收拾得完，天已亮了。

◎评注

许若琼、李丽华、齐飞鸾，并为蜀王宠妃，事见《锦里新编》。

第五十五回

十世巧经营终成粪土
四支哀怨曲吊彼芝兰

话说王志贤督率宫监，将献忠卧室打扫铺排。志贤精细，先从王宣尸体寻出仓库钥匙，另呼一投降的太监叫魏佶的保管。洗去血迹，移开尸体。新从库内拣选一批绫锦珍玩，陈列布置，居然又是一重境界。宫监察道："荷池内还有一副死尸，王爷要留着，还要捞不？"志贤道："宫掖庄严肃静之地，岂可留得此物！捞起放到西院中去，待大王吩示再葬。"遂将严珍兰尸一并搬移出去。收拾停妥，孙可望等各营将领纷集承天殿外，候献忠禀事。志贤急忙出去，将昨夜之事密告众将。劝众人暂散，且待午后再来回话。众将怕的献忠怒后失常，便各自嘱托志贤与汪兆麟代为问安，分头清查抗命官兵去了。

献忠巳刻起床，盥洗之时，抚摩额间两块破口，切齿怒恨许若琼不已。老脚怕他生气，又诙谐言道："大王，你可知道了？野花鲜艳，每每是有刺的，还是我们粗茶淡饭好。”献忠回一回神，不觉亦发笑道：“咱老子偏要剔掉她的刺，栽成家花。”便吩咐今日休息一日，清查伪官、劣绅、乱民，明日大审。这一日，众军封闭城门，挨户清查。虽未杀人，绅民闭户自杀者甚多。官吏们早被降人举发，引导众军前来捉去，虽欲自杀，亦不可能。

献忠早膳后，出到保和殿，呼进王志贤来，问道：“你知昨夜事么？”志贤道：“知道。屋子已经重新收拾，请大王往观。”献忠道：“你费心了。你我结义兄弟，与一家人一样。今日陪我到宫内各处瞧瞧去。看他姓朱的十辈人经营的宫城，到底怎样。”志贤便命魏佶引路，先看东院。保和殿后是保和宫，保和宫墙外向东绕去，是一坪花树。花树之外，是一琉璃瓦盖的宫院。魏佶禀道：“那边是宁静宫，是蜀王世子所居。富顺王亦在此处。昨日陛见之后，发回下来，已派有禁军把守。”献忠道：“他的宫眷呢？”魏佶道：“老蜀王跳井时，许多王妃公主跑到那边去了。大王入宫后，全都封锁在内。”献忠便要亲去查点。志贤谏阻道：“从来开国之君，都要保全前朝宫眷，以昭厚德。大王今方施仁行义，抚安蜀土。对于前王嗣子，宜有公侯封号，比于大臣。对他那批无罪的家眷，还求宽容。今日人情未定，似以不去与她见面为是。”献忠道：“好家伙！你不要我看他的娘儿们，我却是想为你找个比得上玉郡主的老婆啊！”志贤谢道：“大王厚意可感，但我是决心不再娶妻的人了。”献忠道：“那不容你！”志贤道：“纵然要我娶妻，亦该缓日再议。”献忠点头，便命向北行去。后面一排横屋，约有四五十间。魏佶指道：“那是奉先殿后的绳武宫，乃龙子龙孙幼时抚养之处，现全空着。绳武宫侧的高阁叫清娱阁，乃是珍藏古书古玩之处。其下便是库房。”又向北行，见东边一院红墙，内多垂柳，有些丰致。魏佶道：“那是正学斋，历为世子诸王与宗人弟子读书习射之处。其旁有一高楼，那便是通微宫，楼上供的张三丰祖师神像。”

献忠听说张三丰，心里喜悦。不进正学斋，便直到通微宫来。宫前一道匾额，大书“玄阳洞天”四字。进门去，几棵大柳，高出檐际。太湖石假山，遮掩庭堂。左右各有一排丹房，皆有碑记，说是张三丰炼丹之所。转过太石湖，乃是大殿，阴森森并无陈设，殿前匾额有“通微宫”三个大字。龛上供塑三丰像。献忠问魏佶：“这可是张三丰？”魏佶道：“此乃李老君一气化三清之像。”献忠不悦道：“如何张家的殿堂，供出李家的像了!”便命从人立即拆去，改塑玉皇张大帝。志贤道：“他处玉皇全是供奉在楼顶的，此乃下殿，不可供奉玉皇。”献忠道：“那么，塑桓侯张大帝吧!”

上得楼去，果有张三丰像，乃是蓬头垢面，破衲芒鞋，一个坐像。献忠原想认张三丰为祖。今见形容如此龌龊，甚不以为然。骂蜀王道：“他朱家糟踏我姓张的，塑得像个乞丐了。”魏佶道：“张真人虽是个神仙，却是有名的张邋遢。这乃是他生前真容。”献忠道：“生前邋遢，死后为神了，还不会漂亮么?”又命拆去，改塑衮蟒冠带之像，称为“通微张大帝”。

再上一楼，高入天际，可以望见全城景色。四座城门上的弩楼，虽在烟雾阴沉的天色里，尚隐约可辨。献忠纵眺甚乐，对志贤道：“这比西门楼上的眼界好。”此楼亦塑神像一座，乃是魁星。献忠道：“这里为何不供玉皇?”魏佶道：“蜀王为的要使宗人科名发达，听从三丰祖师之言，塑此神像。如此可以有人大魁天下。”献忠问道：“那么蜀府宗人果有科名利达者么?”魏佶道：“若还无有，祖师便不灵了。即如奉字派，便有朱奉镭、朱奉铆、朱奉铼，皆是崇祯朝的进士，其他举人更多。全是隔院正学斋读书成名的。”献忠道：“我今便要开科取士，叫他姓朱的一个也考不成！我便是最灵的魁星。这泥像却有何用？立刻与我拆了，改塑玉皇张大帝。这座楼，就改称三大帝之家庙。”志贤不好说通他，只好说道：“名称简短好，只称三大帝庙吧。”献忠一定要改称家庙。志贤道：“只称大帝家庙亦可。”献忠方才允了。

下楼转出侧门，一线走廊，曲折于池塘假山之间，到达煤山脚下朝阳洞外的春晖亭小憩。献忠问：“洞在哪里?”魏佶道：“昔年营造这皇城时，从灌县运来巨块石煤，琢成石材，垒砌此山。以备围城过久，宫内柴炭缺乏时取用。垒山之时，有异人指示，命面对正南砌成一岩，称为玄阳岩，以左右岩微向内方包合，作二洞形。在西者为朝阳洞，在东者为回阳洞。道说如此垒砌，可使冬暖如春。其后果然。每当冬日，蜀王常在岩下设酒歌舞，入夜犹暖，不需火炉。因为宴享之便，在东洞外建造帝德阁，西洞外造春晖亭。所谓洞，其实只两个岩腔而已。”献忠道：“今日此处为何并不较他处温暖?”志贤道：“煤能吸热，须待日出方能有热可吸。今日阴晦，故不暖于他处。蜀府虽过于侈泰，却能解此物理，亦属可佳。”

于是从西侧转上煤山，全山皆于煤上铺土，种植花草。顶上亦有一亭，题“拱辰亭”。北面亦有一岩，称为“玄武岩”。岩外复有一池，称为“北湖”。有水窦通于皇城外的御河。铁栅封锁，启栅便可泛舟出入。城下亦有房屋，乃是年老宫人住处。再向西行，便是后子门了。

后子门内有一条直路，约百余步，转入一道门墙，全是太监们的住宅。再进一道门墙，乃是宫妃嫔御们的住宅，称为“留春苑”。中间最大一座宅子，叫“丽春轩”。轩前花木繁多，荷池逶迤，假山错落，乃是蜀王随时临幸听歌看舞之地。轩后曲室幽静，更有若干小庭院，为诸歌姬舞女伎乐伶工居宅，有路通过端和宫。其前便是端和殿，皆王后所居。凡留春苑内宫人，经王召幸，必须由王妃居处经过，自甬道送达保和宫，宫女得幸之后，即在丽春轩后自居一院，派有宫监彩女侍候。俸钱比三品至五品官吏。未得幸者，皆数人合住一所院落。有老年宫监管理，俸钱比于六七品官吏。此皆就有色有艺，能歌能舞，或能弹奏，能诗文言之，其粗笨幼稚与不识字者，则分配各院学习，听候给使。全院共有一百余人，其得幸者仅十余人。凡属壮年所幸，中年所幸者，如素馨以上七八人。现多年老色衰，同蜀王殉国，现与蜀王之尸皆陈列殓堂，候献忠验明埋葬。昨日跳池死的严珍兰尸，今晨亦抬放在殓堂内。其余在生宫人，一体闭在此间，候献忠发落。魏佶将这情形禀明献忠。献忠先到殓堂，单将蜀王、周妃验过。便问：“昨夜跳水那女子尸在哪里？”魏佶引去看，颜色鲜润未败。献忠此时颇动惋惜之念，命一体赏给棺木，抬去埋了。回到丽春轩来，命魏监道：“今天已走疲了，便在此地摆午膳。命活着的宫人依照蜀王活着时的规矩，奏乐歌舞。”魏监去后，志贤说献忠道：“蜀王亡国之君，旧时规矩，乃是亡国之乐，大王岂可蹈袭沿用？待他们来时，大王宜改口说是考验他们，那便名正言顺了。”献忠拉他坐下来道：“你总有这些深沉心眼！我是除了打仗外都不去用心的。但今天你的话对，就依你说。”少时宫人齐到，行礼后，献忠道：“说你们会弹唱歌舞，我不相信，特邀王尚书来考你们。技艺好的有赏！”众宫女便在魏佶指挥之下，依次演奏起来，献忠与志贤饮酒享乐。献忠并不懂得歌舞弹唱，却用灼灼双眼盯视诸女。看了半天，才呼魏佶问道：“昨夜我见过一个女子，今何未来？”魏佶道："昨夜大王召见三个女子，只有李丽华押回来，到今不肯饮食，哭泣不已。刚才叫她，她坚不肯来。奴才怕的来在席前撒疯，大王降罪，故未敢拉来。"献忠大怒道："与老子拉来！"志贤忙离席劝阻道："此乃蜀王已幸之妃，亡国贱虏，原本不配立于大王之前。她若为此不来，乃是知体。若还眷念故主，亦是忠义可嘉，伺足配当大王一怒。今日清查宫闱要紧，留她明天再问。"献忠听了，勉强忍怒，对魏佶道："宫人未死未到的，还有谁人？必须明白禀来。"

魏佶跪下道："除李丽华外，只有齐飞鸾一名，与其侍女数名，当蜀王跳井时便逃出宫去了。她是蜀王宠姬，其父齐琼芳为蜀府仓大使，内外皆有势力，无人敢阻她。现在大约还藏在其父私第内的。此女已二十岁，身长面白，容华绝代，能做弓腰掌上之舞。大王若要人，拘来他父，不怕他不献出。"献忠便命随身宫监与向导宫人，率军前往，将他全家捉来。

王志贤怕献忠在此闹出什么事来，乘时言道："连日所擒抗义官绅甚多，明日必须审问，今日尚有仓库未查，请大王午膳后同往亲点。"献忠点首，与志贤离席而去。魏佶仓惶跟去，未即请求颁赏散队。宫女们歌舞正酣，忽见座上无人，亦无赏钱赏品，心中大为失望。互相议论道："要咱照旧规演唱，却无旧规颁赏。魏太监骗了咱们！"有几个尖酸乐伎道："魏太监在那大王面前，恰像落荒老狗，漂荡无主的，他敢骗咱们吗？明是遭逢啬家子罢了！"更有宫人乘着高兴言道："看这大王，贼眉鬼眼，坐在殿上，恰似弼马温赴蟠桃会，岂可与老王爷比！"如此你一句，我一句，说得哄堂大笑而散。内中有一长舌宫人名叫玉箫，亦是一名乐伎，当时也是附和讥笑的一人，不料她后来想得意外的富贵，将此事密告魏佶。魏佶唯恐献忠受了他人的密告，罪到已身，忙带玉箫到献忠处禀告。激起献忠一怒，吩咐将这次参加歌舞的宫人全体砍头。只留玉箫不杀，可怜各宫人，到死不知为了何事。

却说献忠与王志贤查库一遍，见各库金银山积，锦帛积压，陈粟相因，珠玉玩好，酒肉干菜之属，充斥栋梁，不可数计。献忠问："有无数目？"魏佶道："仓库储蓄，向依天地玄黄编册，归仓库两大使保存。钥匙却由王妃掌管。蜀王每有取件，由管仓人开仓库，两大使登记备查。仓库两大使所取，自行登记。每月小结一次，每年大结，验库换册一次。刚才去拿问的齐琼芳，便是库大使。仓大使名叫赵芝。”献忠便命人去拿赵芝来见。

回到保和殿，齐琼芳业已拿到，恭谨跪拜，口称万岁，道：“弱女飞鸾，乘乱逃出。小臣不敢收留，送回蜀府。因全城纷乱，道路不通，有他舅父金含辉引去，不知藏于何处。”献忠又命人去捉金姓全家。齐琼芳暂行收押，候拿到赵芝审讯，家口发回看管。少时搜查金家的人回来禀称：“金含辉家临御河，当我等敲门时，他不肯开。待打门进去，全家皆已自杀，我等到后楼时，尚有人跳入御河。我等捞起河内死尸，救活数人，皆是使女。她们认得齐宫人尸首，早已冰冷了。”同时宫监来报，丽春轩的李丽华，吞服金戒指而死。献忠大为不欢。扪扪头上伤痕，叹息道：“我不杀他们，他们偏要自己寻死。倘若他们都像许家妮子一般对付我，我可糟了！”志贤道：“蜀人禀西方金刚之气，向来号称强梁硬性，故曰梁州。男贞女烈，乃是很好的风气。蜀王无道，但能宽待他们，他们尚能为之效死。大王抚之以恩，则忠事大王，一心不二，可成铁统河山。”献忠道：“他们是钢，我便是铁不成？是钢还得用钢锉来琢磨。待我把这群钢琢磨成材，我的江山才会稳固。”志贤不敢与他争辩，辞了出来，暗地命人将李丽华抬去埋了。

这金含辉，乃江南人氏，游幕来蜀，已历两世，此次全家同死。他有一弟，此时游幕在遂宁，所生一女，从小便解词翰，号为神童。此女随其父同执张懋行逃难外乡，后随懋行夫妇到保宁居住。懋行在清朝做官，任徐州经历。发妻死后，便以金女为续弦。两年之后，懋行病死，金氏守节抚孤。多有慕其色者，百方诱娶，皆峻拒不夺。曾有一次，已被骗上轿了，既而发觉有异，便从轿内跳入路旁的水渠求死。经救活后，再无人图娶于她。她从小便知齐飞鸾等四女子死节情形，曾选四首小词吊之。其词云：

生小爱临法帖，勾画一时称绝。十六入王宫。殉国让伊先决。全节，全节。池水到今呜悒。——吊严珍兰。

才色本来超绝，选入蜀王宫阙。沐宠丽春轩。痛哭御沟完节。桃靥，桃靥。惹出面生之孽。——吊齐飞鸾。

弱质心偏如铁，佯受赏封行谲。袭击夜宴中。拼取一身分割。肱折，肱折。恶骂未曾声绝。——吊许若琼。

舟际早怀忧国，宫里尚劳呈策。瓦解不能支。欲死更愁无术。休食，休食。继以吞金乃卒。——吊李丽华。

相传李丽华这年五月，陪蜀王泛舟浣花溪时，蜀王命诸姬各撰浣花赋一篇。惟丽华所撰最佳。赋中重用冀国夫人拒退杨子琳事，讽谏蜀王之不能筹国备乱，曾为蜀城绅民所传诵。当献忠围城时，丽华又上书蜀王，请开库振军。未及行而都城已陷，故金氏词意及之。

◎评注

两回连写蜀府侈丽情形，俱从献忠眼底看出，而以献忠践踏蜀府人物装点之。果使明太祖、郭妃，及历世蜀王地下有知，不知作何感想？

明蜀王府，清代改建贡院。民国曾为高等师范校址。四十年来变革甚剧。今惟承天门与皇城巨垣犹明代之旧。端礼门仅存基址。明远楼即旧承天殿。大礼堂即旧奉先殿，殿基犹可考识。煤山，清代犹存土丘，近年夷为平地。留春苑，曾为法政学堂。其他宫苑遗址，今（一九四六）悉为贫民窟矣。（解放后于此地建体育场、展览馆）

金氏四词，见张鹏翮《遂宁县志》。略改数字。

第五十六回

孙可望都江堰堵水
汪兆麟大慈寺劝降

八月十一日，献忠设座承天殿，早有孙可望、刘文秀、李定国、艾能奇四家养子，率领各军都督，各营总兵，押定一千俘虏官绅，在端礼门外静候。志贤与兆麟先行升殿，设置两张桌案与应用文具。兆麟居左，志贤居右，分办批答文告事宜。少时献忠升座，宫人奏乐，一般武将上殿，排列行礼。礼毕，献忠皆命殿上赐座。众将坐定，汪兆麟起立诵读众将贺表道：

恭维大王：承天地之血胤，诞龙兴于延川。克光白运，以绍朱明。遂于甲申金旺之年，清秋肃杀之月，甲子始算之日，正午方中之时，振旅入自西门，明辟定乎蜀府。庶士稽首，颂来苏于阙下；前徒释械，称顺民于街头。凡百伪官，泥首待罪；三川郡邑，望风归降。行见天府奥区，即兴朝之畿辅；寰海邦甸，尽帝子之藩封。臣等万里追随，择栖良木。一朝偿志，庆拊龙鳞。惟望早正大位，协天命于昌期。下抚群黎，开鸿图于景运。

献忠听罢，对兆麟道："你说的这些，我已听得不耐了！省得啰嗦，你直截了当说要做啥。"兆麟忙禀道："昨夜众人商议，请大王早即帝位。"献忠道："皇帝我岂不愿做？但设立五府六部，很要一批文官。看他们都是打仗出身，只会砍杀，不懂咬文嚼字。做出皇帝来，亦不像个样儿！且待江鼎镇、龚完敬回来，再招收几个进士班子，凑够人数再讲。"孙可望道："眼前已有汪、王两尚书，加上江、龚两先生，六部已有四人了。昨日拿获伪官当中，不少具有清名重望之人。若得他们投降，文官便不少了。"献忠道："共已拿到多少？"汪兆麟道："昨夜造了一册，计凡官吏六十三员。"说罢便将名册呈上。献忠道："这么多的人，叫我如何看？"随手递与王志贤道："你提要说与我听，谁是该放来做官的，谁是该杀的？"志贤接看这名册，第一篇是文官。内开：

巡抚一名龙文光，广西马平县人，进士出身。已自杀。

巡按一名刘之勃，字安侯。陕西宝鸡县人，进士出身。在俘。

布政一名张继孟，字伯功。陕西扶风县人，进士出身。在俘。

守道一名陈其赤，字石文。江西崇仁县人，进士出身。已自杀。

学道一名杨允升，字文达。贵州贵阳县人，进士出身。在俘。

佥事一名张孔教，字鲁生。浙江会稽县人，举人出身。在俘。

推官一名刘士斗，字瞻甫。广东番禺县人，进士出身。在俘。

同知一名方尧相，字绍虞。湖北黄冈县人，进士出身。在俘。

成都知县一名吴继善，字志衍。江南太仓州人，进士出身。在俘。

华阳知县一名沈云祚，字子陵。江南太仓州人，进士出身。在俘。

蜀府长史一名郑安民，浙江慈谿县人，贡生出身。在俘。

蜀府库大使一名齐琼芳，四川华阳县贡生，已降。在押。

蜀府仓大使一名赵芝，四川汉州秀才，已降。在押。

蜀府掾史一名潘腾龙，四川成都举人。在俘。

第二篇为武官。开有："川北镇总兵刘佳胤，指挥同知鲁印昌、罗天爵、罗镇藩，指挥曹勋、阮士奇，参将杨展、徐明蛟，都司李之珍等。"或已死，或在俘。献忠道："我用不着许多武官，无论他们降与不降，一律拿去杀了。"

第三篇，乃是开列的抗命绅衿，有："致仕顺天府照磨庄祖诏，云南按察使庄祖诒，原任东流知县乾日贞，致仕大理寺正卿王秉乾，原任宣化府同知王履亨，原任工部主事蔡如蕙，皆是进士出身。"献忠道："这些本城人，可以留着。"

志贤又问："还有第四册，汇各营俘获在押之抗命官军一万余名。抗命奸民男女七万余人。与蜀府宗室男女二千余人。分押各营，应作如何处置?"献忠道："这些一律拿去杀了。"孙可望道："父王新抚蜀地，宽待俘虏，对于这些无知之民，亦宜从宽发落，以培元气。请仍分别派人审讯，降者免死，或收为军用。"兆麟道："百姓可以审问，军士该与武官一同杀了，免生后患。"志贤道："武官不过吃的武官之禄，为顺为逆，与文官有何不同。兵士不过吃的军饷，与百姓又何不同？似仍以审问定罪为是。"献忠道："眼前缺的文官，所以宽待文官，并不缺军士，所以军士都可杀掉。既然你们说也该分别定罪，我便有个办法。你们分别去查看：凡属带伤的，身上有血迹的，衣甲有刀痕的，这都是与我军砍杀过的人，无论是官是兵是民，一体押出城去杀了，与我死去的将士报仇。其余的官，暂拘一处，我派人去劝降。宗人与百姓，分别由各营审问，再行定罪。"众人不敢再争，便由汪兆麟草为文告，命人书缮，分交各营将官。各营将官辞了献忠，回营执行。

当下孙、刘、李、艾与汪、王诸人随献忠退到保和殿，置酒商谈。一般缙绅俘虏，由中军都督王尚礼押在端礼门与承天门边的朝房里。尚礼因献忠有招降之意，殷勤招待，各给座位，送茶，口称各台先生不已。众官回想从前朔望两日，来此朝谒蜀王，亦是坐候于此。那时车马喧阗，衣冠整肃，进退礼让，是何光景。今日楚囚相对，铁索锒铛，又是何光景？不觉便有几人流下泪来。惟刘士斗大笑不已道："城郭如故，人物全非。我辈当有丁令威化鹤归来之感。”由此一语，哭泣的人更多起来，哭声渐大。王尚礼忙来弹压道：“主公待各位先生之意甚厚，不可如此悲嚎，致惹不便。”齐琼芳时亦在押，乘时起言道：“对呀，各位大人还须保持肃静，犹恐惊动内庭，反为不美。”刘士斗看了他一眼，掉过头来，唾地一口痰道：“你还有脸出头说话！”众官有暗笑的，有鼻嗤的，亦有默然的。唯有乾日贞喜洋洋走近琼芳道：“贺喜国舅，前次献进令爱，便发了财。这次若献进令爱，一定可以升官。可惜我等无此福命，今日连哭亦哭不得。但我们哭的，乃是你前一个女婿，并非哭你这新女婿哪！”琼芳惭怒道：“我乃是片好意，你如何诮骂于我。须知我的女儿，她已殉节了。”日贞道：“她能殉节，你尚留此老命做空心国舅么?”二人言语冲突，争闹起来。兵士涌进将日贞拉出，推倒地上。恰好那地下有块破砖，日贞拾砖向一兵打去，立被众兵刀劈而死。

王尚礼进得内殿，将此事说与献忠，请将众官迁移僻静地方，分别拘押，以免滋生事端。献忠问押到哪处好？孙可望道：“儿臣昨清查东城，见有大慈寺，乃是前朝敕建寺院。地广百亩，僧房千余间，僧侣六七百人。且有林木泉池之胜。外有坚垣，内多空屋，可将众官押到那里看管，分别劝导。”汪兆麟道：“务须分别押着，不让他们聚处，则虽有顽强之人，亦不易鼓动全体抗命矣!”可望道：“那里房屋甚多，每人一间亦可能的。”献忠便命王尚礼将众官分别关押。

王尚礼去后，献忠等继续商谈如何收抚全川。孙可望道：“重庆成都一带城池，早已望风投降。明室已亡，成都又破，则川西北州县，自无拒守之理。我军宜待三日休息已过，分四道出巡，收取州县印信，委放官吏，出示安民，整理粮赋，抚慰地方。务要爱民礼士，表明王者之师。则后方安固，便好驱逐闯军出川。”献忠道：“四川有这许多州县，我哪里有这许多文官去管理?”可望道：“只要我军施仁行义，优礼降官，则州县官必然献城投降，便用原官管理也可。”献忠心喜，便命可望率军去收附郭一带州县，孙可望出西门，收抚灌、彭一路。李定国出南门，收抚邛、眉一路。刘文秀出东门，向遂宁一路，去代江鼎镇等夺取顺庆。艾能奇出北门，去代龚完敬等夺取绵州。即将江、龚二人调换回来，襄理民政。

分派甫定，军丁驰报城外大水骤至，沿河民房多被卷去。城门皆已进水。献忠忙与众将驰马到北城，但见洪流滔滔，巨涛滚滚，向城根掠过，人畜尸体，房屋器材，随波逐流。浮沉泛漾，景况甚惨。许多兵民在关闭的城门内筑土堵水。献忠召来为首的百姓问道："在晴天气，四野未有风云，何来如此大水。"那人察道："大军初围城时，龙巡抚命灌县知县赵嘉炜纠集民丁，去开挖都江堰，决水来此，以防地雷。不料水还未来，城便破了。今天的水，想是他放来的。"献忠便命孙可望立即率军出城，追拿挖堰之人，堵塞堰水，使还故道。可望立即去了。

可望出城以后，沿途追问决堰之人。因为近河人民受害者甚多，人人切齿赵嘉炜，故能据实指导，跟踪追去。追到崇宁县界，恰逢嘉炜决堰回来。他尚不知成都已破，募有民兵数十人相随。忽见可望之军，急忙抢渡毗河，想向北岸逃去。被可望追到，乱箭射去，嘉炜带伤，跌入水中淹死。民兵逃得上岸者甚少。可望不暇追逐，赶到都江堰，灌县知县已逃。可望抚定军民，开库出金，重募水手，连夜挖开外江堵口，内江之水才平了。

八月二十日，献忠命汪兆麟前去大慈寺招降被囚各官。兆麟用了全堂执事，传锣喝道，来到大慈寺前。看守俘虏的，乃是三奇、兴隆两营。营总宋官、郭胤，迎接入寺。知客僧鉴清，引入斋堂献茶。少时方丈鉴明和尚出来，参谒陪坐。兆麟问寺中多少僧人。方丈道："原有一千二百余人。盂兰会期，往各州县做会者甚多。因遭兵乱，多未回来。现只七百余人。"兆麟对宋官、郭胤道："明朝原是和尚做了天子，偏好招养和尚。守城兵饷克得紧，却有钱粮养活这么多的秃驴。"方丈道："和尚世外之人，国家养他念经消灾，虽无大用，亦未为国家之害。秀才们亦是国家养活的游手好闲之人，他们并无益于社会，却有害于国家。看来养和尚还比养秀才胜得一筹！"兆麟见他谈话锋利，心中暗恨，却未便发作，只好置之不理，便命押犯官前来。方丈起身道："贫僧早课未完，就此告退。"兆麟只用手一挥，方丈便与知客同出去了。

第一批押来的是刘之勃、张继孟、杨允升、刘士斗、方尧相五人。兆麟先问："谁是刘羽长老先生与张伯功先生？"之勃应声道："是我。"张继孟亦应道："我姓张。"兆麟道："请坐。"他五人便一齐坐下。兆麟对刘、张二人道："大明已亡，大西代兴。我主闻刘、张两先生是同乡人，又有清名重望，极致钦佩。意欲相邀共定天下，同享富贵，特命学生前来相请。”之勃道：“枉劳费心，我等死志已决，请你主早些用刑吧！”兆麟道：“哪里的话，迟早从长计议好了。”又问道：“哪位是方先生？”尧相道：“便是我姓方。”兆麟道：“闻说绍虞兄是黄冈团凤洲人。学生家在桐城，虽然隔省，却相距并不算远。贵县人物在我军的甚多，大王无不重用。这回定要请出来共同辅政。”尧相道：“传闻敝县的奴才们被贼军收纳净尽。你们大王的盛德，我早知道了！”兆麟知他执拗，转身对允升、士斗道：“两公意向如何？”允升不言。士斗骂道：“我等甘心一死，不能从贼。”兆麟命押下四人，留下允升。

第二批押到郑安民、杨锵、齐琼芳、赵芝、潘腾龙五人。齐、赵二人入门便已跪下。兆麟扶起，命与允升并坐。转问郑、杨、潘三人道：“明室已亡，大丈夫当乘时而起，做番事业。三公愿与西主共大事否？”郑安民道：“你劝我降么，我等读圣贤书，不能无耻至此。若能放我，我愿黄冠避世。不能放我，死亦不惜。”兆麟见杨锵无言，便命押安民、腾龙回去。

第三批押到吴继善、沈云祚、蔡如蕙、张孔教四人。兆麟注意吴、沈二人，先命赐座。继善坐下。云祚不肯坐，抗声言道：“今日只来求死，非来求坐。”兆麟问其余二人道：“你二人坐下谈。”二人亦皆拒坐。于是继善亦忙起立。兆麟道：“既不愿坐，还愿谈不？”云祚道：“汉贼不两立，有甚谈的。”兆麟命吴继善就坐，余皆押还。

第四批押到庄祖诒兄弟与王秉乾这批乡宦，入门便骂：“献贼。”又指骂座上的吴继善等人。兆麟知道难以谕降，便仍命押了回去。却向杨允升、吴继善等四人道：“在大西王前，求死甚易，求重用尤易。他们要死，何必骂人。我不过爱惜他们是读书人，想扶助他们做番事业而已。你们四位看我这片苦心能原谅吗？”吴、杨二人无话，齐、赵二人一齐起立打拱道：“老大人恩同再造。”兆麟心里鄙薄于他，只一颔首。便问吴、杨道：“两公有意同辅西王，做番事业否？”允升道：“大王若能尊重文士，不妄杀人，我等情愿投降。”继善道：“我非爱死，只因自惜薄有才能，未能尽用。但臣子之义，当死王事。若刘巡按与各位大吏皆蒙重用，我自当同降，否则同死亦可。”兆麟道：“我主礼贤下士，求才若渴，像我这样无能，尚且备位宰辅。诸公前程远大，更何庸卜。只是他们不降，我亦无法劝导。便烦足下婉致鄙忱如何?”继善道：“沈县令与我交谊较厚，容我与他商议。”兆麟称谢，便命将四人送回，放宽监视，听其往来各处。其余官吏，兆麟便嘱宋、郭二将劝降。自己回到王府，将此情报与献忠。

献忠听说本城缙绅比外省官吏更为倔强，心中甚怒。道：“我已这样施仁行义，他们尚不满意，定要惹我发怒，他才服了!”便传谕四城各营，将所拿抗命官绅与其官眷僚属，明日押赴中园斩首。

◎评注

人行无绝对之善恶。谓张献忠生性狂悖者，妄言也。方其初据蜀府，亦有子阳玄德之志，特才气度不如耳。由此措施，足知并无屠蜀之意。《蜀碧》谓“陷成都，大杀三日”，又谓沈云祚“绝粒半月不死，贼馈之食”。然则何恨于蜀人而屠之，又何爱于云祚而存之半月?昔人著书，恣意訾謷，而忘其不通如此。

第五十七回 行谲出奇瑞符翻成恶谶 需才孔急折节求助阶囚

话说张献忠下令，于八月十三日在南门外的中园，斩杀三日来所搜拿的抗命官绅。时有志义营总兵温自让，乃陕西延川人氏，平时为人仁厚，与王志贤相得。奉到此命之后，连夜来会志贤，言道："大王以仁义行师，已收定川之功，如何可以再蹈桐城覆辙？况官吏各为其主，抗拒我军，又与其家人何关？即如人民，当围城之时，受官吏逼迫，抽取丁壮守御，人民焉敢不遵？城破之后，军民皆弃械逃散，与官军之巷战抗命者不同。官军前日业已杀尽，所剩百姓，无非良民。三日来被我军挨户搜查，怨气潜伏，已非新朝之利。再要将这批无辜之民置于一死，远近闻之，将人各自危，揭竿而起，我军寸步难行矣。我辈武将不能谏劝，王尚书国家股肱，何可坐视？"志贤闻之心痛，便来邀汪兆麟一同入内，将温自让言，转述一番，务要献忠收回成命。

献忠道："我一生讲得干脆，说干就干。今天命令已下，岂能失信于人!"志贤道："大王出泸州时，昭告天下：降者录用，不降不抗者皆为良民。抗拒王师者只诛首恶，胁从罔究。这才是不可失的信诺。若对部下将士，则譬如指挥作战，进退舍取，变化万端，命令随时变更，是无妨的。"言罢，又以目视兆麟，要他也劝阻。兆麟道："我们军士，许久未曾痛快砍杀，今日奉命杀人，必然欢喜。随即收回成命，必失军心。不愿变更命令，圣意极是。但王尚书所说，亦有至理。可否明日照常押去杀人，却容我等邀约诸将叩头请赦。大王临场恩准，便是两全。"献忠道："这还使得。但亦须看明日情形酌定。"王志贤见争强亦难，出来暗嘱温自让前往各营，邀约众将。仍千万嘱他，不可走漏半点消息。怕的献忠怀疑到众将有市恩之嫌，反不肯赦。

次日正是十三，各营士兵，明亮亮的刀枪，雄赳赳的气概，每二人押着十人。各自为一路，吹号击鼓，分向中园进发。号泣呼冤之声响彻街巷。许多未受牵连之人，此时虽然坐在家里，亦是心里如油煎一般。因为他们有许多亲戚好友已在向死路上走了。并且多半是冤枉：或因与兵士买卖争执，或因阻拒军士淫掠，或因受敲诈婪索骂了人，被军士挟怨捉去，指为抗命，他要辩亦无从辩。今日一路号泣之人多属此类。可怜他们那班亲友哪里敢出头探望，只从门窗缝里窃窥暗泣。所押之人到了中园，大都已瘫软在地，哭声低微了。各军士只候下令，即便行刑。

但听演武厅上，鼓乐齐鸣，各将整饬队伍，肃然而立。一簇红尘驰到，直上演武厅，乃是献忠到了。众官叩见已毕，依次报上押到罪人若干。志贤便与兆麟等乘时邀约众将前往请赦。众将因是他二人邀，不便不允。待报告毕，一齐跪了上去。恰在此时，云开雾散，赤日现了出来，阳光斜射演武厅上。献忠道："成都天气总是闷的，不似咱们北方爽快。到此几天，这才睹得日头，便算一喜。依你们讲，赦了他们。"志贤等叩谢起来。献忠吩咐众将传呼各队道："我赦他们了。教他们叩头谢恩，仍押回各营点释放。原册呈缴王府备查，倘再有过失，定杀无赦。"

众将喧呼已毕，但闻全场一片欢呼，满地叩头。各营兵仍押解回城。在这押回途中，市民始敢探首外望。但见各囚面有喜色，眼泪仍是流着，口内声息毫无，栩栩洋洋，蹑脚行进，观者为之喜而落泪。

献忠正要上马回宫，忽见东北一座高塔，便命绕道其下，注目望了许久。问道："此塔何名？"有前日攻取东门的狄三品上前言道："这桥叫锁江桥，塔叫回澜塔。乃是万历年间布政使余一龙所修。有碑。"献忠听了，连连点头，若有所悟。回宫后，单召汪兆麟入内密议道："我看四川人心，一时难以服我，还得运用谷城、武昌两处的老办法来作收拾。这座塔子生得有些道理。你可为我暗刻一块石碣，今夜搬去埋在下面，明日我命人拆塔，便将它掘出，以为符命，使川人亦知我是天帝之子，当王西蜀，则人心自必服我了。"兆麟是惯会与献忠制造符命的，便选了宫内一块青石，对献忠道："用这青石，镌刻出字，再用醋浸洗之后，便可分辨不出新刻旧刻。刻匠宫中很现成，但青石甚坚，一夜恐难刻好。"献忠道；"少写点字，镌浅些罢了。"兆麟便写下几句，交与献忠。献忠接看，乃是：

修塔余一龙，拆塔张献忠。
岁逢甲乙丙。此地王气隆。
西主承天德，国姓有长弓。
万方同爱戴，四海尽朝宗。

大明洪武元年军师刘伯温记。

献忠便命经常替他伪造符命的两个镌刻太监，连夜刻石。二人奉命将字拓下，用钻石为锥，连夜镌琢。因一人一半，用力过猛，将青石板破为两块，恰从"此地"二字之下断裂，但并未破碎，嵌合来仍是一块。报与献忠，献忠说："将就用了吧。"二人遂用精醋洗涤后，夤夜搬到回澜塔下，挖土埋了。

第二日，献忠布告全城道："孤昨自中园望见锁江桥外回澜塔，知其于此城不利。迨至江边细看，见日初出时，塔影横卧桥下，与桥影配合，正如一副弓箭，对承天殿射去。谚云：'桥似弯弓塔是箭，箭箭射到承天殿。'即指此也。故自万历年修建此塔以来，成都常有兵灾，蜀府有祸，全城亦不能安，此乃前人遗害后人之术。幸天心仁慈，引孤前来察看。即日亲督御营前往拆卸，为全城百姓禳祓消灾。凡尔军民人等，其各仰体此旨，勿得惊疑。此谕。”用西王之宝玉印盖了，贴遍各街，引得好奇百姓，前来观看，人山人海，凑集在锦江两岸。热闹情形，正与昨日中园杀人相似。

约莫巳牌时分，献忠率领卫军，骑马前来，便在拱桥中最高处设座。两岸观众，果见塔影倒卧桥下，略似弓箭，正对城隅，莫不称颂献忠精明。少时献忠下令拆塔，便有安顿好的军士，爬上砖塔，铁锹铁锏，将砖纷纷卸下。又有军士从河中用舟运去。瞬息塔砖拆完，剩下八方形的石基。献忠下令：“连基拆去，以免后人再修。”少时地面石基已拔，再掘地下石基。军士们将坠砖碎块挑开，先从石基外土地挖掘。数百人一齐动手，瞬息挖成环穴一道。便有太监前来禀道：“挖出一块青石碑，上有文字。”献忠命：“抬来看。”待抬来时，却只有上半截，便是：“修塔余一龙，拆塔张献忠。岁逢甲乙丙，此地……”十七字。献忠道：“这上竟有孤的名字，巧极了。但文字不全，必须将下半块寻来，看是说些什么?”于是令暂不拔取塔基，先寻下半块石碑。又命王志贤道：“你甚精细，前去督寻，不要让那般粗鲁人与我弄坏了。”又命卫军，将此石传示两岸军民，夸耀神奇。军民见者，无不咋舌。

王志贤知道献忠又在行谲，自己亦想寻下半碑文，一觇究竟。便站到塔基上去环转视察，务要将它寻着。方才那太监近身来耳语道：“得此碑处，发现一堆碎青石，只怕是塔上抛下砖时，击碎了此碑的那一半。”志贤忙命将碑石掏出镶嵌。业已碎如沙砾，又被军士掷去数块，哪里排凑得齐！志贤拼凑了半天，不得一个整字。前来报与献忠道：“想是这半块接近地面，被连续的坠砖震碎，现已无法镶嵌了。”献忠大怒道：“哪有这半边尚且完整，那半边便碎为粉末了的，务要他们寻获，不然便将他们活埋在内。”

志贤无法，只好转来再寻。尚未下桥，已闻塔下人声哄起，高呼寻得了。忙去查看，却在前碑对面深丈许处，掘得一面残碑，亦是青石隶书，字全可识。细看乃是：

……………………血流红。

兴运终川北，神气播川东。

吹箫不用竹，一箭贯当胸。

大汉炎兴元年丞相诸葛亮记。

两碑长短相似，厚薄相当，字体亦相差不远，文气勉强可以衔接。志贤亦疑是一块，暗想："他要造此歌谣何意?"一时解他不得。回顾开挖之人，无不喜悦。唯有督挖那位太监，面色仓皇，对志贤言道："此恐非是。"志贤道："碑石与文字皆似。你何以知其非是?"那人语塞，随志贤来见献忠。沿岸官民，见下半碑寻得，争来观看。那太监拒人围看，在抬石人周围驱逐。献忠此时甚为得意，立在桥顶发令道："让他们看好了。"因此右岸之人，看得十分清楚，惟皆不解其意。亦有用笔抄下，以备归家推详的。

献忠见碑石将至，喜悦非常，大声对左右从人言道："孤一生偏常遇见如此奇奇怪怪之事不少，若说不是天命，谁能制造得他不成?"汪兆麟领导从人，高呼万岁。欢呼甫毕，碑石摆列面前案上。献忠看罢，勃然变色，直视兆麟。兆麟亦已大惊失色，望见献忠怒视于己，不觉把眼一眨一翻，埋头一想，急忙掉头问那太监道："这个是吗?"那太监道："奴才亦觉不是。因为那个是塔西掘出来的，这个是塔东掘出来的。"王志贤道："无论塔东塔西，看他石质、长短、厚薄、字体相似，断口亦似合得，恐怕正是。"献忠两目闪出凶光，频频注视那太监，蕴含怒气甚重。从人已将上半石搬来，在案上一镶，果然断口不能相合。石质亦粗细微异。并长短、厚薄、书法亦微有不同。志贤疑是献忠故意如此为之。兆麟则力言此是二石，定要另寻残片，遂将纵横十丈之地，挖到三四丈深，亦未更得一石。献忠发怒，命将两石打碎，倾入河去。乘马回宫，暗将刻石二太监斩首。

十五日，献忠正郁悒愤怒，却接孙、李、刘、艾四路连传捷报，皆言："州县望风降附，人民壶浆相迎。只仁寿、新都、崇庆州三个官不降，欲纠人民守城，但无人民听从。大军入城，皆已擒杀。其余州县官吏，或降或逃。降者留用，逃者必须派人补缺。营中文吏派完，是否可就迎降缙绅挑用，请旨核定。”献忠一喜，都批准了。随有孙可望特疏到宫，力荐彭县知县王国麟：“湖广进士，有经邦济世之才，堪为新朝辅弼。特命其随疏禀见。襄办庶政。”献忠召见一谈，甚为中意，便嘱与汪兆麟，留在朝房办事。

收抚州县既多，文件雪片飞来。江鼎镇、龚完敬二人又尚未到。把个汪兆麟忙碌得不得了，迭请献忠起用大慈寺的降官。献忠再命兆麟与王志贤同到大慈寺开导。说是：“但凡进士肯降，皆以二品以上任用。”二人当夜便去寺中，依次到各囚室相劝。兆麟态度，亦不似前次那样倨傲了。无奈自杨允升、吴继善、杨锵与齐、赵等人外，仍无一人肯降。兆麟主张先杀几个示威。志贤不肯，特邀吴继善到客寮座谈，问继善道：“久慕你才华卓越，今获同辅西主，甚可庆幸。但天下事大，西主所养将材甚多，相材缺乏，汪阁老亦非斫轮老手。在下更是簿书小吏，不足胜此事任。新朝规模，盼望贤才建立。无论今日在俘在野之官，都盼你尽量推举，西主必派安车蒲轮以迎。”继善道：“若论在俘之官，刘巡按正气干云，声望素著，又与西主同乡，若能劝降，可任辅弼。张布政、刘推官皆有干才，平时服膺巡按，若巡按降，他们便可降。华阳沈知县，学问、文章、才情、胆识皆备。惜他四人，皆过于拘守礼教，决心待死。我与沈华阳同乡、同榜、同官于此，比屋而居，平时甚为相得，昨日劝他一夜，坚执不降。他说道：你我各行其志，无须相勉。因此我亦无法再劝。但西王若能厚待其家属，宽以时日，或尚有回心之时。”志贤道：“今方用人之际，恐西主不能久持，奈何？”继善道：“那也无法了。”

志贤又问：“地方绅士有可推者否？”继善道：“蜀人秉性刚烈，淡于禄利，重视气节。在俘的如二庄、二王，皆有清名重望，品德文章，并可称道。惜因大军入城之初犯了他家，诸人引为大辱，忿骂不降，已成定局。惟如不杀他，表示宽大，亦足为远人来降者劝。至于在野者，则宜宾尹伸，名望最高。绵州严锡命，才德俱富。愿转推于西王。”

此时汪兆麟再去挽劝刘之勃、张继孟、方尧相各一回，皆讨了没趣。只得出来，与志贤携带吴、二杨、齐、赵五人去见献忠。献忠与他们问答一度，亦觉继善有才，付与兆麟重用。杨允升口讷，未蒙赏识。杨锵、齐琼芳、赵芝三人，献忠有些厌恶，但皆收了，拨在王志贤名下管理户口钱谷。众人退去，志贤又将继善之言说了一番。献忠道：“既是忠臣，我亦甚爱。”便命人传命各营，厚待俘官与其家属。又派人去征聘尹伸与严锡命。分派已定，笑对志贤道：“你我从前把个做官，看得如何艰难。送了熊文灿等许多金银，还未得个正印。今日有权用人了，却无人愿来做官。一般读书人，总是如此妖气。且待事体弄妥，仍须给他一点苦头。”志贤当时认为这是戏言，全不在意。

◎评注

献忠中园假屠，谲也。行谲之极，至于伪为符命，自埋而复发之。乃造化更以谲道为惩。此谶载入《绥寇纪略》与《滟滪囊》，则顺康时曾广泛流行可知，以讹传讹，词略有不同。

第五十八回 故事重温逃人削发 葫芦依样帝胤剥皮

话说大慈寺方丈鉴明，俗姓李氏，名敬一，福建举人。原为邵捷春一位幕僚，在川东一带赞画军机，颇著劳绩。平时喜读内典，谈禅理，与前任蜀府长史宋文翼相善。宋文翼，字怒飞，丹棱举人。平时好谈经济、兵法、政略及内典、道书、风角、占候诸艺。他在蜀府眼见蜀乱已到，曾劝前辈蜀王奉铨，荐醮禳灾。蜀王不信，并将祖镌张三丰碑亦毁了。因此他辞去长史，准备归隐，经巡抚邵捷春留营办事。二人既同幕办事，朝夕聚处，说得更为投契。文翼随时总说大难当前，必须隐遁，修德自禳。敬一总是劝他共尽人力以挽天运，不可委弃世人不顾，专爱一身。文翼觉他说得合理，勉强留下。其后邵捷春为杨嗣昌所害，逮京论死。二人乃隳心败志，同时弃官。文翼回家，在总冈山林岩幽静处修建一座茅棚，注解南华道德诸经，黄冠避世。敬一投身大慈寺出家，法号鉴明。因他经典素有根底，戒行亦高，学问才情概出众僧以上，又与文武官吏及蜀府宗人多有交谊，故寺内寺外声誉鹊起，不久便被推为寺中方丈。

蜀府宗人中，有一进士朱奉铆，乃蜀王奉铨远支弟兄，在京做过御史，颇有声誉。到底因他出身宗人，不知民间情俗，除弹劾大臣不法外，不能陈献匡时大计。在此天下扰攘之际，被人认为迂阔，因此宦意淡泊，致仕回家。他在成都，具有宗人与御史的两重身份，清贵已极。常常傲视抚按，凌辱司道，全城官吏莫不怕他。因此尊而不亲，莫肯与之往来。此外绅民，更不在他目中。交游既稀，内心甚苦，偏激之情，使他专与方外人物相善。鉴明和尚便成了他第一个密友。一年三百六十天，总有二百天在大慈寺里混过。寺中有他常来，官民军吏莫敢来寺滋扰。因此寺产日增，寺僧日众，兴旺到了独步全川第一座禅林。另外亦有几个自命为龙子龙孙的科举名人，如奉镭、奉铩、至济、至溱、平栎等，因奉铆关系，亦与寺中僧人相好，随时共劝蜀王布施财物，与太祖高皇帝及历世蜀王祝福。蜀王如此，城中缙绅富室，亦皆以延请大慈寺和尚超荐先灵相尚。寺僧习于此道，鼓乐铙钹之技，纯熟翻新，远近咸悦，四方州县，皆来迎请。当时川人有句风谣道："醮禳须上龙虎山，超荐当求大慈寺。"

张献忠破城之后，兵士搜拿官吏与宗室缙绅，便有许多平时嫉恨宗人骄横之人，做了官兵引线，拿去宗人甚多。朱奉铆家在东城，距大慈寺较近。闻听搜拿宗人甚急，忙携幼子至潭乘乱逃进寺来。奉铆，至济，平栎与其他宗人逃来寺中者已有二十余人。寺僧念在平时相好，皆能密守不泄。知客鉴清怕逃来的多了，致为外人所告，忙命将山门关闭，疾引诸人到后面密室与方丈鉴明商议：劝各宗室削发为僧，混在寺僧队里，慢慢设法逃走。好在寺中多余僧衣甚多。前月盂兰会期，往各州县念经未能回寺的和尚亦多，可以按照年龄顶替。寺内不泄，外人无法察觉。奉铆等自然遵了。惟头发虽削，无有戒疤，怕被发觉，遂有几人甘愿烧戒掩饰。奉铆道："我太祖高皇帝曾经为僧，惠宗建文帝亦曾削发避难。但他们皆非真愿皈依佛法。我今已是四五十岁的人了。穿僧衣，剃头发，不过还我太祖的本像，跟惠宗同结局。原非真要皈依受戒。这父母遗体，不可毁伤。要我平白烧九个疤，不但我忍痛不了，亦非圣贤所许。"鉴明知他护痛，遂亦未曾苦劝。但劝他将幼子至潭舍入寺中，一同烧戒。他承允了。此子已十三岁，平时养得非常骄贵，从未受过痛楚。初尚不知烧戒为何事，遵命跪下，听凭按上艾绒。奉铆有些不忍，向方丈道：“他太小了，只烧一个吧。”方丈许可。不料艾火初发，那孩子像杀猪般大叫，平地跳了起来，大骂寺僧，再也不肯烧了，几个和尚便要抢来按他。奉铆忙上前护阻道：“他便不烧也罢，死生听之于天好了。”

方丈鉴明无奈，只得将他父子藏到最深一间屋去。其余已烧疤的和尚，分安各寮房，命其卧床装病，以待疤脱。正在此时，外面打门甚急，原来孙可望率军来清查。方丈与知客镇静招待。可望随看了一遍，便自去了，并未十分盘查。寺中僧侣无不额手相庆。不料第二日，忽然押来一批俘官，并派两营军士监守。骇得全寺僧侣张惶自疑，报与方丈。方丈将这些担惊的和尚次第召到密处，多方开导，总算将风潮压平。转来对奉铆道：“现全城搜查官吏与宗室，藏匿者十家连坐。寺内大兵环守，无法逃出。公子年幼，尚可混在小沙弥队里。大人相貌不是和尚，万一清查到此，必然牵连全寺僧人。老僧大明遗臣，与大人交厚，公谊私情，皆当共命，绝不惜此一死。只恐寺僧心德不一，漏泄于人。我欲相机设法，送你出城。今北都已陷，蜀府覆灭。朱明世胄，存者不多。公如能一出，群望所系，非仅逃死而已。”奉铆眼泪汪汪，称谢不已。

十二日，兆麟到寺劝降。寺僧咸知方丈与他曾顶撞几句，无不捏一把汗。且喜兆麟并未在意，便自去了。十三日，中园杀人，守寺兵丁纷纷议论，兴高采烈，说道：“反抗大军的，原无许多人，皆因家里搜出了犯官逃卒，与窝藏朱姓宗室，遂被牵连。”寺僧闻之，无不魂飞胆落。当日晚课散时，又有几人来到方丈室里，泣恳出首，以免全寺数百僧人遭劫。方丈沉吟道：“本寺昔年深得他们维护，今日便因避害出首了他们，岂非忘恩负义。况今日方才出首，亦太迟了。与其出首仍不免于受祸，莫如助他们次第逃出去，功德两全。”众僧道：“现在如何可以逃出?”方丈道：“我们和尚出入寺门，兵士并不阻挡，已烧成的二十余人，只要脱疤以后，便易混出去了。最难的是朱御史两父子，全不像和尚。”正在此时，知客来说：“明日拆回澜塔，传谕百姓前往观看。”方丈道：“倘若他们脱疤，这便是逃出城的一个机会。可惜刚才烧疤不久，惟御史公明日必须混出去方好。”众僧商议许久，如此如此，有了办法。

十四日上午，方丈来向宋官、郭胤两人道："闻说西王陛下昨日察见回澜塔与本城不利，今日要去拆它。老僧想起；自万历年间修起此塔后，果然是水火、刀兵、瘟疫不断。迄今乃得圣天子勘破拆卸，为民除害，真是功德无量。此乃亘古奇迹，一方盛事，老僧意欲前往观看，未识可否?"二将道："这是大王圣谕，许人纵观的盛事，你们和尚要去看，去看罢了。"方丈道："寺僧想去看的虽多，但寺中日有常课，亦不容他们荒废。只老僧与不当值的数十人前往。惟老僧出入，一向是用肩舆代步，恳饬值门军吏放行。"二将道："可以的。"便命人吩咐值门去了。

少时方丈坐轿而出，抬轿四人，皆是和尚头，皂色直裰，赤黄色芒鞋，赤黄丝带。后跟四人，同样装束，乃是预备替换的。又后跟十多个有疤的和尚，瘦的便是枯瘦，肥的便是痴肥，白的便是雪白，黑的便是漆黑，或是高鼻深目，吊额突颐，奇形怪状，直似一幅活的百丑图。守门军看过轿内的方丈，便争着指点跟随着的一般异样僧徒，相与评笑，未曾留心到抬轿的。只有一个头目问送到门前的两个执事僧道："为何抬轿的和尚多无戒疤?"执事僧道："这些抬轿与挑水的，造斋的，灌园的下力和尚，原是招募孤贫充任，受不受戒是自由的，他与念经的沙弥不同。"遂将门军诳了过去。

朱奉铘便在此时，扮了一名抬轿和尚混出寺去。出城以后，轿子到了锦江边一座茶堂停下。方丈命轿夫散去休息两刻，再来抬走。奉铘乘时潜到僻处，与另一和尚会合，逃向总冈山宋文翼那里去了。两刻以后，轿夫齐集，已有另一和尚扮为轿夫在内。方丈乘舆再到江渎庙礼神，混过半天，方回寺去，门军毫未觉察有异。

奉铘虽然去了，他那幼子朝夕啼哭要他的父亲。任凭方丈与其侍者威吓劝诱，总是不听。寺僧无法，只好将他关闭在密室里。方丈回来，闻得哭闹之声，心中着急。再邀执事僧来商议，皆言："这孩子不听指导，要想送出寺去甚难。"有人主张，乘夜抛下井淹死，可宣言小沙弥失足坠井，藉为掩饰。方丈道："阿弥陀佛，佛法以慈悲为本，如何可以杀人，且让我留下，亲自劝化他吧。"说罢，遣散众人，自到密室，百般譬解。小孩一时安静了。第二晨早，和谬与他送食物来，他哪里肯吃这些粗淡食品。但他亦颇乖觉，一时谬为恭顺，做出不敢再滋闹模样，使和尚不防。有一天，和尚收取残盏出来之时，并未锁门，只拉来关上，准备回头再送茶来。这孩子试探门尚可开，便开门逃跑出去，四处乱窜。和尚们情急，齐去拉他。孩子亦复害怕，便像逃命般奔跑。合该有事，他从窗口跳入一个林园，跑过一丘菜圃，上了道路，恰有一兵士路过看见。追他的和尚见已有兵，都停住了。那孩子却奔跑不已，被军士一把抓着，问："小和尚，你怕的甚么?"小孩道："要我的爹爹。"一个能事的和尚前来对那兵道："他爹爹前次为他送衣帽来，他至今思念着，总是要去寻爹。"说罢招手道："快回来念经，方丈今天说，他准备送回你爹爹那里去了。"军士见如此说，便自前行。殊知那小孩并不转去，又向前跑。已有别路来的和尚，将他捉住，拖起便走。小孩大呼大骂，不肯同去。这兵心中不忍，又回来说道："你们不能这样欺负小孩。"各僧一齐张皇失色，站立住了。兵问那小孩姓名。小孩不知好歹，老实说姓朱。又问："你父亲呢?"小孩说："昨天被和尚藏了。"这兵怀疑，便引他来见头目。头目引去见了宋官，盘问他是朱明宗室，便派人去报与王府。献忠命巡城都督张能第派人前来，审出前情。立即搜查全寺，方丈鉴明见事已败，早已自缢而死。搜出新烧戒疤二十余人，皆自供是宗室。驰报献忠，献忠此时正在研究活剥人皮之法，闻得此事，便将全寺和尚关闭一处，宗室关闭一处，明日到寺亲审。

献忠因何研究活剥人皮呢？原来他本日无事，想起前日未将皇城形势看全，再邀王志贤来，率领魏佶与随侍宫监，上皇城墙上闲游。由东华门上城，经后子门转到西华门、承天门。见绕城河水皆可行舟。三道门外，有三道石桥相通，形势甚为险固。承天门内虽是广场，但又有一道高垣隔绝内外，那便是端礼门了。献忠等在承天门眺览已过，再上端礼门楼去玩。此楼甚为宽阔，左为鼓楼，右为钟楼。中为大厅，可以宴集百官。据魏佶言，每年重九日，蜀王常宴官绅于此。此楼尚有一梯上通，上有一斗阁，现犹锁闭未开。问魏佶："内是何物?"佶道："传系凉国公肉身，其锁灌铅，从来禁人开视。"献忠命斩锁入室，见龛上供一神像，上公品服，手如干腊，面似真皮，琢玉为睛，铸金作齿。问魏佶道："凉国公他是何神?"

魏佶禀道："相传凉国公姓蓝，名玉，乃大明开国时一员名将。征服云南、川边与蒙古胡人。受封凉国公。功高震主，有人告他谋反。太祖皇帝生性残忍，兼因自己年老，太子已死，皇孙尚幼，怕的是有功大臣挟持兵权，于他驾崩之后背叛皇孙，故屡将有功大臣杀害。今见有人告他谋反，落得罗织成狱，株连诛杀元勋宿将三百余家，将一时武臣杀去大半。怕天下不服，特要烘染蓝玉大罪，将其剥皮实草，传示各省。最后由云南传到四川。蜀献王椿的妃子蓝氏，乃凉公之女，恳蜀王奏请太祖，将此人皮留蜀镇慑远人。太祖许可。蓝妃特延伶工巧匠，将这副皮装成肉身供奉在此。”

志贤听罢，不觉打个寒噤。叹道：“明朝开国规模，便是如此险毒残忍，宜其子孙不得好报。”献忠对于这张人皮甚感兴趣，命人扛将下来，剥去衣服，查考人皮是如何剥下来的。反复研究，只自顶至尻划破一直线，又至两肩后方破达两腕下。又自两臀开刀，破至两胫后，便整个的剥下了。惟手足四掌未剥，从腕踁节割断，不伤及皮，故如干腊。七窍皆成空洞，故用金玉装填。皮肉全用香屑杂绫锦填塞。五只破口用丝线缝合，配上衣冠，居然与生人有几分相似。

献忠看罢，对志贤道：“明朝发明的这玩意儿，我们正好借用来对付它。”说罢命人将这人皮抬下承天殿去，询问有人能照样剥皮吗？问遍宫中，并无一人。献忠道：“法子是现成的，选他们精伶的太监，拿儿人来练习练习便成了。”志贤大惊劝阻，献忠哪里肯听。少时已有七八个好事太监，自愿学习此艺。献忠命去准备刃械，要亲看剥皮。恰在此时，大慈寺的消息报来。献忠拊掌道：“他朱家创的方法，我便叫他朱家先来尝试!”

第二日，献忠命将大慈寺的宗人押来，命那几个太监试刀。抓过一个新疤和尚，那人一面哀号，一面挣扎。哪禁得住七手八脚，按在地上，施行起来。嚓嚓刀响，嗤嗤的揭皮之声，渐将其号声掩压。皮剥下后，约数刻钟，人还未死。一太监见他口尚开阖，试用刀尖塞进，被其两扇牙齿噙定，用力拔出来。献忠笑道：“你老祖宗该来看看他的活报应!”

◎评注

此回渲染业报因果，失于凶忍，令人不敢卒读。嗟夫！专制之君，为酷刑以威众，当时莫得而议之。孰知若干年后报在子孙，惨毒更有加焉！曾子曰："戒之戒之，出乎尔者，反乎尔者也。"

明史《海瑞传》，有请援太祖成法，以剥皮治贪墨罪事。然则蓝玉曾被剥皮，为可信也。

第五十九回

火树银花献忠庆寿
玄阳噩梦文昌受宠

却说成都破后，百姓初见众军连日骚扰，自然惊惶失措，朝夕思逃。迨三日已过，停止搜查，大军四路出城，城中秩序渐已恢复。一般推测，此时骚扰到州县里去了。成都乃辇毂下地，张献忠又还能约束军队，谈仁说义，自然人心安定，向往新猷，想做太平百姓。不料回澜塔两块碑文经人传播以后，彼此猜测，都说“此地血流红”一句可怕得很。于是亲友相邀，暗搬细软出城人多，入城人少。多数名门大族、巨绅淑女，出去便未回来。守城门之军不免报与巡城都督张能第。这日恰又审讯大慈寺藏匿宗室一案，审出朱奉铆逃走的消息，前来报与献忠，便建议设立四门门监，稽查出入。凡出城人，皆须保甲担保，填具出城票，注明事由与来回日期。如有一去不归者，除收系家口外，并须连坐保甲。献忠采纳，命与汪兆麟、王志贤及一般文官，在朝房商议详密办法。

王志贤反对此种措施，认为苛扰，于民不便。张能第道："成都人口三十万，千门万户，虽有保甲，管理粗疏，巨家豪族，秘房密室，难免藏匿奸细，搜查未到。倘乘便出城，实于军情不利。即如大慈寺，我等驻兵两营看守，尚藏匿明裔二十余人，有助其逃走之事，况一般民家。连日士绅搬迁出城者多，或有搜查未尽的官吏混杂逃走。此辈出城，必然号召遗民起兵与我相抗。如果不得出城，则虽有奸谋，亦无可逞。依我看来，设监查门，乃是亡羊补牢之计。"志贤道："我等自泸州至此，除成都外，各城皆系望风迎降。近日四将军分循州县，亦是所至迎降，从无一邑抗命。蜀民柔弱至此，虽有宗室大臣倡议，亦何足为我军之害。今日之计，重在安民。民心安，则乐于附我，无论在城在乡，都是我家百姓。民不安，则反抗我者则顺应民心，纠合为我之劲敌。如此通都大邑，四门每日出入约十万人。若必须逐一予以盘查，妨害其工商职业。则城内人如处樊笼，城外人谁肯入居，反促使都城萧条。"

汪兆麟道："目前大局未定，奸宄潜藏，稽查出入以防奸细，亦是要紧。西主即将定都于此，城中人口自当力求繁盛。昔秦汉定都关中，嫌在关中人少，便将山东州县豪室迁徙到关中来，前贤尚未嫌其苛扰。今只限制城内豪室迁出，较之秦汉，尚不失为盛德，王尚书何必过虑。"志贤道："人与牲畜不同者，便是他能依随意志行动，若竟强人以不愿，是直以牲畜待民了。君之视臣如犬马，则臣视君如国人。况民众非食禄者比，有不相视如寇仇者乎？"众人齐说他是迂论，喧嚣不理。结果采纳吴继善之议：重新普查城内户口，每人给顺民证一枚。如须出城，用顺民证压向保甲，换填出城证。出城证分为两幅，一幅于出城时向门监缴验。门监依返城日期，按日汇存。至日其人返城，查对符合，令其一并持去，向保甲换取顺民证。如当日各门查对，尚有未返之人，即凭以追究保甲。迟一日返城者罚，迟二日返城者笞，迟三日者刑。三日未返者，诛其家口，惩罚保甲。因不返而有悖逆行动者，保甲连坐。如此议定，回复献忠。献忠称善，便命继善开局雇员，专办此事，称为户籍局。

因八月二十一日是献忠生日，全城文武官吏转饬人民，张灯结彩，凑齐百戏，举行盛大的庆祝。便有许多生性谄佞之人，夸豪斗富，在门前街首，扎下各色彩坊绢灯，乐厅戏台，招致远近有色艺之伶工伎乐，自八月二十日起，当街演奏，与人同乐。汪兆麟等亦在承天门外广场备陈百戏。承天门城上，用黄碧两色罗纱为幔幛护于前。后扎高座数排，盖为席棚，备妃嫔宫人观赏。正中门楼，设为宝座，供献忠坐用。广场四周，亦扎彩棚高座，供文武臣僚坐憩。将石坊上“金汤永固”四字，改用缎锦贴作“普天同庆”四字。此时江鼎镇、龚完敬已到，孙可望等四家养子因在戎行，未能亲来祝嘏，亦各派遣记室，齐奉贺表前来。从二十日正午起，爆竹鼓乐之声，震撼全城。

献忠先在承天殿受诸臣朝贺后，回到保和殿再受宫嫔们朝贺，这才出端礼门，来到承天门宝座上，受军士与百姓们朝贺。方出端礼门，便是一路炮声，直放至升入宝座为止。细乐代之而起，又是一大坪人头起伏跪拜。献忠顾而乐之，连称：“汪兆麟办得好。”兆麟出位谢恩，便命开戏。先是梨园子弟扮八仙贺寿，随着便是番人幻戏，各街狮龙彩灯，高跷、绳技，轮次表演到日落天昏，两树银花爆发，喷射入云。喷势渐杀，便有火线牵引到东方高竿的纸盒内，那里又喷出彩火。还有几十支冲天炮，高射到天空爆发，化为五色彩涎，滴滴燃烧着。全场喝彩未毕，竿间一声炮响，吊下一幅彩景，乃是“天下太平”四个火字。火将熄时，又是一串新彩景，八仙次第出现，最后是南极寿星与鹤鹿二像。鹿能喷花，鹤能翱翔。那翔鹤直线奔驰，径到西侧木竿附近而灭。便在此时，竿上吊下一串火挂，乃是“河山一统”四个大字。随着乃是天龙八部之像。最后现出太白金星与龙虎二像。龙虎幻灭之际，火线飞驰到承天门墙上，墙上同时燃出“万寿无疆”四个大字。四字将灭，一路炮响，两行宫灯，送献忠与宫嫔还宫，诸臣随同入宫夜宴。城外军民方才散去。

献忠这夜喝酒大醉，睡到次日临午方才起来。各大臣已在承天殿祗候拜贺。仍照昨日贺毕，到承天门宴饮观戏。各戏虽与昨日微有不同，到底献忠看厌了。酒罢，便命王尚礼、张能第，挑选卫军百名，随同乘马到各街观赏。驰骑所至，看热闹的市民退避不及，被踩死伤者甚多，大家知道他是张献忠，谁敢呻吟一息。献忠见得成都如此繁华，蜀人如此敬顺，心中着实愉快。偶然驰到大慈寺外，献忠望见寺额三字，心有所感，便与王尚礼、张能第等勒马走入寺来。

此时寺中已无和尚迎送。宋官、郭胤亦往承天门观戏去了。忙了两营幕僚褚义等奔出跪迎。献忠到大雄殿上坐下，问："和尚们囚在何处？押几个为首的来。"少时押到知客僧鉴清等数人。问："为何敢于藏匿宗人？"鉴清推到鉴明一人身上。献忠道："你等何不举发？"群僧无言。献忠笑了一笑，命押回去。又问："刘之勃、张继孟二人已愿降否？"褚义道："他们都不肯降。"献忠命先将二人请来。那时营中已将酒肉摆上。献忠见二人来，便下位前往拉手，说道："两位老乡亲请勿见外，今天是我生日，特来陪你两老喝杯寿酒。降不降是另一回事。乡亲是真的。"便拉二人同坐。二人相顾，便亦坐下。献忠递过酒来道："这是寿酒，务要干。"之勃道："待死之人，何庸论寿。你若能拥立蜀世子监国，受其约束，率军北征闯逆，为先帝报仇，则我等自甘仗剑前驱，承受鞭策。若还盘踞蜀府，幽系世子，则与李闯何异？我等明室臣子，决不愿与贼共生！"献忠大笑道："老乡太迂。朱家给我们的好处在哪里？你说李闯与我是贼，我们便算是贼吧。若还不是他任用些贪官污吏，弄得我等生活不下去，难道我等便凭空做起贼来了么？现在人民都愿随我等做贼，不愿随他朱家活人。你讲天理，这便是真正的天理。你讲人情，这便是真正的人情。他朱家把个大好河山弄得一塌糊涂，我等正在替他收拾。老乡亲，你不帮助我等，却还去替他朱家撑腰，有甚意思？"刘之勃掷杯于地道："我等读圣贤诗书，持天地正气，岂受你贼徒游说。要杀便杀，休得多言！"献忠笑道："罢了，罢了！要死很容易，请暂回去想想再说。"便命押了下去。

又问："刘士斗、方尧相与沈云祚等人如何？"褚义禀道："刘士斗终日高歌，与方尧相赋诗唱酬。沈云祚已绝食数日，瘠困不堪。"献忠命扶了来。少时三人扶至。献忠对士斗、尧相道："说你们会作诗，作诗不可无酒。请你们与我共饮，各吟诗一首。"士斗便坐下来，饮酒一杯。口吟道："吾亲嗟已逝，无君安所之。遥怜孤臣影，化作杜鹃飞。"吟罢，掷杯长啸，其声凄厉。献忠道："竟似一个疯子！"尧相坐下不饮，亦口吟道："时危节见古今同，取义成仁且尽忠。愿借茫茫江水力，此身飘荡到团凤。"遂与士斗相对大哭。献忠不理，问云祚道："何苦瘦到如此地步，拈两块肉吃吧。"云祚是二人扶着，埋头至肩。此时昂首睁目道："我要吃贼的肉？岂与贼共餐。"献忠此时有些怒意，便命押下去，再押其余官绅来。各官到时，皆直立不屈。献忠狞笑道："你们都要求死？我又新发明一件玩意儿，叫你们死得快活！”便命将全体和尚与俘官，一体押到承天门外来。

于是献忠先行驰回承天门上，高呼道：“这些玩意停下，看我的新把戏——活剥人皮。”便命学习剥皮的太监，拿出刑具来，准备当众剥皮。王志贤闻之，急忙登楼劝阻道：“今日乃是全城军民庆祝大王万寿节的一个大大欢乐日子，如何大王动怒，准备作此惨酷残忍之戏？”献忠道：“别人做生日，也要杀猪宰羊，我今日是一方之君，做个生日，杀猪宰羊是不够份的，所以要杀几个人。”志贤道：“杀人便杀人，何必当众活剥人皮，弄得军民寒心，大非吉祥。”献忠道：“大慈寺几个官，自命为非常之人，我要他做非常之死！”志贤道：“大慈寺一群官绅，不过求死，大王杀他便了，何必与这批人争气！”正当说着，一批官绅和尚都已押到，全场万千军民为之变色。志贤跪到献忠座前道：“这批官绅，皆是天地正气，人望所归，大王如能容他，是万世圣主。若还不能容他，杀而葬之，不失为英明贤武之君。若还施行剥皮，则是以暴虐自炫于万众之前，国祚怎能昌盛？志贤追随数十年，无非望大王延揽英雄，收拾人心，统一寰宇，传之万业。若还全蜀未定，先失人心，前途尚有何望！请自刎于大王之前，以明本志。”说罢，便要拔刀自尽。献忠挡着道：“罢了！我还未得威胁他们，你倒先威胁到我来了。依你说，问他们投降便罢，若还不降，今日必然杀死，不过不剥皮罢了。”志贤起来下楼去，迎着为首的刘之勃道：“老先生不知能屈志否？若能屈志，大王聘为首辅。若竟不能，今日便成仁了！”之勃道：“你已劝过降了，再来何益？”志贤道：“先生成仁，晚生之所钦佩，无奈西王暴躁，用刑残酷，晚生实有不忍。”之勃道：“他不过将我凌迟碎剐罢了，宁让他多剐我一刀，只求他少杀百姓。”志贤知道无益，便退了下去。

此时献忠来到城边，向下俯身问道：“有愿降的吗？”全场一时肃静无言，接着刘之勃等便骂了起来。献忠冷笑道，“你等罪该剥皮，但看在我把弟之面，只把最傲的处置两个看看。”志贤又去要求道：“砍头罢了，不可更用酷刑。”献忠道：“先前人情准了，这次却不可能！但我也有一个尺度裁量。昔年破颍州时，倒吊射死那兵部尚书张鹤鸣。刘之勃是我的同乡，稍示优待，顺吊起来照办。破重庆时，凌迟过知府王行俭，刘士斗亦该如此办理，方为公允。”志贤无法，黯然退去。

禁卫军士早已动手，将之勃吊到左边挂焰火架的木竿上，将士斗绑到右边的木竿上。一声炮响，万弩齐发，射得之勃像嚎猪一般，行刑人怜念士斗是个忠臣，亦是两三刀便结果了性命。因这一来，广场上的百姓骇走净尽。城上观戏的宫人，亦多变色发抖，回避去了。献忠亦自感觉没趣，乃传谕道：“天色快黑了，赏其余的一个速死，押到东南两门河边去，杀了喂鱼。”一场惨剧，便是如此结束。

献忠回宫后，心中不乐，闷闷睡去。半夜得了一梦，梦见一人豹头环眼，贯甲持矛，从三帝庙走了出来，矛指献忠道：“你这野后生，杀戮忠良，惨无人道，合该剜去心肝，另换一副好的！”说着便将他按倒在地，拔出剑来，要划开他的胸膛。正在此时，突然来了一人，白面长髯，修眉皓目，绿袍纱帽，束带秉笏，将那人挡着，道：“桓侯无须如此，他这颗心，将要用来证明一段因果。”持矛人道：“先生何人？”秉笏人道：“小神张恶子。”持矛人沉吟甚久道；“难道放任于他不成？”秉笏人道：“且过三年再议吧。”持矛人道：“某生平疾恶如仇，但对公等文士，甚为钦佩，今便饶了他吧！”说罢，纳剑入鞘，提矛向玄阳洞天走去。秉笏人并未入庙，冉冉依墙而灭。献忠如同梦魇，勉力挣扎，醒了过来，天尚未明。回想持矛人仿佛面善，可是想他不起。待到天明，披衣起床，不待梳洗，便跑到三帝庙去寻昨夜梦境。进得庙去，见所塑桓侯张大帝像，与昨夜所见持矛人有些相似，不觉大怒道：“原来你在作怪！”便命从人将像毁了，另塑张恶子像。左右问如何塑法？献忠道：“照我梦中所见那样塑好了。”从人见他有些发怔，不敢再问。服侍回来，暗自报与王志贤知道，请他来问。志贤笑了，来问献忠道：“大王昨夜梦见之人，相貌如何？”献忠勃然道：“你说，今世的人谁有恩义？我将那张飞供奉作为祖宗，他却忘恩负义，要挖我的心肝。那位张恶子，名字虽恶，面貌和心眼都好。萍水相逢，便救了我。”志贤这才明白为了何事。遂对他道：“梦境原是幻觉，何可当得真实！”献忠道：“我不能让人欺负，便是梦亦不许！所以我打倒张飞，另塑张恶子，他才是我的祖宗。”志贤问明张恶子的形貌，喜道：“大王能尊奉这样的文神，是将多延文人辅政了。”后来到了梓潼，方知那便是所谓文昌帝君。

◎评注

写承天门外热闹排场，方酣畅间，突来如是惨局。其事情之梯突，亦象征献忠行为之诡幻。

第六十回

李自成醉倒迷魂香
刘宗敏箍毙守财奴

张献忠与李自成，同是万历三十四年八月二十一日出生之人。自成戌时，献忠亥时，只算差了半个时辰。自成生于米脂县双泉堡，献忠是肤施县柳树涧，亦只相差百来里地。依许多命相家推断：二人气质、命运，以至结局都应该相同。果然数百起流军中，闹了十七年，只剩得他二人有些成就。上回说到献忠据成都后许多琐细行为，证明他虽有雄才大略，到底少了学问修养，未免随时透露出草莽英雄的本色。那李自成占领北京之后，又是如何？这亦当补叙个概略，以见英雄豪杰要能做到彻底成功，真实不易。

李自成自从采用李岩等收拾人心的计划，一帆风顺，青云直上，占领了河南、陕西全境。便于崇祯十七年正月，在西安称帝，国号大顺，年号永昌。继派兵渡河，山西州县望风迎降。自成料定收拾大明江山，已如摧枯拉朽，遂于二月亲率六军，由山西大同、宣府官道向北京杀去。那时明朝畿辅，还有两支劲旅：左有山海关的吴三桂，原是御防满洲的；右有居庸关的唐通，算是抵御自成的。此时崇祯皇帝不敢爱惜名器，便于三月初四这天敕封吴三桂为平南伯，征其入援。又封唐通为定西伯，要他们感恩图报，为其效死。想不到此时大明的爵赏已不及大顺的爵赏贵重。唐通、吴三桂两人，临到自成招降之使到时，只听到“原官任用”四字便迎降了。三月十七日，自成兵到北京城下，崇祯皇帝虽然决心死守，无奈士不用命，人人思降。自成于十八日开始攻城，刚到十九日早晨，各城门守官便都自动开门，迎请新天子了。

自成平时布衣蔬食，摒除酒色，保持他陕北农民俭朴之风。三月二十日入城，仍是毡帽布衣，斗笠障日，缥衫障尘，翰鞋骑马，随从只有宰相牛金星、尚书宋企郊、军师宋献策、大将刘宗敏、侄儿李过等五骑，并无执事卫从。明朝司礼太监王化德率领内官三百余员，在德胜门跪迎，引导自成由西长安门入承天门，进入乾清宫。跪地禀称：“前明逊皇帝朱由崧，早于昨夜率众逃匿。其皇后周氏，自缢坤宁宫。奴才已将宫廷打扫清净，恭候新主息驾。”自成虽已做了三月皇帝，却未曾见得这等崇丽宏阔、穷精极巧的华美宫殿，与秀丽雍容的一批宦官宫妾。心中虽颇愉快，但总觉有些僵手强足，不很自然。言吐举止，非常审慎，怕的是贻笑宫妾，有失尊严。对王化德这席话，只答应了一声：“好！”并无后命。把个王太监不知所措，屏息静立一侧，表示候旨。还是牛金星较为解事，看得自成有些尴尬，发不出话来，乃发言道：“新主鞍马劳顿，本日必须休养精神。就着你等伺候，一切照前明成规，请旨办理。”又向自成道：“陛下请盥沐休息。城内兵马，可派刘、李两将军发令收拾。前朝遗官，让宋尚书前去清查。臣与宋军师留在朝房，随时请旨定夺好了。”自成如醉梦初醒，又答了一声：“好，便是如此办理。”五人退下，便有太监前来禀称香沐已具。化德引导自成，转入后殿一间小阁，已有宫女数人，分执香膏盥具，迎候成列。先向自成跪地叩首，口称“万岁！”随即起立，便有两个妙龄宫女，来为自成脱帽，散发，沐发，盥面，挽发，进冠，皆有年长宫女呼礼。仪式隆重，手法轻灵。自成不知如何起讫，一切听其摆布，直似受了一场刑罚一般。

盥沐甫毕，王化德引导小太监跪献两盒食品，启盒陈列案上，乃是热汤四鼎，软点八盘。化德将膝半屈，随即起立，指说八盘四汤的名称，咸甜味别。并说吉祥语道："这是奴才们以此祝新天子八方效顺，四海会同。"自成微笑，再说了声"好!"正苦饥饿，用手先拈了个甜馍馍来。已咬一口，方觉有些失仪，脸上红胀了一度。他亦精明，立刻一念拿定，率性放粗豪些，再一手拈两个来大嚼一场。这才举匙喝汤，遍尝四鼎，各有奇味，心中不胜快乐。却反正色斥责化德道："天下荒旱，饥民四起，草根树皮皆尽。朱明宫廷，却这般奢侈，国安得不亡！孤以俭德号召天下，尔等今后务须仰体此意，以俭事孤。"化德高道一声"是"，忙命小太监叩头撤下。并高呼道："听得圣旨么?"小监齐应道："领旨了。"

此时，牛金星入宫奏事，已经候了一刻了，方得进来。禀称："御营太监已到，请旨如何分派?"自成道："拨归王化德分派职事。"化德是解事的，忙奏道："便命他们给事御榻左右如何?"自成道："好。这里规矩，你也须教导他们。"金星又奏道："查点内庭仓库，尚存永乐大宝三千七百万锭，每锭重五百两，皆镌有'永乐'二字。"自成大喜道："明朝历年横征暴敛，通国民穷财尽而不知止。孤道他们库空如洗了，却原来保存这积世未用的许多金银，合该亡国!"金星又奏道："新朝开国定鼎，规模宏大，需才孔亟，宜诏前明卿相百僚投到，听候点选任用。隐匿不出者，以叛逆论罪。"自成道："正该如此，就命你便宜办去。更须查拿崇祯皇帝与他的三个儿子。"金星应诺退去。

金星退去，王化德再来请自成澡浴。引自成穿过御榻，已有几个面熟的御营太监侍候。行到浴宫外面，已有一排宫女跪迎。化德禀道："刚才已同御营太监把她们搜查过了。"说罢，便与诸太监站立不进。由那批宫女拥自成进了浴宫。垂下门帘，扶自成坐定，便纷纷为自成解脱衣服。虽仍有一人呼礼，自成亦未听得，但有一腔惊惶骇惧，如坠摇振器中。从解露上身羞惶到解露下体，剥个赤条条精光。反照到对面的穿衣镜，明朗朗看见自己一身黑毛，几个疮疤。又是一只瞎眼，遍体臭汗，衬着那批少女们玉琢的面庞，纤纤的十指，和黛绿铅华，珠光宝气，芬香馥郁，不觉惭汗四溢，瑟缩不安。好在她们手脚快，转瞬已被扶进浴盆泡着了。到底自成是个豪杰，率性拿定念头，让自己的心全力去欣赏那柔腴玉肌的摩擦所发快感，不再惊诧局促了。浴毕，宫人又进献全部新衣服。自成见是绮锦所制，多作黄色，怕的未能合体贻笑于人，不悦道："孤以俭率天下，此等衣服不用！仍取入宫时衣冠来。"宫人不敢怠慢，忙取刚才脱下的衣服与他穿戴。却将进献之衣，捧去放在御榻旁边。自成返宫，亲见宫人放置那里，不知是否内庭规矩，既未奏请换衣，便不理它。

这时，御厨太监摆上膳食，在一巨大的月牙桌上，跪请新天子用膳。自成坐上位去，见前面半环式的菜肴并列，约有百品，不知如何下箸。命呼王化德来，申斥道："刚才说过，咱以俭率天下，你们不遵旨办事，又陈列这许多的菜肴。便是一条牯牛，亦装不下这许多！却摆在一人面前吓咱么？"化德忙跪下道："天子每膳三百六十肴，上应周天三百六十度，乃是宫廷旧制。其实可食者，不过接近御座前的数十肴。余皆粗恶，备撤赐侍臣而已。陛下既嫌过费，请示今后御膳肴数，以便遵办。"自成听了，暗自吃惊，惭愧自己未懂宫廷制度。乃正色道："孤念天下百姓无衣无食，不忍如此享受。今后减为三十六肴够了。"说罢，举箸遍尝，果然远处摆的全不可吃。且有一些木雕泥塑之品。此时，恰是李过进来奏事，自成便命共餐。笑指道："这是明朝制度，以泥木食品公然欺骗皇帝，你看可笑不？"随问各营安置情形。李过禀说："各军皆有地驻扎。入城之初，不免有些胡行，经斩了八人示众，已一体规矩了。迎降太监杜之秩、曹化淳等，引见降官甚多，概已派人引向牛丞相处处置。"正说话间，牛金星入奏："逊帝三个儿子已经人献出。本日已暮，可否待明日引见？"自成道："今日我们都该憩了，明日再办事吧！"随即商谈几件安抚百姓，约束士兵，与搜寻明朝宗室大臣的话，已是二更时分，二人辞出。

自成此时打了一个呵欠，便有宫监提灯，引导至御榻前坐下。宫女数人，前来为之易衣。所易正是刚才浴宫被摒之衣。自成因为责问膳肴怀惭，此时不便拒却，凭宫女摆布一番。穿衣镜下照看，原来是便巾软服。心想这或者是寝衣，且喜未曾再拒。

本来连日疲乏思卧，便倒上御榻，手挥宫人退去。忽闻一股异香，入鼻透脑，摇震心旌，颇觉虚阳骄溢，不可按捺。放眼室内，已无宫女，只有王化德尚侍立未去。自成道："你还未去？"化德道："恐陛下有甚吩咐。"自成道："无甚吩咐，唤一个娘们来侍候好了。"化德道："前朝制度，侍寝妃嫔，造成册籍，有太监专司其事。陛下如有特旨征召指定宫女，亦当遵办。”自成道：“便依前朝旧规，弄一个来。”化德出去。少时有一个老太监呈上册来，请自成指名。自成随手指了一个，那人抱册退下。不多一会，两个太监负了一个大锦袱入室，放在榻前，解开结束而去。自成诧异，又不便诘问，只从被首微窥，看他们做些什么。只见锦袱褪开，一个妙龄女子，一丝不挂，出了锦袱，走到御榻那端，启衾入被，从脚底匍匐到自成怀里，半言不发。自成料想这是宫廷规矩，又是一番诧异。

一夜温柔，弄得自成精疲力竭，已过午牌尚未起床。原来那支异香，便是魏忠贤与客氏秘传之法，恁是铁石汉子，也叫你落其彀中。天启皇帝便由是短命。崇祯皇帝忧勤国事，常常摒去不用。李自成一世英雄，初入宫廷，便受了此物束缚，雄心渐退，逸豫日滋。这亦算王化德效忠明朝，制服李闯的手段吧。

这时，已有宫人发现崇祯皇帝吊死在煤山亭子上，用门板抬来，报与牛金星。金星入内请旨。候了许久，自成方才盥栉出来。命将周后尸体一同放到东华门外，发钱两贯，买两副薄棺装着。准许百姓观看，亦准前朝大臣去祭奠。但明朝臣僚前往祭奠者甚少，因为他们正忙着报名投降，拥到宋企郊的户部衙门，请派差使。被企郊关闭考验两三日，不得动身。

牛金星入见未久，刘宗敏、李过、宋企郊、顾君恩、李岩，与新降未久的太监曹化淳等二十余人陆续入宫。正逢御厨进膳，自成便命同吃。不巧今日只有三十六肴，顷刻立尽。自成起床前先饮一碗参汤，仍然精神不济，呵欠连续。自不过意，只说：“昨日太疲劳了。”

饭后商议，第一件大事，便是如何任用明朝故官。宋企郊主张依资历从新考选。牛金星主张一体降级任用，徐作进退。曹化淳请依投诚先后任用。李过主张尊重清名物望。刘宗敏主张以报效新朝成绩为差等。最后李岩言道：“明朝亡国，由于官吏贪污。我等兴国，便为的惩治贪污官吏，满足了百姓的意愿。今日选用明朝的遗臣，仍宜以有无贪赃与贪赃多少为进退标准。声名狼藉而有贪污实据者，不惟不用，且须拷问追赃，以充军饷。”李自成今日无甚主张，但云：“诸公所言，皆属可行。请牛丞相斟酌情形办理，不必拘于一格。惟李将军所说追赃一层，必须一体办理。明朝官吏确实太贪污了。他们放下库存永乐大宝几千万驮不用，却向京城官绅富民募饷。募了数十万饷，又不发给军士。唐通向我说，他出京之时，率军三万，欠饷八月。临出军时，每人只发铜钱八百。经他上书力争，又才发下三月欠饷。他气不过，所以降我。似这样的朝官，若不追赃未免不平。”于是议定：先命明朝官员自行报名投效。有隐匿的，派城内的二十余队兵马，雇用熟练京人为长班，分头搜寻。到齐以后，按照家赀大小，分别勒追。赃银追齐，再依顺逆忠奸情形斟酌录用。惟殉节诸臣之家免于追赃。迎降最早诸臣，追赃可免用刑，其余一律准用严刑追勒。其经人告发之著名贪官，并得一再加追。如何用刑，如何配额，统由权将军刘宗敏主持办理。申牌议毕，诸臣退出。自成入内休息，自然又是几盏补品，一支异香，重入温柔地狱，早将壮年壮志抛到九霄云外去了。

再说权将军刘宗敏，乃是山西一个铁匠出身，在闯军最称骁勇敢战，他一生刻苦俭朴，与李自成气味相投。入北京后，太监曹化淳引他到田畹府第驻扎。田畹便是田贵妃的父亲，崇祯帝的岳丈。权称一世，天下贪官污吏无不分赃进献于他。所以他不商不贾，富可敌国。府第之广阔崇丽，算得京城第一座。曹化淳与他相好，相谋降闯。特邀宗敏到府第驻扎，以资巴结。这田畹系属勋戚大臣，未有执掌，甚为闲逸，平时征歌选色，以声伎自娱。他物得一个绝色女子陈圆圆，居为奇货，名为养女。曾经敬献给崇祯皇帝，崇祯忧勤国事，无暇欣赏女色，仍与他送回来。他见天下方乱，武臣声价特高，思结名镇以为外援，故再以圆圆赠与新任山海关总兵吴三桂。邀三桂在他府中饯行，筵上与圆圆晤面。三桂一见倾心，先行纳彩，约定到关布置定后回京亲迎。尚未迎亲，京城已陷。刘宗敏入住田府后，田畹设宴与宗敏洗尘，邀曹化淳相陪。席间放出美女一队，歌舞侑酒。宗敏初尚庄容正色，危坐饮酒。难禁美女劝诱，与化淳怂恿，渐渐倚酒装疯，沉迷下来。田畹既与内监往还亲密，故其府中亦有迷魂异香，引得宗敏销魂彻夜。惟因闻吴三桂已降自成，故尚未敢以圆圆献与宗敏，怕的三桂到京，彼此不便。

这日宗敏返第，传命遍招工匠，制造头箍、夹棍、拶子三种刑具。田畹已知他是奉命主持追赃之人，料定自己难免刑苦，心中一急，想出陈圆圆来。乃复置酒邀宗敏夜宴，将圆圆请出。对宗敏说明：“已经许婚吴三桂，算得是一家人了，无妨相见。”圆圆口称畹为义父，遵命陪酒一杯，便要退去。宗敏见得如此尤物，焉肯放过，一手挽定，目视田畹。畹对圆圆道："刘将军如此垂青，吾儿不必过于拘泥。须知老夫全家百口性命，都仗刘将军保护。将军之命，汝不可违!"言下亦以目视宗敏。宗敏便大言道："咱虽不是大顺天子，却与天子并马创业，情同手足。漫说庇你一家，便叫庇这北京城，有何不能？但得美人垂青，一切有咱。"圆圆明白二人用意，半推半就，便坐了下来。这夜田畹夫妇送圆圆过宗敏卧室，再以全家相托而去。

次日乃三月二十三日，吏部宋企郊收到降官三千余人的名册，一时拷问不及，按册分送与各大臣家拷问。刘宗敏处，送来头等犯官七十余名，皆九卿、御史、侍郎之属。宗敏新得圆圆，狂乐不肯理事。害得各官羁系整日，饥饿不堪，致有拾兵士弃饼充饥的，有叩头向军士乞食的。临晚，宗敏传命，转送制将军李岩处，请其代为拷问。

李岩在闯军中最讲纪律。他本人亦摒绝酒色，认真办事。对于城中百姓，故明遗臣，都能分别贤坏，予以奖惩。接到这批官吏，见其饥饿欲倒，命先给茶饭，再行拷问。问明都是破城时未即出降，藏匿思逃者。李岩认为不足深责，概命回家候旨。因此人人传说李将军仁义。犯官们皆愿自投李将军衙内候拷。降官对新朝有所建议的，亦都来请李岩代为转达。李岩誉满全城，却惹起牛金星等群臣嫉妒，纷向自成诉说他心怀叵测，后来卒被自成杀害。这正如全军饮了狂泉之水，反以不狂者为狂了。古云："月盈则亏，日中则昃。"盛极而衰，乃是必然之理。究竟盛极何以必衰，看了这回故事，必然明白。

刘宗敏与陈圆圆欢娱两日，方始出面理事。那时三种刑具皆已造齐，降官资产册亦已办就。宗敏一翻，共有应行追赃官吏三千二百余员。宗敏批定头等巨富追银十万两。二等七万两。科道部郎，五至三万两，量情酌追。翰林一万。田畹列在头等，原该追赃百万两，宗敏为圆圆故，特笔注销。审核已定，分送册籍到二十余家武官衙门，按册追收。宗敏自己追的俱是头等大员。第一个是宰相魏藻德。他家非巨富，因为官高嫌重，被夹四次。求死不得，乞冷水一碗饮之，昏厥未死。又拘他夫人来夹二次立死。又拘他三个儿子来各夹二次，亦死。但共才追出银一万三千两。前任首辅陈演，积钱亦多，才夹一棍，献银五万。自称愿率朝官上劝进表，报效新朝。宗敏心喜，将他放了。旧宰相方岳贡，向以清廉著称，见前者受夹惨状，自甘愿倾家输献。缴出米万石，银四百两，布四百匹。宗敏闻其廉，免夹释放。兵部尚书张缙彦，自恃迎降有功，不甘出银。被宗敏夹了三棍，又加脑箍三敲，登时箍死。前阁臣丘瑜，亦已迎降，仍被夹两棍，完赃五千两，昏死于地，后得医活，仍做降官。其他夹死部院大员甚多，难以列举。最可怜的是一批翰林院。那原来是清冷之官，纵然有些赃银，亦是委托商家兑换储蓄，或已兑回原郡，此时哪里有现银完赃。偏偏分到许多武官衙门拷问，不由分说，务要足额，被夹死者甚多。有个叫林志增的，因其削发为僧，被夹了四次，死而复苏者二次，乃得释放。

更可叹的是田畹。千方百计买得宗敏抹去名字。偏是宋军师指出不平。自成命内监去捉来，交与刑部拷赃。被夹三棍，完银七十万两。奏与自成，自成再命没收财产奴婢，逼得他全家自缢。宗敏亦庇不得他。

◎评注

世之论闯献者，每以自成成就较大，遂谓贤于献忠。本书于献忠得意后，未曾议及其沉湎财色，与李闯入北京后，情形相反。然则献忠固亦有贤于自成者也。

第六十一回 吴三桂迎入满洲军 李自成败回西安府

话说李自成入北京后，沉迷酒色，终日懵懵。部属诸将，则朝夕拷夹百官，勒索金银。百官已尽，拷及小吏；小吏已尽，拷及商贾。弄得各衙门财货山积，无可计数，自然亦献出一部与自成。自成悉命仿照永乐大宝镕铸，收藏库中。诸将既骤致巨富，莫不征歌选舞，搜罗女色。甚至降官妻女，亦皆不免。诸将如此，士兵效尤，奸淫劫掠，醉生梦死。一座繁华的北京，十多天内，戾气所播，人情叛离。曩之迎降马下向望新朝者，兹乃腾为怨谤。于是近畿郡县，渐有袭杀新官，复为明守者。内中最强一股，便是山海关的吴三桂。

吴三桂，字长白，祖世江苏高邮人。他父吴襄，官辽东都指挥使，三桂生于任上，故尔入籍辽东。其人魁伟白皙，眉宇英俊，膂力过人。他家原有家兵四万，突骑数千。与其舅父祖大寿家军，俱号关外劲旅。祖大寿被清军围困，受其招降。三桂不从，突围入关。明廷嘉之，授职山海关总兵。与蓟辽总督王允吉，辽东巡抚黎玉田，共御满洲。他父吴襄留京，封伯爵，实有惧其反叛，留为人质之意。李自成逼近京师，朝廷加封三桂为平南伯，征其入援。行至丰润县，京师已陷，吴襄降闯。三桂回军山海关，亦与黎玉田、王永吉等拜表向李自成输诚。

刘宗敏办理追赃之时，酒色懵瞀，诸多紊乱。未曾顾及吴三桂在外，拷打吴襄甚酷。襄家人奔赴山海关报信。三桂尚镇静言道："恐系降表尚未到达缘故耳？降表到时，自会释放。"不料田畹被抄后，有一家奴逃脱，亦奔山海关来，述说刘宗敏霸占陈圆圆事。三桂这一气非同小可，立即召集部将，指示机宜，突出不意，将自成派来守关之兵二万人一气掩杀，树立"讨贼"旗号，传檄远近，要为故君报仇，随即进军永平。黎玉田等见他突然叛变，亦并未事先商同，只好弃了官署，奔回北京告变。自成这才知道吴三桂兵强势盛，非同癣疥之疾，聚集诸将商议讨伐。诸将欢乐方酣，互相推诿，不肯出马。还是曹化淳想出办法，提出吴襄，要他作书再招三桂归降。若能招来，免予追赃，父子重用。若不招来，全家斩首。牛金星认为可行，替吴襄写下信稿，说是："事机既去，天命难回。吾君已逝，尔父须生。昔徐元直弃汉归魏，不为不忠，伍子胥逃楚适吴，不为不孝。然以二者衡之，为子胥难，为元直易。我为尔计，不若反手衔璧，负锧舆棺。及今早降，不失通侯之赏，犹全孝子之名。万一徒恃愤骄，全无节制，使尔父无辜受戮，身名两丧；臣子俱失，岂不大可痛哉！"命襄亲笔写成家书，交与降将唐通与白广恩二人，率领大军，前往永平。随发犒师银四万两，用以招抚三桂。唐通命人将家书与银两送过三桂营去。三桂大怒，对来使道："忠孝不能两全，家书安能动我！"便命将来人全部杀了。参将冯有威密语三桂道："何不佯受其银，求见太子而降。"三桂会意，即复扭转话头道："可惜太子尚在你军，若还太子与老父皆受尊礼，真可兼全忠孝，某不惜屈身。"来使力称太子极受优待。三桂便命："饶了他们！"随急书复唐通，要亲见太子，问明待遇情形。说是："太子命降，乃可降耳！"唐通具报入京。自成与金星等商议："他果这般精忠，亦属可嘉。但若真遣太子前往，须防他夺去太子，借以号召天下。"乃送太子幼弟定王前往。三桂果于阵上夺去定王，杀退唐通、白广恩，更以书致自成曰："必得太子而后罢兵。"又以书责其父，说他："既无孝宽御寇之才，复失平原骂贼之勇。啃啃宿将，矫矫王臣，反愧巾帼女子。父既不能为忠臣，儿又安能为孝子乎?”说得辞严义正，竟有大义灭亲之概。其实三桂之怒，不过为了陈圆圆，路人皆知。当时有一翰林吴梅村，做了篇《圆圆曲》来讥笑他，内有“痛哭六军皆缟素，冲冠一怒为红颜”，与“一家白骨埋荒草，千载红妆照汗青”之句。

四月初九，自成见三桂索太子与绝父两书，不能不怒。立将吴襄全家三十余口斩首。环顾诸将，志气隳颓，精神散漫。觉非自己亲征不足以振兴士气。乃决意暂离安乐窝，重振旧日马上威风。亲督刘宗敏等九员大将，兵八十万，于十三日庚午出发。挟崇祯太子同行，以防转入他人手中。只留牛金星与李岩、李牟兄弟居守北京。三桂闻之大惧，遣人赴满洲国，求其舅父祖大寿为介乞降。时清太宗皇太极已死，稚子福临嗣位，国事取决于其叔父睿亲王多尔衮，称“摄政王”。多尔衮已闻闯王入京，中华大乱，正欲率军犯关，争取中原。突得三桂降书，自属不胜欢喜，遂即报书受降，征调所有兵马，在山海关外欢喜岭集合。

时三桂之军，已与自成前锋大小十三战。闯军人多，将三桂困在山海关下。又派军从近郭小路杀出关后，建立寨栅，外防清兵，内逼三桂。三桂危急万分，连发飞骑乞清军速进。其时多尔衮已集满洲兵四十万，观望不前。三桂情急，亲自突围到欢喜岭请援军。为表示投顺满洲，当场将头髻打开，剃去外围一圈，依照满洲式样改梳辫子。多尔衮这才相信他，与他歃血为盟，誓以大军相助。约定四月十九日大战。三桂回关，下令全军剃发。剃发来不及者，用白布条缠身。这是为何呢？因为他相信满洲必然出兵助战。但他兵尚为明朝装束，与闯军一样，怕的是满洲兵分辨不清，遭了误杀。缠上了白布条，表示是吴长白的军士，已先和满洲说好了。

到了十九日，三桂开关大战。自成之军，从北门外山岭一直排到南关外的海岸。三桂兵少，单开西门。恃有清军在后，甚为勇战。从晨至未，已杀到力竭声嘶，疲困欲倒之际，仍不见清军前来，全军莫不叫苦。自成率数十骑卫军，在庙岗观阵。见得三桂之军大部已被砍倒，后继无人，行将殄灭，心中甚为得意。不料北山突然杀出一支敌军，全是骏马强弓，箭如雨骤，闯军应弦落马。正如全堤溃决，洪水骤至一般。自成尚以为是三桂伏兵，正要指挥迎敌。庙冈僧人在侧，认得是满洲骑士，大呼道：“此非明军，乃满洲铁骑也！”自成细看，果然与关上之兵不同，仓皇作色道：“想不到他会勾结这批鞑子，今日不能取胜了。”遂与从骑驰回永平。岗下诸将望见自成驰去，亦即各自驰走。苦了那些步兵退走不及，被清军赶上簌簌乱箭，射死不可数计。刘宗敏亦被射中，且喜马快，仍得奔回永平。从山海关到永平路上，横尸八十余里。马蹄皆从人体上踏过。敌军看已将追至永平，忽然次第停马，下骑搜索沿途死尸。这是为何呢？原来闯军入京后人人富有。此次虽出师作战，每人皆裹有黄金若干两，白银若干锭在身。故追军马蹄踏在尸上，常有金石相击之声。一个狡猾老兵下骑察看，发现累累金锭。因而停骑不进，沿尸搜索。致其马上满载金锭，踯躅难行。众军相告，纷纷下马寻宝，遂更无人追杀了。吴三桂见此情形，亦禁止不得。只得禀请摄政王下令，军士回营，一体加以搜检。凡有银百两以下者，听其携去。百两以上者，没收入官。因为这一收捡，清军的军饷已足够支持半年了。

自成退入永平之后，见后军纷纷逃至，皆觅马寻骡，准备逃回北京，毫无守城之意。刘宗敏带伤甚重，诸将更为寒心。乃命唐通送太子过三桂营去求和。用门板扎在两匹骡子上，把宗敏抬着，同路奔回北京。但这时的三桂已不能主持议和了。只好将太子献给摄政王。唐通亦遂降清。清军哪肯休兵，仍命三桂为前锋，紧追自成不舍。

四月二十六日，自成等驰回北京，狼狈不堪。闻三桂紧追不舍，命先将金锭银锭陆续运回陕西。各军带伤人士，与妇孺眷属，亦先行运走。自己在宫廷内尽情享乐。各军士知道亦将离开此城，更是毫无顾忌，肆意淫掠。自成每对左右叹息道：“我虽在此享受皇帝之乐二十余日，却未曾正式坐到太和殿上受贺，未免辜负此行！”牛金星等迎合其意，说道：“便升座受贺一度，然后西行，有何不可！”因此他们虽然日夕准备西还，却仍命一般降臣筹备登基大典。便于四月二十九日成礼。一切皆依明朝典章去办。这日礼成，照例升了一批官，赐宴大酺。却将前明宰辅魏藻德、陈演等杀了。因为他们虽已投降，追赃受刑过重，不能上路同行，怕被追军获得，资为号召。

自成君臣，一面在宫廷开筵大宴，通宵欢饮。一面命军民载运柴草入宫，四面堆积，撒入硫磺焰硝。宴罢之后，即各乘马出城。军士四下放起火来。其他扎营之处亦各放火。烧得北京成了火海。众兵仍挟美人金宝，从容出城。吴三桂挟崇祯太子回到北京城外，欲拥太子入城安民。多尔衮不许，命三桂紧追自成。太子交付清军照料。京城官绅先得太子传谕："整肃静候。"莫不延颈以待。至五月初三日，全城传呼太子入城。官民争往东郊至东华门一路迎候。只见骑军飞来，红尘滚滚。各官望尘跪拜，追随而行。及至城门，下骑升车者并非太子。询问从骑，从骑大喝曰："大清九王爷到了，你们在迎接，尚不识得么?"各官骇愕不知所为，徐徐散去。

多尔衮入京，居武英殿。渐有前明遗老，侍郎王鳌永等投谒。见其英气勃勃，言语之间俱是天子气概，以为便是满人天子，退而上表劝进。多尔衮大笑不理。其随行内院大学士范文程出阁，说明这非皇帝，皇帝尚在关外。诸人始惭惶而退。多尔衮扑灭京城余火，修复宫殿，派人迎其主福临来京。又下令为崇祯皇帝发丧，改葬，许前明遗臣哭灵。这下降闯诸官又都来为崇祯举哀了。

吴三桂奉命追击。自成等挟财货子女过多，日行甚缓。三桂有满洲骑兵相助，追之于保定。自成遣谷大成回军抵御。这时闯军毫无敢战之人，望风溃败。大成制止不住，死于乱军之中。三桂乘胜再追，再战于定州，三战于真定，皆如摧枯拉朽一般。自成在真定一战为流矢所伤，委弃辎重妇孺，率轻骑由固关逃入山西。三桂追至娘子岭下，见山势险恶，未敢轻进。适部下于闯兵所弃妇女中，将陈圆圆寻得，献与三桂。虽非完璧，风韵依然。三桂不胜喜慰，旋回军北京，对摄政王道："贼已穷蹙，不久自灭。兹宜抚定畿辅，候圣驾入京定鼎，再议征伐。"多尔衮颔之，假天子诏，封三桂为平西伯。下令京城内外臣民剃发，使用大清顺治年号。随即迎福临，奉居乾清宫，是为清太祖。

自成由山西一路奔回西安。沿途风声鹤唳，皆以为追骑已至。往往扎营未定，造饭未熟，一闻侦骑报警，便弃之而走。又复分散乱窜，无所统率。初出京时，妇女、金宝、细软服物，玩好之具，无不扎成辎重。自保定至真定，妇女服玩皆已弃去，只能顾得金银。入山西后，骡马困乏倒毙大半。金银小锭，各人可以随身携带。唯有拷赃所得，悉已销铸大宝，与明库所存一样，每锭五百两，分割不得。除沿途遗弃者外，入山西者尚有一万余驮。沿途仍有骡马倒毙，军士无法搬运，遂各就适宜地点秘密埋藏，留下标识，为他日掘取之计。后来自成清点银块，命各军造报埋藏簿册，命人前去掘取，已有多处先被人挖掘，做了经商资本。故山西虽是贫瘠之地，却多巨富。

自成回西安后，闻得南京明臣迎立福王由崧。张献忠弃了湖湘，全军入蜀，已经围攻重庆了。自成对牛金星道："我虽失了北京，尚有陕西、山西、河南全部，外阻河山，足与满人、残明相抗。只后方的巴蜀尚未收取，万一为献忠所得，联合明、清两国攻我，使陕西三面受敌，天下事便不可为了！幸汉中已为我有，可作争取四川的根本之地。又有摇黄十三家在川北，足以牵制献忠。今宜速派大将往取四川，讨灭献忠，以除后顾之忧。"金星道："我军曾入北京者，已受财色熏染，不可复用。权将军马科，乃蜀中宿将，曾随洪承畴入川，熟谙地势。再助以总兵马炌，足制献忠。降将黎玉田进士出身，曾任辽东巡抚，命为总督，节制二马与摇黄诸将，必能安辑蜀民，抚定四川。"自成心喜，便命黎、马二人前往。又命国公韩文，往替马炌镇守汉中。黎、马、韩三人到汉中时，招降明朝总兵赵光远与摇黄诸股。由二马率军先进，接连攻占广元、保宁、顺庆、剑阁、绵州。黎玉田进驻保宁。二马在顺庆、绵州两处与献忠之军相持。

献忠攻据成都后，马科与黎玉田商议，原想从顺庆水陆齐下，袭取献忠的重庆。隔断献忠与左良玉湖湘之军，免其联合。再集摇黄十三家，逾内水而西，逼献忠入滇黔。不料在顺庆造船尚未完工，献忠已命艾能奇猛攻绵州，有直扑汉中，捣取西安之势。马科乃潜师离顺庆，往绵州击破艾能奇之师，以保内水防线安全。

◎评注

本回紧接上回，阐述财色之害。自成由之覆军失国，三桂由之屈身辱亲。刘宗敏负伤，谷大成败死，亦无不与此有关。至于闯部可用之将仅限于未曾入北京者。而累累金银，竟不为闯军所有。可谓乱世醍醐。

陈圆圆事，说者争为烘染。本书只数笔带过。而于闯军丧失财货事，描写特详。既免与他书雷同，亦以补他书所忽。

谷大成，四川人也。县籍不详。随宋献策降自成，受封锐将军。与弟大用，均号骁将。同时蜀人为自成武将者，尚有赵礼，至右击将军。孙世康，协赞将军。王年，左将军。并见《明季北略》。

第六十二回 桃子园骄兵败绩 得胜州西主招贤

却说献忠的四家养子之中，孙可望谋勇兼备，才略过人，年龄居长，声望最高。刘文秀温雅安闲，器识宏伟，为一彬彬有礼之儒将。李定国沉默寡言，忠勇正直，临事从容不乱，断制果决，持以强毅，而对人诚挚，颇得士心。艾能奇彪勇敢战，号为虎臣，自三鹞子死后，算得大西国中第一员战将，甚为献忠所爱，故此次特命他往挡马科一路。不料此时的艾能奇，因入川以后，享受过量的酒色笙歌，向时勇锐之气渐已消失了。偏又上受献忠溺爱，下受僚属颂美，养成了一腔虚骄之气，故勇略却非昔比。他率三万精兵出城，分为三道同取绵州：本人率中营由新都、汉州、德阳、罗江一路直赴绵州；振武将军洪正隆由金堂、中江一路向三台，为右翼；英勇将军张其在由什邡、绵竹、安县一路向江油，为左翼。

闯军马科闻得献忠派军前来攻绵州，与黎玉田商议道："我军所占川北州县，地方辽阔，兵少不敷守御。然既得之地不可轻弃。今宜驰报永昌皇帝，请兵增援。顺庆人心坚固，敌未易取。绵州地当敌冲，我当潜往助马炌守御。"

让黎玉田回顺庆，部署军事后，派出三千劲旅往绵州协防。自己却微服夹于三千人中，去到绵州。

马科刚到绵州，艾能奇军已到，急攻州城。二马镇静不动。攻了数日，恰逢八月二十一，献忠生日，能奇下令停攻二日，庆贺宴饮。其时洪正隆一路已由潼川赶至，屯扎桃子园。便在桃子园一座大庙里设下西王万岁牌位，集众行礼后，大飨士卒。马科知西军营里有此喜庆，却故意示弱，于西军停止攻城以后，派遣少数残弱老军，出城掠取粮食柴草，皆用绳索缒出缒入，不敢开城。西军见得这样情形，料定城内无出击之力，便放心酣饮。当日热闹通宵，城中仍无动静。能奇对众将道："我今夜如此狂乐，诸君必谓我忘记大敌当前，疏于防备。其实我早已布下了八面埋伏，只待敌军出城，便可一鼓捉尽。不料他竟畏缩如鼠，候了个通夜，竟未出来。连出城打草之人，亦是用绳吊缒上下。看来敌人不能诱擒，今日与诸君狂欢尽乐，午后早寝。明日搬运云梯钩竿，一鼓扑进城去罢了。"

二十二日午刻，正当全军丢心落肠尽情酣饮之际，忽然杀声四起，马科兵如狼似虎般地杀了拢来。西军仓促应战，措手不及，被闯军杀死甚多。艾能奇不及披甲，提刀上马，用尽生平气力，仍杀不得一条出路。正当危急之际，北面尘土大起，张其在率军前来参加庆祝，恰巧解了能奇之围。能奇怕献忠降罪，故与其在、正隆一同鼓励西军力战，务要争取上风。战到日已西斜，尸横遍野。那马科之军仍无退却之象。城内马炌反率军鼓噪增援。能奇这才服输，与其在、正隆等脱身逃走。西军大溃。马科亦未追杀，收兵回城去了。

艾能奇身带重伤，到罗江收集溃残兵士，只得八千余人，且多已带伤。乃弃了罗江城，退守鹿头关，以军事付托张其在，自己轻骑逃回成都，将此情报与献忠。献忠见他重伤，未曾加罪。反笑对众将道："这孩子平时自夸勇略，有不可一世之气概。其实哪里说得上名将？我为要使他小遭挫折，以为磨炼，故命他去挡马科。早料他不是马科对手，故以张其在、洪正隆相助，以免军事倾跌过重。依说来，一切皆不出我意料。现在全川皆已归顺，自不能让闯军盘踞川北。明日我要御驾亲征，你们且看那马科如何就擒。"说罢，便命能奇用上好金创药从速医治；命王志贤、汪兆麟率领一般文臣留守成都，自率王尚礼、张能第等大军五万亲征。携吴继善、龚完敬二人同行，办理文书。

马科闻得献忠亲征，与马炌商议，弃了绵州，退过涪江东岸，在魏城、梓潼、剑阁一带重重布防，节节退守，以待自成援军。献忠兵不血刃，进了绵州，改名得胜州，以纪此功，乘胜便要渡江去追击马科。吴继善劝阻道："马科望风逃走，怯弱可知。既非劲敌，即毋庸劳及御驾。现川西南州县皆已归降，可调孙可望、李定国两位将军来此去擒马科、黎玉田，收抚川北。方今要务，在于设官抚民。设官需才，延揽为急。此地人物颇盛，大王驻此招贤纳士，坐看各军平定川北可也。"献忠采纳其言，发出快骑往调孙、李两军来取川北。

其时刘文秀驻军遂宁，闻艾能奇兵败，督军前来相救。恰逢献忠已取绵州，便来觐见。廷参礼毕，献忠便命他去收抚附近一带州县，务要搜求仕宦遗老，科举缙绅，请他来做官。文秀依旨，出榜安民。分派部将四出，一面攻取城池，驱逐李闯遗军，一面搜求贤士。这些兵将也能恪体此旨，礼士安民。虽有放肆已惯的，但到底有个命令约束，具有几分王者之师的气象。便有许多缙绅相谓道："明室已亡，天下无主，我们不入于闯，便入于献，闯献都是流军，并无分别。但闯乃弑君之贼，献无犯阙之罪。从前我们说闯军纪律严明，现在的西军不是也一样么。"于是便有许多绅衿仕宦出而投降。其中有几个著名的，值得一叙：

第一个，便是绵州人严锡命。他是崇祯十年进士，做过通州知州，因见世道混乱，致仕回家。宦囊丰富，宅第广大，田园连阡，奴仆如云，妾婢盈室，子孙满堂，仓溢库斥。说到人间享乐之资，他已十分具备。可惜遭逢世乱，随时都在担惊受怕之中。惟其福慧出众，享乐超人，所以他格外惧祸。但他亦有个自全之法，便是将全身骨骼软化下来，炼成极其柔韧的性格。官来官好，贼来贼好。歌功颂德，称觞上寿，送往迎来，总是他在前列。他能写字作诗，虽非上品，但在如此乱世，负有一方名望，拿将出来，总是观者称善，受者大悦，声名确实不小。前日方才联合城绅，用"爱民如子"的软彩恭送马科出去。随即出名领衔，用"后来其苏"的软彩迎入献忠。他与吴继善同是前大学士徐光启的门生，信奉天主教，因此相好。故继善初降，便先推荐了他。献忠曾派人来征聘，因艾能奇兵败，他偃僇未行。此时送过彩帛，便去拜会吴继善，解释一番。继善引他来见献忠。献忠见他文雅恭敬，加以继善嘘植，甚为喜慰。问他年龄，只有五十来岁，精力尚强，便留他在行营办事，许以宰相。

第二、三是两个外国人。一个名叫利类思，乃是西洋意大利国西西里岛人。一个名叫安文思，乃是南洋之吕宋国人。都是天主教徒，来华传教亦十余年了。向居北京，学会一口北京官话。北京的天主教总会，在各省都设有分会，惟四川尚未设立，故派他二人到成都传教。请大学士徐光启写一封信，投到成都县令吴继善处来，继善自然允予协助。偏是时局败坏，闯、献、摇黄齐扰川境，成都朝夕惊惶。两教士想到乡僻地方暂避，继善便荐他到严锡命处。锡命在乡有处庄子，靠近北山，便将二人安顿到那里。锡命投降献忠以后，曾与献忠论到“改正朔、易服色”一套典礼。他说：“崇祯皇帝已经死了，但民尚呼今年为崇祯十七年。李自成大军所至，都强迫人民行用他的甲申历，称永昌元年。又有人说：满洲皇帝占了北京，称顺治元年。大明福王据了南京，称监国元年。我们四川人，不知使用哪个年号。本来今年乃是改易正朔之年，大王已定蜀地，应该早正大位，改元颁历，使人民有正朔可奉，才是开国规模。”献忠闻之甚悦。说道：“你到底与众不同，能见其大。只是历书无人制得。”锡命道：“制历乃西洋人之长。此地恰有两个西洋人可用。”便将二人推荐与献忠。献忠命人接来，见他俩虽然鼻高目深，黄发碧眼，却说得一口流利的官话，进退应对，居然彬彬有礼。问他二人能制作历书否？二人满口承应。并取出一本永昌元年历书来，指出内中许多错误。献忠问：“何以知其错误？”利类思道：“我们西洋人讲历法，乃是实学。日月五星，距地多远？何时相值？皆依实象，求得定法。故二十四节气的中时，斗柄转移的分度，日蚀月蚀发现的地点与时间，从来不会差过毫厘。中华历法乃是玄学，虽亦推算得与实际相差不远，究竟要差一些。例如去年癸未，第二月只有惊蛰一节，而春分中气，交在第三月合朔之后。则第三月应为二月。第二月应为闰正月。北京的钦天监定以第三月为闰二月，这便不通。又三月乙丑朔日，应当在午前巳时三刻。钦天监推为午时一刻。我们曾与钦天监争辩，立下日晷当场候验，结果是他输了。李自成的历法比较大明钦天监的更为疏陋，故有这许多错误。大王若要制历，我们与大王制订一本出来，请用以与永昌历对照考验，便知道了。”随即便说了些天体构造，日月运行的方法。献忠闻所未闻，甚为喜慰。便与严锡命、吴继善二人商议：且待川北平定，即返成都即位，颁行新历。就命两教士编制历书。

第四个，乃是明朝辅臣刘宇亮的儿子，名叫裔盛。他原生长在北京，因他父亲曾任明朝首相，所以他得了一名荫官。虽然读几句书，写得好字，但并无实学。科名不利，文章不传，乃是十足的一位纨绔公子。宇亮有两个哥哥俱是进士。一个名叫刘宇扬，官做到关南道。一个叫刘宇烈，做到吏部侍郎。一门三进士，皆曹太夫人所生。那年李自成入川，他绵州家族全被杀害。曹太夫人已八十高龄，投入涪江身死。随即有宇扬、宇烈死在北京。刘宇亮得罪罢相，率眷回蜀之时，全族只剩一个远房侄儿刘琛，在与他照料家产。宇亮祭奠过曹太夫人的坟，回想昔年荣盛情形，又见到当前如此冷落，忍不过一气，便气结而亡。这时裔盛已三十余岁，懵懵懂懂，享受一桩硕大财产。娇妻美妾，倒也过得十分快活。此次闯军来攻绵州之时，派遣摇黄将刘二虎到江油、安县、绵竹一带收地。裔盛率领家小童子，保护其母宋氏，与两个叔母李氏、张氏，妻子王氏，与许多妾婢去到西山白岩沟别墅避难。这白岩沟乃是莹华九顶山麓的一个险地，山环水合，岩谷幽深。因宇亮痛悼昔年家难，知非选地结寨设防不足以生存于乱世，故特命刘琛购地结寨于此。招有五十余家佃户，皆只任兵役不纳租粮，派有家将管理，居然亦与窦庄相似，只是宇亮死后，寨中缺乏指导之人，昔年规模，几个月便败坏下来。待刘裔盛搬家到来，已是寨垣颓败，军械零落。召集庄丁佃户，总是锣齐鼓不齐，你到他不到。裔盛无才整顿，唯有哭泣。有人劝他学严锡命的办法，自出投降。他与母妻商量，母妻不肯。他只得请出刘琛，重新布防一番。且喜张其在兵到，即追赶刘二虎过安县地界，山寨暂时无事。他过不惯山寨生活，又复携带一部家小回到绵竹城来。不提防刘文秀之兵突然入城，张挂招贤榜文，访寻世家巨绅，到了他的门上。他只好承认归降，保护财产。刘文秀因他乃前朝首相之子，派人送与献忠。献忠见他亦是斯文气象，问他家事一番。抚慰他道："李闯王之军，终归是流军行藏。我乃仁义之师，一切与他相反。他既杀你全家，我便拿官与你做。你既是川西大家，人事熟悉，便命你去做川西兵备道，自行招练壮丁，替我去巡查州县，访求贤才，抚绥百姓。"裔盛谢恩出来，得意洋洋，便到各处拜客。派人先回绵竹，编组家丁，布置行署，说他将荣归祭祖，跟即出巡。他的妻子王氏，原是名门女子，平时见得其夫无识无能，已甚抑郁。今日见其受官之后大事张扬，心中甚为不快。待裔盛回来，便劝他道："翁父在相位时，你尚且不能博取一步科名，挣得一官。今当家庭衰落，国亡乱世之际，忽然做了川西的兵备佥事。我认为万分不妥。你反做得这般荣耀!"裔盛道："父亲不拿官与我做，如今我自己做了官，你为何反不悦?"王氏道："若官是如此易得，则天下人皆可做官，有何足荣？如官不应如此易得，他人亦将继你而起，取你代之，又何足喜?"裔盛道："不然！西主看重我父亲声望，方重用我。他人无有这样父亲，怎能比得上我!"王氏道："你的父亲是大明宰辅，如何会被西主看中？他所看中，不过你家有钱济军，你又愚庸可资利用而已。我看你家庭之祸迫在眉睫。亏你还这样洋洋得意。"夫妇吵闹一场。裔盛掉头转入爱妾的房里去了。王氏气极，闭门自缢身死。

这时便有裔盛的冤家将王氏自缢的事报与献忠，说："王氏新为命妇，荣华伊始，乃反闭户自杀，必有隐情。疑裔盛伪降，实欲借募兵之命，起兵作乱。"献忠果然生疑，便命刘文秀派人前去查办。刘文秀与刘兴秀虽非一族，却因名字关系认了弟兄。兴秀年长五岁，反自认为弟，对文秀十分恭谨。此时以总兵随同文秀办事。文秀便命他去查办此案。兴秀来到绵竹，将裔盛全家拿下拷问。未曾拷得叛逆口供。已受裔盛重金行贿，方拟保释。冤家又复播谣言，说是刘家军火器械，早已寄顿在白岩沟山寨。兴秀不能不究，乃又率兵去到白岩沟。刘琛督率庄丁守寨，不敢开门。兴秀便下令攻打，守寨人一见西兵进攻，便各逃散。宋氏闻之，忙邀李氏、张氏来道："我等身为命妇，不可受辱!"遂相互结缳，自缢身死。兴秀拿获刘琛与一般家奴，解到绵竹，与裔盛质讯。用刑酷烈，诸人皆自诬谋反。具报献忠，奉命就地正法。可叹一代首辅，三房科名，连一苗后裔亦未留得。家产奴仆，更荡然无存了。

第五个，乃是夹江的宋日英。他是崇祯十六年进士，因丁忧与刘宇亮家眷同路回川，一路与宇亮之妻宋氏认了兄妹。回川以后，两家虽异地而居，往来甚为密切，竟同亲生兄妹一般。此次李定国抚循川南，到了嘉定。日英首先迎降，甚受定国礼待，留营办理招抚事宜。定国受调将赴川北，携他同来。他亦欲借此行，保护宇亮眷属。到绵州后，始闻裔盛家祸，便在献忠之前力为申辩。献忠爱他谈吐清朗，赞他的义气。正要下令赦免刘家，刘兴秀已具报处理完毕了。献忠为敷衍他，曾下令切责兴秀，贬职一级，并许了日英一个尚书职。

第六个是广元人吴宇英，亦是崇祯朝一名老进士，曾任给事中。告老回川，遭逢马科入蜀。他不愿降顺闯军，与阆中举人周建鲁一同逃往成都。为兵燹所阻，藏匿江油山中。闯军去后，一同出降献忠，劝献忠拥立蜀世子，为明讨闯。献忠道："蜀世子我并未杀，是否拥立他，且看全蜀人心向背再定。至于讨伐李闯，乃是我的决心。今便放你做四川巡抚，委周建鲁为监军道，协同吾儿孙可望等去讨李闯。先收川北，再取汉中。"宇英、建鲁二人闻命，皆喜出望外，愿效死力。

此外如绵州举人郝孟旋弟兄，潼川举人叶大宾等，皆于此时相继投顺。

◎评注

《蜀碧》《蜀龟鉴》《四川通志》诸书，于刘氏三命妇死节事，皆云："畏受贼污。"计此时三妇各六十以上矣，何得畏污？《夹江县志》谓崇祯十六年进士宋日英，官至"贵州安平道，卒于任。葬贵州北门外"。崇祯十七年国破，则日英之官贵州，当在永历年。

时贵州在孙可望割据中，官吏皆出可望门下。《蜀破镜》谓：献忠六部尚书有宋时英。未著籍贯与行事。据此书，盖宋日英之误文也。《蜀龟鉴》谓："给事中吴宇英，潼川人，为蜀府掾。死成都之难。夫既为给事中矣，何至更为蜀府掾？《续明纪事本末》谓："给事中吴宇英，起兵新都。刘文秀围之三月，食尽，尽室自缢。"《滟滪囊》则谓：其为广元人，"向献忠求官，给巡抚。"荒乱中传说纷纭，多不可信，惟此书所述，独与事理符合。

教士谈中国历法差谬事，见《明史》历志。

第六十三回

获神医全军额手
议大典阖殿弹冠

话说孙可望，此时已收复了川西各州县，正围攻龙安府，尚未攻下。奉到献忠檄调，乃留张化龙、王运行二人攻取龙安，自率一部兵士，到绵州来见献忠。献忠便命他同李定国、吴宇英、周建鲁等率军去攻马科。又命刘文秀、刘进忠攻取顺庆，策应可望之军。可望大队高悬“为明讨贼”旗帜，渡过涪江，连败马炌于魏城、梓潼、武连等处。马炌奔回剑阁，与马科死守。可望自督大军围攻剑阁，却命李定国与吴宇英、周建鲁去攻黎玉田。玉田不能抵敌，退守广元。马科闻保宁失守，亦即弃了剑阁，退到广元与玉田协力拒守，飞章向西安告急，请发援兵。川北州县，闻说西军讨闯，纷起逐杀李闯所委之官，迎降西军。摇黄十三家见得民心如此，亦不敢援救广元与顺庆，各自退入大巴山去了。刘进忠未曾费力便攻下顺庆，北上保宁，与李定国同向广元进攻。

这年十月，清朝皇帝已到北京建都，年号顺治。大封宗室大臣。命英王阿济格自大同一路进取山西、陕西；豫王多铎自山东、河南一路进取南京。二人皆多尔衮之弟，少年英勇，位尊权重，部下满汉兵丁，无不精强。虽中原人民不愿受异族统治，亦因他善于抚绥，尊贤下士，以礼接待，当此天下土崩，人心惶惶之际，故能转移人心，次第抚定州县，所向克捷。李自成等在山、陕颇为士大夫所轻。故明遗臣皆呼之为贼，多乐于归降清朝，助攻闯军。因此，自成要以全力抵御清军，不暇兼顾入蜀之师。只派韩文征调摇黄诸家之兵往援，亦迟迟未到。马科、黎玉田等见广元势蹙，遂奔回汉中，与韩文合力抵御。孙可望追过宁羌，在五丁峡遇闯军拒守，久攻不能取胜。奉到献忠密谕："闯军既已入陕，不必深追。可撤军回成都，参加登极大典。重行部署，直取西安。"可望乃从容撤军而归，留总兵白文选镇守广元。

此次可望北征，虽然未曾取得汉中，却得了一个异人：便是数年前在光州失散了的神医陈正乾。正乾自用白水膏治好了献忠的胫创，一军视同神人，尊奉备至。打仗带伤的，皆来求其治疗，无不即愈。不料光州望云集一役，被官军冲散，为的怕被官军擒着，拷出实迹，乃改变姓名，仍以塑匠自隐。回到郑州本家，其父已死，兄弟被官军拉去，没有下落。正乾见得老母衰残，有留家侍养之意，无奈兵匪纵横，立脚不得，乃奉母向陕西逃奔，依山傍谷，昼伏夜行，以避兵匪裹挟。不料行到兴州地界，仍被摇黄擒获，其母被杀。正乾方壮，被勒以为兵。他不敢再以医术自炫，每日担柴汲水，奔走贱役，想的待机脱逃。因管理严密，脱逃不易，又被补为正兵。此次恰被马科征来，编入前锋，与孙可望在五丁峡一带作战。他本性良懦，作战总是畏葸不前，因此军中无人重视他，他亦不知是与谁人作战。一日听得老兵谈说："这次敌将孙可望，便是张献忠的养子。献忠尚还无儿，他作战奋勇，无非想挣功劳，继承献忠那副家当。"他才知敌人便是献忠之军。想起旧时情事，甚想投奔入蜀，却苦无机会。这时天下壮丁缺乏，凡对垒交锋，擒着敌军，若还是少壮的，并不杀害，只劝归降。正乾每日见得优待壮俘情形，便拿定主意，于作战时，奋勇冲出前线，却并不砍杀，束手让敌军擒去，口中连呼"愿降"不已。他转入西军营内，却并无一个老兵是旧时相识之人。几次对头目说明来历，要求引见可望。头目斥责道："军中有个层层节制，孙将军是何等人，总兵以上要想叩见，尚有多种留难。你是甚等样人，敢去请见！你若果有奇术，待你医好了几个人做样子，再行报上去不迟。”正乾虽然讨了没趣，却得到头目准许，先行熬炼白水膏备试。当其白水膏熬成之后，医治数人，无不奇效。合营传述此种奇迹，总兵周尚贤闻之，调为自己的亲兵。面试其技，果然有效。正要禀报可望，恰奉撤退之命，慌忙退走。过宁羌时，见得可望行台已空，士民纷纷出入，俱言：“可惜!”尚贤暗怪，率其亲兵入内观看，原来可望嬖妾绵蛮，倒卧血泊中。众人争着围观，见尚贤来，均各避去。尚贤惊道：“孙将军没有她，食不甘味，寝不安席，何得今日杀而弃之？此必酒后失手误杀。”回顾正乾道：“你若医活此人，功劳不小!”正乾见死者系昨夜所杀，绝气尚未过十二个时辰，认为可治。尚贤便命亲兵相助，将绵蛮抬上榻去，理好创口，用水洗净，让正乾缝合创口，涂抹药剂，推拿数次，用衾覆着，生火烤在其旁。候了两刻，已闻呻吟之声。尚贤等大喜，便驻军在此守候半日，待其医治。半日之间，绵蛮已活，遂用板舆锦袱，带之同行。

那绵蛮乃可望在武昌巨家所得，当时只十四岁，黄州人氏，玲珑娇小，活泼善歌。可望每宴同僚，常命其歌舞侑酒。同僚戏呼之为“黄州小鸟”。汪兆麟赠号“绵蛮”，取诗“绵蛮黄鸟”之义。可望嬖爱，纳为小妾，出军必以相随。昨日可望奉命旋师，心中一喜，置酒作乐。绵蛮素想念家乡，见可望一路军事甚顺，亟盼其进据汉中，顺流而下，兼有湖北，自己便有浮船返乡之望。及闻旋师，甚为不乐。可望命其歌舞，颇现难色，所歌又系哀伤幽怨之词。可望业已醉酒，不觉大怒，挥刀刺去，正中喉管而死。次日可望酒醒，甚为悔恨，但已无可奈何，军行急迫，委之而去。周尚贤追及可望于七盘岭下，见可望郁然不欢，便对他道：“将军郁郁不乐，莫非为爱妾之死吗?"可望强颜答道：“唯女子与小人难养！她们要死，我又奈何!”尚贤道：“假使绵蛮尚活，将军能纳之乎?”可望道：“这小妮子亦有其可爱之处，但业已杀却，不能活矣!”尚贤道：“此人已活，随将到此。”可望大怒道：“大胆！你竟敢以此戏我!”拔刀而起，欲砍尚贤。尚贤忙指其旁一毡包道：“已有人医活此女子，为将军带至，请查验。”可望不信，亲用刀割破毡包，果见绵蛮已活。虽尚不能起立，而星眸斜睨，泪珠莹莹，另是一番可怜景色。不觉大惊呼道：“这是梦吗?”走近以手抚之，觉温润如昔，确是活人。问尚贤道：“何来神医，将她医活？”尚贤用手指其亲兵。正乾始对可望微笑道：“将军还识得我不？”可望看来，有些面善。想了许久，忽然大呼道：“原来是你！此行虽未得汉中，但得你重来我军，亦足为大西天子称庆矣！”其时尚贤之亲军，已遍向全军传说。人人狂呼欢庆，笑声振天。可望对正乾道：“你看全军称庆，我为你赠一个号，叫士庆吧。”自此正乾改名士庆，成了可望的上宾，不作尚贤的亲兵了。

孙可望回军至绵州时，献忠已先回成都去了。可望停住一日，赓即赶回成都。恰好李定国已将川北州县抚定，奉召赶回。十月十四日，他二人一同去见献忠。献忠闻得二人陈说驱逐闯军出川情形，甚为喜乐。对二人道：“现在全川平定，万众归心。一般文臣，都劝我早正大位，建立国号，以便与李闯争天下。也有几人劝我暂缓称尊，姑且把蜀王的儿子立为监国，奉行大明正朔，借以收拾全国人心。说是如此方足以剿灭李闯，统一天下。且待天下已定，再将朱家子孙杀了，自做皇帝。你二人是我的儿子，我的天下便是你们的天下。你们看，究竟如何是好？”孙、李二人齐道：“儿等谨遵父王的意旨办事，何敢有所主张。父王若必广征众谋，请待文秀、能奇两家兄弟到来，再与汪、王两尚书共商决定好了。”献忠道：“我在绵州时，刘廷举失掉了重庆，跑来请兵。我命刘文秀率兵前去恢复。他现与马乾、曾英等相持于渝、合之间，未可抽身。艾能奇正在养伤。我也曾问过他了，他无主见。汪兆麟主张立即称帝，王志贤主张扶立蜀世子，他二人意见恰恰相反。商议便是争吵，何苦多了这场麻烦！我想军马是我招的，官民是投降我的，与那朱家小子何干！我们闹了十七年，都是反对朱家皇帝。今为剿灭李闯，却拥戴朱家小子做头领，未免羞人。称帝便称帝，用不着许多假惺惺的做作！”二人知道献忠决计称帝了，遂亦同声赞成。

次日是十月十五，乃文武僚臣循例朝贺之期。承天门外，车水马龙，人物凑集。献忠仍衣西王冠冕，上承天殿坐下。受贺已毕，特留汪兆麟、王志贤等文武大员二十余人，就殿上赐座。赐茶毕，献忠发言道：“连日商议如何讨伐李闯，有人主张先扶立朱明后裔。我想南京已立出一个福王了，我纵再立一个蜀王，招牌也未必比他漂亮。李自成是我的晚辈，他早称了皇帝。我已有了四川全省，称个皇帝，有何不可？今天率性商议做皇帝的事好了！”兆麟闻言甚喜，先起立对献忠深深地俯拜下去，方才言道：“大西开国，早已是天与人归了。陛下上应天命，下顺人心，做此勇决，使我等皆得作攀鳞附翼之士，蜀人皆得做新朝效命之民，可谓普天同庆了。”献忠大悦。

王志贤待众人欢呼已毕，才上前从容道：“今天下分裂为四，各自建元。天时、地利、人和，皆有凭借：福王立于南京，绍承明朝帝统，本年仍称崇祯十七年，颁订明年为宏光元年，典章制度，一仍北京之旧。兵力虽弱，人心却也归附，算得人和。自成虽失北京，犹占陕西、山西、河南三省，有太行、王屋为屏，汜水辍辕作堡，河关四塞。退有金城汤池之固，进有高屋建瓴之势，为得地利。满洲因乘明室之溃败，利用人心之恶闯，一鼓而下北京抚定河北、山东，国号大清，建元顺治。为明讨闯，因而窃据，为得天时。我主旬月之间，抚定全蜀，绅民争逐闯部，迎降西军，已得人和。内拥沃野千里，外扼四塞重山。拊自成之背，据福王之上游，已得地利。因南京基业未固，而自成新败于北京之际，建立新猷，以招天下豪杰之士，则为兼得天时。巴蜀虽小，亦可资以囊括四海，垂统万世。唯其要点，端在顺应人心。前劝大王扶立朱明世子，微意在此。今纵自立，仍宜优待故明宗室，沿用明代制度，尊重明朝风俗习惯，使与人情风俗不太相远，方足以号召天下，成就大业。愿陛下与蜀中名士，科甲旧臣，详商开国规模，以应天人之求。”

献忠初谓志贤反对称帝，意颇不悦。嗣见所提仅属慎重建立制度，方才心喜道：“王尚书这话甚是！咱们要把一切规矩制度立好。就命你们这些进士班子下去商议，立刻议个规模出来！”于是吴继善引导严锡命、王国宁、宋日英、江鼎镇、龚完敬、胡默几人下殿，退到朝房商议去了。

汪兆麟、王志贤等及一班武将，随献忠入内午膳。饭毕出殿，诸进士已拟进一张官职表，一张登极诏，一张讨贼安民露布，同在殿上候旨。献忠传命赐膳，便有每人一大碗面条递上来。诸人正苦饥饿，捧着大嚼，让献忠去欣赏他们的文章。

献忠将两篇文章递给汪、王二人去看，自己只看官制表。刚看到第一款，设立五个大学士，便不喜悦。瞋目视吴继善道：“现在是砍杀世界，应该先列武官，为何反将许多学士列在头条？”严锡命忙出位答道：“刚才奉旨，要照前朝制度，前朝制度，重文轻武，故以文官前列。文官中宰相最尊，助天子办理诏令，平章政事。永乐以下，才有内阁。今国家新立，政务未繁，暂可只设立左右丞相，亦与前朝制度相符。”献忠点头道：“便只设两个丞相，仍称大学士吧！”于是议定，左丞相称东阁大学士，为首相，右丞相称西阁大学士。

再看第二款，是六部尚书。下有侍郎、郎中、员外、主事、司务、诸曹等许多佐理人员。献忠嫌太多了，将尚书底下用笔一抹。江鼎镇忙阻着道：“六部事繁，须有分司佐理。开国之初，此等官暂不设全亦可。惟宜保留衔缺，待事务繁冗时添补方好。”献忠不悦，怒视他一眼，遂在抹笔外批道：“这些官有也可，没也要得！”再望鼎镇道：“这个对吗？”鼎镇悚惧却立，连呼：“万岁圣明！”

再看第三款，是六卿。有都察院都御史一员，其下监察御史无定员，职司弹劾官吏。外设按察御史四员，分巡川东、南、西、北四道；又有大理寺正卿一员，少卿一员，司务若干员，掌理刑狱诉讼。外设巡按御史四员，分巡四道；又有布政司布政使一员，下设参政、参议、经历、照磨等官，掌理布德宣化，推行政令，征调钱粮。外设布政御史四员，分巡四道；又有提学司提学使一员，下设提调、同知、判官、照磨等官，掌管全国学政，考取士子。外设副使四员，分巡四道；又有提举司提举使一员，下设同知、判官、吏目，掌管全国工商虞衡矿冶之事。亦设副提举四员，分巡四道；又有市易司市易使一员，通译、通把若干员，掌理蛮夷市易贡赏之事。副使无定员，分驻边徼要地。献忠看了皱眉道：“这么多的官，每年须俸禄多少？”吴继善道：“前朝六部之外，设有九卿。臣等已经斟酌现在情形，删省甚多。又因新朝版图，只有四川一省，故将省级三司并入六卿之内。拟待版图展拓，跨省连州以后再行增改。”献忠踟蹰道：“这些都是文官，哪有许多文人来做？”龚完敬道：“据崇祯十六年缙绅录所载，四川一省，现存进士二百七十余员，举人三百八十余员，贡生在千人以上，文官已不少人做了。况此六卿属僚，多有可以武人充任的。”献忠无言，再看下去。

第四款是监司。开有通政司、太常寺、太仆寺、光禄寺、鸿胪寺、尚宝司、行人司、钦天监、太医院、僧道院、翰林院、国子监等许多衙门。

献忠大怒，掷书于地，骂道："既有六部又有六卿，难道还不够办完四川的事？偏要发出这许多的岔肠子来！"吴继善道："因是前朝制度如此。臣等已经删去一部，留此以供圣上采择。"献忠道："明朝多官，所以国亡。咱们休要蹈他覆辙，一概圈了！"汪兆麟道："圣上所见极是。相传天启、崇祯年间，在御库中寻出一幅刘青田遗存的古画，画一人头戴若干层帽子，压得狼狈不堪。旁题四字'官多必乱'。这些监司，原是从六部分出的衙门。因为明朝两年一举，三年一会，考录许多举人、进士，无法安插，便开设许多衙门。冠上加冠，楼上架楼。不惟支出许多禄俸，且弄得事权不一，责任不专。所以叫作官多必乱。圣上建立新朝，规模虽可沿前明之旧，许多弊政陋规却须革去。这些衙门皆可不设。"一般武将齐声赞同此议，把那批起草的进士们弄得好生没趣，吴继善尤是尴尬万分。兆麟正当得意之际，献忠怒已解，重新拾起这表，徐徐地再看下去。忽然想起两个洋人制历之事，对众官道："这中间亦还有些可设，如像钦天监和太医院，都是用得着的。"王志贤道："开国规模，无妨阔大。设官给俸，无妨紧缩。这些衙门，既可不必全设，亦可不必尽废，视国家需要而设好了。"献忠点头，批了"缓设"二字。

再看第五款，是五城兵马司。献忠道："武官我懂得，依我修改。全国共设一百二十个营，营有总兵。八十营分驻四路州县，四十个营分驻成都四门附近。每十营设都督一员，全国共设都督十二员，分为东西南北四路。由我四个儿子分领，指挥监护，皆封王爵，分负四路军事责任。外拨龙韬、虎略、神策、天讨、虎贲、鹰扬、天威、羽林、虎威、豹韬十营，为中军都督管辖，称为御营，由我自己监护。诸营总兵之下，仍设副将、参将、都司、游击诸官。总兵有功者，进都督衔，遇都督缺出递补。其领军专征者，加将军衔。只准文官监军，不得指挥军事。严禁宦官干预军民政务。这些都是明朝制度必须改革之处。我不用你们议！"众官自然静听无言。

第六款是内官十二员。献忠道："内官也该由我自己配布，用不着议论多端。"

第七款是诸道。献忠道："这些都是多余之官。圈了！"王志贤道："仍宜只批缓设二字，必要时仍可设立。"献忠又于圈外批上"缓设"

二字。

第八款是府、州、县文武官吏。

第九款是缘边卫所土司，都无甚议论，悉照前明旧制设立。

殿上议论至此，忽听承天门外微有嘈杂之声。汪兆麟出去，收得一大叠劝进表来。对献忠道："各营将士，地方缙绅，前明遗臣，纷纷叩阙上表劝进，这已是第三次了。老臣前往宣布圣上已允择期登极，他们方才欢呼而散。"献忠大喜。对众官道："他们要我登极，我便登极。你们替我选个日子。"兆麟大喜道："明日庚午，便是上上吉日。圣上以金德王，代朱明而有天下。庚为西方之金，午乃方中之时。十月又为冬令水旺之始。水能生金，克火，此乃大西克胜朱明之吉时吉兆矣！"献忠道："只怕筹备不及吧?"吴继善、江鼎镇、龚完敬一齐言道："衮冕舆服，郊天祀地，宝座国玺，全已预制好了。朝贺典礼皆已与诸文武大臣预习了几次。全城军民均已准备彩灯杂戏，只待黄诰颁下，立即出街表演庆贺。"献忠道："既然如此，我今日还得大忙半日。你们且退，待薄暮时重聚于此，决定封拜大臣之事。"众人各带喜色出来，互相揖贺道："恭喜！恭喜！"

◎评注

陈正乾望云集散失，自是复出。此等人物，欲为渲染神奇甚易。本书乃仅述其流离痛苦之状，全用朴笔，说明其人庸朴怯懦，与史实相合。献忠与诸臣议新朝制度，态度口吻，俱与其个性相符。是诡谲枭雄，亦是粗犷男子。

第六十四回

正气难伸名流遗恨
春光易泄祸水翻澜

话说张献忠因为明日便要登基称帝，对于左右丞相、六部尚书的人选亟待决定。乃挥退众官，独与王志贤、孙可望、李定国三人退回保和殿。略进茶点，先问志贤道："咱们兄弟，与外人不同。两个丞相，我想你与兆麟各占一个，你看如何?"志贤道："宰相号称大学士，必须由科甲出身。汪尚书虽非进士，却曾应过科举，我本出身行伍，如何可以做得？我主建国蜀地，宜多用蜀中负有重望之人。每闻蜀士谈言，皆称宜宾尹伸，资望最高。此席宜留以待之。"孙、李二人亦言宰相当用尹伸。汪兆麟派作尚书，授以实权可也，不宜位在尹伸之上。献忠蹙额道："这批四川进士甚难摆布。江鼎镇、龚完敬跟我较久，可以信托。但他二人甚无乡望。宋日英、胡显来得太迟，并且无甚才干。尹伸名誉虽好，久征不至。前次我派王珂前去，务要与我拉来。只怕拉来亦是僵硬难咽的大饼，如何做得宰相？比较起来，严锡命还算好点。但他资历不高，只可做个尚书。我想汪兆麟与小猴狲原本是我的左右二臂，应该做得宰相。”志贤又复坚决推让尹伸。恰在此时，王珂回宫，报道尹伸已自杀了。

志贤等虽久闻尹伸贤名却未识面。此时趁献忠起身更衣，忙问王珂：“尹伸究竟是如何人物？因何死去？”王珂道：“尹伸，字子求，乃是宜宾县一个神童。早于万历二十二年中举，万历二十六年成了进士。在现在的四川科名人物中，他是最早的一个。万历年间，服官在南京与陕西。做过郎中、知府、学使、道员，都以正气自负。天启年间，在贵州做巡抚王三善的监军，讨奢崇明余党水西之贼，曾立军功。崇祯四年，做到河南布政使。因他为人耿直，每每顶撞上峰，被劾罢归，遂未再出仕。他善于作诗，书法极好。每日临池五百字，寒暑不辍。人得其片纸诗文，珍同拱璧。他对朋友崇尚义气，有始有终。因而名满天下。只是他性情固执，好指责长吏过失。故虽清望满天下，却无人敢荐用他。我奉命去征聘他时，他已藏入叙南山中。经地方官绅协助，多方寻获。我向他叩头称贺，送上西王聘书，他反肆口谩骂，不肯上路。我总是一味忍气，要想抬个活的回来，挨着骂将他按进肩舆，锁了轿门，用八人抬他上路。又请他的儿子、孙子们同行相劝。他老在轿内跳突，害得八个人抬他不动，一路叫苦。他又不进饮食，行到井研，放出轿来，已经饿得不能行走了，口中还是大骂不已。同行军士恨他不过，乱矛将他戳死，连送行家人都杀了，我亦阻挡不得。因为西王要的是活人，我怕降罪，报了个自杀。若还降罪下来，尚望三位将军庇护。”三人闻言俱叹息不已。此时献忠更衣出来，志贤为的怕他生气，先自迎合其意言道：“果不出我主所料，尹伸倔强不顺，已于途中自杀。此种人来亦无用。便请汪、严二公做左右丞相罢了。”献忠问志贤道：“那你做甚么？”志贤道：“如我这样人物，做尚书已僭份了，求个六卿吧。”献忠大笑道：“你太谦虚了，你该封王，替我料理御营军政。”

于是拟定汪兆麟东阁大学士，严锡命西阁大学士，江鼎镇吏部尚书，王国麟户部尚书，龚完敬礼部尚书，吴继善兵部尚书，宋日英刑部尚书，王应龙工部尚书，胡显京兆尹，王志贤封新都王，留阁办事。蜀王世子封太平公，留居东华门内。改宁静宫为太平公府。封孙可望为东平王，刘文秀抚南王，李定国安西王，艾能奇定北王，并于成都四门之内营造王府，设长史、典簿、审理、纪善等官，办理四路军马征调考核事宜。王尚礼为御营都督。刘敬忠、马元利、张广才、张化龙为东西南北四军都督。狄三品为水军都督。俟立功后，即以公侯封爵。冯双礼、张能第、刘兴秀、张其在、王复臣、郝云祥、洪正隆、周尚贤皆以总兵带都督衔，俟立功封伯。六卿之职，亦选定一批新降科甲人物：绵州张应璧为都御史，嘉定刘鸣凤为布政使，阆中刘承吉为提学使，华阳李时英为提举使，都是崇祯末年新进的翰林。井研举人陈士选为市易使。内官之中，以魏佶提调宫府以内，称司礼监。以王珂传达诏命，称都知监。宫女中以玉箫领尚衣司，为宫女之长。如此决定，便命王志贤传话与诸文官，孙、李二人传话与诸武官，并即嘱其各依品级制备章服，于明日午刻，齐集承天殿举行登极大典。三人去后，献忠方进晚膳。便有汪兆麟、严锡命等陆续进宫谢恩。外面王珂接待来谢恩的，都命在保和宫外站班俟候，依着官衔通报进去，总是嘱道："叩头即退，勿得啰嗦说话。万岁早该安寝了。"魏佶在里面接待，每见一人进来，便依他的柬帖高呼：某官某人，叩谢万岁圣恩。待来官叩头已毕，即令退出。说道："明日事忙，今夜早些休息。"如此一直闹到三更，文武官员才未再来。

献忠转入御内，斜倚锦幛，休息一会。想起今日情形，心中大乐。魏佶、王珂，亦各叩头谢恩，道说："万岁今夜该安寝了，未知有无吩咐？"献忠道："你们去睡吧！"二人退了出去，老脚走进来道："恭喜万岁。文武封拜，都已分配妥当了。却未曾给我一份。"献忠笑着起身，挽来同坐御榻，搂着老脚道："你还要甚么官？就算咱老子的皇后了！"老脚道："万岁爷，休得戏我。皇后我不敢望，只望你念在替你料理了这几年的兵马钱粮，军书文契份上，随时给个笑脸。将来正宫皇后建立，仍许我侍候宫中，给碗养老饭好了。"献忠道："哪里的话！老子未曾想过要立皇后。"老脚笑道："你瞎骗我！哪有皇帝不立皇后的？"献忠道："够了吧，你要逼老子给你皇后，也使得。让登极大典做完后，叫大臣们表请立你做皇后便了！"此时玉箫送上一碗参汤，再向献忠叩头、谢恩。起立言道："魏太监吩咐预备盆汤，说万岁爷明日郊天登极，必须沐浴。现盆汤已备，请旨定夺。"献忠道："喝了这汤，便去洗澡。"老脚知趣，便拜了献忠，回端和宫去睡了。

谁知这次玉箫服侍献忠洗澡，却挑起了一场翻天搅海的风波，把个得意方酣的张献忠气得来怒火爆发，将浴盆浴具打得粉碎，披着衣跑上保和殿来。“哨！哨！哨！”敲得金钟乱响，惊动阖宫宦官宫女，齐到殿上来。魏佶见他怒发冲冠，火星乱爆，不知为了何事，急忙跪地请旨。献忠许久说不出话来，但问：“玉箫何在?”此时玉箫亦已骇昏，躲在浴室暖阁里，不知所为。害得宫女四处找寻，尚未寻着玉箫。老脚却已披衣来到献忠跟前，笑洋洋问道：“又为何事动了肝火?”往常如此，献忠必定软了几分，今日却大不相同。但见献忠劈面给她一掌，打得老脚头发散乱，面目青紫，身体倒退十几步跌在地下，气闭半息，方才叫得出声：“哎呀!”献忠又赶上几步，将她发髻抓着，平地提起，只叫了一声：“来!”拖向保和宫而去。众宫人无不大惊丧魄，呆立失措，没敢跟了进去。另有几个宫女，已将玉箫寻得，送进宫去。不多一刻，又复仓皇走出，呼道：“万岁有旨，速拿王志贤进宫。”魏佶、王珂不知究竟，亦不敢违旨，忙率宫监而去。

王志贤住宿在承天殿前的外书房内，以便料理夤夜紧急奏章。这日因是登极大典的前夜，文武百官皆在沐浴试衣，准备行礼，他亦回家沐浴去了。他父王应龙，与兄弟王志杰，闻他将封王爵，甚为喜慰。各自澡浴以后，又复团聚谈说明日行礼之事。魏佶、王珂等在朝房寻他不着，赓即寻到他家里来。一向都是熟人，家人启门放入，并未通报，让太监们自行进去。魏、王二人先向志贤行了个半跪礼，言道：“万岁爷请王爷立刻入宫。”志贤尚以为有何紧急公务，即辞别父亲，与二人同去。出门突见许多武装宫监伺立，转瞬便一拥上前，挟之同行。心知不妙，只好不做声息，随之而去。出府门时，门官见情形不好，奔告应龙。应龙父子亦觉事发突然，凶多吉少。但不知为了何事，料想与献忠两世交谊，必不至于见杀。乃命志杰往报与汪兆麟，请其援救。自己驰马到朝房侦察消息。其时朝房早已无人，只一守档小吏，问不出什么消息来。候了半夜，才出来一个陕籍太监，将原委说与应龙。并宽慰道：“老王爷请回府去，万岁定有恩典的。”

原来玉箫告的，乃是王志贤与老脚通奸谋篡之事。这亦并非全是冤枉，确有蛛丝马迹作证，叫献忠不能不怒。那老脚本是扬州瘦马，被刘乔买为歌妓，取名兰芬，并无本姓。刘乔献与献忠，呼为老脚。她却冒称刘乔之养女，命宫人呼之为刘娘娘。外廷诸将与献忠则仍以老脚呼之。老脚颇有才情，为献忠料理军务文书，条理秩然。每有积年旧案，上下俱忘，无凭处理的，一经她手，无不先后了然，判决入理。

就是王志贤亦难胜过她，又善体贴献忠性情，迎合意向。故献忠虽颇淡情女色，却甚嬖爱于她。高氏死后，久未续娶。据成都后，将老脚安置端和宫内，正同王后一般。又在承天殿左侧，特辟内外书房各四间，内书房名为献忠阅览奏章之处，实即供老脚办事之用，与外书房一墙之隔，一门相通。所谓外书房，下通西朝房，便是王志贤日常办公之处。虽亦设有献忠座位，他却未曾来过。内外书房之间，有一太监守门。志贤有须向老脚商议之事，或书签条由执门太监传入，或即自身入门面议。老脚有须商于志贤之事，则由宫女传签，有时亦自己出来。因为王志贤与献忠为总角之交，又自玉郡主死后坚决不再娶妻，人人皆知他是一个守义男子。献忠亦相信于他，从来出入禁内并无猜嫌。志贤亦坦坦荡荡，并无男女芥蒂之念。无奈那老脚却是娼妓出身，水性杨花，不似志贤那般坦直。与志贤居处既近，情感日亲，总是有意无意之间放出勾引手段。志贤一概无所感觉，老脚见其不拒不避，便认为彼此有心了。献忠赴绵州后，老脚自感孤凄，追逐志贤愈紧。

一日秋暑郁蒸，志贤在书房内袒衣办文，恰是老脚出来询事，见他项系银链，缀有小小的双鱼玉佩。便突伸手揽来道："这玩意儿似很不错。如此溽暑亦不去身，想必是你那玉郡主的遗物吧?"志贤惊起，整衣正坐道："不意娘娘到此，有慢，有慢。"随将玉佩一看，不觉触动前情，莹莹欲泪道："正是她的遗物。人亡物在，令人伤感!"老脚道："似你这样多情，玉郡主死亦值得了。"言下眉目送情，跻身拢来。志贤觉得有些不雅，忙起身道："今日天气太热，我要回家洗澡去了。"说着便要起身。老脚是敏捷的，急忙敛作正相道："适来商讨一件要事，需要翻档卷几册，方可谈议。此刻太热，我亦想回宫洗个澡来。将军回家太远，保和宫后大浴盆久已闲着，让些宫监们享用。我命太监引导你那里浴去。浴罢，便好商议公务。"志贤道："如此也好。"老脚吩咐值门太监道："引王尚书到浴宫去。我去命人前来开门上水。"随即去了。志贤问那太监道："你们亦常到保和宫去洗澡吗?"那太监道："大瓷盆闲着，纵使万岁在宫，我们亦可偷偷去洗。"志贤便同他一路走去。那太监引到浴宫，陪同坐下。少时一个宫女前来开门，几个宫女前来上水，都各无言而去。志贤便自入盆洗浴。那太监关上门，仍自坐候在外。忽然老脚前来，对那太监道："如何不去守门？还候在这里！王尚书浴罢，他不会自己回去么？"那太监果然去了。老脚将宫内人员遣开，又回到端和宫，命心腹宫女玉箫整理浴具侍候。自己却再到志贤浴室来，推门入室，百般胁逼。志贤见不是话，拉过一条浴巾遮身，便要出走。老脚却夺去浴巾，阻在门上，娇啼婉转，要死在志贤之前。志贤无奈，诓她道："如此白昼，宫人来往之地，如何可以如此！你且让我出去，夜间再作商量。"老脚立即破涕为笑道："妾是何等出身，将军尽知。敬轩不过以女官待我，岂得视同敌体。他日称尊立后，妾不免于秋扇见捐。因见将军守义不移，遂欲以晚景相托。敬轩归来，妾必请其开笼放鸟赐配于你，不然即以死相报。为恐将军不谅此情，故设局相逼。此间诚非谈话之处，然亦别无机会倾吐。今幸将军已许夜间相谈，妾敬谨于宫墙相候。将军挟飞腾之技，不难飘然来去。若能践约而来，生死瞑目。若竟爽约不来，妾即投缳自杀，控诉将军于地下！"志贤怕宫人发觉，不敢久延，为图脱身，许了夜间逾垣往晤，始得出浴室来。穿衣四望，且喜未有宫人在侧，疾速离去。

志贤回室，检点衣物，不见双鱼玉佩，料想是那淫妇拿去了，初时决意不理于她。转念她若真的自杀，有我玉佩在身，于我甚有不便。她若真的恨我而死，遗书诬蔑于我，我便掬尽锦江之水亦难洗清。又念军书繁累，确亦少不了她。她之短处只在淫荡悖礼。莫如我率性践约，竭诚开导于她，使她认清前途，循礼改行，亦不失为宫府一个人才。如此反复想到三更，便决心换了轻装，使出飞檐走壁之技，越过宫墙数重，潜到端和宫去。遥见孤灯荧荧，一人倚栏企望，悄然无声。知是老脚，乃轻身进前言道："我是来了。但非为偷情，只是前来劝你。我是守义之人，岂能奸淫结盟弟兄之妻，况今又有君臣之分。道义在前，斧钺在后。你亦是读书明理的才女，难道无怀刑之戒？若能以礼自敛，洗心为人，我将尽力劝请西王立你为后，以酬校阅军书之劳。若不听从，我便越墙而去，永不与你见面矣！"老脚盼到志贤，正当狂喜，听到这番议论，岂会悦服。那时二人立在宫外栏间，老脚故作惭悔之状，邀志贤入内少坐，陈说献忠薄幸情形，托其从旁规劝。志贤见其知悔，心下甚慰。便向她要双鱼玉佩，老脚本未捡得此物，但亦随机答道："在里面。你进去听我说完，便还与你。"志贤果即随之入内。老脚将其诓至榻前，便复放肆纠缠起来，娇媚、泼辣，无所不用其极。偶被志贤挣脱，她便投缳寻死。到底志贤心软，又去解下，抚慰于她。结果是英雄气短，儿女情长，一腔义气，丧失在石榴裙下。只道宫闱深秘，无人知觉，却不料果有人盯着他了。

却说宫女玉箫本是个刁钻女子。因她颇通文义，善于承迎，被老脚看中，成了贴身一个红人。随时派到内书房襄办公务。端和宫与留春苑宫女，亦派她总管。这女子年事已长，情窦早开，郁闭宫中，未免伤春怨柳，怏悒不安。每将老脚勾挑志贤情节看在眼里，亦欲待其事成得些好处。那日奉命安排沐浴，久见老脚不来。问一宫人，云向保和宫去了。心中疑怪，亦向保和宫行来。行过浴室，闻有窸窣之声。静听，正是志贤、老脚二人。外挂有志贤衣服，蹑脚前进，将双鱼玉佩取去，以为将来要挟之资。再听内面，约定今夜宫中相会，她便先自蹑脚避去了。这夜潜候宫外，果见志贤逾垣而来。候到五更已近，始见志贤出宫，走过长廊，转过露台，便要跳过墙去。玉箫急忙走出小室，轻呼道："王尚书且慢!"志贤大惊，立脚问道："你何以在此?"玉箫道："王尚书何以在此?"志贤道："早起巡城，偶试旧技耳。"玉箫道："我亦早起巡宫，清查奸细耳。"志贤心中不安，自跃墙而去。玉箫见其淡淡无情，心中忿恨。其后又曾藉故去晤志贤，问："玉佩尚要否?"志贤始知玉佩在其手中，明白她的用意。悄问她道："你不还我，意欲如何?"玉箫面赤久久，方嗫嚅道："望尚书救我出宫。"志贤道："宫中人少，皇后未立，妃嫔未备，刘娘娘之外，你为最尊。你须守身以待西王，岂可自坏前程。"到底玉箫是个处女，羞涩无言而退。只盼献忠回宫后，老脚与志贤扶植于她，故仍留玉佩以为要挟之具。不料献忠回宫后，老脚当夕从未推荐于她。此日志贤与献忠分配宫中人事，她又只得尚衣司之职，而老脚却被许作皇后。一念忿恨难捺，遂乘献忠沐浴时，硬诬老脚与志贤在浴室宣淫，即以双鱼玉佩为证。又供出当夜再复逾垣入宫同宿。并谬谓窃听二人私语，欲相机行刺，改立蜀王世子，仍用大明年号，云云。

献忠知此玉佩是志贤随时挂在项间未曾离身。其入玉箫之手，必有情弊。想起志贤主张扶立蜀王，与玉箫所告相符，不觉怒火上腾，便有这场发作。

◎评注

叙王志贤失身于老脚事，委曲回护，力为开脱。固是志贤自传语气。

第六十五回

熊熊怒火中行登极礼
栗栗危台下拜老神仙

话说王志贤被押入宫，正见老脚披头散发，狼藉在地。玉箫一旁跪着，宫监数人，仗刀执棍，环侍献忠。心知逾垣事发，即亦不惧，挺身向前，照常站着。献忠劈头骂道："好小子！割了主子的靴，还要杀我去扶立姓朱的。"志贤正色道："请陛下思量：从柳树涧射鸽偷盐直到今日，二十年中，陛下马蹄所至，我王志贤无役不从，事必尽力。陛下前后结盟弟兄，今得相从者只我一人。平时是否忠心，陛下当有察觉。我自丧妻，守义未娶者五年于兹。何遂听小人之言，遽以犯上篡逆相加，辄施呵斥？"献忠道："你们的事玉箫全部供出了！你还能狡赖吗？"志贤道："玉箫窃去我的双鱼玉佩，又见我逾垣出入，便以此相挟，要我盗其出宫。我以正言相斥，不料她竟以大逆诬我，射塌天昔年邀我降明，我不肯弃陛下而去。前日虽曾主张扶明讨闯，亦为陛下之利。何得时至今日，反欲行弑逆以为朱明乎？”献忠听得射鸽偷盐与射塌天降明许多旧话，不觉激动旧情，心里软了下来。熟视志贤道：“篡弑，我亦未信。这奸情，你不能不招吧？”志贤道：“这是我毕生一件憾事。不承认，则为欺人。承认，则为欺己。请陛下问刘娘娘好了。”老脚先与玉箫争辩，未认奸情。唯恐志贤先自承认了。今见志贤如此说，急抢说道：“清清白白的弟兄，哪有奸情？却横被淫婢诬陷！”玉箫道：“三更入宫，五更才出。飞腾墙上，总应留有脚迹可验。”献忠便要派人去验足迹。志贤道：“我曾逾垣出入，早已承认过了，何用再验。”便将前后之事通盘说出。这才指老脚道：“这亦是陛下误她，她误了我。但我实该死。如蒙陛下眷念旧情，厚待老父弱弟，志贤亦感恩九泉矣！”

此时老脚起立言道：“此事，实我强逼王将军所为，我今天良激发，情甘万死以谢陛下。王将军与玉箫无罪，恳求陛下宽恕于他。”献忠正当盛怒，见此情形，更是气极，顺手夺过侍卫一把刀来，向老脚刺去，正中腹部。只听得扑通一声，老脚衣破肠流，仰跌在地，鲜血横溢，手足弹动不已。献忠吼道：“拖出去！”便有几个太监，拉出去放到宫侧一间小屋内，毛毡盖着，呻吟久之方死。

这里献忠执刀指着志贤，志贤脸色不变，对献忠道：“陛下明日登极，不宜亲杀志贤于此，污了宫寝，请到宫后草地行刑。”献忠狞笑道：“你很从容沉着，够得上个滚大案的！这婆娘原非我的妻妾。我想饶你！”志贤闻言感激，不觉跪地谢恩。献忠用刀背在他颈上一敲道：“且慢谢恩。这事虽不恨你无好心眼，却恨你有了那个不好的鸟。咱们交情还是旧交情，却要将这多事的鸟割去，免得再有婆娘来勾引你。”志贤听说要用腐刑，起立反抗道：“古人说：刑不上大夫。士可杀而不可辱也！我要保全父母遗体，情愿一死，不愿受宫刑。”献忠笑道：“横竖你是个守义男子，不要后人，留它也无用处。留你这人，用处可多了！”说罢不用分辩，挥宫监们扶之而去。

献忠这才对玉箫道：“你也不是好行货！心想嫁他，现在割了他的鸟，便将你嫁与他吧！”玉箫谢恩起来，惘惘不知所为而退。时已鸡鸣，献忠倦极入睡。魏佶等揭去污血地毯，由库中取出新的换过，相与窃议道：“前次万岁入宫，此屋弄得满地血迹。这次将要登极，又是满地血迹。”汪兆麟闻说王志贤被逮，大惑不解，连夜赶到宫外。王应龙先迎上前，求其解救。他满口承应，直入承天殿，转过保和殿，魏佶迎上摇手，密告道："为了宫闱秘事，阁老不可入内。"兆麟徘徊久之，已得蚕室消息，始出来对应龙道："恭喜！已无性命之忧了。"孙可望亦因闻志贤被逮，恰于此时赶来。兆麟上前密语其事。可望非常疑惑道："此人平素端正守礼，此事恐有冤屈！我等还须入内救他。"兆麟道："此时蚕室恐已开刀了，万岁又已就寝，求赦亦无益了。好在他原就不肯娶妻，纵有冤枉，宫刑亦无大害。只怕阉割不好坏了性命。天已将曙，我等还是先准备登极，再求名医治他创伤才是。"可望道："名医却甚现成。我从汉中找回熬白水膏的陈神仙，医治金创，如摘瓜破卵之易。"应龙闻说，便央求可望同去，请得陈士庆来，由可望领入宫去为志贤敷好创药。并未禀明献忠，便回去了。

次日是十月十六，乃登极大典举行之日。文武官吏，全城绅民，各自顶冠束带，来在端礼门外，恭候行礼。已临午刻，左右丞相与三家王子才至，众官纷纷先向他们恭贺。把个东西朝房挤得水泄不通。原定午时登极，候到未牌，献忠尚未出宫。汪兆麟与孙、李、艾三家王子，免不得入内探看。见献忠正在冠带，口中大骂不休，几个太监服侍，总不如意，被献忠东殴一拳，西唾一沫。穿衣镜前，收拾了大半天，穿穿脱脱，总说不好。把司礼监魏佶弄得汗流浃背，喘息不安。兆麟等明知是昨夜之事作怪，乃与可望弟兄密商。叱退众人，亲自上前与献忠整冠束带。献忠不便再发怒了，强颜微笑，对他们道："如何烦劳你们?"又骂魏佶道："白养了你们这些无用的行货！且待登极礼成，再重重惩处。"兆麟道："开国之初，六宫未备，职司不专，起居未安，实臣等之责。今后当广选秀女，充实六宫，借补臣子色养之义。"献忠怒道："一个婆娘都会出岔子。六宫备齐，会成为天下的总乌龟！"可望见说得不像话，忙插口道："时辰已过，百官兆民恭候圣驾行礼。"献忠这才起身出来。

赞礼官见献忠已出，高呼肃静。那承天殿下，东西华门以内到端礼门外，十数万官弁绅民扰攘已久，哪能全都听得呼声，不免仍然自顾谈说。一批执事将弁，传呼："肃静！"全是怒叱之声。彼此相应，聚蚊成雷。直到献忠升座，方才渐渐地静了下来。献忠见得秩序不好，怒火难抑，圆睁双目，走上宝座，便是破口大骂道："亡八羔子养的！要老子做皇帝，却不遵守礼官的口令。再敢有不肃静的，都该剥皮。”这话在汪兆麟等是听惯了的，尚无足异。独那六部六卿中，多有新降之人，站立前排，听得最为清楚，无不相顾惊骇。

赞礼官依照礼单，读道：“文武两班序列。卤簿仪卫序列。绅衿黎庶序列。请天子告祀天地。”于是卤簿仪从导引献忠乘舆到三桥外的天坛、地坛，行礼献文。耽搁许久，方才转来。献忠不惯坐那辇，来来去去，受了许多委屈。因是典礼规定，不便发怒。但那一腔的无名火正如灼热了的火炉一般。殿下排班久候的文武官绅，执事人员，有从天明来此伺候的，挨到申酉之间，尚未成礼。饿得辘辘肠鸣，滴滴汗泻。既不敢退，又不敢说，那饥疲怨火，亦正与殿上的熊熊怒火相应。好容易盼到赞礼官高呼：“天子受贺。跪。叩首。起。……”跟着做完三伏九叩首，力气都用完了。又听叫：“山呼万岁。一呼。再呼。三呼。”他们跟着呼吼。第一声甚为整齐。第二声便长长短短，高低不一。第三声更是暗哑的为多，恰是泄气的皮球一般。献忠正要发作骂人，礼仪官高呼：“大酺！”便有执事的军弁，抬出许多酒肉下殿。参加行礼的军弁绅民，始有一线喜慰。却听得献忠骂道：“驴养的！三声都叫不彻底，白费了老子的酒肉！”众人抢着要吃，亦无人理得这骂。

这之后便是告庙典礼，定在后宫奉先殿举行。照例追尊三代都为帝后，奉献册宝。然后出来告祀社稷二坛，重到承天殿受百官表贺：文官自丞相、六部、六卿、司道、尹丞全居左排立；武将自三王、都督、将军、总、副、参戎尽居右排立。各依官阶排下跪垫，再行三跪九叩礼。即着颁发恩诏，黄纸印布，普告天下，以本年为大西国大顺元年。称成都为西京。大赦天下。终于完成了登极大典。

献忠入宫后，魏佶引导阖宫的宦官宫女前来拜贺。献忠一腔怒火忍了半天，此时才得发泄。先骂魏佶道：“你管的好宫闱！皇帝尚未加冕，先与我套上一顶绿帽。现在我先剥你的皮！”正要拉下去时，孙可望引王应龙前来，叩谢不杀志贤之恩。献忠对应龙道：“我并非因他是把弟便不杀他，实因他过去挣得许多功劳。但我若不阉他，我也太失面子。我阉了他，叫他也没面子。”魏佶趁献忠说时，忙跪向可望求救。可望对献忠道：“今日登极礼成，下诏大赦，不宜又杀魏佶。”献忠道：“便宜他们！”魏佶谢恩不迭。可望见献忠盛怒不息，要激起他的欢喜。便将在汉中寻得陈士庆之事说了一番。献忠初尚不能记忆起来，经可望将前在郧西用白水膏治愈足创之事，重为叙述，献忠方才大乐道："呵！他也来了。你明日与我引来，应该给他一个官儿。"可望等方才退出。

这时汪兆麟新到东阁理事。属吏呈上一叠贺表，全是外州县预寄来的，这类事向由王志贤办理。志贤不到，乃与兆麟呈来。兆麟略看一过，人名地名全不熟悉。遂只取刘文秀贺表，要拟一道褒诏，入请过玺。说："另外这些都拟不给答诏。"献忠翻了一下，不悦道："这许多是州县绅衿，咱正要他们出来做官，应该给他们点面子。"兆麟自觉失责，局促退回再办。属吏又呈送一叠章疏，有报新抚州县请委官吏的，有报新招兵马请饷的，有报征聘绅耆事件的。最难批的是几卷关于钱谷的文件，牵连旧案，甚为复杂。这类文件，一向由外书房办理。兆麟无法办，只好持入宫去，请献忠改派人员接办书房的事。献忠问魏佶道："王志贤的手下是谁？"魏佶道："外书房向来只有王尚书一人理事，一员小吏照料档卷。王尚书有疑难时，签送内书房刘娘娘核办。全省兵马钱粮，户口册籍，只在他二人心中过往。玉箫偶然帮办一二，他人概不得知。"献忠命将玉箫叫来问。玉箫道："娘娘偶尔呼入，办理抄写传送。全案底蕴，仍只她与王志贤知道。"献忠生气，将玉箫喝退，对兆麟道："我不杀王志贤，正是为此。你可持去问他该怎么办。"兆麟遵命，去到蚕室，先谢过未能援救之罪，再述献忠眷念旧情，借重方殷之意。这才说道这些案卷。志贤已得良药敷创，此时未有痛苦，心景尚佳。将各案翻看，答了几条。说道："我与老脚分记要案，我记得少，她记得多。现老脚已死，唯有从新派员，彻读旧档，以承老脚之乏。我现在虽已清朗，亦不能处理老脚原办之案。"兆麟转来，闻献忠已睡，遂亦径出东阁，邀严锡命与六部六卿来，商量处理。闹了半夜，总无适当办法。

次日，献忠到内书房理事。汪兆麟将老脚死后处理公文困难情形陈述一番。献忠皱眉道："皇帝、宰相便是这样难做！且喜王志贤未死，若还都杀了，这文书便不办了不成？"兆麟道："此天帝暗启陛下圣心，留以备用。老臣昨日往看，他已无痛苦。东平王道他三天必愈，似觉可能。"正当说到此处，孙可望引陈士庆前来。因为已蓄了满口络腮胡，献忠一时认他不得。参拜礼毕，献忠定眼一看，果然是他。不觉大喜道："活神仙！有你来时，咱的兵就不怕打仗了！"随命赐座赐茶。笑问道："你近来仙方更多了吧？"士庆讷讷不能出口。可望替他将医活绵蛮之事说了。献忠闻言心动，问道："你看过王志贤否？"士庆道："已曾看过。此乃小创，敷了药，三天准可脱痂，行动将与常人无异。"献忠道："割掉卵子，你能替他接上不？"士庆道："若还未过半天时辰，可以接合，过了便是两块死肉，合亦无用。"献忠又道："杀了的人，能医治活吗？"士庆道："若还未断咽喉，在十二个时辰以内可能医活。"献忠道："我前天夜里杀个女人，你能与我医活吗？"士庆道："已过了十二时，不能活了。"魏佶在旁言道："前夜划破肚子，昨日天明才气绝，尚未装殓。"献忠道："既然如此，你便要与我医活！若医不活，我便杀你。让你留下药，待我来医你，看将你医得活否？"士庆闻言甚惧。请献忠同去看看再说。献忠与他一同来看，见老脚尸已僵了，暴出的肠子已干了许多。幸是十月天气，尸还未败。牙关紧合，两眼圆睁，甚是可怜。献忠对士庆道："你是神仙，非与我医活不可！"言罢即去。士庆大惧，哀求可望道："王爷，你引我来吃这么大的官司！我只好勉强去医。若还医她不活，你定要劝万岁慢点杀我。让我教个徒弟，将药方交付与他，以便把我医活。万岁慌足慌手的，不能医得活我，岂不白送了性命。"可望大笑道："你为何不先教一个徒弟预备着？"士庆道："不是玩笑！这女人怕难医活。你快叫人把包囊与我送来，让我今夜尽力去干。"可望应允，派人取药而去。

说也奇怪，经陈士庆一夜努力，老脚竟活转来了。宫人惊奇，报与献忠。献忠来看，仍是卧在毡上，腹肠已用线缝合，敷上药膏。双眸已闭。面色虽仍是金黄色，喉间则已咯咯作响。有宫人用丝绵一缕放在鼻外，已是煽煽而动了。献忠大奇。早膳后再来看，眼已微睁，眼珠微微转动了。出书房理事一会，又再来看时，宫人拥塞，皆言已活。入视果然。乃命移入暖阁医治。

此时献忠出来，对汪兆麟等大臣言道："我们开国之初，便来了这活神仙，能将死去一日之人医活。此乃天赐！为我统一天下之瑞。"诸臣齐呼："万岁！"献忠道："且待他所医人能行走后，我们召集全城将士，向他敬礼，举行洪福大庆。使天下知我国有此仙人。"诸臣又欢呼称颂一番。

少时士庆出来，说娘娘已活，他要搬回可望营去。献忠道：“西华门内，有一太医院，无人主持，你去做院总。这里甚近，我若错杀了人，又可请你来医。”士庆道：“师傅赐我方药不多，命我不许随便医人。凡命中该死者，医活必遭天谴。万岁叫我来医，不敢不医。但若药品用尽，亦是无法。别人若要我医，我断不肯。”献忠道：“方，是你已学得的。药，许你去采。我明天叫全军与你叩头。叩了头的，你都该医。若还违旨，你就预备着医活自己的药吧!”士庆不敢再说，由宫监引导，到太医院去了。

次日，献忠下令全城军营：“每四人携方桌一张，齐集承天门外广场拜仙。又命各营所携之桌，必须同高同大，不得参差。献忠率领禁军，先到承天门上，命各营将桌平铺，层层内缩，累砌而上。最高一桌上置一方凳，称为“拜仙台”。时成都之军共有五十余营，携来方桌有三千张左右，工部派有巧算人员前往叠砌。凡二十层，每层见方缩小一张，共用桌二千七百八十张。高逾六丈，超过承天门楼顶，左右数十条街皆可望见。献忠命人取羽衣纶巾、方履、丝绦前往，将士庆扮成仙人，用四轮车迎来。对众军道：“此天赐仙人，能将死人医活，伤者立愈。你等拜了他的，以后打仗不怕带伤丢命了！你等待他爬上拜仙台时，即行欢呼罗拜!”只听下面万人号应，欢声如雷。献忠这才对士庆道：“从此我命全军呼你为老神仙，你须努力爬上台去，受万军罗拜。你留下药饵，倘若跌下台来，我当众将你医活，证明我的话不虚。你若不肯爬上去，我命卫军射死你，再行医治。”士庆听到此言，大骇。哀求道：“我不会这个，爬上去必然发晕跌下来。求缓些时日，让我教个徒弟能医我再来爬。”献忠道：“我言出法随，不可更改，快去吧!”便有卫军操弓挺刀，扶他下楼，走到台下，逼其攀登。士庆爬了几级，胆怯欲下。望见卫军正引弓相待，不敢不爬。如此欲坠者数十次，念在横竖一死，莫如爬上还有生路，遂勉力挣了上去。几乎一个时辰方得登顶，凌虚坐着，恰似在云里雾里一般。于是献忠拊掌。全军罗拜，欢声雷动，齐呼老神仙万岁。这才许各营军士上前，围绕桌台，观看老神仙的近貌。有几个大胆的爬上顶去，扭着桌脚，让他稳稳地下台来，簇拥到太医院去。士庆自始至终糊里糊涂，不知干了一场甚事。到了此时，方觉一身大汗，湿透了几层衣服。只摇摇头，长叹了一声：“唉!”别无话说。

◎评注

登极礼数，居然与明制符合。此献忠延揽前明进士一大用途。

他书言献忠者，每谓其行事鲁莽灭裂，悉出常情之外。此书于王志贤之被宫，老脚之复活，皆表现出献忠深意。即拜老神仙事，虽可笑，亦非鲁莽者可比，谓为粗犷而诡谲可也。

第六十六回

秘阁留春南唐旧恨
长虹迎后西国新仪

话说张献忠得老神仙医治王志贤与老脚伤口，收效虽然神速，却亦非立即可到外书房办事。献忠平时不喜料理文书，命将钱谷户口文件概与志贤、老脚二人留着。每日只与汪兆麟等议论封拜将吏，征聘缙绅，开科取士，颁行新历，铸造铜钱等事宜。献忠往日议事，只王志贤最喜谏争，孙可望等从旁附和，往往与汪兆麟相左。故献忠行事比较惬于人情。这几日王志贤回家养伤，可望等亦各自料理军营去了，兆麟一切迎合献忠意旨，献忠觉得舒适了许多。便在这舒适期间闹出几件事来。

且说献忠平时原本淡于女色，但因他性情倔强，往往激发出一些浓烈的冲动行为来。他因老脚事件，激起了一度的狂乱。十六之夜，召幸宫女数人，皆不当意，又蹂躏了两名宦官。弄得阖宫恐惧，魏佶尤属惴栗不安。次日十七，乃是文武大臣的命妇入贺之期。献忠坐保和殿受贺，对于进来行礼的娘们儿，眈眈注视。九拜礼毕，循例赐座赐茶。献忠言道："我还未立皇后，有个刘娘娘，现在病着。你们去看她吧！"诸命妇自然遵命。由一宫监引导而去。献忠这才问魏佶道："有个红袍翠髻，二十多岁的，长得漂亮，她是何人？"魏佶道："最前一排的是四家王子的正妃，最为年轻，万岁必然识得。第二排，是太平公与两家丞相，六部尚书的命妇。其中太平公妃最为年轻。第三排以下，是六卿都督以下的命妇，老小不一，二十几岁的却很有几个。衣饰服色，奴才记她不清。不知万岁问的是第几排？"献忠道："那我却记不清。大约是二、三排。总不是第一排。"魏佶想了一会，道："那或是太平公妃，蛋圆的面庞，玉白的脸色，涂上胭脂，描画眉毛，高长身段，滴溜溜的活泼眼睛。是不？"献忠旋听旋应道："对，对！便是此人。你与我叫到保和宫问话。"魏连声应："是。"立即前往。不多一刻，引那妇人来到保和宫，向献忠行礼毕，垂首不语。献忠认得是她，微笑问道："这座宫府原是你家的吗？"妇人道："妾夫罪臣朱平栎，亡国贱虏，蒙万岁不杀，封太平公。贱妾亦荷诰命，特随各家命妇入宫谢恩。"

献忠觉她一口北京官话，呖呖悦耳，仪态娴雅，微带娇羞，甚为可爱。又问她家事。那妇人道："贱妾胡氏，本籍四川井研县。前明首辅陈演便是妾的姑父。两浙提学使胡世安乃妾的族叔。先父世瑞，前明贡生，随姑父在京候选，得放三河县令。妾便生于三河任上，长于北京。去年，姑父见天下方乱，劝先父致仕，护送家小回川。过成都时，蜀王留住月余，与先父过从甚密。聘妾与其世子平栎为婚。先父护送家小回井研后，病故。妾奔丧毕，再回成都。不久，万岁即已入蜀。陈、胡两家大部眷口仍在北京，音讯久断。小部已回井研。妾随蜀府遗臣闭在宁静宫里，与世隔绝。前日始奉恩诏，现任京兆尹胡显便是妾之从兄。京尹夫人汪氏亦北京人，与妾最为亲好。本日同到宫廷拜贺，现留候在宫外，无旨不敢擅入。"献忠道："叫她进来！"

那胡显，字默庵，原是崇祯九年进士。候选在京，发妻亡故，娶得汪氏为妻。北京人习惯宦门排场，讲究的荣华富贵，颇晓夤缘奔竞之技。崇祯十六年，她夫妇随同胡世瑞与陈演家眷回川，便徘徊成都，结纳蜀王，希图保荐他在滇黔两省未受兵祸地方谋一好缺。这汪氏，便是借内眷关系，出入蜀府之人。献忠入成都以后，胡显迎降亦是汪氏促成。自从做了京兆尹夫人，对于蜀王世子这门亲戚不甚看在眼下。不过因她受封太平公，尚未加以白眼。此日入贺，忽见新皇帝特旨召见胡妃，未免眼热。首先从人丛中挤到胡妃面前，亲热非常的附耳言道："恭喜妹妹，大概万岁对朱家会有恩命的。"胡妃挽她同行。她巴不得乘机亲近献忠，乐得傍花随柳姗姗而来。行到宫外，被魏佶挡下，只让胡妃入内，她一人站立在宫外，进退不得，甚感没趣。忽闻献忠叫她，不免大喜，匆忙捋了一捋头发，抖了一抖衣服，摇摇曳曳进去。万福已毕，退立到胡妃下首。献忠看她四十年华，徐娘风韵，有些搔首弄姿，比较胡妃，却有雅俗之别。命坐之后问道："你亦是北京人?"汪氏忙起立道："贱妾生在北京。嫁夫胡显，蒙恩赏给京兆尹。她便是胡显的妹子，我俩姑嫂，最是相好不过。"献忠道："你们北京人都很漂亮，一口官话，咱们老陕最听得来。不像湖广、四川人，说话难听。"汪氏平时畏惧献忠，今见其闲谈和悦，有如家人，不免心花怒放，放开长舌，侈谈些北长南短，迎合献忠。献忠殊不乐听，问魏佶道："那些娘们儿都出去了么?"佶道："都已出去了。"汪氏有些难为情，对胡妃道："我们也出去了吧?"胡妃便起立要走。献忠道："太平府便在这后面，咱们再谈谈。等会儿我叫太监从后门送你回去。胡夫人你若肯留在宫里，也好。"汪氏脸红道："妹妹既然可由后门入府，我便先辞别万岁了。"言罢，起拜而去。胡妃又起立欲行，被献忠挽着道："还有话与你说!"胡妃不敢强行，呼汪氏道："烦大嫂向本府家里说说，我少刻从后门回来，请卫卒留上门。"汪氏应声而去。

再说蜀王世子朱平栎自去年娶了胡妃，同住宁静宫，鱼水和谐，朝暮欢乐。未想到一刹那间国破家亡，寄生虎口之下，一座宁静宫被献忠派阉军守门，检查出入，正如监狱一般。经过两个多月，与宫外消息断绝，朝夕忧徨，不知死于何所。突然一日，胡显夫妇入宫道喜，说："新主明日登极，封朱世子为太平公，承奉大明宗祀，列为国宾。"平栎夫妇将信将疑。少时卫卒传入诰命，果如所言，这才如获再生。命宫人置酒，款谢他夫妇。胡显道："小弟亦将出任京兆尹，公事丛沓，无暇留饮了。明日是登极典礼，你我准备衣冠，沐浴要紧。"言罢，与汪氏匆匆而去。此日胡妃入宫拜谢，亦是汪氏前来相邀。此时汪氏又来宁静宫道喜，说："万岁特留胡妃，定有恩命。此后再不怕有人谗言害你们朱家了。"平栎留她吃饭，她亦欲待胡妃回来，问明有何恩典。得意洋洋，亲去嘱咐后门卫卒道：“我是京兆尹夫人。适才同胡娘娘入宫拜贺万岁。万岁留胡娘娘吃饭，少时要从后门送回，相烦你们留门待她。”卫兵看她排场，量是真实，道了声：“是。”不料候到三更，仍未见有人过来，骂了声“活见鬼!”将门锁了。平栎见后门已锁，胡妃未归，心中如小鹿在撞。汪氏亦觉难为情，告辞回家。平栎重托她明日入宫探问。

平栎候了三日，方由两名太监护送胡妃回府。果是走的后门。胡妃莹莹泪珠，欲出未出，正视平栎，不出一语。平栎亦凄然泪出，不知所言。见两个太监站立不去，忙来招呼献茶，陪坐到外厅上。两个太监谦让了一会，方才坐下。低声言道：“奴才们皆是老王爷的旧人，不能不以忠诚之言报答殿下。胡娘娘出入宫中，殿下不必管她。她必能保护殿下，长保禄位。便是皇明宗室在四川亦可安享太平。这新万岁喜怒难测，慢道殿下亡国之君如砧上肉，便是奴才等在宫，亦如羊伴虎居一般。”平栎点头称谢道：“不知圣旨曾容娘娘留家一二日否?”二监道：“万岁本无遣她回府之意，因连日传报进宫，有京尹胡夫人欲见万岁。胡娘娘闻之痛哭，定要与她见面。今日万岁方才许胡夫人入宫。胡夫人入宫不久，万岁便命奴才等护送娘娘过来。却并未说何时转去。娘娘出宫时，胡夫人尚留在宫里。依奴才等推测，似有立候娘娘转去之意。”平栎取过两锭银子，分送二人道：“国破之后，无可奉酬明教，留此权为茶敬。亡国贱俘，生命不能自保，何况妻妾！但此妇乃先王所聘，结缡两年，琴瑟安好。今即当作永诀，亦须奠告先王在天之灵，不能不有须臾盘桓。还求两公禀复万岁，再求明旨。”二监道：“好在万岁并未明定何时回宫，我二人便先转去请旨，成全殿下之意。”于是二人仍从后门转去，不敢径禀献忠，先禀魏佶。佶亦不敢做主，入宫来问献忠。见献忠正拥汪氏调笑，急忙避了出来。献忠望见，喝问何事。佶忙跪地奏道：“胡妃回家，未限留住几时。太平公请明旨指示。”献忠道：“这事瞒不得你们，躲躲藏藏做甚？平白占了人家媳妇。便让她留下几天，亦是该的。可派人去听，不许那小子发出怨言。”魏佶承旨，便派了一名最为刁钻的太监名叫王珂的去传话说：“胡娘娘可留住太平府候旨。加派王珂前来伺候。”

这面朱平栎送过两个太监，回得室来，与胡妃抱头大哭。胡妃道：

"我该一死谢你。但怕拒奸而死，使那贼迁怒朱家，遭受灭门大祸。今得与你说明此情，若再被征入宫，便设法死在宫里，也不至累你朱家。"平栎道："我家寄生虎口之下，卿虽辱身，亦当为列祖列宗所谅。闻福王已正位南京。兵马甚强。但愿他打到成都，杀却逆贼，与先王报仇，为你我雪恨！"正当此时，富顺王至深来访。这富顺王乃前蜀王至澍之弟，国变时逃到宁静宫，因获保全。献忠登极，并未给他封爵，只以宗人身分匿在平栎宫内。此时闻得宫内上下密语，心甚不平，特扶杖来此，问询究竟。平栎陪坐，泣述此事。至深切齿道："昔宋太宗蹂躏南唐小徐妃，千古诟骂。其后徽、钦蒙尘，皇后亦被番卒戏侮。徽、钦当场眼见，不敢护阻。天道好还，此贼晚报必会更酷于徽、钦！"正当此时，胡显亦仓皇前来，道说其妻今日入宫，已暮未出，不识何故。平栎教他去问胡妃。一会胡显出来，面红过耳，匆匆离去。至深见此情形，大忿道："似此禽行兽处，天帝之所不容！必有忠臣义士，起而讨灭之！你我惟当睁目以待。"这些话全被王珂听得。

第二日，便由王珂率领禁军来，将至深与平栎捉去。胡妃欲同往去见献忠。王珂道："奉旨拿问他二人，未曾要你。"便将胡妃推开，牵挽而去。但闻平栎哭道："一辱不可再辱，有死而已！"胡妃返室，即便投缳而死。至深、平栎二人，见了献忠，亦不肯屈膝。献忠道："你二人活得不耐烦了！背地诅咒于我，我尚未信，捉来问个真假，竟敢挺立不跪。想是真的活得不耐烦了。"平栎道："你祖宗数代皆大明百姓，一旦得志，便将我皇明子孙欺负备至，全不思及天道好还。今日唯有一死，跪你何益！"献忠暴跳道："老子看你为了做个乌龟，便发疯求死。老子却教你死了还是个活乌龟。老子命人将你剥皮实草，戴上绿帽子，摆在床前，看我造你的老婆！"便命牵下去办了。二人大呼"太祖列宗在天之灵"而死。可怜个太平公，只做得三天，便有两天在可怜境况下过去。

献忠命人将胡妃押来，回报已自缢身死。献忠说："请老神仙与我医活去。"王珂奉命去请老神仙，士庆已到孙可望府中去了。王珂赶到东平府来，可望闻得此事，便与老神仙一同来见献忠，谏道："从来开国之君，必优待前朝遗裔，以示宽大。今太平公死非其罪，其妻怀恨而死，纵使医活，必将蓄意报仇，大非陛下之利。万一因此酿成事变，使天下之人窃议陛下，且三军谓陛下不留仙方疗治战阵之士，而以医治亡国失节妇人，必将不肯力战矣！”献忠道：“如此说，不去医她！那些姓朱的，总是背后反叛于我。可命全国搜拿，全都杀了。将那座太平王府改修为东平王府，让你办事地方与我接近点，也好随时商量。”可望知那宁静宫原是世子所居，心中甚喜，叩谢而去。此次全川搜杀朱姓一千余人，蜀府宗人略尽。

这时汪氏尚留在宫中。献忠异想天开，命人去将胡显叫到保和宫来，当着汪氏对他说：“你的妹夫太平公恨我占了他的老婆，背地诅咒，我已将他杀了。你的老婆亦在宫里住了一夜，你会诅咒我吗？”把个胡显骇得魂不附体，战栗言道：“小臣自顶至踵，一肤一发，父母所生，陛下所养，非小臣所得自有。至于身外之物，为陛下所悦，获遂供养，便是臣子之愿，何敢稍有怨言。”献忠道：“你才算得真正的忠臣。可惜你妹子她已死了！不然该做皇后。”胡显道：“太平公妃乃是臣之堂妹，虽有美称，已嫁亡国贱俘，何足以正东宫！臣有表妹，亦北京生长，乃前朝首辅陈演之季女，容华绝代，淑慎过人，现方待字闺中。若蒙聘为皇后，当胜太平公妃百倍。”献忠甚喜道：“那么还你的老婆，速去与我说来。若还真的好，你还要加官。若还欺骗了我。我剥你两口儿的皮！”于是命汪氏随胡显出宫。他夫妻彼此无言，同行过承天殿，恰逢汪兆麟入宫奏事，急忙避立道旁。兆麟只知杀了太平公，不知汪氏之事。见他夫妇同行，随口问道：“默庵与夫人同出，必有喜讯？”胡显鞠躬道：“适才天子欲聘尊舍妹为后，嘱荆人作媒耳。”兆麟闻言，便住脚与他夫妇立谈，将陈女身世详细问了一番。先为他夫妇道了喜。入宫后，又为献忠贺喜。然后请大婚日期，与典礼筹备事宜。献忠道：“我说太平公媳妇不错，胡显说他陈家的表妹更好，我叫他立即与我弄来。你却提出这些铺排，使人生厌！但你们如果说皇帝便该不同，议个礼单来，我也照办吧！”兆麟道：“大婚与登极，乃是开国两大盛典，仍宜召百官会议。”于是决定明日召集科甲出身的诸大臣，在端和殿议礼。

次日，一批科甲大臣齐集端和殿，先向献忠叩贺，再分班序坐下议礼。这班腐儒，把个诗咏关雎，书始厘降等一番大道理发挥个津津有味。献忠不耐听，躁道：“叫你们议个礼单，说这些鸟何用！”兆麟忙说：“万岁的事多，咱们速议典礼的铺排吧。”才将话头轧断，重新讨论典礼秩序来。大体一致主张，依大明正统七年大婚制度，排出一个礼单，约有二千余字。大概是：大婚前，派遣正副二使，全堂卤簿与许多赞礼从官，从宫后去皇后家四次。要用四通制书，四度礼物。第一次纳采，第二次问名。第三次纳吉、纳征、告期，共是一通制书。第四次是发册奉迎，即是将皇后玉册、玉玺、冠服与同一只雁，由正副二使抬过后家，以代亲迎。仍有一通制书，配上天子的节麾，同放在制案上，即以代表天子。每次均须郊天告庙，从某门出，走哪条路，到后家如何行礼，后家主婚人如何答礼，如何款待，如何上表谢恩，都有详细规定。最后一次，始将皇后抬来。卤簿到了宫门停止，正副二使退职，改由司礼监引导，女官护从。将到内殿，皇后出舆，由西阶而上；皇帝出宫，由西阶而下。相会于内庭，一揖为礼。乃各赴更衣室，换衮冕盛服，行谒庙礼。礼毕还宫，再换便服，行合卺礼。饮馔各二次，每次如何行礼皆有详细注脚。只如何入寝，未有详细规定。以下又是次日庙见的许多规矩。把个张献忠看得头昏，听得心烦。跳起来道："只要老子高兴，弄得她快活，便是皇后了。要这许多啰嗦何用!"这一来，把那班恂恂议礼的大臣们骇得目瞪口呆，惶然自失。嘈杂争论之声忽然静了。汪兆麟过意不去，起立言道："各位所议，全是陈旧规矩。虽然大婚盛典应得如此隆重，但皆礼部办理之事。今日要讨论，乃万岁应当准备之事。"

龚完敬起立言道："老臣以为陛下天生圣人，皇后亦当从天而降，与一般皇后不同。此次可否废去一切陈规，在南门与承天门上，扎成彩虹锦桥两座，高入云霄，扶栏以内，重重锦幛，不让人民窥见。俟皇后由井研到来，便于南虹桥下舆，升桥，穿幛而出于街，使人知为天降皇后。再用十里锦毡，接到承天门虹桥，宝香细乐，护行其上，直入北桥幛中，降至端和门，始由内官迎入成礼。"献忠喜道："这玩意儿想得不错！便是如此去办。"于是罢议。龚完敬得意非常，便去召集工役架桥。南虹从武侯祠架起，高三十余丈，逾过城壕城垣，直达大南街，全用巨木扎成，锦绣铺饰，彩缎为幛，缀以明珠、玛瑙、水晶、琉璃，两行宫灯相互照耀。每逢入夜，自远望之，恰似长虹贯天一般。

那面胡显夫妇用了全副仪从，吹吹打打，回到井研。声言迎接皇后。沿途官民以及献忠所派驻防军士，谁敢不尊。陈演府第便在井研城内。此时演为李自成所杀，在京眷口同时俱尽，只有次子陈士楷在家乡。去年北京送回一批家眷，乃是陈演小妾与其子女，皆只十来岁。胡显所说的表妹最大，亦只十七岁，在姊妹中，排行第九，人呼九小姐。以下便是十少爷，十一少爷，十二小姐了。此次胡显到县，舆从径入陈家。先与九小姐叩头贺喜，然后说明来意。九小姐含羞避去了。士楷正忧其父降闯被杀，怕的绅衿訾议，新朝诛讨。突闻此命，大喜过望，连忙装饰其妹，遍辞亲友。亲友官绅闻风趋贺。一时井研全城爆竹喧天，万户欢呼。都道该地风水甚好，宰相虽死，接着便又出了这皇后。

三日欢庆已过，胡显夫妇与士楷兄妹舆从就道。先遣驿骑驰报入都，每日三次，飞报行程。行到武侯祠，早有百官迎候，对舆行礼。跪拜已毕，由十二个宫监、十二个宫女执灯前导，百官随从在后。又后才是各官仪以及看热闹的百姓。时方薄暮，每人皆有灯火相伴，长达数里，照得半边天红。城内人看来真如天降皇后一般。献忠亦登端礼门高处遥望，见得南城长虹蜿蜒，阅时未竟，接着一路欢呼，似潮水般自南涌来，人头攒动，灯火竞张，恰似一条火龙从天而降。又是半个时辰，钟鸣鼓响，爆竹喧天，一簇人拥着皇后从北虹桥过来了。献忠大悦，连呼："龚尚书办得好！办得好！"

◎评注

王志贤伤病数日间，献忠恶行累累。贤者关系国之安危如此。

第六十七回 洋教士开铸浑天仪 大西朝举行乡会试

话说张献忠接了陈演之女为后，见得人物美丽，心中甚悦。封后兄士楷为椒荣伯，赐第西华门外，自然又一番朝贺大庆。各家命妇皆已微闻胡妃之事，概于拜贺礼毕即行出宫。惟胡显之妻汪氏，因是内戚，得随时出入宫禁。后来陈后与汪氏不睦，汪氏又劝献忠广选秀女充实后宫，献忠皆予采纳。陈后贤淑畏祸，一切含忍，倒也勉强相处下去。

当大婚前，老脚伤病已愈。向献忠谢恩，自陈痛悔前行，不敢再预妃嫔之列。求赐经堂一座，每日除到书房办理文书外，即赴经堂念佛忏罪。献忠命于玄阳洞天内造宅，拨两名年长宫女侍候。果然荡女回心，亦可立地成佛。她口头虽仍诙谐，面色已冷若冰霜。有时献忠挑逗她，她亦冷然回避，竟似女尼一般。

那王志贤呢？创口愈合，便用肩舆抬回家中养病。想及刑辱经过，羞惭万端。从此托病不出。虽献忠纳后大典他亦未曾入贺。献忠每嘱王应龙催他到外书房办事，他仍坚持不去。应龙责他道："西主喜怒不测，你不怕灭门大祸吗？"志贤道："我父子服役西朝，积功不小。当死之罪，尚得免死，何至因不做官便要灭门？果使他竟如此暴乱，则虽鞠躬尽瘁，又岂得遂免于灭门乎！"应龙入朝后，志贤索性跑到北门昭觉寺去剃了发，出家不归。献忠闻之甚为愠怒。问汪兆麟道："小猴狲今年如此调皮，似莫如送他回去的好。"兆麟道："此事老臣不敢参言。他与东平、安西两王相好，万岁还是问过二王为妙。"献忠经此一提，立即笑道："老子要杀便杀，问儿子他们作甚？但我目前正有用他之处，何必杀他。原封他新都王，金印早已镌好，你与我拿去劝劝他。咱们弟兄的交情，并不是我败坏的，他须明白。"兆麟携印来到王家，口述献忠之旨。特别最后两句，重重提说。志贤道："西主未曾杀我，情极可感。非我敢与主上斗气，实因刑余之人，不可厕身于公卿之间。若还一定要我入阁办公，则请以僧衣芒鞋，锡杖出入，做一方外辅臣。官，断不做！印，决不受！"兆麟喜道："明朝姚广孝亦是以和尚衣冠入阁办事。王爷此请，万岁必定允许。"志贤道："请阁老勿以王爷称呼，感恩不尽。"兆麟笑道："纵然不受王爵，本姓却是王字，又与万岁并马创业，我们做臣子的呼一声王爷，有何不可？"乃相与大笑而别。

兆麟回复献忠，献忠甚喜道："他既不要王爵，可改封他为护国大禅师，改镌玉印送他。大慈寺现正空着，可以改修为护国寺，送与他住。有些公文便送到他寺里去核办吧！"兆麟奉旨办理。志贤本是工于心计，爱好事功之人，今见偌大一座寺庙颓败荒芜，心甚不忍。乃请献忠将驻军移去，拨出库银大事培修。并由昭觉寺挑选几十名规矩和尚前来，招收徒众，大兴佛法。驻军与闲杂人户概已迁出，只有两个洋人未迁。知客僧报与志贤，要请旨驱逐。志贤早闻严锡命与吴继善接来两个洋人，今始知其在此，瞩僧侣们暂候，让他亲去看来。

志贤来到后院一看，乃是花园侧一座小庭院，自有后门通出墙外，旧日寺僧接待外宾于此。进院去看，正有两人伏案执笔，用夷语商讨事情，随说随写。突然望见志贤入室，便停止说写，用华语道声："请坐。"志贤看他二人，一个黑发，一个黄发，却皆碧眼深目，高鼻窄颧，白皙皮肤，颀长身体，蓄有胡须，未知年龄多大，精神却甚壮健。所穿黑衣白领，戴浅圆软帽，形制皆与华人不同。又见其能说华语，暗中惊异。亦道了声：“请坐。”彼此坐下谈论。方知二人正在替献忠编写大西新历。志贤认为颁历正朔，乃是新朝要政，甚为敬重二人。随时前来闲谈，问些天算方法，五星运行与黄赤二道交互，日月掩映成蚀之理。两教士便向志贤宣传天主教义，说它博爱平等，胜过佛法；又说教主耶稣是上帝之子，为替众人消罪，钉死在十字架上；又说志贤力劝西主宽仁，自己却受了西主的刑法，乃是耶稣的精神。因此志贤虽然做了和尚，亦将教士赠与的小十字架接着，挂在胸前。并许将寺后那院屋子，作为两教士的天主教堂，听其招聚信徒传教。

一日，利类思拿他新制的历书到方丈室来请志贤指正。志贤翻看：从大顺元年甲申，直到大顺六十癸未，每年每月节气时分，月球盈亏，朔弦望晦，以及日蚀、月蚀与闰月，莫不详备。疑他未能尽准。利类思道：“此历与别人推算之书不同处，最是准确，一切皆可考验。例如明年乙酉历闰六月。李自成在北京所颁的永昌历则闰四月。又有在京教友将弘光历开雕底稿寄来，却是闰五月。这都由于他们将夏至时刻推错。我推明年夏至，在五月三十日亥初一刻十分，此时地体距日最远。黄道斜交赤道二十三度半。次日壬子，为六月朔。十六丁卯为小暑。下月初二壬午为大暑。这小暑、大暑，乃六月节气，故此当年应为闰六月。永昌历与弘光历皆将夏至时日推错，故有闰五月与闰四月之误，此点只须明年夏至前后，严守漏刻，将连日昼夜时数记出，看是何日最为夜短昼长，便可决定夏至该属何日矣!”

志贤此时已微微懂得天地日月运行之理，对利教士此番谈说甚感兴趣。便邀两教上来见献忠，缴献历书。并将他二人能精通天文历法之技加以揄扬。献忠问二教士道：“天上你能到吗？何得将日月星辰运行之事，算得那样清楚?”利类思道：“人只灵魂可以上通于天，肉身不能到达。但我们大西洋人造有望远镜，能将天上各星看见，精细观察，运用数学之理，便可将各星运行迟速，一刻分秒算出，我们意大利国的罗马天文台有世界上最大的望远镜。又有浑天仪，表现天体构造。地球仪，表现地上水陆经纬分布情况。我们做教士的，前在罗马学道，随时看见。所以大都懂得天文历算与地理之学。”献忠甚喜，特留午膳，并邀来汪兆麟、严锡命、吴继善同食。对严、吴二人道："你们推荐这两位洋教士甚有学问。现在已将新历制造好了。便命他们立刻雕版颁行。我的境内不准永昌历流通！这两个人应该给个官做，你们议来。"两教士忙起立道："我们已做天主教徒，便如中国的和尚一样，只许做事，不准做官。若蒙陛下推爱，准我二人在此公开传教，那便感激万分了。"严、吴二人本是信教徒，对于准予二人建立教堂公开传教一事，竭力从旁促成，献忠道："我国人只知有孔子圣人、太上老君和西方释迦佛才是教主。不知道什么上帝耶稣。你们上帝是西方的天帝，我们玉帝是东方的天帝。各有辖土，不可相乱。大明皇帝因为容许天主教士传教，上干天怒，所以亡国。我是东方天帝之子，如何准许他们传教！"严锡命道："此乃西天众徒投到东方天帝之子前效命。纵然广收教徒，仍是东方天帝子之臣民，并非被西天夺去臣民。"安文思道："明朝非天帝之子而准我传教乃干天怒。陛下既系天帝之子，则容许我等传教，与禁止我等传教，皆可自行决定，无所谓上干天怒了。"

献忠语塞久之，乃徐徐言道："我再命你二人制造浑天仪与地球仪各一座。先造浑天仪成，便准传教。"二人承诺铸造，却要许多铜料，炭筋，与一座大镕炉及若干座砂模。献忠召工部尚书王应龙来，面嘱其尽量供给，限于年内造成。应龙道："炉炭都甚现成，只铜料官库缺乏。因我等平日只注意收求钢铁，冶炼刀剑，未曾收铜。"献忠道："这容易。下令全城将铜钟、铜磬、铜佛、铜盆、铜镜等凡属铜质之物，一律献出，藏匿者处死，料想很够用了。"教士道："那又嫌得太多，用它不完。"献忠道："用不完，拿来铸钱。我正嫌明朝的钱太小。我要铸造一批大好铜钱行使，让百姓知道我朝比明朝好些。"如此定议而散。

于是两教士商得应龙父子同意，便在大慈寺后院，安设大炉，铸造浑天仪。他们先用木制成形，分截为若干块，打成砂模，然后冶铜汁注入模内，造成零碎铜块，嵌镶焊合，成就全形，再将外表雕琢磨光。两教士昼夜工作，寝食俱废，果然三月之内，即便完成。王志贤每日过来观看，深佩他们布道心切，孜孜努力以求献忠一诺的精神，随时竭力资助于他。

这一月中，各营军士遵献忠之命，搜来铜器，堆积如山。其中以各寺佛像为多。佛像皆前明富家巨室及官宦势吏聚资所铸，融合五金，不全是铜。尤以佛头一段，金、银、铁、铅皆备，熔化最难。两教士最不喜用，只选铜盆铜镜之属用了。志贤见佛像全已打碎，心甚不忍，乃将所有佛头一百余颗，埋在寺后，堆成土山，亲书“佛陵”二字为碑，加上门锁，只准寺僧按时烧香，不准上陵眺览。

其余用剩铜块，悉铸为“大顺通宝”钱。蜡模乃志贤手制，圆厚光洁。王应龙自行监督铸造。凡有沙漏、残缺与未如式者，悉命熔毁重铸。因铜质甚精，又夹金银诸质，故钱质绝佳。市民得者即行藏匿，不肯以与明朝之钱同价行使，反成不得流通之象。应龙又请献忠发令：不准人民隐匿新钱，人民畏法，乃将新钱戴于帽髻为饰，以免被迫行使。其后铜料日短，王应龙仍不肯偷工减料，直至铸造最后一文，仍是上好成色。献忠见人民珍爱新钱，而旧钱原自足用，亦未谴责应龙固执。只命下诏全国，新钱每人只许享有一枚，戴于额上，表示其为大西顺民。

按下大慈寺铸造工程，且将献忠开科取士补述一番。这须同说到献忠破蜀之初，下令新抚州县，所有地方绅衿，知名人士，以及前明仕宦在籍者，俱着驻防军士与新委州县官吏查访，勒令出降授职。其时蜀人闻北京为李闯所破，献忠将据蜀讨闯，为大明报仇，大都愿意出仕。各绅到成都后，适逢献忠出征绵州。大家见他真的与闯军作对，并未僭号，而汪兆麟、王志贤等周旋进退，都颇彬彬有礼，相与大悦。迨献忠从绵州回来，便忙着筹备登基，各绅大为失望，多要回家，不愿出仕。献忠闻各绅已来，又欲回去，大为震怒。下令分别授官，不受者杀。于是杀了十余人，逃跑了数十人，愿就官者不过二十余人。拒仕被杀的，除尹伸外，尚有：前明云南兵备副使窦可进，前明兵部员外郎谭文化，前刑部员外郎蔡如蕙，前泽州知州洪鼎、推官韩大宾，前宣化府同知王履亨，前彭泽令张于廉，明经邱之坊，潼川孝廉李永蓁，新繁诸生费经世，仁寿贡生顾鼎铉，犍为贡生周正选等。因此之故，献忠称帝时，六部司道官署，职员未备，州县官职亦缺人。献忠忿恨蜀中官绅顽固，意欲大行搜杀示威。汪兆麟道：“士绅们拘守名节，最为新朝之害，确该痛杀，但目前杀不得。目前大西与闯逆、残明、清朝四国分立，绅衿一闻见诛，必然逃赴明军、闯军地界，与我为仇。地方愚民，一向尊信此辈，易受他们诱惑，发生离变。本年甲申，乃是明朝例行会试之年，莫如趁登基前，行令全川州县，照常举行恩科乡试，随即会试。限州县监生，曾经应试科举之人，于十月十日之前，齐赴贡院报名。其有隐逃不赴者，即以叛逆论处。邻里知而不举，连坐十家。如此将州县绅衿集于成都，再行登记考试，广为录用，委授官职，加以监视。则州县之民皆有顾忌，不敢思叛，而职官亦自充实矣！”献忠心喜，即予行令。

其时全川共有一十三府，六直隶州，下辖一百二十六州县。除下川东与遵义府为明朝守土外，各州县生员赴试者九千余人。献忠严命四门稽查出入，使诸生不得中途逃走。定期于十月十八日起举行乡试，后即于十一月九日举行会试。乡试以汪兆麟为主考，严锡命为副主考，刘承吉为提调。仍依明制：初场试六经四子，次场试论、判、表、诰，三场试经、史、时务。献忠只到贡院一次，未曾过问一切。此次取录举人八十名，副榜二十名。解元史缵传，乃是温江一老贡生。落榜者二千余名，特颁恩诏：愿留者派国子监学习；愿归者饬本籍地方官优礼给饩，量材录用。诸生大都愿回本籍。献忠命刘承吉查照年貌册，将年轻者圈留二百人编入国子监。余人分别县籍，饬各州县学官教管，仍给廪饩以资羁縻。当时便有安县赵鸿伟等不愿留省入监，因而被杀。

十一月九日，会试第一场。献忠与左右丞相皆亲监考场。王志贤与两个西洋教士亦到场观看。四书题三道是：《天与之》、《为政以德》、《国治而后天下平》。经义四道是：《其命维新》、《爵有德而录有功》、《罔有攸赦》。应试的除新取举人正副一百人外，尚有州县送到举贡生员三百余人。试场仍在贡院。三日之后，考第二场，题为：《天命论》、《讨附闯缙绅檄》、《招降明总兵某诏》、《贺皇后表》。凡四题，皆汪兆麟所拟。又三日，考第三场。题为：《论历代帝王优劣》与《以全蜀征服天下策》。凡两题，皆献忠所命。三场考毕，兆麟等拟取进士五十名，史缵传为会元，造榜请献忠核阅。献忠问：“我见一年轻后生在考，人很漂亮，他取中没有？”兆麟奏道：“想是广安欧阳直，只有二十四岁，文章甚好，已取在前十名内。”献忠道：“给他个会元。”于是改写放榜。赓即廷试，在保和殿举行。献忠为要卖弄聪明，当场手书大字试题一道：《以兵胁蜀，同定江山》。命太监传示各座，照题做文。有些举人心中暗笑，却又不敢发作，只是埋头做文，草草完卷。只有一名老贡生，吮毫推敲，沉吟再三，最后临抓卷时，才得鞠躬交上。献忠甚为注意于他，问了几句。他名樊为璧，简州人氏，已是六十三岁了，看他文章，满纸颂扬之词。献忠心喜，便命列为状元。严锡命道：“此人文章虽亦可取，却未立有主见，失之迂阔。不宜列作榜首。”献忠道：“我看他文章顶好！”于是以樊为璧为状元，欧阳直为榜眼，史缵传为探花。

文科放榜后，续开武科。乡、会二试，皆由献忠亲自监考。川人文事差可，武艺不甚见长。向来蜀将皆产于边远州县。这时缘边州县投附者少，故武场尤乏于奇材异能之士。只有华阳人张大绶，身长七尺，面如紫铜，虎额龙睛，气象威武，刀镫骑射，均较别人高强。献忠连取了他解元、会元、状元三个榜首。汪兆麟等仰窥献忠之意，率领一班文士，上表称贺，道是：“天赐贤才，辅佐新朝，必能统一天下。”献忠心喜，召见大绶，赏赐锦袍玉带，名马雕鞍。令与两榜三鼎甲，一同走马游街，让市民瞻仰。人民见六人之中，武状元最为轩昂华丽，莫不称道赞美。兆麟又率群臣称贺，道：“都城人士，皆颂新天子选拔得人，为武功极盛之验。宜特加宠锡，以慰群望。”献忠自然大喜，吩咐选择华丽住宅一所，赐与大绶。并赐全堂家具，锦幔、珠帷，御厨膳具，及宫女四名。自汪兆麟以下，文武大臣皆馈送礼物，亲往道贺。成都市民送了“天子门生”四字金匾，花红火炮，鼓吹抬去。这条状元街，鼓乐喧阗，贺客络绎，历三日之久。慢道如此盛典轰动川西士民，即各营将士与献忠宫廷以内男男女女，亦莫不惊动羡叹，皆欲一睹张状元丰采为快。于是这条街上，每日人山人海，伫立候望，尤以各营军士为多。每见大绶骑从而过，即罗拜欢呼，以为笑乐。大绶入朝谢恩，便有许多妃嫔宫女重重叠叠在献忠座后壁间窥看。窃窃私语，每为献忠所觉。一日，王尚礼将军士罗拜大绶情形告之献忠，献忠笑而不言。恰逢大绶入朝，叩谢新赐雕弓宝矢之恩，又有宫嫔在后窥视。献忠怒吼道：“拿去收拾了！”便有禁军拥出，拿了大绶。大绶意想不得遭此奇变，仓皇不知所为。一刹那间，已是身首异处了。惊动廷下诸臣，叩问罪由。献忠道：“老子爱他不过，杀了省些麻烦！”诸臣默然而退。

此事惊动全城。两个洋人亦已听得，来问王志贤：“为了何事，突然杀了宠臣？”志贤亦莫名其妙。两个洋人猜议甚久，判断献忠是有精神病的人。

◎评注

《滟滪囊》谓：献忠乙酉乡试，“温江史缵传解元。旋会试，汉中樊生为状元。”此书以诸人中试为甲申恩科事，最合情理。谓樊生为简州人，独异。

利类思《圣教入川记》谓：献忠为有神经病者。此回揭出“神经病”之谜底，诡谲而已。张大绶无取宠之资，享不虞之誉，朝臣争颂，宫人窃窥，军士罗拜，市民欢呼，是即杀身之由。

第六十八回

马乾窥取重庆府
曾英大破刘抚南

话说献忠开科取士，文武两科四榜，共取进士八十人，举人一百余。循例在光禄司赐宴，学习礼仪三日后，各依志愿，分别留京与外放注册。留京者分发六部六卿供职，外放者送由东平、抚南、安西、定北四王府，分发各营随军效力，遇缺选用。此次取士，川南、川西、川北三路所到士子甚多，而川东合州、永川、荣昌、大足、铜梁等州县未有应试者，你道这是何故？

原来，献忠入川之初，所占川东州县，除重庆留刘廷举率军镇守外，余皆只委官吏，未留驻军。大军西上后，便有明朝兵备道马乾，纠合民军，袭取重庆。下川东州县，多有逐杀大西官吏，复为明守的。所以无人到成都应试。那马乾是如何恢复重庆，这当补述一番。

马乾，字体乾，一字象乾，云南昆明县举人出身，随傅宗龙军幕入川，算得一个有胆有识的干员。由广安州升夔州知府。正逢崇祯十三年献忠二次入蜀，他布置城守井井有条。献忠围了二十余日未能破得。因秦良玉救到，献忠解围而去。杨嗣昌嘉其功，拔升为川东兵备道。献忠此次入蜀，马乾正督率东川各县民兵在大竹、渠县一带堵御摇黄，未与献忠交战。其后湖滩军溃，赵荣贵弃守梁山，奔向渠县。马乾勒兵拒阻，要他回军抵御。荣贵见献忠军盛，不敢回军抵御，别取小路向保宁、绵州窜去。马乾保守大竹，独力抵御献忠之军。献忠之军径由梁山直趋重庆而去。

重庆围城时，马乾曾率渠、竹一带民兵前往救援。行到邻水，已闻重庆失守。自顾兵力单薄，潜师复回渠、竹，沿山布防，保境自固，以待大军会剿。不料时事日非，成都被陷。李定国率师循地，川北州县自广安、渠县以北，尽皆降附。马乾退守南山一带重峦，依林结寨，匿而不出。定国去后，马乾得渠县乡绅李含乙、雷开登、王树极，大竹乡绅王苹等暗中相助，训练丁勇，杀却守官，复为明守。外连退守涪州、武隆等处的曾英、李占春、于大海与自重庆退到南川的刘麟长等，誓图恢复。只是北都陷后，久无朝命可资遵依，众人亦散处难聚，恢复之计遂亦无从说起。

这年八月，有新从湖广逃回渠县之人，说北都陷后，福王世子由崧，从洛阳逃到凤阳，经巡抚马士英拥至南京，立为皇帝。封武昌的左良玉为宁南侯，并派兵部侍郎杨鹗为川黔湖广总督，入川督师以图恢复。马乾闻讯心喜，对李含乙道："我等为大明支柱，现在已有个出头的日子了。今闻闯献两军相持于剑阁、保宁一带，我等宜率军民，前往袭取重庆，以作恢复根据。"含乙等甚以为然。便飞檄涪州、武隆、南川等处，邀刘麟长、曾英、秦良玉等共同出兵。檄到南川，刘麟长便往涪州去会曾英，言道："昔日重庆一座兵山，有陈巡抚驻守，不到三日，便被献贼攻破。如今我等只剩如此残兵败卒，如何便可讨贼？但重庆必须恢复，我等原该不惜一死前去争取。只问将军如何行军？"曾英道："我等兵力薄弱，不能攻取重庆这样大城。闻参将王祥，现在遵义府驻扎，休养兵马，颇为强盛。须得他出兵由綦江去攻重庆上游，我联合石砫之兵去攻下游，请马象乾率兵向重庆北面攻去。如此三路并进，或能取胜。"麟长点头，便自请亲往遵义去联络王祥。曾英亦派人往石砫去征兵。

此时，秦良玉已六十余岁。石砫土兵经数十年远征在外，死亡众多，已不似昔年英勇。良玉环顾国事日非，川局敝败，诸将凋谢，自己年老，更无挽救之力，每于料理土政之余，望空长叹。及闻北都沦陷，崇祯皇帝殉国，遂召境内大小头目，与族中耆老，为崇祯皇帝举哀。对众言道："石砫弹丸之地，户口不过三万，从万历年间征讨播州起，受调出师，血战四十余年。战死者之子孙，又已战死。我的两个哥哥，两个侄儿，一个媳妇，皆死王事。这是为了什么？无非为的国家安静，人民享受太平幸福。不料我们挣扎，竟丝毫无补于国家。徒见东夷愈打愈强盛，流寇愈剿愈滋蔓，现在连个北京与四川都沦陷了。深愧我志大才短，枉自牺牲石砫许多壮士与我一家骨肉。现在当与诸君闭关休息，自创桃源世界。我们断不能让石砫有一人出境投降，玷辱了历年苦战的声名。亦不让外人入境，玷辱了石砫这神圣地域。"于是下令，采石伐木，将四境大道全部封闭，禁止土民外出与外人入境。境内自耕自织，自冶自铸。举凡一切养生送死之具，皆自营自给，不容外求。仍照常练兵讲武，设哨守栅，以防敌兵来袭。因此之故，曾英派去的人不能入境，被截在木栅外，喊了许久，才得有人应声。说了半天，总不肯放入。求他禀报秦夫人，他亦不肯。说道："非得崇祯皇帝诏书，其他都不接受！"闹了数日，毫无结果。只得转来报与曾英。曾英亦是无法，只好搜讨士马，单独进军。为要联络王祥，故绕由南川前进。到了南川，王祥尚无出兵消息。为怕马乾孤军失败，才与李占春、于大海二将，奋勇杀向重庆的南岸来。刚到涂山，马乾之兵已先克复了重庆。

原来马乾邀请曾英等出军之后，便率渠、竹一带民兵与其部下军士，共约五千余人，由邻水杀向重庆。沿途号召，集众将近十万，概以民兵为多。到了江北后山，未见曾英、刘麟长之兵到来，众将畏惧，多有主张回退的。马乾鼓励众人道："从来说：连鸡不飞。联军要打胜仗，仍得某一股先出力，其余不过助助喊威，鼓励士气而已。此次攻取重庆，自然该我等卖出死力。若得诸君胆壮志强，则曾、刘两路声援原是多余之物。若因他们不来，我们便退回去，便是我们自己承认我们不中用，非靠曾、刘两军便不能作战了。况且我等已到此处，为贼军所觉。譬如刺虎，挺刀怒目，与虎相逼，乃弃剑反奔，未必遂可得活。挺身直进，未必遂至于死。今日之计，只可上前，不能后退！纵然退回渠竹，岂容得我等安居种田不成？闻贼将暴虐，城内人心思叛。我早已派数十人入城，联结义民作为内应，只待我兵攻城，城中必乱。流寇只长于攻，不长于守。加以内乱，重庆必可得矣！”一席话鼓起众人勇气。便从山中呼喊杀出，到了河边，抢得一批民船，从龙门沙坪渡过嘉陵江，向临江门奔杀前来。刘廷举在城上，望见来军服装不整，军器不一，认为是乌合之众，开门杀出，在灯竿坡大战。不料民军勇敢异常，死战不退。便有城内潜伏之明军四处放火，搜杀留守之军。马乾望见城中起火，跃马大呼道：“我军已入城矣！”民军闻之，更是奋勇起来。廷举回顾城中起火，守军零乱，急忙鸣金收兵，抢回城去。被马军追杀，死亡甚重。

廷举进城以后，重新派军守城。自率亲兵一队，前往各处救火，追杀奸细，这些奸细四处乱窜，使守军疲于奔命。正当全城鼎沸之际，曾英之军突从南山出现，喊杀助威。城内外明军狂呼大喊，格外奋勇。城中不满之人，乘势鼓噪，一片混乱。廷举见大势已去，便弃了重庆，奔向浮图关驻守。

马乾于八月二十四日率军进城，搜杀余军，出示安民。曾英之军亦至。李占春见马乾独力恢复重庆，便请率军擒刘廷举以雪失期之羞。曾英许了。占春连夜往攻浮图关，大战彻夜。未待天明，刘廷举便突围逃去。占春追杀数十里而还。于是全城军民大庆，共推乾为四川巡抚。乾亦从权拜曾英为总兵，占春为参将，草就收复重庆露布，传示川东州县，重奉明朝正朔。

刘廷举率领败残兵卒，直向绵州逃去，沿途绅军蜂起，步步荆棘。因他曾与刘文秀联宗，闻得文秀大军现在川北，故奔向文秀而来。文秀叹道：“一城失陷，数百里皆成敌国。看来收拾人心比军事更重要！但重庆关系甚大，不可不取。”遂上书献忠，自请前往收复。献忠许之。

这次文秀之军号称三万。先到合州多功城结下老营，乃分兵为二支，一由合州浮船而下，由马元利率领。一由铜梁陆路而进，由刘兴秀率领，即以刘廷举为向导。严饬两军，务要保持纪律，安抚人民，痛矫过去不良行为。说来奇怪，那批松弛已惯的军队，一经戴上纪律森严的金箍咒，便是无精打采的了。一路迁延，许久方得行近重庆。军中将士欢饮谐笑，仿佛他们便是泰山压卵，指日可以攻下重庆似的。

城内马乾与曾英闻得文秀两路攻来，会集官绅商议守御之策。马乾因渠、竹带来之兵半数负伤，已遣回一部，更无出击之力。只承认纠合吏民，守城运饷。城外攻防事宜要曾英之军担任，曾英慨然道："巡抚已有克复重庆之功，这次破贼，自宜交付我曾英去办。各位休说三万敌军难以击破，只要人心齐一，军饷有着，我等拼得一死，半月之内，便可生擒渠魁。"众官见他口出大言，不敢相信。但当此砧危之际要鼓励军心，亦只好极口夸他四月拒阻湖滩的英名，称颂他必然破贼的勇略，倡议抽取富户捐输以充军饷。城绅们都说："昔日贼军在城，强取豪夺，暗无天日，我等出了金银，仍然性命难保，今方重睹天日，自当输财出力，供应官军，共保此城。"遂议决守城筹饷，由马巡抚统筹办理。城外防御与杀敌之事，由曾总兵负责办理。当即锥牛歃血，同对崇祯皇帝牌位设誓而散。

曾英回得营来，对李占春、于大海、张天相三将言道："我等若取攻势，兵力不足；若取守势，则敌人愈来愈多，终至坐困。我今有一出奇制胜之策，胜则成功，败则成仁。终不能与此辈流寇并世相持!"便命李占春道："你率两千人去守浮图关。山前多排拒马，内掘陷坑。关上多备滚木礌石。敌来勿得出战，只是坚守。我将自率精骑，前往偷袭他多功城老营。破他老营之后，再杀回来夹攻。那时你再杀出。倘若我未回来，你便死守浮图关以待朝廷大军好了。"又命于大海道："你率二千人去守沙坪龙门，沿河扎下马叉撞竿，不让他水军靠岸。便在龙门三大石柱上用竹纤相连，参用大木，扎成桥梁，桥上多备火弓火弹。敌船来时，放出火器，使其不能下行，亦不得靠岸。待我浮图关得胜后，再来破他。"又对张天相道："我二人挑选精骑一千人。由小道前去破他的老营。"分派已定，当夜分头准备，次日三路出发。

单说曾英与张天相，率领精骑，各带三日干粮，不用旗帜，由青木关小路而来。沿途询问土民，皆言："西军水路尚在峡中，陆路已过铜梁，正向壁山大路进发。"曾英便从铜梁小道杀向多功城。刘文秀不疑重庆还有兵力来到此地，留守老营之军虽尚有万人左右，多数是赤手科头，赌钱作戏，并无战时营规。文秀本人则与三五文士，每日召见士绅，宣传西王威德。总说重庆指日可下，他将坐镇川东，奖耕劝读，与民休养，从此同享太平盛世。说得百姓倒也悦服。不提防杀声大起，曾英骑兵分作四队，齐向老营扑来。文秀备战不及，忙集卫军，守着中军大寨。眼见各营军士惨遭曾军屠杀，尸横遍野。虽有少数逃到营中的亦多已带伤。文秀抚慰道："是我疏虞，致有此祸。"少时四路骑兵杀向中营。曾英舞刀，天相手执大斧，当先杀来，威风凛凛，正如烈火奔雷一般。文秀督军拒战，支持了两个时辰，看看不济，遂弃了中营，大溃败走。由合州抢些船只，投向水路马元利的大营而去。老营委弃衣粮刀马无数。

曾英将余敌肃清后，查点本军，亦死伤二百余人。传来地方保甲，将伤兵托付与他医治，辎重付与保管。命其余军士休息一夜后，一律换上敌军衣甲良马，打上敌军旗帜，仍从壁山大路向浮图关杀来。时刘兴秀等已攻关七日未能攻下。正当着急，忽报后方有军来增援。兴秀伫立观看，只见为首的来将，马上挥动大斧杀了数人，不胜惊愕。方欲传令诘问，来军已与本军杀成一片。阖军鼓噪，秩序大乱。这才发觉来军盔后各有一片鹅翎，乃本兵所无。心知中计，忙下令军中截杀戴鹅翎者。

正在此时，关上李占春率两千人大呼杀出。刘廷举忙分军上前抵抗。哪禁得占春英勇，刀劈廷举落马。前军大奔，刘兴秀制止不住，大败落荒而走。占春迎着曾英，见他满身是血，手上亦带微伤。下马叩见，请他上关休息。曾英道："此非休息之时，且与将军下山，到龙门去破了他的水军，再作痛饮。"时张天相已中八创，尚且骑马走上前来，喜笑不绝。曾英便命他率领同来骑兵上关休息。自与占春率守关的步兵两千，多带弓箭炮具，杀向龙门而来。这时龙门水军已经鏖战两日，马元利尚未抢渡过去。曾英佩服于大海守御有方，乃率占春一军向上游走去，在沿岸山麓排一长线，各用火炮向敌船投击，把个马元利搞得进退不得，焦急万分。正在此时，传报老营有失，刘抚南泛舟来此。元利忙放舟迎接。文秀过船，摇头将多功之事说了一番。曾英勒马在岸上看得真切，大呼道："刘文秀认得我不？我便是大明总兵曾英，破了你的多功城，又破了你的陆路之军，特来此处擒你！为何你反比我迟到？"文秀望见，果是袭破老营之人。便命水军抢近右岸，登陆前去捉他。曾英让他部分军士上岸后，方行出击。又复杀得文秀之军大败回船。文秀叹口气，下令："水军退回合州，重起兵马前来报仇。"于大海见敌后退，亦乘船前来追杀。曾英等则于陆上追杀纤夫游军，直到船队狼狈退入峡中方才罢了。这场大战后，曾英威名震于遐迩。摇黄退出川东地界，各地绅军纷纷响应。川东地面，又重为大明江山。

◎评注

忠勇智能之士，无地无之。亦无时无之。明代用人以科举，非进士不得至方面，而进士多迂阔腐儒，不足以应天下之变。故其末世图恢复者，进士之绩效者少，而非进士之著功者多。此回写马乾、曾英事，足为明代用人一大讽刺。

《明史》有《马乾传》，甚略。而《王应熊传》作马体乾。《南明野史》作马象乾。实是一人，称名，称字，称号之异耳。

第六十九回

固边防王国臣献策　倾二士高克礼成功

话说刘文秀为曾英所败，与马元利等奔回成都，向献忠请罪。献忠骂道："老子龙中选龙，凤中选凤，选得你四个做儿子。平时兵法六韬，高谈阔论，很像是个将才，如何带兵出马便与老子泄气丢脸？艾能奇亦败在马科手下。本该削去你二人王爵，到底父子情重，合与你们留下一点面子。王位保留，不准开府。且去操练兵马，再图立功。马元利摘去都督印，更待立功升迁。"文秀等惭愧拜谢而出。献忠便命改修前宁静宫为东平王府，更在西华门内划出留春苑一部建造安西王府，皆设长史、典簿、审理、典膳等官，为孙可望、李定国二人办事之处，称为东西二府。派刘文秀到南门外梨树营去练兵，艾能奇到北门外凤凰山去练兵。不建王府，仍准称王理事。

一日，献忠召集文武大臣，商议攻取重庆之事。诸大臣中，有主张悉发精锐，分道进兵，一鼓而下重庆，平定川东州县者；有主张先取汉中，使李闯不得窥蜀，再行平定川东，即自汉中、川东两道并进，收复湖广者。亦有谓蜀土新定，宜暂与民休息，且待来年大举者。正当纷争之际，末座一人起身言道："小人意见与诸公不同。"众人听他满口陕西土音，以为是献忠乡里故人，及掉头相看，又皆不曾相识。便各自静下来，听他说些什么。

那人从容言道："新天子奠都成都，距重庆五百五十里，距汉中八百八十里，皆是万岁与大西国军历年来征战之地。人民素仰天威，取之甚易。自成都以西，百里之外，松、茂、黎、雅诸夷，外连乌思藏及乌白二蛮、木瓜诸夷，地亘数千里，皆前明建置土司卫所之地。其人强勇剽悍，愚顽无知。昔日受明朝羁縻，屡次为其出兵平乱，号为天下劲军，现尚不知明室已亡，仍奉前明崇祯年号。复有前明旧吏朱化龙、詹天颜、曹勋、范文光、杨展、刘道贞等盘结其间，朝夕鼓励各土司出兵恢复。如果此辈出兵，我军殊难抵敌。今若不先招抚此辈，即行出兵汉中、重庆，诚恐缘边土兵杀出，根本为之动摇，甚非新朝之利。"献忠前曾遭遇湖南镇竿夷兵与石硅秦良玉的白竿兵，知道土夷厉害。今闻此人道出这番理论，甚为惊异。便问他："是何姓名？现居何职?"那人道："小人王国臣，现任茶马御史。"安西王李定国出位言道："此人原任明之雅州知州。当本军收地至上南时，他首先以同乡之谊拜表迎军，请执上南道胡恒与逃亡宗室朱奉铆以降。不料事机未密，被胡恒搬来天全六番之兵占去雅州。他逃到嘉定前来见我。我见他熟悉边情，谙练夷务，谈到茶马市易利弊甚为中肯。故荐派到市易司，做一名茶马御史。"献忠笑道："到底是咱们老乡，肯帮忙。未知各路老乡归降的究竟有多少？都该重用。"定国道："老乡在川西南做官的，尚有崇庆州知州王励精，他却不肯投降。我兵入城时，他登楼放火，触刃贯胸而死。壁上留下成仁取义等字迹。他二人恰皆姓王，性行乃相反。大抵科举中人，尚德者矜持名节，怀才者志在事功。但能做到一端，皆有可取。不必降我者为贤，亦未可谓附我者为不贤。王御史若果有策安定边徼，以解我朝后顾之忧，则功在新朝，利在全蜀，虽非乡人，我主亦将奖锡殊宠矣！"献忠忙接口道："我儿这话对！你们看我新朝之中，四川人比陕西人多，只要能立功的，做官都是一样。刘之勃是我同乡，我亦杀了。王国臣，你有甚么好办法？做对了，自然重用于你。"

王国臣道："前明羁縻土司，只费了一颗印信，一道官衔，并不用兵，也不如何花费，土司便服了，并且肯为明朝出死力。这是为何？只因边徼诸夷皆是渺小部落，或数百户，或数千户，彼此不相统属。皆愿结附大国，以防邻部相侵。接受天朝封号，便如得了天朝保护。此其一。番夷嗜茶如命，而地不产茶，历朝许其以马市易。其人视马甚贱，视茶甚珍，市易之利极大。非有封号之酋，即不得来此市茶。此其二。受封之部落，规定三年一贡，五年再贡。所贡仅属土产数件，在彼处全不值钱。朝廷收贡品后，必以绫绢珍奇之物赏之，所值恒千万倍于贡品。沿途复有驿使照料护送，彼无费事，蛮夷贪贡赏之利。此其三。土司常恐部民刁顽多事，使其子孙不克长保尊位，又惧邻部胁诱其民，叛离别附。一经受天朝封拜，则得世袭不替。部民骚动，可恃天朝兵马为之镇伏。此其四。有此四故，彼等恒为明朝出力。今已改朝易代，彼辈不知，仍受前明遗臣驱遣，为新朝害。我主趁此时，多派通晓夷语人员，入番宣抚。铸造金印多颗，须较明朝所颁赐者为大，外附制诰文书，晓以旧朝覆亡，新朝威德。降者赐给印诰，许其世袭，市易朝贡，悉仍旧制。但须将前明故官、宗室人等押送都城领赏。则边徼不用兵而自安，且为我主出力，不再受明朝官绅诱惑矣！"

献忠闻言大喜道："说得不错！只这通晓夷语之人，如何可得？"国臣道："川边土夷不下百种，通行语言不过十余种。其市易之地，分为数路。最主要一路为碉门、始阳，即天全土司之地。外通岩州、杂道、打箭炉、朵甘、乌思藏，数千里地皆信奉喇嘛教，通行土番语。天全有高、杨二土司，绾其门户，世习番语，为其市易经纪。宣抚此路之人，宜向天全求之。黎州一路，绾毂建昌五卫，乌、白二蛮，摩些、黎苏，及大渡河外番夷。黎州马千户与其七姓头人，世以经纪汉夷茶马为业，能通诸夷语言之人甚多。雅州一路，绾毂松潘、叠溪、茂州、保县诸路夷人。有瓦寺土司、杂谷土司之家与其部民，能通此带夷人语言。此外如峨眉、叙州，亦皆乌蛮市易之地。招抚此等诸路夷酋之人，即于此诸地求之。"献忠道："好！便命你派人前往诸地招雇这样的人来。"国臣道："眼前即有一人可用。"献忠忙问何人。

国臣道："前有乌思藏噶玛僧大宝法王，赴北京朝贡。路过此地，因明朝天下大乱，驿道不通，未能前行，留此办理回国公文，尚未起身。我主破成都时，大宝法王与其徒众往朝峨眉未归。只有通事高克礼等数人守在馆驿。这高克礼，乃是天全正招讨高跻泰之族弟，意颇觊觎土职。现高跻泰已受胡恒诱惑，与我军为难。我主便好招揽此人，许以诰印。命其先招大宝法王下山，换给印诰，受其贡礼，厚予赏赐，礼遣回国。便嘱高克礼过始阳时，教唆部民背叛跻泰，拥彼为主。若其成功，即是新朝屏藩，如其不成，便随大宝法王出关，宣扬新朝威德，招抚诸夷。天全土司本是大宝法王信徒，纵其与新朝相抗，亦必让大宝法王出入其境。高克礼即以通译人身份为掩护，随之入境出境无不自如，必能成功。”献忠大喜，便命礼部铸造金印备用。龚完敬问：“需印若干，印文当作何字?”国臣道：“川边土司部落，大小在千数以上。明朝旧制，第一等称宣慰司，第二级称宣抚司，又其次为安抚司、招讨司、长官司。又有军民万户府，千户所、百户所，与土知州、土知县、土同知、土通判等名称。若各别铸印，势非先受招抚，再发印信不可。今欲预镌印信前往，只宜用通关文字，似宜一律先授总兵印。土职仍旧，待立功升迁，再给印诰。”献忠便命一律铸成援剿营总兵关防。有人说：“援剿二字不佳，宜改。”献忠骂道：“老子平时不用他，有事时调他来援。援剿二字很恰当，有何不佳!”于是龚完敬遵命铸造援剿营总兵关防一千号备用。先铸成印模，送到大慈寺来，托工部用铸铜钱之铜铸造，仍全部镏金，俨然便是金印。

次日，王国臣引高克礼入见献忠。献忠略加赏赐，照国臣之言嘱咐，慰勉一番。克礼受宠若惊，忙上峨眉山，翻弄不烂之舌，将大宝法王说下山来，觐见献忠。献忠盛饰仪卫，在承天殿延见。大宝法王震眩威仪，不觉伏地顶礼。献忠先受其礼，然后下座相款。赐宴华侈，赏赐优渥，一切都是高克礼预为铺排。因他深悉夷情，尽心为新主筹划，故能一切合度，使法王满意，觉得大西与大明并无如何区别。献忠偶有言语失检之处，经高克礼翻译修正，亦能使法王无所觉察。这真是夷务成败操权于通事一人之手。献忠因能买得高克礼欢心，便能使乌思藏法王朝觐如礼，满意而去。到处对番民宣传：“大西皇帝已代明为天子了。”这番民皆信喇嘛法王之言，闻法王作如是说，亦即信大西与大明无异，纷纷前来款洽，请给印诰。大宝法王初不肯接受献忠赐印，其后亦遣使请求。献忠仍以援剿营总兵关防给之。番人不识汉字，居然受之不疑。后经访明，乌思藏乃西方大国，信奉佛教，大宝法王在其国中地位最高，虽国王亦受其役使云。

按下大宝法王返国之事，且说天全土司反抗献忠缘何而起。

天全在雅州之西八十里，有地名碉门，乃是口外数百土酋部落每年市易茶马要地。明朝设有正、副二土司分管其地。正招讨高氏，别营府第于始阳坝，在碉门东二十里开设市场，与汉人贸易。副招讨杨氏，仍驻碉门。两氏共有一印，却各有辖户，各有土兵，如同二国。前土司高基，娶龙安府李土司之女，生子跻泰、登泰。崇祯元年，老土司死，跻泰承袭，以弟登泰分管灵关地方。献忠陷成都后，明进士朱奉铆与内江举人郑廷爵，皆逃来天全。跻泰因奉铆系朱明宗室，异常尊敬。后知其系大慈寺改装逃出，献忠搜求甚急，因始阳乃汉番混处之地，怕被人发觉讦告，乃将其送至碉门杨土司处，藏于番民家中。

其时成都难民逃入雅州地界者甚多。因闻雅州知州王国臣欲降献忠的消息，多不敢渡河入城，便由东岸逃至天全。内有吴继善、沈云祚二人妻子眷属，则因思恋故土，冀待机泛舟回吴，不肯窜入夷境，即在东岸桐子林、姚桥等处驻下。上南兵巡道胡恒时驻邛州，以峨眉土兵为卫，谋拒献忠。又因刘士斗未赴建南，其建昌道印亦由恒兼带。故得发印征调建昌五卫之兵前来助战。殊布置未定，已见省城难民纷纷奔来，传说成都已破。遂见李定国传牌来城："降者鸡犬不惊。不降者剿尽杀绝！"土民绅衿纷集州衙前，跪求献印，保全地方。州官徐孔徒，携印避入胡恒住处。恒欲出土兵弹压，土兵乃大哗，夺饷而散。胡恒弃妻子，独与仆从数人，抱三颗印向雅州奔来，欲赴建昌。定国之军入城后，徐孔徒与恒子之骅及一家十余口皆不屈死。定国委绵州贡生叶大宾为邛州牧。因王国臣降表已至，乃由蒲江转入眉州向嘉定而去。恒在雅州，日与卫指挥阮士奇、诸生洪其惠、傅元修等谋划抗拒。王国臣遂执胡恒与洪其惠、阮士奇下狱。将并执诸生与沈、吴二家眷属送成都，却被州目钱礼泄其事，诸人遂得遁去。

傅元修逃入始阳，游说高跻泰曰："公祖孙为大明屏藩数十世。今逢流寇入境，谊当讨伐，天全土司兵马强盛，贼军亦知畏怯，故至邛州而返。公若不出兵，是反示贼以怯，甚为失计。王国臣幽囚长官，犯上作乱，公如不讨，他日贼去，大明军至，问罪于公，何以自解？宗室朱奉铆奔逃入境，公匿甚久，又转藏于杨土司家。闻杨土司已决意讨贼。倘其讨贼不胜，贼军入境，先过始阳。闻公留匿宗人，则公虽不讨贼，贼岂能容公乎？为今之计，速出兵雅州，讨王国臣。奉胡公以号召义旅，据雅邛以拒贼兵。则司境安于磐石，讨贼成功，于大明有不世之勋。纵其不利，退守山中，贼亦无奈我何也!”郑廷爵亦从旁怂恿。跻泰深以为然，遂命部将高君锡、姜奇峰二人率兵往击王国臣。八月二十四日破雅州，王国臣逃赴嘉定。高、姜二将救胡恒等出狱，迎入始阳居住。即与傅元修等编组民兵，据地抗阻大西朝。

李定国闻雅州之变，正欲派兵，适得献忠来檄，促赴绵州。因此暂置雅州不问。直至此时，王国臣始得报怨机会，搬出高克礼来。献忠便命克礼随大宝法王返国。路过始阳，跻泰弟兄母子皆远出迎接，供奉在大慈寺居住。头人土目，番夷民众，每日成千成万前往礼拜。克礼乘时鼓吹："大西主该得天下，法王早已预知，故不远万里前来朝贡。我家土司逆天而行，必使生灵涂炭，宗族覆亡。"居然博得一部分土人听信，暗中约集，乘机奉克礼为首，投降大西。

大宝法王过碉门时，高克礼亦曾游说杨土司之明。那杨之明的夫人洪氏生于雅州世袭千户之家，精通武艺，平时以秦良玉自命，训练有女兵一队。她与洪其惠认为兄妹，闻得其惠下狱，便要出兵相救。不料早被高土司救了出来。其惠到始阳后，便赴碉门，邀之明夫妇，共立朱奉铆为蜀王，出兵恢复，他夫妇自然允了。恰有这不识时的高克礼前来游说。被之明喝令绑出，就要斩首。杨土司下有四十八家候差头人闻知，忙来跪求道："他乃高土司族弟，现为大宝法王译员，不可杀他。只可送还大宝法王，说明罪情，请他自行处置。"之明听了，派部将陈国富押送过去。此时大宝法王正留驻碉门买茶，候取西番来接的差马。每对皈依的番汉人民宣扬大西的威势。及见陈国富将克礼送来，说出那番罪由，心里好生没趣。只好答说："自此以西，我已不须再用翻译。我将遣他回始阳去，交高土司处理。"虽如此说，克礼仍自留住碉门，与之明堂弟之乔、之铭暗中勾结，私约待大西军来，即行出降。

高克礼将这情形飞报成都。请速发兵来攻，彼等可为内应。献忠即命艾能奇率兵一万，往取雅州、碉门一带，王国臣随行。兵到雅州，高君锡、姜奇峰等不能抵御，退守飞仙关。高跻泰因始阳接近前线，将其母李氏送往灵关，交登泰保护，一面催杨之明出兵。之明即命陈其富与四十七家头人点齐兵马，扫境而出。夫人洪氏亦率女兵一营相随，齐到飞仙关驻下。

这飞仙关上倚绝壁，下瞰清流，中通一线，乃是一方天险，真有一夫荷戈，万夫莫开之势。艾能奇命永定营总兵郭尚义前去攻取。数日不能得手，遂退屯多营坪。杨之明夫妇到关之后，关上兵众突增，地狭不能容，乃商议进袭敌营，取回雅州，为朱奉铆与胡恒建牙之所。商议既定，由郑廷爵、高君锡率高家土兵，杨之明夫妇率本司人马，衔枚夜出，突袭多营坪。郭尚义未料关上竟有出击之力，因而大败。一时无船渡过雅州，只得沿江岸奔向名山，扼金鸡关而守。艾能奇在雅州，闻郭尚义兵败，土兵直追过金鸡关。登城望之，果见天全土兵，沿江漫地追杀西兵。不觉大怒，自督大军，分从上、中、下渡抢渡过河，将土兵归路截断，大战于金鸡关下。君锡阵亡，郑廷爵与之明、洪夫人、陈其富等，见归路已断，抢由沿江小路，窜入总冈山，凭险据守，以待援军。

却说高克礼与杨之乔等，见杨之明倾国出师，心中大喜，与其党羽商议，集合数百人，奔向灵关，乘高登泰已赴始阳之际，将其母李氏与祖母张氏擒得，自芦山百步关奔向名山，投降西军。郭尚义派参将李国杰率军再取芦山，胁张氏、李氏作书招降跻泰弟兄。跻泰无奈，愿缚朱奉铆与胡恒出降，但要先行释放其母与祖母。李国杰亦要登泰过营作质，方肯放回这两妇人。迨登泰过营，他真的将这两妇人放回。跻泰遂将朱奉铆与胡恒二人缚送芦山，被李国杰解送成都。献忠将二人与登泰一齐杀了。另委高克礼为正招讨司，杨之乔为副招讨司。克礼因跻泰兵势较盛，未敢回始阳正署，只得在灵关做了土司。艾能奇要将跻泰消灭，正当部署兵马进攻始阳之际，忽报黎州又杀出一支明军，向雅州进攻来了。

◎评注

由川东重庆之役，飞接于上川南天全土司事件，用王国臣做茶马御史与乌思藏大宝法王入贡为介。事皆有证，时地巧合。

第七十回　黎州司遗臣策反　羊子岭副将出奇

崇祯十七年六月，蜀府审理刘道贞料定成都必破，游说蜀王南幸建昌，未果。乃因内江、庆符二王赴国之便，率领家小随同出城。出城后，二王各赴本国，道贞回到邛州居住。献忠破成都后，上南道胡恒率峨眉土兵来驻邛州，与知州徐孔徒商议抗拒大西军。道贞以乡绅屡参谋议，曾设计将献忠前锋张参将攻杀。迨李定国率军前来，州人纷纷欲降。峨眉土兵哗变，胡恒奔赴雅州。道贞与儿子睽度商议道："胡公忠义有余，权略不足，值此离乱时期，不能散财抚士，延纳贤俊，犹守承平旧规，引绳执墨，苛责下吏。我已早知其必败，今又只身遁入雅州，王州牧原系陕人，素来与他不合，必然缚他受降，我辈不可与他同行。宜轻装急驰，由小路奔回黎州，联合土司卫所之兵，依凭险阻，保境观变，另寻机会来接家小。"商议既定，遂将老妻王氏、儿媳冯氏与老弱家口，安置到西山庄园中去，分嘱客户照料；自与睽度及健仆数人，乘马由洪雅花溪小路奔向黎州。行至炒米关，恰逢范文光一行人马，亦正奔向黎州，相见大喜，询问范文光缘何至此。

范文光道："我由工部主事改了南京兵部员外郎，念当今天下方乱，年事已老，尚恋此闲职何用？遂即告老回到内江原籍，原想超然物外，混过此生。不料献逆陷了重庆，兵至内江。我本想与内江王倡义抵御，无奈百姓不愿，纷请迎降，乃与内江王分道逃走。我逃至富顺，献军已陷泸州，来攻富顺，富顺民众亦摇摇欲降。富顺王尚在成都，只有其子镇国将军朱平槔在此看守皇庄，相邀我一同奔向成都。方至荣县，又闻献军围困成都，乃向嘉定逃去。未几闻成都被陷，嘉定亦有献军前来，无奈保镇国将军逃向边徼。念黎州南连建昌，有五卫诸所土兵可用，必可激以忠义，共辅朱明。不料自峨眉以来，一路艰险，雪岭冰槽，危岩瘴谷，几度遇险，险将老命送掉！墨仙兄向在蜀府供职，缘何亦至此地受苦？"道贞将来由说了一番，长叹道："今国破家亡，贼势方猖，腹地已无坚城劲旅可用。晚生生长于黎雅之间，明晓此间地理民情，深感若要支持残局，只此一地可走。大渡河掌印千户沈云龙、兴宫庄千户李华宇，皆与晚生有些瓜葛，素怀忠义，此去必得其助。正苦尚无朱明嫡裔与京府大员可奉，以资号召。今得老先生与镇国将军，可谓有天助也！"此时文光资斧已尽，道贞便分与金银购办，一路同向黎州行来。

这黎州地方，虽然纵横不过二百里，汉夷共才万余家，却有大渡河环绕西、南两面，蜿蜒五百里间，水险滩急，只三四处可渡，仍多覆舟灭顶之事。河外便是吐蕃藏族之居。几千年来，西南边防，专恃此河为固。故历代皆建重镇于此，以卫巴蜀。它的东、北两面，又有雪山绵亘，直连河岸，重关迭险，外与巴蜀隔绝。中间流沙河谷，土地腴美，气候温和，稻粱菽麦，蔬果竹木，养生送死之具，凡中国之所产者莫不有之，实为西南富区，世人称为"小天府"。巴蜀与西南诸夷之间商贸往来，必须经过此地，故在流沙河中游最平宽处建有市场，俗称"汉人街"。那便是汉代的沈黎郡，唐宋的黎州。元代于此置汉源县管汉人；另设黎州土司管土著。明初招降土司，授安抚司职，改建土署于汉人街西南之大田坝，废汉源县，改设黎州卫。又移内地军户于此，屯田兴垦，内护汉民，外备番夷。军官军士皆世袭食饷，随时调练。其后改卫指挥为大渡河守御千户府，其下设有千夫长、百夫长等数员，分驻飞越关、清溪关、白石关、富庄、富林等地。那黎州安抚司所辖土夷，分为上七支、下七支十四部，上七支驻汉源街以上，历与汉民混处，概已能通汉语，有汉姓，由姜、黄、李、赖、蔡、包、张七姓头人分辖；下七支分驻沿大渡河岸诸寨，尚少有汉姓者。黎州土司马京，现年一十六岁，其弟马亭，仅十五岁，分驻松坪，料理下七寨土务。因二人年少，一切由通把白翠寰办理。上七支头人李华宇，魁伟有力，精通武艺，旧曾受调，率兵从官军征讨奢崇明。因屡立战功，奖给世袭土千户之职。现虽养老在富庄小衙，其权位尚足与土司相当，甚得上七支人民敬重。

刘道贞、范文光、朱平榻等行抵汉源街后，受到掌印千户沈云龙欢迎，款待殊优。道贞说以起义拒抗献忠之事。云龙道："此乃臣子之义，自当遵从。只是卫所之兵，从农岁久，已乏战斗之力，非得土司与李华宇协力不可。"道贞遂赴富庄，去游说李华宇。华宇时已八十余龄，尚能举五十斤大刀在马上盘舞。他与道贞曾有戚谊，往时率兵入蜀，亦曾与道贞相好，素服道贞多智善谋，比为刘伯温先生。今见其远道前来，说出一番进退有据的大道理，自然心悦诚服，愿率领上七支土兵相从，于是同到大田来见土司。

其时王国臣已派译人苗甲，持献忠所颁金印，来到大田游说马京。马京年幼，见金印灿烂，不能无动。因恐李华宇等不从，正派白翠寰前去征询意见。道逢华宇与道贞同来，马上所谈，全是忠义大节，翠寰有些尴尬，乃改口向华宇道："贼人正以金印来此招降，土司未有主张，派我前来问计。我等明室臣子，自然不愿降贼。但得千户爷齐心，起义出兵，以报朝廷数百年恩遇。"道贞闻之，便催华宇速赴大田。道贞见面便说马京道："流寇窜扰十七年，从未守得一地。张献忠去年曾据武昌称王，封拜官吏，未到三个月，便将湖广弃了，来扰四川。现虽暂据成都，难保他不弃蜀回陕。大明天下辽阔，兵马强盛，不久必能恢复四川。安抚司世受国恩，当此时局危际，自宜出兵讨贼，争取功名。待它日时局复宁，论功行赏，必不失公侯爵位。若还为贼所欺，受其伪印，它日大明光复，将何以容身乎?"李华宇道："刘先生智计无双，难怪世称伯温再世。老臣与之计议已熟，必须起兵拒贼，进可立盖世之功，退亦能保境自固。安可以一州人马，无故屈膝于流贼!"白翠寰亦从旁附和。马京遂将苗甲招来，将金印向地掷去道："此物不能买我一州兵马！"随命将苗甲与其随来之人捆绑下牢，便同李、白、刘三人到汉源街来，谒见镇国将军与范文光。见那范文光须发已白，气象雍容，不觉起敬道："老大人如此高龄，尚为皇明效忠，跋涉来此。下司年幼，敢不率士效命，听候鞭策？"文光笑指李华宇道："若论忠义大节，原无分长幼。说到年龄，李老将军长我多了！"相与大笑。于是议决起兵讨伐献忠，杀了苗甲与其从人祭旗。以李华宇统率上七支人马，白翠寰统率下七支人马，沈云龙统率汉兵，即日点练军马器械，准备出师。

李华宇道："我等皆是战将，只能马上砍杀，不解调度韬略，闻宿将曹勋，自成都逃出，隐居泗坪，我等何不迎之前来，主持战略？"道贞闻曹勋尚在，大喜过望，忙问："守城之军概被张献忠杀于南门江上，他如何能逃到这里？"华宇道："说来可笑，他在成都力战一日夜，破城之时，疲困已极，因而被擒，与许多士兵被关在一黑屋里。过了一夜，虽然饥渴，精神却已还原。次日，每贼军一人，押解战俘二人到安顺桥外砍杀。他被押在后，因沿江上下杀人倒地如麻，已无驻足处，故那个陕西兵，押他俩向西岸头走。他俩垂头丧气，踯躅前行，口内埋怨临死尚且如此磋磨。那兵骂道：'老子要磋磨你个够！'用刀背驱打于他。走到已经无人之处，那兵忽然内急，命他俩先行跪地，待出恭后方来收拾。二人跪地，待他出恭时，悄议道：'你我以背相近，互解绑绳，或可逃生。'遂渐渐移近，互解绑绳。那兵望见，大声喝禁。他俩哪里肯听，看看束缚将开，那兵已扎裤握刀前来。二人起立欲逃，只见刀光一闪，另一人惨叫倒地，曹参将趁他刀尚未收回，忙中大喝一声，一脚向那兵踢去，那兵应声倒地，怪叫不已。曹参将忙将缚绳挣断，上前一步，夺过刀来，结果那贼，挟刀而逃。贼兵数人应声追来，曹参将跳过一个土坎，握刀相持，将追来数人杀尽，连夜逃走。当时双流县避难人民纷然在道，他得混于其中，奔入芦山地界，住举人程凤翔家调养伤病。伤病未愈，又闻贼军至芦，他与程举人避到荥经泗坪山中养伤，现伤已愈。我曾前往探视一次，他亦激扬忠义，志在恢复。其人大难不死，实为福德勇将，此天留以助我等成功者也！"众人闻晓，无不大笑称庆，便派人前往泗坪迎他。

正当黎州全境忙碌之际，忽报大渡河外有数千军马压地而来，正在富林抢渡，旗上书有“讨贼”、“勤王”等字。马京大惊，虑有机变。刘道贞道：“此必胡道台调到建南卫所之军也。”忙命准备酒席，自与沈云龙亲到富林迎接，一见来的果然是卫所之兵。

原来上南道胡恒在邛州时，派其幕宾汪光翰前往建昌檄调五卫之兵。五卫见是建昌道印，不敢不行。便有建昌卫指挥周双桥，营将李俸，越巂卫指挥王自明，海棠堡指挥丁应选，宁越营守备杨起泰各率所部，共有二千余人，随同光翰前来。渡过富林，与道贞等相见，闻得黎州亦已起兵，无不大喜。因知汉源街地狭，将人马暂留富林，只光翰与诸将到汉源街来。参谒朱平㰘与范文光毕，始知胡恒已被王国臣所执，建南诸将便有退回之意。刘道贞又复下了一番说词，才将诸将说服，决议与黎州合军，奉曹勋为总指挥，北上讨伐。

不数日，曹勋与程凤翔亦到，众将见他英气勃勃，厚重稳练，闻其临死奋勇，夺刀杀敌事，无不敬佩，愿受约束。曹勋与众商议道：“黎州地窄，不堪久住大军，宜取荥经、雅州为光复根据地。外连高跻泰、杨之明与董朴韩胡之众，同取邛州，阻断津渡，则进攻退守皆有余裕。否则，阻青衣江以固黎雅、建昌，亦较死守黎州为利。”众皆赞同。于是歃血为盟，共推朱平㰘为盟主，称“蜀王”。拜曹勋为副总兵，统诸将。范文光为监军道，刘道贞为兵部职方司主事，程凤翔为监纪官，诸将各以原衔领兵，候立功晋爵。部署已定，兴师进攻荥经。献忠所委之官闻风逃走，高跻泰亦派人前来联系，遂以荥经为根本大营，乘锐进攻雅州。雅州绅衿傅元修、傅元览、张士麟、唐默、钟之瑗、胡大生、洪其信、洪其仁等，纷起乡兵响应，一时军声大振。

那时艾能奇正分其军为两支，一支由郭尚义率领，围攻杨之明于总冈山，一支由汪万象率领，攻高跻泰于飞仙关。自己回邛州驻节，筹集粮饷，策应诸方。忽得塘报，知雅州危急，乃率总兵方夜叉一营来到雅州，与曹勋大战于龙鹳山下。方夜叉乃是艾营一员骁将，使用一盘三尖叉，面貌丑恶，故有此绰号。他与能奇欺敌兵是乌合之众，轻身锐进，直迫曹勋营下。勋闻艾能奇亲到，遂亦披甲上马前来会他，能奇骂道：“你这野种，在成都被擒，成了漏网之鱼，不知潜匿深渊，苟延岁月，却还敢兴风作浪，再投网罗!”勋亦回骂道：“我恨你这出卖祖宗的张姓家奴，特来擒你！”二人交马斗力，不相上下。能奇不服，定要以力胜他，着急进攻，忘了后路未断，被李华宇、丁应选二人杀来夹攻。方夜叉被斩，能奇亦被困在核心。幸王国臣在城上望见能奇锐进，虑其有失，檄汪万象放松了飞仙关攻势，自宋村渡河来接应能奇，始将能奇救出，狼狈回城。明军追杀直抵城下。四乡民军蜂起，将城中所派游勇与樵采之人杀戮罄尽。

到底艾能奇久经战事，一败之后颇知谨慎，布置城守得当，使曹军攻他不破。一面檄冯双礼、王复臣自嘉定、眉州分兵前来助战。冯王两军既到，艾上城看得明军弱点，开城反攻，杀得明军大败。这明军究竟是乌合之众，胜则争前趋利，败则拥挤逃生。偏是龙鹳川地险路窄，哪能容得多人拥挤！因而自相蹂躏，死者甚众。曹勋见势不佳，乃与李华宇督率本标人马，伫立高处，让溃勇退去，待敌追来，再冲下截击。在鹰子冈打了个小小胜仗，方将追军截断，救了许多溃勇，安全回到荥经。道贞见众军溃败回城，甚为纷乱，料定荥经难守，乃与众将商议：凡黎南来勇，一齐退守小关山；雅、荥之兵，带伤者随军上山，无伤者仍回乡里耕田，联络乡邻，探报敌情，供应粮食，为王师外应。如为所觉，被其追捕，再行逃来，以免山中粮食匮乏。部署已毕，便于当夜移营小关山。

艾能奇命王复臣进占荥经后，追逐明军至小关山下，见得山势巍峨，仰不见顶。因道路不熟，退回荥经城来，出榜招募向导。招了月余，并无一人敢来应募，因此久未进攻。按下这南路兵马不提，且将西路朱化龙事补述一番。

却说孙可望受调赴绵州时，将川西军事付与朱化龙料理。化龙由江油一路杀入龙安府，占领平武、石泉、江油三县。龙州长官司王瑶、龙溪土知事薛兆选皆迎降。化龙命总兵王运行，以薛兆选为向导，进攻松潘卫。

这松潘，乃岷江上游，汉番交界最大一座城池。地势高寒，不产稻米，每年只可种麦一次。其南沿江一线，由茂州直出灌县，为汉人驻地。此外全是番夷，张幕而居，迁逐水草，放牧牲畜，则是又一重天地。此城以外，数千里草地之番夷，皆在此与汉商市贸，故历代皆以此为边徼重镇。明代称为松潘卫，常驻同知一员，通判一员，副将一员，指挥佥事一员，分管兵民及市易之事。下辖小河营千户一员，占藏先结等长官司十六员，八郎、阿角等安抚司五员。平时驻有汉兵五百，急时征调土兵，可得三四千人。此次献忠军到，小河营首当其冲。千户黎架，一面急报松潘，一面召土兵守隘。

松潘同知詹天颜，乃福建龙岩县人，以贡生选职，由教官、知县积功至此。其人赤面长髯，容色庄厉，凛然可畏，平时忠义自矢，勤廉自持，故虽在边徼做官，亦能敦俗隆化，使汉夷畏服。此时接报，忙邀副将朱化龙、通判万文相、佥事蔡肱明商讨御敌。化龙初有难色道："本镇名为现兵五百，除差递、杂役与转输者外，实有战兵不过百人。今闻张献忠大军招抚降人，安置皆颇得当，我等议降，尚可保全地方；若言拒战，势如以卵击石。我等死不足惜，只恐累了人民！"天颜怒道："我等受职而来，为了何事？若因兵力不足便要降贼，则此城为空设，我辈为赘员矣！今如汉番并力，利用地理之长以御贼军，未必不胜。纵或败亡，亦作塞上雄鬼，大明忠魂。将军世代名将，何乃出此懦夫之言！"化龙受此一激，奋起言道："某非不能破敌，只怕文官不能转饷相助耳！大人既有此志，化龙愿效前驱。"遂商由蔡肱明先率本城现兵赴三舍驿，助黎架守御，自己亲赴各土司处，征选精骑，来羊子岭应援。一面由天颜、文相苦口晓谕市民，出钱出力，输运军前，鼓励士气。

那面王运行率兵一千人，各携十日粮食，原想一气取得松潘，发散金印，招降各土司，不料行过水晶堡后，山路渐狭，地势渐陡，天气渐寒。初冬时节，在此高原地方负粮行进，气喘非常，胸腹出汗。气触须眉，便复为冰。军士人人怨嗟，勉强而行。经过小战十余次，迭夺险塞，始行抵三舍驿。此时黎架已率土兵退到羊子岭下，与蔡肱明犄角为营。

这羊子岭，乃是雪栏关侧最高一座关隘，南望雪宝顶，积雪万丈，晶莹耀目。岭上虽然不常积雪，气候却甚寒冽，岭之两侧有水分流，一至龙安，一入松潘河内。近岭之部，地势较为平阔，草黄石碧，并无半根树木，与草地牧场景色相似。王运行率兵来到此地，始觉天地开阔，心中甚喜，无奈天气寒酷，也是一愁。乃鼓励士兵奋勇杀敌取暖，便向黎、蔡两营扑来。两营奋勇抵敌，但怎挡得西军之锐，渐有不支之势。朱化龙立马岭上望见，乃将令旗招展，山后番骑八百余各骑高头大马，奇异装束，呵呵连声，从岭上横冲下来，有如游龙出水，渴蛟奔河，直扑大西军。运行之兵望见，大惊夺魄。这样地势，乃番骑得意之所，纵横驰杀，如入无人之境；大西军则气喘吁吁，呼吸困难。加以马不如人意，进退失据，被杀不计其数。王运行战死于此，余众大溃奔逃。詹天颜在雪栏关督饷，亦随番骑上岭观战，见此大胜，便要与化龙直取龙安。化龙道："番骑在旷野为长，入峡谷为短，军锋不可屡用，姑且以此夺其敌胆，使其不敢再来窥视。我等回城犒军，另拣士马，再图恢复龙安可也！"乃高击得胜鼓回城，厚奖番骑，遣归本部。

◎评注

历史小说与他种小说不同处，在于人、地、时、事皆当确有根据。编排组织，必求合于当时实际情形，不容苟就铺叙之便，有所歪曲。能四面逼真，而复组织成趣，不使阅者感觉枯涩苦闷，斯可也。此回叙黎州松潘明军，头绪至繁，关系以前各回者甚多，又有诸边制度与地理情俗羼杂其间，乃能条理不乱，原委分明。着字不多，一切使人了然如见。验于正杂诸史，方志各书，无不皆合，可谓尽历史小说之人事矣。

第七十一回

杨参将水遁奔蛮箐
王督师空札起民军

前回说到曹勋在成都做了战俘，被押去砍头，临刑逃脱，世人称为福将，殊天下事无独有偶。在同时，亦有一人临刑逃脱，那便是参将杨展。杨展被押到东门外砍头，押他的兵是一蕲州人，两眼颇为识货，一路注视杨展所穿那件护心甲，有时用刀在他甲上轻轻一戳，展知他认识此甲，低声告诉他："老总，回头给我一个痛快，我将这宝甲送你。"那兵又用刀一戳道："这是甚么宝甲？"展道："此甲虽被尘汗污蔽无甚光彩，前后心与两肩却是四块真正的水犀皮，用野蚕生丝缀成，加以旄牛尾编的护套，故刀砍不入，水渍不败，是我前与番夷作战，从其酋长身上夺得。你看我苦战两日，除手足上有伤痕外，身上并未受伤，所以说是件宝甲。可惜今天死去，用不着它了！怕的是它与我尸同朽，故愿转献与你，换个痛快。"那兵果然心喜道："你既是条汉子，老子给你个痛快！"那时前前后后，一路全是押的战俘，哭声震天，横尸夹岸。那兵将所押之人，其余几个砍倒在路上，却留杨展，促向水边行去道："那些尸无人收理，不知臭到何时。老子砍你到江水里去，比烂在这里好些。"这杨展生于嘉定，从小习于泅水，可以出没于洪涛急湍之间，并能水底泳行十余里。闻得此言大喜过望，精神为之一振，乘势言道："老总，谢你这番好心，我将宝甲先脱与你，请暂解开手缚。"那兵此时断未想到杨展尚有脱逃之意，便将手缚解开，让其卸甲。杨展徐徐将宝甲脱下，纵身一跃，直入江心，由水底泳泅而去，岸上之兵有望见的亦只说："便宜这小子得副全尸！"并无人料到他能脱逃而去。杨展由锦江水中直泅向江口，见沿岸已无敌兵，乃上岸向居民求食，居民闻是参将杨展，惊传他有水遁之术，忙取衣服食物予他。有一乡绅陈应新，将他带至其家，厚加款待，对他言道："成都溃卒与难民二千余人，聚在新津宝子山渔坡桥处，无人统率。民间颇苦骚扰，而彼辈亦惶然不安，思得刘镇旧将奉之。将军何不赴新津招抚整训，联络各路义民，为恢复计。"展闻之大喜，便邀陈应新同到新津招抚。诸兵闻杨参将至，无不喜悦。绅民亦喜有了主将约束，愿供刍粮。展暂将精兵编为二营，选弁目姚之祯、李朝贵二人带领。难民愿当兵者编为一营，请陈应新领之；老弱伤病者一营，请县贡生王源长领之，各划驻地训练调养，禁止外出滋事，地方这才稍安。这新津县城在江水北岸，县令闻成都已破，又遭溃卒滋扰，早已逃匿。地方秩序，赖杨展维持数日。正当驰书各地亲友乡绅与地方官吏，嘱以号召义旅，同来拒敌之际，已闻献忠派大军四出，李定国到了新津县城。展乃与四营相约，分道退保嘉定。展自率两营，分水陆两路，沿眉州江水，向青神峡中布防；陈应新一营，由仁寿、井研小路向嘉定迂回而进，以避敌军耳目。王源长一营还为难民，散匿乡村。其后大西军过河搜查，源长阖门被诛，散匿者亦被搜杀甚多。陈应新沿途联络绅衿，便有仁寿陈素、左灼，井研雷应奇等起兵相应。适有大西军向仁寿追来，绅军溃散，莫肯抗敌，只雷应奇与大西军在高境关打了一战，兵败而死，陈、左诸人皆被杀。

杨展方在青神峡中布防，已报李定国由眉州、夹江一路直趋嘉定。拒敌官绅次第败死者，有安庆知州王励精，邛州知州徐孔徒，蒲江知县朱蕴罗，荣县知县秦民汤，嘉定州生员郭大年。其尚未被大西军攻破者，仅沿边几处卫所土司。杨展知嘉定已不可据，乃派人将家眷接到营里，便从小路进军，奔向叙州，到达叙州时，府县各官皆已降于献忠。展乃从南广渡江，扎营于叙州南岸，派人入城，招府县官反正。其时李定国已返回成都，献忠升嘉定州为府，以总兵任元佑为府尹，镇守其地。另命狄三品率水军巡弋沿江州县，已过犍为，下宜溪，将至叙府，故府县官皆不敢反正。展乃督率两营士兵，渡江往击。方至渡口，已望见敌船蔽江而来。这些改编后的溃卒，原多贪生怕死之徒，见此情形，多已弃械反奔，不受号令。展无奈，只得收集残部，向永宁方向窜走。于是叙南与沿江各县皆为献忠所得。

这叙、泸两州的长江之南地方，原是苗族旧地。山峦高险，岩箐繁复，明代虽已改流设县，仍是汉夷混居，林深箐密之地。天启年间，永宁土司奢崇明父子据此作乱，外连贵州水西、镇雄、安氏土夷，直至崇祯初年乃平，改设永宁卫。因在泸州之南，亦称泸卫。仍辖九姓、太平两土司，置兵戍守。此带民风强勇，名将张令、侯良柱皆此地人氏。故杨展自庆符、兴文一路奔向永宁，欲以忠义号召，徐图窥复。怎奈大西兵苦追不舍。展对姚、李二营士兵言道："我等自新津避敌，奔走千里，敌兵仍追我不舍。若不拒战，虽尽天涯海角，亦将无容身之地！此处乃九姓长官司地面，连山九十里，皆是丛箐，我等伏兵箐中，待敌兵入箐时，突起大噪以逐之。待彼退出箐，我又潜伏。如此数次，彼必不敢轻进，待他转回，增调大兵来搜山，我等已得安全退至泸卫。"于是分别埋伏而去，果然大西兵疑惧不敢入箐而返，展遂全军得至永宁。

永宁卫指挥宋瑶，于献忠破泸州时即已纳款，但直至此时，大西朝尚未派官入境，因此宋瑶尚未向绅民宣布投降献忠之事。骤闻杨展率兵而来，心中甚惧，乃召集军民言道："杨展从贼中来，恐有袭取本卫之意。本卫有新旧二城，可由绅民迎他到旧城驻扎，我暂托病不见，待将新城守卫部署停妥再去见他。"绅民遵从，迎展入旧城居住。后得知展千里奔走，号召恢复各情，不觉肃然起敬，退出城来，驰报宋瑶，促其前往会晤。瑶见展尚未知其已降，乃率领从人前来谒展。茶点已过，谈及成都被陷情形，展便对瑶申述忠义大节，邀其合兵出江窥泸复叙。宋瑶要将杨展支开，对他言道："瑶欲整练军马，出取泸州，无如地小兵弱，外无应援，尚难行此大事。近闻督师王老大人驻节遵义，总督樊大人与总兵王祥皆在彼处；巡抚马大人，亦与曾参将收复重庆，联为一气。瑶因本职原是守土之官，不敢向前请兵，幸将军前来，可以婉达此意，窃欲资送将军去到遵义，协商进兵。倘明檄到此，瑶当率士以赴。”

杨展闻众臣督师已至，心中大喜，便欲将部众寄食永宁，单骑前赴遵义。宋瑶道：“此间与遵义交界之地名赤水河，水道畅通泸州，地方甚为殷富，尚无官军驻扎，若为将来出兵之便，将军宜进驻彼处，距遵义亦近，他日欲攻泸州，将军由赤水出合江，末将由永宁出纳溪，可收左右夹击之效。”杨展深以为然，便率本部进向赤水，驻扎已定，将营务交由儿子璟新照料，自向遵义叩谒王督师而去。

这王督师不是别人，即是张献忠破重庆时，因报捐百万而被杀的那富绅王应熙的哥哥应熊，他的性格与行事，很可作晚明时期四川一般科甲人物的代表，值得叙述一番。他的母亲生他之前，梦有黑熊扑进帐来，家族中人都说他是飞熊投胎，故名应熊，字非熊。生来品貌不凡，聪慧出人。长大性情倔强，读书甚为努力，博学多能，成了万历四十一年进士。魏忠贤当政时期，朝野趋炎附势，奔走若狂，他独守冷宫，不与其党往来。崇祯登极后，说他清介多才，谙习掌故，擢任礼部侍郎，已是正三品官了。那时朝臣分为两派，一派是从前反对魏忠贤的正人君子，讲的是直言极谏，匡正帝德，处处与皇帝难堪；一派是恃宠固位的好好先生，他们不逢君之恶，亦不匡君之过，唯唯诺诺，按部就班办事，这两派人势同冰炭，互结党援，彼此攻讦，闹得崇祯皇帝心烦头痛。崇祯乃是刚愎自用之人，虽知励精图治非得正人君子不可，到底憎恨他们生硬固执，不似另一派软驯可亲。但却又恨另一派人的软弱无能，常将他们比作未加钢的钝刀，不似前一派人物锋利得力。在此矛盾情形之下，便有善于迎合上意的孤立派产生，他们也锋利，也甜软，不与任何一派联合，又敢于攻击任何一派。但绝不议论天子半言，遇事先意承旨，契合上意，以此固宠，故不畏别人攻讦。应熊与杨嗣昌便是这孤立派的代表人物。崇祯六年，推举宰相，两派大臣各阿所好，推出几个人来，并无人想到应熊。崇祯帝说：“你们朋党为私，皆非忠臣。朕看礼部侍郎王应熊不偏不党，以才华自立，实可拜相。”乃特旨进为礼部尚书兼东阁大学士。举朝大惊，前后首辅周延儒、温体仁，因他独得帝眷，深与相结，狼狈为奸。朝臣每上章弹劾应熊，崇祯帝都说："你们欺他孤立，多方排挤。朕要用人专一，尽其所长，不能听任他人排挤他！"攻应熊者，无不受斥。直到凤阳皇陵被陷，纠弹淮抚宋一鹤者，并劾应熊庇蔽淮抚与纵家人泄漏内庭机密等罪，这才将他罢相，命其回乡养病。另用杨嗣昌做了首辅。嗣昌败死后，周延儒、温体仁却仍是崇祯倚任之人，这亦可见崇祯的好恶了。后来，二人亦得罪罢去，崇祯便于十六年三月，召应熊入京，拟拜为首辅。因他平时树敌太多，怨家闻其再召，多方攻讦以阻之，崇祯亦不能无动于衷。十一月，应熊抵京陛见，崇祯竟未授官，仅赐金带一条，仍命其还乡养老，这亦是当朝大大的一件笑话。其时孙传庭兵败陕洛，天下事已不可为，应熊也乐得告退，携着儿子延禧买舟还蜀。船过淮安，已闻北京被围，速行至瓜州改换长江大船，向武昌进发。到了九江便闻崇祯殉国，淮抚马士英迎立福王世子由崧到南京，立为监国。而张献忠倾巢入蜀，正攻重庆。遂留居乡人吕大器营中未再前进。

吕大器，字俨若，遂宁县人，崇祯元年进士，亦是性情刚躁之人，虽有文武全才，而傲慢任情与应熊相似。他做甘肃巡抚甚有战功，崇祯十五年，升保定总督，平山东李青山之乱，后调湖广、应天、安庆总督，曾率军讨张献忠。他与张其在之军在江西苦战半年，收复城池不少。惟与左良玉不睦，双方军士守望相防，如临大敌。福王于崇祯十七年五月十五日称帝后，封左良玉为宁南侯，征吕大器为兵部侍郎，另以袁继盛代任总督，并召应熊至南京。时南京大臣品德位望无出应熊之上者，而马士英方引用魏忠贤余党阮大铖，畏应熊来，遂畀之以外任。

先是蜀中告急，南京以武陵杨鹗为兵部侍郎，总督贵州、湖广、广西军务，拟以黔贵援湘蜀。鹗即杨嗣昌之叔父，丧家之后，赤手无兵，又老年智绌，久久无所行动。此时马士英便请命以王应熊为兵部尚书兼文渊阁大学士衔，总督四川、云南、贵州、湖广四省军务，赐尚方剑专办征讨张献忠之事，将其排挤出南京。

应熊于八月二十八日受命，看这头衔亦与当年的杨嗣昌相似，只是手下并无一兵，只带了许多空札。可以随地招募兵勇，联络诸将，假敕命封拜而已。幸吕大器拜托袁继盛在其旧部中拨了二百亲兵，一部饷银与几员幕客随行，借壮声势。其时张献忠已将湖广之军全调入蜀，封闭了夔门，以防左良玉之军，全川惟遵义一府由参将王祥保守，仍奉明朝，应熊乃自湖湘入黔，转到遵义。

遵义原是川黔两省间播州土司之地，万历年间，土司杨应龙作乱，经四川出军剿平，改置遵义府，领一州四县。北有娄山关，南有乌江关，皆当川黔要道，中间海龙囤号称天险。此外重关四塞，要隘繁多，出入此境，甚非容易。参将王祥前在川北与摇黄作战，以勇略著称。现届中年，勇锐不如曾英，而老成持重，保境息民，颇受一方爱戴。马乾恢复重庆之时，曾英与刘麟长来邀他出兵，他以未奉朝命为难，只出兵恢复了綦江，不肯进兵重庆。及闻马乾、曾英皆已建立奇功，自己未免有些惭愧。其时蜀中缙绅之家来依者甚多，文官有樊一蘅、刘麟长、万年策、郑逢元、刘泌、张一甲等；武官有侯天锡、贾联登、马应试、余朝宗、杨杂栋、高明佐、顾存志、莫宗文、张登贵、冯朝宣、王启等。但皆无军马，或仅家将故卒数十人相随，或仅只身就食，且多散居各县，苟且偷生，无意恢复。

王应熊到遵义后，文武官绅皆来通谒，闻应熊带尚方剑专办蜀事，方如大梦初醒，纷言恢复，别是一幅场面。应熊见樊一蘅亦在此地，大惊道：“君带兄已拜四川总督，何以未闻讨贼，反销声匿迹隐遁在此?”一蘅瞠目不知所谓，问道：“晚生罢职家居四年，未闻朝命，不识老前辈何来此言?”

那樊一蘅，字君带，四川宜宾县人，万历四十七年进士，较应熊迟了两届，故自称晚辈。他在崇祯朝内与遂宁吕大器皆是文武兼备的大员，由榆林兵备参议迁监军副使，至关南分巡道，进按察使，监左光先、张应昌军，与副将马科、贺人龙等屡败流军于汉中诸处。崇祯十二年，擢右佥都御使，代郑崇俭为宁夏巡抚，其后因小过被劾罢归。与同邑在籍进士尹伸、牟道行等结社讲佛，建修佛莲禅院，诗酒谈禅，借以娱老。当时王应熊适罢职在巴县原籍，虽不喜谈禅，却常以单舸来往，致送诗词相唱酬。崇祯十六年，应熊受召入京陛见时，崇祯问蜀中人物，应熊首言一蘅可用，崇祯立饬兵部查缺，拜一蘅为兵部右侍郎，总督川陕军务。其时李自成已据西安，张献忠已据湖广，朝命未能入川，故一蘅竟无所闻。本年献忠据蜀，遣兵南收叙州。一蘅邀尹伸、道行同入夷箐避难，二人道：“我等已七八十龄，生死何值趋避！足下年力尚强，族大人众，宜留有用之身为国效力。”一蘅遂与亲族健勇者避来遵义，居桐梓县界亲戚家。及闻应熊来此，肩舆往谒，至此始悉曾有川陕总督之命，不胜叹息。应熊将此情形报入南京，南京重申北都旧命，拜樊一蘅为川陕总督，与应熊协力恢剿四川。

又有南京御史米寿图，因反对起用阮大铖，疏劾马士英，被士英奏福王道：“四川巡抚陈士奇已在重庆殉节，龙文光必须留守川北，成都无大员掌兵，可改巡按刘之勃为巡抚。米寿图疏劾老臣，老臣不怨，请调他任四川巡按，以彰直臣，以明老臣公忠之心。”福王自然准了。其实此时的四川，明室政权行将崩塌，谁敢前去赴任？这正是奸臣排逐异己的妙法。寿图自七月受命，至此已十月，不敢上道。今闻全川尚有遵义一块地盘，王、樊二督皆驻于此，遂与新任督粮道俞思恂、提学道王芝瑞，各率从官跟踪而来。一时遵义冠盖云集，一片恢剿之声。杨展亦于此时赶到。应熊乃于十月二十八日大集文武，登坛誓师，镌发檄文一万通，传递全川各州县，号召义旅。那檄文道：

大明兵部尚书文渊阁大学士，赐尚方宝剑，总督四川、云南、贵州、湖广军务，准便宜行事，为檄谕事：昔我太祖高皇帝，手挽三辰之轴，尽扫腥膻；身钟二曜之英，统一环宇。历年二百八纪，传统一十五朝。养士酬贤，缙绅悉蒙殊宠。食毛践土，兆庶久沐皇仁。先皇帝政始珠玛，普天下载颂英明。志切拯饥，十七年来未遑盱食。不图运遭阳九，盗弄潢池，焰逼神京，腥流宫寝。三灵共愤，万姓同仇。今上神宗嫡裔，起自大藩，受南都众臣推戴，率九州义民以讨贼。宏谟益备，俨如孝庙之孝思；孔武维扬，克绳世祖之祖武。本督承累朝之殊遇，义在鞠躬；受大命于艰危，情切讨贼。巴蜀乃桑梓之乡，闯献为狼狈之逆。井络未靖，则关陇之贼稽诛；天府陆沉，则父老之辱莫湔。爰与川陕总督樊公，四川巡按米公，共率义旅十万余人进驻遵义，窥复全蜀。誓集忠义，剪彼凶顽。嗟夫！汉德犹存，周历未改。赤眉铜马，适开光武之中兴；羿浞逄蒙，难免少康之并僇。臣子心存报主，春秋义大复仇。凡我乡邦士绅，州里袍泽，合当共抒壮图，各团义旅，飞附大军，力争一决。但群策上承黄钺，岂贼运得有白头。

果使丑类克歼，川局底定，朝廷岂吝爵赏，万世犹载口碑，己立立人，道其在此。书不云乎：诞以尔众士，殄歼乃仇。其尚迪果毅，以登乃辟。须至檄者，递送存陷各州县，毋违。

大明崇祯十七年十月二十八日

川中官绅于献忠入川之初，原谓明朝已亡，盼献忠果能扶立蜀王为明讨闯，故降附多人，死节者少，起兵拒抗者不过边徼数人。嗣见献忠自己称帝，大戮蜀藩宗人，并无出兵讨闯之意，人情始疑。缙绅为避征选，多逃匿邻县山箐中。今闻王督师衔朝命恢剿，便各返回家邑，号召亲邻子弟故吏门生纷纷而起，逐杀新朝官吏，响应王督师。于是两月来暂时安静的四川，又如江潮涌至一般，翻腾起来。

◎评注

献忠据蜀之初，除马乾恢复重庆外，仅天全、黎州、松潘、遵义与石砫等边陬夷徼有抗逆之师，腹地百余州县莫不降附。胡恒与杨展聚兵图抗，无肯和者，卒至流离。待南都既兴，王应熊挟朝命而至，州县间遂有民军风起，纷与献忠为敌。蜀乱之局于此肇端。盖国人思想，深受宋儒忠于一姓之教条桎梏，以成仁取义为至德要道，每值易代，多能相率以死为荣。残明内无贤君相，外遭强寇虏，局促流离海隅蛮箐之间，三十余年而不馁者，儒教之功也。此两回乃蜀乱之大关节。

第七十二回

纷纷叛军辉磷火
纭纭孱儒应劫灰

却说张献忠虽据有全川百余州县设官治理，驻军分防，但因人情思明，所以督师王应熊的檄文仍能到达各地。绅衿得此檄者皆感异常兴奋，暗自传其亲戚好友，门生故吏如此传达，瞬即遍于全川，连成都城内亦传到了。献忠的州县官吏、驻军们忙着搜求仕宦，征选美色，刮削钱帛，奉承新主，哪曾知民间暗潮汹涌情形。迨各地民军蜂起，打了若干次仗，捕获一些绅民，审出有此檄文，方始下令查禁，已是迟了。在这甲申冬季，各地应檄而起的多如牛毛，或据一寨，或据一乡，或据一山，或据一城。多者数万人，少者仅数百人。大都由前明故官之在籍者与缙绅之家倡首，族戚门生辈附和，尽是乌合之众，衣甲全无，兵刃不利，又缺乏将才训练调度，唯以忠义相劝勉，日盼王督师大军前来。其实王应熊不过以空札号召，亲兵尚且单薄，哪来大军？因此多数叛军不久仍被献忠剿灭。

这一时蜂起的叛军中，势力较大，关系较重者约举如次：

一、永宁卫绅民，首先得到应熊檄。持献于宋瑶时，被瑶下令查毁。绅民始知瑶已降大西，遂奔诉遵义。应熊命参将马应试与杨展率兵入永宁卫擒斩宋瑶，便以此为窥复叙泸之根据地。号召大江以南八县一卫绅民起兵讨伐献忠。

二、杨展自永宁遣书，邀其故人宜宾张文灿，江安罗文灿与纳溪、高、珙、庆符等县绅民起兵。张、罗二人率先起兵袭杀县官，据了城池。其余各县纷起响应。献忠闻报甚惊，命冯双礼急救叙府，狄三品自泸州进剿。杨展闻讯亦率部前往应援。文灿等不堪与献忠之军相抗，各自弃城而逃。但叙泸之间大江以南的八县一卫之地，已不再奉行大西政令了。

三、嘉定州所属峨眉县，南接乌蛮，有罗徽、平夷、镇边三堡与归化八里等处，乃世袭千百户卫戍之地。千户杨世泰、廖佐皆与杨展有故，前得杨展来书，已经相约起兵，后因展已败去而止。此时再得杨展送来督师檄文，遂联络倮夷起兵，复用大明年号，峨眉、夹江、洪雅绅民纷纷响应。时献忠已升嘉定为府，知府任元佑发兵搜剿。夹江贡生黎应大与其三子照斗、照魁、照鸾拒战被擒，被处死。余众逃依三堡八里，凭险固守，元佑亦无奈何。

四、范文光、曹勋等据小关山，与艾能奇相持。正苦孤军难支，忽得洪雅生员黎神武送来王督师檄。乃驰告始阳高跻泰与总冈山的杨之明，二人亦皆大喜，分途号召绅民，上南一带士绅前往合伙对抗献忠者颇多。黎神武起兵失败，退守花溪铁锁桥，乘险结寨，屯垦自给，受范文光节制，成为劲旅。

五、松潘詹天颜与朱化龙孤军孤城，正愁献忠派兵来攻。突有伪降献忠之参将赵荣贵自茂州送来王督师檄，声言欲号召绅民以茂州反正，请派兵合攻石泉县与龙安府。天颜与化龙大喜，即抽调精兵，配合荣贵攻取石泉、龙安两城。守官兵少，弃城而去。荣贵留驻龙安，天颜进驻茂州，所有威州、保县汉绅与杂谷、瓦寺董朴韩胡诸土司，皆驱逐献忠所委之官，承奉詹天颜之号令。灌县彭县至江油数百里间，沿山结寨之绅民，凡数十处，皆受其节制。

六、安岳进士王起峨、窦可进二人，为崇祯庚辰同榜。可进住居县城，被献忠征去，起峨避匿安居山中得免。此时奉到应熊激文，潜回乡招募，得万余人。乐至诸生杨文焕，遂宁诸生罗章、姚思孝及射洪、中江绅民，纷起应之，众至十余万。潼川州属守官被杀者甚多。献忠命马元利、刘进忠等分路进讨。绅军败退云顶、金鹅、通泉、飞乌、天柱、铜官诸山，结寨而守，奉内江王朱奉锨为监国，与元利、进忠等苦战月余。嗣后山中粮尽兵乱，诸寨尽破，起峨等皆战死。

七、西充进士李完，以御史告归在籍。初亦避难于渠县，接檄后返籍，与在籍守备陈好德及其弟陈好问起兵。南充诸生樊明善、陈怀西等破家募士以应之。好德等欲联结土贼鲜于洪袭执县令高凌云，殊知鲜于洪潜告凌云，带军反袭。好德等拒战被执，皆死。

八、渠县李储乙之弟进士李含乙，为礼部员外郎，此时奔母丧在籍，被献忠所委县令杨以为捉去，迫去成都做官，含乙不肯，被守将吴之茂绑出数次欲斩，皆大笑不屈。之茂无可奈何，收之监中。含乙在乡早已练有团勇，托付举人曹司冀率领，本欲破城劫狱，但力小惮不敢为。此时得应熊檄，乃与绅民雷开登、王树积等奖率士勇，袭破城池，劫出含乙弟兄，杀死杨令。吴之茂仓促败走。李含乙等遂据渠县、大竹，打出残明旗号，邻水旧将甘良臣亦起兵与之相应。

九、前太平营游击谭宏，与族弟谭文、谭诣潜匿归巫山中。其戚禹民益避地遵义，此时奉派持督师檄来说宏等起兵。谭宏等遂召集民兵袭据巫山，后竟逐去夔州守将郝云祥，占领云阳、万县，与涪州曾英之军衔接，下川东沿江一带州县皆复为明有。

十、禹民益复自巫山转入达州东乡县，劝贡生冉璘起义，响应谭宏。冉璘妻子向氏乃通江进士向衷亮之妹。向姓为通江巨族，平时为备摇黄养有家兵。至是，乃与生员向质、向谦等合谋，袭杀县令陈三捷、主簿魏射斗、典史甘得禄及戍军五十余人。迎东乡主簿杨某为通江令，尊奉南明。南江举人李上苑起兵应之。其后衷亮联合冉璘兵万人往攻巴州。献忠所委巴州副将都归极即巴州人。州人为之死守，衷亮等不能克。后因献忠派军来援，乃分退回通江、东乡。到明年春，次第败死。

十一、广元进士吴宇英，前与保宁周建鲁投降献忠，授职巡抚，实无兵权。建鲁授监军道，赴黄城招降摇黄，为渠魁杨秉允擒诛。宇英在新都得应熊檄，弃官归保宁，与阆中进士杨师旦同叛起兵，得三千余人。献忠命白文选攻之。宇英率众退入神仙洞，被围三月，食尽，阖洞皆死。

以上仅就本年冬间之大股民军而言。他如仁寿举人贾锺斗，诸生刘士恺、龙明新，金堂姚玉麟，合州董克治，永川胜士铨，江津刁化神，丰都胡道明，龙安王懋烈等，可惜他们平时都是咬文嚼字，或褥雨犁云之人，养尊处优惯了，又未习得兵法武艺，仓促起兵，人皆乌合，卒无斗志，遇敌即溃。多数只撑持了十余日，少有支持到两三个月以上的。军威较盛，成了一点气候的，只有曾英、杨展、王祥、曹勋、朱化龙等人。

再说献忠，得知胡恒与天全土司拥奉朱奉铆，曹勋、范文光拥戴朱平槐，心中甚恨朱明宗室。曾经下令各州府县，将前明宗室，不论男女老幼一体捕拿，押解成都斩首。三个月中，共杀朱明宗室男女五千余人。亲戚粘连之家多被吊拷追究，因而自杀者不少。今见各路仍是叛军蜂起，心中甚为焦灼。乃命大开言路，向官民征询剿抚之策，遂有多人前来献策。有主张痛剿严惩，以威慑服的；有主张剿抚兼施，恩威并用的；有主张厚抚未叛之民，以招来叛民，釜底抽薪的；有主张杀尽绅衿耆宿，以清乱源的；有主张推行保甲连坐法于乡村，使奸民不敢动荡的；有主张尽徙绅衿之家于驻军城市，以便监视的。最后选中了一篇茶马御史王国臣的奏议。他道："前明制度，仕宦之家，皆得在籍训练家兵，保卫乡里。又有卫所指挥，千户、百户分驻缘边，世袭军职，聚族讲武，各有标兵，能耕能战。此辈散在州县，爵高望隆，乡民畏服，又复挟其赀财广置田产，令佃奴客户供其驱使，戚族滋漫，跨州连邑。一人倡乱，家兵客户为之效死，本年各处民乱大都此辈所为。偏州僻邑，未识天威，发难最早。其地险僻，其人强悍，一经首难，便难征服。然其人质朴，未知忠义，其能作乱，实由腹地缙绅导之。今因黎、雅、松潘，与叙南、下川东、遵义等处叛乱未平，遂使腹里州县群起效尤。若不痛翦，祸将蔓延近畿。目前宜派大军，分路将腹里州县剿平，痛施杀戮，使未叛之民知惧，既叛之民知悔。然后以大军分向边徼，剿抚兼施。凡受抚州县，与既已剿平之区，严饬官吏戍军，清查城乡所住仕宦之家，科名之士，世职之族，凡有良田广宅家兵客户者，皆勒令其家主出仕，不准居住乡村。若还本人年老，可以派遣最亲子弟入京。文理通顺，武艺可观者分授官职；文理粗通，年龄尚幼者，令入国子监就学，发给廪饩膏火；不详文义者，编为羽林材官，就御营学技。如此优待，实为坐质。庶叛乱剿平之日，即国家永宁之时，皇图巩固，蜀人不复叛也。”

献忠特提出这通奏疏，召集文武重臣商议。江鼎镇道：“此疏所论乱由甚为正确。目前各路叛民实只少数绅衿故吏胁迫为之。多数实为未读书识字之人，何曾识得‘成仁取义’、‘忠君死长’之义？特以本朝新建，化导未及，彼辈遂为缙绅所愚，相从为乱。实属诛之不可胜诛，亦未可忍于诛杀。似宜颁发明诏，只杀首乱者，赦免胁从。每平一县，即照王国臣疏奏所言，勒令绅士豪门入质，而令胁从归耕，则元气无伤，皇恩载颂矣！”献忠怒道：“老子待川人不薄，川人反与老子作对，有甚可赦免的！但凡曾造反的都该杀却，哪有工夫问他是首是从！”

王志贤久未参与朝政，此次奉诏出席，又再饶舌了。他道：“土地、人民、政事，为立国三宝；管理、教化、畜养、保卫，为理民四要。不教而杀，贤谓弃之。今川人未承教化，不能分辨新朝旧朝优劣，为绅士所诱，宜加矜恤，岂宜逞一朝之忿，草薙而禽狝之！从前崇祯皇帝，心恨流军，千方百计力图剿灭，结果是他未剿灭流军，流军却剿灭了他！他凭三百年管教养卫之德，以仇叛民，尚且为天所恶。本朝定蜀未久，何可蹈其前辙？况农民为衣食生产之源，国家根本所系，只宜培护而未可斫削。诚使叛乱出于裹挟，临阵犹知悔恨，许其归农自新，亦是国家之利。从来开国之君皆必以宽大示人，使反侧者安而畏避者来。陛下怎可与此辈无知之民较顺逆耶？”献忠不悦，注视志贤甚久微笑道：“大禅师，许久未听你的高论了，今天怎还是这套教我？”志贤亦不畏怯，从容言道：“方外小人，仍只这片赤忱可献。”

汪兆麟怕献忠发怒，忙道：“这叛绅必剿，未叛者必抚而勒质，乃是今日定论。至于叛民当抚当剿，或剿抚兼施，俱应待大军进剿后再议。目前还是下诏州县，勒取未叛缙绅世家子弟入质，与商量用兵之道为急。”这才将话头拨开了。

严锡命道：“川中缙绅识天命者，归顺本朝为数过半，其有少数未识天命者，规避征聘，藏匿山林，原无敢于作乱者。近因有王应熊传檄，为之壮胆，始敢出来乱民，无非希冀朱明复兴，得一前程。擒贼必先擒王，今宜先以大军直取遵义，擒了王应熊，则各路乱民不攻自散。只须州县官次第擒获，用不着兴动大队兵马。到了那时，谁是蓄意谋反，谁是真正的胁从，亦不难分辨，既不宽纵，亦不杀枉。”献忠道：“依你说来，这各路乱民，都不用办了。只调大军去打王应熊，却让各路乱民杀来成都擒我好了！”说得锡命面红耳赤，默然低头。

最后还是汪兆麟一番议论，甚合献忠心意。他道：“现我有一百余营，皆久战之兵，开国以来，闲休日久，应防师老难用，宜乘时派向各路剿杀，养其锐气。至于乱民之中谁人该死，谁又宜赦，当由统兵官核夺。总期一经剿办，永久慑服。且待各路乱事已平，军士杀气已振，再行整饬兵马往征遵义，则内顾无忧，士气亦锐。”一般武将亦都赞成如此办法，于是定议分路进剿。

献忠遂命孙可望前往广元，防李自成乘时犯川；李定国前往合川，防备马乾、曾英之兵；刘文秀留卫成都，督剿近畿州县；艾能奇仍驻邛雅，防备黎州与天全各路；狄三品驻泸州，督率水师沿江巡弋，防备王祥、杨展之军。如此四隅布防已定，这才放出六路军马：都督王复臣率五营，剿眉、嘉二州；都督冯双礼率五营剿叙州一府；都督张化龙率五营剿龙、绵一带；都督马元利率五营剿保、顺一带；都督刘进忠率五营剿潼川一带；都督郝云祥率三营剿巴、达二州。

献忠对张献诗道：“你该封王，但未立有军功，犹恐诸将不服。今命你去监督六路出剿之军，这乃是舒服之差，随你所到，都有军队保护，官吏承迎，又可学习如何做官，如何带兵，将来诸将立功都有你的一份。”又命王尚礼拨御营精兵胡煦一营为其亲兵，行视各地，得用“二千岁”称呼。献诗叩头谢恩而出。六路军将皆来迎候于他，馈献甚厚。

这张献诗原是乡村小民，性情忠厚，今虽骤然富贵，仍不免有些拘谨局促，勉强随从众官学些气派威仪，却总不甚自然。又无一点学识艺能，不能处断任何事体，一切唯唯诺诺而已。但他心地却很善良，见诸将中刘进忠最为老成稳练，军纪严肃，不甚乱杀人民，心中甚为喜悦，最乐与他亲近，因此虽名为六路监军，其实常与刘营同行。他们先由简州打到遂宁，再邀同马元利之兵攻打通泉、飞乌、云顶诸山寨。因山险难攻，曾派许多蜀兵冒充难民，投奔到山寨去，为寨民出了死力作战，获得了内江王的喜爱信任。待到约期大攻时，便为内应杀出，因此便将各寨打破了。破寨之时难民嚎哭呼天，坠岩扑跌，相践而走。元利之兵大肆屠杀，以首级多少计功，进忠则与献诗商定，不以杀人多少计功，只以擒得首恶者为功多，次要之人次之，擒得胁从乡愚者，只予计数而已。因此其兵皆追逐逃人，查其有名者杀之，无名者驱去，保全生命甚多。

潼川州境肃清后，由遂宁、资州、富顺一路，搜杀小股绅军，因大都闻风自散，杀人甚少。献诗让进忠向仁寿、威远一路剿去，他自己率领亲军来到泸州，要看狄三品的水军如何。三品不敢怠慢，饬沿江水军，拨船迎送，馈饷酒肉。献诗贪览江景，要三品用船送他到叙府，三品自然遵从。其时冯双礼已取了叙府沿江州县，与水军上下衔接，故献诗未用多军保护，只用了三品的船与操舟之人。三品亦谓既有禁旅一营，足够保护了。

不想杨展救援叙州兵败，与张文灿自南岸奔至江安，见双礼之兵水陆跟追，料江安亦不能守，乃与张文灿率队分道而走。张自长宁奔永宁，展沿南岸奔向赤水，所率百余人皆是步行。离江安不远，已见敌舟数只顺水追来。这杨展机警过人，便对部下道："我等人少，步行迟滞，倘遭敌军水陆追围，即无生路。今宜设法夺船，才能速行出险。"遂选精兵伏于江岸荻洲，而令余众高举旗帜，向南山作奔逃状以诱敌。果然敌舟中计，将船靠岸，空舟前来追杀，展突率众回斗，荻中伏兵突出，截断归路，狄三品之水军六十余人全被擒杀。杨展取了旗帜号衣，将一半兵士装作西军，一半装作俘虏，登舟顺水而下，沿路哨兵，皆未加以盘问，一帆风顺，瞬即到了纳溪地界。正将登陆奔回赤水，突见江流曲转处，闪出一队战船，洋洋而来。杨展不惊，反高声呼问道："率船主将是谁?"那边船上傲然应道："二千岁在此，你是何人?"杨展不知二千岁是谁，料想献忠总可管得他，便回答道："奉诏送恩命来此，请二千岁具备香案，上岸受诏。"说罢便抓过一卷文书作捧诏状，率众登岸，在宽平处站立相候。战船中人，初觉诏旨来得唐突，但亦不敢疑阻，只问二千岁道："怎的此处突有诏来?"还是献诗从容道："万岁原许我立功封王，此必所颁恩诏，泛舟来泸寻我，相遇于此耳。"遂率左右十余人，衣冠上岸，先将携来几案安好，沉香焚上，然后跪地请诏。杨展心里暗笑，仍忍俊庄立，假意展卷读道："奉天承运，皇帝诏曰：'先将二千岁砍了，再杀随从。'"部下应声而起，刀横头落，大笑奔向南山而去。战船中人未料如此，惊惶失色。胡煦上岸追了一程，山深谷歧，哪里敢再深追！急忙回报泸州去了。

刘进忠闻变，忙来泸州，与狄三品商议穷追，为献诗报仇。三品道："这泸、叙大江以南，重山叠嶂，全是蛮箐，来贼究系何人今亦无从查得，能向谁报仇？今幸各路民乱已平，正合回报万岁，以大军直捣遵义老巢，则仇人可得也。"进忠只得回成都来见献忠。献忠闻献诗被杀，大怒，命将总兵胡煦斩首。问进忠道："各路斩杀难民甚多，因何惟你未报杀戮人数？"进忠道："各路或将叛民全杀，我虽只杀十之五六，却将要犯全都拿得。"献忠哂道："杀我兄弟的人，算得要犯么？你可拿着？"进忠道："二千岁未曾与我同行，自泛舟于大江遇害，贼人为谁今尚未知，料想张文灿等所为，我赶到时贼已远去，不知所往。曾与狄三品商议，待大军攻下遵义，必可得此贼也。"献忠无言，忿忿而入。

话说各路叛民，便在这十、冬两月间，大体平定。大小战场二百余处，双方死伤数十万。经此次镇压以后，四川腹里州县果然平静下来，只是地旷人稀了许多。昔日世家巨族，繁盛村邑，大都凋谢颓唐。农村壮丁大都死亡，即青年妇女都已不多，只剩老弱妇孺与伤残半死之人。每夜磷火萤萤，全是一片凄凉景象。却有一宗好事，便是读书识字之人已都或逃或死了，王督师与其他任何人的檄文再也不能到达。因而保持了那日出而作，日入而息的原来社会状态，休养生息，让那小孩们慢慢成长起来，做了残明时杀去杀来的壮士。原来未起叛乱未经剿办的村落，尚能保持繁荣气象的，便成了献忠设官施政的主要地区。但难禁得守官多贪暴，战乱多侵扰，半年之后，仍然次第逼反。受祸之深，多有胜于当年剿办之区。

◎评注

此回，为蜀乱的开端。自是以后，兵连祸结矣。

《蜀碧》引李长祥记，谓山中之内江王系献忠使人伪饰。此仅云西军诈降于内江王，较为近理。

杨展退军时袭杀二千岁事，亦见《滟滪囊》。

第七十三回

铸红夷炮轰彭州塔
兴文字狱杀骨鲠臣

话说献忠剿杀叛民期间，各路兵马未曾遇到劲敌，无一不顺利，处处凯歌，重重功赏，倒也上下快乐。却只忙煞了两位官员：一个是兵部尚书吴继善，各路军马调移，死伤募补，差马调度，粮饷配发，都得报部备案，要他装在心间，运于掌上。部僚未备，案牍纷庞，日夜在公还料理不尽，幸他年富力强，为人果敢，勇于任事，为要显出干员本领，咬定牙关苦支下去，倒也办得有条有理，丝丝入彀。他本天主教徒，原要遵守安息日，七天举行礼拜一次，现在亦破例不做礼拜，不做安息日了。

另一个是工部尚书王应龙，乃是王志贤的父亲。虽只大得献忠几岁，却曾被献忠呼为老伯，在六部尚书中为位最尊。他生性耿直，沉默寡言，识字不多，专喜研究器械工巧，因而做了工部尚书。平时督造弓矢刃矛，力求精利，甲胄力求坚实。但既求坚利，生产便不能多。此时六路大剿，骤然需要许多兵械，害得他昼夜辛劳，加工赶造。因叛民多据山守险，须用火炮攻打，他常到利类思、安文思两洋人处，研究铸造火炮之法，并将铸造浑天仪的废铜改铸大炮，因此整个大慈寺后院的铸造局，亦是忙得不亦乐乎。

一日，王应龙来问两洋人道："我等前破襄阳，见有西洋红夷大炮数尊，摆在督师衙前，因其过于笨重，不便行军，弃之而去，遂未得其用法。随军小炮装药不多，威力甚小，你们是西洋人，可曾知道此物？若能仿造两尊，现在甚为需要。"利类思道："所谓红夷大炮，乃是荷兰国人发明，原称荷兰雷，因中华人称荷兰为红毛国，故改荷兰雷为红夷大炮。他与你们原有的小炮不同处，不只炮身粗大，容药数斗，威力百倍，亦由子弹不同，原料不同。你们中华的炮，不讲究子弹，专讲究药力，有毒火、烂火、喷火等配合方法。药不着物，既无所损，只可骇人，未必能伤人。纵有药中杂入碎铁，断钉，石丸之类，亦松散乏力，不易伤人。红夷大炮先装火药，后装铅子，这铅子浑圆如珠，遭受药力，弹出甚远，人马洞穿。又有铁筒内装小弹多枚，杂以火药，作为大炮铅弹，被炮射出后，筒内药发，小弹四迸，伤人更多，称为百子连珠。它的炮身用铜铁五金合铸，火药分配成分亦与中华不同。他们海军横行海上全靠此炮。我曾屡次看见，可惜未曾学得制造之法。安文思是吕宋国人，精习算术物理，或可帮助制造。"

安文思道："我们当教士的，与中华的和尚一样慈悲为本，不讲杀伐，实未学习制造军火之事。但军火亦是物理产生出来，要我研究亦可得其方法。今感激西主准许传道，愿他国运昌隆，尽此一臂之力，让我研究几天再与你谈。"应龙闻之大喜，报与献忠，再行收求铅铁五金，运到铸造局来。

过了数日，安文思果然想得铸造之法，熔合铜铁金银，铸成三截圆筒，缀合为丈余长之大炮，口径一尺，厚二寸，口围三尺六寸，膛径一尺，厚五寸，膛围六尺，用大车载定，八马牵挽而行。每炮容药二斗。再用磁盆二十只，平缚为架，置水平盆上，熔铅锡为汁，分倾盆内，以八人执架，就水盆上竭力振动之，铅液宛转凝成圆球，便是子弹。其炮共铸两尊，逾月方成。献忠命载到承天门外，亲率一班武将观看。便要安文思开炮一试，安文思道："这是我初次试铸，五金配合分量，未必即到好处。

火药我不会配，用的中华旧制之药，只怕炮身爆炸，伤了放炮之人。”献忠道：“将炮抬到郊外，用长药线引燃便了。”安文思道：“那便只可供玩笑用，不能算作军火了！若作军火须要瞄准敌人，用绳索缚定炮身，二十人分挽于左右两侧，使炮身不得动荡，然后点炮发火，使子弹命中。”献忠不服，定要他到城外一试。说道：“我的人多，纵然炸死无妨，却要看你这炮能打多远。”

于是将炮载到南门外大坝去，将炮口对着南山，传命人民躲避，装上两斗火药，一颗大子弹，要看射程多远。安文思慎惜人命，先在炮车两侧掘下两排深井，对点火那个兵道：“炮身着火，便后坐数尺，震耳成聋。你点火之后，即须跳下坑内伏着，则炮身虽炸，你可无伤。”这才请献忠等同到半里以外一个土坎之下去看发炮，可怜那点火的人，战战兢兢，如临刑场，手执高长火把向烽门一触，不问燃否，即行跳下坑去，久未闻得炮声。又经众军呵叱，乃复爬出来用力将火把触去，尚未收回，轰然炮发，一时天昏地暗，知觉全失，不知是炮震下去的，抑是自己跳下，大半天才从坑子内苏醒转来，手捧两耳，双目惶惶，犹是惊惧不已，惹得献忠与围看诸人一场大笑。献忠命诸将分路寻找子弹，在两里地外找得，破地一丈，入土尺余，一根老树被它侧穿而过，连根推翻。炮身却未爆裂。献忠大喜，赏赐两教士彩缎金银，命其继造较小之炮，以便行军使用。恰在此时，彭县报称朱化龙进攻茂州，石泉县民聚结北山关口海窝子一带山寨响应明军。寨高路险，难以攻下，献忠命将大炮运去攻打，因为大炮身量过重，车轮甚大，车轴甚宽，路窄不能搬运。又命郫、崇等县特造运炮车道，与成都街面同宽，直达彭县。因此占去良田，拆毁民宅甚多，但谁敢嗟怨一声！献忠要看炮力，与安教士一同来彭。其时彭县至关口车路尚未修好，献忠望见东门外龙兴寺塔已有裂痕，又要安教士试炮，看能轰倒这塔否？安教士瞄准塔身，算准距离，一炮轰去，那塔破为三段，一段塌下，两段仍相倚而立。献忠在城上，眼看半塔已倒，又许久方闻塌声传来，甚以为奇，只苦了庙内和尚们。纷传献忠信任洋人，要来毁庙杀僧，先从轰去这座塔做起，一时纷纷逃散。人民亦环跪城下，说这塔是唐朝神人所造，称为彭州古塔，乃是一方风水，恳求献忠保留，献忠大笑而罢。

后来大炮运到关口，山中叛军闻知轰塌龙兴寺塔之事，俱感恐怖，撤营退至山后。献忠命将大炮捆在两匹健骡身上，驮向山中追击，每行二十里替换两骡，如此将炮运至山中，要在骡背上试炮，安文思道："骡子闻声惊逸，伤人必多，可另制炮架。"献忠道："你看对山人马纷乱，尚未逃走，正好试炮，何能等得做来炮架。"安文思无奈，只得先用绳将骡子蹄缚定，上药发炮，轰然二声，那骡子惊惶震跳，竟将蹄绳挣断，骡蹄乱闯，直至力竭气断，随同炮身滚下崖去。军士伤者甚多，安教士躲闪不及，亦被踏伤，献忠大感扫兴，乃率队回到成都。

那时利类思亦已将浑天仪造成，报与献忠，献忠命人抬来，安置在承天殿御座的左侧，再召利教士来讲解用法。利教士道："天上除五星与月之外皆是恒星，位置排列有定，未尝移动，有如这颗天球。这球上刻有二十八宿与银汉、北斗、紫微、三台诸星座，皆中华与我们大西洋能见之星。人见太阳与诸星运行不止者，乃地球本身每日自转一次，每年绕日一次，地既转动，地上的人便觉天体在转动了。这一斜套的圆圈表示黄道圈，便是地球绕日的轨道圈，上面刻有二十四节气字，表明各时地球行所到之位置。这平正的圆圈，是赤道圈，上刻三百六十度，表地球的经度，它与黄道成二十三度半的斜交，因此便生出四季时差来。这相交之点，恰在春分、秋分二日，亦即地上昼夜平均之日。距离最远为夏至、冬至二点，亦即地上昼夜时差最大之日。黄道中轴称为天轴，赤道中轴称为地轴，两轴亦是二十三度半的斜交。天球不转，地球要转，但此仪不能铸出地球，只可转动天体，以示地上所见天象。例如这颗北极星，正当地轴的北端天顶，无论地行如何，它总是位于正北一方。中华称为北辰。北斗七星是地上最易辨明的大星，距北辰亦近，它便随时转动着。这两颗星称为斗枢，与北辰老是在一条直线上。这三颗为斗柄，每天要回转过北辰一次。但因日月运行的配合，不恰是三十日与三百六十五日一周，所以斗柄所指的正确方位，又逐日移动。但每年立春的一刻必然正指东方。中华人呼为斗柄回寅。以此推算全年二十四节气中，斗柄应指何方，皆有定数。其他二十八宿的运行，天河的显灭，都是这个道理。请看此球无论如何转动，你放眼在冬春这线黄道上看去，是绝不会望见天河的。若还按着经纬精细推验，即对天空诸星保无差错。至于地球是何形状，如何会有昼夜四时，那还须待地球仪铸成后，再与天球合验，便明白了。"

献忠听他讲说，看他指点，明其大意，心中十分喜欢，便封利类思为天学国师，安文思为神学国师。每逢月夜星辉，便命人去邀请来宫，饮酒谈论，指正天文气象，与西洋精巧之计。此时大西朝中，最受献忠尊礼的首推此二人。二人乘时请求建立教堂，招徒传教，献忠自然允许。因此便有趋炎附势与忧谗畏讥之人前来皈依奉教。一时收得教徒一百余人，全是朝廷重臣与高贵士绅，最高贵的便是国舅椒荣伯陈士楷全家三十余人。他自从当了国舅，见得献忠性情暴躁，喜怒无常，妹子未能专宠，宫人幸进者多，武将辈又多对其嫉妒，每日忧惧，唯恐大祸到头。今见二洋人甚受献忠礼待，严阁老与吴尚书皆干员，且同奉洋教，以为奉教可以得到安全，遂率全家前往皈依，并劝陈皇后亦去皈依。皇后禀过献忠，献忠许了，便命召教士来宫行礼。二教士齐到，郑重庄严，替陈皇后额上抹了点圣水，祷告一次，取了个法名叫“伊丽莎白”，赠给圣母画像一幅，十字架一个，命其供奉宫中。献忠见这画像美妙，抱个小孩尤觉可爱，以为是送子观音，心中甚喜，厚酬教士金帛送归。

一日，献忠对两教士道：“我虽尚未统一天下，已有乌斯藏活佛前来朝贡，蛮夷土司归降，拜印者一千余国。你们西洋人亦来凑趣。但你们虽来了，我却无甚东西宣传到西洋去，我想你们西洋武器最好，却无文学，中华乃文明之邦，文章好是天下驰名的。我虽是个武人，亦曾学习文章，能诗能赋，一般进士翰林都很服我，因此我才做得他们的皇帝。你二人可将我的诗文同《大西宝典》这部书，译成西洋文字寄回国去，让他们亦知道我们中华的优秀之点，若能召来朝贡，我有厚赏。”

二人先前曾听得献忠正命大臣编纂《大西宝典》颁行全国，今日始得见此书，却尚是稿本，未曾付刊。因识得汉字不多，请求携回照翻。遂辞了献忠，回得寺来，请王志贤为之讲解。这本书共分五卷：第一卷《圣谕》，全是献忠自作诗文，有《御制万言策》，评论历代帝王，推项羽为圣人；又有诗三首，一首是武昌黄鹤楼诗，两首是《甲申感怀》，照录如下：

甲申感怀　一

高山有青松，黄花开谷中。一朝冰雪下，荣枯便不同。

甲申感怀　二

巴蜀有王气，北京是死灰。笑他红尘客，不识岭上梅。

又有散文两章，照录如下：

一

天有万物养人，人无一物报天，鬼神明明，自思自量。

二

我父上帝，设造天地风雷、山川草木、鸟兽虫鱼，为人生养，食德者报，我来临临。

志贤看了暗笑，但亦不便明言，只好说明其意，使他翻译。第二卷是《表颂》，有群臣劝进表、功德颂、郊天表、告庙表、贺皇后表等。第三卷是《诏告》，有登极诏、开科举诏、征士绅诏、避讳诏、颁大顺新钱诏等。第四卷《法令》，载有新颁各项之法。第五卷“附录”，皆各大臣应制诗文。志贤吩咐教士不必翻译后几卷了。

这年十一月二十四日冬至，礼部尚书龚完敬按照明朝成规，在南门外筑一圆形土台，称为“圜丘”，请献忠斋戒沐浴，戴通天冠，穿绛纱袍，盛饰仪仗，来到圜丘行礼，举朝正印官皆来陪祭，祭毕赐宴，称为郊天大典。献忠是主张敬畏天地之人，乐得这场铺排，升降跪拜，行礼如仪，听凭赞礼官捉弄一番。两个洋人因是钦天监主官，亦当从祭。恰好《圣谕》已经译成，便连同《大西宝典》书稿，一并与献忠送来。赐宴之时，将稿献上，并将译意转告献忠，问有无错误。

献忠取过译稿一看，洞洞圈圈全不识得，叫他读来，亦不懂说些什么，只觉得字多了几倍，乃大言道：“这译意大概不错，文字便多出这么多来，这并不是翻译得好不好，乃是你们大西洋的文字根本啰嗦，不似中华文字简明奥妙，你瞧我这两首诗，只二十个字，说的是山间草木，却要把李自成与我的命运比较批评一番，说李不犯李，说张不犯张。这两道圣谕，亦只这几个字，要将天地恩德说尽，我的职责说清，这是何等奥妙！你用大西洋文写了这几篇，仍未能将此深意说明。所以你们西洋，毕竟还是下国。”这话一出，满座文武臣僚欢声鹊起，同声赞道：“万岁明察海外，千真万确！他们毕竟是下国。”两个教士虽然不服，亦不敢抗辩一句，只得微笑点头。

献忠又得意说道：“但是中华文章，亦有做得不好的，之乎者也，然而且而，纠缠一大篇，查考它的意思，仍还不过那一点点。我这两篇圣谕，不用这些啰嗦，简洁了当，明白清楚。今后新朝文章，应以此为式。”于是又有一批大臣高呼万岁，盛赞此种文体，请将此两通圣谕颁行天下，刻碑传世，永为楷模。

严锡命及吴继善是天主教徒，见解与众不同，初闻献忠批评西洋文章，心已不服，至是见众人谀附献忠太甚，更为烦恼。锡命老成持重，缄默不语。继善平时恃才傲物，爽直敢言，此时已不能耐，出位启道：“圣言简洁，非上智者能明晓意旨，天下上智者少，下愚者多。文章之用，在使读者能解，过于简约亦非所宜。如此圣谕，似只可作为朝廷典训，未足颁为天下法式。”献忠正热烘烘的高兴，突被泼了这盆冷水，大为不悦。怒视继善道：“朝中进士文人，不止是你一个。众皆说好，你独说是不该，你是长有反骨的?”严锡命怕继善吃亏，忙插言道：“圣谕四句只用二十来字将天下臣民应发挥良心、敬天、礼神、忠君、爱国之义阐发尽致，乃是文章的极品，实宜颁示天下，立为楷法。吴尚书虑到曲士小儒不明意旨，亦非无见。譬如六经之文原非曲士小儒所能解，但经历代大儒为之注疏，他们亦就懂了，并且能依照法式学习作文。今天子圣谕正与六经之文一般，似宜由廷臣注疏同时颁行。使各州县生徒研习，上智者一见能通，下智者读注可通，此乃兼顾之道。”献忠这才喜了，便命从宴诸臣，即席各撰《圣谕注疏》一通，吴继善畏祸，亦拟了一通简短之文呈上：“人与万物，皆天所生，天独厚爱吾人，悉万物以供养之。则吾人如何体仰上苍好生之德，恢弘民胞物与之义，节用爱人，忠事天子，以报帝德乎！鬼神诸司，为最能体仰天心者。人能修省，精诚可通，福报可致。违天慢神，灾祸乃兴。”献忠此时正当剿杀各县叛民未了，见继善文中有“体仰上苍好生之德”一语，以为他有意讥刺，心中甚怒，却尚未便发作。事有凑巧，恰逢神策营总兵祁三升持一军饷马料账单来请核发，献忠随手付与继善道：“发与他！”

这神策营并非旧有，乃是献忠新近采纳王国臣建议，命各府州县卫所，绅衿世职之家，各派一子弟亲人前来成都就学。通文翰者勒入国子监学习文艺；不通文翰者编入神策营学习武略。实因最近起兵作乱的，全是内地绅衿与边陬世职，故出此策，将尚未叛乱的世家大族子弟征来训练，有坐质之意。编入神策营者以缘边土司卫所之人为多，献忠为要买其欢心，衣甲马匹皆选上品，军饷粮秣亦从优给。乃由献忠自行决策，并未关照兵部。继善此时接过账单一看，毫无旧案可忆，料是新成立之军营，对献忠道："军饷马料，例须先行报部备案，待兵部派员点检人马确数再行核拨。此营成立兵部尚未有案，应候报验后再发。"万不料如此循规蹈矩之言却惹动了献忠的怒火，只见他从座上直跳起来，扑面一拳向继善打去，继善哪禁得这一拳，仰跌在地，痛愤并发，大呼道："老臣无罪！"献忠怒上加怒，又是狠踢两脚，大吼道："你的罪多了！咱老子未入成都时，你先将家口移出城去，准备与老子拼命。倘非在老子左右做官，你早已造反了！"那继善亦颇顽强，卧地抗辩道："老臣先搬家眷逃生，原要死节在官。陛下当时不肯杀臣，今日乃以莫须有之罪相加耶？"献忠咆哮暴跳道："吃老子的禄，办老子的事，却不遵老子的意愿办事，难道要老子跟着你做皇帝。"继善仰望汪兆麟许久，丧气言道："果如此说，老臣该死久矣！只是君使臣以礼，士有不可辱。陛下以万乘之尊，拳殴大臣，脚踢宰辅，将何以昭示天下后世乎？"献忠攘袖张拳道："老子不但拳殴脚踢，还要剥你的皮，杀你的全家！"便吩咐左右："拉去收拾了！"两旁大臣皆震惧失色，莫敢求情，可怜继善，做了两朝降臣，一月尚书，终于被杀，还拖累了二十余口家属的性命。他与华阳令沈云祚同乡同榜，同在成都府任县首，成都紧急时，相约一同死节，同日将家口亲戚送出南门，往邛州避难，只留单身在官，准备一死。其后城破，同被囚于大慈寺，云祚死节，他却降了，成了新朝一名干员。其时沈、吴两家眷口已随胡恒避难雅州，未闻成都确息，他亦不知妻儿逃匿何地，迨雅州知州王国臣为高土司所逐，逃来成都，见继善已降新朝，甚蒙倚用，便将其家口在雅州告之，继善这才命人随收复雅州之军前往访之，在孔坪深山中将一妻一妾、三子二女及婢仆等寻得，并将云祚死节之事告与沈之家属。此时沈、吴两家荣枯天壤，不得不将数年相依之谊割断，分别而去。吴眷到成都不到两月，突然遭此奇祸，一人未曾留得。沈眷经其妻舅张士伟保护，流离奔走于西南万山中，备历艰苦，后得黎神武、范文光与杨展等人先后礼待。士伟姊妹寿终于蜀，女嫁蜀中，弱子沈荀若，自七岁遭难，至二十四岁时，竟得归其本籍。

◎评注

献忠对浑天仪感兴趣，又喜舞文弄墨，是质美而未学者。其试红夷炮，杀吴继善诸事，亦足反映其资质。

《蜀碧》谓：龚完敬为兵部尚书，江鼎镇为礼部。《蜀难叙略》、《蜀龟鉴》、《蜀破镜》皆谓：吴继善为礼部尚书。译本《圣教入川记》谓："屡见献忠震怒，七窍生烟，人莫能当。……""亲见献忠将吴继善……已任礼部尚书，因奉命散给匹马于各兵人。继善请开兵人之名，以此细故触怒献忠，即受虐刑毙命。"所言为兵部职，其云礼部，盖译人依沈荀若《蜀难叙略》妄改也。荀若时方七龄，安得确记其事。此书所记与《圣教入川记》合，而更翔实。

第七十四回　金川法王戏大阅　狗皮道士闹皇筵

话说张献忠杀了吴继善，胡显当即嘱其妻汪氏入宫，如此如此。次日献忠有诏，以胡显为吏部尚书，改江鼎镇为兵部尚书，升王国臣为市易使，改京兆尹为佑天府，以陈士选为府尹，如此迁调之后，新朝又多一番热闹。交代，谢恩，贺喜，拜客，宴客，闹了半月，已是腊月封印之时了。各道衙门皆已循例张贴“封印大吉”的红报，只留少数人员办事，多数人皆在准备度岁之物，打点送礼请客诸事，唯独市易司此刻反较平时忙碌，加紧办公。

原来市易司所管为诸番出入市场及朝贡之物，番夷居地高寒，生性畏热，夏季例不出境，入秋冬后，方肯驱策骡马到内地来。至其尊贵人物，更非待至隆冬不到内地。本年因有献忠派人深入番中招抚，番人闻四川有新主即位，兵力甚强，又能优待夷人，赏赐甚厚，便有许多明朝未经绥抚的部落接受大西招抚，前来朝贡。此时到成都的有雍宗寺大喇嘛泽仁多吉，白利王罗卜特札、巴地国王佐布木、金川国王郎什隆等。诸王皆奉雍宗寺大喇嘛为教主，尊号为雍宗法王，一切秉承其命而行。其地与朵甘国接壤，世代为仇。前明招抚朵甘与乌斯藏国王，均授都指挥世职。因而这几国不受明朝之官，仍与朵甘相仇，世代交兵，互有胜负。今闻大西天子与明朝为仇，自然乐得受抚，思结外援以制朵甘，故此联袂前来朝贡。白利国距成都二千余里，诸王相待同行，故至封印期近始到成都。市易司闻有远国前来朝贡安敢怠慢，供张驿馆，安顿从人，检点贡品，翻译贡表。由王国臣亲自前来报与献忠，并奏道："西番地域辽阔，部落繁多。其与四川交通，向以黎雅、松茂为门户。现黎雅为曹勋所阻，松茂为朱化龙所据。这三个国王与其喇嘛法王，乃系梯山开道，由播郎山小路而来。本朝厚加绥抚，可得其死力，以攻曹勋、朱化龙之后方。"

献忠看那贡品，全是土药、毛布、兽皮、佛像、线香、铜器之类，无甚珍奇，心中不悦。道："蛮王贪图老子赏赐，名为朝贡，实系大敲竹杠。他们语言不通，有兵用不着。但既已远来到此，还须给他个满意。"乃将龚完敬与王尚礼叫来道："新有四个蛮王前来朝贡，你们选定日期，在承天门外耀武，承天殿上赐宴。军士要衣甲鲜明，戈矛犀利，步伐整齐。酒席务要丰腆美好。陪宴各官俱必衣服鲜丽，精神严肃。让他们蛮子亦开开眼界。"当即确定腊月二十八举行，先受朝贡，再行阅兵，最后在承天殿内外大宴文武百官。三人分头布置而去。王国臣回来，调齐本司通事与番国译人，将当日如何入朝，如何行礼，如何观兵，如何入宴等等仪法详为解说，命其前往教导各番王，又亲去看其演习一番。许以礼成之后重赐绢茶黄金，并助其向邻部复仇。诸番自然都遵办了。

到了这天，自三桥至承天门的广场，左右御街，均已打扫干净。自端礼门至承天殿，左右朝房全用丹漆涂柱，金碧饰瓦，彩绢障壁，毡毹铺地，琉灯遍悬，乐台高张，禁卫森严。王国臣陪同番王喇嘛在前，三王在后，各随通事伴当一人，左右扶持，通过承天门外广场，已见候操兵马分扎场上，森然簇立，肃静无哗，军容甚为可观。入门以后，踏着一路锦毯，远聆细乐，如行天上，来至端礼门下。献忠便于此处设座受朝，通事伴当，扶掖四人，跪拜如礼。礼毕赐座。侍臣摆上四只椅来，通事连呼四人谢坐，四人不习坐椅，相顾久之，席地而坐，惹得献忠好笑，问道："为何不坐椅上？"通事译为番语，转问下去，喇嘛答了，通事又才转译道："番国只习趺坐，不解椅子何用?"献忠命扶上椅去试坐。经过许久，伴当始将四人扶坐椅上，那喇嘛仍想在椅上盘膝，因为腿骨高长，椅上又有左右靠栏，横竖趺坐不下，只得伸只腿到椅外，作半趺坐。国臣与伴当们，俱未曾先教法王坐椅得罪，额汗涔涔。献忠却乐得看他坐法，呵呵大笑。坐定再问几句，全是喇嘛对答，三王应声而已。因为问答一次，全须两度翻译，费时四倍，献忠不快，只对国臣说道："陪他们去看操，吃酒，待元旦后给他们封诰赏赐。"便起身到承天门上阅兵去了。

四个番王仓皇起立相送，喇嘛却被椅栏绊住，险些跌到地下，幸被伴当扶起。国臣看他脸色似颇尴尬，见他与三王唧唧咕咕说了几句，通事不肯翻译，想来是抱怨之词，但仍然到承天门楼侧座上看操。那操演的军官士兵们一个个抖擞精神，超距腾跃，进退格斗，都如生龙活虎，技艺可观。但喇嘛一见之后，便不再看，手出佛珠玩弄，念念有词。本是大好晴天，此时，忽然北风大起，彤云密布，瞬息大雪纷纷，乘风而至。风雪如刃，自西射来，直入军们的衣甲，一个个骤感寒冽，阵法遂乱。王尚礼上楼请旨罢操，献忠不许，众军只得继续演去，暗皆叫苦。突有几阵狂风夹雪，由西转北，直向献忠座上袭来，使献忠亦打了几个寒噤，但他生性倔强，端坐不动，直至操罢方止。王国臣居边日久，素闻喇嘛们有妖术，能致风雨。今见天气突变，喇嘛与三王坐风雪中，屹然如常，并未观操，口中只是念咒，料此风雪必其所为。苦了不能诘问，亦不敢告知献忠。只好命通事问喇嘛道："闻大喇嘛能禁雪止雨，不知今日肯为众军作法，让风雪去否?"喇嘛闻言，抬头看着国臣，不知说些什么。通事译道："大喇嘛说：他只修习佛典，并无回风止雨之术。"国臣只得默然。

按下广场阅兵，且说龚完敬率同礼部人员在承天殿上下安设筵席。从宴官吏排定座次，请献忠核定，贴签在座，并通知各官依次入席，以免混乱。其时腹里州县民变已平，四家王子与各路军将皆已回京，为献忠贺岁。各路御史巡司诸官亦已大集成都，经核准从宴之官共一千二百七十余员，承天殿内安设九席：正中一席献忠居首，汪、严二阁老居左，利、安二教士居右，王志贤与陈国舅下横；左列四席皆是武官，孙可望、李定国、刘文秀、艾能奇居首，以下为王尚礼、马元利、刘进忠、狄三品、张广才、张化龙、冯双礼、张能第、王复臣、张其在等都督，皆七人一席；

右列四席皆是文官，以王应龙、胡显、王国麟、江鼎镇、龚完敬、宋日瑛、王国臣、陈士选八人分占首席，以下为张应璧、刘鸣凤、刘承允、李时英，及六部侍郎、主事、诸路御史等官，皆八人一席。承天殿外廊横排五席。正中一席老神仙陈士庆居首，御营总兵官六员从座。其余四席，四番王居首，通事、伴当左右侍坐，六卿司道官员从座。丹墀之下一百二十席，为其他文武各官。司礼监魏佶纠仪，都知监王珂监酒，亦坐殿廊五席内。

如此序列座次，安排妥当，光禄寺早已调用全城厨师，分在东西华门内隙地廊房安设厨灶，炮炙珍馐，暖定醇酒，只待阅兵既罢，即行开宴。不料大雪大风，卷坏殿下天幕，破坏了宴席。且喜献忠定要待阅兵完毕方退，礼工二部人员得以重行结幕，拂拭一新。更添上许多炭盆在内，鼓乐齐鸣。阅兵已毕，献忠与从阅诸臣，应召武官，鱼贯入席。风雪之后各人皆盼饮酒去寒，偏是正中一席尚有三人未到，江鼎镇与魏佶俱恐献忠生气，忙截拦献忠道："天气骤寒，大臣多在增加衣服，请陛下更加貂裘。好在开筵时间，尚有一刻。"如此将献忠诳进宫去，一面再派干骑往大慈寺催促。

众官候得十分不耐，多有烦言之际，始见两洋人与王志贤，同一肮脏道人仓皇走来，洋人随走随向两旁各官打拱致歉。王志贤走上台阶，见献忠尚未入座，乃小立对众官言道："今天两位国师赴宴，路上碰见此人，言谈玄妙，洞中隐微，实乃今世之仙人，故一同邀来，请新主考验。"众官闻言，齐注视那道人。木簪素髻，赤足草履，一件白色直裰，已垢腻层层，作暗褐色了。手执藜杖，上挂一张狗皮，腰系麻绳，带上一个葫芦。面貌清癯，有如古松怪石，双目炯炯，放出两道寒光。一躄一拐，不惊不诧慢慢走上台阶，瑟缩言道："好大一天蛮雪！冷得我心里痛快。这次来后，再也不想来了。"魏佶见他与王志贤上了台阶，忙上前去拦阻，走近之时，忽又见志贤与两教士同行，不见道人，自疑眼花，再三四顾，亦是无人。迨三人就坐时，忽见那道士高居到献忠的首座之上，魏佶忙上前去抓着他道："你是何人？敢僭御座！"那道人嚷道："贫道今日受新主上宾邀至，无有座位，立在御座之侧候主人安排，何曾侵犯御座？"魏佶定睛看时，果是立在座侧，志贤忙将自已座位让了那道人，退到孙可望席上来，找一空位坐下。可望因志贤曾与献忠结拜，敬为父执，定要将首席让于他，结果是并坐首席。

那道人居了志贤原座，便向陈士楷道："国舅，你好福气！过了新年，咱们同上峨眉山去。"士楷素不识他，认为是个疯子。因是天学国师带来，亦不便发怒，只得微笑不理。汪兆麟问两教士道："你二人如何识得此人？"两教士尚未回答，那道人先自言道："汪阁老，你不识我？我是通城乞食的狗皮道人。"兆麟道："仙师本名本姓？"道人道："本姓早丢了，连父母祖宗皆已不知。"兆麟道："仙人游戏人间，必有异术相娱。"道人道："异术一点没有，只能变点戏法欺世，混混饭吃。"兆麟欲问他有何戏法，话才出口，道士忽然不见。四下探望，原来他又高居在御座上了。急忙叱道："此乃天子御座，快速下来。"道人道："你又来了！我自坐在王和尚让与的座上，何言御座？"兆麟闻声发自原座，回首看去，果然他在原座上，再望御座已是空无一人。兆麟悄问严锡命道："你见他升居御座么？"锡命道："他自坐着未动，如何你眼花了？"道人道："严相老眼真的花了。汪阁老眼睛却不花。"锡命道："能修障眼法亦是仙人。未识能知过去未来否？"道人道："这我不懂，只会看相。我看你福气虽不很大，文章却写得好。房子甚为华丽，就因这吃苦不尽。"锡命道："仙言难解，更请明示。"道人道："有何难解，明年自解。"

魏佶早将此事飞报献忠。献忠不信，整肃衣冠，高视昂步而出。所有在宴官吏，皆起立迎候。道人忽已伏于献忠之前，"汪、汪、汪、汪！"大作犬吠之声。魏佶着慌，忙上前去驱捉，刚捉着领，道人已经不见。献忠心中大惊，外表却甚镇静，便如未见未闻一般，从容入座。见下席王志贤位上，倚着一枝藜杖，挂上一张狗皮，问是何物。魏佶禀道："是适才那疯道人所遗。"随说随去取来，向殿外掷去，刚一脱手，那杖腾空飞舞，有如游龙夭矫，翔回殿庭内外，万目共睹，无不称奇。少时飞杖仍落于座上。魏佶再要拿时，杖又腾起，献忠命罢了。因问："谁引这妖道前来？"安文思道："我等常见这道人在东城乞食，每见我等出街，必来面前作犬吠之声。今日我二人与王爷上朝，又遇他来拦路，硬要同行赴宴，掀开了他，前行一程，又见他在前面阻着，并说今天风雪天，必须回去加衣。我们认他是疯，叫从人拉开了去。前行一程，又是他来挡着，如此几次，果下了雪，我们奔回寺里加衣，又见他在寺外相候，还说时间尚早，不用着慌，包管你们到了皇帝才会出来。因此我们将他带来，请陛下考问，不料他又逃走了。”

大家正倾听中，忽听那道人道：“我自坐在王和尚让我的座上，何曾逃跑!”大家一看，果然他已在座。献忠不觉大喜，问道：“你果然会幻术。今天来想干什么?”道人道：“大皇帝福德正隆，特来恭贺，讨杯压岁酒喝。”于是他二人便在席上对答起来。

问：“你的本姓名是什么?”答：“本姓早被财色磨掉了。”问：“到底总得有个名嘛!”答：“我叫汪汪。”又是一度大作狗叫。问：“你除善变幻外，还有何种本领?”答：“文能安邦，武能克敌。”问：“你愿做官否?”答：“不敢，我怕剥皮。”问：“你见过李自成么?”答：“他已做了出亡的崇祯，还差个渡江的项羽。”问：“我在此地如何?”答：“版图较小，国运较长。”问：“你看我可能取得天下?”答：“明年后年大功告成。”问：“你看我的臣僚如何?”答：“汪！汪！汪。”狂吠不已。献忠怒道：“为何只作狗叫?”道人道：“昔孟尝君有鸡鸣狗盗之徒各一人，名震七国。陛下要取天下，须得狗鸣鸡盗之徒为辅。”汪兆麟斥责道：“从来只闻鸡鸣狗盗，何得错乱其文?”道人道：“犬吠祛箧之贼，鸡盗仓余之粮。今如只有摇尾之犬，庇奸避盗，则家必破。大臣皆只逢君之恶，阿谀谗谄，则国必亡。末劫之世，无官不贪！若只如鸡盗，啄仓余之粮，畏呵叱之声，则元气可无大伤，官箴可以渐肃。若皆作狗盗，入厨衔肉，发墓嚼尸，则民何以堪?国何以国？故作大臣者，无妨养鸡鸣狗盗之士，谋国家者，必须有狗鸣鸡盗之臣。”献忠见他议论古怪，心中暗以为异，却半理不理言道：“你若有才有能，佐我平定天下，不枉学了神仙。若还只有幻术、口辩，亦无足取!”道人仰天大笑道：“此来正为佐你取得江山，你却不识，辜负我葫芦里三通锦囊。”献忠便要看他葫芦。他道：“且慢来！待酒醉饭饱，我再告你。”于是献忠忙催上菜添酒。筵席完后，让各官散去，独留道人入宫密谈。询问葫芦里究竟是何物。道人已是酒醉醺醺，尚要喝酒。献忠命上酒让他痛饮，再问如何取得天下。道人且饮且说道：“这葫芦里是祖师相传的锦囊三策，凭你探取，若选中下策，只能据得四川三年；选中中策，可得半壁河山，享国终身；选得上策，可以统一天下，传世三百年。”献忠便要去探，道人阻道：“葫芦孔子太小，我看得见，你探不出。我明白指点你吧。先说下策，将反抗你的人全杀了，只留奉承的人，像四川这块地方，外人难得杀进，你亦难得杀出，只要全川没有一个人敢说你不好，这江山岂不便坐牢了吗?”献忠听来有趣，再问中策。他道：“中策是将读书人和兵杀去大半，只留几个心腹人管理镇压，所有农夫织妇与工巧之人，则全部留下，这样便有吃有穿，民安国富。且待李自成与明、清三股打作一团，精疲力尽之时，你将休养已久之民尽编为兵，整军出讨，谁敢与你为敌。但因人才缺乏，取天下易而治天下难，故只能保三十年大位。”献忠再问上策，道人似醒似醉言道：“上策，你把这批大臣杀完，只留王和尚、两个洋人、四家养子和一班武将，自己去了皇帝称号拜表到南京的大明天子处，求他封你为侯，愿率手下之军北出汉中，声讨李闯，驱逐满虏出关，取整个河山奉还大明，南京必然照办，川民必然乐从，王应熊自然远避，王祥、杨展、曹勋皆当受你指挥。然后选贤任能，务农殖谷，以固根本之地。一面振军经武，誓师北伐，由汉中、关中慢慢开拓地盘，不出三年，可以统一天下。那时，人情归附，政由己出，明朝皇帝就是你掌上的婴儿了。”说罢呼呼睡了。献忠听到上策，心中不悦，又见他昏昏睡去，怒道：“却是他娘个醉酒鬼！拉了出去。”左右将道人拖出，沿途呕吐，臭秽难闻。拖到东华门外，道人大吐，满地狼藉，死也拖不走了。遂弃之道旁而去。一夜大雪，猜想醉鬼必然冻死，明晨去看，沿路觉有异香，雪中尚无所见，及至东华门外弃人之处，已不见了道士，只剩积雪痕中，一坑香气，惊动宫内宫外，万人聚观。献忠亦出来看过，嗅过，暗自称奇，乃命从人搜寻狗皮道人，要想再得他来商议大事，搜遍城郊，并无人见得踪影。转瞬便是乙酉元旦，文武百官前往承天殿贺岁，两教士、四番王亦在，盛况与岁前大宴时相差无几。献忠升座后，突见狗皮道人亦跪在前列，大作犬吠之声。献忠盛怒，大呼取剑，左右见此情形，一面取剑献上，一面共来擒捉道人，只见道人一片笑声，起立而逃，绕行于各官行列之间，禁军拿他不着。献忠仗剑亲往追杀，诸臣让路，偏是道人要在人丛密处躲闪，被献忠误砍伤臣僚二十余人。朝班大乱，献忠气得暴跳如雷，连呼放箭。道人亦大作犬吠之声，得意洋洋地从东华门出去，诸臣与禁军竟莫能将他捉得。献忠命全城军士追杀，四门皆有道人出走，便分四路追出，每遇歧路，必各有一道人分逃。如此追至日暮，各追获狗皮道人一个，道士沿途狂吠，数百里全是吠声。入城之后，市人见各军士人提一狗，吠声聋耳，人人指狗而笑。军士自视所捉道人，乃全是野犬，无不大惊抛弃，众犬如野马脱缰，逢屋乱窜，逢人乱咬，全城为之大乱。

◎评注

喇嘛祭风雪惩献忠，是存疑；道人作犬吠戏献忠，是写实。然神仙游戏，未必果有。喇嘛弄法，则确有之。其验不验无准耳。

狗皮道士事，野史多载。

《圣教入川记》谓："一六四四年冬至，大宴百官。……献忠首位，次阁老，次二司铎，再次献忠之岳丈，余则各按等级列坐。"查献忠娶陈演女，此时不得有岳丈在座，当以此书为实。

自第四十七回至此，属甲申年事。是年，清帝入关，称顺治元年。明弘光帝立于南京，乃称崇祯十七年。李自成称大顺永昌元年。张献忠称大西大顺元年，即公元一六四四年也。

第七十五回

访故人微行大慈寺
料军粮骇煞王尚书

话说张献忠自称帝以来，一直骄满到岁除，始遇狗皮道士给了他个小小的教训，从此感觉清醒了许多。正月初一是百官朝贺之日，他尚暴躁非常，初二日，却变了一个样儿，戴上软巾，穿上便服，披件浅黄色斗篷，脚踏皂靴，手执一柄玉如意，率领内监数人，屏去仪从，步行出西华门，亲观民间景色。此时民家全都关门闭户，街市静静的，少有行人。只有许多士兵就地掷骰，喧闹嘈杂，点缀热闹。他们全都注目盆中，没有人发觉献忠到来。献忠徐步走进一堆人丛中去，分开几人要向盆前探看，那些人眼盯着盆，未见献忠，反用力将献忠往回挤，被内监喝声："万岁到了！"诸人抬头，果见献忠，不觉拔脚奔散。献忠招手道："回来！咱们同掷。"各兵士站住了脚回望献忠，见无恶意，果即擦脚搓手带笑转来，立在盆边。献忠道："新年上节，咱们掷个喜头，你们出注，我掷。"军士有几人出了几文银注，献忠捉骰在手，喝一声"通！"一把掷去，六颗恰恰不同，众人高呼："大顺，大顺！"便有人将钱与献忠扫到面前，欢呼道："万岁赢了！"献忠心喜道："饶了你们这注。"命将钱还各主，再掷一盆。这手抛下，盆内已住三六、一五、一幺，另一颗滚转不停，众人帮着献忠喝彩，同声呼"六"，偏偏滚出一个幺来，献忠将骰向地一抛道："老子输了！"一个士兵道："万岁，这叫财神眩眼，仍然是个吉兆。请再掷一个输赢。"献忠果然再掷。这次掷了许久，未能成色，遂弃之而去。献忠自三桥北街向东，望见承天门前坊表与城垣雉堞，觉其崇丽庄严甚为可爱。此时街上过往之人较多，亦有军士聚赌，概未理他。转过东城，忽想起两个洋人来，便向大慈寺行去。入寺后院，见安、利二教士正在雕刻地球仪模型，先向他二人一拱表示贺年，并问道："新年尚不休息么？"二教士忙起身应承道："我们西洋，冬至后七天便过年，此刻已是二月临近了。我等外出，遵的中华习俗，回家后便遵西洋习俗。"献忠点头，将所雕地球仪端详一番。再问所译诗文，已寄回西洋未曾？安教士道："须待春水发后，蜀江行舟便利，由出川教士携到广州，托海船寄出，此时还未寄出。"随即献上几块干枣，一瓶葡萄酒。献忠饮了几杯，觉甚甘美，便问酒的来历。教士道："此乃大西洋人将葡萄捣碎酿成，须在地窖之中埋藏十年之久方得甘美。我们天主教士，与中华的和尚一样，但却准许喝酒，敬神亦必须用酒。教会常年用海船运来配给各地教士，这酒是从北京捎来的。除陛下外，不敢献与别人，因为存量已经很少了。"献忠道："我国亦有葡萄，你们能制造么？"教士道："这酒酿造甚易，只是时间难待。今年葡萄成熟，拟大量收来酿造。唯愿陛下国运昌隆，传统万世，此酒亦得经久而醇。"献忠道："我刚才掷个彩头，人们只呼得两声大顺，只怕这酒难以到口！"说罢有些凄然不乐。又想起王志贤来，遂从寺后直到志贤的方丈室相访。

恰逢王国臣领金川法王等四人，亦在方丈室与志贤贺岁。志贤留用斋饭，详询番中情形，已有半日。突见献忠走入，大家惊慌起立。行过了礼，便让献忠首座，一同用斋。献忠对志贤道："前日那疯道人很崇拜你，说我的国运需赖你昌隆。回想咱们兄弟十多年来的事，觉得那道人的话很对。自你当了和尚，我便做错了许多事体，譬如杀吴继善，真令人失悔！若你在场，一定杀他不下。今日特来与你拜年，请你仍回朝去，多替我出一点力。”志贤听了感激万分，答应每日入朝办事，却不肯蓄发还俗。

献忠又问王国臣道：“这几个入贡的远人，诰敕、金印、赏赐都已办好未曾？一切务须从优，不可叫他们失望。”国臣唯唯道：“即与礼部商办。好在他们尚需往游峨眉，为时甚宽。”献忠道：“大宝法王亦曾游峨眉。峨眉是中原的山，这些番夷何以去朝拜？”志贤道：“近日研得佛典，知道中华、印度与吐蕃之人皆奉佛教，佛经所指名山，三方都是同的。五台山为文殊菩萨道场，峨眉山为普贤菩萨道场，普陀山为观音菩萨道场，九华山为地藏王菩萨道场，这便是我中华的四大名山。西蜀占得峨眉，距西番最近，故番人来朝者众。陛下开国巴蜀，似亦应该崇祀此山，以抚远人。查古天子即位，必有巡狩四方，崇祀山川之礼。纵因万机无暇，不能亲往，亦必派大臣代行。小僧欲请得此差使，同金川法王往峨眉一游，借旷眼界，不知可否？”献忠道：“这有什么不可！我便叫礼部替你预备，要多少钱我叫户部支。不过，前时青羊宫道士，送来什么洞天福地记，有所谓八大洞天，三十六小洞天，七十二福地，八十一玄化，他说青城山是八大洞天之一，峨眉山乃是三十六小洞天之一。现在和尚又说是四大菩萨道场，看来这山是和尚的还是道士的，还说不定呢！”志贤道：“此山原是道家洞府所在，因为道士无能，管理不下，才被僧流占领。这亦如世间有王朝兴替一般。至于仙佛圣人，唯德是馨，名山大川，无往弗至，对于僧道并无内外亲疏之别。譬如此山，明朝的蜀王常年派人致祭，这山便是蜀王的。今陛下亦祭祀之，这山便是陛下的。蜀王失道，此山不能保其不亡国覆宗。倘陛下失道，此山亦不能保不亡国覆宗。这就叫鬼神无私，惟德是凭。”献忠道：“我近来已懂得这些道理了，不愿你多说这些，另讲套好听的吧！”

沉默了一会，献忠又问王国臣道：“这金川法王并无什么法术，何以能得诸番国王信任？他们来此，有什么盼望我做的事？你与他们周旋已久，应该明白。”国臣奏道：“臣连日探询，番地数千里中，大国小部纷纷不可计数，并无一个国王可以统管，只有喇嘛可以法力指挥若干部落的酋长，故称法王。前次的大宝法王亦是这样。此外法王甚多，皆以番人自行推尊者为贵，经中华朝廷封拜者尤贵之。一部落，一寺庙之所推尊，甚至于自称法王的，便不尊贵了。番地佛法共分黑、红、白、花、黄五大派，各立门户，互相攻击。前之大宝法王乃是白派，为乌斯藏地所信奉。这金川法王乃是黑派，受一百余部落的信奉，同来这三个国王，为黑派部落之最大者，其距四川最近。他们西边有朵甘大国，信奉花派，其法王远在乌斯藏以西的萨迦寺。这朵甘常与乌斯藏及黑教部落打仗，甚为强横。朵甘之北又有霍尔王国，专信黄教，近已将朵甘与乌斯藏打败，渐渐逼近黑派地盘。他们此来，意欲得大西兵马，共征霍尔。他们北边有果落国，信奉红教，亦受黄教威逼，愿与金川联合。果落在松潘之西，若能与我联络，出兵攻朱化龙，亦是新朝之利。"

志贤道："还有青派呢？"国臣道："这派讲究清修，不问政事，各派人都尊敬他，故称为清派，通常说成青派。"献忠道："你对他们说，现在川边未靖，待我将曹勋、朱化龙剿平，大路通了，我定出兵帮他们打败敌人。他们若要快些通路，最好先出兵打曹、朱两路反贼。"王国臣命通译当面讲与诸番王，四人皆应声称是，随同王国臣叩谢而去。

献忠回宫，将派王志贤同喇嘛往祀峨眉之事，叫魏佶传与礼部去办。陈皇后听见亦求献忠，许她亦派陈士楷往朝峨眉。原来这嘉、犍、井、仁、荣、威几州县人，信仰峨眉山神最笃，陈后要祈求早生太子，故欲遣人前往许愿。献忠准后，陈后即检点珍珠帘伞及宝贵之物，将陈国舅叫进宫来，嘱其携带各物，与喇嘛同行。

正月初三日，献忠设宴，为金川法王及王志贤、陈国舅饯行。文官自侍郎以上，武官自都督以上列席。王志贤一早入宫，启献忠道："六部未设以前，全川户籍钱粮是我料理。户部设立后，我在刑中，但各县秋粮业已征齐入库，户部守成而已。今当远行，应将本年粮税征收情形与夏税开征成规，及失陷州县应短数额，本年例支、特支与兵马出征应行加派之数报与陛下，饬户、兵各部备案。或量入为出，确定州县征额与养兵、用兵之数。必须财政安定，方足使政务修明，国基稳固。"随即交上一张账单，献忠忙命人将汪兆麟与六部尚书、四家王子召来议事。

献忠看这账单所开，乃是前明旧案所载各府州县额征税粮之数。于是接着问道："何以未列得胜州？"志贤道："得胜旧云绵州，领罗江、彰明二县，属成都府。兹列在成都府三十一州县之内。"献忠道："成都管得太宽了！何以仍只这点税粮？"志贤道："此乃前明布政司旧案，似因首善之区，特宽田赋以固根本之意。”其时四王、二相、六部皆已到来，各将此单看了一遍。献忠对户部尚书王国麟道：“你记得这些不？”国麟惶愧道：“小臣到部时，一切已由王爷办好，收库。户部惟知遵旨动用，只有出账，未有收账，不似王爷这般精细。小臣该死。”献忠道：“那么现在库存尚有多少？”国麟慌忙不能作答，但云：“详数尚得查簿，小臣只知库存仓存，许已快完了。”献忠怒视了一眼，骂道：“好俸好禄，养你驴毬造的！”骇得国麟跪地叩头，连呼“该死”。献忠叱道：“还不快去查造一单。”国麟连称：“是，是。”起身飞奔而去。

志贤道：“不必开账，亦可推测目前仓库空虚情形。盖四川田粮，向分夏、秋两次征收，夏税估占全额十分之四，例于五月开征。秋税十分之六，例于七月开征。去年大军入川，明朝诸官已将夏税用尽，秋粮亦已征去一部。本朝定鼎，仍令新抚州县照额补缴秋粮，共收入秋粮约五十六万石，布约十五万匹，棉花七万余斤。远道州县则就近拨充军用，多余之额，折银运成都。实际入库，只银十万余两，布匹两万余匹，棉九千余斤，粮二十万石。加上抄没蜀王府金银、粮储、丝帛、棉布约多银五十万两，布帛粮食加倍。原养兵一百余营，各路具报新降增补，又已增加三十余营。连月用兵讨叛、恩饷、劳饷、马干、驿运耗去银约三十万两，粮约三十万石。新增五府、六部、六卿、诸司、官府诸费，半年来亦当耗银近二十万两。目前库存，不过银数万两，粮十万石及若干棉丝布帛而已。现距夏税开征期尚远，若幸国内太平，天子节用，亦难维持经常例支。若再还有兵马杀伐，则捉襟见肘，无力应付了。此乃新朝大忧。窃见诸公沓沓，故于出都之前提请留意。”

献忠与众官听罢，无不大吃一惊。汪兆麟勉作镇静，大言道：“这亦无妨。我看四川人民富乐，单只这成都城内外，富家栉比，良田云连。稍事搜刮，足备三年军需。目前司空告匮，便预征夏税，亦无不可。”献忠道：“我的兵纵不发饷，只叫他们仍遵流军成规，随地取给，吃穿享用，自可有余。唯独打仗之时必须奖犒，这银子要你们速筹来源。至于文官们，以后少用几个，随便发点俸禄亦是无妨的。我从今天起以勤俭节用与诸君相勉。农人们出不起钱的，务要顾念于他。亦不可提前征税，坏了规矩。”志贤道：“陛下体恤农民，培护国本，乃是开国宏图。预征夏税与加赋之事，切不可有！至于军队，仍宜严加约束，不容扰民。粮饷必须按月拨付，无使亏短，不足之数似宜向大户暂借，宁可使大富者渐就于贫，不可使已贫者被迫于死。”说到此处，王国麟开进库存单来，果与志贤所料相差不远。献忠十分佩服志贤，连呼：“老弟，你的话对！今天之事，便依你办，向大户借粮。你上峨眉，替我祭了山神，早些回来，我要去取汉中。”

志贤皱眉道：“库空如此，正该与民休息，如何反要远征汉中？”献忠道：“看你这单儿，全川出粮最多的，尽在沿江州县。重庆一府便超过成都两倍。现在重庆为曾英、马乾所据，无异坏了我的粮源。但川东北州县的乱民如谭宏、李含乙、向衷亮、吴宇英等，与重庆同受王应熊节制，若不先肃清川北，又如何取得重庆？川北反民专与应熊勾结，现在实与摇黄十三家连为一体，勾结李自成为援。若不先取得汉中，隔断闯军，又如何能肃清川北？若还川东、川北不能肃清，则川西南人必受勾结，陆续起来与我为难，仍然是兵连祸结。况有范文光、詹天颜等在后煽动。现在趁着士气未败，还可筹款，办完了这些事，便可关闭四川，与民休息了。”一席话说得众官佩服，志贤亦自点头。

说到此处，魏佶来请开宴，献忠率众入席，让王志贤与自己分坐东西两列的首席，因为王应龙是他的伯父，特请应龙与己挨坐，列于汪兆麟上。但王志贤仍不肯占西列首座，苦让与两位教士，自与陈士楷及金川法王等依次坐下，酒过三巡，献忠言道：“今日这酒，与两位西洋国师贺功，又与护国禅师、金川法王饯行。借此商讨军国大事。自三国以来，汉中原属四川。今我定都川中，各路皆已平定，惟汉中未取，重庆已取复叛，这两地必须取回，方可与川人同享太平。至于遵义、黎州、松潘等处，原是川边夷地，当此蜀川新定，人民盼望休息之际，暂可不去理他。且待取回汉中、重庆，与川人蓄精养锐两三年，自易将王祥、杨展、曹勋、朱化龙辈扫灭。究应如何用兵，你等商量。”便有虎威将军张能第起立言道：“儿臣不才，愿率五千人马往取汉中。”献忠道：“汉中乃李闯畿南重镇，常有重兵良将驻守，本当要我亲身一行方保必得。你虽勇猛，岂是马科之敌！但我尚需整理国事，姑且命东平王替我一行，用你做前锋。”又有都督张广才起立言道：“儿臣不才，愿得一支人马，往取重庆。”都督张化龙亦起立言道：“儿臣攻取龙安、松潘时，在羊子岭失利，今愿往取重庆自赎。”

这张能第、张化龙、张广才三人，皆献忠近年所收养子，改姓为张，军中称为三小王子，正当年富力强，血气方刚之际，争要出军立功。李定国亦起立言道："儿臣受陛下宠待，与大哥分领东西二府。今大哥往取汉中，我亦当取重庆奉于陛下。"献忠道："今我兵马虽多，粮饷未足。虽必须取得汉中、重庆两地，却亦有个缓急先后。东平王可以立即出师，先取汉中。安西王与抚南王可留成都，办理向大富豪家筹借粮饷之事。重庆一路，先命张广才前往声讨，但须待兵饷筹足时再行进兵。张化龙可率标兵往叙府，与泸州狄三品水军联络，作夹攻重庆之势。我再调冯双礼驻资州，替你们两路办运粮饷，张其在驻绵州，办理汉中的粮运。"如此分派已定，即命六部大臣到东西二王府，具体商办钱粮划拨、夫马供应之事。阖席欢呼，同干一杯，预祝胜利而散。

◎评注

向于峨眉金顶见珍珠帘伞各一具，曾云系"陈娘娘所供"。又谓陈娘娘为井研人。但不知系何朝代人。于此书始知即献忠后也。

第七十六回

恤孱农王志贤议饷 认义父白文选续膊

话说汪兆麟、严锡命与各家王子、六部尚书奉献忠面谕，到东西二府，筹议向大富借粮之事，因此事由王志贤提起，故同挽志贤参加。先到东府，孙可望招待茶点之外，要忙着部署军马，无暇从事议粮，对众官道："晚生奉命远征，出发在即，只能向诸公要粮要饷，实无暇问及如何筹粮筹饷。关于向大户借饷之事，望由西府负责主持。"众官见得东府军务忙乱，亦是实情，便又同到西府议事。可望陪到西府，向李定国拱手道："此事偏劳弟台主持。"便别过众官，仍回东府去了。

李定国看过了茶，对各官道："父王原命在东西两府商议。东府又交与晚生主持，晚生平时只知练军，未曾学习民财政务，实属无从下手。好在王老伯还未离都，惠准参加此会，一切全望老伯指示，晚生与众官遵示办理。"言下目视志贤。志贤道："小僧方外之人，请安西王勿作此称呼，方敢发言。"定国道："王老伯是我们从小呼惯的，如何可改！"志贤道："那是世俗称呼，我现在已出家了。"定国乃改呼大禅师，定要他指示办法。

志贤道："出家人本不应干染事务，只因要救众生痛苦，挽回劫运，不能不希望从政治下手。诸公辅助西主，图王霸业，目的正与此相同。只是方法上，见仁见智，各有所专，各有所弊，那是不能尽同的。小僧默察在廷诸公，多偏重在两桩事上：第一是扩充军队，第二是延揽缙绅。这两项原是立国根本要略，但却有个更重要的根本之根本，要略之要略，似很少人注意，那便是大多数老百姓的生活问题。像四川这块土狭民稠的地方，人民生计全恃耕种纺绩，天产虽丰，仍待农民用气力去换取。他们取得天产，来造成社会的富裕，但享取富乐的并非他们，而另是居住在城里的官吏与缙绅。可所怪的是这批世居城市的官绅，每每将那大多数住居农村的劳力者忘掉了，忘掉了他们是支持我们享受的；忘掉了他们未曾享受；忘掉了他们不能生活；忘掉了他们不能生活时会影响到我们的生活；忘掉了没有他们便是世界毁灭，我们亦无法生存。因为忘掉了这一切，所以才有欺压人民的暴君、污吏、劣绅、土豪。譬如四川，从前承平时候，养兵不过千人，自崇祯元年至今，历年扩军。现只我大西已有兵士百多万人，而且还在增加之中。此外明朝的残军，李闯与摇黄之兵，合计亦在百万之上。单只军费一项，老百姓的负担已是原来的千百倍了！若说农民仍然负担得起，我不相信。现在要取汉中与川东北，于是不能不扩军派饷，若还依照往时成规，一例加在田赋上，何异摧毁了农民的生命，简直是驱迫农民倾向到残明与李闯那方面去。所以我主张只向大户筹借，不但不容加赋，且宜酌减民赋，使贫弱小民得一苏息的机会。"

众官道："老万岁是已决定此次专向大户筹款了。只是谁为大户，如何配额摊款，甚无标准，奈何？"志贤道："自古道为富者不仁，为仁者不富，世上最悭吝的便是最富有的人。我们平时既未详知州县富户的财产，今要摊派公允原是很难的。闻往时筹饷，都是交与地方士绅公议，而所谓地方士绅，便是一向帮助官府剥削小民，因以为利而致富不仁之人。若还国家只要派款，不问来源，交与他们办，那是会妥妥帖帖地向小老百姓搜刮来的。若还指定要在大户中取，那便会捱延到海枯石烂，也不会为你办来。所以我主张，这次打破常例，不交绅衿议摊。"众官道："我们几千年的治术，皆是以官府控制绅衿，绅衿控制小民，官府与小民之间，是不发生直接关系的。关于正供杂赋，一切派款，全由绅衿认可，协助征派。虽明知他们借以渔利，加害百姓，亦属无可奈何。今若不经他们议摊，又有何法?”志贤道：“小僧亦未想有善法，只觉为护惜国家元气起见，不能容许他们再将此次粮饷派到农村小百姓头上去。所以，必须避开他们的帮助。”王国麟道：“我想所谓大户，必然置有许多田产，我们便规定完粮在若干额以上者，摊派此次军饷。这样可以不必通过绅衿协议，便于公允征派，不亏小民。”众官同声称善。志贤独默然无言。李定国道：“老伯!”急又转口道：“大禅师，以王尚书之策为何如?”志贤道：“小僧以为，这是比较公允的。但还不免于有劣绅架派，豪猾规避之弊。恐仍只加重了农人负担。莫如规定此次军饷，只由住居城市的人摊派，不用牵扯田赋。因为多购田产的大户，必然在各州县城内置有房产，他的富力是瞒不过城内士绅的。我看全川城池，除成都、重庆外，多只有一二万人，他们彼此之间最知道得清楚，我们便依各城户口多少，分摊款额下去，让州县官吏督着城居绅民自行检核，分派缴纳，自必公允。虽未派及乡绅，乡绅之富有者，决不能免。”

李定国深以志贤之策为然，力主其议。众官亦无异言，于是定议，由西府主持办理。定国奏明献忠，按城市大概户口分配下去。成都一市分派了银三十万两，占全省三分之一，分全市为八区配额征收。便有绅衿与商民互相攻讦，绅衿说商人未纳田赋，坐享市利，应担负全部派款；商民说绅衿挟有广大良田，入市坐食，又以银物委托商人营利，不劳而获，且从来偷避赋税，此次应不容免。如此发生许多纠纷，控告到西府来。定国派人查询考核，将大户财富查得甚为清楚，结果是公允摊派，强制征收。至于外州县，纠纷更多，大都起先是城绅要求城乡一体摊派，州县官转报来，定国严饬不准。随后又是各县呼吁大户不多，摊派过重，恳求核减。定国又严斥不准。最后便是各大户间争少论多的纠纷。亦有大户逃避，捉回科罚的；亦有现在西朝服官之家，抗不认捐，被定国奏请献忠惩处的。总之，各州县士绅因为此事破坏惯例，致其家遭受损失，多发怨言。许多在朝官吏皆以民怨为忧游说献忠，谓：“国家钱粮，仍宜按照成规办理，民乃无忧。”那时王志贤已到峨眉去了。献忠问李定国，定国说：“王志贤的话甚有道理。从前是大多数的小百姓怨恨，但他们说不出话来；现在是极少数劣绅土豪的怨恨，但他们说话有力，能达天听。诚为国家设想，宁可使少数豪绅怨，不叫多数小民哭。”献忠虽然点头，但禁不得左右百官的吹嘘浸润，结果是派李定国出去督军征讨，将筹饷事转交与汪兆麟办。此后所有增加军费，仍是随赋加征，或交州县官召集绅衿议筹。志贤成法未再施行了。

按下后方筹饷，且说前方军士出征情形。孙可望与张广才于正月初三日受命，跟即分别整顿军马，初八日分别进军州县，饬其准备夫马粮秣与扎营之处。连日有各府部官员与可望等饯行祝捷，定在正月十六日为祭旗出师之期。献忠先于十五日大宴百官，为两路军将祝捷，席间对可望道：“汉中一路必须疾进，使李闯措手不及。其地与西安有重山阻隔，倘能先得汉中，闯军来争，也无可奈何于我！”可望请携老神仙同行，献忠道：“虽然准你带去，但只许留在后方军中，不能放他到前线去。第一是怕闯军夺去，第二是怕军士们恃有他在，轻敌至败，他一个人，亦医不得许多。”可望遵命。席散，便于当夜五更祭旗，天明出发。献忠亲到北门城楼检阅出征之军。三万人次第经过城下，尽皆精壮。干戈耀目，衣甲鲜明。最后，可望马到，上城拜别。献忠道：“有此劲旅三千，足当闯军十万，况是三万劲旅，必可取得汉中。便在这正月里内，要你捷音报来!”可望唯唯而去。

张广才亦是这日出军，来辞献忠，献忠嘱他道：“现在军储不足，你这一万军马，必须就地因粮，务须步步为营，缓缓前进。若还沿途有响应明军的城寨，必须先行剿灭，以去后患。”广才拜辞而去。

单说孙可望统率三万大军，浩浩荡荡向汉中进行。行到广元，白文选迎入城去，可望询问汉中军情。文选道：“据连日塘报，知李自成因满洲兵进攻陕西，曾将马科、黎玉田调回西安听用，只留伪国公韩文与总兵马炉驻守汉中。还有前明总兵赵光远降闯，仍率所部驻防宁羌、阳平一带，不过数百人。现闻满洲兵已攻入陕西，西安吃紧，量他李闯不暇兼顾四川、汉中，我军宜乘锐抢进，先取汉中。再与满洲军争夺陕西这家乡地方。”可望闻言大喜，即命张能第率万人为前锋，兼程前进。自率后队，按站而行，为其后继，留白文选在广元征催夫马粮秣，押运前来。

赵光远虽降李闯，仍未忘情明室，及闻南京已立新主，已曾暗中派人往左玉良、王应熊两处输诚。此时闻西安紧急，如何肯与西军交战？张能第前锋将到，他便已率部避入大巴山去了。能第不劳一矢进驻宁羌。派人探望五丁峡与铁锁关两条要隘皆无兵马。马炌驻在沔县，兵力薄弱，人民纷纷逃难，毫无固志。能第乃分兵两路，自五丁、铁锁进攻沔县，并报与可望，催后队速进。那面韩文、马炌初闻西蜀大举来犯，一面飞报西安，一面配备守御，因知赵光远降意未坚，故派在宁羌前线，而以马炌分兵两千驻于沔县督之，不料赵光远竟弃了宁羌与数重关隘而去。一日夜中，蜀兵已过大安、胡坝，逼近汉水。马炌只好将汉水船筏牵过北岸，凭江抵御。能第仓促无船，伐木结筏，耽误了三日，汉中韩文援兵已到，蜀军于沿江数十里中随处抢渡，皆被闯军击退。正焦灼间，只见北岸闯军纷纷溃走。原来白文选办完粮秣以后，料定能第难以抢渡汉水，禀明孙可望，率军一支溯嘉陵江，抢过阳平关，到了略阳。略阳有一坦途，东出峡口驿，直通沔县，其处汉水甚浅，可以徒涉，故能出其不意，抢出北岸夹攻。马炌不支，弃了沔县，退守褒城，与汉中韩文互为犄角。孙可望得了略阳、沔县，粮秣甚为充足，军心振奋，乃扎座营于沔县，自到长林镇驻扎，分军攻取汉中与褒县两座城池。

再说西安的李自成，自从北京奔回陕西以后，士气衰颓，人心涣散，哪里抵得满洲军节节攻来。便在这正月内，清军已占咸阳，逼近西安。自料西安难守，密召制将军贺珍言道："满洲胡骑，驰骋在这黄沙旷野的中原地方，我军实难抵敌，但这终南太白以南，万山丛沓，溪谷回复，乃是胡骑难到之地，正是我军上好的退路。我将倾国杀向湖广，驱走左良玉，另建基业。成则东取南京，与满洲割江为国；不成则投降南京，共御胡虏。这汉中乃是湖广的后路，万一为献忠所得，顺流而下，湖广不能安枕。你久在戎行，才望过人，为我去支持这面残局，必可使我无后顾之忧。"贺珍道："那孙可望绰号'一堵墙'，他的号令严密，军队扎定阵脚后，如墙垣之难于推倒。此次乘我紧急，来争汉中。汉中守御素虚，只怕末将虽去，已无及矣！若还出褒斜后，汉中已失，胡骑在后，进退无据，实为危道。莫如从陛下同出蓝关，自兴安往援汉中，乃为万全。"自成道："此事我虑之已熟，韩文、马炌非素有准备，不能退过栈道，如蜀军急进，彼必婴城固守待援；若蜀军缓进，你便来得及赶到汉中。至于满洲胡骑，只能东向追我至河南、湖广地界，必不能逾栈道以追你军。果如你到汉中，汉中已失，我亦必派军自郧阳、兴安一路来与你夹攻取回，你勿以孤陷绝地为忧。”贺珍亦甚干脆，听到此处，立即禀辞，督率所部三千人当夜出发，兼程向褒城斜峡口驰来。穿过峡口，闻汉、褒二城仍在拒守，已甚危急，乃弃了大队，身率精锐一千人，马不停蹄驰到褒城，杀开一条血路，进得城去，建立斗大“贺”字大旗于城上。第二日，其后队出峡，见主帅业已入城，便扎营北关外，与城内取夹攻之势。

白文选围攻褒城，看看指日可下，不料贺珍忽然驰至，乃将军马收缩于西南城外，依山傍水之处扎营，驰报孙可望，请增兵攻打。可望闻讯，一面命张能第务要在三日内将汉中攻下，以夺援军之气；一面加派周尚贤增兵一万，助白文选攻取褒城，击破贺珍援军。文选得此援军，气势复振，乃伪言：“汉中业已攻破，两路大军会取褒城。”便命尚贤往攻北关援军营盘，自己仍复督众攻城。贺珍在城上，望见城外复增蜀军数十营，亦以为汉中已破。但他心中并不慌张，与马炌召集诸将商议道：“汉中在围城中，消息断绝，但我奉命出师之前，皇上曾说纵然汉中沦陷，他亦必自兴、郧出兵与我夹攻取回，此城自无放弃之理。只这白文选甚为骁勇，攻城猛锐，必须将他除掉，方可保得此城。明日他来攻城，你等可伪作慌乱之状，搅乱南城旗帜，一齐伏到城垛下面，准备挠钩挡耙，待他军爬上城时，一一钩入城，暗中刺死。他见南城爬入军兵已多，必然亲到南城下督攻，我伏檐楼上，用炮矢取他性命。待得手后，你等再开城杀出。”众将依计而行。

次日，周尚贤隔断了北关的援军，白文选高架云梯，锐意攻城。见得南城守军渐渐零乱，忙加紧鼓声。督军爬上城去，垛口果然无人堵塞。文选见破城在即，骑马行近南门，随同军将呐喊助威。冷不防城楼上砰然一炮，一块磨盘石直向文选飞来，这炮手瞄得极准，不偏不斜，正对文选的脑门。文选亦甚敏捷，见炮石飞来，忙将马紧勒，往左侧一带，那马掉头回身，拔脚就要奔驰，方才拔脚已被炮石击中，直如千钧压力，打在文选右膊之上，只闻文选高呼：“啊呀！”众军士上前抢救，始知他右胳膊已被打碎了，仓皇中从血糊里拉将出来，扶上另一马背，拥之反奔。回见城上旌旗复立，笑声震天，矢下如雨。文选尚能言语，急呼退军。退军不及，被贺珍开城杀出，死伤甚众。幸得周尚贤分兵来救，始得保护文选回营。文选将营务托付尚贤，嘱亲军将他抬到长林镇来见可望。可望急命抬到沔县座营，来请老神仙医治。

白文选流血过多，忍痛不住，一路上已经昏死数次。幸有他夫人照料前来。老神仙见膊骨已碎，皮已紫黑，虽然呼吸未断，已是目闭唇缩，面色橙黄，乃对白夫人道："此处膊骨已碎，成了无用之物，须另一生人膊续之，调养一月，方能恢复。但这杀人救人之事，师傅传法是禁止的，如今只可救他的命，不能救他不残。"白夫人闻言大哭，说军将无臂便成废人了，定要哀求为他配合一膊。老神仙道："纵然你们交个活人与我取骨，我亦决不割。因为割了活人的膊，是会绝子灭孙的！我不能为顾全他的行走，便绝了自己的子孙。"说来说去，白夫人同意与文选认他为父，养之终身，他才允了。下面早已绑上一个活人来，据说原是死囚，甘愿献膊赎罪，老神仙看他面无人色，口不能言，明知非其情愿，又嫌他的身材没有文选高，但又怕换人耽误时间，便忍心将他右膊割掉，与文选凑合。缝好二人创口敷上灵丹妙药，二人都算得活了命，只文选的右膊短了几分。他夫妇亦真的拜老神仙为义父，奉养终身。

◎评注

王志贤论培护农本一节，是本书主旨。亦是千古不易之论。

方咸亨记老神仙事谓："献忠有爱将某者，攻城为飞炮所中，去其颏，奄奄一息矣。塑匠曰：'易与耳。'即割生人之颏安之，敷以膏，一日而苏，饮啖果如未割也。"吴伟业老神仙传则谓："白文选与官军战，炮中其胫，濒死。士庆曰：'伤重矣！我无子，彼能父我而养我终身，当活之。然彼素反复，书券来。'白即书券如其言。乃以药殭其痛处，锯其伤骨，杀犬取胫骨，如其长合之，敷以药。阅三日而文选持骑入官军，斩发炮者，以首归。"二人皆得其事于刘茝（文季）。刘为蜀人避地在滇者，与文选不相习，自不免有传闻之误。

第七十七回

宅第逾制严丞相招祸
人神通谱七曲山赋诗

话说贺珍击退白文选后，对马炌及诸将言道：“贼兵人多，势难甘心退走，必然重新调度，再来攻城。此城小而坚实，未易攻破。只怕围城过久，军民乏食，必须坚守北谷、褒堡一带，维护凤州、留坝等处粮道。我入城时，留军在北关外扎营，便为此故。但我所率只三千人，远来疲困，不宜野战，宜乘胜调换入城休息。马将军可率守城之军出城扎营，与城军犄角。我等约定攻守信号，若还当守，便双方坚守城寨，任他呼啸来攻，不必理他。若还当攻，大家奋勇杀出，期于必胜。打退敌军一次，即递运军粮入城一次，并调换城内外两方军队，使其迭互休息，如此支持半年，皇帝虽不派兵前来增援，敌人亦必退走矣！”众将悦服，遂由马炌率守城之军，出守北关，替换贺珍援军入城，同时运入粮草甚丰。阖城无不欢庆。

这面孙可望见得白文选兵败负伤，而汉中久攻不下，又传满洲兵马已破西安，即将来取汉中，心中着急，乃命豹韬将军陈策分军前往褒城，与周尚贤重行部署，围剿贺珍。自率大军到汉中来，与张能第合力攻城，相约两路军马三日之内必取捷报，七日之内必须攻下城池。汉中城内的韩文，分兵与马炌后，只剩二千余人。自两城被困，消息隔绝，不知贺珍援兵已到，又见可望亲来攻城，料定难守，率军冲出东门，向西乡县奔逃。果然未出三日，孙可望取了汉中。一面安民，一面追击韩文，一方面驰告褒城，催陈策等进攻。

这时陈策与周尚贤正分兵为两大队，一队由策率领，围攻褒城，一队由尚贤率领，围攻马炌的北山营寨。攻了数日，两处皆静伏不动，偶值攻势稍懈，城寨两处守军又复发喊起来，势如欲战。但当部署阵式以后，它又静伏下了。如此数日，弄得蜀军甚为疲乏，攻势为之顿挫。忽接可望檄告，汉中已得，二人颇感惭惶，乃复重整军容，严肃号令，亲自出马督攻，期在必克。马炌的北山寨被尚贤攻近数次，砍去木栅数处，辱骂不堪，炌军皆欲出战。炌用信号探询贺珍，珍仍只放出守号，不许出战。炌军甚为愤怒，乃弃了山寨，退入褒堡，凭峡而守，屡以信号催贺珍迎战，珍见士气已愤，乃放起战号，开了北门，与炌两路夹攻尚贤，尚贤之军出于不意，大败溃走。尚贤死于乱军之中。陈策正攻褒城南门，闻道北郊兵败，忙命撤围往援，哪里援救得及！只得掩护溃军退回柴堡，收拾散卒，报请可望增援。

韩文退出汉中后，始知贺珍援军已到褒城，且已屡有胜战。乃复自西乡杀回汉中，在宋家营驻扎，与贺珍、马炌连为一气，逼可望退军。其时李自成已自商州退入襄阳，派马科自兴安往援汉中，马科乃檄摇黄十三家出山相助。于是，可望之军渐渐陷于四面夹攻之中，乃退出汉中，撤了褒城之围，将军队驻扎沔县与长林镇之间，汉水两岸粮草丰足之地，以待献忠援兵。

却说张献忠，自可望出师之后，整饬北道军台快邮，逐日驰报汉中军情。初闻连克宁羌、略阳、沔县，心中甚喜。不料白文选败报飞来，催请援兵，乃对廷臣言道："若论将才，东平确可算得本朝第一，以他去敌马炌，正如摧枯拉朽。不料贺珍老贼来援，非得我亲征，汉中不可得也！"乃命李定国与汪兆麟留守成都筹办粮饷，自率御营诸将五万大军，向汉中出发。右相严锡命与科道官员之有才略乡望者，皆调派随军参赞，行过罗江落凤坡，休息在龙凤祠内，问何谓龙凤祠。锡命对道："诸葛孔明号伏龙，庞士元号凤雏，此祠合祀二人，故曰龙凤祠。相传此祠神签甚灵，陛下何不占之?"献忠随手在签筒内抽出一签，乃是中上签，心中不悦。再抽一签，是中平签。怒而再抽，得中下签。献忠连得三次中签，怒掷于地，锡命拾起称贺道："阆中、汉中、关中，神言陛下此次皆得之也。"献忠乃喜，命布施库银，造修庙宇，以求其验。行近绵州，英勇将军张其在出城迎接。献忠入城，见城门上已改镌"得胜州"三大金字，回想去年到此一番盛况，心中一喜，特为留住一日，延见地方人士。严锡命是绵州人，富有家财，大尽东道之谊，供张款待。又大大推荐一批地方绅耆，献忠用了许多。贡生叶大宾，前经荐于献忠，献忠未用。此次锡命再向献忠推荐，献忠召见谈话，认为有才，立拜为邛州牧。因此军民人等，皆于称颂献忠之外，兼颂严丞相一番。献忠进军之时，常常听得左右与御营将士称道严丞相之言，心中暗自不悦。进向魏城的道上，在沉香铺附近，望见一所巨宅甚为宏丽，掩映于苍松翠竹之间，指问左右道："这是谁家巨宅?"左右道："此乃严丞相家宅。"献忠又问道："你们何以知道?"左右道："全军传说如此，我等亦是适才听得。"献忠暗想道："这严锡命收买我的军心，军心便已倾向于他，是实在了。"恰在此时，众军驻足憩息，锡命上前奏道："臣宅距此不远，欲请圣驾临幸，祓除不祥，借使众军亦得休息半日。"献忠微笑道："听说你府第宏丽，我原想去见识见识，无如行军急迫之际，赶程要紧，我们还是走吧!"言毕，便以手挥军，挟同锡命前行。

献忠行到梓潼地界，望见有男女结队焚香，手执黄旗，敲锣打鼓，口中念佛而行。初以为他们是迎驾的百姓，随见其穿过御道，又复翻山越岭而去。未久复见一队也是如此。献忠问左右："这些百姓是干嘛的?"左右不知，去问严锡命，少时引来锡命御前奏道："在这梓潼二十里官道附近，有一座七曲山，山上文昌帝君甚为灵异。每年二月初二乃是帝君诞日，远近人民结队前往朝拜，整个二月过完方才停止。上旬是帝君诞日，此是中旬，最近几天这条路上香队拥挤不通，已算是稀少的了。"献忠问："文昌帝君究竟姓甚名谁?有何灵异?"锡命道："庙碑传说此神姓张名恶子，后人因恶字不佳，改书作‘亚’字。”刚说到此处，献忠若有所思，想了一会，忆起去年生日，梦见张飞持矛相逐，危急之际，被一白面长髯，束带秉笏的神人救了，问他姓名，正是张恶子，当时不知究是何人。今此神亦名张恶子，难道便是他么？想到此处，便问：“神像是何状貌?”锡命道：“神像白面长髯，绿袍乌纱，束带秉笏，甚为文雅。”献忠暗自点头道：“是他了！原来我的祖宗却在此处。”又问锡命道：“你再说他何以成仙，有何灵异?”锡命道：“方志相传，张恶子乃东晋时越巂郡人，他一十七世为大夫，皆有阴德，恶子为生母报仇，杀人逃到西川，见此地有七曲之山，九曲之水，风景清幽，乃入山修道，自称恶子。道成后，出助姚苌平定天下。白日飞升，上补斗宿六星，是为文昌，为司禄命之神。恶子死前对姚苌说，九年后入蜀，请过七曲山见访，后苌在蜀道上，射逐一鹿，追至此山，鹿死，与众烹食，见神像正是恶子，始悟前言。唐武宗会昌五年，进士孙樵入蜀，夜过此山，雨雪泥泞，仆马皆敝，苦无星月，默祷于神，便有光来马前，导入此庙而灭。宣宗大中四年，孙樵返都，再过此山，狂风大雹猛至，再祷于神，立即反雨而晴，风回雹止。孙樵有文祭神，记载此事，勒碑在庙。唐僖宗广明二年幸蜀，过利州桔柏津，此神白日现形与之相见，许为沿途保护，后车驾还都，感谢神佑，封为广济王，亲解佩剑赠神，现存庙中。其时太子少师王铎，扈从在侧，纪之以诗，今亦镌碑在庙。南宋高宗中兴，屡蒙神佑，进封为神文圣武孝德忠仁王，今人称为梓潼帝君文昌大帝，其庙曰灵应庙。因其屡著灵异，故每年前来朝拜求愿者甚众。”

献忠道：“说来此神正是我家始祖。去年八月，我曾梦见于他。塑像在玄阳洞侧的家庙之内，尚未知其显灵于此。”便命军士扎营于梓潼上亭铺一带，休息三日，他自率同随驾百官，到七曲山灵应庙去祭祀初祖。便从大道斜出依九曲水岸，迂回曲折，转入七曲山中。太监王珂率领禁军二十名，执棍开道前往，献忠与王尚礼、刘进忠等十多员武将居中，一批文官骑马在后。一般朝山香客未曾识得献忠，但见大队骑马上山之人，料定是些官长也来朝山，虽然有些惧怯，却亦自相慰藉道：“都是一般朝山求神的人，怕些甚么!”便亦前前后后，挨擦人马而进。诸将有呵叱的，献忠止住道：“他们是去拜我始祖之人，让其去吧!”并传谕王珂：“不必驱走香客，百姓们照常焚香礼拜，我要看看此间风俗。”王尚礼谏道：“香客皆无知百姓，前后拥挤，应防惊了御马，扰及圣躬。”

献忠道：“咱们武夫出身，能驰骋于千军万马之间，反怕了这些烧香的老百姓么？”于是官民混杂，齐向山上行去。一路幽篁虬蔓，翠柏苍松，风景甚为清雅。献忠率性下马步行，饱餐这番野趣，心中甚乐。众官见得，亦各下马徒步。山门去大殿尚有一箭之地，遍地皆是出卖净水与香烛之人，高呼“香客请来洗手”，献忠亦向一家大盆濯了一次手，从官跟着觅盆洗手，却并无人给钱，拭手自去。一人追上献忠要钱，被禁军一拳打倒，众百姓见得这批人大气盘旋，行动粗暴，相与惊呼窃议，嘈閙蜂起，献忠笑了，命王珂赏银，每盆一两。刚才挨打之人，先得一两，收了啼声，拭泪暗喜而去。各家售水之人一齐大声称谢道：“帝君保佑各位大人，高升禄位。”惹得献忠哈哈大笑。便有一个住持道士，捧着香盘缘簿，排开众人，挤到献忠面前，鞠躬承迎，连称：“请到客堂息驾，庙上有本山自采上好芽茶奉献各位大人。”王珂忍不住叱道：“这是大西皇上，改呼老万岁！”那道人听了，望得献忠一眼，倒退数步，忽然奔入内殿，高吼道：“万岁爷圣驾到了！你们百姓赶快回避。”香客闻之，惊惶失措，纷纷让出路来，屏息侧立，静窥来官，想要辨出谁是皇帝，窃相耳语，指出献忠本人来。献忠感觉有趣，睁圆双目，向两边香客望过一遍，百姓们见着，乃是两道寒光，一个个发冷噤，渐渐拔足而去。一座热闹寺观刹时便冷静了下来。

接着是许多道士仓皇零乱奔来迎接，献忠只选了一个面相聪明的，命随王珂引路，走进大殿来。望见龛上神像果与去年梦中所见一般，大喜，对众官道：“这真是我去年梦见的老祖宗了！”便命速办三牲二牢，准备祭祀大典。道士引到花园厅上用茶，又导入几个年老道人参谒，献忠问：“此神近来可曾显什么灵异？”道士们凿空附会，瞎说一些事实，无非谁人未经盥沐而来，到山门便感肚痛，回家浴后再来，便若无事；谁人探看朝山女居士的艳色，眼目登时瞎了，经忏悔后，扪行朝拜三年，双眼仍复光明等。问起文昌帝君是何出处，则一概不知。便如此神姓张，亦无几个道士晓得。却郑郑重重将一册巨厚的缘簿，用盘捧到献忠面前。献忠在缘簿上批下：“给老子各杖四十大板，一体革逐，候另行考选高明道士住持，给梓潼县知道，此谕。”一行钢叉大字，递与王珂。道士们内内外外，争延着颈，望献忠填捐，见他写到翻页，无不暗中心喜，却不见王珂交还缘簿，只手挥各道士出来，便有禁军押着下山而去。上前探问的道士，概被一同押去，未曾宽放一个，乃大惊失色，纷自潜藏逃避。献忠环顾左右，问道："严丞相何在？快召他来问话。”可怜严锡命，偌大年纪从未步行，今日被迫步行上山，两步一息，十步一坐，爬到山门口已是气喘吁吁。方才憩下，又是禁军前来催行，用两人相扶，足不着地，便架到了献忠面前，回不过气来，只道了一声“老臣”，便又哑了。献忠命他躺下休息，掉头顾从官道："你们瞧，像这样不中用的人，还有何用?”正当此时，梓潼县令巫士能从县城赶上山来，跪在厅外，口称："未知万岁圣驾要来朝山，疏于布置，罪该万死。”献忠叫进来骂道："你从二十里外闻风赶来，这样迅速，可以无罪。只这庙乃是我始祖家庙，你不能招得高明道士住持，只养了这批讨钱要饭的混蛋，玷辱了我的家庙，这才该死。”巫令连忙跪下禀道："刚在山下奉到王公公传来圣旨，从前着实疏于管教，今天定要严办他们，从新考选优良道流，整刷一新，以副圣眷。”献忠道："滚出去！快快办来。”巫令屏息鞠躬倒行而出。便将全山道士集到斋堂考选，考得有姓贾姓裴两个道士，曾经在青城山与太白山参师学道，读过道藏书籍数部，知道文昌帝君事迹，并能诵《感应篇》与阴骘文，引来荐与献忠。其余一律加杖驱逐，只留年幼道童看守香火，跟一人学习经藏。

此时严锡命已苏息过来，随营御厨亦赶上山来，献过午膳。祭祀物品亦次第赶到。献忠命："本日只行谒庙礼，明日午刻燔燎大祭，在山休息一日，后日前进。”各官分头准备去讫。午膳后，礼官奏称礼品已齐，恭候谒庙。严锡命扶导献忠行礼后，同到四处观赏，见殿侧许多石碑镌有诗句，锡命指示唐朝王铎的诗碑，其文道："盛唐明主解清萍，欲振新封济顺民。夜雨龙抛三尺篋，春云凤入九里城。剑门喜气随雷动，玉垒韶光待贼平。为报关东诸将相，柱天勋业赖阴兵。”献忠忽想起僖宗的剑来，要道士拿出来看，两个道士皆言："此剑在宋代便已遗失。”献忠失望，再看其旁一碑，刻李商隐绝句云："下马捧椒浆，迎神白玉堂。如何铁如意，独自与姚苌。”献忠又问铁如意是何意思，贾道士道："帝君修道时，常以铁如意自随，后扶姚苌，将飞升时，以此物赠之，为得建帝业之证。后来吕光与蜀主孟昶，皆曾得帝君赠物，因而成就基业。”献忠闻之心动，示意严锡命道：“我是他嫡派子孙，建国西蜀，必然可能得他赠下一件宝物。”要是汪兆麟在，必然懂得此意，先向道士索取稀罕之物，乘夜放到献忠卧室，明日便可托言神赐，愚惑世人了。偏是锡命不懂，但言：“那是必然的。”这日遍游全寺与寺外八卦亭等风景胜处。献忠命巫士能鸠工庀材，重新增修，务须崇宏华丽，与宗庙规制相同，经费许由户部支给。又命文臣撰拟明日祭文与追尊文昌帝君为太祖高皇帝表文。是日便寝于山中。

次晨献忠起来，遍检室中，未见添有什么物件，盥洗后再检一遍，实在无有，命将锡命唤来，问道：“昨夜帝君竟未赐我宝物么?”锡命不明其旨，但随口承应道：“帝君以全蜀赐予陛下，土地、人民、政事为立国三宝，这岂非大大一件宝物么?”自觉如此对答已算高妙了，但献忠总是不悦，对王珂道：“到底汪兆麟更懂事些。”这日午刻，举行燔燎大祭，祭毕大享士卒。

献忠率领一般文臣重到山嘴八卦亭上开宴赏春。因见沿途诗碑甚多，一时诗兴大发，提笔写出一首诗来，道：“七曲羊肠路，一线景色幽。天人皆一体，祖孙共源流。太庙千秋祀，同国与天休。从兹宏帝业，万世永无忧。”诗成，掷笔大笑道：“咱的诗才大有长进了！你们是举人进士，谁能改得下来?”众官齐道：“圣才天赋，臣等望尘莫及。”献忠心喜，便命从官各和一首。各官以严锡命为首，依次献上和诗，无非承迎歌颂之词。献忠饮酒之间，逐一看过，摇头晃脑，间或说个“好”字，恰似欣赏有得之状。便有随侍在侧的巫县令跪称，自愿捐款镌刻诗碑，垂示国人。献忠道：“这些和诗都好，与我一并镌上。”巫令接过一厚叠诗稿，估计须刻石甚多，工费庞大。但他老于仕途，自有巧妙运用，欢颜领了下去，绘上一幅御制诗碑的工程图来，标明碑身九尺，宽五尺，厚三尺，碑冠三尺，共高一丈二尺，碑身雕龙九条，碑冠雕龙三条，冠镌“大顺皇帝御诗”六字，碑身镌御诗四十字与年月日，碑阴镌各大臣应制奉和之诗。赑屃为趺，立在这八卦亭内。送图请献忠审核。献忠甚悦道：“这样办好。”巫令跪地不起道：“工费银尚未估计，大约不小，微臣愿罄所有家财，供此费用，唯恐犹有未敷，乞准增募乐捐补数。”献忠挥手道：“这当然准你。”

巫令便乘此造出“奉旨募捐”的册簿，向民间勒派，发了一笔大财。

便在此日下午，献忠接得孙可望火急塘报，说道：命张能第往褒城去敌贺珍，被珍设伏诱入褒城，生擒能第，蜀兵大败，粮饷缺乏，他已弃了汉中，退守沔县待罪。献忠闻报皱眉道：“这祖宗保佑别人兴国，偏是委屈了我！我来祭他，反得前方败报。”严锡命宽解道：“塘报乃三日前所发，那时陛下尚未知有此山。今日大祭享后，必得阴兵相助，捷报当即来也。”不料临入睡时，又是马元利、刘进忠飞报前来，道：“马科纠合摇黄诸贼，分数道入川。顺庆、保宁两府皆为所据。”恰是锡命在侧，又复宽解道：“闯军虽一时猖狂，陛下已得神佑，不久定能扫平之。”献忠在怒火中，认他这话是存心讥刺，怒逐出之。次晨对众官道：“昨夜梦见帝君太祖高皇帝入室言道：‘严锡命身为本朝右相，家在绵州，去神居甚近，乃置帝庙卑陋于不顾，僭自高大宏第，过于帝居，故他使前方败兵失地，以张威怒。今既得享盛大祭祀，崇宏庙貌，便当派遣阴兵助战，转败为胜也。’严锡命第宅逾制，致干神怒，应即赐死，以谢帝君。”言下便命缚出斩首。可怜这老头儿空有盖世家产，不得享乐而死。

◎评注

《蜀碧》附录谓：“献忠过梓潼梦文昌帝君敌之，欲致祭。……其文曰：‘咱老子姓张，你也姓张，为甚吓咱老子，咱与你联了宗吧！’尚飨。”又云：“献初过梓潼，梦人以宗弟红柬来谒，诫以勿杀邑民……梓潼得全。”其说皆不通。献忠顽强，何至为文昌所吓。八卦亭诗碑，保存百余年，何至以此鄙俚语为祭。献既“自谓文昌之裔，宜帝巴蜀”，而“追上尊号曰太祖高皇帝”，则安得为“宗弟红柬”之说哉！

又《蜀碧》传献忠诗为：“一线羊肠路，此地更无忧。人是人神是，同国与天休。”《绥寇纪略》、《罪惟录》与《续明纪纪事本末》所传皆如此。此书独异。

第七十八回

闯王途穷四道窥蜀
明军气盛五路出师

话说献忠在梓潼七曲山，闻得孙可望汉中兵败，原想疾驰前赴广元，督军增援。续闻马科与摇黄入川，占了保宁、顺庆二府，遂对王尚礼道："保宁既失，则汉中我军在四面包围之中。今宜先取保宁，召回汉中之师，荡平川北州县，合力以收川东。然后暂守蜀土，以待天下之变。汉中弹丸之地，弃之无妨。"遂传命刘进忠进驻广元，接应可望之军，命马元利进取顺庆，自率大军改道直趋保宁。

原来李自成于正月初退出西安，由蓝关、商州退入襄阳。大将刘宗敏、军师宋献策，都素与李岩弟兄相好。因自成听牛金星谗言，杀了李氏兄弟，故心中不服，途中各自分散而去。自成虽尚拥众数十万，但饷糈不足，人心涣散，渐有土崩之势。襄阳虽是大城，久遭兵灾，人烟空疏，无粮可取。附近城池，惟郧阳尚有人户，无奈徐启元与王光兴等纠合军民，屯田死守，历攻数月不下。前面则武昌左良玉、长沙何腾蛟皆拥重兵，用大明弘光年号，人心甚固，进犯不得。河南一面已被满洲军占领，正向他追杀前来。迫不得已，乃派人分向左良玉、何腾蛟、徐启元、王应熊接洽，说他愿联合南军，为明讨贼。但在明朝这些方镇看来，他破了北京，逼死先帝，便是最大的反贼，所以都不敢相信于他。只因他挟兵尚多，亦怕兔急反噬，所以亦不曾加以驳斥，大都虚与委蛇，以观其变。自成为的军士必须就食远地，为讨好于明朝方镇起见，只得命贺珍、马科与侄儿李锦、妻舅高一功等领军，督率摇黄十三家，分为四道，侵入四川。所至皆声言："为明讨贼。"意指献忠为明贼。因此川东北一带谭宏、谭谊、向衷亮、冉璘、李士苑等，皆与闯军暗取联络，任其通过域内，互不相犯。于是李锦督摇黄之军十万、杨秉允等股，自东乡、太平，达渠、广、岳，直抵合州地界。所至逐杀献忠所委官吏，却不与曾英、马乾之军相犯。高一功则自房竹窜入巫山、大宁一带。马科督震天王、混天星、闯食王等出大巴山，攻陷顺庆、保宁二郡。贺珍与韩文、马炌屡败孙可望军，逼其退回蜀土，收复略阳、宁羌，更进窥南江、广元。一时川东北绅民闻是"为明讨贼"之师，莫不箪食壶浆，助其执杀大西官吏。川北州县，除巴州与广元外，全已失陷。献忠见势不利，便弃了汉中，径攻保宁，以图挽回川北颓势。

马科不是献忠之敌，闻其亲征到此，即先弃了保宁，退守顺庆。马元利跟追前来，在金台铺一带苦战数日，适逢刘进忠自遂宁奉调往守广元，要到保宁去谒献忠，路过南充地界，闻得马元利攻取马科不得，便道前往助战，杀败了马科，又收复顺庆。其时向衷亮正攻巴州，元利怕马科与衷亮合伙，不敢放松，紧追在后，解了巴州之围，马科亦奔回兴安州去了。

刘进忠自顺庆前赴广元，路过保宁，参谒献忠。献忠道："这次东平王攻取汉中，甚为失利。现在粮饷两空，汉中不能取了！我已调他回来，扫平通、南、巴诸路叛民，防阻大巴山的闯军。广元乃汉中门户，须得名将驻守，方能敌得贺珍，你是谋勇兼备，德望俱孚的宿将，可胜此任。此去务须注意守备，不可轻取攻势，待我收取川东北后，筹足粮饷，自会来取汉中的。"进忠受命而去。

汉中一面，孙可望奉命退师，被贺珍一路尾追到宁羌，损失钱粮器械无数。贺珍到宁羌后，料定孙可望必在朝天关、神宣驿一带凭险设伏，乃以老弱出中路，虚张旗帜为疑兵；则令马炌从阳平关出击广元；自率精骑由米仓道出袭南江与苍溪。孙可望果将重兵设伏在前，后方颇空，突闻马炌已军临城下，正慌急间，幸得刘进忠军到，退了马炌。又闻贺珍之军到了旺苍、恩阳等处，忙将伏军收回，往旺苍杀去堵截贺珍。一面报与献忠。献忠乃自率御营进驻苍溪，欲与贺珍接战。马炌闻马科已退，献忠亲征至此，料定川北难图，便亦退回汉中去了。

李锦、高一功两路，目的原在掠粮，未与蜀军交战。只献忠的都督郝云祥见孤军难支，降了自成。其后闻得左良玉率兵向南京去了，武昌空虚，自成已由承天进驻武昌，锦与云祥遂亦弃了蜀土，转回湖广。丢下摇黄诸军在川东北地界乱窜。后来，或降明军，或降西军，或仍啸聚山林行劫，混乱了三十余年。那是后话不表，单讲本年二三月间四川各路军事。

这天运乙酉年，乃是四川真正浩劫的开始，便在这二三两月间，除李自成发动四路兵马搅乱了川北、川东外，残明诸军亦发动了五路兵马，向献忠盘踞之地进攻。这五路是：第一路：重庆的曾英、马乾，闻张广才来犯，先发制人，向合州、遂宁一路攻入；第二路：赤水杨展，联合马应试、侯天锡之军，向叙州攻入；第三路：总兵甘良臣与副总兵涂龙等，自遵义向泸州攻入；第四路：黎州的曹勋、刘道贞等，联合天全的高、杨二土司，向邛州攻入；第五路：松茂的詹天颜、朱化龙，受王应熊檄，自威州向灌县攻入。

话说张广才受献忠之命，率领一万军马，就地因粮，徐向重庆进发。经过简州、资阳、资州、内江，皆是京兆属地，行牌所至，州县奉命唯谨，粮草不乏。一过内江椑木巡检辖地，便是重庆府的荣昌地界。献忠在此放有官吏，马乾亦放有官吏，各挟一部民众，各据一个城寨，各自行使令教。人民向此向彼，错综不一。西军来征粮征草，人民便据守山寨，输诚明军；明军一至，照样苛扰，他们又同样抗拒，转输诚向西军。如此诡幻百出，甚难查出谁是真正的顺民。相邻的隆昌、大足、永川、璧山诸县皆然。广才只能剿抚兼施，稳健缓进。转入永川，便有崇山连岭，绅民啸聚。但因地势险峻，久攻不下，遂移檄泸州狄三品，请其出水军攻敌后方。偏有江津的刁化神一股，水陆营寨皆甚坚固，自松、溉以下，不容大西国水军出入。曾英又派来官军与绅军联络，协力守拒。广才攻了月余，未能过得永川。但因此战，将自流井盐路隔断，重庆以下至忠、涪一带，食盐缺乏，军民多病。曾英探知驻防遂宁的刘进忠已奉调移防广元，乃出兵乘虚抢过遂宁。将蓬溪、射洪一带盐井占领，囤盐搬运一空。献忠闻报，忙檄刘文秀进驻潼川州，驱逐曾英掠盐之军。文秀移书广才道："永、璧连山千里，为重庆屏障。将军攻坚前进，旷日持久，耗饷必多。莫如由合州一路较为便利，前我虽自合州一路失败，实由老营空虚，遭人奇袭之故，非地势不利也！你如能旋军转进，我当进驻遂宁以为声援，必可洗雪前耻。"

广才得书，遂弃了永川，由大足、安居，向合州转进。仍以多功为座营，派人探明水陆道路，准备进攻。

曾英抢运食盐已足，闻文秀、广才军夹攻而至，即弃了盐场，退回重庆，与马乾商议拒守之策。此时王应熊与马乾不合，疏参其"自称巡抚，筹饷扰民"，请撤职拿办。南京以太仆少卿耿廷箓为四川巡抚，命将马乾解京问罪。诏到重庆，军民大哗，曾英上疏为马乾讼冤，军民驱逐应熊使者，仍奉马乾为巡抚。耿廷箓乃云南人氏，原为沙定洲监军在滇，此时恰逢沙定洲叛据昆明，廷箓被拘禁，不得来川就任。马乾候他不至，又逢献忠大军前来夺城，遂对曾英及吏民道："我本戴罪之官，不当问事。但大敌当前，匹夫尚当奋身而起，自救救人。况我食禄数十年，安敢临危卸责！今且仍摄巡抚事，待退贼后再与王督师分辨是非邪正。"遂以巡抚檄调川东各路官军来城，协商退贼。檄文有："爱我诸君，愿同心一德，共赴此功，再破强寇，以愧谗人，而利昭雪。"川东诸将，初闻马乾受谴逮治，莫不叹息，纷言朝廷昧于功罪，王应熊挟怨任情。及奉此檄，争以精兵来会。曾英邀马乾聚集众将议道："张广才舍弃永川，转由合川来攻，就地利言，必依刘文秀故辙，分水陆两路前进。但我军不能以前次行险之法破之。因他鉴于前次之败，必已有严密准备了。连日探得敌探在水陆两路回环侦察，峡顶诸山亦皆爬到，则其如何部署进军，我可猜得八九，破敌之计已有把握，只恐我军号令不一，指挥失灵耳！"众将齐称愿受曾爷调度。曾英道："我料贼必分水陆两路，会于观音峡口，循江相辅而进，且以水路为主力。陆路之来，必是偃旗息鼓，潜伏偷进，只图协助水路攻破峡口截堵之军，非为直攻浮图关也。破敌之法，宜仍在沙坪龙门石峡上建筑铁锁横梁，使其舟船不能飞越，以防万一。决战之地却在观音峡口，宜预先建筑坚强堡垒于江岸，设伏山中，以待其来。但如贼船多势锐，我亦难击破他，故还需于上峡纵火焚之。”于是派遣诸将，分道布置以待。

三月二十八日，张广才果留兵两千防守多功老营，以三千人潜往观音峡口，等候舟师。余军悉乘大船，雇用本地精练水手泛舟而下，船上多载强弓硬弩，生皮作篷，以防袭击。广才亲乘巨舰指挥。行过头峡、二峡，两岸皆宁静无事。过观音峡前，先行停船上岸搜索，怕有伏兵。搜查并无动静，方才放舟入峡。料定明军必在峡口堵击，早已备战。方出峡口，明军突出，两军大战起来，岸上全是火箭火炮，往船上打来，广才命船靠岸陆战，不料陆上营垒甚坚，攻打不破，已临薄暮，尚未见陆路援军到来，乃命退船入峡，明日再战。不料曾英早已伏军二百余人在峡口大山林箐中，预藏轻小竹筏，装满硫磺焰硝、油脂松柴，此时潜下峡来，推筏入江，纵而焚之，宛如数百条火龙，蔽江而下。广才军船在峡，无地躲闪，着火者甚多。广才命用木橹推拒火筏，使其顺流漂去，损失尚属不大。

次日整理船只，出峡作战，仍未见陆路之军到来，原来陆路兵已遭伏击，败退回去了。这日广才退船入峡，先派人分驻上岸，以防纵火，不料又有油炬硝弹，从峡壁上滚掷下来，烧着一些船只。峡山险峻，无法搜索。如此数日，陆队仍然未到。广才知株守无益，乃鼓励各船，径往下流放去，直扑重庆。行到沙坪龙门，阻于铁锁，正攻铁桥未下，曾英率峡口之军从后追来，上游有小船纵火，两岸有炮矢攻船。广才陷于绝地，战死江中。曾英再得全胜，奏凯回城。露布驰入遵义，推为马乾之功，王应熊见了，不胜惭愧，乃疏请封曾英为平寇伯，以慰一方军心。但他究竟气量狭小，妒恶曾英与马乾一气，对重庆事仍常常掣肘。

再说杨展锐意恢复，趁正月赴遵义为王督师贺岁之便，力言：“宜纠合诸军，窥取叙泸，与重庆呼应。以沿江州县为窥复四川根据地，则兵粮易足，进退有据。不宜枯守山城，听贼坐大。”王应熊乃召集诸将，商议出师，诸将或称无兵，或言兵少，或云缺饷，或推衣甲器械不足，相互推诿。应熊示意王祥，欲出其兵。王祥恐出兵后遵义为他人所占，托疾不行，议了旬日，终无要领。这时，已闻张献忠出兵争取汉中消息。杨展忿然言道：“中兴事业，凡百艰巨，安可以承平全盛时出兵规模相拟？此时再不出师，待贼取回汉中，攻陷重庆，则我辈虽欲苟安于遵义，又可得乎！杨展不才，愿与中兴壮士往取叙州。如其不胜，以死谢大明天子。座中不乏豪杰，如有此志，展愿追随马头，以尽死力。”一席话激起座中诸将，便有马应试、侯天锡二人，愿助展往取叙州。总兵甘良臣，亦邀副总兵涂龙往取泸州。王祥亦愿筹集饷械衣甲供应。相约于二月初旬，一同出师。

杨展自率本部，自永宁直趋叙州南岸，立营于距城五十里之乾溪，嘱马应试领其本部，乘夜偷渡雪滩头，立营于豆坝。城中守将张化龙不知南岸乾溪已有敌军，悉出精锐，造浮桥渡过岷江，往击豆坝。应试坚壁以拒，一时不能攻拔。杨展却乘夜赶至叙城南岸，派水军五十名潜往断其浮桥，乃出军抢渡，作攻城之状。化龙见南岸有军攻城，忙收军回救，却见浮桥已断，不得渡河。后面应试追来，江上杨展之军亦至，化龙腹背受敌，遂大败奔溃，其兵扑河死者甚众，被擒者一千余人。杨展出兵十日，即恢复叙州。捷报至遵义，诸将闻之一奋。

张化龙向东北奔逃，搬来资州的冯双礼，合力再将叙州夺回。然后，双礼驻扎城内，化龙扎营白塔山，与双礼隔江犄角而守。杨展料献军必来反攻，而叙州城难守，故扎大营于南岸。此时与冯、张两军，互隔江水相持。至三月二十八日，侯天锡援军赶到。天锡乃前总兵侯良柱之子，生于永宁，时为川贵参将，素为倮民所服，故能募得倮兵，由副将苏宝率领前来助战。于是杨展与天锡杀牲誓师曰：“今日以死破敌，不破不归!”乃鸣鼓渡河，尽沉其舟，自率所部往攻白塔山，请天锡往攻叙城。兵到白塔山下，命张腾、余朝宗攻山左，曹章、郭崇烈攻山右，姚之祯、李朝贵攻山后，展自由山前仰攻。曹章奋勇先登，大呼：“贼军破矣!”之祯攻至山腰败回，闻曹章已登，又复鼓勇前进，攻破山后，杨展亦大呼杀上。化龙不支，大溃而去。苏宝率倮军攀登锦屏山，被冯双礼击退。杨展破了白塔山后，便渡江来合攻双礼。一时乡绅熊兆桂、李师武、鱼嘉鹏等皆起兵相助。双礼虽为宿将，见人心不附，步步荆棘，东江之军已溃，料定叙城难守，只得弃之而去。杨展追了二十里乃还。

那甘良臣原蜀中名将，久失兵权，虽经应熊起用，无兵可拨，只自己所募毛裕镇兵数百人。涂龙原为川北副总兵，与游击冷明国、李城、陈明策等击摇黄于川北，献忠据蜀后，他与通江令李存性斩韩文招降使者杨绍唐及其从者五十余人，韩文攻之不能克。其后献忠命李定国收地入川北，士民欲降，涂龙等无奈，收兵走川东，来依应熊。他有兵千余人，多是通、巴富室子弟，饷械自足，唯战阵不甚勇敢，故此次与良臣往取泸州久不能下。后来与江津刁化神同取合江，大治舟船，改习水师故能往来上下于大江之上。但数至泸州，竟不能取，仅为杨展声援而已。

曹勋、刘道贞等黎州兵马自雅州战败后，退守小关山。王复臣募向导往攻，久未募得，后知有一经常往来黎雅卖茶的商人，名叫蓝甲，遂强迫他来做向导。蓝甲言道："此路知者甚多而无肯应募向导者，实因知其险阻天成，确有一夫荷戈，万夫莫开之势，导军往攻，无异率人赴死。将军若要我做向导，不如先杀了我，还可省得许多钱粮兵马。"复臣不信，一定押他导引往攻，到了关下一看，乃是丛山中一条独路，笔直上坡，坡顶两山夹峙，中通一线隘口，进攻军士全被滚木礌石打成肉浆。蓝甲道："这是小关，关上有平原里余，住民数家，良田数十亩，水火粮秣俱备，只消百余军士，以逸待劳，可制千军万马。此山横跨九十里，纵然破得此关，前进十五里又有大关，形势与此相似，坚险更胜十倍。纵然破得大关，前进十五里，又有长老寨，乃是云雾冰雪间一条石路，二十里间顶踵相接，寒风逼人，呵气成冰。石级泥滑，人马难觅喘息之处。再上全是冰雪世界，有三大湾，皆沿壁凿岩为路，冰凌遍结，一跌便是万丈深渊。崖上有漂石流沙，随时下泻，扑击行人，每年路毙失踪者恒以百计。山顶四时昏晦，寒风如刀。冬则积雪没路，夏则冰雹如雨，春秋则泥泞沾湿，行人多畏其难。下山二十四盘，全是缘壁作'之'字形，二十里路全在岩壁上行。那便是从古有名的邛崃九折阪。汉代刺史王阳，为他弃官反辔之处。此下才是清溪关与黎州。现曹勋大军屯于黎州，守此重险。将军虽能破此一关，又有何益?"复臣不信，仍鼓勇力攻，竟将小关夺得，前进果有大关，如蓝甲所言，仰望山岭巍峨，云雾弥漫，未免夺去锐气，乃从蓝甲之言，退守荥经。偏是上山虽难，下山却易，山上明军，随时下山袭击，闹得荥经朝夕不安，只得又弃了荥经，退守龙鹳山隘。因此之故，黎州军得与天全土司高跻泰密切联络。本年二月，黎州奉王应熊檄，知道献忠北争汉中，后方空虚，曹勋与刘道贞、李华宇等，遂重整大军，杀下小关山来，檄邀始阳高跻泰出攻飞仙关。道贞督儿子睽度攻龙鹳隘口。睽度手挥短刀，率军奋勇仰攻，杀退守军，占了隘口，率队直扑雅州。高跻泰亦破了飞仙关，来夹攻雅州，绅军奋起响应。王复臣势孤，遂弃了雅州，退守名山。其时土司杨之明与郑廷爵等屯总冈山上，献军屡攻未克。现得刘道贞檄，遂亦倾巢杀下山来，夹攻复臣，复臣退入邛州，访得道贞家口尚在西山庄园，前去捉来，绑到南河江岸，要道贞退军，那王夫人与冯氏媳妇隔岸对道贞父子道："君父子为国家讨贼，当奋不顾身，请勿以此家口为念!"言罢欲扑南河，却被众军杀死。睽度痛哭誓师，全军感动，一气抢过南河来攻打州城。艾能奇正在成都春游，闻讯赶来，与明军大战十余日，睽度负伤，郑廷爵、杨之明与四土八家头领皆战死，道贞败回雅州，复与曹勋退回小关山去。

在松茂的朱化龙、詹天颜，得应熊檄后，亦整率兵马，自威州、保县，南向灌县进攻，但被阻于娘子岭，双方相持月余。土兵见南风已至，畏内地暑热，纷请退师。朱化龙惧土兵哗变，乃复撤回威州。

◎评注

《荒书》记曾英破刘文秀，不及张广才。《滟滪囊》记英破张广才，不及刘文秀。《蜀碧》两阙之，此书两存之。揆以恒情，献忠据蜀，决不能弃重庆不争。两度用兵，为必然矣。此即本书胜于其他野史之处也。

蓝甲叙大相岭险阻，刻画颇深，可作地记看，未可以小说家言薄之。

刘睽度妻冯氏，能诗。《陇蜀余闻》载其《春日即事》一首云："闲步小桥东，黄莺处处逢。梨花风雨后，人在绿杨中。"《蜀难》载吕潜成都杂感诗云："繁华闺阁重诗言，赋就明笺锦不如。万里桥头吟祖散，枇杷花下更谁天。"自注：前朝妇女皆有诗社。明代妇女诗文之盛，于此可见。

第七十九回　颜天汉诡谏献忠　一堵墙穷追杨展

话说张献忠虽然击退李闯四路军马，却有川西南与重庆、遵义五路民军向他腹心攻来。而川北绅民如通江向衷亮，南江李上苑，东乡冉璘，渠县雷开登，以及若干小股皆乘时勃起，响应王应熊，据地抗粮，号称“恢剿之师”。献忠此时钱粮空乏，士无斗志，兵马虽多，可用者少。虽然弃了汉中，专保蜀土，亦嫌顾此失彼，有捉襟见肘之苦。但他赋性强毅，他有一番挣扎。当孙可望拒退贺珍，前来苍溪向他请罪之时，他说：“粮饷本来欠缺，贺珍也是名将，主客势殊，你有何罪?”可望叩谢而起，感激万分。献忠同他进膳，从容言道：“天下方乱，砍杀之事，未知何年方定。西蜀已是我父子的天下，只要我父子俩有劲打仗，今既能打出这大西天下来，还愁保不得这两蜀地方么？我明日便回成都，督率诸将去清剿川西南的叛民。你可坐镇保宁，督率诸将，肃清川北余乱。川东方面，有张广才压着曾英。且待川北、川西、川南平定以后，何愁不能收复川东!”可望自汉中兵败，锐气已隳，今得献忠如此鼓励一番，勇气忽然腾跃起来。对献忠道："儿臣自当奖率三军，为陛下肃清各路，以赎汉中折兵之罪。"饭后，各营都督、总兵次第入帐请罪，献忠爽气温慰道："胜败之责，应由咱与东平王负担，你们奋勇疆场，杀敌有功。不过败于咱们调度失当而已，有什么罪？这四川譬如咱们的大锅饭，大家做来大家得吃。今后大家努力打仗，挣出一个世界，都有好日子过！"众将闻之，莫不喜慰兴奋。便是这几句话，重振了西军士气，首先是可望这支人马，皆能赴死如归，虽杀到山穷水尽之时，亦自勇杀不已。大西残局，赖以支持。

献忠回成都去后，孙可望入驻保宁，派营将张国宁往剿南江。南江时无官吏，由绅军头领李上苑代摄县政，哪能敌得国宁的大军。只得退入巴山，扎营于蔡、黄二沟。国宁进入县城，清查叛逆民众，捉得数百人，报与可望，可望命全行斩首以示威。其时马元利追逐马科入太平县境，巴州空虚。向衷亮率绅军围攻巴州甚急，守将都归极向可望乞援。可望自率大军疾驰往救，五日而抵巴州，大败衷亮之军，乘胜追击，夺回通江县城。衷亮败走向家寨，可望命部将陈策围攻二十余日，寨破，向衷亮被擒。时衷亮已受王应熊札当了川北总兵。此外，尚有副总兵向质、向谦，游击何三益、刘瑞瀛、赵嘉忠、祝华封等，分据各寨，一时皆为可望击破，杀戮甚惨。可望将衷亮献俘成都，委派去年的新科进士史缵传为通江令，黎廷甲为南江令，留副将翟仙桂率军驻防通江。这时，马元利亦破了东乡，杀了冉磷，回军驻防顺庆。正要进攻渠县与邻水的明军，忽得遂宁塘报，张广才兵败身死。可望料定川东军事必另作一番部署，乃留白文选驻守保宁，自率大军回成都来。这川北州县，迭经流军、摇黄、闯、献和明军的窜扰，乡村农民备受蹂躏，少壮被掳，耕地尽荒。孑遗之民，皆聚居城邑；或聚山寨，编入军籍，屯垦而食。或用大明弘光年号，或用大顺永昌年号，或用大西年号，错综不一。其最大各股，为南江李上苑、通江向衷亮、渠县李含乙、东乡冉璘，皆奉大明年号者。摇黄十三家，漂流劫掠，为奉永昌年号者。其余各州县城内，皆是献忠之官，为奉大西年号者。此次孙可望逐去摇黄，剿平通江、南江地界，各寨居民慑于威力，齐向大西输诚。但田赋差徭，则除输诚时应付一份外，仍自托言备贼，凭寨屯耕，不受官吏征调派遣。可望去后，只翟仙桂一营在此，各县更不理会。仙桂分兵向各寨索粮，多被阻回。率军往剿，则各寨联合抗拒，愍不畏死。仙桂次第攻破各寨，杀人不少。但虽已惩百，不足儆一，各寨顽抗如故。这亦是粮食缺乏，人民非此不能图生，故不惜以死与兵争食，并非生性太恶，民风太强所致。后因仙桂残杀过甚，三县百姓又都弃县逃徙。或入大巴山中依李上苑，或入渠县依李含乙，或随摇黄诸家劫掠而食。仙桂之军亦陷入饥困之中，可叹孙可望奋勇力征，所能收回之地，仍成了一片荒芜。

孙可望平定川北后，交与马元利与刘进忠二人驻守，自率大军奏凯回都。汪兆麟等率领百官，出城到天回镇迎接，皆以太子之礼相待。可望入城，见了献忠，交待过川北军事，怀中取出一通表来，呈献忠道："儿臣在保宁时，有一成都生员颜天汉远道来谒，献上这通表来，请为代奏。"献忠接过看去，那表文道："成都县生员颜天汉，谨献书于大西东平王殿下。伏恳下采刍荛，转达天听事。窃闻治要贵在得民，强国必先固本。大西承朱明之敝，抚兹蜀土。都城甫下，全域归心。未烦弓矢之劳，即收底定之效者，固由才智之士思得明君，亦因疲困之民亟图休息故也。溯自播乱迄兹，四十余年，蜀民常在兵戈困扰之中。崇祯以来，困扰转甚，民力已竭，杼轴皆空。每值军兴，千里载叹。及闻新天子即位，首征缙绅，勤求民隐；兴学校以养士；开科举以求贤；蠲租赋以恤农民；广市易以利商贾。朝野额手，咸庆来苏。以为汉唐盛治，行将复得，唐虞天日，即可降临也！本年北伐，筹饷于缙绅之家，固本恤民，未始非善。顾州县办理多乖，诛求失度，富室既为之倾家，而贫农仍属不免。京兆首善之区，夙称殷富，经此役后，十室九空，民力已竭，官库仍虚，徒见贪官墨吏，捆载累累而去。若今后再有兵役大政，饷糈更何由取？此可虑者一也。士大夫读书习礼，为邦人典型，万民系望，国脉所关。今天子广为征聘，奖惜人才，原属德政。乃有承事武弁，州县恶胥，未明此旨，搜访如求盗贼，遣送如解俘囚。一人被征，举家号泣。入都以后，或不录用，未见遣还，存没无闻，戚族惊悼；或蒙见用，未以礼接。每有小过，辄被惨刑。剥皮张于通衢，枭首示诸坊肆，远近震骇，以仕进为畏途。幸脱在野，必逃而资敌；不幸在朝，亦反侧不安。设有事变，左右皆敌。此可虑者二也。五刑之设，其道在宽。六军虽备，求其不用。今国家养兵一百余营，饷糈已乏，犹正增募。市井无赖，弃其耕织，以就食于军籍。生之者寡，食之者众。民力不给，逋赋必多。有司为搜军需，熬骨吸髓。犹不能给，则淫刑以求必济。胥吏奸民，挟嫌报怨，亦辄诬指良民，斥为叛逆。官弁贪功，严刑拷掠，虽自诬服，犹逼攀连。惨毒熏天，冤号匝地。邦本摧残，何以为国？此可虑者三也。昔武侯将为北伐，先自务农殖谷，息民一年。公孙述连岁远征，终致覆败。盖兵者，病也。师之所处，荆棘生焉。大兵之后，必有凶年。故兵少民富者强，兵多民贫则乱。今天子新抚蜀土，固宜养士恤农，宽刑以修帝业。而奉事诸臣，悉反其道以行之。是直为敌驱民，而尚可云取威定霸乎哉！天汉小民，不敢以书渎天子。夙惟殿下，英文贤武，德誉昭闻，仅掬愚忱，奔诉棨戟。伏祈俯准面对，罄所欲言。如有可采，即乞代奏。"

献忠看过问道："你可曾传问过他？"可望道："已曾叫来盘问过，要他举出事实为证。他却举得很多，情殊慷慨。儿臣以其全是一片爱国赤忱，故与陛下呈奏前来。"献忠道："你可曾给他官做？"可望道："他曾说：'不愿得官。'故已放其自去。"献忠再将表文看了一遍道："此乃王应熊辈死党，来游说你反叛我的。见你忠诚不贰，便溜去了。"可望大惊，不信。献忠道："你想，他既不愿做官，又何必留心国家大事，纵要上书于我，成都甚便，又何必跑到川北，求你代奏？再看他全篇文章，都在咒骂于我，意欲使你信我必亡，你觉得不？"可望怔忡久之，觉亦猜得有理，乃即跪地请罪。献忠道："此乃你阅世犹浅之处，并非有罪。我今便扬言听了此表之言，准备一切革新，诱他再来见你。来便拿下拷问，其奸自明。"可望退出，张榜招寻天汉竟未再来，因此甚服献忠之言。

便在此时，张化龙、冯双礼连续报到叙州兵败情形。献忠对可望道："刘道珍已被艾能奇打退，詹天颜已被李定国打败，你亦平定了川北州县。你们四家王子，惟那刘文秀泄气！前次被曾英打败。这次张广才被阻，曾英犯我遂宁盐场，我命他去应援，他教张广才仍依他前次复辙做去，遂折了我这路军马，让川东明军猖狂起来。现我已派李定国前往遂宁收拾残局，压住曾英。偏又张化龙、冯双礼败在叙府。我料文秀是敌不过杨展的。宿将重臣全有任务，这次收复叙州的重任，唯有你去才担得起。待你取了叙州，我便命定国与冯双礼、狄三品等与你三路合兵，共取重庆、遵义，扫除曾英、杨展、王应熊等，再享太平之福。”可望振臂道：“儿臣愿立率本部人马往取叙州，直捣遵义，生擒杨展、王应熊等人，再与安西王夹攻曾英。”献忠大喜，当即设宴祝捷，郑重出师。汪兆麟率百官送过武侯祠，再为祖饯祝捷。

孙可望大征夫马舟船，分全军八千人为水陆两路，兼程而下，四月十三日，到达叙州。杨展先派军拒于蔡坝，被可望杀得大败而回。展乃弃了叙城，退守南岸。合江的甘良臣闻讯，忙派涂龙率战船千艘，冲过泸州，前往叙府应援。那泸州狄三品虽号水军都督，实不过拥有若干船只，巡弋江面，转输粮食器械于各临水城邑间，并无水上战兵。能战之兵仍皆驻扎泸州城内。故涂龙水军轻易冲过泸州。不过过城时依傍南岸上下，不鸣号角，不展战旗，使城内看作商船，不甚注意。迨其发觉有异，派船装载战兵追击时，已去远矣。但待到水上援军达叙府时，杨展南岸之军已被可望击破，退守乾溪，涂龙水军只得扎营南广，犄角而守。

四月二十三日，可望再以水陆大军分攻南广、乾溪两寨，杨展怕水寨不能拒敌，命张腾、余朝宗分大部精兵前往助守。苦战一日，展见攻势太猛，敌军后队相续，料难守得此处，乃命姚之祯率大营与涂龙会合，水陆二军沿江且战且退；展自选精骑五百，与曹章、向成功等奔回永宁，调集援兵，约定在纳溪与献军决战。不料孙可望亦对众将道：“敌军大队沿江而退，存则难攻，败亦无处逃死，此易破也。杨展轻骑奔回永宁，必将征集军马出江相助，若能追擒杨展，江上之军不攻自破。”乃命张化龙沿江下追，自选精骑五千，亲身去追杨展。杨展奔回永宁，布置守城未定，可望业已追到，占了旧城。展忙弃了新城，退守怀仁县的土城。可望复以十倍军力疾追而来。杨展马不停蹄奔向小关，可望亦马不停蹄追到小关。杨展人困马乏，退入乌梅箐山中。可望驻于小关，派兵搜山而进，高呼：“必须生擒杨展！”杨展被困山中，食粮已绝，杀马汲溪流而食。炊烟起处，为搜山之军所见，围攻前来，展与将士凭险抵拒，喊杀连天。展军饥疲已极，看看不支。忽见山后一标人马杀来救了杨展。原来小关败兵报入娄山关上，王祥方在娄山关督运粮饷，忙亲率一支人马来接杨展，闻得箐上喊杀之声，冲杀上前，救得杨展出箐。此时可望亦率军赶到，祥见展已饥疲不能勇战，料难退入娄山关。望见左侧有道山峡，乃与展退入峡中，据险休息。总兵甘良臣闻叙州失利，献军紧追杨展不舍，怕献军侵入遵义，亦来娄山关与王祥商议防务，至关后，闻得王祥去迎杨展，逾日未归，乃率兵八百人上前来接应，杀开血路，入得峡去。孙可望看得分明，放他入峡。乃将峡口重重封闭，要将诸人活活困死。

良臣与祥、展等人，冲突不出，困在峡中，每日杀马而食。看看战马将尽，援兵不至，良臣与二人商议道："我等困此绝境，死不足惜，只怕贼兵侵入遵义，无良将拒守，根本动摇，全蜀皆坏也！此峡山势尚低矮，我等何不缘崖而出，由草箐丛间潜赴遵义。若还贼兵落后，则中兴之局尚可有凭。"二人皆以为然，各回营来部署逃走。曹章对杨展道："我等大军尚在沿江一带，今同王祥奔往遵义，与大队相失，手中无兵，何以为将？莫如逃出贼军之后，往就大营。但得大队未破，天下事尚有可为。"展深以为然，乃请良臣、王祥带队逃奔遵义，自与曹章、向成功、黄国美等十余人，向献军哨线蛇行草伏而进。次日献军见明军逾峡奔去，追了一程，道路不熟而回，未提防杨展昨夜已偷越防线，向其后方反奔赤水而去。

这时涂龙与姚之祯等已拒退张化龙，行达纳溪。闻永宁已失，即分水陆两道偷过泸州，行抵合江。涂龙仍在合江扎营，之祯扎于江津之兑溪。杨展闻之，奔回兑溪大营，与涂龙、刁化神、曾英等联成一气，军声复振。

却说孙可望见峡中敌军逾山逃去，未能追上，只杀了峡内数百残病之兵泄忿。自己五千人马亦已折损许多，乃退回永宁休息，分兵驻守落英寨旧城。乃由兴文、长宁、珙县、高县、庆符一路，缓缓走回叙州。沿途安抚百姓，清查叛党，甄拔地方豪杰，编入营伍。此带山中多有洞穴，绅民厌乱者，每见献军、明军入境，皆避入洞中，被可望发兵攻打，烟熏水灌，必破乃止，因而杀人甚多。可望回叙州后，搜查出起兵助战的熊兆桂、李师武、鱼嘉鹏等，抄杀全家。又查出樊一蘅夫人李氏与其许多家小，并未同至遵义，现尚藏匿南山丛箐中，派军捉来，命修书招一蘅。李夫人不屈，被碎割而死。又捉来一蘅之弟一若，与其二婿李合荣、梁为宪，命作书招降一蘅，一若道："他是大明总督，我是新朝小民，人各有志，素不相强，如何可以招得他来？"可望听他说得有理，命将三人押回成都。如此清理一番，自谓川南已经平定，仍将叙州交与张化龙驻守，自率所部凯旋。

到底人心难以被军力征服，可望旋师不久，永宁仍被明军取去。川南六县人民仍是躲入溪洞，抗拒差粮。大西号令始终只能行于长江以北。

◎评注

颜天汉表，实已射中献忠极大败着。献忠不自修省，乃疑其为明军说客，思得诱而杀之。为屠戮士子张本。可叹！

《蜀龟鉴》引岳半主人记，谓："春二月，朝天关获诸生颜天汉等通自成书，檄伪州县官检查学校。"《滟滪囊》谓："轶其名呈天汉表于献忠，大略请培养士子，抚恤百姓，宽刑罚以修帝业，献忠可其奏。既而私语其名曰：'此辈盖有反意，假修表以愚我耳。'……献忠回成都月余，忽忆颜天汉谏表，谕礼部再行乡试。"大抵本年杀戮士子，由欲得颜天汉也。谓其书通自成者，揣测之辞耳。

第八十回

千里寨碉争存殁
一廷昏乱话兴亡

话说遵义的督师王应熊，原是凭借明社威灵的一个空头方镇。无兵无饷，全靠忠义二字激励士民，反抗献忠。两次传檄掀起了几十路军马，恢复了若干城镇，可是都成了昙花一现，未能稳住阵脚。受檄起兵的，全是前朝故官与科名之士，经过两次杀伐，亦都已牺牲殆尽，更无人对忠义二字感兴趣了。这时各路明兵尚能站得住脚的，除松、茂二州，黎州与遵义三处外，首推重庆的曾英、马乾，但马乾与王应熊交恶，曾英则同情马乾，方当叙州紧急之时，应熊曾再发一檄，要曾、马与夔州、万县的三谭，渠县大竹的二李出兵，以牵制献军之势。那马乾不愿受应熊节制，对来檄一看便丢了。还是曾英说道："王督师虽然可憎，杨展却是将才，我等宜乘势出兵遂宁，掠取盐粮，借以牵制献军后路。"马乾道："足下新破张广才，尚未休息，又欲北征遂宁，忠勇之忱令人感佩。但此次只能算我等自动出军，功赏听由朝廷，与王应熊来檄无关。"因此，重庆虽然出兵，并未报到遵义来。一切皆用平寇伯曾英，摄四川巡抚马乾的名义，直报南京。应熊闻得，甚为忿怒，幕客万年策说应熊道：“今川黔义旅，惟曾英、马乾立功最多。且其驻地，又属我公梓里。公前误听乡人之言，劾其派敛，撤逮未成，遂以交恶。失劲旅不得用，望桑梓不得归，甚非计也。我愿以大义往说曾、马，责其迎请督师进驻重庆，以利号召。公亦宜手书致乾，解释误会，并上书为其开脱前罪，委以巡抚实职。则二人必然俯首就范。凭此坚城劲旅，就近号召川东、南北义军，以窥全蜀，较困驻遵义为利。”应熊道：“子言能见其大，意甚可感。但仆所见，有更大于此者：夫中兴大业，首重纲常，设纲纪凌夷，更何贵于战胜攻取乎！仆因民怨而劾马乾，因立功而奖曾英，无非欲立纲纪，岂有私嫌！马乾不与我疏辩朝廷，而竟挑拨曾英，自立门户，以分讨贼之力，此乃大不忠者！仆虽不能讨，亦将继续劾之，以张公议。若竟自毁体统，与之调停，使新朝纲纪废坠，前途藩镇骄横，非仆之志也！”万年策说他不动，默然而退，于是重庆遵义之间始终不能协调。这亦足见亡国士大夫们意气用事的一斑。按下马乾、曾英，单讲三谭、二李之事。

三谭便是：谭宏，字士心；谭诣，字养玄；谭文，字西崐。三人去年应檄起兵，屯军奉节、云阳、万县、忠州的沿江一带，兵多饷足，声势甚大。但他们皆行伍出身，只知保境自固，盘踞一方，并不忠于朱明一姓，亦不崇拜科举人物。虽接应熊之檄，却并不效忠于应熊，一切在依违之间。此时奉到应熊之檄，只命人回书答道：“闯贼逼在荆门，游骑深入开巫，门户之防，未可轻撤，请候闯军已退，再奋西征之师。”仍按兵不动。

渠县二李，便是举人李储乙，进士李含乙弟兄，他们是敦重纲纪、忠义自矢的纯儒，对于应熊号令万分敬重。这渠县、大竹一带民风强悍，曾作川省打杀衙蠹的倡首，又曾协助马乾兵马恢复重庆，去年为救储乙、含乙弟兄，破城劫狱，驱逐守将，杀了大西朝的县官。此皆已在前叙过，但毕竟此地去重庆、遵义皆嫌太远。虽占得大竹等几座城池，献军来时又复弃了。这渠县、大竹、邻水、岳池四县，原皆隶属广安州，广安州又隶属顺庆府，顺庆乃是马元利防守之地。元利因广、渠太远，派副将舒大成驻镇广安，吴之茂巡行各县，与通江翟仙桂，巴州都归极联为首尾。自渠县过三江峡，为达州与东乡、太平二县，属夔州府管，是闯军与摇黄出没之地。自孙可望征讨川北以后，此诸州县概已降服大西，可望派有县官与军队入驻城内，二李避居山寨，部众散而归农。

此次王应熊欲借含乙声望与渠、竹绅军之力，在夔、渝两地之外另建立一个重镇，以作依靠，特命幕友陈一经，捧督师假敕，权拜含乙为监军道，其兄储乙为职方郎中，另与空札百份，部属立功者，许其权宜以参将、游击、外委等职，即嘱其出兵攻取川东北间诸州县。含乙弟兄乃邀集各寨头领何晓、周遵、柴拱积、雷开登、雷开发、田有立、陈应星、王嘉韵、胡鼎舜等协议，分头召集属军，定于五月初一日晨，会集礼义山故城寨内，祭旗出师。先一日，远近应召而至者一万余人，戈甲粮秣皆自备三日，含乙分别编组为十营。天明誓师毕，立即进攻县城。其地距城六十里，午后即至。这渠县城乃是木城，无有土城坚实，守军薄弱，仓促不敢应敌，与县官等奔向广安而去。绅军入城，公推陈一经权摄县事，由含乙领衔，发檄四出。川北各寨绅民纷纷响应，李上苑讨杀翟仙桂，巴州绅军亦攻破城池杀了都归极。大竹县令王运闳，守将黄联登二人，平日素服含乙。见含乙兵至，缚主簿范杰、守备诸葛长庚以降。含乙仍以王运闳为县令。

达州举人曹司冀，向在州西三十里之石城山结寨，与金华、骐麟、三台、龙泉、龙盘、龙骧、龙尾、石台、铁山、石门诸山寨首聂贞明、王兴民、毛丹诏、何杞、刘荣、郭泰、王奇才、瞿登仕等联合自保。现闻二李已受职出师，攻占渠县。遂即联名归附，请令往攻达州。达州官将闻翟仙桂已败死，后援断绝，遂弃州而去。司冀占了城池，含乙假札拜为副将，权摄州事。此时忽接东乡告急，谓闯军已占太平，攻入东乡。含乙即亲到达州激励诸将，同曹司冀往援东乡，与闯军连战于梯子岩、大滩、牛奶尖、泉溪峡等处。闯军大败，向新宁、开县窜去。渠河上游州县全为二李所占。

广安守将舒大成见含乙势盛，不敢进攻，报与马元利请示。其时曾英出军再向遂宁掠盐，被李定国击败，自铜梁越山而逃。定国驻军遂宁，召马元利、冯双礼、狄三品商议，欲从泸州、合州与永川水陆三路往攻重庆，将士皆奋勇请行。驰奏与献忠，献忠召集众官筹议粮饷。王国麟道：“内外两库钱粮，久已告罄，一向靠的征派大户之款，陆续应急。后来虽改为加赋，但除京兆一区外，各府、州、县田赋，迄今未有一处解足。大都报称户口减少，纵然加倍征收，所征仍然不够去年例征之额。加粮愈重，逃民越多，征得愈少。现凡外属州县，大都钱粮收入不敷养官之费。至于用兵州县，则养官之费亦且不足，官禄军需，全是自筹自给。报额又常是高过征额数倍，便算抵了明年田赋。故凡一度用兵之州县，即无再行征收田赋之可能。如此混乱本属不合，但军需急迫，原不可以常规相限。目前要议筹粮筹饷，实属无从说起。”献忠默然无言，只得命回批定国道：“所奏三路攻取重庆，期一劳永逸，自属可行。惟粮秣、夫马、军饷、奖犒之需，应饬三路州县就近筹拨抵押，勿得更向都城请领为要。”三路将士奉旨，哪里筹得出许多钱粮。结果，俱因筹饷不足，延捱不进。只李定国将前锋推至合州驻下，亦因后方筹饷困难，延未进攻。

曾英、马乾等见定国进军合州，声言攻渝，欲为先发制人之计，亦派人往渠县，约李含乙夹攻合州。含乙亦欲乘军气方锐，将广安、合州攻下，与重庆水道联通，以为窥复顺庆之基业。遂发出回书，约定六月十六日出师，进取广安，请马乾、曾英同日出兵攻取合州。曾、马亦回书相许。这日，含乙将渠、竹军政托李储乙主持，自率步骑一万二千人，水陆并进，直扑广安。城内监纪推官宋世兴、副将舒大成尽力死守。含乙仰攻十日，已将城壕填平数处，推出云梯开始爬城。四乡百姓亦纷纷前来输款，缴献粮食。城中守军皆已气馁，纷纷准备逃去。突于六月二十三日，见得北郊尘头大起，一簇骑兵涌到。原来是马元利闻广安被攻，统率精锐从岳池兼程来援。城内望见援兵大至，军心一振，亦开门夹攻。含乙正督众爬城之际，未提防有援军铁骑自后冲来，方才收军下城，反身接战，城内守军又已杀出，腹背受敌，绅军大溃。含乙与王树极杀条血路，欲向江岸上船，地下积尸甚多，有未死的，见含乙马过，高呼：“李大人救我!”献军知其是主将，紧围上来。他的马踏着一个负伤卧地的献军，被那伤兵挥刀一刺，马蹶倒地，含乙被擒。王树极已驰近江岸，回望不见含乙，又率领亲军三百人杀回，正见含乙被捉，上前抢救，寡不敌众，一同战死。

含乙娶妻王氏，乃是姊妹二人同嫁，共育子女十一人，小王夫人与较幼子女七人，皆居西乡村庄，大王夫人与长子李珪、次子李瑨，随含乙居渠县城中。含乙兵败，舒大成率军穷追入渠县境内，搜入李庄，将其全家杀尽。渠县城内闻败，储乙与陈一经等率吏民迁居故城寨，与三汇雷开登及达州曹司冀等结成连营以抗献军，献军亦因这一带处处结寨，钱粮空乏，野无所掠，仅仅追入渠县，毁其城而还。

曾英进攻合州，方才占得南津街，闻含乙败死，遂亦撤兵。

马元利大败含乙后，曾往合州赴援，但已落了个空，乃由遂宁转回顺庆。便道谒李定国，问进攻重庆之事，定国问过川北情形，对元利道："重庆不能攻了。"元利问故，定国道："我等入川之时，这重庆、合州、遂宁与川北州县，是何等繁荣，那时，只要有兵，不愁无饷，军需随地取给，绰有余裕。不想这一年来，川北已成荒凉之地，军行所至，步步荆棘，有民之处全是敌人，无民之处一片瓦砾，四望荒凉。所谓州县，空无所有，兵威虽强，有何用处？此次我从成都来到遂宁，所至人户虽稀，尚受官府管束，随处可见布告张贴。迨自遂宁到合州，情形便大不同了。昔日繁闹市镇，今已冷落不堪。传见父老，许久始得数人，皆是鸠形鹄面，黄发垂髫，一字不识，七长八短的人。问到政令，个个茫然，唯唯而已。每过乡村，全未见有农民。遥见许多山寨，有人传锣相呼，以收耕闭寨。如此兵来则守寨，兵去则出耕的山寨，触目皆是。攻之，则不可胜攻；不攻，则良民皆投附寨落，军行无食。于是我军不得不破寨因粮。打了数十百战，屠杀良民无数，方到合州附近，才见得商户与村庄。似此情形，我军欲保合州亦难，何况以争重庆乎！"元利惨然点头道："殿下所见深得民情。末将欲言已久，但不敢言耳。今川北州县全是此种情形。我军行动亦靠攻破此等民寨夺食。末将料此等民寨，亦不过支持得军食一年，一年以后，难免军民同尽，殿下何不奏请西主，将攻城略地讨叛诛逆之事暂停，许各军购牛屯垦，先固军食。军食既足，不扰百姓，再行抚民归耕，填实州县，以为万世之计。"定国道："如此诚好。但我不攻人，别人要来攻我。"元利道："曾英、王祥等辈处境，未必遂与我不同。出兵攻人所费尤多。惟今之势，愈用兵者愈速亡，愈能守者愈经久。我等今日攻人不足，自固有余。患在逞气攻人，何患他人攻我。"定国连连称是，回成都奏与献忠，留元利常驻遂宁，以防曾英。

再说遵义的王应熊憎恶马乾，定要除去他的四川巡抚。因耿廷箓不能来川，便再奏请调何腾蛟为四川巡抚。偏是南京以马乾功大，实授为巡抚。应熊惭忿益甚，忧闷成疾。后闻得李含乙连复渠、竹、达、巴、通、南、东、太各州县，进攻广安，兵势甚锐之消息，心中大喜，拟待广安攻下以后，即行前往渠、广督师，东结三谭，南连王祥、杨展，作一压倒重庆之局。不料连接东来塘报，证实清军已入南京，弘光皇帝被俘，江南半壁，一时大乱。不久广安败报亦到，应熊仰天大哭，呕血数升，卧床不起。

这南京是如何沦陷了的，说来可笑。去年十月，清廷命英王阿济格攻陕西，豫王多铎攻河南，声言要取南京。这南京的弘光皇帝与丞相马士英并不以此为意。皇帝每日只忙着演戏、喝酒、选秀女，极尽享乐之事，政务一概委于宰相。宰相却有树党营私、卖官鬻爵、排正援邪、恃宠固位等许多功夫。当时南京的民谣是："都督满街走，百官多似狗。相公只要钱，皇帝只喝酒。"本年正月，清军平定陕西，会师河南。淮上告急文书雪片飞来，皇帝问宰相："莫不是吃紧？"宰相说："我有四大镇驻防江北，史可法坐镇扬州，量他不敢犯我。"其实所谓四镇，不过四队争夺地盘，残虐人民，勇于私斗，怯于公战的军阀，闹得江北天怒人怨。全赖史可法勉予忠义，感以至诚，才把高杰一队弄到淮上拒清，偏是奸镇许定国将他诱杀，投降清朝去了。清军南下，刘良佐迎降，刘泽清避走入海，让那多铎直攻扬州。还有一镇黄得功，兵虽不多，甚为精练，但又被调到芜湖抵御左良玉军去了。

再说左良玉驻在武昌，拥有兵力最厚，弘光皇帝封他为宁南侯。但马士英不肯供给他兵饷。湖广残破之余，兵多乏食，屡请移驻下游，士英不许。士英乃贵州人，所募黔军驻在京师近郊，锦衣玉食，骄横不法，并无半点裁制，良玉久已不服。本年二月，有崇祯皇帝之子逃到杭州，弘光疑是崇祯太子，派人迎来，叫北京旧臣往认，都说是太子。马士英说："若真是太子，那又将我们拥立的皇帝安到何处？"唆使朝臣咬定他是冒充太子，将其下狱。绅民无不愤慨。左良玉乘此民怨声讨士英。三月间，率武昌兵马倾城而出，浮船东下，逼向南京。那时清军正向淮南攻来。湖广总督何腾蛟泣劝良玉道："丑虏当前，闯逆在后，同心协力以捍国，尚恐不足，如何反自相攻起来？"良玉道："宁可亡国于胡虏，以地委闯贼，岂能让他奸贼专权！"南京的马士英亦对人说："宁可投降满洲，也不容那叛逆得志！"所以他将黄得功与许多精兵都调到芜湖、安庆、九江一带来拒左兵，让多铎将扬州攻陷。

四月二十五日，扬州破了。史可法殉难之时，黄得功正击破左兵于燕子矶。举朝称贺，请了皇帝许久，请不出，原来他正与宫人串戏，忙得无暇受贺了。五月初九，多铎率清兵渡江，直逼南京，朝官纷纷率家逃避，马士英正准备奉弘光迎降，请求清军去剿左军。弘光皇帝则整日喝酒串戏，并不知道宫外之事。到初十夜晚，才知道士英准备卖他，立即悄悄出城，逃到黄得功营去。次日，士英见失了皇帝，遂亦率领黔军逃往浙江。南京无人防守，全城大乱，由几个文官领头，将多铎接进城来。

弘光皇帝跑到黄得功船上，后面刘良佐奉多铎之命追了前来。好个黄得功，夹在左军与清军之间为弘光拼命，直杀到中箭自刎，才让良佐掳弘光而去。那时左良玉已死，他儿子左梦庚，可称继事继志的克肖之子，仍率众向南京打来。打到此处，遇着了清军，他却规规矩矩地投降了。这绍承北京帝统的南京朝廷，恰恰只干得一年便彻底垮台了。

再说那监里关着的崇祯太子，当马士英逃走后，被一个赵监生率领士民破狱拥出，送入明宫，做了三天皇帝。这亦算崇祯忧勤半生的一滴福报吧！

◎评注

马元利、李定国一番言论，将西蜀浩劫发轫情形写出。冠以李含乙事，不过写明人民结寨自保实况，为定国、元利之言立证。

第八十一回

李自成走死九宫山
张献忠芟除阘茸吏

这乙酉年的中华天下真是混乱已极，纵然十只笔一齐落纸，亦难写得条理分明，今且将关系四川之部略说。

当李自成驻军襄阳之日，虽仍保有汉中、兴安两郡，但那郧阳郡却有高斗枢、徐起元等仍为崇祯皇帝守着。他们不知城外天地者已经四年，坚信李自成仍是流军，崇祯皇帝还稳坐北京，所以守志坚决，自成始终未将他们攻下。这年三月，清军追赶自成到了襄阳，郧城始知外面已经天旋地转了。既认定李自成是仇敌，遂派人向清军乞降。清军便利用这些久经战阵的兵去追自成，自己则在襄阳休兵，准备与明军鏖战。李自成失了襄阳，南向承天府溃退。左良玉受到自成的压迫，不愿抵抗，率性撤空了武昌，向南京争取地盘，声讨马士英而去。李自成不遗一矢，便于三月下旬进驻武昌城内。承天、荆门一带呢？又是清军不遗一矢占去。这时的武昌已不似去年的武昌了。大街小巷空无一人，粮秣军器全被左军扫掠而去；江上船只亦是寥若晨星。自成这百万饥军无可得食，只得又弃了武昌，分为若干小队，抢向咸宁、蒲圻、通城、大冶诸州县，去搜索百姓的粮食救饥。清军不遗一矢，又占领了武昌城池。清军占得武昌，便与自成不同，招徕抚绥，商贾渐集。迨多铎攻得南京，擒得弘光，左梦庚降了以后，这大江南北便是清朝的天下了。

明朝的湖广巡抚何腾蛟被左良玉胁迫同反，腾蛟抵死不从，跳水求死，经从水中救起，逃到长沙，与湖广的督学副使堵胤锡抱头痛哭一场，感动军民，誓与共守长沙。乃招募忠义，收集左军溃遗之卒，支持半壁，阻拒李闯与清朝之师。昔年流军头领混十万本名马进忠，投降左良玉已久，忠于明室，此时率众投奔腾蛟。滇军老将黄朝宣亦愿隶属腾蛟，二人成了腾蛟的左右臂，军威颇振。腾蛟布防湘北，阻挡闯军入湘。

李自成为饥困与清军所迫，思欲就食湖南，却又为腾蛟之兵所阻，在通城、崇阳之间扎下营寨。命刘宗尧、辛思忠、杨彦等各率二三千人闪过清军，向楚、豫州县掠粮；他自己亲率精骑二三百人，遍历各山原间，踏勘地理。一日驰行已远，天热马困，在一山谷憩息，这里地僻，农田甚多，人户密接，富有粮食，众军大喜，解鞍造膳。自成见村民唯有妇孺，未见丁耆，问他们躲到哪里去了。一老妇道："此处蒙九宫山神灵保佑，历年未遭兵祸，人民并不知道逃避。因今是九宫山土谷神诞期，各家照例都要去做会一日，所以家中只剩妇孺。"说时，指着东南不甚高险的一座山头，有一丛树林，露出寺庙一角的地方说："那里便是。"自成让人马午睡，自与二十余个从人步行上山，去看人们做会。上得山去，见约有数百人拥在庙里，忙着念经礼拜，烧香化帛。或是衣冠整齐的首事，或是荷锄而至的农民。一旁厨下，正有十余人烹调斋饭，烧茶烫酒，见有异乡人十几个亦未理会，只是有一个衣服整齐的首事上前问道："居士来烧香么？"自成顺口应一声道："烧香。"那人便即退回，对其同座说道："菩萨的神签灵验，显化得远，你看这些居士，都是异乡远客，也来烧香求签。"自成闻得神签灵验，遂亦趁着香会，跪伏神前，默祷入湘成功，清军退去，帝业再成。如此默祷已毕，摇得签出，命人持去买票，又复跪下默祷。同来之人见得山民并无恶意，早散到厨下寻取饮食去了，只留二人随侍在侧。此时二人又去买签票，单剩自成一人伏着。也是李闯合当归天，恰在此时，一个农民程九伯荷锄跑上山来，对做会的人道说，山下为一伙贼兵所占，并密指那伏拜的香客便是贼伙。众人方耳语窃议间，厨下人又与来客争斗起来。厨刀佩剑，砍作一团。殿上的人示意程九伯去击伏地之人。程九伯仓皇奔上殿来，举锄击去，自成方得回首，不及起身拔剑，已被击中头部，农人力大，自成脑裂面损，顿时晕厥。正逢厨下斗败之人奔向殿上来，见得自成已死，大骂道："你等伤害了万岁爷，少时大军出马，杀你个鸡犬不留。"说罢高呼同伙，狂奔而去。做会的人这才明白闯了大祸。搜寻自成身畔，得金质印章一颗，黄龙袱一个，佩剑甚为锋利，猜想是自成，急忙割下人头，奔向武昌报功而去。山下兵士闻变，将全村百姓杀了，追上山来，杀了几个迟跑之人，将自成尸身抬下，驮回大寨。自成妻子高氏与妻舅高一功商议道："侄儿李锦尚有三十万众在荆、常之间，万岁既死，未有太子，应由他承袭皇位，统率三军，可暂不发丧，专人邀他前来处理后事。"于是驰书往接李锦。李锦来后，率全军抢过洞庭，去到常德，然后发丧，伪称自成病殁，以香木配首，葬于澧州石门之夹山。其后李锦三十余营受堵胤锡招抚，为明室抵抗清军，使清军一时未能窜入湘境。明亡以后，其故部尚据川楚万山之中，屯田自给，继续抗清，延至康熙初年，才次第败死。

此外自成还有三支部队，一是汉中的贺珍，一是兴安的马科，一是大巴山的摇黄诸家。自成死后，贺珍与马科不合，两相攻杀，双方都在利用摇黄相助，结果是马科投降了清朝，贺珍见马科降清，亦通款王应熊，结残明军马为援。应熊命通、南、巴与川东、川西绅军与之相接，互为声援，其后李锦部队入据川楚之间，与贺珍声气联合，其势更强了。

摇黄诸家，当自成死后曾由遵天王袁韬率领，乘李含乙败后自通江杀过渠县、广安，沿渠河掠食，数百里草根树皮皆尽，不可得粮，则杀人而食。每日派出打粮军人，见人即掠，不论男女老幼，壮者留补营伍，少女者纳入妻妾，老弱残废者杀供军食。惟因人民结寨死守者甚多，为的生死相关，攻至寨民死尽，始能破得一寨。因而愈走愈穷，被困在渠广一带，其后受绅军袭击，次第消散。

这年夏间，川北张献忠辖地以内并无吃人之事，成都附近州县，人民虽觉穷了一些，粮食并不缺乏。因为灌县的都江堰灌溉所及地区，水旱从人，没有天灾，土质肥沃，不费人力，乃富饶之区。因此，成都还是昔年的繁盛，并且外州远县的大户，现在亦把成都视为乐土，自动地携其财富搬迁前来。保甲登记入籍者，月以千计，把个成都烘染得更热闹了。

这些远州外县的大户，已是刻了标志的富人，自不免要受保甲欺凌，官吏剥削。为的撑个局面，自不免钻营一官半职，与官吏周旋以为夸耀。纵然不得俸禄，白贴些贿赂，亦是愿意的。去年此日，正嫌文官不够，今年此日，便嫌官位不够了。于是六部六卿、科道衙门与武职诸署，为贪贿进，纷纷呈请增设员司，概以前明规制为据。宰相汪兆麟曾去问过献忠，可否增加官额，献忠说："多设些官，多笼络得几个巨室缙绅，免得他们暗通王应熊也好。"于是汪兆麟概予核准。两个月中，京官骤然增多了一千余员。增官即须增禄，虽然新增官员未必食禄。但主管之官认定这陋规，自仍造册具领。苦了户部王国麟，左支右绌，拮据不堪，好在此时各路无事，军费骤轻，可以挪移填补，以待秋征，故尚未向献忠诉说。

闰六月初，李定国从遂宁回都，将沿途所见及马元利之言报与献忠，请献忠休兵屯垦，减政省刑，以恤民力。献忠不悦道："你看见的那一路，正是因为曾英、马乾盘踞重庆，随时出兵骚扰，蛊惑愚民，所以弄得如此。你看我川西州县，离重庆较远之处，岂不是照常的富乐么？如此看来，更非赶快打破重庆，剿灭曾英，不足以安定全川与民养息了。兵，原是用来打仗的东西，马元利不想趁此兵多去打重庆，却想叫他们耕田种地，岂非荒谬！我已调东平王回来商量，准备五路大举去攻重庆，你且回府静养，待着出兵。"定国不敢争辩，默然而出。

数日后，孙可望率亲军一营，骑马由井研、仁寿陆路驰回成都。汪兆麟等百官，齐出东门五里迎接。东府属官更迎到二十里以外。许多科道官吏与新进人员，见得东平王功高望重，隐然是未来的太子，正想夤缘巴结，以为升官发财之路，便亦跟随东府掾属，前迎到二十里外，连路扎下许多接站。可望见众官如此爱戴，心中喜悦，每过一个接站，都要下马周旋片刻。因此延至申刻方得抵城。献忠因可望功高，前途尚需得其卖力，亦在东门上设下御座，备下美酒，与可望接风。可望前锋，巳刻已到城下，报道可望已从籍田铺出发。王珂料得他午刻必到，报与献忠，献忠午刻来到东门，待至未刻，尚未见可望到来，心中甚为愠怒。命王珂看守御座，自率亲从数人，步行过九眼桥，往游薛涛故居。但见得对岸人马纷纷，有人前来报说东平王到了。献忠蕴有怒气，安坐不理。眼见得对面孙可望驰骑一队，奔过莹华寺前，百官除十余人是打拱立迎外，大多跪迎在地。可望马上打拱，未曾下马，径向东门奔去。左右说与献忠道："千岁闻老万岁在东门等他饮至，所以未暇与百官周旋，便驰去了。"献忠只点了点头，仍自坐着，静静地眺望对岸景色，续见可望军全营驰到，约略整理了一下队伍，缓缓进城。亲军已过，后面陆续驰来纷乱车马，皆是有官衔标志的。左右奏道："这些都是随同东府掾属往二十里外迎接的官员。"献忠道："我看东平王那孩子很得人心！"说罢徐起，步行而返。已有禁军飞送御马前来迎候献忠入城。献忠行到东门，孙可望与汪兆麟等尚自候着，可望迎上跪地道："儿臣抵城过迟，罪该万死。"献忠扶起道："我正要想到东郊一游，看百官迎你的人究竟有多少。"可望道："宠承陛下殊遇，百官远迎有到三十里外的。为的一路周旋，入城太迟，反劳圣驾久待。儿臣实不知圣驾出宫，故有耽搁，到东郊后，闻御座已设东门，疾驰而来，便又有慢汪阁老与列公大人，实该死罪。唯求陛下与列公大人原恕。"众官皆言："千岁过谦，我等未将老万岁待饮之事驰报，才是有罪。"献忠道："你们都无罪，只这批迎接过远的官儿们，嫌得多事了！须得查问查问。"汪兆麟便命城门校尉，将后归各官登记下来，可望心中甚为难过，埋着头随着献忠入城。

次日，献忠召入四家王子与汪兆麟、六部尚书商议大举攻取重庆之事，可望道："目前我军强勇喜战，士气可用，只钱粮尚苦不济。此次出兵，宜注重粮台的组织，只要粮食能源源不断，战胜攻取是确有把握的。"献忠道："我等起事时，随地取给，并无粮台，也能战胜攻取。如何今日攻取，便需粮台了？"李定国道："今日与起事时代不同。彼时我军譬如天空的飞鸟，森林的猛兽，想到哪里，便到哪里，并无巢穴的系念，政令的拘束，随地因粮，逐地而肥，粮尽即去。现在建立国家，出师征剿，进有目标，退有归宿，来去必有定向，攻守须遵节制，这便难于随地取给了。此次攻取重庆，无论三路、五路，军行所过，皆是我国领土，必须顾恤民力，若还民力不胜，强为诛求，便是逼民反叛。岂非重庆未得，先自丧失版图。东平王说粮台第一，儿臣甚以为然。若仍令各路就地筹粮，则必互推筹饷不及，观望不进，亦如前次，徒作打草惊蛇，为敌人所笑。"刘文秀与艾能奇，亦皆赞同此说。献忠问王国麟道："我想筹三路粮台，由成都运粮往取重庆，需要许多钱粮，如何筹拨，你们议来。"国麟道："目前库空如洗，秋征方才开始，除抵拔预征者外，不够文官俸禄与官府开销。军费仍须就地在民间征取，自成都三道运粮往取重庆之说，实无从议起。”献忠怒道：“老子有钱，买粮运去也行！”国麟道：“今成都市场，粮还可买得出，只是这钱从何而来？库存早已空了，官俸例支，是不能少的。”献忠屡听官俸二字，心里必有一闷，听到此处，忽然若有所得，吩咐散会，独留汪兆麟道：“从前四川一省，能有多少官吏！我一做了皇帝，便增加了十倍之官，土地人民不及往时多，官却多到如许，国家安得不穷？你替我查查，将一切衙门不重要的，官吏多余了的，一概裁汰了，留存名额，比照四川明末官员之数，只许减少，不许超过！”兆麟道：“圣意乃节制库支的根本办法，但国家多设官员，原是为的羁縻缙绅，免得他们响应残明。现在骤然裁革，散归州县，甚于新朝不利，莫如加以罪而诛之，一则可以张国家威刑，使远近知畏。二则可抄没其家财入库，储以济军，仍使此辈次第消灭，不为国家之患。杀一官便裁一缺，自可减轻禄俸开支。”

献忠闻言大喜，想起昨日东郊事来，便命将东郊远迎东平王至十里以外的，除东府掾属外，一律责以违制逢迎，侮慢圣驾之罪，处以死刑，家产抄没，家人子弟发配军营充浣洗樵汲之役。此次诛杀官吏七百余家，抄没资财总值一千数百万两，朝廷为之一肃，府库为之复充，州县吏民为之悚然。献忠甚为得意，只孙可望自觉难堪，托病谢客者数月。攻取重庆之说因而停顿。

王国麟因献忠有攻取重庆之意，怕的一旦用兵，军需急迫，应付艰难，乃提前开始征收秋税，限各州县七月缴齐。一时胥吏四出，鸡犬不安。便有各县绅衿，不约而同联名上书献忠，诉说疾苦，或称：“地当军冲，迭被蹂躏，仓无现粮，野惟蔓草，催科虽急，供应无资。”或称：“夏征已倍常额，秋税当邀宽典。”或称：“向例秋征七月开始，十月始终，俾人民得从容纳赋，无害农时。今限七月缴齐，新谷尚未登场。”或称：“畿辅为首善之区，兵马出入最为频繁。故徭役繁重，正供素轻。近乃征借重重，外加苛派，摧伤根本，殊乖治道。”等等，不一而足。各州县转奏前来，汪兆麟不敢压搁，汇奏献忠。献忠看了几件，全是贡生秀才们领衔，忽然想起颜天汉的表文来，对兆麟道：“领导百姓诽谤国家的，便是这批绅衿。埋头耕地的老百姓哪里会懂得这些刁话！看来这批人也得杀却，国家才能安定得了。”汪兆麟道："陛下所说，乃是千古帝王所未见到的治国之道，这道理，亦只老臣才听得懂。回想老臣昔在桐城，便是这样人物，随时都在怂恿百姓们与官府为难，开出许多理由去责难官府，无不假托民意。其实老百姓何尝懂得他说些什么。所以这些人愈多，天下愈乱，明朝便是这批人闹塌了的。国家对这些人，只有两种办法，一种是拿官与他做，拿禄与他吃，塞他的嘴，使他变为你的走狗；一种是杀除干净。大西入蜀之初，原是采用第一种方法，如今库空如洗，还收揽他们不尽，那便只有杀之一道了。"献忠大喜，便要传命捉拿这些上书的绅士，兆麟又忙阻住道："不可。他们既然上书请求缓征免征，无论说的道理如何，百姓们必然同情于他，若还因此获罪，百姓们必叫嚣声援，反于朝廷声誉有损。莫如批个'仰候饬部查办'的字样，暂安他们的心，却乘本年乡试之期，将这批绅衿骗到贡院来，按名捉拿，一体杀却，永除根本大患。"

献忠听到此处，频频点头称是道："便将全部士子杀掉也可。"于是下诏州县，定于本年八月举行乡试。凡属贡生、秀才、监生，有规避不赴者，着州县官拿办，家产没收，妻子充院，子弟配军。

◎评注

谚曰："民以食为天。"自成以百万之众入湖广稻鱼之域，而因乏食崩散，致为乡农锄击以死。献忠以百万众据全蜀富饶之区，乃因军食不继，坐困无所施展。农为国之根本于此可见。

第八十二回
陨皇嗣荔枝肇祸
戮士子笔砚成丘

却说王志贤往峨眉进香，到山下时还是正月，春寒犹重，大雪封山。志贤住在万年寺，日夕游览双溪、龙门一带山水，觉那清幽景趣，有催人出世之感。这万年寺乃峨眉山麓第一大寺，寺后藏经楼保存佛典甚多。志贤若非出游，便在寺内读经。从前虽然出家，实未懂得佛典精义。现在浸润内典，感悟日深，渐至餐寝皆废，卷不释手，把替献忠祭祀之事都忘去了。金川法王与各夷王却不惧风雪，别了志贤，先行登山而去。国舅陈士楷乃是天主教徒，不喜佛典，难与志贤同处，又不能与金川法王冒雪登山，遂暂回井研故里探视。三月间，金川法王一行已朝过全山的寺院，回到万年寺来，说自洗象池以下，冰雪已融，劝志贤登山。又说："迟过三月，恐雨水太多，道路难走。"说罢，径回金川而去。志贤为候陈国舅同行，未听法王之言。清明节后，士楷自井研前来，乃与之一同登山。登山不久，风雨频作，道路溜滑，果然难行。士楷道："井研人皆是夏季朝山。因为这三、四、五月，都是峨眉山的雨季。我们来得太早了，莫如索性再等些时候吧！”其时已行抵华岩峰，志贤便在华岩寺住下。士楷仍下山到嘉定访友去了。这华岩峰乃是峨眉山腹部的支峰，常在浓云密雾包围之下。偶然云散天霁，俯仰一片苍翠，群山环拱，岩壑幽崎，百泉奔泻，松涛和鸣。比较万年寺又是一番新异景色。遂从万年寺搬些佛经来，在此读经赏景。直到过了端午节，陈国舅方从嘉定赶来，开始登山。此时全山积雪已消，雨亦渐少；山花怒放，万卉争荣；鸟鸣云际，猿啸林间，正是娇艳的青春时节。他们经过钻天坡、洗象池、接引岩、天门石等处，皆流连一二日，饱享名山清福。最后选定金顶寺为致祭之处，祭祀布施礼毕，再游千佛、万佛二顶，各驻了三日。因山高风大，不胜其寒，才又下到天门石住了两日。据传这里曾出过一位祖师，名叫万世尊，显化灵异甚多，并有肉身保存在寺。王志贤此时已有出世之想。但又觉献忠情致殷殷，有难弃去之情。乃到万世尊肉像前礼拜祈祷，恳予指示迷途。当夜宿在寺内，梦一小僧送来一函。拆开看去，乃是偈语一首，道：“菩萨便是英雄，英雄便是菩萨。知其不可而为，到底不会做差。”志贤问小僧人道：“你是何人派来？”小僧人道：“万世尊。”言已不见。志贤大惊而醒。念世尊指示，明明要我下山干番英雄事业，不必出家了。乃与士楷一路同回成都来。过峨眉时，市街乡村都已现出憔悴之象，不似来时繁荣。县官胡銮迎送款待，照常尽礼。志贤问他，“何以几个月间景色大变？”胡銮声道：“峨眉乃是川边瘠县，农田不多，民食艰难，全恃采撷山笋，畜养蜡虫为生。本年罗徽、归化诸堡联结倮民作乱，采笋之路断绝。黎州曹勋等阻拒小关山，黎神武、余飞等盘踞花溪铁索桥，建昌蜡虫无路运来，蜡园无种可下，人民生计因此断了一半。雅州、邛州、叙州屡次用兵，大军往来出入嘉定数十次，夫马粮秣，须在峨眉、夹江一带征集。随牌估价，漫无限制。农工商贾，不得安其业，相率逃避。或投归三堡，或投归曹勋及黎神武，或投大西营伍为兵，只剩老弱在家看守，所以城乡景象突然凄凉了。”志贤闻言叹息，但不解这些农民何以自愿投营伍当兵？营兵原有定额定饷，又何能漫无限制的收容他们？便问胡銮。胡銮道：“这军兴时季，唯有军士最尊，平民最贱。乡民到了不能生活之时，或被人欺负过分之时，是乐于投效到军营去，过几天舒展的生活，或做几天欺负他人的人。这是人之常情。至于军营诸将，无论是属于大西的，或是属于残明的，谁曾领到正规军饷来？又有谁曾正式发过兵饷来？横竖是就地筹饷，自由取用。兵愈多则力愈大，愈易筹集军饷粮秣，因而人人乐得招兵。这都是本年才有的现象。大禅师静居山中，所以未闻。国舅常住山下，必邀明察。”士楷是一朴讷之人，只应道：“正是如此。”志贤道：“不想离都半年，国事败坏至此！回京定当奏请西主，力图挽回。贵官留心民疾，所见甚是，如有可陈之事，不妨多说，可当代奏。”胡銮道：“目前便有一件弊政，末职未敢率陈。”志贤道：“但说无妨。”銮道：“近奉诏勒派士子入都乡试，不赴者与邻里同诛，家产抄没，妻女充院，子弟为奴，这是何等科刑？目前缙绅之家悉已穷困。世乱年荒，米珠薪桂，赴乡试一次，需银百余两，告贷不易。而道途险恶，行路尤难。不去，则酷刑至此。本县应赴试者五十余人，皆来泣述请免。但上谕如此，末职如何敢免。唯有代为劝募旅费，不足，又捐钱助之，劝慰百端，恳其上道。想这科试原为甄拔人才，与上年因人才不敷任用，征聘乡绅情形不同，不宜强迫。此乃失人心之一端，祈能奏免。”志贤许为转奏而别。

行过夹江，夹江县令王宏道，认志贤为同宗迎送甚谨。志贤问及民间疾苦，他亦说催逼士子赴试之非。又说夹江有一苦差难办，求代奏乞免。志贤问是何苦差，宏道道：“相传明朝有一蜀王朝峨眉山，经过夹江，县人以鲜荔枝进献。蜀王食之而美，岁岁求之。遂定为例贡，至今未除。其实夹江并不生长荔枝，而是每年向嘉定荔枝湾订购。秋初荔熟，乘露连枝摘下，派快马昼夜兼程，三日赶到成都，迟则腐烂味恶。本年天下荒乱，此项脚夫已不可得，而道途多阻，送至甚为困难。此差本该嘉定办理，若还不能邀免，亦盼请改归嘉定供差。”志贤亦许代奏。再过眉州、彭山，州县官也皆以催送士子为言。志贤俱许以转奏。

志贤与士楷回到成都，立即去见献忠。献忠恨他归来太迟，心已不悦。迨志贤转述峨、夹两县令之言时，献忠便截住道：“你们离都日久，哪知时局变化情形！这些州县小吏的话岂能深信。请暂回家休息，咱们改日再谈吧！”志贤甚感没趣，起身辞出。陈国舅亦起身告辞，献忠拦住他道：“你进宫去瞧瞧皇后吧！峨眉菩萨果然有灵，她已经是大着肚子了。”士楷红着脸，带着十分喜气，进宫去看他妹妹，一路都有宫人道喜。陈皇后更是喜不可言，命他哥哥回家后再多向各处灵山大寺焚香还愿。

这年八月二十一日，是献忠四十岁的生日。各路王侯、都督、御史，皆于中秋前赶回成都，为献忠叩节，顺便打探如何祝寿。又恰是乡试之期，各州县教官押送赴试生员，陆续来都。成都城九里三分地以内，真是人山人海，拥挤不通。八月蓉城正是秋高气爽，稻熟鱼肥的时节，芙蓉艳丽，丹桂馥郁，石榴吐子，稻粟登场，更显得一方人物的富盛。八月十五日，文武百官与献忠叩节已毕，留宴在玄阳洞天的丹桂园。献忠酒酣耳热，对众人大言道："咱们这西蜀天下，本来是坚牢的。偏有许多刁钻好捣乱的秀才与宦场失意的小吏横造谣言，耸人听闻，仿佛便有大难临头似的。如今你们该看得清楚了，据各路传来消息，清兵占了西安，以文人孟乔芳为陕西总督，但并未留驻大军，自无窥扰四川之意，汉中的贺珍，正与马科自相残杀，川北的摇黄诸家皆已解散。咱们北道是无忧了！左良玉反叛南京，与满洲军合伙，逼得弘光小子出降。朱明天下只剩得几个藩王在海隅喘息。王应熊此时又能仗着谁与他撑腰？又凭什么来号召呢？所以连月以来，曾英、王祥、杨展、曹勋与朱化龙等，全潜伏不出。咱们的西南两路，也可以算是无忧了！那李自成窜入湖广，传已死去，其部众溃散在湖南民间，更不能再窥蜀土。咱们东面又已无顾虑了！土地，咱们有这样宽；百姓，咱有这样多；兵马，咱有这样强。咱们还有什么焦虑？咱们还有什么不乐！趁此多喝两杯，庆祝咱们的好运当头。"众官齐声说道："陛下龙飞景运，洪福齐天！"王志贤起立欲有所言。汪兆麟急忙抢上，举酒奉与献忠道："老臣还当补说我朝一件可贺之事，便是皇后快生太子了！"献忠接过酒，笑盈盈道："是我说漏了，该罚！"便一口喝干。王志贤乘时又欲发言。兆麟又抢出位来道："皇帝认了罚，咱们尚未喝过贺酒，也该罚。来来来，咱们大家一齐先喝贺酒，再喝罚酒，不能让万岁爷独吃便宜。"众官多有理会得兆麟之意的，相示以目，随即你强我喝，我强他喝，哄哄作闹起来，志贤竟无说话机会。

临到二十一日，献忠生日，全城扎彩庆祝，一番盛况，更难细说。单讲各州县送到士子二千余人，见得全城官民纷纷准备庆祝皇帝生日，亦由各县教官转请提学使刘承吉，准许他们也参与贺典。承吉转奏献忠，献忠正当高兴，许了他们。于是诸生各出份金，造下"万寿无疆"四大金字的缎幛，八宝装饰，笙乐火炮，送进承天门去，一齐站在端礼门下，等候刘承吉指挥，随赞礼声叩头而退。献忠那时高坐承天殿上受百官拜贺。望见四个金字硕大无朋，已颇心喜。又见生员们俯伏甚恭，并不似刁顽之民。想起前与汪兆麟商定的坑杀全部士子之计，看来也可不必，只有那上书而逃的颜天汉该杀。待受百官贺毕，独呼孙可望来，密问道："前次上书的生员颜天汉，你还认得吗?"可望想了一想道："还记得是高大身材，面貌可记不清楚了。"献忠道："此次已将全省生员一个不漏地弄来，颜天汉应该在内。但我命人密查，数千人中，并无这个名字。我想他前次或是用的假名，但所称生员必是真的。你去与我查清各县生员，有可疑的，都与我杀了!"可望道："纵使颜天汉是个假名，且其人果是生员，但前次出榜招求之时，他竟未至，则必早逃走了。何至尚在此中?今如依稀指认，误杀好人必多。"献忠道："州县百姓反对我的政令，全是这批秀才领头。我本要弄来全行杀掉，因见他们祝寿甚恭，方拟只诛颜天汉一人。纵然多错杀几个，还是我的宽厚哪！你还怕误杀么?"可望不敢强争，领旨下来，去与汪兆麟商量应该挑杀的人。八月二十三日，便是举行乡试之期。孙可望与汪兆麟做了正副主考，考场内外一切，全是可望遵奉献忠密旨办理，布置得与往年不同。贡院与校场四周，严密扎下兵马。各州县生员由教官领队，依次来到贡院。经过辕门检查，点放入内。可望先至公堂，衣冠升座，对诸生道："本年因诸生祝贺天子万寿，甚为尽礼，天子喜悦，命在三场之前，选拔绝艺十名，恩赐举人，免予考试。选拔之法，乃用大旗十面，每面一丈见方，麻帚大笔一支，松烟墨汁一缸。能用此笔墨，在旗上一笔写成大帅字，充满全幅者中选。诸君自度不能者，可以站到堂下，听候发卷赴号，照题作文。自度能之者，可以站上堂来面试。面试不合，仍可领卷入闱。"说罢，便有三十余人走上堂来面试，全是身材魁伟的。可望命依次试写。或是举笔运转不灵，书不成字；或落笔墨汁淫溢，收笔无墨；或腕力不胜，中途而罢；或勉强成字，不能满幅。皆次第失败，羞惶下堂领卷而去。最后只剩一人，禀道："夹江生员王志道，二十七岁，自度能一笔挥成满幅帅字，唯须将麻笔浸渍墨缸中三昼夜。自愿不领卷试文，候此濡笔，至阖闱终场时，请殿下面试。"可望许了。

三场考试，本年亦与常年不同。第一场先试"策论"，题曰："大西新建，开国规模犹未确立。诸生来自民间，应明治要。其各仰体新朝集思广益之旨，指陈大端，用备采择。”那闱中生员五千余人，大都只懂经义，未曾留心政要民疾，无非拉凑些施仁行义，足食足兵等空洞陈言来敷衍一篇。亦有少数较有才情的，认为新皇帝虚心下问，真是贤君。便将自己经济宏才，写成三条五款，附些谀词颂美，希图天子采纳，可以幸进。也有二三老儒，老老实实，痛切陈指几桩弊政，吁请改革的。

这头场试卷，经各房阅卷官漏夜赶阅，依照密旨，将那条陈时政能中肯的卷子提了出来。由可望、兆麟两主考，评定应行录取之人。共取了七百余人。当着献忠拆去弥封，录下名字。与前次上书议论粮政的绅耆名单核对，果有三百余人皆在各县上书列名之中。但尚有上书具名而此次未得取录者。献忠命将全部弥封拆开，核对上书之人，要将七百多人一体杀却。可望苦谏道：“生员惟多才好事者可诛。如其无才，纵使好事，亦不足畏。况连名上书者，未必署名人尽出本心，胁从与窃名者必所难免。若尽杀却，甚乖天和。况各州县上书议粮政者，署名达一千余人，而与应试士子名单核合者，仅三百余人。则虽全诛士子，亦未能将上书之人诛尽。陛下既已赦上书者于先，何又不能赦此数百腐儒之命呢?”献忠难违可望之言，允只杀这三百余人。汪兆麟知道献忠喜怒无常，仍将这三百余人与七百余人的两项名单录下，随时带着。

这日正是八月二十五日，闱中考试三场之时。献忠回宫，恰巧夹江县例贡的荔枝一担此刻送到了，王珂督率侍卫搬进宫来。献忠与陈皇后共坐剥食。见荔肉已非新鲜，窳汁滴流。试一入口，则咸而不甜。献忠未曾吃过此物，只道了声：“怪味!”便弃去了。陈皇后是井研人，年年得食鲜荔，识其色味。此时忿骂道：“这夹江知县混蛋！运送耽延，荔肉坏了，却用盐腌着来欺骗皇上。”说罢，将荔掷地，起身欲回端和宫。不巧，偏偏踏在抛出的荔肉上，一滑，跌倒在地。宫人扶去不久，奔来奏道：“不得了！娘娘下身来血，呼痛不止。”献忠忙过端和宫去，陈后已是小产了。御医捧着个死胎跪奏道：“娘娘八个月身孕一向健康，不料此时忽然小产。是个太子，可惜落地已是死了。”献忠看了一眼，怒不可遏，默然退过保和宫来。将佩刀拔与王珂道：“你去把夹江那龟知县的头割来见我!”王珂不敢违拗，捧刀而出。

恰在此时，汪兆麟与龚完敬入宫奏称：“四川科场惯例，乡试已毕，考官与新科举子要会宴百花潭。去年因连续会试，未及举行。本年究竟如何办理，请旨定夺。”献忠正当盛怒，一股杀气，从他口中冲了出来，道：“便是明日，我与全部考官，在百花潭欢宴新科举子！”完敬道：“明日三场甫毕，尚未放榜，不知新科举人是谁，如何召集？”献忠狞笑道：“名单已定了。”掉头对汪兆麟道：“你该记得？”兆麟有些茫然道：“老臣只抄得那三百余名与七百余名的两种名单。”献忠道：“便用那七百人的。”兆麟会意，扯了扯龚完敬，一同辞出。

八月二十六日晨刻，孙可望来问献忠早安后，奏称：“有一生员自称能一手书成方丈大帅字。儿臣许其今日面试。闻道陛下将游百花潭，可否圣驾过贡院看他挥写？”献忠道：“我要来。”可望便布置去了。这时献忠与汪兆麟、六部尚书，全副銮驾向贡院行来。走过三桥大街，向西一转，街上便无黄土铺地了。两旁亦无警跸护卫之军，常有行人往来，献忠甚怒。入贡院后，责问龚完敬道：“这一路景色，不似咱老子走的路！”完敬道：“昨日奉旨，驾游百花潭。因此只曾布置得皇城至百花潭的御道。今日才知圣驾临幸贡院，已是来不及除道警跸了。”完敬言时，觉得此原是小事，故并未跪地请罪。献忠本来有气，见完敬如此回答，气涌出来，切齿道：“好家伙！这里是贡院，是你们进士班子得意的地方，便可以藐视我！”顾左右道：“拉去砍了！”左右禁军上前拉过完敬。完敬如晴天霹雳，高呼：“万岁饶臣！”两旁从官，因献忠有“进士班子”一语，皆不敢援救。还是江鼎镇忍不过，跪上去道：“龚完敬罪诚该死，求悯其年老，乞赐归家自尽，保全其从龙大臣的体面。”献忠笑道：“哈哈！你可想得周到，我要将他家人一同送到阴司聚首，省得他归家麻烦。你看好么？”骇得鼎镇魂不附体，忙叩头起立道：“皇帝万岁。”献忠道：“你说好，便这样办！”可怜龚完敬蹈了吴继善的后尘。

献忠杀了龚完敬，骇退江鼎镇，见全贡院肃然无声，心中甚为得意。步上公堂，问可望道：“可曾走了一名？”可望道：“贡院这三日，除陛下与主考进出外，全锁着的。须本日午刻方才开门放行。现尚未有一人得出。”献忠道：“叫那写字人来试。”可望忙命将王志道唤上。

王志道早已在公堂下候考。此时上堂，先向献忠与百官行礼。然后走到墨缸附近，将大旗斜展在木板上，傍近墨缸，前置矮桌。志道上得桌去，把过笔柄，默相了旗面一刻，便展开双臂，提笔出缸，略在缸口调了一调，刮了浮汁，豁喇喇舞笔一挥，风驰电掣，倏然而止，旗面已是一个一丈见方的大帅字现出。字具真、行、草三格，一线盘成，充满全旗，略无空隙，笔画匀整，浓纤一致，字体甚为佳妙。百官同声喝彩。献忠亦拊掌道了几声："了得!"回头问可望道："你瞧，是他吗?"可望道："似乎无此年轻。"献忠道："此人才情不小，纵不是他，也该有个处置。"言已目视可望，可望点头作会意状。从官皆不解他们说些什么，惟汪兆麟懂得是要杀他。

献忠起身，对可望、兆麟道："我们到百花潭去了。你们把选中的与我押来。"言罢即去。可望、兆麟送出贡院，将门锁了，吩咐撤卷。生员们交卷出号，齐到大门前，等候开锁放行。兆麟宣布道："万岁有旨：选取策论最佳者七百三十七名陪宴百花潭。诸生有名者留，无名者出。"于是按单点名，应名者交付军士看押。七百三十七名无缺，这才鸣炮开门放出生员四千余人。他们情绪颓丧，深以不得陪宴百花潭为恨。迨出贡院，见有斗大皇诰一幅，贴在照壁，其文曰："奉天承运皇帝诏曰：此次乡试，竟有不肖绅衿，敢在策论文中，诋毁新朝，谤议寡人，实属罪大恶极。着主考官拆封点名，一体押赴百花潭斩决，以昭炯戒。其余生员，付各州县教官押回，严加教管，不容再有腹诽口谤之事。违者连坐十家，教官同罪。钦此。"

诸生看了，又以未得列名陪宴为幸，缄口蹑足，各回寓所。那贡院内被留住的七百余人，初以为将要陪宴百花潭，十分高兴。虽然是被军士监守着，又被十人一队押出贡院，尚不知祸在眉睫。他们未曾行近照壁，便由辕门转西，出小南门，循一段城墙，到了百花潭上。王志道是第一名，排在前队，望见献忠高坐在水榭上，百官、军士层层围绕，气象森严肃杀，凛然可畏。方才跪拜下去，只听得榭上喝道："砍下潭去!"便有军士十余人，各执鬼头大刀，走上前来，一人一刀，十个人头堕地。各军士用脚一踢，十个尸身滚入江潭。他们携来的笔砚囊袋抛在岸上，无人理它。接着一队一队砍下潭去。后来诸生，无不呆若木鸡，听凭砍杀，哀号之声俱无。天色将暮，七百余人杀完。但见一湾血水，满潭浮尸，缓缓向万里桥方面泛去。沿岸居民，初尚惊呼出看。嗣见血水汎涨，来尸积多，又复惊骇奔避。竟有人误认为是剿杀近郊百姓，奔避到百里以外，不敢归家。

献忠见得潭畔遗弃笔墨囊袋甚多，层层堆积，血水胶固，似如丘阜。便命军士加土填盖，增为堤防。乃从万里桥驰马回宫而去。

◎评注

明时贡院在成都西南城隅上莲池附近。今南校场，即当日武科校场也。其旁有小南门，路通百花潭，为锦江较阔处。唐冀国夫人微时，为僧浣衣于此，百花浮现，故亦云浣花溪。巡抚龙文光于成都破后，投浣花溪死，应即出小南门也。《明史》、《蜀碧》皆云：献忠杀士子于青羊宫。《蜀乱》则谓：杀士于南门桥。盖百花潭近青羊宫而通南门桥，传者举地不同耳。《蜀碧》又谓："笔砚委积如山。"《明史》云："笔砚成丘冢。"皆言其多，非即为山为冢。后人胶执史文，遂有凭吊笔砚冢诗文多种，亦属可笑。

第八十三回 荒唐诏谴责刘进忠 恻忍心逼反王宏道

且说那夹江知县王宏道，原是去年恩科进士。因他与王珂联宗，经王珂保荐，放了此缺，随时有些好处送与王珂。现在王珂奉旨捧刀前去杀他，又知他死非其罪，内心着实不忍。但当献忠盛怒之下，又不敢违拗。忽然想起王志贤曾为夹江请免荔枝贡，遂乘夜跑到大慈寺，将王宏道贡荔肇祸之事告与志贤，求他去为宏道说情。志贤次日，挽得陈国舅一同入谏。因献忠到百花潭去了，便同到了端和宫来见皇后。志贤对陈皇后道："目前壮丁逃亡，人夫缺乏，运道又多阻滞。承办之人，因惧荔腐获罪，用盐防腐，原与知县无关。峨眉山神有灵，已诞太子。岂区区知县，反能夺去山灵所赠之皇嗣？太子之死，不能迁怒知县，理亦甚明。万岁杀业过重，实干神怒。如能悔改，太子必可再得。如竟因此肆杀无辜，才是真正绝嗣之道。此情望皇后转达。"陈皇后深以为然，承许向献忠力争。

这日，献忠直看杀了七百余人，方于天暮回宫。陈后闻之心悸，命宫人请得献忠过去，涕泣苦谏。献忠道："人都杀了，你还说他做甚!"陈后又请赦免夹江知县贡荔之罪。献忠道："昨日王珂便已去了，赦也来不及了!"陈后伏枕号哭，将志贤之言发挥一番。献忠果然希望再得儿子，忍气拈笔，写一纸条道："王珂，你回来！饶了夹江那龟知县吧!"便命侍臣递出，饬外书房派快骑追回王珂。此时外书房只有一名小吏守候，因需马上办发，不及请示，遂取空白诏书一通，写上："奉天承运皇帝诏曰……钦此"字样，嵌入此文，付禁军骑马向夹江追去。王珂奉旨，不禁嗤然发笑。后来他将这通诏旨，窃示亲友，引为笑谈，被一友人以一木樨妾换去，作为珍品保存。

偏是无奇不成偶，这样可笑的诏旨，接着在本年十月又有一件，送到了都督刘进忠营里。因刘进忠驻守广元，训练军马，颇为强盛。那时汉中的贺珍已经投附王应熊，探知西安兵少，自率精兵从褒斜道去取陕西。那西安的孟乔芳闻得贺珍来犯，派遣降将马科、严自明率军驻防凤县，与贺珍相持。一面派人入川，邀进忠夹攻汉中，许以破贺珍后，划汉中、兴安归蜀。进忠素知献忠有窥取汉中之意，认为机会难得，便从保宁邀白文选来商量出兵。文选劝他奏请献忠定夺。他道："军情如苍鹰击兔，稍纵即逝，如何来得及奏请?"遂以广元托付文选，拜表献忠，即行出师，疾驰过洋县。不料贺珍闻川军来袭，便弃了凤县，向褒城杀回。进忠未料此着，大败而归，折损兵马大半。贻书责骂孟乔芳不出兵夹攻，乔芳反以书招他降清。进忠大怒，杀了来使，将失败情形报与献忠，请移驻遂宁，招募新兵整补。

献忠初得进忠表，已恨其专擅，及闻败报，便要传旨将他斩首。孙可望、刘文秀、李定国皆谓："刘进忠从驾日久，向以忠勇著称，虽趋利折兵，并未损失寸地，只宜令其自呈败状，再作处分。"献忠怒气难消，乃命白文选奏报进忠进兵汉中前后情形。文选关照进忠自陈，一面代为开脱，进忠亦将孟乔芳前后信函及其斩杀来使之事详报献忠。双方奏报，同时到达。恰逢全川各地叛变消息如乱麻般具报前来，献忠认为皆由川人闻其汉中折兵所致，又要斩杀进忠。孙可望闻之再来劝阻，献忠与之辩论许久，说道："你回去吧！我赦他了。"可望出宫。献忠在进忠表后亲批两行，命外书房办发，并差一名禁军候着送去。此时献忠余怒未息说道："虽然饶了他活命，可要骂他个痛快！"外书房恰又只有小吏候班，便仍用空白诏书写上，立付禁军送去。禁军驰入遂宁地界，先命驿房飞报刘进忠准备接旨。其时进忠正邀全城官吏士绅商议招募之事，忽闻圣旨到来，急忙摆设香案，衣冠跪接。众官士绅不及回避，皆跪伏两廊。进忠将旨接入中庭，命人宣读，众官一齐静听。但闻那人高声读道："奉天承运皇帝诏曰：咱老子叫你不要往汉中去，你强要去。如今果然折了许多兵马。驴毬子造你妈的！钦此。"

众官绅闻之，无不伏地暗笑。进忠羞忿难当，勉强谢恩起身，当着来使，毕恭毕敬地将诏书捧入。刚入房门，便将诏书撕个粉碎。强忍忿出来，送过来使，众官绅亦默然次第散去。马元利闻知，忙过来安慰进忠道："万岁于疏远之人，尚能待之以礼，惟亲近之人，仍是他旧时粗鲁本色。此诏虽因朝官未曾缮办所致，但亦足见万岁未曾以疏远之人相待我等，不足生气。"进忠道："我也正是如此想的。"口上虽如此说，心里却想得不同。从此进忠决意背叛献忠，投往他朝。

回书补述武科乡试情形。献忠知道武生们不会舞文弄墨诋毁于他，故未同文士一样处治。但亦将各州县上书议论粮政的士绅名单，与应试武生名单查对一过。对出三十余人，认为这是该杀的，却并不拿问，只命将御厩烈马选了五十匹，牵到校场。献忠亲到演武厅，考试骑术。编定名册，第一组便是这三十余人与十多个献忠所憎恶的名字。安排已定，命第一组士子上马。那些马全是新自西番市易而来，高大狞猛，憎恶生人，军中无人敢驾驭，久系未用。此时牵来校场，用木栏夹持而系之。待武生们攀栏上马，启闸放出。马皆剧跳腾突，嘶鸣不已。围观军士万人，放炮呼噪，金鼓齐鸣，声振天地。五十匹马，便在场中纵横跳跃，斜冲直撞，相互扑挤。武生全被跌下马来，任凭践踏。霎时尘土蔽天，血肉狼藉。迨鸣炮收队时，已无一个生员尚有活命。众军士将马围逼入棚，重整鞍辔，等候第二组。武生们早已骇得魂飞魄丧，谁敢再去一试。第二组五十人跪在演武厅下，死也不肯起来，都说："马术不精，自甘落第。"献忠大笑道："看你们这批家伙，马尚骑不得，哪配干功立业！你们免了。但这三千士子中，总当有人能驾此马。谁要是能，老子有赏！"此时却有两个不怕死的上前应名。一名李旺，一名张颠，俱是龙安府人，因常向草地经商，学会驾驭番马。适才看得五十个生员惨死，乃由骑术不精所致，故敢挺身出来献技。献忠看他二人，魁伟黧黑，行动笨拙，料他不是善骑之人。不料他骑马出场，控纵进退，得心应手。虽然众军鸣炮呼噪，马甚惊惧，但在二人驾驭下，并无颠踢。二人反并辔绕行校场数周，做出马肚藏身与俯身拾芥等种种游戏。献忠大喜，命停止呼噪，赐给弓矢刀剑，饬其马上演武。二人驰马射箭，巧中红标。又互执刀剑，作马上争战之状。献忠喜得眉开眼笑，呼二人前来，问识字否，皆云不识。遂当场恩赐武举，拨到定北王府为将。对其余士子道："这批无用的，便算落榜了。各自回去操练再来。"武科便是如此结束。

在献忠想来，这次科场，已将全蜀调皮士绅铲除干净，今后不再会有人刁唆百姓与他为难了。偏是那些人中的顽民，就如地上的野草一般，铲去了这批，又会有另一批冒了出来。其时有个夹江武生周鼎昌，因家住在千佛岩南岸山中，平时甚少入城。故联名请缓秋征之时，未曾邀到他列名，此次得免于难。他访知校场乱马踏死的人中，有一夹江武生，曾列名上书。再查百花潭所杀士子当中，夹江占了四人，亦是列名上书之人。再一询问邻县，凡赴试未归者，无一不是上书列名的。他已明白献忠之意了，心中不胜忿恨，返家之时，便沿途将这秘密播扬出去。那些曾列名上书，却并非监贡生员的士绅，更是恐惧万分，便纷自离开城邑，避居山野乡林而去。这惨杀上书士子之事，不久已传遍嘉定、峨眉、洪雅、夹江、眉州、彭山、丹棱、青神一带州县。士绅们对于献忠，无不切齿痛恨。当此赋敛繁重，民不聊生之际，有了这批绅耆的煽动，自易作乱起来。

那时朱明的唐王聿键受残明诸臣拥立，在福建立都，称隆武皇帝。晋封王应熊为东阁大学士兵部尚书，手诏促其出兵恢剿。其文曰："辅臣密负重任，出总军旅，原有非常之艰难，以托非常之亲信。当使万里之外，宛如咫尺纶扉。朕以臣民拥戴，继统危微。倚卿元老，如身有臂。祖宗疆宇，凡有未复，即朕躬之有罪，亦耆辅之深羞。朕或用人行政未善，卿当有闻即告。况四川为卿之桑梓，朕之版图。大小文武举用，一以委卿。一切军民机务，即假便宜。"

应熊得此手诏，不能不从病榻起来，再图一逞。于是又发出三道檄文，普告川民，勉以奋勇讨献。并指出川北绅民结寨抗敌成法，嘱各地绅民仿效。本来川民久已忘去明朝，更无响应应熊之理，偏是此时绅民困于敛派，迫于刑诛，正当走投无路之际，得此檄文，果然纷纷结寨落草，抗差拒粮。川北、川东与上下川南各州县，结寨叛官之民到处皆是。同时，杨展又复出兵进攻叙州，曾英进攻合川，马乾进攻内江，曹勋进攻雅州，贺珍进攻广元，声援各县叛民。献忠见得局势败坏至此，并不自咎治理有差，却只恨州县官吏无能，各处诏旨拿问，闹得官民惴惴不安。

提学使刘承吉来见汪兆麟道："近日川北、川东、川南州县，乱民纷起，剿不胜剿，抚不胜抚。其实剿抚皆非治本之道。凡叛民与盗贼不同：凡盗贼无绅衿领导，趋利避害，易抚易剿；叛民则以绅衿为向背，不知自选趋避。若不能掌握绅衿，则乱源难除，终无剿绝之时。绅衿为数繁多，地位不一。大致可分为上中下三级：上为进士举人。本朝开国之初，或已征聘，或已诛杀。此辈虽有些人望，但在州县地方并无实力。州县柱石，实为中级之贡、监生员。经本朝两次乡试，或已笼络，或已诛杀。所余庸碌之辈，不足为害。且此中级绅衿，大多只能控制城邑。乡村人望，仍在下级之童生老儒。此辈每为地方官吏所忽。但乡民作乱，却无不由其煽惑所致。丞相何不奏请万岁，下诏州县考选秀才，诱此辈入城而羁縻之。则乡民群龙无首，可无患矣！"兆麟道："他若畏罪不来，岂不徒劳？"承吉道："如其叛迹未著，则在严法督促之下，定会前来。迨其大都已来，乃下令除入城者外尽剿，则乡民畏死者皆当入城。犹不入城者，乃真正顽民，剿之为不枉矣！"兆麟将此意转奏献忠。献忠道："好！便命刘承吉督同五路学使，分道考试，选拔秀才。童生不赴试者，依照生员不赴乡试治罪。"

于是刘承吉选拔一批考官，传牌到各府州县，指定地点，克定日期，命州县教官督催赴考。此令一出，各州县读书人士无不恐慌。他们虽伏处乡曲，未知天下大势，但本年秋闱诱杀士子是他们听熟了的事。并且以讹传讹，说得非常可怕。说是："前次乡试跑脱的，全是行贿教官放走。此次考选秀才，便是一网打尽之计。"如此纷纷传说，各信为真，莫不思逃。但一经逃避，便要连累家小与邻里十家。许多忠厚儒生都只有横着心肠，去赴一死。儒生中曾拖欠赋税者此时更为忐忑，唯恐以考试为名，拿人是实。拿去后，纵然拼得一死，粮赋仍要缴纳，便又从何处缴得出来？想来想去，唯有举家投到抗粮的寨堡去暂过生活。便有雄桀之流，为怕赴试，索性纠合邻里，准备抗官。待差胥下乡催考之时，伏人在路将他杀了。官如不知，他们耕种如故。若已被官知道，他亦不怕，来的兵少，他们便抵抗拒捕。来的兵多，他们便弃家落草。若还有官兵搜拿前来，他们便投奔到残明之军中去。这些拒考逃难的儒生们，还编造出了一些口号鼓励人民抗官。那口号说：

租粮完不尽，剩得一条命。让你官吏横，老子他乡奔。

仓里久无粮，性命不值钱，拼得人头落，上山乐两年。

如此辗转相煽，便在这十、冬两月间，又于结寨抗官之外，平添了满地抗粮抗差，不畏官府拿捕的乱民。似此全局溃烂的详情，难以一一叙说。今且单以夹江县为例。

夹江本是小县，十几个场镇，依傍在青衣江两侧。县城与甘江镇皆在北岸，科名人物较多，地方向来安谧。南岸地狭山险，民风强悍，文人较少。有一南安镇，乃是造纸、采笋与木材商业的中心市场，地较富庶，读书人亦较多。老儒宿苏民，在此间文昌宫教书，已有二十余年。前次上书请缓秋征，自不免有他列名。武生周鼎昌亦是南安镇人。此次他应举回来，谈说科场许多惨状，对宿老师道："且喜官家未直接拿问上书之人，否则老师亦不能免！"宿老闻之，不胜悚惧。未过两月，县里又有人来，催他到嘉定府科试。想起乡试惨死几人全是当日连名上书的，不由得不战栗忧惶。只好商求周鼎昌，替他去向知县请免。知县王宏道说："宿老师如此高龄，本可以免试了，无如公令森严，不容一人不赴。纵然告病，亦须抬到嘉定看验。此地距嘉定甚近，任知府督察严明，此城又有五十名官兵刺探我辈行事，此情我怎敢卖得。"鼎昌又将名列上书之事提出。宏道道："此过虑也！朝廷果要拿办上书之人，一纸公文可了，何必托言科试。烦致意宿老先生，放心去吧！"

鼎昌回复宿老，宿老始终放心不下，恳求免行。一日突有差吏同士兵二人到来，气势汹汹，要押宿老去县。宿老忙命家人请来有面子的门生，向差兵说情。献上酒食，商请贿放。差兵不肯受贿，言道："此乃朝廷之命，我等何敢放得！"宿老闻知，认为此去必死无疑，乃与家人痛哭而别。一路上看热闹的人甚多，随其家人门生，送他们上船。船到中流，宿老乘差兵疏懈，跃身投水求死，差兵大呼沿江船舟捞救。渔舟商船，见是官差，皆不敢不遵，相与抢救上前。

宿老本是求死，偏是他穿着一件羊皮袍，入水轻浮。冲了五里，已过千佛岩，被人救起，命尚未绝。南安镇亲友百姓赶来观看，见得宿老未死，内衣尚未濡湿，认为神佑。便一齐呼啸起来道："这老先生无罪而赴死地，神灵尚且佑之，我辈安能见死不救！"便有几人出手，殴伤差兵，差吏仓皇逃遁，众人穷追数里，才扶持宿老回镇。这夜便闻城内将要派兵来剿，镇上之人一致主张抗拒，便在沿江扎下窝棚，持戈守夜。周鼎昌出面劝阻，反被群众以大义相责，推为首领。鼎昌见公愤难制，亦只得干了起来。

第二日，王知县与汛官带领五十名兵丁来到对岸，放船欲渡。鼎昌忙到岸上呼道："南安镇人并非造反，请老父台单舸过江抚谕，某等愿束身归罪。"好个王宏道，果即嘱汛官暂不渡江。由他单舸前往抚谕。才上得岸，南安百姓环跪号泣。都说："宿老师是个好人，他为我们请求缓征秋粮得罪，神且见怜，我等不敢不救。"经宏道再三解释，百姓总不肯信。那对岸站着的兵卒不耐，大骂："杀不完的反贼。"人民亦回骂起来。两岸骂声呶呶，王知县镇压不下，便复渡过江去。人民依然跪送，高呼："父母大老爷的天良！"知县过河后，汛官便率队杀过江来，周鼎昌忙率众据岸截杀。汛官不料民众如此强悍，一时手忙足乱，大败回城，报与嘉定请剿。嘉定知府任元佑，派都司章成率兵二百来援。沿途杀鸡屠犬，淫掳劫掠，凌辱士绅尤甚。口口声称："夹江人反了！"于是许多怕赴试的绅民与其亲戚邻里，皆夤夜搬到南岸，投附周鼎昌。一时南安镇上人口骤增，声势大壮。鼎昌骑虎难下，遂派人往洪雅花溪与余飞、黎神武等联络，共抗官军。

夹江城内之兵声言要剿南安，派粮派饷，闹得满城风雨，民怨沸腾。王知县阻他不得，唯有愁叹。偏偏这时又有甘江镇一带绅民奔告嘉定来兵苛扰情形，要他做主。他除宽慰而外毫无办法。又隔一日，嘉定援兵满载入城。都司章成劈头便给王知县一顿骂："你的百姓造反了，你不禀报，却让汛官报来。援兵来城，你又未曾准备得干粮干草，夫马犒劳。须知你贡荔枝延误，老万岁已是要杀你的了！饶了活命，还是如此疲顽。你是不怕剥皮么?"王知县受得满腔委曲，仍然强作欢笑，治酒接风，向章成言道："南安人民狂野是实，反迹尚未显著。卑官实欲抚之就范，省得诸公砍杀之劳。昨日派人前往晓以利害。为首的周鼎昌已有愿同宿苏民同来守法之意，但要卑官前往提解。各公如许前往，我愿不惜此身一试。"章成道："谁愿打仗？你去抓来好了！待捉得首领，再去剿杀胁从，不省事么?"王宏道闻得此言，浑身寒噤。当下无言，次日便托言往抚，跑到南安镇与周鼎昌同反了。

◎评注

此回所举三诏皆实。一见《蜀碧》，一见《明季南略》，一见《南明野史》。

献忠溃败次第，与崇祯覆辙相类。彼曾受其弊政之苦而又复自蹈之者何哉？刚愎倔强之性相同也。

第八十四回

四王子分道出师
三邑民合谋逃死

这乙酉年的四川，景象变得极快。夏季与春季，显如两个世界，曾使走下峨眉的王志贤感觉惊异。想不到经过一个秋季，变得更不同了。此时除成都附近一片平原外，全在兵戈扰攘之中。惟各府州县城，与巨大市镇驻有官吏与军队之处，才有循规蹈矩当差纳粮之人，烟火密集，保存旧时气象。距城较远的山林地区，虽往往有乡民聚居，烟火较密，但皆不受官吏管辖。他们或凭险结寨，或傍水为坞。或数十家，或数百家，各有寨首发号施令。白日结队出耕，有人巡哨。夜晚轮班入睡，不废更传。出入樵汲，皆挟戈矛。来往行人，严加盘诘。如是邻寨百姓，招待酒食，护送回巢；如系流离难民，劝其盟誓入伙；如系官吏胥役及其沾亲带故之人，则杀命掠财，毫不姑息。若遇军队过往，则传锣罢耕，闭寨自守。来攻，则奋死以拒。不来，亦不相犯。他们或相互联络；或孤立自雄；或遥受残明诸将节制，倚为声援；或仍受西朝官吏羁縻，微量纳赋。但皆不许外来官兵入其寨内。如受讨伐，直至全寨战死，亦不屈服。

不问明军、西军，皆是如此对付。这样的寨堡，最初只川北与下川东有。本年夏季，却已推广于上川东、下川南各地。现在则上川南与川西亦遍地皆是。其最密处，为川西之彭县、灌县、什邡，东北至江油一带山边地方密如蜂窝，连为长城。其次，则总冈山连接新津宝子山、双流牧马山、简州龙泉山、怀州大峡，北连罗江白马山一带。再次，夹江的南安镇、洪雅的天全城、花溪的铁锁桥、峨眉的三堡八里，不过是九牛一毛，银汉一星，举来做例子罢了。

那结寨地与城邑之间，许多平原沃壤，初尚有人耕种。后因兵戈相扰，农民有种无收，相率逃亡，沃田化为空地。只剩下许多空房，做了兵马往来的栖宿之所。

张献忠坐在成都，全未想到他的世界破坏得如此迅速。此时连接各府州县的奏折，皆请兵剿办抗命结寨的顽民。于是大集文武诸臣，商议剿抚。众官已齐，献忠入座，开口便骂道："川人都不是好行货！老子入川便施行仁义，延揽缙绅，安了许多的官，年支大量的俸禄养活他们，却偏有许多缙绅要反对我。近来一般结寨抗官的，又全是读书人领头。这也是从前那批进士、举人一般的劣根子，挽着他便会多事，杀了他也就无事。老子要把全川读书人杀完，只留农夫耕种纳粮。你们有甚么办法. 快快说来!"一席话，说得在座文官们俯首无语。

汪兆麟道："顽民结寨抗官，自必推举读书有品望之人为首，并非全由读书人鼓煽而成。细查各县申报，各寨并未打有残明旗号，则叛迹尚未显著。宜从刘学使之说，下令叛迹未著之民，知悔者必迁入城，不入城者始为安心叛逆。良莠分明，便好剿办了。"王志贤道："以我所见则不然。近日四乡百姓前来大慈寺求为僧者甚多。问其何以轻易出家，皆言耕田不能养活，别无生路。问从前何以能养活？他们说：从前川西坝内，有十亩田养活一家五口绰然有余。那时粮赋轻，差徭少，耕田不够吃，推车下力亦能补济得。现在征粮之额，占去农田所收。差徭征调，占去耕种之时季。所以生活不了。经我下乡探访，果然是这般情形。农民逃走者已多，畿辅如此，远县可知！我想结寨抗官乃是一条死路，人非万不得已何至于此？如其出寨仍无生路，则虽洗剿百寨，亦不能使一寨之人降服。今日之计，只宜釜底抽薪，不宜扬汤止沸。还是节用爱民，轻徭减赋，使未逃之人乐生，则结寨之民畏死，久自来归，何必说到剿杀。”

献忠不悦道：“叛民是受了王应熊辈的煽惑，大禅师却偏替本朝派上许多罪状，难道要我向他们投降么?”李定国道：“儿臣在遂宁、合州道上，见得许多结寨顽民，他们并未与曾英、马乾联结，亦未使用残明旗帜。往时全川绅衿作乱，他们亦未附和。足见大禅师所言，确是实情。”献忠道：“无论实情虚情，反抗我的总该杀！”孙可望道：“现在曾英、马乾、杨展、曹勋、朱化龙、贺珍等六路残军，正向四川攻来。我军应筹划分道应敌，似暂可置此等小民不问。”

献忠道：“咱们的兵多着哪！所缺的是粮饷，粮饷须从百姓取来。若还不先剿叛民，杀得他们服帖，咱们的兵都会饿死，还说什么对付六路人马！说来还是汪阁老的话对。”众人默然。于是献忠命四家王子督率四路军马，分道出剿。对孙可望道：“东平王从资、简一路，杀向内江、安岳、遂宁、合川，去抵御曾英、马乾，要沿途州县供给粮草。凡州县官指出抗粮的寨堡来，你便依次痛剿。每破一寨，鸡犬不留，再行檄谕前寨，不降者照样剿杀。降者认纳差粮，便舍之而去。如此一路杀去，定是军粮充足，敌军畏退。马元利、刘进忠两支人马协助于你，分道剿杀。”又对刘文秀道：“抚南王练兵已久，便命你去剿南路。声言往叙州去攻杨展，却要先把彭山至威远一带叛民剿服。我命狄三品、冯双礼二人水陆两路去攻叙州杨展，受你节制。”对李定国道：“安西王你去剿西路，我将邛、雅、灌、彭等州县划与你办。派王复臣、张化龙帮助你去敌曹勋和朱化龙。”再向艾能奇道：“定北王前在绵州失利，剿邛州、雅州又未能将曹勋剿平。今便调移到川北去，将绵州、潼川、保宁、顺庆州县付与你剿。派白文选、张其在辅助，去敌贺珍。这次出兵，乃是咱们大西朝存亡的关键，做得好，安邦退敌；做不好，西蜀便非咱们所有了!”诸王子、大臣，虽不以为然，但个个畏惧献忠暴怒，莫敢再谏。剿杀的军令便如此执行了。近畿的牧马、龙泉诸山寨，首当其冲，果然不堪一击。攻杀了几家寨坞后，其余全来投降，罄其山寨所有粮食献到军前。前方州县，亦多已望风纳款。

孙可望一路，直杀到内江、合州地界，始遇顽强抵抗的寨堡。他们因有曾英、马乾做声援，负险顽抗。任你破一寨，杀绝一寨，他亦不怕，反而拒守甚力。可望攻打一月，未曾攻进合州地界。后因粮草无继，自行撤回。曾英、马乾亦因粮食不继，未曾出兵与可望交锋。其他各路情形大都相同，可以不论。单说刘文秀的南路军事。

刘文秀自川东失败，回成都操兵演将，已逾半年。眼见得孙可望等屡立大功，心中不免惭愧。此次奉命出剿，最能遵循献忠指示办理。闻杨展三次进攻叙府，恐守将方亮不能抵御，传命狄三品、冯双礼二人将资、泸二州交刘进忠防守，各率本部水陆军进扎叙州附近，共御杨展。叙州军事既已稳住，他便统率本标三万人马从双流牧马山起，一路剿向新津、彭山一带。到了眉州地界，因眉州的东西两山寨民慓悍，抵死不降，渐有不能前进之势。部下将官受责者多，叙功者少，遂不免有杀良冒功以为搪塞者。于是尚未结寨抗官之乡村农民亦逃亡大半。军行粮食愈感困难。猫饥咬子，兔急反噬，这批饥军饿极了，免不了格外残暴起来。他们一出城后，逢人便杀。百姓闻说兵来，便即逃走。军士杀人愈多，饥饿更甚。州县官供给的粮食不够半饱，军士不胜饥饿，遂渐有采食人肉之事。因此寨民辗转相告，更加死力拒守。要想攻破一寨更是难了。

这眉州沿江之地乃是狭长的平坝。东西边界便是山林。东山有蟆颐、白虎、挂榜、中岩诸寨，连接井研、仁寿的千百座寨堡。西山有醴泉、回龙、七龟、牛心诸寨，连接丹棱、蒲江的千百座寨堡。文秀因井研系通叙州陆路，必须打通，便以主力去剿东山各寨，未提防一家猎户却在西山猖狂起来。

这西山猎户名叫陈登皋，善使一盘钢叉，常率徒众赤脚入山猎虎，出入于总冈、宝子、峨眉、瓦山之间，人称他为铁脚板陈老爹。他熟知诸山结寨抗官情形，亦与各寨首领相熟。但邀他入伙，他都推言老母妻儿在眉州，不敢叛官。本年眉州荒乱，他的徒众皆有投往山寨之意。他因尚有几张虎、狼皮未卖，留恋眉州。一日偕徒入城，卖了虎皮，换得几升米、几两白银，同几个醴泉河的乡人结伴回家。出城五里，遇着一队收粮的兵回来，拦着他们要搜查，已将银粮搜去都还罢了，众兵忽地一声吆喝，便拔刀砍起人头来。登皋师徒敏捷，抽身便跑。几个兵赶了一程，望见他二人奔入一个村庄，便回头呼其同队道："这树林内有个村庄，气象似还富庶，咱们追杀去，还可多得几个人头，多收一份喜财。"便有十多个兵随声赶来，追入村内。登皋见来势不善，对他众徒道："罢了！我们把他当作虎狼打吧。"遂各执猎具，伏到庄外，将来兵全体杀死，这才邀集邻人，商量投奔他处。乡邻舍不得此地产业，劝登皋就此结寨。登皋乃部勒乡邻，砍伐竹木，在醴泉山与醴泉河结下两座营垒抗拒官兵。文秀初未注意于他，只命兵士往剿，屡被登皋击败。后来，州西一带百姓前来投附登皋者日众，壮勇日增，声势日大。附近七龟、牛心、回龙、快活诸寨，及丹棱数十座寨堡皆与它联络。文秀这才分派大兵来打，已是打不下了。登皋闻夹江已使用大明年号，他亦自号"铁胜营"，报到夹江，说他亦是明朝的恢复之师。

再说夹江的周鼎昌，既已拒捕杀兵，势成骑虎，便在南安镇四周，依山临水扎下木城数座，截断沿江道路。又沿江挖下壕堑，阻拒官兵。闻得嘉定知府已派大兵来县进剿，未免有些胆怯。正当布防之际，忽得王知县反正前来，鼎昌及阖寨之人无不大喜。便仍奉王宏道为知县，宣言"反正扶明"，遥受王督师节制。王知县早已携来县印，便以南安镇为新县城，文昌宫为县署，印发文告，传布远近。

夹江城内新到的都司章成失掉知县，无法征派粮秣夫马。只得将王的家小杀了，在城内连日乱抢，一时全县大乱。嘉定任太守已无兵可派，具文飞报刘文秀。文秀绊在眉州剿杀，无法抽身，乃调狄三品率军进驻嘉定。又料狄部一时难到，加派总兵欧阳柄，随同上南道周士贞，前赴嘉定增援。那时残明总督樊一蘅，已同杨展之师进驻叙州南岸。周鼎昌便将夹江王县令反正之事驰报前去。一蘅携有王督师的空札，权宜拜鼎昌为副将，手书嘉勉王县令一番，许檄峨眉三堡八里绅军出兵相助。又言杨展大军即可克服叙州，待叙州收复后，立即出兵攻取嘉定。夹江众人闻之无不暗喜。

话说峨眉县的杨世泰、廖佐二人，自去年冬间起兵响应杨展，杨展败走后，他们退到龙池以南的三堡八里地方屯垦自给。在黄毛冈杨村一带布哨设防，不容兵差入境。峨眉知县胡銮，因其本属边鄙瘠地，汉倮混杂，地险民悍，未易芟除。且未曾出扰，遂置之未理。此时峨眉人民亦在饥饿恐惧之中，纷纷思乱。便有万年寺僧法晞利用人心，暗与地方绅民向三堡八里联络，准备逐去知县胡銮，响应夹江。

法晞原是眉州贡生，因怕献忠征用绅耆，故到万年寺出家。迭见地方缙绅惨遭献忠虐杀，心甚不平。近因世乱，峨眉山香会冷落，布施人少，寺中数百僧人乏食。遂乘夹江之乱鼓动僧众起兵。因他原是科名中人，地方士绅皆与他有往来，受他吹嘘，暗相结纳已非一日，却未曾走漏半点消息。一旦兵临城下，胡鎏始知。城内原有数十名兵，不敢拒守，仓促拥胡鎏同逃。逃到夹江，夹江正当混乱，章成拥得一座空城，人民逃散，粮饷无着，不能顾得峨眉，乃又奔赴嘉定请兵。请得欧阳柄一营前来，与峨眉绅军大战数次，这才又收复了县城。

欧阳柄所统的兵，乃是文秀所练新军，十分精锐。他乘锐攻进万年寺，与法晞僧兵大战于纸钱街，只杀得尸横遍野，血流成河。僧兵不敌，退回峨眉山老巢。欧阳柄正督队跟追，不料杨、廖二人率兵从高桥横截过来，将柄军截为两段。欧阳柄正在了宝楼上冈指挥军队，骤不防冈后一队倮倮兵杀出，人皆赤脚，身披毡衣，头挽螺髻，手执标枪，背负木弓，腰悬毒矢囊袋，呼啸狂奔而来。毒矢箭箭命中，中者立死。标枪或投或刺，投必中人，刺必洞胸。那倮倮兵迅捷如飞，投枪之后，仍自赤手前奔，赶到中枪者身旁，拔枪再战。欧阳柄亦带了枪伤，幸卫士甚众，扶之逃回。柄兵一千，只剩得三百人回城。绅兵与倮倮兵追杀至城下，僧兵亦回杀转来助战，将城围着。

峨眉被围十余日，城中粮食将尽。欧阳柄募人缒城逃出，向刘文秀告急。那时都督张化龙奉调移剿川西，正过嘉定。文秀函商李定国，调请化龙协剿峨眉、夹江一路。定国回文许可，连同檄令发与化龙。这时化龙率军号称一万，实只三千人。遵刘文秀嘱，先剿峨眉。绅军闻化龙大军到来，解围撤向高桥、了宝楼一带拒守，被化龙攻破，追过黄茅冈而回。化龙兵火焚万年寺及峨眉山脚下村落墟集，驰报峨眉肃清。文秀调欧阳柄回成都养伤，派张副将领其残部，镇守峨眉。檄张化龙往剿夹江。

张化龙借口补充伤亡，在峨眉拉了许多壮丁入军。到夹江时，连营数十里，声势浩大，命章成专办采运粮草之事。他将自己的兵分为两队，收集峨、夹两县船只，分作水陆两路，沿北岸杀向南安。周鼎昌早已准备厮杀，先将山中大木伐下扎为巨炮，安在河岸，待张军来时，发炮轰击。又在沿河坑道内伏下强弓毒矢，射定对岸，使其不得渡河。如此相持数日。

化龙命横渡过南岸扎营，抢攻守岸堡寨。那些寨堡依山为固，攻了数日不下。船只闲在江中，被周鼎昌募集渔户，每夜泅水前往，次第凿沉。南岸之兵遂与北岸不能联系。花溪余飞，峨眉杨世泰、廖佐、法晞诸人，闻得南安绅军得手，便都杀来助阵，合力将化龙南岸之军击杀略尽。那时已近岁暮，刘文秀与孙、李、艾四家王子皆回成都度岁，化龙只得弃了南安，分军向眉州、洪雅、丹棱各地就粮而去。于是峨眉再为绅军所占，胡銮退到苏稽镇，章成亦退到甘将镇。周鼎昌建立大纛，号“忠义营”。余飞回花溪，称“止戈营”，法晞据万年寺，称“无畏营”。廖佐据峨眉城，称“平定营”。杨世泰据龙池，称“彝和营”，与陈登皋“铁胜营”等，皆号明朝的恢复之师。

◎评注

陆贾说汉高祖：“陛下马上得天下，可得马上治之乎?”献忠得蜀，蜀人已帖然矣。乃无术足以治之，徒恃兵威，令人嗟叹！此所谓马上治天下者也。

第八十五回

吸淡巴菰闲官得祸
藏明军檄市民罹灾

却说张献忠见得明军六路进逼，各地叛民蜂起，内外府库空虚，官禄军饷两绌，乃派四家王子分道出兵，破寨夺粮。原想以兵威镇服人心，稳定政局。不料反将各地未反百姓一体逼反。不但使远州远县官吏无法驻足，军队无法通行，即近畿州县，完纳差粮之民，亦相率逃徙。便在这乙酉年的冬天，四川全局已陷入崩溃之境。这情形献忠尚无所觉，每日唯与汪兆麟商议，将食闲禄的官吏次第诛除，谓可减轻俸禄开支，且得抄没其家财以济军用。献忠铲杀朝官亦有标准。第一，是好谈国事，喜欢批评时政，却又拿不出好办法来的人。第二，是闲官庸吏，枉费禄食之人。第三，是前所征用的蜀地缙绅，负有乡望之人。第四，是家产丰富，享用过侈，放纵嗜欲之人。第五，是办事差错，违规失旨，被人控告之人。除此以外，毫无触犯，不幸遭逢献忠发怒而被杀的也有。每杀一官，必是全家俱死，抄没家产。亲友怨叹者，查出同罪。弄得全城官吏战战兢兢，唯恐触怒献忠。所以外面虽闹得天翻地覆，却没个人敢向献忠报说一句。那国舅陈士楷，见得连月所杀朝官情形，明白自己应在斩杀之列。朝夕忧惶，不知所措。这时两个西洋教士已将地球仪造成。献忠心喜，命在承天殿与浑天仪相对陈列，对各大臣夸耀一番。各大臣争献谀词，颂美献忠兼及两位教士。献忠命用鼓吹欢送二人回教堂。士楷心想："皇帝对两个洋人甚为器重。我本已奉信了天主教，今如奏请捐府第半院，改建教堂，皇帝必喜。以后我家与两教士连居，便好托他保护。纵有不测，也可仗他营救。"打定主意，便于次日持疏入奏。献忠怒道："你愿舍半院府第改修天主教堂，算得是一忠心的天主教徒，却不是我的忠臣！我近来府库空虚，未闻你献一丝一粒来助军饷，偏有这大方献到洋人那里去。须知你这府第是我给你的，不是你从井研带来的！要送，我不会送洋人？却要你去送他！"陈国舅如闻晴天霹雳，忙即跪地叩头，连称："老臣一时不明，罪该万死。情愿将井研家产贡献朝廷赎罪。"那献忠称帝以后，曾颁讳诏，不准人使用"贡献"，"献纳"等字样。陈国舅一时疏虞，犯了这字，献忠大怒，立命推出斩首，并将全家三十余口处死，成都、井研两处家产抄没。陈皇后闻讯，奔来哭泣求赦。献忠道："你也是他家的一人，应当连坐。"且幸陪陈皇后同来的两名宫女情急智生，跪称："皇后已身怀太子。"献忠为的尚无子嗣，这才赦免了她。

再说龚完敬死后，献忠补王尚礼兼礼部尚书。这年冬月初旬便是冬至节。礼部照例修理天坛，请献忠往行郊天大典。在京文武百官相从陪祀者数百人，便在南台寺设宴。那时天主教士安文思，新从本国吕宋输入淡巴菰种子教民试种，并教熏裹吸食之法。一般官吏绅耆倾慕新奇，争相吸食，说是可以长文思，嗜之更甚于茶，称为"吸烟"，出入必以烟草烟袋自随。今日天坛从宴，入席之初，酒肴未具，便一个个相互点火吸食，以佐清谈。献忠与汪兆麟、王志贤、利类思、安文思坐在首席，安文思取出一支吸着，问献忠道："陛下可曾吸过烟么？"献忠道："我曾试吸两次，觉得辛辣无味，使人失眠，有害无益！"王志贤道："凡使人失眠之物，亦能使人精神健旺，并非无利。只是栽培此物颇占田亩，因嗜之者多，烟叶价昂，农人种之者亦多，减少粮食生产，实非国家之利。陛下不吸烟，以示当禁，可谓虑深见远。"献忠点头道："咱们见解全合。"说时酒席已齐，分席饮食。献忠留心看各席官吏，多有连续不断在吸烟的，呼过魏佶来，附耳命将吸烟太多之人记下。少时席罢，各官静候献忠入辇，便好散去。献忠却不入辇，命魏佶点名，呼上科道各官十五人。各官不知为了何事，一排跪下。献忠却不发言，只命取两支烟来，与安文思徐徐吸食。众官陪立在侧，不敢作声。献忠吸过一支，又吸一支。两支吸完，方才跃起骂道："谁说吸烟能长精神，我只觉得它妨碍办事！今日试来，果是不差。你等吸烟成癖，损精神便是负天，占农田便是负地，耗工力便是负人。一概拉去杀了，以谢天地。其余吸烟之人，立限戒绝。农田禁种，违者以此为例!"说罢，命禁军用刑，转身入辇而去。把个安教士骇得呆若木鸡，经利类思与王志贤多方安慰，始得清醒过来，步行回寺。从此戒去吸烟，劝人勿种。

却说兵部尚书江鼎镇，素与龚完敬相好，见完敬无罪惨死，自己亦受牵连，不胜愁畏。本年秋日，因为迁葬父母茔墓，曾乞假还乡一次。那时都督马元利驻在遂宁，留副总兵殷承祚驻守顺庆城内。殷承祚气势嚣张，不把文官放在眼里，只嘱府同知史觐宸办理接待。觐宸云南石屏人，原是傅宗龙故吏，从南充县典史渐次升到府同知，代理知府。他亲见鼎镇被诸生驱逐，往投摇黄一段事情，现虽同在献忠属下做官，到底瞧鼎镇不起，并未如何热烈迎接。鼎镇原以为在城官绅尽属他的晚辈，此次衣锦还乡必有一番热闹。不料入城无官迎接，归第亦少人拜候，拜客无人邀宴，景象冷落不堪。他有十多个门生故吏，现在城内管理公务，家亦殷实。虽曾来亲近于他，但总是此来彼去，彼来此去，从未一次团聚过，鼎镇甚以为怪。有一门生赵旭乃是前明一个贡生，现任本城河船征税吏，与西充李巽德同来。巽德乃偏沅巡抚李乾德的六弟，前明举人，献忠去年恩科进士。因乾德并未参加王应熊之恢剿事宜，故献忠亦未加罪于他家属，仍取巽德为进士，分派到马元利军中，现任催粮官，驻在顺庆。他家世传占候之术，屡著奇验。巽德见地方灾异屡见，知献忠衰气已至，颇有叛变之志。但马元利、刘进忠二人皆颇体恤人情，不妄杀戮，因此人民尚无反叛之心，他亦未敢轻举妄动。只有借占候为由，乘机散布国运衰败之说，动摇人心。此次闻得江鼎镇还乡，颇遭地方官白眼，故邀同赵旭来访，意欲乘机游说他。

三人见面叙礼后，江鼎镇对赵旭道："每蒙枉过，总是匆匆来去，颇似有何紧急公干。未知地方有何新闻？"赵旭道："地方并无大事，学生辈每日须到殷府站班，故未能久侍老师。"鼎镇勃然不悦，对巽德道："殷总兵威望甚乎，老夫谬掌兵部，尚未知他是何出身呢！"巽德道："原来老台阁不知，此人字显吾，陕西三原人氏。一向跟从李闯作名小卒。因他颇识得字，随马科军入川，办理文报。马科据顺庆时，在顺庆、保宁、广元、汉中一路设下军台邮递，称为报房，他便派作报房主任。马科败走时，地方绅民协助大西收捕余贼，将他抄家，侮辱备至。其后马都督到，他往投降。问来原是同乡，遂留用在军。他熟悉川北地理民情，每当进剿一处，用他计划无不立功。因此保他做到副总兵，替马都督驻守顺庆大营，代行任务。他得志以后，将旧日曾与他有怨之家杀戮抄毁，报复甚酷。因此人人见他皆是侧目屏息，莫敢正视。近来奉命催粮派饷，一般地方绅商吏民，殷富巨族，平日与之有恩者，毫厘无取。有怨者倾家荡产，赵兄等七十二人，为的保家避祸，相邀拜其门下。是他规定，每日上衙与退班之时，俱要前往站班。一次不到有罚，三次不到除名。除名以后，性命财产便无保障了。所以他们纵有要务，非经预先请准，从不敢缺班。"鼎镇听来，好不妒恨，强作笑言道："想不到方面大员的尊严竟至如此！昔张汤入狱，然后知狱吏之尊。老夫今日亦有同感。"巽德道："老台阁开国元勋，现掌戎政，德望素著，圣眷方隆，尚有如此感慨。则末职晚辈，日久仰息于淫威之下者，更当如何？此乃亡国衰气所感，非新朝之幸。老台阁若肯整肃纲纪，因绅民之怨奏请惩治，天子必不肯违。若急于为桑梓除害，末职等愿请手檄，密向四乡召集民兵，执而诛之。"鼎镇道："仍宜奏请天子处置。"赵旭一旁静听，亦盼鼎镇奏诛承祚，解除地方倒悬。迨鼎镇营葬已毕，回成都去，经过月余，未闻朝廷严旨。只马元利来文，调承祚率部移驻遂宁。顺庆军民政务由新任顺庆道叶可绪办理。承祚大感失意，四路探访更调之由，未曾探得。未几，李巽德起兵，据有西充，奉大明隆武年号。赵旭始将巽德游说鼎镇一段言辞泄漏出来。承祚闻之，料定鼎镇与他作对，遂向马元利讦告鼎镇谋反。元利转奏献忠，献忠将鼎镇缚至拷问，鼎镇实未谋反，如何肯承认。被献忠割肉逼供，肉尽见骨而死。仍将眷口齐杀，财产充库。江鼎镇死后，献忠命李定国兼了兵部尚书。于是六部尚书中，只胡显、王国麟、李时英三人犹是进士，兵、礼、工三部皆非读书人了。胡显靠妻子汪氏出入宫闱，谄媚献忠。王国麟与汪兆麟认作乡人，托其庇护，故皆得祸较迟。李时英投附孙可望，在朝一切无所主张，有事亦托可望为之奏请，以此获全。王志贤见献忠残杀文士过苛，曾劝献忠宽刑。献忠道："现今只须砍杀，留这批文官何用?"志贤道："文事武备，不可偏废。前明右文轻武，固是一弊，今日重武轻文，亦未为可。"献忠道："天下文人尽多，你怕文官没有人做么?"志贤道："不怕文官没人做，只怕百姓寒心，人情思叛，天下事便不可为了。"献忠道："咱们兵多，防备严，哪怕他人心思叛。"志贤叹息而退。

献忠眼见志贤退出去时面色甚为愁苦，忽地点头自语道："他这话亦值得留意。"便召王尚礼前来问道："原设查事官多少，近来有什么情报?"尚礼道："去年全城内外共设十二名查事官，百二十名查事员。后因奸细绝迹，将查事员裁去，只留有十二名查事官稽核四门出入。"献忠道："现在情形紧了，你须加派善于查事的二三百人，昼夜分区侦查。凡有出言诽谤与形迹可疑之人，都与我严刑拷问。如是奸细，重赏查事人。此乃重要事件，你须办好!"王尚礼不敢怠慢，赓即回衙，召来十二个查事长，叫他们分头募集助手，不拘多少，凡能侦得官民勾通外贼与诽议朝政之人者，即许补为查事官正额，按月发饷，并以抄没奸人财产提成奖励。此话一出，便有市井无赖及偷摸之人纷往报名。他们白日伪装平民，或混入茶房酒肆，或闲行城隅街尾，夜则沿门窃听，或混入赌场妓馆，侦察多端。数日内，便捉得许多百姓，送与尚礼严刑拷问，果有各地绅军派来探事之人。辗转攀连，抄杀人家甚多。献忠心喜，将抄得金银钱物提出三成给奖。因此各查事官更为努力。可惜这样一来，半月之后，人人自危，亲友相见，都不说话，每夜提早闭户，默然归寝。赌场妓馆，门可罗雀。明军探子倒也都绝迹了。各查事官无功可报，渐感无聊。便有许多小偷传授各人升屋逾垣之技，每夜分赴各大家宅院、官署军营、寺观公所窥听。

一夜，王志贤正在禅堂打坐，默念金刚经，忽闻房上一片脚音踏瓦而过。初尚疑是一猫，随声看去，觉有一人影闪到西厢。不觉大笑道："竟有人班门弄斧!"随即踏上芒鞋，取过戒刀，飞身上屋追去。他的身轻，踏瓦无声，瞥见那人正伏在西寮僧舍上，若有所伺。志贤赶上一脚踢去，那人叫声“啊哟”，跌下房檐。惊动众僧秉烛出视。志贤亦跃下看去，那人已是半死。口中喃喃道：“我是查事官。”众僧搜他身畔，果有查事官号牌。志贤命拖去养息。次日拿他的号牌，来见王尚礼道：“如何竟有查事官夤夜探查敝寺，难道都督对小僧尚不见信么?”尚礼道：“万岁怕有奸人藏匿城内，分派他们密查，官署、军营、寺观都要查到。他们非敢来侦查大禅师，只是查查寺里的大众，未曾先向大禅师请示，实属糊涂。”

正说到此处，便有查事官押来男女二人，禀道：“小的昨夜伏在他房上，听他夫妻喁喁密语，似有密谋。只最后这妇人说了声：‘休要道说张家长李家短，须知查事官多，谨防拉去砍头。’只这一句听清楚，便可知他们确有密谋。小的当时只用白垩划圈在他门上记着。今去盘问，他二人坚不肯承认，更可见他们心虚。”那男女这才仰起头来说道：“原来是为这话，我们是说了的。但这如何也会犯罪?”志贤问道：“你究竟说了甚?”那男子道：“小人张成恩，娶妻李氏，因为中年无子，想娶妻妹为妾。妻子回岳家商议，岳家肯了，妻妹不肯。恰有人密报小人，说妻妹早有外遇。小人昨晚说与妻子，表示不愿娶她之意。妻子替她妹妹辩护甚久，因怕外人知道，全用耳语，最后妻子确曾高声说出张家长李家短两句。但今晨这老爷来家，只说小人夫妻昨夜谋反，小人等如何承认?”志贤听了，不觉失笑，对尚礼道：“夫妇床笫之私，他们如何都查到了？如此纵无冤诬枉杀，亦嫌过于苛扰吧!”尚礼道：“万岁吩咐如此，不敢不遵。果有枉滥，亦是会释放的。”说罢，便命人押他夫妻去，查问李家有无议娶小姨之事。此案尚未办了，又已有三四个查事官候在堂下，中有一人，不待传呼，便先抢上堂来，高声禀道：“小人查得重大奸细案一起。”志贤留神听之。那人道：“小的巡查北门出入百姓，前日上午，见有一绅士手执保甲证明出城催收田租文件，来城门换取出城证。底根填明：罗士钦，四十七岁，住康祠街正兴米店左邻第三家。因赴新繁本籍催运租米出城。限七日缴销。因见那人脸色有些可疑，曾到他家查访。妻子皆在，保甲证明属实，便也罢了。昨日是他该回城之期。小的恰在城门，见有新繁一张路引，说有轿夫二人，送病绅罗士钦入城，出城证亦与底根符合。揭帘探看，轿中一人，用被裹着，不见颜面，声言畏风。小的疑有调换，暗自跟到他家。见其家人接入，扶持病人入房，并无忧愁之色。小的邀同保甲去会病人，其家坚称病重，不能会客。今晨便说此人死了。小的去看，已含殓封棺，要运柩出城。询问保甲，皆言亲见死尸卧在棺中，但未揭视面幕。因此小的一定要他开棺相验，争执许久，强制开棺，果然不是罗绅本人，经与保甲拷问。供出乃是其仆福寿冒充入城，昨夜勒死，蒙面人殓欺骗保甲。其时两名轿夫尚未出城，当即拿问。拷出罗士钦业已投奔什邡高定关费家寨内去了。令其仆福寿替主入城，以免累及家小邻里。小的与保甲搜查他家，搜出反贼费经虞与罗士钦信函，及王应熊、范文光、詹天颜等木板檄文数件。故特奔来禀报。”王尚礼命将他家口押上来，拷问檄文来源。初推不知，后被严刑拷逼，始供出陆续从亲友家携回，作新闻看的，不知来源究在何处。于是牵连出许多亲友。尚礼对志贤道：“请看，万岁料的到底不错。城内确已不少私通外敌之人。”志贤看得真赃实据，纵有慈悲心亦是救他不得。只好辞别尚礼而去，任其所为。

因有这案，辗转牵连、搜查，竟查出全城藏有各种外来檄文一千余张，因传闻而坐罪者四千余人。王尚礼奏报献忠，献忠命连家口捉来杀了。尚礼奉旨出来，为要办得百姓不惊不诧，先于早晨命人传锣各街说：“残明军队，已从四路杀来，王都督将率军出战。各街百姓暂时不准出门，以免妨碍军马行动。”这下才将各营大兵调出，扎断各街，再行按名搜查。

可怜这些百姓，初得檄文，大都当作新闻传看，你要我索，未曾撕毁，从未料到因此祸至灭门。当闻传锣之时，真的规规矩矩坐在家中，直到死时，尚不知犯的何罪。

事毕王尚礼报与献忠，献忠甚喜道：“这一来，解决了我几桩心事。一、不怕肘腋之民作乱。二、省下许多粮食。三、抄没一批财物充库，官禄军饷皆有着落了。只嫌都城人口太少，可更出榜招各乡场镇的人民进城来，将空房自送他们住。”王尚礼遵旨，发出一通文告道：“近因京城奸民谋反，抄没住宅，尚多空废。念尔乡居之民，迭受奸匪扰害，未能安居，特准移家入城赏住空宅，借便保护。”但乡民畏惧，来者甚少。

◎评注

由兵役频繁而府库空虚，而超额征赋，而结寨抗粮，而剿寨夺粮，而全蜀变乱。从而杀官节禄，抄产充库。因果相寻，层层进逼。

《圣教入川记》记此次屠杀成都居民事颇详。谓由献忠“见川人民皆举兵……瘋病忽作，故发剿洗成都之令。”盖利、安二教士虽亲见其事，犹未识献忠苦心也。

淡芭菰，即烟草之西文译音。梁山高人龙，清康熙二十七年进士，有云：“闽子手携三尺锄，囊里几粒淡巴菰。”“种烟利重趋者众，有田不稼将如何？”盖清初闽浙人填住东川时争种此物，曾使米价翔贵。

第八十六回

费燕峰屯垦高定关
樊君带建牙叙州府

前回说到，为了罗士钦想投奔费家寨去，惹出成都一次大屠杀来。那费家寨究是何地？这得交待一番。

费家寨主费密，字此度，号燕峰，成都府新繁县人。他祖父名嘉诰，是个贡生，做过大竹县教谕，生有四个儿子：经国、经世、经济、经虞，皆是文学生员。经国中得乡试副榜，做过一任教官，与经济早死了。经虞便是费密的父亲，中了崇祯十二年的乡试举人，入京会试未中，留京候选，放了知县。丁忧回籍守制，庐墓三年，茹素饮水，极尽孝道，乡人称为“费孝子”。他家原本富有，又是巨族，科名满室，孝友驰名，故阖邑人皆敬重。昔年地方打五蠹，群众围了县城。知县请得费孝子出来一言解围。后来经虞三年服满，做了云南昆明知县。因有老母在家，将妻子留在新繁替其侍奉。那时费密才十九岁。他虽有天赋的诗才文才，却因见天下荒乱，兵戈纷纷，不肯学习制艺举业，专与地方豪杰交游，研讨山川形势、民生利弊、击剑乘马、兵法战阵之事。乡人皆薄其所为，呼为“恶少”，他亦毫不介意。次年献忠入川，破了重庆，他以白衣上书巡按御史刘之勃，请练兵扼险，以御敌于境外；启用蜀府库藏，贮征田粮，以安民于境内。之勃虽奇其才，但因献忠来势速疾，未及采施，而成都已陷。费密与德阳李调燮、什邡刘应选、内江王九相等亡命山林，相约起义。因那时献忠颇行仁义，蜀人悦服，他们造不起反来。献忠征用地方缙绅，费经世虽只是个秀才，因是巨家大族，负有乡望，亦被征到成都授官，因他不肯赴都，被杀。费密此时念家无男丁，祖母卧病，不能不返家照料。未几祖母死去，剩下几房寡婶，一家弱小。偌大门户，靠密一人支持。这两年来，官贪吏暴，兵役不绝，派敛繁苛。富家大族正是筹措军饷的对象。差胥衙吏经常出入于他府第之间。稍有违抗，便说他父亲尚在明朝做知县，要拿他家小送成都拷问。幸费密游侠多年，与衙中人亦多有交谊，千回万护，保得暂时平安。看看家业凋敝，而苛派仍加紧逼来，乃大集家族人等议道：“大西建国以来，横征暴敛，毫无节制。一年之内，已是富者皆贫。如敢腹诽口议，便遭亡身破家之祸。我们资财有限，官府贪欲无穷，困守家园，终是一死。这新繁迩近成都，无险可据，我等抵抗官府不得。北邻彭县、什邡、绵竹、江油等县界连西山，早有许多百姓在山边结寨，抗粮抗官。其地山势奇险，易守难攻，山后多有荒地可垦，又有大明总兵朱化龙、同知詹天颜、参将赵荣贵等大军为援，故西军未能攻破诸寨。我们宜趁艾能奇兵马调赴川北，新繁未有驻兵之际，弃了家园，各携细软，逃往那带山寨，另图生计。”族人都说他的话有理。但总觉家园难舍，又怕去了各寨不肯收容，纷纷议论，迟疑不决。费密道：“如今虽觉得家园难舍，亦须舍去！虽怕各寨不收，亦得去投。因为除了投向各寨，便只有守家待死了。”

众人又问：“投向哪里?”费密道：“我曾与好友李调燮、刘应选等遍历西山一带，选定彭县海窝子关口、什邡高定关两处为屯聚善地。现闻李、刘二人已在高定关结寨，我等前去必蒙收容。”众人认定新繁不可再留，只好跟随费密，保护家小，连夜奔向高定关。到了关下，清点男女老少，共有一千余人。选出四百余壮丁各执枪棍守定营寨。由费密单骑叩关，去会李调燮。那时调燮收容人民已有一万余家，分在湔水河、八角坝、狮子山、大包顶等处结下五座连寨，屯田自给。朱化龙委他为游击，命其号召什邡、绵竹等县绅民，声势甚为浩大。见了费密，甚为欢慰，设酒与他叙旧。席间言道："当我等初上山时，人民道我等反叛，莫肯相从。我与刘应选亲到茂州，取来詹大人札委，方得这带山寨人民拥护。他在两河口结营，我在这关上结营，纠合土人与敌兵打了几次。打退敌后，站稳了脚，方有远近人民避难而来。这几月中，来的更是川流不息。我与应选分拨他们在关后几条河谷去开垦。现在刘应选座营在两河口，离此只十二里。他管上五寨，我管下五寨。这河谷上抵茂州地界，皆可屯垦。自金花寺以上，七十余里尚未开辟，费兄若愿前去，我送你耕牛和粮种。如嫌那里荒远了，这关外一片平坝，有湔水可以灌溉。原有人民逃散，良田尽荒，你们可以就在坝上耕种。敌兵来时，有我出关保护。"费密想现方冬季，金花寺以上过于寒冷，族人耐寒不得。莫如暂就关下平坝种些蔬菜度过冬季再议。遂率族人在高定关对岸依山结寨，就关下垦田播种，这便是费家寨了。

自有费家一族在关下种田之后，远道陆续来依之人皆与费家寨相依，结寨于平坝内，垦田自给。一月之后，高定关下已荒之地又复次第开辟，绿色满眼，炊烟相属，渐成繁庶气象。惊动什邡知县，报与艾能奇，请派大兵往剿。艾能奇正杀到川北地方，不暇回身。乃命白文选自江油、安县一带杀向此地来。文选携有献忠所制西洋大炮，称为"劈山"。谓其能使山崩地裂，无坚不摧，以此作为攻寨利器。一路攻下旧州、平汕、窦圌山、擂鼓坪、曲山关、雒水关、汉王关、伏虎关、莲花山一带大小堡寨。寨民畏劈山炮之威，相率避向后山老林而去。白文选来到高定关外三十里的土门场扎下大营。费密闻敌势勇锐，劝李调燮将关外新到垦民移到后山，选精兵于关上抵御。调燮道："关下垦民几百家，若全移到山后，粮食必感不敷，只可将壮丁已受编练者调上关来。"费密道："如弃其父母，而只收壮丁，则壮丁难为我用。莫如仍许各家迁入山后，而收用其壮丁。"争了许久，调燮不肯。费密竟私嘱关外人家，由他费家寨通过，逃向后山而去。

次日，白文选大队杀到关下，进攻关口。攻了半日未能取胜，暂回土门大营。李调燮见敌军凶悍，炮火可畏，欲将高定关放弃，退守湔口。对费密道：“由此至湔口，七里之内全是长峡，只有独路一条，敌军虽多，谅亦不敢深入。”费密道：“大包顶一面崖岸壁立，敌不能上，狮子寨一面，崖势较缓，可登的小道颇多，我愿率众人在各小路埋伏，敌军来时，你拒于前我攻于侧，始可破之。”于是二人分军依计而行。果然白文选取了关口后，自督军入峡穷剿。仰见山口险隘，俯听水吼如雷，暗暗恐惧。勉强行进三五里，见前面一堵栏墙有人拒守。文选正当鼓勇督攻之际，忽闻两山鼓声大作，喊杀连天，礌石如雹雨打了下来。这山峡之内，有回声转响，往复相应。故费密的数百人呼啸，竟似有千万军马喊杀一般。白文选道：“此地有人知兵，不可轻进。”遂即率众退去。

费密见关下田土虽美，终非安全之地。乃率诸难民，搬迁到金花寺以上一带河谷去开垦。关下难民数百家感他援救之恩，相从而来，便在水桥子结营，这便是新费家寨。密本人仍率丁壮二百人屯田于关口，以便就近与李、刘二人商议寨务。那时刘应选已病死，其妻陈氏代领部众，移寨木瓜坪，将上五寨拨归费密管理。此时费密之声望已在调燮之上，远近来归者，皆愿附费家寨，但密以调燮年长，创结此寨，仍以尊长事之，一切听其号令。

因山寨来人日增，粮食困难日甚，李、费二人商议救济之法。费密主张开荒屯垦，忍饥以待天下之变。调燮主张进攻县城，夺取官粮。费密道：“官军夺取民粮以自养，我今又往夺取其粮，彼将仍向人民再行掠取，如此，我等亦间接掠劫民粮也。万一惹动敌军，大举再来，兵戈相寻，将更增加山寨饥荒。世乱如此，百动莫如一静。”调燮道：“我等结寨抗官，原是与敌争食。敌无粮必败，我无粮亦必败。今敌攻诸寨以掠粮，我等岂可不攻城以掠粮！谁胜谁就能生存。岂因畏他攻我遂不犯人？他失了粮再刮百姓，百姓死尽时他亦必亡。我若得粮，百姓皆来归我，他失民亦必覆亡。子之迂见，实无足取！”遂率军去攻破县城，掠回许多粮食。此后又与官兵打仗若干次，山民不得耕，粮食仍然不够。再抢城邑，城内已无粮食可抢了。山中甚饥，掳人而食。因此之故费密与调燮不和，托言赴云南省亲，离开此处。迨到明年二月春荒之时，调燮之军全是以人为粮。吃到夏季，山上自己人亦吃去大半了，山民替他取个绰号，叫“万人坟”。言有万人葬其腹中也。

此时全川人民结寨自保的共有一千余处。他们全是乌合之众，由绅士领导耕田而食。所耕皆系高山僻谷，向被农人所弃之地。高寒瘠薄，生产粮食不多，又须抽编壮丁守险拒敌。生产者少，坐食者众，饥馑为其最大患苦。惟因可以免于贪官之剥削，军队之蹂躏，故远近人民仍蚁附而至。结果是向日肥饶富乐之区的人，全逃避到荒瘠不毛之地来挣扎生命。这下官无可剥削了，兵无所蹂躏了，免不得自相剥削，自相蹂躏，自相火并起来。好个全盛之局的大西帝国，便这样消亡下去。

这样的情形，便宜了残明几支脆弱的军队。他们号称大明将相，但他们的皇帝早已在海边跑滩流亡。三个月被满洲军擒去一个，五个月被满洲军捉去一双，国虽未全亡，只算截了头的壁虎，尾巴尚在动弹而已。这些将相们亦不过是些逃命跑滩的江湖术士，出卖大明天子的打药糊口，决未料到张献忠能在这两年之内将四川人民为他们驱逐回来作为外卫。让他们从那边鄙僻邑，慢慢地恢复到四川中心地区来。他们之中，成就最大的，便是杨展、曾英与马乾。

杨展于本年十一月自赤水出兵攻取纳溪。时马应试已攻取永宁卫，出兵来助战。守将梁一训拒战大败，向泸州逃去。一时富顺、泸州、荣昌、威远各县结寨之民纷纷派人前来报称反正，愿供粮秣。杨展见人心可用，自恨兵少不敷恢剿。乃请督师王应熊进驻江上，以利号召。时应熊衰病，不能上道。乃请总督樊一蘅出驻纳溪，檄告远近，诳言湘黔大军百万，粮食千万石即可陆续到达，于是结寨者守志愈坚。大江以南州县全将大西官吏逐杀，杨展乘时进攻叙州。叙州守将方亮凭江拒守。展军佯从南岸进攻，却用轻军绕出横江，偷渡北岸，潜出真武山俯击城中。岸上西军忙撤回救城，展乘时抢渡，跟追夹击。方亮败走。时犍为等县到处结寨，方亮无可得食，乃由泥溪退走沐川，向马湖府就粮。

马湖府原是叙州府西边蛮夷之地，有倮族土官安姓世守其地。境内有一大湖，纵横各四五十里。四周稻田腴美，传古代曾有龙马出水，故曰马湖。安土司下管辖泥溪、沐川、平夷、蛮夷等四小土司，地连犍为。泥溪王土司官寨即在岷江岸上，所管全属汉民。沐川亦距岷江不远。平夷、蛮夷二司皆在马湖江上，所管亦汉夷各半。明弘治间，安土司犯法，被削去土职，改设流官知府。四小土司如故。张献忠即位，封安土司与四小土司皆为总兵，授予金印。故五土司忠于大西，贡赋钱粮无缺。此时方亮因无退路，只得退入泥溪地界。杨展不舍，紧追前来。泥溪王土司怕地方遭受兵祸，劝方亮退向沐川。方亮去后，他便降了杨展。方亮闻王土司已降，归路断绝，杨展之兵又紧追前来，乃率部向平夷土司跑去，窜向安土司的雷波寨。沿途经过若干处山险，迭被倮夷抄袭，辎重损失略尽。且喜沿途粮食甚多，所在取给，反较内地为便，军士皆乐于深入。到达雷波后，见气候温和，荒地尚多，遂留居其地屯垦。杨展追过石角营，部队亦屡遭倮夷袭击，不敢穷追。大掠蛮夷、平夷二司及马湖府治，仍回叙州。其后方亮中瘴而死，部兵化为农民，受安土司保护，安居乐业，叙南一带人民闻风而来者甚多。垦地远达西苏角、美姑河与金沙江南岸井桧等地方。叙府人烟绝后，此带反甚繁荣。

杨展既取叙府，欲乘时恢复嘉定，乃迎总督樊一蘅进驻叙州。发檄四出，策动各路军马协力进取。这时曾英、马乾已将合州取得。马乾商量留曾英驻此抵御马元利，乘便窥取顺、遂、广、岳等州县，自率军西进。铜梁、安居、大足、荣昌、内江、富顺、泸州等县绅民纷起逐杀大西官吏，欢迎大明之军。正如去年夏间逐杀大明官吏，迎降献忠之军一般。马乾进驻内江，与刘进忠相持。他们不喜督师王应熊，却愿受樊一蘅节制。此时叙、内、合、渝等州联为一气，邮传相通，声势益壮。但这时的川东南已是人烟稀疏，耕地荒废，粮食缺乏了。樊一蘅与马乾等，虽以安辑抚绥，勉励诸将，但大敌当前，不能不募兵扩军。扩军必须增饷，饷无可筹，则饥军难于约束。每到一城一邑，抢劫诛求，势所不免。积久成习，明军行藏亦与西军无异。人民在此情况之下认清了他们的出路，仍只是结寨屯田，军匪皆拒，再无人肯向哪一方求援了。因此明军占有叙、内、合三州后，亦是步步荆棘，难再前进了。杨展原先虽是以整饬军风纪著名的，但他军进叙州后，亦曾大抢一番。从马湖回军，更是沿途骚扰。因此当他率军北进攻取嘉定时，亦不受沿途寨民欢迎，所至闭阻。他因粮草缺乏，进军迟滞，直至明年二月，始将嘉定取得。

◎评注

费密于丙戌岁赴滇省亲，丁亥返川，过小相岭被夷民掳去，损一足。戊子岁，赎归。从杨展幕，办屯垦，全活川南之民甚众，事见《锦里新编》本传。李调燮后亦归杨展，见《蜀乱》。

所谓之“义军”亦以无粮劫掠如贼。各寨人民并拒之。故其发展仅至合州、内江、叙府、嘉定而止。而吃人事亦首始于“义军”也。

第八十七回 比比守官降残明 纷纷战将叛西国

话说绵州举人郝孟旋，于献忠进讨马科时即与严锡命同投献忠。献忠见他有些才略，委为雅州同知。他感激知遇，死心塌地地为大西出力。募兵筹饷，协助王复臣抵敌曹勋与刘道贞、高跻泰之兵，解了邛州之围，消灭了杨之明、郑廷爵等叛军，以功升雅州知州。这时全川荒乱，州县人民逃匿，户口凋零。雅州四围皆是残明军队，人情浮荡，物价奇贵，仓廪空虚，兵役频作。赖他开诚布公，勉强抚得耕者就田，商贾就市，故尚未如眉嘉州县那样荒凉。本年十月间，范文光在黎州得到樊一蘅檄，知杨展业已恢复叙州进取嘉定。他亦檄告曹勋与黎神武、高克礼等进攻雅州，应援杨展。孟旋闻得三路军马前来，并不惊慌，对王复臣言道："今三路军马来犯，其势仿佛甚锐，实则敌军饥疲亦与我军相同。自守则易，攻人则难。请将军坚守飞仙关与龙鹳山隘口，抵御高、曹两支兵马。将荥经民粮内迁，坚壁清野以拒敌。敌来无所掳，粮尽必还。雅州城有我编训的民兵可守。但得两关无虞，料他黎神武辈山贼不能破此城也。"这时王复臣的兵马亦已饥疲困惫，不能勇战。乐得依了孟旋之言，坚守两座关口。曹勋从小关山出兵荥经，沿途一片荒凉，冬寒乏食，与高克礼约期进攻，又不能攻克两座关隘。只有黎神武一军杀到雅州城下。黎神武的兵，全是从上下川南州县，先后避难前往的农户中抽练的。他凭铁锁桥之险，抗阻洪雅的西军。却在铁锁桥后的柳江、炳灵祠、瓦山一带垦土种粮以自给，正如高定关的费家寨一般。远近难民，扶老携幼，蚁附而至。他为之分配垦地，散给牛粮，编制保甲。便将荒僻山区造成了个闹热世界。每家男丁，年在十五岁至二十岁者，与四十五岁至五十一岁者，编为预备兵，二十岁至四十五岁者编为常备兵。平时分户耕种，除少数值班守隘者外，无论是官是兵，皆须躬执锄犁，不容一人偷懒。有事则各执戈矛武器，齐集指定地点听候指派，不容一人不到。他用法甚严，轻者棍责，重者立死。号令严明，部署有方。故在上南各叛军中算是最强的一股。但惜这带地方过于高寒，粮食生产不多，仍难自给，常靠采摘山蔬野果与猎取鸟兽果腹。兵器亦不精利，靠刀矛白梃与竹弓、竹矢作战。他甚钦佩范文光，单听他指挥。文光保了他个总兵官，其下设有副将、参将、游击多员，皆是衣履不整的农夫。每逢朔望，这些官吏都要到炳灵祠大营内的大明皇帝万岁牌前朝拜，即便商议屯政。远者衣冠而至，近者尚需在田间工作，闻号角声才释锄而集。或是泥足，或是已濯的赤足；或戴笠，或光头，或衣先人所遗锦袍，或公侯官服，或破甲残胄，或布衣葛巾，各从所有。只按官阶叙位，不问服色。这亦是战乱日久的一种怪相。现在奉范文光命出攻雅州，亦是这般军容。他们共有五千人，翻山由孔坪、沙坪一路杀到雅州城下。城内外人看见无不大笑。因此不信他们也是明军，只认为是山贼。兼以郝孟旋抚民有道，百姓皆替他死守，神武打了数日未能将城攻下。那时还是九月，艾能奇尚驻邛州，派军来援。孟旋亦出兵夹击，神武大败而归。曹勋、高跻泰闻之，亦即收军。郝孟旋因有此功，升为上南道，仍驻雅州，兼理知州事。

曹勋败回荥经，将粮食掠了一批，仍上小关山布防。自回黎州来，对范文光、程凤翔等言道："郝孟旋驻在雅州，与别家贼子不同，他能安抚人民，人民渐忘了明室，倾心于他，因此难以攻克。"程凤翔道："此人与我同榜，向有友谊。因他附贼，遂与断绝。今彼既能抚民，则才属可用，委之于敌，实为大患。我欲发书招降与他，不识可否？"文光、曹勋皆怂愚之。于是凤翔作书，派一门人扮作难民，混进雅州，陈书于孟旋，劝他投明。

郝孟旋原本忠心新朝，但在近三两个月来心境大变。他看着赴乡试的士子中有名望的多未生还。又闻严锡命、吴继善、龚完敬、江鼎镇与许多文官相继被杀。见各州县叛军纷起，良民逃亡，地方空虚，觉得大西这座江山已不可靠，他的前程更是杳茫。可能一朝得罪被诛，也可能随政治崩溃而身败名裂。思来想去，却无一条是可乐观的路。有心投降明军，又恐不纳。今得程凤翔来函招降，自然不胜欣喜。看他函道：

孟旋老友足下：

曩以离乱，音讯杳绝。近闻拜命新朝，抚守邛雅。招绥劳徕，州里称贤。乡邦幸托治下，保全实多。以视他州，判如霄壤。人颂德泽，我羡才能。惜所栖非地耳！在昔北都新陷，天下无主。全蜀绅士，欲附西军以申讨贼大义者不乏其人。足下英才旷世，自当奋力。未图献之与闯，固是一丘之貉，既得全蜀，悖妄尤甚于闯。以足下之才而犹未获祸者，徒以所在地远故耳。足下才德位望固犹未及令乡前辈阁老严公。严且不免，足下岂尚无所凛然耶？今者闯逆已死，胡虏方猖。据我中原，破我南都，迫我嗣君于海角黄尘间。凡有血气者流，莫不思奋。天下豪杰，解嫌并力，御此寇仇。义声所播，闯逆余党李锦、高一功等三十万众，皆稽首归命，请效前驱。我国嘉其改过，封以侯伯。普天之下，不肯与胡虏拼命者，唯献贼一人。足下读圣贤书，讵忍与彼逆为伍哉？昨与范、曹两公谈及足下，深以怀才陷贼为惜。凤翔则力保足下陷贼非由本愿。谓如礼招，必可反正扶明，共赞恢复大业。两公即嘱致意，指誓河山，滴沥肝胆，以明诚意。故敢以门人冒死前来相劝。如足下犹以为渎，凤翔应不惜衷病之躯，亲来相挽。

孟旋看罢，将来人唤入密室，问了几句，写了回书，约凤翔秘到雅州，商订反正一切事宜。即付来人携回。凤翔得书，与文光相商，不惜老命，仍扮难民混入雅州。替文光与孟旋歃血盟誓，保证奏请隆武皇帝颁诏嘉勉，以原官任用。

其时刘承吉正到邛州做秀才考试监考官。雅州生员例在邛州合考。承吉行文雅州，催逼生童赴考。孟旋已尽全力办送一批前去，此时既已决意反正，便命人去将赴考生童赶了回来。只说已得刘提学行文，雅州生员不必赴邛，他将亲来考试。城中之人尚不知他有变。

程凤翔歃血后混出城去，到始阳嘱高跻泰出兵，高克礼遂进攻飞仙关。郝孟旋故作张惶，来请王复臣提兵前去援堵。复臣去后，城内留兵不过百余。孟旋治酒请各将校消寒，席间伏兵突起，杀了文武官弁二十余员。这才率军前往军营，将余众搜杀罄尽。又率兵过河，夹击王复臣等于飞仙关下。复臣不料猝有此变，死于乱军之中，其军亦被擒杀略尽。孟旋回城，出示安民，使用大明隆武年号，称其军为“匡正营”，从黎州迎入范文光、曹勋等。时年乙酉十一月下旬也。

范、曹二人先入雅州，便请郝孟旋率匡正营往攻邛州，孟旋遵命前去。曹勋将黎州及小关山兵马调入雅州。那些兵久困山寨，忽睹城市繁盛，犹如饿马临槽，乱抢一番，曹勋禁止不住。孟旋所率乃是雅州民兵。闻得家乡被抢，且有淫杀事情，便鼓噪起来，要孟旋杀回报仇。孟旋回驻名山，百方劝慰，作书诘责文光。文光与曹勋请拿劫杀淫掠最甚之人十余名斩首示众，又托程凤翔前去名山安抚。匡正营这才安定下来，黎州来军却又不满，声言要与匡正营砍杀。苦了文光，百般告诫，又亲到名山，请孟旋移攻洪雅，黎神武出兵夹攻，并说定：“取得洪雅后，即以匡正营屯驻其地，将雅州眷属全部迁洪雅同驻。而以黎神武军填驻雅州，以免内部发生火并。”孟旋遵了，便不攻邛州，移军往取洪雅。

洪雅知县严赓，乃是严锡命的族人，献忠所取进士。他自命为新朝佐命之臣，要追踪前贤，鞠躬尽瘁。对于献忠令教遵奉甚谨。洪雅亦如夹江，跨地于青衣江的两面。县城在江北，花溪、柳江等大块地面在江南。现在花溪余飞、柳江黎神武，已将南岸之地占完了。他只管得江北小部地方。四邻的雅州、名山、夹江、丹棱，又皆已在明军的控制之下。但他亦不惧。献忠虽然杀了严锡命，他亦不怨。真算得大西朝精忠报国一员好汉。此时闻得上司郝孟旋都已反正，且向洪雅攻了前来，黎神武与余飞，合兵将要渡江。他请守备潘璘来，商议出兵抵御。潘璘道：“这城内只八十名兵，二十名夫役，合你的民勇不到五百人。来将乃是郝孟旋，善于用兵，又有花溪、柳江之众相助，孤城四面受敌，逃走之路皆无。莫如率性跟着郝宪台大人混吧!”严赓闻言大怒，骂道：“郝逆卖主求荣，乃是叛贼。你亦想做叛逆么?”潘璘冷笑道：“识时务者为俊杰，你休得执迷了!”严赓大怒，吩咐左右：“与我拿下!”几个差人应了一声，却没一个敢上前动手。潘璘遂走出城去迎降孟旋，引导前来攻城。城上士兵望见主将已降，便开门接入大军。严赓被擒来见孟旋，孟旋见他是个书呆子，本想放了。潘璘将他顽固情形说知，乃命斩首。他临死时还大声呼道：“大西皇帝，小臣今天殉节了!”他的妻子陪刑在侧，诟骂于他。他说道：“妇人女子，哪知杀身成仁乃是忠义大节!”

邛州知州叶大宾久有弃官逃去之意。忽有人暗中传诵程凤翔招郝孟旋书，到了他的耳里。他便下定决心往降范文光。听说郝孟旋来攻邛州，他已暗结心腹，准备迎降。忽闻郝军折向洪雅，那时已是新年，大宾怕新年后李定国还来，查出他投敌之情，乃以馈送年礼为名，制就毒酒药脯，遍馈全城文武官吏。一些嘴馋的饮食下去，相继毒发而死。众官发觉是他放毒，前来拿问，他早已与其心腹人员逃到不知何处去了。

自是以后，从邛州南河以西的名山、洪雅、天全与雅黎二州，建昌五卫，皆是范文光节制之区。献忠之兵已无力进剿。故文光得从容招抚遗民，垦地兴学，上南州县遗民逃奔来归者渐多。嘉定知府任元佑，因所辖夹江知县降明与峨眉县城沦陷二罪，被献忠逮回成都斩首。上南道周士贞受命兼摄知府事。士贞见得民军蜂起，城厢以外全是敌人。大西军成了强弩之末，不能平定，朝夕忧惶，一筹莫展。近闻郝孟旋已反正，杨展又从叙州攻来。遂密派亲信赴杨展处纳款。不料展军为犍为一带寨民所阻，虽受其降，尚不能直抵嘉定。周士贞唯恐献忠派兵前来，好不着急。

这时献忠属下不但文官人人自危，纷纷叛逃，即一般武将，也都见得前途黯淡，各有叛离之心。第一员叛将便是那曾被荒唐诏责骂的刘进忠。进忠原是与献忠同自米脂起义的旧将，昔与献忠称兄道弟，但献忠即位后并未给他特别的恩宠。这都还罢了，不料又被献忠发诏臭骂，视同奴才，虽因马元利劝慰忍了下去，心中到底不服。尤其是见得献忠对人行事暴戾，乖违治道，弄得全国土崩瓦解，前途可危，这最使他痛心，因此蓄下叛志。但叛了又投向谁人呢？明朝诸将谁不知他是献忠心腹？纵然投往，岂会相信于他？因此隐忍下去，以待时机。当曾英、马乾攻下合州之时，他奉献忠之命进驻泸州，分防内江、富顺、纳溪一带。方入泸州，已闻纳溪告急，他命梁一训与时应泰两将往援。遭逢杨展大败而归。进忠欲以泸州降明，而明将无招之者。适奉孙可望檄，谓马乾已得合州，进攻内江，命其将内、泸放弃，退守资州。

这时全川有一谣诼，谓献忠将杀尽川兵。进忠之兵，以遂宁、潼川招募者为多，梁一训、时应泰便是川将。二将见献忠无故放弃泸州，调其内移，心中大感不安，相谓道："西主严厉，败兵之将往往处死。现当军粮奇绌，闻有杀尽川兵之意。我等愈向北行，愈濒死境，何不趁早逃脱，还有生路。"遂命裨将何继成等暗约全军川将，以响炮为号，齐率本营渡沱江，奔向重庆降明。进忠营内查事官全是陕人，与川兵言语有些扞格，彼此甚少谈论。此时但觉全军有骚动之象，侦听消息，只闻各营兵相见时，每有"注意炮声"一语。密告进忠，进忠亦不知是何事。行至银山镇驻兵，试集将官议事，却命人暗发一炮，以观动静。果然炮声一响，诸将无不惊惶，但身在进忠帐内，不敢动作。少时报说："各营川兵争向东岸抢渡，东岸梁、时两营，已由何继成率领，向遂宁逃去了。"进忠命将座中川将拿下，自行审问，命陕湖诸将各归营伍。

陕湖诸将皆退，进忠乃对诸川将道："我亦久有反正扶明之志，正怕人心不服，不料何继成等先自逃去了。你等如果与闻此事，可各过河前去招集部属，待我同行。"言罢，命全部释放，反将查事官十余人捉来斩首。各川将大喜，争去对岸招集溃兵，宣布主将一同往降之意。这时散兵游勇所在掠食。军队愈大，愈易生存。各兵闻说主将亦愿逃走，无不欢呼相庆，伫立以待。惟梁、时两营先已逃走，二人无兵急追而去。

进忠这才招集陕湖诸将言道："西主未得四川，待我等如手足。既得四川，待我等如犬马。今本部兵将叛去大半，我等虽有赤心，难免一死，此皆查事官所酿成也。我已杀却查事官，决心与川将同逃。诸君愿从我者，荣辱相共。不愿同逃者，亦不相强。"诸将闻言，皆愿同走。遂起营渡河，向东逃去。这时川陕兵将与从军眷属尚有三万余人。

进忠闻安岳秀才张象升结寨瑞云山，受曾英节制。遂率众来到山下，派人入山，请象升代向曾英议降。象升怕他是来偷袭，闭寨不纳。其弟象枢言道："彼军甚众，拒之未易。我愿前往观察，如其意诚，因而招之，亦不世之功也!”象升以为然。迨象升与进忠相见，知其降明意诚，遂自山寨送下牛羊粮食，犒军后，由象枢引道，向合州来，扎营大河坝，由象枢先行入城报与曾英。曾英甚不相信，经象枢再三解说，方许派人前往洽降。进忠亦随来官入城，晋谒曾英。这时曾英屡立大功，晋封平寇伯，态度骄倨，进忠乃是陕人，性情直率，且在西朝地位素高，进退之间，礼仪不免简傲。曾英心颇不悦，命进忠便在大河坝至安居一带屯垦。发给粮食耕牛不多，而课责耕耨甚严。进忠兵游手已久，不愿勤耕，怨言四起。进忠屡受曾英切责，情亦不安，遂率众向顺庆逃去。曾英命余大海率军追之，追过遂宁地界，进忠回军拒战，大海败回，裨将高标战死。

再说梁一训、时应泰二人追赶他的兵将，久未追及。因是孤单骑将，竟为安岳寨民擒杀。那何继成统率两营，奔回他家乡射洪，结寨子古井堬，孙可望檄马元利进剿。继成与元利大战于青堤渡，兵败，向定远奔去。元利紧追入定远境，斩了继成。继成中军冯荐代统其众，渡过嘉陵江，降附于甘良臣。这时甘良臣受王应熊檄，回他故乡邻水纠集民兵，取了广安、岳池、定远，与曾英犄角。马元利不敢深追，仍回潼川。

进忠自合州逃向顺庆，顺庆同知史覲宸闻其已叛献忠，闭城不纳。进忠不得入城，又闻甘良臣派岳池守将安邦才与定远守将余朝宗追击前来，怕腹背受敌，乃大掠城郊，率众渡河向营山窜去，与争天王袁韬合伙，自号新天王，成了摇黄之军。

再说那顺庆同知史覲宸乃是富有才干一员官吏，殷承祚驻守顺庆之时一切听他之言，故虽行事僭妄，人民仍自悦服。承祚被调赴遂宁后，献忠命新取进士叶可绪为顺庆知府，带川北道衔，率兵来驻顺庆。可绪兵尚未到，甘良臣已自岳池攻来。覲宸编组民军，抵拒甘军。恰逢可绪兵到，甘营退去。可绪见覲宸颇能治兵，人心悦服，遂以地方大政委之。覲宸又率众往西充讨杀了李巽德。西充归来，正逢贺珍部将严自明联合摇黄军，自巴县来攻顺庆，覲宸又击退之。此次刘进忠前来，人马数万，全城皆惧。他却不曾畏怯，督促军民昼夜严备，进忠亦无奈他何。进忠既去，安邦才、余朝忠两军到来，见得城上戒备严密，城外空无可掠，亦各自回军而去。

顺庆的谯、冯两姓乃是大族。当此乱世，阖族讲究拳技击斗之术，颇以武侠著称。谯应瑞、冯有庆二人尤为杰出。殷承祚聘他二人为将，募兵一营，即以两族之人为主。此次史觐宸编训义勇，亦多得两姓之力。殷承祚调驻遂宁之时，应瑞、有庆二人以副将率兵相随。及闻顺庆屡有围城之事，二人顾念家乡，屡请率队往援。承祚说与马元利，元利谓："主上既已自顺庆将你全营调移此处必有原因，今要往援顺庆，别营可以由我派去，惟你这营非得请旨不可。"承祚下来说与谯、冯二将，二将大疑。此时各营盛传献忠将杀川兵，二人以为元利所言可为献忠欲杀川兵之证，向承祚大哭。承祚宽慰他们，谓言出无稽，绝无此意。偏是凑巧，献忠闻刘进忠叛走，对于从龙旧将，亦致猜疑。因马元利与刘进忠素常相好，怕的元利亦率部叛去。追元利奏请派殷承祚回援顺庆折到，他不但不准往援顺庆，反调其移驻潼川。元利对承祚道："主上多疑，幸喜未准足下往援顺庆，否则一同得罪矣！"此时各营纷传献忠惨戮文武官员之事。承祚亦认为渐近成都便是渐近死地，不忍负了谯、冯二将，于移营前嘱二人逃回顺庆。二人逃走后，查事官报与元利，依献忠之法，一人逃走全营连坐。元利不敢包庇，将承祚拿下解送成都。献忠命将承祚与其全营处斩，命元利必须缉获二逃将。元利知二人逃回顺庆，行文叫可绪缉拿。可绪商于觐宸，觐宸闻承祚全营惨死，已是心惧，又怕谯、冯两姓拒捕作乱，与可绪部将李从彦、欧永祚等商讨累日，遂与谯、冯两姓同叛献忠，派人往甘良臣处洽降。

◎评注

程凤翔为崇祯三年举人。据《四川通志》缙绅录载，是年科举人九十名，并无郝孟旋。其他天启、崇祯各科，亦无郝姓者。此云孟旋与凤翔同榜，则孟旋应是副榜耳。

郝孟旋、史觐宸原皆欲以才干效奋于献忠者，至此全叛；刘进忠、殷承祚原皆献忠之死党者，结果亦叛。众叛亲离，于此为极。独严赓为西朝死节。枯树一叶，别自成趣。

第八十八回

孙可望泣谏张献忠
王志贤屯田御梨坝

话说孙可望、刘文秀、李定国、艾能奇四路，在十冬月间分道出剿，意图抢些粮食。不料剿了一月，叛民愈众，守寨愈坚，反被曾英、马乾、杨展诸人占去大块地盘。大西的四路大军初时征到许多粮食，自用之余，尚有余粮输入成都。一个月后，四路大军亦各闹起饥荒来，纷纷将困难情形报入成都。献忠不胜气愤，调回四家王子，重议军粮之事。

孙可望先行到达成都，见城郊数十里内，人烟骤稀，已非一月前出都时光景。行到城外，仍有百官迎接，最惊异的是王志贤与两个西洋教士亦在迎候。可望下马，先向志贤屈了半膝，然后对百官一揖。汪兆麟道："老万岁因天寒未能出城，在保和宫等候千岁宴饮，请上马去吧。"可望道了声："是。"便要上马。志贤拦道："今天早着呢！千岁马行已久，老僧陪同步行入城，松松腿如何?"可望复道了声："是，这更好。"遂与志贤并肩步行，随意寒暄问答。

入得城后，更是大吃一惊，问志贤道：“奇怪！离京一月来，四郊人烟锐减，这还罢了。为何城内也变得这样冷落？莫是遭了大瘟疫么？”志贤叹道：“老僧正要千岁看看这般景象，共图一补救之道。”便将献忠如何屠杀成都居民之事说了一番。可望随走随听，随看随想，不觉眼泪浸了出来。责志贤道：“伯父国家股肱，为何不谏？”志贤道：“老僧刑余之人，屡谏未听，虽欲死谏，只是一唱寡和，于事何补？今特迎候千岁，相约苦谏耳。”说罢，乃请可望上马，志贤与汪兆麟等亦上马陪同入宫。

献忠果然在保和殿上设有酒席，与各大臣为可望行饮至礼。可望见了献忠，跪地不起，唏吁啜泣，言道：“儿臣出京不过月余，今归膝下，望见圣容如昔，神采已甚晦暗。想念国家事亦大不如前，心中怛沮，不胜忧惧。”献忠扶起道：“好孩子，起来。老子好好的身体，好好的天下，你何得出此不吉之言？”可望道：“儿臣往常出兵，沿途人烟密集，鸡犬相闻，士饱马腾，攻无不克。此次出兵，景象大不如前。城邑顺民，无不满脸愁苦，一身憔悴。四野全是山寨，降顺者少，叛逆者多。我兵亦窳败日甚，往往攻一山寨，久攻不克。坐令曾英辈侵展地盘，深入我之腹地。此必由我之官吏不贤，竭渊逮鱼所致。一路如此，他路可知。而司道分巡，未曾以奏陛下，上下隐蔽，坐待鱼烂。此儿臣所以为国家前途忧惧而痛哭者一也。”刚说到这里，献忠便截住道：“好孩子，老子确实未曾得知咱们天下变到如此地步。你既已看得是官吏不好，老子便多杀几个州县瘟官与百姓看。司道分巡之官不奏报来，老子便多杀几个司道与百官看。你看哪些该杀？回家去休息两天，开个单来。”可望闻言大哭道：“儿臣前次回京，朝廷百官计有三千余员，此次回京，获见面者只七百余员。陛下用法，已可谓严矣！法严过度，至于上万市民同日惨死。繁华京师，一旦变为墟墓。夫国以民为本，民从官以化，惟培民本可以治国，惟敦教化可以理民。今不肃官常，崇本务，而徒事刑杀以威百姓，正是天下败坏之由。陛下深居宫禁，未悉民情，原无足怪。诸大臣知而不言，坐听败坏，实为不忠。此儿臣引为国家大忧，而不能不痛哭者二也！”说到此处，王志贤亦痛哭起来。汪兆麟等文官皆变色相顾。献忠此时亦惨然不乐，对可望道：“孩子，这话不错，老子当时只知百姓私通外寇当杀，却未知道杀得太多。当时的大臣们并无一人谏阻，着实可恨！”说到此处，百官一齐跪下，战栗请罪。

献忠顺口说道："你们都该剥皮！"王志贤怕成了真，忙道："小千岁今日回都，饮至尚未入席，愿陛下省刑成礼，饶了众官。"诸人这才得了活命。次日，李定国、刘文秀、艾能奇亦相继回京。拜见献忠后，皆到东府来谒可望。可望留饭，谈及昨日之事，定国等亦叹息不已。可望道："今国家已到危亡关头，父皇严厉，大臣莫敢进谏。即我等谏诤，亦未可屡次为之。王志贤屡出谏词，现在便被疏远，不能再说话了。我等须以他为鉴另想办法，要使父皇能回心转意，更立一番新规模，方是久安之计。"四人商议许久，决定劝导献忠亲赴城郊各处，去看看凋败的实况，再作计较。

腊月二十一这天，四家王子与王志贤、汪兆麟六人来见献忠。奏称："岁暮封印之期，武官各营亦封刀止杀。因本年国运未顺，请天子往青羊宫斋醮祈福。"献忠果即沐浴更衣，轻车简从，与诸人一同乘马，缓辔出城。见得街巷空虚，市场冷落，行人稀少。初以为是礼部先曾传谕回避，未觉为异。历久未见军人站街警跸，才问王珂道："何以未见军士警戒？"王珂道："陛下临时出游，未曾传谕警戒。"献忠道："那么，何以百姓又知回避？"王珂道："自从冬至屠城已来，城内便是如此荒凉，并非百姓回避。"献忠这才惊异起来道："想不到那次便把京城人杀空了，这是王尚礼误我！"吩咐绕道出大南门，以便多看城内外景象。

其时大南门迎后天桥尚未拆卸，只木料多已朽败，禁止行人上桥。献忠命启了栅门，与六员重臣上桥去观赏。这桥顶甚高，视界极远，内望城中，全是鸟鹊飞鸣，绝少人声。外望城郊，全是野草盖地，罕见烟火。桥下有几个人出入城门，鸠形鹄面，鹑衣百结，全是老弱衰病之人。献忠亦惨然变色，问道："我的百姓都到哪里去了？"王志贤指着城南两座土丘道："那便是冬至日造成的两座京观，内面各埋一万余人。其余三道城外还有两座，都是城内百姓。住城郊的闻得城内人如此惨杀，便都跑向山野僻地去了。现在成都、华阳两县合京城之民计，除官兵外，只怕老弱百姓已剩不到十万人了。"献忠闻言大惊道："如此何以立国？何以行军？我莫如自杀了吧！"言罢，拔剑便要自刎。志贤夺过剑来，言道："亡羊补牢，犹未为晚。愿陛下忏悔前非，从新施政，招抚绥徕，一新帝业。"献忠道："你今后务要多向我说些有补于国家的话，匡救于我。我甚悔前事，已是悔不及了！"

下桥转向西行，过百花潭，又见一座土丘，问道：“这亦是冬至杀的人么?”王珂道：“这下面是乡试杀的犯罪士子。经保甲丛葬于此，俗呼笔砚冢。”献忠道：“这亦是不该杀的啊!”说罢，切齿怒目，自恨不已。

入青羊宫后，道士们皆罢了斋醮，排队迎接。献忠见道士们尚还长得肥满，与一般百姓不同。问志贤道：“道士们似还过得好。”志贤道：“大寺观的僧道们皆有自耕田亩，并不完粮供役。又有官绅布施，故比百姓们活得下去。近来许多百姓纷纷请入大慈寺为僧，即为此故。”这话被献忠听在心里，便有了一番打算。少时已到斋堂，一个老道士衣冠整齐，亲捧茶盘入内献茶。献忠问道：“你们这青羊宫是何时所建？现有道士多少？如何生活？”老道士鞠躬答道：“祖师法传，谓李老君出函谷关时，与关令尹喜约，千日后会于成都青羊肆。千日后，恰是成都蚕市之期，关尹喜来到成都，并无青羊肆这地名。正逢蚕市盛开，远近农商纷集，交易于浣花溪畔。尹喜在市，见有人骑青羊而游，一刻之内，形貌二易。心知他是仙人，上前拜揖，其人颜貌忽变，果是老君。引尹喜来此茂林深处传授道德经秘要。留青羊于此而去。其羊立化为石，后人即称青羊宫。内有青羊、三清、五凤、万寿四殿，紫金、八卦、降生、说法四台，三官、纯阳、真武三堂。东西两庑，左右两院，丹室百间。常住清修羽士百名，职事道侣二十名。外有庄田五百亩，许招徒众耕种，免除粮差。每年仍颁丹火银一千两，此乃明代定制。万岁龙兴以来，未得颁赐丹火银两。众道除自耕田亩外，亦赖替各方施主斋醮禳祓为活。近日各处失业人民来此出家者甚多，要得不允，他们苦求不去。若得允了，来的太多，寺产不够耕种。若蒙万岁恩准划入附近荒田，供道众垦荒自给，小道们便可多招徒众，为万岁长期祈福了。”献忠瞟了一眼道：“好！这附近无主的田，便赏给你们去招徒开垦吧!”老道士谢恩而出，喜慰百端。

其时万寿殿上法乐齐鸣。老道士来请献忠拈香，献忠入殿，见殿上供的并非神像，乃是九龙盘绕的高大牌位，上嵌“皇帝万岁万万岁”一行金字。献忠怒问道：“这是供的老子，还是供的别人?”老道士骇得灵魂出窍。到底他修炼功深，立即招魂回来，答道：“正是万岁陛下。”献忠道：“那便不是老子拈香之处了。”老道士急转舌道：“不过请万岁看看。”随即引入五凤殿，道：“这是供的三丰老祖，亦只请万岁看看。”献忠道：“这是老子的祖宗，如何只是看看!”老道士又是一番震恐，忙命两排羽士作法念经。让献忠行礼后，再导入三清殿，言道：“这是本庙正殿，供奉太上老君，最为灵显。”献忠看那三尊神像伟大庄严，凛然如有生气。一个面作微笑，似在讥讽于他；一个色含愠怒，颇似责他刑杀太过；一个正色直视，恰如在考察他的心境一般。不觉屈膝跪地，喃喃忏悔道：“过去行事，确实错了，今后应该改悔。但我改悔前行，亦须有个好处，你三人道法高，神通大，须保得我改悔后国运昌盛。我需要人人服从，内无反叛，外无抗阻。我需要粮食丰足，钱帛充盈。我还需要一个两个儿子，也需要健康与长寿。我能比前蜀王更出力恢弘此庙，我亦能毁灭这整个的世界，连这座庙也在内。”如此祝罢，仰首再看神像，却不过只是三座泥塑金装的，并无什么喜怒之容。

献忠一时恍惚，自疑眼花。依然叩头起立，问王志贤道：“大慈寺亦有神像，你是朝夕顶礼的人，这泥塑的果有灵验否?”志贤道：“灵与不灵，全由自己心像感应。心畏神灵，不敢使德行有差，则善报自然而来。心轻神灵，则行事全无顾忌，任性纵欲，恶报亦自然而来。故曰：神所凭依在德。上圣修身立德，自我为神，即身是佛。中人畏天怀刑，不敢作恶，则神佑之。下流悖德叛道，与世乖违，则殃祸随之，有似神灵示罚。故圣人治国，不废神道，亦不迷信神道，务修其德而已。”献忠道：“现在我要修德，你看从何做起?”志贤道：“德政在协顺人情。四王子新自民间归来，必知当前人情所急。”李定国道：“臣在上南巡视各县，到处皆称缺粮。缺粮原因，在于农不得耕，商不得运。农商失业原因，在于军役频繁，官吏苛暴。现肥饶沃野多已荒废。官军饷粮无所取给。似宜散军屯田，种粮自给，而宽百姓田赋。如这青羊宫，因种田不完差赋，则远近农民皆愿投作道士。不惟田土不荒，且欲增垦附近荒土。如我大西能轻农民差赋，则山民自归，荒土自辟，民食自足，国运自昌也。”孙可望、刘文秀亦言宜屯田以给军食，减政以省官禄，宽刑以养天和，蠲赋以利招徕。说得献忠无可辩白，目视汪兆麟。兆麟会意言道：“各位千岁所言，皆是建国垂统的天经地义。但别人正在攻我，军队需要作战。只有使战争宁息，军队无用，方能做得屯垦，免得租赋。”王志贤道：“今四川州县可以分作三环：最外一环已被曾英、马乾、杨展、曹勋、朱化龙与贺珍、李锦、谭宏等占去，奉残明年号，受王应熊、樊一蘅、范文光、詹天颜等节制。经过连年战乱，亦已路断人稀，土荒粮尽。其困难情形正与大西相同。彼等皆同时并起之乌合之辈，遇我进攻则同心合力以御我；我不进攻则争权夺利而自乱。是宜置之度外，听其自败。内环为近畿州县，平原沃野，夙称天府之区，现尚全在我军控制之中。除城邑尚有编户外，乡民壮丁壮妇概已逃走，只剩孤寡老弱在家。田荒不治，无粮可征，无力可役。此宜慎选官吏，蠲赋息徭，招民归垦。军队则分组开屯，种田自给。待人民充实，田土尽耕，乃量调屯军，移垦远县，以原屯地放给人民耕种。如此徐徐招垦，一年以后，可使元气恢复，国本稳固，战守皆有资凭。中间一环，如得胜、保宁、顺庆、潼川、遂宁、广、合、资、简、荣、威、井、仁、嘉定、眉州、雅、邛、茂、灌、彭、什、绵、安、江一带缘山之地，为悍民结寨最密之区。山寨附近尚有栽种，离寨较远便是荒地。他们虽与大西相抗，亦不欢迎残明之军。我军攻之，则彼降附明军以乞援。明军攻之，则彼亦降附于我以求助。目前我与残明争存亡，即当视此带之顺逆以判胜败。假如我之内环州县人民能安居乐业，而外环明军驻地之纷乱如故，则中环必相率归我，而外环亦变成反抗明军之一环。此所谓不战而克敌之计也。”四王子皆以为然。

献忠听到此处，甚喜道：“既然你们都说这好，咱们便这样办。大禅师肯替我做屯垦总督么？你若肯干，便从成都附郭办起。”王志贤道：“方外之臣，未便办理庶政，但愿从旁赞襄。陛下既已下定决心，便请绕视附郭田地一周，看是何地宜先开办，再议如何下手。大策定后，设官推行，乃是易事。”于是献忠与诸人乘马出庙，由西郊、北郊，绕行到南郊的刘文秀练兵处来。见空营垒尚多，土地亦好，便选定此处为试办之处。并命刘文秀主持其事，请王志贤赞划一切。于是王志贤每日乘马到抚南王南外行台去，与刘文秀商议屯垦之事。先下令各营，征调川西籍兵士之来自农村者，考选了擅长耕作之兵五百人，编为屯垦营。选拔黎良材为屯垦营总兵，到御黎坝扎下营房十所，分十组施行训练。黎良材原为陕西农民，饥饿从军。前在鄂西茅麓山屯田时，别将皆多失败，惟他所经营的年年丰收。志贤问他何以成功，他道：“别人皆照陕西种田之法去做，所种全是陕人嗜好之物。殊不知耕种之道务要因地制宜。茅麓一带土色气候皆与陕西不同。安可以陕西种田法行于彼处！我用土人为师，仿其种植，故能成功。”志贤那时便已佩服于他，故此保举他为屯垦总兵，并依他之计，招募川西之人编制训练。采用川西固有的农具，播种川西固有的种子，遵照川西农民栽培的方法。他之所谓训练，实际便是他向农民学习。每日总是商讨时多，训话时少。王志贤每日到此，随着学习，深感兴趣。他回大慈寺去，将许多僧侣编为僧垦队，亦在御梨坝划地一区垦种粮食。后来僧垦队人数日增，扩充为僧垦营，为王志贤直接带领之军。

各营总兵见献忠提倡屯垦，亦纷请配给牛粮耕具，愿率兵士垦地自给。献忠招刘文秀、王志贤二人，问应如何办理。志贤道：“我军原属农民，现方饥困，要办屯垦，本是顺而易的。但目前却不可轻许他们。第一，一时尚筹不出许多种子与农具，尤其是耕牛。怕他们一经奉命兴垦，便去扰害百姓，强夺牛粮耕具。我们的垦事未办好，先把孑遗百姓的庄稼摧毁了。第二，屯垦规模体制尚未订立。骤然许他们屯垦，怕他们各自为政，发生许多恶劣的后果。行政譬如用药：参芪虽是补品，用得不当亦可杀人。屯垦原是善政，若无善良规模遵循，任随各营乱做，比如乱拿参芪与一切病人吃，是易发生乱子的。”文秀亦道：“大禅师所说极是!”献忠不悦道：“你们全是秀才造反的样儿，不痛快！咱们办事，说干就干，待做拐了再说，何必这样啰嗦!”志贤道：“这耕种的事，与其他政务不同，因它是有季节限制的。此时正当冬寒，尚非耕作之时，且待明年春风已至，我等将牛粮耕具筹购妥当，分营屯田规制，亦已建立之时，再命适当的营伍，就适当的地方，依规章去办理，才是妥善之道。”

献忠道：“依你说耕牛、种粮、农具又从何处去办呢?”志贤道：“民间耕牛，历经兵燹后，被军队屠食与官吏拉充运役而死者已多。剩得几条，又都被农民赶入山寨去了。尚未入山结寨的农民，大都已无耕牛，靠手用锄耨耕种。今言屯垦，第一难题便是耕牛。闻灌县西去瓦寺土司地方，界连金川与董卜韩胡，现在尚未投附明军，亦未遭受兵祸，保存得耕牛颇多。可命王国臣派人运往茶布，调换耕牛回来备用。目前立刻去办，明春必可赶办回来。现在御梨坝屯垦营亦无牛，可改用军马训练拖犁。各营如有请求屯垦的，亦可命其暂行训练军马拉犁，耕垦荒地，以待明春播种。至于种子，现在粮食虽贵，尚还购买得出。内府不乏金银，宜派员分赴各州县大价收购，运京储藏，待春耕前配发各营，以免虚耗。农具，现正由屯垦营招募工匠制造。待二三月间，可望供给十营人使用。屯垦章程，现正草拟中，我们所以迟迟未能草定的原因，是要与老农们研究详尽，以免施行时发生毛病。”献忠道：“我虽亦是农人出身，却未想到垦田的事还有这许多麻烦。到底你的心眼细，计划周到。便是这样办了吧！”于是将王国臣派到瓦寺、金川等处，前去买牛。

◎评注

叙献忠已入绝境，固宜有此回一番谏诤，一番振作，以挽其势。献忠既自忏悔杀人，乃见青羊宫道士尚无菜色，又复有所“打算”。此是后来诱杀僧道伏笔。

《圣教入川记》谓献忠：“见城中空无人居……不觉愤火中烧。狂怒间，抽刀自刎，被左右上前拦阻，未得毙命。随将虐待大臣及残杀百姓之罪，皆加诸副阁老之身，痛恨不已。”然则献忠确曾一度作沉痛之忏悔也。它书未有记述献忠自刎事者，此书及之，而未及诿过右相事。故录《入川记》作补。

七十六回至九十回上半回，皆乙酉年事。是公元一六四五年，明南都弘光元年，（弘光五月覆亡后，唐王聿键即位福州，称隆武元年。清顺治二年。）张献忠大顺二年，李自成永昌二年。

第八十九回

老迂儒万里奔蜀
佞厨师奇宴惑君

话说王志贤于腊月二十九日结束御梨坝屯务小作，乘马回寺度岁。见寺外许多人围着一人议论纷纷。有一人说："想这老头儿是个疯子。"另一妇人手里托一碗米饭，返身出来，自言自语道："这年头好事都难做了，施饭给叫花子，还得挨骂！"志贤下马，擘开众人看去：原来是一老头坐在地上，衣服破烂，满脸菜色，须发皆白，骨瘦如柴。问他："为何不吃那碗饭？"老头儿怒目道："君子固穷，岂吃嗟来之食！"志贤听他声音，看他面貌，都觉有些相识。因天色近黑认不清楚，想不起来。听他斯文绉绉，亦觉可怜，便道："那么请到敝寺打斋好么？"老头儿道："那还使得。"便踉踉跄跄跟他走入寺来。志贤陪着，问道："听声音，好似咱们同乡？"老头道："和尚俗家哪里？"志贤道："陕西延安。"老头只用鼻子应了一声道："嗯。"志贤道："老乡尊姓大名？"老头道："林文蔚。"志贤忽然想起土桥私塾的林老师来，忙上前注意察看，问道："是曾在金明堡土桥教过书的林老师么？"老头兀立应道："我是在那里教过书的。

你是谁人?”志贤忙跪下叩头道:“弟子便是王志贤。一别老师二十多年,便彼此认不得了。”急忙扶老师到方丈室上座,重新叩拜。林老师道:“你是城内王弓匠的儿子么?”志贤道:“正是。”林老师道:“想不到你在此地出了家。你的父亲他还在不?”志贤道:“他老人家现在此地做官。弟子不肖,竟出家了。”老师责备道:“既然你父亲在做官,你不是没饭吃,便不该出家。不孝有三,无后为大呀!”志贤知道老师迂谨,并不听他。只听到“吃饭”二字,便想起他早饿了。忙命厨下,赶快摆上汤点来。老师还在说道:“这佛老乃是异端,咱们不辟他罢了。如何可背弃先圣之道,下乔木而入幽谷!”志贤道:“说来话长。请老师先用汤点,容弟子慢慢陈说吧!”少时汤点上来,林老师旋说旋吃。但他又不再问出家因缘了。突然问道:“听说张献忠在此做了皇帝。你知道么?”志贤忍不住笑,答道:“便是这里的大西天子。登极已是两年了。”老师叹道:“他刚才脱胎落地,我已知道他是个真命天子了。却想不到是在这里称帝!我的学生当中,刘国能、李万庆都做了大将。他们先年曾经与我送过礼来,这几年便无消息了。惟独张献忠,直到当了皇帝,亦未给我一个消息。当此兵荒马乱,也难怪他!你在外跑了这多年,不跟他做官,却怎做这和尚?”志贤不言。一个侍者忍不住参言道:“我们方丈是大西天子封过王的哪!”林老将志贤再望了一望,自言道:“对!王和尚,那道人说过!”

志贤道:“弟子离乡岁久,未知家乡近况。师母好否?”林老道:“家乡!还说得吗?早已是人吃人了!自崇祯元年起,兵去匪来,匪去兵来。民间哪间房子未被他们端详过。我的儿子被拉去当兵不知去向。老妻早已气死了。唯独我这穷老头子,只剩得几本书,兵也不要,匪也不抢,连吃人肉的也看不上眼,所以活得出来。前年李自成回家省墓,大施钱米,延安一府都沾了光。我只道天下从此太平,不料李家天下亦是那样短气!今年鞑子兵进陕西,他便塌了。他是延安人,尚知爱惜延安。现在鞑子来管延安,那还成个世界么!”志贤道:“鞑子有何不好?老师竟肯跑到此来?”林老道:“其实鞑子兵亦不很坏。只可恨他要百姓去了网巾,剃掉一圈头发,扎成辫子。你想:这身体发肤,受之父母,我们读圣贤书,敢毁伤父母遗体,以从胡俗吗?我们百姓初时只不理他。不料入秋以后,府县官做得认真,竟四路拿人,又打又罚,仍然剃去一圈头发才放。他们出的告示，是留发的砍头；留头的剃发。这时，我便造反了。我与许多读书人一道在柳树涧起义，杀了差役，占据燕子岭，结寨而居。同时为不愿剃发而起义的甚多。鞑子兵来攻打，我们山寨破了。我被一个道士领到此来。”志贤听到此处，深感惊讶。心想：“我这老师迂腐不过，平时最恨叛上作乱之人。想不到鞑子来后，他亦造反了！看来范文光传檄说的闯王残部皆降了明朝，帮着抵御清兵定是真的。尤奇怪的，像他这样衰老，又当破败之后，如何竟能远逃到此地来？”便又问道：“如此长途，是何道士，竟能保得老师到此？必是异人，愿聆其详。”

林老道：“这是天生德于予，鞑子其如予何呵！那道士亦并无本领，只他会玩戏法：好好的牙髻黄冠，忽然的又会变作个剃了发的鞑子模样。破寨之时，我躲到山后一个土洞里，他便来了。他说我的学生现在四川做皇帝，那里不剃发，愿领我前去。一路上遇见鞑子，他便是拖着辫子的行路人，给我一张狗皮遮在头上掩饰。曾遇许多鞑子，有与他言谈的，甚至有检查的，却未曾检查到我。仿佛鞑子都未曾看见我一般。有一次遇到本村的王三同鞑子下乡拿人，碰巧遇着我们，我骇得不敢抬头。王三骂道士道：‘你这人来历可疑！’便与鞑子去察看他的行囊。翻检许多时，亦未见我。我恰站立溪边，照见水中三人影子，亦并无我！只多了一条狗影，我疑心道士把我变作狗了。但前行恰遇着我尚未剃发的一个远亲。他一见便执我手，哭泣问道：‘咱们这头还是剃不呢？’我才知道士并未将我幻化作狗。再瞧溪水中我们三人影子，我亦明明是个人在。大概那道士有障眼法，专能障蔽鞑子与其走狗的眼？”

志贤道：“如此荒乱，如此长途，老师如此高龄，纵能瞒过鞑子，无衣粮资斧与代步之物，亦难到达此地。”林老道：“我们走得慢，两月多才到此地。经过南北栈道，人烟俱无。他化缘不得，葫芦里倾几粒丸子给我吃了，亦不甚饿。夜晚便盖那狗皮，亦不甚冷。昨日到了成都北郊，今日他领我到此来，说自有个王和尚接待你，便自去化缘了。”

志贤想来，那人便是狗皮道士了。问林老师道：“那道士乃今之仙人，弟子识得。久想与他晤谈，遍寻无着，不料他是迎接老师来了。已到成都，乃又失之交臂。”言下叹息不已。林老道：“天下只有圣贤，哪有仙佛！我一路见他饮食如常，并不能腾云驾雾，何得为仙？也不过是个能玩戏法的好人而已。”

志贤道：“他去年此时来劝西主休兵息民，以王霸之道治蜀。幻化百端，确是神仙者流。西主甚敬惮之，但行事未采其言。今他引老师前来，定是望老师能辅佐西主也！”林老道：“你们方外人，谈甚么王霸之道！我看他不过是个化缘道人，听得我的学生做了皇帝，巴结我到此处来，想大大化募一笔钱财而已。”志贤见他固执成见，只好不谈了。道声：“老师累了，寝榻已经备妥，请安息了吧！”亲自秉烛导老师入客房。

林老方欲解衣就寝，却见那道人立在灯下，骂道：“你这老瘟驴！我把你变作我的狗逃到这里来，望你教训教训你那学生。你却说我是想打秋风、烧冷灶的。我今叫你还变着狗。”便将狗皮掷来。林老一噤，自视果已成狗，穿衣镜内照出，亦是狗影。不觉大骇求饶，伏地汪汪不已。道人用手抓着他的领，嘶的一声，揭去了狗皮，喝道：“从此听王和尚的话，便了！”说罢，杖挂狗皮，穿壁而去。林老回顾穿衣镜，已是一人形了。自叹道：“人狗之间，原来如此！”次日，王志贤去与献忠辞岁，将林老师到此各情说了一番。献忠亦惊异道：“那狗皮道士竟自去了么？”志贤道：“昨夜闻林老师室狗叫。今晨问之，他说：道士昨夜突到他室，索取狗皮，破壁而去。别无所言，只说他须诤谏陛下。”献忠皱眉道：“那道人不来辅助我，却送这老古董来谏诤。我有甚么可诤谏的？便叫他来谏吧。”志贤道：“狗道人虽如此说，林老师未必便有所谏诤。我国历代皆以师与天地君亲并祀，虽贵为天子，亦不可废师道。此来，陛下虽不去迎他，却也可召他来见。”献忠摇头道：“老师如何比得父母？我要将百姓神龛上这个师字铲掉。我是君王，他是百姓。我待他客气便够了。”志贤扭不过，说道：“彼此客气，亦当有个矩度，方足垂范后世。不妨叫礼臣议一议。”献忠道：“也好！你去与他们议来。议得合理，我亦可遵。”王志贤出去许久，与汪兆麟、王国麟、李时英、胡显诸人进来，奉上奏表道：“奉旨议尊师礼数。臣等以为皇帝兼天地之德，具君亲之恩，虽因尊师重道，不能废君臣之礼。明日贺岁，师与左相齐班，行礼如仪。贺毕，就西侧师座。天子下位，向师一揖。师答揖。各复就座。礼官宣诏，封林文蔚为太师，朔望免朝，觐见赐座。自左相以下向师行一跪拜礼。再向天子称贺，行三跪拜礼。太师下座归班，称老臣林文蔚谢恩，向天子行三跪拜礼，转面向百官一揖。百官答拜。如此成礼。”献忠甚为厌烦。只道：“便如此下诏，知会他吧！”

志贤出寺时，命与林老师全换新衣。回寺时，便已办妥了。易衣之际，汪兆麟与文武官员陆续来到大慈寺与王志贤辞岁，一便谒见林老师。一时人山人海，水泄不通。林老全是一副乡下人面孔，接待每不如礼，全靠志贤左右扶佐，应付过去。夜深人静时，志贤始将明日行礼之事，讲说与林老师听。林老原颇倨傲，今日被那些尊官盛从围闹许久，自觉渺小了些，虚心平气地听受了志贤之言，再三叮嘱志贸，明日同路入朝，随时指导于他。

次日，便是丙戌元旦。志贤备了一乘肩舆抬林老师，他自骑马随后而行。入东华门，到端礼门下马，扶林老出舆，步上承天殿。众官已经排班序列。汪兆麟与四王子序在前排，共推林老居首，志贤父子相陪。少时献忠升座，赞礼官叫声“肃静”，千多人屏息闭口，鸦雀无声。林老觉得庄严已极，正似参加祀孔典礼一般。随着呼声，跪拜进退。在王志贤引导之下，完成一场诰封谢恩的大礼。礼成，百官退去。献忠下座，请林老师到保和殿宴叙，前列大臣作陪。王志贤趁献忠入内更衣，引过两个西洋教士来谒老师。林老见是两个洋人，大为不悦，不肯给他们还礼，并自语道：“夷狄之有君，不如诸夏之亡矣！”及闻两洋人说：“今后还请林老师多赐指教。”始知他俩亦能说中国话，这才惊异地自语道：“夷狄进于中国，则中国之。”还了一揖，道声：“请坐。”正要款谈，见众官纷纷起立，他亦忙着立起。原来是献忠更衣出来了。

献忠走近林老师一拱道：“老师还想得起我，居然来到这里。”林老道：“我如何会忘得你。从你初生下地，我便已知你是真命人主了。”便将三十年前八月二十日东岳庙避雨梦见的情景说了一番。献忠是初次听得这新闻，觉得足以证明他是天生圣人，喜得眉飞色舞。诸大臣更是齐声颂扬，连呼：“万岁！”林老师见他这话投机，更是高兴，提起劲继续说道：“我从前几十个学生，如刘国能、李万庆、王志贤，谁个未曾痛打过！又调皮，又不挨打的，只有你张献忠一个。”志贤撞他一肘道：“要说陛下！”林老省悟，望见献忠的脸色，恰已变了，急忙补口道：“就只陛下在塾，老臣从不敢打骂一次。便因为我已知你是天生圣人。”再望献忠，脸色已转好了。但因他误呼张献忠三字到底不安，终席局促。宴饮毕，匆匆辞去。

其实这时张献忠并未听到他说的犯讳三字。他却老想着东岳庙吃人肉酒席那场事情，觉得他前后所为都是命中注定的。胡思乱想，自己打算，如何装点得与当时情景相合，才足以证明林老师之言。如此一直想到席散。他亲送林老师出殿，恭敬承待，极尽弟子之礼。回宫来，下令御厨于初三日办酒百席，大宴百官，为林老师接风。

光禄卿喻大章，忙引詹森、杜旄两个厨师，夤夜来见献忠，奏道："奉命办春酒百席，宴享百官。例常天子赐宴大臣，跟从人员及宫中上下俱得推恩赐宴，百席便是千席。费银四千两左右，便可办好。本年情形不同了。再花上两三倍银亦办不出。故来请旨。"献忠道："本年有何不同?"詹森道："今年城郊人烟稀少，粮食昂贵，百物腾涨。往年一席三、四两银，今年不够买购盐米。尤其是猪，简直买不出来。往年一条大猪不过十两银子，今年出到百两，二百两，五百两，亦无人卖。因为农家都逃了，无人养猪。本城原有几十家酿酒养猪的，现因粮食昂贵，奉命停酿，未再养猪。原有的几条猪早被人抢购去，杀作过年猪了。今日小人等八方奔走，竟未买得一条。"

献忠道："老子不乏的钱！便不问价钱的买吧。"詹森道："不是讲价不成，实是没有猪卖。本想改买牛羊鸡鸭办，不料羊与鸡鸭亦未见得一只。只御梨坝有几头牛，是屯垦营搜罗到的，但他们不肯卖，恐非用圣旨调用不可。"献忠道："那牛不能用！你们今天尚曾办出两桌酒席来，如何便说后天不能?"喻大章道："那是每年冬间照例预备下宫中内宴的材料，小臣从冬月起多方搜罗而得。却未料到尚有如此大筵，市上粱肉之类，全被民间收买去了。"献忠想了一息道："那么，准到御梨坝去牵一头牛来用。省俭些办，宫中人不必赐宴了！"三人领旨，向御梨坝取牛而去。

次日午刻，喻大章率詹、杜二人，气喘吁吁来见献忠，道说："屯垦营不肯支牛，要待请示王志贤。王志贤亲自来看了看手诏，说道春耕已近，屯垦事大，不能发牛。要我等向别处采买。经再三说明无可采买，始准牵来一条老牛，肉瘦无脂，实难办皇筵盛馔。杜旄想得一法，不敢施行。因时间已迫，故冒死再来请旨。"献忠问是何策。杜旄跪近御座，密陈道："只有用人肉合做一法。"言罢战栗不已，为的怕献忠知道他已做过吃人肉的事。

不料献忠蓦地想起林文蔚说的人肉席事件，对杜旄之言，不惟不怒，反觉深感兴趣。低声问道："人肉也可入席么?"杜旄道："若不说破，甚为可口。"又问："你试过吗?"杜旄战兢兢道："试过。"又问："你保证能做得好吗?"杜旄道："做过多次了，吃的人都说好。"又问："他们知道是人肉不?"回答道："只小人与詹森这两班弟子知这秘密，便是光禄卿亦不知道。"献忠道："好。你们去试来，可不许走漏消息，走漏了我要杀你!"杜旄起身与喻、詹二人，直向刑部去了。

这夜，献忠睡梦中总觉有磨刀霍霍与婉转悲啼之声。定神一听，又声息毫无。定睛看去，银灯如炽，陈设如故。再一朦胧，便又若有所见，若有所闻，一夜未得清眠。次日起床，心中甚感不快。不多一会，林老师与王志贤便先到了，谈说些延安荒乱情形。林老道："先是官军贼军都争着拉丁，争着抢粮。于是民间丁壮没有，种粮亦缺，农田尽荒，开始闹饥馑了。饥馑亦无人管，而兵匪公开结队劫人，以作粮食。我家亦屡次有人窥伺，幸喜尊敬我的人还多，都不要我。学生们往往送点粮食野蔬来，维得老命。直到李闯回乡，这吃人之风始绝。"献忠道："老师你亦吃过人肉否?"林老道："人不吃我，便是天幸！我哪有气力去杀人吃，亦无钱去买人肉。但逢年过节，学生亲邻，请去吃饭。像那样猪牛缺乏的时候，他们送出丰盛的席来，谁肯问他是人肉、猪肉。吃人未吃人，我亦不自知晓。"

献忠听到此处，甚为不安。少时司礼监魏佶来请入座。献忠静观各座，饮食之间，多甚愉悦，称道美味。他取箸遍尝，果亦不差。猛然望见远处几桌的人，交头接耳，絮絮有言，做出不尴不尬之象。献忠心中大疑，密问魏佶："那几桌是何等人?"佶说："有几个是刑部的官，有几个是军官。"献忠敏锐，料他们是识得这秘密了。立即传旨，命拉去杀了。罪状是："座上大声说话，目无君上。"在那一侧侍酒菜的宦官数人，亦命拉去杀了。罪状是："不能纠仪。"如此杀人，乃是年来的常事。各官并不见怪，只林文蔚为之骇然。

◎评注

剃发令下，全国骚然。因江浙诸役记载较详，故世谓江浙反剃发最力，其实各地皆然。四川当时不属于清，无剃发祸，乃借林文蔚奔蜀事叙出，使一代大事不随地域而昧，且以知陕人反对剃发之情形也。

食人之事，历代皆有之。诚为野蛮，亦见饥荒之厉。川中吃人并非自张献忠始，前回述高定关李调燮早以人为粮之事可证。写献忠一夜噩梦，亦可知其并非嗜食，盖亦无可奈何也。

第九十回

张献忠御梨坝避鬼
四王子畿外州猎食

话说张献忠，虽然杀了那批议论人肉的官员，尚恐林文蔚辨出他是用人肉做菜。席散后，特留林老到宫内用茶。问道："老师看今天饮食合味否?"林老师道："饥困久了的人辨得什么味道，觉亦与家乡学生们请吃饭一样，是一场口福而已。"献忠默然送出，嘱王志贤陪他，仍暂回住大慈寺。

志贤回寺，抱怨道："狗皮道人要老师谏诤皇上，两日来未见老师进谏。只说些当年情境，益发使他恣睢自负，倒行逆施了。你看国贫岁饥如此，他不节用，反作如此盛馔大享百官，难道不是国家的膏血么？既享百官，与宴者即属客礼，却又以私语小过杀了二十余员，何以老师都不劝阻。"林老始恍然自失道："当时实觉难过，但见众官皆无所言，遂亦难于启口。你今既说与我，我明天定去责他！"志贤道："众官是看惯了的，谁敢谏他，谏亦无用。老师新到，又系师位。你若谏阻，他如何违得？所以众官只望着你，你却负了众人之望。现在这些小事已过去了。若还明日进谏，务望指责他几个大处。”林老师道：“那是自然。但我新来应该说些什么，你得教我。”志贤道：“西主甚为英明果决，是他的好处。但有三大弱点败了江山。第一，行事任性，不遵法度。第二，迷信武力，不喜文治。第三，偏用谲术，缺乏诚信。现在已是途穷日暮，众叛亲离了。但如得老师匡救，改此三点，天下事尚有可为。”林老点头，紧紧记在心里。

再说张献忠见得人肉席亦还可口，私心甚为愉快。自念叨：“既然人肉可以当粮，更还焦虑甚么?”送过林老师后，独自在宫打算许久，忽命召四家王子前来。少时孙可望等四人齐到。献忠问道：“你们觉得今天的饮食还可口否?”四王皆称味美。献忠道：“志贤劝我屯垦荒田，以给军食。我想这耕种的事好不艰难。三月下种，七月收获，还要花费种子劳力，购买耕牛。万一遇了天灾，仍是无收。现在四面全是敌军，谁保得几个月内敌人不来？万一稻子未熟，敌人来了，岂非白白替人种下！咱们养这多兵，还只有作战是条痛快有效的出路。你们以为何如?”孙可望、刘文秀皆道：“王志贤深谋远虑并无错误。立国于此，断不容土荒民散，军食坐困。屯垦之效虽缓，亦譬如七年之病，求三年之艾。那是非做不可的。”李定国亦道：“缺粮缺饷的军队，不打仗还可挟以威敌。一经作战，便会溃逃。这如抱薪御火，如何使得!”献忠道：“我今有两全之道。王志贤要屯垦，便让他去办。办得好，自然好。办不好，也由他。你四人仍各率本部兵，分向四路杀去。这次不愁无粮了，粮多得很，愈杀得起劲愈吃不完。”

四人诧异道：“粮从何来?”献忠道：“你们没有听林老师说过陕西吃人吗？只要有人肉可吃，还愁没粮么?”四人相顾失色道：“只怕人肉不可当粮。”献忠道：“傻孩子，你们今天吃的便是人肉呵!”四人更是大惊相顾。可望泣道：“只恐远近闻之，亲者叛去，仇者来攻，国家从此坏矣!”献忠摇手道：“这勿用虑。除不敢张扬的几个厨师外，并无一人知晓。据厨师说，他已做过几次，当然必已有人先尝此味了。我因见有几人席间密语，料他是能辨别人肉的，故登时将他杀了，以免传播。又怕林老师辨得人肉，曾问了他，他似未曾觉得。你四人，当然不会宣泄的。”李定国道：“难道出军杀人为粮，也能瞒得人么?”献忠道：“这亦无妨。我下令除城尽剿，人民入城的，当然不杀，奖励他们垦种，亦好。未入城的，便都该杀。稀稀的几个人，你们杀了吃了，谁个知道？如此威也立了，士饱马腾，进攻敌军亦易了。”

艾能奇道：“这近畿州县呢?”献忠道：“近畿的百姓必须留下。那是我们的根本，交与王志贤与御营去屯田兴垦，休养生息，你们只杀远州县的。可要注意，草杀一个地方，务须放出军队，查清界至，扎下大围，不容一人逃脱。怕的是走漏了你们以人为粮的消息。只要无人走漏消息，你们去后，纵有人再来，亦不过说人死肉化，谁猜得是吃了的。”

四人道：“难免有逃走军士泄漏这秘密。”献忠道：“这便是你等必须严防之事。我早有命，军士逃亡，全营连坐。你等须多设查事官，严密探查，执法务须严厉。”四人初甚以为不然，后来想到情势至此，确亦唯有此路可走，别无他法，遂俱承认了。献忠大喜，登时写出手诏道：“查有畿外州县百姓，潜谋叛逆，结寨抗粮。兹命东、西、南、北四王，分道出剿。凡入城者，即为良民，许在附城五里内耕种，或以工商自立。除城五里以外，一体草杀。军士以得首级多少，叙功升级。怠战及逃跑者，主官抵罪，全营连坐。”将此手诏付外书房办发。便命四王子各回原镇，克日出师。

这一夜献忠梦见狗皮道士出现眼前，大喜道：“咱找得你好苦。今日此来，是玩戏法？抑是辅我建立王霸大业?”道人说：“我辅你做个稳固的皇帝。今先同你去看这座城稳固不?”献忠心喜，便与同行。飘然出城，共立到一座土堆上。向下一看，原来不是土堆，乃是千百颗骷髅堆着，并无粒土。但闻四野犬吠之声向骨堆逼来。献忠一时胆怯，狂奔回城。城内并无居民灯火，只闻鬼声啾啾，回头望去，那些残缺不完的枯骨次第起立，前来追他。正当危急之际，忽见狗皮道士手执斗大“肃清”二字木牌前来。献忠向他求救，他喝退群鬼，将牌付与献忠道：“持此可以登天。”他刚接得过手，失脚滑倒，那牌木柄插进了他的胸内，不觉大叫惨呼。惊动侍寝宫女，将他呼醒，原来却是梦。

次晨起床，见窗外立有四个女子，各弄箫笛。偶然一个掉过面来，竟是去年跃池死去的严珍兰。再看三人，便是李丽华、许若琼等。心中大怒，拔刀掷去，却又不见一人。追穿衣就盥，见满盆全是血水，腥臭难闻，大怒泼地。侍人宫女奔入请罪。献忠正怒指地下的水，却又是清的。自疑眼花成病，命召御医。少时一人持刀奔来，貌势凶恶，献忠忙拔刀欲去，那人迎刃而倒，呼冤不已。献忠视之，原来是御厨杜旄，已被划断一臂。问他："携刀来此作甚?"他说："传呼召御厨甚急，小人正当切肉，故不及放刀而来。"献忠道："我召御医，未召御厨。"但所有宦官宫女们都说是闻召御厨，不是御医。献忠自念道："难道我神志恍惚，竟呼错了么?"命将杜旄抬去请老神仙医治，再催速具御膳来。又怕呼错，用手作进膳之状。少时一人捧膳上席，肩上搭张狗皮，看他是一道士装束，面貌未见。走近视之，果是狗皮道士。忙一手将他抓着道："你再能逃跑不?"那人即忙跪下，高呼："小人无罪。"献忠定睛视之，乃是詹森。笑道："你为何肩上狗皮，被我认作狗皮道士了。"詹森道："小人肩上是台帕，并无狗皮。"献忠再看，果是台帕。献忠自认眼花，催其速具膳来。

用膳时照例有宫女数人在旁，吹箫弄笛，弹筝鼓琴，都是欢庆之曲。今日献忠饭时，觉其曲调甚哀。怒目视之，则是十余无头女子在弹奏。自疑又是眼花，定睛看之，仍是无头。乃呼宫人玉箫问道："今日是何人弹奏?"玉箫奏道："今日御膳较早，值班人尚未到。"言时指正走来的几个女子道："她们来矣!"献忠再掉头看，无头诸女已无。不觉罢箸怒道："活见鬼！此地乱了。速抬大炮来。"魏佶侍侧已久，见献忠神志恍惚，言行失常。心中疑怪，因宫中非用炮之地，怕又是听错，再三探问。献忠手指口画，说是西洋大炮。这才敢去抬来。献忠命朝天乱放数炮。惊动阖宫男女，纷奔乱窜，不知为了何事。少时文武官员亦拥到宫外问安，献忠出言道："昨日来神志恍惚，常常见有怪异，故以炮轰镇压，非有他故。"众官方才散了。献忠问老神仙道："你医得鬼病否?"老神仙道："鬼病乃是心病。我是外科，医他不得。陛下如其怕鬼，宜离开此地，到一清静处养心培神。待心神安定，鬼患自消。"献忠甚以为然，遂命车驾到大慈寺去。王志贤闻献忠驾到，慌忙出迎。迎入斋堂，便命人去请林老师。献忠阻道："且慢。我是特来找你的。咱们宫中闹鬼了。你们和尚，可能收得?"志贤问过闹鬼情形后，言道："看来全是陛下眼花。眼花由于神乱，神乱由于心邪，心邪由于错了念头。陛下在此，提起正念，静坐思过，追神安心定，正气护守元阳，妖梦恶鬼自灭矣!"献忠道："我并未曾错了念头，我只是想努力支持这国运。因为要支持国运，免不得做出几件事，未顺你的眼。但我亦有苦衷的。至于闹鬼这事，并非我便怕鬼。只恨他闹得我神志不清楚，所以到此来避一避。”志贤道：“天子行动步步皆宜谨慎，不可留下话柄给人。这寺观庵堂未可久居。目前春耕将始，农政最重，莫如到御梨坝扎营，昭示天下以重农督耕之意，才不至被人笑为避鬼。”献忠听罢大喜。便命志贤到朝房去，嘱汪兆麟草拟诏告天下。又命王尚礼到御梨坝去扎下御营一座，明日便要搬去。志贤将林老师请出陪驾，自向朝房而去。

林文蔚出来见得献忠，自称老臣，献忠与他谦逊一番。他坐定后，无话可说，隔了许久，才想起志贤之言。便道：“老臣此来，无可帮助陛下。愿窃附纯愆纠谬之义，做一谏臣。陛下英明果决，乃是好处。但为三大弱点败了江山。第一是行事任性，不立法度。第二是穷兵黩武，不图文治。第三是偏好谲道，不立诚信。现在已是日暮途穷，众叛亲离了。若能改这三点，天下事尚有可为。”献忠听到后段大为震怒，却勉强忍了下去。笑道：“老师入川不久，何以知道我已众叛亲离？”林老呆了一会道：“人人都如此说。”献忠问道：“人人都说？请姑且说一两人。”林老口吃顾盼，不愿说出王志贤来。逼得无法，突然情急智生，道：“便是与我一路同来那狗皮道士。”献忠这才将杀念放下，怒道：“狗道人是我的对头，如何信他！”林老经此一急，大汗滴滴，从衣里浸了下去。从此再也不敢摭拾他人之言对献忠进谏了。

此时汪兆麟与王志贤回来，呈上一通草稿。献忠看其文道：

奉天承运皇帝诏曰：比者，兵役频繁，农民失业，耕地多荒，军需屡匮。方今强寇窜伏，四境肃清。战胜之军方闲，东作之时适届。极宜以卫民者助耕，捍国者兴垦。培兹地力，以养天和；因其土宜，为民兴利。朕惟古有藉田，天子三推，庶民成亩。故特率我御营，进屯南郭。躬亲耕耨，为诸营倡。书不云乎：“若农服田力穑，乃亦有秋。”告我军民，其各知勉。

献忠看过，道：“便是这样印布吧！”林老师取过来，摇头晃脑，默念喃喃。献忠最讨厌这个样儿。又恨他摭拾人言，聒絮谏诤。忽然想得一策。遂对汪兆麟道："林老师圣贤中人，此来尚无住处，寄居和尚庙子，殊非尊师之道。可将府文庙改作天下总文庙，迎林老师住到那里去。饬成华两县教谕训导官员，每日朝拜承侍。朔望日，朕与百官祀圣，同时朝拜林老师，以重师道。你再拟篇诏书，诏告天下。"兆麟提笔便要拟旨。王志贤道："圣庙乃祭祀之所，平时未有居人，不宜为老师住处。若嫌僧寺不便，此间现有太学，送老师那里供养较妥。"林老道："我不嫌憎僧寺，便是此间甚好，不必迁移吧！"献忠道："哪有天子老师寄住僧寺之理。便迁到太学去吧！"言下指挥从人，立即迁移。从此林老先生便再难与献忠见面了。这日献忠便在大慈寺寝息，王志贤命全体僧众念金刚经一夜，为他禳祓。

次日正月初五，献忠便自大慈寺移驾到御梨坝来。王志贤一路陪同。到了坝上，王尚礼正在布置行宫。不过就一高爽废宅蒙上锦彩，扎饰彩球、彩坊而已。多数军士仍是张幕而居。刘文秀与黎良材早已在此等候。献忠息定，文秀先行进来，奏称已将垦务移交志贤，即日便要率军归镇，少坐便辞去了。良材进来觐见时，献忠问了几句耕种情形。良材对答，全是农耕琐屑之事。献忠不耐听，转问志贤道："此地为何叫御梨坝？"志贤道："那旁有老梨枯树数十株，相传为刘先主所植，故云御梨。又有人说，唐代某宦自他州传来此梨种，皮白质细，称为玉梨。此地历代皆为广场，又相传为刘先主阅兵之处，故又名御营坝。年深岁久，土人以讹传讹，不足深究。"献忠道："梨字不好。还是改称御营坝好。"于是王尚礼传示各营，并在北来道口，用树枝扎坊，标出"御营坝"三个大字。

这日以后，孙可望、李定国、艾能奇三人先后前来，奏称定于十六日一同出师，其他文武官员亦有前来请旨禀事的。但究竟要比在宫殿中清闲得多，并且未再闹鬼了。

献忠在御营坝安静养息时候，那邛、眉、资、遂、潼、绵、剑、茂等州县却杀得天昏地暗的了。孙、刘、李、艾四家王子遵照献忠指示秘法，分为四路，像农人割麦一般，到了应剿州县，分别乡区界至，扎下围场。先行传示，叫良民入城。第二日，便开始洗剿。鸡犬猪羊，老稚男妇皆尽，称为"草杀"，谓如农人除草一般。草杀之区，便是扎营所在，不容有人入内窥探。因此他们做些甚么，外人不能知道。人粮已尽，移剿另一乡区，如法炮制，一县已尽，转移他县，一州已尽，转移他州。移营之后，只剩几堆白骨。雕鹫虎豺皆为之绝迹。从正月杀到五月，已将明军未到地方，山寨乡村之人，或迁或杀，扫除干净。既与明军相逼，便各退回城邑，留下空旷之地数十百里，以为天然藩篱。果然明军不能进攻了，但这四路兵将，再无野粮可取，亦不能不渐次退向成都。

◎评注

献忠此时，所谓“日暮途远，倒行而逆施之”者是也。

《蜀龟鉴》引某氏随笔云：“可望一路报杀男五千九百八十八万，女九千五百万。文秀杀男九千九百六十余万，女八千八百余万。定国杀男七千九百余万。献自领老营，其数莫得而稽也。其振武、南敞、七星诸营，剿川南北者，不减可望等。皆具五月上功疏”。《甲申朝小记》、《蜀碧》亦有相似记载。三者似皆引据一书，而取舍详略各异，原书已不可知，惟借此三者知是役于正月十六出师，五月召回，上功疏曾各记所杀人数。至屠杀情形则多出于想像。盖其人既居成都，即非目击其事所记各杀人数，夸妄殊甚。故《蜀碧》疑而删削之。夫以今日人口之盛，全川不过五千余万（注：指 1948 年时），此四路五月所杀，遂得六万万一千五百余万。有是理乎？《明史》亦用此数入传，殊无识也！如去单位之万字，理较可通。然竟未知其系为猎食，漫以嗜杀责之。则献忠谲术，乃足使当时人物莫测其深，是可惊矣！

第九十一回　鬼头导游凄凉彻地　村妪舐犊惨痛感天

话说张献忠在御营坝住了数日，白日清闲，夜寝安静，倒也逍遥自得。此时蜀中户口锐减，人事单纯，各衙门闲着无事，城内前来请旨的官员日少一日。献忠早晚无聊，骑着马四处闲逛，见得这南城外大好郊园，徒存许多空宅，老未看见人民。尚以为由于屯垦僧垦两营骚扰百姓，所以百姓避了。回来对王志贤与黎良材说，要他二人约束垦军，勿许骚扰百姓。王志贤道："这成都城郊，自去冬以来便已无百姓了。陛下去冬游过四郊，不曾觉着么?"献忠道："去冬咱们一大群入出游，红尘缭绕中，确未觉人民没有了，近日轻骑微行，方才觉得。若果四郊都是如此，咱们便难在此久留了!"志贤叹道："陛下深居宫禁，受佞臣蒙蔽，不知国家危亡至此，尚派四家王子分道草杀。今幸见近郊荒凉景象，亦知悔否?"献忠道："我很失悔未能听你的话，将人杀多了。但这畿辅之区，我并未施草杀，何以人烟如此稀疏？那该是我的军队不好，并非我杀了他们。”志贤道：“近畿情形，小僧知之甚详。自去秋收稻以后，人民皆说地中所出不够朝廷诛求；身之所出，不胜官府征派。因此相率逃避，十室九空。到冬至日，闻得城内大屠居民，于是郊外之民亦骇跑了。现在虽有少数人户，散在山村僻地，亦以老弱废疾之人为多。壮丁壮妇，皆见人辄避，昼伏夜归，偷耕窃种，苟延岁月而已。”献忠不信，要志贤引他去察看。志贤道：“白日情况，陛下随时随地可见，无须有人引导。夜间察看，则小僧须做夜课，不能陪驾，但可觅一熟谙此情之人引导。”

次日，献忠选精骑十人跟从，衔枚勒口，驰向远郊，四路观察，果然未见有壮丁壮妇。闯入人家，搜查仓箱，亦未发现有粮储牲畜，金银尚偶有之。人民不知他是何人，但伏地战栗，任其搜查。口称：“东西请你拿去，饶了可怜的老小性命。”献忠俱抚慰了一番，怅然而返。心中想道：“若全川都是如此，那四家王子的人粮，亦将吃不得许久了！”

献忠回御营后，王志贤正引一人候着，道：“这是陛下故人，他最熟悉附近山僻地方农村情形，可以引导陛下往观。”献忠看那人，乱头粗服，眼神不正，气度不肃，年纪约已三十以上，滴溜溜一对眼珠，望着献忠，作微笑状。问他姓名，志贤代答道：“便是当年的小鬼头，现在已有胡须，成个老鬼头了，所以陛下不识。”那人亦笑道：“我们劫何家庄子，在东山放火燃香的便是我，你却忘了。”献忠熟视久之，想起了，笑道：“原来你还在，为何褴褛到这样儿？”志贤代答道：“他与我同跟随陛下，流浪二十年了。因他总是不循正道，不能登大雅之堂，所以与陛下疏阔。在湖广时，亦曾升他做过总兵，拨一营人与他，被他带得一个也没有了。他有钱便去赌博，赌光了便去偷盗。本朝文武官吏都怕挨近于他。我念他是起义故人，屡加周恤，他得钱便去输光。日趋下流，沦为本军一名浪人。昨日因到屯垦营偷牛被获，将被处死。他说出我的名字，被屯垦营送来审问。审得他近来便在南郊一带偷窃为活，述说南山人民生活情况甚详。故引来服侍陛下，前往探查民情。”献忠旋听旋看于他，觉得可怜可笑。问他道：“你若能改了德行，我仍给你做官。好么？”小鬼头道：“张哥陛下，你都做得皇帝了，我还是这样一个小偷，的确羞人。休说你给我做官，只要给碗饭吃，我一定痛改前非，做个绅粮。”献忠亦只一笑。

献忠命为小鬼头盥浴易衣，补成一名侍卫，让他引导去看南山人民偷生潜藏的情形。鬼头道："那批人非常狡狯，白日种田，有巡哨的，一见有外人来便藏匿了。夜深人静方肯归家。现在是十四、五、六，月光如昼，他们怕的有人夜袭，上半夜是不归家的。须待十八、九后，前往捉拿。那时上半夜无月，他们归家安睡，不提防下半夜月出，我们便好趁月色去捉他了。"献忠笑道："你不愧是个偷窃的能手，把时间算得这样精细。"鬼头道："皇帝陛下，我从前是这样去偷，现在可与此相反了。要趁他家里无人，故全是白昼与月明之夜去偷的。"献忠一笑，便依他。待到正月二十，方选了五名精悍卫士及小鬼头，一同乘马前去。这日携带干粮，一早自御营出发，直向西南山地驰去。经过许多荒墟废镇与空宅、空碉。平原之内，正与前几日所见一般。在民家打尖用膳后更向前驰，渐已见山。山上竹林茅舍间果有炊烟放出，还不只一处，看情形似比平原住人为多。日暮之际，走上一个山嘴，在一山坳见有巨宅一所，林木森森，墙垣高厚。尚有几座碉堡拱卫，木栅相属，环绕四周。只是现在木栅已倒，碉亦破敝，地下许多白骨，似曾做过战场。进得屋去，家具零乱，油漆尚未褪色，墙壁破者甚多。小鬼头道："这便是董家寨。去年秋季才修筑的，董家族人聚此抗粮，声势甚大。冬月间被官军打破，跑不得几人。我们偷盗南山，便常借此栖住。初来时满地死尸，那间屋全是女尸。那边楼上还吊起十多副女尸未解下，巾巾串串，像成衣铺挂的袍褂一般。未过几天再来，多半已被豺狼拖去了。楼上吊起的女尸亦被豺狼咬破了脚。我将吊索割断，让尸体落下，让豺狼拖去。现在便是这般清静。"一个侍卫问他："你竟不怕鬼么?"他笑道："我便是鬼头，还怕鬼呢!"献忠命他引去四处一看，果然楼上悬着许多断索。去到灶屋，锅灶尚是全的。小鬼头道："我正月初六还在此造过饭食。这里自破寨之后，除我以外，只怕更无别人来过。"献忠便命在此造饭。展开鞍垫，假寐一刻，再往前走。

初更过去，小鬼头呼醒献忠道："月上东山，马草已足，可以走了。"献忠醒来，燃火再吃了些饮食，趁着朦胧月色乘马前行。转过几座土冈，已到高处。月光下，望见几座人家。这时夜凉如水，万籁俱寂。只他七人七马聚此土冈之上。忽的一马放声长嘶，惊起一群寒鸦，勃勃飞去，远处便有犬吠之声。小鬼头忙拉献忠等，牵马隐入冈侧树林去。言道："狗叫之后，山民必然起来探望。万一被他看见，相呼藏匿，便虚了此行。"献忠道："他们尚能养狗，足见粮尚不乏。"鬼头道："多数人家无力养狗，大都杀来吃了。但如还有粮食稍过得的，仍然养着，以防被人偷袭。我们今且向无狗地方走去吧！"献忠命二人在此看马匹，留三人携着利刃，随身保护，随小鬼头步行而进。出一小道，穿林越涧，绕行山谷之间。过一茅舍，小鬼头道："这家只有一老妪，两个幼孙。我来偷过三次，皆未见有壮男壮女。正月初六过此，却有一儿一媳在家与老妪说话。今夜掩去，或可擒得。"于是献忠等走到门外高声叫门。但闻室内一片惊乱，儿啼母泣，并无人前来开门。便命从人撞门破壁而进，刚要进屋，回顾不见小鬼头。却闻屋后呼救之声，忙绕去看，原来他正被一男一女殴倒在地。那男子先已跑了，女子被他揪着，望见人来，用口咬他的手。他刚一松手，那女子正要奔逃，被侍卫赶上捉住。他们刚进屋来，又已不见了两个小儿。献忠命一人将老妪壮妇守着，自与二人出门去寻小儿。月色中，在半里内土坎下寻得，皆不过十岁左右，瑟缩一团。提将回来，见小鬼头双手流血，正用脚踢骂那被缚的壮妇。壮妇紧埋着头，任他踢骂，半言不发。老妪颤巍巍地呼天告神道："我娘儿们藏到这里，你们都容不过！"

献忠进去喝止小鬼头，抚慰老妪道："你把我们当作强盗了么？我们是官兵，来查访民间灾情的。你有什么痛苦，说与我听，我会救你。"老妪道："说得好听！你们一年打抢我家若干次，把我大孙儿拉去杀了。还想捉我的儿子媳妇。现在媳妇被你们拉着了，老婆子拿与你吃，还要去拉我两个孙子。你这批天杀的贼呀！"说罢，大哭大闹，挣扎乱跳，不听献忠分辩，献忠无奈她何。命人将妇人松了，让两个孩子到她怀间去。只见那妇人一把揽着两个孩子，泪如泉涌，哽咽不能出言。两个孩子亦放声大哭，闹得远山的犬又吠了起来。

献忠此时亦不免情动于中，命将干粮取出，送与他母子祖孙共吃。命一人同小鬼头去厨下烧些汤来。那老妪与妇人初皆不肯吃这干粮。经献忠再三要她吃，方才应了。老妪先吃一口，两个孩子便跟着狼吞虎咽起来。最后那妇人也吃了。一屋哭声顿止，现出融和的一团喜气。老妪这才言道："你们要我们做什么？既然肯拿粑粑与我们吃，死也心甘。但望留着这孙儿，他们还小哪！"献忠道："我们不杀人，是来查访民间冤情的官。因白日你们都逃了，故晚间才来，你等休得误会！"老妪道："官也好，贼也好。总之望你们饶命，要留下人种。”

献忠见她固执，乃问侍卫：“带来银子未曾？”侍卫皆言未曾。献忠摸出一串金佩，乃是牙签耳挖之类，给与小孩道：“这是金佩，值钱的物什，送与你们玩。你们相信了我不？”一个孩子接来，喜洋洋送给老妪。一双小眼回顾献忠，打量百端。老妪接过看道：“这是真金，我认得。但这年头，拿着金子又有何用？我家原亦有金银器物，连次被人偷去，我也不甚痛惜。这年头与其有金子，不如有半升米豆。”说罢，便要将金饰奉还。献忠道：“我带来吃的亦不少。”此时汤烧上来，献忠取出大量干粮与诸人分食。老妪一家破涕为笑，称颂他是好官不已。献忠这时才得从容探问她的家事。

老妪道：“我的丈夫陈其才做过本乡保长，原在山下有庄田。这里是我客户所住。丈夫死后，天下改称大西。我与儿子陈大兴，媳妇辛氏及三个孙子，照常耕田为活，本是过得宽裕。因我只有一个独子，不胜保甲差派徭役之苦，暗中叫他逃到山间藏匿，只留媳妇与幼孙，雇人耕种。无非躲开徭役，完粮纳赋是未曾有缺的。本年秋收，因人工不足，收得太少。不料田粮军赋便超过常年数倍，尽其所有不够上官，我家还勉强对付过了。别家完粮不齐，因而逃走者大半。于是四面八方皆是饥民。先只偷鸡摸狗，渐至结队抢劫。谁家有粮，便向谁家抢去。官兵半点也不管理。我家粮虽没有，有四条猪、两只狗、一条牛、一匹骡子，亦次第被人抢去吃了。山上的客户早已跑了。我的儿子夜间回家，说到各处情形皆是一样，劝我搬到这客户茅屋来，种点山地，偷偷过活。他白日藏匿山林，捕些禽兽佐食。夜晚回家帮做一点耕作。这里僻远荒凉，官吏是不常来的。但饥民常常结队来去，有粮便抢，见壮丁便拉去入伙。幸我儿子和媳妇善于藏避，未被发觉。挨饥受饿，保得一家未曾分散。不料到了年底，竟有官兵到山地来拉人吃。眼见我大孙儿被三个兵拉去，到对山杀了……”说到此处，一家又复大哭。正当此时，小鬼头提一块肉跑来道：“这家子吃人肉哪！”壮妇勃然怒道：“我是吃人了。没得吃的，只有吃人！”小鬼头道：“这妇人胆敢顶撞陛下，饶她不得。”说罢，正欲动手杀那壮妇，老妪忙说道：“承你们给我们这顿饭吃，我婆媳俩甘愿让你们拉一个去吃。只望赦了两个孙儿，他们还小。阿弥陀佛，也要保留一点人种。”说到这里，又是满屋号哭。献忠见此暗自感动，却故对老妪道："你这媳妇咬伤了我的侍卫，应该死罪。但我等并不吃她。我将她杀在此地，留与你祖孙三人吃，好不？"那壮妇叩头道："大人，你这就是天高地厚之恩了。能够让她祖孙多活几天，我死而无怨！"老妪忙拉两个孙儿道："这使不得！儿子吃了母亲是要遭雷打的。若为顾念这双孩子，留她多活几天，种点菜养活我们。菩萨会保佑你公侯万代。阿弥陀佛！"

这时天色已是大明。献忠看那老妪，六十左右年纪，貌颇和善。两个孩子亦还清秀。看那妇人，三十年纪，眉目端正。虽赤脚蓬头，尚非粗恶之相。问道："你这媳妇平时为人如何？"老妪道："她辛家也是世代书香，知书识礼之人。亲家虽未入泮，教书很有名气。她嫁过我家来，一切书算账目是她料理，比我儿子能干。她又能跟我儿子学做庄稼，辛苦过日子，是个好媳妇。"献忠道："我不是别人，乃是大西皇帝。听说人民太苦，私查暗访前来。今日我给你一令箭，插在你宅旁，便无官军再敢前来滋扰你家了。你可叫儿子回来安心耕种，便移家回平坝去，只要有这令箭，自有官军保护于你。"说罢，给了令箭而去。老妪一家，跪送在大门外，连呼："当今皇帝万岁，万万岁！"

献忠尚欲再看一处。小鬼头道："昨夜这家闹了个穿夜，应已惊动全山。此时人皆已藏避了。"献忠不信，定要再看。连走两家，皆已阒无一人，搜查家里，皆是粮食毫无，鸡犬绝迹。献忠叹口气道："不料民间竟都如此饥饿难当！"

◎评注

昔人有猎得猿子，槛之以诱其母。母猿绕槛哀号，数日而死。剖其腹，肠寸寸断。此回乡媪舐犊情致，实乃似之。

第九十二回　道高一尺魔高一丈　远效斯舍近效斯求

话说张献忠回到御营，已是午后申时初，王志贤接着问道："陛下辛苦两日一夜，所见何如？"献忠道："我这才明白从前是错了。你来，咱们想个扭转江山的办法。"盥沐进餐后，引志贤到密室去，说道："不能瞒你了。四乡百姓全是人吃人的过活。我的军队亦从年底便也吃人了。这次四家王子出兵，亦只能以人为粮。现在百姓如此的少，怎么办呢？只有两条路是生路。一是叫粮食赶快长了出来。二是咱们另搬到个有粮的地方去。你看怎好？"志贤不禁流泪道："西蜀沃野千里，号为天府，一年多来竟已是人尽粮空，天荒地老。倘不改弦易辙，何地不可变成沙漠。宇宙虽大，我军终当饥困坐毙，徒累一方生灵而已。粮食虽非可以立即生产之物，到底尚有可以生产之时。努力求之，或尚可及。就如临渴掘井，虽嫌已迟，亦较坐以待毙为好。小僧愿陛下坚定志趣，招垦劝耕，以为亡羊补牢之计。如趁此春阳甫动之时，聚精会神，专务屯垦，则经半年艰苦之后，便是新生气象矣！”献忠道：“从前是汪兆麟误我，现在我完全听你的。你说怎么办好便怎么办！”

志贤道：“今我兵近二百营，早已无粮无饷，掠粮而活。故民尽于下，兵困于上。现在全局俱坏，只京畿部分州县尚为我兵驻守，京畿州县中，有成、华、温、双、郫、崇、灌、彭、繁、新、金堂十一县最近，是为近畿。外有汉、崇、简、资、德胜五州八县，是为远畿。可定近畿十一县为御营屯垦区，牛粮耕具，皆由内府颁发。陛下躬亲督耕，百官分路劝垦。所有御营将士及其亲从家口男女，皆秉锄犁，怠耕者死，耕而不如制者亦死。将校尉士，分营配田，层层课督。配余之田，无业主承耕者，许本城工商及外来农户占垦，免赋五年，免役三年。其远畿之五州八县，划为四家王子督垦之区，即以此次剿办畿外州县所获牛粮耕具，为春耕之资，如近畿规制，分军屯垦。耕具不足者，仍许向畿外州县剿掠。如此藉畿外空无人迹之地为外篱，以制敌军；远畿四王屯垦之区为内藩，以拱卫京师。使近畿十一县得从容垦种以待秋收。再以近畿之粮运济四王，助其发展下届垦务。则足食足兵，近悦远来，王业可以复成。”

献忠真的完全听信志贤之言，下大决心，要从屯垦来挽回他的危局。当时便与志贤拟定下列几通诏旨，派人送进城去印发。那几通诏是：

一、近畿、远畿屯田制度诏。

二、自本年起，停止征赋征役三年。官禄军饷代以配田；文武百官各率同家人垦种自给诏。

三、派员催王国臣从速购回耕牛诏。

四、各营、各司，耕牛不足，准以军马驿马代耕诏。

五、严禁擅杀。文武衙门杀人，须经皇帝核准数额。违者主官剥皮，营伍连坐诏。

这几通诏旨中，只第五通曾与志贤发生争论。志贤之意，再不容残杀百姓了。献忠道：“这不可能！从此时到农田有收，六个月中粮食无着，官兵必然叛变。不过不准滥杀。不准杀顺民，只准杀叛民。”志贤道：“文官无用便裁了，让他去垦田治生。军队太多了，将惰耕怠垦的杀来吃，两得其便。若还许杀百姓吃，不久百姓便会死尽。垦事终必无成。”献忠说：“我限他只杀有罪之人，不准杀种田的百姓，并且限定名额，嘱查事官严格稽查，亦就够了。”志贤扭不过他。依了。再请颁下两诏作为补救：

六、招百姓归耕，奖工商游食之民归农。敢有妄杀耕农者，与叛逆同罪。

七、上自百官，下至军民，不耕种者，罪至死。耕种不力者，依轻重罚粟。罚粟不能纳者，死罪。

这第七通诏书中有“方今惟耕田是吾人活路，不耕即是死路。工能造耕具，商能致牛粮者，亦属活路。”这几句话，一般省称之为“活路诏”。后来从事耕种者，皆云：“做活路去！”此诏一出，朝中一般文官大哗，纷纷议论道：“我等十年寒窗，磨穿铁砚，难道不是活路？如今要我去学老农老圃之事，岂非笑话！”查事官将此等议论密报与献忠。献忠大怒，命将议论之人交刑部审问。抗拒不服者处以醢刑，赏给军士吃了。

二月初二，乃是大西太祖高皇帝文昌帝君的诞辰。献忠要回城祭庙。因此便于二月初一入城，受百官贺朔。王志贤亦入城贺朔。成礼之后，公卿百官纷纷述说：“不习耕种，恳求特免‘活路’。”献忠圈免了汪兆麟、胡显、王应龙、李时英、王志贤，与四家王子。志贤父子自愿从事耕耨，辞谢此项特恩。献忠道：“虽然免了你们，只要你们肯做，亦不是犯法。辞是多余的事了！你们是因职务忙可以免，其余的人便不能免了。”此时两个洋人出班道：“我们生来便未学习耕种，更不知中国庄稼如何做法，请陛下也免了我二人。”献忠道：“本朝文官亦都是不懂耕种的，他们不耕，我已杀了几十员。你二人如要想活，仍须去干活路。”二人争论道：“我们耶稣基督，便是不耕田的。从来便无一个教士耕田。我二人制造天、地二仪与大西通历，不已算得活路了么？”献忠勃然大怒道：“说到教徒，全无一个好的！严锡命、吴继善与陈士楷，他们都被我杀了。还少了你这两个好吃懒做的洋鬼。造两个钢球算得什么功？敢与我丞相尚书相比！”便命拉去杀了。廷臣莫敢相救。两个教士亦自觉必死了，忙用手指指口与心，画十字，祷告上帝。还是王志贤不忍，谏阻道：“两教士校正历法，亦算有裨垦务。请恩准免死，停给禄俸，听其自生。”献忠准了。仍对教士道：“你恃有教徒养活便不肯耕种。现虽免了死罪，却不准再有教徒供养于你。我看你如何生活下去！”于是下令：禁止信奉天主教。违者死罪。从此两洋人无以为生，逼得投依王志贤学习耕种。

二月初二，献忠到玄阳洞天三大帝庙，祭了文昌帝君出来，对汪兆麟道："我已明白从前措施错误。现在依了王志贤之言，专心集力于屯垦这事，你看对吗?"兆麟道："这正是亡羊补牢，犹未为晚，没有不对的。"献忠道："偏是朝廷这些文官先就反对起来。那时我在城外，不知其详。你在城内，应当知道一些。告诉我，他们因何反对?"那汪兆麟乃是老奸巨猾，一听此言，便知献忠已疑到他知情了。却不慌张，从容答道："那些都是迂儒一批，习惯了诽议时政。或许也有残明奸细簧惑其间，想借此鼓动作乱。陛下杀得最好。"献忠道："你说他们想借此作乱，亦有实据么?"兆麟道："他们全是新附之官，与严锡命、吴继善、江鼎镇、龚完敬诸人相好，与老臣素来不合。若其谋反，老臣自然是他眼中钉，防备甚严，无从知其实迹。但看他们敢于违抗圣旨，推想其有意作乱而已。"

献忠初疑汪兆麟与王志贤相左，嫉妒志贤之谋得用，故意怂恿朝官相抗，今见他一派言词气态觉是错疑了。乃移转话头道："这批迂儒真是可恨！他们生就是顽固不化的牛性。在成都阻挠垦政的，我是杀了。在州县的，恐亦难免阻挠垦政。这亦当查拿诛之。"兆麟乘势承迎道："万岁高瞻远瞩，看透人情。真的，在成都服官的儒生尚且阻挠垦政，那外州县的儒生哪有肯去做活路的。留得这批人在，垦务定难办通。但若派人查拿，未免太费事了。本年乃是前明例行会试之年，何不再来一次特科，连续举行乡会试，做个一网打尽。"献忠道："只怕他们不来。"兆麟道："这可好办，便在垦制诏后补发一诏，说为纪念太祖高皇帝文昌帝君圣诞，特开此科，凡赴试员生，皆为太祖门生，及第者即以京官任用。不及第者亦得免其耕种之役，敢有抗不赴试者，照往年规定治罪。如此，应无不到者，纵使不到，亦不至为抗扰垦务之人。"献忠闻之甚喜。立即印发文告，限于二月内到齐，三月开试。兆麟嫌期太逼了，怕远州县赶考不及。献忠道："你做宰相，还不清楚我这家当。现在我们的诏书只能走到两三百里地了。"

那汪兆麟自负从龙日久，功高望重，一向独得献忠欢心。今见献忠出城半月，便深信王志贤一人之言，行了这屯垦大政，并未谋之于他，已觉心里难过。及见献忠猜疑到身，直似刀已出鞘之势。更疑志贤要夺相位，谗间于他。幸得巧言解化，仍受尊宠，但心中实暗恨志贤不已。常自念道："我本未破坏他的垦政，他却谗害排挤于我，我今便破坏垦务，看他做不通时，皇帝还信任他否!"便多方放出野火，播为谣诼，做些不利于屯垦的事。

那御营之中有四个总兵与兆麟同乡，平时过从甚密。他们是永定营郭尚义，合肥人；干城营汪万象，六安人；三奇营宋官，凤阳人；治平营胡敷荣，庐江人。他们与英勇营的黄冈张其在、振武营的麻城洪正隆、龙韬营的麻城商元、八卦营的汝州王明、果勇营的蕲春卢毅，联作大同乡，共推兆麟为首，迎合献忠意旨行事。除陕籍诸将帅外，算他们最有势力。这时，张其在、洪正隆、商元皆已升了都督头衔，出剿在外。郭、汪、宋、胡四人正在成都，奉命办理屯垦。他们平时恃与兆麟相好，拨粮拨饷，兵、户二部不敢怠慢。近月虽然司空告匮，他这四营却尚不至于断饷绝粮，对于垦事自然不感兴趣，却又借口开垦报领大批种粮。时值王国臣办回耕牛，第一批到，他四营分得独多。这都是靠兆麟的关系。垦场分在西南郊的草堂寺，乃是一片上田，与青羊宫道士之田相近，附近农人未逃散者亦多。这亦是王尚礼为的兆麟情面特为配在此地，以便向农人学习之意。不料环境愈是太好，工作愈不努力。总兵常住城中，从未到过田间。将校自然是葫芦依样，得过且过，谁把垦事放在心里。头目们率领士兵去耕，总是三天打鱼，两天晒网。垦了一月，未曾垦得十亩，犁也破了，牛也倒了。他们营眷亲从虽亦报入垦册，更是不知垦为何事。每逢天朗气清、春风和暖之日，三三五五，傅粉涂脂，嘻嘻笑笑，出城赏春。亦常来到垦场望望，便算到了田间，应付功令。不来犹可，这一来，总是附近道士和农人的田土遭殃。见着葱肥菜绿，爱上心来，恰似收获自己农田一般，跳下田便是乱拔。田主赶来阻挡，他们反说农人敢于侮辱了她们，唆使士兵报复。如此者不止一次。这时农人已是愍不畏死，常与这批垦军冲突。因献忠有诏保护农人，故军士到底不敢打杀农人。另想出报复办法，便是乘夜前去偷取蹂践，弄得农人有种无收，却又捉他不得，只好相率徙去。所以他们屯垦累月，未曾将荒地垦熟，却把许多熟地垦得荒了。

王志贤每月巡行各营垦场几次，考出他这四营成绩最坏。说与王尚礼，请其整顿。尚礼说与郭、汪、宋、胡四人，四人便来向汪兆麟诉说志贤吹毛求疵，谗害于他。兆麟抚慰道："用打仗的兵去种田，亲从眷口都要去种，这何异叫鸡同老鸭一齐去浮水，原是一个笑话。况今国家无粮，不用兵向人民催收钱粮，却要自己种田来吃，只怕修得庙成，鬼已老了。这更是笑话么！但此事乃皇上一力主持，我等反对不得。你们还宜忍耐去做。我料各营情形都会与你们一样：吃了种粮，宰了耕牛，暂将眼前口腹填塞，到了无粮种时，皇帝自会想法。难道拥有强兵的还会饿死不成？”四人点头会意而出，真的搬到垦场驻了。每日也督率士兵垦田，居然勤奋起来。刚工作得一日，便宣言要作犒劳。托言牛病，将牛杀了一条，配合种粮，与军兵大嚼一番，买得人心欢腾。一连数日，牛粮俱尽。又怕的别营办得好了相形见绌，独自得罪。乃照兆麟之言，四出吹嘘怠工。各营军士，辗转效尤。又道是：“从善如登，从恶如崩。”当此饥困之际，前途渺茫，谁愿干这掘井求饮之事。那杀牛与怠耕便似瘟疫传染一般，流行各营。

王志贤不胜其忿，指出郭、汪、宋、胡四人劣迹，请献忠整肃，语涉汪兆麟。献忠先将兆麟呼来诘责。兆麟满口称颂屯垦乃复兴要政。说：“国家唯有从此致力，方能安定蜀土。”似比志贤更说得透彻。又说：“臣那四个同乡，起初原本忽视屯垦，经臣开导后，已甚努力。有王尚礼与各营查事官可证，连臣本人亦去考察督导过。确因兵士们手艺不佳，愈是费力，愈是累死了牛，使坏了犁。粮种下地亦多不生，并非怠耕。”这番话，经兆麟说来，格外圆满。献忠亦被说糊涂了。只得说道：“待我明日亲往各处看看，再作处分。”

次日，献忠与王志贤、汪兆麟、王尚札，率领骑从，出南门转西，绕北郊、东郊，回御营坝来，看了许多屯营。尤其于郭、汪、宋、胡四营考察最久。见得四总兵戴笠披蓑，亲荷铁锄，往来田间，指挥若干男女分队耕耨。农具不足者，用手掘泥，搬石，拔草。挽袖赤足，汗流浃背，并无怠耕之象。再向前行，所过各营，皆甚勤奋。一经问及垦事，皆言：“此乃国家大政，不敢不勤。只是种他不好，深负万岁德意。”看过四郊屯营，生出绿菌的实属甚少。只御营坝屯垦、僧垦两营，可望丰收。献忠对志贤道：“你这两营不错！那些营亦颇勤奋，希望却无半点。这是何故？”志贤道：“小僧往日前往巡视，不是如此。”兆麟道：“想因他们闻说万岁出巡，故能特别努力。不过依老臣所见，往日亦非甚懒。他们手艺不及这两营，成绩不佳，乃是实情。待今年秋季，这两营人收获以后，分发到各营指导教习，明年定会丰收了。”献忠道：“此刻全军便无吃的，如何捱到明年?”兆麟道：“是。但要想靠屯垦来维持目前军食，只怕太幻想了!”献忠默默不语，回宫而去。

这汪兆麟是何等奸恶，轻轻用出今年、明年两字，便将献忠对于垦政的信心击落到东洋大海去了。献忠一路自念：“志贤说汪兆麟妨害屯垦，兆麟却拥护屯政甚力。他说诸将怠耕抗垦，诸将却在努力。他说秋后便可食粮自给，目前看来毫无希望。到底他是迂腐之人，不似汪兆麟精明得用。”从此对于垦务再也不谈了。

三月初三，乡试开场，士子到的仍有一千余人。这是何故？原来各州县士子，经去冬考选秀才时，大多数已留居城中，故被州县官押解前来。进场之时，献忠点名，见他们全是泪痕未干的样儿，甚为憎恶。头场出题，是：《不如老农》一道，为刘承吉所命。汪兆麟陪献忠巡行场屋，见一士子已破题云：“劳心劳力，其道异，其功同。故天子不耕织，庶民不问政，莫得而讥之。”兆麟指与献忠看。献忠看得不同：觉他这话是在讥刺自己不耕不织，意甚不快。回宫后，各营将领纷纷陈说无粮，请求配发内库粮米，杂以草根树皮充饥。献忠问管库人，知内库粮亦将尽了。便对各营将道：“明日午后，你等齐到贡院领粮。”言罢即行入去。单召王尚礼入内，吩咐如此如此。

次日，王尚礼分布兵丁围了贡院，将主考刘承吉及各分考官、监场人员、千余士子一律杀死。

◎评注

献忠受事实教训，忽然有觉，决志屯垦。但未两月，即复颓然而废。知易行难如此！献忠杀士子事，诸书记述各异：时间出入三年，地点更互不合。

第九十三回 京中顿成阿鼻狱 郭外犹有小西天

话说张献忠见得屯垦难于期待，军粮迫于燃眉，遂决意暂以人肉维持军食，称为“人粮”。他的主意是只要掌握得有兵，仍可横行天下。此间百姓吃完，搬到别处，自然会有百姓的。主意打定，便将贡院千余士子以及考官人役一齐杀了。但亦怕的人民惊惧，仍在贡院前贴了一张榜文，说道：“刘承吉与考官考生等谋反，一律处以醢刑，以昭炯戒。”这时成都百姓已经不多。保甲管理严密，查事官穿梭往来，百姓们兢兢业业，唯恐失言丢命，至亲好友在街上相见，不敢交言，家人父子团聚，不敢道说时事。故纵然杀了千多士子，亦并无人议论半句。

至于各营士兵们，从前是偷偷摸摸吃人的，现在便不用再掩饰了。农人从前受到皇诰保护，士兵不敢伤害，现在亦受到军士拉杀。四处控告，并无一人理他。近郊百姓渐渐光了。只有南郊的陈大兴母子得有献忠令箭，受害最迟。但到三月中旬，仍不能免。

青羊宫的道士，从前种地自给，生活绰有余裕。自兴办屯垦以来，农田大受蹂躏，耕牛耕具亦多被夺。老道士以为屡为国家祈福禳灾，皇帝素有往来，便跑进宫去诉苦。恰遇献忠心境剧变之际，忽然想起道士们长得肠肥脑满那个样儿，便对老道士道："方今灾荒连绵，军食不足，遂至扰到了你等。我这里下令约束他们，你们亦须为我打个罗天大醮，禳祓灾患。务要将各地道士邀齐，打醮一月。如有道士不到，你便有罪。"老道士领旨而去。真的邀集各地道士数百人在青羊宫打起醮来。献忠待他法会整齐之时，传令各营，将宫观围了，分将道士拉去，才一把火将庙宇烧了。

这时成都军士尚有五十余营，兵士将近五万。军眷合计不下十余万。这几百道士几天便吃完。献忠又将昭觉寺长老叫来，说道："青羊宫道士斋戒不洁，法事不灵，反惹神降天火，毁了寺观。我要你们缁流千人，结坛醮禳，了此心愿。"并许颁赐金银若干以供坛费，长老真的约集一千高僧在寺结坛张榜，大做法会。献忠传令各营再去分领一次。当时春耕正忙，王志贤督率僧营早出晚归，努力垦种，久未回大慈寺了。四月八日，乃浴佛之期，他回寺来礼佛，见通晓经典的和尚全不在了。只剩知客与若干沙弥。问来，都说被昭觉寺长老奉旨调去做千人大法会去了。志贤想，那里必然热闹。横竖本寺无人念经，索性到昭觉寺去礼佛吧！遂乘马赶到昭觉寺来。至则寺内阒无一僧，寺外阒无一人。心中不胜诧异。回城之后，再去各处访问，皆言不知。王志贤纳闷非常，当夜寝于禅榻，疑虑万端，不能得一答案。半夜梦见有人投函道："峨眉万世尊拜致。"志贤拆阅，又是一个偈子道："明哲保身，弃寺归屯。峰回路转，雨过天晴。"

志贤醒来，四句明明记得。虽不解其意，亦略略懂得是让他归隐到僧垦营去，勿再过问政务之意。次日来见献忠，问及昭觉寺僧人失踪之事。献忠对他甚为冷淡，含混答道："这些原是只吃不做的人，念经也好，逃跑也好，被人拉去吃了也好。管他做甚！"志贤见话不投机，便道："现在春耕吃紧，小僧想辞去一切公务，专往南郊督导僧营耕种。"献忠道："那亦很好。"志贤遂将寺内沙弥大众一并调到南郊来从事耕种。不再入城，亦不再念经礼佛了。这时，军士们仍饿着肚子，多有嗟叹之声。武将们找着王尚礼，文官们找着汪兆麟，都说："这成都宜丢了，移营到有粮有人的地方去。"二人来见献忠，转述其意见。献忠道："四家王子，现分在四路打粮，一时会集不齐。咱们要移营，须待调他们回来一路。再等待他们一个月，可能么?”汪兆麟道：“一个月当然可能。”

王尚礼道：“目前在成都与近州的军官军士共有七万余人。军眷亲从约有十来万人。文官衙门官员亦有一千余人。官眷亲从合计亦约一万。宫中妃嫔宫女宦寺与皇亲家属合计亦约一万。计凡需皇上颁发食粮为生者将近二十万人。成都城内平民不过两万，合附近州县城居之民计之亦不过十万。只能供应十日粮食。十日一过，只怕军心乱了起来，无法镇压。”

献忠闻言踌躇道：“原来粮食亦是这般贫乏。我今便急召四家兵马回来，亦非一个月到不齐。咱们断不能不等待他们。况且哪一路人多粮多?应是如何转进?亦非他们会商决定不可。”汪兆麟道：“我想成都驻兵太多，又当去年冬至屠剿之后所以人少。距成都稍远的州县人口素称稠密，这几年来并未开剿。四乡农民未必亦与成都近郊一样的跑完杀绝。至少，亦当有一些人藏在僻地耕种偷活，我们似可将都城这五十余营，分驻到畿内各州县去就食。成都只留御营十营，命四路王子与畿内州县驻军，缴送食粮到京供应。迨四家王子兵马调到时，他们必然携有粮食，便好一同移营他去矣!”商议结果，挑选出三奇、兴隆、八卦、永定、三才、定远、金戈、决胜、治平、志正、七星、果勇、虎略、英勇、太平、果毅、定威、南厂、北厂、中厂、双胜等三十余营出都就粮，只留神策、虎贲、射声、羽林、天威、天讨、宣威、志义、豹韬、鹰扬十营驻在成都，尽量设法筹集粮食。但城内住民不准各营拉杀。这时各路公文断绝，六部无事可办，门可罗雀。所有献忠嘱办之事，全由汪兆麟、王尚礼两人承应。礼部原是王尚礼兼署，兵部是李定国兼署，皆早已搬移到他俩军府办事。剩下胡显、王国麟、李时英、王应龙四人，应龙不胜饥困，将工部剩下的人员搬到王志贤的僧垦营来帮助垦地、耕种，采些野菜山蔬，混杂莱苗、雀鼠、革胶之属煮食。

献忠宫中金银不少，粮食却已空虚。四月十五日，魏佶奉命清查，回奏只剩大米石余，小麦三四石。献忠焦急，传命屯垦两营献粮。王志贤回奏道：“两营正月开屯，迄今只才三个月间，除一些菜苗外，只有几石荞麦快将成熟。豆麦尚不能食，因是种得太晚，稍缓几日，可上荞麦嫩豆。目前只能贡上一些菜蔬。”随即送上十担菜来。一班禁军久食人肉，口腻肠结，突然见得蔬菜，垂涎百尺。便是献忠，亦觉神清气爽了许多。奖励志贤数语之后，便命将这些蔬菜颁赐汪兆麟、王尚礼各一担。奖励来役银两，命志贤早些送荞粮嫩豆来。不料这八担蔬菜煮熟，分给宫女、宦官与禁军，一抢而光。高级宦官如魏佶、王珂等皆未得到口，唧唧诉怨不已。献忠抚慰道："御营坝种得多着呢！咱们不愁没菜吃。"

这时成都百姓皆已知献忠采人为粮之事。自知全家命运注定，逃避不了。竟有一个百姓傅定儒联合几家亲眷上书献忠，愿捐全家人粮，报效性命，以求保存禋祀。恳求每家给令箭一枝，准一幼子携粮出城逃命。献忠看了笑道："这叫死鬼向阎罗舍命！他不舍命，阎王便捉他不得不成？"随笔批了"不准"二字，命人掷出。定儒等回家，左思右想，实无保全之道。乃命将家中所余可食之物全部烹出，与全家人佩其金珠，衣其锦绣，相对大嚼一场。吃罢各自缢死于祖宗堂内。市民彼此传说，都道："傅家明智。横竖不免一死，与其受人杀，何不自杀的舒服。"于是辗转相效，全城一日自杀者数百家。查事官报与献忠，献忠急了，忙命各营传锣，严禁自杀。各营兵与查事官昼夜梭巡，以防再有自杀者。

再说派到灌县采粮的守官，到县不久，便搜刮得有粮食数石。即将藏粮之人拿下，指为匿粮之罪，派兵向成都押来。那守官所派押送之官乃是都尉李忠，陕西人氏，率兵五十名，车夫十名，押送大米六石、囚犯十余名，向成都走来。这车夫都是征用灌县百姓，他们听说是到成都，便如是赴地狱一般。但怕的连累家口，不敢不去。第一日宿崇义铺。往时偌大一座市集，现全空着。只有三家老媪有锅灶，以出售开水，乞食为活。李忠巡视屋后，是条河渠，无路可逃。便在屋的前左右三方安兵睡下。这夜大雨如注，天明方止，开门去叫车夫上路，哪里有人。原来他们昨夜趁大雨声中，挖壁泅水逃走了。李忠脸色登时沉了下来，对五十名兵道："我等疏虞了！这米车沉重，我等未惯推车，如何送得到成都？"欲待追赶逃人，又苦路径不熟，四望茫然，亦无从追起。回顾所送囚犯当中却有几人年富力强，便要他们来推。诸囚异口同声说"不会推车"，抵死不干。经他们打骂威胁，亦属无效。一个年长的囚人言道："现在这六石米，价值万两黄金以上，恐非多给他们的钱，他们不推。"李忠道："好。咱多给你们的钱，要多少给多少。"诸囚道："我等到成都便死，要这钱到阴司开当铺么?”李忠百端威胁，诸囚道：“横顺一死，打死在这里，还比到成都做人粮的好。”李忠又利诱道：“若还推到成都，便是有功，我保不杀你，还要给奖。”诸囚道：“若要信你，除非阎王担保!”这时那年长的道：“此去向北一天路程，到彭、灌交界山里，有个民寨叫小西天。寨主贤仁，逃民往归者如市。他们正悬重金购粮。诸君放走车夫，百口难辩。到成都后，少不了与我等同死。何不推米到那里，做一自由自在之人。何苦要驱追我们，拥此万金之值，到成都去同死?”李忠拔刀怒骂道：“你想游说老子造反，老子叫你碎尸万段!”那人并不慌张，微笑言道：“早迟一死，怕你何来？不过可怜你等枉自与我同死耳！你等若肯逃向小西天去，那里寨主是我好友，我可担保你等卖去白米，自由去留。你等救了我们，我们亦救了你等。如肯这样，叫他们推车，便比风还快，何待胁迫。”说到这里，李忠窃窥众兵，已是交头接耳，摇摇欲动。他料非逃不可，乃对众兵道：“事已至此，诸君之意如何?”众兵同应道：“逃走好了!”诸囚亦各大喜道：“那我们便愿推车了。”于是欢笑一团，转向北方，牵挽奔驰而去。果然到了山下，便有人出来购粮，出价甚高。李忠道：“我等得此金银，又有何用？便以此为入山礼品，一同入伙好了。”五十人同声皆说好。遂弃车负米，相率入山而去。

◎评注

本回始睹公开食人全貌，足见献忠之穷途也。李忠等人叛逃亦合情理，盖刑过严亦有弊也。

第九十四回 杨玉梁垦三江荒地 刘文秀挨一百大棍

却说四家王子分路打粮草杀，果将西军与明军相持地段造成无人之区，限定了明军不能进攻。唯独上川南因杨展进取嘉定，不免与刘文秀打起仗来，不似其余各路那样沉静。

回说那抚南王刘文秀率兵出得南门，渡过新津向嘉定进发。因狄三品从叙州败退，驻在眉州过年。便将眉州、仁寿一带交与三品，他自率兵去到邛州。邛州前为李定国驻地，定国深知爱惜民命，保存人户尚多。定国去后，便有叶大宾毒杀众官而逃之事。献忠认为这是定国宽厚之过，故此次命定国西行，向灌县、茂州一带进军，将邛州交刘文秀。文秀一到，便下除城尽剿令。依次搜杀四乡，僧道无遗。邛州已毕，再向蒲江、丹棱，皆是如法炮制。再由丹棱杀向洪雅。郝孟旋见其声势盛大，向罗坝、竹箐关避去。文秀欲剿南岸，为余飞所阻，只得将北岸剿完，便转向夹江。却遇周鼎昌在南安镇据守，双方相持甚久。及闻杨展已取嘉定，乃命洪正隆往剿峨眉。舍了南安，自与狄三品分两路去攻嘉定。

再说杨展自取了叙州后，便率军来取嘉定。嘉定的周士贞虽早有降表去了，但杨展的军队亦是随地掠人粮，与西军无异。故遭犍为一带民寨沿途抵拒，前进滞迟。临到年节，他尚在攻打费家寨。寨主费哆原是盐商，绰号费大口，猛勇精悍。地既险要，人亦众多，远近富民往依者数百家，屯聚盐粮金银甚为丰富。他从前屡败献忠之兵，现又联合各寨阻抗杨展。展攻他数月，无法攻破。直到元宵节，乘寨上饮酒醉寝之际，才袭破了。为的痛恨寨民抗拒，淫掳惨杀，甚为残酷。这消息传入嘉定，嘉定人人自危。周士贞大集军民说道："昨闻抚南王草杀上南，老幼不留，转瞬当至嘉定。我想杨展号称义军，定是仁义之师。不料他破寨杀人，淫掠酷毒更胜于西军。我实不忍看你等朴质良民陷此浩劫！从前为防奸细出入，门禁甚严。现在我将归隐，更守这门禁作甚？你们愿留者留，愿去者去，城门大开，不问出入。"说到此处，军士与人民纷纷奔回家，收拾同逃。一日之内，嘉定成了空城，士贞亦不知去向。

杨展进得城来，只剩几十家沾亲连戚，素有暗函交通的百姓，问起原因，始知周士贞如此讲说。展自检讨一度，亦觉此前错误甚大。乃与诸将相约，严管军兵，厚抚人民。虽然军士乏食，亦不准妄取民间颗粒。出兵攻下苏稽，驱走守官，得了一些粮食，暂维现状。乃收犍、嘉两地存盐入城，用筏运向夹江、洪雅、峨眉、青神等县，与各绅军交换粮食。那时各地绅军因嘉定封锁盐运，淡食已久。一旦见得盐来，无不争先兑换。十余日间，嘉定积粮如山，军食有余。又运盐至叙州以南各地，兑换牛粮载回，分军屯田于附郭之江岸平原。恰得赶上春种，百姓们闻杨展军纪转变，屯粮丰裕，正在招民归垦，遂有渐渐回乡来的。冷落的嘉定又复渐次热闹起来。

三月末，刘文秀与狄三品水陆四路来攻嘉定。展命曹章向青神方向去拒三品，自率诸将向夹江拒刘文秀，大战于甘江铺。文秀之兵杀孱弱平民已惯，一旦遭遇劲敌，杀人不易，被杀不难，遂至大败。文秀退驻夹江城，候狄三品消息。其时，洪正隆草杀峨眉县，与万年寺僧法唏大战，阵斩法唏，搜杀峨眉山，砍了千余光头。山下平民原已甚稀，这时逃跑略尽。三堡之兵驻防杨村、龙池，文秀进攻不胜，只得退向苏稽。与杨展部将姚之祯战于镇子场，被杀得大败，只得自周渡退至夹江。夹江兵多城小，粮少民稀，军食断绝。杨展、姚之祯、周鼎昌复三面攻来。正当紧急之际，探马报说："狄三品水陆两路，在青神界内败退。水军船只尽被向成功所夺，兵士死伤甚多。"文秀闻报大惊，乘夜率部退走思濛，与狄三品溃部相合，共同抵住曹章、向成功之追军。

杨展击破刘文秀与狄三品，自己部下伤亡亦多。乃命诸将停止追击，于土门关、汉阳峡等处筑城连寨，防备西军。在府河、雅河、洟水沿岸，大开屯垦，劝耕教战。兵食两足，远近人民归者如流。三堡八里之人亦解除兵役，散为农商。王宏道将夹江县印呈缴于展，请派人员接任，自己辞官回乡而去。周鼎昌亦请解除军职，自甘回家，率同族人到北岸荒地领垦。一时杨展声威大著，更在重庆曾英之上。

再说刘文秀与狄三品，因思濛镇小，难以驻扎大军，又不敢进攻杨展。遂分兵派狄三品由府河东岸北还，搜杀眉州东山与仁寿一带寨民。刘文秀自由府河西岸北还，搜杀眉州西山一带。许多小寨皆被攻破，惟澧泉寨陈登皋一股久攻不破。向成功闻得敌军久攻澧泉寨不破，请命于杨展，愿率兵追击文秀，解澧泉之围。杨展许之。成功命每人裹五日粮往救澧泉。文秀见成功军至，遂向彭山避去。成功进得澧泉寨，见寨内白骨如山，全无老弱，只剩壮丁。问其原因，始知寨内亦绝粮食人。成功不胜叹息，分出一日粮与寨民，劝他们到青神去垦种。自率所部，去取眉州。

眉州这座大城，昔时原有一万余户，六万余口。历经兵灾，现在已是一座空城。刘文秀派都司张斗南驻此，文秀退走彭山之时，派人驰告斗南同退。斗南已经率部出城，走了数十里，乘众军不备，忽自驰马反奔，单人独骑，到眉州降了向成功。成功问他："何不率部来降？"他道："西营执法严酷，一人逃走，全营俱斩。故军兵互相监视，莫敢言逃。我的部属多有陕中老兵，若知我欲逃，必然鼓动全营执我送成都治罪。故出其不意，单骑驰走，彼辈无马，不能奈何我！"成功又是一番叹息。

此时成功携粮已尽，眉州空无一物，军士乏粮，便派人往召陈登皋同返青神屯垦。登皋不从，反率众来劫他后队。被成功反军杀回，破了澧泉寨。擒着登皋，问他为何反叛，登皋道："寨民不肯相信你等，怕的到了青神做了你们食粮。故不从你。”成功道：“不从罢了，为何反来劫我后队？”登皋道：“寨中无粮，寨外无物，故冒险劫你后队做粮。”成功至此，感叹万端。乃命将登皋及来袭之人斩首。下令其余寨民，愿赴青神者生，不肯搬迁者死。寨民皆愿搬迁。这时全寨无粮，便将陈登皋等尸首烹煮，吃了一顿。向成功初颇不忍，但无物可资充饥，不免亦随众拈了几块。

按下杨展一军在嘉定、夹江、青神三邑屯田之事。且说刘文秀杀到彭山，彭山人口更稀，无粮可得。转过新津，始知郭尚义已将彭山城内的人都掠光了。文秀这才知道近畿州县亦已无人了。心内惶急，即日开拔奔回成都。过双流城，始得再见百姓。文秀回到成都径去见献忠，诉说无粮之苦。献忠怒道：“我曾有诏，要你们运粮回都。你率众数万，空手而归，反来向我要粮么？”文秀将遭逢杨展作战经过细奏一番。献忠方忿忿言道：“成都有甚吃的？昨夜有老鼠搅扰老子清睡。我想全城空宅内老鼠必多，你命全军搜杀老鼠来吃吧！再捱三两日，你三个兄弟回来或可有粮。”文秀奉旨出来，命全军搜杀老鼠而食。两天之内，全城空宅悉被翻掘，捕得老鼠数以百万计，又得蛇数百条，因此维持了几天军食。

这时已是五月下旬，御梨坝包谷新熟。王志贤运送包谷蔬菜及豆麦一百车入宫。又送了一车给刘文秀。献忠得之，深悔从前未听志贤之言。将汪兆麟呼来骂道：“你说屯垦之效遥远难期，使我丢了屯政。今日你看这是何物！”兆麟跪地叩头道：“老臣不懂耕种，未知屯垦之利。但老臣素来相信大禅师屯垦必然有效，只曾说各家营将非屯垦人才而已。便如老臣乡人郭尚义、汪万象、宋官、胡敷荣等辈，白白糟踏粮种耕牛，实误陛下垦政。今诸人多以罪诛，大禅师却丰收饱食，此乃天启陛下重整垦政之验也！”献忠因而想起胡敷荣来，问他现在怎样。兆麟道：“他派到金堂打粮，倒也还多。此等人只合办理采粮之事，如其屯垦便坏事矣！”献忠道：“去将前次办垦不力各营，一律与我调回来，叫他们到御营坝去学习！”兆麟叩头而起，踉跄避向朝房办文去了。献忠对志贤道：“从前未听你的话，闹到现在这样儿！我欲重行开办屯垦，你看能否？”志贤道：“屯垦随时可办，只怕军士不乐屯垦。诚如汪阁老所言，白白糟踏粮种耕牛。”献忠道：“这次我决意了。我再移驻到城外去，亲率御营耕田种地，叫兵士不敢不做。不做便杀！你看行么？”志贤道：“西蜀乃陛下的天下，陛下要怎么办便怎么办。成功，是陛下成功，失败，是陛下失败。小僧世外之人，不应有所主张。但乞陛下严禁军兵偷窃蹂躏屯僧两营的禾苗种子，留这一片新机，供陛下御厨之需足矣！”献忠道：“有人敢来骚扰么？”志贤道：“自各营分屯外县，来骚扰者虽有，小僧与黎良材等饬军戒备，亦可拒阻。现今各路大兵调回成都，饥军久困，闻此独有禾粮，安得不来剽掠？屯军力弱，那时如何制止他得？”献忠想了一会道：“文告怕是没用了。我便移居到坝上来，用禁军包围垦场。只准军官入内学习，不准兵士入场内，可以不？”志贤道：“那是最好。”言罢径去，并未再与献忠谈论国政。

这时，李定国从威、茂山中归来，押运到杂粮与牛马羊豕，及野兽野禽甚多，陈列在西华门内。各军见之，无不垂涎三尺。献忠命选上好的储入内库，其余分给刘、李两营，暂维现状。陆续又有孙可望、艾能奇、狄三品、张化龙、马元利，及近畿打粮各军营回来，皆押有少数谷类。献忠怕的一时吃完，下令各营将随军妇女杀掉。

原来各营老兵，每当剿杀之时，将姣好女子藏下，伪称军眷，有一兵蓄眷至三四人者。军官、兵士，上下皆然。不但无人指责，反可列入军籍，一例支粮。献忠亦非不知，只因用人之际，未便诘问。现今粮尽，乘机下令杀却。

一日，有三才营总兵娄东文禀称：“营丁往郫县界内打粮，得一远处逃来之人。进城时被龙韬营兵夺去，三才营兵去要人，被龙韬兵士殴打，双方发生砍杀，死伤兵丁甚多。”献忠对王尚礼道：“你去清查个曲直，将犯罪人送刑部去。”尚礼刚下殿去。献忠又叫转来道：“那个逃人，与我提来看看。”尚礼去后，献忠忙召汪兆麟与李时英来，命同到东府传旨，赶速拨兵过刑部去，重整衙门威严，办理此案。

少时王尚礼回来奏道：“娄东文乃营山人，所带多系川兵。龙韬营商元，乃麻城人，带的多是湖广兵。他们川湖两帮素颇不睦，故而斗打起来。已将双方肇事人一百余名清出，送刑部去了。这郫县捉来的逃人在此。”献忠看那人，面黑如漆，骨瘦如柴，两眼目光却甚朗锐。问道：“你是哪里人？因何到此？”那人道：“我是峨眉人。常办纸张到灌彭山里出卖为生，这两年在峨眉耕田。洪都督来剿峨眉，我藏在林内，竟得漏网。想跑向彭灌山里去，一路未见人烟，觅田鼠虫蛇充饥。不料在郫县郊外，碰见了兵。一时肚饿脚软，遂被捉来。”献忠问洪都督是谁，尚礼道：“此路属刘抚南剿办，问他方知。”献忠命将逃人押下，唤刘文秀来。

恰在此时，又有杜兴文来禀：“营兵打粮捉得两人，乃是抚南王营内逃兵。”献忠叫来问，他俩道：“我们原是陕籍老兵，从抚南王打仗甚久。此次拨到都司张斗南部下驻防眉州。因为张斗南是前年取的武进士，四川人，怕他逃跑，故派我等在营监视。不料那贼奉命撤向彭山时，已到中途，忽然策马反奔而逃，一军五十人见他马快，追赶不上。又怕依法坐罪，全都逃了。我二人亦无可奈何，只得回都请罪。因为路道不熟，沿途要打鸟寻鱼充饥，所以迟到，并非逃跑。”献忠嘉奖二人，命御厨赐食，调归御营。

少时文秀到来，献忠问：“剿峨眉的洪都督是谁？”文秀道：“总兵洪正隆，一路斩级最多，升为都督。是派他去剿峨眉的。”献忠道：“我立的法：草杀如果跑漏一人，全营抵罪。他竟漏了一人，你知道么？”文秀道：“不知。”献忠道：“这不怪你！那张斗南哪里去了？”文秀道：“命他率五十人驻守眉州，撤退时曾有令往，迄今未见回来。想是被向成功杀了。”献忠大怒，将二兵呼出，命他俩重述一遍。责文秀道：“叫你练兵一年，军风仍无半点长进！他路皆有粮回，你独带回空手。那张斗南既无消息，何以不报？明是怕的因他逃跑要治全军之罪，故尔联合隐瞒于我。”说罢，命将洪正隆立斩。凡从眉州退回各营兵弁一律押赴刑部问罪。总兵、都督，各责一百五十大棍，解去军职，发东府听差。刘文秀被责一百大棍，摘去王爵，发御营坝学习屯垦。

◎评注

杨展剿费大口及献忠责刘抚南百棍事，亦见《蜀乱》。

第九十五回

犯死求生温自让私逃
偷鸡失米张献忠惨败

话说张献忠摘去刘文秀兵权，打了一百军棍。献忠的军棍，任何人只挨得三十、五十便要丢命。这次打文秀，执刑禁军只算敷衍一场，只打得两腿红肿了，即便如此，文秀如何受得？且喜孙可望闻信，忙请老神仙陈士庆前往医治。敷药之后，痛苦大减。抬到南郊御营来，由王志贤接着调养。

次日，献忠亦移营来驻御营坝，亲去看望文秀。文秀伏在榻上谢恩。献忠道："非我不念父子之情，下此毒手。实因咱们的国运衰败，人心动摇。非如此建立威刑，便不易维持咱们的天下。你的部下多是在川省新招训练之兵，他们见川人纷纷反叛，哪有不心动的。打仗不勇，抢粮不力，都是为的这个。现在咱们的军粮无着，必须杀人来吃。借此机会杀掉一批川军，乃是咱们国家之利。既然加罪他们，自不能不加罪到你们，方足以服人心。有老神仙在，知你不至大受痛楚。现在刑部正在勘审那些兵，只要是忠心的，是陕西、山西的，都命与你留下，将来仍然交与你带。”志贤在旁插言道：“陛下喜用谲术，此种深心，我等实未猜到。不过，抚南王爵，似宜早日恢复，免使东西北三王寒心。”献忠道：“咱们今天只剩得一大块空土，便是我这皇帝，亦似向你讨菜吃的叫花子一般。王爵有何贵重？咱看四家王子中，他三人皆只会打战，不懂得屯垦的。惟抚南王对此道甚近，故命他向你学习。若不摘去王爵，又如何好向你们学习耕种之事呢？且待他学会了，自然与三家王子一样看待的。”

从此献忠连日住在坝上，甚少入宫。刘文秀不久创愈，朝夕得与献忠商谈国事，父子和好如初。不久，刑部依王尚礼指示，剔出一批无罪官兵，仍拨与文秀带管，便在南郊办理屯垦。献忠亦将禁军调出几营开垦荒地。到底开垦这事，功效迟缓，垦军仍感远水难救近火，不久仍复怠了下去。

这时城内有神策营都督张君用，为人最为长厚，虽亦是献忠义子，却不似张能第、张广才、张化龙三人那般受宠。一向驻营成都，未出征剿，从前鲜衣驽马，吃惯膏粱。现在见常以人为食，心既不忍，口腹亦感不惯。六月十三，是他生日。王尚礼为的他是献忠养子，特拨麦粉一袋，盐巴十斤，以为宴享贺客之需。御营诸将，沿照常年例习，前往贺寿。君用治下面汤肉羹，对诸将道：“老妻去年留得一坛烧酒，为我生日宴客。不料今日已是有酒无肴了。虽然有酒无肴，一盏面汤，却是当前的珍品，愿诸公留此一醉。”众人闻说有酒有面，喜之不尽。当夜畅饮之下，遂有几人醉后乱说起来，天威营王克明道：“咱们开封被李自成围困之时，也吃过人，如今投到大西天下的四川来，还是要吃人！”援剿营彭心见道：“咱们百万大军中，亦还有吃菜吃粮过活的，便是那屯垦、僧垦两营。如今皇帝也向他作客去，不回宫了。咱们便没命分得一盏汤喝，蔬菜气味亦未嗅得。”志义营的温自让，素与王志贤相好，不免发言辩护道：“咱们从前办屯垦全失败了，只他两营成功。这可怪不得他们独得享受。”三才营娄东文，定远营张成，中厂营杜兴文齐道：“我们办垦并不很坏，实因皇帝先紧后松，不以垦政为然，我们才坏了的。”温自让道：“皇帝既先紧后松，那两营难道便是始终紧的？”兴隆营的郭胤道：“咱们不论这个，只说老困在这座死城里，要到何时?”一时，吵吵嚷嚷，议论纷纷。

不料这一切话，早被查事官听在耳里，次日便去报与献忠。献忠切齿道：“这几人快要反了!”便命将张君用与当日说话之人，一齐拿送刑部拷问。刑部问出温自让系责诸将不能屯垦，非有诽君谤圣之言，奏请减罪。献忠免了他一人，其余诸人及张君用，皆被处死，妻子眷属连坐。

温自让虽然活出，已是魂飞魄散。回营去恰见一批囚犯押在堂下，见他们哭泣呼号，惨不忍言。回顾堂上兵卫，亦有变色拭泪的。心中自想道：“郭胤的话不错，如此下去，不过是先疏后亲，亲尽及己，早迟同归于尽而已。今日之计，唯有私逃，才是一线生路。奉公守法，便是待死。不放全营投生，却系着他们与自己同死，又何苦来。”想到此处，叫了一声：“也罢!”便命人将营中查事官数人全请来，道：“本营多有兵士思逃意欲捉拿，又怕他们情急作乱。奈何?”查事官道：“一人犯逃，全营都要连坐，惟拿得犯罪之人则可免。将军命未有逃意之兵去捉，谁不努力?”自让拔刀道：“好！我便亲自捉去。”便命亲军将各查事官拿下，查事官们高呼：“我们并不逃跑。”自让道：“你们不逃，我却要逃!”便将诸人亲自砍死。乃大集兵士言道：“今日我等吃人，明日人吃我等。天理如此，情势亦必至此。我今欲与诸君一同逃走，这叫做从死里求生路。倘能逃返家乡而死，死亦甘心。纵饿死在途，亦不愿留充他人庖厨之物。”言至此，阖军欢呼，遂弃了军眷，连夜冲出北门，向北奔去。城门守军挡拦不住，驰报王尚礼，尚礼一面派军追缉，一面报与献忠。

献忠闻之大惊道：“家乡人都率军逃跑了，那还了得。”便亲率禁军一营，全乘快马向北门追去。未过新都，望见王尚礼的追兵步履蹒跚，全无力气。乃策马超过前追，过了新都，望见逃兵结群奔走，步履亦甚艰难。遂大呼紧追而上。温自让骑有良马，全营则步行而逃，望见献忠追骑已近，不敢再顾众人，只得大呼：“追兵已迫，你等四散逃走吧!”说罢策马奔去，未被拿获。可怜其余的兵，见禁军两路包抄而来，毫无生路，又无力战斗，相率自刎而死。被献忠活捉得的，只有一百余人。这一百余人，一来是疲乏已甚不能行走。二来是横竖一死，怎肯多走一程?皆倒卧地上，抵死不肯上路，被献忠命各解下马缰，系于马后，拖行而死。

献忠回城，留住宫中，大集文武诸官，商议取粮之策。众官到齐后，献忠言道："我岂不知困守成都不是长久之计。应该选一有粮地方移营。不过时机尚未成熟，不能泄漏。温自让、张君用、郭胤等不明朕意，妄生疑谤，甚至率部逃走，实属可恨。此等人愚蠢太甚，应即诛之。温自让虽已逃脱，但在这人烟绝迹之地，谅他单人一马难免饿死。你等必须引以为戒。现在，我们的粮已成熟，可出而取之了。"众官以为他说的是御梨坝的屯粮，静听他的下文。见他继续言道："现在全川，只杨展在嘉定垦田种稻，已将收获。我早已决定，待他稻熟之时，亲率大军攻去，收获稻子，运济成都。同时我等不战之兵，亦力图垦种自给。此事不可先说，是怕杨展闻知，不肯替我等种稻。这道理温自让等安能知道!"诸将闻言大喜，欢呼万岁。

孙可望道："取嘉定必须水陆并进，我军马已无多，陆路既无粮草，水路又无船舟，怎生去取?"献忠道："船舟我早准备了。我前月已命狄三品率军到灌县，入山采木，大量制造。准备全用舟船载人，到了杨展地界，再行登陆进攻。我知道陆路是走不得了!"

李定国道："既然嘉定稻田已多，何不弃了成都，移营嘉定去，恋这成都何用?"献忠道："是呀！我准备攻克嘉定，便建都那里，留抚南王与王志贤在成都屯垦作一外卫。若两处屯垦成功，便可永久驻下。若屯务失败，便又向叙州、泸州、重庆一路转进就粮。那时再放弃成都。"一席话说得全座悦服。大家提升一片希望，振作精神，各去部署进军嘉定之事。

献忠搜集民间船只与狄三品新造之船，共计一千余号。底舱装填金银。献忠对禁卫军士道："国家成败，就在此一举。你等同我坐船而下，养息气力，以便打仗。舟中金银百万，全是预备犒劳你等之用。如果到得嘉定，赶走杨展，那里粮食山积，百货云屯，得此犒银，任便使用。"众军闻说，无不心喜。如此布置妥善，即于六月二十九日出发，留孙可望镇守成都。军国大事，概由东府处理。又命王志贤清理宫闱库藏，将历年没收金银珠宝，分别装箱，等待续有船只，仍照前法载运第二批金银。

再说杨展屯田嘉定，在府河、雅河、涐水两岸，大种水稻，此时已将成熟。早已料定献忠必来劫粮，命儿子杨璟新，督导嘉、犍、夹、峨、青五邑屯务。自与诸将操练兵马，防备献忠。这时成、眉之间人烟断绝，消息不通。展向峨眉三堡，调来倮倮兵一百名，厚给犒赏，命其远山侦察。

那倮兵不穿鞋袜，能在荆棘上行走。出门只携干面一袋，掬水而食，不需举火。一人一刀，不畏虎狼。白昼善于藏匿，伏丛莽间，纵被敌人追寻，攒矛到身亦不动摇。故在此荒凉地带作探最为胜任。他们最先探得献忠在灌县伐木造船，杨展料定必是乘船来犯，乃于六月中旬率军进驻眉州。续复探得献忠挑选精兵与运银入舟之事。杨展道："我军正苦无银，敌若载银同来，我军必然勇战也。"于是调向成功、李朝贵、姚之祯、叶向高、雷可复五营齐集眉州，准备厮杀。

七月初七日，倮兵报道："敌军大营扎在江口，派有前锋一队由陆路来犯眉州，约五千人。"杨展对众将道："敌扎营江口，必有所待。此处距青神屯营较远，运饷困难，不利久待。今与诸君前往破之。敌舟金银甚多，正好取来作购牛拓垦之用。"于是展分其军为六队，相续而进。展自领头队，出城六十里，果与西军相遭遇。西军久行无人之地，突见大军当前，军容甚整，无不大惊。领队张化龙忙命杀上前去。杨展早有准备，命军士扎定阵头不动。待西军近临，方才长矛杀出，短刀继之。西兵皆持短刀，扑向展阵，先被长矛刺死一批。后继者又滚刀而前，方才挨近阵脚，但见长矛闪开，短刀扑出相砍，长矛更从旁攒刺。冲进数次，皆被展军杀死。遥望后阵，旌旗滚滚而来。化龙见势不佳，回头便跑，部下大乱，被杨展追杀殆尽，自己亦被乱军杀死。

杨展便在彭山城外扎营。这城外江洲绵亘，水浅成滩，人称乌木滩。展兵在滩下水缓之处，用木排竹筏，扎成浮桥，以通两岸往来。调民船由青神运粮接济。每日派出倮兵侦察献忠营伍情形，知道献忠粮已将吃尽，无力支战。于是杨展便于七月一日，聚集诸将，如此如此嘱咐一番。当日午后分头出发，因献忠舟中载银甚多，故人人兴奋，个个鼓勇，配合严密，争先进攻。

先是叶向高挑选精锐敏捷之人三百名，由一百名倮兵前导，悄悄爬到献忠南岸粮营附近，拨开两段木栅，放起火来，将所存粮草尽数焚毁。又趁着火光杀入栅内，将各囚放出。这才奔上后山举火，表示得手。杨展、曹章分领两队人马，由东西两岸，衔枚夜进，伏于献忠大营附近。到了半夜时，见得南山火起，照见敌军一团纷乱，他们才去了衔勒，大呼杀出。献忠两岸营兵，仓促应战，哪里是展军的对手，溃走满岸。看看杀近献忠停船之处，那时弦月已升，加以山上火光好似晨光初起之时，可见人影砍杀之状。献忠命舟中劲旅分登两岸迎敌展军。展军且战且退，退走里余。献忠正督队追杀，不料山中横冲出一支兵马直奔江岸，放出火箭火弹，焚烧大船。守船之军拒战不敌。献忠急忙回兵救船。放火之军退入山中呼噪不退。杨展、曹章两军又复杀回。献忠一面要扑火救船，一面要三路抵敌，仓皇之间，呼应失灵，只得大败而走。杨展追了数里，回头一看，后军不继，亦收兵而回。原来诸将皆争着扑灭船火，抢掠金银去了。

杨展立马江岸，眼见诸军扑灭了十余船只的火，搬出金银如山，心中亦是喜慰。怕献忠回军来夺，忙将烬余竹木与破船扎成排筏，载运金银，连日放下彭山大营。清点一遍，全是蜀府大宝，共重十万余两，尚不知已沉之银计若干。众军一夜未食，到营已是午后方觉饥疲。吃饭之时仍自哗笑不已。有人说道："早知他不敢回来争夺，索性把那几十只船救出。"有的又说："这够用了，将来无钱用，再下水去捞。"果然此后展营军士争着练习泅泳，无非想下水去捞取这项沉银。

杨展命烧了营寨，用船载金银伤兵回嘉定去，留曹章驻眉州。将十万两银锭一半奖赏出力之兵与死亡者家属，一半运入黎州地界购运牛粮，拓展垦务，直到眉州界内。四方饥民闻风来附者，日必有之。樊一蘅闻捷，请王应熊拜杨展为右都督。又奏与隆武皇帝，请以伯爵封展，比于曾英。但这时的隆武皇帝，已被清军捉去，并无朝命到来。

◎评注

江口下游，至清中叶，尚有人于水中寻获金银。

第九十六回

三载霸图成一炬
半生所得付双江

话说张献忠大败于江口，丧失金银数十万两，劲军数万人，这都罢了。可痛的是奔回成都一路无粮，奔走两日方到成都。入得宫去，怒不可泄，连杀宫女数人。陈皇后来迎着他，温慰几句。失口问了句这批宫女何罪，他打量了陈皇后一眼道："四川人都该死！"骇得陈皇后低头无语。且喜逢孙可望进来，才得趁势避回端和宫去。可望见献忠神色凶恶，宽慰道："胜败古今常有。儿臣愿以死命往擒杨展，为陛下平气。望陛下保重，再图振兴王业。"献忠气稍平点，方肯沐浴用饭。

汪兆麟、王志贤、李定国、刘文秀等闻讯，皆来宫中问安。献忠问志贤道："何以第二批粮久未运来。"志贤道："成都附近无船，灌县船又未放来。江口挽回之船昨日始到，今日正好搬上金银与粮食。尚未开船，已闻陛下回宫。"献忠道："这都是运粮不济造成！"便将败状粉饰几分，略述一遍。总怪狄三品造船太少与四川人奸狡诡谲，遂发令将狄三品及各路外驻兵马调回。又怪到挽船之军行进迟缓，罚在东门外双江口掏河。处置已定，遣开众人，单留汪兆麟、孙可望二人晚膳。

晚膳后，献忠引二人入保和宫，密议道："成都再留不得了！残明各路军马，闻咱江口之败，必将一齐杀到此来，饥困如此，何以对敌？现在水路既不可通，我欲从陆路杀回陕西。但又怕贺珍拒守。你们看如何是好？"可望道："我军战马百不存一，陆路实属难行。莫如再倾全力往攻嘉定，借其粮食舟船，从水路杀回湖广。"汪兆麟亦如此说。献忠摇头道："不能，不能！咱亲见杨展之兵，精神饱满，我军甚非其敌。再攻嘉定，军气更馁。莫如向陕西杀回。我军多是陕人，他们见是回乡，必愿奋勇。要得军心振作，方能有济。"兆麟道："闻汉中已被满洲兵占领，胡骑骁勇，更强于杨展之军。陛下如欲回陕，莫如先向川北转进。顺庆、保宁两属，现虽背叛于我，但叛军皆我之旧部，闻陛下亲征，焉敢反抗。彼处人烟尚密，耕种未废，取此二城休军，试探汉中兵力。料其可胜，则杀回陕西。料其难胜，则杀回湖广。回湖广之路，可泛舟先夺重庆，亦可避开重庆直趋夔、万。如此方为万全之策。"献忠深觉有理，便令分头准备。

次日，献忠与汪、孙二人，同出东门游览。见被罚之兵已在掏江，站立水中，掬取砂石上岸。献忠对可望道："不是这样掏法，要将江水扎堤劈开，再涸河底掘成深潭。你可多派兵去扎水。"可望问道："这有何用？"献忠道："今且不言，过后自知。"可望怀疑而不敢争论，只好遵旨去做。

这日，献忠命将宫中库存金宝银锭与历次抄没犯罪官民家财物收拾入鞘，从东水挽入木船。将此诸物及皇后宫女等，由御河转入金河，载到九眼桥至望江楼一带，结彩为行宫驻下。全城军士及囚犯一概搬出城居住。军士闻将弃此他去，亦甚喜慰，全行搬出城外搭棚帐，就废屋居住。囚犯则押在御营坝，筑栅守之。这时王志贤知垦场亦在放弃之列，遂亦听其军士蹂躏，数日即成平地。

八月二十一日，乃是献忠四十晋一生日，百官照例在望江楼祝寿。这时文官只剩几员，武将尚有数十员参与庆典，一间楼恰够排列。献忠见此情形，不觉凄然。到底他是倔强的，忍着一场伤心，对众官道："今年没有烟火百戏娱你们，咱另有好玩意儿，晚上表演。"众官已知他是要放火了。可望退下，忙命全城军民，限于午后全体搬出。

献忠拿出府库残存御酒与百官共饮。席散后，与众官骑马入城，巡视一番。入东华门，见尚有老太监两人守门未去。献忠问他，乃是明朝蜀府两名老太监，他们不舍此城，甘愿与城同死。献忠亦不理他，径入端礼门，穿过保和殿、保和宫，走入玄阳洞天，到了家庙。对三大帝像说道："咱白认了你们做祖宗！竟未保得我长住此城。今日活该与城同毁。"转过玄阳洞天，尚闻背梵之声，献忠大惊。查去，原来老脚与两个女侍尚在庙里，好似不知庙外天地一般。

老脚自经老神仙医活以来，一心皈依佛法，与献忠渐疏远。初时尚每日到内书房办理公文，后渐只数日一至。最后非有特旨相召，即不肯至。经常在玄阳洞天经堂念经拜佛，献忠亦渐将她忘了。陈皇后朝夕无聊，偶到后苑与她谈谈，甚为相悦，随时送来柴米斋供、衣食用具。两个侍女受她感化，亦皆跟同念佛，做了师徒。两年以来，她对于佛理大有所得。对世间一切看法已与众人不同。此次献忠迁徙宫人出城，陈后命人前来关照于她。她不肯迁，陈后亦未相强。此时献忠前来，老脚亦起身相迎。献忠道："你何以未曾搬出？我今亲来接你，快走吧！"老脚道："妾今已是世外人了，不能再随万岁入尘世去，坏了正果。"献忠道："此地断粮已半年了，咱们要搬到川北去，这里不会再有人烟。"老脚道："这里原是人烟稠密，何以会便无粮食？川北未必能胜过川西。万岁到后，能保不断粮么？"献忠道："未来咱们不管，现在非搬不可！"老脚道："现在便是过去的未来，与其未来如此，何必现在多事。"献忠道："不想你这娘们现在刁钻起来了。依你说来，咱们该一同饿死在成都么？"老脚道："但愿万岁所到，人物骈阗，万众归心。但这于方外人是无干的。"献忠道："傻孩子，说甚不相干。我今天要放火烧去整个成都呀！"老脚道："闻至人入火不热，入水不沉，妾今要试他一试。"献忠道："你说想死么？"老脚道："有生自必有死，迟早这个关是要过的！"献忠出来，对从官道："想不到这婆娘竟疯魔了！"言毕出宫，经由南门到御营坝去。出城后便命四门放火。

献忠到御营坝，望见全城火起，在夕阳反映下霞光闪灼，一片好风景。对众将道："杨展等望我退离成都，他便来占。我今与他烧个精光，明日将城一并撤去，叫他虽来，毫无所得。今后向川北走，所过州县俱要如此办理。"汪兆麟道："如此最妙！他如穷追深入，便无归路。无异与我等送粮食来也。”众官皆大笑相和。献忠又道：“此去川北，尚须经过无人之地数百里，我军务须将干粮办好。须防有奸人作乱，劫破囚栅，放走囚徒，使我等不能行动。”诸将遵命而去。

武将退去后，显出稀疏几员文官。献忠细看，两个西洋教士与太师林文蔚也在内。献忠对志贤道：“我等明日拆城，后日上道，马骡太少，文武官皆须步行。若还掉队，必被军士杀食。我不忍他们受那烹炙之苦，意欲将他们赐死，给个埋葬，你看如何?”志贤道：“陛下所指何人?”献忠道：“所有文官无马的，包括林老师与两个洋人在内。”志贤道：“两个洋人腿力甚健，他能走得。林老师，我愿将马让与他骑，我是素喜步行的人。”献忠道：“你我都是他的学生，我未必便不认老师？既如此说，我便迎老师过御营去。多杀一个宫妃，让马与他骑。”说罢，便命从人让马将林老拥过御营而去。献忠亦自乘马，转回御营。城中大火通明，照得四郊如同白昼。献忠在马上缓缓而行，顾盼城中火景。经过一个土堆，忽有犬吠声起。从军皆惊道：“城郊狗早已吃完，不料此处还有一条!”言下四望寻觅，却未见狗。献忠忽自忆起狗皮道士梦中导游白骨堆事，悚然惊异。四望景色，亦与梦中相去不远，只不见了鬼魅，却换上了全城大火，心中甚感不安。回营入睡后，又得一梦：成都大火烟焰，结成一朵五彩花云，托着老脚与狗皮道士在上，向他嬉笑招手。方怒叱间，云开两朵，二人各乘一朵，冉冉凌虚而灭。醒来甚感不快，自念道：“最迟这关是要过的。谁个做得痛快，谁个值得。他二人向我招手，我亦该向他二人招手。”

次日，献忠命各营军士，齐往拆城。每营一段，将砖石拆去，土块捣平，诸将弁分段督察。献忠自己督责被罚之兵掏河。禁军一营，扎断四周，禁止任何人窥看。

这献忠的禁军与别营士兵不同。共五百人，全是孑身无家的，施行阉割，许其出入宫禁。锦衣玉食，待遇极优。平时精习拳技、骑术，每人皆有良马精械，只受献忠一人派遣，虽与孙可望、汪兆麟相见，亦只平等行礼。唯有一端，不准予闻政务，敢有过问军国民刑政事者，无论所言是否有理，开口即死。故禁军并无招摇官民之事。献忠出入，必以相随。此时驻扎九眼桥附近，将东门桥至望江楼一带河岸扎断，虽御营宫女与厨膳给役之人，亦不准窥探。掏河由晨至暮夜，壕深五尺，浸水淫淫，不可再掏。献忠命将宫内运来之金银木鞘搬入壕内，用土石盖上，开堤决水，还为原河。对禁军道："藏此为咱们再来时取用。"

河道复原，天已大明。城墙业已拆去大半，城内火光尚大。献忠下令各营步兵先行，艾奇能为第一路，向汉州进发。王尚礼为第二路，保护宫眷与禁军。孙可望为第三路。刘文秀与王志贤、屯垦军及各文官为第四路。李定国为第五路断后。军眷各随本营而行。献忠挑禁军精骑一百自随，皆有善马驰骋自如，或前或后，出于五路之间监视各营行动。其时军士饥疲，步行濡滞，行了三日，前队已过德阳，后队还在新都。此乃炎热天气，又缺军粮，全军叫苦。献忠下令，每日每人至少行六十里。各营自为监督，凡落后男女一律杀除。并将所过城邑焚毁，以防反奔。

吏部尚书胡显与其夫人汪氏及公子小姐，一家老小七口人。因与献忠关系不同，得马七骑，编在第四路文官队里行进。因汪氏难舍她的金珠细软，用来捎在儿女的马上，已嫌过重，又复载上粮食，七骑各负荷百斤以上，第一日尚能舒服行进。那时文官多已无马，各携家小踯躅徒步，望见胡显一家连辔而过，不胜艳羡。唯此时的马久无豆料，体力羸乏。他一家又不善控驭，不知体恤，鞭策驰骋，亦如平时一般。当日宿在新都，怕马被他人偷去，紧密关到屋里，未给水草。第二日上路，未到十里，他的马便倒毙两匹。这时虽出黄金千两，亦难购得一马。只得命居长的两个儿子步行。仅带食物，舍去两驮金银细软。偏是儿子不谙事理，舍不得金银，潜自取来，放到三个妹子的鞍袋以内。前行不远，妹子的马又倒毙两匹。乃四人步行，让小妹骑马，捎上五姊妹的粮食与行李。不到几百步，小妹的马又倒了。一家人哭哭啼啼，无可奈何。眼见各营一队一队超越前去。胡显着急，乃与汪氏一同下马，拿一匹驮七人行李粮食，一匹供七人轮流骑用，这日勉强走至汉州已是更后。第三日仍要前往，驮行李的马，刚上路即死，汪氏一家尚欲将金银捎到独存的一匹马上。还是胡显有见识，喝着将金银细软抛弃，用此马专驮粮食与小妹，一家随之步行。那马窜窜跌跌，拖到德阳而死。别的文武眷从上路便是负粮徒步，走到此时，却反腿有了劲。唯他一家娇生惯养，如何受得这等苦处。一路涕泣悲号，并无一人可以拯救于他。因献忠有令，他们怕死，仍须挣扎前行，一步一步，渐渐脱队，三位小姐立被杀了。汪氏频频回顾泣号，被她丈夫与儿子半推半挽地拉走了。未及十里便要爬山，汪氏痛财痛女，眼泪都哭干了。加以饥饿疲乏，倒地不能再进。胡显气喘吁吁，连呼“死了也好”，与汪氏相拥而哭。看着一队一队过去，已是尾队了。到底怕死，又起来相与搀扶速行。方行得十余步，二人又复倒地，口不能言，手挥二子速去。二子方徘徊间，已被众兵绑着，拖向一座破屋之前。汪氏心痛难忍，用尽全身气力大呼道：“大西皇帝与我有枕席之欢，你们竟敢杀我的儿子么?”众兵哪管什么，还是将他们一齐杀了。

再说太师林文蔚，经献忠拨给善马一匹，编在二路，与宫眷同行。林老师羞与宫眷同行，屡屡按辔落伍。陈皇后怕林老师落伍被杀，特派一名禁军跟随照料于他。这禁军姓刘，名松，字永年，井研人氏，乃是陈演昔年一个伴当，护送眷口回蜀。因慕陈皇后荣华，自请阉割投为禁军，故被派来服侍陈后。林老师得他保护，可以缓缓而行。一路流连山水，连落数队，尚无人敢拉杀于他。各营粮食他亦可随意取用。献忠巡查相遇，问系皇后所遣，亦未究。

林老师与刘松行过金雁桥、白马关、落凤坡、龙凤祠，凭吊古人，赋诗自赏，迟滞不进，不觉已落到第五路的末梢去了。李定国命人焚毁龙凤祠一带房屋，始将他二人驱了出来。定国对二人言道：“后面杨展之军将到，太师快走吧!”那刘松见献忠势败，久已思逃，只苦无有机会。今见林老流连景物，已是落在队尾，又见定国尊礼林老，未加诘责，心中暗喜。虽仍服侍林老随军前进，却故意指点山水古迹，逗他游赏。瞒过定国，便无人再敢诘责于他了。最后一次，林老要去探访孱亭故址。兵弁见有禁军相从，谁敢阻拦?刘松将他引向大道西北行去，一路盛夸孱亭古碑乃汉代遗物，如何得神灵呵护，千年不坏。林老亦闻罗江有这古迹，便脱队随之而行。转过松林，绕一山嘴，便是人迹不到之地。刘松杀了林老，骑马径向西奔逃，果然无人追寻于他。

话说杨展回嘉定后，将倮兵留在眉山，随时往探献忠消息。八月二十一日夜，倮兵望见成都大火，潜往探视。望见西军分队烧营，向北而去。即忙奔回眉州，报与曹章，曹章驰报杨展。杨展道：“此贼败于江口，不来寻仇，反避我北去，则其部众不敢与我接战可知。若以骑兵追击，献贼可擒矣!”遂率诸将，挑骑兵万人，自眉州向成都追去。九月初一，驰达成都，扑灭余火，已只剩得东南城一角房屋。城郊毫无人影，鼠雀绝迹。料定敌人饥困已甚，遂复急追前去。经过新都、汉州，一路房屋全毁，竟无可以栖止之处。且喜秋高气爽，野草不乏，遂在汉州破垣间住下，放马一日。他的先锋裨将齐联芳乃是汉州人氏，趁此闲日，骑马向各处，希冀寻得孑遗之民，寻了半日，何曾得一人影。正当回马之际，却见得一人走来，那便是献忠的逃卒刘松。

齐联芳引刘松来见杨展，展亲自拷问献忠军情。刘松道："献贼尚有人从五十余万，已过白马关，所经之地皆成焦土。献贼行前，埋银四百鞘在锦江之内。埋鞘之人全被杀死，只有我等禁军知之。我特来引导将军前往发掘。掘得此银购粮买马，天下可指日而定，不必追杀这垂死的穷寇了。"展闻言大喜，遂下令明日旋军。齐联芳涕泣言道："末将乡人全罹浩劫，戚族骸骨散乱，乞留军一日，施行掩埋。"展便命联芳自率所部留此办理掩埋事件，并亲书碑文。

联芳一面督众埋骨，一面搜寻平石刻碑。仓促不得碑石，恰寻着去年春间汉州州官镌刻的张献忠圣谕碑一座。背面镌的严锡命注解之文，雕刻甚浅。便命将这碑阴磨平作正，镌上展文，立在坟前而去。

杨展携刘松回到成都，到九眼桥下，闸水掘银。果然掘得金银三百四十七鞘，约重六十万两。拆城外残屋编筏，载回嘉定。馈送一部与范文光。再派人往天全、穆坪及黎州、西番与乌白诸蛮地采购粮牛，大兴屯垦，富名震动天下。刘松得奖赤金千两，不愿做官屯田，挟资回井研去，准备修房造产，做一富翁。后被饥民杀劫一空。

◎评注

张献忠自斩其民，至烟火断绝而亡。各史皆谓献忠嗜杀使然，独此书原原本本为之剖析因果，情理均合。

献忠藏金为杨展取去，早见于《蜀难叙略》。乃至民国二十七年，尚有人集资欲淘取之。设早见此书，当不致作此徒劳矣。

第九十七回

史觐宸焦土遗西主
刘进忠满装媚胡酋

话说张献忠率众五十余万向川北进军，由于途中饿殍甚多，行到罗江县，已只剩得四十余万人了。献忠召诸将商议取粮之法。艾能奇道："儿臣剿川北之时，见绵、剑两属百姓已尽，须到广元始有粮食，此路不可再走。莫如向潼川、遂宁一带前进。此路原系马元利驻守，所留人烟尚多。"献忠问马元利。元利道："此路亦山僻之处，未曾穷搜，留有少许人烟而已。若由潼、遂一路搜山前进，可能得些粮食，但亦难供几十万人食用。唯中江飞鸟寨，有贾联登在彼结寨屯垦。附近百里以内，小寨十余处，互相犄角，末将尚未将他剿灭。当此秋收之后，或尚有粮。"献忠闻之大喜，即命五路军马，分道向南，搜山猎食而进，合力围攻贾联登。

却说这贾联登原是明朝参将，受王应熊派遣，随总兵甘良臣军进攻广安、岳池一带，窥取顺庆。乙酉冬间，自岳池往攻顺庆，为史觐宸所败。未几觐宸叛，自来投降于他。这时的川北州县甚受摇黄所蹂躏，惟这顺庆得史觐宸抚绥劳徕，人烟最密，城内有一万余户，兵民十万余人。四郊尚未残破，鸡犬相闻，耕耨不辍。故刘进忠与曾英决裂后，首先来赚此城。赚城不得，退走河东，又于丙戌正月，联合摇黄之军再来攻城一次，其时觐宸已经降明，遣人向甘良臣告急。良臣时在广安，升联登为副总兵，命其率部来援。联登到时，进忠与摇黄之军已被西溪民军罗为恺及谯应瑞、冯有庆之军击破，仍向河东溃走，转攻保宁而去。联登入城与觐宸、为恺及谯冯二将商议固守顺庆之策。

史觐宸道："此间人烟尚稠，粮食不乏，只是缺盐。川北的盐产于蓬溪、遂宁、射洪、中江、西充、南部等县，尤以射洪、中江两县所产为多。此各县一向为马元利所据。顺庆反正后，盐运被阻，人民难安淡食，则易受马元利胁诱。若将军率军西进，护持盐场，与顺庆连成一气，共抗贼兵，则遂、潼之民必能箪食壶浆以迎。趁此春和，结寨屯田，一到秋收，再联合曾、马之军进取成都，破献贼如摧枯拉朽矣！"联登颇然其说，驰回广安报与甘良臣。良臣与之同到合州，与曾英商议。曾英亦深以为然，与良臣共保联登为总兵，命其自顺庆率军西进，争取产盐之地屯垦。曾英又派军进取遂宁，为之应援。具文报与遵义王应熊，请准各营就沿江熟地开垦，种粮供食。联登回到顺庆，得史觐宸资给粮秣，率军三千人，由蓬溪、射洪推进，旬日之间招集饥民数万人。就以从前王起峨等之飞鸟寨故址扎驻大营，绥抚招徕，连营数十座，编联保甲，督耕教战，有警则出军御敌，无事则散而归屯。马元利部下有建议前往剿杀的。元利道："今日可杀之人甚多，一时杀他不尽，留此一区供他日绝粮时攻取亦好。"因而未曾向他进攻。五月以后，马元利奉调回京，更无敌军在四周驻扎。故各寨警备概撤，安心耕种，且以余力煮盐。顺庆、合州各城驻军，各以武装商队，运来茶、布、刀、剑之属，换取盐包而去。但他的四周全是人烟断绝之地，尤其是与潼川、成都、资、简之间，飞鸟亦绝影迹。他们未想到献忠四十余万人马，忽分五路压境而来，仓皇应战，措手不及，被献忠轻易攻下。献忠久苦缺盐，此时破了飞鸟寨，盐粮两足，息兵三日。派出探骑，探访进军路线。

九月初一日，各路探骑驰归，报说："曾英之军，自合州进向安岳，声言往取成都。沿途设下粮台，军容甚盛。马乾亦自内江出兵资州协助曾英。顺庆一路，史覲宸已派出塘兵，在蓬溪道上探报军情。蓬溪、遂宁一带已无人烟。塘兵守于南充界上，向西张望而已。南充界内人烟渐密，除蓬溪一路外，别无塘兵。”献忠闻言大喜道：“现在遂宁、安岳间已无人迹，我军到此，曾英尚且不知。此时且让他抢到成都，自投绝地。我军宜乘饱食后，绕避蓬溪，由遂宁小路去取顺庆，出其不意，一鼓可平。得顺庆后，取其民粮船舶，顺流往取合州。使曾英进无所得，退无所归，自当溃败成擒。重庆亦唾手可得。”于是下令五路合为一路，艾能奇居前，孙可望押后，裹粮绕过遂宁，往取顺庆。

再说顺庆一面，击退刘进忠后，旋闻艾能奇与马元利分剿川北。一时人心张惶，修城筑寨，厉兵秣马，准备与敌军砍杀。不料敌军刚刚剿到西充与蓬溪，忽奉献忠诏命，全退回成都去了。一连三月未有敌警，人人心宽，武备放弛。到九月初，有个岳池绅军头领阎维学，原是结寨抗官，曾受王应熊封札的。现因山寨粮尽，率众出界掠食，自号无主大将军。他由南充抢过遂宁，在大渔渡望见献忠大队行来，急忙奔回顺庆告警，要求入城帮同守御。史覲宸素知他以抢劫为生，军无纪律，怕他是赚城图劫，拒而不纳。维学不得入城，急率部奔回岳池而去。覲宸见其仓皇情形，半信半疑，加派塘兵出侦。但回报蓬溪并无敌踪。覲宸道：“敌从飞鸟寨来此，必过蓬溪，蓬溪无踪，应是转向合州去矣。”遂未特别防备。

不料九月初七日，献忠前锋突出现在桓子河一带。后队络绎不绝，扎营在都尉坝。当日便有艾能奇前来攻城。覲宸与谯、冯二将登城观看，见敌军不过万余人。二将恃勇，率队出城驱剿，不料与敌交锋后，续有大队敌兵围来。二将被阻不得入城，因思罗为恺正结寨滑滩河，遂向北败去，欲与为恺合兵。那禁得这敌军排山倒海一般地追杀前来，二将战死舞凤山下，全军覆没。

史覲宸与叶可绪等，督励民勇，登城死守。延至初九日，见敌兵围城数十环，志在必克，扑攻甚猛。料难以幸免，乃命人四城放火，传锣大呼于市道：“我等孤城无援，早晚必破。生落贼手，必为所食。莫如纵火自焚，落个干净。”百姓闻之，皆涕泣。霎时城中四处火起，迨火烧及城垣，覲宸等乃相率扑火而死。十万人俱葬身火海，几无一生者。

献忠入城扑灭大火，抢出粮食人口甚微。忿恨道：“看这城内积粮不少，被他烧成焦土。若能生擒史覲宸，定要剥皮碎尸，烧骨扬灰，方泄我恨！”汪兆麟道：“连日派军搜刮四乡，已积有粮谷千余石，够我军一月消耗了。”献忠乃回驻都尉坝，命将搜来骡马编队，驮运各路搜刮之粮，在此集中。掳来之人编为新军。命狄三品挑选水军十营上山伐木，大造船筏，准备去攻合州。又命王尚礼派健骑四出侦查各路人烟、粮食多寡情形，导各营前往劫掠。

不久，东路探马陆续归报：“从此渡嘉陵江而东，乃摇黄地面，人烟稀少。近有甘良臣部将安邦才驻守岳池，军民不过一万。摇黄散布营山、渠县等处，不过十万，全是杀人而食，土人已将被食尽。”南路探马报道：“自此向南，沿江一带尚有人烟，亦有船只上下。曾英与甘良臣军驻于定远，沿江布防设哨，未敢往探。”西路探马来报道：“自此至遂宁、蓬溪地界，原有人烟。此次大军过境，逃散殆尽。现复有潜归寨居之民，但粮食已甚缺乏。”北路探马报道：“我等探过西充、南部，直到保宁附近。一路人烟甚多，粮食不缺。唯人皆依山结寨而居。平原沃野住民反少。刘进忠叛军现已驻入保宁。传闻贺珍的汉中已被满洲军夺去。贺珍退守阳平、白水，正与满兵相抗。满洲军派降将严自明，自汉中杀入广元、昭化，夹攻贺珍。”献忠大喜道：“刘进忠这厮叛我而去，投靠无门，困驻保宁城里。我正要拿他碎尸万段！贺珍既与满洲相攻，则满洲兵尚无力入川。严自明辈虽在昭、广，不值一击。我今便要亲往捉拿刘进忠问罪，顺路找些粮食。待船已造齐，便好往取合州。”艾能奇道：“刘贼小丑，安用陛下亲征。儿臣有兵一万便可缚来。”献忠道：“你去也好，须要轻骑疾进，不要被他逃走。”遂选出精骑，拨与能奇率领而去。又命李定国率军往西充、南部一带打粮，策应能奇之军。

再说此时贺珍已奉明朝正朔，联合自成之侄李锦，自汉中去取西安。孟乔芳无兵抵抗，向北京的满洲皇帝告急。摄政王多尔衮，命和硕肃亲王豪格率队入陕。本年三月，已经到了西安，讨平徽县、阶州一带义旅。八月击败贺珍、李锦于鸡头关，进取汉中。李锦自西乡奔回巴东，贺珍退保阳平关。遵天王袁韬与刘进忠再攻顺庆败走后，便来据了保宁，与贺珍联为一气。现在贺珍败走，袁韬赶去救援，与严自明在广元、苍溪之间打了几仗。其时保宁、广元亦苦无粮。严自明有汉中粮食运济，未曾残民。残余百姓认他是仁义之师，纷往降附。贺珍、袁韬反被人民呼之为贼，所至抗拒，因而大败。贺珍由巴州窜过归、巫依附李锦去了。袁韬部将权演，亦叛韬而去，降了严自明。韬欲反与贺珍同赴巴东，刘进忠劝阻道："天下纷争二十载来，人民涂炭。今日明、清与大西鼎立，鹿死谁手虽未可知。能安民者必昌，残民以逞者必亡，乃是定理。张献忠残民，故其必亡。大明虽是正统，乱政以久，人心尽失。今各路恢复之师，尚无能恤民者，行为亦去献忠不远。满洲虽胡虏，能用汉人，安百姓，师行所至，不容扰民。如孟乔芳以至严自明，军民施政皆有矩度，较之明室诸臣，优劣判然。其将得天下，似属必然。与其随明臣奔走，终无了局，何不输诚清朝，做一太平百姓，省得许多奔波。"袁韬被他说动，遂以保宁城投附清朝，迎严自明入驻保宁。自明对二人道："大清肃王西征已到汉中。你二人宜往晋谒，王心必喜，便可资给你等钱粮器械，拜官封爵，与我等同定蜀地，功成不朽。"二人商定，先派副将吴之茂赴汉中晋谒输款。

吴之茂去后不久，艾能奇率兵来至保宁，指名要擒刘进忠。进忠大怒，出城与战。时能奇气势方锐，进忠不敌。连败数阵，退回城去。后面李定国派兵来助能奇，围攻城池。进忠与袁韬、严自明商议，留自明守城，先令袁韬突围而去，伏在东河要道。再由进忠突围而出，向东河一路奔逃。能奇志在擒得进忠，见袁韬突围东去，未予追赶。隔日又见进忠突围北去，遂率精骑紧追不舍。不料驰入东河，袁韬伏兵齐发，进忠返回夹攻，能奇大败，不及再到城下径向南路奔回。剩下李旺、张颠两营，方围城间，突见刘、袁两军杀回，高呼："艾能奇已被斩首！余众速降。"二人只得率部投降。

刘进忠等得胜入城，对严自明道："素知艾能奇恃勇无谋，轻率躁进，故能设伏败之。此贼败去，献忠大队必来。若还肃王发兵来援，可擒献贼于城下。若肃王竟不发兵，此城危矣！"自明道："肃王为人沉毅稳练。此次奉命西征，只在剿灭陕西境内残明部队，并无进取四川之意。若非贺珍退据阳平，亦不会派我入川来。你二人既已降清，未亲到汉中晋谒，只派吴之茂前往，恐他未必肯发兵前来救你。你既认为张献忠必败，何不亲往汉中谒见肃王，陈说取蜀之策。若还说动了他，擒得献忠，两公有不世之功，岂仅保得此城而已！"进忠道："非我等不肯到汉中去谒肃王，实因道路传言：谒者必须剃发留辫。若还剃了发回来，如何可以管得自己的部下。将军之兵全是剃了发的，我俩的兵都是不愿剃发之人。因此未敢轻往汉中。”自明道：“这亦无妨，我作书禀请王爷，准你两人与部下留发不剃便了。”进忠、袁韬二人闻降清亦可不必剃发，遂决意率其亲军，前往汉中谒见肃王。

刘、袁二人行至宁羌地界，见清朝官吏兵丁正强迫人民剃发，二人心中开始有些疑惧。前进到柏林驿，恰逢吴之茂见了肃王回来，路上相遇。看他已是剃去一圈头发，梳着辮子，换上小袖衣服。袁韬惊问道：“你竟换了胡人装束？这是你自愿？还是他们勉强于你？”之茂道：“我哪愿作此样儿。初见肃王，王问是来投降的吗？我应声是。他便说：‘投降我的，须有一个记号。’便命左右与我剃发留辮，当堂改装。我不能自主，糊里糊涂便变作这个样儿了。”进忠道：“你闻各路降将，亦有准留发髻的否？”之茂道：“无有，无有！那阶文总兵武大定，初降清朝之时，已曾请准免予剃发。数月后，这肃王率兵入陕，下令所有降人皆须剃发。因此已降之将，如邠州的宋大杰、贺洪器，庆阳的石二、康千总、刘文炳等都反了。但被肃王次第讨平。武大定尚以为他是请准留发之人当属例外。不料一再奉到王敕，催其剃发。因此他与徽县两当一带官民高如砺、蒋登雷、石国玺、王可成、周克德等也造起反来，拥立秦王庶子为监国，打出大明旗帜，曾经热闹一时。现在除武大定一人奉秦王逃入龙安外，其余四人，或剃发归降，或留发自杀，未曾宽待一个。”

袁韬对进忠道：“看来我们此来大误。大明天下尚宽，你我何苦遂做胡人奴才！”进忠徘徊室内，难以回答。袁韬见他迟疑，怕的被其暗算，遂乘夜逃回，率部奔向南江、巴州而去。进忠见袁韬已去，问计之茂。之茂道：“事已至此，只有让他剃去头发了。只要请得兵来，除了张献忠，保得我等部队不失，再作道理。”进忠甚以为然，遂赴汉中，先行剃发结辮，改换满洲装束去谒肃王。用下一番唇舌，结果说得肃王来取四川。

◎评注

《蜀难叙略》谓：献忠“九月十三日屠顺庆”。欧阳直《蜀乱》谓：献忠中秋移营西充，则取顺庆更在八月前也。

第九十八回　罗为恺成仁佛脑寨　张献忠正果凤凰山

话说张献忠命艾能奇率兵去捉拿刘进忠后，清点都尉坝驻扎人马军眷与新编营伍，尚有三十余万人。每日需米千石。此时除顺庆尚有人烟粮食外，已是十里一寨，百里一屯，守险护粮，不易掠取。都尉坝下营之时，四路掠粮，每日得谷数千石，各处仓囤堆积皆满。全军欢腾，以为从此不患饥饿了。不料三五日后，附近民粮皆尽。掠粮之军，或隔日始归，或三四日始归。所携回者，人多于畜，畜多于粮。据报："此间山地甚多，谷米本少，久经战乱，四乡荒地已多。各处山民结寨，皆甚险固。富裕之寨，则死守难攻。饥贫之寨，虽易攻破，但已无粮，赶去驮粮的牲畜，只得空回。"

献忠问："哪里是富裕难攻之寨？"探骑首领潘世荣报道："这顺庆与西充之间，西溪、荆溪、流经一带，山高谷深，森林茂密。其山多是天生的石城，四围削壁，高一丈至十余丈，山顶宽平，仍可耕种。土人保甲相结，相地结寨，砌石为门，伐木为栅，屯粮守望，各耕肥饶之地。一旦有警，则收聚可食之物入寨拒守。寨之大者，寨内尚有山有谷，有田有畴，平时住民数十百家，自为保甲。急时他处保甲之民，前来附寨，可容万家。各寨之间，互有联络。一寨有警，他寨声援。昔年摇黄过江掠粮，误入此地，掠粮未得，反被寨民沿途截杀，大败而归。各寨主中，以罗为恺声名最大，数十里内寨堡，皆听他的号令。本年正月刘进忠与袁韬来攻顺庆，围困半月，将北门截断，城中吃水已尽，命在旦夕。史觐宸命人突围求援罗为恺，为恺率各寨民兵而至，大破摇黄，解了顺庆之围，不受官爵，仍回本寨而去。自春及秋，栽种顺利，各寨收获甚丰。近闻我军攻破顺庆，他们已将牲畜粮食搬入山寨去了。从滑滩河至西充连界一带，现有大小山寨一百余座。我军现在所攻破得粮之地，不过零星散落，未肯附属罗为恺的小寨，故得粮不多。若要得丰富粮食，非从滑滩河攻向罗为恺的巢穴四方山与大佛脑两寨不可。”

献忠问道：“那两寨距此究有多远?”世荣道：“亦不过八九十里地。但从滑滩河起，一路都有小寨为之外围。节节进攻，需要甚大兵力，十来日方可攻到四方、佛脑两寨。它的四周尚有游子坪、大金山、鼓楼山、凤凰山、火公山、龙角岩许多大寨环拱相结，互为应援。要破此寨，比攻破顺庆、保宁更难。”献忠道：“老子三千兵可以横行天下，现有三十万人，还怕不能踏平几座山寨么? 只要他有粮，便是屯在天上，老子也要取!”便将众将召齐，商议出兵。

这日乃是十月初二，众将会齐，献忠说明弃了都尉坝，全力往攻四方佛脑等寨之意。汪兆麟道：“此间正造船舶，必须留人驻守。老臣之意，可命精兵出击，留下老弱之兵与军眷于此。待破四方寨回来，粮食充足，船已造齐，定北王亦将刘进忠拿到，便好顺流而下去取合州了。”王志贤道：“我军三十余万，日耗食粮千石。朝夕掠粮，仍苦不给。莫如将老弱与新抚军民遣散归农，只留精兵直取合州。则目前之粮已勉强足用，毋庸往攻四方寨了。”献忠听到此处，打算一番道：“说得有理。不过，我自有个安顿之法。”便命全军各营挑选精壮能战之兵，准其吃粮，其余选剩之人，明日齐集河岸，亲临复选。次日来到江岸，便在造船所建的木栅门外设下御座，命各营选剩的兵丁军眷依次过前，点名验挑，又选出一大批。

这才将落选者全关入木栅，调来王尚礼御营之军，各执长矛将栅围了。献忠登台大声言道："你等皆是无用之人，本军缺粮，难养无用之人。因念你等归附已久，特给你等想了个出路：那面是河，你等自去死吧！"说罢，便命各兵用长矛向栅内刺去。那栅内人号天呼地，已无济于事了。

王志贤见得剩兵军眷纷纷被迫投下河去，心痛刀绞，热泪横流，来见献忠道："老僧求陛下放去此辈，图积一功德。不想陛下反因此杀了此辈，增加老僧罪孽。老僧增加罪孽尚不足惜，所杀军眷，于各兵有骨肉之私，其心怎能忍得。若还集怨于陛下，后患何堪设想？"献忠道："妇女在军，最足以败士气。家口累赘，亦非行军之利。我不留来杀吃，给他全尸，便是恩情了，如何还有怨气？我将我的家眷亦全部杀与他们看，使他们知道我的心迹好么？"言罢，便命王尚礼将陈皇后与随从宫女一百余人，拉去杀了。骇得志贤目瞪口呆，不知所为。且喜王尚礼奏道："皇后乃天下之母，不可不留。既留皇后，即须留下宫女。"献忠道："留下皇后与太监、宫女共二十人也就够了。其余押到栅内杀了示众，以明我心。"尚礼遵旨办了。

次日初四，献忠留下狄三品在此造船。又留汪兆麟与孙可望领五千兵在此看守老营，保护皇后与仓储。自率全部精兵，用潘世荣领路，向滑滩河进发。滑滩河在西溪一瀑布之上，平时小船可通顺庆，现为罗为恺最前一座关寨。依山傍水立营，户口尚密。献忠打粮军迭次来攻，均未攻破。此时禁不得十余万精兵如怒潮漫地而来，瞬息即破。献忠清点寨内，存粮不多。拷问寨中之人，皆言："数日前已搬运至四方寨、大佛脑等处保存去了。"献忠命在此扎营宿夜，次日拔营前进，连破五座小寨，皆未费力。直到六合寨下，攻了半日方破。寨上储粮较多，即在此宿营造膳。次日进军，破了三座小寨，来到游子坪，此乃四方寨的外寨。罗为恺闻献忠的大军压来，亲率民兵来此驻守。一面檄告龙角岩、火公山、鼓楼山、大金山各寨出兵相助。献忠攻了一日，未得破寨。亦怕附近各寨前来夹攻，设下诡计，写出告谕多通，谓："此次出师，只要擒杀罗为恺一人。除所辖游子坪、四方寨、大佛脑三寨外，秋毫无犯。但如其他各寨敢有帮兵相助者，亦在声讨之列。破寨之日，鸡犬不留。"那鼓楼、大金等寨，皆在西充界内，虽与罗为恺有联系，并无深切感情。得献忠谕，果即不敢出兵来援。只有龙角岩、火公山派来两支兵马皆是乡民，未经过大战，望见献忠兵如蚁屯蜂聚，惧怯不敢进攻。迨献忠分兵来击，一经接触，即败溃而归。为恺见游子坪地势散漫，无险可守，援兵又无可恃，遂连夜退回四方寨去，委弃粮食与人民甚多。次日献忠破了游子坪，望见四方寨绝壁，旌旗整肃，料定一时难以攻下，便在游子坪扎了座营，休兵一日，以养锐气。十一月初八，献忠扎下云梯百架前来攻打四方寨。十余万人，呼噪雷震而至，寨上人皆战栗失色。罗为恺巡行晓谕道："贼人便是用此虚声夺人气魄，连破前方各寨。其实他无双翅，何能飞上如此岩险。寨中粮饷水草足支半年。他军无粮，只靠劫粮杀人而食。攻此寨十日不破，即自饥饿而死。不足畏也！"寨民闻言，果然沉着了些。献忠猛攻数日，未能攻破。大佛脑民军前来夹攻，献忠反折了一阵，退回座营。此时艾能奇从保宁兵败而回，赶到此地来向献忠请罪。献忠命他分兵去攻大佛脑，截断四方寨的援军，以为赎罪之地。能奇奋勇非常，几乎将大佛脑攻破。

那大佛脑寨内地面辽阔，此时住民一万余家，乃是罗为恺的座营所在。但因寨面宽阔，入寨之道甚多，不似四方寨险峻易守。罗为恺怕座营有失，将四方寨托与其弟罗为义，自行率军回守大佛脑，与艾能奇军一场大战，将其击退。能奇回营请罪，献忠大怒，将要责罚于他。能奇道："儿臣虽败，却得了破寨之法。"献忠问是何法。能奇道："大佛脑乃是群寨的中心大寨，住民万家，屯粮山积。但其险不及四方寨，有七条道路上山，皆非甚险。我军莫如弃了四方寨，分为七路往攻大佛脑，只要一路入寨，其寨即破。以我如此兵力，不分路以攻大寨，而久屯于此坚城之下，甚非计也。"献忠大喜，便分军七路往攻大佛脑。只留王志贤一万人，佯攻四方寨以为牵制。果然未出三日，艾能奇一路便已从长堰沟攻上大佛脑后寨，先行放起火来。寨中人望见后寨起火，纷纷坠岩而逃，六道寨门皆溃。献忠入寨，罗为恺力战而死。

四方寨望见大佛脑座营已破，不敢坚守，下寨突围图逃。王志贤命部将按兵不动，纵其逃去。保全生命一万余人，唾手得了坚城一座，粮食千仓。献忠亦未责他纵敌之罪。

献忠得了大佛脑与四方寨，觉得胜过成都顺庆许多。遂欲以此一山寨为根据地，北取保宁，为艾能奇报兵败之仇。将拿得寨内的百姓召来，问询前方寨堡虚实。寨民王受恨西充界内各寨背盟，不来相援，对献忠道："由此向西，有大金山、小金山两寨。转北有鼓楼、凤凰山等寨，皆从未经兵祸之地，最为富裕。再向北尚有蟠龙山、大马山、鹿角山、扶君山、梅子山寨，直接南部、保宁，皆与本寨相似。"献忠遂决意以此人为向导，由此诸寨节节攻向保宁。遂留两营人分守大佛脑与四方寨，督率残余寨民照常耕种。自率艾能奇、刘文秀、王尚礼、王志贤等军往攻大金山、鼓楼山，皆一次即破。献忠不胜心喜，各留小队驻守。

献忠在鼓楼山望见东南一寨甚为宏大。问其名为火公山，想起该寨曾出兵来援罗为恺之事，不胜忿恨，遂率军前往攻打。打了一日，将寨攻破。所得粮食亦与鼓楼山相当。向导王受言道："此去凤凰山、小马岭、杨公庙、龙角岩各寨皆非天险。凤凰山下有一多宝寺可以驻兵。"献忠遂将全军分为四路，往攻所言四寨，约定在多宝寺会齐北进。献忠命王志贤往攻凤凰山，自率王尚礼攻小马岭，刘文秀攻杨公庙，艾能奇攻龙角岩。

冬月二十四日，献忠破了小马岭，来到多宝寺驻扎。王志贤亦破了凤凰山，下山来见献忠。献忠问志贤杀人若干？志贤道："我兵刚到寨民便已逃了。此辈留以耕田种地，以待大军，他日过境时取用，亦属甚佳。何必杀成焦土，使他日过境时悔懊。"献忠颇以为然，此时，刘、艾两路军马，亦搬运粮食而至。献忠问志贤："得粮多少？如何保存？"志贤道："山上有一山庙，为寨民办事之处，修有仓库水池，囤积皆满。我兵驻扎于此，听候陛下调移。"献忠道："待我明日上山看过，再作定夺。"

二十五日，献忠命各营休军一日。自率禁军一营，乘马缓步上山。过太阳溪与燕子沟两座石桥，见沿途虽无一人，农田却已耕种。现在豆麦已经出土，嫩苗肥茁，颇有丰年之象。回想王志贤的话，甚有道理。过桥不久，便是上山。山形并不高险，寨垣亦非坚固。满山红土，皆已种下豆麦。走到寨门之前，志贤父子与两个西洋教士、黎良材等各营将官，皆已在此迎接。经过一段红土耕地，再上一重短岩，又是一片红土耕地。如此渐渐上升，方到泰山庙前。庙虽不太大，两廊外架铺茅房甚多，仓库水池皆备。举目远望，视界甚宽。庙后有片柏林，风景甚佳。再看殿上神像，塑工虽粗，貌若相识，却又想不起究是何人。龛前尚有签筒竹卦，信手拔出一签，乃是上上签。献忠心喜，命查签簿，簿上刻的四句道："愧无旨畜宴嘉宾，终始欢谐证友情。留得残民酬一诺，归来惭煞破军星。”

献忠不解其意。志贤道：“泰山庙所供为东岳之神。林老师曾谓陛下投生时，过东岳庙受享。签示神意，感谢陛下不杀此方之人，有故人情义也。”献忠道：“末句何意?”志贤思索久之道：“世传李自成为破军星投胎，神谓陛下勋业当胜之也。”献忠大喜，命志贤撰文，诰封此山之神为护国大王。许为恢弘庙貌，下令各军不准再杀此方之人。这夜便在山上息宿。

二十六日晨起，献忠传令下山，命准备牛羊牲醴上山祭神。各营整饬队伍，在山下遥拜神灵，然后出发前进。偏是这日浓雾密集，久未开朗。献忠忿怒，欲用炮轰天。王志贤道：“神为天地臣工，祀神不可忤天。冬雾浓厚，与祀祭并无关系。现既牲醴已齐，巳时已过，便鸣炮行礼，以便出发前进。”于是献忠先向神座行礼，祷祝国运后，退坐殿上，看诸官将士排班行礼。炮声响时，人人皆伏地叩头。唯独两个洋人直立不跪。献忠大怒，呼来骂道：“驴毬贼！为何不跪?”两洋人道：“我们教士以手指两乳、心，口默祷为礼，不用跪拜。”献忠道：“老子尚且跪了，你二人敢比老子更傲么？这样贵的粮，白白养你两个驴头!”便吩咐拉去杀了，祭旗出发。王志贤阻住道：“陛下许神不再杀人，如何又杀人了。”献忠道：“我说不杀这方的人，未必说洋人也不能杀么?”正当此时，山下一骑飞奔前来报道：“满洲军杀来了。”献忠怒气正盛，骂道：“你在做梦么？如此诳报，想是要死!”禁军便要将探子绑杀，志贤忙阻道：“这些探马一向忠实，或是有胡骑前来，不可不备。”献忠道：“汉中去此千里，他难道是神兵？便知道我军在此山中。”此时又是第二骑飞报道：“满洲胡骑乘雾而至，已与我军在山下杀起来了。”献忠等静听，山下果有喊杀之声。惊异道：“想是此带寨兵偷营耳。满洲胡骑安能到此!”话语未已，又有刘文秀亲军驰来报道：“抚南王与满洲辫子兵交战，大败逃走，命我来报与老万岁。”献忠这才叫了一声：“噫！未必真的满洲兵来了？我却不信!”说罢离座，脱去黄袍，只穿箭衣，外罩飞蟒半臂，抓过一支短戟，徒步出庙。因他未曾下令，各兵皆不敢动，只一名随身小太监与禁军十人相从而出。王志贤不知他要做甚，吩咐本部人马驻守寨垣已毕，率领亲军跟追献忠而来。献忠行到寨垣门上，果闻山下杀声如雷。其时浓雾已稀散，隐隐望见一队人马奔上山来。渐渐走近，觉其服装大异。献忠知是敌军，忙呼："取甲胄大刀来。"禁军方才奔回取甲，已是"嗖"的一箭飞来，正射中献忠左乳。只听他叫了一声"呵呀"！猛然倒地。志贤恰赶到，忙上前扶他入庙，只见他两眼视天，牙关紧闭不语。血染黄衣，手脚乱弹，数人拖他不动。志贤看他已是不行的了，忙命禁军抬起回营。

正当慌乱之际，未提防满洲兵已破了寨垣，追得西军漫山奔逃，几个禁军亦被射死，志贤仗着敏捷，拖着献忠闪躲而逃。看看胡骑追近，志贤只得弃了献忠，奔入庙去，指示父亲王应龙等，急向后山越垣坠岩而逃。应龙要他同走，志贤道："此山积粮尚多，不可为胡骑所得，我要去放了火来。"说罢，奔去纵火烧燃谷仓，方才追上应龙同走。

原来刘进忠到汉中去，游说肃王豪格来取四川，豪格听他说得动听，果然亲率十万大军，来驻保宁。到了保宁时，闻得献忠大造船只，似将循水东下。进忠怕献忠逃脱，将来成了生死对头。便对豪格说道："献忠尚有饥疲之军三十万，其赶造船舶，必将往取重庆。重庆曾英甚有才略，无论献忠兼并曾英，或曾英兼并了献忠，皆足为我军劲敌。莫如趁二力未合之前赶向顺庆，灭了张献忠。则将来扫灭曾英亦当较易。"豪格果然听了，率军再向顺庆奔来。行到南部地界，知献忠已离顺庆，塘报久断，不知其究竟在何处。方踟蹰进退间，恰有四方寨逃难百姓奔到南部界内，闻得清军纪律严明，秋毫无犯，遂迎降军前，指出献忠所在，愿作向导。豪格命骁将鳌拜率军七千，与刘进忠、吴之茂等降将直向西充地界去追献忠，自率大军缓缓向顺庆进发。鳌拜与刘进忠等于二十五日之夜驰抵扶君山下。夜雾弥漫，对面不能见物。乃就此埋锅造膳，息军一夜。此地与多宝寺相距只八里，却互不相知。翌晨大雾更浓，早膳后，仍看不见路。待至近午，忽闻西南礼炮三声，料定是献忠扎营所在，遂相率放马冲去。少刻即已来到多宝寺外，那时献忠之兵正在山下整队行礼，并无衣甲戈矛。忽闻马蹄声响，雾中望见胡骑戈矛刺来，于是大呼惊乱。艾能奇等忙回帐拔刀杀出，双方一场混战。献忠之兵死伤甚多，又不知胡骑来了多少，遂乘雾四散奔溃。刘进忠捉得一兵，拷出献忠住在山上，便引鳌拜诸人杀上山来。薄雾中望见寨门有人，进忠眼锐，指着那黄衣的与骑将雅布兰道："那便是八大王！"雅布蓝一箭射去，那黄衣人应弦而倒。遂相与大呼：

"张献忠死矣!"挥军直奔上山。西兵惊惶纷自逃跑，无人抵抗。鳌拜与刘进忠率众扑灭火场，雾已开霁，搜寻献忠。跟着血迹，寻到庙侧一堆积草之下，将献忠拖出，尚未气绝，两眼瞪着进忠，只说了句话道："原来是你!"进忠一惊，不觉后退数步，面色灰白。鳌拜将献忠人头割下。望见献忠溃军为数尚众，怕的重合来夺献忠，遂率众驰回大营，向豪格报功而去。

后来刘进忠梦见献忠索命，以手自扻而死，竟未得着清廷的褒赏。

◎评注

写献忠死前泰山庙抽签事，回顾降生一回，完成首尾，自是章回小说定法。

《圣教入川记》谓："公元一千六百四十七年一月三日，二司铎在皇营……行刑之令将下……突有侦探队某兵飞奔入营……献忠骑马出营，未穿盔甲，亦未携长枪，除短矛外别无他物。同小卒七八名，并太监一名，奔出营外探听虚实……"

豪格报诛献忠疏谓："十一月二十六日至南部县，探得逆贼张献忠列营西充县，随令纛下（章京鳌）拜巴图鲁等分别领八固山摆牙喇先发……奋击大破之，斩献忠于阵"云云。则献忠之死，当在十一月二十七八日间也。

第九十九回
义军南奔曾彦侯战死重庆
胡骑北去樊君带恢复四川

话说王志贤等奔过小马岭，收集溃卒，尚有十余万人。艾能奇、王尚礼、刘文秀等皆至。彼此互问："鞑子兵究竟来了多少？"无一人能知究竟。最后跑来的几人呼道："鞑子兵不过数千，现已弃了凤凰山与多宝寺两处粮食军械，策马北奔而去。"能奇不胜忿怨，又复率军追杀前去，已是无及。王志贤引导刘文秀、王尚礼等回到凤凰山寻得献忠尸体，头已被割。只得用黄绫裹一块草饼，权作为头，取下几床毡被包裹，暂行葬下，待回顺庆与孙可望、汪兆麟等商议改葬。

但哪里改葬得及！当溃军收齐，由四方寨一路奔回都尉坝时，豪格大兵亦同时赶到顺庆。见城内已荒，便在城外扎营。孙可望与刘、李、艾三王换了全身素服，哭泣誓师，鼓励六军与鞑子拼命一战，为献忠报仇。一时人情愤激，齐向顺庆城郊杀去。不料那鞑子兵沉勇非常，任听西军呼啸杀拢，并不动摇。突然鼓声大起，乃一齐杀出。人似生虎，马如活龙，杀得西军如秋叶临风一般。可望见西军非鞑兵之敌，忙鸣金退军。退回船坞后分为水陆两队，沿江顺水而逃。豪格道："穷寇不必急追，任他去与曾英砍杀，我可坐收其利。"因此，孙可望等得安然逃过定远，到了合州。

却说王应熊接杨展驰报，知献忠已弃成都北走，忙命遵义的王祥，綦江的刘麟长等出兵，协助曾英、甘良臣自合州北上，追击献忠。曾英亦调李占春、于大海部率军来合州，并力要捉献忠。殊知定远、岳池两县探报，献忠日夜造船聚粮，将有进犯渝、合之意。遂商定沿江防守，以静制动。这时残明的军事乃是多头协商，意见分歧。曾英怕王祥夺了他的重庆，不能不分兵留守。又怕王、刘之军荏弱，不胜前锋之任，不能不将自己精锐分驻到合州去。故一时渝、合之间虽大兵云集，反不如昔年独立支撑时运用爽快，徒增加了地方上很重的负担。但他们系奉王命而来，未便谢却，只好迁就了。

曾英命李占春军驻兵合州。一日突见定远余朝宗狼狈奔回，言说献忠之军水陆大至，如长河直泻，势不可挡。那时尚未知献忠已死，占春料是劲敌，忙令退军南津街，扼江而守。又命全城船只载运民粮，随余朝宗屯驻钓鱼山，与南津街互为犄角。迨孙可望大军到合州时，见其打着白旗，始探知献忠已死，西军暂推孙可望奉陈皇后为主，逃奔此来。占春认定西军锐气已丧，遂选精甲渡江往攻。有道是代箭野猪猛于虎，老鼠急时会咬人。这时的西军知道后退无路，战斗非常奋勇。占春一战大败，退过南岸。西军乘势渡江，破了钓鱼城。余朝宗与占春弃了合州，向南奔逃。

再说重庆城内曾英与王祥闻报西军已临合州，乃各率大军，分乘战船百只，溯江增援。行过观音峡，已遇占春等退下之兵。便同在峡中扎下水陆连营，阻扼来敌。又怕余大海独守浮图关力量单薄，加派陶可法率军前往相助。

孙可望在合州休兵一日，全用船载兵众，浮江而下。艾能奇为前锋，恃其勇锐，与曾英军大战峡中。到底曾英军操练有素，能奇不能取胜。可望怕清军自后追来，命能奇分大部精兵从北碚登陆，翻山越岭去夺浮图关，扰曾军后路。能奇十分艰难地爬到浮图关下，却被于大海、陶可法冲杀下来，大败奔散。能奇收合残军，鼓励道："我等必须过得重庆，才有生路。今日之战有死无退！"于是再到关下围攻。双方军事一时胶着。

不料此时的重庆城内，曾英、王祥、刘麟长部下不和，争长议短，日夕暗斗。人民厌恶客军，每每军民冲突，更引出客主两军的战斗。王祥已到前方，刘麟长镇慑不住。遂有先后投降曾英的西军，乘势鼓动，联合王祥之兵在城内放火，全城大乱起来。曾军留城之将熊梦瑞、王廷献等，认为王部反叛，忙率军退往江北，报与曾英。曾英闻之大惊，说与王祥，王祥自愿率军回城弹压。曾英乃迁移水寨至江北城外，以便镇抚。

王祥回重庆城，将乱兵拿下，斩了数人，勉强镇压下去。不料原来那批西军降兵又有跑到浮图关，挑拨于大海、陶可法等，说是王祥夺了重庆，曾英退守江北。于、陶二将信以为实，便要返军回城去攻王祥。艾能奇亦已闻重庆兵乱，乘势猛攻浮图关。于、陶二将心念重庆，遂弃关而去。反被能奇追杀，大败奔回江北。能奇得了于、陶二将的一些旗帜，乘锐攻往重庆，宣称于、陶二军已与西军联合，来拿王祥。王祥遂与刘麟长弃了重庆，奔向綦江。

曾英正被孙可望、狄三品水军相逼，拒战江上，忽见敌军纷自弃船登陆，开入重庆。料定重庆已失，乃将水陆二军撤退到铜锣峡口，阻止西军东下。

孙可望得了重庆，选派精兵，命马元利、狄三品率领，乘船往攻曾英，被曾英杀得大败而回。可望恃在重庆船多，再率水陆三军自往攻取铜锣峡，欲一气打通入鄂水道，与曾英苦战两日。几次近战皆是肉搏，只杀得山鸣谷应，天惨地愁。曾英亲立船头，砍下敌兵无数，但西军仍如潮水而来。曾英力尽投水而死，其夫人公子亦投水自尽。熊梦瑞闻旗舰已破，便命水寨放火，与部下投水而死。李占春、于大海在两岸截杀岸上之敌，见水寨已破，遂与残余水军且战且走，退回涪州。

可望虽已得了铜锣峡，水陆兵丁却也死伤大半。又见于、李二军整队而退，遂不敢轻追。正当重整部队清点伤亡之际，探骑飞报前来，鞑子兵已占合州，正抢船只来攻重庆。可望大惊，急忙收军回到重庆，聚集诸将商量进退大计。诸将欲扼守峡口及浮图关，拥可望为大西天子重整江山。可望道："明军在前，清军在后，山城新得，人心不附。设若如此，则进退无据，自取败亡之道也！今日之事，不降明军以抗清兵，即降清兵以荡明社耳。"李定国道："我等中华人民，岂能胡服与蛮夷为伍！现大西皇帝既亡，宜向遵义的王应熊输诚，重新做番事业。"可望道："此言是也。但恐与他敌对已久，猜疑我辈，不肯受降奈何?"艾能奇道："我等死守重庆，拒阻满兵，而派人向遵义输诚，必为所谅。"汪兆麟道："如此乃是危道。莫如退过贵州，追得王祥、刘麟长等，厚抚释之，说以降明拒清之志，则彼不惟乐于受降，且将资我军饷，假我地盘，厚我名爵，而不至编乱我之部队。此降明之上策也。"全军皆以为然。遂弃了重庆，向綦江一路奔去。下令沿途公买公卖，严守纪律，不许伤害人民。旗上去了"大西"字样，换上"饥军待抚"四字。不料沿途人民仍是逃避。城寨官吏不是抗拒，便是自杀，偶然捉得三五个官绅，向其说明扶明之志，亦无人肯相信。可望军至綦江，刘麟长避入真州土司地界，城内空无一人。可望军至遵义，王应熊退入毕节卫，王祥避入随阳蛮箐中。时米寿图已由四川按院升为贵阳巡抚，派兵严防乌江渡口，以拒可望。可望派人向寿图洽降，寿图将来人斩首，不容议降。可望又向樊一蘅议降，一蘅道："你军已杀曾平寇，逐王督师，挟十余万众据遵义。云降者诈也!"亦拒而不受。可望又多方搜求王应熊与王祥。搜求愈急，二人逃窜愈远，竟不可得。可望乃再召集诸将商议。汪兆麟揣摩可望之意是要称帝，便言道："我等有心降明，而明室诸臣深闭固拒，仍以敌国对我。现我等已得遵义，拥众十余万，去清军甚远。宜仍揭大西国号，奉东平王为主，依老万岁成规去做，天下事未可知矣!"可望未言。艾能奇拔刀在手道："老万岁抚有全川，盛极一时。你作丞相，不能辅以王霸之道，日夕导以杀人。人心尽去，败于旋踵。使天下人呼我辈为'贼'，莫肯受降。今已惶惶无可依止，你尚欲以愚弄老万岁者再误我兄弟耶!"刀起头落，立斩兆麟于座上。阖座无不称快。可望见人情如此，亦道："杀得好，老贼误我父子至此，久当诛之矣!"李定国道："今且不问明朝是否愿意受降，我等宜即建立扶明抗满旗号。奉东平为主，练兵抚民，准备与胡虏厮杀。做到事迹昭著，自能见谅于明室。”于是定议，缢杀陈皇后与献忠诸妃嫔，去了大西年号。分军为四，可望与文秀、定国、能奇各领一军。王尚礼仍为中军都督，禀承可望办事。其后艾能奇中瘴而死，可望兼领其军。故名为四人分统，实则可望所统兵力超过刘、李两军总数。

再说清肃王豪格，不费力得了保、顺二府，川北全部归降。今又不遗一矢得了合州、重庆。捷报飞入北京，清廷准其便宜行事，收抚全川。于是豪格回驻保宁，委王遵坦为四川巡抚，王元阮为四川布政使，杨道纯为按察使，刘通为川北道，柯臣为保宁府，汤鼐为阆中令，诸人皆汉中收降之官。又委罗长胤为同知，杨芳名为通判，郑大伦为推官，三人皆保宁生员之新降者。一时四川孑遗之民，凡曾识字及有才艺者但愿迎降，无不授职。豪格亦能严束军士，不准扰害百姓。其时米每斗值银十两。清军二万驻扎保宁，粮糈仍自汉中运给，不取于民。因此颂声载道，民归如流。把一座荒凉的保宁又恢复了几分繁荣气象。远近闻风，皆愿降附清军。

豪格入川之初，除刘进忠、吴之茂为向导外，又曾带来几员汉军降将，其中卢光祖与李国英二人皆辽东人，为左良玉部将，随左梦庚迎降者。卢光祖前次转战川北有功，已授川北总兵。此时豪格嘉奖严自明引导刘进忠迎降之功，升自明为川北总兵，改光祖为夔州总兵，命其率军往平川东。降将左勷便是孙传庭旧将，命与降将白永馥领兵三千驻守重庆。降将马化豹授叙州总兵，往取川南。降将马宁与李国英领兵三千去取川西。这些武将多是先降李自成，又叛自成以降清之明朝旧将。豪格抚绥有方，尽能得其死力。再命一等子巴图鲁鳌拜领满洲大军追击孙可望等入遵义。这些兵便是就地掠粮了。

鳌拜进军遵义，势如破竹。孙可望突破乌江，退向贵阳。米寿图不能抵御，弃了贵阳，由镇远退驻沅州。可望亦未追赶，据了贵州省等候招抚。但明清两军皆无人向他招抚。

其时隆武皇帝被清军捉去，明臣瞿式耜等在广西拥立桂王由榔为天子，以明年为永历元年，是为永历皇帝。孙可望闻云南有沙定州之乱，便于永历元年正月率兵前往，为明讨伐。平定沙乱，以全滇奉于永历皇帝，才得明室受降，封为秦王。

在内江的马乾闻得曾英败死，清军大至，料到无力防守四川，但仍整饬士马，预备死战。豪格命巡抚王遵坦以书招之。乾礼款来使，对他言道："闻你军颇能爱民，我心甚慰。我岂不知天下事已不可为？但我们中华礼教，大臣当死封疆。赖有此义，得以维系炎黄子孙的恒久独立，不为异族轻视。若还平时贪禄干进，临难苟免，便是无耻。我不愿做无耻之人。贵军不来，我不敢相犯。来时，我不敢相避。"于是作书谢绝遵坦。永历元年丁亥二月，清军马化豹等来攻，军民逃散，马乾力战而死。化豹遂趋叙州。樊一蘅兵弱，退避蛮箐。叙泸诸州又尽为清军所得。

时摇黄分为数股，在川东掠人而食。受卢光祖等驱剿，整齐王张显、黑虎、混天星、王高等股，到保宁投降豪格，被豪格杀了。杨秉允、袁韬二股，在巫山依附李锦。王友进、陈琳、景可勤、呼九思等股，在忠州垫江掠食，被卢光祖追击于湖滩。诸股不支，由涪州、武隆、彭水窜入绥阳土司地界。卢光祖正与李占春、于大海等相持于忠州、涪州之间。这时有明楚王宗室朱容藩受永历皇帝之命，来夔州筹办恢剿事，号召谭宏、谭谊、谭文、袁韬、杨秉允、李占春、于大海等，合兵数万往取重庆。卢光祖兵败北走。白永馥、左勷派副将赵万邦率军往御，亦兵败死。容藩水陆大军围了重庆，白、左二人死守。鳌拜闻讯，自遵义旋军赴援，大败容藩联军。唯其时清军所至，人民尽逃。猎食无获，饥乏日甚，亦无力追击明军，仅守城而已。

李国英、马宁往取川西，自顺庆向潼川，所经多无人之地。时赵荣贵与武大定共奉秦王为主，乘献忠去后进驻绵州，招西北山寨之民归里屯垦。不料清兵忽来，为护垦民搬迁，与清军接战数次，节节败退，退回龙安。清军跟追而至，龙安土司迎降，荣贵退入武都卧龙山中。西北一带寨民大都降于清军。李国英等入成都，见全是一片荒漠，虎狼纵横，啮食人骨，夜则扑入营内食人，各营屡起骚乱。乃迁营于拆卸未尽之城垣上，以避虎狼。四路探听，惟嘉定粮食丰足，遂派马宁率军，自仁寿、井研陆路往袭嘉定。马宁已夺取嘉定城东的大佛岩屯兵，但隔江无船，不能进攻。杨展初闻叙州失陷，已将沿江船舶集中，派军严守西岸，拟待清军粮尽自退，而后击之。果然马宁久不能进，粮尽而退。展命曹章渡江追击。不料马宁狡猾，亦知必有追兵，预设埋伏于井、荣道中。曹章中伏，兵败而死。马宁亦退回内江。

此时清军各路乏粮，饥困万状，加以瘟疫大作，巡抚王遵坦病死，以王元朊代之。元朊旋亦病死，兵士病饿死者不计其数。豪格道："偌大四川，原来是块空地。似此食之无肉的鸡肋，何值经营！"遂命各路撤军，退还关中。保留保宁一郡，以李国英为巡抚、吴之茂为布政使驻守之。那利类思、安文思两个西洋教士，当凤凰山破寨时，被鳌拜之军擒获，献与肃王。肃王问得他是南怀仁、汤若望一类之人，心中甚喜。分付与两家满洲贝子照料。两贝子要出兵追击西军，再将他二人分交军吏关照。利类思遇一善良之人，每日得食马肉一次，未患饥饿。安文思遇一刻薄之人，每日只给糜粥两次，时加打骂，形销骨立，几乎饿死。迨满洲王子回来，方得从优供养，渐复元气。撤回汉中之时，一路又苦乏食。利类思忍饥不得，行过一豆田时，望见蚕豆将熟，不觉跳下田去觅取生蚕豆充饥。未料到肃王有令：军从人员，有敢伤害农民禾苗果木者，任何人皆得格杀勿论。利类思方才跳下田去，伸手将摘，田埂上行路的满兵便有数人引矢入弓，要向他射来。且喜有曾识他之人大呼阻止。并跃下田内，一把将他拉上田埂来，向其解说禁令。把个利洋人骇得三魂出窍，惭汗迸流。连声颂扬肃王军纪不止。此事详见他的日记，采载《圣教入川记》内。看官于此，可知满洲胡虏所以既得四川又复退出的原因与其终能扫灭残明，掩有中国之故了。

当豪格分派清军四路略地之时，全川惟嘉定、雅州、松潘、夔府四地尚为明守。现在满洲兵退回陕西，除保宁一府外，全川州县又尽为明军收复。王祥重回遵义，刘麟长重回綦江，李占春回涪州，于大海驻云阳，谭宏驻丰都，谭文驻万县，朱容藩驻夔州，谭诣驻巫山，贺珍驻大宁。李锦更名李赤心，驻建始，所属十三家部众屯田于湖广、陕西、四川三省界上。摇黄余众，则袁韬驻重庆，陈琳、王友进、呼九思、景可勤、刘维明、杨秉允、白蛟龙等则散布于广、合、资、内与达、巴等州县之间。川西南方面，则侯天锡驻永宁，马应试驻泸州，樊一蘅重回叙府，杨展仍驻嘉定，曹勋与范文光仍驻雅州，詹天颜仍驻茂州，朱化龙仍驻松潘，赵荣贵重回龙安。唯有成都一府与邛、眉、仁、简、绵、剑、潼、遂各州县人烟久绝，鼠雀无遗，各路恢复之师皆只一到便去，弃之如遗。李国英退回保宁时，因成都乃是一隅故都，未忍放去，曾留副将张德胜率领一千人守之，许按月由保宁转饷相济。国英去后，饷久不来，德胜等掘草根而食，部下白联芳、张士聪、王材官等怨忿，杀了德胜，欲逃回四方寨落草。行至罗江，恰逢梁一训新任安绵道为德胜运来军饷。路遇叛军，因而诛讨，联芳等千人皆被杀，于是清军亦弃了成都。

王应熊以衰病残年，跋涉榛莽，避地到穷荒溪峒之地，想及一身遭遇，功名未立，全族被屠，仅仅随身一个儿子亦为乱兵所害。伤国、忧时、痛子，内外交迫，一病不起，死在毕节。樊一蘅以总督职衔，替应熊奏报恢复全川与诸将死事情形于广西的永历皇帝。永历皇帝颁诏，追赠应熊、曾英、马乾为公侯、伯爵，拜一蘅兵、户二部尚书，加太子太傅衔，节制川军。晋封王祥为忠国公，赵荣贵定陇侯，杨展广元伯，曹勋、余大海、李占春、侯天锡等皆晋爵有差。以范文光为川南巡抚，詹天颜为川北巡抚，朱容藩节制川楚间李、贺、三谭诸将。加派大学士吕大器为督师，总制川楚军务。表面看来，全川皆已恢复，只可惜徒恢复得大块土地，并无人民。数十路兵马，除杨展有粮外，多系劫人而食，如此互相杀食，互相兼并，混过一年。各将防区内人民吃完后，大都往嘉定来依附杨展。从永历二年戊子起，全川只保宁、嘉定两处户口犹密，松茂、黎雅及夔、万、涪、叙诸州稍有残黎。清军以保宁为大营声讨明军；明军以嘉定为大营，声讨清军。中隔七八百里无人之地。时有清军裹粮来打嘉定，总是粮尽败回；明军裹粮去打保宁，亦是粮尽败回。往复征战，直到永历皇帝入缅以后，四川全土才为清军所得。那时已是永历十二年戊戌，即清朝的顺治十五年了。但其时四川亦非便已安宁，尚有郝承裔与李赤心及其他许多不服清朝之人，先后起兵据地，直杀到康熙三年甲辰，才算把四川人杀完了，另从湖广、江西、陕西、福建、广东各处，招民填川。直到乾隆元年，编查户口，全川百余州县，合缘边土司计，共才六十五万三千四百三十户。这时去张献忠之死已九十年。

人人皆说张献忠屠蜀，其实张献忠仅据蜀三年，大部蜀民乃是战争、饥饿、瘟疫及献忠死后，明清两军争夺蜀地砍杀十七年中杀尽了的。至于献忠部属，后来做了支持永历半壁河山抵抗清军的主力，李定国、刘文秀、白文选等忠义大节，亦足与文天祥、陆秀夫等比肩。闯王余部李锦等十三家，亦是扶明抗清，直至康熙三年全体死灭乃止。还有那马进忠、金声桓等一班旧年的“流寇”，亦皆做了残明的烈士，不让一批缙绅科名专美。人皆谓“流寇亡明”，却未知“流寇存明”之功，故说“流寇”便是天降恶徒，实为大谬。既然“流寇”不是天生的恶徒，则由其服膺李闯与献忠，必待其死后而背之。亦可知李、张二人并非天生恶徒了。他们的成功与失败，自有其必然的原因。说到此处，要问看官，这张献忠是何以成功？何以失败？看官若还未有答语，在下且举简州段朝伟、敬亭先生乱后到成都作的一首诗来作一代答，诗题是《蜀都行》，诗曰：

自我之成都，十日九日雨。浣花草堂日萧瑟，青羊石犀但环堵。生民百万同时尽，眼前耆旧存无几。访问难禁泣泪流，故宫荒芜连禾黍。万里桥边阳气微，锦官城中野雉飞。经商半是秦人集，四郊廓落农民稀。整顿凋残岂无术？日生月养原可期。但得夫耕妇织无所扰，桑麻树畜随所宜。数十年后看生聚，庶几天命有转移。

◎评注

清初诸野史于献忠据蜀前后事记述甚多，详略互异，各信所闻，各崇所美，遂多出入诽诋之处，使后来之抄纂者沿讹传讹，莫能是正。本书特为考订，期扫《蜀碧》等纂辑之陋，还诸历史本貌。然限于当时时代，仍难免无讹误之笔。

后 记

我从小听惯了“八大王剿四川”的传说，对张献忠这个历史人物印象颇深。1927 年，编写《四川史地》至明末，初步搜集一些有关张献忠的史料进行分析，开始对“天降煞星”之说怀疑。窃以为崇祯年间发生的百多起农民起义军中，唯独他与李自成两人能取得建立国家政权的成就，其才略有过人之处。但他两人建成国家不久，又皆同时败亡，亦必各自有其严重的缺点。他俩的优点和缺点，以往史料里指出不少，颇有难于信赖的。为了求证真实历史，转而注重当时平民亲身经历的第一手资料和残存的金石文物，用以参订封建官书所记的人、地、事、时，与各地区社会环境进行分析。愈深入，愈感兴趣，遂发愿写出一部大西史事的专著。毕竟因所辑史料东鳞西爪，不够完整，难以作传。余幼亦嗜文学，喜爱民间文艺，张献忠的故事虽民间家喻户晓，但率多讹误谬传，自料如将张献忠一生事迹和明末清初社会生活作历史小说写出，在文学创作上亦算作新的尝试。

1944 年，我于西康德格县八邦寺获见该寺珍藏明宣德以来朝廷颁赐物品中，有大西皇帝颁给“援剿营总兵官关防”金印一颗，镌有“大顺二年十二月（空）日”与“礼部造”十一字，编号为“大字一千二百四号”八字。惊叹大西政权怀柔之远。从而想见其开国规模之卓越，对封建史料之诬豁然解脱。回川后，读郭沫若《甲申三百年祭》，因亦写成《张献忠屠蜀辨》一文，在成都《社会日报》副刊发表，为撰写这部历史小说奠定基础。

1946 年丙戌，是张献忠败死的三百周年，开写这部小说。原计划一百回，前四十回是叙张献忠据湖广以前流动作战的事迹。其时正是内战的开始，我还在华西大学任教，深有慨于崇祯皇帝对满洲连年内犯于不顾，而倾全力镇压农民军，卒致国破身亡之祸。故于流军转战叙述外，以此作为重点。在重庆“说文社”试印，援用《明史》“流寇传”旧称，并用“蔡山谐道人”假名，以避文字之祸。原拟用四十回叙述其最后入蜀建国事。时我已受川大农学院教授专聘，又深有慨于张献忠以农民革命首领，于建国后犹不注重农业生产，至于步摇黄及残明地主军后尘，以人为粮，造成四川的空前浩劫，政治幻灭，身不免死。为了突出农业生产的重要性，增加内容，扩展六十回，亦用社会习称为《屠蜀记》，在成都中流印刷厂试印。值中流印刷厂罢工，友人建议，合前后一百回，直用本名，交上海广益书局印。广益书局已排定，校样完毕，值上海解放，广益书局倒闭，未克印行。成都解放后，中流社工人复工，继续印成《屠蜀记》六十回。后亦因受极“左”思潮的斥责，禁止发行。我持原先写的《屠蜀辨》与之争辩，卒至被划为“右派分子”。直到党的十一届三中全会后才得改正。

原计划还有四十回叙述张献忠死后，残部入滇拥立永历帝，联合鄂西之李自成残部与台湾郑成功及残明遗臣文安之、郝孟璇等抵抗清军事迹，拟名为《残明义烈传》，阐明屯垦足食，共御外侮的重要意义，结束全书。因已被划为“右派”，未得如愿。

1980年3月，四川省社科院邀集有关史学工作者举行“张献忠在四川”的学术讨论会。对大西政权的得失与张献忠是否滥杀问题作了深刻的辩论。出席各专家举出我所未见的资料甚多。尤以孙达人同志《试论大西政权失败的原因》一篇最令我倾服。对于以人为粮的问题，过去人亦多斥为诬蔑。惟我于《屠蜀辨》中坚持为必有。在这次会议上也得到比较客观公允的评价。我三十多年前写的这部小说，重新引起人们的兴趣。

稿子虽仍存有个别描写封建迷信与残酷惨忍的部分，以其为当时社会所难免有的历史真实，作为历史小说，不当讳言之也。

遗憾在衰龄已九十晋三，不能更取“张献忠在四川”讨论会上诸同志提供的新获资料进行改写，又未能完足后四十回以结发展耕垦、团结御侮之义。惟冀海内同志有悯其未逮而补缀更订之。

任乃强

1986年4月于南充

附1

张献忠屠蜀辨

任乃强

一、明末蜀人大量死亡之原因及其责任

史家通病，为乏于客观之侦察力，偏用直觉的主观评议。苟不慊于其人，天下之恶皆归之。虽似不近情理之说，亦肆采不疑；抑若天实为之，原不必以情理解者。如世所传张献忠屠蜀事，其一例也。

《明史》谓献忠屠蜀，“共杀男女六万万有奇”。同时，在《明史·地理志》中，又谓四川十三府六州，所辖一百四十四州县及土司。万历六年户二十六万二千六百九十四，口三百一十万二千零七十三。万历六年至张献忠据蜀，六十余年，蜀人遂已增生至二百倍耶？况献忠所据之地，不足蜀之三分之一，虽合鸡犬计之，亦不能达此数。正史之谬尚如此，野史胡言更可知矣。

今日传献忠事者，多依《蜀碧》。《蜀碧》撰于雍乾之际，去献忠据蜀已远，徒欲褒扬所谓忠义，记载遂多失实（如吴继善降农民军，服官礼部。此书则谓：城破，阖家三十六人同日死难），竟以浩劫全案，归罪于献忠一人，借以颂美清军，实非佳书。至于张献忠杀蜀人之原因，毫未探索。妄谓张为杀星，天遣以完此劫数者。一则曰“上帝放汝收生”；再则曰“天书夜坠庭中，命我剿绝蜀人”；三则曰“放我下界杀人，今乃以雷吓我耶”。其他各书，亦多有此类传说。这些说法，纯属捏造。

研究张献忠时事，应以当时人物目击之记载为据。以余所知：如吴梅村《绥寇纪略》、轶名之《大西通纪》、费密《荒书》、欧阳直《蜀乱》、李馥荣《滟预囊》、王开禧《山城纪事》、沈荀若《蜀难叙略》、韩国相《流离传》等，大都详于兵祸，而忽于当时社会民生动态。《蜀乱》与《五马先生纪年》两书最为时人所忽略，然其所记，独能及此。《明史》与《蜀

碧》《蜀龟鉴》等，皆未采之。余著是书，参验诸家，寻绎当时蜀人绝灭之原因，盖死于饥馑者什之七八，被杀于献忠者什之一二而已。近得西教士安文思、利类斯的《圣教入川记》阅之，得悉献忠御营实况，益足证余说不误。故辑其事证，解释屠蜀之真相焉。

四川号称天府，历为人口稠密之区。然对外交通不便，每值长期兵燹，妨及农事，则常以饥荒成浩劫。有史以来，人烟绝灭者，已达三次：两晋间、宋元间、明清间是也。明清间一劫，始于崇祯七年农民军入蜀，终于康熙二十年吴世璠覆亡，兵祸延续达四十七年。蜀人死亡最烈者，为顺治二年至顺治七年之间。张献忠之杀蜀人，在顺治二三年间，为时约十七个月。据利、安二教士言，每日杀一二百人。则五百日中，不过十万人。再合其军历次“屠城”、“洗剿”、“草杀”之数估计，亦不能过五十万人。于时蜀中人口稠密，应不止《明史·地理志》所载三百余万之数。若其与今日密度相当，则应有五千万人。是献忠所杀，也不过百分之一也。若其密度为今之半，亦有二千余万人。是献忠所杀，最大限度也不能超过全蜀人口百分之二也。夫献忠全盛时，不过有兵一百四十余营。据《蜀碧》所载，执戈矛者不过百万，搜逃弱民于荒林绝涧、山岩野穴之间，杀抗命丁壮于坚垣崇墉、石矢梃刃之下。又安能于十数月中，使蜀人为之绝迹乎？

饥荒发生于顺治二年，至顺治三、四两年为极。一时农民军固恃人肉为粮，明兵实亦相掠而食。乡民皆结队袭人，莫能自已。蜀人之死于此两年者，约在千万以上。中间，摇黄军之所屠食者什之四五，明军与人民相食者亦什之四五。献忠军所屠食者，军属多于平民。平民不过全省什之一二而已。军民劳困，疫疠乘之。烟火既稀，虎豹昼出，越窗升屋，与人争命。估计死于虎豹与疫疠者，亦数百万。于是四川盆地中心，腴沃平坦之区，人烟断绝，成为沙漠。其后，南明军队、地主武装、李自成农民军余部（夔东十三家）与残余民众，皆就盆地四周，山险荒僻之地，内恃屯垦，外仰贩易少数民族之粮以资苟活。仍复相互掠夺、伙并。战争至顺治十七年，蜀人略尽，蜀土暂宁。余波尚有西山农民军起义以及吴三桂之乱。直至康熙二十年，战乱始完。此二十年，兵祸频仍，已无民粮可寻，亦无遗黎可食。军饷资于屯垦，杀戮限在敌人。故其所耗人口，至多不过百万，未及前数年之什一也。

二、献忠之性格与才能

《明史》所记农民军数十家，唯李自成、张献忠两家尚能“假行仁义”，收人心，故成就较大。献忠“狡谲”过于自成，而屠杀之惨不逮焉。盖农民军，多起自“徒隶”，无学德名位足资号召，不能不持杀戮以威众。献忠之忍心惨杀，非献忠之特性，盖农民军之通性也。献忠于此通性，又其较弱者耳。如：与献忠同时之摇黄十三家，其杀蜀人之惨毒，即过于献忠十倍，凡涪江以东，渝万以北之人，大抵被此辈杀尽。即如曾英等亦皆食人。史家于此辈不传，独著献忠，世遂谓献忠屠蜀。献忠于崇祯六年、十二年两次入蜀，皆无屠劓之名。迨崇祯十七年，占据蜀土，建号设官，方作创业垂统，传世子孙之计，讵反愿屠尽蜀人，建国于骷髅之上耶？诸书皆诬献忠嗜杀出于天性，余谓其必不然也。

余尝研究献忠之性格与才能，知其在农民军中，特能有所成就，可与李白成比肩，亦自有故。兹分析言之：

粗识文字。《明史》云献忠“延安卫柳树涧人也”。不言其出身，但云“聚众据十八寨，称八大王”。余疑其人，盖乡绅也。《蜀碧》说：“献自为万言策，历评古今帝王，以西楚霸王为第一，命颁布学宫。”又谓：“过梓潼七曲山……自谓文昌之裔，宜帝巴蜀，建太庙于山，铸像祀之。落成，赋诗其中。命右相严锡命以下皆和御制，稍迟者斩。诗刻石，置八卦亭内”。《圣教入川记》谓献忠自制诗文，嘱利、安两人翻译为西文，寄之外国，以张其聪慧。其格言云：“天生万物为人，而人之受生非方天。”又云：“造天之神，亦即造地之神也。”其诗云：“高山有青松，黄花生谷中。一旦冰雹下，黄花不如松。”此皆真实，显见献忠文学程度。《蜀碧》又传资阳某藏有诏书云：“奉天承运皇帝诏曰：‘王珂你回来，饶了夹江那个龟知县罢。’”又谓其祭文昌帝君文：“咱老子姓张，尔也姓张，为甚吓咱老子。咱与尔联了宗吧。尚享。”此则似当时近臣录其口语，不敢改窜，非献忠不解文艺也。

知人善任。献忠颇喜才艺之士，而善于任使，有古帝王之略。如孙可望、刘文秀、李定国与艾能奇，即所封东南西北四将军也。除艾能奇早死外，其余三人皆成残明柱石。刘文秀以武侯自况（有遗碑在洪雅天生城），李定国尤忠烈可称。孙可望虽为史家所诟，然在献忠据蜀时，甚有声誉，不愧为诸将表率。故于献忠死后，能集其余众，别著勋业。利、安二教士曾见其人，誉为“少年英俊，知识出类，才能卓越，深得众心”。足知献忠之能任人也。《滟预囊》载杨嗣昌奏《玛瑙山捷疏》有云：“搜太平溪林中，获贼六名，押到，臣讯之。内一人言称难生刘若愚，系黄岗县生员，被献忠寇湖广时掳入营中。其人昂视阔步，疏诞自若。口称计足缚献，舌能抚曹（罗汝才号曹操），有平治天下之略，欲献朝廷。臣未敢深信。旋于随行中审出，献贼书办尹日凰供，伊实献贼腹心潘独鳌，非刘若愚也。囊中搜出《白土关阻雨》一律云：“秋风向雨声，战客听偏惊。漠漠山云合，漫漫涧水平。前筹凭共划，借箸待专征。为问彼苍者，明朝可是晴。”又《过清禅寺》一绝云：三过禅林未开禅，纷纷羽檄促征鞭。劳臣岁月皆王路，历尽霜华又改年。是其向贼称臣，争先借箸，罪恶不在献贼下也。”此其人盖牛金星、李锦、宋献策之流，怀才草野，为献忠所罗致者。又如汪兆麟，虽为史家所恶，然自种种方面观察，其人实有才略。献忠任为首相，始终不渝，皆是其知人之处。《滟滪囊》又载：“广元有吴宇英，阆中有周建鲁者，谒献忠求任。献忠即授宇英川北巡抚，建鲁监军，随宇英保宁。”又：“巴州士民因献忠所设伪官虐民，另举都归极者诣献忠，愿守州城。献忠授以伪副将，使守城。”是皆其善于任使之处。

颇有志略。献忠用利、安二西教士两度制造天地球仪，陈列庙堂，摩挲赏玩。又嘱二教士翻译天文机巧诸书。行师之际，亦必携二教士同行。虽谗谤纷沓，终不加害。立国之初，招抚缘边土司，远达乌斯藏境（详开国规模条），此其志固不小也。《滟预囊》载其论蜀中形势云：“二年，岁在乙酉，元旦，献忠受朝……酒酣言于众曰：自古以来，汉中原属四川。今吾定都四川，不取汉中，能免他人得陇望蜀乎？闻闯王遣马科守汉中，此庸才耳，若不早取，他日易以能人，则难图也。吾计熟矣，因蜀土新定，士民尚需经理，故迁延未果。方今春和，须平东（孙可望）、虎威（张能第）二将军北行，平定汉南。如川南杨展、王祥，何足介意。唯川东曾英，宜速图之。况重庆乃楚蜀要冲，不可为人所扼。都督张广才，遐迩咸服，可灭曾英，以定下东。咱无忧矣。”迨孙可望至汉中，李自成已以贺珍代科，可望败还，而张广才为曾英所破。据蜀之局，实败于此。则献忠明晓形势，知所缓急。虽以狂躁致败，尚有胜于刘璋、谯纵之处。

轻率易怒。献忠最大弱点在此。诸书所传“残酷暴虐”之事，皆由此点造成的。《蜀碧》所载，多系传闻，不尽可靠。兹以利、安二教士所目击者为断。二人谓献忠颇有才略，唯喜怒无常，若有神经病者，“屡见献忠震怒，七窍烟生，人莫敢正视。无论宫人、官吏，偶逢其怒，祸即随之。或绞，或斩，或凌迟、剥皮令其缓死。种种虐行，令人心悸。曾亲见尚书吴继善，即推荐二教士者，因奉命散给军士马匹，继善请先造列军士名册，以此细故忤旨，立遭惨戮”。（《滟滪囊》云：“成都令吴继善，受伪职。旋以郊天祀版不敬，满门被杀。”当以教士之说为正。）又谓：“离成都前，杀三军官，罪状为祖饯席间，高声谈论，肆无顾忌。又杀文官一员，谓其吸烟无度，精神不振。又杀太监七名，谓将弁当朝偶语，不予纠察具报。”大抵献忠所杀，以新附蜀人为最滥，如吴继善、龚完敬、江鼎镇辈，皆以降人为尚书，旋罹惨刑。右相严锡命、状元张大绶、国丈陈某，皆以细故被诛，尽蜀人也。其次则宦官官妾，偏裨僇贱之流。其有才能德望者，则未尝轻杀。如二教士、汪兆麟、孙可望等是也。二教士因执天主教礼，不肯跪拜，又数数直谏。献忠数度狂怒，将其信徒诛杀，亦不杀此教士。教士谓出“天主庇佑”，应不然耳。

好用谲术。《明史》谓献忠狡谲，是的当之评。其据蜀建号时，似曾引用符命。惜今史证缺失，然如谓“文昌之裔当王蜀土”，即可征之。后因杀戮过多，惧人叛离，每托天地鬼神之言欺世，使杀人者与被杀者归咎于天。世传其为杀星，即由此故。《圣教入川记》，谓其杀大臣后，又对众自解云：“实不忍其有生中所受诸苦恼。杀之，俾早解脱，意固出于爱也。”又谓其弃成都前，曾至江边某庙，跪祷三日，忏悔其滥杀之罪。“一日出巡，见人口稀少，官吏锐减，欲抽刀自刎，经左右拦夺不死。乃以残杀之罪归咎于副阁老（指严锡命）一人，痛恨不已。”其实，皆谲术也。诚如献忠之严酷，彼欲自刎，谁敢夺其刃者。残杀之计，诸书皆云汪兆麟主之。此乃以归咎于既死之严锡命，非欺人乎？此外诡谲欺世之例尚多，不可胜记。

个性强毅。献忠自信才武谲智，皆出时人之上。故喜谀恶诤，一意孤行。贯彻号令，不择手腕。其惨杀官民，实由此故。《明史》载献忠在湖广“欲渡洞庭，卜于神，不吉。投珓而询（谓诟神也）。将渡，风大作，献忠怒，连巨舟千艘，载妇女焚之水，光夜如昼，骑而逼长沙”。《蜀碧》谓其屠成都时，迅雷奋击者三。献忠怒，用三炮还击之。又谓其死前，谍者告清兵突至。献忠谓其速捷不至此，三斩谍者。乃轻身出战，遂被射死（他书皆同）。足见其个性坚强。

三、献忠之开国规模

献忠于崇祯十七年，即清顺治元年甲申，十月十六日据成都称王，旋称帝。国号大西，改元大顺。各书所云皆同。“以成都为西京”者，盖其志尚欲兼有湖湘云贵之地，与自成及福王三分中国，将以西京与南、北京鼎足也。《圣教入川记》谓其“著位之初，假施仁义，以收人心”。此时，蜀人咸知北京已陷，未知弘光绍位。全蜀除明将曾英保重庆，王祥保遵义（明代属四川省）外，一百四十州县，皆奉大顺正朔。

西朝官制可考者：文职有左右二相，六部尚书，部院监察科道各衙门。又有学院四员，取士察吏。武职有东平、抚南、安西、定北四将军（初称将军，献忠称帝后，此四人封王），分辖百二十营。献忠自统御营，居中制驭。王尚礼总制皇城，是为五军都督府。州县外官，则有监纪通判、驻防参将、巡抚、知府、州、县官等。大抵损益明制，适合当时情势，非同草寇者流毫无体统者比。《蜀难叙略》云：“献忠设宰相以下各府部内外文武官，以汪兆麟为伪相。兆麟桐城诸生，从贼已久，残忍狡狯。知逆好杀，每先事承迎以固宠。又以绵州严锡命充伪吏部，彭县令湖广王国麟充伪户部，彭县龚完敬充伪兵部，某县令某充伪礼部。（按：指成都吴继善，以与其父同寅，讳之也。）而伪工部者，王其姓，同逆起延安之工弓也。”《滟讳囊》：“以汪兆麟为伪左丞相，严锡命为伪右丞相。南充江鼎镇为伪礼部尚书，彭县龚完敬为伪兵部尚书。鼎镇、完敬，随以郊天祀版不敬各杖死，立剥皮。”《蜀碧》载：“命汪兆麟为左丞相，严锡命为右丞相，南充江鼎镇为礼部尚书，彭县龚完敬为兵部尚书。封养子大将四人为王：孙可望东平王，刘文秀抚南王，李定国安西王，艾能奇定北王。封马元利、刘进忠、狄三品、张能第、张化龙等为将军。易蜀王府正殿为承天殿，以府门外屋为朝房。诏民间皆称老万岁。又建东西二府，以可望、定国居之，命皆称千岁。”《蜀乱》云：“以蜀王府为宫阙。加孙可望监军，节制文武，东平将军。刘文秀挂先锋印，抚南将军。李定国安西将军。艾能奇定北将军。王尚礼总理皇城都督。汪兆麟为阁部。余皆晋级有差。全设部、院、监、寺、科道各衙门。升成都府为西京。四道设学院四员，取士察吏。”又：“献忠设监纪通判，驻防参将，同有司官赴广安。摇黄贼攻围杀之。”诸说微有出入。利、安二教士之书，不言可望等封王。又云有正副两阁部。则《蜀乱》之说可靠。欧阳直从孙可望多日，故其言能近实也。礼部系吴继善，江鼎镇当系吏部，大抵当时军官重于文吏。各部多以新降之县令为之，其权必甚轻。然亦足见此时献忠颇能延揽蜀人，不尽任用延安同起之党，更可见其初无仇杀蜀人心理。

献忠招抚缘边僧俗土酋一千余部，远达乌斯藏境，皆授援剿营总兵官金印。此事为内地诸史家所忽。余早年人康，在德格八邦寺，见献忠所颁印一颗，编号为一千二百零四。窃惊其政治运用之广远，且以知其政府中颇有人在，并不如一般史籍所传之野蛮愚昧也。

其印长方形，长百零四厘米，阔七十三厘米，厚二十厘米。铜质镏金，具长圆柄，颇重。厚廓内，篆“援剿营总兵官关防”八字，侧方凹镌真书“大字一千二百四号”八字，背面柄侧，上行镌“大顺二年十二月（空）日，”下行镌“礼部造”三字。考八邦寺为噶举巴派喇嘛教之大主寺，原名噶玛寺，在昌都之西。明永乐年封其僧为思达辅教王。宣德年又赐灌顶国师金印，今并存。清康熙时，徙寺八邦，两印一同搬来。形制镌法，均颇庄严，具存泱泱大风。当是时，明宗室唐王在粤仓促称帝，刻印不及，以锥画之。与献忠较，有愧色矣。

《滟滪囊》载：“黎州壮士马经，亦募兵以卫地方，贼畏其骁勇，闻于献忠。献忠铸总兵金印一颗，赍往授经。经笑而掷之地。”《蜀碧》亦传此事云：“黎州宣慰司马经……贼用降人为招诱，铸金印予之，易其章。……掷之地，誓死不服。”查马经为黎州土千户，非宣慰司。其起兵，由受邛州举人刘道贞勖勉。野史表扬“忠义”，特掇载之，乃不知如此金印竟有千数百颗之多也。又汶川瓦寺索土司，亦云其先人拒受献忠金印，抗击于龙溪。其事不为诸书所采。

献忠建国称帝后，立井研陈演女为皇后，迎娶之礼甚隆，《蜀碧》记之颇详。唯云“不十日，皇后赐死，其兄亦受极刑”则误。利、安二教士所记，屡言“献忠之岳丈”，未著其名。大顺元年冬至日大宴，其人与献忠、汪阁老及二教士同席。后遂以全家皈依天主教。至大顺三年时，因二教士谏献忠残杀，迁怒受诛，非十日即刑死也。

献忠曾开科举数次。初次在大顺元年，所录士皆分发各营及部按任用，未施屠杀。屠士乃于大顺二年秋以后事。

诸书所传献忠开科举之时间不一，《蜀碧》谓甲申十月即位后，“开科取士，中乡试者八十人。中会试者五十人。以汉州樊姓为状元。探、榜皆具。……所取状元，后随川北，不知所终”。又谓：“贼诡称试士……惟二士年幼，不及绳，留作书记。一忘其名。一嘉定欧阳直也。”查欧阳直自传，乃广安人。《蜀碧》谓：“甲申之乱，献贼屠川，初被执入骁骑营，赴成都案验。奉伪旨发光录寺给养。再发监军东平将军。再又发回骁骑营。历七月而三易迹。……乙酉春三月，营将刘敬忠叛献走秦陇。乃乘间计脱归。”大抵欧阳直即是年所取之士，先后在光录寺、东平府及刘敬忠营供职。后随敬忠入保宁，以计脱回。自传讳污伪命，故云被执耳。直后依嘉定杨展，与彭氏联姻，故彭传其为嘉定人。又误为献忠二次开科取士所未杀者，由撰《蜀碧》时未见直所著书故也。

《滟滪囊》载：“谕礼部开科举。乙酉乡试，士夫不令子弟入闱者，妻子没于卒伍，连坐十家。”八月乡试，献忠自出题。《滟滪囊》云：“以兵胁蜀。温江史传为解元。旋会试，汉州樊生为状元。初甚宠爱，旋亦杀之。”又云：“二年，岁在乙酉……谕礼部再行乡试，府州县衙起送应试生员。不到提究，连坐十家，照新法治罪。八月，届期至者五千余人，尽杀于青羊宫侧。”二事时同而前后不同，文亦互异。则前之乙酉八月，当即《蜀碧》所云甲申十月，科试之误也。《蜀难叙略》云：“顺治二年九月，献逆诡以秋选科试之法，诱杀进士、举人、贡监生员及其家属各数万。”是即青羊宫之役。其诱杀士人，盖别有作用，下章详之。

献忠设局铸钱。其钱质佳、量重，优于明室之钱。如此劳费事件，非有创业垂统之志者决不肯为。以此知献忠之志，原不在于屠杀川人也。

《蜀碧》云：“贼设铸局，取藩府所蓄古鼎器玩及城内外寺院铜像，镕液为钱。文曰‘大顺通宝’。令民家悬顺民号帖。以大顺新钱钉于帽顶。……贼钱肉色，光润精致，不类常铜。至今得者作妇女簪花，不减赤金。”献镕古物铸钱，有类焚琴煮鹤。然其钱能令士民爱悦至此，则其为道，亦有可取。

献忠立保甲之法，户籍周密，能彻底管理其部队与人民。蜀人习于放弛，骤受约束，甚感暴扰。因其为史家所恶，故详情不得而传。兹举其可征者数则：

《蜀碧》云：“又行保甲法甚严：诸门各设一兵部，二都督，稽诃出入。民之出城者，先期报某甲姓名，以某事往，约某日归。合符而入。有失期及踰时者斩。”此就成都一市言也。亦即后世居留证与出境证之法也。《滟滪囊》载：“有不降顺，报城门守者，即发兵屠其地。”则成都四门所设一兵部二都督，除稽出入外，又得专剿各路州县之不降服者。此类事，大约由东南西北四将军主之，故不必经奏请，即可发兵也。

《蜀碧》又云：“检阅其民，壮男少妇选入营中。民间父子夫妇，皆散失，无复聚者。已而遣兵四出，令归诚。”此彻底管理州县户口之旁证也。《蜀乱》云：“献贼开科第，定为例：凡应乡试生员，会试举人，后至者妻女充院，本犯剥皮，有司教官俱斩。左右邻里连坐，诛十家。查明时乡绅，调入京，后至者法亦如之。”他强迫抽丁，强迫应试，强迫出仕，皆曾收效。虽有严刑峻法，亦非保甲户口管理严密不能致此。

《蜀乱》云：“抚南营内，逃去都司张斗南，献贼大怒，除将军都督外，凡南营大小官悉诛之。宥死者二人。责抚南百棍，都督各百五十棍。”又云：“每剿一处，先令地方官清四至界，并乡导人，送领兵官。前一日，照四至界扯布兵环围，次日开剿。……尝见郫县解一逃民，审系峨眉人。查剿峨眉官洪都督，剥其皮。”此皆足见管理部队与户口之严密。

四、屠杀事件分析

兹分析献忠屠杀事件，推究其原因如下：

屠城，为农民军示威之一般习为。《明史·李自成传》谓：“攻城，迎降者不杀。守一日，杀十之三。二日，杀十之七。三日，屠之。……城将陷，步兵万人环堞下，马兵巡徼，无一人得免。”献忠在当时农民军中，为较不乐于屠城者。此次入蜀，自六月十七日破佛图关，至二十夜始破重庆，只杀瑞王与巡抚陈士奇等官吏。城中官军尚存三万七千余人，“尽断其臂而纵之”。官军尚且不杀，其未戳百姓可知。此后，合川、永川、内江诸城，皆曾抵抗。城破，亦只杀官军首领。官吏降者皆录用。献忠攻成都若干日，史无明文，以刘佳印出城拒战，赵嘉炜决都江堰益濠水，与农民军数次用地雷轰城等事推断，当有十日左右之久。《蜀碧》谓城破后，“贼大杀三日”，此说可疑。盖献忠将定都于此，必不至于屠城，不过纵其军士，便宜三日而已。《蜀乱》谓攻成都，素日不下，攻陷后“屠城三日，贵贱同尽。惟少女妇女为营伍所匿者暂得免”。当有过甚之辞。或系误将大顺二年屠成都事移入于此时也。依利、安二教士所记，则献忠初破成都，并未屠城。屠成都事，始于一六四五年（大顺二年）十一月二十二日，即《蜀碧》所记中园之役。此役真相，二教士曾目击之。兹采记其意云：“各地蜀民皆起义兵。献忠怒甚，忽发疯狂，决意洗剿成都。一六四五年冬十一月二日（阳历），献忠收剿杀全城居民。先暗遣一人，伪报某路敌军将到。乃谓当整饬军马，为御敌计。次日，大集人马，若将赴战……剿洗成都后，旋即传令，谕各乡镇村民入住城内，填实京师。残杀之后，成都空虚。除少数官员及文士外，别无居民。献忠率队奏凯而归，谓外患已除，当安享太平。”

似此，则献忠突出此举，盖疑城内居民，响应城外地主武装（即所谓“义军”）故也。献忠政令苛虐，蜀人不愿，往时无力反抗，勉强服从。此时闻弘光登极，各地地主武装蜂起，则城中人暗相结约，谋应城外地主武装，为必然事。献忠诡为应敌，使人无备，乃突起袭击，市民无少长皆尽。此其中必有苦衷，故云“外患已除”。史家仅欲著其“残暴”，遂谓其天性嗜杀如此。《蜀乱》云：“剿局始自崇庆州，终于再屠成都城。盖初时所屠，原住城内之人。兹所屠者，招劝进城之人也。”此所谓再屠，指大顺三年献忠弃成都时之屠杀。然则所谓初屠，即一六四五年十一月之事。故知前谓破城初屠三日者，为误记也。

献忠初据蜀屠州县，蜀人无敢抗者。乙酉（1645）春，弘光登极诏西至，阁部王应熊（巴县人）督师入蜀。依王祥于遵义，檄调故明诸将，总督樊一衡（宜宾人）督诸军三万，收复叙州。虽旋仍失陷，大江以南遂为明守。参将曾英，攻破献忠所遣张广才军，摇黄亦逐杀川北诸州县吏。明抚马乾（内江人）恢复内江富顺。蜀人先后起兵相应者，有黎川刘道贞，天全杨之明，绵州叶大宾，洪雅余飞，眉州陈登，夹江周鼎昌，龙安赵荣贵，松茂朱化龙，雅州曹勋，夔万谭宏、谭文、谭谊，渠县李含乙，永川刀古二族，顺庆谯冯二姓，潼川杨先志、林时泰，岳池刘武举，内富犍威余朝宗，其他无有姓名可考者尤众。献忠辖地日蹙，援剿不暇给，乃以屠杀示威。大抵距成都较远之地，地主武装最多，起兵亦最早。献忠初期所屠之州县，皆属之。屠剿之法，注意界至，已如前章所述。所屠州县之可考者：

成都、龙安二府所属州邑。乙酉秋七月，由马元利、艾能奇等执行。见《蜀碧》。查明代成、龙二属州邑三十三，远包资、内、仁、井、安、绵、茂、汉，安能悉屠？所屠，盖仅地主武装起兵之村邑耳。《蜀乱》谓："剿局始于崇庆州"，当是崇庆州最先逐杀献忠所派之官。

邛州。与前同时，由刘文秀执行。《蜀碧》谓："取遗民万余家悉屠之……邛蒲二百里为血肉之场。"

丹棱。继邛蒲之后，刘文秀军所为。

峨眉。是年十月。见《滟滪囊》。

眉州。丙戌正月，狄三品所为。《蜀碧》谓："凡五千余人，悉杀之。"

顺庆。丙戌年八月，《明史》所记唯有屠城，未及四乡。盖此时献忠兵力薄弱，粮食补给困难，已有内溃之虞，未敢纵兵草杀也。

杀乡绅士子。献忠初征乡宦出仕，不至者杀之，至则给官。士子应举亦然。及各地地主武装起，虑州县绅衿倡导，乃悉征而杀之。《蜀碧》载："查检乡绅学校，诡云选用，用军令严催上道，不至者孥戮，并坐比邻。既集，令之由东门入，西门出尽斩之。"《滟滪囊》云："成都生员颜天汉，谒广元（谒孙可望）祈代进谏表，可望许之。……献忠回成都（大顺二年乙酉）月余，忽忆天汉谏表。谕礼部再行乡试。……八月，屈期至者五千人，尽杀于青羊宫侧，笔砚投于河中。献往观之，抚掌大笑。是日闻张广才为李占春、余大海所破，广才死江中，由是献忠图霸之心尽隳，剿民之心意切。"又说献忠每闻所在地主武装杀官据土，笑曰："是惟尽诛之，始不起义耳。"则其屠杀士绅之原因，为防止地主武装蔓延耳。献忠恶直谏，颜天汉表，必有触其忌恶处。《蜀碧》则谓："获诸生颜天汉等通书自成。大怒，因杀士于青羊宫。"《蜀乱》谓："调远近乡绅赴成都，尽杀之。调各学生员听考，到即禁之大慈寺。齐集之日，自寺门两旁，各站甲士三层，至南城。献忠坐街头验发。如某县一庠过，前一人执高竿，悬白纸旗一副，上书某府州县生员。教官在前，士子各领仆从行李在后，鱼贯而行。至城门口，打落行李，剥去衣服。出一人，甲士即拿一人，牵至南门大桥上，砍入水中。师生主仆悉付清流。河水尽赤，尸积流阻，十余日方飘荡去尽。"此时尚未屠杀成都居民。故知杀士绅在防倡乱，与通自成。

杀医僧匠役。《蜀碧》云："太医院有旧制铜人……召诸医至，考验针法，内有一穴差者立死……大慈寺僧踰千人，初因藏一宗室，阖寺俱斩。至是，尽拘会城所有寺院僧道戮之。"《蜀难叙略》谓："僧道医卜百工技艺之人，或托斋醮，或考试，或兴大工之类，悉诱至杀之。"余疑其杀医僧工匠不以其罪，当有之也。若必如人捕鼠，诡道诱杀，则或是地主武装缘杀士子事，造为此说，原诬之以人使同叛耳。

杀四路遗民。《蜀碧》谓："丙戌三月……令伪帅孙可望等四将军，分道出屠，穷乡僻壤，深崖峻谷，无不搜及。得男手足二百双者授把总。……正月出，五月回。上功疏，可望一路，杀男女若干人。"《蜀乱》亦谓："每官兵回营，以所剁手掌验功。掌一双准一功。凡有军官衙门，掌如山积。而成都城内，则几如假山之万叠千峰矣。"此其事，一般认为献忠之疯狂行为，别无解释。余考此时，距献忠放弃成都之日尚远。君其地而屠其民，此必无之理也。纵令献忠一人疯狂，孙可望等诸将，未必悉皆疯狂，诸书皆言初屠成都日，因孙可望等苦谏停止。此时岂得不谏？抑又岂得遂无出剿军队逃向地主武装，而必相从入此疯狂自绝之途耶？详推其故，盖由农民军中食粮断绝，故派兵四出，袭杀遗民，以为粮食耳。

当是时，蜀民因恶献忠苛扰，强者起兵，结堡抗拒。弱者逃匿山谷以避难。良田沃野，悉皆荒弃。粮食缺乏，至丙戌岁。大西军与南明军，同时俱困。食人之事，乙酉岁即已有之。献忠所据，成都平原，最为腴沃。然因耕种者少，至乙酉岁，亦已呈不支之象。《蜀乱》乙酉年下云："献贼五日十日一发人采粮。如一人不回营，领人管队小剥皮，同伴俱斩。"由此可见，是此岁献忠已因粮食恐慌，人心思逃，不得不派人外出劫掠粮食。又畏部队因而逃去，故特以严法绳之。此时农民军中人众食寡，掠粮数百里，已不免有食人肉事矣。迁延至于丙戌春，成都平原农民应已逃散略尽。据《大西通纪》所载，献忠曾大办屯垦，《蜀碧》亦有“留屯久者”语。然食众生寡，仍不足给。舍吃人外，别无生路。人掌最无肉，故以掌计级也。人肉专供军用与官粮，故成都城内，唯“军营所在，积掌如山”也。利、安二教士之书，不言农民军食人肉，但云“每日杀人一二百”。盖二教士闭居御营，而大西军复讳食人，故不知耳。

杀戮士卒常理所最不可解而易解者，为其自杀军士。《蜀碧》云：“检各衙军及各营新兵，年十五岁以上者杀之。各路会计，所杀卫军七十五万有奇。新兵二十三万六千有奇。家口三十二万。”《蜀乱》曰：“献忠欲北行入陕，恶其党太多……汪兆麟谋之……先立法，要各将军都督等，多置谍者以伺察营伍，有偶语者及小过，俱置之法，并连坐。……是日所杀，即十余万人。”《蜀难叙略》：“既而无民可逞，乃自戮其卒，日一二万人。初杀蜀卒，蜀尽及楚卒。楚尽，乃杀其同起之秦人。……凡领人头目，每日必开报十余人赴死。先疏后亲，亲尽及己。人不自保，莫可如何。”此皆采之传说，非由亲见。然献忠将弃成都时，曾以谲道滥杀其部队，则确也。夫献忠既严防其部队之逃逸，又复自嫌其人众，千方设法以计杀之，矛盾如是，诚不可解。然苟从粮食推测其故，则朗如观火矣。盖丙戌（顺治三年）春夏，尚有四路遗民可食。入秋，遗民亦尽，唯有自食其兵。“领兵头目，每日开报十余人赴死，先疏后亲，人不自保。”此其情可知。至秋八月，不能不弃成都，就粮他处。为防部队逃逸资敌，与节约行军食粮计，固不能不淘汰其老弱与无心从献忠者。《圣教入川记》谓：“贼僭位之初，朝官计千人，东走时尚有七百人。临死时，仅二十五人。”朝官尚且如此，兵士之消耗可知。苟非军粮缺乏，献忠安肯自斲如是。大抵乙酉丙戌之岁，四川遗民之未逃者，皆投效献忠为兵，以分军食，此时唯军籍可以得食，然属军籍者不必尽为战士，故献忠虽已屠杀士众一百余万，迨自川北败溃时，尚有军卒数十万也。

杀戮妇女。据西教士之记录，献忠后妃宫女凡三百人。东走时，留后妃二十人，余皆杀绝。至各营所有妇女，则集而杀之。所杀妇女，凡四十万人。《蜀碧》亦云：“移营之日（谓弃成都日），有金银必弃，有妇女必杀。其屯留久者，或已成夫妇，有子女，军行发令，辄惨恸。”又：“杀家口三十二万。”大西军兵皆许取妇女为眷属，迨弃成都东走时，为节食计，勒令杀绝，理所必然。此时不唯屠杀妇女，即其不愿同走之老弱、官吏、军士与其家口，以及牛马牲畜，亦皆屠杀，不留一口。即《蜀碧》所谓“再屠成都”之役也。此次屠杀之法，系以人马围扎城外，乃将全市付之一炬（《圣教入川记》)。或怪献忠东行，弃其宫妃老弱妇女，听之自死可也，何为必杀之耶？不知献忠正虑去后，敌兵入城，资此弃众之肉以为食粮，而追击之。屠其人，焚其居，即所以拒退军也。献忠之走，系先浮江，向嘉定。由知嘉定食粮丰赡故也。迨为杨展所败，乃沉所携金银于水，由陆路趋川北。盖川北刘进忠等能抚集民众，粮食尚不乏，故就之也。杨展追献忠至汉州，仍返嘉定。时自彭山江口以东，人烟绝迹，鼠雀俱尽，无所资为军粮，故至汉州而返也。献忠初入川，所向无敌。及是，虽以全力南下，仍败于杨展，则其军之饥疲乏力可知。其必使成都为焦土之用意又可知。

按：《蜀碧》谓献忠东走时，“令取牛犬尽磔之，毋为后人遗种”。余疑此杨展追兵，见城内除人骨外，尚多牛犬骨，因妄揣其情如此耳。城中粮食缺乏时，应已食及牛犬。屯田军可能保留一部分牛，亦当于弃成都时，杀制干粮矣。杨展屯田嘉定、峨眉、青神、犍为间，不乏食，未知农民军饥荒至彼，遂谓献忠之屠杀人畜，为残暴之性使然。

杀内宫宫人。献忠除弃成都前之大屠杀外，平时亦常杀其内宫宫人。《蜀碧》谓：“贼屠杀出天性，偶夜静无事，忽云此时无可杀者，遂令杀其妻及爱妾数十人。唯一子，亦杀之。令素严，无敢争者。晨兴，召诸妻妾，左右以告，则又怒其不言，举左右奴隶数百人悉杀之。”此说不近情理。惟如利、安二教士所见，则日必杀人，实有其事。今之推测，献忠曾食人肉或人肝之类。相传：食人肉者，皮肤与睛底皆黄。清初蜀中多见之。《明史》云：“献忠黄面，长身，虎颔，人号黄虎。”故疑献忠亦食人肉，当秘杀其近侍以治餐。顾献忠谲诡，托云有罪杀之，使外人不觉耳。

五、粮食问题与吃人惨剧

诸史于献忠屠蜀之原因，但云嗜杀于天性、无道及粮食问题者。前章已略为辨析。兹更引证遗文，以见当时蜀中社会之一般情况。

欧阳直《蜀乱》云："摇黄贼袭破达州、渠县、营山县。出劫蓬州、西充、南充、南部、广安、岳池、邻水、大竹各地方。至定远、合州复回。壬午（崇祯十五年），各地土贼蜂起。往来官兵亦肆劫掠。绅士人民，俱扎山寨自固。每寨悬锣。无事，人皆空身下寨耕插，寨上望有贼兵将至，即鸣锣，人督趋寨守。自壬申至壬午，凡贼前行，兵即后至，贼去兵来，循环旋转于川北、川东，迄无宁日。"此其幼年时目击情况，足知农民军与地主武装、南明军旋转之际，农民不可安于耕种，故使粮食缺乏，酿成饥荒势所必然。摇黄扰川东北如此，献忠据川西，地主武装蜂起之时，讵能例外？故乙酉丙戌岁中，川西南社会情形，史虽无记，亦可想像得之。《蜀难叙略》谓当其饥岁："山寨遗黎，或有种粮，下寨布种者，旋亦被他人掘食。"《滟滪囊》谓丙戌九月，献忠曾议及"蜀地数经残破，地方无民。兵且乏食，欲往楚。但须先退马科、贺珍（时在汉中）始入楚"。遂屠成都趋川北，此皆足以窥见其概。

天启三年春，贵州水西上酋安邦彦叛，围贵阳府，抚臣李栐固守，至十一月围始解。史传"围城中，草木败革俱尽，以人为粮，至亲相啖。部卒屠人售肉，四斤易银一两。城中旧户十数万，解围时，存千余人"。距四川开始吃人时，仅二十四年耳。又传"崇祯七年，河南大饥，人相食"。"九年，山西大饥，人相食"。（俱见《明史》）则吃人固明人早已为之矣。

《蜀乱》又谓："丙戌，摇黄贼行十万、争天王、夺世王、争食王、马朝，俱移大营屯住于广安州之河东，顺江碁布而居，上抵达州，下抵合阳，连营千余里。数月内，草木根皆为采薪掘尽。采粮至月余而后返。……时官兵无粮。曾英条议云：今沿江闲田，一望荒芜，各营所获牛支颇多，请准兵丁择便屯种。无事则登岸耕作。（时曾英等部多居舟中，游击沿江，拒农民军窜渡。）有警则登舟敌忾。阁部（王应熊）以田地乃朝廷疆土，百姓已业，未经奉旨，何得给兵，不允其议。于是饥兵尽抢劫以自活。自叙、泸，以至重、涪两岸打粮，至一月，路上地方残民尽饿死，田土尽荆莽矣。"是时欧阳直陷在摇黄，行十万营中，又逃入曾英营，所言皆其目击之事。叙、泸、重、涪、沿江，皆明臣号"恢复军"者屯驻之地，出于掠夺，良田荒芜，军事乏粮。则献忠所据之地，社会情形应可想见。又谓："乙酉岁，献贼每五日十日一发人采粮。"则献忠地区，饥荒较叙、泸、重、涪为早，又可知矣。

又谓："余初在曾营（乙酉冬间），每闻兵云：某处饥人食人肉。某处某人被其人食。余不信其说，及奉抚军马公（马乾）命往安居（拜安居令，在乙酉冬。）有人告余曰：我辈久无粮食，每赖人为食，渠等今且谋及县君矣。感公多盛德，心不忍负。当急从此导公同遁去。于是余乃得夜脱逃回。又马公驻内江（时为丙戌岁春），有乡绅范文光弟，奉其母太夫人诣公求济，赠以斗豆，米数升。归夜，即为恶邻所劫去。并杀其弟为资。太夫人老瘦无肉，乃舍之去。太夫人奔控，公发兵捕至，解验，有腌人肉数方，状如腊羊，惟皮上细毛森森如簇。"此为乙酉丙戌间川东南开始吃人情形。唯其时民间尚有种植。官吏军士，尚得掠取民粮，不患不饱，且有余力分惠亲友。但人民已无可为食，迫于食人。至于劫食绅衿，谋及官吏，腊而藏之，以当脂蓄。则社会饥荒之状可想，军队给养情况又可想。此时张献忠正搜杀四路遗民，以掌级记功。故余知其为供军食也。以致于遗民杀尽以后，乃自杀其军士与妇女，最后弃其国都，就粮异地。余疑其弃城之日，屠杀男女数十万，盖为腊制干粮以供行军所需。惜在传献忠者，胥不及此。因取得遗文为证，故特撰此长文，以发明之。

六、献忠死后四川的劫难

张献忠于丙戌八月弃成都东走顺庆。十二月，掠粮至西充凤凰山，为清军所袭杀，孙可望率余众南奔。过重庆，曾英以水师拒战，败没。可望遂入黔，降永历帝。是岁，清顺治三年，明永历元年也。清军追可望军入黔界，转而收拾四川。因无粮食，退回汉中。时利、安二教士，为清军所得。解见肃王，甚蒙优礼。其后分居二小王处。小王南追农民军，属二教士于管事。利教士日共军人食马肉，尚不缺食。安教士之家乏食，几至饿死。迨回军保宁时，始获粮秣接济，得以康复。肃王自保宁旋军陕西，复因粮食缺乏，二教士饿不能忍。利教士曾跳人农田采取蚕豆充饥。据《圣教入川记》所云：他随清军所经顺庆、保宁、汉中一线，历受刘进忠、贺珍保全，为当时全蜀元气最厚之地，乃亦乏食至此。则张献忠乙酉、丙戌之行为，为受粮食问题逼迫之所至，明矣。

是年，永历帝以大学士吕大器（遂宁人）代王应熊，同樊一蘅督诸军收复川局。偏沅巡抚李乾德（西充人）、宗室朱容藩，皆入蜀为总制。于是一蘅驻叙州，杨展守嘉定，范文光、曹勋在雅州，詹天颜在茂州，朱化龙在松潘，赵荣贵在龙安，侯天锡在永宁，马应试在泸卫（今古宋县），王祥在遵义，袁韬至重庆，李占春在涪州，余大海在云阳，谭宏在天子城（丰都），谭文在万县，谭谊在巫山。何腾蛟招抚李自成遗众刘体仁、郝永忠、王光兴、袁宗第、李来亨等十三家在大昌、房、竹、施建之间，各屯田自给，招抚遗民。时摇黄十三家，皆已绝灭。除保宁、广元一角为清军驻守外，全蜀尽为南明所有。

此时有当注意者，明清诸军，尽皆屯驻于四川盆地四周、偏僻山谷等历为人所不甚注意之地。盆地中央，向所称为沃野千里者，此时已同沙漠，无人顾及。所以形成沃野荒芜，边隅繁荣之景象。此何故耶？盖往时富庶之区，专恃农粮为食，农粮既绝，相与食人，同归于尽。边僻山邑，救荒植物多有。附近少数民族地区可以经营转贷。而山险径杂，易守便逃，不易为吃人者所猎获，以此保存遗民较多也。

兹举欧阳直目击二事，以见盆地内部人口消灭之必然。原文云："余自内江同溃兵过威远，遇数十饥人邀于路，见人众，不敢近，犹狂呼曰：'走不去的丢下两个与我们做饭罢。'及入一村，见冷肉一锅，一小儿传呼吃牛肉。众争奔食之。时已绝粮六日矣。亦曾掬食。及进厨中，乃见烹熟一无发小人头，及皮脏在箕内。盖所食者即人肉也。又合州土豪李调燮，尝对余言及：彼集士兵扎寨时，无粮。每发兵捕人，谓之人粮。凡拿到人口，选肥少者付厨下，余者瘠瘦，乃付士兵。烹宰俱按整猪羊法。彼（李调燮）受招安，入杨展营，人赠以绰号曰万人坟。余所目击者如此。则其外有不忍言者也。"

盆地内部"人粮"断绝，即在丁亥、戊子岁中（顺治四、五年）。《蜀难叙略》云："是岁（丁亥），蜀大饥，藜藿、雀鼠皆穷，遗民相食殆尽。如父子夫妇死，欲葬，必用荼毗法（火葬）。否则人发而食之矣。有哭之虽极哀，旋于火中攫而啖之者。亦有毁灭天性，迳自相食者。"《滟滪囊》云："时（戊子）土寇各据一方，每以强凌弱，相互劫害。……农废耕稼，民用乏食，各以劫夺为活命计。甚且同室之人，亦相谋害。荆棘满途，人迹稀罕，往往自引子女于无人之地，谋死密埋。……岁愈凶荒，献忠掠野无获，捕民而食。最堪怜者，饥疲余民，孤蹤潜匿，剐树皮，觅野菜、蕨根，期延残喘。而黠贼深夜登高遥望，烟火起处，潜往劫杀，聊以充饥。”此所云“土寇及贼”，实指地主武装。盖至戊子岁时，苟驻盆地四周之南明“恢复军”，亦多以“人粮”为活矣。

于时全蜀，惟嘉定不饥。由杨展得献忠沉金，运以籴粮于边缘土司地方，致力屯垦。以是积粮甚丰，遂能以粮食支配全蜀。诸明臣如李乾德、袁韬、武大定，皆往依之。樊一衡、范文光、李占春等皆赖其接济，其后展为李、袁、武等所害，刘文秀两度北上，与清军争蜀土，亦皆以嘉定为根据地。直至明室覆灭，全蜀入清时，郝承裔尚凭借此区抗清年余（顺治十七、十八年）。明末蜀人之能保存至清世者，仅嘉定与保宁两隅而已。

欧阳直曾为杨展办理钱谷，兼管屯田。其所记杨展之事，较他书为深刻。兹录数则，以证粮食关系之大：

时（丁亥岁）无栽插，内地无粮，惟远诣董卜（穆坪土司）、高杨（天全土司）、各边土司籴运。计斗米需值六七十两，尚难再买。饿死兵民，尸复为饿者食。展以所得银，散给兵民，远籴救荒，故上南之人多所全活。

杨展分官督农，严促兵民，耕屯于上南嘉、峨间，储粮于峨眉万年寺。（丁亥岁）。

武大定（自固原叛清，经龙安入川）至成都，大饥困，差官投杨展求救。展发饷，运粮，差官持币以迎之。时袁韬驻泸州，呼九思驻富顺，俱绝粮，饿死者甚众。皆兵册投展求救，展按月运粮以济之，不受册。武、袁、呼俱赴嘉。……令袁韬移营驻犍为，武大定驻青神（屯田）。（呼九思病死）。

李鹞子占春晋定川侯，邀展会盟于泸。李以粮匮为言，杨发峨眉储米万石，差官运粮以济之。

清兵取龙安，满汉骤至。赵营将兵，以采粮于远，难遽集。定川侯赵荣贵不屈，率亲丁力战。死之。部将兵多投于杨展。（以上皆戊子岁）

李乾德留嘉定，……欲赴重庆，展奉银二千，米百斛以赠之，抵犍为，留袁营不去。己丑……八月，韬生日，展、武俱赴贺。伏甲士壁间，就席擒展，遂围嘉定。……西川大扰。

《蜀乱》又云："自乙酉以追戊己（顺治二、三、四、五、六年），计九府一百二十州县，唯遵义、黎州、武隆等处免于屠杀，上南一带稍存孑遗。余则连城带邑，屠尽杀绝，并无人种。且田地荒废，食尽粮空。未经大剿地方，或有险远山寨，间存三五遗黎。初则采芹挖蕨，继食野草，剥树皮。草木俱尽，而人遇亦相食矣。"此则沿边僻邑，在较晚期间，亦因无粮至于吃人之证也。大抵顺治二、三年间，为摇黄与大西军屠食蜀人时期。三、四年间，为四川盆地内部蜀人相食时期。五、六年间，为盆地边缘军民相食时期。至顺治七年（庚寅）时，蜀人大体已尽。唯嘉定、峨眉、青神、犍为一区最称丰足。叙、泸、重、涪、万、遵义与松、茂、雅州、保宁一带，略有人迹而已。

杨展死后，刘文秀自滇来，讨诛袁、武，驻节嘉定。顺治八年（辛卯），清军大举图蜀，朱化龙、詹天颜、范文光、樊一银皆败殁。川东南诸将，亦被困还走，全蜀陷没于清。十年，癸巳，刘文秀、白文选分自滇黔入川，逐清军回保宁，全蜀复为明有。十六年己亥，孙可望叛明降清。清军大举伐明。明年庚子，全局复沦于清。此时期，保宁、嘉定、重庆三埠之间，纵横数百里，全无人迹，野树合拱，豺虎纵横。明清两军相攻于保宁嘉定之间者，皆携半月粮，急行穿过。清军初过成都日，城内外皆野树丛莽，无可下营。营于城上，以避虎豹。虎豹之害，诸书亦皆言之，以顺治五、六、七年为最盛。直至十三、十四年，始自绝迹。彼其时死尸亦尽，蛇鼠无遗，虎豹亦不能生存，因而绝迹也。

顺治十七年辛丑，明永历帝入缅。全蜀大定，已有陕甘人民入川占垦。康熙元年，滇事告终。滇黔两广人，亦有入川占垦者。当永历危缅时，明臣文安之（夷陵人）纠合刘体仁、郝永忠、谭宏等，自川东袭重庆，未克。于时诸家分屯川鄂诸山间，凭险种田以自给，誓死抗清。清人称为"西山寇"。康熙元年起，川督李国英，数度率军围剿。至三年，乃告肃清。于是湖广江西人民，亦入川占垦。诸省人初至，率皆插木为界，先施棚帐于骷髅瓦砾间暂处，乃因树为屋，诛茅覆之，以为定居，从事垦殖。地既久荒，田皆丰获。力之所到，即为永业。纷纷邀约其亲戚族党，陆续而来。历六十年，至乾隆初世，始编产笈，定税则，限移徙。时距献忠之死已七十余年矣。

余写此文，非仅为张献忠辨屠蜀也。欲辨明清间蜀难在于粮食问题而已。诸史记载，曾未顾及社会经济情形，对于农村破产，食粮穷竭之影响，莫或加意叙述，甚至抹杀不谈，致使三百年来，对此浩劫之酿成，仅以“张献忠屠蜀”一语盖之，讵不可叹？

（原载《社会月刊》1947年）

附 2

关于张献忠史料的鉴别

任乃强

张献忠的史料，是历来史家搞得最为混乱不堪的一种。我自一九二七年开始搜求有关张献忠的书、史迄今，合方志计，约在百种以上。根据我个人的体会，这些史料大约可以分作四类，现列举于后，以供大家参考：

第一类，为作者自记亲身经历，实见实闻的原始资料。这类史料属于第一手资料，是我们研究张献忠问题的主要依据。如《大西通纪》，作者失名，审是献忠战友逃死遁世后所写的私史。原叫《劫余传信》。一九四二年，我闻雅安沙坪场有人善谈献忠事，自言世守此书，不肯示人。我托人往其家抄回。只两卷，记献忠经历，文殊简略。但有许多处是过去封建史学家所未说到的，如：张献忠曾在成都四郊荒芜后办过屯垦；招抚土司若干部；破泸州后整饬军纪；用骡子载西洋教士铸的大铜炮去轰反叛的寨堡等。一九四九年，我又在德格八邦寺发现了他颁给该寺“援剿营总兵关防”金印，看到《圣教入川记》后，证实了那部书所说是可靠的。《劫余传信》这部书的短处在于，记的只是统治阶级的行动，全未说到下层社会的情况。

《圣教入川记》，我是在一九四四年看到的。利、安两个西洋教士，自张献忠称帝那年被接去，直到献忠被清军射死时都在献忠身边。献忠卫队溃散后，他二人才转入清军手中。这书所记甲申至丙戌三年成都的事比较可靠。但存在以下几个问题：（1）献忠只叫他们治历和铸造，未让他们参与大西朝军民诸政务。（2）所记献忠的情况，只一部分是亲见的，另一部分是从教徒大臣那里听来的，应当分别看待。（3）他们是用传教士的眼光看待中国的农民英雄的，因此对于他们的一些认识和观点必须加以分析。例如说张献忠乙酉年以前是彬彬有礼的，乙酉年以后就成为一个暴乱无状的狂人了。这究竟是张献忠思想性格有了变化，抑是这些外国基督教徒情感和认识上有了变化，还须进一步研究。（4）原书是用西文写的，上海教会翻成中文时，译笔文字难免有所歪曲。现在四川所见本，又是一九一七年川东传教士铎古洛东翻印的。他据《明史》加了校注，可能有所增删。例如，在甲申年冬至节的大宴会后，教士已经用“智识宏深，决断过人”和“天资英敏，足智多谋，其才足以治国”赞扬献忠。跟着却说：“然有神经病，残害生灵，不足以为人主。”试问，那时他们刚才会晤不久，正是全川归心的时候，何得就说他“残害生灵”？又何由就说他“有神精病”？更何至有上下两句如此矛盾的语言？举此一例，已足见它虽属第一手资料，却也有第二手插入，引用不能不慎。（5）他们是脱离社会下层人民生活的高级传教士，因此关于下层人民生活的记述，可信的资料不多。

《欧阳遗书》，亦叫《蜀乱》，是广安生员欧阳直记叙身经目击四川三十五年（1627—1661）战乱的真事。他二十二岁时中了张献忠的进士，派在光禄寺任职，又调东平府，再转到骁骑营。刘进忠叛献忠降清军时，他乘乱逃回广安，想率眷买舟向重庆。中途被摇黄镇西王邢十万的兵捉获，得充头目两年。后逃归明军，经驻合州的巡抚马乾委作安居县令。因县民密告要杀他充饥（丁亥年），又逃到嘉定给杨展管钱粮。吴三桂率清军取嘉定，也用他办钱粮。刘文秀自滇入川赶走吴三桂，仍用他办垦务。清军取四川，守嘉定，仍用他主文书（癸巳年）。刘文秀再次入川（丙申年）又拜他礼部仪制司主事，办蜀王府文犊（丙申年）。后随文秀回滇。文秀死，王妃仍留他教世子。清军大举入滇，他随世子走永昌。永历帝入缅甸，他逃匿蛮箐中。以后复出仕于清，卒于楚雄。他自言二十余年，转仕于大西、明、滇、清诸将间，历数十官，倾家十余次，流转数千里，七次娶妻。晚年写这部书，教子孙知作人之难。他对当时各统治阶层与下层社会全是了解的，自己始终居于两阶层间。但他对于任何人都无贬词，只自己老老实实说自己的遭遇，可惜未把下层社会的具体情况写出来。由于他的历史这样复杂，所以他的子孙不敢暴露此书，至道光二年（1822），他的第五世孙欧阳鼎才在成都公开梓行。我曾见过三个版本，文字皆同，是研究张献忠与其部属李定国、刘文秀等史事最好的一种史料。

《荒书》，新繁费密著。有康熙六十年席帽山人史照序。费密，字此度，清初诗人。与孙星衍、王渔阳等以诗文相敬重。新繁大姓，父子皆名士，任侠，为乡里所重，初亦为“大西顺民”。乙酉年（1645）因农村坏乱，率族造反，上什邡高景关依李调燮，在后山垦种。调燮以人为粮，密更投嘉定杨展。因放诞中谗，遂赴滇仕。康熙八年（1670）还蜀撰此书。赴滇途中为黑彝奴隶主所掳，赎出时已跛，故时称“费子”。有自序云：“别书所载，或有异同。盖知者不能言，言者未能悉。此历代野史稗官，足备正史取材，而密《荒书》所由作也。”但当清修《明史》，求书时，他不肯献，并嘱子孙秘藏之。据他儿子锡琮跋成书时，费已“年近六十”。后虽遍游南北，迄未仕清。所云“别书”，据锡琮校语，系指不同意《绥寇纪略》谓献忠“诛于盐亭”与谷应泰《明史纪事本末》“谓献忠病死”。在跋语中，还揭发“吴继喜降任礼部”，与沈荀蔚盗剽其书等事，（详锡荒跋）足见其书所载是可靠的。其不愿示人者，为其事永历帝，而文直，惧以书贾祸耳。就文字说，在有关献忠史料中为上品。惟所收事不多，仍略于社会下层的叙述。又子孙皆文士，似于传写中为避讳，有所节删。光绪时始有刻本。

《山城纪事》，营山王开禧撰，记述摇黄起义军在川北的活动，记大西事较少。李氏《滟滪囊》全取其文。李书既刊行，王书遂不传。

《流离传》，南充韩国相记丙戌逃避大西军流转事。一九二八年修县志征书时，其裔孙乃献出。大抵当时幸存人物所记祸乱之书，皆饬子孙秘守，不愿示人。故愈晚出者愈可贵。

《劫后录》，开江冯梦龙记其身所经历见闻，详致质实。为有关明末川东下层社会最好史料。其子孙保存到民国初始石印。

《破山集》，大竹双桂堂破山和尚，能诗文，有声望，在明末清初剧乱期间，周旋于大西与残明及清军之间，未蒙祸难。其徒众辑其诗、文、行事为全集，有刻本。

《五马先生纪年》，简州（今简阳县）傅迪吉撰。为近年新发现记载明末四川社会实况最佳的一部史料。傅家是简州西乡的大族，皆农户。张献忠甲申年入据蜀地时，傅迪吉才十八岁，考中县学后，改业作商贾。乙酉年冬月初二，误入城，不知已有令全城戒严，城闭遂不得出，与城民同缚待刑。傅迪吉以秀慧有文才，为诸将所爱，有人潜脱之，至都司张洪宇营，收为义子。曾随营往剿仁寿，中途折回搜剿“土豹子”。行军适过其乡，因路熟得乘间逃出。潜行山林间，得遇其父母家人于逃窜中。他终身未仕。世平后，犹屡往荥经经商。丙子（康熙三十五年）年七十，家复富足时写成此书。

为什么叫“五马先生”？全书无说。查他出生于明天启丁卯（1627），至此丙子（1696），凡经过了庚午、壬午、甲午、丙午、戊午五个马年。再庚午时六十四岁，其子傅霖始中举，自己在云龙寺教书，故号五马先生也。凡记述献忠文籍，只《大西通纪》与此书说到农村生产破坏情形。

《蜀乱》、《蜀碧》等书说到荒芜乏食而已。如何至于荒凉，则唯此书独详。

第二类是转手材料。作者虽非亲身经历，但得自别人实见实闻，并能质实地加以记述。这类史料属于第二手资料，是研究张献忠问题的重要依据。如《逸民氏·蜀记》，其书自甲申六月，四川闻京师之变起叙献忠事，至丙戌孙可望率残部入黔，数杀汪兆麟误国止。通篇夸言杀人。谓丙戌年“正月初十献忠传令，将川中各卫所军余，并收川营兵，（可能是指《五马纪年》说的“里兵”）。除年十四以上者留营，其余成丁，不问老弱男，尽命杀之。自初十日起，至十五日止。各路呈报：杀过川兵开册，卫军七十五万有奇；川兵二十三万有奇；家口三十二万余”，共百三十万。又说：十六日命东平将军等分头四出“剿杀百姓。限三月尽复命”。据它说的四路杀人数目是：

东平一路：男，5988万；女，9500万，皆有奇余。

抚南一路：男，9960万；女，8660万。

安西一路：男，7900万；女，8800万。

定北一路：男，7000万；女，9400万。

只此就有六亿七千八百零八万有余。合成都所杀就该有七万万了，超过了我们新中国成立时的全国人口，可谓荒诞骇人！与上举诸书的真实程度相差天渊。《明史》与《蜀碧》都采用了它，足见是康熙年间已经流行的妄书。但它也有可取之处。如：列举“南厂营总兵温自让”、“八卦营总兵王明”及隆兴、三奇、决胜、永定、三才、干城、援剿、永定、中厂、英勇、天威、龙韬十四营总兵的姓名和籍贯和“天讨、金戈、神策、虎威、虎贲韬、虎略”等营的名称，并说“总兵不记姓名，俱以搜括（人粮）无功，坐殉比谋逆，尽行剥皮”。又举“前营一哨头号飞山虎在眉州私释一十三岁小儿被发觉，遭到凌迟酷刑的事”，皆与其他第一手资料有可合处，非后世人所能编造。又说：献忠被清兵射死后，“伪皇后丁氏、白氏、刘氏、陈氏拼命逃出”。丁氏系在谷城娶，陈氏是称帝后娶井研陈演女，皆确实有证。峨眉山金顶旧藏有陈皇后献珍珠，余曾亲见。白、刘二女不详。且其叙次先后未乱，亦足见其确有依据。若删去四路杀人数所系之万字，只作六万七千八百余人，则理有可能。疑实有献忠营中老兵口传其事，记录时有夸大耳（书中特别夸述刘文秀英勇。又疑是蜀王故吏之言）。

著者不露姓名，但称“逸民”或“虞山逸民”，显然是曾由大西入滇作官，以后遁归虞山（今江苏常熟县）不更出世者。因修《明史》求书，乃献出，揣朝旨在贬献忠，故突出其杀人部分，而抹剔其可称部分。故此书当属“转手资料”。

《绥寇纪略》，太仓吴伟业（梅村）撰。吴氏原是崇祯朝史官，得见镇压明末农民起义军的军事行动的各省奏报。随事摘取，用纪事本末体撰为此书十二篇，各以三字为题。崇祯十六年以后，各省驿报多绝，则又参采传闻辑为“通城击”、“盐亭诛”、“九江哀”三篇结束李、张、左、马事（其末“虞渊沉”篇总记灾异）。前八卷的时、地、人、事，是可靠的，只九、十卷记李、张事问题很多，又以私恩回护杨嗣昌与左良玉。然在观察明末农民革命全局方面，它要算最好的第二手资料。

其书流行甚早。有康熙甲寅（1674）即康熙十三年“逸民邹式金”序。即刻此本者，疑纂《蜀记》之“虞山逸民”亦即邹氏。

《续绥寇纪略》，康熙二十七年（1688），“梅亭叶梦珠滨江纂辑”。凡四卷，自张献忠据蜀至永历入缅。自云，取材于《滇蜀纪闻》及《楚中遗事》。卷一“川蜀沸”与梅村“盐亭诛”时间从同而叙事各别。盖嫌前篇失实，故重叠为之。

《滟滪囊》，通江李馥荣（锦山）撰。凡五卷，自崇祯二年“流寇”入蜀起，至吴三桂王朝败灭。采《山城纪事》、《荒书》、《蜀乱》、《滇蜀纪闻》者为多。亦多有他书所未见的资料。皆直自叙事，不言出处。文甚精简，取材扼要。当为第二手材料之佳书。书中每见“轶其名”者，度其身分属献忠从龙功臣，言论纯正而无官爵称。疑即撰《大西通纪》者。或疑其人即孙可望或李定国。因他书记孙可望及李定国事，有与此书轶其名事相同者。但此书每以轶其名与此二人连举，则非同是一人可知。我写《张献忠》那部小说时，造为王志贤来影射他，以便于利用他来补缀史料的残阙部分。

《老神仙传》，桐城方亨咸撰，一据亲见者言其医术之奇。避父讳拱乾，隐其名。吴梅村《鹿樵纪闻》亦传其人，而文不同。皆当属第二手资料之夸诞者。其人则实有。近年四川地下发掘有大顺二年礼部铸镏金长方大印，篆“南川县医学记”六字。考旧制：理民官印正方，非理民官印长方。依秩级制其大小。方者称“印”，长者称“关防”。此长方印大而称“记”，疑即颁赐老神仙者。南川县医学，疑为其人官署之称，地点可能是南川金佛山。此次讨论会上获见大顺年铸的“道纲司印”小方印。为献忠崇奉道教之证。县道纲司管道徒，故只小方印，县医学衙门亦当有小方印。唯此“南川县医学”为大关防而称曰“记”，故疑其是赐老神仙印信也。

第三类为再转手材料。作者在编纂中多有所歪曲，但大体上仍能保存其原始面目。这类史料属于第三手资料，可以用来参订史料。

如刘献廷《广阳杂记》、计六奇《明季北略、南略》、李调元《井蛙杂记》等，文皆隽永，事多出自直接采录，不少可以列为第二手资料，或为第三手资料，亦属上品。

《蜀碧》，丹稜彭遵泗（端淑）撰。自有“义例总言”，其“征实”章，列有《明史》《明史纲目》《明纪本末》《诸家明录》《绥寇纪略》《三藩纪事》《明季遗闻》《启祯野求》《豫寇纪变》《天问阁文集》《尧峰文集》《寄园寄所寄》《荒书》《志乱》《甲申野录》《陇蜀余闻》《东林列传》《见闻录》《庆治录》《蜀通志》《眉州志》《邛州志》《夹江志》《故老遗言》《家谈》等二十五目，当时记载献忠据蜀事的书大体已尽了。他考订取舍的工夫也是做得深入的。比过去封建史家的记载，包括《明史》在内，都能胜过许多。但他的目的偏在表扬封建忠义，自不免歪曲了张献忠的形象。又未能见到粮食问题所造成的影响，比第一手资料是相形见绌的，但在第三手资料里，确算是最好的。所引据书，有一部分今天已不可得了，也是它可贵之处。

第四类为再三转手材料。主要是嘉道以来的方志，歪曲性很大，多属不可信。偶有一两条名人遗著和民间传说的新鲜资料，足供参考，也都是一口腔的诟骂张献忠，表扬地方死事的“愚夫愚妇”，佳章极少。这类史料，属于第四手资料。

《明史》与《罪惟录》两部正史都有《张献忠传》，但也都是极其不好的，再转手的坏史传，反不如傅维麟的《明书》。

《蜀破镜》，道光二十三年（1843）郫县孙（子俊）撰。有自序，说他于道光辛已（元年）重刊《蜀碧》，任校雠。其冬又借得《荒书》，因“博征胜国诸老传记及国初史馆名臣奏书纂述”。他痛骂张献忠，欲有以胜过《蜀碧》，而迂腐之气十分可笑，世人莫肯重之。可以说是第四手资料之尤劣者。

《蜀龟鉴》，内江刘景伯撰。成书在孙后。开篇有“卷首二十六条”，大书明嘉靖三年（1524）杨廷和罢相，和嘉靖三十八年清太祖出生。又万历十七年（1589）播州杨应龙叛乱，说到崇祯三年八月。卷一至五自三年十二月魏忠贤提督东厂起至康熙二十年（1681）平云南，函吴世潘首止。按年月日仿《左氏春秋》、《朱子纲目》编次。其第六卷，表蜀中“以孝弟自全者五十七人”，又引《内江旧志》与《欧阳氏遗书》论风俗之变。卷七附张令、张凤仪、何以政妻顾氏、“义民”王九相及其十世祖刘邦彦传，什邡刘应选妻陈氏及广安欧阳直等传，并雅洁足补正史。引据史籍，皆附注书名，并能注意到社会风俗的变化。在第四手资料中不失为最佳的一种。

（原载《张献忠在四川》1980 年）